I0576273

Anonymus

Theologia Patrum

Anonymus

Theologia Patrum

ISBN/EAN: 9783742830449

Manufactured in Europe, USA, Canada, Australia, Japa

Cover: Foto ©Andreas Hilbeck / pixelio.de

Manufactured and distributed by brebook publishing software
(www.brebook.com)

Anonymus

Theologia Patrum

THEOLOGIA
PATRUM
SCHOLASTICO - DOGMATICA;

TOMUS QUARTUS,

THEOLOGIA
PATRUM
SCHOLASTICO - DOGMATICA,
SED MAXIME POSITIVA
AUCTORE R. P.
ANTONIO BOUCAT
BITURICO,

Ordinis S. Francisci de Paula Religioso , Provincia Francia Professo atque Alumno , & veterano apud Parisios in sacra Theologia Professore .

TOMUS QUARTUS,
CONTINENS TRACTATUS

De Virtutibus Theologicis .
De Regulis Fidei , scilicet de S. Scriptura ,
De Traditione ,
De Ecclesia .

EDITIO SECUNDA VENETA
accuratior & emendatior .

VENETIIS MDCCLXVI.
Typis GASPARIS GHIRARDI
SUPERIORUM PERMISSU.

SERIES
DISSERTATIONUM,

Articulorum , Sectionum , Paragraphorum , Conclusionum , &
Argumentorum , quæ in hoc sono Tomo
continentur .

* lij   IV. Ex

* iiij Se-

Punctum I.

Num illud Isaiæ 7. Vaticinium: Ecce Virgo concipiet, Sit in Beatissima Virgine & Christo adimpletum. ibid.
Conclusio affirmativa. Probatur multis momentis. ibid.
I. Ex explicatione Prophetiæ. ibid.
II. Ex convenientia utriusque Testamenti, & ipsius Isaiæ explicatione, qui suum prodidit sensum. 277
III. Ex sanctis Patribus & Ecclesiæ Doctoribus. ibid.
Solvuntur objectiones quæ ex varia vocis Ahbmach significatione desumuntur. 278
Fit satis objectionibus ex historia sacra depromptis. 279
Fit satis objectionibus quæ ex attributis sibi prænuntiati desumuntur. 283

Punctum II.

Utrum ex 70. Hebdomadibus Danielis recte colligi possit adventus Messiæ? 285
§. I. Num Hebdomades intelligantur de Messia qui sit Christus, & annuntiens illum venisse? 286

TRA.

TRACTATUS NONUS
DE
VIRTUTIBUS
THEOLOGICIS,

Et Prolegomenis ad Scripturam Sacram.

RIBUS potissimum fundamentis innititur Ecclesia, videlicet fide, spe, & charitate, unde ad earum cognitionem & amorem tota inhiat Theologia, quandoquidem, seclusis tantis virtutibus, inutilis reputabitur. Enimvero ad quid sermones de Deo uno & Trino, si vel ipse ignoretur? Quorsum ut summum bonum prædicaretur, si spes animam inescare desinat? Sed quæ erit spei fiducia, si beatitudinem avido corde anhelaram charitas non attingat? Hæ sunt virtutes quibus ad Deum manu ducitur Christianus: fontes ad quos homo viator suspirat. Columnæ quæ totum salutis ædificium sustentant. Nec mirum: homo per fidem nedum se cognoscit brutis animantibus superiorem, sed & ad æternam felicitatem locandum. Ad hanc vero per spem secure tendit, & ejusdem ubertate per charitatem fruetur . . . Quid plura? Per fidem Christus facit hominem discipulum suum: spe commilitonem, charitate vero filium & hæredem.

DISSERTATIO PRIMA.

DE FIDE THEOLOGICA,

Cujus lumine Ecclesia incedit.

FIDEM irrident Idololatræ, eamque prorsus inutilem prædicant. Sed contra quod dicit Apostolus Hebr. 11. Sine fide impossibile est placere Deo.

Necessitas fidei sex his probatur & explicatur argumentis.

PRIMO: Fidei objectum est Deus, ut prima veritas.

Secundo: Objectum fidei certum.

Tertio: Est credibile.

Quarto: Ultima fidei resolutio de ejus objecto fit certo & infallibili modo ultimate in Ecclesiam.

Quinto: Actus internus fidei, secluso gratiæ auxilio, non elicitur.

Sexto: Actus fidei etiam exterior est de præcepto.

ARTICULUS PRIMUS.

DE objecto fidei Religionis, & Ecclefia.

DA1 fidem probant ubique facræ paginæ, dum ipfius neceffitatem fine fine prædicant, ut illud Apofl. Heb. 11. *Credere enim oportet accedentem ad Deum*. Fides non folum ad cognofcendum Deum utilis eft, fed & ad naturalia penetranda non inutilis apparet propter tria. I. Quia per eam homo venit ad multorum cognitionem, ad quam acquirendam tempus vitæ fæpius non fufficeret. II. per eamdem cognitio rerum naturalium fit communis fimplicibus & implicatis in negotiis fæculi. III. Homo per eam fit certior de rebus naturalibus quæ funt præ oculis fuis. *Fides* multipliciter fumitur. Primo quidem pro confcientia bona, juxta illud Rom. cap. 14. *Quod non eft ex fide, peccatum eft*. II. Pro fidebitate in promiffis fervandis; fic illam fumit Apoftolus, cum ait 1. Cor. 4. *Quæritur inter difpenfatores, ut fidelis quis inveniatur*, & in ifto fenfu Pfal. 144. Deus dicitur, *fidelis Dominus in omnibus verbis fuis*; tum quia femper promiffa exequitur. Sumitur etiam pro bona œconomia & fideli difpenfatione bonorum Dei. III. Pro veracitate & virtute inclinante ad dicendum verum, unde ab ea homo dicitur veridicus: Sic etiam Deus dicitur fidelis, eft enim maxime verax & falfa propalare nequit. IV. Pro fiducia, qua quis optime fperans de aliquo, ejus voluntati fe committit; de hac loquebatur Chriftus in ifto fenfu quum dixit Petro, qui merji incipiebat: Matth. 14. *Modicæ fidei, quare dubitafti*. Hoc eft, cur non totaliter te permififti meæ voluntati & potentiæ? Et Marc. 11. *Habete fidem Dei ... quicumque dixerit huic monti: Tollere & mittere in mare ... quodcumque dixerit, fiat, fiet & fe jactabit*. 50. Sumitur pro objecto fuo & doctrina, ut quum S. Athanafius dicit in Symbolo: *Hæc eft fides catholica, quam nifi quifque fideliter firmiterque crediderit, falvus effe non poterit*. Denique pro cognitione obfcura alicujus rei innixa teftimonio Dei dicentis & revelantis; fi enim teftimonium effet humanum, faceret folum fidem humanam, fed cum fit divinum, divinam & infallibilem operatur. De illa in ifto folum ultimo fenfu impræfentiarum agimus.

Prænotandum eft triplicem diftingui veritatem a Philofophis; alteram in effendo, alteram in dicendo, alteram in cognofcendo. Prima eft ipfa veritas tranfcendentalis, quæ eft proprietas cujufcumque entis: ratione illius Deus dicitur verus, ideft, habens veritatem feu effe ens reale infinite perfectum per quod diftinguitur a falfis Diis qui nihil funt a parte rei: Secunda ineft nobis, & eft virtus moralis nos inclinans ad dicendum verum; in Deo autem eft inclinatio quam habet ad veritatem dicendam & neminem fallendum: Tertia, eft ipfa conformitas objecti cum potentia cognofcente, & illud enunciante. His pofitis fit:

CONCLUSIO PRIMA.

Objectum materiale fidei eft omnis res revelata. Ita D. Thomas 2. 2. quæft. 1. art. 1.

Probatur ratione. Objectum materiale illud eft circa quod verfatur facultas: Sed fides refpicit omne revelabile, quippe quæ refpiciat id omne quod dicit Deus, ut prima veritas, cujus teftimonio ipfa nititur & fundatur: Ergo &c.

CONCLUSIO SECUNDA.

Objectum formale quod fidei, eft Deus fub ratione primæ veritatis in dicendo, adeoque fub ratione deitatis.

PROBATUR ex D. Thoma, qui hic art. 1. dicit veritatem primam fe habere ad fidem ficut fanabile ad medicinam: Atqui fanabile eatenus eft objectum formale quod medicinæ, quatenus medicina omnia refpicit per ordinem ad fanicatem, ita & fides omnia confiderat per ordinem ad primam veritatem dicentem feu revelantem. Ergo &c.

CONCLUSIO TERTIA.

Objectum formale sub quo fidei est prima veritas in dicendo connotans primam veritatem in cognoscendo.

PROBATUR *prima pars*. Ex D. Thoma, qui quæst. 14. de veritate art. 8. ad 16. ait: " Testimonium primæ veritatis ,, se habere in fide, ut principium in scien-,, tiis demonstrativis. ,, Igitur sicut principium in scientia demonstrativa est objectum formale sub quo, ita erit & prima veritas in dicendo respectu fidei, quandoquidem omnia respicit sub ista formalitate, videlicet ut sunt a Deo revelata.

Probatur secunda pars. Objectum fidei tametsi obscurum, debet tamen esse certissimum: Igitur prima veritas in dicendo connotans primam veritatem in cognoscendo, est objectum formale sub quo adæquatum fidei: Enimvero non sufficit ut prima veritas aliquid dicat & revelet ad hoc ut sit certum, sed insuper debet ipsa omnia cognoscere quæ revelat; alias defectu cognitionis, posset ipsa falli, adeoque & alios, incerta pro certis enunciando, fallere.

Solvuntur objectiones.

OBJICIES 1. Contra primam conclusionem: Peccata revelantur in Scripturis, & tamen non sunt objecta fidei, quia non ordinantur ad Deum. 2. Deus ipse ut prima veritas cadit sub revelationem; & tamen non est objectum materiale, sed formale fidei: Igitur omne revelatum non est objectum materiale fidei. Confirmatur: cuncta revelata non sunt æque credibilia sicut objecta charitatis non sunt æqualiter amabilia: Ergo &c.

Respondeo ad 1. distinguendo, peccata secundum se non sunt ad Deum ordinabilia, concedo: ut detestanda, vel ab iis qui illa commisere, vel ab aliis, nego. *Ad* 2. distinguo Deus ut prima veritas in dicendo non est objectum materiale, sed formale, concedo: in essendo & est ens, nego. Fides enim docet Deum esse remuneratorem, & sic cadit sub revelationem.

Ad confirmationem nego ea quæ fidem attingit, non esse æqualiter credibilia, quandoquidem subsunt eidem rationi formali, scilicet revelationi: unde fides est unicus & simplex habitus, quia cuncta considerat sub eadem ratione, & habet idem objectum formale, hinc Concilium Tridentinum damnavit Lutheranos, eo quod multiplicarent habitum fidei, volentes ut alia fide credantur historiæ utriusque Testamenti, alia vero dogmata & moralia; unde nego paritatem. Charitas enim supponit bonitatem in objecto a quo movetur ad amandum; & cum bonitas in Deo sit increata, in creaturis vero finita, minus amat Deum quam creaturas: Sed fides uno & eodem nititur testimonio Dei revelantis, adeoque omnia revelata sunt æqualiter credibilia, quandoquidem prima veritas est æqualiter in omnibus verax.

Instabis: Deus ipse ut prima veritas cadit sub revelationem, & tamen non est objectum materiale, sed formale: Igitur omne revelatum non est objectum materiale fidei, sed formale.

Respondeo distinguendo ; Deus ut prima veritas in dicendo non est objectum materiale, sed formale, concedo: in essendo & ut est ens, nego. Fides enim Deum esse docet saltem rudes & plebeios qui, visis creaturis effectibus, demonstrationem de existentia Dei elicere non valent; sicque respectu eorum existentia Dei, inquit D. Thomas, cadit sub revelationem.

Oppones: Contra secundam conclusionem: Theologia respicit Deum ut primam veritatem loquentem, prophetia vero etiam ipsum Deum immediate revelantem: Igitur prima veritas in dicendo non est objectum formale quod fidei, quia debet esse singulare, ut sit specificativum: Confirmatur. Ultima resolutio fidei non fit in Deum dicentem, sed in Deum ut sic: quærenti enim cur Incarnatio facta sit? Respondet Theologus quia prima veritas hoc revelavit. Quærenti rursus cur prima veritas hoc revelaverit. Respondet, quia hoc Deus dixit. Ergo &c.

Respondeo ad primum distinguendo; Theologus respicit primam veritatem ut loquentem, & utitur revelatione virtuali fundata in discursu, concedo: revelatione immediata ficut fidei, nego.

Ad 2. similiter distinguo; Prophetia respicit etiam immediate Deum revelantem, & aliquid aliud, concedo: secus, nego. Pi-

A 3

Fides nititur revelatione omnimode obscura : prophetia vero sæpius habet evidentiam in attestante, cum Angeli in visionibus alloquerentur Prophetas, qui idcirco lib. 1. Reg. cap. 9. dicuntur videntes.
Quid plura commemorem? Prophetia non
respicit per se primo Deum in se sicut fides, sed bonum temporale creaturæ, unde objectum ejus formale est diversum.
Ad confirmationem, dico ultimum fidei resolutionem fieri in Deum revelantem. Quando autem quæritur cur Deus
revelaverit? Et respondet Theologus,
quia Deus dixit, jam respondet ut sciens
& Theologus qui discurrit, non vero
ut fidelis, qui simpliciter credit : Cæterum prima veritas revelans est ipse Deus
ut auctor gratiæ ; per gratiam enim solum cognoscimus Deum vera dicere quando loquitur, sed non ratione pure naturali : nam possemus dubitare an Deus velit nobis revelare, vel abscondere sua mysteria.

Instabis : Si Deus ut Deus foret objectum formale fidei, sequeretur fidem ipsa
charitate fore nobiliorem, quandoquidem
deitas exprimit aliquid nobilius quam bonitas quæ est charitatis objectum : Sed
talsum consequens. Ergo & Antecedens.

Respondeo negando sequelam, quandoquidem habitus nobilitas non petitur ex
objecto nobiliori in ratione entis spectato, sed bene ex objecto formaliter & in
ratione objecti considerato : Sic autem objectum fidei non est nobilius, quia charitatis objectum est, vel ipsa bonitas divina, ut est in se, objectum vero fidei est
deitas prout in intellectu creato per revelationem obscuram recipitur & dignoscitur, hinc sub isto respectu, est aliquid
ipsa bonitate minus.

Objicies : Contra tertiam conclusionem:
objectum formale sub quo est intrinsecum:
Sed revelatio est extrinseca fidei : Igitur
non est objectum formale sub quo.

Respondeo distinguendo majorem ; objectum scientiæ est quid intrinsecum, concedo : consistit enim in demonstratione,
& in consensu conclusionis deductæ ex
præmissis, hinc ratio sub qua, quæ est
motivum assensus, est intrinseca : objectum fidei, subdistinguo, active sumptum
& ex parte loquentis, concedo : est enim
ipsum verbum Dei ut loquentis, Deo maxime intrinsecum : passive & extrinsece
per ordinem ad ea ad quæ sic fertur,
nego. Quandoquidem est de ratione fidei,

---

ut nitatur testimonio alieno, & sic distincta minore, nego consequentiam.

SYNOPSIS PROBATIONUM.

I. *Objectum materiale fidei est omne revelatum*. II. *Formale quod, Deus sub ratione Deitatis*. III. *Sub quo, prima veritas
in dicendo.*

Primum patet, quandoquidem fides
respicit omne revelatum.

Secundum utique ; fides enim respicit
Deum loquentem ut Deum.

Tertium etiam ; objectum enim formale
sub quo est ratio sub qua aliqua facultas
suum objectum considerat : Sed fides fun-
cta spectat relative ad Deum ut prima veritas est. Ergo &c.

SYNOPSIS OBJECTIONUM,

et Solutionum.

Primo : Fides respicit quidem peccata revelata, sed ut detestanda per pœnitentiam quæ peccatorem ad Deum ordi-
nat & convertit.

Secundo : Tametsi Theologia simul &
prophetia Deum, ut loquentem conside-
rent, non tamen sub eodem respectu.
Cum fides essentialiter sit obscura, prophetia vero non semel habeat evidentiam
in attestante, ut quum Joannes ajebat discipulis ostendens Christum præsentem,
Joan. 1. *Ecce Agnus Dei, ecce qui tollit
peccatum mundi* : Cæterum, est per se primo ad bonum alterius, hinc Deum primario non attingit propter se, sed propter
proximum.

Tertio : Objectum formale sub quo scien-
tiarum ipsis est intrinsecum, secus vero
fidei, quippe quæ innititur testimonio
alieno, scilicet Dei.

ARTICULUS SECUNDUS.

De certitudine objecti fidei.

OBJECTUM fidei esse certum, & quidem certitudine qua major non possit haberi vel a natura, vel ab homine,
omnes

omnes catholici conveniunt ; nec ipſi diffi-
tentur Calviniſtæ & Lutherani : Sed difficultas eſt a quibus oriatur principiis .
Deo potiſſimum aſſignantur , nempe relatio facta Eccleſiæ de aliqua veritate incognita : alterum vero eſt ipſe Deus loquens : Igitur duo potiſſimum quæruntur : Primo quidem qualis requiratur revelatio ad fidem ? Secundo , an Deus ita
veritatem loqui aſtringatur , ut nec errorem , nec ipſam æquivocationem poſſit loquendo , five per ſe , ſive per alios inducere ? Unde ſit

SECTIO PRIMA.

De revelatione prærequiſita ad fidem .

PRÆNOTANDUM eſt I. Duplicem eſſe
revelationem , ſcilicet virtualem , & formalem : formalis eſt ejus quod revelatur
in ſeipſo : virtualis vero eſt ejus quod
naturali ſequela ex ipſa re revelata ſequitur , ſeu eſt connexio cum revelata . Rurſum plerique Theologi ſubdiſtinguunt formalem in implicitam & explicitam : explicita eſt ejus quod diſtinctè revelatur ,
ut Chriſtum eſſe hominem : implicita eſt
ejus quod includitur in re revelata , v. g.
Chriſtum eſſe rationalem ; ſubnotant hi
Theologi non eſſe confundendam virtualem revelationem cum formali , nec formalem explicitam , cum implicita .
Obſervandum II. Illud quod revelatum
eſt virtualiter educi ſolere expreſſius per
diſcurſum ex propoſitione revelata : unde
præſens difficultas concipi ſolet ſub illis
terminis : utrum concluſio Theologica deducta ex una præmiſſa de fide , & altera
quæ non eſt de fide , ſit revelata ? Ut in
iſto diſcurſu : omnes Apoſtoli repleti ſunt
Spiritu ſancto : Sed Matthæus fuit Apoſtolus : ergo fuit repletus Spiritu ſancto .
In illo ſyllogiſmo duæ præmiſſæ ſunt de
fide , in ſequenti vero illo ſyllogiſmo :
omnes peccaverunt in Adam : Petrus eſt
homo : ergo peccavit in Adam . Una eſt
tantum de fide , nempe major . Quibus
prælibatis ſit

CONCLUSIO PRIMA.

Datur & exiſtit divina revelatio.
Probatur rationibus Theologicis.

PRIMA ſic exponitur : Nomine divinæ revelationis intelligimus lumen deſu-
Boucat Theol. Tom. IV.

per infuſum quo Deus obſtruſa & incognita hominibus aperit : Atqui datur hujuſmodi lumen : Et probatur ex Lactan-
tio qui lib. 1. cap. 1. ait : " Fieri non
,, potuit , ut homini per ſe ipſum ratio
,, divina innoteſceret , non eſt paſſus ho-
,, minem Deus lumen ſapientiæ requiren-
,, tem diutius oberrare , ac ſine ullo labo-
,, ris affectu vagari per tenebras inextrica-
,, biles. Aperuit oculos ejus aliquando , &
,, notionem veritatis munus ſuum fecit ,
,, ut & humanam ſapientiam , nullam
,, eſſe monſtraret , & erranti ac vago
,, viam conſequendæ æternitatis oſtende-
,, ret . ,,
Secunda : Multa ſunt ad inſtituendos mores neceſſaria , quæ homo non poteſt proprio labore , & induſtria ſcire , cum vita
ſit brevis , & corpus deprimat ſenſum multa cogitantem . Igitur datur divina revelatio quæ ſuppleat his defectibus ne homines errent in via ſalutis indaganda . Iſta
ratio eſt D. Thom. 1. p. art. 1. ubi ſic loquitur : ,, Dicendum , quod neceſſarium
,, fuit ad humanam ſalutem eſſe doctri-
,, nam quandam ſecundum revelationem
,, divinam præter Philoſophicas diſciplinas ,
,, quæ ratione humani inveſtigantur. Primo
,, quidem , quia homo ordinatur ad Deum ,
,, ſicut ad quemdam finem , qui compre-
,, henſionem rationis excedit ſecundum il-
,, lud Iſaiæ : *oculus non vidit Deus abs-*
,, *que te , quæ præparaſti diligentibus te .*
,, Finem autem oportet eſſe præcognitum
,, hominibus , qui ſuas intentiones & actio-
,, nes debent ordinare in finem . Unde ne-
,, ceſſarium fuit homini ad ſalutem , quod
,, ei nota fierent quædam per revelatio-
,, nem divinam , quæ rationem humanam
,, excedunt . ,,
Tertia : Neceſſe eſt Deum ipſum determinare modos quibus cultum ſibi debitum
vult exſolvi ; tametſi enim vel ipſe naturæ inſtinctus , & ratio erga Dominum in-
ſpirent reverentiam , non ſatis tamen hoc
determinant ; obſequia ſiquidem , quæ ſub-
diti exhibent Principi , non ex ſubditorum
arbitrio , ſed ex Monarchæ præſcripto aſ-
ſignari debent : Sed hoc fit divina revelatione ; hinc Apoſtolus ad Hebr. 1. ait :
Multifarie , multiſque modis olim Deus lo-
quens Patribus in Prophetis : noviſſime die-
bus iſtis locutus eſt nobis in Filio . Igitur divina exiſtit revelatio & neceſſaria eſt ; hæc
enim ſi ſemel deſit , ut plurimum æcutit, & hallucinatur humana ratio ſibi per-
miſſa , tum in turpiſſimos errores & ab-

sur-

A 3

furdiffimas fuperflitiones fæpius impingit,
fic ut patet infpicienti varias gentium pro
fuo nutu religiones fibi confingentium opiniones.

CONCLUSIO SECUNDA.

*Revelatio implicita & virtualis ante Ecclefiæ
explicationem non fufficit ad fidem
Catholicam.*

PROBATUR *ifto ratiocinio*: Illud rem de
fide conflituere non valet, quod neque
omnibus apparere, neque eodem modo
concipi potefl, fed diverfe a diverfis explicatur modis : Atqui conclufio Theologica, v. g. ante Ecclefiæ definitionem neque omnibus fufficlenter patet, neque eodem modo ob omnibus intelligitur, ut patet in Millenariis, qui in adulterinum detorquebant fenfum, Apocal. locum, in quo
Joannes afferit fanctos cum Agno mille
annis regnaturos; quod quidem regnum intelligebant de Paradifo terreftri, antequam vifione Dei donarentur juftorum a-
nimæ, unde illud regnum ab illis venti-
latum, explofum fuit & tanquam aliquid fidei contrarium a Concilio Florentino abjectum.

CONCLUSIO TERTIA.

*Revelatio implicita & virtualis poft Ecclefiæ
definitionem fufficit ad fidei articulum
fundandum.*

PROBATUR ifta ratione: Illud fide divina credi necelle efl, quod Verbo Dei
loqnente, immo & quafi proponente revelatur: Atqui talis efl revelatio implicita. Ergo &c. Probatur minor. Revelatio implicita fundatur in propofitione contenta vel in Scriptura, vel in Traditione, quandoque etiam in conclufione Theologica inclufa; non quod ipfa conclufio fit
articulus fidei, efl enim ejus tantum illa-
tio, fed quia connotat aliquam præmif-
fam, fidem in fe referentem: jam vero
etiam ipfa veritas fuprema iterum per Ecclefiam loquitur, ut ejus organo proponat veritatem; inefl autem omnibus præceptum audiendi Ecclefiam, ut fufius
infra dicemus. Igitur revelatio formalis
implicita fufficit ad fidem: maxime vero
quia per Ecclefiæ difinitionem, quod e-
rat antea implicite, jam fit explicite cognitum.

CONCLUSIO QUARTA.

*Revelatio generalis ad fidei arti-
culum ftatuendum.*

PROBATUR I. Ex Scriptura, quæ ut
plurimum relationes tantum generales
exhibet ad fidem aftruendam, quales funt
revelationes factæ & Prophetis, & Apoftolis, fic Marc. ult. habetur *Euntes in
mundum univerfum prædicate Evangelium omni creaturæ, qui crediderit & baptizatus fuerit, falvus erit.* Rurfus Act. 1. Chriftus ad
Apoftolos fic loquens introducitur: *Eritis
mihi teftes in Judæa .... Et ufque ad ultimum
terræ.* Ergo &c.

Probatur II. ratione triplici. Primı
quidem, quia Ecclefia in rebus fidei determinandis recurrit, faltem ordinarie loquendo, nonnifi ad revelationes generales,
eafque magnis Pafloribus pro bono publico & gloria Dei factas. Secunda, ad credendum fide divina aliquid duo potiffimum
fufficiunt, revelatio fcilicet primæ veritatis, & ejus agnitio: quæ quidem ea duo
haberi poffunt abfque privata revelatione.
Primum quidem, nam revelatio publica procedit a prima veritate; fecundum vero, quia
quod publica firmatur revelatione atque fe
prodit, certius efl eo quod particulari tantum dignofcitur. Tertia, revelatio publica veritati divinæ magis confona videtur,
quandoquidem prima veritas efl univerfalis & pro bono totius generis humani,
unde quod efl univerfalius, magis utique
de prima veritate fapit & percipit. Ergo
&c. Abfit tamen procul facere revelationes privatas, licet enim fint folum pro
bono alicujus particularis perfonæ, nihilominus fide divina tenendas effe propugnamus. Talis efl revelatio filii futuri
contra fpem Abrahæ promiffi; cui tametfi jam cum uxore fenefceret, credidit tamen non effe impoffibile apud Deum omne Verbum. Quam quidem fidem laudat
Apoftolus Rom. 4. his verbis : *Credidit A-
braham & reputatum efl illi ad juftitiam.*
Ratio cur revelatio privata etiam fide tenenda fit, in promptu efl, quia nititur
teftimonio divino, cui fubeffe falfum non
potefl.

Dices : quod efl revelatum, æque efl
credibile ante Ecclefiæ definitionem, quam
poft, quandoquidem Ecclefia non auget
alicujus articuli revelati veritatem : Igitur
revelatio formalis implicita fufficit fecundum

dum se ad fidem constituendam. Confirmatur. Fideles possunt seipsis elicere conclusiones & consequentias, saltem in multis quæ jamjam clare patent in Scripturis. Ergo &c.

Respondeo, in hoc esse commentum Calvinistarum, qui abjecta Ecclesiæ auctoritate, Scripturas secundum spiritum privatum in suos detorquere sensus delectantur, & complicent. Ad summum concludi potest, viros alias litteratos consequentias ex Scriptura perutiles deducere posse : sed contendimus ipsos eo usque non pervenisse, ut obligarent lectores absque Ecclesiæ determinatione ad aliquid sub pœna peccati tanquam de fide credendum, unde Respondeo II. distinguendo : Qnod est revelatum æque est de fide secundum se ante determinationem Ecclesiæ, quam post ejusdem definitionem, concedo : quoad nos, nego. Nullus imprudenter credere tenetur, & ideo Ecclesiam audire debet ut sciat quid de fide credendum, quid vero non : maxime vero quia Ecclesia est Spiritus sancti organum & fidei veritatum custos fidelis, adversus quam ex promissione Dei, portæ inferi & Spiritus erroris nusquam prævalebunt : unde ad ipsam pertinet secernere veras a falsis Scripturas : veritates fidei ab humanis ; nec ideo dicitur aut facere, aut augere aliquam fidei veritatem, sed eam proponere & ex jure suo determinare.

Ad confirmationem, distinguo, litterati possunt deducere conclusiones perutiles ex Scripturis, concedo : conclusiones quæ sint vel obligent de fide, subdistinguo : si veritates in conclusionibus vel contentæ, vel illatæ, jam sint de fide determinatæ, concedo : secus, nego. Sic v. g. Ecclesia de fide determinavit in Concilio Ephesino Christum esse Deum, unde Theologus hanc potest sic probare veritatem. Ille homo est Deus, cui Verbum est hypostatice unitum : Atqui ex Ephesino, Verbum est hypostatice unitum humanitati sanctæ : Igitur Christus est verus Deus. Profecto illa consequentia est de fide, quia deducitur a propositione revelata, & ab Ecclesia proposita ; nempe : Atqui Verbum est hypostatice unitum humanitati sanctæ. Ergo &c.

SYNOPSIS PROBATIONUM.

I. Datur divina revelatio. II. Revelatio virtualis post Ecclesiæ definitionem sufficit ad fundandum fidei articulum.

PRIMUM verissimum est : mystera quippe transcendunt mentis humanæ aciem, nec, seclusa revelatione, nobis innotescunt : immo nec alia multa etiam ordinis naturalis propter vitæ angustias & brevitatem absque illo lumine scire valemus. Secundum etiam firmissime tenendum est : namque revelatio virtualis una aut altera præmissa de fide innititur. Ergo &c.

SYNOPSIS DIFFICULTATUM,
ET EXPLICATIONUM.

IN CASSUM Protestantes auctoritatem Ecclesiæ proponentis fidei articulum abjiciunt : cum enim homines litterati quamtumvis docti falli possint, non sufficit eorum scientia ad fundandum fidei articulum, secus vero Ecclesiæ, quippe quæ sit infallibilis ; hinc columna veritatis recte dicitur : non igitur ad spiritum privatum spectat fidei articulos dirigere, & ordinare, sed ad solam Ecclesiam.

SECTIO SECUNDA.

Utrum Deus sit ita verax, ut nec falli, nec fallere possit, sive per se, sive per alios :

MENTIRI est rem significare verbo aliter quam sit, non quidem in seipsa, sed in mente loquentis, unde mentiri idem est ac attestari quod falsum est, & negare quod verum putatur.

Quidam hæretici, teste Guidone, tenuerunt Deum aliquando, quod absit dicere, mentitum esse. Gabriel in 3. dist. 38. citans quosdam nominatos pro opinione sequenti duplex mendacii genus distinguit. Primum inordinatum, quod quidem importat non solum mentiendi actum seu rei falsæ prolationem contra mentem, & adversante propria conscientia, verum etiam circumstantiam actus qui sit contra legem, aliud vero deordinatione carens quod solum falsitatem habet, non autem affectum malum injuste decipiendi. Primum vult omnino repugnare Deo, minime vero secundum, additque mendacium

cium primi generis illud folum efle quod a Patribus & nominatur & habetur tanquam mendacium. Sed contra illos omnes fit

CONCLUSIO PRIMA.

Repugnat Deum omnimode falfa propalare & revelare.

Probatur auctoritate, & ratione.

Primo, ex Scriptura facra.

Num. 23. habetur : *Non eft Deus quafi homo ut mentiatur : nec ut Filius hominis, ut mutetur.* Et iterum Rom. 3. *Eft autem Deus verax.* Et adhuc Hebr. 6. *Impoffibile eft mentiri Deum.* Ergo &c.

Secundo, ex Patribus.

S. Augustinus lib. 2. de civit. Dei cap. 25. fic loquitur: " Si velint invenirequid ,, omnipotens non poteft , ego dicam , ,, mentiri non poteft. ,, Idem dicit Ambrofius epift. 37. & alii ne uno quidem excepto. Hoc ipfum docet ex profeffo D. Thomas hic art. 3. his verbis " Sub ve- ,, ritate prima non poteft ftare faltum , ,, ficut fub ente non ens ; nec malum fub ,, bonitate. ,,

Tertio, ratione eaque multiplici.

Prima fic procedit : Mendacium eft deviatio a prima veritate & defectus potentiæ ; Deus vero eft prima veritas & omnipotens : Igitur non poteft annunciare falfa pro veris.

Secunda fic exponitur : Deus eft id quo nihil melius aut perfectius excogitari poteft , cui repugnat per fe & intrinfece malum . Atqui mendacium eft per fe & intrinfece malum . Igitur impoffibile eft ut cadat in Deum etiam indirecte . Probatur minor . I. Ex confcientia cujuslibet , nullus etenim pati poteft fibi aut imputari , aut exprobrari fe efle mendacem . II. Mendacium opponitur veritati divinæ. III. Deus non obligat ad credendum fuo verbo malo , & hoc fub culpa mortali; atqui fic obligat fuo verbo credere : Igitur mendacium non poteft efle a Deo . Tertia , deducitur ex Apoftolo , Deus feipfum negare non poteft : Atqui feipfum negaret, fi falfa pro veris daret : nam

negaret fuam veritatem , cui effentialiter repugnat omnis error, atque falfitas. Ergo &c.

CONCLUSIO SECUNDA.

Deus etiam per alios falfa propalare nequit.

Probatur , breviter hoc ratiocinio : Dictum eft modo Deum non poffe per feipfum falfa dicere : Igitur nec per alios . Probatur confequentia : fi falfa diceret per Miniftros , defectus in ipfum refunderetur ; nam & caufa formalis cenferetur efle propofitionis falfæ a Miniftro qui loqueretur folum vel infpiratus , vel edoctus a Deo qui revelaret vel etiam dictaret ea quæ proferret homo , fed abfurdum confequens. Ergo & antecedens .

Solvuntur objectiones.

Objicies . Contra 1. concluf. Multa Deus pronunciavit quæ non evenerunt , fic Genef. 4. Cum Cain dixiffet : *Omnis qui invenerit me , occidet me .* Refpondit Deus : *Nequaquam fiet .* Et tamen interfectus eft a Lamech . Secundo , Ifaiæ 38. prædixit Propheta Ezechiæ Regi eum brevi moriturum , vixit tamen poft adhuc 15. annis . Tertio, Jonæ 2. legitur : *Adhuc quadraginta dies, & Ninive fubvertetur.* Ergo &c.

Refpondeo diftinguendo : Multa dicta funt a Deo per comminationis Prophetiam, quæ aliter evenerunt , quia conditio de exitu ponendo neque purificata fuit , neque adimpleta , concedo : non evenerunt ut prædicta funt , fubdiftinguo : quoad aliquid , concedo : quoad omnia , nego. Ad primum non dixit Deus abfolute quod Cain non occideretur , fed quod nihil haberet timendum , & morte impune non afficeretur; timebat enim Cain ne ullus effet fibi quiefcendi locus, & a quocunque promifcue occideretur : nam de facto Lamech, qui poftea eum occidit , fevere punitus eft propter fcelus . Ad fecundum , Ifaias locutus eft Ezechiæ fecundum caufarum fecundarum ordinationem : qua quidem depofita , mori debet , verum propter & orationem , & promiffionem , aliter ex potentia extraordinaria providere voluit mifericors Deus . Ad Jonam fimili modo refpondendum eft , interitum nempe Ninivitarum Prophetam prædixiffe fuppofito quod in peccatis per-

permanerent obstinati ; quia vero poenitentiam egere , ideo misericordiam invenire meruerunt .

Instabis : Deus videtur aliquem dece-
pisse . Ergo &c. Enimvero Job. 12. legitur : *Deum punire malos Principes . Errare
eos facit quasi ebrios .* Ergo &c.

Respondeo negando antecedens : Ad probationem , distinguo ; Deus decipit permissive in poenam peccati , concedo : sic
permisit & Achab Regem Israel propter
impietatem decipi a falsis Prophetis , concedo : formaliter & positive , nego . Nequit enim esse erroris causa .

Urgebis : Deus est causa formalis doloris : Igitur videtur posse esse & erroris :
tum quia aliquis potest abuti miraculis
ad probationem alicujus mali : tum quia
etiam compertum habetur in Scripturis
Barlaam & Caipham homines malos prophetasse . Ergo &c.

Respondeo negando paritatem : Deus
enim utpote justus , est causa doloris &
mali positivi ad puniendum & corrigendum malos , sed non peccati , quod habet solum causam deficientem . Aliæ probationes indicant solum peccatores posse
abuti donis Dei , sed non ideo Deum esse mali auctorem , hinc de sceleratis hominibus vehementer conqueritur , dicens
per Isa. Prophetam 43. 24. *Servire me fecisti
in peccatis tuis .* Unde si Minister Sacramentorum v. g. utatur charactere ad malum finem , tota culpa in ipsum refun-
ditur , sicut quando custos Sigilli Principis abutitur principis annulo , ipse solus poenis dignus est .

Caeterum Barlaam vere prophetavit &
quidem in populi Israelitici gratiam :
item & Caiphas , ipso testante Joanne ,
qui praenuntiavit mortem Christi omnibus hominibus profuturam .

Dices : Virtuti morali potest subesse
falsum : Igitur & fidei seu Verbo Dei ,
Confirmatur . Abraham credidit Christum
nasciturum , juxta illud . Joan. 8. *Abraham Pater vester exultavit ut videret diem
meum : vidit & gavisus est .* Attamen
Filius Dei poterat postea non incarnari ,
opus siquidem erat liberum & ad Dei
placitum . II. Judaei ante Christum natum credebant Messiam venturum esse ,
nato vero Christo , multi nihilominus credunt adhuc eum esse venturum . Igitur
Verbo Dei potest subesse falsum .

Respondeo , ad primum negando paritatem , virtus enim moralis , inquit D. Tho-

mas hic art. 1. ad 3. subest voluntati quae
est versatilis inter bonum & malum : sed
fides pertinet ad intellectum , qui , proposita veritate , non potest non assentiri .

Ad secundum respondeo distinguendo :
Abraham credidit Christum nasciturum per
revelationem fundatam in decreto Incarnationis , adeoque infallibilem , concedo :
& poterat non evenire , subdistinguo : in
sensu diviso , concedo : in sensu composi-
to , & ut habet decretum annexum , sicut & Dei praescientiam , nego . Licet e-
nim Deus possit aliquod patrare opus vel
non , supposito tamen quod illud faciendum decernat , praevidet certo illud futurum esse , nec potest ejus falli praescientia.
Solutio est D. Thomæ hic art. 3. ad 2.

Ad tertium distinguo : Et tunc temporis lex Evangelica & Messiæ fides non o-
bligabat , saltem omnes , concedo : & obli-
gabat , nego . Fides Messiæ revelata est
explicite Synagogæ Proceribus , ut Prophetis ; aliis vero implicite , ut poterat
falli Judaeis post incarnationem circa temporis Messiæ determinationem , hinc mulier Samaritana Joan. 4. Christo dicebat :
*Scio quia Messias venit qui dicitur Christus.
Cum ergo venerit ille , nobis annuntiabit omnia.* Secundo , Judaei adhuc expectant Messiam , sed eorum ignorantia culpabilis est,
siquidem vinci potest , & miraculis , &
Evangelii propagatione : sic docet D. Thomas hic art. 3. ad 1.

Repones : Christianus credit fide divina
corpus Christi esse sub speciebus panis &
vini , illudque non sub conditione , sed
absolute adorat : sed non est certum utrum
hostia sit consecrata , fieri enim potest ut
non sit , nempe vel malitia Ministri , vel
etiam defectu ejus ordinationis : Igitur fidei subesse potest falsum , ut si quis diceret : omnis homo peccavit in Adam : sed
Christus est homo : ergo peccavit in A-
dam , quod est falsissimum .

Respondeo distinguo majorem : Christianus credit fide divina panem consecratum
esse corpus Christi , concedo : panem ut sic ,
nego . Fides enim respicit solum panem
reduplicative ut consecratum , quia tamen
fidelis certitudinem habet moralem esse
consecratum , & certitudo moralis sufficit
ad fundandum judicium prudentiale ; debet adorare sine restrictione hostiam quæ
proponitur & ostenditur adoranda .

Ad secundum : Dico errorem se tenere
ex parte credentis , non vero ex parte fidei ; & ideo nullo modo subest illi falsum.

Aii

Ad tertium distinguo: Ex præmissa potest sequi conclusio falsa per accidens, & ex defectu illius qui male illam deducit, concedo: per se & ex defectu fidei, nego. In syllogismo allato sunt tres termini, nam homo in majori sumitur pro homine puro, & in minori pro homine Deo; hinc conclusio falsa sequitur ex inordinata terminorum dispositione.

Oppones contra 2. conclusionem: Deus videtur servis suis inspirasse mendacium. Ergo &c. Probatur antecedens. Gen. 20. Abraham dixit Saræ uxori suæ dum esset in Ægypto: Dic quod soror mea sit, ut bene sit mihi propter te. Ambros. lib. de Abraham cap. 9. & August. lib. de mendacio art.1. dicunt Abraham tunc locutum fuisse ex instinctu Spiritus sancti. 2. Ibid. cap. 22. Abraham immolaturus filium dixit servis suis: Expectate hic & revertemur ad vos. Attamen ad immolandum filium pergebat.3. Ibidem cap. 27. Jacob dixit Patri suo: Ego sum primogenitus tuus Esau. 4. Ibidem cap. 42. Joseph ait fratribus: Per salutem Pharaonis exploratores vos estis. Tum cap. 44. iisdem dixit: An ignoratis quod non sit similis mihi in augurandi scientia? 5. Filii Israel Exod. 22. petierunt commodato ab Ægyptiis multa vasa cum intentione non reddendi. Ergo &c.

Respondeo, ibi multa referri ab Historicis quæ tamen non approbantur; quia tamen ut plurimum in sententiis continentur mysteria, singula distinguenda & explananda sunt.

Ad primum distinguo: Et uxor Abrahæ erat simul & ipsius soror, quia erat filia patris sui, forsan ex alia matre suscepta, concedo: secus, nego. Quod autem Abraham recte egerit ad servandam vitam, patet eo quod Deus flagellaverit domum Abimalech Regis Ægypti, qui Saram rapuerat sibi in uxorem.

Ad secundum distinguo: Tunc Abraham prophetavit quando dixit, revertemur ad vos, concedo: & non prophetavit, nego. Licet enim in animo ipsi esset immolare filium Isaac, tanta tamen præpollebat fide ut crederet Deum sufficienter & bonum & potentem ad suscitandum Isaac; hinc fide loquens nullo modo mentitus est, volebat enim & immolare filium, & confidebat se reversurum ad servos cum filio redivivo. Solutio est D. Pauli qui ad Heb. 11. de Abraham, sic loquitur: Abraham obtulit filium suum, arbitrans quod potens est Deus Filium a mortuis suscitare.

Ad tertium etiam distinguo: Jacob erat major jure primogenituræ Esau, quia hanc a fratre emerat dignitatem, concedo: & nullo modo erat primogenitus, nego. Erat utique primogenitus in figura, teste S. Augustino, quandoquidem manus Esau expresserat pellibus caprinis, ut Christum præfiguraret, unde August. lib. contr. mend. cap. 10. ait falsum Jacob non fuisse locutum sed mysterium, quandoquidem erat primogenitus in Spiritu gratiæ & fidei sicut Joannes Baptista dicitur in Evangelio Elias in Spiritu. Ceterum inter homines invaluit consuetudo, ut qui pecunia numerata alicujus nobilis emit terram, terræ nomine & donetur & insigniatur.

Ad quartum similiter distinguo, Joseph vocavit fratres suos exploratores, ut illos tentaret & probaret sicut solet judex imponere falsas culpas etiam innocentibus, ut detegat reos, concedo: vocavit exploratores aut calumnia, aut maledictione, nego.

Ad quintum adhuc distinguo: & nomen auguris sumitur ibi pro Propheta, concedo: & ideo vera protulit Joseph, nam erat Propheta magnus ut patet ex eadem Scriptura: & nomen auguris sumitur pro divinatore, & arte dæmonum utente, nego.

Ad sextum, dico filios Israel non accepisse a Deo mandatum postulandi commodato vasa Ægyptiorum, sed simpliciter postulandi & petendi: soli quippe Ægyptii ex mutuo dederunt, sed Deus transtulit dominium ad Israelitas, ut mercedem laborum suorum injuste denegatam obtinerent.

Dices: Deus potest producere, v. g. odorem rosæ absque eo quod rosa sit præsens: Igitur posset esse, absque culpa, causa erroris.

Respondeo negando consequentiam & paritatem. Enimvero odor non dicit absolute præsentiam rosæ, hinc Deus eam supplere potest & producere odorem rosæ absque rosa, unde non esset fallacia; quandoquidem prima causa se sola potest facere quidquid facit cum causa secunda, quum nullum est inconveniens, ut in exemplo.

SY-

SYNOPSIS PROBATIONUM.

Deus nec per se, nec per alias falsa pro veris potest pandere.

PRIMO: quia ut habetur Num. 23. *Non est Deus quasi homo, ut mentiatur*. Sic docent Patres; in primis S. Aug. lib. 1. de civit. cap. 25. S. Thomas hic art. 3.

Secundo: Non una ratio hanc probat veritatem; repugnat enim non ens cum ente essentiali, & supremam veritatem cum mendacio consociari.

Tertio: Deus, teste Apostolo 2. Tim. 2. *Seipsum negare non potest*. Sed si Deus falsa diceret, seipsum negaret, jam enim non foret veritas essentialis. Ergo &c.

SYNOPSIS OBJECTIONUM, ET RESPONSIONUM.

PRIMO: Non mirum videri debet, si quaedam futura in Scriptura annuntiantur, quae tamen non evenerunt; haec enim vel comminationis Prophetiam, vel etiam futura conditionata quorum conditio non purificata est, spectant.

Secundo: Neque putandum est, Deum esse mendacii, sicut potest esse doloris causam: flagellare enim v. g. peccatorem est quid justum & bonum cedens utilitati peccatoris: sed mendacium est malum privativum non habens causam efficientem, sed solum deficientem.

Tertio: Legitur Joan. 8. Christum dixisse Abraham dies ejus vidisse, sed de praenotione Spiritus, non visionis intuitivae Salvator sic locutus est, quocirca nihil a veritate alienum protulit.

SECTIO TERTIA.

Utrum repugnet Deum aequivoce loqui tum per se, tum per alios?

LOCUTIO equivoca est usus a verborum in sensu occultiori vero, relicto manifestiori falso ad proprium conceptum caute, aut etiam captiose occultandum. Porro aequivocatio duplex distinguitur, altera scilicet verbalis & externa; & fit cum verba vel ex se, vel ex adjunctis circumstantiis externis duas possunt subire significationes; & sumuntur in sensu occultiori; ut si v. g. janitor in atrio do-

mus existens respondeat Dominum suum non esse hic, intelligendo in atrio: aequivocatio vero interna ea est cum per mentem alia significatio verbis tribuitur, quam ea quae externe eis convenit sive per novi idiomatis confectionem, sive per verborum mentalium restrictionem, ut si Petrus interroganti an aliquid fecerit? Respondeat: non fecisse, subintelligendo, ut ubi dicam, jam sit.

CONCLUSIO.

Impossibile est Deum sive per se, sive per alios loqui aequivoce.

PROBATUR auctoritate & ratione. Primo quidem, Sap. 1. 5. habetur: *Spiritus enim sanctus disciplinae effugiet fictum*. Atqui aequivocatio est quid fictum: igitur procul est a Deo. Ratione vero, & quidem quadruplici. Primo, quia Deus nequit justam habere causam aequivoce loqui, nam universorum Dominus est, unde timor ad loquendum aequivoce eum non compellit. Secunda, plenus est veritatis, unde sine tergiversione veritatem & loqui potest, & de facto loquitur. Tertia, aequivocatio summe derogat auctoritati, siquidem aequivocare, non imprimit tantam subjectis auctoritatem, quantam exigit Dominus. Quarta, in doctrina fidei adsunt multae causae aversentes ab aequivocatione, in ea enim Deus se gerit ut dictamen mundi, & ut Doctor infallibilis; nec eum deceret viros sanctissimos decipere, immo suam purissimam doctrinam sub culpa gravi & poena aeterna, vult teneri, quod non posset facere, si foret aequivocatio.

Solvuntur objectiones.

OPPONES. Jeremias cap. 20. 7. ait a Deo ipso fuisse seductum, sic enim loquitur: *Seduxisti me Domine, & seductus sum*. Ergo &c.

Respondeo distinguendo: seductus est a Deo Jeremias permissive, concedo: directe & positive, nego. Putabat Propheta se mitti solum ad gentes, juxta illa cap. 1. verba: *Constitui te hodie super gentes ....* ut *.... disperdas*. Sed Deus qui non tenebatur prima vice omnem missionem pandere aequum duxit etiam ad Judaeos Prophetam dirigere, quibus multas, ipso inspirante, in peccatorum vindictam annun-

nuntiavit maledictiones, quas etiam cito-
citius suum sortiri effectum non credebat.
Contrarium autem contigit, & a suo populo variis injuriis & opprobriis lacessitus
contra spem, ingemuit, & præ amore
alloquens Deum ut patrem a quo consolationem petebat, dixit : *Seduxisti me Domine.*
    Respondet Rev. P. Graveson Dominica-
nus & Doctor Sorbonicus Tract. de script.
S. Romæ typis edit, ad hanc & similes
difficultates, his verbis : " Hæc Scriptu-
,, ræ sacræ loca in objectione laudata
,, non innuere homines fuisse a Deo men-
,, tiendo, & falsa revelando deceptos,
,, (hoc enim impossibile est, utpote sum-
,, mæ Dei sanctitati, atque veracitati om-
,, nino oppositum) : sed tantum insinua-
,, re, Deum, auferendo lumen veritatis,
,, permittere interdum in pœnam pecca-
,, ti, ut homines seducantur, & deci-
,, piantur; eodem plane sensu, quo Deus
,, dicitur obdurare corda hominum, non
,, impartiendo malitiam, sed subtrahendo
,, gratiam suam, & spargendo pœnales
,, cæcitates propter illicitas cupiditates.
,, Sic igitur Ezechielis cap. 14. dicitur,
,, quod Deus seducit Prophetam, qua-
,, tenus ab eo aufert Spiritum veritatis,
,, quo fit ut Propheta divino destitutus
,, lumine respondeat juxta visiones cor-
,, dis sui. Sic cap. 22. libri Job dicitur,
,, quod Deus seducit principes, auferen-
,, do ab. eis. lumen prudentiæ ; & efficit
,, cæcido, ut eorum consilia optato exi-
,, tu careant. Sic epist. ad Rom. cap. 1.
,, Deus dicitur tradere homines in repro-
,, bum sensum, quia illos a se desertos
,, propriæ cupiditati, & dæmonum illu-
,, sionibus permittit. Sic denique, dici-
,, tur Deus mittere operationem erroris,
,, quatenus subtrahit discretionem spiri-
,, tuum, & finit ut satanas suis artibus,
,, ac præstigiis impios seducat, sicut Ibi-
,, dem aperte se le explicat Apostolus.
,, Verba autem Jeremiæ dicentis : *Sedu-
,, xisti me Domine & seductus sum.* Non
,, ita sunt intelligenda, quasi Deus a
,, sancto illo Propheta spiritum veritatis
,, subtraxerit, sed his verbis significare
,, dumtaxat vult Jeremias, se sperasse
,, fore ut Judæi ejus Prophetia illustrati,
,, ad se ipsos reverterentur, & a pravis
,, suis moribus resipiscerent, quod tamen
,, secus, & præterquam speraverat, con-
,, tigit. Nam Judæi Prophetia Jeremiæ
,, pejores, ejusque inimiciores facti sunt.

,, Unde Propheta ægre ferens repulsam,
,, quam a Judæis passus erat, ait, se ob
,, hanc causam noluisse amplius prophe-
,, tare, sed tamen vehementior! Dei af-
,, flatu victum ad iterum prophetandum
,, fuisse impulsum, seque hoc pacto fuis-
,, se a Deo seductam amicissime conque-
,, ritur Propheta : *Seduxisti me, Domine,
,, & seductus sum, fortior me fuisti, &
,, prævaluisti : factus sum in derisionem,
,, tota die omnes subsannaverunt me . . . . .
,, Ratio est, quia in his Prophetiis com-
,, minatoriis quædam semper imporatur
,, conditio, quandoque expressa, quan-
,, doque subintellecta, sicque numquam
,, tendunt ad fallendum, sed potius ad
,, bonum, seu emendationem hominum.
,, Sic Deus cap. 20. lib. Genes. ait Regi
,, Abimelecho, qui Saram uxorem Abra-
,, hæ abstulerat : *En moriris propter mu-
,, lierem, quam tulisti.* Sed Abimelecho
,, paratum ad satisfactionem animum de-
,, monstranti, iterum dixit Deus : *Nunc
,, ergo redde viro suo uxorem, quia Pro-
,, pheta est, & orabit pro te, & vives; si
,, autem nolueris reddere, scito quod morte
,, morieris tu, & omnia quæ tua sunt.* Ubi
,, liquet, quod Deus Regi Abimelecho
,, prædixit, non fuisse absolute suturum,
,, sed in eo esse subintellectam conditio-
,, nem, ac deinde explicatam . . Igitur luce pomeridiana clarius apparet
simulationem in Deum non posse ca-
dere .
    Replicabis : Videtur quod Christus non
semel æquivocatione usus sit . Ergo &c.
Probatur antecedens. 1. Christus Matth.
20. dixit matri filiorum Zebedæi petenti
pro filiis in regno suo, sedes eminentiores : *Sedere autem ad dexteram meam vel
sinistram, non est meum dare vobis .* Cum
tamen hujus officii & muneris foret Dominus. II. Joan. 2. ait : *Solvite templum
hoc, & in tribus diebus excitabo illud .* Ibidem cap. 7. respondet notis suis illum
invitantibus ad festum : *Ascendite vos ad
festum hunc, ego autem non ascendam .* Postea vero nihilominus ascendit . III. Luc.
24. occurrente obviam duobus discipulis
Emmaus pergentibus, ut primum huc venit, finxit se longius ire velle, sic enim
habetur : *Et appropinquaverunt castello quo
ibant : & ipse se finxit longius ire .* IV.
Quid plura adjicium ? Joan. 20. apparuit
Mariæ Magdalenæ sub specie hortulani .
V. Non omittendum quod Deus 3. Reg.
22. mittat spiritum qui decipiat Achab

Re-

Regem Ifrael , ut percuffus In bello pereat & moriatur . *Egredior* , ait *dæmon* ,
& ero fpiritus mendax in ore omnium Pro-
phetarum ejus . *Et dixit Dominus : deci-*
pies, & prævalebis : egredere . Sed hæc &
fimilia æquivocationem fpirant . Ergo &c.
Re.p ndeo I. diftinguendo , & hæc omnia denotant folum æquivocationem materialem , concedo : formalem , nego .
Materialis illa eft quæ præiere ex fe aliquam parabolam , ut fub figura veritas
demonftretur ; vel etiam quæ continet
refponfum ad interrogationem relativum ;
non enim loquens omnem femper tenetur pandere fenfum , qui fub verbis latet , maxime vero cum Interrogans fcit
refpondentem non teneri fenfum aperire
adæquatum ; formalis vero illa cenfetur ,
quæ directe & manifefte fenfum exhibet
contrarium , quæque fit cum mentali re-
ftrictione veritati immediate oppofita .
Prima quandoque apparet in Scripturarum facrarum fententiis , quæ ut plurimum continent myfteria : Secus vero altera : quminmo fi Scripturarum oracula
æqua lance ponderentur , ne quidem in
eis apparebit ut amphibologia , aut æquivocatio .
Refpondeo II. negando anteced. Ad primam probationem , diftinguo : Chriftus
refpondit ad mentem interrogantis , concedo : fecus , nego . Revera quidem mater filiorum Zebedæi ipfum confiderabat
tamquam Regem temporalem , qui tandem fuper folium David brevi feffurus
erat , quod ipfa mulierit manifeftat loquela : *Dic ut fedeant hi duo filii mei , unus*
ad dexteram tuam, & unus ad finiftram .
Igitur refpondit ut homo , dicens , *Non*
eft meum dare vobis , fed quibus paratum
eft a Patre meo : In quibus quidem verbis nulla eft æquivocatio ; nam Chriftus
Jefus attendit ad prædeftinitionem electo-
rum , quæ profecto procedit a Deo ut a
caufa principali ; debuit igitur dicere :
Non eft meum dare vobis ; id eft , abfolute & ut caufa principalis , bene vero ad
Deum , qui cum fit caufa principalis gloriæ , utique cenfetur & appellatur Dominus Regni futuri , & ejufdem difpen-
fator .
Ad 2. diftinguo , & Chriftus loquitur
de humanitate , quæ non femel in fcri-
pturis vocatur Templum Dei , dicente
Paulo 1. Cor. 3. *Templum Dei eftis* , concedo : fecus , nego . Cæterum Salvator
myfterium annunciabat de cujus ratione

eft obfcuritas , quodque Judæis incredulis
pandere non conveniebat , cum & ipfi
Apoftoli illud veluti fcandalum haberent ,
juxta illud 1. Cor. 1. *Prædicamus Chri-*
ftum crucifixum : Judæis quidem fcanda-
lum , Gentibus autem ftultitiam . Igitur in
fententia eft obfcuritas congrua : Sed non
æquivocatio , quæ quidem duo maxime
inter fe difcrepant : nam æquivocatio eft
contra veritatem , myfterium vero e contra , eft via ad veritatem gradatim infi-
nuandam .
Ad 3. diftinguo , Chriftus dixit , *non*
afcendam , fcilicet cum comitatu & pompa atque publice , qualiter exigebant no-
ti ; nam ipfi dicebant : *Manifefta teipfum*
Mundo , concedo : non afcendam abfolute , nego . Igitur Chriftus & ad humilitatis exemplum , & etiam ad corrigendum
notorum imperfectionem , voluit occulte
tantum afcendere in templum in die fe-
fto : nequidem igitur æquivocationis ad-
umbratio apparet In loquela Domini ,
cum directe refpondeat & ad mentem
parentium : maxime fi cuncta ponderentur verba . Non enim Chriftus ait , non
afcendam , fed *non afcendo* , quod folum
defignat tempus præfens quo , cum pompa afcendere nolebat : hinc fubdit , *Meum*
tempus nondum impletum eft . Hoc eft tempus nondum pro ifto momento congruit .
Ad 4. utique diftinguo , & Chriftus fic
fe geffit urbanitatis caufa , ut difcipulo-
rum probaret affectum , qui quidem ufus
communis eft etiam inter homines , qui
honefta alicujus beneficii recufatione tentant alios , ut iterata gratiæ oblatione
comprobent an fint veri , vel fucati amici , concedo : fecus nego .
Ad 5. etiam diftinguo , Chriftus fe præbuit fub fpecie hortulani videndum a Magdalena , ut acceffum ad ipfum redderet
illi faciliorem , occultando gloriam corporis , quam profecto fuftinere haud valeret ; & etiam ut intelligeret , inquiunt
Patres , hac figura Chriftum effe verum
animarum cultorem , concedo : fe præbuit fub fpecie hortulani videndum ad
decipiendum , nego .
Ad locum ex lib. 3. Regum defum-
dico auctorem canonicum loqui ad
captum humanum , & introducere dæmonem fe offerentem ad decipiendum
Achab , ut rectores intelligeret Deum
permififfe in vindictam idolatriæ peffimi
illius Regis , ut feductus a falfis Prophetis , bellum contra Regem Syriæ ini-
ret ,

ret : Hæc igitur verba : *Egredere*, *fac
ita*, non sunt verba imperantis, sed per-
mittentis.

SYNOPSIS PROBATIONUM.

*Deus nec per se, nec per alios æquivoce
loquitur.*

P R I M O : Sic habetur Sap. 1. *Spiritus
enim sanctus disciplinæ effugiet fictum*.

Secundo : Hoc repugnat primæ veritati, cum æquivocatio non nihil spiret
mendacium.

Tertio : Neque vero potest Deo dari
æquivocandi locus, cum nihil a creaturis
timendum habeat, quippe qui sit omnium
supremus Dominus.

SYNOPSIS OBJECTIONUM,

ET RESPONSIONUM.

P R I M O : Jeremias asserit quidem se a
Deo seductum, sed ibi sermo est de se-
ductione improprie dicta : cum enim Deus
cuncta eodem tempore non revelet Prophetis, putabat vir Dei maledictiones,
ordinante Deo, Judæis a se annuntiatas,
cito citius ad effectum non perventuras,
quorum tamen promptior exitus illum
laturavit opprobriis, hinc seductio, si
quæ dicatur, non ex parte Dei, sed ex
parte Jeremiæ se tenet.

Secundo : Locautum tribuerentur Christo
æquivocationes ; cum enim sit homo Deus,
modo ut Deus quidem, modo etiam ut
homo loquitur : sic quum dixit Joan. 2.
*Solvite templum hoc, & in tribus diebus
excitabo illud*, loquitur de resurrectione
humanitatis sanctæ : loquitur utique ut
homo quum matri filiorum Zebedæi præ-
laturas pro filiis expostulanti, dixit, *Non
est meum dare vobis, sed quibus paratum
est a Patre meo* : ut intelligeret rudis mulier dignitates non gratiæ & favori, sed
laboribus & meritis esse distribuendas.

Tertio : Seductio Achab non fuit positiva, sed solum permissiva ex parte Dei,
& hæc in peccatorum vindictam.

ARTICULUS TERTIUS.

De credibilitate objecti fidei.

C E R T U M est res supernaturales, &
maxime mysteria mentis humanæ aciem
fugere : Igitur possumus tantum habere
aliqua credibilitatis motiva, quibus commota & stimulata ratio credat cum sub-
missione fidei articulos, qui de se obscuri sunt : obscuritas igitur est de ratione
fidei, & est aliud punctum primo discu-
tiendum, postea vero de credibilitate sermonem habebimus. Sit igitur

SECTIO PRIMA.

*De obscuritate objecti fidei, seu de in-
videntia*.

Q U Æ R E S I. Utrum obscuritas requiratur ad objectum fidei.

Ante responsionem notandum est duplicem esse obscuritatem, alteram objectivam, alteram vero subjectivam : prima
se tenet ex parte objecti formalis, quod,
ut quum res non clare cognoscitur : &
quo, quando medium v. g. lumen quo
attingitur coloratum, est obscurum : altera se tenet ex parte potentiæ cognosci-
tivæ, quando scilicet potentia non nisi
obscure perspicit objectum; puta si noctu
inter tenebras apprehendatur objectum :
His prælibatis.

Respondeo I. Utramque obscuritatem requiri ad fidem, juxta illud Heb. 11. *Est
autem fides: sperandarum substantia rerum,
argumentum non apparentium*. Hinc D. Gregor. Homil. 2. dicit : " Quæ enim appa-
,, rent, jam non habent fidem, sed agni-
,, tionem. ,, Igitur utraque obscuritas requiritur ad fidem ; alias non esset argumentum rerum non apparentium. Ratio
est quia fides debet distingui a scientia &
visione beatifica : Sed non aliter distinguitur nisi per obscuritatem : Enim vero
scientia habet evidentiam in principiis &
conclusionibus sicut & visio beatifica in
suo objecto, tum formali quod, tum formali sub quo. Ergo &c.

Respondeo II. Obscuritatem esse solum
conditionem sine qua non fidei, quia sicut everso temperamento dissolvitur animal, sicut ablata obscuritate cessat fides :
cæterum non est ipsius motivum ; non
enim credimus quia objectum est obscurum,

rum, sed quia prima veritas loquitur. Superest igitur, quod sit duntaxat objecti fidei mera conditio.

Quæres II. Num fides possit esse simul cum visione?

Respondeo fidem & visionem non posse compati in eodem intellectu de eodem objecto formali. Ita D. Thomas hic art. 3. quia visum & non visum opponuntur, fides autem se habet ut non visum; visio vero ut visum. Hanc veritatem insinuat Apostolus 1. Cor. 13. his verbis: *Videmus nunc per speculum in ænigmate; tunc autem facie ad faciem.* Ergo &c.

Quæres III. Utrum fides possint compati cum evidentia in attestante.

Ante responsionem observandum est evidentiam esse triplicem; alteram scilicet objectivam, quum objectum de se patet: alteram subjectivam; & est quando potentia illud clare videt: alteram vero quæ se tenet ex parte loquentis, ut cum videtur loquens & proponens veritatem. Porro evidentia objecti potest esse sine evidentia subjectiva; ista enim propositio v. g. Deus est, est per se nota, quoad se, quandoquidem prædicatum est de essentia subjecti, non tamen quoad nos; non enim naturaliter & sine discursu cognoscimus existentiam in Deo esse idem cum sua natura. Item evidentia in attestantem potest esse sine aliis duabus; sic v. g. Doctor proponem demonstrationem Theologicam rustico de existentia Dei, v. g. videt iste loquentem, sed non capit quod illi dicit; jam

Respondeo fidem posse compati cum evidentia in attestante.

Probatur I. auctoritate Scripturæ. Quando Exod. 3. Deus locutus est ad Moysen in rubo ardenti, iste nesciebat Deum illum alloqui; dixit enim el, *Ego sum Deus Patris tui, Deus Abraham, Deus Isaac, & Deus Jacob* .... ait, *Moyses ad Deum, ecce ego vadam ad filios Israel, & dicam eis: Deus patrum vestrorum misit me ad vos. Si dixerint mihi: quod est nomen ejus? Quid dicam eis?* Item Isaias cap. 9. vidit Deum sedentem super thronum excelsum & elevatum; non ideo tamen Propheta comprehendebat mysterium sive Incarnationis, sive Trinitatis quæ illi revelabatur: Igitur habebat evidentiam in attestante, licet non haberet objectivam & subjectivam: ergo fides potest compati cum evidentia in attestante: tametsi enim videatur loquens, objectum tamen

semper manet obscurum, immo & ratio qua cognoscitur; quia non cognoscitur per demonstrationem, sed solum per revelationem, & quia Deus loquitur. Ita D. Thomas expresso, hic q. 7. art. 1. sic loquitur; " Si aliquis Propheta prænunciaret in sermone Dei aliquid futurum & adhiberet signum, mortuum suscitando; ex hoc signo convinceretur ille intellectus videntis, ut cognosceret manifeste hoc dici a Deo qui non mentitur, licet illud futurum quod prædicitur, in se evidens non esset; unde per hoc ratio fidei non tolleretur.

SYNOPSIS SECTIONIS.

PRIMO, Fides est essentialiter obscura, nam teste Apostolo Heb. 11. *Est sperandarum substantia rerum, argumentum non apparentium.*

Secundo: Fides non potest esse simul cum scientia & visione, quandoquidem istæ duæ sunt evidentes, fides vero essentialiter importat obscuritatem.

SECTIO SECUNDA.

Utrum objectum fidei sit credibile, id est utrum mysteria nostræ fidei sint credibilia?

CREDIBILITAS Duplex est, alia evidens, alii inevidens: Evidens ea est, quæ petitur ex testimoniis universalibus, & quæ non possunt rejici: inevidens vero petitur ex testimoniis quibusdam particularibus, quæ non sunt sufficientis famæ, ut apud omnes ponderent. Observandum est etiam credibilitatem a scibilitate distingui in eo quod petatur ex testimoniis extrinsecis, scibilitas vero a mediis intrinsecis, & necessario connexis cum re demonstrata. Jam sit

CONCLUSIO.

Mysteria fidei sunt evidenter credibilia.

Probatur multis momentis.

Probatio ex motivis credibilitatis.

PRIMO: Hoc ipsum patet ex cognitione de existentia Dei, quam Metaphysica ratione demonstrant: cognoscendo enim Deum esse, etiam conjecturaliter, ratio

comprehendit illum multa poffe quæ fuper it captum noftrum ; adæoque myfterii ese credibilia.

Secundo : Myfteria probantur evidenter
credibilia ex antiquitate noftræ Religionis : Moyfes enim, tefte fancto Juftino
Martyre in Parænetico, & Tertulliano in
Apologetico, cap. 18. Scripfit ante Græ-
cor, qui nonnifi longo tempore poft captam Jerofolymam ab Afyrus, fcripfere :
immo emanaverit ab Adamo ad Moyfen
ufque traditio de Myfteriis, quandoquidem Deus locutus fuerat Patriarchis : &
tefte divo Thoma, movebantur interius
homines a Deo circa ea quæ funt cultus
divini. Ergo &c.

Tertio : Vel ipfa veritas in hoc feipfam
prodit, quippe quæ folum tendat ad cognitionem Dei, ejufque attributorum infinu-
andam, tum & ad mores juftis legibus componendos, paffionefque virtute crucis re-
fiænandas.

Quarto : Sanctitas noftræ Religionis, reddit fidei objectum maxime credibile, non
enim, ut Mahumetica indulget fenfibus
& carni, fed totum dat Spiritui. Hoc
ipfum claret in Martyribus, hoc in Confefforibus, hoc in Virginibus, aliifque juftis & fanctis, qui non ambulant fecundum carnem, fed gratiæ fpiritum : hoc
annuntiat morum fanctitas; hoc lex pura
& immaculata, hoc demum Chriftianorum
charitas quam fæpe mirati funt Ethnici :
unde Paulus ad Philip. I L affirmat Chriftianos inter Gentiles ficut luminaria lu-
cere : de fancto Luciano Martyre refert
Metaphraftes, Ethnicos folo ejus confpectu ad fidem Chrifti fuiffe adductos :
vel ipfe univerfus orbis Angelicam Magni
Antonii vitam demirabatur.

Quinto : Efficacia noftræ Religionis, non
levius eft credibilitati argumentum. Peccatores pauci non armorum vi, ratio-
pum, non voluptatum honorumque promiffione per omnem terram fidem diffe-
minaverunt, verum potius ut Auguftinus
lib. de corr. & gr. cap. 22. terrente diabolo, fæviente mundo, pluribus & nobiles, immo & doctos, ut Dionyfium Areo-
pagitam, Clementem Alex. Irenæum,
Juftinum, Arnobium, Ariftidem, Ath-
enagoram, Lactantium, & alios per-
multos, Chrifto pepererunt : Sed quod
prorfus ftupendum, cruciatus non minue-
bant, fed fuperabant fidem, ita ut, inquit
Tertullianus in fub finem Apologetica, fanguis martyrum effet femen Chriftianorum ;

unde Ibidem fub finem Apol ait : " Hoc
" agite, boni Præfides, cruciate, tor-
" quete, atterrite nos, plures efficimur
" quoties metimur a vobis. „Zonaras fcribit
Diocletianum in Occidente regnantem,
Maximinum vero in Oriente : alterum
dum Mediolani degeret ; alterum dum
Nicomediæ fponte abdicaffet imperium,
eo quod Chriftianos exterminare nedum
poffent, fed quotidie crefcere intueren-
tur. In relationibus Japoniæ refertur
quendam Imperatorem dixiffe de Chriftianis, fe fruftra in eos fævire, e quorum
cineribus plures de die in diem refurgerent.
Sexto ; Ex innumeris teftibus videlicet
gentibus, Turcis, & Judæis claret fidei
credibilitas. Cætri Auguftus, ut referunt Suidas, Cedrenus, Nicephorus &
alii, ædificavit Aram primogenito Dei,
fcilicet Chrifto. Alexander Severus imaginem Chrifti habebat, quam fingulis die-
hus colebat. Plinius Junior fcribens ad
Trajanum Imperatorem de Chriftianis,
dicit eos effe folitos ftatuto die ante lucem
convenire, carmenque Chrifto quafi Deo
canere ; nec furta, nec adulteria committere ; immo Inimicis condonare. Tum
poftea Trajanus a perfequendis fidelibus
abftinuit. In calce Apologiæ S. Juftini
Martyris tres funt Romanorum Imperatorum Epiftolæ in gratiam Chriftianorum. Item Sibyllæ multa præclare de
noftra religione dixerunt. Celeberrimum
eft oraculum Delphicum, feu Apollo Del-
phicus, qui ut fcribunt Suidas, Svero-
nius in Octavio, Nicephorus lib. 1. cap.
37. refpondit Cæfari Augufto exigenti
refponfionem, fibi impofitum fuiffe filentium a puero Hebræo, qui Deus exi-
ftens cuncta fuo degebat arbitrio. Nec
Mahumetus etfi falfus Propheta in Alcorano filet Chriftum, quem Dei fapientiam, tum animam, fpiritum, & verbum
afflatu quodam divino ex Maria Virgine perpetua & illibata natum afferit. Unde ex
Mahumetanis, qui Ghrifti fepulchrum nondum inv'ferunt, perfecte purificati non
cenfentur : qui vero Chrifti nomen &
Mariæ contaminate commemorant, feve-
riffime puniuntur ; fed refta inter Turcas
majoreft Tullianus Mahumetanus fecit
Sacerdos ; Cum enim a multis annis Alcoranum jam jam explicaffet, factum eft
ut coram populo eumdem legens dere-
pente mutatus, exclamavit religionem
Mahumetanam effe falfam, & folam Chriftianam veram, propter quod ftatim martyrio

tyrio coronatus est : Hanc Historiam refert Duverderius Historicus Gallus , neque etiam ex parte Judæorum , tametsi
religioni Christianæ offensis desunt pro eodem momento testimonia. Insigne est istud
Josephi qui in libro antiquitatum Jud. vocat Christum Deum : concinit Philo inter Judæos doctissimus. Hic teste S. Hieronymo , composuit librum de sanctitate
primorum Christianorum , qui Alexandriæ
vivebant. Ergo &c.

,, *Probatio , ex SS. Patribus.*

S. AUGUSTINUS lib. 7. Confessionum,
cap. 10. sic loquitur : " Facilius dubita-
,, rem vivere me , quam esse vera quæ au-
,, divi. ,, Rursus lib. contra Epistola Fundamenti , cap. 4. " Multa sunt, *ait*, quæ
,, in Ecclesia me justissime tenent , con-
,, sensio populorum agentium , auctoritas
,, miraculis inchoata, spe aucta , charita-
,, te firmata, & vetustate nutrita. ,, Richardus a S. Victore lib. 1. de Trin. cap.
3. sic exclamat loquens de fide : " Do-
,, mine si est error *quod credimus*, a te de-
,, cepti sumus: nam ista in nobis tantis si-
,, gnis, & prodigiis confirmata sunt , & ta-
,, libus quæ non nisi per te fieri possunt . ,,
Denique Picus Mirandulanus , Epist. 1.
sic ait ; " Magna insania est , Evangelio
,, non credere , cujus veritatem singula
,, Martyrum clamat , Apostolicæ resonant
,, voces , prodigia probant , ratio confir-
,, mat , elementa loquuntur , dæmones
,, confitentur. ,, Concludamus igitur cum
Propheta Regio ,: Psal. 92. *Testimonia tua
credibilia facta sunt nimis .* De hujusmodi
credibilitatis motivis fuso calamo jam scri-
psimus uti de existentia Dei in tract. de
Attributis ; Et iterum sermo jucundus redibit tract. de Incarn.

, *Probatio , ex ratione.*

VEL ipsa ratio suffragatur conclusioni,
itaque multiplex , sed quæ unico & brevi
comprehenditur argumento. Illa religio &
fides credibilis est , quæ supremum Numen absque ulla superstitione adorat ; ad
quem omnis refert , & a quo omnes bonitatem exspectant; quæ com-
primit linguam mendacem atque ef-
frænatam, carnem libidinibus ebul-
lientem ; compescit iras & jurgia
componit, gloriatur & studet
adimplere justitiam, reddendo unicuique
~ *Boucat Theol. Tom. IV.*

quod suum est, quæ terrena non sapit , sed
ad cælestia sine fine alumnos deducit ,
quæ præcipit parcere inimicis , immo &
diligere , atque ipsis benefacere præcipit :
Atqui talis est religio Christiana , etiam
testantibus Paganis , qui non semel tot
& tanta demirati , vel conversi sunt ad
fidem , vel si intra Paganismum viri sunt
adhuc sistentes , eam tamen multi secerunt , atque celebrarunt encomiis , ut ex
dictis patet. Ergo &c.

Solvuntur objectiones Paganorum .

OBJICIUNT I. Mysteria religionis
Christianæ non sunt evidenter credibilia :
Ergo &c. Probatur Ant. 1. Non sunt sufficienter credibilia ex parte Magnatorum,
qui politica & voluptate ut plurimum
ducuntur in religione amplectenda : sic
omnes ferme Orientis Imperatores hac de
causa Mahumetanam sequuntur sectam .
II. Ex parte populorum , qui cæco impetu & ad phantasiam aliquam ample-
ctuntur religionem , ut videre est in Ger-
maniæ populis , qui Principis vulgo adoptant sectam. III. Ex parte miraculorum ,
Magi enim Pharaonis , ut legitur Exod.
7. 8. multa patravere miracula coram
Moyse . IV. Etiam ex parte universita-
tis ; enim vero omnes fere orbis terrarum
populi , exceptis paucis Europæ regnis ,
adhærent Mahumeto. Ergo &c.

Respondeo negando Ant. Ad primam distinguo , Magnates sequuntur religionem
sensibus blandientem quando audiunt passiones & cedunt carni , concedo ; quum
ad rationem & vocem interiorem atten-
dunt , nego. Multi enim ad fidem conversi sunt , ut Magnus Constantinus : alii tal-
tem confessi sunt religionem Christi esse o-
ptimam , ut Reges Japoniæ apud quos sermonem habuit sanctus Xaverius. Jam vero qui Christianos infestati sunt , miseran-
de perierunt , ut legitur de Juliano Apo-
stata & aliis : immo pessimus homo , qualis fuit & Caiphas , Deo sic ordinante &
volente , in gratiam & gloriam religionis
Christi prophetavit.

Ad secundum eadem est solutio , sed quod
mirabile est , supplicia cedere etiam teneris
Virginibus , ut B. Agneti & aliis quæ fidem in martyrio , Christo servaverunt .
De hoc stupens & demirans hæc eloquitur S. Cyprianus lib. 1. epist. 6. " Quibus
,, ero vos laudibus prædicem fortissimi
,, Martyres . . . Tolerastis usque ad con-

B ,, suma-

„ humanationem gloriæ ducißimum quæ-
„ stionem : nec cessissis suppliciis , sed
„ vobis potius supplicia cesserunt , . . .
„ Vidit admiratus præsentium multitudo
„ emissle certamen . . . . Steterunt torti
„ torquentibus fortiores : Et pulsantes
„ ungulas , pulsata ac laniata membra
„ vicerunt . „
   Ad eorum distinguo , Magi , Pharaonis falsa miracula ope dæmonum operati sunt , concedo : secus , nego. Hoc ipsum paret ex eo quod serpens a Moyse
productus omnes Magorum serpentes de-
voraverit , & ipse solus manserit vivus .
Cæterum Magi non potuerunt restituere
elementa transmutata in pristinum statum
sicut Moyses , qui aquis, sanguineis pristinum & colorem & laporem reddidit .
   Ad quartum dico sufficere ad universalitatem religionis nostra , ut omnes linguæ , populi & nationes hanc censerint
& adhuc censeant : Christiani enim ubique , reperiuntur ; immo ante falsum
Prophetam Mahumetum totus Oriens &
ultimæ terræ nationes doctrinæ Apostolorum & eorum in Pastorali officio successorum adhæserunt .
   Opponunt II. Mysteria non apparent rationi possibilia : Igitur nec credibilia . Probatur consequentia : Actus credibilitatis
a nullo elici potest : non quidem a fide,
cum non illam habeat Gentilis : neque
etiam a ratione , quandoquidem eam in
immensum transcendunt mysteria: & hoc
supponitur. Ergo &c.
   Respondeo distinguendo Ant. Mysteria
non apparent possibilia demonstrative ,
concedo : conjecturaliter , ponderatis miraculis , aliisque testimoniis . nego.
   Ad probationem dico actum credibilitatis esse solum . objective & extrinsece
actum fidei , in quantum terminatur ad
objectum fidei : Sed non intrinsece , cum
quia non procedit a fide & a medivo intrinsece supernaturali ; unde innoti procedere a Metaphysica , quæ discursu de-
monstrativo de existentia Dei , & contra naturaliter de aliis mysteriis : multos
enim est qui audiens & videns rationem
credibilitatis, qui non faciat alimentem di-
scursum quo conseturaliter cognoscit mysteria nostra esse evidenter credibilia .

SYNOPSIS OBJECTIONUM

   Mysteria fidei sunt evidenter credibilia.

Primo : Hoc ipsum annuntiat religionis nostræ antiquitas celebrata a Justino
in Parænetico, tum a Tertulliano Apol.
cap. 18. & lib. de præscript. cap. 37. Hoc
ejus efficacia , & fortitudo quæ mundum vicit : Hoc paritas & sanctitas ;
hinc belle ait Lactantius lib. 3. cap. 25.
   „ Dei præcepta , quia & simplicia & ve-
„ ra sunt , quantum valeant in animis
„ hominum , quotidiana experimenta de-
„ monstrant . Da mihi virum qui sit ira-
„ cundus, maledicus, effrænatus; paucis-
„ simis Dei verbis tam placidum quam
„ ovem reddam . „
   Secundo : Non levius indicant religionis
Christianæ evidentem credibilitatem ejus
pauperrimi Præcones , qui terrente mundo , & sæviente diabolo eam per orbem
terrarum disseminaverunt .
   Tertio : Prophetæ vel ipsæ Sybillæ eam
prænuntiaverunt : & prædictionum veritatem felices probavere exitus . Plura
credibilitatis argumenta referre superflu-
deo . Tertullianus in Apol. Justinus in
utraque pro Christianis Apologia , Augustinus lib. de util. cred. sub finem : lib.
contr. epist. Fund. Tum lib. 1. de civ. &
cap. 21. & 22. Arnobius lib. 8. contra
Gentes , & alii mira de hoc momento
scripserunt .

SYNOPSIS OBJECTIONUM.

   ET RESPONSIONUM.

Primo : Tametsi Magnates cedant pas-
sionibus blandientibus , mercatores avida
manu & usuris divitias colligant , populi
proprio pondere terrenæ inhient , non inde sequitur religionem Christianam non esse credibilem , immo potius concedendum
est maxime credibilem , quippe quæ
cuncta debellet vitia.
   Secundo: Esto quod mysteria humanam
transcendant rationem , inde solum sequitur non esse per media intrinseca & demonstrative credibilia , sed non extrinsece per testimonia quibus Metaphysicus
concludere potest , ea esse fide digna.
   Tertio : Magi Pharaonis non vera , sed
falsa & commentitia ope dæmonum prodigia patrarunt , quæ quidem non erant
mi-

miracula, hinc illo momento ex comparatione facta cum miraculis Christi & A-
postolorum nihil ab evidenti credibilitate
fidei detrahitur.

ARTICULUS QUARTUS.

De resolutione fidei & credendorum.

DUo veniunt examinanda in hoc articulo; alterum de credendis : alterum
vero de Judice supremo circa controversias credendorum. Unde fit

SECTIO PRIMA.

De credendis & Symbolis.

NOTANDUM est I. credibilia esse per
certos articulos distinguenda, ita D. Thomas hic art. 6. articulus enim est coapta-
tio multorum quæ habent connexionem
ad invicem, quæ subluut eidem rationi
formali & ordinem ad unum dicunt : Sic
omnia mysteria fidei sublunt revelationi
Dominicæ immediate, v. g. Christum fuisse passum, mortuum, sepultum, resurrexisse respiciunt unum & idem, scilicet
humanitatem Christi : cum igitur objectum fidei sit non visum, & non visa
speciales complectuntur difficultates quæ
pertinent ad divinitatem Christi, & speciales quæ spectant humanitatem, conve-
nienter credenda ; distinguenda sunt secundum diversos articulos ne pariatur
confusio in intellectu nostro qui propter
in materia immersionem, apprehendit in-
divisa quasi divise, & simplicia quasi per
modum compositionis.
Prænotandum est II. articulos fidei non
crevisse secundum successionem temporum
quoad substantiam ; sic docet D. Tomas,
hic art. 7.
Quia illi solum sunt de fide quæ sunt in
Scriptura sacra revelata, vel talia sunt
per traditionem divinam ; quæ autem
continentur in Scriptura, semper sunt
eadem ; nec licitum suit aliquid addere
Scripturæ : quæ vero emanaverunt vel
ab ore Dei & Christi, & quæ cognoscun-
tur per traditionem sicut Paulus enarrat
de institutione Eucharistiæ, 1. Corinth.11.
his verbis : Ego enim accepi a Domino, quod
& tradidi vobis : quoniam Dominus Jesus in
qua nocte tradebatur &c. Sunt etiam eadem, nec licet in eis quidquam addendo

innovare : Igitur articuli fidei non creve-
runt quoad substantiam.
Observandum etiam articulos fidei crevisse quoad explicationem, tum quia, inquit D. Thomas, omnia in figuris contingebant in veteri Testamento, quod erat,
teste Apostolo, umbra futurorum. Unde
Mysterium Trinitatis, v. g. & Incarnationis solum adumbratum, debuit explicite in novo Testamento proponi ; tum
quia propter hæreses etiam vel ipso novo
Testamento opus suit explicare fidem,
ne fideles incaute impingerent in errorem; unde consubstantialitas Verbi, v. g.
explicata est in Concilio Nicæno contra
Arianos : Ergo &c.
Notandum est IV. esse 14 articulos fidei
in Symbolo contentos : ita D. Thomas
hic art. 8. qui sic ratiocinatur. Ea quæ
pertinent ad fidem vel nos Beatos reddunt,
& sunt occulta divinitatis : vel non ad
finem beatum conducunt, & est mysterium Incarnationis : Porro circa majestatem divinam tria nobis credenda proponuntur. Primo quidem unitas divinitatis, & ad hoc pertinet primus articulus :
Secundo Trinitas personarum, & ad hoc
sunt tres articuli secundum tres personas :
Tertio vero proponuntur nobis opera di-
vinitati propria, quorum primus pertinet
ad esse naturæ, & sic nobis proponitur
articulus creationis ; secundum vero spectat gratiam ; & sic proponuntur nobis
sub uno articulo, omnia pertinentia ad
nostram sanctificationem : Tertium pertinet ad esse gloriæ, & sic proponitur, nobis illius articulus de resurrectione carnis,
& de vita æterna, & sic sunt septem articuli divinitatem spectantes. Similiter circa humanitatem Christi ponuntur utique
septem articuli. Quorum primus est de
Incarnatione, seu de Conceptione Christi
operatione Spiritus sancti in utero Beatæ
Mariæ Virginis : Secundus de Nativitate ejus ex eadem : Tertius de Passione
ejusdem, Morte & Sepultura : Quartus
de descensu ad inferos : Quintus de Resurrectione : Sextus de Ascensione : Septimus de adventu ad judicium. Alii sunt
etiam articuli fidei, sed reducuntur ad
istos. Sic v. g. articulus Eucharistiæ ut est
Sacramentum sanctificans, reducitur ad
alios effectus Incarnationis & gratiæ san-
ctificantis ; & ut est miraculosa, ad omnipotentem Dominicam. Ita D. Thomas
hic art. 8. ad sextum.
Cæterum articuli impliciter propositi
tunc

B 2

tunc credebantur folum implicite; ut primum vero Ecclefia eos explicavit, & explicata propofuit, quilibet fidelis tenetur ea credere explicite, alias effet Hæreticus. Sic ante definitionem Stephani I. qui tenebant Baptifma ab Hæreticis collatum verbis Chrifti non valere, errabant quidem, fed non erant Heretici; fecus vero qui hoc dixerunt poft Ecclefiæ ftatutum, decifio non eft quidem articuli alicujus innovatio, fed explicatio, fed expofitio, & determinatio.

Subnotare iterum juvat Symbolum effe credendorum fummam, in brevem & facilem methodum ad inftructionem & rudium & fimplium. Divus Thomas hic art. 8. dicit pertinere folum ad Concilium generale legitimum & ad fummum Pontificem condere Symbolum; Enimvero eo folum fcopo condita funt Symbola, ut fideles facilius retineant credenda, & habeant fidei regulam, ne aftutia hominum circumferantur omni vento doctrinæ: Sed ad Concilium generale & ad fummum Pontificem duntaxat pertinet condere ejufmodi fidei regulam, fiquidem foli funt fupremi controverfiarum fidei judices: Ergo &c. His præmiffis fit

§. I.

De Symbolo Apoftolorum.

CONCLUSIO.

Symbolum, quod Apoftolicum vocatur, ab Apoftolis emanavit.

Probatio, ex Traditione.

PROBATUR conclufio illo brevi fed efficaci argumento. Quod traditione habetur, firmiter tenendum eft: Atqui ex inconcuffa traditione habemus Symbolum quod nomine Apoftolorum circumfertur ab eis promanaffe, & probatur difcurrendo per fecula.

Ex primo feculo: Scimus Apoftolos a Chrifto in omnem terram miffos ut gentes erudirent in fide, juxta illud Matth. 28. *Euntes docete omnes gentes;* Sed ad hoc neceffe erat eis fummam fidei tradere: quod non una evincit ratio. I. Quia rudes erant populi, idiotæ & nobiles carnales plurimorum, hinc clare & cum methodo articulos fidei exponere opus erat, ne falfa aut humana pro divinis haberent. II.

Brevi tempore uno commorabantur loco Apoftoli, quocirca fynopfim credendorum præftare debebant, ne credenda propofita, & prædicata de repente oblivifcerentur auditores. III. Pfeudo-Prophetæ & Pfeudo-Apoftoli ficut prædixerat S. Paulus venturi erant, quamobrem fummam credendorum præ oculis habere debebant novi Chriftiani, ne omni vento doctrinæ moverentur: Ergo &c.

Ex fecundo feculo. Irenæus l. 1. adverfus hær. cap. 2. fic loquitur: " Ecclefia enim per univerfum orbem ufque ad fines terræ feminata, & ab Apoftolis & a difcipulis eorum accepit eam fidem, quæ eft in unum Deum Patrem omnipotentem.

Ex tertio feculo: Tertullianus lib. de velandis virginibus idem expreffe cum Irenæo fcribit. Tum lib. de præfcr. cap. 37. ait: " In ea regula incedimus, quam Ecclefia ab Apoftolis, Apoftoli a Chrifto, Chriftus a Deo tradidit.

Ex quarto fec. Non leviora dicit Lucifer Calaritanus lib. adverfus Conftant. Imper. Symbolum appellat: " Formam difciplinæ, & regulam fidei per Apoftolos traduam . . . videamus Apoftolos credidiffe in unum Deum Patrem omnipotentem . . . & in unicum Filium ejus Jefum Chriftum.

Ex quarto fec. Clarius Ambrofius de hoc momento loquitur lib. 1. epift. 7. his verbis: " Credatur Symbolo Apoftolorum, quod Ecclefia Romana intemeratum femper cuftodit.

Ex quinto fec. Habemus Cæleftinum I. Papam qui epift. ad Neftorium Symbolum iftud vocat, *Symbolum ab Apoftolis traditum.* Concinit S. Leo epift. 13. ad Pulcheriam Auguftam: " Si quidem, *ait,* ipfius Catholici Symboli brevis & perfecta confeffio, quæ duodecim Apoftolorum totidem eft fignata fententiis, tam inftructa fit in munitione cælefti, ut omnes Hæreticorum opiniones folo ipfius poffint gladio detruncari.

Non omittendus Rufinus in præfat. Symboli ad Laurentium: " Difceffuri itaque ab invicem poft afcenfionem Apoftoli, normam fibi prius futuræ prædicationis in commune conftituunt, ne forte alii alio adducti, diverfum aliquid his, qui ad fidem Chrifti invitabantur, exponerent. Omnes igitur a, uno pofiti, & Spiritu fancto repleti in breve iftud futuræ fibi, ut diximus,

, præ-

„ prædicationis indicium in unum con-
„ ferendo, quod sentiebat unusquisque
„ componunt, atque hanc credentibus
„ dandam esse regulam statuunt. „
His accedit Caffianus lib. 6. de Incarn.
cap. 3. & 4. Suffragantur subsequentium
sæculorum Patres: in primis Isidorus Hispal. lib. 2. de Ecclel. officiis cap. 22. S.
Maximus homil. de traditione Symboli &c?

Probatur rationibus Theologicis.

PRIMA: Quod usus Ecclesiæ perpetuus
obtinet, citra temeritatem non est abnegandum: Atqui usus ille de Symbolo
Apostolis attributo talis ab omni ævo
fuit. Igitur illud Symbolum ab Apostolis emanavit.

Secunda: Quoties agitur de fide, Ecclesia in Conciliis adunata salsa rejicit.
Et sola omni exceptione majora lnscepit:
Sic in Synodo generali Ephesina Symbolum Theodori Mopsuesseni rescidit, nusquam vero Apostolicum nuncupatum:
Ergo &c.

Tertia: Ecclesia non proponit dubia pro
regula fidei: Sed singulis fidelibus proponit Symbolum Apostolorum nomine celebratum ut fidei regulam tenendam, &
ipsam in officio divino recitari vult: Ergo &c.

Fit satis objectionibus.

OBJICIES: Si Symbolum de quo movetur quæstio, foret Apostolorum fœtus,
illius meminissent in suis Epistolis vel ipsi
Apostoli, nec Evangelistæ illud omisissent:
Atqui tamen altum est de eo silentium
in istis monumentis. Igitur non claret
illud ab Apostolis fuisse concinnatum.
Confirmatur: Si res sic se se haberet,
jam illud Symbolum inter Scripturas Canonicas recenseretur: quod tamen nemo
admiserit. Ergo &c. Rursus: Non erat
necessarium, cum tempore Apostolorum
nondum essent exortæ hæreles: Ergo
&c.

Respondeo non opus fuisse Apostolos in
suis vicissim epist. illud commemorasse
Symbolum, tum quia multa alia omissa
sunt, juxta illud Joan. 21. *Sunt autem &*
alia multa, quæ fecit Jesus: quæ si scri-
bantur per singula, nec ipsum arbitror mun-
dum capere posse eos, qui scribendi sunt li-
bri. Quia vero Apostoli illud Symbolum
non scripto tradiderunt, neque ab Evan-

gelistis inter scribendum commemoratur,
neque inter Scripturas Canonicas locum
habet. Solutio colligitur ex S. Hieron.
qui epist. 61. ad Pammachium ubi ait
Symbolum de quo loquimur, non scriptum, sed solum memoriæ Fidelium
fuisse commissum: Symbolum, inquit,
„ fidei & spei nostræ quod ab Apostolis
„ traditum, non scribitur in charta aut
„ atramento; sed in tabulis cordis car-
„ nalibus. „ Hinc non mirum, si in
canone Scripturæ sacræ non contineatur. Ad ulteriorem confirmationem, negamus tempore Apostolorum nondum
fuisse hæreles: siquidem Simon Magus,
Cerinthus, Ebion, Seductores & falsi
Prophetæ, jam in Ecclesia movebant tragœdias, ut legitur de Simone Mago Act.
8. Adde Apostolos debuisse fidei & Ecclesiæ in futurum consulere.

Dices: Si Symbolum quale habemus
conditum fuisset ab Apostolis, non diversimode in diversis Ecclesiis legeretur:
Atqui tamen illud verum est: Et probatur. In vulgari solum hæc leguntur: *Cre-*
do in Deum Patrem omnipotentem, Creatorem
cæli & terræ, Symbolum Orientale habet
unum: in Aquilejensi atque Romano,
Creatorem cæli & terræ, omittuntur, nam
post *omnipotentem,* additur, *invisibilem*
& impassibilem.
In tertio Symboli capite legimus: *Qui*
conceptus est de Spiritu sancto ex Maria Vir-
gine. Aquilejense dicit: *Qui natus est de*
Spiritu sancto ex Maria Virgine. Jerosolymitanum hæc sola retinet verba: *Incarna-*
tum, & hominem factum.
In quarto capite habetur: *Passus sub*
Pontio Pilato, crucifixus, mortuus, & se-
pultus, descendit ad inferos. Aquilejense
passionem & mortem prætermittit.
In nono capite hæc lectio talis est:
Credo sanctam Ecclesiam Catholicam, San-
ctorum communionem: Aquilejense omittit
vocem *Catholicam:* Adde tempore Apostolorum Ecclesiam nondum dici Catholicam, & in Aquilejensi nihil de communione Sanctorum legi.
In undecimo profitemur resurrectionem
carnis, Addit Aquilejense *hujus carnis:*
& in Romano, & in isto non est articulus de vita æterna. Idem habet S. Hieronymus epist. 6. ubi affirmat Symbolum terminari ad articulum de resurrectione.
Respondeo distinguendo minorem, & illa diversitas contigit ex eo quod Ecclesiæ
Symbolum integrum nondum habebant,

concedo : ex eo quod non sit ab Apostolis emanatum, nego. Nec mirum, quod ex Traditione habetur, non cito, sed solum successione temporum habetur; maxime ubi de multis articulis agitur. Porro in sola Ecclesia Romana habetur eo ordine, iis sententiis, & iisdem plane verbis, quibus est ab Apostolis traditum : Rationem reddit Rufinus in expositione Symboli, quia, inquit, nullae haereses e Roma eruperunt, & ideo majori explicatione non indiguit : " Illud non importune commonendum puto, quod in diversis Ecclesiis aliqua in his verbis inveniuntur adjecta, in Ecclesia tamen urbis Romae hoc non deprehenditur factum, quod ego propterea esse arbitror, quod neque haeresis ulla illic sumpsit exordium. "

Ad primum ergo dico ex eo quod dicatur : *Credo in Deum*, cito colligi esse unum, nam pluralitas deorum arguit nullizatem.

Ad secundum in voce *omnipotenti*, continetur articulus creationis coeli & terrae : Per verba *invisibilem & impassibilem*, Ecclesia Aquilejensis retundit haeresim Patripassianorum. Vox, *natus*, sumitur proprie & idem sonat ac *conceptus* : vocabula, *incarnatum & hominem factum*, quae leguntur in Symbolo Jerosolymitano implicite *conceptum ex Spiritu sancto*, important. Voces *crucifixus*, & *sepultus*, passionem sufficienter explicant, cum haec ad mortem consequantur, immo & descensus ad Inferos *intelligitur*, quia ut ratiocinatur Rufinus, si corpus fuit in sepulchro, debuit anima descendere ad locum spirituum ut eos liberaret a poenis. Sic loquitur in expositione Symb. " Sciendum sane est quod in Ecclesia Romanae Symbolo non habetur additum, *Descendit ad inferna* : Sed neque in Orientis Ecclesiis habetur hic sermo : vis tamen verbi eadem videtur esse in eo quod sepultus dicitur. "

Apostoli in praenotione Spiritus dixerunt Ecclesiam Catholicam, hoc est, quae talis erat futura, vel etiam ex eo quod doctrina quam praedicabant, omnia credenda continebat.

Communio Sanctorum sequitur ex universalitate Ecclesiae, ut scribit Catechismus Concilii Trid. part. 1. de ... Symb. artic. num. 14. " In primis igitur, inquit, fideles docendi sunt hunc articulum esse illis, qui de una sancta Ecclesia Catholica possunt est, veluti

---

explicationem quamdam. Unitas enim, Spiritus a quo illa regitur, efficit ut quicquid in ea collectum est, communi, ne sit. " Demum, vita aeterna ad resurrectionem consequitur.

Infabis : Tertullianus multos omisit articulos in Symbolo quod repraesentat : Et vero silet descensum ad inferos ; nihil de Spiritu sancto, de Ecclesia, de Sanctorum communione, de remissione peccatorum, de vita aeterna : Ergo &c.

Respondeo Tertullianum non descripsisse Symbolum prout ab Apostolis traditum est, sed solum repraesentare praecipua Symboli capita, quibus errores tunc temporis grassantes confutabantur, scilicet Praxeae, Valentini, Marcionis & Apelis : Caeterum illum fuisse Montanistam nemo non novit, qui quidem pro Spiritu sancto Montanum stultissime agnoscebat ; hinc de industria omisit Symboli articulos qui Spiritum sanctum Deum spectabant.

§. II.

De Symbolo Constantinopolitano.

Symbolum illud est ipsum Nicaenum : quia vero isti addidit contra Macedonium & Lucas ; *Qui cum Patre & Filio simul adoratur, & conglorificatur* : ideo etiam Constantinopolitanum dictum est. Quaeritur igitur utrum Symbolum Nicaenum quod & Constantinopolitanum, fuerit ab Ecclesia receptum ? Pro cujus resolutione sit

CONCLUSIO AFFIRMATIVA.

Probatur multis momentis.

Primo : Ex ipsa fidei definitione Concilii Constantinopolitani his verbis expressa : *Communi judicio dogmata expellenter erravit inenarrabilem Patrum renovavimus fidem, Symbolum trecentorum decem & octo omnibus praedicantes, & eos qui bene voluti tessaram pietatis acceperunt, ut proprios Patres etiam adscribimus ; eo numerum, qui postea in magna Constantinopoli congregati sunt, centum quinquaginta ; & eamdem fidem confirmaverunt.*

Secundo : Ex subsequentibus Conciliis oecumenicis quae illud contra insurgentes haereses laudarunt : Ephesinum eo utitur ad debellandam Nestorianos : Calchedonense contra Eutychianos . Quintum generale ait : *Suscipio sanctas quatuor Synodos, &*

*& quæ ab ipfis de una eademque fide defi-
nita funt.* In Concilio Forojulienfi fub
Carolo Magno totum recenfetur, fimiliter
& in Tridentino cum particula pro proceffione Spiritus fancti a Patre & Filio:
Qui a Patre, Filioque procedit.
Tertio: His acceffit omnium Ecclefiarum ufus. Igitur illud Symbolum ab Ecclefia receptum eft.
Dices: In decreto Synodi Sardicenfis
fancitur nihil ulterius de fide fcribendum
effe, fidem Nicænam fufficere, neque
aliud Symbolum effe edendum. Præterea
in Concilio Calched. feff. 1. clamabant
Ægyptii: " Nemo fufcipit adjectionem,
" nemo diminutionem. Quæ in Nicæna
" Synodo conftituta funt, teneamus. Ca-
" tholicus Imperator hoc juffit. " Idum
in epiftola quorumdam Epifcoporum Ægyptii ad Leonem Auguftum hæc habent
ordine 24. poft Concilium Calchedonenfe:
" Suggerimus, non 318. SS. Patrum, qui
" in Nicæna civitate collecti funt Sym-
" bolum atque fidem tenere; & neque
" augmentum aliquod, nec diminutionem
" recipere. " Sed in Symbolo CP. multa
Nicæno addita funt: Igitur non eft re-
cipiendum.
Refpondeo diftinguendo minorem, in
Symbolo CP. quædam ad explicationem
adduntur Nicæno, concedo: quoad fidei
fubftantiam, nego. Concilium Sardicenfe
prohibuit quidem ne novum & alterum
Symbolum a Symbolo Nicæno conderetur: at novam explicationem ubi occurreret neceffitas, dare non vetuit; hinc
retentis Nicænis capitulis, contra hærefes
Macedonii divinitatem Spiritus fancti de-
bellantis, addidere Patres CP. Symbolo
pro aftruenda confubftantialitate Spiritus
fancti cum Patre; *Qui cum Patre & Filio fimul adoratur, & conglorificatur:* Non
abfimili modo Patres Florentini adverfus
Græcos obftrepentes, & ejufdem fpiritus
proceffionem a Filio inficiantes; pofuerunt in eodem Symbolo: *Qui a Patre,
Filioque procedit.*
Ad fecundum dico illos Ægypti Epifcopos nullius effe auctoritatis, ftabant enim
pro Eutychete & Diofcoro, qui retenta
fide Nicæna, quæ Incarnationis Dominicæ non fatis expreffe explanarat Sacramentum, rejiciebant Synodum CP. verum
ipfi Patres Calchedonenfes eam multi fa-
cientes, nedum fufceperunt, fed & laudaverunt, ac fuo munierunt calculo.
Dices II. auctor libri Pontificalis fcribit

de Hilario Summo Pontifice, ipfum tres
confirmaffe Synodos, fcilicet Nicænam.,
Ephefinam & Calchedonenfem; fed omittit Conftantinopolitanam: Ergo &c.
Refpondeo I. Hilarium id feciffe, quia
illa Synodus quoad Canones nondum erat
recepta. II. Confirmando fidem Nicænam cenfetur confirmaffe fidem Conftantinopolitanam; ab illa enim non differt
nifi penes majorem explicationem. III.
Damafus Papa non nifi primum canonem
ad fidem fpectantem recepit.
Inferes I. Symbolum Conftantinopolitanum addidiffe Nicæno: *Vifibilium & invifibilium factorem,* nec non verba, cœli
& terræ: contra Marcioniftas, qui duo
admittebant principia. II. *Ante omnia fæcula:* contra Photinum, qui negabat
Verbum effe ab æterno. III. *De Spiritu
fancto ex Maria Virgine,* contra Apollina-
rem. IV. *Crucifixus pro nobis fub Pontio
Pilato, & fepultus:* item, *fedet ad dexteram Patris, venturus cum gloria, cujus
regni non erit finis:* & hoc contra Mille-
narios. V. *Dominum & vivificantem, ex
Patre procedentem, cum Patre & Filio fimul adoratur & conglorificatur: Qui locutus eft per Prophetas. Et unam fanctam
Catholicam,* & reliqua Symboli.

§. III.

De Symbolo D. Athanafi.

CONCLUSIO.

*Illud Symbolum jufte attribuitur divo Atha-
nafio.*

PROBATUR multipliciter contra impugnantes. I. Ex Gregorio Nazianzeno, qui
in oratione ad laudem D. Athanafii dicit
fcripfiffe egregiam fidei profeffionem, quam
Ecclefia Orientalis & Occidentalis vene-
ratur. II. Ex Concilio Florentino; Eugenius enim IV. in Decreto unionis cum
Armenis cap. 6. hanc fidei profeffionem
proponit ut regulam fidei. Et ab hoc
tempore propter Ecclefiæ univerfalis confenfum ad quam folum pertinet & ad
fummos Pontifices condere Symbola, vocata eft Symbolum Athanafii, fed non
antea, eo quod ortum haberet ab Epifcopo particulari. Ita D. Thomas his q. 1.
art. 10. ad 3. his verbis: " Dicendum,
" quod Athanafius non compofuit mani-
" feftationem fidei per modum Symboli,

,, fed magis per modum cujufdam doctri-
,, nae, ut ex ipfo modo loquendi apparet.
,, Sed quia integram fidei veritatem ejus
,, doctrina breviter continebat, auctori-
,, tate Summi Pontificis eft recepta, ut
quafi fidei regula habeatur. ,, Idem probat Genebrardus, lib. 3. de Trinit. Quid
plura? Ecclefia illud tradit recitandum
fub nomine D. Athanafii : Ergo &c.
Sunt aliae fidei profeffiones a multis
Conciliis emanatae, ut a Concil. I. Antiocheno, a Carthaginenfi VI. a Toletano
XI. & a Tridentino : fed quia fpecialiter
funt ad confutandos Haereticorum errores particulares, ficut & ad majorem articulorum fidei expreffionem, inter Symbola non annumerantur.

Finis Symbolorum triplex affignatur,
nempe inftructio Fidelium, deinde haere-
fum profligatio : Tertio loco ponitur major fidei explicatio. Symbolum Apoftolorum ex Chryfoftomo & Auguftino, fuit
ad inftructionem Fidelium : Nicaenum ad
profcriptionem haerefis Arianae. Athanafii
vero ad fidei explicationem, ut totus
orbis Ariana haerefi exagitatus, fuccum-
beret ; licet autem quaedam fint in uno
& non in altero, quodlibet tamen ad
fuum fufficit finem. Caeterum Ecclefia
alia nos edocet quae non funt explicite
in Symbolis . v. g. doctrinam Sacramentorum Confirmationis, Ordinis & Matrimonii : Item perpetuam & illibatam bea-
tiffimae Mariae virginitatem . Porro Symbolum non eft fcriptura canonica, Spiritus enim fanctus non dictavit litteram,
fed folum infpiravit fenfum. Quae tamen
continet, funt de fide, quia eft doctrina
de divinitate & incarnatione Dominica,
viva voce tradita a Chrifto Apoftolis, &
ab Apoftolis ad Fideles tranfmiffa.

SYNOPSIS ARTICULI.

PRIMO : Symbolum Apoft. ab Apo-
lis emanavit ; fic propugnat Irenaeus lib.
1. adverf. haer. cap. 2. Tertullianus lib.
de veland. virg. Lucifer Calaritanus lib.
1. adverf. Conft. Imper. Ambrofius lib. 1.
epift. 7. ufus Ecclefiae hoc ipfum confirmat .

Secundo : Conftantinopolitanum habetur ab Ecclefia ut regula fidei : laudatur
in Concilio Ephefino & Calchedonenfi, a
quinto generali ut Evangelium recipitur.
A Florentino celebratur contra Graecos
pro proceffione Spiritus fancti.

Tertio : Symbolum quod nomine S. A-
thanafii circumfertur, illi jure merito tribuitur . Sic cenfet Ecclefia quae illud ut
S. Praefulis foetum proclamat & decan-
tandum proponit ; Sic etiam propugnat
S. Thomas hic 2. 2. q. 1. art. 10. ad 3.

SECTIO SECUNDA.

*Utrum ad folam Ecclefiam pertineat proponere
& definire credenda in Scripturis
& Traditione contenta?*

LUTHERANI & Calviniftae contendunt
ultimam fidei refolutionem quoad propofitionem credendorum fieri in Scripturam
facram, & in Spiritus fancti afflatum
cuilibet datum ad intelligendam Scripturam, quae quidem opinio eft haeretica .
Unde fit

CONCLUSIO.

*Ad folam fpectat Ecclefiam explicare Scri-
pturam, & proponere credenda.*

Probatur auctoritate & ratione.

Primo, *ex veteri Teftamento.*

CUM Exodi 18. populus coepiffet rempublicam quandam componere, circa legis dubia Mofen confulebant ; ipfe autem
erat fummus Pontifex fupra Aaron, juxta illud Pfal. 78. *Monfes & Aaron in Sacerdotibus ejus.* Nam & Sacerdotis magni
munia exercuit, tum confecrando vefles,
tum ipfum Aaron & Levitas, ut habetur Exod. 28. & 29. fed & controverfiarum fidei & legis Judex conftitutus eft .
Sic enim habetur loco primum citato .
*Altera autem die fedit Moyfes ut judica-
ret populum . . . . quod cum vidiffet cognatus ejus omnia fcilicet quae faciebat in populo, ait : Quid eft hoc quod facis in plebe?
Cur folus fedes, & omnis populus praeftola-
tur de mane ufque ad vefperam, cui refpondit Moyfes : Venit ad me populus quaerens
fententiam Dei. Cumque acciderit eis aliqua
difceptatio, veniunt ad me ut judicem inter
eos, & oftendam praecepta Dei, & legis
ejus.* Item 2. Paralip. c. 19. legitur : *Omnem
caufam quae venerit ad vos, fratrum vefro-
rum . . . . Ubicumque quaeftio eft de lege, de
mandato, de caeremoniis, de juftificationibus;
oftendite eis ut non peccent in Dominum . . .
Amarias autem Sacerdos & Pontifex vefter,*

in

in bit, qua ad Deum pertinent, praside-
bit: Porro Zabadias ..... Super ea opera erit, qua ad Regis officium pertinent.
Igitur ad fummum Pontificem & Ecclefiam pertinet folvere controverfias fidei.

Secundo, ex novo Teftamento.

Ecclesia dicitur columna & fundi-
mentum veritatis; unde Matth. 18. Chriftus ait: Si autem Ecclefiam non audierit,
fit tibi ficut Ethnicus & Publicanus. Rurfus Matth. 23. Super cathedram Moyfi federunt Scribæ & Pharifæi. Omnia ergo quæcumque dixerint vobis, fervate & facite.
Et Joan. ult. Petro idem Chriftus ait:
Pafce agnos meos .... Pafce oves meas.
Tum ad Galat. 2. Paulus fic loquitur:
Afcendi Jerofolyma n eun Barnaba ... contuli cum illis Evangelium, quod prædico in
Gentibus. Quinam autem fint cum quibus
contulit Evangelium, fuerunt Petrus,
Jacobus, & Joannes. Rurfus c. 1.
Joan. + Chariffimi, nolite omni fpiritui credere, fed probate fpiritus fi ex Deo fint:
quoniam multi pfeudo-Prophetæ exierunt in
mundum. Igitur ex his omnibus liquet con-
troverfiarum fidei judicium pertinere ad
Ecclefiam.

Tertio, ex Patribus.

S. Cyrillus Alex. in thefauro fic
habet: " Debemus nos Capiti noftro Ro-
„ mano Pontifici adhærere, ad omnes
„ pertinet ab eo quid credendum ac te-
„ nendum fit, accipere. „ Tum Cyrillus
Jerofol. catechefeos, parte 5. dicit fidem
a fola Ecclefia tradi, & omni Scriptura
muniri.
S. Cyprianus ante utrumque Cyrillum eandem confirmavit veritatem, l. 1. epift. 3.
in qua fic loquitur: " Nec enim aliun-
„ de hærefes obortæ funt, aut nata funt
„ fchifmata, quam inde quod Sacerdoti
„ Dei non obtemperatur, nec unus in
„ Ecclefia ad tempus Sacerdos, & ad
„ tempus Judex vice Chrifti cogitatur. „
Quam quidem fententiam confirmat Auguftinus lib. 2. contra Crefconium, exp.
33. aureis iftis verbis: " Quifquis falli
„ metuit, hujus obfcuritate quæftionis,
„ Ecclefiam de illa confulat. „ Tum lib.
contra epift. Fund. c. 5. " Ego vero E-
„ vangelio non crederem, nifi me Catho-
„ licæ Ecclefiæ commoveret auctoritas ....
„ qua infirmata, jam nec Evangelio cre-

dere potero. „ Unde ibidem addit E-
vangelium Nazaræorum non admittere,
quia illud non admittit Ecclefia: Igitur ad fummum Pontificem & Ecclefiam fpeſtat explicare, & proponere credenda.

Quarto, ex ediclis Imperatorum.

Primo: Conftantinus Magnus poft
definitionem Concilii Nicæni ediſtum edidit, quo Donatiftas adverfus Ecclefiæ de-
cretra dogmatica obftrepentes, Bafilicis,
tum bonis & hæreditatibus fpoliavit, ac
tandem exularunt. Sic refert D. de Fleury Hift. Eccl. tom. 3. lib. 10. pag. 58.
Idem Imperator ann. circiter 331. leges
fimiliter pœnales contra Novatianos, Valentinianos, Marcioniftas, Paulianiſtas,
& Montaniftas promulgavit. Fleury ib.
11. pag. 208. & 209.
Secundo: Neftorius in hærefi pertinax
manens juffu Imperatoris in exilium miffus, ibi omnibus exofus, a cunſtis abie-
ſtus, miferiis & ærumnis confeſtus obiit.
Aſt. Conc. Ephef.
Tertio: Imperator Marcianus edicto exilii infeſtatus eft Eutychianos.
Quarto: Non abfimile Honorius Imperator anno 418. contra Pelagianos protulit.
Quinto: Multo plura eadem de cauſa
lata fileo: unum folummodo addam; Reges noftros Chriftianiſſimos non femel variis ediſtis exagitaſſe Novatores, in primis Ludovicus XIV. vere religionis aliil-
que præclaris dotibus magnus, cujus veftigiis infiſtens Ludovicus XV. variis quoque ediſtis recentiorum Heterodoxorum
fregit audaciam: Ergo &c.

Quinto, ralionibus Tbeologicis.

Prima: Requiritur infallibilitas & revelatio certa ad definitionem alicujus fidei articuli, fin minus vel ipfa fides flu-
ſtuaret: Atqui præclaras iſtas dotes habet Ecclefia: Igitur ad illam fpeſtat explicare & proponere credenda. Minor patet ut fuo loco fufius dicemus. Major in
qua poffet aliquis reperiri difficultas probatur. Primo quidem ex Illo Chrifti oraculo Matth. 16. quo fidei confeffionis a
Petro factæ refpondit: Caro & fanguis
non revelavit tibi, fed Pater meus qui in
cælis eft. Et Paulus ad Gal. 1. de feipfo
dicit: neque enim ego ab homine accepi illud

lud Evangelium, neque didici, sed per re-
velationem Jefu Chrifti. Ergo &c.
Secunda : Scriptura fe fola non fufficit neque traditio, fed infuper requiritur regula vivens . Igitur ad Ecclefiam
ipfeffat explicare & proponere credenda .
Probatur antecedens . Scriptura varios
fubit fenfus, quorum multi funt admodum obfcuri ; juxta illud 2. Petr. 3. Cha-
rifimus frater nofter Paulus fecundum datam fapientiam fcripfit vobis , ficut & in
omnibus epiflolis , loquens in eis de his , in
quibus funt quædam difficilia intellectu .
Idem dicendum de traditione , cum Patrum fæpius non una fit de aliquo religionis puncto fententia, ut liquet de Millenariorum placitis, quibus incaute multi
primorum fæculorum Patres adhærebant :
Igitur exigitur ut Ecclefia omnibus fupe-
rior figat fenfum Spiritus fancti , & illum
declaret .
Tertia : Ufus & poffeffio quæ rationem
habet legis pro affervanda & declaranda veritate invaluit . Ergo &c. Probatur antecedens . Variis temporibus varii
infurrexerunt pfeudo-Prophetæ , qui adul-
terantes verbum Dei Scripturas & Patres in fuos erroneos detorquebant fenfus :
de hujus Turfuris falfis Doctoribus meminit fanctus Paulus epift. 1. ad Tim. cap. 4.
S. Petrus epift. 2. cap. 2. Igitur opus eft
fupremo controverfiarum judice quæ eft
Ecclefia, quæque modo per fummos Pontifices, modo per Concilia loquatur. Hoc
judicandi modo ad metam perduxit in Concilio Jerofolymitano controverfiam motam
de legalibus ; in Concilio Palæflino alteram de celebratione Pafchatis . In Nicæno eam quæ Verbi confubftantialitatem
fpectabat ; & fic de cæteris ufque ad
Tridentinum inclufive. Quod utique fummi Pontifices in fuis epifolis & decretis
ab Ecclefia fufceptis , deficiente Conciliorum adunandorum opportunitate , fæpiffime fecerunt . Ergo &c.
Quarta : Particulares etiam Sancti non
valent , faltem infallibiliter & femper attingere fenfum Scripturæ : Ergo &c. Probatur Ant. Sæpius ignorant in loquantur infpirati a Deo , immo fæpius etiam
eventus, quem prænuntiant , eorum fugit
cognitionem : Sic Nathan prædixit ædificationem templi faciendam per domum
David , putans quod ipfe David & inci-
petet, & confummaret opus, quod tamen
folum legitur factum tempore Salomonis.
Lib. 4. Reg. cap. 4. Elifæus videns mu-

lierem animi mærore confectam , confef-
fus eft illi , & non negavit , Deum ipfi
occultaffe tantum mæftitiæ effectum : Denique David impetu fpiritus Dei raptus
multa effatur in Pfalmis mirabilia , quæ
tamen fæpius quoad perfonas & alias circumftantias ipfum latebant : Unum præ-
nofcebat, fe fuperiori virtute ductum hæc
loqui : Ergo &c.
Quinta : Tefte Apoftolo eft una fides :
Atqui fi quilibet fenfum Scripturæ haberet fecundum fuam explicationem , tot
effent Religiones & fides quot capita ,
ut oftendit illuftriffimus Epifcopus Mel-
denfis Boffuetius in libro variationum Proteftantium . Calvinus v. gr. & Minifter
Molinus tenent Euchariftiam in figura effe articulum fidei effentialem ad falutem ,
Minifter vero Monræfar , qui præfuit Synodo Nationali Proteftantium Charoten-
fi , anno circiter 1658. declaravit realitatem corporis Chrifti in Euchariftia nullum habere venenum , & cum tota Synodo recepit ad fuam unionem Lutheranos
confeffionis. Auguftæ VVindelicorum abfque abjuratione articuli realitatis quam
ipfi Lutherani tenebant , & ad præfentem
ufque diem propugnant . Eofdemad unionem fuam recepere multi alii , ut Minifter Crecut-Montili-Adamarius in fua A-
pologia ; tum & Minifter Dalleus in epift.
ad Dominum de Monglac , ex quo duo
fequuntur . Primo quidem , noftræ fidei
regulæ vivæ neceffitas . Secundo , fummum Pontificem & Ecclefiam fupremos
effe controverfiarum religionis Judices :
næc ullam effe apud hæreticos fidem ,
quandoquidem ad Spiritus erroris attendentes perpetuo laborant & æquivocatione & contradictione .
Obfervandum eft tamen ultimam fidei
refolutionem quoad affenfum fieri in primam veritatem tantum, unde fit

CONCLUSIO SECUNDA.

Prima veritas loquens fe fola eft motivum
affenfus fidei .

PROBATUR I. Ex illo Marc. 11. oraculo : Habete fidem Dei . Fides autem ideo
vocatur Dei fides , quia affenfus fidei folo Dei nititur teftimonio , hinc Joan. 4.
Samaritani oculis fuis videntes mira quæ
Chriftus patrabat , dixerunt mulieri cui
Dominus fuas mifericordias evangeliza-
verat : Jam non propter tuam loquelam credimus .

dimus. Ipfi enim audivimus & fcimus, quia hic eſt Salvator mundi.

Probatur II. Ex D. Thoma qui hic 2. 2. quæſt. 1. art. 7. ſic loquitur: " Si con-
„ ſideremus formalem rationem objecti
„ fidei, nihil eſt aliud quam veritas pri-
„ ma.

Probatur III. ratione Theologica: Fides eſſentialiter innititur teſtimonio Dei tanquam motivo ad credendum, alias non eſſet virtus Theologica, ſed fides humana: Igitur ſola prima veritas eſt motivum aſſenſus noſtri: tum quia Eccleſia eſt ſolum regula proponens fidem, & applicans intellectum ad veritates credendas, hinc ſe habet velut apprehenſio objecti, quæ ipſum præſentat tanquam veritati conſonum, ut mens moveatur ad ejus aſſequutionem: Igitur ſicut apprehenſio objecti, non eſt ipſa cauſa formalis motiva voluntatis, ſed bonitas objecti, ita pariter prima veritas objecti fidei non eſt Eccleſia, ſed prima veritas.

Solvuntur objectiones Heterodoxorum contra primam concluſionem.

O b j i c i u n t: Iſai. 54. 13. habetur: *Dabo univerſos filios tuos doctos a Domino.* Igitur, quilibet ſpiritu proprio ſacram poteſt interpretari Scripturam.

Reſpondeo diſtinguendo antecedens: Et Iſaias loquitur de doctrina Evangelii, quam Chriſtus Dominus prædicare debebat & de facto docuit: vel etiam de inſpiratione Spiritus ſancti & gratiæ ejus qua homo impellitur ſuaviter ad credendum ut ſiclat quod audit per concionem, concedo: & loquitur de Spiritu privato revelante, vel proponente credenda, nego. In eodem ſenſu explicandus eſt S. Joannes quum cap. 6. dicit. *Eſt ſcriptum in Prophetis, & erunt omnes docibiles Dei, omnis qui audit a Patre & didicit, venit ad me.* In eo eodem ſenſu ſolvitur, illud ad Theſſalonic. cap. 4. *De charitate fraternitatis non neceſſe habemus ſcribere vobis; ipſi enim a Deo didiciſtis ut diligatis invicem.*

Inſtas: Jerem. 31. habetur: *Dabo legem meam in cordibus eorum, & non docebit ultra vir proximum ſuum dicens: cognoſce Dominum, omnes enim ſcient me a minimo eorum uſque ad maximum.* Ergo &c.

Reſpondeo diſtinguendo, cum S. Auguſtino lib. de ſpirit. & litt. cap. 4. & Propheta his verbis ſignificat gratiam Novi

Teſtamenti, id eſt fidem per charitatem operantem quam Deus diffundit in cordibus noſtris, ut non ſolum ſaciamus, ſed etiam impleamus divina mandata, concedo: ſecus, nego. Illis autem verbis: *Et non docebit ultra*, ſignificatur, teſte Auguſtino, præmium fidei, id eſt, beatitudo in qua omnes electi videbunt Deum facie ad faciem. Si quis vero contendat Jeremiam loqui de præſenti tempore, ſenſus eſt quod fideles in novo Teſtamento omnia explicite cognituri ſint myſteria.

Replicant I. Si Eccleſia judicet de Scripturis, ſequitur illam eſſe ſupra Scripturam, & ſenſum Scripturæ abſque illa non eſſe authenticum. II. Verbum Dei accipere firmitatem & robur a verbo hominum: ſed utrumque eſt abſurdum. Ergo &c.

Reſpondeo negando utramque ſequelam: Primam quidem, quia Eccleſia non facit, ſed ſolum proponit credenda, & judicium ipſius cadit duntaxat ſuper genuinam Scripturarum, unde non eſt ſupra Scripturam, ſed ipſa inſervit Scripturæ, ſecernendo veras a falſis Scripturis: ſecundam vero, quia Verbum Dei nihil accipit in ſe pro veritate quod continet, ſed fideles tantum quos alloquitur Eccleſia, & quibus credenda proponit.

Urgent: Si ex judicio Eccleſiæ pendet Scripturarum ſenſus, jam fides a verbo hominum pendebit: ſed hoc ſtare non poteſt, quandoquidem Scriptura facta eſt Spiritu Dei: Igitur Spiritu divino, & non Eccleſiæ intelligenda eſt.

Reſpondeo diſtinguendo, Scriptura pendebit ab Eccleſia quoad expoſitionem & explicationem, concedo: quoad ſe & veritatem quam præcontinet, nego. Unde Spiritu Dei intelligenda eſt, ſeu ex propoſitione Eccleſiæ, quæ eadem firmata Spiritu habet judicare recte & infallibiliter de Scripturarum ſenſibus, juxta illud Act. 15. *Viſum eſt Spiritui ſancto & nobis*; & illud Chriſti Luc. 21. *Rogavi pro te Petre, ut non deficiat fides tua, & tu aliquando converſus confirma fratres tuos.* Scilicet proponendo credenda.

Reponunt I. Joannes 5. 34. Chriſtus ait. *Ego autem non ab homine teſtimonium accipio:* Atqui Eccleſia conſtat ex hominibus. Ergo &c. II. Superior non dependet ab inferiore: ſed Verbum Dei eſt ſupra Eccleſiam. Ergo &c. III. In lege naturæ quilibet juſtus movebatur a Spiritu ſancto, ex D. Thoma, ad judicandum de

Ver-

Verbo Dei: Igitur infpiratio alicujus particularis apprime judicat de Scripturis facris.

Refpondeo ad primum diftinguendo,
Chriftus non accipit teftimonium ab homine in fe relicto, concedo: infpirato,
nego. Nam ipfe Chriftus ab hoc mundo
difcedens, ut legitur Act. 1. fic fuos al-
loquutus eft Apoftolos. *Eritis mibi te-*
ftes in Jerufalem, & in omni Judæa &
Samaria, & ufque ad ultimum terræ.

Ad fecundum pariter, diftinguo: Superior non dependet ab inferiore quoad
auctoritatem & poteftatem, concedo:
quoad textum Verbum Dei continentem,
fubdiftinguo, fi Spiritus fanctus non præ-
lit, concedo; fecus, nego. Vel aliter:
non dependet quoad fe, concedo: quoad
propofitionem fuorum dictorum, nego.
Verum hæc dependentia non fe tenet ex
parte fuperioris loquentis, cum hoc potius fuam denotet & majeftatem & inde-
pendentiam, dum loquitur per Miniftros,
fed tantum ex parte eorum qui recipiunt
fuperioris mandata.

Ad tertium, diftinguo: & in lege naturæ
nondum erant Scripturæ, concedo: &
erant, nego. Jam vero fi non effent tunc
Scripturæ, projecto fufficiebat traditio,
ficut nunc quoque fufficeret. Si nobis de-
effent Libri facri.

Repones: Joan. 2. legitur: *L'nctio docet*
vos. Cap. 4. *Si quis volueris voluntatem*
ejus facere, cognofcet de doctrina, utrum
ex Deo fit Cap. 10. *Over mez vocem meam*
audiunt. 1. Join. 5. *Si teftimonium homi-*
num accipimus, teftimonium Dei majus eft,
qui credit in Filium Dei, habet teftimonium
Dei in fe. 1. Cor. 2. *Spiritualis judicat*
omnia, ipfe autem a nemine judicatur. Tum
cap. 4. *Si quis videtur effe Propheta & fpi-*
ritualis cognofcet, quia fcribo vobis, quia
Domini funt mandata. Igitur gratia & unctio interior fufficiunt ad diftinguendos
Libros facros a prophanis.

Refpondeo diftinguendo confequens: Gratia fufficit fuppofita propofitione Librorum facrorum ab Ecclefia facta, concedo:
fecus, nego. Duplex eft librorum Scripturæ facræ cognitio, alia exterior, interior altera; prima fit ab Ecclefia, Deo
protegente & illuminante, & infpirante:
altera vero quæ eft actus fidei & humani intellectus cum humili obedientia ad
credendum Scripturis, & fit a gratia interiori, fed fuppofita Ecclefiæ. propofitione: quomodo enim, inquit Apofto-

lus, *Quomodo credent fine prædicante?* h.
eft, fine proponente: fed ad hoc ultro
requiritur Spiritus fancti gratia quæ ape-
riat cor ad credendum, ut legitur
Actor. 16. 14. *Mulier nomine Lydia, pur-*
puraria civitatis Thyatirenorum, colens
Deum, audivit: cujus Dominus aperuit
cor intendere his quæ dicebantur a Paulo.
Ergo &c.

SYNOPSIS PROBATIONUM.

Ad folam Ecclefiam fpectat proponere & ex-
plicare credenda: ita tamen ut ultima fi-
dei refolutio fiat, in primam verita-
tem.

Primo: Sic habetur in veteri Teftamento Exod. 18. ubi Moyfes conftituitur
fupremus controverfiarum religionis Judex: fic & in novo Matth. 18. *Si autem*
Ecclefiam non audierit, fit tibi ficut Ethni-
cus & Publicanus.

Secundo: Hoc ipfum docent una voce
Patres: Cyprianus lib. 1. epift. 3. Auguftinus lib. contr. epift. Fund. c. 5. hoc &
Tridentinum quod fub finem declarat ad
fummam Pontificem pertinere explicare
dubia circa fidem & religionem occur-
rentia.

Tertio: Ufus & poffeffio Ecclefiæ obtinuit, quaciefcumque enim fubortæ funt
hærefes, adunata funt Concilia, in quantum fieri potuit, ad fidem explicandam
& definiendam.

Ceterum, ultima fidei refolutio fit in
Deum in primam veritatem, quandoquidem folum Verbum Dei eft affenfus quem
fidei exhibemus, motivum.

SYNOPSIS DIFFICULTATUM

Et explicationum.

Primo: Proteftantes multa objiciunt
ex Scriptura, fed unum folummodo probant, videlicet, privatos homines non
femel a Deo illuminari; verum non ex-
cluditur propofitio Ecclefiæ probantis an
Spiritus ex Deo fint.

Secundo: Tametfi Ecclefia judicet de
credendis, non inde fequitur eam effe
Scripturis præpollentiorem, fed tantum
hominibus, qui ab eo accipiunt genuinum
textus Canonici fenfum.

Tertio: Neque vero etiam inde fequitur Scripturam ab hominibus pendere,
                                      non

non enim Deus aliquid ab hominibus accipit, sed eis ut ministris ad gloriam suam propagandam utitur, juxta illud Christi Act. 1. ad Apostolos : *Eritis mihi testes in Jerusalem, & in omni Judea & Samaria & usque ad ultimum terræ.*

ARTICULUS QUINTUS.

De Interno actu fidei.

Utrum requiratur ad illum eliciendum pia voluntatis motio ?

DUo sunt in fide distinguenda : Actus scilicet & habitus. Prior est motus in Deum quo aliquis in ipsum tendit ut primam veritatem & cui revelant credit : posterior vero est virtus inclinans intellectum humanum ad credendum his omnibus quæ revelata sunt : sicut actus sic & habitus potest esse informis vel etiam vivus ; informis quidem si sit a charitate divulsus, vivus vero si charitate animetur & in hoc sensu dicitur in Scriptura Rom. 1. 17. *Justus autem ex fide vivit.* Hoc est fide per charitatem formata.

Prænotandum est actum fidei posse in aliquo inveniri absque ipso fidei habitu : talis fuit actus fidei Cornelii ante Baptismi susceptionem, ejusdem prorsus naturæ est actus fidei a Catechumeno elicitus.

Observandum est iterum intellectum posse determinari a voluntate ad actum fidei duplici modo, nempe quoad specificationem actus, ita ut illa compellente respiciat potius verum superioris ordinis quam mere naturale : deinde vero quoad exercitium actus, ut scilicet hic & nunc credat & fidei assentiat.

Supponimus intellectum, secluso Dei auxilio, non posse in actum fidei prorumpere : sed difficultas est de actu fidei in tota sua latitudine sumpto, & quæritur utrum pia motio voluntatis requiratur sive in Catechumeno, sive in Baptizato ut intellectus credat.

Supponimus adhuc ad eandem spectare fidem ea omnia credere quæ in divinis revelata sunt scripturis sive spectent mysteria, sive historiam & miracula, sive etiam Dei promissiones. Ita de fide definivit sacra Synodus Tridentina adversus Protestantes. Qui perperam posuerunt aliam esse fidei

habitum quo historiæ, alium quo miracula : & alium, quo promissiones creduntur. Ratio ea est : fides innititur Verbo Dei : sed in Deo eadem est & indivisibilis veritas idem & indivisibile Verbum : Igitur una & eadem atque indivisibilis fides. Hoc ipsum probatur ex Apostolo qui Hebr. 11. præ laudata eidem fidei tribuit.

Primo quidem, ait fidem cuncta attingere mysteria, his verbis : *Est autem fides sperandarum substantia rerum, argumentum non apparentium*.... *Fide intelligimus aptata esse secula Verbo Dei*. II. Eidem fidei tribuit assensum historiis veteris Testamenti, sic enim pergit : *Fide plurimam hostiam Abel quam Cain obtulit Deo*. III. Per eandem fidem nos credere miraculis asserit Doctor gentium, & ait : *Fide muri Jericho corruerunt circuitu dierum septem*. IV. Denique eandem fidem spectare promissiones, habemus ex subsequentibus verbis : *Per fidem, Sancti, vicerunt regna; operati sunt justitiam, adepti sunt repromissiones*. His prælibatis sit

CONCLUSIO.

Requiritur pia voluntatis motio ut determinetur intellectus ad actum fidei tum quoad specificationem, tum quoad exercitium.

Probatur rationibus Theologicis.

PRIMA sic se habet : Ille actus est a pia voluntatis affectione, qui illam habet ut causam determinantem : Atqui actus fidei tametsi formaliter ab intellectu procedat, adjunctam tamen habet voluntatem quæ intellectum determinat ad hunc potius assensum quam ad alterum, & ad credendum actn : Igitur intellectus determinatur a voluntate & quoad objectum credendum, & ut de facto actu credat. Probatur minor multis momentis.

Primo, ex Scriptura. Luc. 24. habetur : *O stulti & tardi corde ad credendum.* Act. 16. dicitur de Lydia purpuraria : *Dominus aperuit cor intendere his quæ dicebantur a Paulo.* Audis actum fidei etiam ad cor seu voluntatem pertinere, quatenus determinat intellectum ut mysteria contempletur tamquam suæ cognitionis objecta : quod autem etiam illum determinet quoad exercitium, ibidem cap. 17. legitur :

gitur : *Cum audiffent* , inquit S. Lucas ,
loquens de B. Paulo Areopagi perorante:
Resurrectionem mortuorum , quidam quidem
irridebant , quidam vero dixerunt : audiemus
te de hac iterum .... *Quidam vero viri adhae-*
rentes ei , crediderunt . Adhaerentes ei : Ecce
voluntatis affectus ad fidem praerequisitus:
crediderunt , ecce ipse fidei affensus . Ergo
&c.

Secundo : Hoc ipsum subindigitat Concilium Tridentinum seff. 6. cap. 6. his verbis in gratiam eorum qui juftificantur prolatis : " Disponuntur autem ad ipsam ju-
" ftitiam dum excitati divina gratia fidem
" ex auditu concipientes libere moventur
" in Deum credentes , vera esse quae
" divinitus revelata & promissa sunt . "
Ita in locis duplicem rationem affert
Concilium cur actus fidei etiam habeat
adjunctam voluntatem , primam quidem ex
eo quod sit liber & meritorius , deinde
vero quia ab intellectu non procedit nisi
prius à voluntate motu tum & excitato .
Hoc ipsum jam jam Concilium Arausicanum Canone 5. determinaverat , definiendo adversus Pelagianam perfidiam
initium salutis esse , ab effectu credulita-
tis , & inspirationem Spiritus sancti corrigere voluntatem nostram ab Infidelitate ad fidem . Hoc est , movere ad credendum .

Tertio : Succinit S. Augustinus Tract.
86. in Joannem : " Intrare , ait , quiquis
" in Ecclesiam nolens , accedere ad al-
" tare potest nolens , sed credere non
" potest nisi volens . "

Altera conclusionis ratio ea est , quod
donum Dei habeat affectionem cordis ut
causam sui adjunctam : sed fides est donum Dei . Ergo &c. Probatur minor .
Et vero tametsi non sit ipsa gratia , est
tamen a gratia movente cor ad credendum , & in hoc sensu est quid supernaturale & Dei donum , vocaturque gratia
fidei , juxta illud Christi effatum Matth.
16. Beatus es Simon Barjona , quia caro &
sanguis non revelavit tibi , sed Pater meus
qui in caelis est . Concinunt alia innumera
Scripturae loca quibus probant Theologi
initium fidei esse a gratia : omnis autem
actus supernaturalis in eo sensu etiam dicitur gratia , quatenus ab ipsa procedit .
Hoc ipsum passim innuunt Patres ut Ambrosius in expositione istorum verborum
Luc. 1. visum est & mihi , ait : ,, Ideoqui
" Christum sequitur potest interrogatur
" cum esse voluntatis Christianae respondere ,

visum est & mihi , quod cum dicit ,
" non negat Deo visum ; a Deo enim
" praeparatur voluntas hominum , ut enim
" Deus honorificetur a sancto , Dei gra-
" tia est . ,, Similia loquitur Augustinus
lib. de praedestinatione Sanctorum cap. 11.
in primis Tridentinum seff. 6. Can. 3. his
verbis : *Si quis dixerit sine praeveniente Dei*
gratia atque adjutorio hominem credere , spe-
rare , diligere aut paenitere posse , sicut opor-
tet , ut ei justificationis gratia conferatur ;
anathema sit .

Ex his liquet gratiam praevenire semper
fidei actum eo prope modo quo causa suum
antecedit effectum . Igitur non dicendum
est fidem , ut pro actu vel habitu lumi-
tur , esse primam gratiam , ut nonnulli falso autumant , cum gratia haec omnia
praecedat : quasi vero Cornelius , Paulus ,
Augustinus & alii innumeri antequam essent Christiani & sacrum susciperent lavacrum nullam habuerint gratiam : immo
multiplicem habuere quae gratia fidei rea-
tenus dici potest , quatenus à Christo
Mediatore promanabat & ad credendum
in ipsum movebat .

Tertia ratio eaque a priori illa censetur : intellectus seipsum non potest movere quoad specificationem , seu quoad objecti contemplationem per modum deter-
minationis , nisi objectum sit de se evidens , vel in principio , ut in ista propofitione , totum est majus sua parte , vel in
conclusione quae deducitur ex praemissis
rite ordinatis , tunc enim necessario as-
sentitur consequentia : Sed objectum a fide propofitum manet semper in se obscurum & altum . Igitur ut assentiat , indiget
pia voluntatis affectione , quae suppleat
objecti evidentiam . Nec mirum actus fidei est liber tam quoad specificationem ,
quam quoad exercitium : quoad specificationem quidem ut patet Actuum 17. de
illis : *Cum audiffent resurrectionem mor-*
tuorum , quidam quidem irridebant . Igitur
illorum intellectus istud objectum abnuebat : quoad exercitium vero , ut patet
ex aliis : *Quidam vero* , inquit S. Lucas
dixerunt , audiemus te de hoc iterum . Ecce quomodo actu nec credebant , nec
determinabantur ad resurrectionem mortuorum ut fidei objectum credendam . Demum , haec est , discrepantia inter determinationem intellectus circa actum naturalem eliciendum & determinationem
circa actum supernaturalem , quod seipsum
determinet circa objecti naturalis cogni-

tio-

tionem, quippe quod fit illi proportionatum, fed fpecialiter movetur inquit D. Thomas per gratiam, quando objectum innatas ejus excedit vires.

S. *Doctor*, hic 2. 2. quæst. r. art. 4. fic loquitur: " Fides importat affenfum intellectus ad id quod creditur, affentit autem intellectus alicui dupliciter: uno modo quia ad hoc movetur ab ipfo objecto, quod eft vel per fcipfum cognitum, ficut patet in principiis primis quorum eft intellectus; vel eft per aliud cognitum, ficut patet de conclufionibus, quarum eft fcientia: alio modo intellectus affentit alicui, non quia fufficienter moveatur ab objecto proprio, fed per quamdam electionem voluntarie declinans in unam partem, magis quam in aliam. Et fiquidem hæc fit cum dubitatione & formidine alterius partis, erit opinio: fi autem fit cum certitudine, & absque tali formidine, erit fides. "

Solvuntur objectiones.

O B J I C I E S: Non funt multiplicanda entia fine neceffitate: fed illuminatio fupernaturalis eft gratia fufficiens ad eliciendum fidei actum: Igitur inutilis eft pia voluntatis motio. *Confirmatur.* Adam innocens cum fola illuminationis gratia eliciebat fuam in Deum fidem & alios fimiles actus. Ergo &c.

Refpondeo diftinguendo minorem: gratia illuminationis fufficit ad objectum fidei apprehendendum, concedo: ad illi affentiendum, nego. Duplex eft in intellectu humano ad fidem impedimentum: alterum ex fuperioritate ordinis, alterum ex parte depravationis cordis promanans: primum tollit gratia illuminans, quæ quidem elevans Intellectus attingit objectum fupernaturale mentis humanæ aciem in fe relictam fuperans, quod quidem pergitur in Intellectu cum illius qui accedit ad fidem, tum etiam illius qui jam habet fidei habitum, quandoquidem habitus fidei folum inclinat mentem ad objectum contemplandum; ad actum vero eliciendum habitus fupernaturalis non funt principia nifi radicalia, hinc gratia actualis veluti principium immediatum neceffaria eft, cum illa de fe fit activa. Hoc ipfum colligitur ex omnibus ferme Canonibus Concilii fecundi Arauficani. Alterum vero impedimentum per gratiam volitionis feu af-

fectus alternata vice fuperatur: nec mirum affenfus fidei eft liber, hinc gratia fide ficut illuminativa fic & affectiva effe deber, cum libertas fit vis electiva, adeoque in voluntate refidens.

Solutio, ex D. Thoma colligitur qui hic quæft. 2. art. 9. ad 3. fic loquitur: " In fcientia duo poffunt confiderari: fcilicet ipfe affenfus fcientis in rem fcitam, & confideratio rei fcitæ; affenfus autem fcientiæ non fubjicitur libero arbitrio, quia fciens cogitur ad affentiendum per efficaciam demonftrationis: & ideo affenfus fcientiæ non eft meritorius. Sed confideratio actualis rei fcitæ fubjacet libero arbitrio .... Sed in fide utrumque fubjacet libero arbitrio, & ideo quantum ad utrumque, actus fidei poteft effe meritorius. "

Ad confirmationem, nego Adamum eum fola intellectus gratia potuiffe elicere, & de facto plures actus elicuiffe fupernaturales, gratia enim per modum motionis quæ illam determinaret & applicaret ad actum, illi erat neceffaria ratione dependentiæ a Creatore, nobis vero eft & ratione dependentiæ & ratione infirmitatis, non enim folum requiritur ut voluntas noftra determinetur ad bonum, fed ut fanetur; ita expreffis verbis S. Thomas r. 2. quæft. 109. art. 2.

Inftabis: Si requireretur ad actum fidei motio voluntatis, maxime ratione inevidentiæ objecti: Sed hæc ratio nulla eft. Et probatur multis momentis. Primo quidem, Prophetæ tametfi in fide ambulantes, habebant tamen evidentiam in atteftante, cum viderent Angelos in perfona Dei myfterii ifhis adaperientem. II. Myfteria funt evidenter credibilia, & propter figna, fides vero vel in ipfis dæmonibus agnofcitur. III. Fides humana non aliam exigit evidentiam quam in atteftante, hinc abfque negotio ultro credimus ea quæ ab oculatis teftibus nobis referuntur. IV. Demum motio voluntaria, utpote alterius ordinis ab intellectu evidentiam, quæ ex illuminatione objecti procedit, fupplere non poteft: fic auditus quantumvis perfectus fupplere non valet ea quæ ad lumen oculi five ad ipfum fpectant oculum.

Refpondeo negando minorem. Ad primam probationem, diftinguo: Prophetæ habebant evidentiam in atteftante, fed remanebat in objecto obfcuritas, concedo: & non remanebat, nego. Hinc Greg. Magnus hom. 26. illa Chrifti ad S. Thomam

32   Dissertatio prima

mim verba Joan. 20. *Beati qui non viderunt & crediderunt*, ait, Apostolum palpando vulnera aliquid vidisse, scilicet humanitatem, & aliquid credidisse nimirum divinitatem : ecce evidentia in attestante cum objecti obscuritate : Igitur requiritur gratia motionis ut determinetur intellectus quoad specificationem.

Ad secundam probationem, utique distinguo : Mysteria sunt evidenter credibilia adeoque solum evidentia extrinsece, concedo : intrinsece, nego. Sunt enim secundum se absconditia, ut ex probationibus liquet : quocirca fides supernaturalis, non est in dæmonibus, sed solum quædam conjecturalis ex evidentia signorum promanans. Ratio D. Thomæ est quod vera fides tendat in Deum per affectum & ut in ultimum finem quod cæteri Theologi vocant credere in Deum. Non injucundum erit hic texere verba S. Doctoris qui 2. 2. quæst. 5. art. 2. ait : " Quod autem voluntas movet intellectum ad assentiendum, potest contingere ex duobus : uno modo ex ordine voluntatis ad bonum, & sic credere est actus laudabilis : alio modo quia intellectus convincitur ad hoc, quod judicet esse credendum his quæ dicuntur : quod licet non convincatur per evidentiam rei. " Tum concludit : " In fidelibus Christi laudatur fides secundum primum modum : & secundum hoc non est in dæmonibus, sed solum secundo modo. "

Ad tertiam probationem, nego paritatem : Ratio differentiæ ea est, quod fides humana sit sibi de objecto naturali & sibi proportionato, hinc modo adsit testis oculatus deinde instructus moribus objecti non sufficienter evidens, sed non sic de mysterio absconditio res se habet, quippe quod etiam sub lumine fidei & sub evidentia abstrusum remaneat. Circa nisi accedat voluntatis affectio non superatur difficultas.

Ad ulteriorem & ultimam probationem, distinguo antecedens, voluntatis motio seu affectio non reddit objectum evidens evidentia formali, concedo : experimentali, nego. Duplex evidentia distinguenda est, altera formalis, experimentalis altera. Prior procedit ab objecto cognito vel in se & immediate, vel in principiis seu etiam in conclusione demonstrativa & scientifica : posterior vero ex quadam objecti possessione, gustu & experientia : sic

mel degustatum absque eo quod ab oculis videatur, optime dignoscitur : non absimili modo mysteria animæ patent, modo scilicet fidei illuminatione sed tunc obscute, modo vero per divinorum experientiam. Hinc Christus ait ad Discipulos, 1. Joan. 3. *Unctio ejus docet vos*. Igitur gustus divinorum reddit objectum de se absconditum experimentaliter evidens, & sic voluntas per quamdam animi complacentiam movet intellectum ad assentiendum mysteriis, tametsi in se obscuris. *Respones* : Ex S. Thoma 1. 2. quæst. 9. art. 1. voluntas solum movet omnes animæ potentias, quoad exercitium, eas ad actum tum determinando, tum applicando, intellectus vero easdem quoad specificationem immo & ipsam voluntatem objectum proponendo movet, hoc est, ad amandum potius unum quam alterum objectum. Igitur extra voluntatis sphæram est movere intellectum quoad specificationem, nimirum ad assentiendum vel dissentiendum objecto revelato.

Respondeo distinguendo : & S. Doctor loquitur de ordine naturali ubi objectum est proportionatum & evidens eo modo quo ut delineavimus, concedo, de ordine supernaturali, nego. Nisi enim objectum per visionem beatificam clarescat, manet semper in se obscurum, hinc seclusa voluntatis motione, seu affectione, semper erit indifferens ad assentiendum vel dissentiendum juxta illud Actuum 17. de Senatoribus Areopagi Paulum de Mysteriis disserentem audientibus ; *Cum audissent resurrectionem mortuorum, quidam quidem irridebant, quidam vero dixerunt audiemus te de hoc iterum*.

Obfertur velim habitum fidei non esse absolute necessarium ad eliciendum fidei actum, nisi sit sermo de actu fidei perfecto. Primum patet, cum Cornelius ante Baptismi susceptionem fidei actus non semel eliceret : Secundum, affirmat sanctus Thomas hic quæst. 4. art. 2. his verbis : " Oportet, quod tam in voluntate sit aliquis habitus, quam in intellectu, si debeat actus fidei esse perfectus. " Ratio est quia hujusmodi actus est perfecta ad Deum conversio : Sed ista profluit a charitate, ad quam omnes virtutum supernaturalium habitus consequuntur. Ergo &c.

SY-

SYNOPSIS PROBATIONUM.

Requiritur pia motio in voluntate ad credendum.

Primo: Sic habetur act. 16. ubi dicitur quod Dominus aperuerit cor Lydiæ ut intenderet iis quæ dicebantur a S. Paulo. Ibidem cap. 17. solus Dionysius & quidam cum illo, aliis irridentibus, crediderunt.

Secundo: Sic expresse docet Concilium Tridentinum sess. 6. cap. 4. & 6. sic S. Augustinus Tract. 36. in Joan. sic D. Thomas ex professo hic quæst. 2. art. 4.

Tertio: Ratio suffragatur: Fides mysteria proponit mentis aciem tranfcendentia: nisi igitur voluntas moveatur a gratia, & mota inclinet intellectum ad assentiendum fidei, nihil credet. Ergo &c.

SYNOPSIS OBJECTIONUM.
ET SOLUTIONUM.

Primo: Gratia solum illuminans non sufficit ad fidei actum, sed requiritur & movens voluntatem, ut sic mota determinet intellectum ab objectum supernaturale credendum, juxta illud Rom. 10. *Corde enim creditur ad justitiam, ore autem fit confessio ad salutem.*

Secundo: Tametsi possit dari evidentia in attestante, objectum fidei manet semper in se obscurum: Prophetæ quidem quandoque videbant Angelum in forma hominis illos alloquentes, sed proponentes mysteria quæ non capiebant. Igitur sine motione voluntatis non assentiet intellectus fidei.

Tertio: Ultro concedimus intellectum movere ipsam voluntatem in ordine naturali quoad specificationem, sed in ordine supernaturali ipse movetur & applicatur ab ea per gratiam elevata ad objecta supernaturalia credenda.

ARTICULUS SEXTUS.

Utrum actus internus fidei sit necessarius ad salutem.

PRÆMITTENDUM est aliquid esse necessarium duplici modo, videlicet necessitate medii, & necessitate præcepti. Priori modo id omne dicitur necessarium,

Boucat Theol. Tom. IV.

---

cum illo secluso, absolute finis obtineri non potest; sic peccator absque pœnitentia criminum veniam habere nequit; posteriori vero, cum aliquid est necessarium non quidem ex natura rei, sed solum ex institutione alicujus causæ dominantis, quæ statuit ut unum sine altero non comparetur: eo modo audire Missam diebus Dominicis ex præcepto Ecclesiæ ad salutem necessarium est: sed hæc est inter utrumque necessarium discrepantia, quod circa ea quæ sunt necessaria necessitate medii non detur dispensatio, bene vero circa cætera.

Nos ubi re erit etiam hic subnotare fidem esse duplicem, unam scilicet explicitam, alteram vero Implicitam: Prior quidem illa dicitur qua aliquis immediate & determinate aliquid credit. V. g. Verbum esse Incarnatum: posterior vero quando credendo unum articulum expresse, implicite mediate, & consequenter alia cum isto puncto necessario connexa creditur: ut sic plebeius credens Christum passum, implicite credit fuisse flagellis cæsum &c. De utroque momento nunc agendum incumbit.

SECTIO PRIMA.

De necessitate actus fidei in genere,

CONCLUSIO.

Actus fidei est necessarius necessitate medii, tum ad justificationem, tum ad salutem consequendam.

Probatur ratione, eaque multiplici.

PRIMA: Illud est necessarium necessitate medii, sine quo aliquid haberi non potest: Atqui seclusa fide in Deum, nec justificatio, nec salus haberi potest. Ergo &c. Probatur minor multis auctoritatibus. Primo, ex Scriptura. Joan. 14. legitur: *Creditis in Deum.* Rursus cap. 17. *Hæc est autem vita æterna ut cognoscant te solum Deum verum.* Et iterum Hebr. 11. *Sine fide autem impossibile est placere Deo: credere enim oportet accedentem ad Deum, quia est, & inquirentibus se remunerator est.* Ergo &c.

Secundo, concinunt Patres. Instar omnium sit S. Augustinus qui serm. 38. de tempore, sic loquitur: "Fides est humanæ salutis initium, sine hoc nemo ad filiorum rum

C

„ rum Dei confortium poteſt pervenire ;
„ quis ſine ipſa , nec in hoc ſæculo
„ quiſquam juſtificationis conſequitur gra-
„ tiam , neque in futuro vitam poſſidebit
„ æternam . „ Ergo &c.
Tertio : Ita definivit ſacra Synodus Tridentina ſeſſion. 6. cap. 7. his verbis : " Sa-
„ cramentum Baptiſmi , quod eſt Sacra-
„ mentum fidei , ſine qua nulli umquam
contigit juſtificatio , „ Pergit cap. 8." Fides eſt humanæ ſalutis initium , funda-
„ mentum , & radix omnis juſtificationis , „ Tum Can. 3. ſic pronuntiat : *Si
quis dixerit ſine prævenienti Spiritus ſancti
inſpiratione , atque ejus adjutorio , hominem
credere , ſperare , diligere , aut pœnitere poſſe ſicut oportet , ut & juſtificationis gratia
conferatur ; anathema ſit* :
Altera ratio ſic ſe habet : In his quæ ſuperant humanæ mentis aciem homo debet ab ipſo Deo edoceri vel per fidem ,
vel per viſionem beatificam : Sed in præſenti ſtatu , teſte Apoſtolo , cuncta videmus
in ænigmate ſcilicet per fidem . Ergo &c.
Sic docet S. Thomas hic 2. 2. quæſt. 2.
art. 3. his verbis : " Ultima beatitudo con-
„ ſiſtit in quadam ſupernaturali Dei vi-
„ ſione , ad quam quidem viſionem homo
„ pertingere non poteſt , niſi per mo-
„ dum ediſcentis a Deo Doctore , ſe-
„ cundum illud Joan. 6. omnis qui audit
„ a Patre , & didicit ; venit ad me , hu-
„ jus autem diſciplina ſit homo particeps
„ non ſtatim , ſed ſucceſſive ſecundum
„ modum ſuæ naturæ . Omnis autem ta-
„ lis addiſcens oportet quod credat ad ho-
„ quod ad perfectam ſcientiam perveniat ,
„ ſicut etiam Philoſophus dicit quod
„ oportet addiſcentem credere . Unde ad
„ hoc , quod homo perveniat ad perfe-
„ ctam viſionem beatitudinis , præexigi-
„ tur quod credat Deo , ſicut quam Diſci-
„ pulus Magiſtro docenti . „
Tertia : Nullus juſtificari , aut de
facto ſalvari poteſt ſine ad Deum ut remuneratorem confeſſione per contritionem ,
& amorem ; Sed amor non habetur ſine fidei
ope , juxta illud tritum adagium : *Nihil
amatum niſi cognitum* . Ergo &c.

Satis objectionibus . . . .

OBJICIS : Ad ſalutem aſſequendam
eſt adimplere præcepta , juxta illud
Chriſti Matth. 19. *Si vis ad vitam ingredi,
ſerva mandata* . Sed mandata , ſecluſa fide
ſervari poſſunt . Et probatur multis mo-

mentis . Primo quidem , ex illo Rom.
2. *Gentes quæ legem non habent naturaliter
ea quæ legis ſunt , faciunt* . Secundo , ex
illo quod Apolog. cap. 3 ait Socratem
talvum eſſe , immo & ſuiſſe martyrem .
Rurſus oratione ad Antoninum appellat
Philoſophos ac cæteros qui ante Chriſtum
cum ratione vixerunt , Chriſtianos .
III. S. Chryſoſtomus hom. 4. de Providentia non abſimilia loquitur , dicendo veteres Philoſophos agnoviſſe Deum
præmia bonis , ma is vero ſupplicia poſt
mortem præparaſſe . Quarto , multi in
lege naturæ ſalvati ſunt abſque eo quod
legem Moſaicam ampleſſi ſint , ut docet
D. Thomas 1. 2. quæſt. 98. art. 5. ad 3.
Ergo &c.
Reſpondeo diſtinguendo majorem , ſufficit
ad ſalutem ſervare mandata , & unum ex
illis eſt credere in Deum , juxta illud Chriſti Joan. 14. *Credite in Deum & in me credite*.
Concedo : ſecus , nego . Hoc ipſum patet
ex illo altero Scripturæ teſtimonio Hebr.
11. *Credere oportet accedentem ad Deum*. En
quippe loci Apoſtolus loquitur de fide in
Deum ut auctorem gratiæ & gineiæ , ſubdit enim : *Juxta fidem defuncti ſunt omnes ,
non acceptis repromiſſionibus , ſed a longe eas
aſpicientes* . Et diſtinguo minorem : abſque
fide ſervantur mandata aliqua naturalia ,
hoc eſt , aliquis etiam Paganus poteſt facere aliquod bonum opus ordinis naturalis , concedo : mandata quæ reſpiciunt
vitam æternam , nego . In priori ſenſu intelliguntur verba Apoſtoli : S. Auguſtinus
lib. de ſpiritu & littera cap. 27. ait particulam naturaliter non excludere cognitionem Dei ſupernaturalem , quæ habetur per fidem & gratiam , ſed tantum legem
Moſaicam : ſic Melchiſedech , Job , & A-
braham poſſunt in hoc ſenſu dici bona
opera naturaliter egiſſe , hoc eſt , in lege
naturæ quæ quidem ſic nominatur , non
per excluſionem fidei & gratiæ , ſed tantum legis ſcriptæ .
Ad 2. probationem ex Juſtino deſum-
ptam , diſtinguo : Philoſophi habuerunt
cognitionem Dei ut auctoris naturæ ablque fide , concedo : & in hoc ſenſu vocantur Chriſtiani quatenus , teſte D. Thoma , hæc cognitio eſt quoddam ad fidem
præambulum : In eodem prorſus ſenſu loquitur Tertullianus Apol. cap. 17. his verbis : *O teſtimonium animæ naturaliter Chriſtianæ* ! Quia vero ratio eſt verbi & ſer-
monis Dei participatio , Juſtinus etiam
propter hoc eos omnes qui ante Chriſtum

men juxta rationem vixere ; appellat
Chriſtianos : Et ille Pater intellexit ſimile
in rigore Chriſtianos , & lectula inde Sil-
vatoris , nego ; Ita Baronius initio Annalium . Juſtinus Apol. 1. eſt ſui ipſius interpres : Primo quidem ait : " Quicumque
„ cum ratione , ac verbo vixere , Chriſtia-
„ ni ſunt quamvis Athei habiti ſint , quales
„ inter Græcos fuere Socrates , Heraclitus ,
„ atque iis ſimiles . „ Tum inſra hæc ſubdit : " Quia autem non omnia , quæ ra-
„ tionis ſunt , & verbi , id quippe Chriſtus
„ eſt , perviderunt & promulgarunt , di-
„ verſa a ſe ipſis , & contraria perſæpe
„ dixerunt . „ Audis Juſtinum non habuiſſe Philoſophos , niſi adumbrative Chriſtianos . Revera quidem Socrates ebrieta-
ti & iracundiæ addictus fuit : Plato vero
qui ab Auguſtino in libris de civit. Dei paſſim dicitur divinus , eo quod egregia de
Deo ſcripſerit , favit tamen idololatriæ
& fœminarum uſum promiſcue permiſit ;
quocirca a S. Hieronymo epiſt. ad Elicdo-
rum Stultus appellatur : Tum vero Her-
nardus Tractatu de erroribus Abaillardi
lib. 4 ſic loquitur ille : " Dum multum
„ ſudat , quomodo Platonem faciat Chri-
„ ſtianum , ſe probat Ethnicum : „ Quid
plura adjiciam ? Juſtinus ideo Socratem
appellat Martyrem , quia ab Athenien-
ſibus injuſte fuit ad mortem damnatus ,
eo quod unicum Deum , & non plures
paſſim ſuis prædicaret diſcipulis .

Ad Chryſoſtomum diſtinguo : vult ſolum
Philoſophos multi de præmiis & ſuppli-
ciis ſcripſiſſe ſicut legerant in *Libris Moyſis* , & Prophetarum , concedo : fide in-
ſtructos , nego . Si tamen ad Deum
converſi ſint , jam non ſola ducti ratione de ſupernaturalibus loquebantur . Cæterum fuſo calamo in ſuperioribus tra-
ctatibus genuinam iſtorum Patrum mentem explanavimus .

Ad 3. Prob. diſtinguo , multi abſque
lege Moſaica in lege naturæ , ſed non
abſque fidei auxilio ſalvari ſunt , concedo : ſecluſa fide , nego . Solutio patet
ex ſupra dictis : quod enim vel ipſi Philoſophi abſque fide defuncti , non fuerint
de civitate Dei , colligitur ex Apoſtolo
qui Rom. 9. de eis loquens , ait : *Qui
cum .... ſſent Deum , non ſicut Deum
glorificar .... idro ... tradidit eos in reprobum ſe ....*

Repones : .... Heb. 11. dicitur : ſine
fide impoſſibile .... cere Deo : Sic Joan. 3.
habetur : *Niſi qui .... fuerit ex aqua*

*& Spiritu ſancto, non poteſt intrare in reg-
num Dei.* Atqui tamen cum ſolo Baptiſmi voto adultus ſalvari poteſt : Igitur
& a ſimili abſque fide actu .

Reſpondeo I. Argumentum exuberare ,
& ad ſummum probare fidem explicitam
non ſemper eſſe ad ſalutem neceſſariam .

Reſpondeo I. Concedi majori , & minori , negando paritatem : ratio diſcriminis
eſt ſuſceptionem realem Baptiſmi ſuppleri
poſſe voto , quippe quæ in eo virtualiter continentur ; at vero actus fidei nullo modo præcontinetur in cognitione naturali : idcirco ſecundum ſe eſt neceſſarius neceſſitate medii ad ſalutem .

Urgebis : Ex S. Thoma q. 14. de veritate art. 11. ad 1. Eductus in ſylvis nihil de myſteriis ſciens , ſalvari tamen poteſt ſi ſequatur , inquit , ductum rationis in appetitu boni & fuga mali : Igitur ex S. Doctore actus fidei non eſt neceſſarius neceſſitate medii ad ſalutem .

Reſpondeo diſtinguendo Antecedens , &
S. Doctor eo loco jubet hominem in hypotheſi a Deo illuminari de credendis , vel interius per Angelos , vel exterius per prædicatorem quem illi mitteret , concedo : ſie
enim miſit Philippum ad Eunuchum Reginæ Candacis Actuum 7. Petrum ad Cornelium , Actuum 10. Paulum ad Macedones ,
Actuum 16. Dionyſius cap. 9. de cœleſti Hierarchia ſcribit multos Gentiles miniſterio Angelorum de myſteriis edoctos , deinde vero
ſalutem fuiſſe aſſecutos . Et propugnat S.
Doctor illum hominem ſecluſa fide poſſe
ſalvari , nego .

Perſiſtes : Non debent proponi homini
quæ ejus ſuperant captum : Sed fides hujuſmodi talia proponit ; Ergo &c. Probatur major . Periculoſe homo aſſentiret
illis , in quibus non poſſet judicare : ſed
non poteſt judicare de credendis . Ergo &c.

Reſpondeo diſtinguendo majorem , non
debent proponi homini quæ ejus menti
aciem excedunt , ſi ſit ſermo de fine naturali , concedo : ſi de fine ſupernaturali
ad quem miſericorditer elevatur , nego .
Et conceſſa minori , diſtinguendum eſt
pariter conſequens . Porro nulla fit in hoc
homini injuria , quod ex duobus potiſſimum capitibus liquet . Primo quidem
ex eo quod elevetur ad nobiliſſimum
finem , eumque ſibi indebitum : Secundo , quia fides & gratia , quibus hunc
aſſequi poteſt finem , gratis ei conce-
duntur . Sic reſpondet S. Thomas ad argumentum hic quæſt. 3. art. 3. ad primum
his

C 2   his

his verbis : " Dicendum, quod quia natu-
" ra hominis dependeat a ſuperiori natu-
" ra : ad ejus perfectionem non ſufficit
" cognitio naturalis , ſed requiritur
" quædam ſupernaturalis. "
Ad confirm. diſtinguo , ſecluſia fide ,
homo periculoſe aſſentiret iis quæ ejus
ſuperant captum , concedo : adjutus a
fide , nego . Et ſic diſtincta minori , nego conſequentiam. Solutio eſt ejuſdem S.
Doctoris ibidem ad 2. & hac data , ſic
concludit : " Et ideo nihil periculi , vel
" damnationis ineſt his , qui ſunt in Chri-
" ſto Jeſu , ab ipſo illuminati per fidem. "

SYNOPSIS SECTIONIS.

*Fidei actus eſt abſolute neceſſarius ad ſa-
lutem.*

Primo : Scriptura ſacra paſſim id
annuntiat , maxime Heb. 11. *Sine fide
impoſſibile eſt placere Deo* . Et iſtud Marc.
ult. *Qui crediderit , & baptizatus fuerit ,
ſalvus erit .*
Secundo : Sic definit Synodus Trid. ſeſſ.
6. cap. 8. " Fides eſt humanæ ſalutis initium , fundamentum & radix omnis
" juſtificationis. " Demum can. 3. hoc de
fide definit.
Tertio : Sine amore Dei non eſt ſalus :
Sed ſine fide non eſt amor , juxta illud
Adagium : *Nihil amatum , quin præcognitum.* Ergo &c.

SYNOPSIS ARGUMENTORUM,

IN CONTRARIUM.

Primo : Ultro concedimus ſufficere ad
ſalutem ſervare mandata : Sed unum inter cætera palmare eſt credere in Deum ,
ſcriptum eſt enim Heb. 11. *Credere enim
oportet accedentem ad Deum.* &c.
Secundo : Nec quemquam movere debet , quod quidam Patres loquantur de
Philoſophis tanquam de juſtis , hoc enim
non niſi lato modo intelligendum eſt ,
quatenus quædam Dei mirabilia ex lectione librorum Moyſis didicerint , &
ſcripſerint , nuſquam vero ſtrictæ & in
ſenſu proprio , cum Apoſtolus Rom. 9.
aſſerat , illos in reprobum ſenſum datos ,
eo quod Deum eſſe intelligentes non
ſicut Deum glorificaverint.
Tertio : Non eodem modo Scriptura
dicit Joan. 5. *Niſi quis renatus fuerit denuo*

&c. Heb. 11. *Credere oportet accedentem ad
Deum* : Iſta quippe verba ad litteram intelligere neceſſe eſt , ſecus alia , cum detur votum Baptiſmi pro ſalute , minime
vero fide; quippe quæ ſit omnium bonorum operum initium .

SECTIO SECUNDA.

*Utrum fides explicita , tum de Incarnatione ,
tum de SS. Trinitate ſit neceſſaria neceſſitate medii ad ſalutem , poſt ita Evangelii
prædicatione .*

S. Thomas hic q. 2. art. 7. Docet Adamum innocentem habuiſſe fidem explicitam de Incarnatione , & de myſterio
ejus gloriam conſummaturo , & conſequenter de Trinitate: poſt peccatum vero eumdem & majores videlicet Patriarchas , legis tam naturæ , quam veteris &
Prophetas eam ipſam fidem explicitam
habuiſſe non ſolum de Trinitate , & de
incarnatione ſecundum ſe ſpectata , ſed
etiam in individuo & de circumſtantiis ,
tum paſſionis , tum mortis Chriſti , quippe qui fuerint circa iſta momenta a Deo
illuminati , plebem vero , utpote rudiorem
non niſi implicitam fidem de his myſteriis
habuiſſe . Caput igitur præſentis controverſiæ eſt : utrum fides explicita Mediatoris , & SS. Trinitatis ſit neceſſaria neceſſitate medii in eo quo vivimus ſtatu ,
ad ſalutem . Pro cujus reſolutione ſit

CONCLUSIO AFFIRMATIVA

Probatur argumentis Theologicis .

PRIMUM ARGUMENTUM.

Ex Scriptura deducitur .

ILLA Fides eſt neceſſaria , quæ præcipitur explicite in novo Teſtamento modo
ut quid ad ſalutem neceſſariam , modo
ut annexam habens vitam æternam , modo etiam ut medium ; quo ſecluſo, nemo abſolute ſalvari poteſt : Atqui fides Dominicæ Incarnationis & SS. Trinitatis talis
eſt : Igitur utriuſque myſterii explicita
fides requiritur ad ſalutem : Probatur minor variis ſcripturæ teſtimoniis .
Primo quidem inſigne eſt illud quod habetur Marci ultimo his verbis : *Prædicate
Evangelium omni creaturæ* : *qui crediderit ,
& baptizatus fuerit , ſalvus erit* : *qui vero
non*

non credideris , condemnabitur . Neminem autem latet Chriſtum præcepiſſe omnes baptizandos eſſe in nomine Patris & Filii & Spiritus ſancti . S. Bernardus epiſtola 77. explicans verba laudata ſubdit : " Caute igitur & vigilanter, non repeti- ,, vit : qui vero baptizatus non fuerit , ,, ſed tantum, qui vero non crediderit , ,, condemnabitur ; innuens ſolam inter- ,, dum ſufficere fidem ad ſalutem, & fine ,, ipſa ſufficere nihil. ,,

Secundo : Eamdem fidem ad noſtram conducere ſalutem non una probat ſcripturæ authoritas Joan. 6. Chriſtus ait : *Qui credit in me , habet vitam æternam* . Rurſus Rom. 3. *Juſtitia Dei per fidem Jeſu Chriſti in omnes & ſuper omnes qui credunt in eum : non enim eſt diſtinctio , omnes enim peccaverunt & egent gloria Dei , juſtificati gratis per gratiam ipſius per redemptionem quæ eſt in Chriſto Jeſu quem propoſuit Deus propitiationem per fidem in ſanguine ipſius ad oſtenſionem juſtitiæ ſuæ* .... *juſtificans eum qui eſt ex fide Jeſu Chriſti* . Et iterum Actuum 15. *Teſtimonium perhibuit Deus illis gentibus Spiritum ſanctum ſicut & nobis, & nihil diſcrevit inter nos & illos fide purificans corda illorum* . Demum Joan. 3. *Qui non credit in eum , jam judicatus eſt , quia non credit in nomine unigeniti Filii Dei* . Rurſus ibidem cap. 14. *Creditis in Deum & in me credite* . Ergo &c.

Tertio : Nullum quoque fine illa fide poſſe ſalvari ex Scriptura jam ſupra hujdica colligitur , & alia etiam ſuffragantur loca, Joan. enim 1. legitur : *Quotquot autem receperunt eum , dedit eis poteſtatem filios Dei fieri* . Rurſus ad Timoth. II. *Unus eſt enim Deus mediator Dei & hominum homo Chriſtus Jeſus* . Et Actuum 4. *Non eſt aliud nomen ſub cœlo datum hominibus , in quo oporteat nos ſalvos fieri* . In his & ſimilibus mentio fit maxime de Incarnatione , ut de expreſſo fidei noſtræ objecto : Sed non tacetur Pater, nec Spiritus ſanctus : Igitur fides explicita Incarnationis , tum & SS. Trinitatis eſt abſolute ad ſalutem neceſſaria .

SECUNDUM ARGUMENTUM.

Ex SS. Doctoribus .

Senſum Scripturarum ex SS. Patribus habemus : Sed eamdem fidem prædicant , ut medium ad ſalutem conſequendam abſolute neceſſarium. Ergo &c. probatur minor. *Boucat Theol. Tom. IV.*

S. *Ignatius* epiſt. ad Philadelphos ſermonem de Prophetis inſtituens , ait : " Hi ,, Evangelium annunciaverunt , in Chri- ,, ſtum ſperaverunt ; in quem cum cre- ,, didiſſent , ſalvati ſunt in unitate Jeſu ,, Chriſti , & annumerati in communis ,, ſpei Evangelio . ,, *Irenæus* lib. 4. cap. 5. " Non enim ait, ,, prohibebat eos credere in filium Dei , ,, ſed hortabatur dicens , non aliter ſal- ,, vari homines ab antiqua ſerpentis pla- ,, ga, niſi credant in eum qui ſecundum ,, multitudinem carnis peccati in ligno ,, martyrii exaltatur a terra . ,, Idem repetit cap. 45.

S. *Hieronymus* ſuum addit calculum in cap. 1. ad Epheſ. " Non ante filii eſſe poſ- ,, ſemus , quam filii ejus Jeſu Chriſti fi- ,, dem & intelligentiam recipiamus . ,, Tum in cap. III. " Fiduciæ atque acceſ- ,, ſus ad Deum principium & origo , fides ,, in Chriſtum eſt . ,,

Suffragatur S. Auguſtinus lib. de ſpir. & litt. cap. 29. bis verbis: " Fide Jeſu Chriſti ,, impetramus ſalutem , & quantum nobis ,, inchoatur in re , & quantum perficien- ,, da expectatur in ſpe . ,, Expreſſius lib. de corr. & gr. cap. 7. " A damnatione ,, ſe non liberabunt , qui dicere pote- ,, runt , ſe non audiviſſe Evangelium. .... ,, Quicunque ab hac generali damnitio- ,, ne iſta divinæ gratiæ largitate diſcreti ,, ſunt , non eſt dubium , quod & præ- ,, curatur Evangelium audiendum , & cum ,, audiunt , credunt . ,,

Doctor Angelicus idem ex profeſſo docet 1. 2. q. 2. art. 6. ubi probat authoritate Gregorii Magni , majores & minores, ſcilicet plebejos teneri ad fidem explicitam capitalium myſteriorum credere : Pa- ,, ri ratione , ait , explicatio fidei , opor- ,, tet quod perveniat ad inferiores homi- ,, nes per majores. ,, Sicut Angeli infe- ,, riores , inquit , illuminantur per ſuperio- ,, res . Art. 7. propugnat omnes , ne uno quidem excepto debere explicite credere incarnationem . Idem exigit pro fide SS. Trinitatis art. 8. & ſic loquitur : " Di- ,, cendum , quod myſterium Incarnationis ,, Chriſti explicite credi non poteſt ſine ,, fide Trinitatis : quia & in myſterio In- ,, carnationis Chriſti hoc continetur , quod ,, Filius Dei carnem aſſumpſit , quod ,, per gratiam Spiritus ſancti mundum re- ,, novaverit : Et iterum quod de Spiritu ,, ſancto conceptus fuerit . . . . & ideo ,, etiam poſt tempus gratiæ divinæ tenen- ,, tur

„ tur omnes ad explicite credendum my-
„ flerium Trinitatis : & omnes qui rena-
„ fcuntur in Chrifto , hoc adipifcuntur
„ per invocationem Trinitatis fecundum
„ illud Matth. ultim. Euntes docete om-
„ nes Gentes &c. , Ergo &c.

TERTIUM ARGUMENTUM.

Ex Symbolis & Conciliis procedit.

SYMBOLUM eft fumma credendorum
quæ explicite tenere debemus : Sed cunſta Symbola inter fidei articulos nobis
credendos proponunt eos, qui Trinitatem
& dominicam Incarnationem fpeſtant, fic
enim habetur in fymbolo Apoſtolorum :
Credo in Deum Patrem, Creatorem cæli &
terræ , & in Jefum Chriſtum Filium ejus
unigenitum &c. Sic in Nicæno : *Credo in*
unum Deum Patrem omnipotentem .... *Et*
in unum Dominum Jefum Chriſtum .... *Et*
Homo faſtus eſt : Et in Spiritum fanſtum
Dominum &c. Sic in alio quod Divo tribuitur Athanaſio, explicatis enim adamuſ-
fim quæ SS. Trinitatem & Incarnationem
fpeſtant, fic concludit : *Hæc eft fides Ca-*
tholica quam niſi quifque fideliter firmiter-
que crediderit, falvus effe non poterit.
Concinit : Concilium Trident. feſſ. 6.
cap. ſ. bis verbis : " Declarat, ipſius ju-
„ ſtificationis exordium in adultis a Dei
„ per Jefum Chriſtum præveniente gratia
„ fumendum effe. „ Rurfus cap. 6." Dif-
„ ponuntur autem, *adulti*, ad ipſam ju-
„ ſtitiam dum excitati divina gratia &
„ adjuti , fidem ex auditu concipientes
„ libere moventur in Deum credentes
„ vera effe quæ divinitus revelata & pro-
„ miſſa funt , atque illud in primis , a
„ Deo juſtificari impium per gratiam ejus,
„ per Redemptionem quæ eft in Chriſto
„ Jefu. „ Et iterum cap. 8. " Tum vero
„ Apoſtolus dicit juſtificari hominem per
„ fidem & gratis , ea verba in fenfu in-
„ telligenda funt , quem perpetuus Eccle-
„ fiæ Catholicæ confenfus tenuit & ex-
„ preſſit, & fcilicet per fidem ideo juſti-
„ ficari, quia eft humanæ falutis initium,
„ fundamentum & radix omnis juſtifica-
„ tionis, fine qua impoſſibile eft placere
„ Deo. „

QUARTUM ARGUMENTUM.

Ex rationibus Theologicis deducitur.

PRIMA : Debemus explicite credere pri-
mirium fidei objeſtum : Sed illud eft SS.
Trinitas & Incarnatio, quod enim v. g.
Abraham duos habuerit filios & fimilia
non tenentur omnes explicite credere
cum hoc per fe primo non conducat ad
falutem , ut SS. Trinitas & Incarnatio : Ergo &c. Hæc ratio eft D. Thomæ
hic q. 2. art. ſ." Quantum ergo ad prima
„ credibilia , *inquit*, quæ funt articuli fi-
„ dei , tenetur homo explicite credere li-
„ cut & tenetur habere fidem. Quantum
„ autem ad alia credibilia non tenetur
„ homo explicite credere , fed folum im-
„ plicite, vel in præparatione animi, in
„ quantum paratus eft credere quidquid
„ Scriptura divina continet. „
Altera ratio hæc eft : Veniente veritate, ceſſat figura : Sed inter veterem &
novam legem difcrimen eft , quod in illa
cunſta contingerent in figuris , ut dicit
Apoſtolus, in iſta vero Myſteria abfcondita prædicatione Evangelii manifeſtata
fint . Igitur debemus nunc habere fidem
explicitam de principalibus Myſteriis. Ita
D. Thomas. Ibid. art. his verbis : " Poſt
„ tempus autem gratiæ revelatæ , tam
„ majores , quam minores tenentur ha-
„ bere fidem explicitam de Myſteriis
„ Chriſti, præcipue quantum ad ea quæ
„ communiter in Ecclefia folemnizan-
„ tur. „
Tertia : Fides charitate & amore formata habet fummum meritum , juxta illud ad Heb. 11. Sanſti *per fidem* . . . *ad-*
epti funt repromiſſiones : Sed ad hoc requiritur fides explicita , ut ferventior fit
amor, nihil enim amatum quin bene præcognitum : Ergo &c. Hæc ratio eft D.
Thom. ibid. art. 9. " Aſtus noſtri funt
„ meritorii , in quantum procedunt ex
„ libero arbitrio moto Deo per gratiam
„ . . . . unde aſtus fidei poteſt effe me-
„ ritorius. „ Quia, *inquit* : " Ipfum cre-
„ dere eft aſtus intelleſtus aſſentientis ve-
„ ritati divinæ ex imperio voluntatis a
„ Deo motæ per gratiam. „

FIT SATIS OBJECTIONIBUS.

OBJICIES Apoſtolus Heb. 11. Nullan.
facit mentionem de Chriſto , ubi de cre
den-

dendis loquitur : Ergo &c. Probatur Ant. sic loquitur ; Credere enim oportet accedentem ad Deum quia est, & inquirentibus se remunerator sit. Ergo &c.

Respondeo negando antecedens, quandoquidem tota ad Hebræos epistola est de Christo, unde tametsi sileat cap. 11. Christum, capite sequenti , scilicet 12. illum Hebræis præponit ut mirum patientiæ in adversis exemplum. Tum capite primo sic intonat : Multifariam multisque modis olim Deus loquens in Prophetis novissime diebus istis locutus est nobis in filio , quem constituit hæredem universorum , per quem fecit & sæcula.

Respondeo II. aliter distinguendo : & hoc probat fidem Incarnationis explicitam ante adventum Christi omnibus non fuisse necessariam , concedo : post adventum , nego. Solutio est D. Thomæ hic q. 2. art. 8. ad r. " Dicendum quod illa duo ex-
,, plicite credere de Deo omni tempore ,
,, & quoad omnes necessarium fuit : Vi-
,, delicet quod Deus existat & sit remunera-
,, tor. Non tamen est sufficiens omni tem-
,, pore , & quoad omnes.

Urgebis : S. Joannes Baptista erat Christo coævos , & tamen videtur quod Christum explicite non cognosceret , quippe qui Matth. 11. illi diceret : Tu es qui venturus es, an alium expectamus ? II. Dionysius cap. 9. cœl. Hier. scribit multos Gentiles ; ministerio Angelorum assecutos fuisse salutem, idem dicit fieri posse in homine qui in sylvis educatus sequeretur ductum rationis in appetitu boni , & fuga mali : Atqui tamen nec Gentiles laudati habuerunt fidem explicitam de Deo Trino & Incarnato : Neque hoc exigit S. Thomas in homine sylvestri , sed solum quod sequatur ductum rationis &c.

Respondeo ad I. negando S. Joannem Baptistam explicite non cognovisse Christum , cum ipse præparaverit vias ejus , & digito discipulis illum monstraverit dicens : Joan. 1. Ecce Agnus Dei , ecce qui tollit peccatum mundi. Unde ad confirmationem distinguo , quærebat a Christo Joannes quis esset , ut sui discipuli ab ipso Domino de ejus adventu docerentur , concedo : quærebat dubitando , vel etiam eum ignorando , nego. Sic solvit argumentum D. Thomas hic q. 2. art. 7. ad 2. authoritate S. Chrysostomi suffultus , his verbis : " Potest dici , sicut Chrys. dicit ,
,, quod non inquisivit , quia ipse ignora-
,, ret , sed ut per Christum satisfaceret

suis discipulis : unde & Christus ad discipulorum instructionem respondit , si-
,, gna operum ostendens. .,

Ad exemplum Gentilium dico de credendis fuisse edoctos ab ipsis Angelis , cum speciali eorum ministerio fuerint salvati. Doctor Angelicus ibidem ad 3. sic respondet : " Dicendum , quod multis
,, Gentilium facta fuit revelatio de Chri-
,, sto : ut patet per ea , quæ prædixe-
,, runt. Nam Job. 19. dicitur. Scio quod
,, Redemptor meus vivit . Sibilla etiam
,, prænunciavit quædam de Christo . Ut
,, Aug. dicit. Invenitur etiam in historiis
,, Romanorum , quod tempore Constanti-
,, ni Augusti , & Irenæ matris ejus in-
,, ventum fuit quoddam sepulchrum , in
,, quo jacebat homo auream laminam ha-
,, bens in pectore , in qua scriptum erat ,
,, Christus nascetur ex Virgine , & ego
,, credo in eum. O Sol ! sub Irenæ , &
,, Constantini temporibus iterum me vi-
,, debis. .,

Ad 3. solutio se ipsam prodit in verbis D. Thomæ , cum dicat , In hypothesi quod homo in Sylvis enutritus sequitur ductum rationis , ut declinet a malo & faciat bonum , illuminandum esse de credendis , vel interius per revelationem , vel exterius per Angelos. Ex quo sequitur fidem explicitam de SS. Trinitate , & Dominica Incarnatione ad salutem exigi. Ecce verba D. Thomæ q. 14. de verit. art. 11. ad 1. " Si aliquis nutritus in sylvis , vel
,, inter bruta animalia ductum rationis
,, naturalis sequeretur , in appetitu boni
,, & fuga mali , certissime est credendum
,, quod ei Deus , vel per internam inspi-
,, rationem revelaret ea quæ sunt ad cre-
,, dendum necessaria , vel aliquem fidei
,, prædicatorem ad eum dirigeret , sicut
,, misit Petrum ad Cornelium .,

Repones : ab actu ad posse valet consequentia : Sed multi de facto justificati sunt seclusa fide explicita in Christum & probatur I. Exemplo Cornelii de quo loquens S. Thomas 3. parte q. 69. art. 4. ad 2. ait ; " Cornelius & alii simi-
,, les , consequuntur gratiam & virtutes
,, per fidem Christi , & desiderium Bap-
,, tismi implicite , vel explicite : postmo-
,, dum tamen in Baptismo majorem co-
,, piam gratiæ & virtutem consequun-
,, tur . ,, II. Exemplo pueri ad auroram rationis pervenientis. S. Thomas propugnat teneri sub peccato mortali se se ad Deum per fidem & amorem convertere ;

tere ; porro non talis est conditionis & instructionis ut SS. Trinitatis & Incarnationis Dominicæ explicitam fidem habeat: fufficit igitur ut actum fidei implicitæ eliciat . III. Demum ulteriori Catechumeni exemplo ; non enim femel evenit per folum Baptifmi votum & ante realem ejus fufceptionem per fummum erga Deum amorem juftificari . Ergo &c.

Refpondeo negando minorem . Ad primum exemplum dico Cornelium paulo ante Baptifmi fufceptionem habuiffe fidem explicitam principalium myfteriorum , cum fuerit a beato Petro prævia inftructione baptizatus ; quocirca tametfi adhuc Gentilis fidem implicitam & gratiam habuerit , non tamen planam donec baptizatus fit : hoc ipfum fubindigitat S. Doctor his poftremis verbis : " Poftmodum tamen in „ Baptifmo majorem copiam gratiæ & vir-„ tutum confequuntur . „

Eadem eft refponfio ad 2. & 3. exemplum , maxime cum inflans rationis non fit indivifibile , fed morale, & longe antecedat inftructio : ficut & præcedit in Cathecumenis priufquam fufcipiant Baptifmum. Igitur illi & ifti per fidem explicitam ad Deum Trinum & Incarnatum convertuntur .

SYNOPSIS PROBATIONUM.

Fides explicita fanctiffimæ Trinitatis , & Incarnationis abfolute ad falutem neceffaria eft .

PRIMO : Vel ipfe Chriftus fic ftatuit, dicens Marc. ultimo : *Prædicate Evangelium omni creaturæ , qui crediderit , & baptizatus fuerit , falvus erit : qui vero non crediderit , condemnabitur .* Porro Evangelii præcipua capita funt SS. Trinitas & Dominica Incarnatio.

Secundo : Sic docent SS. Patres : In primis Ignatius Epift. ad Philad. Irenæus lib. 4. adv. hær. cap. 5. Hieronymus in cap. 3. Epift. ad Eph. Auguftinus lib. de fpir. & litt. cap. 29.

Tertio : Hanc fidem tenendam omnia annunciant fymbola . Sic docet S. Thomas hic q. 2. art. 5. & 7. quia hoc gratiæ tempore omnia revelata funt myfteria, unde veniente veritate , quod in figuris tenebatur , nunc mente & ore manifeftandum eft .

SYNOPSIS OBJECTIONUM,

ET RESPONSIONUM.

PRIMO : In vanum opponitur , Apoftolum Heb. 11. ubi loquitur de credendis , non commemorare Chriftum , cum tota epiftola fit de eo , & cap. fequenti , fcilicet 12. adhortetur fideles ut Chriftum præ oculis femper habeant tanquam mirum patientiæ & cæterarum virtutum exemplum .

Secundo : Neque plus virium haberet objectio qua diceretur Joannem Baptiftam Chrifto coævum non habuiffe fidem explicitam de eo ; quippe qui illum oftenderet difcipulis dicendo Joan. 1. *Ecce Agnus Dei , ecce qui tollit peccatum mundi* : Unde fi quando ab eo fcifcitatus eft , num effet qui venturus eft , de induftria hoc loquendi modo Chrifto ufus eft , ut ejus auditores & difcipuli de ipfo ab ejus Incarnatione edocerentur .

Tertio : Homo enutritus in fylvis declinans a malo & faciens bonum , falvari poteft , quia tunc ait D. Thomas , interius per lumen gratiæ , vel exterius per prædicatorem de credendis eum illuminabit Deus .

ARTICULUS SEPTIMUS.

De actu fidei externo.

Utrum fideles teneantur profiteri fidem .

DE Actu fidei externo impræfentiarum agitur quem a fide elici conftat , cum fit ejufdem fpeciei & lingua extrinfecus exequitur quod mente concupitur . Ita S. Th. hic q. 8. art. 5. &c.

De hoc momento tria potiffimum quæruntur : Primo quidem, utrum fit ad falutem neceffarium profiteri fidem ? II. In hypothefi quod hoc fit neceffarium, quando nam præceptum urgeat ? Demum num licitum fit , vel ad vitam fervandam , vel ad aliquod aliud grave incommodum vitandum negare fidem faltem extrinfecus . Pro quorum refolutione fit

CONCLUSIO PRIMA.

Actus fidei exterior neceſſarius eſt ad ſalutem.

Probatur rationibus Theologicis.

Prima : Illud eſt ad ſalutem ſimpliciter neceſſarium quod eſt conditio ad vitam æternam poſſidendam : Atqui talis eſt actus fidei exterior , juxta illud Chriſti Matth. 10. *Omnis ergo qui confitebitur me , coram hominibus , confitebor & ego eum coram Patre meo* . Ergo &c. Sic docet ex profeſſo S. Tho. hic q. 3. art. 2. ut legenti patebit .

Altera ratio ſic proponitur : Quod ex ſe habet neceſſariam connexionem cum ſalute , citra dubium ad illam aſſequandam neceſſarium eſt : Atqui talis eſt actus exterior fidei , quatenus eo tendimus ad finem ultimum & exequimur in terris , quod in perpetuum laudando Deum in cœlis peragere debemus : Et probatur ex illo Rom. 10. *Corde creditur ad juſtitiam , ore autem confeſſio fit ad ſalutem*. Ergo &c.

Suffragatur Auguſtinus I. de fide & ſymbolo cap. 1. his verbis : " Oportet nos eſſe „ & juſtitiæ memores & ſalutis : quan- „ doquidem in ſempiterna juſtitia regna- „ tur , a præſenti ſæculo maligno ſalvi „ fieri non poſſumus , niſi & nos ad ſa- „ lutem proximorum nitentes , etiam ore „ profiteamur fidem quam corde geſta- „ mus. Ergo &c.

Tertia : Tenentur adulti ſuo munire calculo fidem quam eorum nomine publico ritu confeſſi ſunt baptiſmate patrini : Sed hoc non fit niſi actu fidei extrinſeco & publico : &c.

CONCLUSIO SECUNDA.

Adulti tenentur profiteri fidem in multis caſibus . Primo quidem , quando omiſſio cederet in Dei injuriam . II. Cum nomen militiæ Chriſtianæ dant ; III. In Sacramentorum uſu. IV. Quando hoc ipſum exigit neceſſitas proximi. V. Demum in articulo mortis.

Probatur I. In genere ex D. Thoma qui hic q. 3. art. 2. ſic habet : " Præcepta „ autem affirmativa non obligant ad ſem- „ per , etſi ſemper obligant : obligant au- „ tem pro loco , & tempore ſecundum „ alias circumſtantias debitas , ſecundum „ quas oportet actum humanum limitari „.ad hoc , quod ſit actus virtutis . Sic er- „ go confiteri fidem , non ſemper , neque „ in quolibet loco eſt de neceſſitate ſalu- „ tis : Sed in aliquo loco , & tempore . „ quando ſcilicet , per dimiſſionem hujus „ confeſſionis ſubtraheretur honor debitus „ Deo , & etiam utilitas proximis impen- „ denda : puta , ſi aliquis interrogatus de „ fide , taceret , & ex hoc crederetur , vel „ quod non haberet fidem , vel quod fides „ non eſſet vera , vel alii per ejus tacitur- „ nitatem averterentur a fide . „

Probatur II. ab enumeratione partium . Quiſque tenetur ſuam profiteri fidem , primo quidem quando omiſſio injuriam Deo irrogaret , tunc enim foret peccatum , & traſgreſſio præcepti affirmativi , quod dubio procul tunc urget cum teneamur Deo famulari & ejus gloriam cum tempus opportunum adeſt , celebrare . Deinde vero cum aliquis baptizatur : ſicut enim ſolemne eſt apud homines ſeſe publice declarare in gratiam Regis cui famulari volunt , a fortiori cum adultus , ſpretis falſis religionibus , ſoli Catholicæ adhærere ſtatuit . Urget quoque fidei confeſſio in Sacramentorum frequentatione , quippe quæ ſint veræ religionis ritus ſolemnes ; ſed non minus quando exigit proximi utilitas , tunc enim præceptum charitatis erga proximum non levius obligat , cum in periculum fidei malorum hominum inſtigatione venirit . Sed & in articulo mortis tum ad propellendas rugientis inimici immiſſiones , tum ut digne ſe ſiſtat moribundus ante Chriſti judicantis tribunal; namque cum omnium virtutum apparatu hoc fieri debet , in quantum humana poteſt ſuſtinere fragilitas . Ergo &c.

CONCLUSIO TERTIA.

Nuſquam licitum eſt negare fidem.

Probatur , unico ſed irrefragabili argumento . Præcepta negativa obligant pro ſemper , quale eſt iſtud , *declina a malo* : Maxime cum ſit intrinſece peccatum aliquid adverſus ea committere : ſed non negare fidem eatenus ad præceptum negativum pertinet , quatenus negare ſit horribilis religionis proditio & malum , quod pœnam æternam inducit , juxta illud Chriſti Matth.10. *Qui autem negaverit me coram hominibus , negabit & ego eum coram Patre meo* .

E v

Ex ista conclusione inferes nemini licitum esse simulare religionem, sicut faciant, qui mente verfipelli subscribunt formulario contrarium intus credentes. Hoc ipsum patet exemplo senioris Eleazari qui lib. 2. Machab. cap. 6. noluit simulare veri Dei religionem ut coram furente Antiocho propriæ consuleret vitæ. Hinc Cyprianus sermone de lapsis post medium perstringit libellaticos, qui cum falsis nominibus sacrificare nollent, a judicibus tamen numerata pecunia libellum quo eos sacrificasse constaret, ad vitandam mortem impetrabant. Metaphrastes in vita S. Sabæ scribit S. illum videntem carnes idolis non immolatas a nonnullis Christianis obtrudi, ut eos satisfecisse edicto Imperatoris, qui omnes immolatis vesci jubebat, appareret, exclamasse: *Qui bos cibos comederit, Christianus esse non potest.*

Ratio etiam suffragatur, quia ut ait D. Thomas q. 111. art. 2. omnis simulatio peccatum est, & a mendacio solum distinguitur, quia mentiens verbis significat quod non est; simulans vero hoc idem factis, vel rebus designat.

Solvuntur objectiones contra primam conclusionem.

O B J I C I E S : Ad salutem sufficit conjunctio animæ cum Deo: Sed hoc fieri potest actu fidei interno. Igitur non opus est externo.

Respondeo distinguendo majorem, sufficit conjunctio animæ cum Deo per amorem & Dei & proximi manifestatum, concedo: secus, nego. Et sic distincta minore, nego consequentiam : Constamus corpore & anima, hinc sicut interius sic & exterius fidem charitate formatam prodere tenemur, maxime cum de hoc sit præceptum. Solutio est Divi Thomæ hic quæst. 3. art. 2. ad 1. "Finis fidei, *ait,* & aliarum virtutum, referri debet ad finem charitatis, qui est amor Dei & proximi, & ideo quando honor Dei, vel utilitas proximi hoc exposcit .... debet fidem exterius confiteri.,,

Instabis : Soli Pastores quibus ex officio incumbie instruere, tenentur fidem exterius profiteri. Igitur non omnes ad hæc obligantur : Tum quia sæpius ad hoc rixæ & turbationes sequentur.

Respondes : S. Thomas ibidem ad 2. "Dicendum, quod in casu necessitatis, ubi fides periclitatur, quilibet tenetur fidem suam aliis propalare, vel ad instructionem aliorum fidelium, sive confirmationem, vel ad reprimendum infidelium Insultationem : Sed aliis temporibus instruere homines de fide, non pertinet ad omnes fideles.,,

Ibidem ad 3. ad confirmationem, ait : "Dicendum, quod si turbatio infidelium oriatur de confessione fidei manifesta, absque aliqua utilitate fidei, vel fidelium, non est laudabile in tali casu fidem publice confiteri, unde Dominus dicit Matth. 7. Nolite sanctum dare canibus, neque margaritas vestras spargere ante porcos, ne conversi dirumpant vos : Sed si utilitas fidei aliqua speretur, aut necessitas adsit, contempta perturbatione infidelium, debet homo publice fidem confiteri. Unde Matth. 15. Dicitur, quod cum discipuli dixissent Domino, quod Pharisæi, audito ejus verbo, scandalizati sunt, Dominus respondit; finite illos, scilicet turbari; cæci sunt & duces cæcorum. ,,

Oppones : Contra tertiam conclusionem: licitum est fugere tempore persecutionis, juxta illud Christi Matth. 10. *Cum autem persequentur vos in civitate illa, fugite in aliam.* II. Hæreticorum templa adire eosque concionantes audire. III. Vesci carnibus diebus ab Ecclesia prohibitis in parte infidelium & hæreticorum ad vitanda vitæ pericula. IV. Eadem ratione deferre Turcarum turbimem, seu cidarim : Sed hæc tamen adversantur fidei confessioni : Igitur & licitum est quandoque, negare fidem extrinsecus, modo interius retinatur.

Respondeo neganda minorem quoad omnes partes. Et vero fugere tempore persecutionis secundum se non est malum, sed potius quædam fidei professio. cum ideo confessor fugiat, ne periculo fidei amittendæ sese committat, si excipias casus in secunda conclusione laudatos. Neque vero est negare fidem, si non curiositate, sed potius ad debellandos hæreticos aliquis ex missione eosdem perorantes audiat. Non idem dicendum de ignaris, nullus enim periculo perversionis se exponere debet.

bet. Cæterum folum jus Eccleſiaſticum diebus veneris, quadrageſimæ, vigiliarum & quatuor temporum prohibet abſtinere a carnibus, contra quod prævalet jus naturale de ſervanda vita : Tum quia Eccleſia non intendit præceptum Eccleſiaſticum in his & ſimilibus circumſtantiis obligare. Ad ultimam partem dico non eſſe malum uti veſtibus in aliqua regione uſitatis, juxta illud axioma. Cum fueris Romæ, Romano vivito more. Niſi veſtes per ſe primo ſint idololatriæ profeſſiones, quales ſunt quæ præleferunt idola depicta.

SYNOPSIS PROBATIONUM.

Fidelis tenetur profiteri fidem publice, quando ſacramenta frequentat, tempore perſecutionum. Et cum fidei proximi in periculum venit.

Primo : Ipſe Chriſtus hoc edocet Matth. 10. dicens : Omnis ergo qui confitebitur me coram hominibus, confitebor & ego eum coram Patre meo, qui in cœlis eſt : qui autem negaverit me coram hominibus, negabo & ego eum coram Patre meo. Sic docet Eccleſia; quæ ad hoc inſtituit feſtivitates.

Secundo : Confeſſio fidei neceſſaria habet cum ſalute connexionem : ſic enim habetur Rom. 10. Corde creditur ad juſtitia, ore autem confeſſio fit ad ſalutem.

Tertio : Sic propugnant SS. Doctores. Auguſtinus lib. de Fide & Symbolo cap. 1. D. Thomas hic q. 3. art. 2. ubi & determinat tempus quo fidelis tenetur fidem profiteri : videlicet quando defectu confeſſionis ſubtraheretur honor Dei, & utilitas proximi.

SYNOPSIS DIFFICULTATUM

ET SOLUTIONUM.

Primo: Non negamus ad ſalutem ſufficere conjunctionem animæ cum Deo ; ſed contendimus faciendam eſſe modo a Deo præſcripto: cum igitur Chriſtus exigat ut illum coram hominibus confiteamur, neceſſe eſt ad ſalutem publice fidem profiteri.

Secundo : Neque vero curandum eſt, quod infirmi in fide de hoc perturbentur, & Hæretici ſcandalum inde patiantur : ſcandalum enim tale acceptum, & non datum eſt ; quocirca tametſi Phariſæi

adverſus Chriſtum mores depravatos inſtantem obſtreperent, ipſe tamen nihilominus contra eorum infidelitatis vitia prædicare non ceſſabat.

Tertio : Fugere tempore perſecutionis non eſt contra fidem, ſed potius quædam fidei profeſſio ; per hoc enim dignoſcuntur fideles, qui ut fidem ſervent, ne credant ſævientibus, juxta Chriſti præceptum fugiunt, ſicque fuga Paganis ſuam maniſeſtant fidem.

ARTICULUS OCTAVUS.

De habitu fidei, ejus ſubjecto, & vitiis illi oppoſitis.

§. I.

De habitu.

QUÆRES. Utrum fidei habitus ſit ſemper virtus & qualis ?

Reſpondeo 1. habitum fidei eſſe duplicem, unum informem, informatum alterum. Prior a charitate divulſus eſt, & in peccatoribus remanet, quandoquidem ſemper credunt Deo revelanti ; poſterior charitate elevatur: uterque tamen eſt virtus Theologica, juxta illud D. Thomæ qu. 14. de veritate art. 3. ad 9. " Fides " neque eſt virtus intellectualis, neque " moralis, ſed eſt virtus Theologica. " Non quidem intellectualis, nam ejus actus etiam ex pia voluntatis affectione procedit : neque etiam moralis, iſta quippe bonum honeſtum reſpicit, fidei verum revelatum: non eſt quoque ſcientia, quippe quæ non ſit evidens & diſcurſiva ; ſupereſt igitur ut ſit virtus Teologica, quæ reſidet partim in voluntate, partim in intellectu, in voluntate quidem propter affectum a quo movetur, in intellectu propter veritatem quam reſpicit, quæque eſt proprium mentis objectum.

§. II.

De his in quibus fidei reperitur.

FIDES & in juſto viatore, & in fideli gratia ſanctificante privato remanet : in illo quidem, cum ad gratiam ſanctificantem ſequatur ; in iſto vero, quatenus credit Deo revelanti, & Eccleſiæ proponenti : hoc ipſum ſubindigitat Apoſtolus 1. Corint. 13. his verbis : Si habuero om-

omnem fidem, charitatem autem non habuero, nihil sum. Igitur seclusa charitate, remanet teste Apostolo fides in peccatore, tametsi non meritorie. Revera quidem peccatores multa bona opera motu fidei & religionis faciunt, sic fide adjuti eliciunt attritionis actum, qui cum sacramento Poenitentiae ad justificationem sufficit.

Fides non invenitur in haereticis, non in reprobis, non in daemonibus: in prioribus quidem, quia non credunt Verbo Dei, tametsi enim quosdam articulos se tenere profiteantur, eo tamen ipso quo aliquem discredunt, circa caeteros amittunt fidem; Verbum enim divinum tam est infallibile in uno quam in omnibus revelatis: qui igitur illi non credunt pro aliquo, nec pro aliis capitibus credere existimantur: hinc fides una dicitur, eo quod sit unicum fidei motivum, scilicet veritas divina in loquendo; maxime cum vel ipsi haeretici non credant Ecclesiae proponenti, & ista ulteriori ratione constat haereticos non habere fidem divinam: In eis adimpletur illud Jacob. 2. oraculum: Offendat autem in uno, factus est omnium reus. Hinc S. Cyprianus lib. 1. Epist. 3. ait: "Nulla societas fidei cum perfidia esse potest. "Sed neque in reprobis seu damnatis fides supernaturalis remanet; quippe qui non credant ex pia in Deum affectione: quocirca ipsi demones nonnisi quamdam fidem conjecturalem propter evidentiam signorum de Christo habebant.

Fides igitur haeresi amittitur, quatenus haeresis immediate illi opponitur: amittitur reprobatione, eo quod peccatum impoenitentiae finalis firmet personam in malo, omni gratia illam exuat, adeoque & omni pio in Deum affectu, quem absolute actus fidei annexum habet.

Demum fides fuit in Angelis viatoribus & primis parentibus, non tamen remanet in Beatis: primum patet, neque enim Angeli viatores & Protoparentes tendere in Deum ut remuneratorem, & illum utilitalem agnoscere, seclusa fidei auxilio, poterant. Igitur erat eis necessaria & ut Deo cultum debitum redderent, & ut bonis operibus vitam aeternam consequerentur. Jam vero quod non remaneat in Beatis, ratio in promptu est, quia non in specie & aenigmate, sed facie ad faciem Deum, teste Apostolo 1. Cor. 13. intuentur. Suffragatur Augustinus lib. 13.

de civit. Dei cap. 4. "Tunc est fides, inquit, quando spectatur in spe, quod in re nondum videtur.

§. III.

De vitiis fidei oppositis: & primum de infidelitate.

I. Nomine infidelitatis Intelligunt Theologi omnem fidei carentiam, quo sensu nedum gentiles, sed & Judaei atque haeretici, immo & a fide Apostatae dicuntur infideles. Stricto tamen modo sumpta dicitur carentia fidei in illis solum qui fidem Christi nunquam susceperere. Porro illa infidelitas duplex distinguitur, una scilicet negativa, & positiva altera; Prior est carentia fidei in his qui nihil de Christo audierunt, immo nec, omni adhibita diligentia, audire potuerunt, quales suut potissimum ii qui in sylvis & nascuntur & nutriuntur: posterior vero est carentia fidei in iis quibus annuntiatum est Evangelium, fidem tamen suscipere noluerunt.

II. Infidelitas negativa non est peccatum; e contra vero positiva. Prima pars probatur ex illo Christi Joan. 15. Si non venissem & locutus eis fuissem, peccatum non haberent: Igitur qui nihil audivit de Christo, nec potuit audire peccati infidelitatis reus non est, quod & innuit Apostolus ad Romanos 10. his verbis: Quomodo ergo invocabunt in quem non crediderunt, aut quomodo credent ei quem non audierunt; quomodo autem audient sine praedicante? Sic docet S. Augustinus tractatu 89. in Joan. ubi explanans verba Joan. 15. ait: "Respondeo habere illos excusationem non de omni peccato suo, sed de hoc peccato quo in Christum non crediderunt, ad quos non venit, & quibus non est locutus, Rursus epist. 194.

Consentit S. Thomas hic 2. 2. q. 10. art. 1. eo loci docet Infidelitatem negativam non habere rationem peccati, sed potius poena. Ratio est quia Deus impossibilia non jubet, nec quis punitur pro eo quod vitare non potuit, ut passim asserit S. Augustinus: Sed infideles negativi non possunt credere, nam ex Apostolo: Quomodo credent ei quem non audierunt? Ergo &c. Dices: Apostolus ibidem subdit: Sed dico numquid non audierunt? & quidem in omnem terram exivit sonus eorum, & in fines

nes orbis terræ verba eorum : Igitur ex A-
postolo non datur infidelitas negativa, cum
omnes audierint , hinc Augustinus lib. de
gratia & libero arbitrio cap. 3. ait , de
infidelibus sermonem instituens : " Nec ta-
„ men ideo confugiendum est ad ignoran-
„ tiæ tenebras, ut in eis quisque requirat
„ excusationem . Aliud est enim nescisse ,
„ aliud scire noluisse....Sed & illa igno-
„ rantia quæ non est eorum quæ scire no-
„ lunt , sed eorum qui tanquam simplici-
„ ter nesciunt , neminem sic excusat , ut
„ sempiterno igne non ardeat , si propterea
„ non credidit, quia non audivit omnino
„ quid crederet , sed sortasse ut mitius ar-
„ deat. „ Audis ex S. Augustino infidelitatem etiam eorum qui non audierunt esse
peccatum , cum ex eodem propter illam
Pagani in inferno puniantur . Ergo &c.

Respondeo I. difficultatem manere solu-
tam in tract. de gr. ubi ex professo eam
tractavimus.

Respondeo II. distinguendo : & ex verbis
posterioribus Apostoli solummodo denota-
tur , fidem jam ad multas mundi plagas
pervenisse , concedo : ad omnes & lingu-
las , nego. Alias sibi contradiceret B. Paulus , cum infideles negative exculatos habeat : *Quomodo credent ei quem non audie-*
runt ? Quomodo autem audient , sine prædi-
cante ? Sic explicat verba Apostoli S. Augustinus lib. de natura & gratia cap. 2.
Ad auctoritatem S. Præsulis distinguo,
infideles punientur in inferno propter a-
lia peccata ab infidelitate distincta , concedo : præcise propter infidelitatem , nego . Quin vero , seclusa fide Christi , nemo potest intrare in regnum cœlorum ,
Gentiles damnantur propter peccatum originale & actuale , sed non sicut illi qui
audierunt & credere noluerunt . Quod
subindigitat S. Doctor dicendo neminem
sic exculari propter infidelitatem negativam, hoc est a cæteris peccatis , ut non
ardeat , sed ut mitius ardeat : Infideles
quippe positivi prorsus inexcusabiles sunt ,
hinc & propter infidelitatem & propter
alia peccata , quæ ex cognitione Christi & regis graviora evaserunt , graviores quoque luunt criminum pœnas , ita
S. Thomas in loco mox laudato , ubi
sic loquitur : " Infidelitas dupliciter ac-
„ cipi potest . Uno modo secundum pu-
„ ram negationem » ut dicatur infide-
„ lis ex hoc, quod non habet fidem . A-
„ lio modo potest intelligi infidelitas se-
„ cundum contrarietatem ad fidem : qua

" scilicet aliquis repugnat auditui fidei ,
„ vel etiam contemnit ipsam , secundum
„ illud Isai. 53. quis credidit auditui no-
„ stro ? Et in hoc proprie perficitur ra-
„ tio infidelitatis , & secundum hoc in-
„ fidelitas est peccatum , si autem acci-
„ piatur secundum negationem puram ,
„ sicut in illis , qui nihil audierunt de fi-
„ de , non habet rationem peccati , sed
„ magis pœnæ . „

Cæterum tametsi præceptum fidei omnes & singulos obliget , hoc intelligendum est , supposita legis Evangelicæ promulgatione : neque plus virium habet instantia illorum qui dicunt infidelitatem
esse pœnam peccati : Sed esto sit pœna
peccati originalis , hoc ultro satemur , sed
non est peccatum , cum non sit voluntaria .

III. *Licitum* est communicare cum infidelibus in iis quæ ad religionem non pertinent , juxta illud 1. Corint. 10. *Si quis*
vocat vos infidelium , & vultis ire : hoc
est vocat vos ad cænam & prandium ,
Omne quod vobis apponitur , manducate ; ni-
bil interrogantes propter conscientiam . Idem
dicendum est de hæreticis , modo non sint
denuntiati per sententiam judicis . Non
idem dicendum, si ex frequentatione oriretur scandalum : hinc subdit Apostolus :
Si quis autem dixeris , hoc immolatum est
idolis , nolite manducare , propter illum qui
indicavit , & propter conscientiam . Immo
c. 8. ait se non manducaturum carnem in
æternum , si hoc fratrem scandalizet : a
fortiori in his quæ pravam religionem spectant suppeditando , v. g. rei ad cultum
superstitiosum inservientis : puta venden-
do lignum ad fabricandum idolum , vel
thus ei adolendum . Hoc ipsum innuit A-
postolus 2. Corint. 6. *Nolite* , inquit , *ju-*
gum ducere cum infidelibus , quæ enim par-
ticipatio justitiæ cum infidelibus , quæ socie-
tas luci ad tenebras ?....Propter quod exi-
te de medio eorum & separamini , dicit Do-
minus , & immundum ne tetigeritis . Subscribit Tertullianus l. de Idololatria c. 6.
his verbis : " Potest lingua negasse quod
„ manu confiteris , verbo destruere quod
„ facto struis ? „

Neque vero licitum est disputare cum
hæreticis , nisi adsit & missio & scientia ,
immo Apostolus ad Titum 3. ait : *Hære-*
ticum hominem , post unam & secundam
correptionem devita : sciens quia subversus
est , qui ejusmodi est & delinquit , cum sit
proprio judicio condemnatus ,

De-

Demum ritus infidelium tolerari possunt a Principibus Christianis, si eorum potestati subditi sint, & in uno congregentur loco, ubi citra scandalum & periculum fidelium perversionis, religionem sibi propriam exercere queant. Sic probat usus perpetuus in gratiam Judæorum, qui passim in terrarum orbe tolerantur.

Observes : Hæreticos baptizatos posse compelli a Principibus ut veram exerceant religionem, quandoquidem ratione Baptismi, tametsi membra Ecclesiæ putrida, ad eam tamen pertinent ; & in eos jurisdictionem habet : hujus rei irrefragabile argumentum illud est, quod Ecclesia non semel eos, omni adhibita juris solemnitate, nominatim excommunicet & a gradibus procul dejiciat.

§. IV.

De pænis temporalibus quæ hæreticis infliguntur.

Quæritur num hæreticis a Principibus, cum Ecclesiasticis, tum sæcularibus puniri legitime possint, ut hæreseos criminis pœnas luant?

CONCLUSIO AFFIRMATIVA.

Probatur unico, sed efficacissimo argumento. Quod perpetua traditione & possessione firmatum est, hoc pro certo teneri debet : Atqui res sic se habet pro hæreticis, immo & schismaticis perstringendis, ut salutari medicina percepta ad meliorem redeant frugem : Ergo &c. Probatur minor multis momentis.

Primo, ex Scriptura sacra : Deuteronomii 13. Deus præcipit lassos occidere Prophetas : *Propheta autem ille aut fictor somniorum interficietur, quia locutus est ut vos averteret a Domino Deo vestro qui eduxit vos de terra Ægypti, & redemit vos de domo servitutis, ut errare te faceret de via quam tibi præcepit Dominus Deus tuus.* Cap. 17. rebelles definitionibus Aaron in materia religionis pereunt e populo : & Matthæi 7. Christus sic loquitur : *Attendite a falsis Prophetis qui veniunt ad vos in vestimentis ovium, intrinsecus autem sunt lupi rapaces.* Attendite ut eos ejiciatis & puniatis.

Secundo : Suffragantur Patres; Cyprianus 1. de exhortatione martyrum cap. 5. ita loquitur : Quod sic idololatriæ in-

diguetur Deus, ut præceperit etiam eos interfici, qui sacrificare & servire idolis fuaserint, in Deuteronomio &c. Quod si ante adventum Christi circa Deum colendum & idola spernenda, hæc præcepta servata sunt, quanto magis post adventum Christi servanda sunt, quando ille veniens non verbis tantum nos hortatus sit, sed & factis post omnes injurias & contumelias, passus quoque & crucifixus &c.

S. *Hieronymus :* illa verba ad Galatas 5. *Modicum fermentum totam massam corrumpit*, explicans, ait : " Scintilla statim ut apparuerit extinguenda est. "

Insigne est quod S. Leo de Priscillianistis ait epist. ad Turribium : " Merito patres nostri, sub quorum temporibus, hæresis hæc nefanda prorupit, per totum mundum instanter egere, ut impius furor ab universa Ecclesia pelleretur. Quando etiam mundi Principes, ita hanc sacrilegam amentiam detestati sunt, ut auctorem ejus ac plerosque discipulos legum publicarum ense premerent. "

Tertio : Eadem traditio ab enumeratione partium astruitur. Christus ipse flagellis profanatores templi perstrinxit. Ecclesia vero in omnibus Conciliis adversus hæreticam perfidiam adunatis cunctos rebelles anathemate percussit & exauthoravit.

Vel ipsi sæculares Principes Catholici, ut jam dictum est, tanquam fidei defensores infestati sunt hæreticos & schismaticos. Constantinus Donatistarum exilio & legum severitate contumaciam fregit ut sule describit Augustinus epist. 185. quod probat exemplo Nabuchodonosor qui sub gravissimis pœnis prohibuerat ne aliquid adversus cultum & honorem Dei Sidrach, Misach & Abdenago fuerit. Sequentes Imperatores eodem modo, alii Pelagianos, alii Nestorianos, alii Eutychianos punierunt, ut videre est in jure canonico, codice de hæreticis : sicut & sub Innocentio III. multi Albigenses teste S. Antonino 3. p. historiæ titulo 19. Joannes vero Hus & Hieronymus de Praga tempore Concilii. Constantiensis igni traditi sunt.

Quid dicam de Apostatis & Blasphematoribus, illis a fide deficientibus, illis adversus Deum insurgentibus ? Priores modo exilio, modo carceribus luunt pœnia criminis ; posteriores vero perforatione lin-

lingux puniuntur : Sic ftatuit S. Ludovicus Francorum Rex : Sie ab illo ad noftra ufque tempora flatuerunt Reges Chriftianiffimi, in primis Lud. XIV. qui Novatores rebelles etiam non femel exilio laceffivit.

Solvuntur objectiones.

OBJICIES : Nec Apoftoli, nec eorum tempore Principes Chriftiani in Hæreticos fævierunt, cum, tefte D. Bernardo, ferm. 66. nullus armis fed potius manfuetudine ad fidem compelli debeat : Ergo &c. Confirmatur. Neque pœnæ timor ad hoc valet, cum poftea ad hærefim homo nequam ficut fus ad volutabrum redeat ut primum datur occafio.

Refpondeo diftinguendo : Nullus Paganus ad fidem amplectendam armis aut timore compulfandus eft, concedo : quia Ecclefia nullam in eos habet jurifdictionem, & hoc tantum probat argumentum & inftantia : nullus Hæreticus, nego. Si non corde ad meliorem redeat frugem, ejus culpa eft. Nonne Chriftus voluit debiles & claudos compelli intrare in fuam domum ad cœnandum?

Incaffum de hoc conquerebantur Donatiftæ, ait Auguft. epift. 185. cap. 5. his verbis : " Quod dicunt qui contra fuas " impietates leges juftas inftitui nolunt, " non petiiffe a Regibus terræ Apoftolos " talia, non confiderant aliud fuiffe tunc " tempus, & omnia fuis temporibus agi. " Quis enim tunc in Chriftum crediderat " Imperator, qui & pro pietate contra " impietatem leges ferendo ferviret, quan-" do adhuc illud propheticum complebatur, quare fremuerunt gentes, &c. ad-" verfus Chriftum ejus. "

Ad alteram probationem refpondet ibidem Auguftinus : " Experimentis proba-" vimus, & probamus, prius timore vel " dolore cogi ut poftea poffint doceri. "

Incaffum quoque de hoc quererentur ultimæ ætatis Hæretici, cum vel ipfe Calvinus Servetum Genevæ comburi curaverent propter fuos in fanctiffimam Trinitatem errores, & in Synodo Dordracena quidam Sectæ Calvinianæ rebellis, ordinante Principe Arauficano, graviffime punitus fit. Cæterorum omnes antiqui Theologi, & ex recentioribus L'Herminier Doctor Sorbonicus tractatu de fide, ex profeffo docent poffe fæculares Principes pœnis temporalibus cogere Hæreticos, ut ad

meliora redeuntes, juxta religionem quam in Baptifmo profeffi funt, vivant.

Inftabis : Credere eft opus voluntatis, fed ex Philofophis nullus poteft cogi interius, unde dicitur de S. Hermenegildo quod tametfi vinculorum pondere oppreffus, fæviente in eum patre Ariano, maneret tamen intus liberrimus : Igitur nullus debet cogi ad fidem jam derelictam iterum amplectendam.

Refpondeo diftinguendo minorem : Sed homo adduci debet minis & pœnis ad vivendum juxta fidem in Baptifmo celebratam, concedo : & hoc fieri non poteft, nego. Refpondeo fecundo aliter diftinguendo, voluntas intus cogi non poteft, concedo : adduci ad meliorem frugem nego. Ad hoc enim exhortationes, ad hoc correptiones & pœnæ : Solutio colligitur ex D. Auguftino qui epift. ad Bonifacium cap. 5. fic loquitur : " Cur " enim, cum datum fit divinitas homini " liberum arbitrium, adulteria legibus " puniantur, & facrilegia permittantur? " An fidem non fervare levius eft ani-" mam Deo, quam feminam viro? Aut " fi ea quæ non contemptu fed ignoran-" tia religionis comittuntur mitius vin-" dicanda, numquid ideo negligenda " funt?

SYNOPSIS ARTICULI.

PRIMO : Habitus fidei duplex eft, unus infomis, & a charitate divulfus, alter vero charitate formatus : Prior remanet in peccatoribus, quippe qui multa bona opera motivo fidei & religionis faciant, ut audire Miffam, & fimilia : Pofterior in folis juftis reperitur, cum a charitate jufti fint & nominentur.

Secundo : Fides non remanet in Hæreticis, non in damnatis, non in dæmonibus : Non quidem in primis, quandoquidem eatenus funt Hæretici, quatenus non credunt : non in fecundis, namque funt in malo confirmati ; hinc carent pia affectione qua fidelis movetur in myfteria, & credit in Deum : Hæc ipfa ratione nec in dæmonibus ; & fi quando in Scripturis eis tribuatur in Chriftum fidem, non nifi conjecturalis eft, eo quod, vifis Chrifti miraculis, fufpicabantur eum effe Dei Filium.

Tertio : Neque Vero dubitandum eft fidem fuiffe in Angelis viatoribus & in primis parentibus ; cum inter Angelos bo-

boni motu fidei & amoris fe converterent
ad Deum, fimiliter & Proto-parentes ut
Creatorem agnofcerent & benefactorem
redamarent.

Quarto : Infidelitas duplex, una negativa, quam aliquis nihil de Chrifto audivit, nec, omni adhibita diligentia, potuit audire : Altera pofitiva, quando aliquis audivit & tamen voluntarie cæcutit, & non vult audire, ut Judæus.
Prima infidelitas fidei negative opponitur,
& dicitur fidei carentia : Secunda vero
contrarie ; nam & Judæus & Hæreticus,
non folum fide carent, fed eam debel-
lant.

Quinto : Non licitum eft communicare
cum Infidelibus in iis quæ religionem fpectant ; fimiliter & cum Hæreticis, quia
ex frequentatione tali fides in periculum
veniret ex culpa fidelis, quod citra peccatum non fieret, juxta illud adagium :
Qui amat periculum, peribit in illo. Si vero agatur de civilibus, licitum eft cum illis commercium : Excipe tamen cum Hæreticis nominatim excommunicatis, & per
fententiam Judicis Ecclefiaftici denuntia-
tis, quippe qui priventur nedum Sacramentorum ufu, Ecclefiæ fuffragiorum participatione, fed & ipfa Fidelium focie-
tate.

Sexto : Ufus invaluit pœnis temporalibus afficere ad correctionem Hæreticos :
Hoc ipfum patet ex jure canonico, &
Imperatorum & Regum Chriftianorum edi-
ctis.

DIS.

DISSERTATIO SECUNDA
DE SPE,
QUA ECCLESIA ERIGITUR.

De spe nonnulla quæruntur pro more Theologorum.

Rimo QUIDEM num sit virtus & qualis?
Secundo : Quodnam ejus objectum ?
Tertio : Quodnam subjectum ?
Quarto : Quænam ejus necessitas ?

ARTICULUS PRIMUS.

Num spes sit virtus Theologica ?

NOMINE spei intelligitur aliquando objectum seu bonum quod speratur, juxta illud ad Titum 3. *Expectantes beatam spem & adventum gloriæ magni Dei .* Nonnunquam ille a quo illud bonum expectamus, ut habetur Psal. 30. *Tu es Domine spes mea .* Quandoque etiam & magis proprie virtus qua aliquod bonum arduum a Deo expectamus ejus innixi potentia & misericordia. De spe in hoc ultimo sensu spectata impræsentiarum agimus .

Hæc spes duplex distinguitur : Una scilicet informis, qualis est peccatorum spes; formata altera , & illa est quæ charitate informatur simul & elevatur. Quibus præsuppositis sit

CONCLUSIO.

Spes est virtus Theologica , eaque infusa.

PROBATUR prima pars : Scilicet quod spes sit virtus, hoc ratiocinio. Quod movet hominem ad bonum arduum supernaturale juxta debitam regulam est virtus : Atqui talis est spes ; illaque virtute gratiæ nos movet ad sperandam a Deo beatitudinem ejus fusulti & potentia & misericordia , quod dubio procul est juxta regulam debitam , cum illud motivum ab elatione secedat . Igitur spes est vera virtus. *Boucat Theol. Tom. IV.*

Sic docet S. Thomas ex professo hic 2. 2. q. 17. art. 1. his verbis : " Spes est virtus , „ cum faciat actum hominis bonum & de„ bitam regulam attingentem : „ *Probatur altera pars* , nimirum spem esse virtutem Theologicam , hoc D. Thomæ ratiocinio ibid. art. 6. virtus quæ Deum immediate attingit , est Theologica : Atqui spes respicit Deum immediate ut est principium totius boni cujus possessionem expectamus : Igitur est virtus Theologica ; & quidem a virtute morali distincta , cum ista nonnisi bonum creatum honestum respiciat : a fide quoque & charitate ; illa quippe Deum ut verum , ista vero ut bonum possessum vel ex parte , ut charitas viæ , vel ex toto ut charitas patriæ; spes autem bonum divinum in se & ut quid futurum spectat .

Juvat hic verba sancti Doctoris texere: „ Virtus aliqua dicitur esse Theologica ex „ hoc quod habet Deum pro objecto , cui „ inhæret . Potest autem aliquis alicui „ rei inhærere dupliciter : uno modo pro„ pter seipsum , alio modo , in quantum „ ex eo in aliud devenitur . Charitas ergo „ facit hominem Deo inhærere propter „ seipsum , mentem hominis uniens Deo „ per affectum amoris. Spes autem & fi„ des faciunt hominem inhærere Deo sicut „ cuidam principio , ex quo aliqua nobis „ proveniunt . De Deo autem provenit „ nobis & cognitio veritatis , & adeptio „ perfectæ bonitatis . Fides ergo facit ho„ minem Deo inhærere in quantum nobis „ est principium cognoscendi veritatem, „ credimus enim ea vera esse quæ nobis „ a Deo dicuntur . Spes autem facit Deo „ adhærere pro ut est in nobis principium „ perfectæ bonitatis , in quantum scilicet „ per spem divino auxilio innitimur ad „ beatitudinem obtinendam. „ *Probatur tertia pars* : nempe quod spes sit virtus infusa. Scriptura hoc ipsum innuit Rom. 15. his verbis : *Deus autem spei repleat vos omni gaudio & pace in creden-*

D   *do,*

do , *et abundavit in fpe & virtute Spiritus Sancti* . Rurfus 1. Petri 1. *Qui fecundam mifericordiam fuam regeneravit nos in fpem vivam* . Concinit Concilium Trident. feff. 6. can. 3. ubi fic pronunciat . *Si quis dixerit hominem fine Spiritus fancti gratia & ejus adjutorio, poffe credere, fperare, & diligere ficut oportet , ut ei juftificationis gratia conferatur; anathema fit* . His & fimilibus fententiis fpes ventilatur ut donum Dei : Igitur eft virtus infufa & non acquifita , maxime quia labore non comparatur : Porro tametfi fpes informis non fit virtus perfecta defectu charitatis , eft tamen vera virtus in peccatore , nuippe qui iuxta regulam debitam fperet in Deum , & ifta fpe erigatur , ut tandem aliquando ad juftificationem perveniat . Ulterior ratio affertionis ea eft , quod peccata non opponantur fpei fi defperationem excludas . Ergo &c.

SYNOPSIS ARTICULI.

PRIMO : Spes eft virtus , quippe quae ad bonum inclinet & promoveat .

Secundo : Eft virtus Theologica , quandoquidem refpicit Deum immediate ut fummum bonum poffidendum .

Tertio : Eft virtus infufa : Sic docet Tridentinum feff. 6. docens neminem poffe fperare in Deum ficut oportet fine gratia . Et vero non acquiritur cum omnem tranfcendat naturae ordinem .

ARTICULUS SECUNDUS.

De objecto fpei .

CONCLUSIO.

Objectum materiale fpei , I. eft bonum increatum : II. formale quod bonitas divina poffidenda : formale fub quo, auxilium gratiae & potentia Dei .

PROBATUR *prima pars* . Objectum materiale illud eft , circa quod aliqua virtus verfatur : Atoni fpes verfatur circa bonum divinum & infinitum ut poffidendum : Ergo &c.

Probatur altera pars : Nimirum bonum reduplicative ut infinitum eft objectum formale quod fpei : Sic enim habetur Matth. 6. *Quaerite primum regnum Dei & juftitiam ejus, & haec omnia adjicientur vo-*

bis . Rurfus Hebr. 11. *Fides eft fubftantia fperandarum rerum* . Hinc Auguftinus in Pfa. 122. ait : " Erige fpem tuam ad bonum bonorum omnium : iple erit bonum bonorum omnium , a quo omnia in fuo genere facta funt bona . Suffragatur S. Thomas ea profeffione hic quaeft. 17. art. 2. his verbis : " Spes de qua loquimur attingit Deum : innitens ejus auxilio ad confequendum bonum fperatum . Oportet autem effectum elle caufae proportionatum; & ideo bonum quod proprie & principaliter a Deo fperare debemus , eft bonum infinitum quod proportionatur virtuti Dei adjuvantis . Ratio eft , quia fpes tendit in Deum ut bonum omnem fatians appetitum , fub qua ratione eft beatitudo hominis ; non autem & motivum eft principium in attribus : Igitur objectum formale quod , feu ratio quam fpes in Deo attingit , eft ratio boni reduplicative ut infiniti , non enim fub alio refpectu fatiat appetitum ; adeoque objectum formale quod fpei eft bonum infin.tum feu beatitudo .

Ex hoc fequitur vifionem myfteriorum & creatorarum fcientiam quam in aeterna beatitudine utique fperamus , effe folummodo objectum fpei fecundarium , ficut & gratiae abundantiam quam in via a Deo expectamus , ut finaliter perleveremus in bono coepto & vitae decurfu continuato , haec enim & fimilia funt folum media quibus homo movetur ad affequendam bonis operibus beatitudinem . Ratio ulterior haec eft , quod objectum principale fpei illud fit , quo obtento quiefcit appetitus , folo autem bono infinito poffeffo quiefcit; hinc Auguftinus paffim dicit hominem fore perfecte beatum , modo Deum poffidere , etiam fi caetera amittat & illis privetur .

Probatur tertia pars . Objectum formale fub quo illud eft , quo objectum formale attingitur , quod poteft illuftrari exemplo vifus , cujus objectum formale quod eft coloratum , lumen vero folare quo attingit coloratum : Sed id quo voluntas fertur in bonum aeternum poffidendum eft gratia Dei , & ejus mifericordia & potentia quibus innititur fpes : Et probatur . Primum enarrat fanctus Thomas hic q. 17.art.2. Alterum vero & tertium ibidem qu. 18. art. 4. ad 3. ubi fic habet : " Dicendum , quod hoc , quod aliqui habeant fpem deficiant a confecutione beatitudinis , contingit , ex defectu liberi arbitrii po-

" *nen-*

„ nentis obstaculum peccati, non autem
„ ex defectu divinæ potentiæ, vel miseri-
„ cordiæ cui spes innititur. „ Ergo &c.

SYNOPSIS ARTICULI.

Primo : Objectum materiale spei est
bonum increatum. Quia circa illud solum
versatur.

Secundo : Objectum formale quod est
bonitas increata ut possidenda. Ratio est
quia cuncta per ordinem ad istam bonitatem spectat.

Tertio : Objectum formale sub quo est
gratia, illo quippe medio solum bonitatem possidendam attingit, ut definivit sacra Synodus Tridentina.

ARTICULUS TERTIUS.

De subjecto spei.

CONCLUSIO PRIMA.

Subjectum spei immediatum est voluntas.

PROBATUR ratione D. Thomæ hic
q. 18. art. 1. Virtus in ea residet potentia quæ attingit suum objectum, &
illud habet pro fine : Atqui bonum in tota sua latitudine est voluntatis objectum,
spes vero respicit bonum infinitum ut possidendum : Igitur spes residet immediate
in voluntate.

CONCLUSIO SECUNDA.

Spes Theologica I. non fuit in Christo II.
nec est in Beatis : III. non in damnatis : IV. non in Hæreticis : V. bene
vero in fidelibus viatoribus, & in animabus in Purgatorio detentis.

Probatur quoad singulas partes.

PRIMO QUIDEM, non fuit in Chri-
sto, juxta illud Rom. 8. *Quod videt quis,
quid sperat*. Christus autem erat quoad
animam beatus ; hinc si quid speravit,
non fuit beatitudo animæ, sed solum corporis, juxta illud Hebr. 8. *Proposito sibi
gaudio .... sustinuit crucem confusione contempta*. Spes autem Theologica nonnisi
Deum ut summum bonum in se possidendum, primario & principaliter respicit,

quocirca Christus beatitudinem corporis,
nominis exaltationem, & alia similia non
speravit ipe Theoloxica, sed nutu qu o-
dam affectivo qui ad spem reduci potest.
Ergo &c.

Secundo : Nec consequenter spes in Beatis reperitur propter eamdem rationem.
Ita D. Thomas hic q. 18. art. 2. his verbis : " Quia ergo bonum arduum possi-
„ bile non cadit sub ratione spei, nisi se-
„ cundum quod est futurum ; ideo cum
„ beatitudo jam non fuerit futura, sed
„ præsens non potest ibi esse virtus spei.
„ Et ideo spes sicut & fides evacuatur in
„ patria, & neutrum eorum in Beatis es-
„ se potest. „

Tertio : Spes non est in damnatis : Sic
propugnat S. Thomas hic q. 18. art. 3. Et
probatur. Qui pœnis æternis addicti sunt
in peccatorum vindictam nullam habent
spem, sin minus eorum pœnæ non forent
æternæ : Atqui est de fide damnatos æternis vinculis esse constrictos : Igitur nulla
eis affulget spes salutis, maxime cum in
inferno nulla sit redemptio.

Quarto : Neque spes Theologica adjacet
Hæreticis : Hæc enim ad fidem consequitur, cum ipsa fides ostendat bonum æternum & infinitum possidendum : Sed deest
in Hæreticis fides. Igitur & Spes Theologica. Habent tamen aliquam spem, quandoquidem gratiis sufficientibus non privantur, & possunt converti. Ista spes divino innixa auxilio & motivo reduci potest ad spem Theologicam.

Quinto : Spes Theologica est in justis
omnibus tam viatoribus quam in Purgatorio conclusis ; cum sint in charitate ;
adeoque filii ; Igitur & hæredes, & spem
in jure filiationis adoptivæ fundatam habent.

Sexto : Spes remanet in Fidelibus peccatoribus ; Et probatur. I. Habent fidem.
Igitur & spem . II. Peccatum mortale
tametsi immediate gratiæ oppositum sit,
non tamen extinguit spem. III. Injun-
guntur peccatori omnia mandata observanda, spes autem ad hoc requiritur, tenetur enim Christianus aliarum virtutum
exercere actus, ut pœnitentiæ, contritio-
nis, erga pauperes misericordiæ : Sed istiusmodi actus, seclusa spe, homo lapsus non
potest elicere, sicut & graves superare
tentationes, quæ spe veniæ propelluntur.
Igitur spes remanet in peccatoribus : immo
mo si alicui fieret suæ damnationis revelatio, in Deum tamen adhuc sperare de-
be-

D 2

52   *Differtatio fecunda*

beret ; quandiu enim homo viator eſt, etiamſi animam ageret, poſſet tamen conterere de peccatis & ſperare in Deum, ut de bono legitur latrone, qui primum Chriſto conviciabatur, tum de repente converſus ipſum confeſſus eſt, dicens ei Luc. 23. *Memento mei, cum veneris in regnum tuum.* Sic propugnat S. Thomas qui de hac revelatione ſic loquitur q. 23. de veritate art. 8. ad a. his verbis : " Si ali-" cui talis revelatio fieret, deberet intel-" ligi non ſecundum modum prophetiæ " prædeſtinationis, vel præſcientiæ, ſed " per modum prophetiæ comminationis " quæ intelligitur ſuppoſita conditione " meritorum. " Scilicet malorum.

CONCLUSIO TERTIA.

Spes I. ſecundum ſe habet certitudinem abſolutam. II. Reſpectu vero noſtri ſolum conditionatam.

PROBATUR prima pars ex S. Thoma qui hic quæſt. 18. art. 4. ex profeſſo docet concluſionem. Primo, iſta auctoritate Apoſt. 2. ad Timoth. 1. *Scio cui credidi & certus ſum, quia potens eſt depoſitum meum ſervare.* Audis certitudinem ſpei omni potentiæ Dei inniti : Igitur ex hac parte certiſſima eſt : altera ratio S. Doctoris ibidem ea eſt, quod eadem ſit certitudo ſpei ac fidei, in iſta quippe velut in radice fundatur : " Sic etiam, *inquit*, " ſpes certitudinaliter tendit in ſuum " finem, quaſi participans certitudinem " a fide, quæ eſt in vi cognoſcitiva. " *Ulteriori* iſto ratiocinio fundatur : Eadem eſt tendentia voluntatis in bonum ac intellectus, qui ad illud idem bonum ſub ratione veri reſpicit : *Nihil enim amatum quin præcognitum*, ut fert vulgare adagium : Sed intellectus fidei lumine irradiatus tendit in Deum ut verum : Igitur eodem modo voluntas ſpe inſtructa & accincta, ad eundem ut poſſidendum inclinatur.

Probatur altera pars, multiplici Scripturarum apparatu, videlicet ſpem ex parte noſtri non habere certitudinem abſolutam. Eccl. 9. habetur : *Omnia in futurum ſervantur incerta.* 1. Corinth. 10. *Qui ſe exiſtimat ſtare, videat ne cadat.* Inſigne eſt pro illo momento, illud Petri oraculum : Epiſt. 2. c. 1. *Satagite, ut per bona opera certam veſtram vocationem, & electionem faciatis.*

Concinit S. Auguſtinus lib. de corrept. & grat. cap. 13. his verbis : " Quia ex " multitudine fidelium quandiu in hac " mortalitate vivitur in numero præde-" ſtinatorum ſe ſe præſumat ? Quia id " occultari opus eſt in hoc loco, ubi ſic " cavenda eſt elatio. " Ibidem in toto ſerme libro adhortatur ut flagellis & pœnis corripiantur inquieti & obdurati, ut ad meliorem redeant frugem.

Ratio ſuffragatur. Vita æterna ea ſolum conditione promittitur, ut ſerventur mandata, juxta illud Chriſti Matth.19. *Si vis ad vitam ingredi, ſerva mandata.* Hinc Auguſt. in Pſal. 99. egregia hæc eloquitur : " Tam certus eſſe debes de requie, de " felicitate, de æternitate, de immor-" talitate, ſi feceris præcepta Dei, quam " certus eſſe debes de interitu, de ardo-" re ignis æterni, de damnatione cum " diabolo, ſi contempſeris præcepta " ejus. " *Dices* : Eccleſ. 2. legitur : *Qui timetis Dominum credite illi, & non evacuabitur merces veſtra.* Rurſus Pſal. 27. *In te ſperaverunt Patres noſtri & non ſunt confuſi.* Igitur, inquiunt Lutherani, omnis prædeſtinatus de ſua ſalute certiſſimus eſt.

Reſpondeo diſtinguendo antecedens : non evacuabitur merces, nec erit confuſio in Deum ſperantibus ſi adint bona opera, concedo : et enim ſupponuntur : ſin minus, nego. Sacra quippe Synodus Tridentina adverſus obſtrepentes Lutheranos & Calviniſtas definivit neminem quantumvis juſtum, quandiu viator eſt non habere phyſicam de ſua ſalute certitudinem, ſic loquitur ſeſſ. 6. Can. XV. *Si quis dixerit hominem renatum & juſtificatum teneri ex fide ad credendum, ſe certo eſſe in numero prædeſtinatorum ; anathema ſit.*

SYNOPSIS ARTICULI.

De ſubjecto ſpei.

PRIMO : Non fuit in Chriſto viatore, ſiquidem anima ejus viſione intuitiva poſſidebat Deum.

Secundo : Non eſt in damnatis, quippe qui ex decreto Dei pœnis afficiantur æternis.

Tertio : Neque in hæreticis, namque fide Theologica, quæ eſt ſpei fundamentum, carent.

Quar-

Quarto : Est in justis & fidelibus peccatoribus : in illis quidem, cum habeant charitatem, ad quam virtutes supernaturales ut proprietates ad essentiam consequuntur ; in istis vero, eo quod fidem habeant, & præceptum spei eis imminatur, ut a peccato resipiscentes ad Deum totius justitiæ fontem revertantur.

Quinto : Spes in se certissima est, cum fundetur in Verbo Dei promittentis mandata servantibus vitam æternam, respectu vero nostri certitudinem moralem, nemo quippe scit, an odio vel amore dignus sit, unde Apostolus, ait 1. Cor. 10. *Qui se existimat stare, videat ne cadat*.

ARTICULUS QUINTUS.

De timore, spei dote.

SPES inter duo incedit extrema, nimirum desperationem & præsumptionem. Prior defectus in eo situs est, quod aliquis existimet graviora esse sua peccata quam ut veniam obtinere queat : tum ista victi passione, peccatores indiscriminatim in cuncta ruunt scelera, juxta illud impiorum apud Sap. 2. *Coronemus nos rosis ... Nemo nostrum exsors sit luxuriæ ... Hæc est pars nostra, & hæc est sors*. Et istud Ephes. 4. *Qui desperantes, semetipsos tradiderunt impudicitiæ, in operationem immunditiæ omnis, in avaritiam : vos autem non ita didicistis Christum*. Præsumptio vero in eo posita est, quod quis credat, tametsi non sit sollicitus de mediis assumendis, habere vitam æternam.

Verum si opposita habeat spes, quibusdam etiam gaudet dotibus, quibus ad salutem via sternitur : inter cæteros eminet timor, qui quidem triplex distinguitur a S. Thoma hic 2. 2. quæst. 19. art. 1. alter scilicet mundanus, alter servilis : & tertius, filialis. Prior ille est, quo aliquis pœnam tantummodo temporalem abhorret, & a peccato abstinet, vel quia punitionem comminatam vult fugere, vel etiam eo quod peccatum quoddam vitandum afferat dedecus ; nemo quippe sic perditus est, ut velit aut immundus, aut fur haberi. Servilis ille censetur, quo de facto peccator adhæret Deo imminentibus Pœnis perterritus : filialis vero, quo eidem adhæret homo, non propter peccati pœnam, sed præcise propter culpam quæ Deum optimum offendit :

Boucat Theol. Tom. IV.

quandoque autem timor est partim servilis, partim etiam filialis, & hic ex S. Thoma ibidem initialis vocatur.

Timorem mundanum esse malum docet sanctus Doctor ibidem art. 3. quia, inquit, a mala radice procedit, ex amore scilicet bonorum temporalium in quibus quiescit peccator, omni seclusa ad Deum relatione : tertium esse optimum iterum atque iterum prædicit, cum in amore benevolentiæ fundetur : de solo igitur servili movetur controversia. Asserunt Lutherani illum homines magis peccatores efficere. Contra quos sit

CONCLUSIO.

Timor, quo aliquis ad Deum se convertit metu pœnæ, est salutaris.

Probatur multis momentis.

Probatio, ex Scriptura sacra.

ILLE timor est salutaris, qui expellit peccatum, qui advocat Spiritum salutis, qui est initium sapientiæ, quique ab ipso Christo præcipitur : Atqui talis est timor servilis. Ergo &c. Probatur minor quoad singulas partes.

Primo quidem, timor ille expellit peccatum, juxta illud Eccl. 1. *Timor Domini expellit peccatum*. Hinc ibidem habetur : *Timenti Dominum bene erit in extremis, & in die defunctionis suæ benedicetur*. Secundo, dat salutis spiritum, sic enim habetur Isaiæ 26. *Concepimus, & quasi parturivimus, & peperimus Spiritum*. 70. legunt : *Timore tuo, Domine, concepimus, & peperimus spiritum salutis*. Tertio, non in uno Scripturæ loco timor initium sapientiæ dicitur, sic Psal. 110. *Initium sapientiæ timor Domini*. Tum Eccl. 1. *Timor Domini scientiæ religiositas, radix sapientiæ est timere Dominum*. Demum Christus Matth. 10. ait : *Timete eum, qui potest animam & corpus perdere in gehennam*.

Probatio, ex traditione.

S. CYPRIANUS lib. de lapsis sermonem de castigationibus a Deo inflictis instituens, ait : " Prænuntiata sunt ista
" nobis, & ante prædicti : sed nos datæ
" legis & observationis immemores, id e-
" timus per nostra peccati, ut dum Do-
" mini mandata contempsimus, ad corre-
" ctio-

„ ßionem delicti & probationem fidei re-
„ mediis severioribus veniremus. „
„ *Tum* Tertullianus L. 1. de cultu fœmi-
neo cap. 2. " Timor fundamentum falutis
„ est. „ Accedit Basilius homil. in Psalm.
31. " Jam, *ait*, quando timor Domini ini-
„ tium est sapientiæ qui terrena sapiunt,
„ per timorem erudiuntur ; timor enim
„ quasi quidam introductorius necessario
„ ad pietatem condiscendam assumitur. „
Ejusdem est labii Hieronymus epist. ad Fa-
biolam, his verbis : " Jungit timorem Psal-
„ mista, qui custos est beatitudinis, & in-
„ iert ; virga tua & baculus tuus ipsa me
„ consolata sunt : & est sensus dum tor-
„ menta formido, servavi gratiam quam
„ acceperim. „
Subscribit S. Augustinus Tract. 8. in epist.
1. Joan. ubi sic loquitur : " Cœpit aliquis
„ credere diem judicii, si cœpit credere,
„ cœpit & timere : timendo corrigit se,
„ vigilat adversus hostes suos, idest, pec-
„ cata sua : incipit revivilcere interius
„ &c. „ Mitto cæteros Patres, qui passim
idem docent.

Probatio, ex Concilio Tridentino.

Sacra Synodus session. 14. cap. 4. Pronuntiat adversus Potestantes, attritionem
ex metu gehennæ conceptam esse Dei donum : " Illam vero contritionem imper-
„ fectam quæ attritio dicitur, quoniam
„ vel ex turpitudinis peccati consideratio-
„ ne, vel ex gehennæ & pœnarum metu
„ communiter concipitur, si voluntatem
„ peccandi excludat, cum spe veniæ, de-
„ clarat non solum non facere hominem
„ hypocritam & magis peccatorem, ve-
„ rum etiam donum Dei esse & Spiritus
„ sancti impulsum non adhuc quidem in-
„ habitantis, sed & moventis, quo pœ-
„ nitens adjutus viam sibi ad justitiam pa-
„ rat.
Expressius ibidem sess. 6. Can. 8. *Si quis
dixerit gehennæ metum per quem ad misericordiam Dei de peccatis dolendo confugimus,
vel a peccando abstinemus, peccatum esse aut
peccatores pejores facere; anathema sit.*

Probatio, ex variis rationibus.

Prima : Nomine timoris servilis intelligimus eum quo homo reus motivo gehennæ a peccato secedit, & Deo inhæret
ut ultimo fini, hæc est enim servorum
indoles & consuetudo ut Dominis famu-

lentur proprii commodi motivo, quod licitum est : sed hujusmodi timor bonus est
& a Spiritu sancto, quandoquidem ex sanctis Patribus deterret hominem a peccando : ex sancto Thoma hic art. 2. eo ductus peccator adhæret Deo qui quidem diligitur, *inquit*, tanquam finis ultimus propter pœnam quæ beatitudini adversatur.
Ergo &c.
Secunda : Sinit Deus hominem ipsi sibi servire mercedis motivo, juxta illud
Matth. 6. *Beati pauperes spiritu, quoniam
ipsorum est regnum cælorum.* Et illud Psal.
118. *Inclinavi cor meum ad faciendas justificationes tuas in æternum propter retributionem.* Igitur & pœnæ motivo tametsi mer-
cenario homo Deo inhærere potest, cum
in utroque actu proprii commodi adsit motivum.
Tertia : Comminationes, correptiones &
flagellationes non semel commendantur in
sacris Scripturis, ut homines a peccatis
deterriti supremo adhæreant bono ; quinimmo hoc ipsum expostulat Propheta Regius, his verbis ibidem : *Confige timore tuo
carnes meas, a Judiciis enim tuis timui.*
Igitur timor servilis salutaris est & a Spiritu sancto, cum nullus, seclusi ejus gratia & a peccato secedere, & Deo adhærere queat ; utrumque autem operatur timor servilis ut ex probationibus liquet.
Igitur est bonus, & Spiritus sancti donum.

Fit satis objectionibus.

Objicies : Ille timor non est salutaris, cujus usus malus est : Atqui usus timoris servilis malus est. Et probatur.
Glossa super Rom. 1. ait : " Qui timore
„ aliquid facit, etsi bonum sit quod fa-
„ cit, non tamen bene facit. „ Ita ex
August. Enchiridio cap. 111. deducitur.
Ergo &c.
Respondet Sanctus Thomas hic quæst. 19.
art. 4. ad 1. " Verbum illud Augustini
„ intelligendum est de eo, qui facit ali-
„ quid timore servili, in quantum est ser-
„ vilis, ut scilicet non amet justitiam,
„ sed solum pœnam timeat. „
Instabis : Atqui omnis timor servilis malus est. Ergo &c. Probatur subsumptum.
Ille timor malus est quo pœna magis ad
pœnitendum movet quam culpa : sed horror & displicentia : sed qui timore servili
agitur, magis timet pœnam quam Deum
placare intendat. Ergo &c.

Respondeo negando fubfumptum. Ad probationem, diflinguo : fi agens hanc inftituat comparationem, ut foret paratus peccire nifi Deus pœnam comminaretur, concedo : fi ab eâ abftrahat comparatione , nego. Porro peccator gebennæ metu conculfus ad Deum convertitur ita fe gerens . A pena vitanda primum quidem hic motus , tum recedit a peccato ut Deo adhæreat : fed non gradum fiflit in mera pœnæ apprehenfione & timore .

Replicabis : Timor mundanus abjicitur ut prophinus : Igitur & abjiciendus fervilis . Probatur antecedens . Uterque eft motivum & principium in agibilibus refpectu peccatoris. Igitur fi prior eft malus , eadem ratione erit & pofterior .

Refpondeo negando antecedens . Ad probationem , nego paritatem . Ratio difcriminis eft quod mundanus fiflat in pœna & non adhæreat Deo , e contra vero alter , ultra quippe progreditur peccator qui eo movetur fcopo ut ad Deum fe convertat .

Infiabis : Timor fervilis incompofiibilis eft cum charitate , juxta illud 1. Joan. 4. *Timor non eft in charitate .* Ergo &c.

Refpondeo diflinguendo antecedens , timor filialis incompofiibilis eft cum charitate , nego . Servilis , fubdiflinguo : cum charitate perfecta , concedo : imperfecta & initiali , qualis eft charitas qua aliquis diligit Deum propter fe , & juxta Tridentinum ut totius juflitiæ fontem , nego . Namque Pfal. 110. Scriptum eft : *Initium fapientiæ timor Domini .* S. Thomas hic quæft. 19. art. 6. noftram aftruit folutionem , his verbis de timore pœnæ : " Dicendum, quod timor fervilis ex amore „ fui caufatur : qnia eft timor pœnæ qui „ eft detrimentum proprii boni : unde hoc

„ modo timor pœnæ poteft flare cum cha-
„ ritate , ficut & amor fui , ejufdem enim
„ rationis eft , quod homo cupiat bonum
„ fuum, & quod timeat eo privari &c. „
Et fic ex S. Thoma folus timor mundanus charitati opponitur , nufquam vero fervilis , quippe qui charitati imperfectæ annexus præparet etiam ad perfectum Dei amorem.

SYNOPSIS PROBATIONUM.

Timor pœnæ quo aliquis ad Deum fe convertit eft falutaris .

Primo : Sic legitur Eccl. 1. *Timor Domini expellit peccatum .* Vel ipfe Chriflus Matth. 10. illum præcipit , dicens : *Time-te eum qui poteft animam & corpus perdere in gehennam.*

Secundo : Sic docent Patres, Cyprianus lib. de lapfis , Bafilius homil. in Pfal. 32. in primis Concilium Tridentinum feff. 14. cap. 4.

Tertio : ratio fuffragatur : Qui hoc timore concutitur , non fiflit in pœna , fed a peccando deterritus convertitur ad Deum . Ergo &c.

SYNOPSIS OBJECTIONUM,

et Solutionum.

Primo : Nonnumquam Patres abjiciunt timorem fervilem ut malum , fed loquuntur de timore ferviliter fervili & mundano .

Secundo : Timor pœnæ non habens relationem ad Deum eft malus , fecus vero , qui dicitur timor Domini , adeoque & initium fapientiæ .

DISSERTATIO TERTIA

DE CHARITATE,

Quatuor movemus quæstiones de illa mirabili virtute, quærendo.

Rimo : Quid fit ?
Secundo : Quodnam ejus objectum ?
Tertio : Quænam ejus proprietates ?
Quarto : Num ſtatus amoris puri erga Deum ſit in vita præſenti admittendus.

ARTICULUS PRIMUS.

De natura Charitatis.

CHARITAS in genere ſumitur pro quocumque amore honeſto, & in hoc ſenſu amicitia inter parentes & benevolos charitas nuncupatur : quandoque etiam pro amore quo Deus diligit homines, juxta illud Epheſ. 2. *Propter nimiam charitatem qua dilexit nos Deus &c.* Qui quidem amor amicitiæ nomine inter Deum & homines celebratur, juxta illud Jacobi 2. *Abraham amicus Dei effectus eſt.* Subſcribit S. Auguſtinus lib. 2. Conſeſſ. cap. 6. Hoc ipſum patet ex quatuor conditionibus quæ ibi reperiuntur, quarum prima eſt, ut ſit amor benevolentiæ : altera ut ſit amor mutuus & notus : tertia, ut fundetur in aliqua communicatione, qua reddantur amantes aliquo modo ſimiles : quarta, ut bonorum communicationem importet. Porro juſtus diligit Deum amore benevolentiæ, videlicet propter ejus ſolam bonitatem, Deus vero amat hominem ſe ſe complacendo in ejus bono & ſalute. Secundo amor quoque eſt mutuus, juxta illud Proverb. 8. *Ego diligentes me diligo.* Et iſtud Joan. 4. *Qui diligit me diligetur a Patre meo, & ego diligam eum.* Tertio, eſt utique bonorum communicatio qua amantes redduntur aliquo modo ſimiles, Deus enim fecit hominem ad imaginem ſuam, dicente S. Petro 2. epiſt. 1. *Maxima &*

pretioſa nobis promiſſa donavit : ut per hæc efficiamini divinæ conſortes naturæ. Nec deeſt ſecretorum communicatio, habetur enim Num. 22. in gratiam Moyſis ; *Si quis fuerit inter vos Propheta Domini loquar ei in ſomnis & figuris, non ſic ſervus meus Moyſes, os enim ad os ejus loquar.* Quæ verba explanans S. Hieronymus in cap. 7. Michææ, ait : " Si vis vera amicitia delectari, eſto amicus Dei ſicut Moyſes qui loquebatur Deo quaſi amicus ad amicum. "

S. Thomas, hic quæſt. 23. art. 1. ex profeſſo hoc docet illo Chriſti oraculo Joan. 15. Jam non dicam vos ſervos . . . . *Vos autem dixi amicos.* Ulterior ejus ratio eſt, quod ſit amor benevolentiæ erga Deum & hominem : deinde vero concludit non dari amorem amicitiæ inter hominem & brutum, quia non diligimus belluam propter ſemetipſas, ſed propter nos, quatenus ſunt nobis utiles, qui quidem, inquit, amor concupiſcentiæ nuncupatur.

Neque prætereundum eſt charitatem dividi in amorem viæ & amorem patriæ : prior fide, alter vero viſione ſuum attingit objectum, quod cum ſit pro utroque idem, duplex ille amor nonniſi accidentaliter diſtinguitur, hinc Apoſt. 1. Cor. 13. ait : *Charitas numquam excidit.*

Rurſus : Amor benevolentiæ erga Deum alter eſt appretiativus, alter vero meræ complacentiæ : vi prioris plus diligimus Deum quam nos & omnes ſimul creaturas ; per alterum vero complacemus in Dei bono, quod ex totis præcordiis volumus. His præſuppoſitis ſit

CON-

CONCLUSIO.

Charitas I. *Eſt quid creatum*. II. *Virtus in-*
fuſa. III. *Theologica*, *qua Deum ut ſum-*
mum bonum in ſe & propter ſe dili-
gimus.

PROBATUR prima pars contra Magiſtrum Sententiarum, namque Rom. 5. habetur : *Charitas Dei diffuſa eſt in cordibus*
noſtris per Spiritum ſanctum qui datus eſt
nobis. Sed quod infunditur a Spiritu ſancto ut ejus donum, non eſt ipſe Spiritus
ſanctus : ergo charitas eſt quid creatum.
Sic verba Apoſtoli explicant Concilium
Arauſicanum II. ſic Tridentinum, ſic S.
Auguſtinus, ſic S. Bernardus, ſic S. Thomas. Arauſicanum Can. 25. ita loquitur:
" Prorſus donum Dei eſt diligere Deum :
„ ipſe ut diligeretur dedit „ Trid. ſeſſ.
6. Can. 11. *Si quis dixerit hominem juſtifi-*
cari vel ſola imputatione juſtitiæ Chriſti,
vel ſola peccatorum remiſſione, *excluſa gra-*
tia & charitate, *quæ in cordibus eorum*
per Spiritum ſanctum diffundatur : atque
illis inhæreat . . . . anathema ſit. Auguſt.
lib. de Spirit. & litt. cap. 32. num. 56.
" Charitas quippe Dei dicta eſt diffundi
„ in cordibus noſtris , non qua nos ipſe
„ diligit , ſed qua nos facit dilectores
„ ſuos , ſicut juſtitia Dei qua juſti ejus
„ munere efficimur . „ Rurſus Tract. 6.
in 1. Joan. " Charitas per Spiritum ſan-
„ ctum facta eſt. „ D. Bernardus epiſt.
11. ait : " Charitas recte dicitur Deus ,
„ & Dei donum : dat itaque charitas
„ charitatem; ſubſtantiva accidentalem. „
Doctor Angelicus hic quæſt. 23. art. 2. ex
profeſſo docet charitatem eſſe quid creatum , quia , inquit , ex Auguſtino eſt motus animi ad fruendum Deo : omnis autem motus eſt quid creatum.

Probatur ſecunda pars : charitas dicitur Theologica , quia Deum habet pro
immediato objecto , in quo quidem con-
ſtituitur in ratione virtutis Theologicæ ,
& differt a cæteris virtutibus moralibus .

Probatur tertia pars , videlicet , quod
charitate Deum ut ſummum bonum propter ſe diligimus; quæ quidem verba habent locum differentiæ & formaliter ſpe-
cificant charitatem in ordine ad ſpem ,
quæ eſt etiam virtus Theologica ; ſpes
enim Deum conſiderat prout eſt ſommum
bonum & noſtra beatitudo ; charitas au-

tem Deum reſpicit prout in ſe perfectum
& amabilem .

Dices : Ipſe Spiritus ſanctus eſt charitas , juxta illud 1. Joan. 4. *Deus charitas*
eſt , *& qui manet in charitate* , *in Deo ma-*
net & Deus in eo. Ergo &c.

Reſpondeo diſtinguendo antecedens : Spiritus ſanctus eſt charitas cauſaliter , concedo : omne quippe donum deſurſum eſt
deſcendens a patre luminum , inquit Sanctus Jacobus; formaliter , nego. Implicat
enim donum & donatorem idem eſſe .

SYNOPSIS ARTICULI.

CHARITAS I. Eſt virtus . II. Theologica . III. Infuſa. Primum patet , quia
inclinat hominem ad Deum ut ultimum
finem. Secundum utique , cum immediate Deum ut ſummum bonum reſpiciat ,
Tertium etiam , nam ex Scriptura diffunditur in cordibus noſtris per Spiritum
ſanctum.

ARTICULUS SECUNDUS.

Quodnam ſit ſubjectum & objectum chari-
tatis.

PRIMO ſubjectum immediatum charitatis eſt voluntas . Sic docet S. Thomas
hic q. 24. art. 1. quia , inquit , charitatis
objectum eſt bonum , bonum autem eſt
voluntatis utique objectum. Art. 2. ſubdit charitatem infundi in nobis , ea quippe nobis donatur vita æterna , quæ non
niſi donis Dei comparatur ; donum autem
excedit innatam virtutem voluntatis: Igitur non acquiritur , ſed gratuito datur
juxta illud Rom. 5. *Charitas Dei diffundi-*
tur in cordibus noſtris , *per Spiritum ſan-*
ctum , *qui datus eſt nobis*. Concinit Concilium Trident. leſſ. 6. can. 11. dicens Spiritum ſanctum diffundi per charitatem , quæ
eſt in cordibus noſtris : ſic enim locum
Apoſtoli interpretatur.

Secundo Objectum charitatis materiale
eſt Deus ipſe & proximus , cum circa ea
exerceatur charitas : formale vero eſt bonitas divina in tota ſua latitudine ſumpta : & non ut eſt ſimplex Dei attributum; namque ratio formalis qua charitas
in Deum tendit , eſt ſummum bonum in
omni genere & linea , videlicet Deus ut
ens plenum & perfectiſſimum.

Jam vero quodnam ſit amabilitatis ob-
F-

øctum? Dicimus cum sancto Thoma qui hic q. 25. art. 1. Deum esse primarium charitatis objectum, utpote summum bonum & totius boni fontem & originem; subdit vero proximum esse secundarium, juxta illud Joan. 4. *Hoc mandatum habemus a Deo, ut qui diligit Deum, diligat & fratrem suum.* Ratio est, quia non solum relucet bonitas in proximo, sed inter nos & ipsum est amor amicitiæ, cum sit communicatio bonorum, & ad eumdem tendamus finem. Art. 5. propugnat vel ipsum nostrum corpus esse ex charitate amandum, non quatenus corruptibile & concupiscentia plenum est, sed ut eo utimur ad famulandum Deo optimo, Apostolo dicente, Rom. 6. *Exhibete membra vestra arma justitiæ Dei.* Art. 6. Ait peccatores esse diligendos non reduplicative, ut mali sunt, sed ut participant gratiam & ad eumdem sicut nos tendunt finem. Art. 8. probat, vel ipsos inimicos diligendos esse propter eamdem rationem, maxime vero propter Christi præceptum Matth. 6. *Diligite inimicos vestros.* Art. 10. sanctos Angelos ex charitate ferventi super proximum amandos esse demonstrat, non solum quia bonitas divina in iis supra modum coruscat, verum etiam ex eo quod sint Patres nostri spirituales & directores a quibus innumerabilia & perpetua recipimus beneficia: hinc Scriptura de sancto Angelo custode potissimum, ait: Exod. 23. *Nec contemnendum putes.*

Ordinem diligendorum sanctus Doctor texit hic quæst. 26. art. 2. asserit Deum diligendum esse super omnia, videlicet totaliter totalitate objecti, quia est in se totum bonum. Deinde vero totalitate fortitudinis, ita ut omnia nostra cedant sine fine in ejus dilectionem, quandoquidem eum satis amare haud valemus, ut docet sanctus Doctor q. seq. art. 5. quippequi sit infinite amabilis: hinc sanctus Bernardus ait, modum diligendi Deum esse sine modo art. 4. scilicet q. 26. subdit post Deum hominem debere seipsum amare, sed non secundum defectus, tametsi enim, inquit, non sit amicitia ad nosmetipsos, est tamen ipsa communicatione aliquid majus, scilicet unitas identitatis bonorum. Art. 5. ait proximum magis a nobis esse amandum amore charitatis, de quo loquimur, quam nostrum corpus; namque corpus est quid mere materiale proximus vero habet animam qua perfrui

potest: "Consociatio autem, inquit, in plena participatione beatitudinis, quia est ratio diligendi proximum, est major ratio diligendi quam participatio beatitudinis per redundantiam; quæ est ratio diligendi proprium corpus. Rursus idem sanctus Doctor art. 6. propugnat amicos magis esse diligendos quam proximum art. 7. parentes plusquam amicos: art. 9. & sequentibus, Patrem plusquam Filium & Matrem, ratio omnium est, quia præter rationes diligendi proximum communes, bono speciales habet pro amicis diligendis: specialiores pro parentibus amandis; specialissimus pro Patre amore prosequendo; non enim filius ita homini conjungitur, sicut Pater & Mater, nec Mater etiam sicut Pater, eo quod, ait art. 10. Pater sit magis principium esse quam Mater. Art. 11. concedit quidem D. Thomas uxorem unum esse cum homine, sed ratione carnalis conjunctionis, hinc secundum rationem boni, magis diligendus est Pater quam Mater.

SYNOPSIS ARTICULI.

Primo: Subjectum immediatum charitatis est voluptas, quia ex D. Thoma hic q. 24. art. 1. id muneris voluntati tribuitur, ut amet.

Secundo: Objectum charitatis materiale est Deus, tum & proximus, cum ad proximum se extendat, & terminetur ad Deum: formale quod est Deus reduplicative ut bonus; ratio enim quam charitas respicit, est bonitas quæ est amabilitatis motivum: formale sub quo, est gratia dulcedinis & suavitatis; hæc enim voluntas excitatur, ut Deo summo bono conjungatur.

ARTICULUS TERTIUS.

De proprietatibus charitatis.

In variis quæstionibus de his momentis discurrit sanctus Thomas.

Primo: Ex eo q. 23. art. 3. charitas est virtus & quidem specialis, immo & excellentissima; addo cæterarum forma. Virtus quidem, quatenus est principium omnium bonorum actuum, juxta & regulam rationis, quod habet commune cum virtutibus moralibus: & juxta regulam.

gulam divinam ; quatenus nos Deo conjungit. Item & specialis, ut ibidem docet S. Doctor art. 4. sic enim habetur 1. Cor. 13. *Nunc autem manent fides, spes, charitas; tria hæc, major autem est charitas.* Ratio est, quia habet summum bonum pro objecto : & ideo excellentissima, ut eo loci docet S. Doctor art. 6. quippe quæ nos intime Deo conjungat, ut faciat nos suæ bonitatis diffusione beatos. Sequitur seclusa charitate, nullam esse veram virtutem, ut propugnat S. Doctor art. 7. sola quippe nos immediate Deo conjungit : hinc cæterarum virtutum forma nuncupatur : ut probat art. 8. namque omnibus imperat, easque virtute sua ita elevat ad Deum & dignificat, ut potius aquæ frigidæ, ipso teslante Christo, vitam æternam promereatur. Altera ratio ea est quod motivum charitatis sit principium & finis in agibilibus : Dicendum, *ait S. Thomas*, quod in moralibus ,, actus attenditur principaliter ex pirte ,, finis, cujus ratio est, quia principium ,, moralium actuum est voluntas, cujus ,, objectum & quasi forma est finis. ,,

Secundo : Quandoque charitas augetur, quandoque minuitur, quandoque etiam totaliter deperditur : augetur quidem, ut docet S. Thomas hic q. 24. art. 4. 5. & 6. juxta illud Aug. tract. 5. in Joan. *Charitas meretur augeri, ut aucta mereatur & perfici.* Cujus rei argumentum est, quod habitus augetur juxta mensuram actus seu conatus potentiæ in objectum : Sed ille actus suscipit gradum : Igitur & augmentum : si vero remittatur ; propter eamdem rationem & charitas minuitur. Art. 11. S. Thomas contendit charitatem totaliter deperdi per peccatum mortale, si quidem ei immediate opponitur, cum per amorem mundanum homo ultimum finem in bono creato reponat.

Tertio : Charitas in hac vita potest esse perfecta. Sic propugnat S. Doctor ibidem art. 8. his verbis : " Quod quidem, *ait* ,, contingit tripliciter, uno modo sic quod ,, totum cor hominis actualiter semper fe- ,, ratur in Deum, & hæc est perfectio ,, charitatis Patriæ quæ non est possibilis ,, in hac vita, in qua impossibile est pro- ,, pter humanæ vitæ infirmitatem semper ,, actu cogitare de Deo, & moveri dile- ,, ctione ad ipsum. Alio modo, ut ho- ,, mo studium suum deputet ad vacan- ,, dum Deo & rebus divinis, prætermif- ,, sis aliis, nisi quantum necessitas præ-

sentis vitæ requirit. Et Ista est perfe- ,, ctio charitatis quæ est possibilis in via, ,, non tamen est communis omnibus ha- ,, bentibus charitatem. Tertio modo ita ,, quod habitualiter aliquis totum cor ,, suum ponat in Deo, ita scilicet, quod ,, nihil cogitet, vel velit quod divinæ ,, dilectioni in contrarium, & hæc per- ,, fectio est communis omnibus charita- ,, tem habentibus. ,,

Quarto : Ibidem art. 9. distinguit Angelicus Doctor triplicem charitatis gradum, scilicet incipientium, proficientium & perfectorum : " Nam primo quidem, ,, *inquit*, incumbit homini studium prin- ,, pale ad recedendum a peccato & reli- ,, stendum concupiscentiis ejus, quæ in ,, contrarium charitatis movent. Et hoc ,, pertinet ad incipientes, in quibus cha- ,, ritas est nutrienda, vel solvenda ne cor- ,, rumpatur. Secundum autem studium ,, succedit, ut homo principaliter inten- ,, dat ad hoc, quod in bono proficiat. ,, Et hoc studium pertinet ad proficientes ,, qui ad hoc principaliter intendunt, ut ,, in eis charitas per augmentum robore- ,, tur. Tertium autem studium est, ut ,, homo ad hoc principaliter intendat, ut ,, Deo inhæreat, & eo fruatur, & hoc ,, pertinet ad perfectos, qui cupiunt dis- ,, solvi & esse cum Christo. Sicut etiam ,, videmus in motu corporali, quod pri- ,, mum est principium a termino. Secundum ,, autem est appropinquatio ad alium ter- ,, minum. Tertium est quies in termino.

SYNOPSIS ARTICULI.

Primo : Charitas est omnium virtutum maxima, tum quia ad Deum, ut summum bonum semper inhiat, tum quia illum propter se diligit, tum etiam ex eo quod nunquam excidat.

Secundo : Charitas modo augetur, modo etiam minuitur ; ejus quippe actus est affectio, quæ juxta diversam bonitatem apprehensam augetur, & quandoque etiam minuitur.

ARTICULUS QUARTUS.

Utrum in hac vita detur status amoris puri ?

NOMINE amoris puri intelligitur amor quo Deus mere diligitur propter se, seclusa relatione, & ad timorem poenæ vi-

vitandæ, & ad præmium æternæ beatitudinis affequendum. Hujufmodi dari amorem tranfitorium ultro fatenrur Theologi, & ex recentioribus L'Herminier tract. de charitate pag. 600. Sed habitualem per modum ftatus ita ut tota vita interior in eo fita fit, admittere nefas eft; hæc enim fuit fententia Molinos Presbyteri Hilpani damnata ab Innocentio XI. fub nomine Quietifmi contra quem feribimus. Unde fit

CONCLUSIO.

Non datur in hac vita ftatus habitualis amoris puri.

Probatur multis argumentis.

Primum, ex Scriptura facra depromitur.

ILLUD fyfterna abjiciendum eft quod facræ opponitur Scripturæ : Atqui res fic fe habet. Ergo &c. Probatur minor multis momentis.
Sacra Scriptura præcipit. I. Bona vacare operibus. 2. Petri 1. his verbis : *Quapropter fratres magis fatagite, ut per bona opera certam vocationem & electionem faciatis. &c.*
Secundo : Ut mandata fervemus. 1. Jo. 5. his verbis : *Hæc eft charitas Dei ut mandata ejus cuftodiamus.*
Tertio : Ut Chrifti vefligiis inhærentes, mortificationem ejus, tam in anima, tum in corpore perferamus, juxta illud Petri 1. *Communicantes Chrifti paffionibus.* Et illud CololT. 1. Pauli : *Adimpleo quæ defunt paffionum Chrifti in carne mea.*
Quarto : Ut in Deum fperemus : fic enim habetur Pfalm. 1. *Domui Aaron fperavit in Domino, adjutor eorum & protector eorum eft.* Et illud ad Tit. 2. *Apparuit gratia Dei Salvatoris noftri omnibus hominibus erudiens nos, ut abnegantes impietatem & fæcularia defideria, fobrie & jufte, & pie vivamus in hoc fæculo expectantes beatam fpem.*
Quinto : Ut præmio concitati ad vitam careflendam elaboremus : fic enim, vel ipfe loquitur Chriftus Matth.6. *Beati pauperes fpiritu .... cum maledixerint vobis homines .... quoniam merces veftra copiofa eft in cælis.* Infime eft de hoc momento Concilii Trid. effitum fefl. 6. c. 11. Tum c. 16. hæc habet : Nolite amittere confidentiam „ veftram quæ magnam habet remunera-„ tionem atque ideo bene operantibus uf-

„ que in finem & in Deo fperantibus proponenda eft vita æterna, & tanquam „ gratiæ filiis Dei per Chriftum Jefum mi-„ lericorditer promifla, & tanquam mer-„ ces ex ipfius Dei promiffione bonis ip-„ forum operibus & meritis fideliter red-„ denda. „ Sed Molinos novi fyftematis auctor e ronee propugnat virum in ftatu puri amoris conflitutum non debere curare virtutes adeoque & mandatorum exercitium laboriofum, fefe in mortificatione exercere, & nuiquam præmii motivo agendum effe. Igitur ejus vitæ fpiritualis fyftema facræ adverfatur Scripturæ.

SECUNDUM ARGUMENTUM.

Ex Theologis defumptum.

IN ifto recentiori fyftemate longe propellitur amor quo quis intuitu præmii in Deum tendit, & eft veluti a charitate alienus : Sed hoc falfiffimum eft : Igitur ruit Novatoris fundamentum . Probatur minor multiplici auctoritate.
Primo, Ex Richardo a S. Victore qui parte 2. in Cantica Canticorum cap. 3d. fic loquitur : " Hæc eft charitas, dele-„ ctio fcilicet Dei, dilectio fummi bo-„ ni, „ Concinit Hugo a S. Victore lib. 2. de anima cap. 30. maxime vero lib. 4. cap. 9. his verbis : " Anima amans fertur „ votis, trahitur defideriis .... ut Deo „ fruatur ad jucunditatem . Audis animam in Deum tendere quia eft fummum bonum, cum ad jucunditatem, ut eft beatificans, diligere, & iftum amorem a charitate pronuntiare. Ergo &c.
Secundo : Præclarum eft quod paffim docet de hoc momento S. Thomas 1. 2. q. 65. art. 5. ait charittem non pofle efle fine fpe beatitudinis, quem tamen amorem eliminat Molinos a vita perfecta fpirituali, ut amorem imperfectum, & juxta novatorem interellatum, feu mercenarium 2. 2. q. 23. art. 5. probat charitatem effe amicitiam inter Deum & homines, quia per charitatem nobis communicantur bona Dei & in illa quæflione, ex profeffo probat amorem quo in Deum tendimus, ut remuneratorem ad charitatem pertinere : idem confirmat q. 25. & 26. Ergo &c.
Tertio : Ejufdem eft labii S. Bonaventura cum cæteris Theologis : ille in 3. difl. 27. qu. 2. art. 2. concedit quidem amorem motivo pœnæ effe mercenarium,

fed

sed non amorem beatitudinis, istum amorem ad charitatem spectare asserit, quippequi sit amicitiæ amor ; sic etiam docet Suarez tract. 3. de fide, spe & charitate, disput. 1. sect. 2. num. 3. ad 2. sic Gregorius de Valentia q. 1. de charitate puncto 1. §. 1. Ergo &c.

TERTIUM ARGUMENTUM.

Ex absurdis deducitur.

QUOD multos præcontinet nævos abjici debet : Atqui doctrina Molinos multos complectitur errores : Ergo &c. Probatur minor ab enumeratione partium. Hanc sulo calamo adimplevimus provinciam in lib. juris publici facto Idiomate Gallico an. 1696. Edit. Rothomag. sed iterum breviori stilo hoc ipsum demonstrare juvat.

Prima Propositio Molinos damnata hæc est : *Annihilanda & prorsus destruenda sunt potentiæ animæ : & hoc est vita interior.* Quod quidem opponitur sententiæ Christi Matt. 25. qua servum otiosum & inutilem in tenebras exteriores conjici jubet.

Secunda : *Velle active operari, est offendere Deum, qui se solo vult cuncta operari.* Et hoc proscriptum est a Tridentino sess. 6. cap. 11. Tum can. 4. ubi proscribuntur Lutherani contendentes liberum arbitrium mere passive se habere ; & a Concilio secundo Arausicano can. 9. his verbis: *Quoties enim bona agimus, Deus in nobis, atque nobiscum, ut operemur, operatur.*

Tertia : *Vota emissa an aliquid faciendum sunt perfectioni impedimenta :* Sed contra Psal. 70. habetur : *Vovete & reddite Domino Deo vestro omnes qui in circuitu ejus affertis munera.* Namque ex sancto Fulgentio lib. de similitudinibus cap. 88. & ex sancto Thoma 2. 2. q. 88. art. 4. 5. 6. actio ex voto facta nobilior est & eminentior quacumque altera, eo quod per votum anima non solum fructus, scilicet opera bona, sed & arborem, hoc est, se ipsam in odorem suavitatis Deo offerat & consecrat.

Quarta : *Activitas naturalis est inimica gratiæ, & sicut Dei operationem, sic & veram perfectionem præpedit, quia Deus vult salus sine nobis agere.* Art. 1. Cor. 15. ait Apostolus : *Non ego autem, sed gratia Dei mecum.*

Quinta : *Vita interior ea est, in qua nec lumen, nec amor, nec resignatio dignoscitur; neque vero necesse est Deum cognoscere, fi-*

que cuncta geruntur. Sed Christus Joan. 17. ait : *Pater manifestavi nomen tuum hominibus,* Et Threnorum 9. Propheta dicit : *D. excelso mihi ignem in ossibus meis & erudivit me.* De hoc momento legendus est S. Dionysius lib. de Theologia Mystica.

Sexta : *Anima non debet cogitare, aut de præmio, aut de supplicio.* Cur ergo Propheta Regius dicit Psal. 118. *Confige timore tuo carnes meas, a judiciis enim timui.* Tum Christus Matth. 5. *Beati mundo corde, quoniam ipsi Deum videbunt.*

Septima : *Anima non debet recordari sui, Dei & cujuscumque rei, & in via interiori omnis reflexio nocet.* Sed contra, illo Genes. 19. Dei alloquentis Abraham : *Ambula coram me, esto perfectus &c.*

Mirto alias dictu abhorrendas propositiones, quibus vel ipsam fornicationem & alia obscæna a peccato excusat, modo homo actu de Deo cogitet, quæ & similia tot consentiente Ecclesia, ab Innocentio XI. damnata sunt : Ergo &c.

FIT SATIS OBJECTIONIBUS.

OBJICIES : Inter perfectissimos annumeratur Moyses in veteri lege, tum & S. Paulus in nova : Sed uterque eo charitatis gradu proximum dilexerunt, ut pro illo anathema esse parati essent. Igitur amor purus quo aliquis tantum habet per modum habitus erga Deum amorem, neque de præmio, neque de supplicio cogitet, nedum licitus, sed optimus est. Probatur minor. Exodi 32. Moyses Dominum sic alloquitur : *Obsecro, peccavit populus iste peccatum maximum, fecerunt que sibi Deos aureos, aut dimitte eis hanc noxam, aut si non facis, dele me de libro tuo quem scripsisti.* Tum Apostolus ait Rom. 9. *Optabam enim ego ipse anathema esse a Christo pro fratribus meis.* Ergo &c.

Respondeo distinguendo minorem: Moyses & Paulus consensere anathema esse pro fratribus, hoc est, subire mortem temporalem, ut illis peccatorum venia concederetur, concedo : Pœnam æternam, & Dei privationem, nego. Hanc enim spei Theologicæ adversatur quam temerare nusquam ausi sunt viri tam sancti. Solutio est S. Hieronymi epist. ad Algasiam cap. 9. ubi primum de Moyse sic habet : " Si consideremus Moysis vocem
" rogantis Deum pro populo Judæorum,
" atque dicentis ; si dimittis eis peccatum
" suum, dimitte; si autem non vis, dele
" me

,, me de libro tuo quem scripsisti, perspi-
,, ciemus eundem & Moysis & Pauli er-
,, ga creditum sibi gregem affectum. ,, Audis eodem modo de utroque loqui , tum
subdit : " Cerne Apostolum quantæ chi-
,, ritatis in Christum sit , ut pro illo cu-
,, piat mori & solus perire , dummodo
,, omne in illum credat hominum genus:
,, Perire autem non in perpetuum , sed
impræsentiarum , qui enim perdiderit animam suam pro Christo , salvam eam facit . Vult ergo Apostolus perire in carne,
ut alii salventur in Spiritu : suum sanguinem fundere, ut multorum animæ con-
serventur. Quod autem anathema interdum occisionem sonet , In multis veteris
testamenti testimoniis probari potest. Eodem modo scripturam laudatam interpretantur idem Hieronymus in cap. 14. Zachariæ, Gregorius Nazianz. oratione r. pag.34.
Cassianus collatione 9. cap. 18. S. August.
q. 147. in Exodum , & sermone 88. de verbis Evangelii num. 34. quid plura adjiciam?
Juxta Theologorum placita & Moyses &
Paulus locuti sunt per figuram hyperbo-
ton , ut summum erga suum populum de-
monstrarent amorem, quod potest illuminari exemplo Davidis , qui Psal. 115. mente ad divina raptus & infinitam Dei demirans sanctitatem, ait : *Ego dixi in ex-*
cessu meo, omnis homo mendax.

Inflabis : Atqui circa spei dispendium
aliquis potest suum erga Deum prodere
amorem , ut vel ipsam gloriæ privationem exoptet , sic expostulavit Paulus :
Ergo &c. Probatur subsumptum ex S.
Chrysostomo qui homil. In epist. ad Rom.
de Apostolo sic loquitur : " Ille quidem
,, ob Christi amorem , vel in Gehennam
,, decidere libens admittit, paratusque est
,, vel a cœlorum regno excidere , si utrum-
,, que hoc proponatur. ,, Ergo &c.
Respondeo negando subsumptum . Ad
probationem distinguo : ex S. Chrys. Paulus hypothetice , & supposito quod hoc
esset possibile citra Dei offensam sic locutus est , absolute , nego . Sed
& dato quod S. Doctor in es fuisset sententia , prævalent alii Patres. Verum loquitur in primo sensu : namque homil.
sequenti ad initium , laudatis istis Apostoli verbis : *Optarem enim ego ipse anathema*
esse a Christo, ait , Quid agis o Paule!...
Num desiderium illud excussisti, ac depo-
suisti? Hudquisquam , inquit , ne verare, nam & illud intendi magis.
Insistes : Idem S. Doctor homil. 76. in

Joan. , ait amorem in Deum propter retributionem esse imperfectum : " Quod si
,, quis , inquit , imbecillior sit , etiam in
,, præmium spectet. ,, Prius dixerat hominem perfectum propter Deum solum operari, concinit Ambrosius , lib. 2. de Abraham cap. 8. nu. 47. his verbis : Propositum
,, piæ mentis mercedem non expetit . ,,
Idem dicit S. Augustinus in Psal. 53. " Non
,, est castum cor, ait , si Deum ad mer-
,, cedem colit. ,, Tum S. Leo serm. 90.
" Diligenti Deum sufficit ei placere quem
,, diligit ; quia nulla major expetenda est
,, remuneratio, quam ipsi dilectio . Suf-
,, fragatur S. Bernardus serm. 83. in Canti-
,, ca : " Amant filii , sed de hæreditate
,, cogitant , suspectus est mihi amor cui
,, aliud quid adipisci spes suffragari videtur
,, ... Purus amor mercenarius non est. ,,
Confirmatur : Duplex a sancto Thoma 2.
2. q. 1. & sequentibus distinguitur amor
Dei , alter scilicet concupiscentiæ , quo
Deus diligitur propter præmium , alter
vero benevolentiæ, quo propter se amatur . Prior est imperfectus & charitati affinis : Sed datur status amoris benevolentiæ. Igitur & amoris pari ; nullus quippe
cordatus, nisi in scientia Patrum se probaverit hospitem , dicet , amorem concupiscentiæ & benevolentiæ in idem coincidere .
Respondeo I. distinguendo , & hæc omnia
unum probant , videlicet amorem benevolentiæ amori concupiscentiæ præpolle-
re , concedo : dari amorem purum, (subdistinguo, hoc est, perfectum & benevolentiæ , concedo : non enim hunc eminen-
tem negamus dari : amorem purum , ita
ut habitualiter per modum status & absolute aliquis diligat Deum etiam Dei pos-
sessioni abrenuntiando , nego . Nec enim
vel ipsum hujusce amoris vestigium in
Scriptura , tum in Patribus reperies , cum
spei virtute Theologicæ adversetur .
Respondeo II. a conglobati : amor mercenarius quo aliquis sistit in præmio abjiciendus est , concedo : quo solum aliquis
movetur ad Deum amandum & illum possidendum , nego . Patres loquuntur in isto
sensu , propugnando justam non aliud
quam Deum exquirere ut præmium :
Chrysostomus est sui ipsius interpres homil.
super Joan. ait : " Perseverantia ,
,, inquit , a dilectione , dilectio a manda-
,, torum observatione provenit . ,, Tum
subdit legem esse observandam propter
mercedem his verbis : " Hic iterum eos
,, beatitudinis admonet ... gaudere &
,, exul-

„ exultare quia merces veſtra copioſa eſt
„ in cœlis … oportet enim in rebus gra-
„ vibus & moleſtis non labores, ſed præ-
„ mia conſiderare.

Ambroſius loquitur de mercede quæ non
ſit a poſſeſſione Dei diſtincta, hinc ſolum
propellit amorem mercenarium purum,
quo aliquis quieſcit in bono creato : " Dei
„ quoque, *ait*, in eo prædicatur juſtitia
„ qui remunerationem piis mentibus non
„ ex neceſſitate promiſſi, ſed ex æquita-
„ tis ſuæ contemplatione largitur, judi-
„ cans dignum fore, quod hi qui mili-
„ tant ſine aliqua mercedis humanæ re-
„ muneratione repoſitum habeant præ-
„ mium in ejus bonitate. „

Neque vero diſſentit Auguſt. nam lib.10.
conſeſſ. cap. 22. ſic loquitur : " Ipſa eſt
„ beata vita gaudere ad te, de te, pro-
„ pter te, ipſa eſt & non eſt altera. „
Subſcribit S. Leo qui ibidem ait : " Cum
„ multa ſint genera divitiarum, tanquam
„ diſſimiles materiæ gaudiorum, theſau-
„ rus cuique eſt ſuæ cupiditatis affectus;
„ qui ſi de appetitu eſt terrenorum non
„ beatos facit ſui participatione; ſed mi-
„ ſeros. „ Ecce amor mere mercenarius
procul faciendus. Tum ſubdit : " Hi ve-
„ ro qui ea quæ ſurſum ſunt, ſapiunt,
„ non quæ ſuper terram, nec perituris
„ intenti ſunt, ſed æternis, in illo ha-
„ bent incorruptibiles reconditas faculta-
„ tes. „ Igitur ex S. Leone amor quo
quis amit Deum propter mercedem ab eo
indiſtinctam non eſt mercenarius.

Inſignis eſt explicatio D Bernardi lib. de
diligendo Deo c. 7. bis verbis : " Vacua cha-
„ ritas eſſe non poteſt, nec tamen mer-
„ cenaria eſt, quippe non quærit quæ ſua
„ ſunt. Verus amor ſe ipſo contentus eſt,
„ habet præmium, ſed id quod amatur. „

Ad confirmationem diſtinguo, amor concupiſcentiæ eſt imperfectus, id eſt, amore benevolentiæ minus perfectus, concedo. Id eſt, defectuoſus ſeu malus, nego.
Quod autem amor quo Deus diligitur, ut
totius juſtitiæ fons & præmium ſit optimus, vel ipſe Deus declarat Abrahæ Gen.
15. bis verbis : *Merces tua, magna nimis.*
c.17. *Ambula coram me, & eſto perfectus.* Ad
confectanea pater reſponſio ex ſupra dictis.

SYNOPSIS PROBATIONUM.

*Non datur in hac vita ſtatus habitualis
amoris puri.*

Primo : Sacræ Scripturæ paſſim proponunt Deum amandum, quia finis &

beatitudo eſt : Igitur non ita eſt purus
ſtatus ſaltem habitualiter, ut juſtus ab-
ſtrahendo a gloria operetur.

Secundo : Ille ſtatus nonnihil adverſatur
ſpei, & ab Innocentio XI. abjectus eſt
juxta Molinos ſyſtema.

Tertio : Richardus a S. Victore parte 2.
in Cantica cap. 38. S. Thomas 1. 2. q. 65.
art. 5. & alii Theologi non patiuntur charitatem a ſpe gloriæ divelli.

SYNOPSIS DIFFICULTATUM,

Et Explicationum.

Primo : Moyſes & Paulus cupierunt
eſſe anathema pro fratribus, quantum ad
mortem temporalem, minime vero quantum ad æternam.

Secundo : Patres quidem infeſtantur amorem mercenarium, ut minus perfectum,
ſed non ut in ſe malum.

Tertio : Iidem exaltant amorem benevolentiæ quem caſtum nuncupant, ſed in
eis vix ullum amoris puri habitualis invenies veſtigium; ad ſummum loquuntur
de quibuſdam tranſeuntibus affectionibus
per modum raptus quandoque Sanctis ad
inſtans, vel horam unam conceſſis, ut
inſinuat B. Thereſia, in libro qui inſcribitur animæ caſtellum.

DE REGULIS

FIDEI.

Regula eſt directio virtutis, hinc
ea omnia, quibus aut roboratur,
aut explicatur, aut definitur, aut etiam
defenditur fides, regulæ fidei nomen ſibi
vindicant. Ab auctoribus nonnunquam
loci Theologi, ut a Melchior Canonici,
vocantur : Et vulgo decem numerantur :
Videlicet Scriptura ſacra, Traditio, ſummus Pontifex, Eccleſia, conſenſus Patrum,
Hiſtoria ſacra, Sententiæ Theologorum,
Auctoritas Philoſophorum, & ipſa Ratio.
Quinque priores ſolæ ſunt fidei regulæ :
cæteræ poſteriores ſunt veluti ancillæ quas
Theologus ad artem vocat pro fide vel
aſtruenda, vel defendenda. His omnibus
illuſtratur Eccleſia ut ſit potens arguere,
& exhortari, ne fideles circumferantur
omni vento doctrinæ. De ſingulis agendum eſt, ut perfectus ſit homo Dei.

TRA-

TRACTATUS NONUS

DE SCRIPTURA SACRA,

Cujus sapientia & authoritate Ecclesia profunda Dei scrutatur.

ÆCUTIT humana mens in mysteriis indagandis : hinc Christus Matth. II. ait : *Confitebor tibi, Pater, Domine cœli & terræ, quia abscondisti hæc a sapientibus, & prudentibus, & revelasti ea parvulis.* Ex quo sequitur scripturam, quæ est doctrina sacra, admodum esse necessariam, ut docet ex professo S. Thomas I. p. q. I. art. I. & suo loco fuse diximus : nunc operæ pretium est de sacra Scriptura jucundas movere, & quidem primum in genere, tum & in speciali quæstiones. Quod nunc quatuor dissertationibus complere proponimus.

De Scriptura sacra in genere.

Duo potissimum de ea sic spectata quærimus. Primo quidem de ejus dotibus. Secundo, de ejus versionibus, quæ quidem sunt ad Scripturam sacram præambula, hinc communiter introductionis seu Prolegomenorum nomine celebrantur.

DISSERTATIO PRIMA.

De Prolegomenis ad Scripturam sacram.

PAGANI sacram irrident Scripturam, sed contra quod dicitur I. ad Tim. I. *Omnis Scriptura divinitus inspirata, utilis est ad docendum, ad arguendum, ad corripiendum, ad erudiendum in justitia.*

Dotes Scripturæ sacræ plures sunt.

PRIMO, est fide dignissima.
Secundo : Est fidei regula infallibilis.
Tertio : Scripturæ sunt genuinæ.
Quarto : Dicuntur Canonicæ.

ARTICULUS PRIMUS.

Nam Scriptura sit fide digna?

CONCLUSIO AFFIRMATIVA.

Probatur rationibus Theologicis.

PRIMO : Illud est fide dignum, quod habet Deum auctorem; Atqui sic habet Scriptura juxta illud S. Petri effatum I. epist. I. *Spiritu sancto inspirati locuti sunt sancti Dei homines :* Ergo &c.

Secundo : Scripturæ sanctitas reddit illam fide dignissimam, omne quippe immundum damnat, solam redolet puritatem & virtutem, unde Isidorus lib. I. de summo bono de illa sic loquitur : *Gemi-„num donum confert sacrarum Scriptu-„rarum lectio, sive quia mentis intelle-„ctum erudit, seu quod a mundi vani-„tatibus abstractum hominem ad amo-„rem Dei perducit. „*

Tertio : Ejus efficacia, juxta illud Psal. II8. *Ignitum eloquium tuum vehementer;* & illud Hebr. 4. *Vivus est sermo Dei & efficax, & penetrabilior omni gladio ancipiti.*

Quarto : Ejus universalitas ; omnia enim discutit divina & humana, cœlum & terram, Angelos & homines, mysteria & mores ; immo & historias, unde jucundissima est uenti contemplativæ, tum propter varietatem, tum propter veracitatem.

Quinto : Futura sicut præsentia exhibet, & ipsa cordium secreta revelat.

Sexto : Propter miracula, quibus Scriptores sacri illam comprobarunt, ut Prophetæ & Apostoli, quorum ipsi Pagani testes oculati fuere. Sed inter omnia miracula unum est maximi ponderis, quod Scriptores sacri unanimes ita sine in factis & dogmatibus referendis, ut non nisi leviter discrepent ab invicem.

Accedit his rationibus veneratio qua vel ipsi Gentiles libros sanctos prosecuti sunt : im-

Immo legitur de Samaritanis, quod quamvis idololatræ forent & adverfis Judæos
non modicum offenti , libros tamen legis
fumma cum veneratione fervaverint , cujus rei argumentum eft quod ad hæc ufque tempora textus Samaritanus perfeve-
ret . Cæterum Poetæ hauferunt in libris
Moyfis quæ de coronis juftorum & de pœnis malorum fcripfere , ex quo novum exurgit argumentum , Paganos facras Scripturas multi feciffe.

Probatur ulterius Scripturam effe fide dignam ex ejus fublimitate & neceffitate .
Unde fic argumentor : Illa Scriptura eft
fide digniffima quæ profunda Dei fcrutatur , & omnibus confert media ad falutem : Atqui talis eft Scriptura facra :
Igitur eft fide digniffima , Major patet ,
quia falfitas & error ex duobus potiffimum
contingunt Scriptoribus , nempe vel quia
folum terrena fcribunt , in quibus paffio
ut plurimum primas tenet fedes : vel quia
tractant de his quæ placent carni & fenfibus , quæ quidem fæpius mentem a veritate aut diftrahunt , aut penitus ab eadem feparant . Probatur igitur minor , &
quidem ex Patribus . Sanctus Hieronymus
Scripturam comparat officinæ , quæ pre-
tiofa divinitatis aromata fpargit , quæ
omnis generis pharmaca continet ad quemlibet morbum curandum ; ita ut ex ea
Martyres hauferint conftantiam , Doctores
fcientiam , & contra Hæreticos fortitudinem , omnes humilitatem in profperis , &
in adverfis patientiam . S. Bafilius in prologo fuper Pfalmos de ea fic fcribit : "
„ Habet infans quid lactet ; puer , quid
„ laudet , adolefcens , quid corrigat ; ju-
„ venis , quid fequatur ; fenior , quid pre-
„ cetur ; hinc difcant feminæ pudicitiam,
„ populi inveniant pietatem ...... pau-
„ peres protectorem ; advenæ cuftodem.
„ Hic Reges invenient quid audeant ; Ju-
„ dices , quid timeant : Hæc triftem con-
„ folatur , lætum temperat , iratum miti-
„ gat , pauperem recreat , & omnibus apta
„ medicamenta tribuit . „
Probatur idem & confirmatur Ifto ratiocinio : Illa Scriptura eft fide digniffima
quæ eft neceffaria ad falutem , nihil quippe magis videtur fide dignum quam illud
quod noftram operatur falutem exhibendo
media : Atqui talis eft Scriptura facra :
Ergo &c. Minor patet ex dictis : Probatur tamen breviter auctoritate & ratione. Primo quidem ex Apoftolo dicente 2.
ad Tim. 3. *Omnis Scriptura divinitus infpi-*
Bovcat Theol. Tom. IV.

rata utilis eft ad docendum ... ut perfectus
fit bono Dei . IL Ex Patribus allatis , &
ex mirabilibus effectibus quos producit ,
duos S. Bafilius mox laudatus exponit .
III. Hoc ipfum non levius infinuat ratio.
Revera quidem beatitudo in via confiftit
in contemplatione veri fimul & in amore
Dei , in horrore vitiorum & amore virtutis : Atqui Scriptura facra omnia Dei
myfteria aperit , omnem tum Dei , tum
iplius attributorum pulchritudinem delineat : Docet quid amandum in virtute , &
quid horrendum in vitio ; fimulat ad amorem illius per oftenfionem præmiorum , ad
horrorem iftius per oftenfionem fupplicio-
rum , & quia nihil amatum quin præcognitum , magnalia Dei aperiendo puriffi-
mum producit in cordibus amorem ; tum
& per amorem cum Deo unionem , ac
tandem vi unionis veriffimam beatitudinem : Igitur eft maxime utilis & fide digna .

Solvuntur objectiones.

OBJICIES I. Illa Scriptura non eft fide digna quæ diverfos & oppofitos fubit
fenfus , de quibus ad hæc ufque tempora
difputant vel ipfi Theologi Catholici : quæ
multa menti & rationi oppofita enarrat ,
quæque nonnunquam veritati prorfus ad-
verfa videntur . Atqui res fic fe habet ;
Et probatur. Primo quidem funt variæ de
textibus lectiones , nec una eft omnium
interpretum circa eos fententia & opinio .
II. Genef. 2. habetur . Ex omni ligno paradifi comede : de ligno autem fcientiæ boni
& mali ne comedas . In quacumque enim
die comederis , morte morieris . Quæ connexio effe poteft inter lignum & fcientiam , inter mortem & ligni efum , cum
hæc omnia fint difparata . III. Viatores
qui illas regiones , quas Tigris & Euphra-
tes alluunt , perluftravere , & commerciis
etiamnum frequentant , ne ullum quidem
paradifi voluptatis , de quo ibidem fit mentio , veftigium viderunt . Ergo &c.
Refpondeo negando minorem . Ad primam probationem diftinguo , & diverfi
fenfus juxta diverfos quoque refpectus habentur , fed in uno conciliantur , quod
myfteria & fignificent & explicent , concedo : & diverfi fecundum eundem ref-
pectum habentur , nego . Scriptura facra ut pote a Spiritu fancto , cujus lumen
infinitum eft , data , abfque fine poteft fu-
bire diverfos fenfus , cum creatura lumine

E

mine finito perfusa non possit unica conceptione adæquare sensum affiatus Dei : hinc varii sensus sunt , quorum alii morales , alii spirituales & mystici, sed omnes in litterali fundati , hinc & absque negotio concilientur , cum omnes ad aliquod mysterium indigitandum tendant . Neque vero his prælibatis quisquam stupere demirari debet varias tum textuum lectiones , tum Interpretum opiniones : Priores namque idem re significant , ut patebit infra de polyglottis : Posteriores vero diversos solum ejusdem mysterii exhibent sensus . Cæterum Scriptura altissima est , nam magna , quæ captum humanum superant , sæpius refert , sed genuinum ejus textum sensum habemus ex sanctis Patribus qui & difficultates , & antilogias solvunt atque dilucidant .

Ad alteram probationem distinguo , non est connexio inter lignum & scientiam , esum ligni & mortem , ex visceribus rei , concedo : juxta eventus consecutos , nego . Deus quasdam potest apponere conditiones hominum actionibus , quibus positis , scit quid sit ipse facturus : nulla quidem inerat virtus in ligno ad scientiam dandam , nulla ad malum pœnæ æternæ infligendum , sed cum ex præcepto obedientiæ ad probationem domini Dei tenerentur a ligno abstinere Proto-parentes , omisso præcepto , secutum est peccatum , quod Adam & Eva in justitia creati , antea non cognoscebant ; inde igitur scientia primum boni , tum mali : peccatum vero consummatum , teste D. Jacobo , generat mortem , eo quod inducat reatum culpæ & pœnæ æternæ.

Ad tertiam probationem , distinguo : viatores nihil de paradiso voluptatis videre , quippe qui fuerit diluvio deletus , vel etiam ordinante Deo , occultus , cum , teste Scriptura , ejectis primis parentibus reus , ad annuam appositus sit Cherubim , qui gladio flammeo , ut habetur Gen. 3. ab ejus aditu propelleret homines , concedo : & commentitius est ille hortus amœnissimus , omni arborum & fructuum genere delectabilis , nego . Apertus est de hoc momento Scripturæ sacræ textus . Multus est de eo apud sanctos Patres sermo . Huetius Abtincentis Episcopus dissertationem de hoc elegantem juxta textum Hebræum , antiquas Genealogias , & prophanos Scriptores , extravit .

Inoltes : Gen. 3. scriptum est serpentem locutum fuisse cum Eva ut illam decipe-

ret . Tum in pœnam super terram irrepsisse pedibus : Sed neutrum veritati consonat ; neque enim serpens loquitur , neque habet pedes quibus super terram gradiatur . Ergo &c.

Respondeo distinguendo minorem : neutrum veritati consonat de vi, ordinaria , concedo : de extraordinaria , nego . Deo volente Balaamum Propbetam asina allocuta est , quia ni & Deo permittente , dæmon ministerio serpentis Evam alloqui potuisset , sicut cum per Pythonissam , & per Idola falsa fundebat oracula ? Ne miremini si Eva non exhorruerit serpentem , belluæ enim parentibus innocentibus obediebant . Putavit Eva serpentem virtute aliqua loqui , & ut primum eum loquentem audivit , admiratione defixa altius quidpiam suspicata est , sed æstu superbiæ abrepta & ipse divinitatis assequendæ laudata , has serpentis voces ad iplius tentationem formitas non satis attendit , ac tentationi , infelix , succubuit .

Ad aliud dico , serpentem nec ante , nec post habuisse pedes , sed Deus ad illum puniendum fecit , ut ea quæ illi ante hoc erant naturalia , in pœnam & infaniam ipsi post peccatum hominis verterentur ; non secus ac Iris ante diluvium universale omnino naturalis erat , post diluvium evasit signum pacis initæ per homines & Deum . Cæterum serpere idem sonat ac pedibus gradiri.

Opponet II. omnis Scriptura non est inspirata : Igitur nec fide digna . Probatur antecedit. 1. Cor. 7. 12. habetur : Ego dico , non Dominus : Ergo omnis Scriptura non est a Spiritu sancto , sed ab homine , adeoque minime inspirata .

Respondeo negando antecedens : Ad probationem distinguo consequens . Quædam sunt ab homine , Deo simul inspirante & dirigente , concedo : historiæ quæ secundum se continent humana facta oculis obecta suae a Deo protegente , ne Scriptor in iis aliquem inducat in errorem . Non sunt ullo modo a Deo , nego . Ad summum vult Apostolus in loco laudato , quod ea quæ proscribat , non accepisset ; immediate a Christo loquente , unde subdit : Ego dico , non Dominus , sed non nego se accepisse a Spiritu sancto assistente & protegente ne falsa promeret .

Subibit : Origines in locum Apostoli sic loquitur : " Sermo qui apud Jonam scriptus est , & non est factus ; a Iona potius quam a Deo perfectus esse videtur :

„ tur : non enim femper ea quæ per Pro-
„ phetam dicuntur , quafi a Deo dictata
„ fufcipiantur , oportet : nam per Moyfen
„ multa quidem locutus eft Dominus ,
„ aliqua tamen & Moyfes propria aucto-
„ ritate mandavit , quod Dominus in E-
„ vangeliis evidentiffima diftinctione di-
„ fcernit , cum dicit de repudio mulieris :
„ ad duritiam cordis veftri permifit vobis
„ Moyfes dimittere uxores veftras , ab ini-
„ tio autem non fuit fic ... Oftendit hæc
„ & Paulus in epiftolis fuis cum dicit de
„ quibufdam , Dominus dicit & non ego ,
„ & non de aliis . Hæc autem dico , non
„ Dominus . Et iterum in aliis præceptum
„ Domini non habeo , confilium autem
„ do . Quæ loquor , non loquor fecundum
„ Deum , fed quafi in infipientia . Unde
„ fimiliter in cæteris Prophetis : aliqua
„ tamen Dominus locutus eft , alia vero
„ Prophetæ & non Dominus . „ In his
tria dicit Origenes . Primum quidem multa effe ab homine dictata & non a Deo :
Secundum vero quædam effe a confilio
hominis , adeoque ab homine etiam infpirante , nam confilium ab inquifitione procedit . Tertium denique quædam effe quafi in infipientia , adeoque nullo modo a
Deo . Ergo &c.

Refpondeo ficut fupra : Et vult folum
Origenes omnia non effe a Deo dictante
fenfum & verba , concedo : nullo modo
effe a Deo , nego . Factum autem Jonæ
eft hiftoricum & Deo infpirante ac dirigente fcripfit Propheta , ut pofteri obedire Deo & nullo modo refiftere , ejus pu-
nitione difcerent .

Ad fecundum fimiliter diftinguo. Quædam funt a confilio humano Deo dirigente , concedo : fic Moyfes infpiratus permifit libellum repudii : ab homine folo ,
nego .

Ad tertium utique diftinguo , & Paulus
loquitur per humilitatem , ut fefe excufa-
ret pro propria exaltatione , concedo :
Nam quidam illum cogerant ut enarraret mirabilia a feipfo patrata , & fic feipfum apud illos commendaret , eo quod in-
firmis quibufdam propter flaturæ inferio-
ritatem contemptus appruerat ; fecus , nego . Unde dicit , quafi in infipientia dico ,
oftendens neminem debere feipfum laudare , nifi Deo infpirante , & quando hoc
cedit in bonum vel Ecclefiæ , vel proximi : Igitur non loquitur de infipientia
ftricte fumpta , ut legenti patebit : Subdit enim : *Si infipiens fum , vos me coegi-*

ftis . Eadem prope modo explicandus eft
Bafil. lib. 5. adverfus Eunomium , & Am-
brof. cap. 8. in Luc. num. 8. qui conclufioni adverfari videntur .

Opponet III. Auctor e libri Machabæorum difficultatem fe habere in fcribendo
profitetur : immo capite ultimo veniam a
Lectoribus poftulat : Sed quæ funt a Deo
non funt difficilia intellectu , adeoque nec
ad fcribendum ardua : Igitur omnes Scripturæ non funt a Deo , etiam infpirante :
Confirmatur . Apoftolus 2. Cor. 11. ait :
*Quod loquor , non loquor fecundum Deum ,
fed quafi in infipientia .*

Refpondeo diftinguendo , auctor difficultatem fe habere profitetur in narrandis factis & ordinandis , concedo : in Infpiratione recipienda , ne in errorem inducatur
& fallatur , nego . Duo diftinguenda funt
in eo qui fcribit hiftorias facras , nempe
facta , & infpiratio ac directio divina . Primum eft humanum , & indiget ad hoc Scriptor Canonicus ftudio & induftria , ut cuncta difcernat & ordinet , quod fane eft
difficile : alterum vero nempe infpiratio
eft a Deo infundente : & certe nullus eft
labor quando Deus loquitur .

Ad alteram probationem ex eodem Machabæorum libro depromptam , diftinguo :
Auctor petit veniam propter ftyli impa-
ritatem & humilitatis motivo , concedo :
propter errores qui in fuum irrepferint
librum , nego .

Non abfimili modo Apoftolus dicit non
habere ftylum excultum & elegantem , in
quo folum fenfu quafi veniam a Lectoribus expoftulant , ait veluti in inficentia
fe fuiffe locutum , non fecus ac plebejus
alloquens Regem , diceret fe effe fermone
imperitum , & in majeftate peroranda longe imparem .

Inftabis : Atqui multa alia evincunt
Scripturam facram non effe a Deo Infpiratam , adeoque & fide divina dignam :
Ergo &c. Probatur fubfumptum variis
momentis . I. Eo tantum debent tendere
libri facri ut non de myfteriis & aliis rebus quoad religionem inftruant, & tamen
de hiftoriis , immo & de Philofophiæ arcanis tractant , de quibus citra fidei periculum difputant homines litterati : De prioribus quidem non una eft de factis & chronologia opinio : De pofterioribus non defunt qui propugnent quotidie in Scholis
etiam Catholicis terram moveri & non fo-
lem , quod aperte facræ adverfatur Scripturæ quæ e contra terram immobilem,

E 2 lo-

solem vero mundum girantem refert, cujus contrarium nemini Catholico asserere licitum est, si Scriptura sit a Deo inspirata. II. Quis credat Deum inspirasse S. Paulo hæc verba quæ leguntur cap. 4. epist. 2. ad Timoth. *Lucas est mecum solus .... Tychicum autem misi Ephesum. Penulam, quam reliqui Troade apud Carpum, veniens, affert tecum & libros, maxime autem membranas.* Ad hæc & similia scribenda, dubio procul non opus fuit inspiratione, cum sint meræ naturalia. III. Ipse Apostolus declarat se quædam scribere non tanquam mandata & verba Dei, sed tanquam propria instituta: ait enim 2. ad Corint. 7. *Cæteris ego dico, non Dominus: Si quis frater uxorem habet infidelem, & hæc consentit habitare cum illo, non dimittat illam.* IV. Scriptores Canonici non erant in colloquiis privatis infallibiles, & inspirati: Igitur nec in scribendo.

Respondeo negando subsumptum. Ad probationem distinguo, libri sacri principaliter tractant de mysteriis & virtutibus quibus religio nutritur & fovetur, minus vero principaliter de cæteris, concedo: & nullo modo de illis, nego. Propter duo Scri sura sacra de historiis & rebus philosophicis scribit: Primo quidem ut per visibilia ad cognitionem invisibilium veluti manu nos ducat, juxta illud Apostoli Rom. 1. *Invisibilia enim ipsius a creatura mundi, per ea quæ facta sunt, intellecta conspiciuntur.* Tum ut humanam adjuvet mentem, quæ sæpius vel in ipsis rebus naturalibus indaganda cæruleit: Hinc S. Thomas 1. p. q. 1. art. 1. ait doctrinam sacram fide sufficere ad scientias naturales in statu perfecto comparandas necessariam esse. Cæterum historiæ nonnihil ad salutem prosunt, quatenus præmiis justorum, malorum vero flagellis & punitionibus homo sanatus declinet a malo & faciat bonum. Jam vero quod spectat quæstiones philosophicas, standum est decretis sacræ Congregationis proscribentis systema Copernicanum ut falsum, & divinæ Scripturæ adversum.

Ad alteram probationem distinguo: Et Apostolus assistentia Spiritus sancti donatus est ne vel in ipsis rebus civilibus scribendis erraret, concedo: & non sic ad justus, nego.

Ad tertiam probationem similiter distinguo: & Apostolus verbis in objectione laudatis secernit mandata & præcepta a Deo immediate accepta, a consiliis quæ

non sine inspiratione dedit, concedo; & ista proposuit, seclusa inspiratione, nego. Paulus est sui ipsius interpres; ait enim ibidem: *Puto autem quod & ego spiritum Dei habeam.* Et 2. Corinth. 13. *An experimentum quæritis ejus qui in me loquitur Christus ..* Ad quartam, concelio antecedente, nego consequentiam. Ratio discriminis est, quod in colloquiis familiaribus non loquebantur ex cathedra Apostoli, bene vero in scriptis; iis quibus mores Christianorum instituebant; quocirca ab eorum libris omnis error propelli debuit.

Persfice: Si Auctores Canonici fuissent in libris exarandis inspirati, eodem scripsissent stylo, endem namque tenore loquitur Spiritus sanctus, quippe qui sit unus & simplex. II. Non permisisset Deus quosdam decursu temporum in libros sacros errores irrepsisse: III. Debuissent Christiani Antiocheni citra hæsitationem credere iis quæ dicebantur a Paulo & Barnaba ad eos in fide Christi instituendos; Atqui tamen contrarium contingit: Et probatur quoad singulas partes. Primo quidem non unus est Scriptorum Canonicorum stylus, Isaiæ quidem sublimis, cæterorum vero humilis & simplex, ut Amos, qui, ut ait Hieronymus: *Fuit imperitus sermone, sed non scientia.* Secundo, jussu summorum Pontificum Clementis VIII. & Sixti V. sacra Biblia a multis mendis quæ in eam irrepserant, purgata est. Tertio neque Christiani Antiocheni putabant legalia rescissa a Christo & abrogata, sicut Paulus & Barnabas eis dicebant, sed quæstionem dirimendam detulerunt ad Ecclesiam Hierosolymis adunatam. Quin & Apostolus testatur se perrexisse ad Ecclesiam, quæ erat Hierosolymis, ut cum ea doctrinam quam prædicabat, conferret illius judicio probandam. *Post annos quatuordecim*, inquit, *ascendi Hierosolymam cum Barnaba*, assumpto Tito. *Ascendi autem secundum revelationem: & contuli cum illis Evangelium, quod prædico in Gentibus, seorsim autem iis, qui videbantur aliquid esse, ne forte in vanum currerem, aut cucurrissem.*

Confirmatur. Liber secundus Machabæorum nihil aliud est, quam compendium quinque librorum Jasonis Cyrenæi ut claret ex capite 2. ejusdem libri. Cum igitur ille Jason in conscribendis illis libris non fuerit a Deo inspiratus; idem dicendum de Auctore cui tribuitur liber se-

cun-

cundus Machab. Quid plura? Apostolus
Act. 17. laudat Poetas ut probet Atheniensibus Deum ubique esse, & omnium
creaturarum Auctorem; citat & epist. ad
Titum 1. illud Poetæ Epimenidis : *Creten-*
ses semper mendaces, mala bestiæ, ventres
pigri / Et alibi : *Corrumpunt bonos mores*
colloquia prava. Ergo &c.

Respondeo : transeat major : & distinguo
minorem : contrarium contingit, salva
Scripturarum in se spectararum veritate,
concedo : non salvata, nego.

Ad primam probationem, distinguo :
non idem omnium Scriptorum stylus, quia
Deus sese genio hominum attemperat,
ut sua prodat mysteria, concedo : & hoc
veritati adversatur, nego. Sufficiebat
quod in eorum mentibus infunderet religionis arcana, & in texendis historiis
eos, ne falsa pro veris propalarent, ad-
juvaret.

Ad alteram probationem, distinguo
etiam, nonnullæ in sacros Codices mendæ irrepserunt per accidens & defectu A-
manuensium qui non erant in rescriben-
do infallibiles, concedo : per se & defectu inspirationis in primigeniis Codicibus
& Auctoribus, nego. Porro leviores istæ
mendæ, teste S. Hieronymo, absque negotio conciliari & corrigi possunt, recurrendo scilicet ad fontem primigenium,
scilicet textum Hebræum, nec timendum
inde labem doctrinæ sacris Scriptoribus
inuri posse, quando quidem Ecclesiæ sufficiens adest lumen ut falsa a veris in textibus secernat.

Ad tertiam non absimili modo distinguo : & Antiocheni seducti a Corinthio
& Ebione, qui legalia cum lege Christi
componere moliebantur, forsan seducti,
etiam nonnihil in fide vacillabant, concedo : adeoque erant instruendi ab Ecclesia, cujus decretum per Barnabam & Si-
lam recepere, & stabiles permanserunt :
& hæc in fide infirmitas defectu Inspirationis sacrorum Librorum promanabat,
nego. Quod autem Pseudo-Apostoli tur-
bati fuerint Antiocheni, habetur Act. 15.
Descendentes de Judæa, docebant fratres :
quia nisi circumcidamini secundum morem
Moysi, non potestis salvari. Hoc ipsum refertur in epistola quam Apostoli in Concilio Hierosolymitano adunati ad Antiochenos scripserunt. *Quidam ex nobis exe-*
untes turbaverunt vos verbis, evertentes
animas vestras, quibus non mandavimus.
Neque vero dubitandum est ad Eccle-
Sacræ Theol. Tom. IV.

siam, quæ est infallibilis, spectare credenda proponere & confirmare. Id suo
exemplo docuit Apostolus, dum Evangelium quod prædicabat, contulit cum A-
postolis, non quod dubius hæreret de doctrina sua quam probe sciebat esse inspira-
tam, cum ipse testetur non ab hominibus,
sed ab ipso Christo accepisse, sed ut posteros doceret neminem quantumvis illu-
minatum, nihil prædicare debere, nisi prius
ejus doctrinam probasset Ecclesia.

Ad confirmationem, distinguo : & auctor libri secundi Machabæorum assistentia Spiritus Sancti munitus est, ne erraret
in iis quæ ex libris Jasonis expiliit, falsa pro veris scribendo, concedo : & non
fuit adjutus, nego. Quocirca licet Jason
non fuerit infallibilis in scribendo, bene
tamen Scriptor Canonicus. Eadem est solutio ad S. Paulum & alios Scriptores Canonicos qui nonnunquam ad instructionem
quædam in Historiographis prophanis hau-
serunt.

Objicies IV. Omnes Evangelistæ scripserunt quæ viderunt & audierunt : Sed ad
hoc sufficiebat memoria & innata intellectus industria : Igitur Evangelia, v. g. non
sunt a Deo inspirante.

Respondeo I. Evangelistas, ut Matthæum
& Joannem ea scripsisse quæ ab ipsius Dei
Incarnati ore procedere audierat : Marcum a Petro, Lucam vero a D. Paulo,
Petrus autem fuerat ab ipso Christo edoctus, sicut & Paulus quando apparuit illi Christus in via Damasci, ut ipse testatur dicens se Evangelium non ab homine
didicisse. Sic loquitur Gal. 1. 11. *Notum*
enim vobis facio, fratres, Evangelium,
quod evangelizatum est a me, quia non est
secundum hominem : neque enim ego ab ho-
mine accepi illud, neque didici, sed per re-
velationem Jesu Christi.

Respondeo II. ut supra : & Evangelistæ
scripserunt Deo inspirante & assistente,
concedo : secus, nego.

SYNOPSIS PROBATIONUM.

Scriptura sacra est fide dignissima.

Primo : Quia habet, teste S. Petro
Deum Auctorem.

Secundo : Miracula cum Moisi & Prophetarum, tum & Apostolorum scripturas, arguunt esse fide admodum dignas,
cum Deus ad mendacium astruendum miracula non operetur.

E 3   *Ter-*

Tertio : Scripturæ sanctitas & antiquitas summam pro eis inspirant venerationem & fidem.

SYNOPSIS OBJECTIONUM,

ET SOLUTIONUM.

Primo : Quædam contradictoria in Scripturis apparent, sed rebus juxta diversum respectum spectatis, cuncta ad veritatis metam absque negotio conciliantur.

Secundo : Etiam in eis aliqua prophana recensentur, sed relative ad Deum & finem sanctum obtinent : Sic peccata hominum designantur, sed Auctor Canonicus non sitet flagella, ut legentes a peccatis deterreantur.

Tertio : Nec miremini si Apostolus 1. Cor. 10. scribat se & non Dominum loqui, hoc & similia unum tantummodo innuunt, omnem Scripturam non esse quoad omnia a Deo loquente, puta cum Auctor nominat & salutat amicos, sed dubio procul sunt a Deo saltem assistente, qui non sinit Auctorem Canonicum falsa pro veris annuntiare.

ARTICULUS SECUNDUS.

Utrum Scriptura sacra sit regula infallibilis fidei ?

DUO nobis sunt examinanda : Primo quidem an Scriptura sacra sit regula infallibilis fidei ? Secundo vero an se sola sufficiat absque ulteriori explicatione. De primo conveniunt ipsi Protestantes, sed non de secundo ; Lutherus enim præfatione assertionis articulorum a Leone X. Pontifice damnatorum. Brintius in Prolegomenis contra Petrum a Soto tenent Scripturam esse de se clarissimam, & subjacere cujuslibet personæ intelligentiæ. De hoc momento nonnihil jam diximus supra, ubi probavimus ultimam credendorum resolutionem fieri in Ecclesiam : hanc tamen quæstionem fusiori calamo contra Protestantes in speciali explicare juvat. Unde sit contra eos.

SECTIO PRIMA.

Utrum Scriptura sacra sit absoluta & in se infallibilis ?

CONCLUSIO AFFIRMATIVA.

Probatur auctoritate, & ratione.

Primo, ex veteri Testamento.

DEUTERONOMII 17. habetur *Si difficile & ambiguum apud te judicium esse perspexeris , . . . & facies quodcumque dixerint qui præsunt loco quem elegerit Dominus .* His verbis Moses vult controversias resolvi lege Dei & Scriptura . Rursus Malach. 2. *Labia enim Sacerdotis custodient scientiam , & legem requirent ex ore ejus , quia Angelus Domini exercituum est .* Rursus Ps. 118. *Beati qui scrutantur testimonia ejus .* Igitur ex veteri Testamento, Scriptura est regula infallibilis fidei, quandoquidem Deus ipse homines ad eam remittit, ut sciant quænam credenda, quænam vero facienda pro vita æterna assequenda.

Secundo, ex novo Testamento.

LEGITUR Luc. 1. Joannem Baptistam sic locutum fuisse turbis : *Vox clamantis in deserto, dirigite viam Domini sicut dixit Isaias Propheta .* Act. 17. refertur : Berenses, audito Paulo, sæpius scrutatos fuisse Scripturas . Tum 2. Petri 1. magnus ille Theologus sic loquitur : *Habemus firmiorem propheticum Sermonem , cui benefacitis attendentes .* Ergo &c. Sed inter omnia testimonia duo ab ore Christi prolata insignia sunt . Joan. 2. sic alloquitur Judæos, qui illum habebant ut blasphematorem, eo quod se faceret Deum : *Si illos dixit Deos ad quos sermo Dei factus est , & non potest solvi Scriptura &c.* Antea Joan. 5. eosdem remiserat ad Scripturas , his verbis : *Scrutamini Scripturas , illa enim testimonium perhibent de me .* Quibus sententiis probat Judæis suam divinitatem auctoritate Scripturæ . Igitur Scriptura est regula infallibilis fidei.

Tertio, ex SS. Patribus.

IRENÆUS lib. 2. cap. 7. Sic effatur : " Si ergo & in rebus creatis quæ-
„ dam

„ dam quidem eorum adjacent Deo, quæ-
„ dam autem & in nostram venerunt
„ scientiam, quid mali est, si eorum
„ quæ in universis Scripturis spiritua-
„ libus reperiuntur, quædam quidem ab-
„ solvamus secundum gratiam Dei? „
Origenes lib. 7. contra Celsum, ait : “
„ Atsi quoque cordati viri scrutando Scri-
„ pturam intellectum ejus invenire potue-
„ runt. „
S. Chrysostomus hom. 40. in Joan. explicans illam Christi sententiam : Scrutamini
Scripturas, dicit : “ Christus Judæos ad
„ Scripturarum non simplicem & nudam
„ lectionem, sed ad investigationem per-
„ quam diligentem relegavit. „ &c.
Hieronymus epist. ad Paulinum multa
præclare tradit de auctoritate Scripturæ
literæ sic & Augustinus lib. 11. de civit.
Dei cap. 9. his verbis : “ Scripturæ fidem
„ quæ mirabilem auctoritatem non imme-
„ rito habet in orbe terrarum : atque in
„ omnibus gentibus, quas sibi esse credi-
„ turas, inter cætera quæ dixit, vera
„ divinitate prædixit. „ Quibus oraculis
Patres relati cæterique subsequentes Scripturam tanquam fidei regulam infallibilem
intuentur. Ergo &c.

Quarto, ratione.

ILLA regula est infallibilis, quæ continet Verbum Dei & illi soli innititur :
Atqui Scriptura sacra Verbum Dei continet & illo solo nititur. Ergo &c. Minor
patet ex locis Scripturæ jamjam in proba-
tione adductis, probatur tamen novis sententiis & ex Scriptura & ex Patribus ema-
natis. Enimvero lib. 1. Reg. cap. 23. habetur : Spiritus Domini locutus est per me,
& sermo ejus per linguam meam. Rursus
Luc. 1. legitur ; Benedictus Dominus Deus
Israel . . . . Sicut locutus est per os Sanctorum, qui a saeculo, sunt Prophetarum ejus.
Item 2. Petr. 1. Spiritu sancto inspirati locuti sunt sancti Dei homines. Quid plura?
S. Paulus 2. ad Timoth. 3. cuncta definit, his
verbis : Omnis Scriptura divinitus inspirata
utilis est &c. Igitur Scriptura sacra continet Verbum Dei, & consequenter infallibilis est.
Patres laudati eandem confirmant suo
calculo minorem. Instar omnium S. Augustinus qui Tract. 2. in Joan. sic habet :
“ Excelsæ animæ sunt, & colles parvæ
„ animæ sunt : sed ideo montes excipiunt
„ pacem, ut colles possint excipere justi-

„ tiam . . . . Non autem acciperent mino-
„ res animæ fidem, nisi majores animæ,
„ quæ montes dictæ sunt, ab ipsa sapien-
„ tia illustrarentur. „ Videlicet a scripturis.
Tum infra : “ Oculos nostros cum leva-
„ mus ad Scripturas, quia per homines
„ illustratæ sunt Scripturæ, levamus ocu-
„ los nostros ad montes, unde veniat au-
„ xilium nobis. „
Ratio etiam suffragatur. Primo quidem,
si Scriptura non contineret Verbum Dei,
in incertum agaeretur spes & salus nostra,
quia homines sunt incertæ providentiæ
quia nec ipsi possunt profunda Dei & scru-
tari, & ne quidem capere quæ nobis proponuntur tum ad vitam æternam consequendam, tum ad mysteria, quæ tanquam
beatitudinis objecta proponuntur, intelligenda. Tum quia etiam Deus ipse Scripturam suam ab humana secernit, demiranti
si quidem Ptolemæo Rege cur divinorum
librorum nulli aut historici, aut Poetæ
veteres meminissent, Demetrius Phalereus,
respondit, ut ex Aristeo referunt Josephus lib. 11. antiq. Jud. c. 3. & Eusebius lib. 8.
præparationis Evangelicæ, cap. 1. divinam
hanc Scripturam esse, atque a Deo ipso
datam ; tunc si qui prophanorum hominum eam attingere voluerint, eos a Deo
percussos illico resiliisse. Hanc rationem
refert Bellarminus lib. 1. de Verbo Dei
cap. 2. addidítque Theopompum quemdam, eo quod aliquid divinorum voluminum græca oratione ornare voluisset, subito mentis quadam agitatione divinitus
immissa, vehementer perturbatum ab in-
cepto opere desistere vi quadam interiori
compulsum fuisse. Ergo. &c.

Solvuntur objectiones.

OBICIES I. Multa apparent contradictoria in Scripturis sacris. Igitur videtur quod non sit regula infallibilis fidei.
Probatur antecedens Gen. 1. Dicitur Deum
creasse mundum sex dierum spatio ; &
Ecclesiastici 18. habetur : Qui vivit in æ-
ternum creavit omnia simul. Ibidem Sir.
dicitur creata primo die : sed hoc videtur falsum, cum enim sit solis proprietas,
non potuit creari nisi cum sole, scilicet
quarta die. Ergo &c.
Respondeo negando antecedens. Ad primum, distinguo : Deus creavit mundum
sex dierum spatio quoad distinctionem,
seu distinctive, concedo : absolute & secundum se, nego. Creavit igitur omnia

E 4 si-

simul, opera vero sua distinxit sequentibus diebus. Jam vero cum opus non appareat nobis factum, nisi quando est distinctum, & in quadam specie constitutum, opera distinctionis dicuntur etiam opera creationis: sic patet solutio ad secundam probationem, & ipsius Scripturæ concordantia. Igitur lux creata fuit prima die cum totius mundi globo, quarta vero die apparuit distincta, & a cæteris operibus cum sole separata.

Infabis: Gen.4. dicitur de Enos: *Iste cæpit invocare nomen Domini.* Et tamen ibidem Cain & Abel obtulerant sacrificia, adeoque invocaverant Dominum: Igitur non nihil contradictionis in Scriptura latet.

Respondeo distinguendo, cæpit Enoch invocare nomen Domini certis ritibus, & formula quadam determinata, quod nullus antea fecerat, concedo: unde dicitur quod inceperit, & in Hebræo habetur: *Cæptum est tunc invocare nomen Domini.* Incepit absolute, nego. Immo ipse Adam jam invocaverat Dominum, habetur enim Sap. 10. ipsum justificatum fuisse, & illum sanctificatum fuisse a sapientia, hoc autem non potuit fieri sine bonis operibus & invocatione Dei. Sic habetur &c.

Urgebis: Ibidem cap. 32. Jacob dicit se vidisse Deum facie ad faciem, & tamen Exod. 33. habetur: *Non enim videbit me homo, & vivet.* Rursus Exodi 20. Deus asserit se visitare iniquitatem Patrum in filios usque ad tertiam generationem. Et tamen Ezech. 18. Scriptum est: *Filius non portabit iniquitatem Patris.* Ergo &c.

Respondeo distinguendo: Jacob vidit Deum visione intuitiva sed mediata, scilicet mediante Angelo qui luctabatur sub forma viri usque mane cum illo, concedo: visione intuitiva, nego. De ista solum loquitur Moyses, nullus quippe nisi de via extraordinaria potest videre Deum in hac vita oculis intellectualibus.

Ad secundum distinguo: Deus visitat iniquitatem Patrum visitatione temporali, & hujusce vitæ afflictionibus, concedo; visitatione æterna, & privando gloria filios propter iniquitatem Patrum, nego. Hoc duntaxat vult Moyses exponere, unde nulla est contradictio.

Insistes: Lib. 2. Reg. cap. 44. Joachim dicitur filius octodecim annorum cum regnare cæpisset: & Paralipomen. cap. 36. dicitur tunc fuisse solum homo octo annorum. Ergo &c.

Respondeo distinguendo: & In lib. Reg. computantur anni quibus regnavit Joachim cum Patre suo Sedecia, concedo: secus, nego. Igitur erat tunc octo annorum filius quando cum Patre regnare cæpit; at vero cum solus gubernare visus est, scilicet Patre ducto in Babylonem captivo, ut refertur lib. 4. Reg. cap. 27. & 28. tunc habebat decem & octo annos.

Repones: Lib. 3. Reg. 8. refertur in arca fœderis nihil aliud esse præter tabulas testamenti, & tamen Hebr.9. Paulus asserit arcam præcontinere præter tabulas, & manna & virgam Aaron quæ floruerat. Ergo &c.

Respondeo quidam, quod quando Salomon posuit arcam in templo post ejus dedicationem, nihil tunc ea fuerit præter tabulas Legis: sequentibus vero temporibus Sacerdotes posuisse in ea manna & virgam Aaron; Apostolum autem locutum fuisse de arca secundum viciniora tempora contendunt.

Respondeo II. distinguendo, tabulæ erant in arca, virga vero & manna ad latus arcæ, concedo: secus, nego, Duplex distinguitur locus in arca, medium scilicet, & latus, ut habetur Deuteron. 31. bis verbis: *Tollite librum istum, & ponite in latere arcæ.* Virga igitur & manna fuerunt ad latus opposita: Apostolus eam sumit quatenus dicit & medium & latus.

Persistes: Inter libros Paralip. & Regum multæ sunt discrepantiæ: Sed hoc est inconveniens, quia debemus credere omnes libros Canonicos de fide, & ea omnia quæ in eis sunt: si autem aliqua essent falsa, quamvis leviora, non possent esse objecta fidei, & sic tota fluctuaret fides: Porro lib. 2. Paralip. vers. 2. Ochozias dicitur fuisse homo 42. annorum cum regnare cæpit, libro vero 4. Reg. cap. 8. vers. 26. dicitur tantum 22. annorum. Varia etiam referuntur in libris Paralipomenon, aliter quam in Genesi reperiuntur.

Respondes S. Hieronymus epist. 132. ad ista & similia, his verbis: " Lege omnes veteris & novi Testamenti libros, & tantam annorum reperies dissonantiam, & numerorum inter Judam & Israel, hoc est inter utrumque regnum confusum, ut hujusmodi hærere quæstionibus, non tam studiosi quam otiosi opus esse videatur. ,, Ex quibus patet variationem contingere & ex notis Arithmeticis, & ex

& ex numero tam annorum quam regnorum , tum & ex diverfis verfionibus quæ
propter diverfas captivitates appparue-
runt : item & ex omiffis per ignorantiam aut negligentiam Librariorum ;
fufficit autem ut libri enarrent res &
facta vera : & hoc de fide determinavit
Concilium Tridentinum . Quomodo vero
variationes iftæ leves & materiales explicentur , reliquit Ecclefia ftudium hoc
interpretibus . Quando vero adamuffim
omnia ponderantur , affulget modum computandi , & per Olympiades , vel alium
in re convenire , & fic difcrepantiæ funt
folum materiales & non formales ; omnes enim fancti Doctores unanimiter dicunt Scripturas non fuiffe in fubftantia
defloratas , ut dicetur infra , alias Chriftus non remififfet Judæos ad eas pro fua
probanda & confirmanda divinitate .

Refpondeo III. diftinguendo : Sunt difcrepantiæ materiales , concedo : formales , nego . Ad auctoritatem laudatam ,
diftinguo : & liber Paralipomenon omiffa addidit , eft enim liber rerum omiffarum,
concedo : fecus , nego . Unde non mirum fi dicat Ochoziam fuiffe annorum 42.
hominem cum regnare cœpit; quia forfan
vel regnavit fimul cum Patre , vel etiam
quia confilio gubernavit Rempublicam
Judæorum , in quo quidem fenfu filius
Regis qui eft Patris confiliarius poteft
dici regnare cum eo . Sic S. Joannes refert in Evangelio multa omiffa ab aliis
Evangeliis , ut fluxum fanguinis & aquæ
e latere Chrifti ; fimiliter & fermonem
quem Chriftus habuit coram difcipulis ante fui Sacramenti inftitutionem . Cæterum
liber Paralipomenon refert Joachim fuiffe de-
fignatum Regem a Patre quando octavum
attigit annum ; liber vero Regum memorat
dumtaxat tempus quo folus regnare cœpit.

Oppones fecundo : Multa abfurda in veteri Teftamento animadvertuntur . Primo
quidem , ferpentem locutum fuiffe mulieri : Secundo Samfonem & Davidem
urfos & leones in frufta concidiffe :
Tertio , illum mandibularia afini centum
Philiftæos occidiffe : Quarto , vulpium
accenfis ad caudam facibus ex palea fe-
getes Philiftinorum confumpfiffe : Quinto , Ezechielem fuum comediffe volumen : Sexto uxorum multitudinem : Septimo , Ofeam juffu Dei ingreffum fuiffe ad mulierem fornicariam. Ergo &c.

Refpondeo negando aliqua in Scripturis
acris irrepfiffe abfurda .

Ad primum, dico ferpentem tunc temporis non fuiffe tam defformem , cam ma-
lignum & venenofum qualis nunc eft ;
Cæterum fi afinus Barlaamum allocutus
fit , quid mirum fi dæmon ufus fit fer-
pente ut alloqueretur mulierem , cum ad
vocem efformandam fufficiat motus loca-
lis & extrinfecus , ficut in Echo repente
videre eft. Nonne dæmon loquitur etiam
per linguam energumenorum : Igitur non
eft inconveniens in cafu propofito ferpentem motu dæmonis efformaffe voces quibus primæ mulieris fidem & obedientiam
Creatori debitam tentaverit .

Ad fecundum : Deus poteft fortitudinem annectere ubi vult , cum omnia obediant ei : fic fortitudo Samfon in crini-
bus ; leonis in cauda ; ferpentis in re-
plicatis orbibus , aliquod corpus ambien-
tibus , urfi in amplexibus , ordinante Deo,
fita eft.

Ad tertium : Patet folutio ; non enim
fortitudo præcife menfuratur ex inftru-
mento , fed ex virtute brachii & nervorum.

Ad quartum : Vulpibus abundat Palæftina , ficut Libya abundat leonibus : Igitur volente & dirigente Deo ad humiliandos homines tot portenta patrare potuit Samfon ; maxime cum foret Chrifti
figura qui præ efficacia gratiæ qua mundum & inferos devicit proftravitque , Leo
de tribu Juda nominatur .

Ad quintum : Myfteria non funt ratione menfuranda , Deus autem voluit ad
figuram iracundiæ fuæ futuræ , ut Ezechiel comederit volumen continens multiplex væ , & maledictiones : hinc ex efu
libri amaricatus eft ipfius venter , ut populus intelligeret maledictionem effe ex-
trinfecam & ex omni parte , animæ fcilicet & corporis.

Ad Ofeam diftinguo : ingreffus eft ad
fornicariam per Matrimonium , concedo:
fecus , nego . Et hoc ut intelligerent populi fornicatam fuiffe terram , propter
quod luctus & dolor fuper eam , quia ut
ipfe , ait : *Sanguis tetigit fanguinem* . Cæterum S. Benedictus & alii Patres ad lectionem novi Teftamenti potius quam veteris , ne juvenes legendo biftorias eis abn-
tantur , adhortari folent .

Objicies III. Contra novi Teftamenti genuitatem , Matth. 2. in Genealogia Chrifti tres generationes numerantur , ideft
42. Sed fi jufto calculo computentur ,
inveniuntur folum quadraginta , & una
perfona : quod quidem a veracitate de-
fle-

flectens , non fpirat genuitatem ad librum facrum præreequiſitam .

Respondeo diſtinguendo : funt 42. generationes , quia quædam repetuntur propter hiſloriæ conjunctionem , concedo ; fo-
cus , nego. Generatio autem Salomonis a
Davide repetitur , videlicet in fine primæ
teſſara-decadis , & initio duæ commemorantur . Item generatio Jechoniæ , tum &
Joſiæ iterata vice fcribuntur , fcilicet in
fine duas & initio tres , propter quod
numerantur quadraginta duæ : fed revera
folum funt quadraginta , feu quadraginta
& una perſona.
Inſtabis . Ibidem Matth. cap. 2. locus
Micheæ cap. 5. In fenfum Prophetæ contrarium refertur ; namque in Propheta ,
fic legitur : *Et tu Bethleem Ephrata parvulus eſt in urbibus Juda* . In Matthæo vero . *Et tu Bethleem terra Juda nequaquam
minima es in principibus Juda.* Sed hæc diverſa funt . Ergo &c.
Respondeo diſtinguendo. Sunt diverſa materialiter , concedo : formaliter , & quoad
fenfum , nego. Porro qui citat auctorem,
attendit folum ad ejus fenfum : locus autem Micheæ fumitur interrogative , &
non pure enunciative , quaſi diceret ,
numquid minima es Bethleem , unde facit eumdem fenfum ac Matthæus , qui
dicit : *Nequaquam minima es* .
Inſtabis . Ibidem cap. 27. Matth. laudat
locum Jeremiæ iſtis verbis : *Et acceperunt
triginta argenteos pretium appretiati, quem ap-
pretiaverunt a filiis Iſrael , & dederunt eos in
agrum figuli ſicut conſtituit mihi Dominus* .
Sed ille locus eſt Zachariæ , minime vero
Jeremiæ. Ergo &c.
Respondeo diſtinguendo minorem . Textus eſt Zachariæ poſt Jeremiam a quo ille fumpſit , concedo ; fecus , nego. Equidem non inveniuntur in Jeremia , fed Evangeliſta ex traditione habuit quod eſſet de
quibuſdam Jeremiæ operibus quæ naufragia paſſa funt , quem tamen locum & alia
non abſimilia fervavit traditio. Et vero conſtat ex lib. 2. Mach. cap. 12. quoſdam libros Jeremiæ periiſſe ; quidam tamen traditione circumferebantur tempore Evange-
liſtarum ; ita ſuffragatur Hieronymus ai-
firmans Judæum quemdam illi oſtendiſſe
librum Jeremiæ qui non eſt in Canone .
Contra Idem Matthæus illam ſententiam, *Percuſſum Paſtorem & diſpergentur oves
Gregis* , Chriſto applicat velut a Zacharia
prænuntiatam : Sed Zacharias hoc dicit
de Pſeudo-Propheta fceleratiſſimo ; unde

in ipſo non habetur : *Percutiam , ſed percute* . Ergo &c.

Respondeo diſtinguendo minorem . Et locus intelligitur in ſenſu obvio de Pſeudo-
Propheta , concedo : myſtice & figurative , nego . Intelligitur enim de Chriſto
quem Judæi ut fceleratum habuerunt :
& ut volunt quidam , illa ſententia intelligitur in genere tam de bono quam
de malo Paſtore , quo percuſſo , diſpergun-
tur oves , quæcumque ſint , & ſic redditur ſenſus legitimus .
Replicabis . Joan. 20. Maria Magdalena,
dicitur veniſſe ad monumentum cum adhuc
tenebræ eſſent ſuper terram : Marci vero 16. refertur veniſſe orto jam ſole .
Ergo &c.
Respondeo : Quoſdam velle Mariam fæpius veniſſe ad monumentum , quandoquidem amor non ſiſtit in una aut altera
ſponſi inquiſitione ; & hoc videntur innuere Evangeliſtæ . Quidam volunt pro-
fectam fuiſſe e domo ſua cum adhuc tenebræ eſſent , & perveniſſe ad monumentum orto jam ſole : nam veſper Sabbati , qui ſucceſſit prima Sabbati , eſt
aurora, ſeu illa extrema pars noctis terminatur ad auroram . Nec mirum ; caſtellum Magdalenæ diſtabat una circiter leuca ab Jeruſalem .
Urgebis Act. 7. S. Stephanus aliter refert hiſtoriam Patriarcharum quam referatur in Geneſi ; eo quippe loci dicitur Jacob ingreſſum eſſe in Ægyptum
cum 75. animabus ſuæ familiæ , & tamen
Gen. 46. tantum 65. numerantur . Ergo
&c.
Respondeo diſtinguendo. Et S. Stephanus
loquitur tam de his qui ingreſſi ſunt in
Ægyptum , quam de aliis qui ſe adjunxe-
re , de quibus non fit mentio in Geneſi ,
concedo : de prioribus tantum , nego .
Scriptura enim dicit Joſeph omnem cognationem ſuam accerſiviſſe , adeoque &
nepotes , & filios Jacob accerſitos fuiſſe ,
& hoc numero 65. addendo vero Jacob
& novem uxores completur numerus 75.
in Gen. autem recenfetur tantum 65. qui
cum Jacob ingreſſi ſunt in Ægyptum ,
numerando Joſeph & duos ejus filios , E-
phraim ſcilicet & Manaſſen .
Dices : Quomodo fieri poteſt ut eſſent
folum novem uxores in familia Jacob ,
cum haberet filios ætate ſatis provectos ,
ut eſſent uxorati : præterea Phares filius Juda jam erat Matrimonio junctus ſicut & Belia filius Aſer .

Respondeo : Plerosque Jacob filios tunc fuisse viduos : de Juda certum est , hic enim a nativitate filiorum suorum Phares & Zaram , uxorem suam Thamar amiserat.

Instabis . Act. cap. 7. S. Stephanus dicit Patriarchas sepultos fuisse in Sichem in agro quem emit Abraham pretio argenti a filiis Hemor , in qua quidem narratione tria videntur falsa. Primo , agrum illum fuisse emptum ab Abraham , Gen. enim 33. dicitur emptus a Jacob. Secundo , fuisse emptum ab Hemor , emptus enim est ab Ephrem filio Sichem. Tertio , emptum fuisse pretio argenti , in Gen. vero dicitur emptus centum agniculis. Ergo &c.

Respondeo I. Israelitas egrediendo de Ægypto non solum asportasse ossa Joseph , sed & Patriarcharum sepulta in Ebron , & in Sichem posuisse , ita Hieronymus in Epitaphio sanctæ Paulæ , & in libro de optimo genere interpretandi , ubi ait suo tempore adhuc videri in Sichem sepulchra Patriarcharum jam.

Respondeo II. In forma Patriarchæ sepulti sunt in Sichem ex sancto Stephano , & intelligit post egressum Israelitarum de Ægypto , concedo : de tempore egressum antecedente , nego.

Ad primam probationem , distinguo : ager fuit emptus ab Abraham simul & Jacob secundum diversas partes , concedo : secus , nego. Erat autem agri latitudo magna , Abraham emerat unam partem argento , Jacob vero alteram agniculis : & de facto dicitur solum emisse partem agri , primam vero partem habuit jure hæreditario propter Abraham , avum suum.

Ad secundam probationem , hæc est responsio : Hemor dicitur pater Sichem , licet juxta Genesim fuerit pater Hemor , quia eadem nomina inter filios & avos repeti consueverant , ideoque Hemor ille qui dicitur in actis pater Sichem , habuit patrem qui Sichem vocabatur voluitque ut filius suus eodem nomine quo pater nuncuparetur. Quod adhuc est in more positum : unde , distinguo ; ager emptus fuit ab Hemor qui fuit alius ab altero , concedo : ab eodem Hemor , nego. Ad tertiam probationem , solutio data est .

Oppones IV. Rom. 3. dicit Apostolus non justificari per fidem sine operibus , Jacobi vero cap. 1. non justificari per opera , Sed hæc contraria apparent . Ergo &c.

Respondeo distinguendo. Et Paulus loqui-

tur de operibus Legis Mosaicæ quæ erant extincta , & in qua fides non erat ponenda ad exclusionem Christi concedo : unde Galat. cap. 5. dicit : *Si circumcidamini , Christus nihil vobis proderit* . De operibus per fidem in Christum nego. De istis autem loquitur S. Jacobus.

Instabis : Scriptores Canonici multa posuerunt ex innata industria , tum in Historiis multa narrantur prælia & prophana : Igitur videtur quod Scripturæ non sint a Deo.

Respondeo distinguendo . Multa posuerunt S. Spiritu dirigente & assistente ut veritatem dicerent , concedo : sine assistentia Spiritus sancti , nego. Narratio autem præliorum inservit ad ostensionem mirabilium Dei in victoriis , & ad ostensionem vel misericordiæ , vel justitiæ : ex quo sequitur Scripturas esse a Deo vel revelante , vel saltem assistente : non desunt tamen qui propugnent eas esse quoad utrumque modum a Spiritu sancto.

Urgebis . Scriptura sacra est obscura , variosque habet sensus , & sæpe non est intelligenda ad litteram , quæ teste Paulo , nonnunquam occidit : Igitur non est regula fidei infallibilis .

Respondeo distinguendo consequens. Non est regula viva , concedo : mortua , nego. Præter regulas mortuas habemus vivas ad illas explicandas , Ecclesiam scilicet , Concilia & Patres , nec dicimus sufficere mortuas , nam ipse Petrus epist. 2. cap. ult. asserit B. Pauli epistolas quandoque esse intellectu difficiles : Sed quid mirum , si Scripturæ sint obscuræ , cum altissima contineant mysteria , & moralem quam homo carnalis totis abhorret viribus? Sic pater quomodo iniquitas hæreticorum Protestantium mentiatur sibi , quum dicunt , quemlibet etiam plebejum posse facile intelligere Scripturam sacram & illam interpretari .

Ad id vero quod dicitur 2. Cor. 3. *Littera occidit* , distinguo , & Apostolus loquitur de lege veteri , quæ neque ad perfectionem docebat : neque post Christum utilis erat , concedo : nam ibidem subdit : *Si ministratio mortis litteris deformata in lapidibus fuit in gloria , ita ut non possent intendere in faciem Moysi &c.* Et vult Scripturam secundum se occidere & ad salutem nihil prodesse , nego . Enimvero Apostolus vult solum Moysen dedisse legem gratia vacuam , sed gratiam per Christum dandam significasse &c.

SY-

SYNOPSIS PROBATIONUM.

Sacræ Scripturæ sunt fide dignissimæ.

Primo : Apostolus Heb. 1. multis Scripturarum oraculis probat Christi divinitatem : vel ipse Christus Joan. 5. & 10. remittit Judæos adversus se obstrepentes, eo quod se faceret Deum, ad scripturas ; iisdem utitur Luc. 23. ut probet discipulis Emmaus incredulis necesse fuisse Christum pati & sic intrare in gloriam.

Secundo : Concinit Concilium Tridentinum quod decreto speciali eas declarat fidei regulas. Subscribunt Irenæus lib. 2. cap. 47. Chrysostomus Homil. 40. in Joan.

Tertio : Ratio suffragatur I. Continent Verbum Dei. II. Traditione Apostolica firmantur. III. Usus & possessio Ecclesiæ de hoc momento invaluit. Ergo &c.

SYNOPSIS DIFFICULTATUM,

Et Explicationum.

Primo : Scripturæ quandoque falsa spirare videntur, sed attendenti nihil præter veritatem annuntiant, sic Genes. 1. mundus sex dierum spatio dicitur factus Eccli. vero 18. totus simul creatus : Sed sensus est, Deum distinxisse opera intra sex dierum spatio quæ tamen in globo cuncta simul produxerat.

Secundo : Manna & Moysis virga a Propheria in arca apposita sunt, unde non mirum si Moyses in libris Legalibus hæc omiserit.

Tertio : Mulieres portantes aromata ut iterata vice ungerent Christum dicuntur ab uno Evangelista venisse ad monumentum, cum adhuc tenebræ essent super tetram, ab altero vero venisse, orto jam sole, prior loquitur de momento quo ex castello Magdalenæ exierunt, ut properarent ad sepulchrum : posterior vero de tempore quo huc appulsæ quæsierunt Dominum. Nec mirum, distabat castellum una circiter leuca ab Jerusalem, hinc iter sic longius pergeretur, ut sol illucente sub diem diei aurora apparere cœperit. Et de cæteris objectionibus.

SECTIO SECUNDA.

Utrum Scriptura sacra sit ita aperta, ut sine explicatione sufficiat, ad controversias fidei dirimendas.

Notandum est sensum Scripturæ sacræ esse duplicem : unum scilicet naturalem, alterum vero Spiritualem seu mysticum. Primus est prima significatio qua verba significant rerum naturas : Secundus vero est eadem prima significatio, qua verba præter rerum naturas quas explicant, alium adhuc denotant sensum ; & sic sensus spiritualis fundatur super litteralem : spiritualis vero dividitur in moralem, allegoricum, & anagogicum. Primus significat Christum ut Doctorem, vel aliquid quod mores instituat : Secundus est figurativus & designat aliquem cujus est imago : Tertius, significat res futuras, v.g. gloriam quæ nobis promittitur. Id omne brevi exemplo explicatur. Ly Jerusalem, v. g. significat litteraliter urbem Palæstinæ ; moraliter, significat animam nostram de diabolo triumphantem : allegorice, Ecclesiam ; anagogice tandem, significat Paradisum. Jam sit

CONCLUSIO.

Scriptura sacra non est ita aperta, ut sine explicatione sufficiat ad controversias fidei dilucidandas, & terminandas.

Ista Propositio est contra Protestantes qui sic excutiunt ut credant quemlibet proprio nutu, & intellectu posse sacrarum Scripturarum sensum invenire.

Probatur auctoritate.

Primo, ex veteri Testamento.

Deuteron. 17. hæc habentur : Si difficile atque ambiguum apud te judicium esse perspexeris, inter causam & causam.... ascende ad locum quem elegerit Dominus Deus tuus, veniesque ad Sacerdotem Levitici generis : & ad judicem qui fuerit illo tempore, quæresque ab eis, qui indicabunt tibi judicii veritatem : Igitur in Scriptura est aliquid ambiguum, cujus explicationem fideles petere debent a doctoribus Ecclesiæ : Etenimvero in illo Deuteronomii loco agitur de lege Dei, ut contineat & mysteria & præ-

& præcepta quæ spectant tum Dei cultum, tum etiam hominum mores . Hanc
Scripturæ obscuritatem & intelligendi difficultatem agnoscit ipse Propheta Regius,
qui licet in lingua Hebræa & lege peritissimus, divinum tamen invocat lumen, ut
Scripturæ sensum intelligere queat . Sic
enim loquitur Psal. 118. *Da mihi intellectum & scrutabor legem tuam*. Et iterum :
*Revela oculos meos, & considerabo mirabi-
lia de lege tua*. Quæ quidem verba pon-
derans S. Hieronymus epist. ad Paulinum
de institutione Monachi, ait : " Si tan-
„ tus Propheta tenebras ignorantiæ pro-
„ fitetur, qua nos putas parvulos & pæ-
„ ne lactentes inscientiæ nocte circum-
„ dari ? „

Secundo, ex novo Testamento.

L e g i t u r s. Petri ult. Apostolus aperte dicit multa in Epistolis D. Pauli difficilia reperiri quæ indocti & instabiles in
privos detrahunt sensus ; sic loquitur :
*Charissimi... satagite immaculati & invio-
lati ei inveniri in pace .... sicut & charissimus frater noster Paulus secundum datam sibi sapientiam scripsit vobis , sicut &
in omnibus Epistolis, loquens in eis de his :
in quibus sunt quædam difficilia intellectu ,
quæ indocti & instabiles depravant , sicut
& ceteras scripturas, ad suam ipsorum perditionem*. Sed celebris est locus Actuum ,
cap. 8. in quo refertur Eunuchum Reginæ
Candacis Æthiopum quamvis in scripturis
versatissimum, eas enim diligenter ex pietatis affectu legebat, nec eas tamen intel-
ligebat, hinc Philippus ejus currui adjun-
ctus eum sic alloquitur : *Putas ne intelligis quæ legis ?* Qui ait : *Et quomodo possum, si aliquis non ostenderis mihi ?* Igitur
Scriptura non ita aperta est, ut sine in-
terpretationis ope intelligatur : hujus veritatis testem habemus ipsum Christum ,
qui Luc. ultimo discipulis Emmaus inter-
pretabitur Scripturas. Igitur opus est interpretatione ad intelligendam canonicam
scripturam.

Tertio, ex Patribus utriusque Ecclesiæ.

Ex Græcis.

I r e n æ u s lib. 2. cap. 47. sic loquitur : " Si ergo & in rebus creatis, quæ-
„ dam quidem eorum adjacent Deo, quæ-
„ dam autem & in nostram venerunt

scientiam, quid mali est , si & eorum
„ quæ in Scripturis requiruntur, univer-
„ sis scripturis spiritualibus existentibus ,
„ quædam quidem absolvamus secundum
„ gratiam Dei, quædam autem commen-
„ demus Deo & non solum in hoc sæcu-
„ lo, sed in futuro , ut semper quidem
„ Deus doceat, homo semper discat quæ
„ sunt a Deo ? „ Sed si foret ita apertus
scripturæ sensus, homo non semper discere indigeret : Igitur ex Irenæo, scriptura
interpretatione opus habet .

Origenes secundus venit testis, nam lib.
7. contra Celsum sic ait : " Alii quoque
„ cordati viri scrutando scripturam , in-
„ tellectum ejus invenire potuerunt : li-
„ cet revera sit multis in locis obscura ., „
S. *Chrysostomus* suo confirmit calculo
nostram sententiam multis in locis, præcipue vero homil. 40. in Joan. his verbis
quæ profert explicando illud Christi oraculum *scrutamini scripturas* : " Non dixit,
„ inquit, legite scripturas : Sed scrutami-
„ ni ..... non enim rem in superficie
„ & in promptu positam effodimus : Sed
„ quæ tanquam thesaurus profunde re-
„ conditur. Qui enim hujusmodi quærit,
„ nisi summam adhibeat diligentiam & la-
„ borem, nunquam quæsita inveniet . „
Mitto alios ut Basilium , & Gregorium
Nazianz. qui teste Rufino lib. hist. Eccl.
cap. 9. multum insudarunt, tum in evol-
vendis Scripturis sacris, tum in quærendis
sensibus.

Ex Latinis.

S. A m b r o s i u s agmen ducet , epist.
44. ad Constantinum sic loquitur : " Ma-
„ re est Scriptura divina , habens in se
„ sensus profundos, altitudinem propheti-
„ corum ænigmatum . „ Sed scriptura habens sensus profundos & altissimos, immo
& ænigmaticos non ita est aperta, ut interpretatione non indigeat : Ergo &c.
Sequitur Hieronymus qui epist. ad Paulinum de studio Scripturæ sacræ nostram
confirmat sententiam, præcipue vero præfat. Commentariorum in epistolam ad E-
phes. " Nunquam, inquit , ab adolescen-
„ tia, aut legere, aut doctos viros, quæ
„ nesciebam , interrogare cessavi , aut
„ meipsum habui Magistrum : Denique ut
„ per ob hanc vel maxime causam, Ale-
„ xandriam perrexi , ut viderem Didy-
„ mum , & ab eo in scripturis omnibus
„ quæ habebant dubia, sciscitarer . „ Idem

in

78 *Dissertatio prima*

In epist. ad Algasiam , q. 8. sic habet :
,, Omnis epistola ad Rom. nimis obscuri-
,, tatibus involuta est. ,,
S. *Augustinus* veterum placita multis in
locis confirmat. lib. 2. doctrinæ Christianæ , cap. 6. de Scriptura sacra sic loquitur : " Multi & multiplicibus difficulta-
,, tibus & ambiguitatibus decipiuntur , qui
,, temere legunt aliud pro alio sentien-
,, tes . ,, Tum lib. 12. confess. cap. 14. " Mi-
,, ra profunditas eloquiorum tuorum , quo-
,, rum ecce superficies blandiens parvulis !
,, Mira profunditas ; horror est intendere
,, In eam : horror honoris & tremor amo-
,, ris . ,, Denique epist. 3. sic effatur :
,, Tanta est Christianorum profunditas lit-
,, terarum , ut in eis quotidie proficerem ,
,, si eas solas ab ineunte pueritia usque
,, ad decrepitam senectutem maximo otio ,
,, summo studio , meliore ingenio conarer
,, addiscere . ,, Rursus epist. 119. cap. 31.
totum definit , his verbis : " In ipsis san-
,, ctis Scripturis , multo plura nescio quam
,, scio . ,, Qua fronte igitur dicent Lutherani Scripturas esse apertissimas , cum ip-
siusmet Augustini mentem , eo fatenre ,
aliquando fugiant ?
Denique Gregor. homil. 6. in Ezechielem
totum negotium concludit hac sententia ;
" Magnæ , *inquis* , utilitatis est ipsa obscu-
,, ritas eloquiorum Dei , quia exercet sen-
,, sum , ut fatigatione dilatetur , & exer-
,, citatus capiat , quod capere non potest
,, otiosus . ,,

Quarto , rationibus Theologicis .

Prima sic exponitur : Illa Scriptura
est obscura quæ habet in multis locis
sensus obvios sibi contrarios : Atqui talis
est Scriptura sacra : Et probatur . Exodi
20. habetur : Ego . . . . Deus . . . . Zelotes , visitans iniquitatem patrum in filios .
Ezechielis vero 18. Filius non portabit iniquitatem patris . Igitur interpretatio necessaria est ad concordandam scripturam dicendo loqui in illo loco de pœna temporali , cui filii subeunt sunt propter Patris
scelera , eo quod sit eorum caput : in secundo vero de pœna æterna quam nemo
incurrit nisi propria culpa , juxta illud
Apost. ad Gal. 6. Unusquisque enim onus
suum portabit . '
Secunda : Scriptura multas habet sententias altissimas , immo ambiguas , & etiam parabolicas : Atqui ejusmodi sententiæ , ut plurimum non sumuntur in

sensu obvio , juxta illud Christi Matth. 22.
ad Judæos , qui illum putabant purum
hominem & Davidis filium , quomodo ergo
David in spiritu vocat eum Dominum dicens : Dixit Dominus Domino meo , sede a
dextris meis ? Ipse etiam Christus non semel explicavit parabolas discipulis suis ,
sicut parabolam seminis in terram proje-
cti , quam de verbo Dei & prædicatione
explanavit .
Tertia Collimat cum cæteris : Multa
sunt in Scriptura oracula , quæ imperfecta continentur oratione , quæque sine interpretatione non intelliguntur ; tale est
illud Rom. 5. Sicut per unum hominem peccatum in hunc mundum intravit , & per
peccatum mors ; & ita in omnes homines
mors pertransiit , in quo omnes peccaverunt
&c. In tota periodo deest verbum principale quod suppleri debet . Item sunt
orationes præposteræ , ut Gen. 10. Isti
sunt filii Sem secundum cognitiones & linguas , & regiones in gentibus suis . Et vero
sequitur immediate initio capitis undeci-
mi : Erat autem in terra labii unius , &
sermonum eorumdem .
Denique variæ sunt in lingua hebræa
phrases propriæ , quæ præ se ferunt non
modicum dubium ; ut istæ : Psal. 118. Tu
mandasti , mandata tua custodiri nimis . Quasi
vero aliquis ultra mensuram posset Dei
adimplere mandata . Rursus & ista Psalmi 118. Anima mea in manibus meis semper . In eadem Scriptura multi sunt tropi ,
multæ allegoriæ ; & hyperbata quæ omnia
ad litteram explicari non debent . Ergo &c.

*Quinto , ex contradictione ipsorum Prote-
stantium .*

Lutherus , qui in præfat. assertionis suorum articulorum dixerat Scripturam esse per se clarissimam , contrarium
dicit in præfatione in Psalmos : Nullum ,
inquit , ab ullo est mihi præsumi ; quod nullus adhuc præstare potuit sanctissimorum &
doctissimorum , idest , Psalterium in omnibus
suo legitimo sensu intelligere & docere , sed
est , aliquos & eosdem ex parte intellexisse .
Multa sibi reservavit spiritus , quod nos semper discipulos habeat . Et infra sic habet :
Scio esse impudentissimæ temeritatis , cum qui
audeat profiteri , unum Scripturæ librum a
se in omnibus partibus intellectum .
Osiander in confutatione scripti , quod
adversus eum Philippus ediderat , testatur
viginti sententias diversissimas de justifi-
catio-

catione secundum Scripturas versari secundum Confessionistas.

Erinius contra Petrum a Soto dicit : improbis & incredulis tantum Scripturam esse obscuram : & in sua confessione VVurtembergica, cupite de sacra Scriptura, sic loquitur : *Non est obscurum, quod damus interpretandæ scripturæ non sit humanæ prudentiæ, sed sancti Spiritus ; Spiritus autem sanctus est liberrimus, nec est ad certum genus hominum obligatus, sed distribuit dona hominibus pro suo ipsius beneplacito :* Sed ex hoc principio sequitur scripturam non esse de se apertissimam, ita ut interpretatione non opus sit, alias non requireretur Spiritus sancti donum speciale. Ergo &c.

Solvuntur objectiones Protestantium.

O b i i c i u n t I. Varia Scripturæ loca quibus suam conantur astruere sententiam. Primo quidem, illud Deuter. 30. *Mandatum quod ego præcipio tibi hodie, non supra te est.* Secundo, illud Psalmisæ 18. *Præceptum Domini lucidum illuminans oculos.* Tertio, illud 2. Petri 1. *Habemus firmiorem Propheticum sermonem, cui benefacitis attendentes, tanquam lucernæ lucenti in caliginoso loco.* Quinto, illud 2. Cor. 4. *Quod si etiam opertum est Evangelium nostrum, in iis, qui pereunt, est opertum ; in quibus Deus hujus sæculi excæcavit mentes infidelium, ut non fulgeat illis illuminatio Evangelii.* Ex primo loco mandatum est intellectu facile : ex secundo lex Domini se ipsa est lux illuminans : ex tertio scriptura est lucerna lucens in caliginoso loco : & ex quarto solum operta est impiis : Igitur scriptura est de se aperta, nec ulteriori indiget interpretatione, ut mente concipiatur.

Respondeo, hæc omnia probare quidem scripturam & illuminare oculos mentis, & adjuvante gratia facile intelligi : unde distinguo : Scriptura non indiget ulteriori interpretatione, ut sensus ejus comprehendatur, si adsit gratia adjuvans & illuminans, concedo : secus, nego.

Ad 1. locum distinguo, & loquitur Scriptura de præceptis Decalogi, quæ ut plurimum naturalia sunt, & intellectu facilia, concedo : de præceptis supernaturalibus, subdistinguo : non superant eaptum humanum gratia divina adjutum, concedo : in se relictum, nego. Immo non sine miraculo infinitum repetendo, etiam concessa lectoribus omnibus gratia,

Scripturam citra obscuritatem paterere, cum nemo certe sciat an spiritu Dei illuminetur, & agatur, quandoquidem satan non semel se in angelum lucis transformat ; hinc semper requiritur propositio & explicatio credendorum ab Ecclesia facta, quippe quæ sola sit infallibilis.

Ad 2. distinguo, lex Domini illuminat, idest, aperit mentis oculos ut unusquisque sciat quænam sit voluntas Dei, concedo : Est de se lucida, subdistinguo : quantum ad aliquid concedo : quantum ad omnia, nego. Lex Domini duplici modo considerari potest : Primo quidem quantum ad illuminationis effectum, deinde quantum ad se. Primo modo spectata dicitur lucida, juxta illud Psalmi 118. *Lucerna pedibus meis Verbum tuum :* Secundo vero modo considerata est utique lucida quoad se, sed non semper quoad nos ; ut plurimum enim exhibet nobis mysteria quæ mentis aciem penitus fugiunt, unde sine propositione & explanatione ab Ecclesia facta, non percipitur clare ejus sensus.

Ad 3. utique distinguo, & loquitur S. Petrus de lege Evangelica quam gratia comitatur, concedo : Et vult scripturam de se esse apertissimam quoad sensus, nego. Eo loci ponit Apostolus discrimen inter veterem & novam legem, in eo quod ista clarior sit, & ipsis Prophetiis firmior ; quia exhibet Christum promissum & veritatem præsentem, immo & gratiam quæ facta est per eundem Christum Dominum ; merito igitur dicit fidem in Christum, sermone prophetico firmiorem esse : quia exhibet veritatem figuris propheticarum longo tempore ante prædictam, jam adimpletam.

Ad 4. distinguo similiter, & vult Sanctus Paulus Evangelium magis esse impiis opertum quam Iudæis, concedo : Illi enim nedum voces Prophetarum & Evangelii audiant, verum etiam Spiritus sancti gratiam illuminantem procul faciunt : unde in eis adimpletur terribile Isaiæ 6. Vaticinium : *Excæca cor populi hujus, & aures ejus aggrava ; & oculos ejus claude : ne forte videat oculis suis, & auribus suis audiat, & corde suo intelligat, & convertatur, & sanem eum.* Et vult scripturam esse per se notam quoad nos, nego.

Instant : Hoc est inter vetus & novum Testamentum discrimen, quod omnia in illo figurative continerentur, ad-
eo-

eoque obscure , secus vero in isto : Ergo &c.

Respondeo distinguo , omnia obscure contingebant in veteri Testamento , tam quoad se , quam quoad nos , concedo : nuoad nos solum , nego . In veteri igitur Testamento mysteris , maxime Incarnationis , solum in figuris , ut plurimum revelabantur , & semper ut futura , in novo vero in se & tanquam præsentia exhibentur , unde figurarum obscuritas evacuata est in posteriori , sed omnino quoad nos : Quis enim intelligere potest nisi adjutus a gratia & ab Ecclesia , Verbnm incarnatum esse , Deum immensum pannis involutum & in carne infarnis conclusum , & ut verbis divi Bernardi utar , verbum infinitum abbreviatum ?

Insistuns : Patres primorum sæculorum sine Ecclesiæ interpretatione intelligebant scripturas : Igitur & nunc sine commentariis intelligi possunt , quandoquidem ab astu ad posse valet consequentia.

Respondeo distinguendo , Patres primorum sæculorum intelligebant scripturas absque interpretatione scripta , concedo : absque interpretatione divinæ vocis oraculo data , nego . Habebant ipsos Apostolos , vel eorum discipulos interpretes , & legitur non semel in astibus ipsum Paulum explicasse scripturas in orationibus quas habebat apud Judæos de Christi divinitate : suisse doctorem in Ecclesia , inter quos numerantur Barnabas & alii permulti , qui interpretabantur Scripturas satis constat : Immo in veteri lege erant Gymnasia ad hunc sinem instituta , qui legis sensum secundum Prophetarum traditionem aperirent . De ejusmodi doctoribus multus est sermo Act. 7. Habetur enim multos & Alexandrinos , & Cyrenenses disputasse cum Stephano . Cæterum res claret ex Concilio Apostolorum , qui adunati explicaverunt scripturas in Gentilium gratiam ne cæremoniis legalibus subjicerentur . Addo Papiam apud Eusebium lib. 3. cap. ult. & Clementem Alex. lib. 1. Stromatum numerare Apostolorum discipulos Præceptores suos , & in iis præcipue Parthenum ; postea Justinus & Irenæus cœperunt commentariaßin divinas Scripturas dare , & alii post eos . Sic refert S. Hieronymus lib. de viris illustribus .

Urgent : S. Chrysostomus homil. 3. de Lazaro , primo quidem ostendit Philosophos fuisse obscure locutos , minime vero

Apostolos & Prophetas : Apostoli vero & Prophetæ omnia contra secerunt , manisesta claraque quæ prodiderunt , exposuerunt nobis veluti communes orbis Doctores , ut per se quisque dicere possit ea , quæ dicuntur , & sola lectione , unde homil. 3. in 2. ad Thessal. ait : " Quamobrem opus est concionatore ? Omnia clara sunt & plana ex Scripturis divinis , sed quia delicatuli estis Auditores , delectationem audiendo venantes , proptereas concionatores quæritis . , Ergo &c.

Respondeo distinguendo , & Chrysostomus loquitur de novo Testamento comparative ad vetus , concedo : & loquitur de novo Testamento , subdistinguo , quoad aliquid , concedo : quoad omnia , nego . Chrysostomus auditorum torporem excitare contendit ad legendum scripturas , dicendo , nunc omnia nova esse & clara , & absque figuris concinnata ; immo & plura in scripturis contineri quæ intellectu facilia sunt , quales sunt historiæ , qualia præcepta naturalia , & miracula ab Apostolis patrata , quæ omnia non modicum juvant , tum ad consolationem animæ , tum ad ejus sanctitatem . S. Doctor est sui ipsius interpres , nam in eadem homil. sic loquitur : " Quid igitur , inquiunt , si non intelligamus ea quæ continentur in libris ? Maxime quidem , etiamsi non intelligas illic reconddita , tamen ex ipsa lectione multa nascuntur sanctimonia . , Tum testatur se loqui tantum de historiis & limitibus punctis , cum dicit scripturas esse de se apertas ; sic enim ibidem satur : " Sume librum in manu , lege historiam omnem , & quæ nota sunt , parumque manisesta , frequenter percurre . Quod si non poteris assiduitate lectionis invenire quod dicitur , accede ad sapientiorem , vade ad Doctorem . , Et sic patet solutio ad 2. sa seipsum explicat hom. 3. in 2. ad Thessalon. nam post verba in objectione prolata , ait . " Quæ est ista obscuritas ? Dic , quæso , non historiæ sunt ? Nosti quæ clara sunt . Quid de obscuris rogas ?

Repones : S. Augustinus lib. 2. doctrinæ Christianæ , cap. 6. sic loquitur : " Magnifice & salubriter Spiritus sanctus ita scripturas modificavit , ut locis apertioribus sami occurreret , obscurioribus autem sastigia detergeret . Nihil enim sere de illis obscuritatibus eruitur , , quod ◢

„ quod non planissime dictum alibi repe-
„ riatur. „ Ergo &c.

Respondeo distinguendo, quædam loca
explicantur per alia quantum ad aliquid,
concedo : quantum ad omnia, nego. Ultro fatemur cum Augustino quædam scripturæ loca esse clara comparative ad alia,
& ad istorum explicationem concurrere,
sed negamus ita esse aperta, ut sine interpretatione, vel propositione Ecclesiæ
intelligi possint. Et vero quid videtur
clarius ista sententia ? *Hoc est enim corpus*
meum quod pro vobis tradetur, & tamen
quot diversi ab hæreticis sensus circumferuntur! alii enim omnino secundum sensum figuratum, alii vero per impanatio-
nem explicant : soli Catholici ab Ecclesia
edocti tenent intelligi secundum sensum
realem quomodo : & sic patet Augustini mens : quod autem non intelligat scripturam de se esse apertam, liquet ex locis a sancto Doctore in probationibus adductis :

Insistunt : Minus notum explicatur per
id quod est notius : Atqui Interpretes suas
de scriptura explicant sententias per scripturam. Igitur scriptura est de se aperta, quinimmo notior ipsis Doctorum sententiis.

Respondeo distinguendo, minus notum
explicatur per id quod est notius secundum id quod est notius, concedo : secundum id quod est minus notum, nego.
Et sic distincta minore, nego consequentiam : scripturæ notiores sunt quantum
ad sententiarum existentiam ipsis Patrum
interpretationibus, certius enim est scripturam esse veram & existere quam Patrum sententias, secus vero quoad intelligentiam : ad hoc enim loquuntur Patres,
ut genuinos scripturæ sensus indigitent.
Cæterum hoc unum probat, Scripturam
sacram quoad se omni explicatione verio-
rem & notiorem esse, sed non quoad nos,
unde seclusa interpretatione, ut plurimum
nos latet sensus.

SYNOPSIS PROBATIONUM.

Scriptura non sine interpretatione sufficienter
intelligitur.

Primo : Sic ipse Deus declarat Deut.
17. præcipiens consulere Sacerdotes, quoties aliquid intellectu difficile occurrerit.
Sic S. Petrus epist. 2. cap. ultimo : sic
Act. 8. ibi enim Eunuchus postulat a Phi-

Bossuet Theol. Tom. IV.

lippo diacono, ut illi locum Isaiæ interpretetur, quippequi ignoraret num Propheta de se an de alio loqueretur.

Secundo : Suffragantur Patres supra laudati : His accedit Hieronymus epist. ad
Paulinum : Augustinus lib. de doctr. Christ.
cap. 6.

Tertio : Ratio non una est I. Scriptura
complectitur mysteria quæ sunt abstrusa.
2. Varios subit sensus non sine difficultate determinandos. 3. Non sibi cohærent
Heterodoxi dum scripturas secundum privatum spiritum explanare conantur : hinc
in libro variationum Illust. DD. Bossuetius refert varias fidei professiones ab eis
concinnatas, aut sibi contrarias, aut man-
cas & deficientes, ut liquet in tribus
Apologiis seu expositionibus confessionis
Augustanæ a Philippo Melanchthone elu-
cubratis.

SYNOPSIS OBJECTIONUM,

ET RESPONSIONUM.

Primo : Non negamus legem Dei esse
lucernam pedibus nostris; Sed non sufficit
donec accedat Ecclesiæ explicatio, cum
Heterodoxi in adulterinos sensus trahant
scripturas.

Secundo : Gratia quidem sufficit ad scripturam intelligendam, sed non inest omnibus ad hoc uberrima ; quis enim scit au
spiritu Dei agatur ? Cæterum sola Ecclesia, ut pote infallibilis, potest adamussim
scripturarum sensus investigare.

Tertio : Patres primorum sæculorum sacras interpretati sunt scripturas, sed duce
traditione. Quid plura ? Requiritur eorum consensus, ut fidei regulæ sibi vin-
dicent dotem, quod non fit seclusa Ecclesiæ, & Conciliorum definitione.

ARTICULUS TERTIUS.

Utrum sacræ Scripturæ sint genuinæ.

CONTROVERSIA procedit de utroque Testamento : quia vero hoc est
gravis momenti, totum negotium pera-
gendum incumbit in diversis lectionibus.
Unde sit

F SE-

SECTIO PRIMA.

De genuitate librorum veteris Testamenti.

Observandum est librum genuinum eum esse, qui habitus est talis qualis reputatur quando apparet, & quidem ab omnibus continuata seculorum serie, juxta illud Deuteron. 32. *Memento dierum antiquorum.* Et illud 67. *Quæras audivimus & cognovimus ea.* Quibus positis sit.

CONCLUSIO.

Libri veteris Testamenti ab Ecclesia in canone adsciti, sunt genuini.

Probatur octo argumentis.

PRIMUM ARGUMENTUM.

Ex ipsa Scriptura deducitur.

Illi libri sunt genuini, qui tales habentur ex ipsa Scriptura : Atqui vel ipsæ Scripturæ testimonium perhibent de genuitate librorum veteris Testamenti : Ergo &c. Probatur minor multis momentis. I. Exod. 17. 14. Deus jubet Moysi ut scribat victoriam super Amalecitas reportatam. II. Cap. 24. 84. jubet ut mandata sua scriptis mandentur. III. cap. 27. 34 habetur : Scribe verba hæc : quibus tecum & cum Israel pepigi fœdus . IV. Deuter. 31. v. 9. sic legitur : Scripsit itaque Moyses legem hanc, & tradidit eam Sacerdotibus, Filiis Levi & cunctis senioribus Israel. Tum v. 24. Postquam ergo scripsit Moyses verba legis hujus in volumine atque complevit, præcepit Levitis, dicens: tollite librum istum & ponite eum in latere Arca fœderis, ut sit ibi contra te in testimonium. V. Josue 1. 8. habetur : Non recedat volumen legis hujus ab ore tuo. Et cap. 8. 32. Scripsit super lapides Deuteronomium eam Moysis , Nomine autem legis intelligitur totus Pentateuchus, ut constat ex lib. 3. Paralipom. cap. 30. v. 15. & 31.

Pro libris historialibus liquet eorum veritatem præcellere , tum ex conformitate quam habent cum libris Legalibus, ut dicetur infra, tum quia ipsi historici Pagani eadem referunt quæ in ipsis continentur. De cæteris redibit sermo in sequentibus argumentis, & quando de eis in particulari tractabimus : Igitur omnes libri veteris Testamenti sunt genuini , maxime quia Legales mandato Dei scripti sunt, & Tridentinum eos sua definitione declarat genuinos.

SECUNDUM ARGUMENTUM.

Ex conformitate veteris Testamenti ad invicem.

Illæ Scripturæ sunt genuinæ , quæ de se mutuo testimonium perhibent . Quorum auctores sunt unius labii, & mutuo conveniunt de rebus quamvis sæpissime disparatis : Atqui tales sunt Scripturæ V. T. Ergo &c. probatur minor quoad primam partem : sæpius sit mentio in aliis Scripturis de libris Moysis , sic Judicum , cap. 3. v. 3. 3. Reg. cap. 2. v. 3. 4. Reg. cap. 16. lib. 6. 2. Paralip. cap. 8. 33. Tobiæ 1. lib. 18. Psalmo 102. lib. 7. Ecclesiast. 24. 33. Baruch. 2. 28. Daniel 9. 11. Malach. 4. 4. Et aliis in locis multus est sermo de libris Legis . Quid plura ? Omnes Evangelistæ & S. Stephanus in Actibus : Paulus vero passim in suis epistolis perpetuo citant legem, id est, Pentateuchum : Sed si Moyses falsa aut dixisset, aut scripsisset, a cæteris auctoribus, aliis sanctissimis non adduceretur in testimonium pro veritate confirmanda : Ergo &c.

Quoad secundam partem , nempe Scripturas sacras mirum in modum inter se convenire, docet S. Augustinus , lib. 18. de civ. Dei , cap. 41. his verbis : " Ut autem jam cognitionem omittamus historiæ, ipsi Philosophi, qui non videntur laborasse in studiis suis, nisi ut invenirent quomodo vivendum esset accommodate ad beatitudinem capessendam ; ... tamen nonnullæ, certe plurimos eorum fuisse concedam , quæ a suis doctoribus, vel discendi sociis, amor veritatis abruperit, ut pro ea certarent, quam veritatem putarent , sive illa esset , sive non esset . . , auctores nostri in quibus non frustra sacrarum litterarum figitur & terminatur canon, absit ut inter se aliqua ratione dissentiant . „
Idem S. Doctor fusius explicat ibidem infra sapientum Paganismi discordias in veritate conquirenda : nostrorum vero concordiam atque consensum : " Quis autem , ait , rectæ cujuslibet auctor sic est in hac dæmonicola civitate approbatus, ut cæteri improbarentur , qui diversa & adversa senserunt ? Nonne apud Athe-

,, nas & Epicuri clarebant, afferentes res
,, humanas ad Deorum curam non perti-
,, nere : Et Stoici, qui contraria fentien-
,, tes, eas regi atque muniri Diis adjuto-
,, ribus atque cultoribus difputabant ? ,,
Tum concludit Gentilium fcholas fuiffe
confu onem, poftea convertens fermonem
ad gentem Judaicam, quæ nobis fcriptu-
ras antiquas exhibuit, fic loquitur : " At
,, vero gens illa, ille populus, illa civi-
,, tas, illa refpublica, illa Ifraelitæ, qui-
,, bus credita funt eloquia Dei, nullo mo-
,, do Pfeudo-Prophetas cum veris Prophe-
,, tis pari licentia confunderunt : Sed con-
,, cordes inter fe atque in nullo diffen-
,, tientes, facrarum litterarum veraces ab
,, eis agnofcebantur, & tenebantur aucto-
,, res. ,,
Confirmatur : Illi auctores fuerunt unius
labii, qui nihil in fententiis fcripturarum
immutavere : Atqui res fic fe habuit pro
vet. Teft. & probatur. Primo qnidem &
Prophetæ, & alii citant libros Legis eo
modo quo a Moyfe confcripti funt : Item
textus Sumaritanus pari modo retinuit totam legem feu Pentatheucum : fimili modo iftum feniores Græcæ linguæ redide-
runt pro Ptolemæi Regis Ægypti Bibliotheca : Ergo &c. Cæterum non femel laudantur a Chrifto & ab Apoftolis. Ergo.
&c.

TERTIUM ARGUMENTUM.

Defumitur ex conformitate quam Libri facri
babent cum auctoribus prophanis, qui
multa in eis baoferunt.

TESTIMONIUM habent Scripturæ divinæ ex inimicis fuis, qui legentes Moyfis libros, multas poftea ejufdem fententias modo fabulis, modo etiam Philofophiæ
fcriptis celebrarunt ; unde fequitur iftud
ratiocinium : Illi libri funt genuini, de
quibus teftimonium reddunt vel ipfi Pagani, & de quibus mentionem faciunt :
Atqui res fic contigit : Ergo &c. Probatur minor multipliciter.
Auctor Carminum Orphicorum ab Hefio-
do in Theogonia multa refert & tradit de
creatione quam legerat in libris Moyfis.
Ovidius lib. 1. Metamor. Virgilius Eglog.
6. & lib. 6. Æneid. plurimi de Paradifo
terreftri, & creatione, & alibi de pœnis
malorum & coronis juftorum dixerunt.
Voffius, Bochartus & Huetius probant
Theologiam Paganorum ex libris Mofaicis

fuiffe derivatam, ita Huetius, in demonftrat. Evangel. propof. 4. cap. 3. Quid
plura commemorem ? Xenophon apud fanctum Cyrillum lib. 1. contra Julianum :
Pythagoras apud eumdem mirabilia referunt de Deo uno & Creatore, quæ profecto legerant in libris Legis.
Plato inter omnes infignis tot & tanta tum de Deo uno Trino, tum de Providentia fcripfit, ut quafi divinus babe-
retur in Scholis Catholicis. Enimvero in
Timæo, ut refert Eufeb. lib. 11. præparat Evang. cap. 13. dicit Deum effe mundi exemplar & Auctorem. Ibidem hanc
Exod §. 14. Moyfis fententiam : *Dari*
Deus ad Mofem : Ego fum qui fum : Sic
dices filiis Ifrael : qui eft mifit me ad eos :
Tum ait : *Quid illud eft, quod femper eft,*
nec tamen ortum nullum babet ? Quid illud
contra quod femper nafcitur, & numquam
eft ? Prius illud quidem, quod femper atque
eodem modo eft ab fola intelligentia cum ra-
tione percipitur.
Rurfus in Epimenide multa dicit affinia
de Trin. iis quæ leguntur Gen. 19. *Do-*
minus pluit fuper Sodomam ignem. Pfal.
109. *Dixit Dominus Domino meo : Sede a*
dextris meis : Pfal. 32. *Verbo Domini cæli*
firmati funt. Gen. 1. *Faciamus bominem*
ad imaginem & fimilitudinem noftram. Sic
enim loquitur : " Honores habemus, fic
,, tamen, ut non jam annum alteri, al-
,, teri menfem, dies aliis tribuamus, aut
,, nullum omnino tempus, quo fuam qui-
,, libet converfionem abfolvat ; dum ad
,, mundi, quem verbum omnium longe
,, diviniffimum conformavit, perfectionem
,, ipfe concurrit. Quod quidem verbum
,, quifque beatus eft primum admirari,
,, tum ejufdem, quatenus mortali naturæ
,, fas eft, cognofcendi amore ac ftudio te-
,, neri folet. ,, Piura dicit in epift. ad
Herminm, Heraftion, & Chorifeon, ut refert Eufeb. lib. 11. præpar. Evang. cap.
16. nbi ita concludit : An non tibi videtur " Plato dum hæc ait, Hebræorum
,, dogmatibus infiftere? ,, Pluts refert R.
Pater Alex. in biftoria veteris Teftam.
quartæ ætatis, propofit. 2. Ergo &c.

QUARTUM ARGUMENTUM.

Petitur ex conformitate quam Moyses habet cum historiis Paganorum de rebus civilibus .

ILLÆ Scripturæ sunt veræ & genuinæ, quæ multa referunt de rebus civilibus, eo prope modo quo Historici Ethnici enarrant : Si enim falsa scripsisset Moyses, profecto neque ipse conveniret cum aliis Auctoribus, neque cæteri Auctores, maxime Pagani, illi affines forent : Atqui hoc ipsum compertum habemus : Ergo &c. Probatur minor multis momentis .

Primo quidem Pagani usi sunt Canticis ut facta Heroum suorum celebrarent , ut refert Theodorus Siculus lib. 1. Sic Homerus versibus cecinit præclara Regum Græciæ facinora . Sic Virgilius in duodecim libris Æneæ describit virtutes . Ita pariter Moyses Exodi 15. versibus celebrat victoriam super Pharaonem reportatam : *Cantemus* , inquit , *Domino : gloriose enim magnificatus est , equum & ascensorem dejecit in mare* .

Secundo : Historici prophani referunt homines primis temporibus mœniis circuisse domos, ut contra feras , sed potissimum contra hostes invidos vitam & bona sua defenderent. Moyses vero loquitur de variis urbibus a filiis Adæ & Noe constructis , immo & temporum facta multa scriptio consignat , ut legunt patebit . Itaias loquitur de Cyro : Daniel de Imperio Chaldæorum , Persarum & Græcorum : & in iis omnibus saltem quoad substantiam concordant Scripturæ cum iis quæ auctores prophani tractant .

Tertio : Legitur in antiquis auctoribus multa extitisse idolorum templa in Ægypto , & tempore Abrahæ idolum Betus colebant Babylonii , Dianæ , Ephesini : Pausanias lib. 10. mentionem facit de lapidibus quos adorabant homines . Porro Moyses sæpissime loquitur de idolis Gentium quæ stricte prohibet populo suo , ut legitur Gen. 28. c. 18. Plura de hoc momento dicere supersedeo , cum eadem fuse in tractatu attributorum tractemus .

QUINTUM ARGUMENTUM.

Petitur ex revelatione librorum veteris Testamenti .

ISTI libri sunt genuini qui habent pro solo Auctore Deum : Atqui libri veteris Testamenti solum habent Deum auctorem : Igitur sunt genuini : major patet ; enimvero omnibus attestantibus nationibus , sola suprema numina effari possunt & mysteria , & cætera quæ captum superant humanum . Probatur igitur multipliciter minor , in qua quidem aliqua pollet esse difficultas .

Primo quidem Moyses enarravit creationem , ea scilicet quæ jam elapsis multis ab ipso sæculis facta erant : cum multa præsentia , qualia erant colloquia cum Deo habita ; item de supremi Numinis natura, tum de lege mirabili , tum etiam de cultu : Item & multa futura de incarnatione, quorum eventus veritatem probavere, quæ quidem omnia erant penitus extra captum humanum . Igitur a solo Deo discere potuit .

Secundo : Moyses erat homo rudis & pastor ovium sicut & inter populum Judaicum proceres multi, ut legitur Gen. 46. unde nec ipse , nec Joseph , aliique Patriarchæ sapientia percelebres , teclula revelatione , abscondita eructare potuerunt . divinitatis mirabilia enarrare , sicut de facto fecerunt , sive explicando somnia & enigmata , sive solvendo dubia , ut cum Daniel legit & explicavit coram Balthassar scripturam digestam contra candelabrum .

Tertio : Non solum Moyses , & Prophetæ dura admodum annuntiabant , & difficilia modo Plebeiis , modo Nobilibus , modo etiam Regibus, quæ profecto aut rejecta, aut plurimum contestata fuissent , nisi veritatem a Deo promanatam dicti, sententiis propalassent . Quinimmo Samaritani alias Judæorum hostes aperti & ipsis tum moribus , tum patria , tum etiam religione dissoni , attamen textum legis & servaverunt , & multi fecere . Igitur certum est scripturas a Deo fuisse inspiratas . Quod & confirmat factum Cyri 1. Persarum Regis, qui eo honoris & reverentiæ gradu habebat Scripturas & præcipue Isaiam Prophetam , qui de ipso multa prædixerat , ut hic de causa populum relaxaverit a captivitate Babylonica .

SEXTUM ARGUMENTUM.

Petitur ex antiquitate Scripturarum .

ILLÆ Scripturæ funt genuinæ , quæ funt antiquiffimæ , nam tefte Tertulliano , veritas mendacio antiquior eſt. Atqui hac gaudent Scripturæ facræ prærogativa : Probatur hæc minor & quidem multis momentis .

Primo quidem certum eſt Græcos fcripfiffe folum poſt funera Trojæ , Philofophos vero eſſe Cyro Perfarum Rege poſterior̃es, nam ipfo regnante , Solon Athenienſis , & feptem Græciæ fapientes floruerunt : Jam vero haud dubium eſt multos Prophetas præceffiſſe Cyri tempora , Moyfen vero octo fæcula ante Trojæ excidium fcripfiſſe , ut refert Tertull. apologetici 19. Eufeb. lib. 10. præparat. Evang. cap. 9. Ergo &c.

Secundo : Juſtinus Martyr teſtis eſt pro veritate aſtruenda , nam in Parænefi fic loquitur Gentilibus : " Ut intelligatis om-
" nibus veſtris, five fapientibus , five Poe-
" tis , five Hiſtoricis , five Philofophis &
" Legiſlatoribus , multo antiquiorem fuiſ-
" ſe primum religionis noſtræ Doctorem
" Mofen , ſicut nobis Græca declarant
" hiſtoriæ , nam circa Augygicis & Ina-
" chi tempora , quæ nonnulli veſtrorum
" hominum terrigenas fuiſſe funt opina-
" ti , Mofis meminerunt tanquam Ducis
" & Principis Judaicæ Gentis . Ita enim
" Polemon in Græcanicarum rerum pri-
" mo fcribit libro , & Appion , Poffido-
" nius in fuo adverfus Judæos commen-
" tario . ʼʼ Multos alios Auctores prophanos adducit in teſtimonium: Ergo &c.

Tertio : Suffragatur Tertullianus loco mox citato , & ſicut Juſtinus varios Gentium Auctores citat ad veritatis confirmationem. Quæ quidem firmatur ex inventione Litterarum Græcarum, quando quidem Græci utique fcripferunt ς æe : Græcæ autem Linguæ Auctor eſt Cadmus, ipfe vero multum eſt recentior Moyfe. Ita Irenæus lib. 2. adverfus Valentinianos cap. 12. & inter prophanos Cornelius Tacitus , lib. 11. Annalium , Plinius lib. 7. hiſtoriæ naturalis cap. 56.

Quarto : Tatianus orat. adverfus Gentes ab Eufebio relatus lib. 10. præparat. Evangel. cap. 11. fic loquitur : " Jam
" agendum nobis id videtur , ut noſtrum
" quoque Philofophiam exquifitis illis Græ-
" corum artibus antiquiorem eſſe demon-
" ſtrem . ʼʼ

Bonucci Theol. Tom. IV.

Lactantius fuffragatur eidem veritati L 4. divinarum inſtitutionum c. 5. Eufeb. ex profeſſo L. 10. præpar. Evang. c. 9. 14. & 14.

Quid plura ? Antiquitatem Librorum facrorum fufficienter prodit Moyfes in hiſtoria creationis quam nullus ante ipfum noverat : Sed hujufcemodi antiquitatis argumentum omni exceptione dignum illud eſt quod nec Celfus Judæorum inimicus , nec ipfe Julianus Auguſtus , ut refert Marcellinus , illam aut negare , aut conteſtari auſi fint . Enimvero , exardefcentibus contra Chriſtianos perfecutionibus , Pagani nihil non moverunt ut comperirent an libri Judaici , quibus firmatur Chriſtiana Religio , veri forent & perantiqui : Ergo &c.

Non injucundum erit hic referre quæ pro eadem antiquitate aſtruenda fcribit R. P. Gravefon Dominicanus tractatu de Scriptura facra §. 3. ubi ſingulorum V. T. librorum tempora quibus confcripta fuere aſſignat : " Libros veteris Teſtamenti , ait , qui apud Chriſtianos facra
" Scriptura apellantur , antiquiores eſſe
" hiſtoris Gentilium certo oſtendi poteſt
" ex teſtimoniis ipforummet Gentilium ,
" & ex connexione , quam habent facri illi
" Libri cum vetuſtiſſimis variarum Gen-
" tium monumentis . Hinc fummam fa-
" crorum Librorum noſtrorum antiquita-
" tem , quam Illuſtriſſimus Abricenſis
" Epifcopus Daniel Huetius lato calamo
" in fua demonſtratione Evangelica com-
" probavit , paucis hic oſtendam ſingulos de-
" currendo veteris Teſtamenti libros . In
" primis , antiquitati Librorum Pentateu-
" chi fidem conciliant Ipſimet Gentiles ,
" qui ut infra dicemus agendo de Pen-
" tateucho Moyfis , difertam mentio-
" nem faciunt de Moyfe , & de Pentateu-
" cho ab ipfo exarato ; ex quo etiam Philo-
" fophi , Poetæ , & Oratores Ethnici multa
" deflorarunt . Maximam itidem eſſe libri
" Jofue antiquitatem colligitur non folum
" ex multis illis Regibus Ethnicis , qui citra
" & ultra Jordanem victi , & diffipati funt a
" Jofue ex antiquitate Chananeæ regionis ,
" quam fuis armis occupavit Jofue , fed
" etiam ex vetuſtiſſimis fabulis Gentilium,
" qui perfonam Herculis impofuerunt Jo-
" fue , ut videre eſt apud Gerardum Vof-
" fium lib. 1. de idolatria cap. 26. & apud
" Illuſt. Abricenfem Epifcopum in fua
" demonſtratione Evangelica propoſit. 4.
" Libri vero Judicum vetuſtas apparet

F 3 " five

,, five ex fervitutibus Ifraelitarum fub
,, Regibus Mefopotamiæ , Moabitarum ,
,, Chananæorum , Madianitarum , Ammo-
,, nitarum , Philiftæorum , &c. Sive
,, etiam ex Ritibus , & fabulis , quas Græ-
,, ci , aliæque gentes ex hoc libro commi-
,, nifcendi anfam , & occafionem arripue-
,, runt , ut erudite probat ibidem fæpe
,, laudatus Abricenfis Epifcopus . Antiqui-
,, tati quatuor Librorum Regum fuffra-
,, gantur quoque Ethnici Scriptores . Con-
,, ftat quippe ex Tyriorum annalibus ,
,, Hierofolymitanum Templum toto pæ-
,, ne fefquifæculo ante fuiffe conftru-
,, ctum , quam Carthago conderetur . Me-
,, minerunt etiam idem Annales Salomo-
,, nis filii Davidis , & Hiromi , feu Hira-
,, mi Regis Tyri , qui , ut dicitur lib.
,, 3. Reg. cap. 5. conceffit Salomoni cæ-
,, fores lignorum ad Templi ædificatio-
,, nem . Docent non etiam Chaldæi in
,, fuo Mathematico Babyloniorum Regum
,, canone tempus Mardokempadi , feu
,, Merodachi Regis Babylonis , qui ad
,, Ezechiam Regem Juda legationem mi-
,, fit , cujus mentio lib. 4. Regum cap. 20.
,, tempus etiam nobis aperit . Idem Ma-
,, thematicus Babyloniorum canon Na-
,, bocolaffari feu Nabuchodonofori, qui Ju-
,, dæos abduxit in captivitatem Babyloni-
,, cam . Per eumdem canonem cognofci-
,, mus tempus Ilverodani ; feu . Evilme-
,, rodachi , qui Joachinum Regem Juda
,, exemit e vinculis , ficut legitur lib. 4.
,, Regum cap.25. Porro finceritate & an-
n tiquitate quatuor librorum Regum femel
,, probata , & ex Gentillum teftimoniis
,, confirmata , non folum patefcit antiquitas
,, duorum librorum Paralipomenon , qui
,, cum hiftoria Regum Juda , & Ifrael
,, defcripta in quatuor libris Regum ar-
,, ctiffimo vinculo connexi funt , fed e-
,, tiam apparet antiquitas multorum li-
,, brorum veteris Teftamenti : nam Salo-
,, mon filius Davidis Regis , cujus Gen-
,, tilium , feu Tyriorum annales memi-
,, nere , auctor eft libri Proverbiorum ,
n libri Ecclefiaftici , libri Cantici Canti-
,, corum , & ex ipfius fcriptis ut pluri-
,, ma maximi ponderis momenta evincunt
,, excerpti funt liber Sapientiæ , & liber
,, Ecclefiafticl , quem Jefus filius Sirach
,, digeffit , & concinnavit. David Rex ,
,, pater Salomonis , eft præcipuus auctor
,, libri Pfalmorum. Prophetæ fuos con-
,, fcripferunt libros fub Regibus Juda .
n multaque facta hiftorica narrant , quo-

,, rum antiquitatem produnt libri qua-
,, tuor Regum , & Mathematicus Baby-
,, loniorum canon. Liber Tobiæ defcribit
,, res fub Silmanafare , & Sennacherib
,, Affyriorum Regibus geftas , quarum an-
,, tiquitatem demonftrant libri quatuor Re-
,, gum , & duo libri Paralypomenon .
,, Denique aliorum librorum veteris Te-
,, ftamenti antiquitatem probant Hifto-
,, riæ quæ in illis defcribuntur . Duo fi-
,, quidem libri Efdræ exhibent Hiftoriam
,, fub Perfarum Regibus , maxime fub
,, Cyro , fub Dario Hyftafpide , & fub
,, Artaxerfe Longimano quorum Regum
,, antiquitatem , & tempora figit Mathe-
,, maticus Babyloniorum Regum canon.
,, Liber Judith narrat hiftoriam , quæ con-
,, tigit fub Nabuchodonofore Affyriorum
,, Rege , quem viri eruditi opinantur
,, fuiffe Sioduchifmum filium Affaradon ,
,, qui debellavit Dejocem Re.em Medo-
,, rum , a quo ædificata eft Ecbatana , &
,, cujus antiquitatem nos docet Herodo-
,, tus . Liber Eftheris defcribit hiftoriam,
,, quæ fpirat antiquitatem Artaxerxis Lon-
,, gimani rerum Perficarum Scriptoribus
,, apprime notam . In duobus Machabæo-
,, rum libris defcribitur ftatus Judæorum
,, fub Regibus, qui poft obitum Alexan-
,, dri Magni regnarunt in Ægypto , & in
,, Syria , quorum antiquitatem nos docet
,, hiftoria Gentilium . Uno verbo , anti-
,, quitatem Scripturæ facræ probant ve-
,, tuftiffimus canon Librorum facrorum ,
,, quem Efdras , poft laxatam a Cyro Per-
,, farum Rege captivitatem Babylonicam ,
,, condidit , & verfio græca librorum ve-
,, teris Teftamenti , quam LXX. Interpre-
,, tes juffu Ptolemæi Philadelphi Ægy-
,, ptiorum Regis adornarunt trecentis fer-
,, me annis ante ortum Chrifti Domini
,, Servatoris noftri . Negari igitur non po-
,, teft , libros veteris Teftamenti , qui
,, apud Chriftianos *Scriptura Sacra* appel-
,, lantur , antiquiffimos effe , proinde divi-
,, nitus effe infpiratos , cum in illis bene
,, multa prænuncientur futura , quorum
,, veritatem eventus certiffime compro-
,, bavit , ficut liquido ex libris novi Tefta-
,, menti , & ex hiftoria Jefu Chrifti Do-
,, mini demonftratur . ,,

SEPTIMUM ARGUMENTUM.

Petitur ex fanctitate libr. vet. Teftamenti .

I L L I libri funt genuini qui doctrinam e
cœlo delapfam tum de myfteriis , tum de
mo-

moralitate tradunt : Atqui tales funt libri veteris Teftamenti : Igitur funt genuini . Major patet ex fupra dictis ; fi
enim Spiritum fanctum habent Auctorem , profecto legitimi cenferi debent .
Probatur igitur minor ex multis momentis .

Primo quidem : Gentes dure tractabant
fervos fuos , ita Plutarchus in vita Ly-
curgi de Lacedæmoniis : Xenophon lib. 1.
rerum mirabilium dicit . amicos beneficiis
præveniendos effe , inimicos vero alternatis offenfis vincendos . Non fic venerabilis Moyfes : præcipit enim populo erga
fervos manfuetudinem , Exod. 20. Levit.
19. fic alloquitur populum : *Non oderis
fratrem tuum in corde tuo : Sed publice ar-
gue eum ne habeas fuper illo peccatum .
Non quæras ultionem , nec memor eris injuriæ civium tuorum .*

Secundo : Ufus fic invaluerat apud Gentiles paffiones etiam obfcœniffimis & creaturas venerari , fic inter Deos adfcripfe-
runt Jovem multis pudendis voluptatibus
famofum , ficut & Venereus : item & fu-
rem Mercurium , aliofque ejufmodi nefandos homines , de quibus multus eft
fermo apud primorum fæculorum Patres ;
E contra vero lex vetus jubet adulteros
lapidari , & pœnis tum pro furto , tum
pro aliis criminibus & peccatis injungit
graviffimas , ut paffim legitur in libris
Legis .

Eufebius l. 6. præpar. Evang. cap. 10.
alia horrenda refert de Paganis : " Apud
" Perfas , *inquit* , lex erat , qua non filiæ
" tantum aut forores , fed ipfas quoque
" matres fecum matrimonio jungere lice-
" bat . " Non fic Judæi , qui in eas infti-
tuti erant morum integritate , ut etiam
Ethnici infignem eorum philofophandi rationem laudarent , ut fcribit Jofephus in
libris contra Appionem , & Eufebius lib.
9. præparat. Evang. Tum venit in teftimonium Theophraftus a Porphyrio laud-
tus lib. 1. de rerum animicarum abftinentia : " Si ex Syris , Judæis , *ais* , qui quod
" inftitutum apud eos , jam inde ab ini-
" tio hoc facrificii genus fuerit , etiam-
" num animantes immolant , eodem quo
" ipfi , ritu facra facere nos juberent ,
" nunquam eo nos adduci pateremur ...
" diebus illi fingulis dum ejufmodi facris
" operam damus , cum jejunio fefe dedunt ,
" tum de divino numine , uti homines
" ipfo genere Philofophos decet , toto il-
" lo tempore fermones inter fe mifcent :

Noctu autem fidera defixis in cœlum
" oculis contemplabantur , fuas interea
" preces atque vota Deo nuncupantes .
" Hi enim non cæteros tantum animan-
" tes , fed etiam femetipfos primi omnium
" offerre cœperunt , neceffitate profecto,
" non cupiditate ducti . "
Quid referam de facrificiis Judaicis tum
ad gratias agendum Deo pro beneficiis acceptis , tum ad recognofcendum fupremum ejus dominium , tum etiam ad ex-
pianda peccata inftitutis , ita ut Deum
unde quaque ifta religio & in Sacramentis , & in cæremoniis faperet atque redo-
leret ? Ergo &c.

OCTAVUM ARGUMENTUM.

*Petitur ex miraculis , quibus confirmata eft
librorum veteris Teftamenti veritas .*

ILLi libri habendi funt tanquam legitimi & genuini , qui Deo loquente & operante confirmati funt : Atqui tales funt
v. g. libri veteris Teftamenti . Et probatur multipliciter .

Primo , Deo infpirante fcripti funt , juxta illud in libris Legis , fæpius repetitum ,
maxime in libro Exod. & Levit. *Locutus eft
Dominus ad Moyfem &c.* Ergo &c. Tum &
in libris Prophetarum , fic Jerem. 1. *Factum
eft Verbum Domini ad me dicens &c.*

Secundo , Spiritus fanctus fermonem confirmavit multis portentis & miraculis .
Moyfes operatus eft ftupenda coram Pharaone , ut legitur de plagis Ægypti Exod.
8. 9. & 10. manna nutrivit populum in
deferto & panem cœli dedit eis : item &
rupes fefe effuderunt in fontes aquarum ,
quinimmo , aquæ amaræ factæ funt dulces . Corruerunt mœnia urbis Jericho in
præfentia arcæ : Daniel fomnis inpervia
explicavit : Elias mortuum ad vitam evo-
cavit &c. Ut paffim habetur in veteri
Teftamento . Ergo &c.

Fruftra Pagani haberent ifta portenta
tanquam fictitia . Enimvero prodigia Moyfis apparuerunt & facta funt in confpectu populi magni , qui ipfum aut de mendacio , aut de falfitate profecto arguif-
fet , maxime cum eum propter vituli con-
flatilis adorationem , & alia crimina ufque
ad internecionem punierit . Idem utique
in vindictam egiffent Sacerdotes , qui ab
Efdra poft captivitatem propter peccata
ab Officio exauctorati funt : quod tamen
facere neque aufi funt , neque alio modo

F 4   ten-

tentavere : quare? Niſi quia compertum habebant Scripturas eſſe divinas atque irrefragabiles : eadem de cauſa Samaritani quantumvis Genti Judaicæ contrarii, eas ſummo proſequebantur veneratione. Ergo &c.

Solvuntur objectiones.

OBJECTIONES ſunt in triplici differentia : quædam petuntur ex ſuppoſitione vel etiam defloratione Librorum ſacrorum : quædam ex contrarietate quam præſeferre videntur cum Scripturis novi Teſtamenti : quædam etiam eorum antiquitati adverſantur, unde ſit

Argumenta Heterodoxorum ex ſuppoſitione, vel etiam defloratione deprompta.

OBJICIUNT I. Multi veteris Teſtamenti libri ſuppoſititii apparent. Igitur non ſunt genuini. Probatur antecedens. In ſuſpicionem falſæ aut ſaltem dubiæ fidei veniunt. Et probatur. Lib. 4. Reg. cap. 22. dicitur, Helcium Sacerdotem, regnante Joſia, inveniſſe Deuteronomium, tum Eſdras a captivitate ſolutus libros ſacros, ut potuit, collegit : ſed tunc temporis potuerunt libri adulterini inter ſacros conſundi & tanquam genuini ſupponi : Ergo &c.

Reſpondeo negando antecedens, & ejus probationem. Ad confirmationem, diſtinguo : potuerunt ſupponi libri falſi veris, & protegente Deo, illud non evenit, concedo : & hoc contigit, nego. Nec mirum : hoc difficile admodum erat, tum quia perpetua fit mentio de iis in aliis utriuſque Teſtamenti libris, tum quia tota natio Judaica, non ſolum erat teſtis oculata ; verum etiam traditione perpetua librorum tenebat veritatem : teſtes utique erant Samaritani, qui profeſſo reclamaſſent, ſi aliquam in lege deflorationem compeiſſent : quinimmo teſtis fuerat Ægyptus miraculorum & factorum, quibus veracitas textus ſacri conſignabatur. Denique Eſdras & Nehemias nihil potuernnt aut addere quoad ſubſtantiam Libris ſacris, aut quod pejus ſuiſſet, fabulas componere & adinvenire niſi aſſentientibus Sacerdotibus, qui etiam reſtitiſſent, tum ut ſuæ ſatisfacerent conſcientiæ, tum etiam ut in officio conſueto eoque Sacerdotali ſe ſervarent ab omni calumnia & injuria immunes, quandoqui-

dem Eſdras & Nehemias multos ab officio depoſuerant, eo quod a lege Dei defeciſſent.

Inſtans : Quædam Scripturæ loca, aliter citantur a quibuſdam Patribus quam reperiuntur in textu vulgata : Igitur non ſolum libri ſpurii potuerunt ſupponi genuinis, ſed & de facto ſuppoſiti ſunt. Confirmatur : Ebioniſtæ Evangelium duntaxat Matth. admittebant, Cerinthus & Carpocrates Lucam integrum rejiciebant. Severiani vero Acta Apoſtolorum & D. Pauli Epiſtolas. Ergo &c.

Reſpondeo diſtinguendo : Quædam Scripturæ aliter citantur & hoc leviter, concedo : aliter quoad ſenſum & ſententias, nego. Nec mirum, teſte enim Hieronymo, ſuerunt diverſæ Scripturæ lectiones, ſicut & diverſi textus, unde factum eſt ut inveniantur quædam in expreſſionibus variationes, qua de cauſa Concilium Tridentinum approbavit vulgatam tanquam autenticam, ne fideles venenoſo hæreticorum ſibilo ſeducti titubarent in fide ; ne etiam daretur proceſſus in infinitum in critice & diſputationibus, quæ ut plurimum nihil proſunt niſi ad ſubverſionem audientium : non tamen alios reprobavit textus, quinimmo maxime ponderat in Eccleſia verſio 70. Interpretum, nec non & textus Samaritanus.

Ad confirmationem, diſtinguo : & auctores laudati tales ſunt, quibus nulla fides debetur, concedo : & illis credendum eſt, nego. Uſus invaluit apud heterodoxos Scripturas ſuæ ſectæ oppoſitas aut rejicere, aut deflorare etiam in ſubſtantia : ſic noviſſimis ſæculis eas decies defloraverunt Proteſtantes, nempe in decem editionibus Bibliorum Genevæ ſactis.

Urgent : Multi libri ſuppoſititii ; quinimmo fabuloſi quondam apparuere, ut Evangelium Petri ; Canones circiter 80. & ſimilia Apoſtolis ſalſo attributa. Igitur non eſt abſolute credendum Scripturis, nec putandum ſaltem omnes legitimas eſſe.

Reſpondeo negando conſequentiam & paritatem. Enimvero definitio Eccleſiæ quæ ſucceſſive & matura deliberatione prævia declaravit Libros ſacros eſſe genuinos, omne tollit dubium. Revera quidem, nam Libri ſacri extabant omnes Juſtini & Polycarpi temporibus, hoc eſt, ante annum Chriſti 150. ſi qui ſuiſſent ſuppoſititii, vel hoc contigiſſet viventibus

bus Apostolis , vel circa eorum tempora & paululum post eorum mortem : Sed neutrum dici potest , nam B. Joannes , teste Irenæo , vixit usque ad Trajani ævum, id est, usque ad annum gratiæ centesimum vel centesimum secundum : non potuerunt igitur Libri sacri tunc temporis supponi , alias reclamasset Propheta Evangelicus : neque etiam sub initium secundi sæculi , quando quidem omnes Asiæ Ecclesiæ & Patres libros sacros & receperant & præ oculis habebant , adeoque nusquam aut deflorari , aut inter falsos circumsetri passi fuissent .

Insistunt : Libri Sibyllini a multis tanquam supposititii in secundo sæculo habiti sunt : eos tamen Justinus & Theophilus , nec non & Augustinus tanquam genuinos habuerunt : Igitur similiter & a pari quosdam Bibliorum libros , quamvis apocryphos , tanquam tamen genuinos habere potuit Ecclesia .

Respondeo negando consequentiam & paritatem . Libri enim Sibyllini erant & obscuri , & prophani , unde nullum erat inconveniens eos rejicere : cum enim Romani multa dixissent de Sibyllis, & quædam etiam apud Græcos nomine Sibyllarum opera circumferrentur , non mirum si a quibusdam Patribus recepti sint , non quidem tanquam fidei regulæ , sed ut historia prophana Christum in aliquibus capitibus nonnihil adumbrans : at vero Libri sacri tanquam fidei regulæ habiti sint ; unde totus mundus reclamasset , si aliqui fuissent supposititii .

Respondeo II. distinguendo antecedens . Libri Sibyllini recepti sunt ab aliquibus particularibus , & tanquam historia prophana , aut saltem humana , de qua quilibet sentit quod vult , concedo : fuerunt recepti ab Ecclesia tanquam Historia sacra , cui cuncti Fideles credere tenerentur , nego .

Reponunt . Libri sacri potuerunt corrumpi & deflorari : Igitur & supponi .

Respondeo distinguendo antecedens . Et protegente Deo , nusquam deflorati sunt in substantia , & quoad sententias , concedo : secus , nego . Primum patet , quandoquidem vel ipse Christus non ferret monstrabat Pharisæos ad Scripturas , ut earum oraculis comprobarent vera esse , quæ tam de ejus missione , tum de humani generis redemptione prædicabat , quod profecto nullius fuisset roboris si textus originales deflorati fuissent . Ce-

terum varia erant exemplaria in Ecclesia Alexandrina , Jerosolymitana , Antiochena , & Romana , unde quando hæretici sequentibus temporibus defloraverunt Scripturas , tunc Ecclesiæ matrices Librorum sacrorum suscepere defensionem , falsos a veris secernendo . Esto igitur quod mendæ aliquæ irrepserint , ignorantia vel Librariorum negligentia , non tamen in Jubilantia : immo licet Christus exprobret Pharisæis falsas induxisse traditiones, non tamen eos de Scripturarum falsificatione arguit .

Persistunt . Sensus Scripturæ veteris Testamenti habebatur solum per traditionem, textus enim Hæbraici sensus non satis erat clarus , hinc determinatus est solum sexto post Christum sæculo opere Doctorum Judæorum Tyberiadis qui addiderunt puncta Hæbraico textui , & secundum traditionem sensum fixerunt , secundum Massoretæ dicti sunt a verbo Hebræo *Massara* , quod significat traditionem : Igitur ante Christum , Doctores Legis secundum diversas quibus ducebantur passiones traditionem falsam induxerunt , adeoque & falsum sensum . Ergo &c.

Respondeo distinguendo . Et vera traditio servabatur per Prophetas & pios homines , semper enim Ecclesia habuit justos , concedo : & erat unica falsa traditio , nego .

Respondeo , rursus sed aliter , distinguendo : & falsam traditionem adhibuere Pharisæi pro rebus moralibus & parvi momenti , concedo : pro substantia legis , nego . Hæc sane permisit Deus , unde Herodes convocatis Scribis ut illos de ortu Christi consuleret , vera responderunt sicut & ipse Caiphas , qui licet malus prophetavit . Nonne etiam Judæis Apostolos persequentibus Doctor Gamaliel vera respondit , dicens non obstante persecutione , si opus esset a Deo , non posse impediri ? sic habetur. AA. 5. *Surgens autem quidem in Concilio Pharisæus , nomine Gamaliel , Legis Doctor honorabilis universæ plebi jussit foras ad breve homines fieri . Dixitque ad illos.... discedite ab hominibus istis , & sinite illos ; quoniam si ex hominibus consilium hoc , aut opus , dissolvetur : si vero ex Deo est , non poteritis dissolvere illud .*

Opponunt II. Si vera de Christo Scriptores Canonici dixerunt , cur altum silentium apud auctores prophanos de vi-

ra & miraculis Chrifti ? immo teftimonium Jofeph pro eo in dubium venit. Ergo &c.

- *Refpondeo* diftinguendo. Et Illi Hiftorici erant Religionis Chriftianæ inimici, quandoquidem crux erat apud illos aut ftultitia, aut fcandalum, concedo: fecus, nego. Unde non mirum fi aut parum, ant nullo modo locuti fint de miraculis Chrifti: tum quia quidquid fciebant de Religione Chriftiana folum ex rumore & fama populi, quocirca fubobfcure loquebantur de ea, & ut plurimum male. Sic Cornelius Tacitus Chriftianos ut Veneficos, & Magicis artibus deditos habebat, hinc miracula virtuti dæmonum tribuebat: illa tamen non levius indicant Tatianus & Porphyrius. Præful Abricenfis Huetius putat teftimonium Jofeph genuinum, quandoquidem vera fcripfit de Joanne Baptifta, & quidem ut referuntur in Evangelio. Inter Joannem autem & Chriftum erat neceffaria connexio; omnia enim quæ dicebat & faciebat Joannes erat ad Chriftum demonftrandum: Sed de hoc momento fufius Infra in Tractatu Incarnationis dicemus.

Argumenta ex contrarietate Scripturarum, ex Juliano Augufto.

Objicit Julianus Auguftus. Moyfes fuos non accurate confcripfit libros: Igitur non funt genuini. Probatur antecedens. prima quidem ait, Moyfes nonnifi ad vulgus fuum attemperavit ftylum, fuam hiftoriam. II. Non dicit abyffum a Deo factam, non factas tenebras. III. Non Angelorum, fed rerum tantummodo corporalium creationem commemorat. Ergo &c.

- *Refpondeo* negando antecedens. Ita enim accurate fcripfit S. Moyfes, ut nequidem populi fui peccata tacuerit. Ad primam probationem, diftinguo: & non fine œconomia magnaque fapientia Moyfes ad captum plebis & gentis fuæ fuam de creatione texit hiftoriam, concedo: & fecludfa œconomia ita fcripfit, nego. Legiflator debet fe fe accomodare iis quibus loquerat. Cum igitur Ifraelitæ rudes admodum, imperiti, & craffi Ita effent, ut militiam cœli veluti numen haberent, neceffe fuit in primis oftendere corporalia omnia ex nihilo educta & creata fuiffe, adeoque a divinitatis natura in immenfam recedere: Sic refpondet S. Cyrillus

Alexandrinus lib. 11. contra eumdem Julianum. " Num Moyfes, inquit, minute ,, de rerum natura difputare proponitum ,, non habuit, aut de primis, ut vocant ,, principiis, aut de elementis quæ ab iis ,, oriuntur, verba facere ? Curiofiora ,, enim ifta funt, & ejufmodi ut nonnul-,, lorum ingeniis nequeant capi. Sed fco-,, pus illi fuit, eorum qui tunc erant ,, hominum mentem doctrina veritatis in-,, formare. Errore namque tenebantur, ,, & quod cuique videbantur, manifefte ,, colebant, unumque & natura Deum ,, præ nimia infcitia ignorantes, creatu-,, ræ ferviebant. ,,

Ad alteram probationem, diftinguo: non dicit abyffum factam, non factas tenebras explicite, tranfeat: implicite, nego. Habetur enim Gen. 1. *In principio creavit Deus cœlum & teram*. Hoc eft, fecit ex nihilo, quod eft abyffus magna: habetur quod cuncta fimul & in globo abfque diftinctione condiderit, inde & terræ vacuitas, inde & tenebræ: vacuitas quidem eo ipfo quo mundi maffa intra certos concluditur terminos, ne in infinitum protenderetur; tenebræ vero, cum fol adhuc in materia concretus fuos nondum fuper cœlom & terram radios fpargeret. Et hoc explicatur apprime fubfequentibus Genefeos verbis: *Terra autem erat inanis & vacua, & umbræ erant fuper faciem abyffi*. Quid plura referam? Abyffi & tenebræ non per fe producuntur, quippe quæ fint meræ privationes, fed refultant ex productione corporum in certo loco pofitorum, relicto pro aliis producendis fpatio.

Hæc refponfio colligitur, ex eodem B. Cyrillo qui ibidem, fic pergit: " Supi-,, næ populi Ifraelitici ignorantiæ opitu-,, lator Moyfes adfuit, & præftantiffimæ ,, doctrinæ dux cuncti extitit, palam-,, que & aperte prædicavit unum effe na-,, tura rerum omnium opificem, & a re-,, bus cæteris, quæ per illum creatæ ac ,, productæ funt, eos avocavit . . . . . . ,, Ergo eo fane quam fapienter nimiam ,, iftam fubtilitatem ab oratione fua re-,, movit, & ad fcribendas res magis ne-,, ceffarias converfus eft. Nam quid at-,, tinebat dicere qualis effet aquarum na-,, tura, aut quod primordium habuerit ? ,, Quid erat neceffe abyffos metiri, cœ-,, lique naturam, aut quomodo Angeli ,, extiterit; curiofe exquirere ? . . . Im-,, mo tempore ac principio vocantur ad

,, or-

„ ortum res creatæ definit , tanquam ex
„ nihilo Dei voluntate , ut essent id ,
„ quod sunt eductæ. „

Ad tertiam probationem , non absimili
modo , distinguo ; Moyses siluit Angelos
loquendo de rerum creatione , hoc est,
verbis expressis non dixit , conditos , concedo : siluit omnimode , nego. Ne populus rudis Angelos meras intelligentias per
se subsistentes haberet ut Deos , non ita
clare sicuti corporalia expressit : non tamen siluit , cum eos nomine cœli intel-
lexerit , & Deum ab omni opere quod
patrarat , requievisse dixerit . Solutio est
S. Augustini qui lib. 11. de civit. cap. 9.
„ ait : Ubi de mundi constitutione sacræ
„ Litteræ loquuntur , non evidenter di-
„ citur utrum , vel quod ordine creati
„ sint Angeli : Sed si prætermissi non sunt,
„ vel cœli nomine ubi dictum est, *in prin-*
„ *cipio fecit Deus cælum & terram* , vel
„ potius lucis hujus , de qua loquor , si-
„ gnificati sunt . . . Quomodo Angeli
„ prætermitterentur , tanquam non essent
„ in operibus Dei , a quibus die septimo
„ requievit ? Opus autem Dei esse Ange-
„ los , hic quidem etsi non prætermis-
„ sum , non tamen evidenter expressum
„ est : sed alibi hoc sancta Scriptura cla-
„ rissima voce testatur. Nam & in hym-
„ no trium in lumine virorum, cum præ-
„ dictum esset : *Benedicite omnia opera*
„ *Domini Domino* . In executione eo-
„ rumdem operum , etiam Angeli nomi-
„ nati sunt . „

Instat . Moyses scribit mulierem Adamo datam ut adjutricem : sed hoc falsum
est , cum a serpente seducta , perdiderit
hominem eum ad peccandum alliciendo.
Ergo &c.

Respondeo distinguendo ; Moyses scribit
mulierem viro datam ut adjutricem ad li-
berorum procreationem , concedo : ad
consilium & deliberationem , nego. Eos
quippe reliquit in manu consilii proprii ut bonum vel malum ex innata libertate eligerent , hominem inquit S. Augustinus Enchir. cap. 25. 26. & 27. " Sic
„ . . . . munerans libero arbitrio , ut ta-
„ men regeret imperio , terreret exitio :
„ atque in paradiso felicitate tanquam in
„ umbra vitæ , unde justitia custodis in
„ meliora conscenderet , collocavit . „
Hanc eamdem S. Cyrillus adhibet lib. 3.
adversus Julian. responsionem asserens mulierem in officium naturæ Adamo principaliter concessam .

OBJICIUNT Hæretici : illæ Scripturæ non sunt genuinæ , quæ multa referunt de sanctis Patriarchis abiurda, immo
quæ Sanctos non decent viros : Igitur non
sunt genuinæ. Probatur antecedens, dicitur de Abraham filium suscepisse de ancilla : de Jacob multas habuisse uxores :
de Moyse eorumque suscepisse pro suo
populo hæreditates : de Juda , ipsum dor-
misse cum Thamare nuru sua : de David
commisisse adulterium simul & homici-
dium : de Salomone , ipsum abiisse post
mulieres alienigenas contra Dei præceptum : de Osea Propheta , liberos procreasse de muliere fornicaria . Ergo &c.

Respondeo distinguendo : Et sacræ Scripturæ ea facta retulerunt eo modo quo patrata sunt , & quidem historice tum ad
ædificationem justorum, tum ad vindictam
malorum , concedo : approbando mala ,
nego. Immo in hoc apparet Scripturarum
veritas , quando quidem retulerunt res &
gesta sicut de facto evenerunt.

Jam ad singula respondeo : ad Abraham
quidem & Jacob , nullo modo peccasse ,
immo ordinante Deo , aut saltem permittente , plures habuisse uxores ad propagationem generis humani , quando quidem
terra nondum sufficienter ab hominibus
erat habitata ; immo etiam ad mysterium :
teste enim Apostolo , dum habuit Abraham filios , alterum de ancilla , alterum
de libera ; primum significantem generis
humani captivitatem , secundum vero captivitatis liberationem per Christum affe-
rendam & Jandam : *Quæ sunt* , inquit Idem
Paulus Gal. 4. *Per allegoriam dicta* . De filiis
vero Jacob ex multis mulieribus procrea-
tis prodiere diversi tribuum Duces & Principes , ita ut gens illa in stirpe columna ,
creverit in magnam arborem , nempe in
rempublicam & regnum.

Ad Judam , David & Salomonem , af-
serunt Patres peccasse : sic Scriptura narrat , ut quisque formidet , nec suis fidat
viribus . In Osea vero nullum fuit peccatum , quando quidem ordinante Deo , nu-
pserat , & Matrimonio se conjunxerat
cum muliere fornicaria , ut filius ab ea
susceptis ostenderet populo terram fulsse
fornicatam , & esse abominablem , unde
cap. 2. dicit : *Sanguis sanguinem tetigit* .
propter hoc lugebit terra. Et hoc ut provo-
caret filios Israel ad pœnitentiam . Istæ

so-

solutiones sunt Augustini lib. 22. contra Faustum Manichæum.

Ad Moysen, solutio in promptu est: Deo enim præcipiente debellavit Reges, eorumque illi dedit Deus hæreditates & regna tum in vindictam peccatorum, tum etiam qui terra Chanaam, magna sibrem ex parte pertinebat ad Abraham Judæorum patrem. Sic respondet S. Augustinus lib. 22. contra Faustum Manichæum, ubi celebrat Patriarcharum & Prophetarum sanctitatem, Scripturæ vero veracitatem, eo quod illorum non taceat defectus. „ De isto momento, sic loquitur: Non „ modo non decolorat divinitatem Dei, „ vel Scripturæ illius veritatem, verum „ etiam laudanda, quæ diligentiam com- „ mendat, quod tamquam speculi fidelis „ nitor, admotarum sibi personarum non „ solum quæ pulchra atque integra, ve- „ rum etiam quæ deformia vitiosaque „ sint, vindicat. „

Infans: Multa sunt præcepta in lege Mosaica Christianis contraria, & iisdem prohibita, ut circumcisionis praeceptum, aliaque cæremonias spectantia. Ergo &c.

Respondeo distinguendo: Præcepta Mo- saica sunt Christianis contraria, id est, abolita, & alia istis perfectiora substitu- ta, concedo: id est, sunt mala, nego. Plura præcepta eaque onerosa imposita sunt Judæis carnalibus, ne citius ad ido- lolatriam deflecterent; veniente autem veritate, cessaverunt figuræ, & veri ado- ratores in Spiritu & veritate Deum co- luerunt: Igitur non erant præcepta Mo- saica mala, nisi ut vox *malum* dicit im- perfectum. Ita colligitur ex Apostolo qui dicit omnia contigisse in figuris populo Judaico: ita utique colligitur ex August. lib. 6. contra Faustum cap. 11. His ver- bis: „ Authoritatem tenemus veteris Te- „ stamenti, non ad [Judaeae] servitutis „ imitationem, sed ad Christianae liberta- „ tis testificationem. „

Urgent: Illi libri [qui] sunt genuini, qui solum terrena [captant], immo & quæ- dam legi Redemptoris adversa: atqui Li- bri veteris Testamenti multa hujusmodi referunt: igitur [non] censentur genuini, Probatur [minor], quoad utramque par- tem. Primo [quidem], Libri veteris Testa- menti promittunt terram pinguem & hæ- reditatem [lacte] & melle manantem. Quo- ad secundam vero partem Deut. 21. vers. 23. habetur: *Maledictus à Deo qui pendet in ligno &c.*

Respondeo negando minorem. Ad pri- mam probationem, distinguo: vetus Te- stamentum promittit bona temporalia tam- quam media ad æterna capessenda, con- cedo: sistendo in rebus naturalibus tam- quam in fine ultimo, nego. Cum igitur populus esset carnalis, Deum propter se solum diligere, non proponebat ut pluri- mum Moyses; hinc promissione bonorum temporalium quasi manu ducti sunt ad amorem bonorum æternorum Hebræi, unde vel ipse Propheta Regius dicit. Psal. 118. *Viam Mandatorum tuorum cucurri, cum dilatasti cor meum*. Rursus: *Inclina- vi cor meum ad faciendas justificationes tuas in æternum propter retributionem*. Sed cer- te lex non sistebat in ejusmodi rebus, quandoquidem Christum ut fidei suæ con- summatorem respiciebat, & per ipsum ad æterna bona inhiabat: immo Deus præ- cipit Josue, ut nihil de terra distribueret Levitis, dicens quod foret merces eorum. Solutio colligitur ex S. Aug. lib. 4. con- tra Faustum, dicente data fuisse Judæis bona temporalia: "Ad intelligendas in „ eis novi Testamenti prænunciationes: „ veteris quippe testificatio fidem novo „ conciliat . . . . Non itaque spes nostra „ in temporalium rerum promissione de- „ fixa est, quandoquidem nec ipsos illius „ temporis sanctos & spirituales viros Pa- „ triarchas & Prophetas his terrenis re- „ bus fuisse deditos credimus: intellige- „ bant enim, revelante sibi Spiritu Dei, „ quod tempori illi congrueret, & quibus „ modis Deus per illus omnes res gestas „ & dictas futura figuranda & prænun- „ cianda decerneret, magisque desiderium „ eorum de novo Testamento erat. „, Ex quo sequitur secundum Augustini mentem Deum dedisse Judæis temporalia, ut his mirabilia gratiæ Christi tum pro hac vi- ta, tum pro futura annuntiaret.

Ad secundam probationem, distinguo: lex prædixit pro Christo maledictionem voluntarie suscipiendam, ut nos & à mor- te & à peccato redimeret, concedo: pro- pter ipsos Christi defectus, nego. Lex, inquit Augustinus, erat Christo gravida, ipsiusque variis in figuris repræsentabat, maxime ut Redemptorem: unde Hircus introducebatur ut totius populi reciperet maledictionem, & sic intelligebant Judæi Christum passurum, non quidem pro suis peccatis, sicut Hircus non maledicebatur propter peccata quorum non erat capax; hinc Christus erat moriturus, oe tota

gena

gens perîret, & filios pararet Deo Patri acceptiffimos : unde ejufmodi maledictio maxime in ejus redundat gloriam. Solutio eſt Apoſtoli, qui in iſto prorſus ſenſu, dicit Chriſtum pro nobis factum eſſe maledictum cap. 3. *Chriſtus nos redemit de maledicto legis, factus pro nobis maledictum*. Audiendus eſt de eodem momento S. Auguſtinus qui lib. 14. contra Fauſtum cap. 3. ait : " Ille neget Chriſtum maledictum, „ qui negat & mortuum : qui autem con„ ſitetur mortuum, & negare non poteſt „ mortem de peccato eſſe.... Suſcepit „ autem Chriſtus ſine reatu ſupplicium „ noſtrum, ut inde ſolveret reatum no„ ſtrum, & finiret etiam ſupplicium no„ ſtrum. „

Replicat : Adimantus Manichæus Geneſ. col. 1. habetur : *In principio creavit Deus cælum & terram*. Üs autem opponuntur illa S. Joannis verba c1p. 1. *Mundus per ipſum factus eſt, & mundus eum non cognovit*. Ibidem Geneſ. 2. legitur : *Complevit Deus die ſeptimo opus ſuum quod fecerat, & requievit die ſeptimo ab univerſo opere quod patrarat*. Joan. vero 5. e contra : *Pater meus uſque modo operatur, & ego operor*. Ergo &c.

Reſpondeo, negando. Verba Joannis opponi verbis Moyſis. Et vero iſte nomine Dei intelligit ſanctiſſimam Trinitatem, videlicet Patrem, Filium, & Spiritum ſanctum, ut liquet ex ſequentibus, dum Deum creantem hominem inducit, ita loquentem : *Faciamus hominem ad imaginem & ſimilitudinem noſtram*. Quæ verba dubio procul pluralitatem perſonarum ſubindigitant, Chriſtum autem eſſe ſecundam Deificæ Trinitatis S. Joannes pronuntiat, dicens : *In principio erat Verbum, & Deus erat Verbum* : quod ultro fatetur Adimantus, qui hanc propoſuit objectionem, quam quidem hac reſponſione ſolvit S. Auguſtinus in libro quem adverſus eum conſcripſit.

Ad alterum ejuſdem Adimanti argumentum, diſtinguo : verba beati Evangeliſtæ, *Pater uſque modo operatur*, conſervando creata, & mundum gubernando, concedo : aliquid novi producendo, ſubdiſtinguo : præbendo ſuum generationibus adjuvandis concurſum, concedo : novam mundum producendo, nego, Moyſes deſcribit totius mundi creationem, Joannes vero generationibus ſibi ad invicem ſuccedentibus conſervationem, ad quam plurimum juvat vel ipſa animarum

in hominibus producendis creatio : ſicque ne minima inter utramque Scripturam reperitur diſſonantia. Ita ſolvit Aug. in eodem libro Heterodoxi vanam argumentationem, dicens : " Deum ab inſtituendis „ rerum naturis poſt earum rerum perfe„ ctionem ceſſaſſe, quamvis uſque adhuc „ in adminiſtrandis operetur. „

Inſtat. Multa alia abſolute contradictoria reperiuntur in libris veteris Teſtamenti; Ergo &c. Probatur antecedens. Gen. 1. verſ. 26. habetur : *Faciamus hominem ad imaginem & ſimilitudinem noſtram*. Quæ quidem pugnant cum iſto Joannis eſſito cap. 8. verſ. 44. *Vos ex Patre diabolo eſtis*. 2. Exod. 20. v. 12. habetur : *Honora patrem tuum & matrem tuam*, & tamen Matth. 8. v. 22. habetur de quodam juvene Chriſtum alloquente : *Permitte me primum ire, & ſepelire patrem meum*. Cui reſpondit Chriſtus : *Sequere me, & dimitte mortuos ſepelire mortuos ſuos*. 3. Exod. 20. v. 5. ſcribitur : *Ego ſum Dominus, Deus tuus, fortis, zelotes, viſitans iniquitatem patrum in filios in tertiam & quartam generationem* ; qui contrarianturiſta verba Matth. 5. v. 45. *Benefacite his qui oderunt vos*, 5. Exod. 21. v. 24. habetur : *Oculum pro oculo*, & tamen Matth. 5. v. 23. Chriſtus dicit : *Audiſtis quia dictum eſt, oculum pro oculo, & dentem pro dente : ego autem dico vobis, non reſiſtere malo : ſed ſi quis te percuſſerit in maxillam, præbe illi & alteram*. 5. In libris Legis Deus dicitur apparuiſſe patriarchis, ut Geneſ. 3. verſ. 10. 13. verſ. 15. & tamen Joan. 1. v. 18. legitur : *Deum nemo vidit unquam*. 6. Deut. 12. prohibetur ne manducetur ſanguis, quia anima eſt caro & ſanguis : & tamen Matth. 10. verſ. 28. Evangeliſta pro Chriſto loquens, ait : *Nolite timere eos qui occidunt corpus, animam autem non poſſunt occidere*. Ergo &c.

Reſpondeo diſtinguendo : Et iſta omnia intelliguntur ſecundum diverſos reſpectus, concedo : ſecundum eumdem, nego. Unde nulla ſequitur contradictio inter vetus & novum Teſtamentum.

Ad primum diſtinguo : homo ſecundum ſe eſt ad imaginem Dei, concedo : homo reduplicative ut peccator, nego. Sub iſto enim reſpectu eſt filius diaboli, quia peccatum eſt a diabolo. Ita reſpondet Auguſtinus Adimanto Manichæo : Non ſecun„ dum vetuſtatem peccati, ait, quæ cor„ rumpitur, ſed ſecundum ſpiritalem con„ formationem factum eſſe hominem ad

„ imaginem Dei , idem Apostolus mo-
„ net , ut exuti consuetudine peccatorum ,
„ id est , veteri homine , induamur nova
„ vita Christi , quem novum hominem
„ appellat . Et ut doceat hoc nos aliquan-
„ do amisisse renovationem , illum vocat,
„ nam ita loquitur Col. 3. *Expliantes ve-*
„ *terem hominem cum actibus suis , indute*
„ *novum qui renovatur in agnitionem Dei*
„ *secundum imaginem ejus qui creavit eum*
„ . . . Quod in potestate nostra ab ipso Deo
„ esse positum docet Scriptura , cum di-
„ cit : *Dedit eis potestatem filios Dei fieri* .
„ Filii autem diaboli dicuntur homines
„ cum imitantur ejus impiam superbiam ,
„ & a luce atque celsitudine decidunt
„ sapientiæ , & non credunt verita-
„ ti . „

Ad secundum distinguo : etiam & Christus prædicabat majorem perfectionem ,
indicans juveni bonum esse quandoque
relinquere patrem & matrem ac man-
dum , ut anima facilius vacet divinis ,
concedo : & sua sententia reprobabat honorem patri & matri debitum , nego .
Hoc enim præceptum in Evangelio , suo
confirmat calculo : Igitur consilium dumtaxat dabat juveni , ut ad majorem ten-
deret perfectionem . Solutio est divi Augustini , qui ibidem sic loquitur : " Ma-
„ nifestum est & honorem parentum in
„ gradu suo esse servandum , & eos ta-
„ men in divini amoris comparatione ,
„ præsertim si impedimento sunt , nulla
„ dubitatione oportere contemni . „

Non absimili modo S. Doctor eo in libro conciliat utramque testimoniorum , cum
agitur in veteri de amore quo vir suam
debet prosequi uxorem , Genes. scilicet a-
liis verbis : *Quamobrem relinquet homo pa-*
trem & matrem , & adhærebit uxori suæ ;
in novo vero *de eodem* uxoris derelic-
tione Matth. 19. *Omnis*, inquit Christus,
qui reliquerit domum *, vel fratres , aut so-*
rores , aut patrem , aut matrem , aut filios,
aut agros propter nomen meum , centuplum
accipiet & *vitam æternam possidebit* . Ita
enim quanto respondet : ostendit primo
sane — Apostoli viros debere diligere
uxores , nisi eorum præpediant salutem :
„ lis & conjunctio mariti & uxoris a
„ Domino est & relictio uxoris propter
„ regnum cœlorum est a Domino . „ Tum
„ subjicit : " Nec ista epistola Evange-
„ lica inveniuntur sibi contraria , nec
„ Evangelium veteri Testamento : quia
„ ibi non conjungitur viro , ut simul ine-

reantur regnum cœlorum : & ita uxor
„ relinquenda esse præcipitur , si virum
„ impediat ad possidendum regnum cœlo-
„ rum . „

Ad tertium , factum est satis supra ;
majoris tamen causa claritatis

Respondeo distinguendo : Deus iniquitatem Patrum visitat in filios , si ipsi peccatorum parentum conscii sint , concedo :
sin minus , nego . " Intelligitur , ait Au-
„ gustinus Adimanto objectionem facien-
„ ti , eos puniri peccatis parentum , qui
„ in eadem perversitate parentum perse-
„ verare voluerunt . Tales enim non sæ-
„ vitia , sed potius justitia Dei , & sua
„ iniquitate puniuntur . „

Ad quartum distinguo : & pœna talio-
nis populo carnali licita erat , concedo :
eam vero Christus abnegavit , quia ad
perfectum ducit Lex Evangelica . Et eam
Christus pœnam damnavit absolute , nego . Lex justitiæ in veteri Testamento ea
erat , ut quisque per hæc quæ peccabat ,
per hæc & puniretur : unde pœna talio-
nis erat licita , sed tum Christus voluit
rescindi , immo voluit ut unusquisque
etiam inimicis benefaceret . Audiamus de
hoc momento S. Augustinum qui ibidem
hanc præoccupat objectionem , his verbis : " Quoniam primo carnales homines
„ ardebant multo amplius se vindicare ,
„ quam erat illa injuria , de qua quer-
„ bantur , constituras est eis primus le-
„ nitatis gradus , ut injuriæ acceptæ men-
„ suram nullo modo dolor vindicantis
„ excederet ; sic enim & donare ali-
„ quando posset injuriam , qui eam pri-
„ mo non superare didicisset . Unde Do-
„ minus jam per Evangelii gratiam ad
„ summam pacem populum adveens ,
„ huic gradui superædificavit alterum :
„ ut qui jam superaret non ampliorem
„ vindictam , quam quisque læsus esset ,
„ redderet , placata mente totum se do-
„ nare gauderet . „

Ad quintum : Deus non est visibilis
secundum vires naturæ in hac vita , &
ordinarie loquendo , concedo : secus , nego . Et sic duo Testamenta non sibi mutuo opponuntur , maxime vero quia visio Patriarchis concessa , erat duntaxat
mediata ; quandoquidem Deus loquebatur per Angelos , qui etiam assumebant
corpora , ut se redderent hominibus sensibiles . Cæterum si ab aliquibus visus est ,
ut a Moyse & D. Paulo , ex privile-
gio concessum est , & hoc visibus gratiæ

riæ extraordinariæ, atque visione pure intellectuali.

S. *Augustinus*, non dimittit adversarium, sed huic Adimanti objectioni facit satis: " Filius qui est Verbum Dei, non „ solum novissimis temporibus cum in „ carne apparere dignatus est, sed etiam „ prius a constitutione mundi, cui vo- „ luit de Patre annuntiavit, sive loquen- „ do, sive apparendo, vel per Angelicam „ aliquam potestatem, vel per quamlibet „ creaturam . . . . cum tamen ipse per se „ ipsum a mundo corde videatur, & per „ illum pater. „

Ad 6. distinguo: & sermo est in Deuteronomio de belluarum anima quæ maxime in sanguine sita est, concedo: Deus autem voluit populum carnalem abstinere a sanguine & suffocato, ut intelligeret omnem effugiendam esse crudelitatem; unde Apostolus dicit: caro & sanguis regnum Dei non possidebunt: in Matth. vero sermo habetur de anima spiritali eaque immortali, quapropter capite 25. habetur: *Ite maledicti in ignem æternum*. Et duo hæc loca intelliguntur de anima spiritali, nego. Cæterum animam carnalibus peccatis adhærens dicitur quoque carnalis, quæ dubio-procul regnum Dei non possidebit. Vel etiam affirmari potest hæc verba 1. Cor. 15. *Caro & sanguis regnum Dei non possidebunt*, intelligi de carne nondum per resurrectionis gloriam immutata juxta illud ejusdem Apostoli, *seminatur corpus animale, surget corpus spiritale*, ita S. Aug. ibidem.

Contra: Quædam alia contradictoria reperiuntur in veteri Testamento: Deuter. 14. v. 21. permittitur populo vesci carnibus, juxta illud: *Occides de armentis & pecoribus quæ habueris, & comedes in oppidis tuis, ut tibi placet*: Rom. vero 14. v. 21. legitur: *Bonum est non manducare carnem*. Secundo Deuter. 34. v. 3. injungitur populo abstinere a carnibus certorum animalium: in novo vero Testamento legitur: *Manducate quæ apponuntur vobis*. Tertio circumcisio præcipitur in vet. lege: prohibetur vero in nova. Quarto, præcipitur Moysi destruere Amorrhæos aliasque gentes Exod. 23. v. 22. Christus vero e contra dicit: *Diligite inimicos vestras, benefacite iis qui oderunt vos*. Quinto in lege scriptum est: *Ego sum qui divitias do amicis meis, & paupertatem inimicis meis*: E contra vero Matth. 5. habetur: *Beati pauperes spiritu*: Et iterum

qui reliquerit domum . . . . Centuplum accipiet, & vitam æternam possidebit. Sexto, Amos 3. v. 30. *Si erit malum in civitate quod non fecerit Dominus*. Jacob vero dicit: *Deus intentator malorum est*. Denique lex vetus dicitur ministratio mortis 2. Cor. 3. v. 7. Ergo &c.

Respondeo eodem modo ac supra. Unde ad 1. distinguo: Bonum est non manducare carnem, si adsit scandalum, concedo: secus, nego. Apostolus loquitur solum in primo sensu, unde dicit: si caro scandalizat, carnem non manducabo in æternum. Ita hunc interpretatur locum S. Augustinus contra Adimantum, sic enim loquitur; " Non ergo amplius invicem „ judicemus; Sed hoc judicate magis, ne „ ponatis offendiculum fratri, vel scan- „ dalum . . . . si enim propter cibum fra- „ ter tuus contristatur, jam non secun- „ dum charitatem ambulas. Noli cibo tuo „ illum perdere pro quo Christus mortu- „ us est. „

Ad 2. similiter distinguo, & cæremoniæ legales abrogatæ sunt per Christum; at libertatem filiorum Dei, concedo: secus, nego. Ita Augustinus ibidem contra Adimantum; " Advenientibus enim „ rebus, ait, quarum erant umbræ illæ „ observationes, id actum est, ut osten- „ deretur in ipsis umbris non esse spem „ ponendam, sed in ipsis rebus, quas il- „ læ umbræ significabant esse venturas, „ id est, Christum, & Ecclesiam & pro- „ pterea illa jam omnia inania erant; Nec „ tamen ea tanquam noxia removenda, „ sed tanquam superflua contemnenda. „ Eadem modo respondetur ad 3. Ad 4. Deus supremus omnium Dominus voluit spoliare gentes in vindictam peccatorum ditare vero populum suum dilectum. Ad 5. pauper solutio; Deus enim voluit dare divitias corporales amicis suis, eas vero ab inimicis abripere; ita tamen ut Fideles cor non apponant rebus corporalibus, unde promittitur beatitudo iis qui utuntur hoc mundo, sed non possident hunc mundum in terrenis quiescendo. Ad 6. malum culpæ non est a Deo, secus vero malum pœnæ, & hoc modo in vindictam respectu peccatorum; modo ad probationem respectu justorum. Ita Aug. ibidem; " Divina enim providen- „ tia, impiis, cuncta moderante & gu- „ bernante, ita homo male fecit quod „ vult, ut male patiatur quod non vult. „ Deus ergo malum fecit, quod non ipsi „ Deo

„ Deo malum eſt , ſed lis quos vindicat .
„ Itaque ipſe , quantum ad ſe pertinet ,
„ bonum facit , quia omne juſtum bonum
„ eſt , & juſta eſt illa vindicta . „
    Ad ultimum diſtinguo , lex vetus erat
miniſtratio mortis , id eſt , ad perfectionem
non ducebat ; concedo ; id eſt mortem ope-
rabatur , ſubdiſtinguo ; per accidens , in
quantum concupiſcentiæ malum oſtendebat ante legem non cognitum , concedo ;
per ſe , nego . Solutio eſt Apoſt. Rom. 7.
his verbis ; *Occaſione accepta peccatum per
mandatum operatum eſt in me omnem con-
cupiſcentiam* . Ita etiam Auguſtinus lib.
2. contra adverſarium legis & Prophetarum cap. 7. " Sine lege enim peccatum
„ mortuum erat . Ego autem vivebam ſine
„ lege aliquando , ſed cum veniſſet man-
„ datum , revixit peccatum ... Peccatum
„ occaſione accepta per mandatum , ſedu-
„ xit me & per illud occidit ... lex ſan-
„ cta , & mandatum ſanctum , & juſtum ,
„ & bonum , & tamen quia de ipſo bono
„ interficitur inobediens anima , ubi Dei
„ non adjuvat gratia ; miniſtratio mortis
„ facta eſt lex in veteri Teſtamento pro-
„ pter occidentem litteram ; & miniſtratio
„ vitæ facta eſt gratia in novo Teſtamen-
„ to propter vivificantem ſpiritum . „
    Reponunt : Moyſes non fuit inter vete-
res hiſtoricos vetuſtior ; ergo ruit unum
fundamentum præcipuum pro genuitate
librorum veteris Teſtamenti . Probatur
Ant. Primo quidem Aſt. 7. v. 27. Moyſes dicitur eruditus omni ſapientia Ægyptiorum qui , ut liquet , ante ipſum ſcrip-
ſerant , & ab eis potuerunt Græci hauri-
re quidquid in ſua ſapientia Philoſophica
aſſulget . Secundo , quidam exiſtimant Moyſen trecentis annis Inacho poſteriorem .
Igitur Græci quorum Inachus Rex erat
antiquiſſimos , potuerunt ſapientiam &
ſcientiam habere ab aliis fontibus quam a
libris Moſaicis .
    Reſpondeo negando Ant. ad 1. diſtinguo,
Moyſes eruditus eſt ſapientia Ægyptiorum , id eſt , inſtructus eſt ad vitam de-
gendam ſecundum Ægypti conſuetudines ,
nam filia Pharaonis ipſum adoptaverat in
filium , concedo , ſic eſt , Moyſes non fuit
primus ſcriptor , nego . Ægypti nullas
habebant literas & geroglyphicis utebantur , hoc ipſum Philo aſſerit lib. 1. de
vita Moyſis , non verſimile autem apparet Ægyptios ſcientiis multum floruiſſe ;
Equidem Arithmeticam ; Geometriam ,
Muſicamque habebant , ſed Philoſophiam

plurimam obſcuram . Quidquid ſit , nullos Scriptores etiam apud Ægyptios ,
aliaſque barbaras gentes ante Moyſen fuiſſe conſtat , quandoquidem litteras ante
iſta tempora nullas habebant Ægyptii ,
eaſque accepere ab Iſide filia Inachi Ar-
givorum Regis : ſub iſto autem Rege floruit Moyſes , filioſque Iſrael ex Ægypto
eduxit . Ita referunt Tatianus & Clemens
Alex.
    Reſpondeo II. Abraham cæteroſque Pa-
triarchas ipſo Moyſe priores cantos fuiſſe ſapientia eaque altiſſima ; ab eis vero
eam acceperat Moyſes , ita ut ab eis per
traditionem inſtructus de ſapientia , cum
Ægyptiorum , tum Chaldæorum apud quos
peregrinatus fuerat Abraham , merito dicatur in omni Ægyptiorum ſapientia in-
ſtitutus : ſolutio eſt D. Aug. qui lib. 18.
de civit. Dei , cap. 39. ſic loquitur :
„ Nulla igitur gens de antiquitate ſapien-
„ tiæ ſuæ ſuper Patriarchas & Prophetas
„ noſtros , quibus inerat ſapientia divina ,
„ ulla ſe vanitate jactaverit , quando nec
„ Ægyptus invenitur , quæ ſolet falſo &
„ inaniter de ſuarum doctrinarum antiqui-
„ tate gloriari , qualicumque ſapientia ſua
„ Patriarcharum noſtrorum tempore præ-
„ veniſſe ſapientia : *Loquitur de Inacho &
„ gente Græca* . " Poſtea ſic proſequi-
„ tur : Neque enim quiſquam dicere au-
„ debit mirabilium diſciplinarum eos pe-
„ ritiſſimos fuiſſe , antequam litteras noſ-
„ ſent , *Græci*. Id eſt , antequam Iſis eo
„ veniſſet , eaſque ibi docuiſſet . Ipſa por-
„ ro eorum memorabilis doctrina , quæ ap-
„ pellata eſt ſapientia , quid erat niſi maxi-
„ me aſtronomia , & ſi quid aliud talium diſ-
„ ciplinarum magis ad exercenda ingenia ,
„ quam ad illuminandas vera ſapientia
„ mentes valere ſolet ? Nam quod atti-
„ net ad Philoſophiam quæ ſe docere pro-
„ fitetur aliquid , unde fiant homines bea-
„ ti , circa tempora Mercurii , quem Tri-
„ megiſtum vocaverunt , in illis terris ejuſ-
„ modi ſtudia claruerunt : longe quidem
„ ante ſapientes , vel philoſophos Græ-
„ ciæ , ſed tamen poſt Abraham , & Iſaac ,
„ & Jacob , & Joſeph ; nimirum etiam
„ poſt ipſum Moyſen . Eo quippe tem-
„ pore , quo Moyſes natus eſt , fuiſſe re-
„ peritur Atlas ille magnus Aſtrologus ,
„ Promethei frater , maternus avus Mer-
„ curii majoris , cujus nepos fuit Triſme-
„ giſtus iſte Mercurius . „
    Ad 2. probat. dico falſam eſſe chrono-
logiam quæ Moyſen 300. annis Inacho

juniorem conftituit, & magis adhærendum
effe Juliano Africano, Tatiano , & Clementi Alex.

Urgens : falfum eft veteres multa hauſiſ-
fe in libris Moyſis . Ergo &c. Probatur
Ant. Marshamus in canone Chronico ,
,, pag. 13. ſcribit : Veriſimile non vide-
,, ri Philoſophiam Platonicam & Pytha-
,, goricam ex fonte judaico derivatam fu-
,, iſſe . . . enimvero ante captivitatem
,, Babylonicam , ſeptem ſapientum æta-
,, tem, Græci non ſolum Philoſophiæ, ſed
,, & rerum ſuarum magis exterarum in-
,, curioſi fuerunt . Poſt reditum e Baby-
,, lone Judæorum reipublica ſub Perſis ad-
,, adeo obſcura fuit, ut vix nomen eorum
,, ætate *Herodoti* Græcis auditum fuerit .
,, Secundo ipſe Lactantius negat Pythago-
ram & Platonem ad Judæos acceſſiſſe .
Tertio, Idem Marshamus contendit Ægyptios ab oraculo Apollinis ſuam habuiſſe
ſapientiam.

Refpondeo I. hæc omnia unum duntaxat
probare , nempe Græcos non hauſiſſe omnia quæ ſcripſerunt in libris Moſaicis,
maxime ea quæ ſpectant Mathematicas ,
videlicet , Geometriam , Arithmeticam &
Muſicam : Sed inſiciari potuerunt a-
lia multa quæ vel fabularum nominibus
& hiſtoriis , de deorum attributis , vel
etiam ſimplici & directa narratione ſcripſerunt de unitate Dei & providentia, de
præmio juſtorum & pœnis malorum: quod
ſane deducitur ex eo quod ſecundum
multorum eruditorum ſententiam jam extaret aliqua ſcripturæ græca interpretatio verſione 70. Seniorum vetuſtior , in
qua quidem & Poetæ , & Philoſophi &
Hiſtorici multa legere potuerunt de divinitate ejuſque attributis ; tum ſcriptis
mandare. Sic colligitur ex Clemente Alex.
lib. 5. Stromatum : Ex Euſebio , lib. 13.
præpar. Evang. cap. 12. hoc ipſum dilu-
cide patet ex epiſtola Demetrii Phalerii,
directa ad Ptolemæum Philadelphum Regem Ægypti , quæque refertur a Joſepho
lib. 12. antiq. cap. 11. & ab Euſeb. lib.
8. præpar. Evang. cap. 3. In qua quidem
epiſtola certiorem facit Regem Demetrius
jam extare volumina hebraica , ſed non
ſufficienti diligentia & calamo , num collecta , tum etiam ſcripta . Qua de cauſa
Rex exquiſivit 70. Seniores , ut completam haberet Librorum ſacrorum interpretationem .

Refpondeo II. diſtinguendo , Græci non
habuerunt Philoſophiam adæquatam a Ju-
Boucat Theol. Tom. IV.

dæis , concedo : aliquam & quoad partes
divinum numen ſpectantes , nego . Cæterum ante captivitatem floruerunt Judæi & per Judices , & per Reges : poſt
captivitatem vero floruerunt per Duces
& etiam per Reges aliquos poſthumos ,
unde Græci multa in eorum libris hauri-
re potuerunt . Ad Lactantium reſpondeo
quod licet Pythagoras & Plato ad Judæos
non acceſſerint , potuerint tamen eorum
libros legere , maxime cum Judæi & Perfarum , & ipſorum Græcorum ſervi man-
cipales fuerint ; namque tributa ſolve-
bant Regibus & Syriæ & Ægypti . Ultima inſtantia non urget , nihil enim ex
oraculo dæmonis pro veritate concludendum eſt .

SYNOPSIS PROBATIONUM.

Libri V. T. ſunt genuini .

Primo : Ipſum Deum habent auctorem , quippequi legem Angelorum miniſterio Moyſi dederit ; nam Exod. 17. injungit illi victoriam ſupra Amalecitas reportatam ſcribere cap. 24. mandat ſcriptis
conſignare : Quid plura , libri V. T. non
ſemel laudantur in novo Teſtamento a
Chriſto & ab Apoſtolis : Ergo &c.

Secundo : Genuitatem iſtorum librorum
non levius annuntiat conformitas quam
habent cum hiſtoricis prophanis qui in eis
multa hauſerunt ; de divinitate quidem
ut Plato ; de pœnis vero malorum , &
præmio juſtorum , ut Virgilius & Ovidius.

Tertio : Id ipſum confirmat librorum
revelatio , cum Moyſes multa ſcripſerit
de creatione , de myſteriis gratiæ & incarnationis , quæ ſolo lumine deſuper in-
fuſo ſcire potuit . Hoc idem aſtruit eorum antiquitas & ſanctitas : hoc ſigna &
miracula ab ipſo Moyſe , a Prophetis &
aliis Scriptoribus facta , non enim Deus
miracula pro mendacio confirmando fieri
ſinit .

SYNOPSIS OBJECTIONUM,

ET SOLUTIONUM.

Primo : Quædam opponuntur a Manichæis contra genuitatem librorum Moyſis , ſed ea ſolius manent in iis quæ de
exiſtentia Dei lato calamo ſcripſimus : ultro fatemur legem veterem 2. Cor. 3. dici
mortis miniſtrationem , ſed per accidens ,

G   qua-

quatenus aperit concupiscentiæ peccata & prohibet, homines enim ex innata corruptione nituntur in vetitum.

Secundo : Tametsi Moyses in sapientia Ægyptiorum institutus sit, non inde sequitur ante eos non scripsisse de legibus & de Dei attributis. Sed ad summum de Mathematicis, ut de Geometria, Arithmetica & Musica : neque vero propugnamus illos cuncta in libris Moysis scribenda hauisse.

Tertio : Falsum est Moysen trecentis annis Inacho Rege Græco posteriorem, cum Julianus Africanus, Tatianus, & Clemens Alexand. quibus in hoc potissimum fides debetur, contrarium asserant.

SECTIO SECUNDA.

Utrum libri novi Testamenti sint genuini ?

GNOSTICI impugnarunt existentiam librorum novi Testamenti : Celsus & Manichæi etiam bellum indixere ejusmodi libris, asserendo Evangelistas non esse concordes, multaque mendacia conjecisse eorum auctores. Idem a fortiori existimant Gentiles, Judæi & Apostatæ. Grossius in voto pro pace Ecclesiastica, titulo de canonicis Scripturis videtur asserere libros novi Testamenti divino afflatu non fuisse exaratos, quamvis pie & fideliter scriptos. Spinosa negat absolute inspiratos esse, dicendo auctores eos scripsisse tantum ut Doctores privatos. Ipse Erasmus putat Scriptores illos in omnibus non fuisse a sancto Spiritu adjutos. Ejusdem est sententiæ Spalatensis, dicens libros novi Testamenti varios continere humanos lapsus. Quæ quidem sententiæ inducimur genuitatem & validitatem librorum novi Testamenti, contra quos obhæc sit :

CONCLUSIO.

Libri novi Testamenti in canone Ecclesiæ adicti, sunt genuini.

Probatur variis argumentis.

PRIMUM ARGUMENTUM.

Petitur ex testimonio auctorum coævorum.

ILLI libri sunt genuini qui facti sunt & compositi eo tempore quo dicuntur ta-

les, quique tales semper habiti sunt ; Atqui res hic se habet : Ergo &c. Probatur minor & quidem multipliciter.

Primo : Clemens Romanus, qui Apostolorum tempore florebat, varia deprompsit testimonia ex Evangelio in suis ad Corinthios epistolis. Similiter & Ignatius Martyr : Item & Polycarpus Joannis auditor in epistola sua ad Philippenses, Papias Polycarpi familiaris, Justinus Martyr in Apologia 2. sæpe Matthæum citat : de Evangelio Marci mentionem facit Papias apud Eusebium, lib. 3. cap. ult. Lucam designat Irenæus, & ante ipsum Paulus in secunda ad Corinthios epistola : Josephus lib. 2. cap. 8. loquitur de Joannis prædicatione, & de ejusdem morte ab Herode imperata, similiter & Suetonius in Claudio, cap. 25. Plinius Junior in epistola ad Trajanum : Celsus Paganus qui tertio vivebat sæculo testatur Christum multa patrasse miracula : idem fatetur Suetonius, tametsi ea magicis artibus tribuat. Denique nullus Paganus exprobavit Scriptoribus Catholicis falsa in suis libris dedisse. Eamdem veritatem propugnat Clemens Alexand. L. 6. Stromatum, cap. 7. & iterum Irenæus lib. 3. cap. 11. Augustin. lib. 11. contra Faustum, cap. 1. Ergo &c.

Secundo : Probatur eadem minor ratione : Illi libri semper tales habiti sunt, quales apparuere, quorum auctoritate perpetuo usa est Ecclesia in Conciliis ad confutandos hæreses, usi sunt Patres ad fidem contra impugnantes defendendam : Atqui & Ecclesia in Conciliis, ut patet ex Canonibus, & Patres in suis sententiis, ut liquet ex eorum scriptis, usi sunt libris novi Testamenti & ad revincendos hæreticos, & ad fidem aut restaurandam, aut fovendam, & defendendam : his usus est Origenes contra Celsum, Tertullianus adversus Marcionem, Athanasius in debellandis Arianis, & sic de subsequentium sæculorum Patribus : Ergo &c.

Tertio eadem minor confirmatur isto ulteriori ratiocinio. Libri novi Testamenti non fuerunt conscripti neque ante, neque post Apostolos, sed eorum tantum tempore : Igitur tales semper habiti sunt, quales assignantur ab Ecclesia. Probatur Ant. Si ante Apostolos fuissent scripti, Scriptores sacri de falsitate fuissent convicti a Paganis fidei nostræ ejuratis hostibus ; si vero post, non fuissent admissi a coætaneis Apostolorum, qui tamen unani-
mi-

miter eos recepere . Ita Clemens Romanus , epiſt. ad Cor. Polycarpus epiſtola ad
Philippenſes , & Aug. l. 33. contra Fauſtum , cap. 6. aſſerunt : unde , inquit , S.
Doctor , ſi ejuſmodi libri incerti ſunt &
dubii , nihil eſt profecto in fide catholica
certum. Sed abſurdum conſequens : Ergo
& antecedens.

SECUNDUM ARGUMENTUM

*Petitur ex eo quod vera referant libri
novi Teſtamenti .*

I L L I libri ſunt genuini qui vera referunt : Atqui vera referunt libri novi Teſtamenti : Ergo &c. Probatur minor multis momentis .

Primo quidem libri novi Teſtamenti ea
referunt de divinitate , de unitate Dei &
Trinitate , de præceptis & moralitate , quæ
jam jam multis retro ſæculis annunciave-
rant Prophetæ , quorum libri per multa
ſæcula in variis imperiis circumferebun-
tur , quique fuerunt in ſumma veneratione vel apud ipſos Reges Paganos ; Igitur
vera annunciant .

Secundo : Illi libri quidam ſpirant veritatis odorem : in eis apparet ſimplicitas ,
& ſummus rectitudinis amor : verant malum , ſuadent vero & præcipiunt omne
bonum : immo & conſilia ducunt ad perfectionem : Sed hæc omnia redolent veritatem : Ergo &c.

Tertio : Illi libri veri ſunt qui a diverſis
auctoribus , diverſo tempore , loco & ætate diſtantibus & tamen inter ſe conſentientibus ſcripti ſunt : Atqui libri novi
Teſt. ſic ſcripti ſunt a diverſis auctoribus ,
& tamen inter ſe conſentientibus : Ergo
&c. D. Auguſtinus hinc probat minorem
l. 18. de civ. Dei cap. 41. ubi poſtquam
dixit antiquos Philoſophos & Magiſtros in
inquirenda veritate plurimum diſcordes ,
ſubdit veritatem a multis , nonnili divina
protegente auctoritate , inveniri , ſic enim
loquitur : " Auctores noſtri , in quibus
„ non fruſtra ſacrarum litterarum figitur
„ & terminatur canon , abſit ut inter ſe
„ aliqua ratione diſſentiant . Unde non im-
„ merito cum illa ſcriberent , eis Deum
„ vel per eos locutum , non pauci in ſcho-
„ lis atque gymnaſiis litigioſis diſputationi-
„ bus garruli , ſed in agris atque in urbi-
„ bus cum doctis atque indoctis tot tan-
„ tique populi crediderunt. Ipſi ſane pau-
„ ci eiſe debuerunt , ne multitudine vi-

„ leſceret , quod religioſæ clarum eſſe o-
„ porteret : nec tamen ita pauci , ut eo-
„ rum non ſit miranda conſenſio . „

Quarto : Auctores illorum librorum ,
nec decepti ſunt , nec decipere alios voluerunt , aut potuerunt ; ſi quidem fuerunt
viri levioris diſciplinæ , & ab omni tum
argenti , tum auri , tum cupiditate alieni , qui in ipſos ſævientes benedicebant ,
quique ſanguinem ſuum pro defenſione
doctrinæ Chriſti fuderunt . 2. Noluerunt
decipere , erant enim & ſimplices & can-
didi , quippequi infirmitates & injurias
magiſtro ſuo illatas non tacuerint , qui
res coram Judæis licet adverſariis per actus
publicos retulerunt : qui denique , nec
minis , nec pollicitationibus a propoſito
deterreri potuerunt . Quid plura ? Eamdem quam prædicarunt doctrinam amplexi ſunt viri omni exceptione majores , &
hoc quidem ſolo veritatis amore & conſcientiæ ſtimulis ducti ; qui etiam & honores & voluptates atque mundi illece-
bras ſpernentes , eandem portentis & miraculis doctrinam confirmarunt .

Quinto : Illi libri multa de Chriſto referunt , de quibus vel ipſi auctores Ethnici teſtimonium perhibent , quod eſt magnum veracitatis argumentum : juvat hic
aliqua texere exempla .

Sacri Evangeliſtæ ſcribunt Chriſtum vi-
xiſſe in Judæa , hoc ipſum referunt auctores pagani . ſcilicet Suetonius ? Tacitus ,
Plinius Junior , Porphyrius , Phlegon , Celſus , Numenius , Lucianus , nec non Imperatores , Trajanus , Antoninus Pius &
Marcus Philoſophus . Non omittendus ſane Joſephus qui l. 18. antiq. Jud. cap. 4.
mira de Chriſto eloquitur .

Sancti Evangeliſtæ , ſcriptis mandarunt
Chriſtum in Bethleem eſſe natum ex matre paupercula , eumque in Ægyptum
profugiſſe . Id quoque agnoſcic Celſus ,
tametſi Chriſtiani nominis infeſtator in-
ſenſiſſimus . Quin ex tabulis cenſualibus
Romanorum , ad quas provocant Juſtinus , Tertullianus , & Chryſoſtomus , ex
cenſu etiam illo , quem , naſcente Chriſto ,
indixit Imperator Auguſtus , aperte conſtat Chriſtum natum eſſe in Bethleem .
Nec referre impræſentiarum pigebit Ma-
hometen ultro ſateri Jeſum ex illibata
Virgine natum.

Scriptores Canonici emarrant ſtellam mi-
raculoſam in ortu Chriſti apparuiſſe , Magos ex Oriente ad cunas Jeſu eum ado-
raturos , veniſſe , Herodem in Judæa re-
gnan-

gnantem in pueros a bimatu & infra a
Chriſti adventu natos ſæviiſſe. Porro hæc
vera & extra omnem dubitationis aleam
poſita eſſe conſtat Ethnicorum teſtimoniis. Namque novum Sidus poſt Chriſtum
natum in cœlis præfulſiſſe, ad eumque
Magos acceſſiſſe fatetur Julianus Apoſta-
ta, quamvis odio in Chriſtum percitus hujus ſtellæ ortum, in cauſas naturales re-
fundat. Macrobius ſcriptor Ethnicus L. 2.
Saturnalium cap. 14. fuſo calamo deſcribit
cladem impiam qua Herodes infantulos ob-
truncavit, his verbis: " Cum audiſſet,
,; Auguſtus, Inter pueros, quos in Sy-
,, ria Herodes Rex Judæorum intra bien-
,, nium occidi juſſit, filium quoque ejus
,, occiſum, ait : Melius eſſe Herodis por-
,, cum eſſe, quam filium. ,,

SS. Matthæus, Marcus, Lucas & Joannes
multa commemorant Chriſti miracula, quibus ipſe ſuam obſignavit miſſionem. Sed
& huic enarrationi non refragantur infideles, videlicet Celſus apud Origenem lib.
2. contra illum, Julianus apud S. Cyrillum lib. 6. adverſus hunc Apoſtatam, qui
omnes ultro fatentur Chriſtum aliqua pa-
traſſe miracula : hoc ipſum affirmat Mahumetes in Alcorano : immo teſtimonium
ab ipſis Judæis inimicis oculatis teſtibus
habemus.

Quid plura referam ? Stupendam ſolis
defectionem & terribilem terræ concuſſio-
nem quæ Chriſto moriente contigerunt,
ſcribunt Evangeliſtæ; narrantur quoque a
Phlegonte Ethnico Scriptore l, 13. Olym-
picorum Chronicorum. Igitur, vel ipſis
fatentibus paganis vera ſcripſerunt novi
Teſtamenti Evangeliſtæ.

TERTIUM ARGUMENTUM.

*Petitur ex concordantia novi cum veteri
Teſtamento.*

ILLi libri ſunt genuini qui concordantur cum oraculis Prophetarum, promiſſionibus Patriarchis factis, & hoc multis retro ſæculis ante Chriſtum natum, quem
omnes cæteras Teſt. figuras tum in ſacrificiis, tum in ſacramentis expreſſas prælu-
dunt : Atqui tales ſunt libri novi Teſtamenti : Ergo &c. Major patet, quomodo
enim citra miraculum fieri poſſet, ut tantopere in ſe diſtantia concordarent, ſi veritas omnium fortior, omnibuſque tempo-
bus, quiſimmo & hominum paſſionibus
dominans non adeſſet ? Probatur igitur
minor in qua ſolum reperitur difficultas.

Primo quidem, Quia eamdem fidem,
eamdemque doctrinam, ſaltem quoad ſubſtantiam, continent libri novi Teſtamenti
cum doctrina veteris Teſtamenti : Eumdem quidem Deum & Chriſtum, eadem
præcepta, eumdemque prædicant finem
& beatitudinem.

Secundo : Novum Teſtamentum omnes
terminat veteris figuras : Meſſiam enim
quem prænuntiaverunt Prophetæ, præſentem exhibet : ſacramenta virtute majora
ſuccedunt legis Moſaicæ Sacramentis : Nova lex habet Sacrificium quæ Sacrificia
Moſaica rimatur quidem, ſed virtute nedum adæquat, verum etiam longe præcel-
lit, juxta illud Heb. 10. de Chriſto ſummo
Sacrificatore : Una enim oblatione in ſempiternum conſummavit ſanctificatos, Quam
quidem doctrinam Patres certatim propugnant, explicant, atque defendunt.

Athenagoras in ſua pro Chriſtianis legatione ſic loquitur : " Fidei noſtræ teſtes
,, habemus Prophetas, qui Chriſtum de
,, Deo & rebus divinis diſſeruerunt. Si
,, rationibus niteremur, merito humanam
,, eſſe perſuaſionem noſtram aliquis puta-
,, ret : verum inſuper Prophetarum voces
,, animare noſtras : unde Irenæus lib. 2.
,, cap. 57. dicit ad Prophetarum libros,
,, remittendos eſſe eos qui nolunt miracu-
,, lis, quibus fides Chriſti propagata eſt,
,, credere. ,,

Origenes lib. 1. contra Celſum de adver-
ſario ſuo queritur quod Judæi credant vaticiniis Prophetarum, & tamen nolint credere iis quæ ſequuntur ad Prophetas de
Jeſu Nazareno: Eamdem doctrinam confirmat Tertullianus lib. adverſus Judæos, &
Cyprianus in ſuis viciſſim libris adverſus
eoſdem.

Lactantius lib. 5. divinarum inſtitutionum, cap. 3. ſic loquitur : " Diſce igi-
,, tur, ſi quid tibi cordis eſt, non idcir-
,, co a nobis Deum creditum Chriſtum
,, quia mirabilia fecit, ſed quia videmus
,, in eo facta eſſe omnia quæ nobis an-
,, nunciata ſunt vaticinio Prophetarum
,, ... Prophetarum teſtimonio, qui
,, omnia quæ fecit, & quæ paſſus eſt
,, multo ante cecinerunt, fidem diviniza-
,, tis accepit. ,,

Succinit egregie S. Auguſt. l. 18. de civit. Dei, cap. 40. his verbis : " Cui enim
,, narranti melius præterita credimus, quam
,, qui etiam futura prædixit, quæ præ-
,, ſentia jam videmus? ,, Unde l. 12. contra Fauſtum, cap. 45. Non contemne-
,, ren-

,, rentur .. .. quæ Apoſtoli annunciabant,
,, demonſtrabantur hæc a Propbetis ante
,, fuiſſe prædicta . ,, Non ergo mirum ſi
& Chriſtus & Apoſtoli, ut doctrinam
ſuam tuto confirmarent, veterem Scripturæ, legem & Prophetas toties appellarunt. Legatur v. g. ſanctus Matth. cap.
18. verſ. 21. laudat Iſaiam, cap. 1. verſ.
6. Michæam verſ. 25. ejuſdem capitis :
Oſeam, & verſ. 18. Jeremiam, ita non
ſolum ille, ſed & cæteri Apoſtoli ſcri-
ptores poſt Chriſtum Magiſtrum multa
adduxerunt veteris Teſtamenti vaticinia,
quæ etiam notata ſunt ad martirem ac-
curatarum novi Teſtamenti editionum,
fruſtra a nobis omnia appellarentur.

Idem S. Doctor hanc proſequitur probationem lib. 10. de civit. Dei, cap. 32.
relatis enim diverſis Philoſophorum ſententiis, qui, inquit, neque in beatitudine aſtruenda, neque in mediis ad eam
conducentibus, vera ſcripſere, ſubdit : ‘‘
,, Non talia ſancti homines in iſta uni-
,, verſali animarum liberandarum via gra-
,, dientes, tanquam magna prophetare
,, curarunt : quamvis & iſta eos non ſu-
,, gerint, & ab eis ſæpe prædicta ſint,
,, ad eorum fidem faciendam, quæ mor-
,, talium ſenſibus non poterant intimari,
,, nec ad experimentum celeri facilitate,
,, perduci . Sed alia erant, vere magna
,, atque divina, quæ quantum dabatur,
,, cognita Dei voluntate, futura nuncia-
,, bant . Chriſtus quippe in carne ventu-
,, rus, & quæ in illo jam clara perfecta
,, ſunt atque in ejus nomine impleta,
,, pœnitentia hominum, & ad Deum
,, converſo voluntatum, remiſſio pecca-
,, torum, gratia juſtitiæ, fides piorum,
,, & per univerſum Orbem in veram di-
,, vinitatem multitudo credentium, cul-
,, turæ ſimulacrorum dæmonumque ſub-
,, verſio & a tentationibus exercitatio,
,, proficientium purgatio, & liberatio
,, ab omni malo, judicii dies, reſurre-
,, ctio mortuorum, ſocietatis impiorum
,, æterna damnatio, regnumque æter-
,, num glorioſiſſimæ civitatis Dei, ejus
,, conſpectu immortaliter perfruentis : in
,, hujus viæ ſcripturis prædicta atque pro-
,, miſſa ſunt quorum tam multa comple-
,, ta conſpicimus, ut recta pietate futu-
,, ra efficaciam confidamus. ,,

Juvat nunc ex ipſis Scripturarum fontibus oſtendere iſtam concordiam.

Primo : Chriſtus dicitur de ſemine A-
braham Matth. 10. & in prædictum fue-

Boucat Theol. Tom. IV.

rat Gen. 22. his verbis ; *In te benedicentur univerſæ cognationes terræ.*

Secundo : Chriſtus dicitur natus de Virgine Matth. 1. 18. illud ipſum Iſaias cap.
7. prophetaverat, his verbis : *Ecce Virgo concipiet.* Ibidem annuntiatur ut Princeps pacis, ut Emmanuel, & Pater futuri ſæculi : quod mirum in modum videmus a ſeptem ſupra decem ſæcula &
amplius adimpletum.

Tertio : Matthæus refert Magos veniſſe ab Oriente ad Chriſtum adorandum .
Illud habetur in prophetia Iſaiæ cap. 60.
his verbis : *Surge, illuminare Jeruſalem, quia
venit lumen tuum, &c.*

Quarto : Chriſtus appellatur Filius Dei,
Matth. 3. Joan. 1. Illud autem prædixe-
rat David Pſal. 2. 7. his verbis : *Ego ante
Luciferum genui te.*

Quinto : Chriſtus paſſim in Evangelio
vocatur miraculorum patrator : De hoc
momento multus fuerat ante ſermo a-
pud Iſaiam cap. 41. his verbis de Chriſto prolatis : *Tunc aperientur oculi cæcorum, &c.*

Sexto : Referunt Evangeliſtæ, primo
quidem Chriſtum ſanctam civitatem ingreſſum fuiſſe cum pompa & acclama tione ; Item Principes & Seniores conveniſ-
ſe ut eum morti traderent, deinde crucifixum & poſtea a mortuis reſurrexiſſe
& aſcendiſſe, in cœlum . Zachar. 9. ſermo habetur de ejus triumpho . Pſalmo
1. de Concilio Judæorum adverſus Jeſum . Jerem. 31. 9. de ipſius morte ;
Pſalmo 3. de ipſius Reſurrectione, &
Pſalm. 23. 7. de ejus Aſcenſione : Ergo &c.

QUARTUM ARGUMENTUM

*Petitur ex inſpiratione librorum novi Te-
ſtamenti.*

ILLI libri ſunt genuini qui fuerunt a
Deo inſpirati : Atqui tales ſunt libri novi
Teſtamenti : Igitur ſunt genuini . Major
patet, quod enim eſt a Deo, veriſſimum
eſt: probatur igitur minor & quidem multipliciter.

Primo, ex Scriptura ſacra.

MATTH. 10. cap. 19. habetur Chriſtum
Apoſtolos ſic fuiſſe allocutum : *Non enim
vos eſtis qui loquimini, ſed ſpiritus Patris
veſtri qui loquitur in vobis .* Luc. 12. 12. Po-

nite ergo in cordibus veſtris non præmeditari
quemadmodum reſpondeatis, ego enim dabo
vobis ſapientiam cui non poterunt reſiſte-
re. Tum Joan. 14. v. 26. *Paraclitus enim*
Spiritus ſanctus quem mittet Pater in nomi-
ne meo, ille vos docebit omnia, & ſugge-
ret vobis omnia quæcumque dixero vobis.
Ruſus 1. Cor. 2. *Sermo meus & prædica-*
tio mea, non in perſuaſibilibus humanæ ſa-
pientiæ verbis, ſed in oſtenſione Spiritus &
veritatis. Et ad Gal. 2. *Notum ſacio Evan-*
gelium quod evangelizatum eſt a me, quia
non eſt ſecundum hominem ; neque enim ego ab
homine accepi illud, neque didici, ſed per
revelationem Jeſu Chriſti.

Secundo, ex Conciliis & ſanctis
Patribus.

CONCILIUM CARTHAG. III. can. 47.
& Trid. in decreto ſpeciali declarant libros novi Teſtamenti fuiſſe Deo inſpiran-
te ſcriptos.
Huic veritati aſſipulantur S. Clemens
Papa in ſua ad Cor. epiſt. S. Joſtinus a-
pol. 2. S. Iren. l. 3. adverſus hær. cap.
46. & 47. S. Clemens Alex. exhortatione
ad Gentiles S. Ambroſius epiſt. ad Juſtum
S. Hieronymus comment. in epiſt. ad Philemonem. S. Epiphanius hær. 76. S. Chryſoſtomus homil. 37. in Geneſim S. Auguſtinus lib. de conſenſu Evang. cap. 35.
Sanctus Gregorius Magnus in Proœmio
Moralium. De libro Job ejus verba referre non abs re erit : Sic loquitur de auctore libri : " Quis hæc ſcripſerit, valde
„ ſupervacue quæritur, cum tamen auctor
„ libri Spiritus ſanctus fideliter credatur.
„ Ipſe igitur hæc ſcripſit, qui hæc ſcriben-
„ da dictavit: ipſe ſcripſit, qui & illius o-
„ peris inſpirator extitit. „

Tertio, ex Actibus Martyrum.

ACTUS Martyrii Saturnini, & Scilliea-
norum, qui in Africa ſub Severo Claudio Conſule anno 303. paſſi ſunt, hanc
ſubindigitant veritatem : Similiter & Martyrii hiſtoria SS. Abylinenſium, qui omnes
mortem potius ſubire quam Scripturas
ſacras Paganis tradere maluerunt. Quorſum hæc ? Niſi quia ut divinas illas habebant. His teſtimoniis accedit conſue-
tudo Eccleſiæ, quæ in Conciliis uſa eſt
ſanctis Scripturis, uti verbo Dei, tum ad
confutandos Hæreticos, tum ad fidei veritates confirmandas; Ergo &c.

Quarto : IIII libri ſunt inſpirati & divini, qui ſolum a D. O. M. promanare potuerunt : Atqui tales ſunt libri novi Teſtamenti : Ergo &c. Probatur minor. IIII
libri continent & myſteria quæ omnem humanum ſuperant captum, & præcepta
moralia vires hominis in ſe relicti excedentia, nullus quippe ſine gratia & con-
cupiſcentiam vincere, & injurias condonare valet ; Igitur a Deo ſolum promanare potuerunt. Ex profeſſo redibit
ſermo.

QUINTUM ARGUMENTUM

Petitur ex miraculis patratis pro con-
firmatione doctrinæ librorum novi
Teſtamenti.

ILLI libri ſunt genuini & veriſſimi,
quorum doctrina multis coſirmata eſt miraculis, immo & totius mundi ad Chriſtum converſione : Atqui res ſic ſe habet :
Ergo &c. Major patet ; Nam miracula
ſunt ſolum pro aſtruenda veritate : Minor utique ex motivis credibilitatis quæ
ſupra attulimus : Sufficiet ergo impræſentiarum unicum producere Auguſtinum,
qui duo probat contra Gentiles l. 10. de
civ. Dei cap. 16. & 12. In primo quidem
oſtendit miracula Deorum inanium eſſe
falſa, nec aliud eſſe præter naturæ de-
ficientis effectus, ut monſtra, vel quod
pejus eſt artis magicæ vel Thurgicæ fructus. In poſteriori vero probat miracula
a Deo patrata ſola eſſe veriſſima : " Neque
„ enim, ait, audiendi ſunt, qui Deum
„ inviſibilem viſibilia miracula operari
„ negant ; cum ipſe etiam ſecundum ip-
„ ſos fecerit mundum quem certe viſibi-
„ lem negare non poſſunt. Quidquid igi-
„ tur mirabile fit in hoc mundo, profe-
„ cto minus eſt quam totus hic mundus. „
Ergo &c.

Obtunduntur ſpicula Infidelium.

OPPONUNT Scripturam ſacram eſſe ab
hominibus, cum ab ipſis eam habeamus :
Igitur non a Deo. Confirmatur : non ab
Angelis eis dictata eſt, cum hoc nullibi
legatur, ſupereſt igitur quod eam vel ad
nutum phantaſiæ, vel opera mali genii
tradiderint ; non enim ſemel contigit homines conſuluiſſe dæmones, ut liquet de
Magis Pharaonis, de quibus multus eſt
ſermo Exod. 8. 9. & 10.

Reſ-

Respondeo diftinguendo : Scriptura facra ab hominibus infpiratis prodiit, concedo : non infpiratis, nego. Multa momenta probant Scripturam facram ab hominibus a Deo infpiratis promanaffe. Primoquidem ecquis fibi perfuadeat Prophetas, Evangeliftas, Apoftolos ex parte rudes & illiteratos, a pueris aut Agricolis, aut Paftores, aut Artifices, aut Pifcatores tam fublimem & admirabilem doctrinam cœlitus non accepiffe? Secundo, multa, ut Prophetæ, menti humanæ prorfus impervia & abfcondita annuntiavere, quod citra revelationem facere non potuerunt. Tertio, Myfteria quæ captum hominum ita fuperant fcripferunt, ut in iis capiendis, fi non. adfit gratia illuminans, cæcutiat intellectus creatus.

Ad confirmationem : Scriptum eft in Actibus, Moyfen difpofitione Angelorum a Deo accepiffe legem quam fuo tradidit populo : neque vero minus claret hiftoriam creationis ante ipfos homines factæ, & primis parentibus poftea cœvæ abfque revelationis ope potuiffe fcriptis mandari. Quod autem aut Athæi, & malevoli alii malo alicui genio tribuere audeant, hoc dubio procul abfque fundamento afferitur, cum & fermones & fcripta nihil nifi puritatem, pietatem, fanctitatem fpirent. Quam quidem doctrinam tot & tantis miraculis confignarunt, ut Deum folum Auctorem habuiffe conftet, maxime cum hujufmodi prodigia ad unius Dei cultum inftituendum, & ad abolendam facrilegam dæmoniorum fuperftitionem ediderint viri, quorum mores innocentiffimi erant, & quorum fibi femper conftans vitæ tenor fummam erga unum Deum reverentiam, erga homines benevolentiam, erga magicas artes magnam execrationem omnium oculis ingerebat. Quis cordatus credet homines omni humano deftitutos auxilio, fæviente mundo, terrente diabolo contra auctoritatem Principum, contra fuperftitiones Sacerdotum & populorum, contra argumenta Philofophorum, eloquentiam Oratorum, corruptionem paffionum ubique graffantem potuiffe nulla virtute divina adjutos tam felici exitu legem, quam literis mandarunt, defendere, propugnare, ftabilire, ac tandem omnem potentiam humanam reluctantem, flamma & ferro atrocius fævientem devincere, eamque cruci quafi oppugnabant, fubjicere.

Replicant : Miracula, in gratiam religionis patrata, non funt vera miracula, fed folum aut virtute naturali, aut ope dæmonum prodigia facta, ut legere eft de portentis a Magis Pharaonis editis. II. Infideles fuos itidem habere & vates & oracula gloriantur. III. Vel ipfi Mahumetani Alcoranum a Deo infpirante prodiiffe, immo & fignis confignatum jactitant, quam legem univerfi prope orbis terrarum populi tanto animi obfequio ofcultant, ut leviffimum in comparatione Chrifti cultorum prævalere tantæ multitudini citra temeritatem dici non poffit.

Jamjam in tractatu attributorum differt, 1. de exiftentia Dei fecimus fatis illis & fimilibus putridis argumentis ; verum ad abundantiam juris iterum refpondere juvat.

Refpondeo negando miracula facta tum in veteri, tum in novo Teftamento ad legem Dei confirmandam non effe vera miracula. De prioribus conftat, cum Moyfes non clanculum, fed coram populo, fed aftantibus Ægyptiis ea fecerit ; neque tamen ullum adverfus prodigiorum veritatem reclamaffe legitur. De pofteriorum genuitate non minus liquet ; tametfi enim quidam inter Judæos obduratiffimi miracula Chrifti virtuti dæmoniorum tribuerint, præter quam quod ipfe Jefus hanc infulfam propulfaverit calumniam, dicendo eos contradictoria eloqui, cum implicet dæmonem figna facere ad evertendum fuum regnum, in hoc quippe tendebant Domini noftri miracula, alii cedebant Jefu, & ita fidei obediebant, ut tefte Eufebio lib.3. Hift. Ecclef. cap. 21. univerfa Hierofolymorum Ecclefia ex folis Hebræis, qui ad fidem chriftianam converfi erant, ab ævo Apoftolorum ad tempora ufque Adriani Imperatoris, qui Judæos & Chriftianos Hierofolymis expulit, fuerit conftituta.

Ad fecundum diftinguo : Infideles habuerunt ficut Synagoga Vates & oracula falfa, concedo : vera, nego. Revera quidem, tempora quibus deos Gentium floruiffe dicuntur, fabulofa funt, & ipfos non nifi numinis commentatio fuiffe fufo calamo oftendit Tertullianus in fuo apologetico. Quantum ad Vates & oracula quæ Gentiles ventilant, circa dubium eft, ejufmodi oracula edita effe citra miraculum, obfcura, nulliufque momenti eventus, circa quæ nullus eft adeo mendax Vates, qui confidenter & impune non garriat, immo identidem mentiendo in verum quandoque non incidat. Unde

Cicero lib. 2. de divinatione, hæc, quæ
sua ætate circumferebantur oracula deri-
det, partim ut falso confista, partim ut
casu vera, partim ut ambigua responsa
Sacerdotum, incautam & simplicem plebem decipientium. Non sic prophetiæ,
quas veras esse probavit eventus omnis,
ut ex concordia veteris Testamenti cum
novo ostendimus. Ex quo liquet Scripturas sacras esse genuinas & inspiratas.
Juvat hic texere miram Lastantii responsionem : Sic loquitur de Gentibus lib.
3. institutionum cap. 17. " In oraculis
„ vel maxime sallunt, quorum præstigias
„ prophani a veritate intelligere non pos-
„ sunt, ideoque ab illis attribui putant
„ & imperia, & victorias, & opes, &
„ eventus prosperos rerum : Denique ip-
„ sorum nutu sæpe rempublicam pericu-
„ lis imminentibus liberatam, quæ peri-
„ cula & responsis denuntiaverunt, &
„ sacrificiis placari averterunt . Sed om-
„ nia ista fallaciæ sunt ; nam cum dispo-
„ sitiones Del præsentiant, quippe qui
„ Ministri ejus fuerunt, interponunt se
„ in his rebus, ut quæcumque a Deo
„ vel facta sunt, vel fiunt, ipsi potissi-
„ mum facere, aut fuisse videantur ; &
„ quoties alicui populo, vel urbi, secun-
„ dum Dei statum boni quid impendet,
„ illi se id facturos vel prodigiis, vel so-
„ mniis, vel oraculis pollicentur, si sibi
„ templa, si honores, si sacrificia tri-
„ buantur . Quibus datis, cum illud ac-
„ ciderit, quod necesse est summam sibi
„ pariunt venerationem . Hinc templa
„ devoventur, & novæ imagines con-
„ secrantur, mactantur greges hostia-
„ rum, &c. „
Ad tertium nego Alcoranum a Deo
prodiisse, & veris miraculis consignatum.
Tametsi enim quædam pia in eo legantur, duo certa sunt apud omnes. Primum quidem ea Mahumetum a Judaica
& Christiana revelatione suffuratum esse.
Secundum, eadem partim fabulis, partim etiam putidissimis erroribus comma-
culasse. Et vero insulsas In Alcorano suo
collegit Rabinorum famulis, tum Sabellianorum, Manichæorum, Arianorum,
aliorumque hujus furfuris Hæreticorum
nævos. Quod autem corrupteri revelationem Judaicam & Christianam, liquido
constat ex multis. I. Docet Abrahamum
Templum Mechæ erexisse, ibique cultum
Dei juxta Alcoranum instituisse. II. Is-
maelem adæquat Isaaco, & quasi præ-

fert, & sic exsufflat Abrahæ factæ promissiones in Isaac . III. Ut de novi Testamenti revelatione loquamur, Mariam,
quæ Christum peperit, eamdem facit cum
Maria Moysis sorore . IV. Christi divinitatem infrunito ore negat, eumque non
fuisse crucifixum, sed alium in ejus locum suffectum esse fabulatur . V. Demum legem totam carnalem & multiplici uxorum apparatu ad nutum cujuslibet prædicat, nec alium promittit
Sectatoribus præter paradisum obscœnis
voluptatibus exæstuantem & plenum .
Neque vero aliud pro jure & justitia
habet, quam vim armorum, quibus per
fas & nefas sui omnem orbem terrarum
suo possint adscire imperio, cum e contra religio Christi tota humilis, tota immaculata, tota sancta; hinc & sola revelata .

Obstrepunt iterum : Illæ Scripturæ non
sunt inspiratæ, si libri in quibus continentur, non possunt dici sacri : Atqui
hujusmodi libri non sunt sacri : Et probatur . Sunt tantum compilationes frag-
mentorum quæ hinc inde absque delectu
ab Esdra collecta, disturbato ordine, nul-
laque habita ratione temporum, in diversa volumina digesta & compacta sunt,
ut videre est in libris Prophetarum, maxime in Jeremia . Ergo &c.
Respondeo I. Vaticinia Prophetarum, quæ
primi Christiani habebant, & ad nostra
usque tempora pervenerunt, tanti fuisse
ponderis, ut Justinus & alii multi Philosophi ea in Christo adimpleta animadvertentes, velut inspirata crediderint, &
eorum lectione fidem Christi amplexi sint,
quam quidem & proprio consignare sanguine non dubitarunt . Ea ipsa laudavit
Christus adversus Judæos obstrepentes :
Et S. Paulus contra eosdem, neque tamen conquesti sunt non esse genuina, verum potius ut veros Prophetarum fœtus
ita habebant, ut multi etiam ex Sacerdotibus obedirent fidei, ut legitur Act. 2.
3. Eadem sancti Patres, nedum adversus
Judæos, sed contra Ethnicos ad fidem
defendendam laudabant. Non abs re erit
quorumdam verba hic texere.
Christus Dominus Luc. 24. occurrens
duobus discipulis in castellum Emaus eun-
tibus, eorum increpavit incredulitatem, in
quam propter passionis scandalum non nihil
prolapsi fuerant. O *stulti ! inquit eis, &*
tardi corde ad credendum in omnibus quæ
locuti sunt Prophetæ . Nonne hæc oportuit pa-

ti *Christum , & ita intrare in gloriam suam ?*
Et incipiens a Moyse & omnibus Prophetis
interpretabatur illis in omnibus Scripturis quæ
de ipso erant . S. Paulus Act. 26. causam
suam defendens & perorans coram Rege
Agrippa & Festo Syriæ Præside, eos sic
allocutus est : *Auxilio autem adjutus Dei ,*
usque in hodiernum diem sto, testificans mi-
nori , atque majori , nihil extra dicens ,
quam ea quæ Prophetæ locuti sunt , futura
esse , & Moyses : Si passibilis Christus , si
primus ex resurrectione mortuorum , lumen
annuntiaturus est populo & Gentibus .
Jam ad sanctos Patres veniamus. Athenagoras in legatione pro Christianis ait :
" Eorum quæ novimus, & credimus ha-
„ bemus Prophetas testes . . . voces Pro-
„ phetarum confirmant nostras rationes. „
Origenes lib. 2. contra Celsum est ejusdem
labii : ibi enim vocat validissimam demonstrationem eam quæ ex prophetiis deducitur. S. Cyprianus lib. adversus Judæos in
Præfatione ad Quirinum dicit : " Prædi-
„ ctiones Prophetarum valere ad prima
„ fidei lineamenta formanda. „ Quid plura ? S. Augustinus tract. 35. in Joan. sic
loquitur : " Quid est Christus , dicit Pa-
„ ganus ? Cui respondemus : quem præ-
„ nuntiaverunt Prophetæ . „
Respondeo 2. ad argumentum negando
minorem : Ad probationem , distinguo ;
Libri sacri sunt collecti ab Esdra Propheta , & Ecclesia sancto Spiritu afflata judicavit quinam recipiendi , quinam vero ab-
jiciendi sint , concedo : sicut autem Propheta , sic & Ecclesia in re tanti momenti errare non possunt : Et adulterini pro
genuinis suscepti sunt , nego . Hoc fusiori
calamo agendo de quolibet libro in particulari explicabimus . Porro non una ratio probat Prophetarum libros esse inspiratos . I. Hoc evincit consensio veteris testamenti cum novo. II. Hoc quoque quod
Judæi Christianos landantes Prophetas pro
Christo , libros deflorasse nusquam insimu-
laverint . Jam vero si non adsit semper
in historiis texendis ordo temporum , nulli mirum videri debet , cum Jeremias v.
g. in angustia temporum , necessitate compellente , iterata vice suas Baruch. dicta-
verit prophetias , & ex alia parte Libri
sacri in variis Judæorum captivitatibus ,
variis quoque passi sint naufragia . III. Demum diversus materiarum ordo ne minimum quidem negotium facessit pro authenticitate sacrorum, maxime in prophetiis
enarrandis : quin potius illam astruit , cum

Prophetis Dei afflatu motis solemne sit modo unum de aliquo oraculum , modo alterum de alio momento proferre : Scriptum est enim Ezech. 1. *Ubi erat impe-*
tus spiritus, illuc gradiebantur.
Dices : Prophetarum libri non urgent
Ethnicos , cum suspectos & malæ fidei habeant Judæos : Ergo &c.
Respondes S. Augustinus lib. 13. contra
Faustum : " Dicere non esse aptam Gen-
„ tibus Hebræam Prophetiam , cum vi-
„ deamus omnes Gentes per Hebræam
„ Prophetiam credere in Christum , ridi-
„ cula insania est. „

OBJICITUR : Plures circumferuntur
libri sub nomine Apostolorum , puta Thad-
dæi & similia. Igitur Libri novi Testamenti non sunt genuini . Confirmatur . Patres ,
ut Ignatius, Clemens Romanus , Polycarpus etiam citant ea quæ continentur in
libris apocryphis ; sic Clemens mentionem
fecit de libris Sybillinis , quod argumentum est libros non esse genuinos , quia veri a falsis discerni non apparent . Rursus
confirmatur . Veteres Ecclesiæ Doctores
nullam faciunt mentionem de novi Testamenti libris ; ut Patres mox laudati, item
nec Polycarpus , Athenagoras , Theophilus, Tatianus , in primis, nec Hermas A-
postolorum discipulus .
Respondeo , ex probationibus patere libros novi Testamenti esse genuinos . Ad 1.
distinguo : Et libri apocryphi non fuerunt
ab Ecclesia recepti ut canonici , concedo ;
secus , nego . Nullus igitur generalis consensus probavit ejusmodi libros , quin immo
multos in eis scivere errores , multaque
mendacia compertum habemus .
Ad 2. distinguo : Patres quandoque libros apocryphos citarunt historice narrando , vel etiam ad majorem veritatis confirmationem sententiis aliquibus veris usi
sunt , concedo : & illos citarunt tamquam
canonicos , nego . Quædam igitur ex his
quandoque laudavere Patres , multa siquidem bona continent libri apocryphi , quæ
vel in Prophetis , vel in Apostolorum scriptis illorum authores sumpserunt , unde
non mirum si a sanctis Doctoribus quandoque celebrentur ; sed non ea professio
mente ut essent canonica Scriptura :
Dices : Ejusmodi libri habent aliquid ex
Prophetis desumptum : Igitur pares sunt
ceteris libris .

Res-

Respondeo negando consequentiam & paritatem . Disparitas est , quod libri novi
Testamenti Ecclesiæ propositione firmati
sint , & ejusdem consensu recepti , secus
vero alii .

Ad 3. nego Patres nullam fecisse mentionem de libris novi Testamenti ; siquidem Papias distinguit Evangelium Marci
ab Evangelio Matthæi ; hic autem erat
Apostolorum discipulus . Ita Eusebius lib.
3. historiæ cap. 39. Irenæus quatuor E-
vangelistas bis nominat cap. 16. Justinus
apolog. 2. laudat hæc Joannis verba : *Deus
erat Verbum* . Unde respondeo II. distinguendo : Patres primorum sæculorum nullam fecere mentionem de libris novi Testamenti aliquando , & cum res non postulabat , concedo : semper , nego. Tria
distinguuntur Patrum opera , quædam ad
Catechumenorum instructionem : quædam
ad fidei defensionem : quædam vero ad
mores instituendos . In primis aut nullo
modo , aut subobscure loquebantur de
mysteriis & libris Scripturarum , ne Christi thesaurus foret in prædam Gentilium,
qui quandoque audiebant Apostolorum
discipulos de regno Dei sermocinantes :
vel etiam propter Catechumenorum debi-
liorem & titubantem fidem , quibus certe non omnia & præcipua committenda
erant mysteria . In secundis palam & publice , immo & clare loquebantur de
mysteriis : rarius in tertiis & posterioribus .

Contra : Libri novi Test. non sunt Veraces : Igitur nec genuini . Probatur Ant.
multipliciter : Primo quidem , quia discipuli iterum atque iterum decepti falsi
scripsere ; Judæi enim vocabant Christum
seductorem . Secundo , veritatem reddere nequeunt scripta virorum impostor-
rum , quales erant Apostoli , qui pene
omnes piscatores erant . Tertio , Julianus
& ante ipsum Celsus in magicas revocat artes miracula ab Apostolis pro veritatis confirmatione patrata . Denique potuerunt Apostoli simulare veritatem , &
vita admodum pœnitenti & dura mendacium tegere .

Respondeo , istas objectiones ex supra dictis solutas manere , immo & evanescere.
Prima quidem propellitur miraculis & resurrectione Christi . ac totius mundi conversione , quæ quidem sunt argumenta e-
jus , tum divinitatis , tum sanctitatis irrefragabilia . Ad cætera in promptu est eadem
responsio ; in hoc enim plurimum mirabi-

le fuit , pauperes spiritu piscatores evan-
gelizasse regnum Dei , quod certe fieri
non potuit , nisi Deo magistro inspirante ,
docente , & protegente . Cæterum & miracula , & ipsa Apostolorum sanguinis effusio probant eos vera scripsisse .

Reponunt Religionis hostes : Libri novi
Testamenti non fuerunt inspirati : Igitur
nec genuini . Probatur Ant. Primo quidem , quia inter se pugnant : alia enim
proponit Matthæus , alia vero Lucas : si
autem a. Deo promanassent auctore , profecto nihil esset in eis diversum , quandoquidem diversitas a diversitate causarum
procedit .

Respondeo , negando Ant. Ad probationem jam supra factum est satis : attamen
ad abundantiam juris distinguo : libri N.
T. diversa proponunt , id est , unus auctor refert ab alio omissa , vel non satis
explicata , concedo : diversa contrarie ,
aut contradictorie , nego . Diversitas duplex distinguitur , alia omissionis & expli-
cationis : alia vero contrarietatis , seu e-
tiam contradictionis . Prior in eo situ est ,
quod quædam referantur in uno , quæ ab
alio , vel omissa sunt , vel non sufficienter &
secundum omnes circumstantias explicata :
posterior vero quando aliquid affirmatur
alicui puncto ab alio Scriptore laudato ne-
gatur diversa , ut si v. g. Matth. dixisset
de latronibus quod uterque semper & usque ad mortem convitiatus fuisset Christum ; tunc in hac hypothesi Lucas referens unius Latronis conversionem , non
vera probasset . Prima diversitas saltem
reperitur apud Evangelistas ; sic Lucas
sanguinis sudorem enarrat , quem omiserat
Matthæus : Matthæus vero susius explicat beatitudines a Christo in monte præ-
laudatas & publicatas , quam ipse Lucas :
iste enim quatuor tantum posuit , per ab-
breviationem & non per contrarietatem ,
si quidem in octo a S. Matthæo allatis
continentur .

Insistunt : Libri N. T. adversantur libris
antiquæ legis , qui tamen erant inspirati :
Igitur illi spiritum sanctum non habuerunt
auctorem : Probatur Ant. Multa sunt in
V. T. quæ non solum bona non credimus , verum etiam quæ mortifera repu-
tamus : sic v. g. Apostolus Gal. 5. de circumcisione ajebat : *Si circumcidamini .,
Christus nihil vobis proderit* .

Respondeo negando Ant. Ad prob. distinguo : illa quæ objiciuntur erant bona suo tempore , concedo : erant mala ,
ne-

nego. Lex vetus abrogata eſt, quia, ve-
rientæ veritate, ceſſant figuræ, unde
nunc eſt mortifera, utrumque aſſirmat
novum Teſtamentum : Igitur non adverſatur veteri.

Perfiſſius c. Illi libri non videntur inſpirati, qui indigent ulteriori auctoritate,
ut confirmentur : Atqui libri N. T. indigent ulteriori auctoritate ; ſcilicet veteris
Teſtamenti, ut confirmentur ; Apoſtoli
enim varia, tum Moyſis, tum Prophetarum oracula aſſumunt, ut ſua ſcripta non
ſolum apud Judæos, verum etiam apud
Gentiles credibilia reddant.

Reſpondeo diſtinguendo : Si ejuſmodi libri ulteriori indigeant auctoritate ad ſuam
veritatem quoad ſe comprobandam, concedo : ſi ſolum quoad homines, nego.
Et ſic diſtincta minore, nego conſequentiam : libri N. T. ea ſolum nituntur auctoritate quæ eſt divina, unde non indigent abſolute loquendo ulteriori auctoritate, ut credibiles dicantur : quia vero
homines variis moventur deſideriis, & parum admodum fit in eis lumen, præſertim circa divina intelligenda, non eſt inconveniens variis momentis illis explanare
veritatem : unde ipſe Chriſtus utebatur o-
raculis Prophetarum, ſimiliter & ad ejus
imitationem Apoſtoli, ad probandam,
tum divinitatis, tum Incarnationis veritatem, maxime apud Judæos quippe qui
admitterent V. T. Scripturas, unde o-
pus erat ut Verbi divini prænunx eis
oſtenderent figuras veteris legis eſſe in
Chriſto adimpletas : apud Gentiles etiam, ut concordia utriuſque Teſtamenti,
quæ inter ſe & tam diſtantia ſine miraculo adinveniri non potuit, intelligerent veram eſſe Chriſti legem, veraſque
novi Teſt. libros.

Replicas : Quæ ſunt inſpirata, ſunt
abſque humana induſtria ; ſolum gravia
& ſupernaturalia referunt : Atqui tales
non ſunt libri novi Teſtamenti : Primo
quidem ; quia Apoſtoli morem in ſcribendo aliorum auctorum geſſerunt, ſcilicet
inquirendo, laborando & referendo, vel
quod ipſi viderunt, ut Joannes qui aquam
e latere Chriſti promanantem ſe vidiſſe
profitetur, quia tamen & ſcripſiſſe ; ſicut
viderant vel etiam quæ audierant, ſic
Marcus ſcripſit Evangelium ut audivit a
Petro ; Lucas vero ut didicerat a Paulo.
Secundo, quia ſunt naturalia & cæteris hominibus communia, ab Apoſtolis
tamen conſcripta, ut in epiſt. ad Timo-

th. 2. cap. 4. 11. in qua ſic loquitur A-
poſtolus : *Lucas eſt mecum ſolus.* Igitur
quædam ſcripſerunt quæ ad fidem non
pertinent, adeoque nec ad revelationem.
Tertio, quædam levioris momenti referantur, ut ſalutationes : Igitur iſta non
fuerunt inſpirata, alias ſi quæcumque in
Scripturis continentur, divinæ ſubeſſent
inſpirationi, non foret diſcrimen inter
graviora & levia ; nec myſteria rebus humanis forent majori fide digna, quod eſt
inconveniens.

Reſpondeo diſtinguendo : Quæ ſunt inſpirata, tam quoad ſubſtantiam, tam quoad modum non ſunt ab humana induſtria, tranſeat : quæ ſunt ſolum inſpirata
quoad modum, nego. Et ſic diſtincta
minore, nego conſequentiam. Multa ſunt
in Scripturis diſtinguenda : quædam quæ
ab inſpiratione, tam quoad ſubſtantiam
quam quoad modum profluunt, qualis eſt
revelatio SS. Trinitatis. Enim vero myſterium illud quoad ſe omnem ſuperat
captum humanum ; immo & quoad modum, neque enim, aut labore, aut induſtria cognoſci poteſt. Quædam vero ſunt
naturalia quoad ſe, ut ſalutationes, &
ſermonum enarrationes ; & iſta ſunt ab
inſpiratione ſolum quoad modum, in quantum Spiritus ſanctus aderat ſcriptoribus
per aſſiſtentiam, ne ut jam jam dictum
eſt, errarent, tum in ſcribendo, tum fa-
& enarrando : iſta autem non ſunt tam
inſpirata quam ea quæ a Deo procedunt
& quoad ſubſtantiam, & quoad modum :
& ſic patet reſponſio ad omnia argumenta ; nam & leviora ut divinæ ſublunt inſpirationi ſunt æque certa ac majora, quia
idem eſt Verbum divinum loquens : quam
ob rem ſequitur ſolum res humanas quoad ſe & in abſtracto conſideratas, non eſſe tanta fide dignas ; ſecus vero ut divinæ ſubſunt revelationi.

Reſpondeo II. diſtinguendo : Apoſtoli
morem cæterorum auctorum geſſerunt quoad ſcripta materialiter ſumpta, concedo :
formaliter ſumpta, nego. Quæ in Scripturis ſacris mandata ſunt, poſſunt con-
ſiderari dupliciter, nempe, vel quoad ſe,
vel quoad enarrationem & ſcriptionem,
Primo modo nihil habent commune cum
cæteris auctoribus prophanis, quando quidem iſti ſcripſerunt, vel quæ audierunt,
vel quæ ipſi capiebant, vel etiam quod
ſtudio adinvenerint : & hoc ſemper naturali diſci lumine : Scriptores vero canonici retulerunt, vel quæ immediate didicerant

a Deo, vel quæ Spiritu fanéto afilati & affiflente feriptis mandarunt. Jam vero Scripturæ alio poffunt confiderari modo, nempe præcife ut ordine quodam litteris & ftylo confcribuntur; & ad hoc requiritur labor & induftria ficut in cæteris: Et in hoc admittitur comparatio.

Ad id vero quod dicitur, Marcum fcripfiffe quæ audierat a Petro, diftinguo: a Petro infpirato, concedo: fecus, nego. Igitur & Marcus fcripfit quæ a Petro infpirato didicerat: ipfe vero eodem fpiritu affiflente fuum compofuit Evangelium, & fic error nullo modo irrepfit in ejus fcripta ex omni parte infpirata, adeoque & canonici.

Sed contra: Apoftoli fuerunt Prophetæ & Doctores: quædam igitur fcripferunt fecundum revelationem, quædam vero fecundum doctrinam: Igitur quando locuti funt ut Doctores, non locuti funt, ut infpirati, adeoque omnia non funt in Scripturis divinæ.

Refpondeo diflinguendo: Locuti funt Apoftoli directi a Spiritu fanéto ne errarent, concedo: fecus, nego. Habuerunt igitur in doctrina fua infallibilitatem.

Replicant: Multæ rationes in Scripturis N. T. referuntur, quæ magis redolent doctrinam & opinionem quam revelationem: fic Paulus differens de caflitate: I. Cor. 7. ait, *Præceptum Domini non habeo, confilium autem do*. Igitur non habebat de virginitate fervanda revelationem. Rurfus Athenienfibus rationibus humanis & ipfo Poetarum effatu probat veri Dei optimi unitatem: Ergo &c.

Refpondeo ut fupra, Apoftolos protegente & affiflente Spiritu fanéto vera femper fcripfiffe.

Ad 1. exemplum diflinguo: Paulus non habebat revelationem de Virginitate præcipienda, concedo: de eadem proponenda, nego. Nam fubdit flatim: *Puto quod & ego fpiritum Dei habeam*. Sequitur igitur folum nullum fuiffe a Chrifto enarnatum præceptum de fervanda virginitate, fecus vero Confilium: nam & ipfe ad hanc perfectionem hortatus eft homines, Matth. ... poft ipfum Apoftolus.

Ad II. diflinguo ut fupra: Et S. Paulus infallibilitatem habuit, ut certis Poetarum auctoribus & rationibus probaret idololatriam Dei unitatem, concedo: cum enim illi nullas admitterent Scripturas, auctoritate ipforum Philofophorum

& Poetarum, atque rationæ de fuperflitio, ne erant convincendi. Et Doctor gentium non habebat in fcribendo infallibilitatem, nego.

De modo quo Deus fe geffit refpectu Scriptorum canonicorum

A d plenam & claram objectionum folutionem, operæ pretium eft dicere, quomodo S. Spir. fe gefferit erga Scriptores canonicus. Deus igitur poteft loqui multiplici modo, fcilicet vel antecedenter, videlicet infpirando, revelando, & demonftrando quid fcribendum, quidve dicendum fit, ita ut fcriptor nihil proprio marte, aut fcriptis mandet, aut faciat; quod quidem fieri poteft vel per revelationem, fic S. Paulus in extafi raptus multa audivit arcana: vel per vifionem imaginariam, ut cum Petrus linteum ferpentibus & quadrupedibus plenam e cœlo demiffum vidit, & poftea in idem receptum, qua quidem vifione Spiritus fanctus gentilium vocationem illi manifeflabat. Quandoque etiam hoc fit per affumptionem fpecialem a fpiritu Dei, fic David Spiritus fanéti impulfu & impetu exclamans, ait: *Ego dixi in exceffu meo: Omnis homo mendax*; nonnumquam per allocutionem fenfibilem, ut Angelus qui loquebatur Moyfi in rubo, quæ quidem allocutio fafta eft in vigilia: vel etiam quando Deus os ad os loquitur, ficut Moyfi &. Paulo locutus eft: vel denique per infpirationem internam camque fpecialiffimam, ut diximus de exceffu David.

Alio modo loquitur Spiritus S. fcilicet concomitanter, & non ita diflincte, fed ad modum dirigentis, ne erret Scriptor: unde eft motio & infpiratio fpecialis, eaque continua, ut Scriptor canonicus in omnibus veritatem dicat. Etiam fe habet Spiritus fanétus, refpectu Scriptoris canonici, dictando verba & fenfus, maxime cum de myfteriis agitur. Quandoque fenfum & non verba dictat, fic Samuel multa audivit contra Eli Magni Sacerdotis domum, & fcriptis ad fuum modum redegit, atque enarravit. Quandoque infpiratio eft tantum ad veritatem locutionis, ita ut & fubftantia rerum geftarum, & eas fcribendi modus fit humanus, ficut in hiftoriis referendis patet; v. g. Machabæi potuerunt defcribere prælia & facta fua: certe fenfum non dictavit Spiritus fanétus, illi namque narraverunt & quæ vi-

viderant, & quæ ipsi fecerant. Neque etiam scribendi modus apparet a Deo infusus: tum quia hostorias scripserunt sicut alii auctores: tum quia stylus diversus est in diversis Scripturarum historiis; alius quippe apparet in libris Regum, alius in libro Judith & Estheris, alius in libris Machabæorum: alius in Evangeliis & in epist. ad Hebr. Porro si Scripturæ forent inspiratæ quoad omnia, idem utique foret in omnibus scribendi modus: Relinquitur ergo quasdam Scripturas immediate esse a Spiritu sancto quoad substantiam, quasdam quoad verba & sensum: quasdam quoad modum, omnes quoad veritatem: Ita communiter Theologi.

Dices: Quidam primorum sæculorum Patres tenent omnes Scripturas esse a Spiritu sancto & quoad verba,& quoad sensum pronanatas.

Respondeo, hoc verum esse pro Scripturis quæ vel de lege, vel de mysteriis tractant: neutiquam vero de his quæ humanas referunt historias. Posset tamen dici etiam de istis a Spiritu sancto & quoad sensum spiritualem & moralem, & quoad verba prominisse, in quantum Spiritus sanctus mentem, linguam & calamum Scriptorum dirigebat, juxta illud Prophetæ Psal. 44. *Lingua mea calamus scribæ, velociter scribentis.* Nec mirum, Prophetæ & Apostoli pro Deo scribentes erant Spiritu sancto pleni, nec quicquam nisi ipsius impulsu & directione scripti mandabant, & sic omnes, quæ circumferuntur de hoc momento in Ecclesia opiniones, conciliantur.

Solvuntur objectiones contra concordiam Scripturarum.

Opponunt fidei adversantes: Illi libri non sunt genuini, qui nullam, aut saltem sufficientem concordiam habent cum veteris Test. Scripturis: Atqui tales apparent Scripturæ N. T. Ergo &c. Major patet: cum enim novum Testamentum fundetur in Veteri, si non habeat cum isto relationem, nec utique habebit & veritatem. Probatur igitur minor, & quidem multipliciter. Primo, non est concordia cum prophetis, namque omnis obscura admodum videtur. Secundo, cuncta quoque non semel apparent, quandoquidem prophetiæ, ut plurimum, sensum litteralem præ se ferunt, qui respicit res & personas. Tertio, plures contrarietatem spirant: Ergo &c.

Respondeo negando minorem. Ad probationem distinguo: Prophetiæ sunt obscuræ collective sumptæ, nego. Distributive, subdistinguo: & habent ab Ecclesia, tum propositionem, tum explicationem, concedo: secus, nego. Prophetiæ possunt considerari duplici modo, nempe in globo & collective, & sic una est confirmatio alterius, immo & explicatio. Sic cum dicitur Christus natus ex Maria Virgine, tunc concipitur illud Isaiæ effatum: *Ecce virgo concipiet;* ad Christum pertinere. Præterea quid mirum si Scripturæ obscuræ sint, non enim, ipso teste Christo, datum est omnibus hominibus nosere mysteria, ne vel simplices, vel etiam malevoli ipsas irriderent, sed majoribus & fidelibus concredita est fides explicita mysteriorum Religionis. Cæterum habemus Ecclesiam quæ fidem & exponit & explicat.

Ad 2. distinguo: Quæ dicuntur in Scripturis possunt diversis applicari secundum diversos sensus, concedo: secundum eumdem, nego. Ultro fatemur Scripturas N. T. ipsi soli convenire secundum sensum litteralem, sed secundum spiritualem jure merito applicantur V. Testamento, v. g. Jerusalem litteraliter significat urbem Palestinæ; secundum sensum spiritualem designat Ecclesiam Christi. Dicum est autem supra Scripturas varios habere sensus.

Ad 3. distinguo: Scripturæ quandoque videntur contrariæ materialiter, concedo: formaliter, nego. Materialiter quidem, quatenus voces & phrases, immo & expressiones sæpe diversæ sunt: Sed diversitas levis est, & si quæ formaliter apparet, utique in levioribus sita est, nusquam vero in substantia. V. g. est de substantia fidei ut Magi venerint de longinquo ad Christum adorandum: sed ex qua præcise regione & mundi plaga, non est fatis certum.

Replicant: Ipsi Christiani non conveniunt de expositione Scripturarum: Igitur non est concordia veteris cum novo Testamento: Idem sit judicium de cæteris ac de prophetia Jacob: Atqui illam explicant de sola Tribu Juda, alii vero de tota natione Judæorum: Ergo &c.

Respondeo, distinguendo: Theologi Catholici quandoque non conveniunt de levioribus, transeat: de capitali, nego. Palmare prophetiæ Jacob caput est, ut Christus veniat ablato sceptro a Judæis, se-
cun-

rundum autem omnium opinionem , in
adventu Chrifti poteflas Judaica prorfus
fuit ablata & extincta .

SYNOPSIS PROBATIONUM.

Libri novi Teflamenti funt genuini .

Pa i m o : Tales invenerunt Patres quales
habiti funt , & nos habemus : Clemens Romanus In fuis ad Corinthios Epiflolis , I-
gnatius viciffim in fuis ad Romanos , Tra-
illianon & alios multa laudant loca, quæ
adamuffin in codicibus facris leguntur .
Secundo : Confentiunt cum libris V. T.
de Deo uno , & maxime de incarnato . Et
vero Matth. 1. Chriflus dicitur de Virgine natus : hoc ipfum prænontiatur Ifaiæ 7.
his verbis : *Ecce Virgo concipiet &c.* Et fic
de adoratione Chrifti a Magis , de converfatione ejus cum hominibus , miraculis ,
paffione, & refurrectione .
Tertio : 2. Petri 3. Scriptores canonici
dicuntur expreffe a Deo infpirati . Hinc
facra Synodus Tridentina decreto fpeciali
definit inter Libros N. T. In canone ad-
fciton effe divinam Scripturam , quam uti
talem fub anathematis comminatione credere præcipit .

SYNOPSIS OBJECTIONUM,

ET Responsionum.

Pa i m o : Eflo quod hujufmodi libri ad
hominibus fcripti fint , fed auctores homines locuti funt infpirati a Deo . uit S.
Petrus Epift. 2. cap. 3.
Secundo : Neque vero negamus libros
aliquos Scripturæ effe apocryphos ; fed
hoc innuit , Ecclefiam , quæ uti tales
declaravit , infallibilem effe in affignandis
genuinis .
Tertio : Quandoque Evangelifta non nihil inter fe difcrepare videntur , fed in levioribus , non quoad fubftantiam , vel etiam
ex eo quod quædam puncta ab uno Evangelifta omiffa funt , quæ alius recenfere
æquum duxit . Cæterum tamenfi quædam
humana facta in novo Teflamento recen-
featur , hoc unum probat , omnes Scripturas non effe a Spiritu fancto dictante : fed contendimus effe a Deo affiftente , adeoque nullum in illas irrepfiffe
errorem .

*Utrum ad Ecclefiam pertineat declarare
quænam fint veræ Scripturæ .*

HOc quidem momento jim delibavimus , oflendendo ultimam fidei refolutionem fieri in Ecclefiam : quamobrem
fufficit in præfentiarum dicere ad ejufdem veritatis confirmationem , illud Chrifli oraculum Matthæi 11. verf. 17. *Si
autem Eccl. fam non audierit , fit tibi ficut
Ethnicus & Publicanus .* Rurfus ibidem
cap. 23. *Super cathedram Moyfi federunt Scribæ & Pharifæi ; quæcumque dixerint vobis fervate & facite :* Apoflolus ad Gal. 1. hæc
habet quæ plurimum Ecclefiæ auctoritatem extollunt : *Afcendi Hierofolymam cum
Barnaba, & contuli cum illis Evangelium ,
quod prædico in gentibus ; feorfum autem
iis , qui videbantur aliquid effe ne forte
in vanum curretem , aut cucurriffem :* Suffragantur SS. Patres . Aliquorum cele-
briorem auctoritatem afferre non pigebit .
Irenæus lib. 3. adverfus hæc. cap. 3. ait
loquens de Ecclefia Romana : " Ad hanc
„ Ecclefiam propter principaliorem prin-
„ cipalitatem neceffe eft convenire omnem
„ Ecclefiam , hoc eft , omnes , qui funt
„ undique Fideles , In qua femper confer-
„ vata eft ea , quæ eft ab Apoflolis traditio . „ Eminet Cyprianus lib. 1. Epift. 3. "
„ Nec enim aliunde hærefes obortæ funt ,
„ aut nata Schifmata , quam inde quod Sa-
„ cerdoti Dei non obtemperatur , nec unus
„ in Ecclefia ad tempus Sacerdos , & ad tem-
„ pus judex cogitatur . „ S. Auguflinus agmen iftud gloriofum claudet aureis iflis
verbis lib. contra Epiflolam Fundamenti
cap. 5. ubi fic exclamat : " Evangelio non
„ crederem , nifi Ecclefiæ me commoveret
„ auctoritas . „ Quamobrem ordo rerum
poflulat ut de diverfis Scripturarum canonibus ab Ecclefia probatis differamus .

*De diverfis Scripturarum canonibus , ab
Ecclefia receptis :*

CANON definitur facrarum Scripturarum catalogus publica auctoritate & unanimi confenfu , five antiquæ Ecclefiæ quæ
dicitur Synagoga, five novæ, quæ & Chrifti,
approbatus & receptus eft .
Duplex pro utroque Teflamento Canon
refertur ; unur proto-Canonicus , alter
vero Deutero-Canonicus . Prior continet

libros de quibus numquam fuit dubium, posterior vero cæteros.

§. L.

De Canone librorum veteris Testamenti.

CANON proto-Canonicus continet 22. Libros, quisque scilicet Moysis, Prophetarum 13. in quibus quidquid à morte Moysis, usque ad Artaxerxem Longimanum actum est, describitur; quatuor alios cantica & morum præcepta referentes. Ita Josephus lib. 1. adversus Appium de Canone primo Hebraico, sic cum illo censent in lingua Hebraica versatissimi, Melito, Origenes & Hieronymus.

Origenes apud Eusebium lib 6. cap. 25. Illos sequenti ordine numerat. I. Genesim. II. Exod. III. Leviticum. IV. Numeros. V. Deuteronomium. VI. Librum Josue. VII. Judicum & Ruth. VIII. Duos priores Regum. IX. Duos posteriores. X. Paralypomenon. XI. Utrumque Esdræ. XII. Psalmos. XIII. Proverbia. XIV. Ecclesiastem. XV. Cantica. XVI. Isaiam. XVII. Jeremiam una cum Threnis & Epistola. XVIII. Danielem. XIX. Ezechielem. XX. Job XXI. Esther. XXII. Omisit unum, qui non est alius quam minorum Prophetarum liber.

S. Hieronymus in Prologo Galeato in tres partitur classes Libros sacros veteris Testamenti. Prima legem continet, scilicet Pentateucum. Secunda Prophetas; sed Baruch & Epistolam Jeremiæ omisit. Tertia, Agiagrophorum libros eodem ordine recenset cum Origene. In antiquis Catalogis Esther non invenitur; certum est tamen apud Judæos fuisse Librum hunc ut sacrum habitum; id enim testantur Origenes & Hieronymus in Hebræo versatissimi. Cæteri qui non sunt in hoc Canone ut Sapientia, Ecclesiasticus, Judith, Tobias, Machabæi ab antiquis Doctoribus apocryphi dicuntur.

Moyses volumen legis non in arca, sed in latere recondi jussit, ut habetur Deuteron. cap. 31. & num. 26. Idem volumen, ut refertur lib. 2. Paralypom. cap. 34. num. 14. ab Elcia repertum est, non in arca quidem, sed in domo Domini, destructa Hierosolyma arcam abscondit Jeremias in spelunca, ut habetur lib. 2. Machab. cap. 2. nu. 1. & 5. nec inde eruta legitur. Porro libri Ezechielis, Danielis,

Esdræ, Nehemiæ, & Estheris, postea fuerunt scripti; unde non apparet, ut vult Epiphanius, fuisse reconditos in ipsa arca. Joseph. lib. 3. antiq. Jud. cap. 4. & lib. 10. cap. 5. dicit libros fuisse reconditos in Templo, & de arca tacet.

Certum est fuisse Canonem Librorum sacrorum apud antiquos Judæos, sed à quo sit factus, maxime controvertitur: nam & propter obscuritatem temporum, persecutionum strages & captivitatum angustias hinc inde dispersi sunt: sed omissis variis discussionibus auctorum sit,

CONCLUSIO PRIMA.

Probabilior opinio est Canonem Judæorum fuisse ab Esdra factum.

Probatur multis momentis.

PRIMO: Ille Canonem Librorum sacrorum condidit, qui Libros sacros quæsivit post captivitatem, collegit, examinavit, à mendis purgavit, in novum ordinem digessit, auctoritate publica, scilicet Prophetarum, Doctorum & Synagogæ fretus: Atqui-probabiliter hoc fecit Esdras, quandoquidem erat Sacerdos & in lege peritissimus, hinc à captivitate solutus legem populo alternata vice legit & promulgavit, ut ipse in suis Libris refert; quod sine facere non poterat, nisi collegisset sanctos Libros: Igitur de facto eos in ordinem digessit, adjuvante Juda Machabæo, qui recentiores antiquis adjecit, ut Tobiam, Judith, Sapientiam, & alios: & hoc ad ornandam Bibliothecam, ad instructionem & consolationem populi.

Secundo: Necessarius erat Canon ad consolationem, & erat mos antiquus tenere; ita habetur lib. 2. Machab. cap. 2. vers. 13. his verbis: *Inferebantur autem in descriptionibus & commentariis Nehemiæ hæc eadem: & ut construens Bibliothecam congregavit de regionibus Libros & Prophetarum, & David, & Epistolas Regum, & de donariis, similiter autem & Judas, ea quæ deciderant per bellum quod nobis acciderat, congregavit omnia, & sunt apud nos. Si ergo desideratis hæc, mittite, perferant vobis.* Licet autem hic nulla mentio sit Esdræ, supponitur tamen, cum id testantur omnes antiqui Patres: Igitur secundum morem instruit Catalogum Esdras,

seu

seu Canonem sanctorum Librorum : habuitque adjutores Nehemiam & Judam Machabæum : quia vero plura præ cæteris fecit, & erat caput & Sacerdos, ideo Canon antiquus dicitur Esdrinus. Ergo &c.

Tertio : Ex Josepho, qui lib. adversus Apion dicit hunc morem fuisse apud Hebræos colligere sanctos libros, eoidem ordinare & purgare a mendis, & hoc solum auctoritate publica, maxime Prophetarum, & Doctorum Legis : ipse vero numerat solum 22. relatos in Canone Judaico.

Quarto : Ex SS. Patribus, qui existimant Esdram composuisse Canonem antiquum. Ita Irenæus lib. 3. cap. 25. Tertullianus lib. de habitu mulierum, cap. 3. Hieronymus lib. adversus Helvidium, Chrysostomus homil. 8. in epist. ad Hebr. tum & auctor Synopseos apud Athanasium : Igitur Esdras primos & vetustos libros collegit, Nehemias vero & Judas quosdam recentiores adjecerunt in eodem Canone ; & sic conciliantur omnes opiniones : hinc qui dicunt Canonem esse vel a Nehemia, vel a Juda, hoc intelligendum est de aliqua parte.

Dices I. Scriptura nullam facit mentionem de Canone-Esdrino. II. Antequam Nehemias veniret Jerosolymam, Prophetas & Psalmos non recenserat Esdras, ut patet ex loco Machabæorum in probationibus laudato. Ergo &c.

Respondeo, Solutionem patere ex dictis. Et vero Esdras venit Jerosolymam septimo anno regni Artaxerxis Longimani, visigesimo vero anno Nehemias, quo tempore adhuc vivebat Esdras, ut patet ex libro Nehemiæ ; iste autem cum Juda potuit absolvere Canonem adjiciendo recensitos.

Certum est nullum unquam fuisse dubium de 22. primis, penes quos tota est religio antiqua : recentiores firmavit traditio, & sic patet quomodo, protegente Spiritu sancto, religio nostra ab initio mundi ædificata sit supra firmam petram : in lege quidem naturæ per legem intus dictam, & probatam Patriarcharum visionibus : a Moyse per legem Scriptam : & si quæ occurrant sententiæ vel additæ, vel diversæ, pauciores sunt, & ad substantiam non pertinent.

Melius sequitur auctorem Synopseos & Libros 22. Canonis Esdrini agnoscit : duos Esdræ admittit utique, sicut & LXX. Seniores, qui etiam historiam Susannæ, Belis, Draconis, & Hymnum puero-

rum fornacis, de quibus aliquando Hebræi dubitaverunt, recipiunt. Synagoga aliquando quidem dubitavit de Esther & Baruch, sicut & Ecclesia nova, sed præcipue de quibus qui dicuntur Deutero-Canonici.

Canon posterior, seu Deutero-Canonicus continet sex libros, quatuor scilicet historicos, nempe Tobiam, Judith, librum Paralippomenon, & Secundum Machabæorum ; duos vero morales, Sapientiam scilicet, & Ecclesiasticum, quos tandem, matura deliberatione prævii, in Canone adscivit ; unde sit

CONCLUSIO SECUNDA.

Libri præfati sunt Canonici.

PROBATUR hoc ratiocinio : Illi libri sunt vere Canonici, quos Ecclesia Patrum auctoritate innixa Canoni adscivit : Atqui libros præfatos Canonicos Ecclesia traditione Patrum suffulta declaravit. Ergo &c. Probatur minor multis momentis.

Primo : Ex summis Pontificibus. Innocentius 1. epist. ad Exuperium, anno circiter 405. de his meminit. Item Gelasius in Synodo Romana, anno 494. & ante Tridentinum, Canon Eugenianus.

Secundo : Ex Conciliis. Synodus Hipponensis, Can. 38. Carthaginensis quarta, Can. & post Florentina, tum & Tridentina sess. + immo Ecclesia Græca idem sentit quod Latina de his libris, ut patet ex ejus Synodo celebrata anno 1672. Ergo &c.

Tertio : Ex SS. Patribus. Ambrosius librum Tobiæ propheticum appellat in commentariis : & in libro de viduis librum Judith annumerat inter Canonicos ; id etiam fecisse Concilium Nicænum testatur Hieronymus. S. Augustinus l. 2. de doctrina Christi Catalogum 44 Librorum veteris Testamenti contexuit : præfatos nominat Isidorus Hispalensis ineunte septimo sæculo in libro proœmiali de libris veteris Testamenti : nominat Theodulphus Aurelianensis nono sæculo in carmine de Bibliis præfixo : nominate Eugenius in decreto suo, anno 1441. ab his & aliis illi libri agnoscuntur ut Canonici ; non tamen hoc de fide fuit, nisi post definitionem Tridentini : ea de causa Canon librorum Deutero-Canonicorum Tridentinus appellatur.

§. II.

§. II.

De Canone librorum novi Teftamenti.

INTER libros novi Teftamenti , quidam funt etiam de quibus numquam dubitatum eft ; quidam vero de quibus quondam emerfit dubium; unde fit

CONCLUSIO PRIMA.

Canon proto-Canonicus novi Teftamenti continet quatuor Evangelia , Acta Apoftolorum , omnes S. Pauli Epiftolas , excepta ea quæ eft ad Hebræos ; primam Petri & Joannis .

PROBAT 1. Ex SS. PP. qui unanimi confenfu illos omnes libros receperunt , Clemens Romanus , Polycarpus, Papias, Juftinus , Irenæus , & Clemens Alexandrinus , qui , tefte Eufebio l. 6. cap. 14. præfatos commemorant libros . Tum cap. 25. idem dicit de Origene .
Probatur 2. Ex Eufebio qui l. 3. c. 25. libros novi Teftamenti in duos diftribuit ordines . Primus continet laudatos . Secundus vero Epiftolam ab Hebr. Jacobi , Judæ , fecundam Petri , fecundam & tertiam Joannis , Apocalypfim . Tum Epiftolam Barnabæ , & alios quofdam apocryphos . Ergo &c.

CONCLUSIO SECUNDA.

Canon fecundus complectitur cæteros Vulgatæ .

PROBATUR 1. Ex Tridentino , quod feff. 4. illos declarat Canonicos . 2. Ex Patribus : Origenes apud Eufebium l. 6. cap. 25. agnofcit Epiftolam ad Hebræos, quam quidem dicit cæteris elegantiorem . Item tres Joan. Eidem tribuit Apocalypfim ; meminit etiam primæ Petri : Epiftolam Jacobi dicit fub ejus nomine circumferri : citat quoque Epiftolam B. Judæ quam folam controverfam effe fatetur ; eam S. Pauli quæ eft ad Philemonem omifit. Tertullianus , fecundam Joannis agnofcit & Apocalypfim , fic & epiftolam Judæ . Synodus Laodicæna omnes , excepta Apocalypfi , agnofcit . Auctor epiftolæ Feftinæ omnes , ne uno quidem excepto , iftas recipit Scripturas . Auctor Synopfis , Canon Carthaginenfis , & In-
Boucas Theol. Tom. IV.

nocentianus , Tertullianus & Auguftinus fuum eis addunt calculum ; denique cæteri facrorum Librorum Catalogi cum Innocentiano conveniunt ; unde non mirum fi Synodus Florentina , fi Tridentina libros laudatos ut facros habeant.

Solvuntur objectiones .

OBJICIUNT Heterodoxi : Non potuit Conc. Tridentinum aliquos Libros veluti facros habere nifi traditione fuffultum : Sed ifta deficit pro multis quos inter infpiratos annumerat : Et probatur. Deficit maxime pro fex veteris Teftamenti, videlicet pro libris Judith, Tobiæ, Eccleſiaftici , Sapientiæ & duobus prioribus Machabæorum : quod fic demonftratur. Non reperiuntur in Canone Judæorum , nec eos Synagoga ufquam fufcepit . Ergo &c.
Refpondeo negando minorem . Ad probationem nego antec. Tametfi enim Efdras poft captivitatem eos in Canone quem , Collectione facta Librorum facrorum , claufit , omiferit , non inde concludendum ante captivitatem non habitos fuiffe ut facros : quod autem inter ceteros de quibus nulla era dubitatio non annumeraverit , caufa fuit defectu Prophetiicæ auctoritatis eos approbantis , ut fcribit Jofephus l. 1. contra Appionem : " „ Ab Artaxerxe , ait , ufque ad noftrum „ tempus ; fingula quidem confcripta , „ non tamen prioribus fimili fide funt „ habita , eo quod non fuerit certa fuc- „ ceffio Prophetarum . „ Quippe quæ , durante captivitate , quandoque ceffaverit; hinc libri præfati non inveniri funt in Aaron , hoc eft , ut loquitur S. Epphanius l. de pondere & menfura , in armario Judæorum fic nuncupato , five ut ipfa fœderis arca vocabatur , eo quod in ea & tabulæ , & virga Aaron Sacerdotis magni , & manna affervarentur .
Jam vero quod traditione firmetur librorum laudatorum auctoritas , liquet ex ipfa Ecclefia Occidentali fimul & Orientali , quæ eos ut divinos habet : Nam Concilium Carthaginenfe antiquiffimum , inter facros Libros illos reponit , Orientales vero iftam fufcepere Synodum . Quinimmo Synodus Bethlehemica adverfus Cyrillum Lucarem , qui pecunia captus adhærebat Calviniftis , quofdam libros qui in Canone Laodiceno defiderantur , cæteris libris facræ Scripturæ addendos ef-

H fe

fe pronuntiavit . Cui quidem definitioni
Dionyfius Conftantinopolitanus Patriarcha cum multis aliis , tum Eifcopis ,
tum Prvbyteris fuffragatus eft in refponfione ad articulos Calviniftarum , anno
1672.

Infebis : Libros Judith , Tobiz , Sapien-
tiz & Ecclefiaftici omittit Canon 84. A-
poftolorum : neque vero Melito Sardenfis , qui fecundo florebat fzculo reponit
fex przfatos in fuo Canone apud viros
eruditos magni ponderis , quippequi primus inter Chriftianos , immerante Marco
Antonio , magna adhibita diligentia catalogum Librorum facrorum texuerit , ut
refert Eufebius lib. 4. Hift. Eccl. cap. 26.
eos etiam a fuo expungit Catalogo apud
eumdem Eufebium l. 6. Hift. Eccl. c. 25.
quem quidem Catalo;um fecuta eft Laodicena Synodus , in qua primo Canonem
facrz Scripturz Librorum Ecclefia cœpit
condere : Ergo &c.

Refpondeo ad primum : Et Canones A-
poftolici veluti fuppolitii habentur , concedo : unde nihil roboris habet inftantia :
& funt genuini Apoftolorum fœtus , nego. Si hoc enim foret , vel ipfa Ecclefia
ad apocryphorum librorum claffem non
ablegaffet territam librum Michabzorum ,
quem ficut duos priores habet ut genuinum Canon 84. laudatus .

Ad czteras probationes , dift. Et hoc
unum dumtaxat probant , videlicet libros
in objectione commemoratos non effe Proto-canonicos , concedo : Deuterono-Ca-
nonicos , nego. Melito , Origines , & Synodus Laodicena eos folum in fuos Cata-
logos recenfuerunt , quos Canon fuderu-
rum referebat . Quia vero erat aliquod
dubium circa fex de quibus emergit controverfia , & Ecclefia nihil adhuc circa
iftud momentum definierat , eos omife-
runt . Sed , re maturius difcuffa , facrum
Concilium Tridentinum poft Carthaginea-
fe inter facros Libros annumerare zquum
duxit .

Replicans : Citra Patrum traditionem
egit utraque Synodus : Igitur earum definitioni non eft adhzrendum . Probatur
antecedem. S. Athanafius in Epiftola fua
Feftali , fex libros non recipit : non auctor Synopfi Scripturz facrz , non S. Cyrillus Hierofolymitanus Catecheli 4. Non
S. Hilarius przfatione in Pfalmos , non
Amphilochius epift. ad Seleucum relata a
Bafilio, non fanctus Gregorius Nazianzenus, non Epiphanius , non Hiero-

nymus , non auctor Hierarchiz Ecclefia-
fticz , non Leontius Bizantinus in libro
de fectis , non Anaftafius Synita , non S.
Joannes Damafcenus , non uterque Nicephorus , & multi alii : Ergo &c.

Refpondeo , nego antecedens. Ad probationem dico ex argumentis negativis nihil
recte concludi ; tametfi enim illi comme-
morati Patres libros przfatos omiferint ad-
hzrendo Canoni Judzorum , quod citra
fidei periculum fieri poterat , eo quod Ecclefia nihil adhuc definiviffet pro illis libris , non tamen mere profanos & com-
mentitios illos effe fcripferunt : czterum
Ecclefiz definitio czteris przponderat .
Quid plura ? Traditio non aliquorum dumtaxat Patrum auctoritate , fed omnium ,
fed fummorum Pontificum decretis , fed
Conciliorum definitionibus conftat . Porro multi Patres , & fummi Pontifices ,
variaque Concilia fex libris fuum addunt
calculum .

Eadem eft refponfio ad argumentum factum contra genuitatem Epiftolz , I. S.
Pauli ad Hebrzos . IL S. Jacobi , poftre-
mz B. Petri . III. Sancti Joannis , & S.
Judz quod Eufebius l. 2. Hift. Eccl. cap.
23. dicit non fuiffe ab omnibus Ecclefiis
receptas .

SYNOPSIS ARTICULI

Canon Judzorum Proto-canonicus , I. *Ab
Efdra factus eft*. II. *Libri in illo contenti funt genuini* . III. *Primus Canon novi
Teftamenti continet quatuor Evangelia ,
omnes S. Pauli Epiftolas , excepta ea ,
quz eft ad Hebrzos , primam Petri &
Joannis ; pofterius ejufdem Teftamenti ca-
teros libros complectitur*.

PRIMO : Bellis & captivitatibus exardefcentibus difperfis funt hinc inde Libri
facri : Igitur illis abfolutis & finitis valde
probabile eft Efdram collegiffe facra volumina : hoc ipfum infinuatur L 2. Machab. cap. 2. fe propugnat Irenzus l. 3.
cap. 25. fic Hieronymus L adverfus Helvidium .

SECUNDO : Hujufmodi libri declarantur
genuini ab Innocentio L epift. ad Exuperium , a Concilio Carthaginenfi IV. Can.
4. &c.

TERTIO : Si de Libris proto-canonicis novi Teftamenti fit fermo, Papias , Irenzus,
Clemens Alexand. eos ut Scripturam facram

cram habent , sic testatur Eusebius L 6.
Hist. cap. 14.
Quarto : Cæteros contineri in deutero-
canone , præter Eusebium definit Concilium Tridentinum in decreto de Scriptura sacra. Ergo &c.

SYNOPSIS OBJECTIONUM,
ET RESPONSIONUM.

Primo : Ultro concedimus libros sex
veteris Testamenti , scilicet Iudith , Tobiæ , Ecclesiastici , Sapientiæ & duos priores Machab. a Synagoga non fuisse recep-
tos , sed Ecclesia , discussione facta , eos
Canoni adscivit .
Secundo : Neque negamus eosdem a
multis Patribus omitti , verum ab aliis recensentur : videlicet a Patribus Concilii
IV. Carth. quod & Orientales , etiam Schismatici recipiunt .
Tertio : Nihil roboris in contrarium habet Can. 84. Apost. utpote sicut cæteri non
genuinus Apostolorum fœtus est , cujus rei
argumentum illud affulret , quod idem Canon tertium librum Machab. ut genuinum
habet , quem tamen reficit Ecclesia .

ARTICULUS QUINTUS.

De dotibus Scripturæ sacræ in speciali .

QUædam momentosa de sacris Scripturis utriusque Testamenti dicenda occurrunt , ut omnibus discus-
sis , nihil supersit pro veneratione & utilitate textus sacri commemorandum ; unde sit

SECTIO PRIMA.

De proprietatibus veteris Testamenti .

§. I.

Num lex vetus , recte vocetur Testamentum ?

NOMINE veteris testamenti intelliguntur , res omnes divinæ ante Christi tempora declaratæ hominibus , seu Domini
pacta omnia cum hominibus ante Christi
adventum facta & inita , quibus Deus
ipsis bona promisit sub onere observationis legis , eique homines obedientiam præ-

stitere . Hæc de veteri Testamento sic
spectato occurrunt ordine dicenda & enucleanda . Pro resolutione quæstionis præsentis sit

CONCLUSIO.

Lex vetus recte vocatur Testamentum.

Probatur multipliciter .

Primo ex Scriptura : Illud recte vocatur Testamentum , quod sic celebratum
est tum in veteri , tum in nova lege ; tum
in Prophetis , tum in Evangelio & Epistolis Apostolorum : Atqui sic celebratur &
celebrata est lex vetus : Igitur recte vocatur Testamentum. Probatur minor. Psal.
115. legitur : Memor sui Testamenti sui . I-
tem Psal. 131. Si custodierint filii tui Testamentum meum . Rursus Eccli. 28. Memorare Testamentum Altissimi . Quibus sententiis , istæ ex Scripturis novi Testamenti
deprumptæ concinunt . Luc. 1. Jusjuran-
dum , inquit Zacharias beati Joannis Ba-
ptistæ Pater, quod juravit ad Abraham patrem nostrum daturum se nobis . Per jusju-
randum intelligit vetus Testamentum. Ipse vero Christus Matth. 26. & Marc. 14.
vocat sanguinem suum sanguinem Testamenti , id est , adimpletionem , tum veteris legis , tum ejus promissionum : simili
nomine lex vetus nuncupatur 1. Cor. 11.
& 2. Cor. 3. sic habetur : in lectione , inquit Apostolus , veteris Testamenti : & ad
Gal. duo allegat Testamenta, ita referunt
Græca & Latinæ editiones . Sic utique
loquitur B. Stephanus Act. 7. permando
Judæos : Dedit illi Testamentum circumcisionis . Ergo &c.
Secundo ex sanctis Patribus , maxime ex
Origene , & S. Hieronymo , tum & ex
aliis qui sednlo , in novum scripsere Testamentum ; omnes quippe , ne uno quidem
excepto , legem Movsis ut Testamentum
verum & genuinum habent : in primis D.
Thomas qui commem. in cap. 4. ad Gal.
istæ Apostoli verba , Abraham duos filios
habuit , unum de ancilla . & unum de libera ; dicit istos duos Abrahæ filios duo designare Testamenta , alterum scilicet vetus , alterum vero novum : Ergo &c.
Tertio ratione . Testamentum est ultima
Patris & firma voluntas de hæreditate filiis distribuenda : Atqui lex vetus est voluntas Dei firma de bonis , tum temporalibus , tum spiritualibus populo Judaico
con-

concedendis : Igitur recte vocatur Testamentum. Probatur minor. Ibi Deus promittit sub onere observationis suæ legis pinguedinem terræ & cœli rorem, pro spiritualibus vero Christum Redemptorem, & cum ipso gratiarum omnium supellectilem : Atqui hæc Deus promisit in libris veteris Testamenti, & adimplevit; siquidem populum, ipso ordinante & protegente, introduxit Iosue in terram lacte & melle manantem, Christus vero in temporum plenitudine venit, id est, tempore a Deo præordinato & a Prophetis multis ante sæculis prænuntiato : Ergo &c.

Solvuntur Objectiones.

Objicies : Conditiones Testamenti non conveniunt veteri legi : Igitur non recte dicitur Testamentum. Probatur Ant. Testamentum ex Ulpiano definitur, mentis nostræ justa contestatio ad id solemniter facta, ut post mortem nostram valeat: unde ad Hebr. 9. Testamentum in mortuis dumtaxat confirmatur, nec valet dum vivit qui testatus est : Atqui Deus est immortalis : Igitur non potuit inire fœdus cum hominibus, quod recte vocetur Testamentum.

Resp. distinguendo : & definitio allata per testatoris mortem procedit de Testamentis viatorum, concedo: de Testamento a Deo promanato, subdistinguo: si voluerit incarnari, & ad exaltationem sui erga homines amoris, mori, concedo : absolute loquendo, nego. Et vero Testamentum formaliter dicit tantum firmam & immutabilem de hæreditate tribuenda voluntatem, quæ quia in viatoribus firma & immutabilis in morte tantum evadit, ideo Summistæ pro Testamento testatoris mortem exigunt : quia vero Deus est in se immutabilis, & in promissionibus adimplendis fidelissimus, mori non opus erat ad fœdus cum hominibus ineundum : Unde si Filius Dei incarnatus est ut morte sua suum confirmaret Testamentum, magis fuit ad exaltationem sui erga nos amoris, quam ad necessitatem; quem quidem amorem plurimum commendat Apostolus ad Hebr. 9. ubi dicit neque Testamentum vetus, neque novum sine sanguinis effusione adimpletum : Primum quidem effusione sanguinis victimarum, quæ Christi præfigurabant sacrificium : Alterum vero ipsius Agni immaculati macta-

tione : Sic enim habet : Nec primum sine sanguine dedicatum est, nam Moyses, lecto mandato legis, aspersit sanguine vitulorum & hircorum capita, dicens : Hic est sanguis Testamenti quod mandavit ad vos Deus.

Instabis : Pactio quam Deus cum Moyse Israeliticque fecit in textu primigenio semper vocatur Berith, id est, fœdus, nullibi vero Testamentum, ut S. Hieronymus observat in Gen. cap. 17. in Isaiam, cap. 59. quapropter in sue versione tum Exodi cap. 14. tum Isaiæ 59. tum Jeremiæ 31. tum etiam Malachiæ 31. pactum non interpretatur Testamentum ; si vero quandoque sic illud nuncupet, non nisi improprie intelligendum proponit ; nam in Malachiam 2. sic loquitur : " In plerisque Scripturarum locis Testamentum non defunctorum voluntatem sonat, sed pactum viventium. " Quod utique observat Augustinus in Psal. 110.

Respondeo distinguendo : & vox Berith, quandoque meram significat pactionem, quandoque etiam Testamentum, concedo: & significat tantum pactionem, nego. Hebræi propter penuriam vocum, vox Berith sumunt in utroque sensu, & utrumque significat. Pro Testamento eam sumit Apostolus ad Hebr. 9. immo ipse Hieronymus sic sumit in cap. 14. Numeror. 31. Jeremiæ 11. Danielis, 9. Zachariæ, 3. Malachiæ; unde Exodi 3. v. 36. vertit, Arcam Testamenti.

Respondeo II. verum esse in locis laudatis, vox Berith sumi pro pactione, quia tunc Hieronymus utitur textu græco, qui ubique refert nomen Berith per diatechen significans pactum : Cæterum omnia pacta possunt vocari Testamenta, aliquando quidem improprie, aliquando vero proprie, ut patet ex mox allatis.

Urgebis : Deus non potest dici Testator : Igitur vetus lex non dicitur rite Testamentum. Probatur anteced. Testator sua transmittit bona ad alios, & ipso facto seipsum illis privat: Atqui Deus nequit seipsum suis privare bonis : Ergo &c.

Respondeo distinguendo : Testator qui est creatura sua ad alios transmittit, ipsis seipsum privando, concedo : Testator Deus, nego : & sic distincta minore, nego consequentiam. Hæc est autem inter testatorem creatorem, & Deum differentia, quod creatura, utpote finita, & certis conclusa tum loci, tum quantitatis &
per-

perfectionum terminis , non possit sua
transmittere bona , nisi ipso facto se spo-
liet ; at vero Deus est summum bonum
sui infinite diffusivum, inquit Dionysius ,
unde communicata aliqua perfectione vel
aliquo bono , idem in se manet , & adhuc infinite diffusivus . Nec mirum si sol
ipse tametsi creatus omnibus suam com-
municet lucem , & tamen nihil deperdit
neque de fulgore, neque de radiis; a fortiori sol justitiæ , cui nihil accedit , & a
quo per privationem nihil detrahitur ,
quippe qui , dicat S. Bernardus , omnium
sit bonorum oceanum , nusquam ex exitu
& perfectionum communicatione minuens,
nec ex gloria quam illi creatura sancta
laudibus & famulatu tribuit minime re-
dundans .

Insuper : Testamentum unius ejusdemque Testatoris censetur unum : Atqui
Deus non solum Judæis , sed & Christianis sua effudit & effundit quotidie bona:
Igitur lex vetus Testamentum dici non
debet . Confirmatur : primo quidem , quia
Testamentum stricte sumptum dat jus ad
bona in perpetuum; antiqua vero lex dedit solum Testamentum ad tempus . Secundo , si Testamentum vetus dicatur illud quod in Monte Sinai datum est, Pentateucum duntaxat respicit , secus vero
cætera in cæteris libris contenta : Igitur
lex vetus prout omnes complectitur libros , Testamentum stricte sumptum nuncupari non debet .

Respondeo, distinguendo anteced. Testamentum humanum unicum respicit testatorem , & est in seipso de facto unum ,
concedo : divinum , nego antecedens &
consequentiam . Cum igitur Deus divitias
in suis thesauris infinitas habeat , eas quidem & diversis & diversimode elargiri potest : sic Judæis concessit bona temporalia , & etiam aliqua spiritualia , Christianis vero virtute majora , omnibus gloriam
æternam : Igitur potuit esse diversorum
testamentorum auctor .

Ad 1. probationem distinguo : Deus dedit ad tempus bona temporalia Judæis, &
æterna per Christum habenda promisit ,
concedo : secus nego.

Ad 2. probationem utique distinguo :
Testamentum potissimum spectat libros Legis seu Pentateucum, non excludendo cæteros , concedo : excludendo, nego. Deus
speciale quidem iniit fœdus cum Abrahamo , & postea cum Isaac & Jacob , ut
legitur in libro Genesis : illud renovavit

Boucat Theol. Tom. IV.

per Prophetas , maxime per Samuelem ;
ejusdem promissiones passim in cæteris describuntur libris , qui sane specialem habent ad libros Legis relationem : Igitur
Testamentum vetus omnibus in libris continetur .

SYNOPSIS PROBATIONUM.

*Lex vetus rite nomine Testamenti
celebratur .*

Primo : Sic nominatur passim in Scripturis, maxime Psal. 131. Eccl. 38. Luc.
1. Matth. 26. Act. 7. &c.

Secundo : Concinunt SS. Patres , Hieronymus , S. Augustinus , D. Thomas
conim. in cap. 4. ad Gal.

Tertio : Ratio sufficagatur. Et vero Testamentum est ultima patris voluntas , qua
pater hæredit:em filiis suis distribuit : Sed
Deus bona tum temporalia , tum spiritualia largitus est Judæis ea conditione ut
suam servarent legem : Ergo &c.

SYNOPSIS DIFFICULTATUM,

ET EXPLICATIONUM.

Primo : Mors pro omnibus testantibus requiritur , minime vero in Deo qui
est immutabilis , & in promissionibus exequendis fidelissimus.

Secundo : Neque vero requiritur in Deo
ut celebrando testamentum bonis suis spo-
lietur ; idem enim semper in se manens
replet omne animal benedictione , absque
eo quod & retribuendo immutetur aut
minuatur , nec hominum laudes suscipiendo augeatur.

Tertio : Inter homines pater unum tantummodo pepigit cum filiis testamentum ,
quia hæreditas sua inter certos terminos
clauditur , e contra vero Dei hæreditas ;
cum enim sit summum bonum hominibus
& legis veteris & novæ in infinitum com-
municari potest .

§. II.

*Num vetus Testamentum habeat Deum
Auctorem ?*

Hujus quæsiti resolutio sequitur ex
dictis , ubi probavimus libros veteris Testamenti esse inspiratos, genuinos, & catholicos, quia tamen Manichæi hoc ipsum

H 3   ne-

negant, & malum genium pro istorum librorum auctore habent, ex quo concludunt Legem Mosaicam non esse bonam, quam quidem haeresim non sine scandalo & multorum perditione Albigenses, teste S. Antonino, renovarunt : non ab re erit in praesentiarum utramque in speciali ad fidei detensiosem discutere momentum. Unde sit

PRIMA PROPOSITIO.

Vetus Testamentum habet Deum auctorem.

Probatio prima ex Scriptura sacra.

SCRIPTURÆ quæ sunt a Deo loquente, manifestante & inspirante, dubio-procul Deum habent auctorem : Atqui Scripturæ veteris Testamenti a Deo ita fluxerunt : Et probatur. Exod. 6. v. 19. 10. 11. 12. habetur : *Dixitque Dominus ad Moysen, &c.* Ibid. cap. 14. *Locutus est Dominus ad Moysen dicens : Sanctifica mihi omne quod aperit vulvam.* Luc. 1. *Suscepit Israel puerum suum, recordatus misericordiae suae : Sicut locutus est ad Patres nostros.* Rursus ibidem : *Sicut locutus est per os Sanctorum, qui a saeculo sunt, Prophetarum ejus.* Tum Act. 3. *Deus praenuntiavit per os omnium Prophetarum pati Christum.* Rom. 1. Apost. loquens de seipso, ait : *Segregatus in Evangelium Dei, quod ante promiserat per Prophetas suos.* Cap. 3. *Credita sunt illis eloquia Dei.* Tum Heb. 1. *Multifariam, multisque modis olim Deus loquens in Prophetis : novissime diebus istis locutus est nobis in Filio.* Demum 2. Petr. 1. habetur : *Spiritu sancto inspirati locuti sunt Sancti Dei homines.* Ergo &c.

Probatio ex Traditione Patrum.

ILLÆ Scripturæ Deum habent auctorem qui solus juxta Patrum placita eas revelavit & dedit : Atqui res sic se habet : Ergo &c. Major patet : Incassum enim explodunt traditionem Protestantes : Et vero quis cordatus aliquam religionis veritatem ab ore Christi promanatam & perpetua hominum pari pietate & scientia praeditorum ad nos usque transmissam abnegabit : Si quidem humana inter testimonia nullum magis praeponderat quam illud quod & perpetua successione firmatur & unanimi omnium temporum, Do-

ctorum omni exceptione majorum stabilitur. Revera quidem num aliquis Heterodoxus, & nullius nominis vir loquens audietur tamquam vera disseminans dum adversus & sanctorum Doctorum cetum loquitur. Probatur igitur minor, universa percurrendo saecula.

Ex primo saeculo. Clemens Papa in sua genuina ad Corinth. Epist. sic habet : „ Scripturas diligenter inspicite, quae Spi-„ ritus sancti vera sunt oracula. „

Eusebius lib. 5. cap. 23. de Dionysio qui primo floruit saeculo sic scribit : " Diony-„ sius Corinth. Episcopus sacras Scriptu-„ ras explicat.

Ex secundo. „ Justinus dialogo cum Try-phone, ait : „ Gratia mihi, ut ejus Scrip-„ turas intelligam, data est. „

Irenaeus eumdem prope tenet sermonem lib. 2. his verbis : " Scripturae a verbo „ Dei & Spiritu ejus dictae sunt. „

Ex tertio. Athenagoras Legat. pro Christianis suffragatur : „ Moyses, inquit, „ Isaias & reliqui Prophetae impulsu divi-„ ni Spiritu, quicquid ille in ipsis efficie-„ bat, eloquebantur. „

Istis accedit Clemens Alexandrinus in prop. ad Graecos bis verbis : " Scriptura-„ rum ne apex quidem unus praescribit „ qui non perficiatur ; os enim Domini „ Spiritus sanctus, ex est elocutus. " Tum lib. 10. Strom. " Pulcherrima divina dicit, perdam sapientiam sapien-tum. „

Concinit Origenes hom. 1. in Exameron : „ Sermo, inquit, divinae Scripturae „ Rursus lib. 4. de principiis cap. 1. " As-„ sumenda a nobis sunt ad probationem „ eorum quae dicimus, ea divinarum „ Scripturarum testimonia, ut certam & in-„ dubitatam fidem praestent ; necessarium „ videtur ostendere quod ipsae divinae Scrip-„ turae sint Dei spiritu inspiratae.

Sanctus Athanasius orat. contra Gentiles ait : " Quamvis tamen haec possim e „ divinis Scripturis colligere, sufficiunt „ enim per se sanctae ac divinitus inspi-„ ritae Scripturae ad veritatis indicatio-„ nem. „

Non praetereundus est Tertullianus : non Cyprianus : non Lactantius eiusdem saeculi PP. Primus, lib. de spectaculis cap. 3. ait : " Scriptura divina „ dividitur, &c. „ Secundus lib. de lapsis : „ Scriptura divina clamat, ecce per Pro-„ phetam . . . Exire inde. „ Et lib. de „ opere : „ Numquam admonitio divina „ ces-

„ ceſſarit, quominus in Scripturis ſanctis
„ tam veteribus quam novis ſemper &
„ ubique ad miſericordiæ opera Dei popu-
„ lus provocaretur. „ Tertius lib. 1. cap. 4.
„ idem probat his verbis : " Nobiſcum ſit
„ veritas divinitus revelata. „ Rurſus lib.
„ 4. cap. 11. " Deus juſtos & electos vi-
„ ros Spiritu ſancto implebat , Prophetas
„ in media plebe conſtituens , quæ omnia
„ divinæ Litteræ ſignata conſervant. „
Ex quarto. S. Hilarius prolog. in Pſalmos ſic habet : " Ex quacunque perſona
„ Spiritus locutus ſit in Pſalmis , non eſt
„ ambiguum quin totum illud ad cognitio-
„ nem adventus Chriſti , & paſſionis , &
regni referatur. „ Similia prope dicit prologo in 1. Pſalmum .
Tum Epiphanius hæreſi 65. num. 29. ſic
loquitur : " Divinæ Scripturæ , quæcum-
„ que Deus vult, annuntiant. „
S. *Baſilius* in Pſalmum 44. ſuum quoque
addit calculum : " Exterius humilem &
„ abjectam Scripturam phraſim nihili du-
„ cunt ; nos contra novimus divitem
„ orationem a Deo effuſam eſſe in illis de
„ Chriſto ſermonibus .
Euſebius lib. 15. Hiſt. Ecclef. cap. 28.
„ Vel non credant , *inquit* , Scripturas di-
„ vinas a ſancto Spiritu dictatas fuiſſe , &
„ ſunt infideles : vel ſe ipſos Spiritu ſan-
„ cto ſapientiores eſſe dicant . „ En loci
debellat Hæreticos ſacris non adhærentes
Scripturis .
S. *Gregorius Nyſſen.* ſimilia loquitur proæmio in Cantica : " Nihil alienum , *ait* ,
„ facimus , ſi ex divina & a Deo inſpira-
„ ta Scripturarum omni ratione venere-
„ mur utilitatem .
S. *Chryſoſtomus* hom. 9. in 2. ad Corinth.
ſuum ſic prodit ſenſum de Auctore divinarum Scripturarum : " Omnis Scriptura
„ divinitus inſpirata eſt & utilis , omniſ-
„ que Scriptura ſacra de qua dixerat ab
„ inſtantia , ſacras Litteras noſti : omnis
„ igitur talis eſt divinitus inſpirata , ni-
„ hil dubites .
Idem dicunt Theodoretus , & Cyrillus
Alexand. Prior q. 2. tum Præf. in Pſal.
Scripturam vocat divinam . Alter lib. 6.
contra Julian. ſic habet : " Nos apud
„ Scripturam ſacram divino afflatu præ-
„ ditum invenimus ſubtilem & exactam de
„ vera & una Deitate ſententiam . „
S. *Ambroſius* de eodem momento epiſt.
44. num. 1. diſcurrit his verbis : „ Mare
„ eſt Scriptura divina . „ Et epiſt. 63. "
„ Non ſecundum artem ſcripſerunt , ſed

„ ſecundum gratiam , quæ ſuper omnem
„ artem eſt ; ſcripſerunt enim quæ dabat
„ ſpiritus iis loqui. „
S. *Hieronymus* inſignis eſt ejuſdem veritatis Præco , nam epiſt. 103. ſic loquitur : " Vera neceſſitudo eſt , quam Dei
„ timor, & divinarum Scripturarum ſtu-
„ dia conciliant . „ Paſſim & ubique aſſerit Scripturas ſacras Deum habere auctorem .
Ex quinto. S. Auguſtinus lib. 11. de civit. Dei cap. 3. ſic promuntiat : „ Hic prius
„ per Prophetas , deinde per ſeipſum , po-
„ ſtea per Apoſtolos quantum ſatis eſſe
„ judicavit , locutus etiam Scripturam
„ condidit , quæ Canonica nominatur emi-
„ nentiſſimæ auctoritatis . „ Idem docet
in Prologo libri de Doctrina Chriſtiana.
S. *Leo* qui eodem floruit ſæculo epiſt.
42. ſic habet : „ Cum ab Evangelica , Apo-
„ ſtolicaque Doctrina ne uno quidem ver-
„ bo liceat diſſidere , aut aliter de Scriptu-
„ ris divinis ſapere , quam SS. Apoſtoli
„ didicerunt atque docuerunt . „
Huic accedit Facundus Hermianenſis lib.
11. cap. 6. his verbis : " Aliter Scripturas
„ divinis legimus , quæ Canonicæ vocan-
„ tur , aliter eorum qui legendi atque
„ ſcribendi ſtudio perficientes , per æqui-
„ ſitam continuo labore facultatem , con-
„ ſecuti ſunt . „
Audiendus eſt etiam pro hoc momento
S. Gregorius magnus , qui proæmio in Libros Regum , ait : Scriptura ſacra tam mi-
„ rabiliter ab omnipotenti Deo condita
„ eſt . Mitto aliorum ſæculorum Patres ,
qui omnes , ut ex ſupra dictis patet , Scripturas veteris Teſtam. & Novi modo ſacras , modo divinas , modo a Deo inſpira-
tas , & nonnumquam dictatas appellant :
Ergo &c. Sic definiere varit Concilia , in
primis Carthaginenſe III. & inter cætera
Tridentinum.

Probatio ex rationibus .

PRIMA eaque a priori ſic proponitur.
Quæ continent myſteria captum humanum excedentia , quæ moralitatem , paſ-
ſiones hominis debellantem , proponunt :
Denique finem quem nec auris audivit ,
nec oculus vidit , nec in cor hominis aſcendit promittunt , non aliam habent quam
Deum bonorum omnium fontem pro auctore : Atqui V. T. Scripturæ tales ſunt :
Et probatur. Multa & de unitate Dei ,
& de Trinitate , & de Incarnatione diſ-
ſerunt

lerunt ac prædicant : multa quoque vitæ
fanctæ documenta exhibent, quibus unufquifque paffiones perftringere queat : Denique pro fine Deum intuitive vifum ,
qui omne bonum eft , reſpiciunt : Ergo &c.

Secunda : Illi libri Deum unicum habent auctorem , ſi de hoc momento una
fuit ſemper omnium Hebræorum & Rabinorum ſententia : Atqui res ſic ſe habet : Et probatur ex Joſepho , qui lib.
10. contra Appionem ſic loquitur : "Poſt-
„ quam præteritum eft tantum ſæculum
„ Prophetarum, neque aſpicere quidquam
„ aliquis bis 22. lib. nec auſc:re , nec
„ transformare præſumplit ; omnibus enim
„ inſertum eft uox & prima gratia Ju-
„ dæis hos divina dogmata nominare , &
„ in his utique permanere ; & propterea
„ ſic poffunt mori libenter . „ Tum ex
Ptolomæo Philadelpho rogante quid ſa-
ctum eſſet, ut tam admirandarum legum
nullus Hiſtoricus aut Poeta meminiffet ,
reſponſum eft quod juxta ſententiam Judæorum ipſe ſecit : Et legitur in Any-
theta apud Joſephum lib. 12. Annal. cap.
2. & apud Euſebium lib. 8. præp. cap.
16. neminem auſum fuiſſe eam Scripturam attingere, cum conſtaret divinam eſſe , & omni veneratione dignam ; hinc &
ferunt punitos effe quoſdam a cæleſti lumine qui illam temere attrectare non erant
veriti. Theupompon quippe volentem inde quædam ſcriptis ſuis inſerere , mente
motum fuiſſe diebus 30. allerunt , eo maxime quod fuiſſet circa res divinas abſque
reverentia curioſior, quin immo cum Theo-
doctus Poeta in quadam tragœdia vellet
aliquid e ſacris Litteris admiſcere, lumen
oculorum ex parte admiſit . Quibus auditis , ut narrat ibidem Anytheus Rex
Philadelphus Libros coluit, & veluti adoravit , &c.

Tertia hæc eft : Scriptura quæ ab Heterodoxis , a Mahumetanis, & ab ipſis Paganis , ut divina habetur, ſine Deum habet auctorem : Atqui Scriptura veteris Teſtamenti apud præfatos ſic celebratur : Ergo &c. Probatur minor . Primo quidem .
Sectæ Hæreticorum fere omnes vetus Teſtamentum ut quid divinum habent . Secundo , in Alcorano legitur Deum prius
Teſtamentum , deinde Evangelium ut rectam vivendi normam dediſſe . Deinde
multa præclara Pſeudo-Propheta dicit tum
de Chriſto, tum de B. Virgine . Tertio ,
Ethnici ipſi Scripturam veteris Teſtam.

ut quid divinum ſpectabant . Sic refert
Clemens Alexand. lib. 1. Stromatum : Eſ-
loci hæc de Ethnicis relative ad Scripturas dicit : " Ex iis quæ apud ſe ſcripta
„ ſunt , Moyſen , id eft , ſcripta Moyſin
„ bonorant . „ Idem docet in lib. 30. Iſti
ſuffragatur Cyrill. Alexand. lib. 1. contra
Julianum : Ergo &c.

Quarta : Qui libros veteris Teſtamenti
impugnarunt , eos ut ſcripturam mere humana habentes , ab Eccleſia & SS. Patribus tamquam Hæretici propulſi ſunt : Atqui res ita eft . Et probatur, I. ex laudatis Patribus . II. Ex S. Epiphanio in ſuis
de hæreſi libris . III. Ex Concilio Toletano anno 400. adunato , qui ſeſſ. 2. ait :
*Si quis dixerit aliam effe Deum priſca Le-
gis , alium Evangelicæ ; anathema ſit .*

Quinta : Ejuſdem eft intendere finem &
eligere media , polliceri & promiſſa adimplere , figurare & exhibere , inchoare &
perficere : Atqui hæc ſecit vetus Teſtamentum , ſeu Deus per Teſtamentum :
Igitur lex vetus Deum habet auctorem .
Prob. minor & quidem multipliciter . Primo quidem , idem eft utriuſque Teſtamenti finis, dilectio ſcilicet Dei & proximi ;
ex hac enim , teſte S. Mtth. 22. *Univerſa lex pendet & Propheta* : Secundo , vetus Teſtamentum eft medium ad novum ,
& Chriſtum poſſidendum , juxta illud ad
Gal. 2. *Lex Pedagogus noſter fuit in Chriſto* . Tum Rom. 10. *Finis enim legis Chriſtus* . Tertio , promiſit Deus Abrahæ ex
femine ſuo venturum Meſſiam . Quarto ,
Act. 28. Paulus : *Oſtendens per ſcripturas
effe Chriſtum* . Quinto . *Omnia in figura
contingebant illis* , ut habetur 1. Cor. 10.
Igitur lex vetus ſemper ad Chriſtum at-
tendebat . Sexto , ipſa lex adimpleta eft a
Chriſto , juxta illud Mtth. 5. *Non veni
ſolvere legem , ſed adimplere* : Igitur lex
vetus erat a Deo.

Solvuntur objectiones.

OBJICIUNT Manichæi : Princeps hu-
jus mundi eft diabolus , cujus , filii dicuntur Judæi , Joan. 8. & quem Chriſtus in-
ſectatus eft ; Atqui ille eft veteris Teſtamenti auctor. Et probatur : alius a diabolo juſſit cædes fieri , furta & multa ſa-
cinora , necem Amalecitarum , furtum bonorum Ægypti , & ut habetur Amos 3.
*Si eſt malum in civitate quod Dominus non
fecerit* . III. Veteris Teſtamenti auctor ex-
cæcat , indurat , aggravat corda : igitur
non

non eſt Deus IV. Ille auſtor dedit eis legem in qua non vivent , quippe quæ a. Cor. 3. dicatur , *miniſtratio mortis.*

Reſpondeo jam ad hæc repetita ſaſtum eſſe ſatis . Sed ad majorem Hæreticorum confuſionem , utinam & ad converſionem iterum atque iterum , ut ſupra , reſpondere juvat..

Ad ſecundam argumenti partem diſtinguo : Judæi aliqui dicuntur filii diaboli , hoc eſt , mali & peccatores , concedo ; peccatum enim a diabolo iuſtigante procedit : omnes , nego. Quis ſanæ mentis Patriarchas & Prophetas , aroſque juſtitia & ſanſtitate conſpicuos dicere auderet eſſe filios diaboli ? foli igitur Phariſæi & alii hujus furſuris homines uti ſilii diaboli habentur , non quia legem veterem amplexi fuerant , ſed potius quia hanc non obſervabant .

Ad 2. dico , auſtorem V. T. juſtis de cautis in vindiſtam peccatorum voluiſſe malos mori : talis fuit Amalecitarum cædes . Nec mirum , erat bene ſancita lex de homicida interſiciendo , ut hominum ſervetur ſocietas .

Ad 3. diſtinguo : Malum pœnæ eſt a Deo peccatorum vindice , concedo : malum cuſpæ , nego . Juſto Dei judicio dubio-procul Deus infectatur & flagellat peccatores ; quia vero hoc cedit in eorum ſalutem ; pœna potius bonum , quam malum dicenda eſt .

Ad 4. ſimiliter diſtinguo : Auſtor veteris Teſtam. excœcat permiſſive , & in pœnam peccati, concedo : effective , nego . Revera quidem , nam hoc aliter fieri eſt impoſſibile ; peccatum enim uon babet cauſam efficientem , ſed deficientem , unde non poteſt refundi in Deum ut auſtorem .

Ad 5. diſtinguo etiam : Auſtor V. T. dedit legem in qua non poterant vivere, id eſt , ad nihil perfectum ducet lex illa , ſed ab ulteriori complementum expeſtabat , nempe a nova, concedo : ita ut ſit de ſe mala , nego . Admonet ſolum Deus juſtitiam non eſſe in cæremoniis exterioribus reponendam , ut non pauci ſecerunt , qua de cauſa Apoſtolus dicebat , littera occidit , ſpiritus autem vivificat : hinc omnes ſanſti Patres qui legis ſenſum interpretati ſunt , dicebant legem non juſtificare ex opere operato , ſed ſolum ex opere operantis, & per fidem in Chriſtum venturum . Igitur lex de ſe erat bona , ſed virtutem ex ſpiritu & fide habebat .

Ad iteratam probationem diſtinguo : Lex erat miniſtratio mortis per accidens, quatenus oſtendebat malum fugiendum , nec tamen virtutem , qua propelleretur , dabat , ſed a Chriſto expeſtabat , concedo : per ſe, nego . Solutio eſt D. Auguſtini , qui lib. 2. cap. 7. contra Adverſarium legis & Prophetarum ſic reſpondet ad difficultatem : " Oportebat enim ut in Te-
„ ſtamento veteri lex imponeretur ſuper-
„ bis , & de ſuæ voluntatis virtute fiden-
„ tibus , quæ non daret juſtitiam , ſed ju-
„ beret : Ac ſi morte prævaricationis im-
„ pliciti ad gratiam confugerent , non ju-
„ bentem tantummodo , ſed juvantem ,
„ quæ novo Teſtamento eſt revelata . „

Urgent : I. In veteri lege multus eſt ſermo de pinguedine terræ : Igitur ſolum terrena iniare docebat lex . II. Præcepta ſunt peccati leges .

Reſpondeo diſtinguo ut ſupra : Multus eſt ſermo in lege Moſaica de pinguedine terræ ut homines carnales per ſenſibilia ad Deum inviſibilem & ejus amorem promoverentur , concedo : ſiſtendo in bonis temporalibus , ut in fine ultimo , nego. Nam teſte Apoſtolo laudato finis legis erat Chriſtus , adeoque Deus videndus & poſſidendus , juxta illud 1. Cor. 3. *Omnia enim veſtra ſunt : vos autem Chriſti : Chriſtus autem Dei .*

Reſpondeo ad 2. diſtinguendo præcepta legis ſunt peccati leges per accidens , & quia peccatum deſignant , concedo : per ſe , nego . Ignoranti invincibiliter legem non imputitur illi ad peccatum : Sed ut primum dicit , *non mœchaberis , non concupiſces*, peccat qui mœchatur & voluntario concupiſcit , quia contra conſcientiam & legem cognitam ac promulgatam prævaricatur. Solutio eſt ipſius Apoſtoli , qui dicit ſublata lege , non cognoſcere an concupiſcentia fit peccatum ; data vero lege jam peccatum , inquit , operatur in me , ideſt, lex peccati quæ mihi dicit , *Non concupiſces* ; qui de cauſa vocat hinc legem , mortis præceptum , quatenus offendentes reddit reos , & morte æterna digniſſimos .

SYNOPSIS PROBATIONUM.

Libri veteris Teſtamenti Deum habens auctorem .

P R I M O : Sic habetur paſſim in Scriptura utriuſque legis . Exod. 6. *Dixitque Dominus ad Moyſen* . Cap. 13. *Locutus eſt Dominus*

minus ad Moysen. Luc. 1. Sicut locutus est
ad Patres nostros : Ergo &c.
Secundo : Idem astruunt SS. Patres, Clemens Rom. Epis. ad Cor. Justinus Dialcum Triphone, Ambrosius Epist. 44. Augustinus lib. 11. de civ. cap. 3. Concilium Toletanum ann. 430. adunatum sect. 2.
Tertio : Ratio in promptu est. Cum
enim Scriptura mysteria abscondita & impervia sæpius eructet, non alium præter
Deum potest habere auctorem.

SYNOPSIS OBJECTIONUM,

et Solutionum.

Primo : Non sine blasphemia diabolus
a Manichæis dicitur veteris legis auctor ;
tametsi enim legatur in libris Deum illum
jubere cædes, excæcare & similia mala
consilio, aut præcepto facere, malum tamen culpæ non est ab eo nisi permissive,
pœnæ tamen in justam vindictam quid
prohibet ab illo præcipi?
Secundo : Esto quod Deus bona temporalia in veteri Testamento conferat, sed
hæc non elargitus est, ut Judæi in his
eamquam in ultimo fine sisterent, ut jam
jam non semel annotatum est.
Tertio : demum, si quando lex Moysis
non bona appelletur, idem est, ac non
perfecta, nisquam vero, ut mala formaliter & rigorose.

SECUNDA PROPOSITIO.

Lex vetus erat sancta.

Probatur rationibus Theologicis.

Prima : Ex dictis Lex illa est a Deo,
qui eo dedit scopo illud Testamentum, ut
homines ad suum promoveret amorem :
Igitur lex vetus est sancta, cum sanctitas
in charitate & amore Dei potissimum sita
sit.
Altera illa lex est sancta, cujus regulæ
hominem ad vitam æternam perducunt,
cujus lumen intellectum dat parvulis, cujus testimonia mirabilia sunt, & a Christo non semel laudata : Atqui talis est lex
Moysis, ut ex toto Psal. 118. liquet ; sic
enim habetur : Beati immaculati in via,
qui ambulant in lege Domini. Rursus, Declaratio sermonum tuorum illuminat : & intellectum dat parvulis. Rursus : Mirabilia

testimonia tua, ideo scrutata est anima mea'
Rursus Psal. 18. Lex Domini immaculata
convertens animas : testimonium Domini fidele, sapientiam præstans parvulis. Ergo &c.
Tertia : Lex quæ ad virtutem promovet, & docet declinare a malo & facere
bonum, certe sancta est : Atqui lex Mosaica præceptis suis non aliud intendit ;
& probatur ex D. Thoma qui 1. 2. q. 100.
art. 2. auctoritate D. Ambrosii suffultus
docet, præcepta legis Mosaicæ ad omnes
virtutes sese extendere : hoc ipsum iterum
atque iterum in tota ista quæstione & in
duabus subsequentibus lato calamo probat :
Namque eo loci quatuor præceptorum genera distinguit, videlicet præcepta Decalogi, quibus homini præcipitur, ut declinet a malo & faciat bonum : moralia,
quibus præfigitur in particulari bene vivendi modus : judicialia, quibus homines
per pœnis infligendas, a peccato committendo deterrentur : Cæremonialia denique
quibus determinantur ritus ad Deum, tum
Sacramentorum usu, tum sacrificiis, sicut
oportet, colendum : Igitur vetus Testam.
sanctum est.
Quarta : Lex quæ habet Deum pro fine, quæ ad Christum, sicut figuræ ad veritatem terminatur, sancta censeri debet :
Atqui lex vetus sic est, ut pitet ex præceptis, & ex ipso Christo qui Lucæ 24.
ad illam ut finem probet missionem recurrit : Ergo &c.
Quinta : Illa lex sanctitatem ubique spirat, quæ festivitates ad colendum specialiter Deum instituit : Atqui lex vetus est
hujusmodi, & eo fine multa celebrat festa.
Ergo &c.

De Festivitatibus veteris legis.

D. Thomas 1. 2. q. 102. art. 4. ad.
decimum de festivitatibus Judæorum sic
loquitur : "Dicendum, quod in veteri
,, lege erant 7. solemnitates temporales,
,, & una continua, ut potest colligi num.
,, 28. & 29. erat enim quasi continuum
,, festum ; quia quotidie & mane & vespere immolabatur agnus, & per illud
,, continuum festum jugis sacrificii re-
,, præsentabatur perpetuitas divinæ bea-
,, titudinis. Festorum autem temporalium
,, primum erat, quod iterabatur qualibet
,, septimana, & hæc erat solemnitas sabbati quod celebrator in memoriam crea-
,, tionis rerum, ut supra dictum est.
    ,, Alia

„ Alia autem folemnitas iterabatur quo-
„ libet menfe, fcilicet Feſtum Neomeniæ:
„ quod celebratur ad commemorandum
„ opus divinæ gubernationis, Nam hæc
„ inferiora præcipue variantur fecundum
„ motum lunæ: & ideo celebratur hoc
„ feſtum in novitate lunæ non autem in
„ ejus plenitudine, ad evitandum idolo-
„ latrarum cultum, qui in tali tempore
„ lunæ facrificabant. Hæc duo beneficia
„ funt communia toti humano generi, &
„ ideo frequentius iterabantur. Alia vero
„ quinque feſta celebrabantur femel in anno,
„ & recolebantur in eis beneficia fpecia-
„ liter illi populo exhibita. Celebratur
„ enim feſtum Phafe primo menfe ad com-
„ memorandum liberationis beneficium ex
„ Ægypto. Celebrabatur autem feſtum
„ Pentecoſtes poſt 50. dies ad recolendum
„ beneficium legis datæ. Alia vero tria
„ feſta celebrabantur in menfe feptimo,
„ qui quafi totus apud eos erat folemnis
„ ficut & feptimus dies. In prima enim
„ die menfis feptimi erat feſtum tubarum,
„ in memoriam liberationis Ifaac quando
„ Abraham invenit arietem hærentem cor-
„ nibus, quem repræfentabant per cor-
„ nua, quibus buccinabant. Erat autem
„ feſtum tubarum quafi quædam invita-
„ tio, ut præpararent fe ad fequens fe-
„ ſtum quod celebrabatur prima die: &
„ hoc erat feſtum expiationis in memo-
„ riam illius beneficii quo Deus propitia-
„ tus eſt peccato populi de adoratione
„ vituli ad preces Moyfi. „
Ibidem S. Doctor fic profequitur: "Poſt
„ hoc autem celebrabatur feſtum Scenope-
„ giæ, ideſt tabernaculorum feptem die-
„ bus, ad commemorandum beneficium
„ divinæ protectionis & deductionis per
„ defertum, ubi in tabernaculis habitave-
„ runt. Unde in hoc feſto debebant ha-
„ bere fructum arboris pulcherrimæ, ideſt,
„ citrum & lignum denfarum frondium,
„ ideſt, myrtum, quæ funt odorifera,
„ & fpatulas palmarum, & falices de tor-
„ rente, quæ diu retinent fuum virorem,
„ & hæc inveniuntur in terra promiffio-
„ nis, ad fignificandum quod per aridam
„ terram deferri eos deduxerat Deus ad
„ terram delitiofam: octavo autem die
„ celebrabatur aliud feſtum, fcilicet cæ-
„ tus atque collectus, in quo colligeban-
„ tur a populo, ea quæ erant neceffaria
„ ad expenfas cultus divini: & fignifica-
„ batur adunatio populi, & pax præſtita
„ in terra promiffionis. „

Diluuntur objecta Heterodoxorum.

OPPONUNT: Illa lex non videtur
fancta, quæ multa obfcena enarrat: Atqui talis eſt lex Mofaica: Et probatur.
Multos commemorat homines malos, aut
faltem admodum imperfectos, qualis fuit
Lamech qui primus duas accepit uxores,
fratres Jofeph, qui eum nedum innocentem, fed & quem prophetam fubodorare
debebant, invidia tamen victi Ifmaelitis
vendiderunt; neque vero filet Sodomitarum peffimum crimen, quod vel folummodo referre pudet. Ergo &c.
Refpondeo negando minorem. Ad probationem diſtinguo: Et optimo fine laudata recenfet Scriptura vetus, concedo:
fecus, nego. Ordinem generationum debuit enarrare, ut cuncta initium habuiſſe
& Deum eſſe omnium creatorem oſtende-
ret. Eſto, commemoret quidem peccata,
fed non filet Sodomitarum & aliorum peccatorum pœnas.
Replicas: Cæremoniæ legis Mofaicæ
fuperſtitionem fapiunt: Ergo &c. Probatur. Ant. I. Agnum abſque macula potius
quam alterum facrificare nonnihil fuperſtitionem fpirat. II. Idem dicendum de aliis
facrificiis: Ergo &c. Confirmatur. Hebræi
modum in facrificando ab Ægyptiis fufcepere: Ergo &c. Prob. Ant. Hebræi numero circiter 50. ætate & ævo Jofeph in-
greffi funt in Ægyptum; tunc autem nullam habebant animalia facrificandi normam. Herodotus lib. 2. num. 51. 78. 91.
aliifque in locis mentionem facit de facrificiis Ægyptiorum. Igitur ab iſtis Hebræi
modum hunc illumque fuperſtitiofum ab
eis acceperant.
Refpondeo diſtinguendo: Cæremoniæ legis Mofaicæ quandam redolent fuperſtitionem fi ad litteram fpectentur, tranfeat:
fi fecundum fpiritum quo fiebant, nego.
Gentiles quidem boves & oves & non fine fuperſtitione magna falfis immolabant
numinibus; Judæi vero e contra, ut Deum
benefactorem, mortis ac vitæ Dominum
eſſe profiterentur. Quinimmo ipfe Deus
veteris legis facrificiorum fuit auctor, &
diverfos fibi facrificandi ritus ipfe præ-
fcripfit in Lib. Levitici & hoc ut populum rudem a facrificiis falfis numinibus
immolandis, & præfentandis, averteret,
ut habetur Ezech. 2. 7. 11. 16. 18. ita
cenfent Juſtinus Dialog. cum Tryphon.
Eufebius lib. 1. demonſtrat. Evang. cap.
4. &

4. & 6. Cyrillus Alexand. lib. 9. contra
Julian. D. Th. 1. 2. q. 102.

Ad confirmationem diflinguo : Hebræi
modum aliquem Deo facrificandi ab Ægyptiis mutati funt , tranfeat : omnem , nego . In libro Genefis multa commemorantur facrificia, vel ante ipfam Moyis nativitatem , & confequenter priufquam
Ifraelitæ ingrederentur Ægyptum . Obtulit facrificium Abel de optimis pecoribus;
Noe de animalibus mundis , Abraham arietem hærentem cornibus loco Ifaac immo-
landi fubftituit : fi vero in rigore loquamur , fallum eft , vel unum folum ritum
ab Ægyptiis accepifle Hebræos , cum a
Deo , ut patet in libro Levitici , omnes
generum & fpecierum ritus facrificandi
determinentur ; Sed dato & non conceffo aliquem ritum ab Ægyptiis Ifraelitas
mutuaffe , certe quod Deus finctificavit
ut habetur A&. IV. nec commune , nec
immundum dicendum eft .

Reponunt : Sacrificia legis a Deo repulfa
funt , ut habetur Pfalm. 39. *Sacrificium &*
oblationem noluifti : Igitur lex non fuit ratione cultus , & in le fancta.

Refpondeo diftinguendo : Repulfa funt ,
hoc eft non ad apices juris Deo pro peccatis fatisfaciebant , concedo : hoc patet
ex auctoritate in objectione laudata ; eo
quippe loci propheta introducit Chriftum
loquentem , qui idem venit & paffus eft ,
ut plenam Deo exhiberet pro nobis fa-
zisfactionem : hoc eft , illa facrificia quandoque erant mala', fubdiftinguo : ratione offerentium qui debitas in offerendo
non adhibebant difpofitiones ; quippequi
a peccato non recederent , concedo :
erant mala ratione fui , nego . Solutio ex
ipfa colligitur Scriptura ; Pfal. enim 49.
Deus fic loquitur : *Peccatori autem dixit*
Deus : Quare tu enarras juftitias meas ....
Tu vero odifti difciplinam & projecifti fer-
mones meos retrorfum .... *Sacrificium lau-*
dis honorificabis me .

SYNOPSIS PROBATIONUM,

Lex vetus erat fancta.

P R I M O : In hoc folum inftituta eft ,
ut homines ad amorem Dei promoveret ,
& Chriftum præfiguraret .

Secundo : Ejus præcepta fic inftituebant
hominis vitam, ut declinando a malo , &
faciendo bonum , vitam æternam confe-
queretur .

Tertio : Cæremonias & feftivitates complectebatur , quibus homines regularentur
in cultu debito Majeftati divinæ fic reddendo , ut populus eflet Deo acceptabilis .

SYNOPSIS DIFFILCUTATUM,

ET EXPLICATIONUM.

P R I M O : Non diffitemur multum efle
in Genefi de generationibus hominum fermonem ; fed auctor canonicus eo folum
fic fcripfit fine , ut populum edoceret ,
quod cuncta fuerint creata & initium habuerint , & Deus folus eflet vifibilium &
invifibilium creator .

Secundo : Sicut Lex fcripta peccata abo-
minabilia non filet , fic nec eorum flagella , ut a criminibus patrandis deterreantur homines .

Tertio : Dato & non conceflo Ifraelitas
ab Ægyptiis idololatris ritus offerendi fa-
erificia didicerint , nihil inde abfurdi fequitur ; quod enim Deus finctificavit , ne
commune dixeris : fi quando vero abjiciat
oblationes ; non inde fequitur malas efle
in fe , fed folum relative ad offerentes ,
qui peccatorum pondere opprefli , Deum
quidem ore & facrihcalis contitebantur ,
factis vero abnegabant .

§. IV.

Utrum libri veteris Teftamenti nedum Ju-
dæos , fed & Chriftianos fpectent ?

CONCLUSIO AFFIRMATIVA.

Probatur multis momentis.

P R I M O , *ex Scriptura :* Joan. 5. Chriftus , fic loquitur : *Scrutamini Scripturas ..*
.. *illa funt quæ teftimonium perhibent de me :*
Tum Luc. 24. *Incipiens a Moyfe & omni-*
bus Prophetis interpretabatur illis in omnibus
Scripturis quæ de ipfo erant : Igitur vetus
Teftamentum pertinet etiam ad novum ,
quandoquidem Chriftus remittit Judæos
ad Scripturas V. T. quæ de ipfo perhi-
bebant teftimonium : unde & ipfi Apoftoli , ut legitur in Actibus , modo citant
Pfalmos , ut Petrus in electione fancti
Mathiæ A&. 1. dixit : *Scriptum eft enim*
in libro Pfalmorum : fiat commoratio eorum
deferta , & non fit qui inhabitet in ea : &
Epifcopatum ejus accipiat alter : Modo Moyfen & cæteros Prophetas , ut B. Stæ-
phanus

phanus in oratione quam habuit coram Judæis illum occasione Christi de blasphemia accusantibus, unde Apost. 2. ad Cor. 3. sic effatur : *Velamen in lectione veteris Testamenti manet non revelatum, quoniam in Christo evacuatur, sed usque in hodiernum diem, cum legitur Moses velamen positum est super cor eorum.*

Secundo, ex SS. Patribus, qui uno veluti calamo scribunt omnia in figuris Judæis contigisse ; Prophetias in Christo suisse adimpletas : immo hoc argumento revincunt paganos contra fidem Christi blaterantes : sic enim argumentabantur : Christus multis retro sæculis prædictus est a Prophetis, & quoad conceptionem virtute Spiritus sancti factam, & quoad nativitatem ex sanctissima Virg. cæteraque vitæ mysteria : has habemus Scripturas ab inimicis nostris Judæis, adeoque ab omni fictionis suspicione absolutas : omnia videmus nunc adimpleta. Quid plura ? Signa & miracula quæ de Christo erant, confirmarunt : Igitur fides nostra in Christum est verissima, quo quidem argumento victi plures etiam ex Philosophia ad fidem adducti sunt, ut percelebris Justinus, subtilis Athenagoras & alii.

Tertio, ratione. I. Fides in libris V. T. astruitur, more Instituuntur : Præcepta Decalogi a lege promulgata omnes cujascumque ætatis & ævi spectant homines : Igitur V. T. etiam respicit saltem quoad multa Christianos. Prob. Antec.

I. Fides astruitur, quando quidem finis legis est Christus, ut habetur Rom. 1. hinc Joannes cap. 5. Christum inducit sic loquentem : *Si crederetis Mosi, crederetis forsitan & mihi : de me enim ille scripsit,* unde post resurrectionem cum se videndum & palpandum præbuit, sic locutus est : *O stulti, & tardi corde ad credendum, in omnibus quæ locuti sunt Prophetæ : Non ne hæc oportuit pati Christum, & ita intrare in gloriam suam ?* Et incipiens a Moyse, & omnibus Prophetis, interpretabatur illis in omnibus Scripturis, quæ de ipso erant.

II. *Virtus* doctrina V. T. fovetur, nam Christus referens historiam divitis epulonis, ait : *Habent Mosen & Prophetas, audiant illos.* Tum hortatur discipulos ad scientiam Sanctorum comparandam exemplo Reginæ Austri, quæ de longinquo venit ut audiret sapientiam Salomonis ; quamobrem Paulus Rom. 15. sic habet : *Quæcumque scripta sunt, ad nostram doctrinam*

scripta sunt. Rursus 2. Tim. 3. de iisdem Scripturis, sic loquitur : *Illæ te possunt instruere ad virtutem per fidem quæ est in Christo Jesu.*

III. *Homines* lectione veteris Testamenti docti evadunt, tum ad cognoscenda mysteria, tum ad vitam recte formandam ; multa si quidem continent præcepta, multas sententias, multas figuras, multaque exempla, quibus facile est ignaros erudire, cum & Heterodoxos confutare atque revincere.

IV. *Vetus* & novum Testamentum sic inter se connectuntur, ut unum ab alio divulsum evacuetur : vetus enim promittit Christum, novum vero præsentem exhibet.

Solvuntur Manichæorum objectiones.

OBJICIT Adimantus : V. T. adversatur novo : Igitur non pertinet ad Christianos. Sic probat antec. 1. Exod. 25. habetur : *Facientque mibi Sanctuarium, & habitabo in medio eorum.* Cap. 26. Pergit Deus dictare Moysi formam Tabernaculi in quo commorari desiderat : & tamen Act. 7. ait : *Cælum mibi sedes est : terra autem scabellum pedum meorum.* II. Levit. 11. prohibetur esus quorumdam volucrum. Et cap. 20. *Separate ergo & vos jumentum mundum ab immundo, & avem mundam ab immunda ; ne comedentes immundi evadatis :* e contra vero Christum Matth. 15. ait : *Non quod intrat in os coinquinat hominem* &c. III. Deut. 12. Permittitur manducare carnem : *Offeretis,* ait Dominus Moysi ... *Primogenita boum & ovium ... Et comedetis.* Rom. vero 14. *Bonum est non manducare carnem.* IV. Prov. 6. *Vade ad formicam o piger, & considera vias ejus, & disce sapientiam.* Matth. vero 6. *Nolite soliciti esse in crastinum.* V. Ose 9. *Da eis vulvam sine liberis, & ubera arentia.* Matth. vero 22. *Neque nubent, neque nubentur.* VI. in Genesi fuso calamo filiorum Adæ generationum texitur historia, Apostolus vero 1. Tim. 4. & 2. Tim. 2. præcipit ad vanas hominum genealogias non attendere : Ergo &c.

Respondeo distinguendo : Et hæc omnia sub diverso respectu concilientur, concedo : secus, nego.

Ad 1. distinguo : Et Deus loquitur in Exodo de loco speciali quem elegerat ad suum cultum, concedo : secus, nego. Omni tempore Deus ubique voluit agnosci,

sci , tum in cœlis , tum in terra , quia ubique præsens est : & de hac confessione loquitur Matthæus : attamen specialem sæpius elegit , ut etiam speciali donaretur cultu , quia ibi specialiter præsens erat , ut in tabernaculo , de quo loquitur Moyses : addo & in Salomonis templo , de quo multus est sermo in libris Paralipomenon .

Ad 2. distinguo : Utique Judæi ad litteram magis quam ad litteræ spiritum attendebant , concedo : secus , nego. Quia igitur Judæi carnales erant , multa præcepta eis imposita sunt, inquiunt Patres , ut ab idolorum servitute retraherentur : At vero gratia in novo Testamento superabundat , ut magis Spiritui quam litteræ serviamus : & in isto sensu Apostolus dixit : *Bonum est non manducare carnem :* Hoc est ut ipse dicit , quando manducare scandalizat fratrem ; satius enim est abstinere a cibo & esca quam peccandi ansam præbere. Et sic patet solutio ad tertium : ut ex sequentibus liquet , ubi Paulus est sui ipsius interpres . Sic enim loquitur : *Bonum est non manducare carnem, & non bibere vinum, neque in quo frater tuus offenditur, aut scandalizatur, aut infirmatur .*

Ad quartum distinguo : Deus negligentes ad formicam remittit , ut a noxio retrahantur torpere , laborantes vero cum anxietate vult in se sic confidere , ut suæ se committant providentiæ ad vitam tranquillam agendam , concedo : secus , nego. Sic puer laudata nullo modo adversa esse. Cæterum Christus loquitur apud Matth. viris Apostolicis , qui gratia donati specialissima , & cuncta quæ ad vitam pertinent , a Deo debent expectare , juxta illud ejusdem Domini oraculum Matth. 6. *Quærite ergo primum regnum Dei & justitiam ejus . & hæc omnia adjicientur vobis .*

Ad quintum similiter distinguo : Et Christus Matth. 21. corrigere intendit carnales & voluptuosos , qui etiam carnales delicias pro beatitudine expectabant , concedo : secus , nego . Hinc uterque locus nullam implicat in se contradictionem . Potest etiam cum Augustino responderi per istam sententiam , *da eis veniam vagam,* Oseam intelligere , veterem legem sine Christi meritis ab omni merito & spe esse vacuam .

Ad sextum distinguo : Et Apostolus loquitur de vanis Judæorum Genealogia quam rejicit & confutat , & hoc non incassum sed ad fidelium instructionem , con-

cedo : sic interpretantur sancti Doctores textus Epistolarum : & in hoc abjicit historiam generationum quæ in Genesi habetur , nego.

Instat Faustus : Ad illos non spectat vetus Testamentum qui nec sunt ejus hæredes legatarii , nec tenentur adhærere conditionibus Testamento appositis , nec possunt legatis per illud bonis frui tum ratione sui , tum ratione Testamenti : Atqui Judæi sunt veteris Testamenti soli legatarii & hæredes : Igitur vetus Testamentum non spectat ad Christianos. Probatur minor . Primo quidem , solis Judæi promittitur terra Chananæorum . II. Christiani non tenentur ad præcepta Mosaica , puta ad circumcisionem , ad sacrificia & ablutiones , aliaque similia , unde si ab eis discedere licet , immo & oporteat , utique & ab ipso Testamento . III. Novitas non est cum vetustate confundenda , maxime vero si vetusta contineat solummodo figuram , novitas vero exhibeat veritatem : Ergo &c.

Respondeo distinguendo : Lex vetus non pertinet ad nos ut legi subditos & servientes , concedo : ut prænuntiat Christum & tamquam noster Pedagogus , nego. Lex vetus considerari potest dupliciter , primoquidem in se , deinde vero relative ad Christum : si sumitur in priori sensu , quatenus multas habet observantias legales , & terræ Chananæorum promissionem , profecto non spectat Christianos , secus vero si ut figura Christi consideretur : nam , teste Apostolo , omnia in figuris contingebant Judæis : Igitur lex vetus novam spectat quatenus , & Christum prænuntiat , & bonorum spiritualium copiam , per terram Chananæorum figuratam designat . Jam ad singulas sit satis .

Ad primam probationem , distinguo : Judæi soli sunt terræ promissionis hæredes , & ista terra est cœlestis Jerusalem figura , Christi meritis possidendæ , concedo : & non est figura cœlestis Jerusalem , nego.

Ad secundum distinguo : Soli Judæi tenentur ad præcepta Mosaica cæremonialia , concedo : ad præcepta legalia , Dei adorationem , atque animæ culturam & sanctificationem spectantia , nego. Ipse Christus ea renovavit in Evangelio mandata . Hæc solutio colligitur ex Aug. l. 10. contra Faustum . Non igitur confunditur lex nova cum veteri . Et sic patet solutio ad 3.

Reponis idem Faustus : Vetus Testamentum , nec ad fidei confirmationem , nec ad

ad mores inftruendos valet : ad fidei quidem confirmationem , quandoquidem non
fatis clare conftat Chriftum a prophetis
fuiffe prænuntiatum ; ad morum vero in-
formationem , quippe quod contineat hiftorias fcandalo plenas , quales funt hiftoriæ de peccatis Gigantium , Regum &c.

Refpondeo negando antecedens : Si quidem ipfe Chriftus ad Scripturas veteris
Teftamenti appellat , ut probet Judæis
fuam divinitatem : utique ad mores inftruendos plurimum valet vetus Teftamentum ; fidem enim Abraham commendat
Apoftolus ; manfuetudinem vero Jofeph ,
& Moyfis fapientiam plurimum exaltat
Stephanus Aɗ. 7. Jam vero quid memorem pœnitentiam Davidis , qui panem
cum fletu & cinere temperabat , peccata
vero hominum in Scripturis veteris Teftamenti recenfita nos docent quanta fit fragilitas humana , quam terribilia judicia
Dei , qui vindiɗam umpfit & quidem gra-
viffimam tum de peccatis Judæorum propter Idololatriæ peccatum , tum de peccato Nabuchonoforis , Baltaffar , Sennacherib , Antiochi & aliorum : Igitur plurimum valet vetus Teftamentum ad fidei
confirmationem , & virtutis incrementum .

SYNOPSIS PROBATIONUM.

*Vetus Teftamentum fpeɗat etiam
Chriftianos .*

Primo : Quia Chriftus Joan. 5. remittit Iudæos ad Scripturas , ut fuam a-
gnofcant miffionem . Tum Luc. 24. incipiens a Moyfe per omnes difcurrendo Scripturas , idem momentum difcipulis Emmaus probat .

Secundo : Chriftus Dominus fuo munit
calculo præcepta Decalogi , Iudæis primum data : & Patriarcharum fidem maxime Abrahæ obfervandam proponit ; poft
ipfum vero Apoftolus Hebr. 11. eamdem
celebrat , ut Chriftianos ad amorem Domini ftimulet .

Tertio : Vetus & novum Teftamentum
fic conneɗuntur , ut unum ab alio divel-
lere non fit licitum , cum vetus Chriftum
Mediatorem promittat , novum vero præfentem exhibeat .

SYNOPSIS OBJECTIONUM,

ET RESPONSIONUM.

Primo : Tametfi quædam appareat inter utrumque Teftamentum contradiɗio ,
dubio-procul , fi ad utriufque fenfum at-
tendat leɗor , abfque negotio omnia conciliari animadvertet .

Secundo : Ultro fatemur diverfas effe
veteris & novi Teftamenti quoad bona
temporalia promiffiones , minime vero quoad finem & Dei poffeffionem , quæ ut beatitudo poffidenda fingulis omnium fæculorum hominibus proponitur .

Tertio : Fallum eft dicere vetus Teftamentum novi non aftruere fidem . Efto
quod in figuris non nihil obfcuritatis habeat , fed Prophetæ explicite Chriftum e-
jufque magnalia , quibus lex nova aftrui-
tur & roboratur , annuntiaverunt .

SECTIO SECUNDA.

De actibus novi Teftamenti.

Enimiam novi Teftamenti laudem
omnes conclamant creaturæ : fol quidem
dum , Chrifto moriente , lumen innatum
abfcondit ; terra , quæ ipfo moriente contremuit ; monumenta aperta quæ mortuos
fuos redivivos exhibuere ; vel ipfe infernus , & deviɗa mors , dicente Ofea cap.
13. *ero mors tua , o mors , morfus tuus ero inferne* : mundus ipfe deviɗus , crux quondam malediɗum legis , faɗa eft omnium
gentium benediɗio : conclamant Martyres , qui terrente diabolo , & fæviente
mundo fuppliciis , ait Cyprianus epifɬ. ad
Mart. non ceffere , fed iplis potius tormenta ceifferunt : conclamant Confeffores innumeri , qui virtute crucis carnis viɗores
tunc triumphant , ait D. Bernardus coro-
nati in cœlis : conclamant Virgines , quæ
vefte purpurea cum palmis in manibus fequuntur Agnum quocumque erit : conclamant omnis fexus omnifque ætatis viri &
mulieres , qui gratia Mediatoris energia
operati funt juftitiam , adepti funt repromiffiones .

Ejufdem Teftamenti dotes Angeli primum , Chrifto nato gloriam in altiffimis
Deo fuavi armonia decantantes annuntiaverunt : Revera quidem iftud Teftamentum tantam benediɗionum copiam attulit , ut tefte S. Ioanne 1. gratia per Iefum
Chri-

Chriftum facta fit, & omnium promiſſionum copiofa & fuperabundans adimpletio, cujus thefaurus eſt omnium gratiarum fuper fluens glorioſa fupellex, de cujus confumptione non eſt timendum, ait Concilium generale Viennenſe, largitor vero Chriſtus Dominus, cujus virtus, gratia Dei, cujus poteſtas, Sacramenta, cujus Miniſtri, Sacerdotes charactere divino ad omnem mirabilem operationem inſigniti, cujus efficacia terribilis dæmonibus efſecta, cæcos illuminat, leproſos mundat, mortuos ad vitam evocat, linguas infantium facit difertas; cujus fructus ex omnibus tribubus & linguis, & nationibus prædeſtinatorum tanta multitudo, ut juxta illud Ioannis Apoc. 7. numerare nemo queat: cujus denique lumen eſt veritas, cui figura & umbræ Chriſto nato ceſſere. Sic enim nova lex exhibet Meſſiam, In quo omnes omnino benedicentur, & in ſæculum ſæculi benedicentur nationes, ut ne una quidem figura, ne una propheſſia & prophetia fit, quæ non fit in Chriſto adimpleta. Sicut enim, ait Luc. 1. Zacharias locutus eſt ad Patres noſtros, de divinitate Verbi ad nos dimiſſi, fic de ejus nativitate, miraculis, prædicatione, morte, reſurrectione, & per omnem terram triumpho in Domino Iefu adimpletum oſtendit Iudæis incredulis novum Teſtamentum, fic Gentibus, & Paganis, fic Atheis & cujuſcumque generis infidelibus, ut fciant omnes ad vitam vocari.

In Scriptura *illa*, ait Hieronymus In prolog. in Pſalmos, habet infans quid laſtet; puer quid laudet, adolefcens quid corrigat, juvenis quid fequatur, fenior quid precetur.

Tum Hugo Victorinus lib. de anima: „ In Scriptura novi Teſtamenti, quidquid „ docetur, veritas; quidquid præcipitur „ bonitas; quidquid promittitur, felici„ tas eſt.

Concinit Gregorius Magnus lib. 18. moral. cap. 14. iſta verba Iob 28. *Habet argentum venarum ſuarum principia*, Interpretans, ait: „ Argentum eſt eloquii vel „ fapientiæ claritas; venæ, facra Scriptu„ ra: ac fi aperte dicat: cui ad veræ „ prædicationis verba fe præparet, neceſ„ fe eſt ut cauſarum origines a facris pa„ ginis fumat; ut omne quod loquitur, „ ad divinæ auctoritatis fundamentum re„ vocet, atque in eo ædificium locutionis „ fuæ firmet. „

His accedit Origenes, qui in c. 1. Ioan.

his paucis, fed efficaciſſimis verbis divinæ Scripturæ maxime novi Teſtamenti ineffabilem delineat utilitatem & naturam: „ Scriptura mundus eſt intelligibilis, fuis „ quatuor partibus, veluti quatuor ele„ mentis conſtitutus, cujus, terra eſt ve„ lut centrum in medio inſtar centri, fci„ licet biſtoria; circa quam aquarum fi„ militudine abyſſus circumfunditur mo„ ralis intelligentiæ; circa Hiſtoriam & „ Ethnicam, veluti duas hujus mundi par„ tes, aer ille naturalis fcientiæ circum„ volvitur; extra autem omnia, & ul„ tra, æthereus ille & igneus ardor em„ pirei cœli, id eſt, fuperna contempla„ tio divinæ naturæ, quam Theologiam „ nominant, circumglobatur. „

Miracula numero prope infinita, qualitate ad Chriſtum uſque inaudita, virtute inter omnes veteris legis figna multo majora, univerſalitate iiſdem extenfiora, repetitione fupra modum frequentiora, ea quæ in novi Teſtamenti Scripturis continentur, fic firmant, ut fi credendo Scripturis illis decipimur, a te Domine, ajebat quondam quidam Ecclefiæ Pater, decepti fumus. Quinam autem funt, qui veritates Scripturarum novi Teſtamenti fcriptis mandatas fic docuere, ut fuaderent, ut delectarent fimul & corda demulcerent, tangerent ac tandem converterent, pauperes evangelizantes regnum Dei? „ Peragrarunt, ait S. Chryſoſtomus „ ferm. 3. Piſcatores, Piſcatores orbem „ terrarum, & infirmum eum invenien„ tes, ad fanitatem reduxerunt, & in „ ruina poſitum, ad ſtabilitatem revoca„ runt: non fcuta moventes, non arcus „ tendentes, non fagittas mittentes, non „ pecuniam largientes, non in eloquen„ tia confidentes: fed pecunia indigentes, „ fed regnum cœlorum poſſidentes, non „ habentes humana folatia; habentes Do„ minum fecum. „ Eius fcilicet Teſtamentum, juxta illud Matth. 13. *Habemus folatio fanctos Libros.* Quomodo vero novum Teſtamentum tot adornatum virtutibus & gratiis, cuncta ab initio mundi ad Iefum uſque omnium Redemptorem prædicta, in ipfo ad acuſſim adimpleta exhibeat, quod omnium miraculorum maximum eſt, juvat per ordinem a primo ad ultimum hic enarrare, ut Ioannem jure merito cap. 1. dixiſſe: *Lex per Moyſen data eſt, gratia & veritas per Jeſum Chriſtum facta eſt*, intelligamus.

Concordia utriusque Testamenti : novum 70.
Prophetias totidem oraculis in Chri-
sto adimpletas exhibet.

INTER omnia argumenta in testimonium excellentiæ novi Testamenti , concordia Librorum novi Testamenti cum libris veteris Testamenti est efficacius: quia
non sine magno & ne dicam stupendo miraculo fieri potuit , ut quæ prænuntiata
fuerant ante multa secula , in Christo ad
litteram adimplerentur ; ex quo manifeste
sequitur novum Testamentum esse egregium & irrefragabile veræ Religionis &
argumentum & fundamentum. Quod autem tale sit , ab enumeratione partium
ostenditur.

Primo : Christus dicitur de semine A-
braham , Matth. 1. cap. his verbis : *Li-*
ber generationis Jesu Christi , Filii David,
Filii Abraham . Et Luc. 3. *Qui fuit A-*
braha . Verf. 34. ita prædictum fuerat
Geneseos 12. 3. *In te benedicentur univer-*
sæ cognationes terræ . In Abraham scilicet ,
ut habetur cap. 18. verf. 18. & cap. 22.
verf. 18.

Secundo : Dicitur de semine Isaac ab
iisdem Evangelistis ibidem , Matth. 1. his
verbis : *Abraham genuit Isaac .* Tum
Luc. 3. *Qui fuit Isaac.* Illud quoque prænuntiatum est Genes. 26. 4. ubi legitur : *Benedicentur in semine tuo omnes*
gentes terra .

Tertio : Dicitur de semine Jacob ab
iisdem ibidem : *Isaac autem genuit Jacob .*
Et Luc. 3. *Qui fuit Jacob.* Hoc etiam
prænuntiatum est Genef. 28. 14. *Benedi-*
centur in te ; Jacob scilicet , & in semi-
ne tuo cunctæ tribus terra . Tum Num. 24.
17. *Orietur stella ex Jacob , & consurget*
virga de Israel .

Quarto : Dicitur de semine Judæ ab iisdem ibidem : *Jacob autem genuit Judam &*
fratres ejus . Et Luc. 3. *Qui fuit Juda.*
Tum Hebr. 7. 14. his verbis : *Manifestum*
est enim quod ex Juda ortus sit Dominus : no-
ster. Id habetur Genef. 49. 10. *Non aufe-*
retur sceptrum de Juda , & dux de femore
ejus , donec veniat qui mittendus est , &
ipse erit expectatio gentium .

Quinto : Dicitur de semine Jesse & David. Matth. 1. verf. 1. & 5. his verbis :
Liber &c. Filii David .... Obed autem
genuit Jesse , Jesse autem genuit David Re-
gem . Idem Evangelista cap. 12. verf. 23.
sic habet : *Et stupebant omnes turbæ , &*

· *Boucat Theol. Tom. IV.*

dicebant : Numquid , hic est filius David.
Idem cap. 20. verf. 31. *Domine miserere*
nostri fili David . Cap. 21. verf. 9. & 15.
Hosanna filio David. Et cap. 22. verf. 42.
expressius & sequentibus , ab ipso Domino interrogante : *Quid vobis videtur ,*
de Christo ? Cujus filius est ? Dicunt ei
David . Ait illis : Quomodo ergo David
in spiritu vocat eum Dominum , dicens :
Dixit Dominus Domino meo , sede a dex-
tris meis ; donec ponam inimicos tuos scabel-
lum pedum tuorum ? Si. Ergo David vocat
eum Dominum , quomodo filius ejus est ? Et
nemo poterat ei respondere Verbum : neque
ausus fuit quisquam ex illa die eum am-
plius interrogare . Lucæ 3. verf. 31. & 32.
Qui fuit David , qui fuit Jesse . Et antea cap. 1. verf. 32. prænuntiatum fuerat : *Dabit illi Dominus Deus sedem Da-*
vid patris ejus . Ioan. 7. verf. 42. legitur :
Nonne Scriptura dicit ; quia ex semine Da-
vid , & de Bethlehem castello , ubi erat
David , venit Christus . Actuum 13. verf.
22. scriptum est : *Suscitavit illis David*
Regem , cui testimonium perhibens , dixit :
Inveni David filium Jesse , virum secun-
dum cor meum .... Hujus Deus ex semine
secundum promissionem eduxit Israel Salva-
torem Jesum. Item Rom. 1. verf. 3. *De fi-*
lio suo qui factus est ei ex semine David
secundum carnem . Et iterum 2. ad Timoth: 2. verf. 8. *Memor esto Dominum Je-*
sum Christum resurrexisse a mortuis ex se-
mine David . Item denique refertur Apocal. 5. verf. 5. *Vicit Leo de Tribu Juda*
radix David , aperire librum , & solvere
septem signacula ejus . Hæc eadem veritas in veteri adstructa fuerat Testamento. Primo quidem Psalmo 88. verf. 4. &
5. his verbis : *Juravi David servo meo :*
usque in æternum præparabo semen tuum .
Deinde Isaiæ 11. verf. 1. *Et egredietur*
virga de radice Jesse , & flos de radice
ejus ascendet ; & requiescet super eum Spi-
ritus Domini . Apud Ieremiam cap. 33. v.
15. & sequenti demum dicitur : *In tem-*
pore illo , germinare faciam David germen
justitiæ .... quia hæc dicit Dominus : Non
interibit de David vir qui sedeat super
thronum domus Israel .

Sexto : Dicitur de semine Salomonis Matt.
1. v. 6. his verbis : *David autem Rex ge-*
nuit Salomonem ex ea quæ fuit Uriæ . Idem
asseritur Psalmo 71. v. 1. & 6. *Deus judicium*
tuum Regi da ; & justitiam tuam filio Regis
.... descendet sicut pluvia in vellus ; & fi-
cut stillantia super terram .

I   *Se-*

Septimo : Lucæ 2. verſ. 1. dicitur natus dum orbis univerſus erat in pace
compoſitus , his verbis : *In diebus illis exiit edictum a Cæſare Auguſto , ut deſcribe-
retur univerſus orbis* . Hoc prædixerat Iſaias cap. 2. verſ. 24. *Propter hoc ait Dominus Deus exercituum fortis Iſrael* : *Heu !*
*conſolabor ſuper hoſtibus meis , & vindica-
bo de inimicis meis . . . . Sion in judicio
redimetur &c.*

Octavo : Dicitur natus de Virgine ,
Matth. 1. verſ. 18. & ſequentibus his
verbis : *Chriſti autem generatio ſic erat :
Cum eſſet deſponſata Mater ejus Maria Joſeph , antequam convenirent , inventa eſt in
utero habens de Spiritu ſancto . Joſeph autem vir ejus . . . & non cognoſcebat eam
donec peperit Filium ſuum primogenitum* ,
Luc. vero 2. v. 6. *Factum eſt autem cum
eſſent ibi , impleti ſunt dies ut pareret . Et
peperit Filium ſuum primogenitum* . Illud
promiſerat Iſa. c. 7. verſ. 14. *Propter hoc
dabit Dominus ipſe vobis ſignum . Ecce Virgo concipiet & pariet Filium , & vocabitur
nomen ejus Emmanuel* . Hoc & Jeremias
31. verſ. 22. Novum fecit Dominus ſuper
terram , femina circumdabit virum . Hoc
tandem prænuntiærat Ezechiel c. 44. verſ.
2. & 3. Porta , inquit , hæc clauſa erit :
non aperietur , & vir non tranſibit per eam :
quoniam Dominus Deus Iſrael ingreſſus eſt
per eam , eritque clauſa Principi . Princeps
ipſe ſedebit in ea.

- *Nono* : Dicitur natus in Bethlehem ,
Matth. 2. verſ. 1. his verbis : *Cum ergo
natus eſſet Jeſus in Bethlehem Juda in diebus Herodis Regis* . Et Luc. 2. verſ. 4. &
ſequentibus : *Aſcendit autem & Joſeph a
Galilæa de civitate Nazaret in Judæam in
civitatem David quæ vocatur Bethlehem ,
ut profiteretur cum Maria deſponſata ſibi
uxore prægnante . Factum eſt autem , cum
eſſent ibi , impleti ſunt dies ut parerent : &
peperit Filium ſuum primogenitum* . Item
Joan. 7. verſ. 42. legitur : *Nonne Scriptura
dicit quia ex ſemine David , & de Bethlehem Caſtello , ubi erat David , venit Chriſtus ?* Hoc ipſum habetur Michææ 5. verſ.
2. *Et tu Bethlehem Ephrata parvulus es in
millibus Juda : ex te mihi egredietur qui
ſit dominator in Iſrael*.

Decimo : Vocatur JESUS , Matth. 1. verſ.
21. his vocabulis : *Pariet autem Filium , &
vocabis nomen ejus JESUM : ipſe enim ſalvum faciet populum ſuum a peccatis eorum* ,
Tum Luc. 1. v. 31. *Ecce concipies in utero,
& pariet Filium , & vocabis nomen ejus*

JESUM , Idem Evangeliſta cap. 2. verſ.
21. ut : *Vocatum eſt nomen ejus JESUS ,
quod vocatum eſt ab Angelo , priuſquam in
utero conciperetur* . Id prædictum habetur
Iſaiæ 12. verſ. 3. *Haurietis aquas in gaudio de fontibus Salvatoris* . Et 52. verſ. 5.
& 6. *Jugiter tota die nomen meum blaſphe-
matur . Propter hoc ſcit populus meus nomen meum in die illa : quia ego ipſe qui
loquebar ecce adſum* . Idem denique cap.
62. verſ. 11. ſic habet : *Dicite filiæ Sion :
Ecce Salvator tuus venit* . Non omittendum illud Habacuc vaticinium c. 3. verſ.
18. *Ego autem in Domino gaudebo , & exultabo in Deo JESU meo* .

Undecimo : Emmanuel nuncupatur Matth. 1. verſ. 22. & 23. *Hoc autem totum factum eſt , ut adimpleretur quod dictum eſt a
Domino per Prophetam dicentem : Ecce Virgo in utero habebit , & pariet Filium : &
vocabunt nomen ejus Emmanuel , quod eſt
interpretatum , nobiſcum Deus* . Illud ipſum
habetur Iſaiæ 7. verſ. 13. *Propter hoc , dabit Dominus ipſe vobis Signum : Ecce Virgo
concipiet & pariet Filium , & vocabitur nomen ejus Emmanuel* .

Duodecimo : Dicuntur Magi veniſſe ab
Oriente ut adorarent Jeſum , Matth. 2.
verſ. 1. & 2. his vocabulis : *Ecce Magi
ab Oriente venerunt Jeroſolymam , dicentes :
Ubi eſt qui natus eſt Rex Judæorum ? Vidimus enim ſtellam ejus in Oriente , & veni-
mus adorare eum* . Idem habetur verſ. 11.
ejuſdem capitis . Id David prædixit Pſalmo 71. verſ. 9. & 10. *Coram illo procident
Æthiopes . & inimici ejus terram lingent .
Reges Tharſis , & Inſulæ munera offerent :
Reges Arabum & Saba dona adducent* . Iſaias 60. verſ. 6. ſic habet : *Omnes de Saba
venient , aurum & thus deferentes , & laudem Domino annuntiantes* . Prædicta quoque eſt ſtella numer. 14. verſ. 17. hoc oraculo : Orietur ſtella ex Jacob .

Decimo-tertio : Referuntur infantes ab
Herode occiſi , Matth. 2. verſ. 16. *Tunc Herodes , mittens occidit omnes pueros qui erant
in Bethlehem , & in omnibus finibus ejus a
bimatu & infra , ſecundum tempus quod
exquiſierat a Magis* . Tum 1. additur :
*Tunc adimpletum eſt quod dictum eſt per Je-
remiam Prophetam dicentem , Cap. 31. verſ.
15. Vox in Rama audita eſt , ploratus &
ululatus multus : Rachel plorans filios ſuos ,
& noluit conſolari quia non ſunt* .

Decimo-quarto : Narratur Jeſus in Ægyptum profugus & incola , deinde reduc ,
Matt. 2. v. 14. ubi hæc habentur de Joſeph :

Con-

Consurgens accepit puerum & matrem ejus no-
cte, & secessit in Ægyptum. Id prænuntiatum
fuerat ab Osea Propheta dicente cap.
11. vers. 1. *Ex Ægypto vocavi Filium meum.*
Decimo-quinto : Habetur Matth. 2. vers.
23. quod permanserit in Nazareth, his verbis : *Et veniens habitavit in civitate quæ vo-*
catur Nazareth, ut adimpleretur quod dictum
est per Prophetas ; quoniam Nazaræus voca-
bitur. Item Luc. 2. vers. 51. *Descendit cum*
illis, & venit Nazareth.
Decimo-sexto : S. Ioannes dicitur Christi Præcursor, Matt. 2. vers. 1. his verbis : *In diebus autem illis venit Joannes Ba-*
ptista prædicans in deserto Judæ. Item vers.
11. *Ego quidem*, inquit , *baptizo vos in*
aqua in pœnitentiam : qui autem post me
venturus est , fortior me est . . . . ipse vos
baptizabit in Spiritu sancto. Rursus Luc. 1.
vers. 76. *Et tu puer Propheta Altissimi voca-*
beris, præibis ante faciem Domini parare vias
ejus. Idipsum prædixit Isaias 40. vers. 3.
Vox clamantis in deserto : Parate viam Do-
mini , &c. Et iterum Malachias 3. v. 1.
hoc oraculo : *Ecce ego mitto Angelum meum,*
& præparabit viam ante faciem meam.
Decimo-septimo : Spiritus sanctus dicitur
descendere super Iesum his verbis ,
Matth. 3. v. 16. *Baptizatus autem Jesus . . . .*
ecce aperti sunt ei cæli ; & vidit Spiri-
tum descendentem sicut columbam, & veni-
entem super se. Ioannis 1. vers. 32. *Et te-*
stimonium, inquit , *perhibuit Joannes dicens :*
quia vidi Spiritum descendentem quasi colum-
bam de cælo, & mansit super eum. Id prædixerat Isaias cap. 61. vers. 1. his vocibus . *Spiritus Domini super me , &c.* Idem
cap. 11. vers. 1. sic habet : *Et requiescet su-*
per eum spiritus Domini , &c.
Decimo-octavo : Dicitur unctus a Deo
Luc. vers. 18. ubi sic legitur : *Spiritus Do-*
mini super me ; propter quod unxit me , &c.
Act. vero 2. vers. 36. habetur : *Certissime*
sciat ergo omnis domus Israel , quia & Do-
minum eum , & Christum fecit Deus , hunc
Jesum , quem vos crucifixistis. Rursus cap. 4.
vers. 27. *Convenerunt in civitate ista adver-*
sus sanctum puerum tuum Jesum , quem un-
xisti, Herodes, & Pontius Pilatus , &c. Et
iterum Hebr. 1. vers. 9. habetur : *Dilexi-*
sti justitiam , & odisti iniquitatem ; propterea
unxit te Deus , &c. Hoc ipsum iisdem vocibus prædixerat David Psalmo 44. vers.
8. & Psal. 2. verl. 2. ibi enim de Christo ait : *Astiterunt Reges terræ . . . adversus*
Dominum , & adversus Christum ejus . Et
Isaias cap. 61. verf. 1. his verbis : *Spiritus*

Dominis super me , eò quod unxerit Dominus
me . Tandem Threnorum 4. verf. 20. legitur : *Spiritus oris nostri Christus Dominus ca-*
ptus est in peccatis nostris .
Decimo-nono Dicitur Filius Dei , Matth.
3. verf. 17. his verbis : *Hic est Filius meus*
dilectus , in quo mihi complacui . Idem habetur cap. 4. verf. 3. & 6. apud eumdem
Evangelistam : *Et accedens tentator , dixit ei :*
Si Filius Dei es , dic ut lapides isti panes fiant . . .
Si Filius Dei es , mitte te deorsum. Rursus
capite 8. verf. 29. *Quid nobis , & tibi ,*
Jesu Fili Dei ? Item & Marci 1. verf. 11.
Vox facta est , inquit , *de cælis : Tu es Fili-*
us meus dilectus , in te complacui . Lucæ 3.
verf. 22. habetur : *Tu es Filius meus dilectus ,*
in te complacui mihi . Joannes cap. 1. verf. 1.
aurea ista profert verba : *In principio erat*
Verbum , & Verbum erat apud Deum , &
DEUS ERAT VERBUM . Id prænuntiaverat Propheta Regius Psal. 2. v. 7.
Filius meus es tu , ego hodie genui te . Rursus Psalmo 88. verf. 27. & 28. *Ipse invo-*
cabit me : Pater meus es tu . . . . Ego primo-
genitum ponam illum . Tum & Psalmo 109.
Dixit Dominus Domino meo sede a dextris meis .
Vigesimo : Dicitur primogenitus , Matt.
1. v. 25. *Peperit Filium suum primogenitum .*
Et Roman. 8. verf. 29. habetur de Christo : *Ut sit ipse primogenitus in multis fratri-*
bus . Et iterum Hebr. 1. v. 6. Et cum . . .
introducit primogenitum in orbem terræ , dicit :
Et adorent eum omnes Angeli ejus . Id prædixit David Psal. 88. v. 28. his verbis : *Ego*
primogenitum ponam illum , &c. Item &
Zacharias 12. verf. 10. *Aspicient ad me ,*
quem confixerunt : & plangent . . quasi su-
per unigenitum , & . . . ut dolent solent in mor-
te primogeniti . Denique Joannis 1. verf.
18. vocatur : *Unigenitus Filius , qui est in*
sinu Patris .
Vigesimo-primo : Ubique & passim Deus ,
& Dominus nuncupatur in novo Testamento , ut in sermone Cœnæ apud Ioannem cap. 13. verf. 13. his verbis : *Vos vo-*
catis me Magister & Domine , & bene dici-
tis : sum etenim . Psalmo 44. verf. 8. id
prædictum fuerat a Davide : *Dilexisti ju-*
stitiam , & odisti iniquitatem : propterea un-
xit te Deus , Deus tuus oleo Lætitiæ præ con-
sortibus tuis . Item & Psal. 109. verf. 1.
Dixit Dominus Domino meo , sede a dextris
meis . Isaiæ insigne est testimonium cap.
9. verf. 6. *Parvulus enim natus est nobis , &*
Filius datus est nobis , & factus est principa-
tus super humerum ejus ; & vocabitur nomen
ejus, admirabilis, consiliarius, Deus, fortis,

I 2 *Pater*

Pater futuri seculi, Princeps pacis. Rursus
cap. 45. verf. 15. Vere tu es Deus absconditus,
Deus Israel Salvator. Jeremias 23. verf. 6.
ait : In diebus illis salvabitur Juda, & Israel
habitabit confidenter, & hoc est nomen quod
vocabunt eum, Dominus justus noster. Habacuc denique 3. verf. 18. habetur : Ego autem in Domino gaudebo, & exultabo in Deo
Jesu meo.

Vigesimo-secundo : Christus in tota epistola ad Hebræos pluribus vicibus Sacerdos
nunc apatur, maxime vero cap. 3. verf. 5.
his verbis : Christus non semetipsum clarifica-
vit ut Pontifex fieret, &c. Id prænuntiatur
Psalmo 44. verf. 8. Unxit te, inquit Psaltes
Regius, Deus, Deus tuus oleo lætitiæ præ con-
sortibus tuis. Et iterum Psalmo 109. verf.
4. Tu es Sacerdos in æternum secundum ordinem Melchisedech.

Vigesimo-tertio : Plura prophetavit Jesus :
unde Luc. 7. v. 16. habetur de illo : Propheta magnus surrexit in nobis : & quia Deus
visitavit plebem suam. Et Act. 3. verf. 22.
refertur testimonium Moysis ut legitur
in Deuteron. c. 18. verf. 15. & sequentibus his verbis : Prophetam de gente tua, &
de fratribus tuis sicut me suscitabit tibi Dominus Deus tuus : ipsum audies, &c.

Vigesimo-quarto : Appellatur Pastor, Matth. 15. verf. 32. . . . . . . : Cum autem
venerit Filius . . . . . , congregabuntur ante eum . . . . , & separabit eos adinvicem . . . . . Pastor sejregat oves ab hæ-
dis . . . . . verf. 31. legitur : Scriptum
est . . . . : Percutiam Pastorem, & disper-
. . . oves gregi. Eadem referuntur ver-
. . Marci 14. verf. 26. maxime vero Joannis 10. verf. 11. Ego sum, inquit, Pastor
bonus : bonus Pastor animam suam dat pro
ovibus suis. Rursus 1. Petri 2. v. 25. habetur : Eratis enim sicut oves errantes, sed
conversi estis nunc ad Pastorem, &c. Et
adhuc cap. 5. verf. 4 Cum apparuerit Princeps Pastorum, percipietis immarcescibilem gloriæ coronam. Idipsum habetur Psalm. 94.
v. 7. his verbis : Ipse est Dominus Deus
noster : & nos populus pascuæ ejus, & oves
manus ejus. Tum Isaiæ 40. verf. 10. &
11. legitur : Ecce Dominus Deus in fortitudine veniet, & . . . sicut Pastor, gregem
suum pascet : in brachio suo congregabit a-
gnos, & in sinu suo levabit, fætas ipse portabit. Rursus Jeremias cap. 31. verf. 10.
ait : Qui dispersit Israel, congregabit eum :
& custodiet eum sicut Pastor gregem suum.
Et iterum Ezechiel cap. 34. v. 11. &
sequentibus pronuntiat : Hæc dicit Domi-

nus Deus : Ecce ego ipse requiram oves meas,
& visitabo eas, sicut visitat Pastor gregem
suum . . . . & suscitabo super eas Pastorem
unum, qui pascet eas.

Vigesimo-quinto : Dicitur quod prædica-
verit in Galilæa ; & in Capharnaum, Matth. 4. verf. 12. & sequentibus his verbis :
Cum autem audisset Jesus quod Joannes traditus esset, secessit in Galilæam : & relicta civitate Nazareth, venit, & habitavit in
Capharnaum. . . . Exinde cœpit Jesus prædicare &c. Iterum Marci 1. verf. 14. &
sequentibus habetur : Venit Jesus in Galilæam prædicans Evangelium regni Dei . . .
& ingrediuntur (scilicet Jesus & discipuli ejus) Capharnaum & statim sabbatis ingressus in Synagogam, docebat eos . Hoc
ipsum prædixit Isaias cap. 9. verf. 1. &
2. Primo tempore alleviata est terra Zabulon
& terra Nephthali : & novissimo aggrava-
ta est via maris trans Jordanem Galilææ
gentium : populus qui ambulabat in tenebris
vidit lucem magnam : habitantibus in regione umbræ mortis, lux orta est eis.

Vigesimo-sexto : Passim & ubique in novo Testamento Magistri, Doctoris &
remuneratoris nomine celebatur . Item
& Psalmo 2. verf. 6. his verbis : Ego autem constitutus sum Rex ab eo super Sion
montem sanctum ejus, prædicans præceptum
ejus. Rursus 7. Psalmo 21. verf. 23. Nar-
rabo nomen meum fratribus meis : in medio
Ecclesiæ laudabo te . Verf. 29. legitur :
Quoniam Domini est regnum : & ipse do-
minabitur gentium. Isaias cap. 30. verf. ait :
Dominus . . . non faciet evolare a te ultra
Doctorem tuum : & erunt oculi tui videntes præceptorem tuum. Rursus cap. 55. verf.
4. Ecce . . . . dedi eum ducem, ac præceptorem gentibus. Et iterum cap. 61. v. 1.
2. & 3. Spiritus Domini super me . . . ad
annuntiandum mansuetis misit me ; ut me-
derer contritis corde, & prædicarem captivis
indulgentiam . . . ut consolarer omnes lugen-
tes : ut ponerem lugentibus Sion : & da-
rem eis coronam pro cinere, oleum gaudii
pro luctu, pallium laudis pro spiritu mœro-
ris. Denique Joelis 2. verf. 23. habetur :
Filii Sion, exultate, & lætamini in Domino Deo vestro ; quia dedit vobis doctorem justitiæ.

Vigesimo-septimo : Passim vocatur patrator miraculorum, infirmitatum & lan-
guorum curator. Item Psalm. 4. verf.
4. Scitote quoniam mirificavit Dominus Sanctum suum. Et Psalm. 102. verf. 2. &
3. Benedic anima mea, Domino . . . . qui
sanat

sanat omnes infirmitates tuas. Rursus
Isaiæ 53. vers. 4. habetur: *Vere lan-*
guores nostros ipse tulit, & dolores nostros
ipse portavit. Et iterum cap. 61. supra
citato.

Vigesimo-octavo: Dicitur cæcis visum re-
stituisse, in Evangelio maxime vero Matth.
15. vers. 30. & 31. *Et accesserunt, inquit*
Evangelista, ad eum turbæ multæ, haben-
tes secum mutos, cæcos, . . . & alios mul-
tos: & projecerunt eos ad pedes ejus, &
curravit eos; ita ut turbæ mirarentur, &c.
Rursus Joannis 9. vers. 7. cæcum à nativitate illuminavit, dicendo: *Vade,*
lava in natatoria Siloe, quod interpretatur
Missus. Abiit ergo, & lavit, & venit
videns. Illud prænuntiaverat Isaias cap.
39. v. 18. his verbis: *In die illa . . . de*
tenebris & caligine oculi cæcorum videbunt.
Cap. 35. vers. 4. *Tunc aperientur oculi cæ-*
corum. Rursus cap. 42. vers. 6. & 7. *De-*
di te in fœdus populi, in lucem gentium :
ut aperires oculos cæcorum.

Vigesimo-nono : Dicitur surdorum apertu-
isse aures, ut habetur Marci 7. v. 34.
& 35. de quodam surdo quem curavit,
dicendo: *Epheta, quod est adaperire. Et*
statim aperiæ sunt aures ejus, Id ipsum
prædixit Isaias 29. vers. 18. *Et audient*
in die illa surdi verba libri. Cap. 35. vers. 5.
legitur: *Tunc . . . aures surdorum patebunt.*

Trigesimo : Dicitur mutorum linguam
solvisse; hoc jam jam prædixerat Isaias
cap. 35. vers. 6. his verbis: *Tunc . . .*
aperta erit lingua mutorum.

Trigesimo-primo : Dicitur claudos erexisse; id prænuntiaverat idem Isaias cap.
35. vers. 6. dicendo: *Tunc saliet, sicut cer-*
vus, claudus.

Trigesimo-secundo : Dicitur mortuos ad
vitam evocasse: id prædixit utique Isaias
cap. 26. 19. ubi ait: *Vivent mortui tui,*
interfecti mei resurgent &c.

Trigesimo-tertio : Dicitur samelicos sa-
turasse, apud omnes Evangelistas : id
præsusum legitur Psalm. 21. vers. 27. his
oraculis : *Edent pauperes, & saturabuntur*
&c. Et Isaiæ 65. vers. 13. ait Propheta :
Hæc dicit Dominus Deus : Ecce servi mei
comedent &c.

Trigesimo-quarto : Dicitur quod Apostolos vocaverit, & piscatores ex Judæis
elegerit, maxime Matth. 10. vers. 1. &
sequentibus : Et convocatis duodecim Apostolis suis, dedit illis potestatem &c. Et ibidem cap. 4. vers. 18. & sequentibus dicitur de Petro & Andrea : *Erant enim*
Boucat Theol. Tom. IV.

piscatores. Et ait illis : Venite post me, &
faciam vos fieri piscatores hominum &c. Id
prænuntiatum fuerat à Jeremia cap. 3.
v. 14. & 15. his verbis : *Convertimini filii*
revertentes, dicit Dominus. . . . Et dabo vo-
bis pastores juxta cor meum, & pascent vos
scientia & doctrina. Sed expressius cap. 16.
vers. 16. *Ecce ego mittam piscatores multos,*
dicit Dominus, & piscabuntur eos.

Trigesimo-quinto : Ubique in novo Testamento prædicatur multa Christum patrasse miracula. Id prædixerat David
Psalm. 77. vers. 16. his verbis : *Transtulit*
austrum de cœlo, & induxit in virtute sua
Africum.

Trigesimo-sexto : Dicitur quod Jerusalem
triumphans ingressus sit ; & hoc astantibus Judæis, & clamantibus, *Hosanna filio*
David; ita omnes Evangelistæ. Hoc prædicitur expresse Zachar. 9. vers. 9. ubi
hæc habentur : *Exulta satis filia Sion, ju-*
bila filia Jerusalem : ecce Rex tuus veniet
tibi justus, & Salvator : ipse pauper, &
ascendens super asinam, & super pullum
filium asinæ.

Trigesimo-septimo : Referunt Evangelistæ,
Jesum templum ingressum fuisse, & eje-
cisse vendentes, & vitia redarguisse :
Primum prædixit Ezechiel cap. 43. vers.
3. & 4. dicens : *Vidi visionem . . . & Ma-*
jestas Domini ingressa est templum per viam
portæ quæ respiciebat ad Orientem. Et Aggæus cap. 2. verL 7. & sequentibus :
Implebo, inquit, domum istam gloria . . .
meum est argentum, & meum est aurum,
dicit Dominus exercituum. Magna erit gloria
domus istius novissima plusquam prima . . .
& in loco isto dabo pacem. Secundum, innuit David Psalmo 68. vers. 10. his verbis : *Zelus domus tuæ comedit me : & oppro-*
bria exprobantium tibi ceciderunt super me .
Tum Zachariæ cap. 23. vers. 21. *Et non*
erit mercator ultra in domo Domini exerci-
tuum in die illo. Tertium vaticinati sunt,
I. Isaias c. 23. verl. 4. *Erubesce Sidon : ait*
enim mare, fortitudo maris dicens : Non par-
turivi, & non peperi, & non enutrivi ju-
venes, nec ad incrementum perduxi virgi-
nes. II. Michæas 2. v. 1. & sequentibus : *Væ qui cogitatis inutile, & operami-*
ni malum . . . Idcirco hæc dicit Dominus :
Ecce ego cogito super familiam istam malum:
unde non auferetis colla vestra, & non am-
bulabitis superbi. Item & cap. 3. & verL
1. & sequentibus.

Trigesimo-octavo : Legitur apud omnes
Evangelistas, quod Principes & Seniores

populi consilium inierint contra Dominum meum , Passionis tempore : id habetur Psalm. 2. verf. ubi David ait : Astiterunt Reges terræ , & Principes convenerunt in unum adversus Dominum & adversus Christum ejus . Rursus Psal. 34 verf. 15. Et adversum me lætati sunt , & convenerunt : congregata sunt super me flagella.

Trigesimo-nono : Refertur in Evangelistis omnibus , & Actibus , Jesum traditum a Juda fuisse , & productorem turpissimæ morte pensile . Id prædixit David Psalmo 40. v. 10. Etenim homo pacis meæ in quo speravi : qui edebat panes meos , magnificavit super me supplantationem . Tum Psal. 34. verf. 13. & sequentibus : Si inimicus meus maledixisset mihi , sustinuissem utique . . . . te vero homo unanimis , dux meus , & notus meus : qui simul mecum dulces capiebas cibos . Rursus 108. verf. 8. his verbis : Fiant dies ejus pauci : & Episcopatum ejus accipiat alter &c.

Quadragesimo : Dicitur sanctissimum institutisse Sacramentum , & sacrificium sui corporis ; id omnes Evangelistæ cum sancto Paulo : id prædixit Malachias 1. cap. verf. 10. & sequenti : Non est , ait , mihi voluntas in vobis , dicit Dominus exercituum : & munus non suscipiam de manu vestra . Ab ortu enim solis usque ad occasum , magnum est nomen meum in gentibus : & in omni loco sacrificatur, & offertur nomini meo oblatio munda.

Quadragesimo-primo : Agoniam Jesu describunt omnes Evangelistæ : De ea per prænotionem spiritus pius David Psal. 34. v. 4. & 5. ait : Cor meum conturbatum est in me : & formido mortis cecidit super me . Timor & tremor venerunt super me , & contexerunt me tenebræ.

Quadragesimo-secundo : Dicitur ab iisdem Evangelistis , captus & ligatus : Id prædictum fuerat a Jeremia Thren. cap. 3. verf. 52. ubi sic loquitur : Venatione ceperunt me quasi avem inimici mei gratis .

Quadragesimo-tertio : Apud Evangelistas omnes dicitur a discipulis derelictus , & ab omnium Principe negatus . Id prædixerat David Psal. 68. v. 9. & 21. his verbis : Extraneus factus sum fratribus meis . . . & hospitem factus sum commeantibus ; & rursus : Et qui consolaretur , & non invenirent . Et Psalm. 87. verf. 9. Longe fecisti notos meos a me . Item Isaiæ 53. verf. 3. Quasi absconditus vultus ejus & despectus : unde nec reputavimus eum . Expressum au-

tem Zacharias 13. verf. 7. Percute Pastorem , & dispergentur oves .

Quadragesimo-quarto : Falsi testes deposuerunt contra Jesum , ut habetur Matth. 26. verf. 59. & sequentibus : Principes autem Sacerdotum . . . quærebant falsum testimonium contra Jesum ut eum morti traderent : & non invenerunt ; cum multi falsi testes accessissent . Et Marci 14. verf. 56. Multi enim , inquit , testimonium falsum dicebant adversus eum ; & convenientia testimonia non erant . Id prænuntiaverat Propheta Regius Psal. 26. v. 12. his verbis : Insurrexerunt in me testes iniqui , & mentita est iniquitas sibi . Item Psal. 37. verf. 12. Amici mei & proximi mei adversum me appropinquaverunt & steterunt . Rursus Psal. 40. verf. 6. Inimici mei dixerunt mala mihi : Quando morietur , & peribit nomen ejus ? Et iterum Psal. 60. verf. 3. ubi ait : Exacuerunt ut gladium linguas suas . . . & ut sagittent in occultis immaculatum .

Quadragesimo-quinto : Dicitur in Evangeliis quod accusatus siluerit : item & Isaiæ 53. verf. 7. legitur : Sicut ovis ad occisionem ducetur , & quasi agnus coram tondente se obmutescet , & non aperiet os suum .

Quadragesimo-sexto : Apud Evangelistas omnes Jesum opprobriis & contumeliis affectum legimus : id etiam habetur Psal. 34. verf. 15. his verbis : Et adversum me lætati sunt , & convenerunt : congregata sunt super me flagella . Psal. 55. verf. 2. Conculcaverunt me inimici mei tota die : quoniam multi bellantes adversum me . Et tandem Psal. 68. verf. 6. Confortati sunt qui persecuti sunt me inimici injuste .

Quadragesimo-septimo : Sputo & verberibus impetitum dicitur in Evangelio : idipsum Isaias prædixerat cap. 50. verf. 6. ubi ait : Corpus meum dedi percutientibus , & genas meas vellentibus : faciem meam non averti ab increpantibus , & conspuentibus in me . Et cap. 53. verf. 5. Ipse autem , inquit , vulneratus est propter iniquitates nostras , attritus est propter scelera nostra . . . & livore ejus sanati sumus . De mum Thren. 3. v. 30. expretie habetur : Dabit percutienti se maxillam , saturabitur opprobriis .

Quadragesimo-octavo : Triginta argenteis in Evangelio venditus refertur : Tum 11. Amos 2. v. 6. Hæc dicit Dominus : super tribus sceleribus Israel , & super quatuor non convertam eum ; pro eo quod vendiderit pro argento justum . Et Zacharias cap. 11.

21. v. 22. & 23. ſic loquitur : *Appenderunt mercedem meam triginta argenteos . Et dixit Dominus ad me : Projice illud ad ſtatuarium , decorum pretium , quo appretiatus ſum ab eis . Et tuli triginta argenteos , & projeci illos in domum Domini ad ſtatuariam .*

Quadrageſimo-nono : Flagellis cæſus dicitur , & veſtimenta ejus ſorte ductâ referuntur ab Evangeliſtis omnibus . Idipſum prænunciatur Pſalmo 34. verſ. 15. his verbis : *Congregata ſunt ſuper me flagella , & ignoravi .* Tum Pſal. 21. verſ. 19. *Diviſerunt*, inquit David de Chriſto , *ſibi veſtimenta mea , & ſuper veſtem meam miſerunt ſortem .*

Quinquageſimo : Cruci affixus legitur in Evangelio. Id prædixerat Sapiens cap. 2. verſ. 22. & ſequentibus , ubi aurea hæc verba profert : *Circumveniamus ergo juſtum , quoniam inutilis eſt nobis , & contrarius eſt operibus noſtris , & improperat nobis peccata . . . . Promittit ſe ſcientiam Dei habere , & filium Dei ſe nominat . . . . Videamus ergo ſi ſermones illius veri ſint , & tentemus quæ ventura ſunt illi . . . . Si enim eſt verus filius Dei . . . . liberabit eum de manibus contrariorum . . . . Morte turpiſſima condemnemus eum .* Jeremias cap. 11. verſ. 19. ait : *Cogitaverunt ſuper me conſilia , dicentes : Mittamus lignum in panem ejus , & eradamus eum de terra viventium , & nomen ejus non memoretur amplius .* Et iterum Zacharias cap. 13. verſ. 6. pronunciat : *Et dicitur ei : Quid ſunt plagæ iſtæ in medio manuum tuarum ? Et dicit : His plagatus ſum in domo eorum , qui diligebant me .*

Quinquageſimo-primo : Inter latrones positus , & prætereuntibus deluſus , felle ſaturatus , aceto potatus narratur ab Evangeliſtis . Primum dicit Iſaias cap. 53. verſ. 12. *Tradidit* , inquit , *in mortem animam ſuam , & cum ſceleratis reputatus eſt .* Secundum prænuntiat David Pſalm. 21. v. 8. & 9. *Omnes videntes me , deriſerunt me : locuti ſunt labiis , & moverunt caput : ſperavit in Domino , eripiat eum : ſalvum faciat eum , quoniam vult eum .* Tertium & quartum , idem Regius Propheta Pſal. 68. v. 22. his luculentiſſimis verbis : *Dederunt in eſcam meam fel : & in ſiti mea potaverunt me aceto .*

Quinquageſimo-ſecundo : In cruce veniam pro perſecutoribus petiit , & voce magna clamavit ; ita omnes Evangeliſtæ. Primum præluſum habetur Pſalm. 17. verſ.

---

7. & 8. his vocabulis : *In tribulatione mea invocavi Dominum , & ad Deum meum clamavi & exaudivit de templo ſancto ſuo vocem meam &c.* Expreſſius Iſaiæ 53. v. 12. legitur . *Ipſe peccata multorum tulit , & pro tranſgreſſoribus rogavit .* Secundum vero punctum innuit idem David Pſalm. 21. v. 1. ubi ait : *Deus Deus meus reſpice in me ; quare me dereliquiſti ?*

Quinquageſimo-tertio : Mortuus refertur in Evangelio : idipſum prædicitur Pſal. 87. verſ. 7. & 8. his verbis : *Poſuerunt me in lacu inferiori , in tenebroſis , & umbra mortis .* Clarius vero Pſalm. 73. v. 12. ubi ſic habetur : *Deus autem Rex noſter ante ſæcula , operatus eſt ſalutem in medio terræ .*

Quinquageſimo-quarto : Moriente Domino terra commota eſt , ſol obſcuratus . Primum expreſſit David Pſalm. 17. v. 8. dicens : *Commota eſt , & contremuit terra : fundamenta montium conturbata ſunt , & commota ſunt , quoniam iratus eſt eis .* Utrumque refertur Amos 8. & v. 8. & 9. ubi ait : *Numquid ſuper iſto non commovebitur terra ? . . . . Et erit in die illo , dicit Dominus Deus : occidet ſol in meridie . & tenebreſcere faciam terram in die luminis .* Aggei 2. v. 7. *Adhuc unum modicum eſt , & ego commovebo cælum , & terram .* Demum Zachar. 14. v. 6. habetur : *Et erit in die illa : non erit lux .*

Quinquageſimo-quinto : Jeſus mortuus ungitur ; ſepelitur in ſepulchro divitis ; lapis opponitur ad ſepulchrum ; planctum ſuper illum fecerunt multi . Primum exprimitur in textu Hebraico Iſaiæ 53. verſ. 7. & 9. qui ita habet : *Et poſuit cum impiis ſepulchrum ejus , & cum divite monumentum .* Secundum habetur Thren. cap. 3. verſ. 53. *Lapſa eſt in lacum vita mea , & poſuerunt lapidem ſuper me .* Tertium prædicitur Zachar. 11. verſ. 10. *Et plangent eum planctu quaſi ſuper unigenitum &c .*

Quinquageſimo-ſexto : Deſcendit ad Inferos Chriſtus , & ab iis Patriarchas eduxit . Primum præfiguratur Eccli. 48. v. 5. his verbis : *Qui ſuſtuliſti mortuum ab inferis de ſorte mortis .* Secundum vero Pſal. 67. v. 7. *Qui educit vinctos in fortitudine ; ſimiliter eos . . . . qui habitant in ſepulchris .* Iſaiæ 25. verſ. 8. legitur : *Præcipitabit mortem in ſempiternum & auferet Dominus Deus lacrymam ab omni facie , & opprobrium populi ſui auferet de univerſa terra .* Expreſſius Oſee 6. verſ. 3. ait :

I 4

3. ait : *Vivificabit nos poſt duos dies : in die tertia ſuſcitabit nos, & vivemus in conſpectu ejus* . Et cap. 13. v. 14. *e manu mortis*, inquit, *liberabo eos, de morte redimam eos : ero mors tua o mors, morſus tuus ero inferne*. Demum Zachar. 9. v. 11. Idem præludere videtur, dicendo : *Tu quoque in ſanguine teſtamenti tui emiſiſti vinctos tuos de lacu* .

Quinquageſimo-ſeptimo : Reſurrexit ; ita omnes Evangeliſtæ, & omnes novi Teſtamenti libri ; idipſum prænuntiatum eſt Pſalmo 3. v. 6. his verbis : *Ego dormivi & ſoporatus ſum : & exurrexi, quia Dominus ſuſcepit me* . 33. v. 13. *Eripuiſti animam meam de morte, & pedes meos de lapſu*. 70. v. 20. *Converſus vivificaſti me : & de abyſſis terræ iterum reduxiſti me* . 87. v. 5. *Factus ſum ſicut homo ſine adjutorio, inter mortuos liber* .

Quinquageſimo-octavo : Aſcendit in cœlum ex Evangeliſtis ; illud autem habetur Pſalm. 23. v. 7. ubi ait David : *Attollite portas principes veſtras, & elevamini portæ æternales : & introibit Rex gloriæ &c.* Pſalm. 46. v. 6. *Aſcendit Deus in jubilo, & Dominus in voce tubæ* . 67. v. 5. *Iter facite ei qui aſcendit ſuper occaſum :* Dominus nomen illi . Rurſus Iſaiæ 52. v. 13. *Exaltabitur & elevabitur : & ſublimis erit valde*. Et iterum Zachar. 14. v. 4. habetur : *Stabunt pedes ejus in die illa ſuper montem olivarum, qui eſt contra Jeruſalem ad Orientem.*

Quinquageſimo-nono : Sedet ad dexteram Dei ; ita Evangeliſtæ & toti fere libri novi Teſtamenti ; illud non obſcure prænuntiatur Pſalmo 109. v. 1. his verbis : *Dixit Dominus Domino meo : Sede a dextris meis* .

Sexageſimo : Mittit Spiritum ſanctum ad diſcipulos , teſte S. Luca Act. 2. v. 4. ubi ait de Apoſtolis : *Repleti ſunt omnes Spiritu Sancto, & cœperunt loqui variis linguis prout Spiritus ſanctus dabat eloqui illis.* Id prædixerat Iſaias cap. 44. v. 3. *Effundam*, inquit Deus ore Prophetæ, *ſpiritum meum ſuper ſemen tuum* . 59. v. 19. & ſequentibus : *Cum venerit quaſi fluvius violentus, quem Spiritus Domini cogit … hoc fœdus meum cum eis, dicit Dominus : Spiritus meus, qui eſt in te, & verba mea, quæ poſui in ore tuo, non recedent de ore tuo, & de ore ſeminis tui … amodo, & uſque in ſempiternum* . Ezechiel. cap. 36. v. 26. & 27. ait : *Dabo vobis cor novum, & ſpiritum novum ponam in medio*

veſtri : & auferam cor lapideum de carne veſtra, & dabo vobis cor carneum, & ſpiritum meum ponam in medio veſtri &c. Joelis 2. v. 28. & 29. expreſſe legitur : *Et erit poſt hæc : effundam ſpiritum meum ſuper omnem carnem ; & prophetabunt Filii veſtri, & filiæ veſtræ : ſenes veſtri ſomnia ſomniabunt, & juvenes veſtri viſiones videbunt . Sed & ſuper ſervos meos, & ancillas meas in diebus illis effundam ſpiritum meum &c.*

Sexageſimo-primo : Multa patiuntur diſcipuli, ut refertur Act. 8. v. 1. his verbis : *Facta eſt autem in illa die perſecutio magna in Eccleſia quæ erat Jeroſolymis &c.* Hoc prædicitur Pſal. 33. v. 20. *Multæ tribulationes juſtorum, & de omnibus his liberabit eos Dominus* . 43. v. 11. & ſequentibus : *Avertiſti nos retrorſum poſt inimicos noſtros : & qui oderunt nos diripiebant ſibi . Dediſti nos tamquam oves eſcarum, & in gentibus diſperſiſti nos &c.* Et iterum Zachar. 13. v. 7. *Diſpergentur*, inquit, *oves, & converſam manum meam ad parvulos* .

Sexageſimo-ſecundo : Diſcipuli dicuntur cor unum & anima una : Act. 4. v. 32. his vocabulis : *Multitudinis autem credentium erat cor unum, & anima una*. Hæc prædixit Jeremias cap. 32. v. 39. *Et dabo*, inquit, *eis cor unum, & viam unam, ut timeant me &c.* Ezechiel 11. v. 19. ait : *Et dabo eis cor unum*. Sophonias 3. v. 9. ſic loquitur : *Tunc reddam populis labium electum, ut invocent omnes in nomine Domini, & ſerviant ei humero uno.*

Sexageſimo-tertio : In toto Evangelio narratur vocatio gentium : id prædicitur Geneſ. 12. v. 1. & ſequentibus : *Dixit autem Dominus ad Abram : Egredere de terra tua, & de cognatione tua … & veni in terram quam monſtravero tibi, Faciamque te in gentem magnam … atque in te benedicentur univerſæ cognationes terræ* . Jeremiæ 3. v. 17. habetur : *In tempore illo … congregabuntur ad Jeruſalem omnes gentes in nomine Domini … & non ambulabunt poſt pravitatem cordis ſui peſſimi* . Oſee 2. v. 10. igitur : *Et erit in loco ubi dicetur eis : Non populus meus vos : dicetur eis : Filii Dei viventis* . Ibid. cap. 2. v. 24. ait : *Dicam non populo meo : Populus meus es tu, & ipſe dicet : Deus meus es tu*. Michææ 4. v. 1. *In noviſſimo dierum erit mons domus Domini præparatus in vertice montium … & fluent ad eum populi* . Sophoniæ 2. v. 11. *Adorabunt*, inquit, *eum … omnes inſulæ gentium*. Item & Aggæi 2. v. 7. *Et movebo*

vebo omnes gentes : & veniet desideratus cunctis gentibus. Rursus Zachar. 2. v. 11. Applicabuntur gentes multæ ad Dominum in die illa : & erunt mihi in populum.

Sexagesimo-quarto : Idolorum superstitionem deletum referunt Actus Apostolorum cap. 19. v. 26. his verbis : Videtis, & auditis, quia non solum Ephesi, sed pene totius Asiæ, Paulus hic suadens avertit multam turbam, dicens : Quoniam non sunt dii, qui manibus fiunt. Id prædixit Isaias cap. 17. v. 7. & 8. In die illa, inquit, inclinabitur homo ad factorem suum, & oculi ejus ad sanctum Israel respicient : & non inclinabitur ad altaria, quæ fecerunt manus ejus : & quæ operati sunt digiti ejus non respiciet, lucos & delubra. Item cap. 31. v. 7. aut : In die enim illa abjiciet vir idola argenti sui, & idola auri sui, quæ fecerunt vobis manus vestra in peccatum, Oseæ 2. v. 16. & 17. Et erit in die illa, ait Dominus : vocabit me : Vir meus : & non vocabit me ultra, Baali. Et auferam nomina Baalim de ore ejus, & non recordabitur ultra nominis eorum. Ibidem cap. 14. v. 9. exclamat : Ephraim quid mihi ultra idola ? Michææ 5. v. 11. & 13. Perire faciam sculptilia tua, & statuas tuas de medio tui : & non adorabis ultra opera manuum tuarum. Et evellam lucos tuos de medio tui. Idem habetur Sophoniæ 1. v. 4. & 5. & Zachar. 13. v. 2.

Sexagesimo-quinto : Judæorum pertinacia passim refertur in novo Testamento ; maxime vero Act. 7. v. 51. his verbis a S. Stephano prolatis contra eosdem : Dura cervice, & incircumcisis cordibus, & auribus, vos semper Spiritui sancto restitistis, sicut Patres vestri, ita & vos &c. Hæc prædixit Moyles Deuteron. 21. v. 20. Generatio enim perversa est, & infideles filii. Hæc & David Psalmo 17. v. 44. ubi ait : Eripies me de contradictionibus populi : constitues me in caput Gentium. Isaias 6. v. 9. & 10. Vade, & dices populo huic : Audite audientes, & nolite intelligere : & videte visionem, & nolite cognoscere : excæca cor populi hujus, & aures ejus aggrava : & oculos ejus claude : ne forte videat oculis suis, & auribus suis audiat, & corde suo intelligat, & convertatur, & sanem eum. Jeremias 5. v. 21. sic loquitur : Audi popule stulte, qui non habes cor : qui habentes oculos non videtis, & aures, & non auditis. Idem colligitur Ezechielis 12. v. 2.

Sexagesimo-sexto : Judæorum rejectio, & sacrificiorum abolitio innuitur passim in novo Testamento. Primum quidem Matth. 21. v. 43. Auferetur a vobis regnum Dei, & dabitur genti facienti fructus ejus. Apostolus Rom. 11. v. 20. ait de Judæis : Propter incredulitatem fracti sunt. Secundum vero habetur Hebr. 10. v. 5. & sequentibus : Hostiam & oblationem noluisti : corpus autem aptasti mihi : holocautomata pro peccato non tibi placuerunt. Tunc dixi : Ecce venio &c. Dispersio & vastatio illius perfidæ gentis prædicta est Deuteron. 28. v. 25. & sequentibus, ubi Moyses sic loquitur do populo isto infideli : Tradet te Dominus corruentem ante hostes tuas, per unam viam egredieris contra eos, & per septem fugias, & dispergaris per omnia regna terræ .... Percutiat te Dominus amentia & cæcitate &c. Item & sacrificiorum rejectio prælusa habetur 1. Reg. 15. v. 22. his verbis : Numquid vult Dominus holocausta & victimas, & non potius ut obediatur voci Domini &c. Jeremiæ 15. v. 1. & sequentibus legitur : Si steterit Moyses & Samuel coram me, non est anima mea ad populum istum : Ejice illos a facie mea &c. Daniel 9. v. 26. & 27. Et post Hebdomades sexaginta duas, inquit, occidetur Christus : & non erit ejus populus, qui eum negaturus est, & civitatem, & sanctuarium dissipabit populus cum duce venturo .... & in dimidio hebdomadis deficiet hostia & sacrificium &c. Expressius tandem Malach. 1. v. 10. & 11. ait : Non est mihi voluntas in vobis, dicit Dominus exercituum : & munus non suscipiam de manu vestra. Ab ortu enim solis usque ad occasum magnum est nomen meum in gentibus : & in omni loco sacrificatur, & offertur nomini meo oblatio munda.

Sexagesimo-septimo : Jerosolimæ excidium prophetatur a S. Matthæo 23. v. 38. his verbis : Ecce relinquetur vobis domus vestra deserta. Et 24. v. 2. expresse ait Christus : Amen dico vobis, non relinquetur hic lapis super lapidem, qui non destruatur. Illud adimpletum à Joseph narratur lib. 7. cap. 47. Suetonius in Tito cap. 5. Plinius in Vespasiano. Prædixit Isaias cap. 25. v. 2. Posuisti, inquit, civitatem in tumulum, urbem fortem in ruinam, domum alienorum ut non sit civitas, & in sempiternum non ædificetur. Jeremias 19. v. 11. ubi ait : Sic conteram populum istum, & civitatem istam, sicut conteritur vas figu-

li,

ti , quod non potest ultra instaurari . Osee 3.
v. 4. *Dies multos sedebunt filii Israel , sine
Rege , & sine Principe , & sine Sacrificio ,
& sine Altari , & sine Ephod & sine The-
raphim .* Idem habetur Zachar. 14. v. 1.
& sequentibus .

Sexagesimo-octavo : Spes non esse restau-
randi templum dicitur Matth. 23. v. 38.
ubi sic habetur : *Ecce relinquetur vobis domus vestra deserta .* Quod adimpletum refert Marcellinus a Juliano cap. 23. idipsum
prædixerat Isaias cap. 25. v. 2. *Pojuist ...
urbem fortem in ruinam ... ut non sit civitas ,
& in sempiternum non ædificetur .* Daniel 9.
v. 27. *Erit in templo abominatio desolationis:
& usque ad consummationem & finem perseverabit desolatio .* Amos 5. v. 1. legitur :
*Domus Israel cecidit , & non adjiciet ut re-
surgat .* Idem habet Jeremias cap. 19. v. 11.

Sexagesimo-nono : Christus veniet ad judicandum , Matth. 16. v. 27. bis vocabulis :
*Filius enim hominis venturus est in gloria
Patris sui cum Angelis suis : & tunc reddet
unicuique secundum opera ejus .* Idem habetur multis in aliis novi Testamenti locis .
Illud prædictum est Psalm. 95. v. 13. ubi
sic loquitur Propheta Regius : *Tunc exul-
tabunt omnia ligna sylvarum a facie Domini , quia venit , quoniam venit judicare terram .* *Judicabit orbem terræ in æquitate , &
populos in veritate sua .* Tum Isaiæ 66. v.
15. & 16. *Ecce Dominus ,* inquit , *in igne
veniet .... reddere in indignatione furorem
suum , & increpationem suam in flamma
ignis : quia in igne Dominus dijudicabit , &
in gladio suo ad omnem carnem ,* Rursus
Joelis 3. v. 1. & 2. *Venit dies Domini ,
quia prope est , dies tenebrarum & caliginis ,
dies nubis & turbinis .* Et iterum Sophoniæ
3. v. 8. legitur : *Expecta me , dicit Dominus , in die resurrectionis meæ in futurum ,
quia judicium meum ut congregem gentes ,
& colligam regna : & effundam super eos
indignationem meam , omnem iram furoris
mei .* Expressius denique Joelis 3. v. 2. &
11. *Congregabo omnes gentes , & deducam
eas in vallem Josaphat : & disceptabo cum
eis ibi super populo meo & hæreditate mea
Israel .... consurgant & ascendant gentes
in vallem Josaphat , quia ibi sedebo ut judicem omnes gentes in circuitu .*

Septuagesimo : Promittit Christus Apostolis quod , quia relictis omnibus secuti
sunt eum , sessuri sint ad judicandum :
Matth. 19. v. 28. bis verbis . *Amen dico
vobis : quod vos qui secuti estis me , in re-
generatione : cum sederit filius hominis in se-*

*de Majestatis suæ, sedebitis & vos super se-
des duodecim , judicantes duodecim tribus
Israel .* Hoc prædicitur Sapientiæ cap. 3.
v. 7. & 8. *Fulgebunt ,* inquit *Salomon ,
justi , & tamquam scintillæ in arundineto
discurrent . Judicabunt nationes , & domina-
buntur populis .*

SYNOPSIS SECTIONIS.

*Novum Testamentum dotibus
mirabile .*

Primo. Fugat umbras legis & veritatem exhibet in Christo præsentem & cor-
ruscantem .

Secundo : Gratiam omnibus signis & be-
nedictionibus affluentem habet .

Tertio : Sic cum veteri consociatum as-
fulget , ut omnes , ne una quidem excepta Prophetia , non sine omnium miraculorum maximo , in Christo Jesu adimpletas demonstrat .

*De textibus , Versionibus , Polyglottis &
Chronologia Scripturæ sacræ .*

Plura hic examinanda occurrunt .
Primo quidem textus Hebraicus . II. Versiones tum Septuaginta , tum aliæ Græcæ .
III. Orientales . IV. Vulgata Latinorum
interpretatio . V. Aliæ Latinæ : Polyglottæ ; ac demum Chronologia , de qua non
una est opinio . Unde sic

ARTICULUS PRIMUS.

De textu Hebraico .

CERTUM est linguam omnium primam & cæterarum matrem , esse
Hebraicam , quæ fuit & brevis , & simplex , eaque primis data parentibus : cum
enim creati sunt in provecta ætate , inconveniens fuisset , si non potuissent tunc
ad invicem loqui . Fuit Hebræa communis usque ad ædificationem turris Babel ;
& vero dicitur in Scriptura quod populus
ante istud tempus unius esset labii . An
fuerint diversa idiomata in confusione linguarum , an diversæ tantum dialecticæ ,
idest , ejusdem linguæ diversi modi & diversæ expressiones , primum probabilius ,
quando quidem proximus suum non au-
diebat fratrem loquentem .

Cer-

Certum est etiam linguam Hebræam semper dominam fuisse, ex qua cæteræ emanarunt, & fuisse linguam primorum Patriarcharum, quod manifeste colligitur ex
ethimologia nominum, quæ vulgo in aliis
non invenitur linguis. Sic Eva dicta est
ex nomine Hebræo, *effebas*, quod significat virago, quia de viro sumpta erat :
Idem dicendum de nominibus Abel, Cain,
Jacob, urbium & fluminum : unde dicitur Gen. 2. *Omne enim quod advocavit
Adam animæ viventis, ipsum est nomen
ejus :* quia nomina imposita exprimebant
rerum naturas ; quando igitur S. Augustinus lib. 16. de civ. Dei cap. ult. dicit
linguam Hebræam solum post Noe tempus adinventam, vult tantummodo quod
vocata sit Hebræa ad distinctionem aliarum.

Certum est denique Moysen sicut &
Prophetas scripsisse Hebraicæ, unde multum allucinantur, qui credunt primam
linguam, primumque Scripturæ idioma
fuisse Chaldaicum ; sunt enim sententiæ
Hebraicæ in toto Chaldæo sparsæ : &
certe Lex & Prophetæ Caldaice scripta
fuissent, si illorum sententia esset vera.

Quidam contendunt Libros sacros penitus amissos in captivitate Babylonica,
& ab Esdra, Deo revelante, restitutos ;
sed hoc repugnat libris Machabæorum,
ubi habetur Eldram, & Nehemiam collegisse ex omni parte Libros sacros, tum
ad Bibliothecam exornandam, tum ad
Judæorum utilitatem, juxta illud 2. Macch.
2. *Habemus solatio saniter Libros ;* Deinde
supposito quod omnes scripti fuissent Chaldaice, vel saltem partim Chaldaice, partim etiam Hebraice, constat tamen Libros legis & Prophetarum, ne uno quidem excepto, scriptos fuisse Hebraice,
ut patet ex antiquis codicibus & versionibus. Quoniam vero textus fuit multiplex, alter scilicet originalis & purus ;
alter a Masoretis ordinatus, & unus Samaritanus, de singulis agendum incumbit :
unde sit

SECTIO PRIMA.

An textus originalis ad Christum usque
illæsus & incorruptus permanserit &
pervenerit ?

CONCLUSIO AFFIRMATIVA.

Probatur multipliciter.

Primo, ex Scriptura sacra.

ILLE Textus ab omni labe purus ad
Christum usque & Apostolos pervenit,
quem uti talem Christus ipse laudat, &
ex quo Apostoli multas excerperunt ad
probandam Verbi incarnati divinitatem
sententias : Atqui & Christus & Apostoli
adversus Judæos fidei rebelles, sumpserunt testimonia ex veteris Testamenti Scripturis : Ergo &c. Probatur minor : Christus Luc. ult. suam probat discipulis Emmaus auctoritate Moysis & Scripturarum divinitatem & missionem, immo nec
semel perstringit Pharisæos eodem prorsus
argumento, quod certe nusquam fecisset, si veteris Testamenti Scripturas a
Judæis defloratas fuisse putasset; sic enim
nihil virium habuisset ejus argumentatio.
Joan. 5. ait Pharisæis : *Scrutamini scripturas &c.* Rursus Matth. 25. *Super Cathedram Moysis,* inquit, *sederunt Scribæ &
Pharisæi &c.* Atqui ait Origines lib. 2.
in Isaiam, tum & Hieronymus in cap. 6.
Isaiæ : Si Judæi deflorassent Scripturas,
frustra ad eas remitteret Christus, ut suam
probaret, tum a Patre missionem, tum
cum eodem Patre consubstantialitatem :
Ergo &c.
Mitto alia loca & Actuum, & Epistolarum, in quibus sanctus Lucas, & beatus Paulus, aliique novi Testamenti Scriptores ad veritatem confirmandam multa veteris Scripturæ laudant testimonia.
Ergo &c.

Secundo, ex sanctis Doctoribus.

PATRES Græci uno veluti calamo
scribunt Scripturas sacras veteris Testamenti ad Christum usque & Apostolos in-
tactas & illæsas pervenisse. Subscribunt
Patres Latini ; in primis Hieronymus,
qui passim asserit mendus, aut ex ignorantia, aut ex incuria Librariorum divinis sparsa in Scripturis corrigendas esse
per

per textum Hebraicum , tamquam per primigenium totius Scripturæ fontem ; fic loquitur in cap. 6. Ifaiæ : " Quod fi quis „ dixerit Hebræos libros poftea a Judæis „ fuiffe falfatos , audiat Originem , auid „ in octavo volumine explanationum Ifaiæ „ huic refpondeat quæſiiuncrlæ , quod „ numquam Dominus & Apoſtoli , qui „ cætera crimina arguunt in Scribis & „ Pharifæis , de hoc crimine , quod erat „ maximum , reticuiffeut . Si autem dixe- „ rint , poſt adventum Domini Salvato- „ ris , & prædicationem Apoſtolorum , li- „ bros Hebræos fuiffe falfatos , cachinnum „ tenere non potero , ut Salvator & Evan- „ geliſtæ , & Apoſtoli teſtimonia protu- „ lerint , ut Judæi poftea falfaruri erant . „ Ergo &c.

Hoc ipſum annuntiatur , & habetur in Jure canonico cap. *veterum* . Diſt. 9. & cap. *jejunium* . Diſt. 36. tum cap. *de quibus caufis* diſt. 20. fed fi fuiffet corruptus textus Hebraicus alii textus non effent corrigendi per illum : Ergo &c.

Eidem fuffragantur veritati Philo erudi- tiffimus Judæus , qui in libro de egreſſu filiorum Ifrael ex Ægypto , & citatur ab Eufebio lib. 8. cap. 2. ait , tantam Judæos habuiffe pro Scripturis venerationem , ut mori potius eleÿiſſent quam aliquid eis vel addere , vel ex eifdem detrahere . Unde S. Aug. lib. 15. de civit. Dei cap. 13. di- cit , nec fecifſe , nec potuiſſe facere , quia exemplaria præ manibus omnium erant , & tunc reclamaſſent aliqui . Juſtinus erat. exhort. & Aug. lib. 18. de civ. Dei cap. 46. afferunt providentia Dei contigiſſe ut Libri facri ubique Ipargerentur , eo potiſ- fimum fcopo , ut Pagani viderent Chriftia- nos teftimonium fuæ religionis præ oculis habere , & hoc ab ipſis Judæis eorum Ini- micis , adeoque filli non publicare de Re- ligione : Sed hoc propugnare non potuiſ- fent , fi Scripturas tantummodo deflora- tas habuiſſent Chriſtiani ; Ergo &c. Ecce verba S. Prætulin lib. 15. de civ. cap. 13. "

„ Ubi fi quæram , quid fit credibilius , Ju- „ dæorum gentem longe lateque diffufam,in „ hoc confcribendum mendacium uno con- „ filio confpirare potuiſſe ; & quam alia „ invident auctoritatem , fibi abſtuliſſe ve- „ ritatem : an Septuaginta homines qui „ etiam ipfi Judæi erant , in uno loco po- „ fitos .... ipfam veritatem gentibus alle- „ nigenis Invidiſſe .... Sed abiie ut pru- „ dens quiſquam , vel Judæos cujuslibet

„ perverſitatis atque malitiæ tam po- „ tuiſſe credat in codicibus tam multis , „ & tam longe lateque difperſis : vel „ Septuaginta illos memorabiles viros hoc „ de invidenda Gentibus veritate unum „ communicaſſe conſilium . „

Tertio , ex ratione multiplici .

Prima : fic fe habet : Chriſtus Domi- nus & ejus Difcipuli adverſus Judæos ob- ſtrepentes uſi funt Scripturis veteris Te- ſtamenti : Sed fi iſtæ Scripturæ jam jam a Judæis fuiſſent defloratæ , nihil contra eos concludere potuiſſent ; maxime vero cum iterum atque iterum abſque negotio eafdem , aut in pravum fenſum repetitis defloraſtionibus ipſi Judæi detorquere po- tuiſſent , ita ut nihil certi in textibus Sa- cris compertum fuiſſet : Ergo &c.

Secunda : Si Judæi lacras corrupiſſent Scripturas , id maxime in locis fibi adver- ſis feciſſent : Atqui non fecerunt ; immo multa in Hebræo funt fortiora & effica- ciora contra ipfos , quam in Vulgata : Ergo &c. Probatur minor : primo , non. adulteraverunt prophetiam Iacob & Da- nielis , tametfi prior indiçiet Meſſiæ ad- ventum , pofterior vero ejuſdem Chriſti adventum & Regni Judaici manifeſtum ex- cidium . Secundo in Pfal. 2. Græci & La- tini legunt : *Apprehendite difciplinam , ne irafcatur Dominus* . In Hebræo habetur : *Naſcte Chubar, quod interpretatur , ofcula- mini filium , ne irafcatur* : id eſt , *exhibite pro filio Dei . ne ipfe irafcatur* . Qui quidem locus probat contra Judæos Chriſti divini- tatem . Tertio Ifaiæ 13. legitur : *Et eos putavimus tam quafi leprofum , & percuſ- fum a Deo , & humiliatum* . In Hebræo habetur : *Muuch Eloim , Unnunch* , id eſt , *percuſſum Deum , & humiliatum* . Ergo &c.

Tertia : Ipfe Ioannes qui elapſis a mor- te Chriſti 50. annis fcripfit Evangelium & Epiftolas , multa Scripturarum veteris Te- ſtamenti loca in teſtimonium veritatis Meſ- fiæ adducit : Igitur ne quidem hoc tem- pore , & ſtatim poſt Chriſti in cœlos Afcenſionem , Judæi facras defloraverunt Scripturas ; ex quo manifeſte fequitur eaf- dem ab omni labe puras ad Chriftum uſ- que & Apoſtolos perveniſſe.

Quarta : Si quæ a Judæis contigiſſet in Libris V. T. defloratio , dubio-procul vel ante , vel poſt Chriſti adventum id feciſ- fent : Atqui neutro tempore id actum eſt :

Et

Et prohatur. Non quidem ante Chriſtum natum, cum de hoc in ſuſpicionem non venerint, & Herode ſciſcitante ubi Chriſtus naſceretur, juxta Scripturas reſponderint, in Bethlehem Judæ. Sed neque poſt, nam bene multi Judæi, tunc ad fidem converſi linguam hebræam optime callentes, fontes Hebraicos ſæpius adibant; hinc fraudem retegere & redarguere potuiſſent, non ſecus ac primorum ſæculorum Patres, qui nudatam defloratorum conſcientiam ſic habuiſſent, & Judæos quantumvis malos habuiſſent conſicientes reos: quod tamen non eveniſſe conſtat.

Quinta: Judæi religioni ſuæ ſic erant ex zelo quaſi innato addicti, & litteræ per omnia ſic interviebant, ut ne unum quidem Jota Libris ſacris, aut addi, aut ab eiſdem ſubtrahi paſſi ſuiſſent. Hoc ipſum non ſemel teſtatur Joſephus: Loc ſubindigitat *Maſora*, quam Herculeo & indefeſſo labore Rabbini Tyberiadis in lege doctiſſimi adornarunt, ut certam & ab omni labe puram, Scripturam ſacræ lectionem cuſtodirent: Hoc etiam colligitur ex libro *Sopherim*, ſeu Scribarum, in quo quidem Judæi ea uſque ad ſuperſtitionem diligentia aguunt de litteris majuſculis, minuſculis, ſuſpenſis, intortis, de dictionibus, quæ ſuperpunctuari, quæ ſcribi, & non legi, quæ non ſcribi, & legi, quæ aliter legi, aliter ſcribi debent, & de aliis non abſimiliter ad ſacrorum Librorum omnibus numeris abſolutam exarrationem, ne quid vel leviſſimi erroris in eos obrepat: Igitur Libros ſacros poſt Chiſti tempora Judæi non deflorarunt.

FIT SATIS OBJECTIONIBUS.

O b j e c i e s: Juſtinus dialog. cum Triph. Euſebius lib. 4. cap. 18. Origines hom. 12. in Jeremiam, Chryſoſtomus hom. 5. in Matth. Hieronymus epiſt. ad Auguſt. tum in cap. 5. Michææ & in cap. 3. ad Galatas ſuſpirantur Judæos quædam e ſacris codicibus in odium Chriſtianæ Religionis, aut abſtuliſſe, aut abraſiſſe: Igitur adſunt in Scripturis ſacris mutationes & deflorationes.

Reſpondeo I. diſtinguendo conſequens: Sunt mutationes leviores, concedo: eſſentiales, nego. Non enim cuiquam videri debet, ſi aliquæ irrepſerint mendæ in textus ſacros: cum enim impreſſio non-

dum eſſet in uſu, & ſupra modum multiplicata eſſent exemplaria, partim ex incuria, partim etiam ex inadvertentia, quædam vocabula vel adulterino modu ſcripta, vel etiam penitus ciniſſa fuerunt: Sed ea antecedentibus & conſequentibus, ſicut & ex lententiarum cohærentia, ſenſus genuinus abſque negotio reſtauratus eſt & reſtitutus.

Reſpondeo II. aliter diſtinguendo. IV. & V. ſæculo Scripturæ defloratæ ſunt ab hæreticis in odium Eccleſiæ Romanæ, & ut ſibi indulgerent, concedo: eadem prorſus ratione Proteſtantes quoſdam Scripturæ libros ſibi adverſantes rejiciunt: Defloratæ ſunt tempore Chriſti & Apoſtolorum, nego. Eſto igitur quod hæretici, immo forſitan, vel ipſi Judæi n. 3. q. aut alio ſubſequente ſæculo aliquid ex divinis Scripturis detraxerint, vel immutaverint, parum refert ad Religionem, cum Eccleſia a Chriſto ſervet immaculatum Scripturæ depoſitum; maxime textum Hebraicum veteris Teſtamenti, ad quem ut exemplaria deflorata corrigat, facilem habet recurſum.

Jam reſpondeo in particulari ad ſingula, & propugno Euſebium nuſquam dixiſſe textum hebraicum fuiſſe defloratum, bene vero Græcum txx. Interpretum juxta iſta verba Juſtini: "Quod illi, ſcilicet ,, *Judæi*, multa & integra loca iſſarum ,, ex tranſlatione eorum qui cum Ptolo- ,, mæo fuere Seniorum ſuſtulerint, in qui- ,, bus clare hunc ipſum crucifixum, Deum ,, & hominem eſſe eum quod in cruce ,, pendere & mori profunt iatum eſſe ,, oſtenditur, ſcire vos volo." Nuſquam autem alibi ſcribit Juſtinus de textus lacri adulteratione; Euſebius vero vult folum probare Thriphoni Judæos majores, quædam capitula abſtuliſſe, quod non aliter intelligendum venic, quam de Græco, ut explicat Juſtinus.

Ad Originem facilis eſt utique reſponſio; nam eo loci loquitur ſolummodo de correctione textus lxx. Interpretum; dicit enim a Judæis ſublatam fuiſſe in verſione lxx. vocem, *Juda*, quæ habetur Jeremiæ 17. v. 1. *Peccatum Juda ſcriptum eſt ſtilo ferreo*; polnerunt, inquit Origenes, Septuag. *Peccatum eorum ſcriptum eſt ſtilo ferreo*. Sic enim loquitur Origenes: ,, Deinde alia ſequitur Prophetia, quam ,, neſcio quare apud lxx. non invenien- ,, tes, in ceteris editionibus, quæ cum ,, Hebræo ſermone conſentinnt, reperi-

,, untur.

„ mus . . . . Iudæi qui exemplaria
„ nonnulli falsarunt , etiam in hoc loco
„ pro peccato Iudæo , peccatum eorum
„ posuerunt . „

Ad Chrysostomum , distinguo : S. Doctorem loqui de interpretibus Iudæis , id
est , de Aquila , Symmacho , & Theodo-
tione Apostatis, qui hebræum textum reddendo Græce , multa in odium Christi
immiscere non erubuerunt ; unde sequitur
textum Septuag. fuisse defloratum , & hoc
aliquibus post Christum natum sæculis .
De iisdem loquitur Hieronymus epist.
ad S. August. quæ est 7. inter Epistolas
suas , ubi dicit se voluisse ex hebræo vertere divinos Libros latine , ut restitueret
quæ , vel Iudæi omiserant , vel corrupe-
rant in textu Græco ; & de facto ad hebræum ut ad primum fontem ab omni
labe purum recurrerunt semper Patres ad
purgandam a mendis sacram Scripturam .
Iterum S. Hieronymus in commentariis
laudatis loquitur dubitanter, sed in commentariis Isaiæ , quæ posterius & senior
scripsit , ut patet ex præfatione , & ex
libro de viris illustribus , aperte eos irri-
det , qui putant Hebræos codices fuisse
falsatos .

Instabis : Atqui textus hebraicus etiam
in rebus magni momenti fuit corruptus :
Ergo &c. Probatur subsumptum . In Hebræo deest totum illud Exod. 2. *Alium
quoque genuit , & vocavit nomen ejus Elie-
zer , dicens : Deus Patris mei auxiliatus
est mihi & liberavit me de manu Pharaonis* . Sed hoc non deest in Septuag. nec
in translatione Hieronymi : Ergo &c.
Respondeo negando subsumptum : Ad
probationem distinguo : Versiculus Exod.
2. deest in exemplaribus a V. aut VI. sæculo , concedo : In antiquioribus , nego .
Et vero cum Ecclesia traditione hoc habuerit , ideo posuit in Vulgata : si enim
Septuag. qui erant Hebræi , sententiam
posuerunt , citra dubium eamdem in textu hebraico primigenio repererent , quippe qui Scripturam qualis extabat in hebræo græce reddiderint : quocirca , aut
ab hæreticis , aut a Iudæis sublatum fuisse versiculum afferendum est .

Urgebis : Non in uno Exodi libro desunt sententiæ Scripturæ essentiales : Ergo &c. Probatur antecedens : In Psal. 13.
sequentes versiculi desiderantur in omnibus
Codicibus hebrais, scilicet 1. *Sepulcrum pa-
tens est guttur eorum.* 2. *Linguis suis dolose
agebant.* 3. *Venenum aspidum sub labiis eo-*

rum. 4. *Quorum os maledictione & amaritudine plenam est. 5. Veloces pedes eorum ad
effundendum sanguinem. 6. & 7. Contritio &
infelicitas in viis eorum , & viam pacis non
cognoverunt. 8. Non est timor Dei ante oculos eorum.* Sed tamen isti citantur ab Apostolo Rom. 3. & habentur apud Sept. sed
hoc non potuit ex mera Scriptorum negligentia contingere : Igitur ex malitia Iudæorum,qui textum hebraicum tentare ausi sunt.

Respondeo negando antecedens . Ad probationem distinguo : Et versiculi laudati
non pertinent ad Psalmum pro objectione
adductum , concedo : & pertinent , nego.
Solutio est divi Hieronymi in præfatione
libri Isaiæ : subdistque Apostolum versiculos ex diversis Scripturis collegisse. Revera quidem , primus & secundus inveniuntur in Psal. 5. Tertius, in Psal. 139. Quartus , in Psal. 9. Quintus , sextus , & septimus in cap. 59. Isaiæ. Octavus , in Psal.35.
subjungit Hieronymus eos non reperiri in
Septuag. & nullum Auctorem græcum illos in suis commentariis exposuisse asserit .
Idem prorsus respondet Origenes In commentariis in cap. 2. Epistolæ ad Rom. aitque Apostolum illos versus ex diversis
Scripturis sumpsisse , qua sententia innuit non reperiri in textu hebræo & græco : Superest igitur appositos fuisse in uno
Psalmo ab aliquo Scripturæ sacræ exposi-
tore .

Quidam tamen contendunt in quodam
vetustissimo Codice hebræo versiculos Inveniri , attamen hoc verisimile non apparet ; verba quippe nec sunt absolute Hebraica , ut istud vocabulum *Masel* , id est
sors ; nec etiam phrases , ut in illo ver-
su , *Ascbier , scbem , alla , bumaruch ,
Malla* , id est , quorum os dolus , & ama-
ritudo implevit ; Hebræi enim nusquam
ponunt verbum in fine.

Instes : Si versiculi sunt additi , & in
uno psalmo complexi , cum tamen non sint
de illo Psalmo ; Ecclesia eos in Vulgata ,
veluti ad unum pertinentes Psalmum to-
lerare non debuit : Atqui tamen eos habet veluti unius Psalmi partes , & hoc contra textum hebraicum: Igitur propter contradictionem uni sacri non recipiendi sunt.

Respondeo distinguendo : Ecclesia versiculos veluti unius Psalmi partes œconomia
ejusdam in Vulgata tolerat , concedo : secus,
nego . Igitur cum versiculi seclusô populi
scandalo , ab illo detrahi Psalmo non possint , ideo Ecclesia eos in uno relinquit ,
nec in hoc fidelium perturbat fidem ,
quan-

quandoquidem verficuli ad facram fpectant Scripturam.

Repones : Quædam alia manifefte contradictoria in Hebraico comperiuntur textu, namque alio modo in Vulgata referuntur : Ergo &c. Probatur antecedens,
& quidem multipliciter. In Pfalmo 21.
Vulgata legit : *Foderunt manus meas &
pedes meos ;* Hebræorum vero, *ut leo manus meas & pedes meos.* II. Ifa. 9. habet
Vulgata : *Et vocabitur admirabilis, Deus,
fortis.* Hebræum vero : *Vocabit eum Dominus, admirabilis, Deus.* Quæ quidem
verba divinitatem Chrifti infaciari videntur ; fignificant enim Meffiam vocari admirabilem futuri fæculi patrem, fed non
Deum. III. Jeremiæ 23. hæc funt Vulgatæ verba : *Et hoc eft nomen, quod vocabunt eum, Dominus juftus nofter.* Hebræi
vero : *Et hoc eft nomen quod vocabit eum
Dominus juftitia noftra.* Hæ voces eatenus
videntur favere Calviniftis, quatenus anfam præbent ut homines dicantur jufti,
gratia Chrifti ipfis imputata : Ergo &c.

Refpondeo negando antecedens. Ad probationem, diftinguo : Et hæc omnia recte
conciliantur per antecedentia & confequentia, concedo : fecus, nego. Cæterum non
nifi mutationes leviores in textu etiam
Hebraico reperiri indicant ; & hoc unum
intelliguntur Patres, cum mendæ in Hebræo deprehendi propugnant.

Ad primum exemplum, diftinguo : Et
phrafis Hebraica efficacius exprimit Chrifti dolorem & paffionem, quam Vulgata,
concedo : & eft mutatio effentialis, nego. Quælibet lingua diverfos habet fe fe
explicandi modos, quocirca non mirum fi
eadem fententia modo uno, modo alio
exprimatur vocabulo. Exreffio autem
hebraica, hæc eft : *Tortores veluti leones
fœuiffe in Chriftum ;* quæ expreffio nulli-
um crudelitatem & fævitiam prorfus delineat.

Ad fecundum : Dicimus textum laud-
tum nihil de Divinitate Chrifti detrahere,
cum Meffias in eodem capite, & magni
confilii Angelus, & Patris Confiliarius vocetur, quæ quidem dotes, non nifi filio
Dei poffunt convenire; nulla quippe creatura dici poteft magni confilii Angelus,
juxta illud beati Pauli : *Quis confiliarius
ejus fuit?* Rom. 11.

Ad tertiam, diftinguo : Ex fententia
in objectione addita, fequitur Deum effe
juftitiam noftram efficientem, concedo,
formaliter & per gratiam imputationem ;

ut effutiunt Calviniftæ, nego. Solutio eft
Concilii Tridentini dicentis Deum effe
caufam juftificationis noftræ efficientem,
homines vero effe juftos non juftitia qua
Deus ipfe juftus eft, alias homo juftus effet ipfe Deus, neque juftitia imputativa,
fed juftitia qua Dei fanctitatem participa-
mus, ut ex profeffo demonftravimus, diff.
6. de juftificatione.

Refpondes : In textu hebraico quædam
falfa deprehenduntur : Igitur non pervenit ad Chriftum ufque & Apoftolos ab
omni labe immunis. Probatur antecedens:
Genef. 6. habetur in hebræo : *Corvus egre-
diebatur & revertebatur.* Vulgata vero pofuit, *& non revertebatur.* Concinunt Septuag. igitur ineft falfitas, aut faltem
contradictio in textu hebraico.

Refpondeo negando antecedens. Ad probationem, diftinguo : In Hebræo de cor-
vo legitur, *& revertebatur,* id eft, verfus arcam volitabat, concedo : & textus
dicit illum redeundo intraffe in arcam,
nego. Corvus quidem revertebatur cir-
cuiendo arcem, & verfus eam volitando:
hoc unum exprimit textus hebraicus ; non
habetur, *Variete facto vafcub ;* hoc eft, &
exiit exeundo, & redeundo donec ficca-
rentur aquæ, quod certe non explicat
corvum intraffe in arcam; hoc autem Vulgata non dicit : Igitur uterque textus recte conciliari poteft, & fimul concordat.

SYNOPSIS PROBATIONUM.

*Textus originalis intactus ad Chriftum ufque
& Apoftolos pervenit.*

Primo : Hoc aperte Infinuat vel ipfe
Chriftus, qui Joan. 5. remittit Judæos ad
Scripturas, ut fuam ipfis hac auctoritate
probaret & divinitatem & miffionem.

Secundo : Sic docent Patres : inprimis
S. Hieronymus in cap. 6. Ifa. Auguftinus
lib. 15. de civit. cap. 13.

Tertio : Ratio fuffragatur : Judæi enim
nec ante, nec poft Chriftum natum potuerunt tentare Scripturas : non quidem
ante, cum enim per orbem terrarum foret difleminata exemplaria, Judæi de fal-
fationis horrendo crimine, Fideles illos
accufaffent : neque etiam poft, faltem
verfus Apoftolorum tempora, quandoquidem eorum difcipuli, & Patres Judæos
magni fceleris infinulaffent, quod omnium gentium in eofdem odium exacuif-
fet.

SYNOPSIS DIFFICULTATUM,

ET EXPLICATIONUM.

PRIMO quidam Auctores, immo & Patres mendas in textum originalem irrepfiffe fcribunt; fed intellige leviores, nufquam vero effentiales.

Secundo : Ultra fatendum eft decurfu fæculorum hæreticos deflioraffe Scripturas, fed Ecclefia primigenium fontem quo integritas ablata defloratis libris reftitueretur, incontaminatum femper fervavit.

Tertio : Non negamus utique aliquos in Pfalmo 13. adinveniri verficulos, qui non funt hujus Pfalmi ; quia vero funt ex aliis Scripturis Canonicis excerptis, Ecclefia æconomiæ caufa, ne fidelium fides turbaretur, in hoc Pfalmo concludi paffa eft.

SECTIO SECUNDA.

De textu Hebraico Maforetarum.

RESTITUTO per Efdram Hebraico textu, qui ob temporum acerbitatem ex parte exciderat, poftea diverfæ fuerunt lectiones, hinc & mutationes, & variationes tum ob litterarum fimilitudinem, tum ob diverfas diverfarum linguarum interpretationes : cum enim Hebræi fuam obliti fuiffent in captivitate linguam, neceffe fuit ut lingua Chaldaica textus Hebraicus illis explicaretur ; unde dum legebatur unus verfus populo, Efdras illum interpretabatur Chaldaice ; hinc ex hoc tempore Hebræum voces & fententias Chaldaicas retinuit, & ex Hebræo & Chaldaico fimul conflatus eft textus, qui dictus eft Chaldaicus.

Chaldaica igitur lingua, inquit Bellarminus, editi funt libri Tobiæ & Judith, & ex parte libri Efdræ & Danielis, reliqua vero Scriptura traslata eft paraphraftice ex Hebræo in Chaldæum, & ifta paraphrafis vocatur *Targum*. Porro Iftæ paraphrafes Chaldaicæ magni funt apud Judæos ponderis, nobifque inferviunt ad eos tum perftringendos, tum etiam convincendos; non tamen funt regulæ fidei infallibiles, quandoquidem multæ fabulæ, multique nævi de lamentatione Dei, de afcenfione Moyfis in coelum, de tabulis Legis ex fapphiro In eis iminifcentur. Sic funt paraphrafes Jonathæ, & Jofeph.

Aquila cui chaldaica tribuitur, ipfa dicitur Onchelos : non fabulatur quidem in fua, fed nævos in ea fparfit.

Syriaca lingua ortum habet ex Hebraica & Chaldaica ; cum enim Judæi poft captivitatem Babylonicam, illam non bene pronuntiarent, quippe qui aliquid ex Hebraica femper retinerent, orta eft ex utraque mixta, quæque fuit poftea apud Judæos vulgaris, & dicta eft Syriaca, feu Jerofolymitana, a principali fcilicet urbe eorum, qui hanc habitabant regionem ; ficut altera dicebatur chaldaica, feu babylonica ab urbe capitali Chaldæorum, apud quos captivi manferant, feu etiam manebant : Igitur ante captivitatem, Judæi loquebantur Hebraice, in captivitate Chaldaico ; illa vero abfoluta, Syriace, ea potiffimum ratione quod Hebræa lingua Chaldaicæ præcelleret & dominaretur : iftæ duæ linguæ Chaldaica fcilicet & Syriaca diftinguuntur characteribus, Verborum conjugationibus, affixis, punctorum notatione, fono vocalium, bidiotifmis, ac tota fere lineæ ftructura, & multis etiam propriis dictionibus.

Certum eft libros veteris Teftamenti non fuiffe fcriptos Syriace, nifi ad fummum librum primum Machabæorum, & Ecclefiafticum. Hieronymus in prologo Galeato teftatur fe vidiffe primum hebraice exaratum. Idem dicit de altero in prologo Proverbiorum.

Probabile eft Evangelium Matthæi hebraice fcriptum fuiffe ; idem dicendum de epiftola ad Hebræos, id eft, hebræo-Syriace, quod erat tunc lingua ufualis Jerofolymæ : hoc ipfum indicat illud Joan. 19. *Exivit in eum*, qui dicitur Calvariæ locum, *Hebraice autem Golgotha* : cæteri novi Teftamenti libri græce fcripti habentur; & ex græco in Syriacum translati quidam putant hoc factum fuiffe a fancto Marco : fed Patres, ut Origenes, Clemens Alexand. Athanafius, Eufebius, & alii Epifcopi qui vel in Ægypto, vel in Syria commorabantur, de hoc filent ; unde opus eorum ætate pofterius creditur, adeoque non tantæ auctoritatis ac editio græca & latina.

In editionis Syriacæ titulis, & fectionibus & capitibus, fit mentio jejuniorum, venerationis fanctæ Crucis, precum pro defunctis, vigiliarum, & memoriæ Sanctorum, aliarumque ejufmodi rerum, ex quo manifefte fequitur illud Evangelium a fancto Marco non prodiffe.

Ma-

Masora est vox hebræa, id est, traditio: definitur doctrina critica circa veram lectionem & scriptionem vocabulorum quoad litteras, vocales, & accentus. In quatuor maxime versatur. I. In observandis litteris. II. Vocibus. III. Punctis, vocabulis & accentibus. IV. Versibus.

Circa litteras observant Doctores Tyberiadis : I. Numerum qui componit unum verbum. II. Situm, hoc est, quæ media sit littera cujuscumque verbi, & quæ propriis locis litteræ non collocentur. III. Quantitatem, hoc est, quæ in textu majores, minoresve sint, suspensæ, vel inversæ, extraordinarie punctatæ : ex his omnibus oritur & sensus, & Scripturæ varietas.

Quoad voces plura notant, maxime veram scriptionem & lectionem, ad quid, & quomodo legendum, quando occurrit varietas; sæpe enim accidit voces explicatas esse, & aliter legendas ac defacto legantur : vocem ergo, quæ legenda est, ad marginem ascribunt, eamque designant natura quæ dicitur cheri.

Circa vocales & accentus, primi Masoretæ puncta excogitaverunt quæ litterarum loco haberentur; in Hebraicis litteris, vel nullæ sunt vocales, vel omnino ambiguæ apparent, cum plerumque pro consonantibus sumantur : hinc vocabulorum hebraicorum lectio admodum ambigua & difficilis est : ambigua quidem, cum quædam consonantes diversos sensus possint subire; difficilis vero, quia supplendæ sunt vocales. Ad voces ergo apte legendas opus erat longo usu; duo enim tantum suppetebant ad confirmandam lectionem vocabulorum, ornandamque propriam cujuscumque significationem . I. Attenta antecedentium & consequentium consideratio. II. Usus, Isque solis Doctoribus cognitus. Ut primum enim lingua desiit esse vulgaris, neque ille usus ita erat certus in omnibus, ut semper tolleretur omnis dubitatio : in hoc maxime laborabant primi Masoretæ, ut punctis vocalium loco subjectis firmaretur vera lectio : ab iisdem excogitati sunt accentus ad distinguendam orationem.

Circa versus, distinguunt Masoretæ unumquemque librum in plores versiculos. II. Numerum versiculorum computant. III. Quis sit medius libri versus, indicant.

Non eadem olim, quæ nunc Masoræ forma, fuit : veteres Masoretæ suas scribebant observationes in foliis separatis, nunc præcipue notantur in margine; cæteræ rejiciuntur ad calcem. Scopus Masoræ est *Boucat Theol. Tom. IV.*

retarum fuit determinare, & verba, & sensum, ut nullus in posterum sacras Scripturas posset corrumpere; cum omnia notata sint, numerus scilicet syllabarum in vocibus, numerus verborum in versibus, numerus versuum in pagina : nullus negat puncta adjecta Hebræo esse maxime utilia; sunt tamen extrinseca & sine eis absolute, licet difficiliter, potest haberi sensus. Finis tamen a Masoretis intentus nec tenuit, nec perseveravit; variæ enim mutationes & deflorationes ab his temporibus in Scripturis deprehensæ sunt : & hoc ex multitudine magna punctorum, & accentuum, qui facile vel omitti, vel augeri, vel etiam transponi possunt, quod statim & ex tempore, ut plurimum diversum reddit sensum.

Quidam, sed absque fundamento, Masoram rejiciunt ac tempus Esdræ. Si ita esset, Masora foret Canonica, quod nullus umquam dixit : ipsius Auctores sunt Doctores Tyberiadis, ubi erat, teste Hieronymo, tum & Epiphanio celebris Schola. Ævo S. Hieronymi nondum erant puncta inventa Hebræo adjecta, nullam quippe de his facit mentionem; quocirca multi autumant Masoram, non fuisse ante quintum, aut sextum sæculum . Porro licet puncta & accentus sint a Masoretis inventa, ante eos tamen sensus Scripturæ non erat vagus, quandoquidem Judæi in pronuntiatione addebant vocales ad sensum magis exprimendum : Scriptura legebatur publice in Synagogis, Doctores vero Legis illam interpretabantur, sicut nunc faciunt lectores in Ecclesia sancta Dei; hinc innumeri Scripturæ interpretes, hinc variæ ad nostra usque tempora Scripturæ explicationes.

Duplex erat Lex apud Judæos; una Scripta, & est textus Pentateuchi, altera Oralis, & est ejusdem explicatio quæ dicebatur Cabala. Ista est etiam multiplex; una nimirum quæ explicat puncta, vocales supplendas, accentus, syllabas, adjiciendas hoc enim pertinebat ad Doctores : altera quæ explicat Mysteria, tum & res mysticas. Cabala definitur, Theologia symbolica in qua non modo litteræ & nomina sunt rerum signa, sed etiam & explicationes earum naturæ. Tres præcipue distinguuntur cabalæ species. Prima, quæ in mystica Scripturarum interpretatione versatur, & hæc habet initium a Moyse, & ejus consilii Senioribus. Altera, quæ proprie dicitur Cabala : hæc in litteris, punctis & accen-

K

accentibus Scripturæ ludit , ut ejus ope
varias mutationes , varios , superstitiosique sensus elicere quæint Judæi ; & illa a
Catholicis contemnitur . Tertia , magica &
proscripta , quæ ex litteris Scripturæ sanctæ detortis , tum & ex scriniis quibusdam
erutis , Rabbini portenta se edere commentantur .

Judæi Legem dividebant in Scriptam ,
quæ in quinque libris Moysis continebatur , & in Oralem , seu traditam , quam a
Moyse accepisse propugnant . Traditiones
Mosaicas alterum conservatas fuisse partim
a consiliariis urbium particularium , partim a supremo Hierosolymorum consistorio , cui summus Sacerdos præerat . Præcipuas collegit Rabbi agenda , & in uno
volumine , quod inscribitur *Misna* Deus ,
id est , secunda lex . Quidam illud opus
Christo antiquius esse autumant ; quidam
vero ad tempora Antonini Pii , rejiciunt .
Morinus tribus primis sæculis recentius credit , cum e nostris nemo sorte , illius meminerit .

Quinque tradicionum genera distinguunt
Judæi . Primum genus earum est , quas
Moyses ex sacra Scriptura collegit . Secundum , earum quæ continent constitutiones
Moysis , datas ipsi in Monte Sinai . Tertium , earum quas ex Scriptura nonnihil
prodiisse seu excerptæ , suspicantur Rabbini , de quibus tamen nihil determinavit
Moyses , sed reliquit Legis Doctoribus &
Professoribus determinandum . In istis variæ possunt haberi opiniones . In quarto
ordine ponuntur decreta facta a Sapientibus ad legis explicationem . In quinto denique consuetudines Sapientum & populi
longo usu probatæ : ita referetur in Misna .

Multæ paraphrases ad explicationem Scripturæ factæ sunt a Doctoribus , & textui
originali adjunctæ sunt , ut ex eis & textu
sacro unum veluti Scripturæ corpus coalesceret . Triplex distinguitur paraphrasis ,
una Uncheli , quæ omnium optima est :
Secunda , liberior & minus fide digna : Jonatham creditur ipsius auctor . Tertia , Hierosolymitana , quæ in plerisque mutila comperitur . De paraphrasi Junatham multa
fingunt Thalmudici , scilicet , quod terra
commota sit ad 4000. millia cum scriberet ; quod musicæ , quæ volitabant dum
scribebat , sese de cœlis subito delapso combustæ sint . Mahometus ab eis discit fabulas
in Alcorano suo componere & spargere .

Multa deinde commentaria in Misna scripta reportantur , quæ apud Thalmudicas Judæos celeberrima habentur , quæque velut
Misnæ expositio & perfectio dicitur . Hæc
explicatio vocatur a Judæis *Jemora* . *Misna*
est veluti textus , & quidem multum obscurus . *Jemora* vero est explicatio Thalmud ;
utrimque complectitur partem *Misna* ,
scripta est hebraice , *Jemora* chaldaice ;
utraque sic obscura ut vix intelligi possit .
Jemora seu *Jemara* est reserata tabulis , quæ
non inveniuntur in *Misna* .

Duo sunt apud Judæos Thalmud . Primum , illudque fusius dicitur Babylonicum , nec aliud intelligitur eum simpliciter Thalmud appellatur seu pronuntiatur :
alterum Hierosolymitanum sed certe priori obscurius & minoris ponderis , cujus auctor Rabbi Joanna putatur . Quidam tertio , quidam vero quarto eum vixisse sæculo tenent : sed cum Mahumetani , qui
ante sextum sæculum non prodierunt , in
opere memorentur , sequitur non esse tam
antiquum : multo recentius etiam est Thalmud Babylonico , quod ab Asa Joanne absolutum fuisse fertur . Est aliud apud Judæos Thalmud , totum Cabalisticum , quod
inscribitur *Soar* , de cujus ævo nihil constat .

SECTIO TERTIA.

De textu Samaritano .

MORTUO Salomone decem Tribus deficientes a Roboam , propter vectigalia ipsis
supra modum imposita , adhærere Jeroboam
non dubitarunt : extincto deinde post annos 200. & amplius regno Israel , cujus
urbs capitalis fuit Samaria , & translatis a
Salmanazar in Assyriam Israelitis , destructisque eorum loco in Samariam , ex variis
imperii Babylonici regionibus novis coloniis , tunc primum origo Samaritanorum
apparuit , qui a Judæis vocabantur Scutæi , eo quod versus Scutæum flumen commorarentur : ab aliis vero Samaritani ab
urbe principali . Ab initio cultui probatano simulacrorum addicti erant , sed factum
est ut in vindictam gravissimis & morbis &
doloribus , & secundum multos a leonibus
afflicti , a Salmanazar petierunt aliquotos de
captivitate Sacerdotes , qui eos ritus colendi verum Deum docerent . Eorum cedens petitioni Rex , ex Israelitis ad eos
misit Sacerdotes & Levitas , qui hanc
adimplerent Provinciam . Tum maxime
edocti sunt de Lege Mosaica , hinc Pentateucum & retinuere , & partim pro regula Religionis habere voluerunt . Liber ille
ex

ex quinque legalibus conflatus ex hoc tempore, textus Samaritanus dictus est, & quidem apud omnes magni ponderis, quippe qui ab initio, sicut acceperant Samaritani, ad nostram usque ætatem perseveret.

Judæis e captivitate Babylonica reversis, templumque restaurantibus & urbem, restituere Samaritani : & sic capitale odium quod erat hos inter & Judæos exarsit in dies, maxime vero, cum se & a Judæis contemni, & eos Judæorum, qui Samaritanis mulieres duxerant, vexari, dignitatibusque ipoliari animadverterent. Revera quidem inter alios Manasses frater Jaddi Pontificis, quod contra legem duxisset filiam Sanabaleti genere Scutæi & Samaritanorum Præfecti, Sacerdotio exutus est. Hic ad Socerum confugere compulsus, annuente primum Dario, tum Alexandro templum in monte Garizim Jerosolymitano non absimile ædificavit, summique Sacerdotis Officio functus est. Tum multos, etiam e nobilioribus Judæis, qui eodem scelere tenebantur, in suas traxit partes, sic deinceps, abjecto Idolorum cultu, ut credibile est, coaluit religio Samaritana Judaica affinis : has propter causas Judæi non coutebantur Samaritanis, ut refertur Joan. 4. eratque inter eos magnum schysma.

Elapsis 100. annis a Joanne Hircano æquata est solo urbs Samariæ, templumque dirutum. Pompeius, capta Jerosolyma, Samaritanos sui juris esse voluit. Tum Samaritam Herodes Magnus sibi a Cæsare Augusto dicam restauravit, Sæbastemque appellavit. Quamvis autem eadem in urbe magnificum extruxisset templum, Samaritani tamen Deum in monte Garizim veteri more coluerunt, ut Joan. cap. 4. refertur. Hæc de Samaritanorum origine & fortuna sufficiant. Jam de Codice agendum est, de quo quæritur. I. An veteres characteres Hebræos retinet Samaritanus codex? II. An ille codex legis, sit antiquior codice Esdrino? III. An vetus quo utebantur Samaritani, idem sit ac ille qui a Patre Morino editus est? IV. Denique quæ sit ejus auctoritas?

Respondeo ad primum quæsitum : Samaritanos retinuisse veteres characteres Hebræos; ita Euseblus ad annum mundi 4740. ubi scribit litteras veteres mutatas fuisse ab Esdra, ne quid commune haberent Judæi cum Samaritanis. Ita etiam Hieronymus præf. in Regum, & in cap. 5. Ezech. Argumentum ducitur ex veteribus Hebræorum nummis, qui Samaritanam inscriptio-

nem habent. Ratio est, quia Samaritani edocti fuerunt a principio de legitimis Dei a Sacerdote Israelitico : Igitur quando Salmanazar decem Tribus duxit captivas, Israelitæ Hebraice loquebantur.

Respondeo ad secundum quæsitum : Codicem Samaritanum esse Esdrino antiquiorem; tum quia Eldras eo solum fine immutavit characteres Hebræos, ut Judæi nihil commune haberent cum Samaritanis : supponebat igitur istos habere Pentateucum hebraice dumtaxat scriptum : tum quia captivitas decem Tribuum anterior est captivitate Babylonica, qua solum expleta scripsit Eldras : anno autem circiter primo captivitatis Niniven, Samaritani habuerunt Codicem legis propter rationem de leonibus datam : & sic patet quanta sit ridicula sententia Simonis quondam Oratoriæ congregationis apud Gallias Alumni, qui docet Samaritanum codicem ex Esdrino descriptum esse. Cæterum Samaritani habebant solum Codicem legis, seu Pentateucum, alios vero libros parvi faciebant.

Respondeo ad tertium quæsitum : Codicem a Patre Morino laudatum, eumdem affulgere cum antiquo Samaritano, quandoquidem ea omnia, quæ ex ipso civavit Hieronymus, eadem plane in Morino reperiuntur, nec nisi varietates leviores ibi habentur.

Respondeo ad quartum quæsitum : Neminem contendere authenticum esse codicem Samaritanum; major quippe fides debetur codicibus Hebræorum, quibus credita sunt eloquia Dei, quique veram retinuerunt Religionem, quam Schismaticorum exemplaribus; alicubis tamen sunt auctoritatis, maxime vero cum ad locorum difficilium explicationem inveniendam juvent. Cæterum in uno loco Samaritana fides suspecta videtur, namque Deut. 27. v. 4. pro *Hebal* quod legitur in Hebræo & antiquis versionibus, scripserunt, *Garizim*, ut isto templo astrueretur auctoritas. Aliæ discrepantiæ cum Hebræo nostro vix ullæ apparent.

SYNOPSIS SECTIONIS.

Pauca supersunt de hoc momento dicenda, sufficit in præsentiarum asserere. I. Textum Samaritanum solum complecti Pentateucum. II. Eumdem esse venerratione dignum, & propter antiquitatem, & propter Auctorum gravitatem.

K 2   AR-

ARTICULUS SECUNDUS.

De variis versionibus Græcis, & Latinis, tum de Polyglottis.

UT cuncta claro procedant ordine, tractandum est de materia præsenti primo quidem in genere, deinde vero in particulari; unde sit

SECTIO PRIMA.

De versionibus Græcis in genere, ubi & de Polyglottis.

TESTE VValtone in suis ad Scripturam sacram Prolegomenis novem extiterunt versiones Græcæ. Prima est LXX. Interpretum facta 291. annis ante Christum natum in insula distante ab Alexandria septem circiter leucis, & hoc jussu Ptolomæi Philadelphi Regis Ægypti, qui licet Paganus, Deum tamen agnoscebat; Bibliothecam celeberrimam se erigere ratus, si libros ex omnibus mundi partibus quantum potuit, colligeret. Hinc factum est ut 200000. numeraverit: hac de causa misit legationem cum muneribus ad Eleazarum summum Judæorum Pontificem, ut Doctores ad ipsum mitteret, qui Græce omnes veteris Testamenti libros redderent, quos etiam ad hoc obtinendum magno devincire beneficio satagit; quippe qui Judæos nu vero 120000. quos tenebat captivos, ad innatam Patriam remiserit. Tum Eleazarus Regis expostulationi annuens, collectis undequaque exemplaribus hebraicis, LXXII. Seniores seu Doctores, qui tamen ob usoniam & ex usu citantur solum LXX. ad Ptolomæum misit, qui singuli in singulis conclusi cellulis, ut probabilius sert opinio, non sine ut ita dicam miraculo, intra spatium 72. dierum, uno calamo, unaque sententia, totam veteris Testamenti Scripturam græce reddiderunt, quæ quidem versio lecta est in Synagoga, eamque ita genuinam Rabbini comperuerunt, ut maledixerint omnibus qui aliquid vel addere, vel ab eadem detrahere auderent. Quo facto, apposita est in Bibliotheca Regia simul cum exemplaribus hebræis. Sic scribit Hieronymus præf. ad Pentateucum, testimonium reddente Aristæo Judæo, qui in aula Regis tunc commorans, Historiam traductionis, sicut vidit, sic & scripsit.

Secunda, est versio Aquilæ ex Ponto oriundi. I. Gentilis fuit, deinde Christianus, postea vero Judæus, vivebat ann. Christi 129.

Tertia, est Theodotionis secta Marcionistæ. Hæc fuit alicujus in Ecclesia ponderis. S. Hieronymus præf. in Daniel. testatur in Ecclesia legi. Vivebat Theodotion imperante Commodo sub finem secundi sæculi.

Quarta, dicitur Symmachi, I. Samaritani, tum Christiani; sed hæresi Ebionis contaminati. Vivebat imperante Severo, sub finem secundi sæculi, & initio tertii.

Quinta & sexta, sunt Auctorum incognitorum; aliqui contendunt primam inventam fuisse in urbe Jericho, alteram vero Nicopoli.

Septima, tribuitur Origeni; non quod hebræam græce reddiderit, sed potius quia versionem Septuag. in exemplaribus jam desloratam ita correxerit, ut quasi novam fecerit.

Octava, est sancti Luciani Martyris Presbyteri Ecclesiæ Antiochenæ: emendatis enim omnibus præcedentibus, novam postea fecit. Martyrium subiit tempore Diocletiani & Maximini Imperatorum sub finem tertii sæculi.

Nona, est Hesicii qui versionem Septuag. etiam correxit, & novam editionem juris publici fecit. Hieronymus præf. in Paralipomena asserit istam fuisse in usu in Ægypto, illam vero in urbe Constantinopolitana & Antiochena; versionem denique Origenis in Provinciis mediis inter prælatas.

Præter istas versiones sunt aliæ Orientales num. 5. Syriaca scilicet, Arabica, Ætyopica, Armena, & Persica.

Primam: Duplex ex Syriis interpretatio apparuit, una scilicet ex Hebræo, altera vero ex Septuag. quæ simpliciter dicitur Syriaca. Quidam sed sine fundamento primam propugnant editam regnante Salomone; alii regnante Agabaro post Christi mortem, alii recentiorem illam credunt; in quibusdam vero cum textu Samaritano, in quibusdam vero cum textu Septuag. Altera antiquior excerpta fuit ex Exaplis Origenis: ita Massius: addit Longius quatuor Evangelia cum Evangelica Armenica Eusebii. Plures extant Syriaci codices in Bibliotheca Florentina; quorum unus descriptus est ann. Christi 923. alter 390. tertius antiquior non habet annum fixum. Versio Syriaca est in Polyglotta Parisiensi & An-

& Anglicana fimpliciter Interpretis Syri :
hujus meminit Ambrofius lib. 1. In Exameron cap. 8. Theodoretus & Chryfoftomus.

Secundo : Arabicæ funt duplicis generis;
aliæ Judæorum, aliæ vero Chriftianorum.
Extat Pentateucus Sandyæ qui ann. Chrifti 900. floruit Babylone, quique paraphrafim potius, quam verfionem dedit. Cæte-
rос Scripturæ libros ab eodem tramlatos
Hufpergius, feu Vefpergius Abbas morte
præventus, ut promiferat, non dedit. Eft
alia Pentateuci Interpretatio litteris magis
ferviens, primum edita in Mauritania,
deinde Lugduni Batavorum ann. 1622.

Tertio : Duo Chriftianorum Æthiopicæ
fuerunt; una fcilicet apud Ægyptios, altera apud Syros in ufu : Prior ex codice
ante annos 300. edita eft, & habetur
in Polyglotta tum Anglicana, tum Pa-
fienfi : altera exat in Bibliotheca Vaticana. Nonnulli in ea reperiuntur nævi;
eft tamen utilis, quatenus hebraicarum radices plurimas habet.

Quarto : Conftat Perfas quondam habuiffe verfiones in fua lingua, maxime de
quatuor Evangeliis, ut refert Theodoretus. Perficam autem illam verfionem ex
codice ante annos 300. fcriptam edidit
VValton in fua Polyglotta.

Quinto : Apparuit verfio Armena, au-
toribus Moyfe & Davide, qui Chryfo-
ftomi temporibus florebant : ab Epifcopo
Armeno Vufcarii Patriarchæ juffu, aut
faltem operi Amftelodami ann. 1664. præ-
lo demandata eft.

Cæterum, quamvis Æthiopes & Copritæ
veteris Teftamenti verfiones integras haberent, pauci tamen libri hactenus editi
funt, qui cum Septuag. non conveniant.

De Polyglottis.

POLYGLOTTA eft verbum græcum fignifi-
cans Bibliam plures continentem verfiones, a verbo græco *poly*, id eft, multum,
vel multi, & *glota*, lingua; Origenes primus invenit Polyglottarum artem. Tres
elucubravit : Prima quatuor habet columnas, quam vocavit Tetraplam; in ea pofuit verfionem Septuag. Aquilæ, Symmachi, & Theodotionis. Secunda fex exhibet columnas; eam nomine Hexala celebrat : huic addidit textum hebraicum hebræis litteris, & eundem græcis, quorum

ignoti funt auctores. Poftrema, octo columnis conftat, & nominavit Octaplam.
In ea præter præcedentes adjecit verfionem Jericuntinam & Nicopolitanam. A
tempore quo inventæ funt Polyglottæ,
quatuor aliæ apparuerunt.

Prima eft Cardinalis Ximenes Hifpani,
& continet textum hebræum, verfionem
Septuag. verfionem latinam fancti Hieronymi, & Targum Unkelos in Pentateucum, feu Paraphrafim chaldaicam. Typis
mandata eft anno 1517.

Secunda ab Ario Montano Antuerpiæ
impreffa fuit anno 1571. Vocatur Biblia Re-
galis Philippi II.Hifpaniarum Regis, eo quod
pro editione fuppeditaverit expenfas. Eadem eft ac altera; addit folum Paraphrafim chaldaicam veteris Teftamenti libris.

Tertia eft Parifienfis, cura & expenfis
DD. Le jay Juris publici facta; complectitur ea quæ in duabus præcedentibus referuntur; habet præterea verfionem Syriacam & Arabicam, Pentateucum Samaritanum cum verfione Samaritana.

Quarta dicitur Anglicana a VValtone
Proteftante Londini edita 1657. Pauca addit fupra Parifienfem. Verfionem Septuag.
ex Bibliothecæ Vaticana exerptam, Vulgatam fecundum editionem Sixti V. & correctionem juffu Clementis VIII. factam habet; fupra cæteras addit etiam verfionem
Syriacam & Arabicam fuper aliquos libros, quæ non eft in præcedenti. Ibi etiam
videtur Targum Jerofolymitanum, & Targum Jonathan cum verfione Perfica in Pentateucum, tum & alia Perfica in novum
Teftamentum. Quod habet fpecialiffimum,
eft duplex Dictionarium in folio; in utroque egregia adfunt in univerfam Scripturam Prolegomena.

Schemata Polyglottarum Origenis.

Ex his verfionibus Græcis, ut obfervat
VValtonius, & poft ipfum R. P. Grave-
fonius, una cum textu hebræo ex volumina contexuit Origenes, quæ vulgo *Tetrapla*, *Exapla*, & *Octapla* nuncupantur.
Tetrapla nihil aliud funt, quam volumen,
in cujus fingulis paginis quatuor extant
columnæ. In prima defcripta eft verfio
Aquilæ; in fecunda, verfio Symmachi;
in tertia, verfio Lxx. Interpretum; in
quarta, verfio Theodotionis, ficut videre
eft in hoc fchemate.

Tetrapla Origenis.

1. Columna.	2. Columna.	3. Columna.	4. Columna.
In ea Colum. descripta est verfio Aqui- læ.	In hac Col. defcribitur verfio Sym- machi.	In hac Col. defcribitur verfio Lxx. Interpret.	In hac Col. defcribitur verfio Theo- dotionis.

Exapla Originis nihil aliud funt, quam volumen, in cujus fingulis paginis fex funt columnæ. In prima defcribitur tex- tus hebraicus litteris hebraicis exaratus. Secunda exhibet eumdem textum hebrai- cum litteris græcis defcriptum. Tertia continet verfionem Aquilæ. Quarta, ver- fionem Symmachi. Quinta, verfionem Lxx. Interpretum. Sexta, verfionem Theodotionis. Hoc opus propter fex illas Columnas ordine difpofitas, appellatur *Exapla*.

Exapla Origenis.

1. Col.	2. Col.	3. Col.	4. Col.	5. Col.	6. Col.
Textus hebrai- cus litteris he- braicis exara- tus.	Textus hebrai- cus lit- teris græcis defcri- ptus.	Verfio Aqui- læ.	Verfio Sym- machi.	Verfio Lxx. Interr- pretum.	Verfio Theo- dotio- nis.

Octapla dénique Originis, nihil aliud funt, quam volumen, in cujus fingulis paginis duæ columnæ adduntur fex illis columnis, quæ funt in Exaplis, ita ut fint octo columnæ in Octaplis Originis, in quarum feptima defcribitur verfio Hieri- cuntina, & in octava columna, exhibetur verfio Nicopolitana.

Octapla Origenis.

1. Col.	2. Col.	3. Col.	4. Col.	5. Col.	6. Col.	7. Col.	8. Col.
Text. he- brai- cus litte- ris he- brai- cis exa- ratus.	Text. he- brai- cus litte- ris gra- cis def- cribi- tus.	Verfio Aqui- læ.	Verfio Sym- ma- chi.	Verfio Lxx. Inter- pre- tum.	Verfio Theo- dotio- nis.	Verfio Hie- ricun- tina.	Verfio Nico- poli- tana.

Injuria temporum iftud egregium de- perditum opus feliciter reftauravit R. P. Bernardus Mont-fauconius Congregationis S. Mauri alumnus.

Synopsis primæ sectionis.

IN hoc articulo in varias sectiones partito & digesto, multus est sermo de Scripturæ sacræ V. T. Paraphrasibus; cum enim Judæi alternatis vicibus modo a Salmanazar, modo a Nabuchodonosore, modo etiam a Regibus Græcis ducti sint captivi, ut plurimum necessitate compulsi dominantium lingua uti tenebantur. Tum innata decursu temporum aut amissa, aut multum interpolata, opus fuit sacras Scripturas diversis linguis pro ut expostulabat Judæorum necessitas, interpretari : hinc absoluta captivitate Babylonica, apparuit Paraphrasis Syriaca ex Hebræo & Chaldæo conflata : deinde vero Paraphrasis Unxeli, Jonathan, & quædam aliæ. His accedit interpretatio Septuag. Judæi legem dividebant in scriptam & oralem, quam *Cabalam* nuncupabant. Prior erat vel ipse textus hebraicus : Posterior ejusdem explicatio juxta Prophetarum sententias traditione Doctorum nutrita & determinata. Polyglottæ sunt ejusdem Scripturæ explicationes, diversæ tamen secundum diversas lectiones, diversaque idiomata, ut patet ex Exaplis Origenianis.

SECTIO SECUNDA.

De versione Lxx. in speciali.

MULTA quæruntur de hac versione. Primoquidem an fuerit magnæ auctoritatis ante S. Hieronymum ? II. An in singulis cellulis composita fuerit a Senioribus ? Demum, an purgata a Sixto V. sit ab omni labe pura ? Unde sit

CONCLUSIO.

Ante S. Hieronymi tempora, versio Lxx. erat magni ponderis.

Probatur ex Patrum traditione.

IUSTINUS cohortat. ad Gentes primum refert quomodo Ptolomæus Philadelphus, suadente Demetrio Phalereo, accersiverit Seniores inter Judæos doctissimos, qui in singulis conclusi cellulis ex hebræo græcæ linguæ quasi unius labii, vetus Testamentum reddiderunt : " Cognito Ptolomæo', inquit, septuaginta illos viros,

"non solum eadem sententia, verum etiam iisdem verbis in translatione usos, ac ne una quidem dictione alium ab alio dissensisse, admirationem attonitum Ptolomæum, cum interpretationem absolutam esse divina virtute credentem; tum quovis honore dignos illos ut Dei amantes, & Deo charos vicissim judicantem, cum muneribus multis in patriam suam redire jussisse. „
Concinit Irenæus lib. 3. adversus hæreses c. 25. qui de eadem Septuag. interpretatione, sic loquitur : " Petrus, & Joannes, & Matthæus, & Paulus, & reliqui deinceps, & horum Sectatores prophetica omnia ita annuntiaverunt, quemadmodum Seniorum interpretatio continet. Unus enim & idem spiritus Dei, qui in Prophetis quidem præconizavit, quis & qualis esset adventus Domini : in Senioribus autem interpretatus est sane. „
Tum Tertullianus apolog. cap. 18. " Ex ipsis enim & ad ipsos semper Prophetæ peroraverant ; sed ne notitia vacaret, hoc quoque Ptolomæo a Judæis subscriptum est Lxx. interpretibus adultis, quos Menedemus quoque Philosophus Providentiæ vindex de sententiæ communione suspexit : „
Nec omittendus Clemens Alexandrinus lib. 1. Strom. pag. 340. " Cum autem unusquisque sigillatim ex sua propria interpretatus esset prophetia, compirarunt omnes simul collatæ interpretationes, & sententiis & dictionibus; Dei enim inerat voluntas, quæ id ad Græcorum aures consulto comparaverat. Neque vero ab inspiratione Dei erat alienum, qui prophetiam dederat, ut interpretationem quoque tamquam græcam efficeret prophetiam. „ Idem momentum fuse tractat ibid. pag. 342.
S. Hieronymus his adjungitur : in Psal. 2. sic habet : " Mediis legis temporibus, priusquam Unigenitus Dei Filius ante sæcula manens Deus Verbum bono nasceretur, poscente Rege Ptolomæo Lxx. Seniores libros veteris Testamenti ex hebræis litteris in græcas transtulerunt. „
S. Epiphanius succinit de mensuris & ponderibus: " Interpretes, inquit, sic ubi manca ac defecta oratio nonnullis adjectis plurimum ei lucis attulerunt ; ut illos non sine Spiritus sancti afflatu ad scribendum accessisse credibile sit. Si-

X 4   "qui-

,, quidem quæ necefTaria non erat , (ifdem
,, verbis repetere noluerunt , quoties ve-
,, ra in græcum translata fententia clau-
,, dicare videbatur ; tam non nihil adjece-
,, runt , qua in re admiratione potius quam
,, reprehenfione digni funt , adeoque col-
,, laudandi , cum illud omne divino quo-
,, dam confilio ab illis eſſe factum prudens
,, quifque non dubitet . ,, Non abfimilia
de hoc momento dicit Eufebius lib. 8.
Præcept. Evangel. cap. 1.

Subfcribit fanctus Auguftinus lib. 2. de
Doctr. Chrift. c. 15. Eo loci de variis editionibus Scripturæ facræ fic loquitur : "
,, Latinis quibuslibet emendandis Græci
,, adhibeantur , in quibus Lxx. Interpre-
,, tum , quod ad vetus Teftamentum atti-
,, net , excellit auctoritas : qui jun per om-
,, nes peritiores Ecclefias tanta præfentia
,, Spiritus fancti interpretati eſſe dicun-
,, tur , ut os unum tot hominum fuerit. ,,
Sanctus Doctor lib. 18. de civ. cap. 43.
aſſerit editionem Septuag. fuiſſe apud A-
poftolos familiarem , & Interpretes in ea
hauſiſſe quæ latine reddiderunt.

Non diſſentit fanctus Hieronymus qui
qq. in Genefim fic loquitur : " Non de-
,, buit S. Lucas , ipfius hiftoriæ fcriptor
,, eſt in Gentes , Actuum Apoftolorum vo-
,, lumen emittens contrarium aliquid fcri-
,, bere adverfus Scripturam , quæ jam fue-
,, rat Gentibus divulgata ; & utique ma-
,, joris opinionis illo dumtaxat tempore
,, Lxx. Interpretum babebatur auctoritas,
,, quam Lucæ , qui ignotus & vilis , & non
,, magnæ fidei in nationibus ducebatur ...
,, hoc autem generaliter obfervandum ,
,, quod ubicumque fancti Apoftoli , A-
,, poftoli viri loquuntur ad populos , iis
,, plerumque teftimoniis abutuntur , quæ
,, jam fuerat in Gentibus divulgata . ,,
,, Rurfus & expreffius comment. in caput 2. Habacuc ; " Porro , quod Apoftolus Septuag. magis teftimonio abufus
eſt ad Romanos fcribens ; juftus autem
,, ex fide mea vivet ; & non eo quod
,, habetur in hebraico , caufa perfpicua
,, eſt ; fcribebat enim Romanis , qui Scri-
,, pturas hebraicas nefciebant ; nec erat
,, ei cura de verbis ; cum fenfus eſſet in
,, tuto , & damnum .... Præfens difpu-
,, tatio non haberet . ... In utroque loco
docet fanctus Doctor , I. Apoftolos verfione Septuag. ufos fuiſſe. II. Hinc præ cæteris elegiſſe , immo & relicto textu originali , ad eam confugiſſe , quia Gentiles in
quorum gratiam fcribebat , parvi facie-

bant linguam hebræam , quippe qui illam
ignorarent , & natio Judaica apud eos
vilis admodum haberetur : Porro fi verfio
Septuag. non fuiſſet & accurata & infpirata,
nec SS. Lucas , Marcus , Joannes , Paulus ,
eam ad probandam & explicandam Verbi divini incarnationem laudaſſent .

Unde fic argumentari fas eſt : Verfio
quæ fpiritu prophetico fcripta eſt , & qux
Apoftoli ad convertendos Gentiles ufi
funt , erat maximi ponderis vel ante ipfum B. Hieronymi ævum : Atqui ex Patribus primorum fæculorum verfio Septuagint a
talis habebatur , & apud Apoftolos erat
in ufu : Ergo &c.

Solvuntur objectiones .

OPPONES : Illa verfio non eſt maximi
ponderis , cujus genuinitas leviſſimis innititur fundamentis : Atqui res ita fe habet :
Et probatur : I. Nihil certi habetur pro
Auctoribus qui infpirati ventilantur : Ergo &c. Probatur antecedens. Quidam fcribunt feniores Interpretes ex fingulis Tribubus ab Eleazaro ad Ptolomæum miſſos , qui
Scripturam facram ex Hebræo græce redderent ; certum eſt tamen alias tunc temporis non fuiſſe Tribus præter Judam &
Benjamin , ac partem Leviticæ Tribus ,
cum aliæ in captivitate Ninives fub Salmanazare periiſſe . II. Neque vero ipfi Patres conveniunt de hiftoria ; quando quidem nonnulli fcribunt Lxx. Seniores verfionem fuam adornaſſe , fingulos in
fingulis cellulis ; quidam binos in fingulis ; quidam etiam manfiunculas illas fi-
ctitias eſſe , quocirca fanctus Hieronymus
præfat. in Pentateucum , ait : " Nefcio
,, quis primus auctor feptuaginta cellulas
,, Alexandriæ mendacio fuo extruxerit :
Ergo &c.

Refp. , negando minorem propter rationes in probationibus allatas : fimiliter
eadem de caufa negamus antecedens :
Ad primam probationem dico , nihil
facere ad fubftantiam facti Seniores ex
aliquibus , vel ex omnibus Tribubus af-
fumptos fuiſſe . Apud Patres inconcuffum manet , videlicet Seniores non fine
Spiritu fancti afflatu fuam edidiſſe græcam verfionem . Eadem ratione & pari
facilitate folvitur altera probatio ; quod
enim vel finguli in fingulis , vel bini in
qualibet cellula , vel etiam in alio loco ,
operi verfionis incubuerint , parum refert ,
tametfi confenfio Patrum præponderet au-
ctori-

A oritati S. Hier. qui , ut verſionem ſuam ex hebræis ſontibus concinnatam celeberrimam ventilaret , parvi , ut quidam autumant , faciebat Græcam .

Ad ſolutionis complementum : Ad primam quidem probationem reſpondeo : Seniores ex ſingulis Tribubus potuiſſe aſſumi , cum decem non ita fuerint in captivitate extincti , quin ex ſingulis aliqui remanſerint ; quia vero non erat amplius poſſeſſionis propriæ locus ad fratres confugerunt , quippe a Juda benigne ſuſcepti , dicti ſunt poſtea promiſcue Judæi . Quod autem de ficto multi remanſerint , non ex uno conſtat ſacræ Scripturæ loco : habetur enim l. 1. Paral. 4. 24. 38. multos de Tribu Simeon rediiſſe tempore Ezechiæ Regis , & multas Judæ terras occupaſſe . Rurſus l. 2. Paral. 34. 6. 9. 21. legitur Joſiam Ezechiæ pronepotem multis annis poſt Aſſyriacam deportationem , urbes Manaſſis , Simeonis , Ephraim , Nephtalitarum , maximam in partem vaſtatas , ab inſtrumentis idololatriæ repurgaſſe , & ab earum Tribuum reliquiis ſacrum tributum exegiſſe , quod non ſine nutu Dei , quem conſuluerat , fecit .

Inſtabis : Illa Verſio ut ſacra & inſpirata non eſt habenda , quam vel ipſi Judæi execrati ſunt : Atqui verſionem græcam Judæi tametſi pro religione & libris qui ex ſuis Patribus promanarant zelati , illam tanto proſequuti ſunt odio , ut ſolemne jejunium inſtituerint viii. die *Thebeth* propter legem in profanum ſermonem converſam , & ex illa , ut ipſi putant , Alexandrinorum audacia tribui tenebras per univerſum orbem incubuiſſe fabulentur : Porro omnia jejunia inſtituta ſunt ad iram Dei ſedandam : Igitur jejunium a Judæis inſtitutum propter translationem græcam , argumentum eſt eos per omnia illam fuiſſe execratos , nec ut ſacram habere voluiſſe .

Reſpondeo I. opponendo Rabbinos Rabbinis . Joſephus teſtatur poſtulationem Ptolomæi de translatione facienda Pontifici pergratam fuiſſe . Concinit Philo qui lib. 2. de vita Moyſi ſcribit , ſingulis annis in inſula Pharo celebritatem quotannis fieri in gratiarum actionem pro admirabili translationis beneficio . Quid plura adjiciam ? Maimonides jejunia gentis ſuæ enarrans , non meminit jejunii inſtituti per modum execrationis de verſione græca facta ; immo Rabbi Azarias ad fidem capitis octavi *Binach* , R. Godolias ſol. 24 ca-

tenæ Cabbaliſticæ jejunii *Thebeth* originem ducunt ex eo quod Lxx. Seniores hac Provincia græcæ verſionis adorandæ ſuſcepta ſolenne jejunium & publicas orationes indixerint , ne Judæis male verteret Ptolomæi Regis conſilium ; vel ut Deus illorum ſtudio & verſioni proſperum exitum largiretur .

Reſpondeo II. diſtinguendo minorem : Judæi ævo Ioſephi poſteriores verſionem græcam execrati ſunt , & hoc in odium fidei in Chriſtum , concedo : Judæi antiqui & ſapientes , nego . Iudæi Apoſtolorum temporibus animadvertentes multos e ſuis & Gentibus ad Chriſtum ſeſe convertere , eo quod legerent Scripturas juxta verſionem græcam , quæ tunc plurimum erat in uſu , & Apoſtolos oſtendere Prophetias in iis ſacris Libris contentas in Chriſto adimpletas eſſe , ſicut in Dominum ſævierant , ſic & in rabiem acti de felici Apoſtolorum miſſionis exitu Verſionem græcam ſummo proſecuti ſunt odio , hinc Rabbinorum quorumdam de triduanis tenebris ob legem græce tranſlatam fabula : hinc jejunium 8. die menſis *Thebeth* , Kalendario adſcriptum , ut quidam volunt .

Inſignis eſt ſancti Cyrilli Hieroſolymitani ſententia ; namque Catech. 4. ita loquitur : '' Et ut divinæ legis eſſe hos libros experientia diſceret , & ne bi qui fuerant ad illum miſſi , mutuo conſpirarent , proſpiciens ; in inſula Pharo quæ eſt prope Alexandriam ſingulis Interpretibus ſingulas domos diſtribuit , & unicuique , ut ſeparatim omnes Scripturam interpretarentur , mandavit . Qui cum in ſeptuaginta duobus diebus negotium id perſecuient , ſimul omnium interpretatione , ex diverſis domibus prodeuntes protulerunt : collatis autem ſimul non ſolum in ſenſibus , verum etiam in verbis conſonas invenit , non facundia & apparatu ſophiſmatum humanorum factum id fuerat , ſed ex Spiritu ſancto divinarum rerum interpretatio facta eſt . ''

Oppones II. Concilium Tridentinum declarat Vulgatam eſſe authenticam , nulli facta mentione de verſione Lxx. Seniorum : Igitur iſta non fuit etiam ante Hieronymum magni ponderis .

Reſpondeo diſtinguendo : Et Trid. ſua definitione non excludit verſionis Septuag. authenticitatem , concedo : & excludit , nego . Vel etiam ante Hieronymum mul-

tæ

tæ nedum latinæ , fed & principaliter
græcæ circumferebantur Scripturæ facræ
verfiones , in quibus faltem plurimis malitia tum Judæorum, tum etiam Hæreticorum fcatebant errores ; quocirca ad tu-
telam , & pro Fidelium confolatione ac
fidei certiſſima confervatione , declaravit
Vulgatam eſſe authenticam , ita ut omnes abſque fcrupulo , & omni excluſa
tergiverſatione illo textu poſſent uti : fed
alias ab omni labe eſſentiali puras non
explodit .

Inſtabis : Atqui verſio Lxx. Seniorum
nullius nec eſſe nec fuiſſe ponderis debet : Ergo &c. Probatur ; Illa Verſio alicujus ponderis fuiſſe non debet , quæ
cum nuovo Teſtamento non confociatur :
Atqui res fic fe habet : Et probatur . In
novo Teſtamento quædam fententiæ ex
veteri excerptæ reperiuntur , quæ tamen
defiderantur in verſione Septuag. fic expreſſe enarrat S. Hieronymus Præfat. in
Pentateucum : " His , *inquit* , in quibus
„ multa de vetere Teſtamento legimus ,
„ quæ in noſtris codicibus non habentur ,
„ ut eſt illud : *Ex Ægypto vocavi filium*
„ *meum* , & *quoniam Nazaræus vocabi-*
„ *tur* . Ergo &c.
Refpondeo multipliciter ad folutionem
hujus argumenti & aliorum. I. S. Hieronymum magis adhæſiſſe exemplaribus hebræis , quam Septuag. quæ tamen multi
faciebat , ut patet ex Præfat. in Job , his
verbis : „ Cogor . . . adverſariorum re-
„ fpondere maledictis , qui interpretatio-
„ nem meam . . . . criminantur . „ Ihi-
„ dem : Omnia veteris inſtrumenti volu-
„ mina Origenes obelis , Aſteriſque diſtin-
„ xit , quos vel additos , vel de Theodo-
„ tione fumptos translationi antiquæ af-
„ feruit , probans defuiſſe , quod additum
„ eſt . Diſcant igitur obtreſtatores mei
„ recipere in toto , quod in partibus fu-
„ fceperunt . „
Refpondeo II. & dico innovationem non
reperiri in fubſtantia , fed in levioribus :
Sic v. g. Septuag. illud Joan. 19. *Videbunt*
in quem transfixerunt , fic legunt, *in quem*
transfixerunt , *vel in quem pupugerunt* :
Hebræum vero legit : *Aſpicient ad me*
quem confixerunt ; quod eſt idem re. Rurfus , Seniores Lxx. ponunt 7. capita Eſt-
heris fuo loco , eo quod fic legerunt in
originalibus hebræis : quæ vero codices
hebræi exciderunt , jam fuo non inveniuntur ordine. Sic illud Pſal.95. *Dominus re-*
gnavit, Antiqui Patres , ut Tertullianus

lib. adverſus Judæos cap. 7. & 13. Auguſtinus & Arnobius legerunt : *Regnavit a*
ligno ; quod & Caſſiodorus teſtatur legiſſe
in Septuag. quodque Judæi abſtulerunt in
odium paſſionis Chriſti & religionis . Sic
etiam illud Habacuc cap. 3. legunt Septuag. *In medio duorum animalium cogno-*
fceris ; Hebræum vero: *In medio annorum*
vivifica illud . Utrumque agnofcit Ecclefia ut Canonicum. Denique hebræum fe-
ptuaginea folum perfonas de familia Jacob
numerat in Ægypto ; Seniores vero feptuaginta quinque , quia comprehendunt
etiam eos qui nati funt filii in Ægypto ,
fcilicet Michir , filium Manaſſis , & Galaad ejus nepotem , ac filios Sutalaam &
Coam , & Eden ejus nepotem.
Refpondeo III. Hoc fic contigiſſe ex diverſis litteris , vocibus , accentibus , lectionibus , phraſibus ; & ex fubtractione vel
additione punctorum, quæ omnia variant
fenfum , & hoc ex malitia Judæorum qui
in odium fidei poſt Chriſtum divinas de-
boravere Scripturas. Hoc ipſum expreſſe
fcribit Juſtinus in dialogo cum Triph. his
verbis : " Nec veſtris , *inquit* , Doctoribus
„ credo , negantibus Lxx. Seniores inter-
„ pretis officio recte functis apud Ptolo-
„ mæum Regem , ipſum locum interpre-
„ tari conantur , multas quoque Scriptu-
„ ras in totum fubſtulerunt ex editione
„ Lxx. Seniorum , quæ manifeſte hunc
„ ipſum crucifixum & Deum & homi-
„ nem , & in cruce mortuum prædica-
„ bant . „ Theologi iſtas mendas tribunt
Aquilæ , Theodotioni , & Symmacho , di-
cuntque Patres loqui de illis , nuſquam vero de Judæis qui primo vivebant fæculo.
Refpondeo IV. Hoc eveniſſe ex negligentia vel ignorantia Librariorum , vel
etiam ex incuria & inadvertentia Scribarum , qui primi babuerunt exemplaria
defcribenda. Sic cenſet S. Auguſtinus lib.
15. de civ. Dei cap. 13. his verbis : " Ita-
„ que illa diverſitas numerorum , aliter
„ fe babentium in codicibus græcis &
„ latinis , aliter in hebræis , nihil non eſt
„ iſta de centum annis prius additis , &
„ poſtea detractis per tot generationes con-
„ tinuata parilitas ; nec malitiæ Judæo-
„ rum , nec diligentiæ vel prudentiæ Lxx.
„ Interpretum , fed Scriptoris tribuatur
„ errori , qui de Bibliotheca fupra dicti
„ Regis codicem defcribendum primus ac-
„ cepit. „
Refpondeo V. Hanc varietatem eſſe poffe a Spiritu fancto , cujus inſpiratione lo-
cu-

cuti funt Lxx. Seniores, addendo vel detrahendo, ut Spiritus dictabat. Ita Hieronymus Præfat. in Pentateucum his verbis : " Ubicumque Sacramentum aliquid
" testatur de Patre, Filio, & Spiritu
" fancto, aut aliter interpretati funt, aut
" omnino tacuerunt, ut & Regi fatisfa-
" cerent, & arcanum fidei non vulga-
" rent.... ne fanctam canibus, & mar-
" garitas porcis darent. "
  Perfifter : Hieronymus in cap. 6. Ifaiæ
dicit epistolam ad Hebræos ab omnibus
non admissam fuisse, eo quod utatur testimoniis Septuag. quæ non reperiuntur
in hebræis voluminibus : Ergo &c
  Respondeo, distinguendo : Et S. Hieronymus codicibus hebræis potius, quam
Lxx. Seniorum versioni adhæsit, concedo : fecus, nego. Sic junior fe gessit,
fed fenior factus plurimi fecit Septuag. verfionem ; hinc Præfat. in Paralip. ait,
quod fi versio Lxx. Seniorum extaret pro
ut ab eis primum emanavit, superflua forent hebræa volumina : " Nunc vero,
" inquit, cum pro varietate regionum di-
" versa ferantur exemplaria, & germana
" illa antiquaque translatio corrupta fit,
" atque violata; nostri arbitrii putas aut
" e pluribus judicare quid verum fit, aut
" novum opus in veteri opere cudere,
" illudentibusque Judæis, cornicum, ut
" dicitur, oculos configere. " Cæterum
epistola ad Hebræos ab Orientali & Occidentali Ecclesia a multis fæculis fuit recepta ; quandoquidem teste Augustino lib.
18. de civit. Dei c. 43. fuis temporibus
legebatur in Ecclesia fecundum versionem
Septuaginta.

SYNOPSIS PROBATIONUM.

*Interpretatio Lxx. fuit quondam ma-
gni ponderis.*

  P r i m o : Eam multi faciunt Justinus
cohort. ad Gentes, Irenæus l. 3. c. 25.
Tertullianus Apol. c. 18. Hilarius in Psal.
2. Aug. l. 2. de Doctr. Chr. cap. 15.
  Secundo : Christo & Apostolis erat familiaris illa versio, ut passim afferunt SS.
Patres.
  Tertio : Erat in usu tempore Apostolorum, fi quidem, uno excepto Matthæo,
cæteri auctores Canonici græce fcripferunt. Nec mirum, in odium Judæorum
& Romani, & alii Principes ac Gentes ab
Hebræo fermone abstinebant.

SYNOPSIS OBJECTIONUM,

et Solutionum.

  P r i m o : Incassum opponitur incerta
de Auctoribus opinio, cum constet ex Patribus esse Lxx. Seniores.
  Secundo : Si quæ est in illa ab Hebræo
diversitas, non nisi in levioribus reperitur.
  Tertio : Quidam Judæi eam decursu
temporum in odium Christianorum, quæ
illa utebantur, execrati funt ; fed non
antiqui Apostolorum coævi ; unde ex hoc
nihil roboris ipfi detrahitur.

SECTIO TERTIA.

De editionibus Latinis.

Utrum Vulgata fit Canonica?

  U t primum ex græco Scriptura facra
latine reddita est, innumeræ statim apparuerunt in Occidente editiones ; aliæ
a Catholicis & ab omni labe puræ, aliæ
ab Hæreticis, & fœdatæ. Ante tempora Hieronymi Itala erat communis in
Ecclesia Latina ; eam S. Augustinus lib.
2. de Doctrina Christiana cap. 15. cæteris præfert ; ab auctoribus incognitis prodit super versionem Septuag. Hieronymus bis Testamentum vetus latine reddidit. Primam versionem fecit ex græco
Septuag. ut reflatur lib. 2. contra Rufinum : Secundam ex hebræo, ut ipfe refert lib. de Viris Illustribus, elucubravit.
Novum Testamentum non reddidit ex
græco-latine, fed folum emendavit, &
variis purgavit ab erroribus & mendis,
quæ vitio Librariorum irrepferant in textum ; ita loquitur in Præfat. Evangeliorum ad Damasum Papam : ipfo adhuc vivente versio ex Hebræo publice legebatur
in conventu Ecclesiæ. Non fecundum ordinem libros latine reddidit, fed fecundum amicorum postulationem unum vel
alterum interpretabatur, magis attendendo ad fenfum & fententias, quam ad litteram, ut ipfe testatur epistola ad Lemo-
jam his verbis : " Non debemus fic ver-
" bum de verbo exprimere, ut dum fyl-
" labas fequimur, perdamus intelligen-
" tiam. " Opus incepit Romæ ann. 384.
Bethlehem reversus ad Præsepe Domini
accuratius elaboravit.

Post

Post tempora D. Gregorii evanuerunt omnes editiones latinæ, una tantum remansit, quæ nunc Vetus & Vulgata dicitur, teste Vvalrone; partem Italæ continet, scilicet Psalterium, Sapientiam, Ecclesiasten & libros Machabæorum; alios veteris Testamenti libros habet ex versione S. Hieronymi de Hebræo. Totum novum Testamentum est versionis Italæ emendatæ per S. Hieronymum: hæc est Vulgata, quæ nunc est in usu de editione Sixti V. Fuit postea iterum emendata jussu Clement. VIII. Sixtus V. Pius IV. & postea V. opus purgationis inceperant, ut satisfacerent Concilio Trid. quod quidem jusserat Vulgatam typis mandari omni cum diligentia & exactitudine. Absolvit Sixtus V. qui in decreto suo declarat manibus propriis isti vacasse operi, scilicet in emendandis codicibus: ultimam etiam manum adjecit Clemens VIII. & quantum potuit illam omnibus absolvit mulieris & perfecit.

Initio penultimi sæculi ann. scilicet 1527. apparuit Lugduni nova editio latina facta per patrem Xantepaginum Dominicanum, quam Arias Montanus emendavit.

His prælibatis quæritur, utrum Vulgata nostra sit canonica? Negant 'Lutherani, qui solam Martini Lutheri editionem esse authenticam dicere non erubescunt; contra quos sit

CONCLUSIO CATHOLICA.

Vulgata nostra est authentica seu canonica.

Probatur hoc argumento Theologico.

ILLA editio est authentica, quæ textibus originalibus conformis est, quam Patres & Concilia uti talem habent, quæ a multis sæculis, nullo refragante, in usu fuit: Atqui talis est Vulgata; Ergo &c. Probatur minor quoad singulas partes. I. Composita fuit ex Itala quæ primis floruit sæculis: vetus Testamentum ex hebræis textibus & versione Septuag. latine reddidit S. Hieronymus, ut supra dictum est: textus hebræus est primigenius; sed hæc versio, etiam habetur ut textus quasi originalis, quippe quæ, afflante Spiritu sancto, & non sine spe-

ciali Dei protectione ex codicibus hebræis facta sit: quinimo non semel ea versione usi sunt Apostoli: cæterum idem Hieronymus a mendis gravioribus purgavit novum Testamentum: Igitur Vulgata per omnia concordat cum primigeniis textibus II. Præter Hieronymum Vulgatam velut authenticam habet S. Augustinus, qui lib. 2. de doctrina Christiana cap. 15. tum lib. 8. de civ. Dei cap. 43. commendat Italam, ex qua conflata est Vulgata nostra. Suum addit calculum Italæ Gregorius Magnus lib. 20. Moral. cap. 24. Isidorus lib. 6. Ethimol. cap. 5. Mitto alios Patres qui Vulgatam a Hieronymo promanatam veluti authenticam, ne uno quidem excepto, habuere: Ergo &c. III. Omnia Concilia tum Generalia, tum Nationalia, & Provincialia in Occidente adunata pro fidei definitionibus Vulgatæ loca usurparunt; Tridentinum vero sess. 4. de fide, definit illam esse & genuinam, & authenticam: Ergo &c. IV. Quid plura adjiciam? Usus & possessio vim habent legis, & veritati patrocinantur: Sed a multis sæculis Vulgatæ usus in tota Ecclesia Latina obtinuit: Ergo &c.

Proponuntur & solvuntur objectiones Protestantium.

OBIICIUNT: Illa editio non est authentica, quæ discrepat a textu originali, scilicet Hebræo: Atqui in multis Vulgata discrepat ab hebræo: Ergo &c. Probatur minor: Ecclesiast. cap. 1. habetur: Perversi difficile corriguntur; Hebræus textus legit: Perversum non poterit adcorrigere, vel dirigere: Unde Hieronymus in quæstionibus Hebraicis, lib. de optimo genere interpretandi, tum & comment. in Prophetas & Ecclesiasten, multa aliter fuisse vertenda dicit: Ergo &c.

Respondeo, negando minorem. Ad probationem distinguo: Vulgata levius differt ab Hebræo & materialiter, & hoc ut plurimum ex ignorantia Librariorum, vel etiam inadvertentia amanuensium, qui quandoque sillabas transposuerunt, concedo: discrepat essentialiter, nego. Hoc patet vel in ipso objectionis loco.

Ad D. Hieronymi auctoritatem distinguo. Multa alio modo erant vertenda claritatis causa, concedo: propter erro-res

res graviores, nego . Plures quidem funt causæ cur Vulgata non semel purgari & emendari debuit. I. Quia eadem vocabula Hebræa quandoque diversas habent significationes, alias clariores, alias etiam penitus ambiguas; & hoc testatur Hieronymus in Ecclesiasten, quem bis interpretatus est : In prima translatione cap. 2. vertit : *Cogitavi trahere carnem meam in vino*. In secunda vero : *Cogitavi abstrahere carnem meam a vino* ; istam retinet Vulgata ut clariorem . Ratio diversitatis ea est, quia verbum Hebræum *Bajain* potest significare in vino, seu etiam in vinum . Quod autem Hieronymus solet variis modis vertere, quando vox ambigua est, ipse testatur lib. 1. Apolog. contra Rufinum, ubi dicit se vertisse in Psal. 2. *adorate pure*, & tamen in commentariis exposuisse *adorate filium*. Altera ratio diversificandi est, quum Ecclesia, omnibus æqua lance ponderatis, judicet aliter vertere quam Patres.

Instant : Magis credendum est fontibus græcis & Hebraicis quam latinis, quandoquidem editiones latinæ ab aliis prodierunt : Igitur solæ Hebrææ & Græcæ editiones sunt Canonicæ.

Respondeo distinguendo : Magis credendum est Versionibus hebræis & græcis si essent in nostra nata lingua, concedo : si non sint, subdistinguo : ante definitionem Ecclesiæ concedo : hac supposita, nego . Supposita igitur definitione Concilii Tridentini, Vulgata magis ponderat, quandoquidem Ecclesia sancto afflata Spiritu hoc jure merito declaravit, maxime vero cum aliæ editiones fuerint corruptæ : cæterum ad fontes primævos aliquando recurrendum est, & hoc in quatuor circumstantiis . Primo cum constat esse errorem Librariorum : sic non semel in nostris Missalibus videmus emendatum, illud Ecclesiastici 45. *Dedit illi coram præcepta*, cum antea perverse legeretur : *Cor ad præcepta* ; facile fuit facere , ex inverso syllabarum ordine , *videlicet* Co- R A M Cor. *ad*. II. Quando latini Codices multum variant, ita ut non possit cognosci quæ sit vera lectio : sic Josue 5. quidam latini codices habent : *Quibus juravit, ut ostenderet eis terram fluentem lacte & melle* ; quidam vero : *ut non ostenderet*. Vera lectio est posterior ; nam in Hebræo additur *non*. III. Si sententia latina est ambigua , & varios præ se ferat sensus, v. g. Gen. 3. habetur : *Maledicta*

terra in opere tuo . Quod quidem potest intelligi de futuro, id est, *quando coleur eam* ; tunc & de præterito, videlicet, de peccato Adæ , propter quod maledicta fuit. In Hebræo vero nulla apparet ambiguitas ; verbum enim significat maledicta terram propter peccatum ; unde Hieronymus in quæstionibus hebraicis dicit illam bene vertisse, qui posuerunt, *Maledicta terra in transgressione tua*. IV. Ad energiam & proprietatem verborum cognoscendam ; sic illud Exod. cap. 1. *Ædificavit illis domos*. Intelligimus ex hebraica phrasi significare fecunditatem & filiorum copiam.

Urgent : Gen. 3. legitur *Ipsa conteret caput tuum* ; sed secundum Hebræum legendum est : *Ipsum conteret caput tuum* , id est, semen tuum, quod est Christus. Confirmatur ; verbum *conteret* , in Hebræo masculini generis est ; Igitur non *ipsa*, sed *ipsum* ponendum est.

Respondeo negando antecedens : Marius in mercator lib. 1. in Gen. S. Aug. lib. 2. de Gen. contra Manichæos cap. 18. Chrysost. hom. 17. Gregorius , Rupertus Lyranus , & alii bene multi quibus magis credendum est , quam hæreticis , legunt cum Hieronymo, *ipsa* ; Bellarminus in lingua hebræa peritissimus hic lib. de verbo Dei , Cap. 11. se sic legisse in hebræo testatur.

Respondeo ad confirmationem distinguendo : Et verbum masculinum in hebræo sæpe jungitur femineo , concedo : secus , nego . Sic Ruth. cap. 1. vers. 8. *Ducitur Ruth ad nurus suas*. Hebræum vero , sic habet : *Faciat Dominus misericordiam vobiscum sicut fecistis cum mortuis* . Cæterum non est neutrum apud Hebræos : Igitur Hæretici non debent legere , *Ipsum conteret* ; tum quia hoc facit et sensum identicum, hoc est , *ipsum caput conteret caput tuum*.

Persistunt : Num. ult. habetur : *Omnes viri ducant uxores de tribu & cognatione sua, & cunctæ feminæ de eadem tribu maritos accipient* ; sed hoc non est verum : Ergo &c. Probatur minor : Josabeth filia Regis Joram de tribu Juda fuit uxor Jojadæ Pontificis de tribu Levi, ut habetur Ruth. 4. Michol de Tribu Benjamin fuit uxor Davidis de tribu Juda , ut habetur 1. Reg. 18. Denique Judicum ult. omnes Hebræi jurant se non daturos uxores de filiabus suis alicui de tribu Benjamin, & tamen beata Virgo de tribu Juda cognata erat

erat B. Elisabeth de tribu Levi , ut habetur Lucæ . Ergo &c.

Respondeo distinguendo : Quando uxores erant bonorum hæredes , debebant habere maritum ejusdem tribus , concedo : Si non erant hæredes , subdistinguo : ordinarie , concedo : absolute loquendo , nego . Et hoc probant exempla pro objectionibus allata : lex enim antiqua eo dumtaxat fine prohibebat mulieres bonorum paternorum hæredes matrimonio jungi cum viro alterius tribus , ne sic confunderentur hæreditates .

Urgent : Psal. 2. habetur : *Apprehendite disciplinam* . Hebræum legit : *Osculamini sive adorate filium* . II. Psal. 4. *Filii hominum usquequo gravi corde* . Hebræum vero habet : *Gloria mea ad ignominiam* . III. Psal. 31. *Conversus sum in ærumna mea dum configitur spina* . Hebræum dicit : *Succus meus sine humore* , *& viror meus versus est in siccitates æstivas* . Psal. 67. *Benjamin adolescentulus in mentis excessu* . Hebræum legit : *Dominator eorum* . Ibidem denique scribitur : *Viduam ejus benedicens benedicam* . Hebræum legit : *Vidum ejus* : Ergo &c.

Respondeo distinguendo : Et illæ mutationes in re conveniunt , concedo ; est enim idem sensus sententiarum : discrepant verbis & quoad sententias , nego . Revera quidem vox *osculamini* & ista *adorate filium* , denotant Christum , cujus manus osculamur doctrinam sequendo . Ad secundum sic legunt Græci & Latini , & Hebræi , sententia concinit : quando enim fidelis ad vanitates sæculi inhiat , spretis bonis invisibilibus , est ignominia Patris scilicet Christi . Ad tertium , succus versus in siccitates indicat afflictionem quam latinus Interpres exprimit , vocabulis , *spina* *& ærumna* . Ad quartum recte dicitur Benjamin , dominator eorum , litteraliter quidem , cum esset Princeps unius Tribus , mystice vero quia Paulus de tribu Benjamin inquiunt Doctores , fuit dominator Gentilium per doctrinam Christi . Ad ult. vidua eatenus dicitur etiam vifta , quatenus mulier sine marito quasi nihil est in republica ; suum quippe amittendo maritum , amittit robur & fortitudinem ; Græci tamen legunt viduam , sicut Ambrosius , Augustinus , Chrysostomus , & alii .

Insistunt : Ecclesiast. 16. habetur : *Misericordia faciet locum unicuique secundum meritum operum suorum* . Sed in græco non

est vox *meritum* : Igitur est mutatio substantialis . Confirmatur : Ephes 5. de Matrimonio habetur : *Sacramentum hoc magnum est* , In græco vero, *Mysterium:* Ergo &c.

Respondeo distinguendo minorem : Non est vox *meritum* formaliter seu litteraliter in græco, concedo : non est æquivalenter nego . Meritum est nomen latinum , sed verbum græcum *Catakerga* , idem significat , scilicet pro meritis operum . Ad confirmationem , mysterium apud Græcos & Latinos idem est ac Sacramentum .

Solvuntur objectiones , ex aliis principiis petita .

OPPONUNT : Sixtus V. absoluta Vulgatæ emendatione , affirmavit suam editionem esse purissimam , & prohibet sub anathematis interminatione , ne quis in posterum aliquid vel adderet , vel detraheret : & tamen Clemens VIII. biennio elapso , alternata vice , eam emendavit mutatis locis plusquam 2000. Igitur nihil certi apparet in Vulgata .

Respondeo distinguendo : Et istæ mutationes erant leves , concedo : si quæ autem substantiales inventæ sint , purgatæ fuerunt a Sixto V. Et erant graviores , nego . Porro cum Clemens VIII. summus esset Pontifex , poterat etiam quædam emendare ad majorem claritatem : & si quæ adhuc mutationes inveniuntur , parum est : unde cum Theologus quidam repræsentasset , multa superesse corrigenda , Congregatio die 17. Januarii an. 1556. vel 1576. declaravit hoc esse falsum , & propositio Theologi longe facta est .

Reponunt : Concilium Trid. non potuit declarare authenticam Vulgatam : Ergo &c. Probatur antecedens . Illa editio non potuit declarari ut authentica , in qua postea Sixtus V. & Clemens VIII. multa mutavere , & declararunt esse mutanda : Atqui res sic se habet : Ergo &c.

Respondeo negando antecedens. Ad probationem distinguo : Multa mutanda lævia invenerunt , concedo : multa essentialia , subdistinguo : in codicibus ab originali promanatis , & hoc ignorantia , aut incuria Librariorum , vel etiam scribarum , concedo : In ipso. originali , nego . Aliquid potest dici. authenticam tripliciter . I. In originali . II. In exemplari . III. Jure & auctoritate publica : Omnibus modis Vulgata habetur ut authentica . In primo quidem sensu patet : In exemplaribus.

bus utique; fi quidem nævi, aut nulli, aut leviores comperti funt : vel fi eſſentiales, emendati funt per alios priores.

III. Denique modo, namque Conſtitutiones Juſtiniani, & Juriſconſulti dixere Vulgatam authenticam & fidelem, ut illam ſecernerent, tum ab Itala quæ erat potius Epitome quam integra Scripturæ interpretatio, tum ab aliis quæ vel erant defloratæ in graviſſimis punctis, vel ſuſpectæ, vel ſaltem auctoritate publica nondum receptæ.

Contra : Vulgata differt a pluribus ab originali græco & hebræo : Ergo &c.

Reſpondeo, Sufficere eam in ſententiis cum textibus originalibus convenire.

Replicant : Synodus Trid. declarando Vulgatam authenticam, declaravit etiam omnes ejus partes, vel etiam leviſſimas de fide : Atqui tamen ex dictis conſtat in multis partibus ſaltem levioribus deficere, cum poſtea juſſu Clementis VIII. repurgata ſit : Ergo &c.

Reſpondeo diſtinguendo : Declaravit illam authenticam eſſe quoad ſenſum & ſententias, concedo : quoad verba & litteras, nego. Alias ne quidem verſio Septuag. aut aliæ præter ſolam hebræam, forent authenticæ, quandoquidem verbis & phraſibus differunt; quælibet enim lingua ſuos babet ſpeciales ſcribendi modos, iiſque diverſa idiomata. Cæterum, ſicut in Synagoga erant Prophetæ & Doctores, qui genuinum determinarent Scripturæ ſenſum, ut nullus in fide occurreret error, ſic & a Chriſto nato adſunt ſummi Pontifices, Concilia & Symbola ad declarandum quid ſit de fide in Scriptura tenendum, quid non, & ſic ſemper intacta manſit fides.

SYNOPSIS PROBATIONUM.

Vulgata eſt authentica.

Primo : Hoc ipſum de fide declaravit Synodus Tridentina ſeſſ. 4.

Secundo : Eam uti optimam habent omnia ferme Concilia, quæ ea utuntur, tum in explicandis, tum in definiendis fidei dogmatibus.

Tertio : Tamquam integra & omnibus numeris abſoluta celebratur a D. Hieronymo, tum a S. Auguſtino lib. 2. de doct. Chriſt. cap. 15. a D. Greg. lib. 20. Moral. cap. 24 &c.

SYNOPSIS DIFFICULTATUM,

et Resolutionum.

Primo : Vulgata differt quidem aliquando a verſione Septuag.; nonnumquam etiam ab hebræo textu, ſed ſalva dogmatum & rerum notabilium eſſentia.

Secundo : Nec quemquam movere debet, quod a Pio V. ab omni nævo expurgata declarata ſit, & tamen ulterius a Clemente VIII. rurſus emendata legatur; iterata enim correctio non niſi leviora ſpectat : parum autem pro nihilo reputatur.

Tertio : Non negamus Vulgatam quoad omnes partes declaratam eſſe authenticam, & de fide : Ergone non erat authentica tempore S. Pii V. qui illam declaravit authenticam, cum poſtea Clemens VIII. a quibuſdam aliis mendis eamdem purgaverit? abſit dicere. Correcta enim a S. Pio, manſit quoad ſenſum & ſententias ab omni labe pura.

ARTICULUS TERTIUS.

De Chronologia Scripturæ ſacræ.

IN Libris ſacris maxime V. T. ſæpius fit mentio de annis Patriarcharum, Judicum, Regum, nec non & de tempore quo Prophetæ annuntiaverunt Chriſtum, & alia religionem, aut mores inſtituendos ſpectantia : neque vero levioris eſt momenti texere hiſtoriam prædicationis S. Joannis Baptiſtæ, peregrinationum S. Pauli, & rerum ſimilium, ut veritas Evangelii & prædicationis Apoſtolorum inconcuſſa permaneat : Quia vero Chronologia textus Septuag. alias magni ponderis, longe differt ab ea quam ſequitur Hebræus, operæ pretium eſt unum ex duabus ſeligere. Ne igitur Lector ſcrutando Scripturas, aut excutiat, aut intempeſtive ſæpius ſiſtat gradum, Chronologiam, ut enærſionem ad Libros canonicos intelligendos præambulam hic movere juvat.

§. L

§. I.

Utrum Chronologia textus Hebraici praponde-
ret Chronologiæ verfionis Septuaginta.

CODEX græcus Septuag. qualis nunc
affervatur, fupra textus hebræi calculum
2300. circiter annos addit, quod intrica-
tiffimas a creatione mundi ad Chriftum
ufque invexit difficultates, maxime vero
cum non una fit circa iftud momentum
omnium fententia. Verum enim vero ex
his qui feptuaginta Seniorum adhærent calculis, quidam a creatione mundi ufque
ad Chrifti nativitatem numerant 5493. annos; fic Græci Antiocheni nonnulli 5501.
ita Græci Alexandrini; Aliqui 5509. ut
græci Conftantinopolitani; aliqui etiam
cum Paulo Petrono recenfent a mundo
condito ufque ad natale Chrifti annos 5878.
Non minus vero inter fe diffident qui propugnant chronologiam textus hebræi. Et
vero multi cum Petavio a creatione mundi ad natum ufque Chriftum computant
3983. annos; non defunt qui cum Uffe-
rio numerent annos 4003. quidquid fit de
difcrepantia leviori quæ intercedit inter
auctores, qui chronologiam, vel Textus
hebræi, vel græci Codicis LXX. adoptant,
unum tantummodo momentofum occurrit
folvendum, fcilicet cui ex illa duplici
chronologia infiftere debeamus? Unde fit

CONCLUSIO.

Standum eft Chronologiæ textus
hebræi.

Probatur multis momentis.

PRIMO: Illi chronologiæ ftandum eft,
quæ in immenfum alteri præponderat:
Atqui chronologia textus hebræi in immenfum præponderat chronologiæ Codicis græci, qualem nunc habemus; Et
probatur. Primigenii fontes e quibus cætera fluunt, in immenfum præponderant
omnibus qui ab ipfis promanant, juxta
illud axioma, *quod eft per fe primo tale,*
cætera non funt talia nifi per ordinem ad
illud. Atqui, nemine refragante, textus
hebræus eft primigenius, & ab eo fluxit
verfio Septuag. Hinc fi quid diffonum in
ifto reperiatur, per alterum emendandum
eft : Ergo &c.
Hæc ratio eft divi Auguftini qui lib.15.
de civitate Dei cap. 13. fic loquitur :

,, Recte fieri, nullo modo dubitaverim,
,, ut cum diverfum aliquid in utrifque
,, codicibus invenitur, quandoquidem ad
,, fidem rerum geftarum utrumque non
,, poteft effe verum, ei linguæ potius
,, credatur, unde eft in aliam per inter-
,, pretes facta tranflatio. ,,
Secundo : Illa chronologia longe anteponenda eft chronologiæ textus græci,
quæ a facra Synodo Tridentina authentica declarata eft, nufquam vero altera :
Atqui chronologia textus hebraici a Tridentino extenus genuina declarata fuit,
quatenus feffione 4. Vulgatam latinam non
græco, fed hebræo textui per omnia con-
confonam definivit authenticam effe : Ergo &c.
Tertio : Pro ifto momento audiendæ funt
Paraphrafes antiquæ & fancti Patres in
indagandis facris Scripturis omni exceptione majores : Atqui & Paraphrafes,
& Patres in facris Scripturis enodandis
verfatiffimi, hebraicæ adhærent chronologiæ : Ergo &c. Probatur minor quoad
fingulas partes. Chaldaica Paraphrafis
Onkeli, Syriaca & Arabica verfio ficut
& noftra Vulgata concinunt cum chro-
nologis textus hebraici. Tum ex profeffo Hieronymus lib. qq. hebraicarum in
Genefim, S. Auguftinus lib. 15. de civitate Dei cap. 11. & 13. Venerabilis Beda
qui præfatione libri de temporum ratione, reddens rationem cur ab Eufebii
chronologia recefferit, ait : " Ego con-
,, fidenter profiteor, quia non reprehendo
,, veteres Chronographos, qui tranflatio-
,, nem LXX. Interpretum modo fecuti funt,
,, modo, pro ut libuit probantur habuiffe
,, contemptui, ficut etiam in proceffu hu-
,, jufce opufculi noftri monftrabitur. Sed
,, omnibus his hebraicæ veritatis inte-
,, gram præfero puritatem : quam præ-
,, eminentiffimus Doctorum Hieronymus
,, in libris hebraicarum quæftionum,
,, Auguftinus in libris de civitate Dei,
,, Eufebius ipfe Chronographus in tertio
,, hiftoriæ Ecclefiaft. libro ex verbis Jofe-
,, phi hiftorici adverfus Apionem gram-
,, maticum fcribentis breviorem tempo-
,, rum feriem, quam in Septuaginta edi-
,, tione vulgo fertur contineri, appro-
,, bant. ,,
Quarto : Chronologia ex fola authentica & Codici græco anteponenda, quæ a
Moyfe primo fcriptore Canonico ad nos
ufque inviolata & permanfit, & trans-
miffa eft; veritas quippe una cenfetur :

At-

Atqui Chronologia hebraica, simul cum suo textu ita perseveravit. Et probatur multis momentis. Primo quidem, ad Christum usque talis erat, cum vel ipse Christus non semel dimisit Judæos ad Scripturas quæ de illo loquebantur, quique toto textu hebræo utebantur; hoc autem dubio procul non fecisset, si compertum habuisset textum primigenium fuisse defloratum. Secundo, ipsi Judæi ad fidem conversi primi sæculi, maxime tempore Apostolorum vitia tanti momenti arguere non omisissent. Tertio, sancti Patres qui primo & altero scripserunt sæculo, Judæos deflorasse textum hebraicum, nusquam insimularunt. Quarto, neque hoc Ipsum potuerunt facere Judæi: quomodo enim in toto orbe hinc inde dispersi una erumpente conspiratione Codices varios, quos præ oculis habebant, adulterassent, maxime cum huic diligentiæ In describendis Libris sacris indefesso labore ita studuerint, ut in libro *Sopherim* seu scribarum cuncta observaverint de maximis & minimis præceptis ad genuinam Scripturæ descriptionem requisitis, de litteris majusculis, & minusculis, suspensis, vel etiam intortis &c. sicut observat Morinus lib. 2. de hebræi græcique textus sinceritate exercitatione 14. cap. 3. Ergo &c.

Quinto : Fides pro isto momento adhibenda est Masoretis, seu Rabbinis Scholæ Tyberiadis ex Judæis Christianis, qui versus quintum sæculum juxta multos Criticos, vel ad summum octavo sæculo secundum Thomassinum in Glossario hebraico florebant, qui quidem cuncta Scripturæ capita, versus, vocabula, radices, immo & litteras herculeo labore & accuratissimo criterio cribrarunt, ut sacram Scripturam ab omni erroris nævo immunem redderent : Sed certe illud opus ad metam textus hebraici elaboravere : Ergo &c.

Sexto : Illius textus calculi græci anteponendi sunt, quorum auctoritas indivisim a textu non semel eo ponderis gradu propugnata est, ut ab eis detrahentes in gratiam Græcorum codicum propulsi sint : Atqui res sic se habet. Et probatur : Congregatio sacri stylo suo censorio perstrinxit sancti Juliani Archiepiscopi Tolerani librum, ea eo quod non nihil detraheret a calculis textus hebraici. Nota censoria legitur teste Malvenda lib. 2. de Antichristo cap. 8. in margine operis san-

cti Juliani. In editione posteriori operum Bibliothecæ Patrum habetur. Eadem Congregatio eadem ducta ratione abjecit annotationes, quas Antonius Contius Doctor Bituricensis in Chronologia Nicephori Patriarchæ Constantinopolitani edit. Nota censoria tomo 7. Bibliothecæ Patrum edit. Paris. an. 1585. in Chronologia Nicephori affixa legitur. Quid plura adjiciam ? Sacra Bibliorum Congregatio sub Greg. XIV. cujus acta manuscripta Romæ in Bibliotheca Dominicanorum asservantur, statuit ut in castigandis sacris Libris, quotiescumque codices græcos inter & hebræos aliqua occurrit dissonantia, codices hebræi græcis semper præponantur, juxta sancti Augustini regulam supra commemoratam lib. 15. de civit. Dei cap. 13. Ergo &c.

Septimo : Ubi nonnullæ in textibus comperiuntur mendæ, dubio procul ille textus alteri præponendus est, in quo vel levissimæ contingunt : Atqui nonnisi leviores comperiuntur in textu hebraico, gravissimæ vero in Codice græco : Ergo &c. Minor patet quoad priorem partem, suffragante omnium pene scriptorum testimonio, maxime vero cum Vulgata nostra hebræo consona authentica declarata sit. Probatur igitur quoad posteriorem duobus potissimum momentis. Primoquidem, Chronologia textus græci qualem habemus, Patriarchis primæ & secundæ ætatis multas addit annorum Centurias, quæ in Vulgata ad hebræum concinnata desunt. II. Refert Mathusalem vita functum annis 14. post diluvium elapsis ; quod & textui hebraico & vulgatæ nostræ prorsus adversatur. Immo & 2. epist. beati Petri cap. 3. ubi expresse dicitur, octo tantum animas, videlicet Noeorum cum sua uxore & tres ejus filios cum tribus vicissim uxoribus universalis diluvii exterminium evasisse.

S. Hieronymus, hanc mendam probat ex professo lib. qq. Hebrai. In Gen. & eo utitur argumento, ut probet calculos hebraicos græcis esse anteponendos. Sic enim concludit relata Codicis græci defloratione : " Quomodo verum est quod octo „ tantum animæ in arca salvæ factæ „ sunt ? Restat ergo ut quomodo in ple- „ risque, ita & in hoc sit error in nu- „ mero : si quidem & in hebræis, & Sa- „ maritanorum libris ita scriptum repe- „ ri : & vixit Mathusala centum octogin- „ ta septem annis & genuit Lamech. Et „ Vi-

„ vixit Mathufala poftquam genuit La-
„ mech feptingentos octoginta duos an-
„ nos, & genuit filios & filias, & fue-
„ runt omnes dies Mathufala anni nonin-
„ genta fexaginta novem, & mortuus
„ eft. „ Confinnit S. Auguft. lib. 15. de
civit. Dei cap. 11.

§. II.

*Proponuntur fundamenta quibus innixi qui-
dam Theologi, calculum textus
hebraici abnuunt.*

OBJICIUNT: Illa Chronologia eft
abjicienda, in qua graviffimæ fcatent
mendæ: Atqui res fic fe habet in Chronologia hebræa qualem nunc habemus:
Et probatur. LXX. Seniores, juxta primigenium textum hebraicum, cujus exemplaria ab omni labe pura præ oculis habebant, fcripferunt: Atqui tamen Chronologia Septuag. fuperat alteram 1500. annis:
Igitur textus hebraicus, qualem fimul
cum fua Chronologia habemus, difcrepat
a primi ævio, & fuit vitiatus.

Refpondeo, negando minorem, propter
rationes in probationibus laudatas. Ad
primi fyllogifmi confirmationem : diftinguo majorem : Et textus græcus mutatus
eft, concedo : & non fuit, nego. Pie
credimus verfionem Septuag. Primigeniam
hebræo originali fuiffe prorfus confonam,
fed eam fuiffe ex induftria vitiatam afferit Auguftinus lib. 15. de civ. Dei cap. 13.
Nec levior eft de hoc fufpicio : fic enim
factum fuiffe probabile eft, ne Ptolomæus
Rex paganus fidem adhibere Scripturis re-
nuiffet, fi Patriarchas tot annorum centurias in fua complexiffent vita, & fenio
veluti confectos adhuc prolem genuiffe
fcriptum legiffet. Quia vero unufquifque
diverfas apud gentes fuum computandi
modum callet, fervato in qualibet fententia annorum numero, alii annum in
fenio lunæ cujuslibet definitum habuerunt,
ut Ægyptii apud Plutarcum in Numa,
Plinium lib. 7. & Diodorum Siculum in
Bibliotheca ; alii quafdam centurias vitis
Patriarcharum ante diluvianorum addiderunt, a quo quidem calculo in pofterioribus ætatibus abftinuerunt, cum tranfacto
diluvio juxta Omnipotentis edictum, vitæ
hominis intra 120. annos vulgo concluderetur ; hic fiqui iftum fuperaverint numerum, de via extraordinaria factum eft ;
lex enim generalis aliquam fufcipit exce-

ptionem; & fic abfque negotio, addo &
ftupore, vitæ & generationes Patriarcharum primæ & fecundæ gratis compofitæ
funt.

Ecce verba Auguftini : Itaque illa di-
„ verfitas numerorum aliter fe habentium
„ in codicibus græcis & latinis, aliter in
„ hebræis, ubi non eft ifta de centum an-
„ nis prius additis, & poftea detractis per
„ tot generationes continuata parilitas :
„ nec malitiæ Judæorum, nec diligentiæ,
„ vel prudentiæ feptuaginta Interpretum,
„ fed Scripturis tribuatur errori, qui de
„ Bibliotheca fupra dicti Regis codicem
„ defcribendum primus accepit ..... Ni-
„ mirum cum vellet perfuadere, qui hoc
„ fecit, ideo numerofiffimos annos vixif-
„ fe antiquos, quod eos breviffimos nun-
„ cupabant : & hoc de maturitate puber-
„ tatis, qua idonea filii gignerentur, co-
„ narentur oftendere : atque in illis cen-
„ tum annis decem noftros infinuandos
„ putaret incredulis, ne homines tandiu
„ vixiffe recipere in fidem nollent ; ad-
„ didit centum, ubi gignendis filiis habi-
„ lem non invenit ætatem : eofdemque
„ poft genitos filios, ut congrueret fum-
„ ma, detraxit. Sic quippe voluit credi-
„ biles facere idonearum generandæ proli
„ convenientias ætatum, ut tamen nu-
„ mero non fraudaret univerfas ætates
„ viventium fingulorum. Quod autem in
„ fexta generatione, id non fecit, hoc
„ ipfum eft quod magis movet, illum ideo
„ feciffe, cum res, quam dicimus, poftu-
„ lavit, quia non fecit, ubi non poftula-
„ vit. Invenit namque in eadem genera-
„ tione apud hebræos vixiffe Jareth, an-
„ tequam genuiffet Enoch, centum fexa-
„ ginta duos annos, qui fecundum illum
„ rationem brevium annorum fiunt anni
„ fexdecim, & aliquid minus quam men-
„ fes duo : quæ jam ætas apta eft ad gi-
„ gnendum, & ideo addere centum an-
„ nos breves, ut noftri viginti fex fie-
„ rent, neceffe non fuit : nec poft natum
„ Enoch eos detrahere, quos non addide-
„ rat ante natum. Sic factum eft ut hinc
„ nulla effet inter codices utrofque varie-
„ tas. „ Paulo ante de eadem diffonantia
„ loquens, ait : " Videtur habere quandam,
„ fi dici poteft, error ipfe conftantiam,
„ nec falfum redolet, fed induftriam. „

Hæc refponfio variis adornata diftin-
ctionibus, omnes Scripturæ facræ conciliantur Chronologiæ : Auguftinus tamen
lib. 15. de civit. Dei cap. 13. probabilius
exi-

exiſtimat codicem græcum primitus fuiſſe hebræum prorſus conſonum, his verbis: „ Credibilius ergo quis dixerit, cum pri- „ mum de Bibliotheca Ptolomæi deſcribi „ iſti cœperunt, tunc aliquid tale fieri „ potuiſſe in codice uno, ſcilicet primi- „ tus inde deſcripto, unde jam latius „ emanaret, ubi potuit quidem accidere „ etiam Scriptoris error. „

Akibach Rabbinus qui ſecundo vivebat ſæculo, quippe Bircochebath veluti Meſ- ſiam habebat, ut ſe a Chriſtianorum ar- gumento, quod Iudæorum jugulum pete- bat, expediret, Meſſiam ſcilicet veniſſe juxta Prophetas quarto mundi millenario, addidit Chronologiæ hebrææ 1500. annos, ne eventus probaret veritatem, conten- dens juxta Chronologiam ſic accommoda- tam, Chriſtum Meſſiam, nonniſi ſexto aut ſeptimo millenario expectandum, ſic- que prophetias in Jeſu Nazaræno adim- pletas negari. Sed vel iſti Rabbini Chro- nologiæ ad metam regulæ ſancti Auguſtini componendi eſt ; vel potius dicendum Chronologiam Akibah prorſus adverſari genuinæ Synagogæ opinioni, quandoqui- dem ex Tractitu *Sanhedrin* quinta mun- di ætate debuit naſci Meſſias. Quid plu- ra pro eodem adjiciam momento ? Ante- quam *Talmud* Babylonicum eſſet a Rab- binis ſeptimo Eccleſiæ cadente ſæculo edi- tum, ſicut ex Iudæorum traditionibus colligit R. P. Morinus lib. 2. exercitatio- ne 6. cap. 4. nulla erat apud Iudæos tra- ditio de naſcituro Meſſia in tali vel tali ætate ; cujus rei hæc eſt irrefragabilis ra- tio, quod inter Iudæos & Chriſtianos nulla umquam mota ſit de hoc contro- verſia primis ſæculis : non quidem pri- mo, ut liquet ex Scriptis Apoſtolorum & ex Concilio Ieroſolymitano, ubi diſ- putatum eſt de legalibus inter Iudæos & Gentiles ad fidem converſos : Sed neque ſecundo, cum, teſte Euſebio lib. 3. hi- ſtoriæ cap. 31. & lib. 4. cap. 8. multi tunc temporis extitere Chriſtiani Iudæi in lingua hebræa exculti, qui pro virili & ex Religionis zelo hunc errorem de- bellare non ceſſiſſent.

Ex his ſequitur fidem non eſſe adhi- bendam Abulphargio auctori Arabo qui ante annos ſolum quadringentos ſcripſit hiſtoriam Dynaſtarum, dum Dynaſt. 7. propugnat Iudæos ætatem Meſſiæ ad ſe- ptimum circiter milliarium protraxiſſe, ut incautis ſuadeat nondum veniſſe Me- diatorem, ſicque prophetias tanto clari-

tatis apparatu factas, in Ieſu Nazareno non fuiſſe adimpletas, ſed in futuro & expectato Redemptore adimplendas. Ecce verba fabulantis : " Cum prænuntiatum „ eſſet in lege & Prophetis de Meſſia, „ mitium iri ipſum ultimis temporibus, „ nec aliud eſſet Rabbinis antiquioribus „ commentum, quo Chriſtum rejicerent, „ quam ſi hominum ætates, quibus di- „ gnoſceretur mundi Epocha, mutarent, „ ſubtraxerunt de vita Adami, donec „ naſceretur Seth, centum annos, eoſ- „ que vel pro tempore vitæ ipſius addi- „ derint ; idemque fecerunt In vitis reli- „ quorum Adami filiorum uſque ad Abra- „ hamum. Atque ita factum eſt, ut in- „ dicat eorum computus, manifeſtatum „ qſe Chriſtum millenario quinto, prope „ accedente ad medium annorum mun- „ di, qui omnes, ſecundum ipſos futuri „ ſunt ſepties mille. Dixeruntque : nos „ adhuc in medio temporis ſumus, & „ nondum adeſt tempus adventus Meſſiæ „ deſignatum. „ Auctor antiquitatis re- ſtitute Dynaſt. 7. ſic reiert Abulphargii teſtimonium.

Mitto Chaldæorum ſeu Babyloniorum, tum Ægyptiorum & Synarum ementitas Chronologias. Dyodorus Siculus lib. 11. primorum, his verbis recenſet fabulas *Chaldæi* : " Ad expeditionem Alexandri, „ in Aſiam quadraginta & ſeptuaginta duo „ millia numerant, ex quo ſidera obſer- „ vari cœptum ſit. „

Ægyptii quoque mendaciſſima vanitate centum annorum millia numerabant, ex quo rationem ſiderum comprehendebat Ægyptus, ut obſervat S. Auguſtinus lib. 18. de civit. Dei cap. 40. ex quo liquet obſervationes aſtronomicas juxta diverſos conceptus & Arithmeticæ numeros pro annis habuiſſe. Synenſes hiſtoriographi, maxime Confutius Synarum Philoſopho- rum Princeps, multa nedum falſa, ſed & abſurda, addam & irridenda ſcribunt, quiſequi ante Fohi tempora plurima an- norum millia numerent : narrant quoque tres Imperatores extitiſſe, primum cœ- li, ſecundum terræ, tertium hominum, & horum quidem fratres alios aliis ſuc- ceſſiſſe per annos amplius quadraginta novem millia. Sic refert P. Alexander Hiſtoriæ Eccleſiaſticæ veteris Teſtamenti differt. 8.

Infans : Textus Samaritanus ad He- bræum concinnatus eſt a Sacerdote ex Ni- nive Samariam miſſo, anno circiter primo

aut secundo captivitatis Ninives, qui doceret gentes Regnum Israel occupantes modum colendi Deum, eo quod propter impietatem a leonibus discerperentur: Sed ille textus calculis Septuaginta innititur: Igitur textus hebræus in Chronologia fuit defloratus.

Respondeo distinguendo majorem: Et textus Samaritanus primigenius ipse fuit vitiatus, nusquam vero hebræus, concedo: secus, nego. Et sic distincta minore, nego consequentiam. Illam mutilationem non unum probat argumentum. Primo quidem S. Hieronymus lib. qq. q. 4. Hebraic. in Gen. testatur se legisse in Pentateuco Samaritanorum, Mathusalem genuisse Lamechum anno ætatis suæ 187. & tamen in textu Samaritano quem Morinus e tenebris excerptum tandem dedit, & qualis bibetur in Polyglotta Anglicana, Mathusalem dicitur annorum solum 67. provectus quando Lamechum procreavit: Josephus Scaliger etiam affirmat in exemplari Samaritano, quod præ manibus habebat, Mathusalem annos 77. habuisse quando genuit Lamechum: quæ quidem discrepantia non unam aut alteram mendam circa calculos in textum Samaritanum irrepsisse demonstrant.

Incassum Seldenus præfatione in Marmora Arundeliana, ait S. Hieronymum dissentire cum Eusebio in numerandis calculis Samaritanorum, cum indefesso labore in hoc insudaverit, maxime in discutiendis annis Mathusalem: inde ergo solum sequitur alia fuisse exemplaria Samaritana Hieronymi, alia Eusebii: quin immo Codicem Samaritanum in annis Patriarcharum ante diluvium interpolatum fuisse nullus negat, aut saltem negare potest; namque a creatione mundi ad diluvium usque in Codice Samaritano numerantur tantum anni 137. quem quidem numerum contractiorem esse omnes Chronologi ultro fatentur: quid ni igitur & fuisset defloratus in annis Patriarcharum post diluvium: nec desunt qui affirment Samaritanos in odium & contemptum Judæorum in multis textum suum mendis aspersisse.

Urgent: De facto graves mendæ in textu hebræo comperiuntur, quæ in Codice græco non reperies: Ergo &c. Probatur antecedens. A diluvio ad nativitatem usque Phaleg, quo tempore gentium dispersio per universum orbem facta est, in hebræo centum dumtaxat numerantur anni; ab hoc vero eventu juxta S. Augustinum lib. 16. de civit. Dei cap. 11. verius illa tempora Nembrodus Babyloniorum Regnum erexit: Sed incredibile est tres Noe filios intra centum annos tantum hominum numerum procreasse, qui regnis condendis, propagandisque coloniis sufficeret: cum septuaginta capita, Jacob scilicet, ejusque filii & nepotes, ducentorum & quindecim annorum intervallo, quo in Ægypto versati sunt, sexaginta dumtaxat hominum millia non sine benedictione (speciali genuerint.

Secundo: Textus hebræus omittit Cainam juniorem Patriarcham, de quo tamen fit mentio in Codice græco, & Luc. 3. his verbis: *Qui fuit Sale, qui fuit Cainan, qui fuit Arphaxad.* Ergo &c.

Tertio: Demum Psalmo 20. hebræus textus legit: *Foderunt manus meas, & pedes meos.* Judæi in suis codicibus scripserunt: *Sicut leo manus meas, & pedes meos.* Loco *Caru,* quod significat, *foderunt,* posuere *Caari,* quod significat, *sicut leo:* Igitur textus hebræus fuit adulteratus.

Quarto: Ita propugnant Justinus Martyr in Dialogo cum Tryphone, Irenæus lib. 3. cap. 24. Tertullianus lib. de habitu muliebri cap. 3. Origenes homil. 12. in Jerem. Chrysost. hom. 5. & 9. in Matth. Julianus Toletanus Archiepiscopus lib. 1. & 3. contra Judæos: Ergo &c.

Respondeo I. Controversiam præsentem nonnisi de calculis moveri, quæ ad fidem saltem directe non pertinet, nusquam vero de substantia, circa quam nihil momenti reperies in textu hebræo: quod quidem potest illustrari sententia Psalmi vigesimi laudata: *Foderunt manus meas &c.* Hæc enim, *Sicut leo manus meas, & pedes meos:* in re consentit: utramque enim lectionem hebræorum libri habuerunt; ut vel ipsi Masoretæ fatentur, & in parva Masora traditur, vocis ipsius, *Caari,* significationem in idem, ac significationem vocis, *Caru,* recidere, quod signum leo, sive unguibus, sive dentibus, ad capiendam & vorandam prædam utatur, & carnes pungat & persodiat.

Solutio est D. Hieronymi &-Aug. prior epist. ad vitalem loquens de calculis, ait: „ Hujusmodi hærere quæstionibus non tam „ studiosi, quam otiosi hominis esse ... „ Rursus in cap. 3. epist. ad Titum hujus„ modi quæstiones appellat: " Inutiles & „ vanas .... Quid enim mihi prodest, ait. „ scire

„ scire quot annos vixerit Marhusalem ;
„ quoto ætatis suæ anno Salomon forti-
„ tus sit conjugem : ne forsitan Roboam
„ vicesimo ætatis illius anno natus esse
„ credatur ? Et multa istiusmodi, quæ aut
„ difficile est invenire propter librorum va-
„ rietatem, & dum paulatim de inemen-
„ datis inemendata scribuntur, errores ino-
„ litas ; aut etiamsi inveniremus magno
„ studio & labore, nihil profectura cogno-
„ vimus. " Cæterum comm. in cap. 6.
Isaiæ ait exemplaria hebræa a Judæis non
fuisse deflorata, cum nec Christus, nec
Apostoli hujus proditionis illos non insi-
mulaverint & arguerint.
Alter scilicet Augustinus lib.15. de civit.
Dei cap.5. vindicat textus Hebræi authenticitatem, cujus verba jam jam supra te-
ximus.

Respondeo II. ad primum quidem distinguendo : Et non dicit textus sacer divisionem Nationum factam cœpisse heri eo
præcise anno quo natus est Phaleg, concedo : secus, nego. Sequitur solum perdu-
rasse qua vivebat ætate, ea propter quod
inquit Hieronymus in traditionibus hebraicis :, Heber vaticinio quodam filio suo
„ Phaleg nomen imposuit, qui interpreta-
„ tur *diviso*, ab eo quod in diebus ejus lin-
„ guæ in Babylone divisæ sunt. , Disputant tamen de hoc calculo Historiographi : quidquid sit Gen.9. hanc Deus dedit
hominibus, translato diluvio, benedictio-
nem : *Crescite, & multiplicamini, & re-
plete terram.* Igitur versus Phaleg tempora
potuit fieri homines cito-citius & magis
multiplicare propter exterminium diluvii,
ut multiplicarentur terræ incolæ, quam ea
ætate, qua Jacob cum filiis habitabat Æ-
gyptum ; maxime cum terræ non deessent
orbi incolæ.

Ad secundum distinguo similiter : Textus hebræus omittit Cainam juniorem, explicite, transeat : omittit & textus Samaritanus ad hebræum concinnatus ; implicite, nego. Dico implicite, eatenus de
Cainan fecisse mentionem, quatenus Salee Cainan filium dicit ab Arphaxad pro-
genitum, non dubio-procul immediate,
quippequi esset ipsius Salee Patruus, sed
mediante suo filio Cainan, quo sensu ad
hodiernam usque diem filii alicujus, etiam patrui filii nuncupantur. Neque vero omittenda sunt quædam observatione
digna, ut præter Cain primogenitum
Adæ filium, duos distinguit Cainan, unum
scilicet filium Enos ut habetur Genel. 5.
: *Boucat Theol. Tom. IV.*

alterum vero filium Arphaxad, ut legitur Lucæ 3. porro Christus suam, ut homo, non duxit originem a Cain, cujus
progenies in diluvio fuit extincta, verum
potius a Seth filio Adam, a quo directe
processit Noe, & per ipsum, translato
diluvio, cæteri homines. Neque prætereundum est personas easdem diversa in
Scripturis fœtiri nomina, quod non uno
potest illustrari exemplo ad difficultatum
solutionem. Sic 4. Reg. 23. Joachin antea
Eliacim, fuit Rex Juda, & appellatur
Melchi Lucæ 3. post ipsum vero consti-
tuitur Rex ejus filius Joachin 4. Reg. 24.
qui & Iechonias nominatur Ierem,17. Neri vero Luc. 3. 1. ei successit suus patruus
Matthanias, qui & Sedecias vocatur 4.
Reg. 24. demum Iechonias genuit Salathiel. &c.

Ad tertium ex dictis patet solutio, cum
lectiones sententiæ laudatæ in substantia
conveniant, & non nisi aliquam penes
expressionem diversæ sint.

Ad quartum denique ita distinguimus :
Et Patres pro objectione recensiti non loquuntur de textu hebræo primigenio, sed
de versionibus textus hebræi in græcum
Aquilæ, Theodotionis, & Symmachi, qui
hæreseos fuligine aspersi, Scripturam sacram suis translationibus contaminave-
runt, concedo. Eas enim tametsi græcas, nominabant tamen hebræas, ex eo
quod ex hebræo primitus emanarant, in
quo quidem sensu Patres nonnumquam
textum hebræum defloratum asserunt :
& loquuntur de textu hebræo originali,
nego. Sed hoc dato & non concesso,
cæteris prævalet auctoritas SS. Hieronymi & Augustini, qui sunt, nullo dissi-
tente, in indagandis sacris Scripturis omni
exceptione majores.

§. III.

*Proponuntur difficultates speciales pro authen-
ticitate codici græci supra
hebræum.*

OPPONUNT : Textus Septuag. hebræo prævalet textui : Igitur & calculus
Codicis græci supra hebræum. Probatur
Antecedens : Textus ab ipso Christo & A-
postolis usui consecratus alterum in authenticitate superare debet : Atqui & Christus, & Apostoli & cæteri cum ipsis Christiani textu Græco utebantur ; sic enim de
hoc momento loquitur S. Augustinus l. 18.

de civit. cap.43. & quidem de versione Septuag. „ Hæcque Septuag. est , tamquam
„ sola esset , sic recepit Ecclesia , eaque
„ utuntur Græci populi Christiani , quo-
„ rum plerique utrum alia sit aliqui igno-
„ rant . „ Ibidem cap.43. dicit esse Inspi-
ratam : Tum lib. 13. cap. 11. scribit non
esse probabile Seniores timoratos in annis
Patriarcharum sacras mutilasse Scripturas .

Respondeo negando probationem , & distinguo : Et usu Codicis græci ab ipso Christo & Apostolis consecratus hoc unum tantummodo probat Codicem græcum primigenium non fuisse defloratum , & non
obstantibus calculorum mendis permansisse quoad substantiam optimum , concedo : superare in authenticitate Hebræum ,
nego . Contrarium enim sacra Synodus
Tridentina declaravit : quia vero tempore
Christi lingua græca erat vulgaris , & plurimum usitata , eo quod vir Romani suo
asciverant Imperio Judæam , ideo non curando de calculis , Codici græco adhæserunt . Nec quicquam roboris detrahit a
nostra sententia auctoritas sancti Augustini , cum arguat solum Codicem græcum
magni fuisse ponderis : & vero re maturius considerata . simul cum Hieronymo
juxta senioris critices legem pro textu hebræo stetit .

Infans : De Scripturarum auctoritate ,
juxta Patrum & ipsius Ecclesiæ sententiam , judicare debemus : Atqui multi
Patres apud Baronium in appar. ad Annales Ecclesiast. & Morinus lib. 1. de hebræi , græcique textus genuitate , Codicem græcum hebræo anteponunt : immo
Ecclesia Romana in Martyrologio adhæret calculo LXX. Seniorum ad annuntian-
dam Christi nativitatem : Ergo &c.

Respondeo distinguendo minorem : Et auctoritas SS. Hieronymi , & Augustini in
hoc cæteris prævalet , concedo : & non
prævalet , nego . Cæterum hæc quæstio
de calculis levis est , cum quælibet natio
in chronologia suo abundet sensu . Hinc
sanctus Julianus supra laudatus lib. 1. &
3. Judæos urget secundum prophetias quam juxta calculum Septuaginta ,
cui adhæret . Hoc ipsum vel ipse declarat
in suo operis argumento , quod exponit Er-
vigio Regi his verbis : „ Ut primo hujus
„ operis libro convincantur manifestis an-
„ te evidentibus signis veteris Testamen-
„ ti , quibus sine aliqua supputatione an-
„ norum Christus Dei Filius non nasci-

turus , sed olim natus liquido declare-
„ tur &c. „

Ad Aliud pro objectione momento distinguo : Et prævalet definitio Tridentina
Martyrologio laudato , concedo ; secus ,
nego . Quid plura ? Non idem est pro
omnibus & singulis Ecclesiis Martyrolo-
gium ; quinimmo Ecclesia Romana alio
quondam utebatur , quoad ab Heriberto
Rosweido Parisiis anno 1613. Typis suit
excusum , in quo quidem absque innorum
numero ea sola verba habentur , Nativi-
tas Domini secundum carnem .

Urgens : Sexta Synodus Oecumenica
calculis Septuag. sua consignavit acta ,
namque a mundi origine usque ad illud
tempus celebrati Concilii anni numerantur 6199. Ergo &c.

Respondeo I. Synodum laudatam appellari quidem sextam generalem , quæ tamen revera non fuit sexta Synodus generalis , sed potius pseudo-Synodus , dicta
Trullana ; vel quini-sexta , tempore Justi-
niani Imperatoris adunata , quæ dubio-
procul nullius est ponderis in Ecclesia
Latina , ut probat Melchior Canus lib. 5.
de locis Theologicis .

Respondeo II. distinguendo : Et definitio
Concilii Tridentini alteri præponenda est ,
concedo : secus , nego .

Replicant : Josephus Judæus de hoc momento audiendus est , & post ipsum Philo : Sed prior lib. 1. antiquit. cap 4. &
7. annos Patriarcharum ante diluvium numerat juxta græcum codicem , & post
ipsum Philo : Ergo &c.

Respondeo I. ut supra , auctoritatem SS.
Hieronymi & Augustini ac demum Concilii Tridentini in immensum aliorum auctoritates superare .

Respondeo II. ad auctoritatem Josephi ,
ipsum adhæsisse calculis textus hebræi , ut
observat & ex Quin cap. 5. partis 2. de-
sensionis usus Hebrai , & Fridericus Spa-
hemius parte 2. cap. 3. chronologiæ sacræ. Et vero si annos , quos Josephus lib.
7. antiq. cap. 2. & lib. 10. cap.11. numerat a creatione mundi usque ad templi
ædificationem , quæ facta est anno 4. Salomonis , accurate quis supputare velit ,
reperiet , a mundo condito usque ad fabricam templi effluxisse drammaxat , juxta
calculum Josephi 3045. annos qui Josephi
calculum consentit cum Epilogismo Hebræorum . Secundo , idem Josephus lib. 1.
contra Apionem cap. 1. ab exordio mundi
ad Moysis obitum usque numerat tria pro-

pe annorum millia : Sed, fi adhæfiffet 'calculis Septuag. numeraffet ufque ad Moylis
obitum quatuor annorum millia.

Ultro tamen fatemur textum Jofephi nonnihil depravatum fuiffe a Græcis in calculo annorum Patriarcharum ante & poft
diluvium. Revera quidem lib. 1. Antiq.
cap. 4. a creatione mundi ad diluvium ufque affignatos 2656. annos, & tamen in
eodem prorfus capite textus hodierni folum 2256. numerantur. Rurfus Jofephus
a diluvio ufque ad Abrahæ nativitatem
in priori textu, computat tantum 292.
annos; in præfenti vero conficiunt annorum fummam 992. quocirca Morinus lib.
1. de Hebræi, Græcique textus genuitate
exerc. 7. cap. 1. fcribit quemdam fciolum
textui primigenio Jofephi centum addidiffe fententias.

Jam ad Philonem convertitur oratio.
Teftantur Sixtus Senenfis lib. 5. Bibliothecæ fanctæ, tum & Becciolius lib. 7. chronologiæ reformatæ cap. 2. illum Judæum
in componendis Patriarcharum annis Hebræorum adhæfiffe calculo, neque vero
contrarium probari poteft ex libro, qui
de temporibus infcribitur, quippequi falfo
tribuatur Philoni; quandoquidem nec Eufebius lib. 2. hift. Eccl. cap. 18. nec S. Hieronymus in catalogo Scriptorum Ecclefia-
fticorum inter opera Philonis illum commemorant, & merito: tot enim mendis
& fabulis a capite ad calcem ufque opus
refertum eft, ut inter eruditos nemo dixerit effe fapientiffimi Philonis foetum.

SYNOPSIS PROBATIONUM.

*Adhærendum eft pro Chronologia Scriptu-
ræ calculo hebræi textus.*

PRIMO: Quia alii textus, ne quidem
excepto Septuagima ab hebræo veluti ex
primigenio fonte promanarunt, ut docet

S. Aug. lib. 15. de civit. cap. 13. ex
quo concludit Hebræo textui adhærendum
effe.

Secundo: Juxta inconcuffam S. Hieronymi regulam, quoties vel alii textus, vel
etiam verfiones defloratas effe animadver-
titur, correctio & emendatio facienda eft
recurrendo ad textum Hebræum velut ad
primigenium & immaculatum, quod arcu-
mentum eft, illum cæteris præponderi-
re.

Tertio: Sic definivit Synodus Tridentina, quæ Vulgatam ex Hebræo concinnatam, omiffis aliis textibus, authenticam
declarat. Suffragantur Hieronymus, Auguftinus, Beda & alii.

SYNOPSIS OBIECTIONUM,

ET SOLUTIONUM.

PRIMO: Quandoque difcrepant fententiæ textus hebraici a textu Septuaginta
fed folum in levioribus, & non quoad
fubftantiam.

Secundo: Textus Septuag. ad Hebræo
propriorem emanavit, & hoc probat ipfum
decurfu temporum in chronologia fuiffe
adulteratum, vel etiam ex intentione re-
da LXX. Seniorum in calculis fuiffe muta-
rum, ne Rex Ptolomæus fidem non adhiberet Scripturis, quæ homines jam ætate
provectos magnam filiorum copiam habuiffe
referrent: & fic abfque mendacio aliquam
annorum feriem detrahendo genealogiam
Patriaschatum tenuerunt.

Tertio: Non negamus Chriftum & Apoftolos ufos fuiffe verfione Septuag. non obftante calculorum diffonantia; tum quia
res erat de fententiis Chriftum annuntian-
tibus, ad quas attenditur fenfus, non præcife calculus: Tum quia lingua Græca
erat familiaris, Hebræa vero Romani Judæis illa ætate Domini vix cognita.

INTRODUCTIO
AD UNIVERSAM
SCRIPTURAM SACRAM.

HANC Scripturæ divinæ analyſim, antequam de ſingulis libris tractemus, exhibere juvat, ut Lector in uno veluti ictu oculi videat quid in quolibet Libro ſacro annotandum, quid pro myſteriis ſpeculandum, quid pro morum proborum inſtitutione rimandum animadvertat. Opus certe, nedum fidelibus in lectione Scripturæ delectantibus jucundum, ſed maxime Theologiæ candidatis, & ad ſacros ordines promovendis perutile. In hac rei gravitate nobis ſolis confidere non ſatis habuimus, ſed ex variis hinc inde manuſcriptis collectis, maxime ex fuſo tractatu Scripturæ quem modo tradimus, iſtam Synopſim congerere animus fuit.

Quæres : Quid ſit Scriptura ſacra?
R. Eſt verbum Dei ſcriptum quod continetur in Libris canonicis, tum veteris, tum novi Teſtamenti.

Quare Scriptura dicitur ſacra?
R. Quia fuit ſcripta dictante Spiritu ſancto.

Scriptura Sacra fuit ne dictata à Spiritu ſancto non ſolum quoad ſenſum, ſed etiam quoad verba?
R. Quidam tenent fuiſſe dictatam quoad utrumque; alii ſolum quoad ſenſum, cum ſpeciali tamen aſſiſtentia Spiritus ſancti, ita ut nihil ſit in eâ falſum, aut indecorum.

Quotuplex ſenſus Scripturæ?
R. Duplex : litteralis & myſticus.

Quid eſt ſenſus litteralis?
R. Eſt ille quem littera ipſa exhibet, ſeu quem proxime verba oſtendunt; dicitur etiam hiſtoricus, quia refert hiſtoriam rerum geſtarum.

Quid ſenſus myſticus?
R. Eſt ille qui reconditur ſub rebus per verba ſignificatis, unde myſticus idem eſt ac occultus.

Quotuplex ſenſus myſticus?

R. Triplex, allegoricus, tropologicus ſeu moralis, & anagogicus.

Quid allegoricus?
R. Eſt ille quo explicantur Scripturæ per ordinem ad Eccleſiam militantem.

Quid tropologicus?
R. Eſt ille quo explicantur Scripturæ per ordinem ad mores.

Quid ſenſus anagogicus?
R. Eſt ille quo explicantur Scripturæ per ordinem ad Eccleſiam triumphantem : hoc videre eſt in illo verbo, Jeruſalem; ſumitur enim litteraliter pro civitate Palæſtinæ; allegorice, pro Eccleſia militante; anagogice pro Eccleſia triumphante; tropologice, pro anima juſti.

Scriptura ſacra eſt ne abſolute neceſſaria?
R. Si defuiſſet Scriptura, traditio fuiſſet ſufficiens regula fidei, unde colligitur duplicem eſſe fidei regulam mortuam; ſcripturam ſcilicet, & Traditionem.

Quid eſt Traditio divina?
R. Eſt verbum Dei non ſcriptum, ab Apoſtolis quaſi per manus tranſmiſſum : auctoritas autem traditionis probatur præſertim

fertim ex ifto Epiftolæ 2. ad Theffalonicenfes 2. *Tenete Traditiones quas accepiftis, five per fermonem, five per epiftolam.*
Afigna quafdam Traditiones divinas.
R. *Tales* funt v. g. quod Libri canonici fint verbum Dei, quod Symbolum Apoftolorum fit canonicum; quod fint feptem Sacramenta.
Nonne etiam in veteri Teftamento erant Traditiones divinæ?
R. *Affirmative*, v. g. de Libris canonicis illius temporis: de remedio contra peccatum originale, &c.
Præter Traditiones divinas, nonne funt & aliæ Traditiones?
R. *Sunt* duplicis generis, nempe Apoftolicæ & Ecclefiafticæ.
Quid eft Traditio Apoftolica?
R. *Eft* obfervantia facra & falutaris ab Apoftolis vivâ voce tranfmiffa ad ritus religiofos, morefque fidelium formandos. Tales funt aquæ benedictio, fignum crucis, jejunium quadragefimale &c.
Quomodo differunt Traditiones divinæ ab Apoftolicis?
R. *Traditiones* divinæ aliquando etiam Apoftolicæ vocantur, quatenus per Apoftolos tranfmiffæ funt: Sed differunt ab eis quæ dicuntur propriè Apoftolicæ, quod iftarum Apoftoli fint auctores, divinarum vero, Deus.
Quid Traditiones Ecclefiafticæ?
R. *Sunt* obfervantiæ falutares quæ fenfim obtinuerunt vim legis, vel laudabilis & fpontaneæ confuetudinis, antiquis Ecclefiæ Prælatis, tacitè, vel expreffè approbantibus: Tales funt v. g. jejunium quatuor temporum, benedictiones cerorum, abftinentia à carnibus certis diebus &c.
Quid eft Biblia facra?
R. *Eft* collectio Librorum Deo auctore feriptorum, qui complectuntur ea quæ contigerunt ante adventum Meffiæ, & in ejufdem adventu.
Quare Libri facri dicuntur canonici?
R. *Quia* in Ecclefiæ canone, aut catalogo recenfentur, & ab Ecclefia recepti funt, tamquam Infpirante Spiritu fancto, confcripti.
Quinam funt Libri canonici?
R. *Omnes* qui in Vulgata Bibliæ editione continentur, præter orationem Manaffis, duos libros pofteriores Efdræ, id eft tertium & quartum, & duos pofteriores Machabæorum, qui propterea in fine Bibliæ extra feriem canonicorum fepofiti funt ut pote apocriphi.

Quid eft apocriphon?
R. *Idem* fonat ac occultum.
Quid intelligis per libros apocriphos?
R. *Libros* non folum quorum auctores funt occulti, fed etiam qui nufquam fuerunt ab Ecclefia recepti, fed potius reprobati.
Libri Canonici, quotuplicis generis funt?
R. *Duplicis*: alii dicuntur Proto-canonici, id eft, primarii; alii dicuntur Deutero-canonici, id eft, fecundarii: priores funt illi de quorum auctoritate in Ecclefia numqua a Catholicis dubitatum eft, pofteriores vero illi de quorum auctoritate aliquando a Catholicis dubitatum fuit, fed nunc non amplius dubitatur. Hi tamen libri in Ecclefia legebantur ad ædificationem, fed non admittebantur inter canonicas Scripturas, unde dicebantur Ecclefiaftici.
Qua lingua fcripti funt libri veteris Teftamenti, numero 45.?
R. *Omnes* illos. Libros habemus hebraicè fcriptos præter Sapientiam, Ecclefiafticum, Tobiam, Judith, Machabæos, qui nunc græcè exftant. Obferves tamen divum Hieronymum affirmare Tobiam vertiffe .... ex Chaldæo, & Judith, & primum Machabæorum hebraicum fe vidiffe, fimiliter in Daniele, in Efdra & Jeremia quædam pars fuit chaldaice fcripta.
Qua lingua fcripferunt auctores novi Teftamenti, numero 27.?
R. *Omnes* græcè fcripferunt, excepto S. Matthæo, qui hebraicè fcripfit, eo quod ad Hebræos fcriberet .... Nota quod fermo, quo utebantur Hebræi tempore Apoftolorum effet Syrus feu Chaldaicus: dicebatur tamen Hebræus, fed ab antiquo Hebræo diverfus, eo quod admiftum Chaldæum haberet. Si quæras cur Hebræi nomen retineret? Quia Hebræum Idioma Chaldæo præponderabat.
Quandonam fcripferunt Evangeliftæ?
R. *Matthæus* fcripfit anno à Paffione Chrifti, fexto; Marcus, decimo; Lucas, vigefimo-tertio; Joannes, fexagefimo-tertio.
Quid intelligitur per textum originalem Librorum?
R. *Intelligitur* textus ille ex quo factæ funt Verfiones.
Quotuplex eft textus originalis?
R. *Triplex* eft, videlicet Hebraicus, Samaritanus, & Græcus: Hebraicus, ut-pote primus & antiquior præcipuus, & per Antonomafiam folus originalis, fal-
tem

tem primigenius , ex quo cæteri fluxerunt non femel appellatur .

Textus Hebraicus fuit ne femper fcriptis eodem charactere?

R. Non ; nam Efdras poft captivitatem Babylonicam , cum Hebræi chaldææ linguæ neceffitate compulfi incumberent , alias litteras feu characteres in hebræo fermone reperit .

Numquid etiam poftea additum eft Hebræo antiquo?

R. *Addita* funt puncta , nempe fecundum opinionem fapientiorum , a Judæis Tyberiadis , quinto vel fexto fæculo poft Chriftum.

Ad quid inferviunt illa puncta?

R. *Tenent* locum vocalium , & diftingunt verborum fenfum , qui antea vagus erat , ita ut vera lectio textus penderet a Traditione , juxta quam folebant Judæi legere ; unde diverfitas verfionum, cum antiquarum , tum recentiorum , emerfit . Ut ergo hanc fervarent traditionem doctores Tyberiadis punctuationem adinvenerunt .

Quinam erant hi doctores Tyberiade?

R. *Erant* Judæi Academiæ quæ erat Tyberiadis .

Quomodo dicti funt illi Doctores?

R. *Maforita* , hoc eft traditores , qui Maforam id eft Traditionem Patrum fecuti funt .

Solum ne punctationem addidere?

R. *Infuper* Codices facros correxerunt , & editionem fecerunt Bibliorum.

Quid continet textus Samaritanus?

R. *Continet* folum Pentateucum, parumve differt ab hebraico textu .

Unde textus vocatur?

R. *Plurimis* Orientis Provinciis a Græcis occupatis fub Alexandro Magno , lingua eorum afirata effe cœpit in Judæa , quæ eft pars Orientis , ideoque Scriptores facri non fine Spiritus fancti infpiratione in libris fuis ufi funt lingua græca, fcilicet ante Chriftum natum annos circiter 335.

Quot funt verfiones Græcæ?

R. *Res* funt : prima, feptuaginta Interpretum : fecunda, Aquilæ : tertia , Symmachi : quarta , Theodotionis , & duæ aliæ quarum auctores funt incerti ; hinc dicta funt, quinta & fexta .

Quænam eft antiquior & prima earum verfionum?

R. *Ea* eft quæ dicitur feptuaginta Interpretum .

Quinam erant hi feptuaginta Interpretes?

R. *Communior* eft fententia Eleazarum Pontificem Judæorum , rogatu Ptolomæi Philadelphi Regis Ægypti mififfe feptuaginta duos fenes Hebræos qui linguam Græcam callebant cum exemplari primigenio ut Scripturam interpretarentur græco fermone, quod & fecerunt . Tum hæc verfio repofita eft in Bibliotheca a Ptolomæo Philadelpho Alexandriæ collecta.

Cur verfio dicitur Lxx. Interpretum, cum fuerint Lxxii.?

R. *Ut* numerus fit rotundus .

Quinam libri verfi funt ab illis interpretibus?

R. *Communis* eft fententia totam Scripturam facram fuiffe verfam ab illis , licet antiqui exiftiment folum fuiffe verfum Pentateucum . . . Nota , hanc verfionem fuiffe in omnium manibus tempore Chrifti , unde Apoftoli ex ea depromebant teftimonia, quibus ad probandam Chrifti a Patre Æterno miffionem utebantur .

Numquid corrupta fuit aliquando ifta verfio Lxx. Interpretum?

R. *Ita* ; unde plures viri docti eam corrigere fufceperunt , inde etiam nata eft diverfitas Verfionum. Divus Hieronymus Vulgatam diligentius expurgavit , & emendationem edidit .

Quot funt Verfiones latinæ?

R. *Plurimæ* funt : fed inter alias duplex fuit Vulgata , quæ femper maxime fuit in Ecclefia auctoritatis : Prima, quæ dicitur vetus feu Itala , cujus auctor ignoratur , & quæ vigebat ante Hieronymum, quæque traducta eft ex fonte græco Lxx. Interpretum ; alia facta eft ab ipfo Hieronymo qui novum Teftamentum ex græco tranftulit , aut faltem emendavit ; vetus vero totum ex hebræo latine reddidit .

Verfio illa Vulgata quæ nunc approbata eft a Concilio Tridentino , & nunc eft in ufu, eft-ne verfio D. Hieronymi?

R. *Editio* illa compacta fuit ex Itala veteri & nova S. Hieronymi .

Quis edidit Vulgatam illam?

R. I. *Edidit* Sixtus V. deinde Clemens VIII. emendationem novam fieri curavit .

Non-ne funt aliæ Verfiones præter verfiones græcas & latinas?

R. *Aliæ* funt : videlicet Syriacæ , Arabicæ & Perficæ , quæ reperiunt in Polyglottis .

Quid

Quid intelligis per editionem Polyglot-
tç?

R. *Eſt* colleſtio textus originalis Bibliorum cum una verſione aut pluribus ver-
ſionibus in variis linguis : Antiquior eſt
Origenis . Poſt inventam typographiam
multç editç ſunt Polyglotte ; inter quas
celebriores ſunt verſiones D. *le Gay* , &
altera faſta in Anglia , quç inſcribitur
VVakomi Polyglotta .

Quænam eſt prima omnium editionum
Bibliorum ?

R. *Prima* faſta eſt ab Eſdra , abſoluta
captivitate Babylonis , cum Scripturç ſa-
crç in illo exilio non ſuiſſent ſatis reli-
gioſe aſſervate : Poſt captivitatem Eſdras
& celebriores ludçorum , inter quos erant
ultimi Prophetç, Aggçus, Zacharias, Malachias , & juxta quoſdam Daniel , codices varios collegerunt , & in unum corpus redegerunt .

Quid eſt Paraphraſis quç vulgo dicitur
Chaldaica ?

R. *Eſt* interpretatio ſeu verſio librorum
hebraicorum in lingua Chaldaica , unde
paraphraſis idem ſonat ac interpretatio,
ſeu translatio, eſlque nomen græcum , hæc
autem vocatur ab Hebrçis *Targum* , vel
Targumin.

Qua ratione edita eſt Illa Paraphraſis ?

R. *Ex* occaſione captivitatis Babyloni-
cç ; cum enim in ea Iudçi propriç linguç
immemores , Dominorum linguam didiciſ-
ſent , nempe chaldaicam , Biblia neceſſa-
rio erat chaldaicè exponenda .

Quot ſunt Libri Canonici tam veteris
quam novi Teſtamenti ?

R. *Veteris* XLV. & novi XXVII.

Quomodo dividitur Biblia ſacra ?

R. *In* novum & vetus Teſtamentum.
Vetus eſt colleſtio Librorum ſacrorum qui
promittunt venturum Redemptorem cum
preceptis antiquæ Legis : Novum vero eſt
colleſtio Librorum ſacrorum qui Meſſiam
preſentem exhibent cum preceptis novç
Legis .

Quare vetus & novum Teſtamentum
dicuntur Teſtamenta ?

R. *Quia* in his manifeſtatur voluntas
Dei , ſicut per Teſtamentum manifeſtatur
voluntas hominis morientis .

Quare dicuntur etiam fœdus ?

R. *Quia* illa duo Teſtamenta continent
fœdus quod pepigit Deus cum hominibus . Primum quidem cum Iudçis in antiqua Lege : Secundum vero cum Chriſtianis in nova Lege .

Quomodo dividitur vetus Teſtamentum?

R. *Dividitur* in Libros legales , hiſto-
riales , ſapientiales , & prophetales. Legales ſunt illi in quibus leges & judicia
de ore Dei edita promulgantur . Hiſtoria-
les , in quibus rerum geſtarum hiſtoriæ
narrantur . Sapientales , in quibus vera
ſapientia deſcribitur : Prophetales , in quibus ventura prænuntiantur .

Quinam ſunt libri legales ?

R. *Sunt* quinque libri Moyſis .

Quomodo vocantur quinque libri Moyſis ?

R. *Vocantur* Pentateucus , hoc eſt ,
quinque libri , nam *Penta* , nomen græcum vertitur latinè , quinque ; & *teu-
chos*, etiam nomen græcum , ſignificat latine volumen , quaſi qui diceret quinque
volumina .

A quo ſcriptus eſt Pentateucus ?

R. *Fuit* ſcriptus a Moyſe, unde ſæpius
dicitur , ſicut ſcriptum eſt in lege Moyſi,
per legem autem Moſaicam intelligitur
Pentateucus .

Quid ſignificat vox *Moyſes* ?

R. *Idem* ſonat ac attraſtus ſub de a-
quis , nimçre a filia Pharaonis ſuit ſub-
traſtus ab aquis .

Unde natus eſt Moyſes ? Quis ſacer
Moyſis , & quæ uxor ejus ?

R. *Natus* eſt ex Levi , ſive ex domo
Levi ; ſocer ejus , *Jetro* Sacerdos Madian ;
uxor, *Sephora* ; patria , Madieri ; Pater,
Amram; *Jochabeth* mater ejus.

Quomodo Moyſes potuit deſcribere mortem ſuam ac ſepulturam in iſto libro ?

R. *Vel* Moyſes antequam moreretur ea
quæ ad ſuum obitum pertinent , per ſpiritus prænotionem ſcripſit , ne ab Hebræis
reputaretur non mortuus , vel hæc addita ſuere a Ioſue, ſive etiam ab Eſdra .

Quære , quo paſto ſolvi poſſint obje-
ſtiones , quæ fieri ſolent contra prece-
dentem reſponſionem , nempe quod Moyſes ſuerit auſtor Pentateuchi ; ibi enim
Regum multa reſeruntur , quæ non niſi
poſt Moyſen acciderunt ?

R. *Plures* difficultates ſolvuntur dicendo , Eſdram, qui ſacros Libros collegit , &
reſtauravit , poſt captivitatem Babylonicam , quædam annotaſſe In margine ad
illuſtranda loca difficilia , quæ poſtea in
textum irrepere potuerunt , vel etiam ab
ipſo Eſdra textui ſuiſſe addita majoris ex-
plicationis gratia .

Quo tempore librum hunc ſcripſit Moyſes ?

R. *His*

R. *Hic* liber videtur scriptus post exitum ex Ægypto , & promulgationem legis . Libri Moysis sunt , Genesis , Exodus , Leviticus , liber Numerorum , & Deuteronomium .

Quid vox ista *Genesis* significat ?

R. *Idem* sonat ac generatio seu creatio .

Quid continet Liber Genesis ?

R. *Continet* non solum mundi creationem ac originem , sed etiam ejus progressum per spatium 2369. annorum usque ad obitum Iosephi ; nempe creationem hominis , peccatum illius , constructionem arcæ , diluvium , & vitam sanctorum Patriarcharum , scilicet Abraham , Isaac , Iacob , & Ioseph , electionem populi Dei , & descensum ejus in Ægyptum . Observes velim , quod hæc inscriptio non sit Hebræorum , sed Græcorum Interpretum : Hebræi enim illos appellant Libros sacros , & habent quinque capita , librum a primo capitis verbo nominant : Sic Genesim vocant *Beresith* , quod idem sonat ac *in principio* .

Quid significat *Exodus* ?

R. *Significat* exitum , & complectitur res gestas per annos 145. ab obitu Iosephi , usque ad erectum Tabernaculum ; nimirum duram populi Israelitici servitutem in Ægypto sub Pharaone , ejus ab eo liberationem , transitum maris rubri , a quo dicitur *Exodus* , promulgationem Legis. divinæ : habet capita quinquaginta .

Quare tertius liber dicitur Leviticus ?

R. *Eo quod* sit veluti Rituale cæremoniarum , & in eo contineatur id genus Legum , quæ ad cæremonias & officium Levitarum pertinent , ut sunt holocausta , & alia sacrificiorum genera , ignis perpetuus , discrimen animalium mundorum , promulgatio Iubilæi : Complectitur etiam alia plurima tum de esu carnium , tum de matrimonio ineundo . Constat xxvii. capitibus .

Quare dicitur liber Numerorum ?

R. *Quia* in ipsa libri fronte describitur computatio populi per Tribus facta a Moyse & Aaron : Continet etiam res gestas ab anno secundo post exitum ex Ægypto usque ad annum quadragesimum , hoc est , historiam rerum gestarum in deserto ; specialiter vero obmurmurationum peccata , & eorumdem flagella . Habet XXXVI. capita .

Quid significat *Deuteronomium* ?

R. *Idem* sonat ac posterior seu secunda Lex . Porro est nomen græcum *Deute-*

ros , latine posterior , & *nomos* , lex , completur XXXIV. capitibus .

Quare dicitur secunda lex ?

R. *Non* dicitur secunda lex , eo quod contineat aliam legem ab ea quæ data est in Monte Sinai , sed quia est fusior explicatio illius legis , & repetatur coram filiis eorum , qui post primam promulgationem perierant in deserto .

Quinam libri historiales ?

R. *Dividuntur* in libros qui continent historiam generalem Israelitarum , & li libri sunt Iosue , Iudicum , Regum , Paralipomenon , Esdræ , & Machabæorum . Et in libros qui exhibent historiam particularem , quales sunt Ruth , Tobiæ , Iudith , Esther & Iob .

Quot sunt libri historiales ?

R. *Sunt* numero XVII.

Quid liber Iosue ?

R. *Continet* res gestas a morte Moysis usque ad mortem ipsius Iosue qui Moysi successerat ; narrat victorias ejusdem Iosue , transitum Iordanis , introductionem in terram promissionis , & divisionem ipsius terræ per tribus . XXIV. capitibus absolvitur .

Quisnam fuit auctor libri Iosue ?

R. *Communior* sententia est librorum Iosue ab ipso scriptum fuisse , verba autem quæ sunt exarata post mortem ejus , ab Esdra addita fuisse creditur .

Quid continet liber Iudicum ?

R. *Hic* liber sic nuncupatur a Magistratibus Israelitarum , qui Iudices vocantur , & quorum historiam refert , incipiens a morte Iosue usque ad mortem Samsonis : exhibet varias servitutes , quibus Deus castigavit peccata populi . In eo numerantur XXI. capita .

Quænam Ruth historia ?

R. *Liber* ille complectitur Ruth mulieris Moabitidis fortunam , quæ ob eximiam pietatem , ex pauperrima evasit opulenta , Boozo videlicet prædiviti juncta secundis nuptiis , ex qua quidem Christus secundum carnem prodire non dedignatus est , ut in hoc ostendat , se in hunc mundum venisse , ut peccatores salvos faceret .

Quinam auctores librorum Iudicum & Ruth ?

R. *Non* unam esse pro isto momento sententiam ; alii Samueli , alii vero Esdræ illos tribuunt .

Quid continet liber Regum ?

R. *Primus* continet historiam Samuelis , electionem Saul in Regem , gesta ejus ;

ejus ; uno verbo omnia quæ gesta sunt a
judicatura Heli usque ad mortem Saul .
Habet xxxi. capita . Secundus refert gesta Davidis a morte Saul usque ad finem
regni David . Capitibus XXIV, clauditur .
Tertius describit mortem David , regimen
& acta Salomonis , divisionem regni &
historiam quorumdam Regum Juda &
Israel ; habet capita XXII. Quartus exhibet historiam sexdecim Regum Juda , &
tredecim Regum Israel , actiones Eliæ &
Elisei Prophetarum, captivitatem Babylonicam, & subversionem urbis & templi a
Nabuchodonosor . Capita XXV. complectitur .
Quare dicuntur libri Regum?
R. *Quia* referunt acta Regum .
Quare duo primi vocantur etiam Samuelis libri ?
R. Sic vocantur , non quod illos com-
posuerit Samuel ; mortuus enim erat ante
Saul , sed quia liber prior facta ipsius refert ; alter vero ejusdem Prophetiarum
adimpletionem .
Quomodo divisum est illud regnum Juda ?
R. *Tempore* Roboami filii Salomonis ,
decem Tribus abierunt cum Jeroboamo ,
& constituerunt regnum Israel , duæ vero
Tribus , nimirum Juda & Benjamin remanserunt cum Roboamo , & constituerunt regnum Juda : Porro cum numero-
sior esset Tribus Juda , ab ea dictum est
regnum Juda ; populi vero Judæi .
Quis auctor librorum Regum?
R. *Samuel* existimatur auctor prioris ;
secundus tribuitur Nathan & Gad , alii
vero duo posteriores, sicut & duo Paralipomenon ab Esdra elucubrati sunt : Ipse
vero est auctor librorum qui nomen ejus
præ se ferunt .
Quid significat vox *Paralipomenon?*
R. *Est* nomen græcum quod idem sonat
ac prætermissorum .
Quare ii libri dicuntur Paralipomenon ,
sive prætermissorum ?
R. *Quia* in iis plura reperiuntur quæ
in libris Regum fuerant omissa .
Quomodo illi libri vocantur ab Hebræis?
R. *Vocantur* verba dierum , id est , gallice , *historie journaliere* , eo quod ex diur-
nis Regum excerpti sint .
Quid continent libri illi ?
R. *Primus* continet electionis , gubernationis , gestorumque Davidis historiam ,
ipsius & genealogiam . Habet capita XXIX.
in posteriori fit recapitulatio regiminis per
Salomonem & alios Reges Juda , immo

& Israel . XXXVI. capitibus comprehen-
ditur .
Quid continet liber primus Esdræ?
R. *Historiam* Hebræorum cum e capti-
tate Babylonica in patriam reverti sunt .
Habet decem capita .
Quid secundus Esdræ comprehendit ?
R. *Refert* ædificationem templi & urbis .
Quomodo alio nomine vocatur iste liber
secundus ?
R. *Vocatur* liber Nehemiæ , eo quod sit
a Nehemia compositus : dicitur tamen secundus Esdræ , quia enarrat res conjun-
ctas cum priori libro Esdræ : capita tria
supra decem exhibet .
Quid continet liber Tobiæ ?
R. *Historiam* ipsius Tobiæ in sepeliendis
mortuis indefessi , peregrinationem ejus filii : & Angeli Raphaelis ipsi , ejusque filio præstita beneficia . Ex capitibus XIV.
constatur .
Quid liber Judith ?
R. *In* eo narratur præclarum facinus illius feminæ generosæ, quæ amputato capite Holophernis , Judæam liberavit . Liber
sex exhibet capita .
Quis maritus Judith ?
R. *Manasses* , qui mortuus est tempore
messis hordeaceæ.
Quid refert liber Estheris ?
R. *Ea* quæ Esther pro Judæis suis perfecit , magnificentiam Regis Assueri , suspensionem Amani in patibulo , exaltationem Mardochæi. Capita ejus xvi.
Quid liber Job ?
R. *In* eo referuntur quæ contigerunt
Job incredibilis patientiæ viro , & dispu-
tationem seu dissertationem quam habuit
cum amicis de attributis Dei . Capita
xlii. habet .
Quinam auctores librorum historialium
particularium , veteris Testamenti ?
R. *Non* constat a quibus libri illi scripti
sint ; existimatur tamen a quibusdam li-
brum Tobiæ ab ipso Tobi juniore scrip-
tum fuisse , & ea quæ sunt de morte ejus,
ab alio fuisse addita : Librum Judith , a
Joachim seu Eliachim Sacerdote magno,
Librum Esther , a Mardochæo , Librum
Job ab ipso Job.
Quot sunt libri Sapientiales ?
R. *Quinque* , liber Sapientiæ , Proverbio-
rum , Cantica Canticorum , Ecclesiastes ,
Ecclesiasticus , quibus additur Psalterium
Davidicum .
Quis auctor librorum Sapientiallum?
R. *Pro-*

R. *Proverbiorum* & Ecclesiastes, auctor est Salomon; a quibusdam tamen solus non censetur auctor: Canticum Canticorum tribuitur eidem Salomoni: D. Hieronymus credit a Phylemone Judæo compositam fuisse Sapientiam: Jesus filius Syrach creditur scripsisse librum Ecclesiastici.

Quid continet liber Sapientiæ?
R. *Disserit* sublimius de Sapientia tam creata quam increata.

Quid liber Proverbiorum?
R. *Continet* regulas ac præcepta divina pro omnibus cujuscumque status.

Quare dicitur liber Proverbiorum?
R. *Quia* continet comparationes seu parabolas.

Quid Cantica Canticorum?
R. *Est* veluti carmen nuptiale exprimens castos complexus animarum cum Deo sponso. Cantica Canticorum, idest Canticum Excellentissimum.

Quid Ecclesiastes?
R. *Totus* est in describenda vanitate rerum mundanarum, significat concionatorem, seu convocatorem; toto enim opere concionatur Salomon de mundi vanitate.

Quid Ecclesiasticus, & quare sic dicitur?
R. *Exponit* obedientiam subditorum, nobilitatem sapientiæ, laudem Sanctorum: uno verbo, altissimas regulas morum. Sic dicitur ex eo quod, ait S. Augustinus, in Ecclesia quondam legeretur.

Quid Psalterium?
R. *Liber* laudum Dei, & veluti compendium totius Scripturæ. Continet Cc. Psalmos & repræsentat.

David cecinit-ne omnes Psalmos, sive composuit-ne omnes?
R. *Minime.*

Quot sunt libri Prophetales?
R. *Sedecim* conjungendo Baruch cum Jeremia, cujus Jeremiæ Baruch erat Scriba.

Quot sunt Prophetæ?
R. *Dividuntur* in quatuor majores, & duodecim minores, conjungendo Baruch ut supra.

Quare alii dicuntur majores, alii vero minores?
R. *Quia* aliorum opera sunt majora, aliorum vero opera minora.

Quinam sunt Prophetæ minores & majores?
R. *Majores* sunt Isaias, Jeremias, Ezechiel & Daniel. Minores vero Osee,

Joel, Amos, Abdias, Jonas, Micheas, Nahum, Habacuc, Sophonias, Agæus, Zacharias, & Malachias. Auctores librorum sunt ii quorum nomen exhibent.

De quo agitur in Isaia?
R. *De* Judæorum reprehensione, de adventu Christi in carnem, de ejus passione, de vocatione Gentium, unde dicitur Evangelista adventus Christi: capita LXVI. completitur.

De quo agit Jeremias?
R. *De* captivitate Judæorum, de destructione civitatis Jerosolymæ, de lamentatione propter ejus eversionem .... Baruch qui non separatur a Jeremia prænuntiat præcipue reditum populi.

Quo tempore vaticinatus est Jeremias?
R. *Ante* captivitatem Babylonicam, & ipsa durante, quo etiam ævo prophetabant Ezechiel, & Daniel.

Quid continet Ezechiel?
R. *Multas* visiones comprehendit; enarrat ruinam Jerosolymæ, & ejus reparationem prædicit. Habet XLVIII. capita.

Quid Daniel?
R. *Agit* de monarchia mundi, de regno Christi, de historia Susannæ, de destructione Bel, de interfectione draconis, de projectione Danielis in lacum leonum, & de allato prandio ab Habacuc Propheta. Ejus capita XIV.

Quid Osee?
R. *Describit* idolatriam populi Israel, punitionem ejus peccatorum, & conversionem Gentium sub figura meretricis quam Propheta sibi sponsavit. Capita XIV. habet.

Quid Habacuc?
R. *Prænuntiat* ruinam Judæorum a Chaldæis, & ruinam Chaldæorum, a Persis liberationem Judæorum per Cyrum, peccatorum vero per Christum: constat tribus capitibus.

Quid Sophonias?
R. *Loquitur* de naufragio Jonæ, de pœnitentia Ninivitarum, de vocatione Gentium.

Quid cæteri Prophetæ?
R. *Omnes* fere alii deplorant peccata Judæorum, minantur iram Dei, prædicunt vel describunt punitionem eorum, prænuntiant adventum Messiæ, aliquando primum, aliquando secundum sæpius lausta prænuntiando consolantur populum.

Quinam Prophetæ clarius prænuntiaverunt Christum?

R. *Isa-*

R. *Ifaias*, Ezechiel, Daniel & Zacharias: nota Ifaiam defcripfiffe omnes pene circumftantias vitæ Chrifti; Jeremiam fuiffe figuram Chrifti patientis; Danielem exponere occifionem ejus, & ceffationem cæremoniarum veteris legis: Joelem prænunciare adventum ejus in fine mundi: Malachiam oblationem ejus in Templo: Ofeam, converfionem Gentilium: Zachariam, humilitatem adventus ejus & ejufdem ingreffum fuper afinam in civitatem Jerufalem.

Quid libri Machabæorum?
R. *Referunt* ftatum reipublicæ Judæorum fub Monarchia Græcorum, præcipue vero quæ gefta funt ab Affamoneis five Machabæis.

Quare Affamonei dicti funt Machabæi?
R. *Quia* in eorum vexillis erant defcriptæ tres illæ fyllabæ, ma, cha, bæ, quæ funt initiales verborum Hebræorum fignificantium: *Quis fimilis tui in diis, Domine.*

Quomodo dividitur novum Teftamentum?
R. *Sicut* vetus; in Legales, Hiftoriales, Sapientiales, & Prophetales. Legales funt quatuor Evangelia: Hiftoriales, Actus Apoftolorum: Sapientiales, Epiftolæ Apoftolorum: Prophetales, Apocalypfis.

Quare novum Teftamentum Evangelium dicitur?
R. *Quia* attulit bonum nunclum, fcilicet adventum Meffiæ; Evangelium idem fonat ac fauftum nuncium.

Quid eft Evangelium?
R. *Eft* liber continens biftorium Chrifti, adventum ejus, doctrinam, demum omnia tum dicta, tum facta refert.

Quotuplex Evangelium?
R. *Unicum* eft, fcriptum vero per quatuor auctores; videlicet, Matthæum, Marcum, Lucam, & Joannem, qui Evangeliftæ idcirco vocantur.

Nota, cuilibet Evangeliftæ fecundum expoficionem factam, tribui fignum; Primo apponitur Angelus in figura hominis: fecundo datur leo: tertio, bos: quarto, aquila. Matthæus pingitur cum homine, five Angelo, quia principaliter fcripfit de humanitate Chrifti: Marcus cum leone, quia exit potiffimum de fortitudine & refurrectione Chrifti: Lucas cum bove, quippe qui præcipue agat de paffione & morte Chrifti, five de facrificio: Joannes cum aquila, eo quod proximus accedens ad divinitatem, facramenta divinitatis Chrifti aperuit.

Quot funt Evangeliftæ ex numero Apoftolorum?
R. *Duo*, Matthæus & Ioannes.

Quid continet liber Actuum Apoftolorum?
R. *Continet* afcenfionem Chrifti in cœlum, vifibilem fancti Spiritus Miffionem, prædicationem, geftaque Apoftolorum, & præcipue fancti Pauli: Uno verbo hiftoriam Ecclefiæ nafcentis a morte Chrifti per annos circiter triginta.

Quis auctor libri Actuum Apoftolorum?
R. *Sanctus Lucas.*

Quot funt Epiftolæ Catholicæ?
R. *Septem*, una Iacobi, duæ Petri, tres Ioannis, & una Iudæ.

Quare dicuntur Catholicæ?
R. *Quia* funt omnes miffæ, non ad unum virum tantummodo, aut ad gentes quafdam, fed ad omnes fideles; catholicos enim idem fonat ac univerfale.

Quot funt Epiftolæ D. Pauli?
R. *Quatuordecim.*

Affigna D. Pauli.
R. *Prima* ad Romanos, fecunda & tertia ad Corinthios; quarta ad Galatas; quinta ad Ephefios; fexta ad Philippenfes; feptima ad Coloffenfes; octava & nona ad Theffalonicenfes; decima & undecima ad Thimoteum; duodecima ad Titum; decima-tertia ad Philemonem; decima-quarta ad Hebræos.

Ad quid Apoftolorum Epiftolæ?
R. *Ad* inftruendos mores Fidelium.

Quid refert Epiftola S. Pauli ad Romanos?
I. *In* ea Apoftolus revocat Romanos ab erroribus Gentium, & cæremoniis legis ad veram catholicam fidem. XVI. capita.

II. *Ad* Corinthios I. in ea quofdam a falfis Apoftolis & Prophetis per eloquentiam, quofdam per obfervantiam Legis Iudaicæ feductos revocat ad veram fidem Catholicam, Evangelicamque fapientiam: capita XVI.

III. *Ad* Corinthios II. in ea eofdem ad pœnitentiam converfos & emendatos confolatur, & laudat: Capita XIII.

IV. *Ad* Galatas: in ea ipfos feductos a pfeudo-Apoftolis ut ad legem & ad circumcifionem reverterentur, ad veram fidem adducit: capita VI.

V. *Ad* Ephefios: in ea Ephefii qui ab Apoftolo verbo veritatis accepto, perftiterunt in fide, collaudantur: capita VI.

VI. *Ad*

VI. *Ad* Philippenses, in qua Philippenses, accepto veritatis verbo, in fide perstiterunt, & non receperunt fallos Apostolos; unde propter hoc laudat S. Paulus: capita IV.

VII. *Ad* Colossenses : in ista Colossenses præventos a Pseudo-Apostolis ad veritatem fidei revocat admonitionibus saluberrimis : capita V.

VIII. *Prima* ad Thessalonicenses, in qua omnes laudat Apostolus, quod, veritate accepta, cum persecutionem paterentur a civibus suis, perstiterint in fide, nec fallos Apostolos receperint : capita IV.

IV. *Secunda* ad Thessalonicenses, in qua eosdem instruit de novissimis temporibus, de adventu Antichristi, de ipsius exaltatione, & ruina : capita III.

X. *Prima* ad Timotheum, In qua ipsum instruit de ordinatione & officiis Episcopatus, & Diaconatus, atque omnis Ecclesiasticæ disciplinæ : capita VI.

XI. *Secunda* ad Timotheum, in qua excitat ipsum ad martyrium, informans eum de catholica veritate & novissimis temporibus : capita VI.

XII. *Ad* Titum, in qua illum instruit de constitutione Presbyterorum, & spirituali conversatione, atque de Hæreticis vitandis : capita III.

XIII. *Ad* Philemonem, in qua ipsum de fide, & charitate instruit, & ut Onesimo servo indulgeat, precatur : caput I.

XIV. *Ad* Hebræos, in qua Apostolus defectum & evacuationem Legis Mosaicæ, perfectionemque Legis Evangelicæ ostendit, & quod Christus sit verus Deus & homo, atque hominum Mediator : capita XIII.

Epistola D. Jacobi, in qua ad patientiam hortatur, bella & controversias reprehendit, atque ad virtutem inducit : capita V.

Epistola D. Petri prima, in qua ad munditiam sectandam, adversitates ferendas exemplo Christi, honorem senioribus a junioribus tribuere hortatur; agit etiam de ornatu mulierum, diciique homines, Christi morte redemptos, dilectioni incumbere debere : capita V.

Epistola secunda divi Petri, in qua inducit credentes ad tenendam fidei veritatis constantiam, Hæreticorum damnat falsitatem, & secundum Christi adventum describit : capita III.

Epistola S. Judæ, in qua monet omnes de propria salute, inducit altercationem Michaelis Archangeli cum dracone, & detestatur Hæreticorum vitam : caput I.

Epistola prima D. Joannis Evangelistæ, in qua testimonium perhibet de verbo, veritatis & vitæ, hortatur ad confessionem peccatorum, affirmans nos Iesum habere Advocatum ad Patrem : dilectionem Dei, & proximi inducit : capita V.

Epistola D. Ioannis secunda, in qua Electam & filios ejus commendat, & ad fraternam hortatur charitatem, atque Hæreticos vitare admonet : cap. I.

Epistola tertia D. Ioannis in qua Cajum extollit propter pietatem quam exercebat in peregrinos, atque ut in hac pietate permaneat, hortatur : cap. I.

Quid continet Apocalypsis?
R. *Visiones* B. Ioannis Evangelistæ, & omnia quæ ventura sunt a primo Christi adventu usque ad secundum.

Quid significat Apocalypsis?
R. *Idem* sonat ac revelatio.

Ubinam Ioannes scripsit Apocalypsim?
R. *In* Insula Pathmos ubi erat relegatus.

S. *Paulus* Apostolus scripsit-ne omnes Epistolas quæ ipsi tribuuntur?
R. *Affirmative.*

Quisnam est ordo Epistolarum divi Pauli? Sunt-ne dispositæ in Biblia ordine suo?
R. *Illæ* Epistolæ sunt dispositæ non secundum ordinem quo scriptæ sunt, sed potius juxta urbium dignitatem ad quas scribuntur.

Quædam Epistolæ divi Pauli fuerunt scriptæ ante vincula, aliæ in vinculis, & aliæ post vincula.

Ante vincula.

Ad Romanos .... A Corintho in Achaja.
Ad Corinthios, I. .... Ex Ephesio.
Ad Corinthios, II. .... A Troade.
Ad Galatas .... Ex Ephesio.
Ad Timotheum ...... Ex Laodicea.

In vinculis.

An Philippenses ...)
Ad Ephesios ...)
Ad Colossenses ...) Ex urbe Roma.
Ad Philemonem ...)

Post vincula.

AD Hebræos .... Ex Italia.
Ad Timotheum II. in fine dierum con-
jectus a Nerone in vincula.
Ad Thessalonicenses.
Ad Titum.

Calendarium Judæorum *ubi inscribuntur
dies Festivitatum & Jejuniorum.*

I. MENSIS.

VOCATUR NIZAN. 30. diebus con-
flat : Est primus mensis anni sancti;
Respondebat Martio nostro & Aprili.
Primo die, Neomenia, hoc est Festum :
jejunium pro morte filiorum Aaron.
Decimo die, Unaquæque familia de agno
Paschali sibi providebat. Jejunium pro mor-
te Mariæ.
Decimo-quarto die, Agnus Paschalis im-
molabatur : Primæ vesperæ Festivitatis
Azimorum.
Decimo-sexto die, Oblatio manipuli spi-
carum frumenti : Tum Messis incipiebat :
Ab hac celebritate numerabantur 49. dies
usque ad Festum Pentecosten.
Die vigesimo-primo, Octava Paschæ : Vi-
gesimo-secundo, jejunium propter mortem
Josue : Tum dedicatio Tabernaculi.

II. MENSIS.

JAR. 29. dies habebat. Secundus anni
sancti : Respondebat Aprili nostro & Majo.
Primo die, Neomenia.
Decimo, Jejunium in luctum mortis Eli
Summi Sacerdotis ; & Arcæ quondam a
Philisthinis captæ.
Vigesimo-nono, Jejunium pro lugenda mor-
te Samuelis Prophetæ.

III. MENSIS.

GIVAN. 30. dies exhibebat : Tertius
anni sancti : Respondebat Majo nostro &
Junio.
Primo die, Neomenia.
Sexto, Pentecostes.
Decimo-tertio, Solemnitas octavæ.
Vigesimo-tertio, Jejunium propter schis-
ma & divisionem decem tribuum, quæ
abdicato Roboam, abierunt post Iero-
boam.

Bossuet Theol. Tom. IV.

IV. MENSIS.

IAMNUS. 29. diebus complebatur :
quartus anni sancti : Respondebat Iunio
nostro & Iulio.
Primo die occurrebat ex more Neomenia.
Decimo-septimo die, jejunium, eo quod
Moyses exacerbatus legis tabulas a Deo
acceptas præ indignatione confregisset.

V. MENSIS.

AB. Ex 30. diebus coalescebat : quintus anni sancti : Respondebat Iulio nostro,
& Augusto.
Primo die, Neomenia & jejunium pro
morte Aaron.
Die-undecimo, jejunium propter iteratam templi destructionem primum a
Chaldæis, tum a Romanis eodem die
factam.

VI. MENSIS.

ELUL. 29. dies complectebatur : Sextus anni sancti : Respondebat Augusto nostro, & Septembri.
Primo die, juxta consuetudinem Neomenia.
Die-nono, jejunium propter exterminium
eorum, qui visa terra promissionis, tædio
laboris præsentis & in futurum subeundi
fracti, Israelitas ab illa abjicienda invi-
taverunt, qua de causa morti traditi
sunt.

VII. MENSIS.

TISRI. 30. diebus absolvebatur : erat
septimus anni sancti : Respondebat Septem-
bri nostro & Octobri.
Primo die, Neomenia, eodem die festum
Tubarum celebrabatur.
Decimo, Festum expiationum : Jejunium.
Hac ipsa die Jubilæum in hunc annum
coincidens annuntiabatur.
Decimo-quinto, Scænopegia quæ octo oc-
cupabat consequentes dies, occurrebat ve-
ro septimus dies octavæ, 21. die.
Vigesimo-secundo die, ipse octava.
Vigesimo-tertio, dedicatio Templi per Sa-
lomonem celebrata.

M   VIII.

VIII. Mensis.

MARHESVAN. 29. dies : octavus anni
sancti : Respondebat Octobri nostro & No-
vembri.
Primo die, Neomenia.
Sexta die, jejunium institutum pro lu-
gendo & Sedecia, qui effossis oculis ductus fuerat in Babylonem captivus, & ejus
prole quæ tunc temporis extincta est.

IX. Mensis.

KISLEU. 30. diebus terminabatur.
Nonus anni sancti : Respondebat Novem-
bri nostro & Decembri.
Primo die, Neomenia.
Vigesimo-quinto, Festum purificationis
Templi opera Judæ Machabæi.

X. Mensis.

TEBETH. 29. dies exhibebat : decimus anni sancti, Decembri nostro & Januario respondebat.
Primo die, Neomenia.
Decimo, jejunium per modum lamentationis Civitatis sanctæ, quæ ingemuit
animadvertens Regem Babylonis accedere
ad eam obsidendam.

XI. Mensis.

SEBETH. 30. diebus absolvebatur :
undecimus anni sancti, Januario nostro,
cum & Februario respondebat.
Primo die, Neomenia.
Nono, Festum, quo perdurante pro usu
Sacrificiorum, & Sacerdotum ad annum

ligna asportabantur in Templum : A Iosepho Xilophoria nuncupabatur.
Vigesimo-quarto, jejunium in memoriam
belli cæterarum Tribuum adversus Benja-
mitam Tribum, quæ pene tota tunc dis-
cerpta & occisa extincta est.

XII. Mensis.

ADAR. 29. diebus conflabat : duodecimus anni sancti : Respondebat Februario nostro, simul & Martio.
Primo die, Neomenia.
Septimo, jejunium propter Moysis obitum.
Decimo-tertio, Estheris jejunium.
Decimo-quarto, Festum Sortium, illudque minoris præ cæteris ordinis.
Decimo-quinto, Festum magnum & solemne Sortium. Tum dedicatio Templi
cura & opera Zerobabelis facta.

Superest ut Ecclesiasticos ad studium sacræ Scripturæ invitemus Gregorii XIII.
sermonibus, qui paucis quicquid de præ-
stantia & sufficientia Bibliæ dici potest,
Epist. ad Regem Catholicum complectitur, dicens : *Scripturarum beneficium per-
magnum esse : nam quod ad Theologiam attinet, quæ est summa Philosophia, bis libris
omnia nostra religionis & divinitatis mysteria explicantur; quod vero ad eam partem
attinet quæ Moralis nominatur; huic quoque
omnia ad omnes virtutes præcepta colliguntur, quibus quidem duabus partibus omnis
nostra salutis & felicitatis ratio continetur,
ut nihil esse possis horum librorum lectione
dignius, nihil fructuosius, nihil omni hominum generi accommodatius, nihil majori doctrina & sapientia refertius.*

DISSERTATIO SECUNDA
D E
SINGULIS
SCRIPTURÆ SACRÆ LIBRIS,

Juxta severiorem Patrum & Interpretum criticem.

 CRIPTURA ſacra dividitur in vetus & novum Teſtamentum; de utriuſque Libris in præſentiarum agimus.

CONTROVERSIA PRIMA.

De Libris veteris Teſtamenti.

DICTUM eſt Manichæos veteris Teſtamenti libros abnuere : Proteſtantes quoſdam ut inutiles & apocryphos rejiciunt. Sed contra quod dicitur, 2. Machab. 2. *Habemus ſolatio ſanctos libros*. Dogma de veritate & utilitate librorum V. T. ex dictis patet : Jam ulterius probatur ab enumeratione partium, in quibus mira, tum pro fidei defenſione, tum pro morum inſtitutione elucent.

ARTICULUS PRIMUS.

De Pentateuco.

DUo quæruntur de hoc momento, unum de auctore, alterum vero de ipſis libris in ſe ſpectatis. Unde ſit

SECTIO PRIMA.

Num Moyſes ſit auctor Pentateuci?

PENTATEUCUS idem eſt ac quinque libri ; ſic enim dicitur a verbo græco *pente*, id eſt quinque, tum & *theucos*, quæ vox ſignificat volumen.

Primus liber vocatur *Geneſis*, a verbo iſto græco ſignificante generationem : exhibet mundi creationem & originem, tum etiam ejus progreſſum ſeu incrementum

per ſpatium 2369. annorum uſque ad obitum Joſeph ; adeoque creationem hominis, ipſius lapſum, diluvium, arcæ fabricam, vitam SS. Patriarcharum, videlicet Abraham, Iſaac, Jacob & Joſeph. Hebræi inſcribunt libros a prima dictione libri, ſic Geneſim vocant *Bereſith*, quod idem ſonat ac principium.

Secundus, dicitur *Exodus*, id eſt, exitus; nominatur enim ab exitu Iſraelitarum de Ægypto : tum eorum complectitur res geſtas per annos 145. ab obitu Joſeph uſque ad erectum Tabernaculum ; nempe ſervitutem in Ægypto, liberationem populi a captivitate, tranſitum maris rubri.

Tertius, appellatur *Leviticus*, quia eſt velut Rituale Judæorum, continens officium Sacerdotum, de anni Jubilæi promulgatione, & de his quæ icta ſunt intra unum menſem & dimidium.

Quartus, inſcribitur, *Liber Numerorum*, quia refert computationem populi per Tribus factam a Moyſe & Aaron ; continet etiam res geſtas ab anno ſecundo poſt exitum de Ægypto uſque ad annum 40. Eo loci refertur populi obmurmuratio & rebellio, & ejuſdem punitio.

Quintus, nominatur *Deuteronomium*, id eſt, poſterior ſeu ſecunda lex, a vocabulo græco *Deuteros*, latine, *poſterior*, de ſumitur, tum & voce, *nomos*, latine *lex*. Eſt eadem lex, ſed fuſior explicatio & repetitio coram filiis eorum qui mortui fuerunt in deſerto : hi quinque libri dicuntur lex, ſeu libri legis, ut dicetur infra.

Patres omnibus retro ſæculis auctorem Pentateuchi agnoverunt Moyſen ; quæ quidem opinio perpetua Judæorum, & Chriſtianorum traditione, apertiſque Scripturæ locis firmata, ut ſola orthodoxa habita eſt : hoc tamen non obſtante, pro-

M 2   pter

Dissertatio secunda

pter levissimas conjecturas id negavit ultimis temporibus post Thomam Hobbe-
sium in suo Leviatham, cap. 33. & Spi-
nosam in tractatu Theologico politico,
Richardus Simon, congregationis Oratoriæ olim confrater, in suis de veteri Testamento criticis, cap. 2. ubi nihil aliud
Moysi concedit, quam leges & cæremonias : cætera vero notariis publicis fi-
ctitiis ; cujus opus merito censura proscriptum fuit ab illustrissimo Domino du
Harlay Archiepiscopo Parisiensi, viro sane in sacris litteris, & scientiis Conciliorum excultissimo. Contra quem &
alios sit

CONCLUSIO.

Moyses est auctor Pentateuchi.

Probatur auctoritate & ratione.

Primo, ex veteri Testamento.

EXODI cap. 24 4. 5. 4. habetur : Scripsit itaque Moyses universos sermones Domini. Ibidem, cap. 17. 14. Dixit autem
Dominus ad Moysen : Scribe hoc (Amalecitarum scilicet cladem) *ob monimentum in
libro, & trade auribus Josue : delebo enim
memoriam Amalech sub cœlo.* Deuter. cap.
31. Scripsit Moyses legem hanc : id est,
præcepta, cæremonias & historias : unde
sic argumentor : Qui scripsit universos
sermones Domini, præcepta, cæremonias & historias, est auctor Pentateuchi,
hæc enim solum continet : Atqui ex citatis scripsit hæc Moyses : confirmat perpetua traditio Iudæorum & imo & Samaritanorum, qui in hac Iudæis consen-
tiunt, propter quod servaverunt semper
Pentateuchum : Ergo &c. Confirmatur :
Exodus tribuitur Moysi, Iosue cap. 8.
31. tum l. 2. Paralip. cap. 31. 3. sicut
& Malachiæ cap. 4. v. 4. Item Leviticus
tribuitur Moysi, Numeror. cap. 31. v.
21. tum l. 2. cap. 8. 14. Esdræ ; item
liber Numerorum eidem tribuitur l. 2.
Paralip. cap. 3. v. 3. & Tobiæ, cap. 7.
v. 14. item & Deuteron. l. 4. Reg.
cap. 14. v. 6. L. 2. Paralip. cap. 25. 4.
Rursum 2. Esdræ cap. 13. 1. & 2. Ergo &c.

Secundo, ex novo Testamento.

S. MARCUS cap. 12. sic loquitur : De
mortuis autem quod resurgant non legistis in
libris Moysi super rubum quomodo dixerit
illi Deus : Ego sum &c. Ista verba sunt in
Exodo, cap. 3. 6. Ibidem Christus subjicit Levitici & Numer. sententias, ut patet Luc. 2. 22. & cap. 5. v. 14. Vade inquit, ostende te Sacerdoti .... sicut præcepit Moyses. Ioan. cap. 5. v. 46. Si crederetis Moysi, forsitan & crederetis mihi, de
me enim ille scripsit. Tum Luc. cap. 24.
26. & 27. Nonne oportuit pati Christum, &
ita intrare in gloriam suam : Et incipiens a
Moyse & omnibus Prophetis, interpretabatur illis in omnibus Scripturis quæ de ipso
erant. Unde sic argumentari sas est : Ille
est auctor Pentateuchi qui sic agnoscitur
a Christo : Atqui ex dictis Moyses agnoscitur a Christo auctor celeberrimus librorum legis : Ergo &c.
Confirmatur : Ioan. cap. 1. v. 45. habetur : Invenimus quem scripsit Moyses in lege ; Iudæi hoc ad prophetiam Iacob, quæ
jacet Genesi cap. 49. referunt : Igitur
Genesis agnoscitur tamquam Moysis fœtus a Ioanne. Exodus citatur ut Moysis
liber, Luc. cap. 2. v. 23. Rom. cap. 7.
v. 7. Hebr. cap. 9. v. 19. Leviticus citatur tamquam Moysis etiam opus, Luc.
cap. 2. v. 14. & Ioannis cap. 8. v. 5. Item
liber Numerorum, Matth. cap. 12. 5. Similiter & Deuteronomium, Matth. 22.
36. Quid plura ? Ab ipsis Iudæis prodiit
pro illo momento celeberrimum testimonium ; namque libri legis, in Pentateuco
contenti, tanquam a Moyse facti legebantur non solum septimo quolibet anno, qui apud Iudæos erat annus remis-
sionis, coram omni populo, sed etiam
per omne Sabbatum in Synagogis, ut habetur Act. 15. 21. Moyses enim & temporibus antiquis habet in singulis civitatibus,
qui eum prædicent in Synagogis, ubi per
omne Sabbatum legitur.

Tertio, ex Patribus.

Ex primo sæculo habemus Apostolos
Ecclesiæ Protoparentes qui passim in suis
Scriptis laudant varias Moysis sententias
ex Pentateuco excerptas.
Ex secundo S. Iustinus Martyr in Pa-
ranesi : Clemens Alexandrinus L. 1. stro-
matum Pentateucum veluti genuinum
Moy-

Moyfis fœtum habent ; fimiliter, & alii fingulis fæculis fubfequentes.

Ex tertio, Origenes in expofitione Pfalmi primi , cujus teftimonium commemorat Eufebius l. 6. cap. 25. S. Athanafius præfatione in Pfalmo.

Ex quarto , S. Hieronymus in epiftola ad Paulinum , Innocentius I. epift. ad Exuperium Tolofanum Epifcopum, Melito Sardenfis epift. ad Onefium apud Eufebium l. 4. hift. Ecclefi. cap. 28.

Ex quinto , S. Auguftinus l. 2. de doctrina Chriftiana cap. 8. His accedit Concilium Laodicenum canone ultimo , Romanum fub Gelafio , Tridentinum denique feff. 4. Non abs re erit aliqua Patrum teftimonia ad veritatis confirmationem hic texere.

Primus quidem in teftimonium & teftem nobis occurrit Cyr. Alex. l. 8. contra Iulianum Apoftatam negantem Mofaicum illud oraculum , quod a B. Stephano Act. 7. refertur , de Iefu Nazaræno intelligi, quodque fic exprimitur , *Hic eft Moyfes qui dixit filiis Ifrael* : Prophetam *fufcitabit vobis Deus de fratribus veftris , tamquam me , ipfum audietis*. Sic revincit pag. 256. " Cum autem Chrifti Nativitatem ,, inquirat , & in lege Moyfis Sapientiffi- ,, mi fruftra eos torqueat : difeat a nobis ,, doctrinæ Mofaicæ fcopum ad Chrifti ,, Myfterium pertinere , Chriftumque apud ▪ cum multoties deferibi. ,,

Infignis eft controverfia Samaritanorum de illo oraculo Deuteronomii : *Dabo verbum meum in ore ejus* : Quod alii Iofue, alii vero Dofitheo Samaritano accommodabant : utramque hanc fententiam dannavit Eulogius Alexandrinus Epifcopus : ibi enim , ponderata Samaritanorum controverfia , definivit & verba Moyfis ad Chriftum pertinere ; ita refert Photius, Codice 230. fuæ Bibliæ.

Confirmatur eadem ex Samaritanis deprompta probatio : Prænotandum eft Samaritanos crudeli fchifmate & perpetua diffociatione , a Judæis fuiffe divulfos tempore Alexandri Magni , ea potiffimum data occafione , quod Manaffes , Jaddi fummi Pontificis frater , contra legis præceptum in fuam duxerat uxorem filiam Sanaballetis Sitrapæ , qui Darii Perfarum Regis Samariæ nomine imperabat ; ut dictum eft : eam ob prævaricationem exutus Sacerdotio , amatam uxorem dimittere abnuens , confugit ad Sanaballetem focerum fuum , a quo quidem præfectus eft

Boucat Theol. Tom. IV.

templo in monte Garizim extructo , ibique Pontificis munia obiit , hinc ab illo ævo Samaritanos inter & Judæos exfitiofum & implacabile exarfit diffidium.

His prælibatis , citra dubium eft Samaritanos habuiffe Pentateucum quo fuos inftituerunt & ritus cultus divini & mores : neque vero doctiffimos latet in odium Judæorum cæteros veteris Teftamenti libros refpuiffe . Quod autem a Moyfe libros quinque legis haberent , eo maxime liquet , quod textus Pentateuchi Samaritani literæ , fint vel ipfi veterum Chananæorum characteres juxta erudiffimorum fententiam. Revera quidem Jofephus Scaliger differt. de litteris Ionum feribit, græcos characteres ad exemplum characterum Samaritanorum effe formatos . Jam vero cum antiquiffima fit litterarum Ionicarum origo , quippequæ profecta fit a Phœnicibus , feu Chananæis , quorum regionem hebræi habitabant , fequitur veftuftas ut plurimum effe litteras Samariticas , ac fubinde antiquiffimum Pentateucum , quem a Moyfe fcriptum effe ultro fuentur Samaritani , & uti talem pro aris & focis defendunt hanc veritatem . Non levius annuntiat Iftud apud eofdem Samaritanos , quod non obftante inter fe & Judæos diffociatione , quinque legis libros feu Pentateucum & legem fervare ftuderint .

Quarto , ex hiftoricis utriufque Teftamenti.

Josephus L. 1. contra Apium hoc ex profeffo docet : Id ipfum fufe explanat Eufebius l. 3. demonftrati Evan. cap. 2. immo & Porphyrius atque Iulianus qui licet Chriftianæ religionis infenfiffimi hoftes , Moyfen tamen Pentateuchi auctorem agnoverunt , & alii permulti apud P. Alexandrum differt. 9. de libris Moyfis, pag. 1. 2. 3. 4. 5. 6. 7.

Quinto , ex Profanis hiftoriographis.

Teftimonium ex inimicis non levius pro aftruenda veritate ponderat , cum hinc ipfam fubindigitet ita claram & fub oculis pofitam effe , ut illam inficiari nullus fanæ mentis audeat . Porro veteres apud profanos auctores libros Moyfis , veluti quadam confpiratione facta , agnoverunt . Eos fufo calamo recenfet P. Alex. differt. 9. pag. 6. col. 2. de libris Moyfis . Eos igitur celebrant : " Manethus Sebennyta

M 3 ,, in

,, in Ægyptiaca hiftoria , referente Iofe-
,, pho l. 1. contra Apionem . Philocorus
,, Athenienfis , qui Ptolomæi Philopatoris
,, temporibus floruit , referente S. Iuftino
,, Martyre in Parænefi : Polemon , qui
,, Prolomæi Epiphanis ævo Græcanicam
,, fcripfit hiftoriam , eodem S. Juftino &
,, Cyrillo l. 1. adverfus Julianum , refe-
,, rentibus . Eupolemus ab Alexandro
,, Prolyhiftore laudatus , cujus illuftria
,, fragmenta legere eft apud Eufebium l.
,, 9. præp. Evang. cap. 17. 26. 30. Appol-
,, lonius Molonis , referente Jofepho l. 2.
,, contra Apionem. Caftor five Rhodius ,
,, five Galæa , Dejotari gener, cujus te-
,, ftimonium laudat S. Juftinus in Paræ-
,, nefi : Diodorus Siculus, quem idem S.
,, Juftinus , & Cyrillus l. 1. contra Ju-
,, lianum teftem appellant . Chæremon
,, Ægyptiacæ hiftoriæ conditor , qui Au-
,, gufti ætate floruit , a Jofepho laudatus .
,, Trogus Pompejus , cujus hiftoriam in
,, Epitomen contraxit Juftinus fub Anto-
,, nini Pii Imperio . Nicolaus Damafce-
,, nus ... Herodis Judæorum Regis ami-
,, cus , cujus aliqua reftimonia Jofephus
,, defcripfit &c. ,,
Mitto Prolomæum Mendefium qui res
ægyptiacas tribus libris complexus eft ;
Longinum Zenobiæ Palmyrenorum Reginæ a confiliis & ftudiis , qui Moyfen
fummo profequitur encomio in libro de
fublimi genere dicendi , eo quod Moyfes
in exordio libri Genefeos , fic inducat
Deum loquentem , *Fiat lux , & facta eft
lux* . Concinit Juvenalis, nam 14. Satyra
teftatur volumen Legum Judaicarum non
alium habere præter Moyfen auctorem ,
de quo fic canit .

Judaicum difcunt, & fervant & metuunt Jus,
Tradidit arcano quodcumque volumine Moyfes.

SUFFRAGATUR Cornelius Tacitus l.
5. hiftoriæ Romanæ his verbis : " Moy-
,, fes , quo fibi in pofterum gentem fir-
,, maret , novos ritus contrariofque cæ-
,, teris mortalibus indidit .... Hi ritus,
,, quoquomodo inducti , antiquitate de-
,, fendentur . ,,

Sexto , ratione & quidem multiplici.

PRIMA eft , quia canon Hebræor. &
Ecclefia fufcipit libros legales tamquam
genuinum Moyfis fœtum : Sic & omnia
Concilia , quæ de Scripturis V. T. tracta-

verunt . Idem dicunt Athanafius præfat.
in Pfalmos : & alii Patres jam jam laudati : Ergo &c.

Secunda : Samaritani qui Pentateucum
retinuerunt , non alium præter Moyfen
illius habent auctorem . Concinunt Lxx.
Seniores & tota Judæorum Synagoga :
Ergo &c.

Denique probatur argumento ad hominem . Concedit ultro Richardus Symon
Moyfen fcripfiffe legem : Sed per legem
intelliguntur quinque libri Pentateuchi :
Ergo &c. Probatur minor : Luc. 2. v. 22.
habetur : *Poftquam impleti funt dies purga-*
tionis ejus fecundum legem Moyfi , 2. Ierunt
illum in Jerufalem , ut fifterent eum Domi-
no , ficut fcriptum eft in lege Domini. Hæc
lex habetur Exod. 13. Item Joan. 18. habetur : *In lege Moyfes mandavit nobis hu-*
jufmodi lapidare : Hæc lex habetur Levitici 29. Item Joan. 8. *In lege veftra fcriptum*
eft , quia duorum hominum teftimonium ve-
rum eft . Hæc lex habetur Deut. 8. 17.
Rurfus Matth. 22. verf. 5. *Aut non legi-*
ftis in lege , quia Sabbatis Sacerdotes in tem-
plo Sabbatum violant & fine crimine funt ?
Hæc lex habetur Levit. 24. verf. 8. &
numer. 28. verf. 9. & iterum Matth. 22.
36. *Magifter , quod eft mandatum magnum*
in lege ? Ait illis Jefus : *Diliges Domi-*
num Deum tuum ex toto corde tuo . Hæc
lex jacet Deut. 6. Igitur ex ipfo novo
Teftamento nomine legis intelliguntur
quinque libri Pentateuchi ; ita Jofephus,
l. 1. adverfus Apionem , ubi refert folos Prophetas fcripfiffe quæ acta funt a
morte Moyfis ufque ad Artaxerxem
Longimanum , nec alium auctorem Pentateuchi , præter Moyfen agnofcit : nul-
lufque ex Hebræis meminit Tabellionum
a Richardo Simone confictorum .

Solvuntur objectiones.

VARIA proponit Spinofa , & poft Ipfum Simonius , quæ aut contradictoria
aut abfolute falfa funt , aut faltem poft
obitum Moyfis facta , ut probent Pentateuchi ipfum non effe auctorem.

Objiciunt ergo : Genef. 13. verf. 6. Abraham dicitur pertranfiiffe ufque ad Con-
vallem illuftrem , & additur in parenthe-
fi : *Chananæus tunc erat in terra ;* videtur
ergo quod non effent amplius Chananæi
in Palæftina , quando auctor hæc fcripfit :
Atqui tamen tempore Moyfis , nondum
erant ex hac regione propulfi , cum hoc

non niſi poſt ejus mortem contigerit : Igitur Moyſes hæc non ſcripſit , adeoque non eſt Pentateuchi auctor.

Reſponſio negando conſequens : Senſus eſt , tempore Abrahæ Chananæum , jam hanc terram incoluiſſe , quod quidem Moyſes ſubnotare debuit , cum inter Abraham & ſe ipſum intercederent anni circiter 400. Tum quia ut intelligerent Hebræi , in quorum gratiam ſcribebat , Palæſtinam vel ipſo Abrahæ tempore occupatam , eam ipſam eſſe terram quam Abrahæ & ejus ſemini dare Deus ſpoponderat .

Inſtant : Geneſ. 35. l. 21. nominatur turris gregis , ſic enim habetur de Jacob : *Egreſſus inde fixit tabernaculum trans turrem gregis ;* quæ dubio-procul ante urbem Jeroſolymam non fuit ædificata : Igitur Moyſes non ſcripſit Geneſim : quomodo enim locutus fuiſſet de turre quam non viderat ? II. Multa deſcribuntur in eodem libro quæ homo privatus & in Ægypto abſconditus , qualis erat Moyſes , non potuit ſcire : ut cum Gen. 2. l. 11. habetur de fluminibus : *Nomen uni Phiſon : ipſe eſt qui circuit omnem terram Hevilath ubi naſcitur aurum , & aurum terra illius optimum eſt . Ibique invenitur Bidellium & lapis Onychinus .* Item cum Geneſ. 10. habetur : *De terra illa egreſſus eſt Aſſur & ædificavit Niniven , & platicas civitatis , & Chale Raſen quoque inter Niniven & Chale ; hæc eſt civitas magna.* Ergo &c.

Reſpondeo I. generaliter ad omnes objectiones , Moyſen locutum fuiſſe ſpiritu prophetico : quod enim fuerit Propheta teſtatur ipſe Chriſtus Luc. 24. ubi ſic alloquitur diſcipulos Emaus de ejus reſurrectione non nihil dubitantes : *O ſtulti & tardi corde ad credendum in omnibus quæ locuti ſunt Prophetæ . Nonne oportuit pati Chriſtum , & ita intrare in gloriam ſuam ? & incipiens a Moyſe & omnibus Prophetis interpretabatur illis in omnibus Scripturis quæ de ipſo erant .* Igitur Moyſes res & præſentes , & præteritas , ſicut & futuras potuit ſcribere.

Reſpondeo II. ad ſingula : Ad primum quidem , diſtinguendo : & ibi non loquitur Moyſes de turre Jeroſolymitana , concedo : non conſtat enim eamdem eſſe de qua in Geneſi , cum altera tempore Davidis : & conſtat eſſe eamdem , nego . Fieri tamen potuit eam turrim quæ ævo Jacob extabat in terra Chanaan potuiſſe per-

ſeverare , uſque ad ædificationem urbis Jeroſolymæ. Quidquid ſit ; Moyſes ſcientia prophetica donatus potuit priorem annuntiare .

Ad ſecundum , diſtinguo : Utique naturam lapidum pretioſorum , & auri aliaſque enarrata potuit ſcire Moyſes per traditionem parentum , ſicut multas urbes aliorum regnorum cognoſcimus narratione eorum qui illas viderunt , concedo : ſic civitates Niniven & Chale cognovit : & non potuit ſcire per traditionem , nego . Non inſtcundum erit hic breviter texere traditionem Chronologicam ab Adamo ad Moyſen uſque . Citra dubium eſt Adamum ſcientia infuſa excultum fuiſſe , ut nepotes edocere poſſet de initio & creatione mundi , ac de rebus naturalibus , ut ſcriptum eſt Eccli. 17. tum alia Scriptura Gen. 2. *Omne enim quod vocavit Adam animæ viventis , ipſum eſt nomen ejus .* Porro Protoparens vixit annos 930. Mathuſalem vero natus eſt anno mundi 687. vixit igitur cum Adamo annos 244. ac ſubinde potuit ab eo ediſcere quæ ſpectant mundi creationem , rerum omnium tum inſenſibilium , tum ſenſibilium , atque viventium naturæ : primi hominis lapſum , & promiſium mediatorem . Jam vero Mathuſalem qui cum Adamo annos 244. vixerat , vixit etiam cum Sem filio Noemi annis 100. Scin enim erat filius centum annorum quando contingit diluvium , ut vel ipſa ſacra Scriptura teſtatur . Evenit autem diluvium anno mundi 1656. & Mathuſalem vixit 969. videlicet ad diluvium uſque : quid prohibet igitur Sem a Mathuſalem edoctum de iis omnibus quæ ab ipſo acceperat Adamo ? eamdem notitiam citra dubiam Iſaac Abrahæ filius a Semo habuit , quandoquidem iſte quinquaginta annis cum Iſaac vixit , cujus rei argumentum eſt , quod Sem vixerit poſt diluvium quingentis annis , & mortuus ſit anno mundi 2158. Iſaac vero natus ſit anno 2108. immo Jacob , quem Iſaac genuit ſexageſimum annum agens , decennio poſt obitum Semei natus eſt , viditque filios Ioſephi , quibus , antequam moreretur , benedixit . Filii namque Ioſephi potuerunt videre Moyſen , quia a morte Ioſephi uſque ad Moyſis nativitatem interceſſerunt tantum ſexaginta quatuor anni . Ex his omnibus liquet Moyſen potuiſſe ex traditione accipere omnia facta Iſraeliticum populum ſive in Ægypto , ſive in deſerto ſpe-

spectantia, similiter, & alia quæ de Paradiso, de fluminibus, de auro, & lapidibus conscripsit. Neque vero poterat illudere auditoribus, cum ficut ipse, fic & inter seniores & majores multi pleraque, maxime quæ de Redemptore futura erant, ex eadem traditione tenebant.

Tria potissimum in Pentateuco Christianam Religionem spectant. Primo quidem facta, quæ credenda funt, scilicet creatio Protoparentis a quo cæteri suam ducunt originem, ejusdem lapsus & promissio Salvatoris. Secundo, promissa in quorum spem religio fractos animos erigit, scilicet remissio peccatorum, resurrectio & vita æterna. Tertio cultus, quem Christiana Religio præscribit Deo reddendum; cultus autem ille situs est in observatione legis, in supremi Numinis adoratione, quibus & peccatorum veniam, & ejus gratiæ opem efflagitamus, eique grates pro beneficiis acceptis rependentes nova nobis elargiri petimus. Et vero qui credit mundum a Deo conditum, lapsum primi hominis, ejus per Christum reparationem, aliaque similia ut primum extra dubitationis aleam posita sunt, potest & alia bene multa fide firmissime credere.

Replicant : Gen. 36. vers. 31. habetur: Reges autem qui regnaverunt in terra Edom, antequam haberent Regem filii Israel, fuerunt hi &c. Quæ verba significare videntur auctorem vixisse sub Regibus Israel, adeoque non fuisse Moysen. 2. Genes. etiam dicitur, Sara 80. annorum rapta esse a Rege Ægypti ob pulchritudinem : sed hoc non videtur verum, mulier enim quæ processit in diebus suis non dicitur pulchra. Ergo &c.

Respondeo, non sequi ex verbis allatis auctorem vixisse tempore Regum Israel : sufficit enim ut Moyses cognoverit Spiritu prophetico, & prædixerit, ut fecit in Deuteronomio, filios Israel habituros fore Reges, ficut alias nationes; fic Edom Regem ante filios Israel, habuit.

Respondeo II. distinguendo : Antequam haberent Regem, simpliciter, concedo : Regem ut fic, nego. Nomen Rex in Scriptura sumitur etiam pro Duce, fic Deuter. 33. vers. 5. Moyses dicitur Rex in eo sensu; eo utique modo passim usurpatur in libro Iudicum. Cæterum hoc nihil facit contra nos ; supponamus enim fuisse octo Reges Iudæorum five essent de familia Esau, five de aliis nationibus, hoc contigit, antequam Moyses educeret de

Ægypto populum, quo tempore Israelitæ Reges vel Duces habere dubio-procul potuerunt : ficque contra veritatem ne minimum quidem scripsit Propheta.

Ad secundum : Non probat objectio, Moysen non esse auctorem Pentateuchi, & aliquid incredibile esse in Genesi : Sara enim erat sancta & uxor sancti, unde potuit suam servare pulchritudinem usque ad 80. annos ; tum quia vita erat longior his temporibus, tum quia Deus potuit addere splendore insicut dedit Iudith, ut bene a Rege idololatra tractaretur.

Insistunt : Exod. 16. vers. 35. habetur : Filii autem Israel comederunt Man 40. annis, donec venirent in terram habitabilem : hoc cibo aliti sunt usque quo tangerent fines terræ Chanaan, Auctor respicit ad tempus cum manna cessavit : sed hoc evenit eo tempore, quo jam mortuus erat Moyses, ut patet Iosue vers. 11. Igitur Moyses hoc non potuit scribere.

Respondeo distinguendo : Aliti sunt usque quo tangerent fines Chanaan moraliter, concedo : physice, subdistinguo : usquequo tangerent citra Iordanem, concedo : trans Iordanem, nego. Certum est Moysen appropinquantem Iordanem, adeoque terræ promissionis confines, O, & Sehon Reges Basan & Amorrhæorum devicisse ; tunc autem cessavit manna, & frugibus terræ aliti sunt Israelitæ. Postea Moyses mortuus est in monte Nebo : tum Iosue Duce Hebræi transierunt Iordanem, & terram Chanaan occupare cœperunt, capta civitate Iericho, ficque immediate ante transitum Iordanis tangebant moraliter & initiative ac physice terram Chanaan : Igitur Moyses potuit omnia scribere. Nonnulli respondent, verba allata addita fuisse a Iosue, vel ab Esdra aut ab aliquo Propheta, vel etiam ab ipso Moyse, qui Spiritu Dei revelante actus, futura veluti præsentia cernebat. Sic Deuter. 17. 14. prænovit filios Israel habituros aliquando Regem : fic Deut. 25. 19. monet Hebræos de exterminanda Amalecitarum gente, postquam terræ promissæ possessores facti essent.

P. Alexander diss. 9. hist. veteris Testamenti p. 7. col. 1. solvit difficultatem : his " verbis : Respondetur primo, Moyses hæc " dici locutum trans Iordanem, habita ra- " tione Terræ Sanctæ, cujus compara- " tione Scriptura sacra situs locorum " consignare folet ; camestria enim Moab, ,, in quibus Moyses ad Iudæos extremum

„ verba faciens legem iteravit, sunt trans „ Jordanem Judæis terram promissam in- „ colentibus. „

Persistunt I. Exod. 24. vers. 7. citatur volumen fœderis scriptum a Moyse. II. Num. 21. vers. 14. & 15. citatur etiam liber bellorum Domini, his verbis: *Unde dicitur in libro bellorum Domini: sicut fecit in mari rubro, sic faciet in torrentibus Arnon. Scopuli torrentium inclinati sunt, ut requiescerent in Arnon, & recumberent in finibus Moabitarum*. III. In eodem libro scripta erat Amalecitarum clades, ut patet Exod. 17. vers. 14. sed si Moyses hæc scripsisset, non citarentur, ut scriptum a Moyse, neque diceretur: hoc dixit & fecit Moyses, ut passim habetur in Pentateuco. Ergo &c.

Respondeo, distinguendo minorem: Et Moyses scripsit historiam quasi aliena persona a se, non secus ac Julius-Cæsar in commentariis, ac cæteri duces qui sua acta conscribunt, & hoc ad humilitatem & faciliorem textus comprehensionem, concedo: secus, nego.

Jam vero quicunque sit liber Bellorum Domini, ut Canonicus haberi debet. Probabiliter creditur canticum quoddam ab Hebræis celebratum, quia multæ sententiæ, quæ ex eo recitantur Num. 21. vers. 14. Poeticæ sunt: neque vero requiritur ut in libro speciali distincto ab Exodo scriptum sit illud Canticum, cum vox hebræa (inquit Grotius) non magis librum quam narrationem aliquam significet: unde illud Canticum apud Hebræos celebratum, ut tritum potuit Moyses jungere in libro Legis.

S. Augustinus quæst. 42. in Numero suspicatur, his verbis: Librum aliquem Chaldæorum vel Ægyptiorum designari, qui bellorum Domini nomine donetur, ea potissimum ratione, quod de bellis celeberrimis tractaret. Hunc autem Librum quamvis profanum Moysen citare potuit, sicut Apostolus quædam ex Poetis laudavit Atheniensibus, quibus existentiam veri Dei eis probare satagebat; hinc loquens de illo libro Canticorum hæc subdit S. Præsul: " Qui tamen non ideo „ sit assumendus in eas Scripturas, qui- „ bus divina commendatur auctoritas, sic- „ ut nec Propheta ille Cretensis, cu- „ jus mentionem facit Apostolus; nec „ Græcorum Scriptores vel Philosophi, „ vel Poetæ, quos idem ipse Apostolus „ magnum sane aliquid & veraciter promptum ad Athenienses loquens, dixisse confirmat. „

Reponunt: Num. 12. vers. 3. Moyses dicitur vir omnium mitissimus: sed sanctus non se laudat: Ergo &c.

Respondeo distinguendo minorem: Non se laudat amoris proprii motivo, & propter se, concedo: inspiratione Dei, & ad mirabilia Dei ostendenda in suis creaturis, nego. Sic Paulus se commendavit apud primos Christianos, narrando revelationes, tum & persecutiones quas propter Christum subierat. Solutio est S. Gregorii in præfatione libri Job cap. 1. " Unde, *ait*, „ & B. Job sancto Spiritu afflatus, po- „ tuit sua gesta, quæ erant videlicet super- „ næ aspirationis dona, quasi non sua scri- „ bere: quia eo alterius erant quæ loque- „ batur, quo homo loquebatur quæ Dei „ sunt: & eo alter quæ erant illius lo- „ quebatur, quo Spiritus sanctus loque- „ batur, quæ hominis sunt. „

Instant: Deuteronomii I. habetur: *Hæc sunt verba quæ locutus est Moyses ad omnem Israel trans Jordanem*: Sed Moyses nusquam transivit Jordanem: ergo hæc non scripsit.

Respondeo I. Solutionem jam ex dictis patere. Majoris tamen claritatis causa.

Respondeo II. distinguendo: Et vox *trans* dicit terminum a quo sicut terminum ad quem, concedo: dicit solum terminum ad quem, nego. Transitus est motus qui incepit citra Jordanem & terminatus est trans Jordanem. In primo sensu sumuntur verba: secus in secundo: sic qui vellet transire Sequanam, Parisiis, & ibi aliquid prius faceret, diceretur scripsisse trans Sequanam: quod autem sensus sit genuinus patet, ex vocabulo, quod dicit vocem hebræam *trans* significare transitum: & antiquus Scholiastes qui versionem Jerosolymitanam ad Hebræum diligenter contulit, hic & in aliis locis ubi particula *trans* minus commode legitur, posuit in transitu.

Respondet R. P. Alexander diss. 9. pag. 7. col. 1. de genuinitate librorum Moysis: „ Unius forte voculæ hebraicæ æquivo- „ catione factum, ut interpres verteret „ *trans Jordanem*, quod ei Jordanem „ vertendum erat. Vox enim *Eber*, non „ solum *trans*, sed & *cis* significat, ut no- „ tant *Pagninus* & *Buxtorfius*, & norunt „ quique hebraice periti. Textus hebrai- „ cus sic ad verbum reddi potest, ut ha-

„ betur

,, betur in Bibliis Polyglottis : *Ifta verba*
,, *quæ locutus eft Moyfes ad tmnrw Ifrael in*
,, *tranfitu Jordanis* ; Id eft, cum mox tran-
,, fiturus Iordanem effet. ,,

Inftftunt : Deut. 2. 12. habetur : *In Seir
autem prius babitaverunt Horrbæi : quibus ex-
pulfis atque deletis babitaverunt filii Efau,
ficut fecit Ifrael in terra promiffionis fuæ.* Eo
loci fignificatur, vel tempus quo Da-
vid Idumæos e fedibus expulit, ut fit
fenfus. Horrhæos ab Efau pulfos de-
letofque, non fecus ac poftea ab Ifraelitis ipfos Idumæos. Vel etiam defignatur tempus quo jam Ifraelitæ occupaverant Chanatitiden, quæ non nifi mortuo Moyfe, quocumque fenfu
fumantur, contigerunt, adeoque ab aliena manu confcripta.

Refpondeo I. ad illam objectionem folutione generali jam jam fæpius laudata :
videlicet, fanctum Moyfen, ficut præterita, fic & futura lumine prophetico
illuftratum ad inftar, & pro more cæterorum Prophetarum recenfita eructare potuiffe.

Refpondeo II. Hæc & fimilia fpecie pugnantia abfque magno negotio conciliari.
Et vero non fenfus eft Idumæos expuliffe
Horrhæos e monte Seir, ficut Ifraelitæ
vel ipfos Idumæos poftea ex eodem loco
propulfaverunt, fed tantummodo quod
Idumæi, ejectis Horrhæis, ibi habitave-
rint, ipfis vero deletis, illum locum ut
terram poffeffionis fuæ incoluerint Ifraelitæ. Neque vero hæc verba : *Sicut in terra poffeffionis fuæ*; intelligenda funt univerfim de tota terra promiffionis, fed folum de illa parte duorum Regum Og &
Sehon, quorum regna Ifraelitæ, Amorrhæis & Bafanitis devictis, jam occupaverant, cum hæc fcriberentur. Quandoquidem, Rubenke, & Gadiæ, & dimidia pars Manaffæorum, illas regiones jam
poffidebant. Quocirca Arias Montanus
vertit : *Sicut fecit Ifrael nonnullis in poffef-
fionibus, quas dedit eis Deus.* Hoc ipfum
confirmat Moyfes Deut. 3. *Terramque pof-
fedimus tempore illo ab Aroer, quæ eft fuper
ri pam torrentis Arnon, ufque ad mediam
partem montis Galaad ; & civitates illius
dedi Ruben, & Gad. Reliquam autem partem Galaad, & omnem Bafan Regni Og,
tradidi mediæ tribui Manaffe, omnem regionem Argob.*

Opponunt : Quædam funt in Pentateuco,
quæ dubio-procul ipfe nec fcripfit, nec
fcribere potuit Moyfes : v. g. in calce

Deuteronomii mors ejus refertur ; quis autem cordatus ufquam dixerit viventem
Hiftoriographum fuam enarrare mortem ?
quædam alia quæ longe Moyfe pofterio-
ra annotantur ; quædam etiam alio modo aut citantur, aut extitiffe commemorantur a Moyfe, quorum omnium non
unum. eft exemplum. Primo quidem,
Gen. cap. 14. urbs *Lais* vocatur *Dan*,
cum tamen juxta omnes interpretes
nonnifi poft Moyfis obitum *Dan* vocata
fit, II. Genef. 22. mons Moria appellatur, *Mons Dominus videbis.* Quod
utique folum, mortuo Moyfe contigit, eo
nimirum dumtaxat tempore, quo mons
ille ædificationi templi deftinatus eft. III.
Civitas Hebron Gen. 23. 2. cap. 35. 27.
celebratur, & tamen hoc nomine cele-
bratæ eft tantum a Caleb Hebronis filio,
& hoc, defuncto Moyfe, ut habetur
Iofue 15. 14. namque antea Caria Thar-
be appellabatur. Poftremo Deut. 3. 14.
ifta leguntur : *Jair filius Manaffe poffedit
omnem regionem Argob, ufque ad terminos
Geffuri, & Machati. Vocavitque ex nomine fuo Bafan, Nawib Jair, id eft, Vil-
las Jair, ufque in præfentem diem.* Ex ultimis verbis colligi poffe videtur nonnifi
longo poft Moyfis obitum tempore hæc
fcripta fuiffe.

Refpondeo I. Iftas & fimiles objectiones
jejunas admodum effe. Cum enim, ut
femel dictum fit, Moyfen Spiritus
fancti afflatu fcripfilfe, fuam mortem ficut prævifam, fic & veluti præfentem defcribere potuit : neque vero plus virium
habet variatio urbium nominum. Cum e-
nim naufragia iterum atque iterum in diverfis Ifraelitarum captivitatibus Libri facri paffi fint, potuit Efdras, qui eos collegit, notioribus tunc nominibus appellare, ut populus innatæ linguæ jam ex
parte oblitus, melius caperet quid Propheta eis legeret & doceret.

Refpondeo II. Nonnullos propugnare quinque libros Legis fuiffe per modum Diarii
& Annalium a Moyfe confcriptos, Iofue
vero poft ejus obitum, aut alium Prophetam in ordinem digeffiffe, & nonnulla afflatu Spiritus fancti intertexuiffe. Sic
Baruch Jeremiæ Prophetiam ordinavit :
fic etiam Parabolæ Salomonis ab aliis Scriptoribus facris fuerunt ex ejus fcriptis
congeftæ & concinnatæ, ut legitur in libro Proverbiorum.

Jam ad fingula breviter refpondeo. Ad
primum quidem, obitum Moyfis ab aliquo

quo scriptore Canonico additum fuisse ad
calcem Deuteronomii . Ad secundum ,
dico cum Doctissimo Huetio , nomen
Dan antiquius esse expeditione sexcento-
rum virorum Daniticæ Tribus , qui ablato Michæ Idolo cum Sacerdote urbem
Laïs expugnarunt , & suo Nomine *Dan*
vocaverunt , ut habetur Judicum 18. 26.
ex duobus quippe fontibus *Jor* & *Dan*
Jordanis nomen derivatum est , ut testantur S. Hieronymus , & Philostorgius.
Hinc liquet fluviolum ex quo Jordanis
partim emanat , nomine *Dan* , sicut Jordanis sic & *Dan* quid antiquius esse expeditione Itudata . Illum igitur fluviolum forte significavit S. Moyses cum de
Abrahamo loquens , Genes. 14. ait : *Nu-*
meravit expeditos vernaculos suos trecentos
decem & octo , & persecutus est usque Dan .
Tum devictis hostibus captum Lothum
reduxit incolumen . Ad tertium , ut ipsi Scriptura testatur , ab Abrahamo primum mons iste vocatus est *Dominus vi-*
det . Sciscitans enim Isaac a Patre ubi e-
rat victima , Genes. 22. respondit Abraham : *Deus providebit sibi victimam holocau-*
sti , fili mi . Quia vero Dominus pepercit
filio dilecto : *Levavit Abraham oculos suos ,*
viditque post tergum arietem inter vepres hæ-
rentem cornibus , quem assumens obtulit ho-
locaustum pro filio , Appellavitque nomen il-
lius , Dominus videt . Unde usque hodie dicitur : *in monte Dominus videbit ;* quo
nomine non propter ædificationem templi juxta se iterata vice celebrata est .
Ad quartum , respondio generalis illud ,
dicendo aut Moysen spiritu prophetico
cuncta rimantem sic scripsisse de *Jaïr* , aut
Esdram aliumve : Propbetam , quæ post
obitum Moylis contigerant circa personas jam jam a Moyse ex parte celebra-
tas addidisse , ne aliquid in historia texenda
deficeret numerus .
Pari & consimili ratione solvitur argumentum istud . Auctor Pentateuchi texit
seriem octo Regum Edon seu Idumæorum , tum ad eorum duces transit ; constat tamen ex lib. 1. Paral. cap. 1. 51. Idu-
meos non habuisse duces nisi multo post
Moylis obitum ; memo quippe non videt
hæc fuisse scripta ab auctore Canonico ,
videlicet aut a Moyse præscientia futurorum ductus , aut ab Esdra .
Insistunt : Alia plurima sacescunt in veritate dignoscenda difficultatem , tum circa ipsam libri Pentateuchi substantiam ,
tum etiam circa auctorem. Primoqui-

dem , Genes. 40. 15. Josephus , ita loquitur : *Furto sublatus sum de terra Hebræo-*
rum ; hoc est de terra Chananæa : Atqui ista terra nedum ab Heoræis nomen
acceperat , quandoquidem eam nondum
occupaverant : Ergo &c. II. Deut. 3. 11.
scriptum est : *Solus quippe Og Rex Basan*
restiterat de stirpe Gigantum . Monstratur
lectus ejus ferreus , qui est Rabbath filiorum
Ammon , notum cubitus habens longitudi-
nis ; & quatuor latitudinis ad mensuram
cubiti virilis manus . Quorsum autem hæc
inutilia memoriæ mandare , cum vel ipsi
Israelitæ oculis suis viderant illum Regem .
III. Epist. 2. ad Timoth. cap. 3. Apostolus
mentionem facit Jeannis & Mambris Magorum Ægyptiorum quos Moysi restitisse
asserit , altum tamen est silentium in Pentateuco de illis. IV. Hebr. 11. dicit Moysen , ut primum montem Sinai ardentem
conspexisset , exclamasse : *Exterritus sum*
& tremebundus ; quæ quidem verba etiam
in libris Legi desunt . V. Auctor Pentateuchi libros ab ipso Moyse conscriptos
citat , videlicet librum fœderis , librum
bellorum Dei , & librum Legis Dei. Exod.
24. 4. 7. Num. 21. 14. Deut. 31. 9. Igitur
non Moyses , sed alter est auctor Pentateuchi.

Facilis est ad hæc omnia responsio . Nego igitur antecedens . Ad primam probationem , distinguo minorem : Terra
Chanaan nondum erat ab Hebræis occupa-
ta ex jure avito , concedo : ex jure pro-
misso , nego . Tempore Joseph Hebræi
jam jam in magnum creverant numerum ,
suisque ad instar Abraham ibi fixerunt
sedes , hinc & vicinis gentibus non erant
ignoti : eam vero terram Deus promile-
rat ejus semini : Igitur potuit jure merito Josephus dicere : *Furto sublatus sum*
de terra Hebræorum , hoc est de terra qu tca
Hebræi tunc incolebant .

Ad alteram prob. distinguo: Et Moyses
historiam texebat rerum mirabilium gestarum , adjuvante Deo , nedum pro viventibus & præsentibus , sed & pro nepotibus , ut ad beneficii Dei recolenda promoveret , concedo : hinc manum Dei
fortem in expugnatione Og de stirpe Gigantum commendat , ostendæque descri-
bendo lectum , immane devisti Regis robur & fortitudinem , & scripsit pro iis
præcise qui prælio adversus Regem Og ad-
fuerant , nego . Non ivitur inutilitatis ,
sed summæ sapientiæ Moysis argumentum est , quod difficilem partu victoriam
ex

ex fortitudine Davidi Regis memoriæ
traderet posteris , ut magnalia Dei erga
suum populum celebraret , ad ciendos e-
jusdem plebis in benefactorem pietatis affectus .

Ad tertiam , verba *exterritus* , & *tremebundus* sunt æquivalenter in Pentateuco .

Ad quartam & quintam probationem
dico : Nomina laudata , quæ forsan injuria temporum e Pentateuco exciderant ,
Esdram dedifcere potuiffe vel ex vetuffi-
fimis biftoriis , vel etiam ex traditione Mofaica , quippequi foret in lege indaganda
inter coætaneos peritiffimus , & ea fup-
pleviffe. Tametfi igitur vocabula nunc in
libris Legislatoris defiderentur , non inde
concludendum eft Pentateucum luxatum
& interpolatum ad nos ufque perveniffe .

Contra : Si Pentateucus effet genuinus
Moyfis foetus , tanta cum diligentia eum
Ifraelitæ fervaffent , ut neutiquam periif-
fet , aut faltem oblivione fuiffet datus ,
quandoquidem Moyfen non folum ut Patrem & benefactorem , fed ut Legislatorem cui locutus fuerat Deus , habebant : Atqui tamen hæc inconvenientia
non femel comperta funt . Et probatur :
Lib. 4. Reg. cap. 22. & lib. II. Paralip.
cap. 34. legitur quod Jofiæ Regis Juda
temporibus repertus fit codex legis ab
Helcia fummo Sacerdote : *Reperit Helcias
Sacerdos librum Legis Domini per manum Moyfis* : Cunque librum illum coram Jofia
legiffet *Saphan* fcriba , audiffetque Rex
verba Legis , *fcidit veftimenta fua* . Pentateucus igitur erat tunc temporis ignotus , fin minus Rex non fuiffet tanta admiratione raptus in voluminis iftius ad-
inventione , nec præ dolore quo angeba-
tur de libro Legis apud Judæos neglecto ,
fua fcidiffet veftimenta .

Respondeo : Iftam argumentationem ad
fummum probare , aliquam irrepfiffe in
Judæos pro libris Legis affervandis incu-
riam , nufquam vero eorum non effe auctorem Moyfen , cum potius habeatur ad
veritatis confirmationem : *Reperit Helcias
Sacerdos librum Legis Domini per manum
Moyfis* . Quid expreffius ?

Respondeo II. negando minorem : Non obftante multorum Judæorum idololatria, non
deerant , qui voluntatem haberent in Lege Domini : credebat quidem quondam
Elias fe relictum effe folum qui perfeve-
raret fidelis , dum tamen refponderit ei
Deus , feptingentos adhuc qui genua non

flexerant coram Baal , habere . Ultro fatemur fub Manaffe & Ammone impiis
Juda Regibus Rempublicam in deteriora
abiiffe , fed Jofiam Ammonis filium re-
ligiofiffimum aras omnes iniquo victimarum fanguine pollutas fubvertiffe , templum mundaffe , & cultum Dei legitimum reftituiffe . Porro anno 13. Regni
Jofiæ volumen Legis Helciæ invenit in
templo , fed non inde concludas velim
fuiffe unicum exemplar , cum potius autument docti fuiffe Autographum Legis
manu Moyfis confcriptum , quod non
obfcure fubindigitant illa Scripturæ verba in objectione laudata : *Reperit Helcias
Sacerdos librum Legis Domini per manum
Moyfis* . Et vero eodem anno quo in-
ventum eft illud volumen , Jofias una
cum omni populo Pafcha folemne cele-
bravit , ut habetur lib. 2. Paralip. 34.
Quis autem credet & Sacerdotes , &
Levitas , & reliquos Judæos in tanta
temporis anguftia , cum unico Legis codice omnes cæremonias & ritus in fefti-
vitate celebranda obfervandos difcere &
memoria retinere potuiffe ? Demum libri
Moyfis in Regnis & Juda & Ifrael a
Prophetis & Sacerdotibus fumma cum diligentia affervabantur , unde gratis dicitur
omnes uno folo Moyfis Autographo excepto , codices periiffe .

Objiciunt illud argumentum quod eft
palmare , apud Simonium : Apud Hebræos
Scribæ , feu Prophetæ divino afflati Spiritu , id muneris obibant , quod res geftas
& annales temporum colligerent memoriæ fuis fcriptis tradendas : fic eo funge-
bantur officio Hierophantæ apud Ægyptios ; Chaldæi , apud Babylonios ; Magi ,
apud Perfas ; Gymno-fophiftæ , apud In-
dos ; litterati , apud Sinas ; Pontifices
apud Romanos : Igitur probabiliffimum
eft apud Judæos tunc legis Annalium col-
ligendorum Provinciam Scribis & Prophetis , nufquam vero ipfi legislatori de-
mandatam fuiffe ; maxime cum Principes
& legum Conditores Amanuenfibus pro
rebus geftis uti foleant .

Confirmatur : Diodorus Tarfenfis , S.
Athanafius , Theodoretus & alii teftantur,
quatuor libros Regum & duos Paralipomenon effe compendiofam hiftoriicam col-
lectionem conflatam ex Libris Scribarum
& prophetarum , qui res memorabiles fuis
temporibus peractas fcriplerunt , Inftar
omnium fint facta Salomonis , quæ Nathan , Ahia Silonites , & Addo memoriæ
tradi-

tradiderunt, ut habetur l. 2. Paralip. cap.
9. 29. fic etiam Addo & Semelias , Scribæ Roboam gesta litteris inandarunt . Ibidem cap. 12. fic adhuc Addo acta Abjæ Regis Juda fcripfit . Ibidem cap. 13. fic Jebu filius Hamani qui fuit fcriba Jofaphat , Ævi illius præclara faciaora retulit . Ibidem . Cap. 20. Sic tandem nobilis Ifaias , qui initio Libri fui afferit fe fuiffe in diebus Oziæ , Jonatham , Achaz , & Ezechiæ Regum Juda , fcripfit faȝa Oziæ & Ezechiæ ; hinc iftius gefta , quæ referuntur l. 4. Reg. cap. 18. 19. & 20. excerpta funt ex quatuor capitibus 36. 37. 38. & 39. Prophetiæ Ifaiæ : Idem proportionaliter dicendum de libro 2. Machabæorum , qui ex libro Jafonis Cyrenæ hiftoriæ deprompt us eft . Igitur non citra fundamentum dicitur Pentateucum ab aliquo Scriba fuiffe collectum .

Refpondeo : Syftema Simonii petere jugulum , dum concedit folos Scribas a Deo infpiratos , & Prophetas fpectiffe Libros facros componere , & hoc ipfum teftatur Jofephus lib. 1. contra Apionem . Unde fic diftinguo : Et Moyfen inter Prophetas erat maximus , quippequi & legislator extiterit , concedo : ad ipfum igitur fpe-ȝabat fcribere legem , immo Deo jubente , fecit : & non erat , nego . Ad probationem nego paritatem ; hoc enim intercedit difcrimen inter Legislatorem a Deo infpiratum , & alterum mere civilem , quod ille ipfe debeat prodere & fcribere legem qualem a Deo accepit , ne legi poffit fubeffe falfum , & ut etiam populi majorem legibus adhibeant fidem , majorique eam profequantur amore .

Ad confirmationem , diftinguo fimiliter : Et S. Athanafius aliique non dicunt libros Regum cæterofve fuiffe memoriæ traditos ab aliquo ex illis Scribis publicis , quales fingit Simonius , fed ab aliquo fcriptore canonico , puta a Jeremia , vel Efdra , qui tranfacta captivitate , facros Libros difperfos collegit , concedo : & contrarium propugnans , nego . Ad confirmationis probationem , nego paritatem : Tametfi enim opinio fit probabilis eorum , qui acta Salomonis & Regum. Juda confcripta a laudatis Prophetis , ut. innuere videtur Scriptura facra , nufquam tamen Simonius in eodem comperiet Pentateucum aliena manu a Moyfe confcriptum , cum e contra ex ifto fonte habeamus non alium præter ipfum fuiffe Pentateuchi auctorem .

SYNOPSIS PROBATIONUM.

Moyfes eft Pentateuchi auctor.

Primo : Hoc annuntiat vetus Teftamentum Exod. 17. ubi , jubente Deo , victoriam fupra Amalecitas reportatam defcribit . Tum Deuter. 17. prænotione Spiritus memoriæ mandat Ifraelitas decurfu temporum habituros effe Reges . Hoc Novum , ubi fæpius Chriftus remittit Pharifæos ad legem Moyfis , nomine vero Legis intelligitur Pentateucus , fic Joan. 5.
Secundo : Hoc definit facra Synodus Tridentina feff. 4. in decreto pro Libris facris , quos ibi fic commemorat : *Sunt vero infra fcripti : Teftamenti veteris , quinque Moyfis , &c.*
Tertio : Sic traditio Patrum docet : Cyrillus Alex. lib. 8. contra Julianum pag. 256. Melito Sardenfium Epifcopus , epift. ad Onefium apud Eufebium lib. 4. cap. 28. Hieronymus epift. ad Paulinum , Auguftinus lib. 2. de doctr. cap. 8. & alii .

SYNOPSIS OBJECTIONUM,

ET RESPONSIONUM.

Primo : Quædam prima fronte contradictoria apparent , v. g. de diverfis urbium nominibus , quæ ab Efdra , qui facros collegit Libros , ad faciliorem intelligentiam fixta ufum potuerunt immutari .
Secundo : Abfque veritatis difpendio potuit Moyfes , fua ipfa facta , ut alterius perfonæ , enarrare : fic Julius-Cæfar & alii Duces Principefque fuam ipfi factorum hiftoriam texuerunt , maxime cum modeftia non finat , fe ipfum directe laudare .
Tertio : Ad multorum folutionem animadvertendum eft Moyfen aflatu prophetico potuiffe varia memorare , quæ fuum poft obitum contigiffe conftat .

SECTIO SECUNDA.

De rebus contentis in Pentateuco.

Jam probatum eft libros legales effe divinos , & S. Moyfen eorum effe auctorem : Factum eft quoque fatis objectionibus quæ Heterodoxi & contra veritatem iftorum operum , & adverfus eorumdem auctorem incaffum proponunt . Ad complementum controverfiæ operæ pretium
hic

hic breviter texere palmaria capita quæ
complectuntur. Hæc quidem delibavimus
in synopsi seu introductione ad universam
Scripturam sacram, sed eadem fusiori calamo tractare non injucundum erit.

De Libro Genesis.

Hebræi hunc librum *Bereſith*, id est
in principio, desumpto scilicet a primo
libri vocabulo, Græco *Geneſim*, Latini
generationem appellant, ea potissimum
ducti ratione, quod Moyses principaliter
agat de hujus mundi spectabili creatione.
Auctor, primo rerum mere corporearum,
tum Proto-parentum eximiis innocentiæ
dotibus excultorum productionem refert:
Postea vero Adami & Evæ e Paradiso
voluptatis ejectionem, cæterorum hominum ab eis ut ab una eademque origine
prodeuntium, pessimorum nepotum aquis
diluvii, exceptis justo Noemo cum uxore, tribus filiis suis & uniuscujusque sponsis, exterminationem. His peractis commemorat quo pacto homines totum orbem post constructam Turrim Babelicam,
& confusionem linguarum disperst omnibus regnis initia dederint. Denuro, Abraham, Isaac, Jacob & Joseph sanctorum
Patriarcharum qui ante legem scriptam
floruerunt, & mores, illustria facta, religionem, & ingressum in Ægyptum fuso
calamo delineat.
Non desunt qui cum Eusebio lib. 7.
præp. Evang. Theodoreto & multis aliis
autumant Moysen, hunc librum post
egressum de Ægypto & legis promulgationem a Deo in Monte Sinai acceptam
conscripsisse: Liber juxta Vulgatam quinquaginta habet capita; in quibus figuræ
nedum Christi adumbrant adventum, sed
& ejus genius, & Nativitatis tempus non
obscure multa subindigitant oracula. Celebre est vaticinium de Christi nobili stirpe cap. 12. his verbis complexum: *Dixit
Dominus ad Abraham* .... *In te benedicentur universæ cognationes terræ*. Rursus cap.
22. *Benedicentur in semine tuo omnes gentes
terræ*. Tempus vero Messiæ annuntiat
illud Iacobi morientis effatum cap. 49.
*Non auferetur sceptrum de Juda, & Dux
de femore ejus, donec veniat qui mittendus est &c.* Observes velim Moysen suo
de mundi creatione systemate omnes eorum, qui tenent mundum ab æterno productum, errores profligare, ut fuse probavimus, ubi de existentia Dei, cum ex

libro Geneseos constet cuncta habuisse initium: Eodem jure dicimus Prophetam præoccupare commentitias de Præadamitis fabulas, & dissipare; quod quidem hic paucis demonstrare juvat.

PROPOSITIO UNICA.

Adam fuit omnium hominum
Primus.

*Probatur argumento Theologico, eoque
efficacissimo.*

Quæ ex divina voluntate pendent, nobis per sacras Scripturas manifestantur:
Atqui creaturarum productio a sola Dei
voluntate pendet, cum nullus ante mundum conditum esset; nec potuit scire quid
creatum, vel non creatum fuerit, nisi
Deus revelet: si enim per fas & nefas licitum est fingere & somnia componere,
dabitur processus in infinitum; aliquis
enim poterit dicere ante mundum istum
alterum præcessisse, & istum alterum alternata vice habuisse antecessorem, & sic
absque termino novos assignare mundos
pro ut erit imaginationis impetus: Iam
vero Scriptura primum omnium assignat
Adamum: Igitur Præadamitæ sunt conficti homines. Iam probatur ex Genesi Adamum fuisse primum hominem.
Habetur Genes. 1. *Et creavit Deus hominem ad imaginem suam*. Quod autem
hæc verba intelligantur de primo homine
non unum probat argumentum.
Primo: Cap. 5. Ibidem, vel ipse Moyses asserit his verbis: *Hic est liber generationis Adam. In die qua creavit Deus hominem, ad similitudinem Dei fecit illum.
Masculum & feminam creavit eos, & benedixit illis, & vocavit nomen eorum Adam
in die quo creati sunt.* Eo loci nullius alterius hominis creati ante Adam fit mentio, sed tantum de creaturis mere corporalibus, quibus mundum hunc Deus voluit prius adornare, antequam hominem
crearet, ut Adamus, quem ad imaginem
& similitudinem suam formare decreverat,
paratum & omnibus numeris absolutum
inveniret habitaculum.
Secundo: Ex Scriptura manifeste colligitur, maxime ex duobus nullum hominem antecessisse Adamum, sic enim librum Geneseos inchoat Moyses: *In Principio creavit Deus cælum, & terram*; hoc
est, juxta omnium Patrum & ipsius Ecclesiæ

clesiæ interpretationem, creationis Initium fuit productio cœli & terræ, cæterarumque creaturarum corporalium sex dierum spatio; tum his conditis, ad hominis formationem veluti ad operis complementum processit Deus, dicens : *Et creavit Deus hominem ad imaginem suam &c.* Quæ vox & delignat nullum ante Adam fuiffe creatum hominem ; quod & fubfequentia denotant verba : *Mafculum & fœminam creavit eos* : *Benedixitque illis Deus, & ait : Crefcite & multiplicamini, & implete terram, & fubjicite eam &c.* Jam vero fi homines, vel ante Adamum extitiffent, non opus erat ulteriori multiplicationis benedictione, cum jam jam terra fuiffet Præadamitis hominibus referta.

Tertio : Creatis Protoparentibus, quievit Deus ab omni opere quod patrarat : Igitur cum creatio fex dierum fpatio abfoluta fit, & omnes creaturæ tunc condiæ juxta genus & fpeciem nominentur, nec de alio homine quam de Adam & Eva fiat mentio, nifi alia ab ifto opere creatio admittatur, citra dementiam non anteriores ipfo Adamo homines admittendi funt, aut Scripturæ auctoritas peffundetur, & Moyfis de creatione fyftema funditus fubvertatur. Sic enim creationis opus concludit : *Igitur perfecti funt cæli & terra, & omnis ornatus eorum. Compleviítque Deus die feptimo opus fuum quod fecerat : & requievit die feptimo ab univerfo opere quod patrarat.* Audis univerfum opus illud effe, in quo de uno homine Adamo cum uxore fit mentio : Igitur Præadamitæ funt conficti homines.

Quarto : Non poffunt anteriores Adamo concipi homines, ipfo tefte Moyfe, quippequi Genefeos refumendo hiftoriam, fubnotet, non aliarum creaturarum præter recenfitas, fuiffe creatas : Tum clare & verbis difertis fcribit non alium ab Adamo fuiffe in paradifo hominem qui hunc felicitatis locum excoleret. De primo momento fic loquitur cap. 2. *Iftæ funt generationes cæli & terra, quando creata funt, in die quo fecit Dominus Deus cælum & terram. Et omne virgultum agri antequam oriretur in terra, omnemque herbam regionis priufquam germinaret.* De altero momento fubdit : *Non enim pluerat Dominus Deus fuper terram, & homo non erat qui operaretur terram.* His verbis anathemate percelluntur Præadamitæ & confunduntur : ex ore enim vel ipfius Dei habemus nullum fuiffe ante Adamum hominem, qui terram, plantas, & herbas excoleret, fed fons afcendebat e terra, irrigans univerfam fuperficiem terræ. Hæc ante hominis cujufcumque creationem fic exiflebant : Tum Deus Adam creavit, qui hanc benedictam terram operaretur : fic enim pergit Scriptor canonicus : *Formavit igitur Dominus Deus hominem de limo terræ, & infpiravit in faciem ejus fpiraculum vitæ, & factus eft homo in animam viventem.*

Quinto : Omnes ferme homines ortum ducere ab Adamo aflerit Apoftolus, declarant Concilia, annuntiat Ecclefia ; quod non foret verum, fi quidam alii homines Adam anteceffiffent : Ergo &c. Probatur Ant. S. Paulus afferit Rom. 5. mortem per unum Adam intraffe in mundum : & mortem inde pertranfiffe in omnes. Unde & quomodo ? Quia omnes ab Adam orti ex traduce peccatum originale contraxerunt : ait enim, *Sicut per unum hominem peccatum in hunc mundum intravit, & per peccatum mors, & ita in omnes homines mors pertranfit, in quo omnes peccaverunt.* Sic definit Concilium Araufieanum II. can. 1. fic Tridentinum feff. 5. can. 1. fic Ecclefia in benedictione Cerei Pafchalis ; fic Patrum Traditio, fic univerfa fidelium fides credit.

Sexto : Nulla ratione fyftema Præadamitarum innititur, fed ubique adverfatur Scripturæ, & fabulam fapit : Ergo &c.

Dices I. Gen. 4. 17. habetur : *Cognovit autem Cain uxorem fuam, quæ concepit, & peperit Henoch ;* fed hoc non poteft intelligi de filia Adami, quippequi nullam tunc temporis habuerat : Igitur de filia alicujus Præadamitæ : II. Rom. 5. legitur : *Regnavit mors ab Adam ufque ad Moyfen etiam in eos, qui non peccaverunt in fimilitudinem prævaricationis Adæ :* Igitur ifti qui non peccaverunt in fimilitudinem prævaricationis Adami non erant ejus filii, fed hominum qui illum anteceffent.

Refpondeo, negando Adamum non habuiffe filiam, cum Cainus ex uxore fufcepit Henoch ; non enim Auctor facer numerat in Genefi omnem prolem in individuo, fed fimpliciter de Adam : *Genuit filios & filias,* ut dicit cap. 5. & fic de cæteris : Ex difpenfatione vero & neceffitate compellente, ad multiplicationem, ut gens humana terram repleret, filii Adam cum propriis fororibus nupferunt. Solutio eft D. Auguftini lib. 15. de civ. cap. 16. " Cum igitur, ait, genus huma-

192   *Differtatio fecunda*

,, manum poft primam copulam viri fa-
,, ai ex pulvere, & conjugis ejus ex viri
,, latere, marium feminarumque conjun-
,, aione opus haberet; nec gignendo mul-
,, tiplicaretur; nec eſſent ulli homines
,, niſi qui ex illis duobus nati fuiſſent;
,, viri forores ſuas conjuges acceperunt,
,, quod profecto quinto eſt antiquius com-
,, pellente neceſſitate, tanto poſtea fa-
,, ctum eſt abominabilius Religione prohi-
,, bente. ,,

Ad II. dico, locum Apoſtoli ſyſtema
Præadamitarum non aſtruere, ſed potius
ſubvertere, cum eo loci declaret Apoſtolus mortem ab Adamo per peccatum
tranſmiſſam regnare etiam in iis qui propria voluntate, ſicut Adam prævaricatus
eſt, non peccant; hoc eſt, in parvulis.
Sic locum S. Pauli explanat S. Auguſtinus
lib. 1. de pecc. meritis & remiſ. cap. 2.
,, Ergo in omnibus regnavit mors ab Adam
,, uſque ad Noyſen, qui Chriſti gratia
,, non adjuti ſunt, ut in eis regnum mor-
,, tis deſtrueretur. Ergo in eis qui non
,, peccaverunt in ſimilitudinem prævari-
,, cationis Adæ: id eſt, qui nondum ſua
,, & propria voluntate, ſicut illi pecca-
,, verunt, ſed ab illo peccatum originale
,, traxerunt, qui eſt forma futuri: quia
,, in illo conſtituta eſt forma condemna-
,, tionis futuris poſteris, qui ejus propa-
,, gine crearentur, ut ex una omnes in
,, condemnationem naſcerentur, qua non
,, liberat niſi gratia Salvatoris. ,,
Cetera objectiones ſolutæ manent ex iis
quæ diximus tract. de Attr. diſſ. 1. de
exiſtentia Dei, ubi ſyſtema Moyſi pro
creatione rerum omni argumentorum genere defendimus.

De Libro Exodi.

ISTE liber ab Hebræis *veelle Semoth* nominatur, hoc eſt, *Ecce nomina*, ſumpta
nimirum a primo totius libri vocabulo.
Nomine *Exodi* a Græcis celebratur, ea
potiſſimum ratione quod exitum Iſraelitarum ab Ægypto præcontineat. In tres
partes vulgo dividitur: In prima Moyſes enarrat Joſephi in Ægyptum adventum, donum prophetiæ quo apud Pharaonem commendatus eſt, ejus in actu
auctoritatem, quomodo fratres cum patre ad ſe perduxit, populi ſui multiplicationem, tum ejus in operibus gravamina.
Deſcribit etiam Auctor ſacer ſuam in Æ-
gypto nativitatem, ex aquis liberatio-

nem, educationem, miſſionem a Deo acceptam ad populum in manu forti a captivitate liberandum. In altera parte decem plagæ, quibus Ægyptii compulſi ſunt
relaxare Iſraelitas, referuntur: Ritus co-
medendi agnum Paſchalem eo loci deſcribitur ad perennem liberationis ex Ægypto memoriam conſervandam: Tum ſequitur narratio de columna nubis & ignis,
qua quidem ad terram promiſſionis diri-
gebatur, de miraculoſo tranſitu maris rubri, de Pharaonis inſecutione & Ægyptiorum ſubmerſione. In tertia demum parte Scriptor ſacer memoriæ commendat beneficia quibus Deus cumulavit Iſraelitas
in deſerto: Videlicet manna quo eos quadraginta annorum ſpatio nutrivit, amaras aquas ad ſitim extinguendam dulces
factas, alias e petra duriſſima eodem fine
non ſine magno miraculo eductas, victoriam de Amalecitis reportatam; poſt remo
legem in monte Sinai datam, quæ multa
complectitur præcepta; alia quidem moralia, ad mores recte inſtituendos; alia
judicialia, quibus unicuique reddi quod
ſuum eſt, ſtatuitur; alia etiam cæremonialia, tum pro cultu divino cum pietate exhibendo, tum pro Tabernaculo ad
honorem omnipotentis erigendo. Agnum
Paſchalem prælufiſſe Jeſu Chriſti ſacrificium in ara crucis exhibendum nemo fidelis non intelligit. Et vero agnus abſque
macula primum occiſus, tum igne aſſatus
feſtinanter comedebatur, cujus ſanguine
poſtes domorum aſperſas conſpiciens Angelus exterminator, parcebat Iſraelitis,
dum primogenitos Ægypti ab homine uſque ad pecus una falce metebat: Pari
ſed & efficaciori modo ſanguis Chriſti in
cruce effuſus, eſt propitiatio, inquit S.
Joannes Epiſt. 1. c. 2. non pro noſtris
tantum, ſed & pro totius mundi delictis.
Liber iſte conſtat XL. capitibus in noſtra
Vulgata.

Nam abs re erit hic obſervare Deum miniſterio Moyſis decem plagis acerbiſſimis
percuſſiſſe Ægyptum, ut compelleret Pharaonem dimittere Iſraelitas, ut illi ſacri-
ficarent in deſerto.

Prima fuit converſio aquarum, tum ſon-
tium, tum fluminum in ſanguinem, ita
ut eas potare non ſine gravamine poſſent
Ægyptii; ſic enim habetur cap. 7. 17. &
18. *Hæc igitur dicit Dominus: in hoc ſcies
quod ſim Dominus: Ecce percutiam virga,
quæ in manu mea eſt, aquam fluminis, &
vertetur in-ſanguinem, Piſces quoque, qui
ſunt*

funt in fluvio, *moriuntur*, & *computrescent*
aquæ, & *affligentur Ægyptii bibentes aquam*
fluminis.

Secunda plaga fuit ranarum : Sic enim
habetur cap. 8. *Dixit quoque Dominus ad*
Moyfen : Ingredere ad Pharaonem, & *dices*
ad eum : Hæc dicit Dominus : Dimitte po-
pulum meum, ut facrificet mihi : fin autem
nolueris dimittere, ego percutiam omnes ter-
minos tuos ranis. Et ebullient *super ftratum*
tuum, & *in domos fervorum tuorum*, &
in populum tuum, & *in furnos tuos intra-*
bunt ranæ. .. Extendit *Aaron manum fu-*
per aquas Ægypti, & *afcenderunt ranæ*,
operueruntque terram Ægypti.

Tertia plaga fuit Sciniphum, ut habetur ibidem v. 16. & feq. *Extendit Aaron*
manum, virgam tenens : percuffitque pulve-
rem terræ, & *facti funt fciniphes in homi-*
nibus, & *jumentis : omnis pulvis terræ ver-*
fus eft in fciniphes per totam terram Ægypti
. . . . *eratque fciniphes, tam in hominibus*
quam in jumentis.

Quarta plaga erat omnis generis muf-
carum infinita prope multitudo, Ibid. v.
24. & feq. Et *venit mufca gravissima in*
domos Pharaonis & fervorum *ejus in omnem*
terram Ægypti; *corruptaque eft terra ab hujuf-*
modi *mufcis*.

Quinta plaga fuit peftis animalium, c.
9. 3. *Manus mea erit super agros tuos : Et*
super equos, & *afinos*, & *camelos*, & *bo-*
ves, & *oves*, peftis *valde gravis*. Tum
v. 6. Fecit ergo Dominus *verbum hoc altera*
die : *mortuaque funt omnia animantia Ægyp-*
tiorum : de animalibus vero filiorum Ifrael
nihil omnino periit. . ,

Sexta plaga fuit peffimorum ulcerum,
quibus & homines & animalia percuffit
Dominus. Ibidem v. 10. Tuleruntque Moyfes & Aaron, *cinerem de camino*, & fte-
terunt coram Pharaone, & fparfit illum Moyfes in cælum : *faftaque funt ulcera vef-*
carum furgentium in hominibus & *jumen-*
tis.

Septima plaga in grandine, tonitru &
fulminibus apparuit. Ibidem v. 23. & feq.
Extenditque Moyfes *virgam in cælum*, &
Dominus dedit tonitrua, & *grandinem*, ac
difcurrentia fulgura super terram : pluitque
Dominus *grandinem super terram Ægypti*.
Et grando & *ignit mifta pariter ferebant-*
tur : tantaque fuit multitudinis, quanta an-
te *nunquam apparuit in univerfa terra Æ-*
gypti, ex quo gens illa condita eft. Et *per-*
cuffit grando in omni terra Ægypti cunfta
quæ fuerunt in agris, ab hominibus *ufque*

Boucat Theol. Tom. IV.

ad jumentum : *cunftamque herbam agri per-*
cuffit grando, & *omne lignum confregit*.
Tantum in terra Geffen, ubi erant filii Ifrael,
grando non cecidit.

Oftava plaga fuit locuftarum, Cap. 10.
13. Extendit *Moyfes virgam super terram*
Ægypti : & *Dominus induxit ventum uren-*
tem tota die illa, & *nocte* & *mane fafto*
ventus urens levavit locuftas, quæ afcen-
derunt super univerfam terram Ægypti &
federunt in cunftis finibus Ægyptiorum inn u-
merabiles, quales ante illud tempus non fue-
rant, nec poftea futuræ funt. *Operueruntque*
fuperficiem terræ, vaftantes omnia. *Devo-*
rata eft igitur herba terræ, & *quidquid*
pomorum in arboribus fuit, quæ grando de-
miferat : nihilque omnino virens relictum eft
in fignis & *in herbis terræ, in cuncta Æ-*
gypto.

Nona plaga in densissimis tenebris fita
erat. Ibid. v. 20. *Extenditque Moyfes ma-*
num in cælum : & *facta funt tenebræ hor-*
ribiles in univerfa terra Ægypti tribus die-
bus. *Nemo vidit fratrem fuum, nec movit*
fe de loco in quo erat : ubicumque autem
habitabant filii Ifrael, lux erat.

Decima plaga fuit omnium tam de hominibus, quam de pecoribus primogenito-
rum ftrages. Cap. 11. v. 4. & feq. Hæc
dicit *Dominus : Media nocte egrediar in Æ-*
gyptum, & *morietur omne primogenitum in*
terra Ægyptiorum, a primogenito Pharaonis
qui fedet in folio ejus, ufque ad primogeni-
tum ancillæ quæ eft ad molam, & *omnia*
primogenita jumentorum. *Eritque clamor ma-*
gnus in univerfa terra Ægypti, qualis nec
ante fuit, nec poftea futurus eft, apud omnes
autem filios Ifrael non muttiet canis ab ho-
mine ufque ad pecus.

De Libro Levitici.

LIBER Levitici hebraice dicitur *Vajcra*,
id eft, & *vocavit*, fumpta fcilicet denominatione a primo libri vocabulo. A Latinis & Græcis Leviticus infcribitur, eo
quod & cæremonias, & facrificia, quibus colitur Deus, in viginti feptem capitibus exhibeat. In quatuor partes refte
dividi poteft. In prima quidem parte referuntur facrificia, quorum alia ex animalibus conftabant, & nomine hoftiæ feu
victimæ donabantur ; alia ex fruftibus
terræ, & immolationes dicebantur ; alia
ex liquoribus, & libamina feu libamenta
appellabantur. Jam vero, vel ipfa eadem
facrificia juxta diverfum finem diverfa
N   adhuc

adhuc insigniebantur nominibus. Quædam enim cedebant ex omni parte in honorem Dei, ad recognoscendum scilicet supremum ejus in creaturas Dominium, & in iis res oblata tota flammis absumebatur; vocabanturque holocausta: Quædam offerebantur modo ad gratias Deo pro beneficiis acceptis rependendas, modo etiam ad nova ab ejus bonitate obtinenda beneficia. Hujusmodi sacrificia hostiæ pacificæ appellabantur, seu etiam sacrificium Eucharisticum si pro gratiis rependendis, impetratorium vero si pro gratiis novis obtinendis, essent; neque vero omittendum est hostiam pacificam in tres partes pro more tunc distribui; una quidem in honorem Dei igne comburebatur, altera cedebat in usum Sacerdotis, tertia in usum offerentium. Porro observandum est hostiam pro peccato vel totius populi, vel Sacerdotis oblatam prorsus flammis consumi, dum vero offerebatur pro peccato unius solum hominis, in duas dividebatur partes, quarum una cremabatur, altera vero cedebat in usum Sacerdotum, qui ea in atrio templi vescebantur. In altera libri parte tractat Moyses de his, qui offerunt sacrificia, maxime vero de consecratione Sacerdotum, de legibus munditiæ, & immunditiæ; de modo purgandi & expiandi immunditias legales. In tertia assignantur tempora in quibus & sacrificia sunt offerenda, & festivitates celebrandæ: in quarta fit mentio de votis, de eorum solutionibus & redemptionibus, de rebus Deo consecratis; de decimis &c.

De Libro Numerorum.

Liber iste XXXVI. capita habet: ab Hebræis *Vajedabber* dicitur, hoc est, & *locutus est*. Sumpta a primo vocabulo denominatione: Latini librum Numerorum vocant, ea ducti ratione, quod in eo numerentur & bellatores qui gentes ad obtinendam terram promissionis fregerunt, & familias quibus ipsa distributa est terra. Primo quidem recensetur 603000. bellatorum numerus, cum quibus tamen Levitæ non commemorantur. Tum obmurmuratio populi adversus S. Moysen, & punitio, objurgatio legislatoris qui quasi in fide dubitans his petram percussit ut ex ea proflueret aquæ ad sitim multitudinis explendam, transgressio exploratorum, qui præter Caleb & Josue, Israelitas ab

ingressu terræ promissæ divertebant, seditio & flagellum Core, Dathan, & Abiron; profligatio hostium, scilicet Idumæorum, Chananæorum, Amorrhæorum, & Moabitarum, ingressum Hebræorum in terram promissam impedire molientium. Postremo enumerantur quadraginta duæ mansiones quas Israelitæ fecerunt in deserto; tnum terræ promissæ possessio & distributio referuntur. Capite vigesimo quarto mira Balaami de Christo prophetia enarratur, his verbis: *Orietur stella ex Jacob, & consurget virga de Israel, & percutiet duces Moab, vastabitque omnes filios Seth.* Et vero stella, est Symbolum Christi, qui fuit & est lumen mundi: virga, regiam ejus denotat dignitatem; Principes Moab, simulacrorum cultores ad fidem conversos exprimunt; per filios Seth intelliguntur omnes fideles quibus Christus dominatur. Præter istam de Christo Prophetiam insigni est altera Christi Redemptoris figura est serpens æneus in deserto elevatus ad sanitatem languentium, qui a serpentibus ignitis vulnerati fuerant; ille enim prænuntiabat homines peccato sauciatos a Christo per passionem salvandos.

De Libro Deuteronomii.

Liber iste Deuteronomium inscribitur, quod idem sonat ac lex repetita, quia leges a Moyse jam latæ uberius explicantur. Multa in hoc volumine pertractat S. Legislator: Primo quidem, recenset beneficia, tum ante, tum post lege is promulgationem Hebræis collata. II. Dat præcepta de necessitate diligendi Deum, de extirpanda idololatria, de pœnis quibus subjacere debent Idolatræ, superstitioni addicti, homicidæ, stupri & incestus noxii rei, & falsi accusatores. Tum Pharaonis, Core, Dathan & Abiron funestum interitum, ut a peccato committendo Israelitas deterreat, exponit. III. Statuit leges pro Sacerdotibus & Levitis, pro summo Sacerdote, & populi supremo Judice, pro institutione Regis, pro secernendis veris a falsis prophetis, pro vivis & mortuis, specialiter vero pro iis qui suspenduntur in ligno. Ultimo loco Moyses post recitatum Canticum, qui sic incipitur, *Audite cœli quæ loquor &c.* populum ad legem observandam hortatur, & transgressoribus comminatur maledictiones: liber hebraice vocatur *Elle Haddebarim*, id est, *hæc sunt verba* semper mi-

mi-

rarum denominatione a primo libri vocabulo; habet XXXIV. capita; cap. 18. prænuntiat Chriſtum Moyſes, dicens, *Prophe-*
tam de gente tua & de fratribus tuis ſicut
me, ſuſcitabit tibi Dominus Deus tuus. Non
ſecus enim ac Moyſes, Chriſtus fuit le-
giſlator, ut habetur, Act. 3. & 7. Euſebius l. 3. demonſt. Evang. de hoc tractat
momento.

ARTICULUS SECUNDUS.

De Libro Joſue.

Utrum ſit ſacer & canonicus?

L I B E R ille 24. capitibus conſtans a Joſue ſeu Joſua filio Nun nuncupatur,
ea potiſſimum ratione, quod præclara
tanti Principis facta complectatur. Et vero ut ſeriem eorum quæ in illo continentur libro breviter texere poſſimus, obſervandum eſt ea compleſſi, quæ ab obitu
Moyſis per annos 17. duce Joſue geſta
ſunt. In quinque primis capitibus refertur ingreſſus Iſraelitarum in terram promiſſionis. Tum ſeptem victoriæ de 31.
Regibus commemorantur: deinde vero
terra promiſſionis ſingulis Tribubus partita & diſtributa deſcribitur in ſequentibus.
In tribus ultimis reverſio Rubenitarum &
eorum quibus poſſeſſiones citra Jordanem
contigerant, texitur: item & exhorta-
tio ad plebem pro lege Dei ſervanda:
denique mors Joſue. Magnus ille Dux in
diſtributione ſeparavit civitates pro fugi-
tivis, & 48. cum ſuburbanis dedit Levitis.

Omiſſis variis opinionibus de auctore hujus libri, Thalmudiſtæ omnes, ſicut ſancti
Doctores, vix uno aut altero excepto
exiſtimant ſcriptum fuiſſe a Joſue, quod
indicat illud capitis ultimi v. 26. de Joſue:
Scripſit quoque omnia verba hæc in volumi-
ne Legis Domini. Quibus prælibatis ſit

CONCLUSIO.

Liber Joſue eſt ſacer & canonicus.

P R O B A T U R hoc ratiocinio. Quod ipſa
indigitat Scriptura, quod perpetua Eccleſiæ traditio, quod Concilii œcumenici auctoritas, & perpetua poſſeſſio Eccleſiæ,
hoc dubio-procul tale credi debet, quale
aſſeratur: Atqui iſta omnium argumen-

---

torum genera librum Joſue ſacrum eſſe declarant: Igitur & ita tenere debemus.
Probatur minor quoad ſingulas partes.
Primo: Ille liber 3. Reg. 16. 34. citatur,
quandoquidem aliquod Domini verbum ibi
excerptum apparet ex Joſue 6. 26. ſic enim
habetur: *In diebus ejus ædificavit Hiel de*
Bethel Jericho.: in Abiram primitivo ſuo
fundavit eam, & in Segub noviſſimo ſuo po-
ſuit portas ejus: juxta verbum Domini
quod locutus fuerat in manu Joſue filii
Nun. Quæ quidem verba depromta
ſunt ex Joſue c. 6. In tempore illo impre-
catus eſt Joſue dicens: *Maledictus vir co-*
ram Domino qui ſuſcitaverit & ædificaverit
civitatem Jericho: in primogenito ſuo fun-
damenta illius faciat, & in noviſſimo libe-
rorum ponat portas ejus. Rurſus iterum laudatur ille liber Eccli. 46. ubi hæc leguntur: *Et dedit Dominus ipſi Caleb fortitudi-*
nem, & uſque in ſenectutem permanſit illi
virtus, ut aſcenderet in excelſum terræ lo-
cum. Joſue vero 14. Caleb ait: *Hodie octo-*
ginta quinque annorum ſum, ſic valens ut eo
valebam tempore quando ad explorandum miſ-
ſus ſum: illius in me temporis fortitudo uſ-
que hodie perſeverat tam ad bellandum, quam
ad gradiendum. De ergo mihi montem iſtum.
Videas, velim, quanta ſit inter utramque
ſententiam affinitas: Secundo, ille liber
ſemper inventus eſt, & quidem in proto-
canone Judæorum, & immediate poſt libros legis ſeu Pentateucum ſemper poſitus
legitur. Tertio, accedit omnium Rabbinorum & Prophetarum traditio. Ita quoque ſemper cenſuit eximius primorum ſæculorum Patrum cœtus: Sic quoque de
fide definivit ſacra Synodus Tridentina
ſeſſ. 4. Ergo &c.

Solvuntur objectiones.

O B J I C I E S textus Scripturarum Samaritanus genuinus eſt, ut ſupra oſtenſum
eſt: Sed Samaritani non admittunt librum
Joſue: Igitur ille liber neque ſacer, neque canonicus habendus eſt.

Reſpondeo diſtinguendo majorem: Textus Samaritanus genuinus eſt quoad ea
quæ continet, concedo: quoad exceptiones, nego. Obſervandum eſt, Samaritanos fuiſſe a Jeroboam tempore Schiſma-
ticos, nec alios libros ſacros præter Pentateucum ſuſcepiſſe: cum enim ex Aſ-
ſyria tamquam colonia a Salmanaſar, qui
decem tribus captivas duxerat, fuerant
miſſi, ut Samariæ terram habitarent,

N 3 & a

& a leonibus propter impietates dilacerarentur, uno aut altero vix elapfo anno ad Regem fcripferunt, eum fuppliciter deprecantes, quatenus aliquos e captivis Sacerdotes, qui Deum terræ & cœli colere ficut oportet, eos edocerent, mittere dignaretur: quocirca libris legis, in quibus modus per facrificia colendi Deum præfigitur, folum adhæferunt, & in odium erga Judæos, quibus non contebantur, ut mulier Samaritana Joan. 4. afferit, cæteros abjecere.

Infiabis: Liber facer neque injufta & contra Dei legem, neque contradictoria complecti debet: Atqui tamen utrumque apparet in libro Jofue: Ergo &c. Probatur minor quoad fingulas partes. Primo quidem cap. 7. 27. Achan cum filiis fuis occiditur, & tamen Ezech. 18. 20. Deus ait: *Filius non portabit iniquitatem patris*: Igitur filii Achan abfque caufa & injufte propter patris fcelus interfecti funt. Secundo ibidem Achan dicitur lapidatus, & poftea verf. 25. igne confumptus: Sed mori per lapidationem &-ignem, manifeftam implicat contradictionem : Ergo &c.

Refpondeo negando minorem. Ad primam probationem diftinguo: Deo jubente vel infpirante, filii cum patre perierunt & interfecti funt, concedo : contra Dei voluntatem, nego. Quod autem, Deo ordinante, fit, non eft contra legem, cum ipfe fit fupra omnem legem : Igitur filii Achan vel furti a patre commiffi confcii erant, vel etiam Deus, qui Dominus vitæ & mortis eft, in tanti facinoris deteftationem, voluit Achan & in fe & in fuis bonis, videlicet filiis, puniri.

Ad fecundam partem utique diftinguo: Lapidari & igne comburi implicant contradictionem pro eodem actu & eodem tempore, concedo : fi ifta diverfis & temporibus & actibus compleantur, nego. Primum lapidatus eft Achan cum filiis fuis, deinde vero etiam cum tota fua fupellectili ad deterrendum cæteros a prævaricatione legis, in ignem traditus, confumptus eft, ut fufe defcribitur fub finem ejufdem capitis : Immo & quotidiana edocet experientia, profanatores Templorum & Sacramentorum laqueo apud Gallias primum fufpendi, deinde in facrilegii deteftationem, eorum corpora in ignem dejici & confummari.

Urgebis: Atque in libro Iofue quædam alia capita manifeftam implicant contradi-

ctionem : Ergo &c. Probatur fubfumptum. Cap. 24. habetur quercum in fanctuario fuifle, quod quidem expreffe prohibetur Deut. 16. 21. Item Iofue 1. verf. 4. legitur : *Poft diem tertium transfibitis Jordanem*; & tamen cap. 1. verf. 22. miffi de Sethim exploratores per tres dies latitarunt, quibus reverfis, ad tres ufque dies egreffi de Sethim Ifraelitæ, in Iordanis littore morari funt, priufquam Iordanem tranfirent : Ergo &c.

Refpondeo negando fubfumptum. Ad primam probationem, diftinguo : Erat quercus prope Arcam Dei, concedo : in ipfo Dei Sanctuario, nego. Ex Scriptura liquet Arcam Dei quieviffe feu fuiffe repofitam donec transportaretur in Silo circa quercum illam, ubi quondam Deus Abrahamo apparuerat, & Iacob defoderat idola, propter quod locus ifte per quamdam ad Templum analogiam dictus eft in Dei Sanctuario fitus : Cæterum Deus prohibuerat quidem lucos, fed non unam aut alteram arborem prope Sanctuarii locum, aut plantari, aut plantatam fervari ; nunc etenim aliquæ arbores, maxime in villis, circa Ecclefiam plantari & confervari non femel videntur.

Ad fecundam probationem diftinguo : Et forfitan fperaverat Iofue intra trium dierum fpatium fe cum Ifraelitis in terram promiffionis ingreffurum, quod, Deo difponente, aliter contigit, concedo : & hoc ipfum Scriptor Canonicus refert ut legentes in errorem inducat, nego. Res igitur fecundum humanam difpofitionem ordinatæ referuntur, nec implicat factum, elapfis illis tribus diebus, eveniffe : Sic graviffimi autumant auctores, qui putant tres dies ingreffum in terram promiffionis complectentes a tribus primis diebus fuiffe diftinctos. Solutio colligitur ex fancto Auguftino q. 2. Iofue. Quidam alii non abfque fundamento cenfent Iofue in perfona Dei locutum fuiffe, eiufque indicaffe ordinationem quæ tribus præfatis diebus completa eft : mos enim inoleverat apud Prophetas, mandata Dei & prænuntiare, & eventus feu effectus fubfequendos poftea intimare ; quo pofito apertius eft Scripturæ fenfus, qui quidem talis cenfetur ficut probavit eventus. Deus igitur primum dixit Iofue, poft tres dies cum filiis Ifrael, tranfmeato Iordane in terram promiffionis intrabit, quod ita contigit fequentibus diebus a Deo præfixis & notatis. Utraque folutio genuina

*n" * nium

num Scripturæ sensum absque contradictione manifestat.

Infistes: Sunt alia adhuc contradictoria in eodem libro, & quidem formaliter: Ergo &c. Probatur subsumptum. Caleb qui fuit filius Jephone ut habetur Num. 32. 12. fratrem non habuit Othonielem Senezi filium, ut legitur Iosue 15. 17. Ergo &c. Confirmatur: Terra Chanaan partita dicitur inter decem Tribus, & dimidia unius partis data est Manassi, ut habetur Iosue 13. 7. Sed hoc verum non apparet, namque capite 16. 9. urbes separatæ datæ sunt filiis Ephraim in medio possessionis filiorum Manassis: Ergo &c.

Respondeo negando subsumptum. Ad primam probationem distinguo: Et Caleb erat frater Othoniel ratione avorum, concedo: ita ut Othonielis neptem suam pro uxore haberet, nego. Et vero si Caleb fuisset Othonielis frater proprie loquendo, non potuisset filiam suam ei dare in uxorem; nam sicut legitur Lev. 18. 12. non potuit soror filio fratris sui nubere; ita nec videtur frater sui fratris filiam uxorem accipere: Igitur non nisi per ordinem ad avos Othoniel & Caleb fratres nominantur, quatenus erant Senezi nepotes, unde Senezai dicti sunt.

Ad secundam probationem distinguo: Et ordinatione Dei populi unius Tribus fratres aliarum Tribuum in numero excedentes, aliquas civitates aliarum tribuum accipere & habitare potuerunt, concedo: & hoc contra Dei mandatum ita factum legitur, nego. Non mirum igitur si, terra promissionis primum in decem divisa partes, aliqua unius partis portiuncula viciniori Tribui propter majorem numerum, ut in objectione refertur, concessa sit; & sic concilientur Scripturæ tum de divisione terræ in decem partes, tum etiam de habitatione Ephraim in medio Manassis.

Repones: Quinque nominantur refugii civitates, Iosue 20. 36. & tamen alibi non nisi quatuor recensentur. Secundo Iosue 24. 26. habetur, quod Seniores & Principes congregati sint in Sichem in conspectu Domini & in Sanctuario; e contra vero capite 18. 1. arca Dei & Sanctuarium dicuntur esse in Silo: Sed hæc omnia pugnant: Ergo &c.

Respondeo distinguendo minorem: Hæc omnia eodem modo, & secundum eumdem respectum intellecta implicant contradictionem, concedo: secundum diver-

Boscat Theol. Tom. IV.

sos spectata respectus, nego. Primum quidem patet, namque de facto quatuor solummodo civitates refugii fuere; si quidem quod eo loci legit Latinus Interpres, non invenitur in Hebræo, & sic versio latina per textum originalem corrigenda est; nec legi debet quinque: Igitur juxta diversas versiones tollitur contradictio; quædam enim leviores mendæ in Vulgata reperiuntur, ut dictum est supra. Secundum quoque claret ex supra dictis; namque Seniores & Principes stabant coram Arca versus quercum, seu Therebinthum apposita, sed asportanda Silo, ubi erat Sanctuarium, & sic apprime conciliatur utraque Scriptura: Cæterum textus græcus Iosue 24. 1. habet, Silo, scilicet Silo in agro Sichen. Et sic de civitate Sichen intelligi potest, congregantur Principes in conspectu Dei, qui in Synagoga vel in alio ad orationem destinato loco adunantur, qualis fuit illa quercum de qua supra.

Persistes: Non legitimus est libri Iosue ordo sententiarum, sed contradictorius: Ergo &c. Probatur antecedens, cap. 22. habetur, quod viri Tribuum Ruben, Gad, ac dimidia Manassis ad suas trans Iordanem possessiones dimissi sint, quasi toto illo longo tempore quo terra divisa est & unaquæque Tribus in sua sede collocata est, ipsi otiosi, suas uxores remque suam familiarem non curando, manserint in terra Chanaan, cum potius deberent ad propria reverti ex quo terra quievit a præliis: Ergo &c.

Respondeo negando antecedens. Ad probationem distinguo: Cito & viri ex Tribu Ruben, Gad & dimidia Manassis ad suas trans Iordanem possessiones non reversi sunt, eo quod aliquod adhuc erat a Gentibus timendum, & donec quædam civitates distribuerentur Levitis, concedo: per meram inertiam, nego. Potuerunt igitur œconomica causa aliquo tempore circa Iordanem commorari, ut sese ab hostium incursu defenderent, omni terra vero in pace composita, ad propria reverti dicuntur. Denique dato quod illa dimissio Tribuum facta sit prius, non male tamen posterius descripta fuisset, proposito scilicet naturali historiæ ordine artificiali, seu id exigente ratione, ne videlicet interrumperetur narratio eorum quæ ad perfectam terræ post hostes devictos possessionem pertinebant. Itaque observandum est charitatis causa Tribus Ru-

ben , Gad & dimidiam Manaſſis dediſſe
Ioſue ſooo. homines , ut ſex Chananæorum Provincias ſuo ſubjaceret Imperio ,
quibus peractis , Dux ille diviſit iſtas Regiones inter novem Tribus & dimidiam
Manaſſis , deinde remiſit copias auxiliares
trans Iordanem ubi Amorrhæorum Provincia partita fuerat inter Tribus Ruben ,
Gad , & dimidiam Manaſſis . Ioſue fuit
Chriſti typus juxta illud Hieronymi Epiſtola ad Paulinum : " Ioſue typum Chri-
„ ſti Domini non ſolum geſſit , verum et-
„ iam nomine præfert. „

SYNOPSIS PROBATIONUM.

Liber Joſue eſt canonicus .

Primo : Liber citatur 3. Regum 16.
34. Rurſus Eccli. 46.

Secundo : A Synagoga habitus eſt ut liber Protocanonicus ; & uti talis a Concilio Trident. ſeſſ. 4. agnoſcitur .

Tertio : Concinit Traditio . Nec mirum ,
promiſſa Dei facta de terra promiſſionis
non ſine portentis adimpleta enarrat .

SYNOPSIS OBJECTIONUM,

ET RESPONSIONUM.

Primo : Non mirum ſi Samaritanus
textus hunc librum non complectatur ,
quippe qui ſolum Pentateucum retinerent
Samaritani .

Secundo : Contradictoria ſecundum diverſos reſpectus abſque negotio conciliantur : Sic Acan dicitur dilapidatus ſimul
& igne combuſtus , quia ipſo mortuo ,
ejus cadaver igni traditum , in ſceleris de-
teſtationem conſumptum eſt .

Tertio : Neque vero ullum faceſſit negotium , quando Scriptor Canonicus quercum in Sanctuario fuiſſe commemorat ;
non in ipſo Sanctuario , ſed in agro fuit
arbor illa , donec Silo Arca deferretur :
Igitur Arca prope quercum repoſita ad
tempus dumtaxat fuit .

ARTICULUS TERTIUS.

Utrum Liber Judicum ſit divinus?

Liber Judicum ſic nuncupatur a Ma-
giſtratibus tredecim Iſraelitarum , qui
Judices vocabantur , quorum hiſtoriam

per annos 300. ſecundum quoſdam , & ſecundum Auguſtinum per 340. ſic refert
iſtius Doctor , incipiens a morte Joſue
ad mortem uſque Samſonis . Eo loci commemorat etiam varias ſervitutes quibus
peccata populi punivit Dominus . Thalmudiſtæ aſſerunt Samuelem hujus libri auctorem , alii vero Ezechiam : Auctor apparet antiquus , quandoquidem Pſal. 67.
9. hæc verba , *Deus cum egredereris in conſpectu populi tui* , videntur excerpta ex libro Judicum capite 5. 4. ubi habetur :
Domine cum exires de Seir .

Scopus Auctoris eſt multa oſtendere :
Primo quidem , cur Deus ante Joſue e vita deceſſum Chananæos diſperdere & procul pellere noluerit . Secundo , ut diverſa
tum belli , tum Gentilium adverſus Iſraelitas irruentium calamitatibus domui Jacob inflictis probaretur Hebræorum erga
Deum fidelitas . Denique ut Iſraelitæ intelligerent Deum eſſe & in promiſſis exequendis fideliſſimum , & erga omnes qui
illum invocant , divitem , juxta illud Pſalmi 90. *Cum ipſo ſum in tribulatione , eri-
piam eum , & glorificabo eum* .

Non una fuit tunc temporis Iſraelitarum ſervitus : Prior igitur , mortuo Joſue , fuit octo annorum ſub Chuſane Rege Meſopotamiæ , e qua ſoluti ſunt per
Othonielem . Altera 18. annorum ſub E-
glone Rege Moabitarum , a qua liberati
ſunt , adjuvante Ajod . Tertia 20. annorum ſub Iabine Rege Chanaan , & ſalvati
ſunt per Debbooam & Barac . Quarta 7.
ann. ſub Rege Madianitarum : ab iſta eos
eripuit Gedeon . Quinta 18. ann. ſub Am-
monitis , ex qua per Iephte ſunt educti .
Sexta 40. annor. ſub Philiſthæis , quam
ſolvit Samſon - Ipſe , ſicut Gedeon & Iephte fuerunt Chriſti ſalvantis typus , teſte Hieronymo epiſt. ad Paulinum : " In
„ libro Judicum , *inquit* , quot Principes
„ populi , tot figuræ ſunt . „

In iſto libro duo referuntur ſpeciales
caſus , unius quidem Micheæ de Monte
Ephraim oriundi , qui abutens Sacerdotio
idolum fabricavit ; alter vero uxoris cu-
juſdam Levitæ , quam multi ex Benjamitis libidine acti , in eam promiſcue irruen-
tes , ſuffocaverunt ; quo factum eſt , ut
ejus maritus cadaver uxoris in duodecim
partes ſecans , ad tam nefandum ſcelus
vindicandum , partem ad ſingulas Tribus
miſerit , a quibus iteratis præliis Benja-
mitica Tribus , exceptis ſexcentis hominibus , deleta eſt . Iam ſit

CON-

CONCLUSIO.

Liber Judicum est divinus.

Probatur hoc brevi ratiocinio.

Ille liber est divinus, qui uti talis semper habitus est, & de hoc ne unus quidem gravioris ponderis auctor dubitavit: Atqui ita compertum est de libro Iudicum: Ergo &c. Probatur minor. Primo, in Proto-canone Judæorum inscribitur. Secundo, ita censent utriusque Ecclesiæ Patres; sic quoque definit sacra Synodus Tridentina, jamjam laudata; immo ex capite 13. desumptum est quod per Prophetas dictum scripsit S. Matthæus capite 2. *Quoniam Nazaræus vocabitur.* Ita enim habetur loco citato Judicum v. 5. *Cave ergo ne bibas vinum ac siceram, nec immundam quidquam comedas: quia concipies & paries Filium, cujus non tanget caput novacula: erit enim Nazaræus Dei ab infantia sua, & ex matris utero: & ipse incipiet liberare Israel de manu Philisthinorum.* Ergo &c.

Solvuntur objectiones.

Opponis I. Liber continens quædam legi Dei contraria, ex canone Librorum divinorum expungendus est: Atqui liber Judicum quædam legi Dei adversantia complectitur; namque extructam altare ad victimas mactandas capite 21. vers. 4. commemorat, cum tamen cautum sit ex lege Exod. 38. ne aliud altare ad hoc construeretur momentum præter istud unicum jam ædificatum, de quo Exod. 38. & Deut. 12. 13. Ergo &c.

Respondeo I. Ad ista & similia objecta, vel minimam quidem non involvere contradictionem, si cuncta adamussim, & æqua lance juxta diversos respectus ponderentur.

Respondeo negando minorem. Ad probationem distinguo: Prohibetur altare distinctum ab altare Sanctuarii alio construi in loco quam ante fores Tabernaculi, concedo: nullibi ædificari, subdistinguo: quando altare in Sanctuario extructum ad victimas immolandas & sustinendum, & complectendum sufficiebat, concedo: sin minus, nego. Ut primum igitur altare Sanctuarii pro victimis immolandis capiendis & suscipiendis non sufficiebat, licitum erat aliud ante fores Tabernaculi, & non

alibi construere, videlicet in ipso Tabernaculi atrio; sicut enim 3. Reg. 8. 64. ita & Judic. 21. eodem factum est jure.

Instabis: Nonnulla videntur in libro laudato inconvenientia, immo & pugnantia: Ergo &c. Probatur subsumptum. Primo quidem cap. 18. Jerusalem dicitur capta a filiis Judæ, atque tota incendio tradita, cum tamen quædam pars civitatis potentissima ad Davidis usque tempora permanserit, ut habetur 2. Reg. 5. 6. quam & habitabant Jebusæi: Secundo, 18. legitur Danitas nondum accepisse sortem inter cæteras Tribus, cui opponitur, quod Josue cap. 19. 40. scribitur. Tertio, Deus consultus ab undecim Tribubus, num ad puniendos Benjamitas propter scelus erga Levitæ uxorem patratum properarent, R. Affirmative; nihilominus non semel cadunt in bello, & devictæ confunduntur illæ Tribus cap. 20. 28. & seq. Quarto, Israelitæ cap. 21. 8. & 18. asserunt se non posse suas in matrimonium dare filias iis qui ex Tribu Benjamin fuerant residui, eo quod juramento ad hoc negandum tenerentur, & tamen postea eis concesserunt: Ergo &c.

Respondeo ad primum distinguendo: Pars magna Jerusalem, quæque pro toto sumitur a filiis Judæ destructa & igne succensa narratur, concedo: tota civitas absolute loquendo, nego: Arx quippe remanserat, nec ab alio nisi a Davide capta fuit, propter quod civitas David appellata est. Porro Arx seu castellum in rigore loquendo sic civitatem non pertinet, sed tantummodo est ad ejus defensionem propugnaculum, quocirca Auctor sacer potuit scribere totam civitatem a filiis Judæ fuisse & vastatam & igne succensam.

Ad secundum distinguo: Danitæ non habuerant filiam ex terra promissionis funiculum quantum eorum exigebat numerus, concedo: absolutus, nego. Danitæ inter suos limites non nihil ab Amorrhæis coarctabantur, quocirca non sufficiebat terræ spatium ut per familias commode viverent, & hanc ob rationem Scriptura dicit non habuisse suam ex Chananæorum terra partem, hoc est, ad commode vivendum sufficientem.

Ad tertium, verum est Deum tametsi consultum permisisse una & altera vice cæterarum Tribuum adversus Benjamitas pugnantium stragem, vel in vindictam Danitarum qui paulo ante idolis sacrificaverant, vel etiam in ultionem aliarum Tri-

N 4

Tribuum quæ Danitis peccantibus non obstiterant, vel etiam quia Israelitæ in brachio suo, magis quam in Domino & confidebant, & gloriabantur, non tamen rediit verbum Domini vacuum; tertia quippe vice inito prælio, Benjamitas ita devicerunt, ut pauci admodum ex tanta strage relicti sint.

Ad quartum: leviori animo Israelitæ sese juramento obstrinxerant suas Benjamitis non dare filias ad suscitandum Benjamin pene extinctam Tribum; hinc suo stare juramento ne quidem tenebantur: peccaverunt tamen non præcise quod suas fratribus concesserint filias, sed propter juramentum leviori mente emissum.

Repones: Nonnulla indigna sicut & alia contradictoria iterum atque iterum in ludicum libro conspiciuntur: Ergo &c. Probatur anteced. Primo quidem cap. 4. refertur Deboram mulierem nedum in pace judicasse populum, sed & in præliando ducissam fuisse, quod certe videtur indignum: Secundo, Gedeon de Tribu Manassis cap. 6. & Manue de Tribu Dan cap. 13. Deo sacrificia obtulerunt, cum tamen hoc solum ad filios Aaron spectaret. Tertio, cap. 8. legitur Gedeon in quamdam prolapsum fuisse idololatriam, quatenus Ephod ex auro conflatum fieri curavit, quod quidem Ephod Israelitæ veluti idolum & habuerunt & adoraverunt, hoc vero in ruinam & opprobrium Gedeonis domus fuit: Ergo &c.

Respondeo ad primum, Deboram, Deo ordinante, utroque, de quo supra, fuisse functam munere, tempore quidem pacis, eo quod Jabin tyrannus esset, & licitum foret Israelitis suis uti ad propriam conservationem juribus: Tempore vero belli, ut Hebræi intelligerent sublimitatem esse solius Dei, qui sicut in viris, ita & in fragili sexu ad contundendos, & humiliandos sui nominis hostes parem habet facilitatem, juxta illud Apost. 1. Cor. 1. *Quæ stulta sunt mundi elegit Deus, ut confundat sapientes & infirma mundi elegit Deus, ut confundat fortia*. Nec obstat quod legatur cap. 5. Barac eo ipso tempore collegisse adversus patriæ hostes, copias; potuit enim sese ad præliandum mulieri forti adjungere, tum devictis hostibus Heroinam cum ipso Barac judicasse populum, non levior est suspicio.

Ad secundum dico, Gedeonis non fuisse mentem Angelo qui illi apparuerat sa-

crificare, sed hominem quem credebat cibare, seu dapes pro victu offerre. Porro Manue cap. 13. attulit quidem hædum & lagenam aquæ, at utrumque non obtulit in sacrificium, sed obtulit Angelo, qui illi Samsonis prænuntiaverat nativitatem, ut ipse Deo optimo in gratiarum actionem offerret & Domino libaret: Nonnulli autem ant Manue, jubente Deo, & per Angelum admonitum, sacrificasse; quia vero Legislator est supra legem, & de illa ad nutum dispensat, alium a familia & vice Aaron potuisse offerre sacrificium, quid vetat?

Ad tertium, nego cum sanctis Patribus & Doctoribus Gedeon in idololatriam fuisse prolapsum, quandoquidem Hebr. 11. ut sanctus celebratur; tum Judicum 8. in senectute bona mortuus enunciatur: ultro fatemur fieri curasse Ephod, seu vestem Pontificalem ex serico & auro contextam, non vero ex puro auri metallo, quæque esset veluti statua & idolum, ut nonnulli hallucinantur, ita ut Israelitæ, illud suadente Gedeone, adoraverint: in pectorali lapides etiam pretiosi sicut eminebant, ita & affulgebant, ut Deus consuli posset in Thurim seu Thumin; Scriptura enim passim indicat Deum consultum solitum fuisse, tum oracula reddere utendo illis lapidibus quasi organo & instrumento, sive quædam tunc temporis appareret Scriptura, sive etiam in radiis refulgentibus lapidum, Deus quasdam vel erumperet in voces, vel etiam ex directione conceptuum, ex visu & attentione ad lapides consulentem alloqueretur. Unum quidem est de hoc momento in Scriptura clarum & certum, videlicet Deum locutum fuisse in Thurim & Thumin; alterum vero, scilicet de modo locutionis, subobscurum esse.

Ad Gedeonem redeamus: Dico igitur idolum Ephod adorandum non fabricasse, sed pro usu summi Pontificis vestem splendidam in Sanctuario, vel prope locum viciniorem asservandam ex pietate fieri voluisse, quod si, ipso mortuo, Sacerdotes Baal hanc prophanaverint vellem, & illam Israelitæ, immo & ex Gedeonis familia aliqui tamquam idolum habuerint, omnibus fuisse in scandalum & in ruinam quis dubitet, sed certe non Gedeonis culpa.

Urgebis: Alia pugnantia & contradictoria recensentur. Primo, cap. 4. pax inita inter Jabim & domum Aber facta fuis-

se

ſe dicitur , & tamen Siſara Dux militiæ
Jabin in domo Aber poſtea interfectus eſt ;
ut Scriptor Canonicus enarrat : Secundo ,
Thola dicitur Judex de familia Iſacar cap.
18. non fuit igitur filius patrui Abimelech , nec & pater ejus Gedeon e Manaſſis Tribu. Tertio , cap. 10. yo. civitates
Havoth-Jair nominantur a Jaſair judice ,
quæ tamen adhuc viverte Moyſe , nomen
illud obtinuerant , ut refertur Num. 32.
Ergo &c.

Reſpondeo , omnia laudata ne quidem
inter ſe adverſari : Primum quidem optime conciliatur; cum enim Iabin eſſet tyrannus , uxor Pii Aber , aliquid & pro
ſe & pro familia pertimeſcens , animad-
verteníque impleri ea quæ Deboræ prænuntiata fuerant , conſilium dedit , ut Siſara dux militiæ Iabin interficeretur , nec
de pace inita curare æquum duxit.

Sed neque ſecundum aliquam implicat
contradictionem ; nulla enim in Hebræo
fit mentio patrui Abimelech , ubi ſolum
legitur filius Phua filii Dodo , ſed Græcus
& Latinus ſcriptor interpretatione nominis proprii Dodo facta , ſic verterunt , qua
quidem interpretatione admiſſa , recte obſervat Auguſtinus q. 4. in Iudices , potuiſſe Gedeonem & Phuam unam habere
matrem , ex qua , ſed diverſis nupta viris , ut ex diverſis patribus nati ſunt ,
cum ſolerent nubere feminæ unius Tribus
cum aliarum Tribuum viris , orti ſunt.

Ad tertium dico , civitates idem ſer-
vaſſe nomen quod ab antiquo acceperant ,
hoc autem factum eſt , auctore Thola ,
unde ne quidem aliquam hoc nomen implicat contrarietatem.

Contra : Atqui liber ille ex omni ſaltem parte ſanctitatem in libro canonico
non ſapit : Ergo &c. Probatur ſublum-
ptum : Quædam facta temeraria in eo libro apparent : Ergo &c. Probatur antec.
Primo , cap. 4. Iephte votum vovit Domino , quod ſi de inimicis reportaret victoriam , primum quodcumque illi poſtea
occurreret , ſe daturum Deo in victimam
& ſacrificium ; deviais poſtea hoſtibus ,
filiam propriam exultantem quæ illi primum occurrebat , temere occidi & ſacri-
ficari voluit , quod factum Legi plurimum
adverſabatur : Deus enim prohibet ſibi
immolari homines , immo primogenita hominum pretio redimi ſtatuebat. Secundo ,
Samſon Dalilam ſumpſit uxorem , ut propugnat Sulpicius Severus lib. 1. Hiſt.
ſacr. Idem & reſert auctor librorum de

promiſſionibus Dei apud S. Proſperum
part. 2. cap. 32. Sed lex prohibebat matrimonia cum alienigenis ſeminis celebrare : Ergo &c.

Reſpondeo I. Libros ſacros ſicut bona ,
ita & hominum mala facta referre , nec
inde aliquid dedecoris in Scripturæ auctorem redundat ; cuncta enim in gloriam
Dei cedunt ; bona quidem , dum ejus exaltant charitatem & miſericordiam ; mala vero cum in ultione demonſtrent juſtitiam & æquitatem : Sufficit igitur ut Auctor Canonicus per omnia ſit in narrando
veritatis tenax.

Reſpondeo II. negando antecedens . Ad
primam probationem diſtinguo : Et in voto adimplendo erravit Iephte , concedo ;
& hoc fecit Deo vel ſuadente , vel exigente , nego. Quod enim primum de animalibus illi occurrere contigiſſet , hoc ipſum juxta legis mentem & ſpiritum , &
non filiam immolare debebat.

Ad ſecundum : Samſon non peccavit
in facto ſupra laudato : tum quia cum
Dalila non fornicatus eſt , eam enim pro
uxore habebat , ut apprime auctores cita-
ti referunt : tum quia , ordinante & permittente Deo , alienigenam ſumpſit uxorem propter duo , nimirum ut per omnia
Chriſti typus eſſet , qui nedum Judæos ,
ſed & Gentiles ſalvare voluit ; quocirca
ſicut Oſeas , jubente Deo , fornicariam
mulierem pro uxore accepit , ut Gentilium immundorum præfiguraret vocationem , eodem ſcopo & Samſon Dalilæ junctus eſt in matrimonio : alteri de hoc
facto a nonnullis ratio aſſignatur ; ad Dalilam eo pereuntſſe hinc , ut inde Philiſthæos
Hebræorum hoſtes debellandi ſumeret argumentum & occaſionem : Neque etiam
peccavit , dum concuſſis templi Philiſthi-
norum columnä in ædificii ruina ipſe ſepultus eſt , quippe qui vel in hoc etiam
facto Chriſtum Dominum præfiguraverit ;
nam ſicut Samſon ſua morte & ruina
multo-plures Philiſthinos quam antea occidit & devicit ; ſic & Chriſtus ſua morte cuncta traxit ſecum , & ut ait Apoſtolus , Hebr. 10. *Una enim oblatione conſummavit in ſempiternum ſanctificatos.*

SYNOPSIS PROBATIONUM.

Liber Judicum eſt Canonicus.

Primo : Liber eſt in Proto-canone
Judæorum ; hujus autem canonis libri nemo

item genuit Obed ex Ruth : Obed autem genuit Jesse : Jesse autem genuit David Regem ....*Jacob autem genuit Joseph , virum Mariæ , de qua natus est Jesus qui vocatur Christus .* Secundo , ex sanctis Patribus . Instar omnium sit sanctus Hieronymus in cap. 1. S: Matth. S. Ambrosius in cap. 3. Lucæ , & Theodoretus quæst. 1, in Ruth , ubi sic loquitur : "Cur scripta est de Ruth historia ? „ Respondet : „ Primum, propter Christum Dominum ; „ ex ea enim ortus est secundum carnem , & ideo divinus quoque Matthæus „ conscribens Genealogiam , virtute quidem insignes ac celebres prætermisit „ mulieres , Saram & Rebeccam & alias : Thamar autem & Raab meminit , „ & Ruth , & uxoris Uriæ , docens quod „ propter omne homines Unigenitus Dei „ Filius homo factus est , & Judæos & „ alias gentes , & peccatores & justos . „

Diluuntur & explicantur objecta.

NONNULLÆ difficultates solvendæ & explicandæ occurrunt , ne quid ab authenticitate libri detrahatur . *Objicies* I. Liber Ruth Josepho l. 1. contra Apionem , aliisque antiquioribus ignotus fuit , apud quos 22. tantum Libri sacri habentur . II. In multis deest exemplaribus . III. Noemi , quæ in illo valde commendatur contra legem Exod. 34. 16. Num. 36. 6. Deut. 7. 30. uxores Moabitidas etiam in idololatria perseverantes, pro filiis suis accepit uxores , ut habetur Ruth 14. 15. quorum alteram , etiam Booz , qui & laudatur contra legem Deut. 23. 3. Moabitam in Synagogam uxorem pessimo exemplo induxit . Quid plura? Eadem Noemi nuri suæ Ruthæ suasisse dicitur inhonestum perversumque cum Booz Matrimonium ineundi modum , ut habetur cap. 4. videlicet occultum , maxime cum illud a propinquioribus efflagitare debuisset vers. 12. *Nec abnuo me* , ait Booz , *propinquum , sed est alius propinquior me* . Igitur non proponitur in libro piæ mulieris exemplum . De hoc momento sic loquitur S. Ambrosius l. 3. de fide cap. 5. " Si secundum litteram sensum torqueamus , prope quidam pudor & horror in verbo est : si ad commixtionis „ corporeæ consuetudinem sententiam intellectumque referamus . „ Hinc sanctus Hieronymus in cap. 1. Matth. Ru-

tham inter peccatrices mulieres annumerat . Ergo &c.

Quatuor igitur aut quinque adversus librum Ruth objiciuntur , quæ e sacris Libris expungendum esse probant . Primo quidem , quod antiquioribus ignotus fuerit ille liber . Secundo , quod in multis exemplaribus desideretur . Tertio , quod Booz contra Legem uxorem duxerit alienigenam . Quarto quod ipsa Ruth , consilio Noemi deceperit Booz , cum fraudulenter , ipso dormiente discooperto , ad eum accesserit , ut pro viro illum haberet , quod quidem factum juxta sanctorum Doctorum effata ab avis David eliminandum est , ut tanti Regis consuletur famæ &c.

Respondeo I. Sufficere ad Libri authenticitatem , quod Auctor sacer veritatem in dictis servet & scribat : jam vero ad cætera inconvenientia in promptu est solutio , cum in multis facta Scripturæ , nonnullas , permittente & ordinante Deo , suscipiant exceptiones.

Ad primum dico , secundum veteres Hebræos librum Ruth cum libro Judicum per modum unius habitum fuisse ; Doctores quippe Synagogæ Libros sacros justa numerum alphabeticum viginti duabus litteris complexum numerabant , quocirca viginti duos tantum Libros sacros computabant . Sic & duo libri Paralipomenon tamquam unus ab eis habebantur . Ita Origenes apud Eusebium l. 6. hist. cap. 25. expresse habetur librum Ruth cum libro Judicum , tamquam unum numerari.

Ad secundum distinguo : Deest liber Ruth in quibusdam exemplaribus , hisque mutilatis , concedo : in omnibus nego . Nam in pluribus vetustis codicibus etiam Arabicis adinvenitur . Huic accedit constans & Synagogæ & Ecclesiæ Christi testimonium , cum & a Rabbinis , & a sanctis Doctoribus uti authenticus habeatur .

Ad tertium distinguo : Et Lex non semel ad bonum publicum permisit Judæis nubere cum alienigenis , concedo : sic Samson nupsit cum Dalila , Esther cum Assuero , ita & Booz potuit nubere cum Moabitida . Lex prohibet quidem nubere cum septem nationibus , sed non cum Moabitis : prohibet quoque mulieribus Hebræis accipere virum alienigenum , eo quod mulier sequatur conditionem viri , quocirca post Deos conflatiles viri abiret ,
sed

ſed non e contra : & prohibuit ſemper & ubique, nego. Potuit igitur Booz accipere mulierem alienigenam pro uxore, ut converſa per virum ad fidem proficeret in melius. Ita S. Auguſtinus quæſt. 35. in Deut. Alii ſanctiſſimi Patres ulteriorem de hoc momento aſſerunt rationem, aſſeruntque Booz non peccaſſe Matrimonium ineundo cum Ruth, quippequi per conjunctionem cum alienigena vocationem Gentilium præluſerit.

Ad quartum diſtinguo: Patres reprehendunt modum quo Ruth acceſſit ad Booz, ut ab eo nuptias eſſlagitaret, concedo: ipſum arguunt Matrimonium, nego. Booz enim evigilatus mulierem ad pedes ſuos animadvertens, obſtupuit; ſed omnibus æqua lance ponderatis, propinquiore vero parente ſuo cedente juri, coram Senioribus Bethlehemitis, vel univerſo etiam applaudente populo, cum Ruth tametſi pauperrima nubere non erubuit; ex hoc autem Matrimonio ſic honeſte celebrato, natus eſt Obed, qui ab Evangeliſta in Genealogia Chriſti annuntiatur.

Vel ipſe Ambroſius iſtas nuptias ut Myſteriis reſertas encomio celebrat, ut colligitur ex verbis antecedentibus & conſequentibus. Cuncta hic texere non injucundum erit. Sic Inquitur p. 306. " Quod ,, Ruth, licet ipſa alienigena, tamen quia ,, maritum habuerat ex Judæis, qui reli- ,, querat ſuperſtitem proximum, eamque ,, colligentem manipulos ſuæ Meſſis, qui- ,, bus alebat & ſocrum, Booz vidit & ,, amavit, non aliter eam accepit uxo- ,, rem, niſi calceamentum ejus ante ſol- ,, viſſet, cui uxor debebatur ex lege. ,, Hiſtoria ſimplex, ſed alta Myſteria ,, aliud enim gerebatur, aliud figuraba- ,, tur. Nam ſi ſecundum litteram ſen- ,, ſum torqueamus, prope quidam pudor ,, eſt ... Deſignabatur autem futurus ex ,, Judæis, ex quibus Chriſtus ſecundum ,, carnem, qui proximi ſui, hoc eſt po- ,, puli mortui ſemen, doctrinæ cæleſtis ,, ſemine reſuſcitaret, cui calceamentum ,, nuptiale Eccleſiæ copulandæ præſcripta ,, Legis ſpiritualia deferebant. ,,

SYNOPSIS PROBATIONUM.

Liber Ruth eſt ſacer.

Primo: Synagoga illum veluti libri Iudicum appendicem recipit: tum Eccleſia in Concilio Tridentino adunata ſeſſ.4.

Secundo: Hujus libri hiſtoria a S. Matth. cap. 1. ut pertinens ad Chriſti Genealogiam celebratur.

Tertio: Eumdem librum ut ſacrum habent Origenes apud Euſebium l. 6. hiſt. cap. 25. Hieronymus in Prologo Galeato, Ambroſius l. 3. de fide cap. 5.

SYNOPSIS DIFFICULTATUM, ET EXPLICATIONUM.

Primo: Nemini mirum videri debet, ſi Joſephus l. 1. contra Apionem ſileat Ruth volumen, quia nomine libri Judicum, cujus eſt velut appendix, illud comprehendit.

Secundo: Tametſi deſit ille liber in quibuſdam codicibus, non tamen in iis qui ſunt optimæ notæ, & ab omni mutilatione & defloratione immunes.

Tertio: Quidam Patres abnuunt quidem modum quo Ruth acceſſit ad Booz, ut nuptias eſſlagitaret, ſed non ipſum Matrimonium, quod juxta legem illi debebatur.

ARTICULUS QUINTUS.

Num quatuor libri Regum ſint ſacri?

Liber primus continet hiſtoriam Samuelis, electionem Saulis in Regem, ipſius geſta & omnia quæ acta ſunt a judicatura Eli uſque ad mortem Saulis. Item Arcam captam refert, ſicut & geſta Davidis ut hominis privati, ejus per Saulem invidum exagitationem, Hebræorum quoque cladem, Saule & Jonata interfectis & mortuis: Incertus eſt ejus libri auctor. Theodoretus Præfat. in librum Regum tenet hunc primum, & etiam ſecundum a Prophetis ſcriptos. Primus exaratus eſt anno mundi 2848. ante Chriſtum natum 1156. continet XXXI. capita.

Secundus complectitur geſta Davidis a morte Saulis per 40. annos uſque ad ipſius mortem. Abſalonis ſcelus duplex, unum in fratrem Ammonem quem occidit eo quod Thamar ſororem ſuam defloraſſet: alterum in Patrem quem regno ſpoliare tentavit. Scriptus eſt anno mundi 2949. ante Chriſtum natum 1055. Primus vocatur liber Samuelis, quia multi illius eum credunt auctorem uſque ad caput vigeſimum quintum; finem vero & totum librum

brum secundum scriptum fuisse a Gad &
Nathan Prophetis , qui gesta Davidis memoriæ mandarunt , quippequi ejus florue-
rint temporibus , juxta illud l. 1. Paralip.
cap. 29. *Gesta autem David Regis priora
& novissima scripta sunt in libro Samuelis
videntis , & in libro Nathan Prophetæ :
atque in volumine Gad videntis* . Viginti
quatuor capitibus concluditur .

Tertius refert mortem Davidis , tum regimen & acta Salomonis , ejus nimirum
sapientiam , ædificando & Templum &
Regis domum : postremo divisionem regni , & historiam quorumdam Regum Juda & Israel : sed & quæ per 119. annos
egerint . Scriptus est anno mundi 2989.
ante Christum vero natum 1015. Quidam
existimant Esdram esse hujusce Libri auctorem sicut & quarti . Habet XXII. capita .

Quartus exhibet Historiam 16. Regum
Juda & 13. Israel : Eliæ & Elisei facta
præclara , captivitatem Babylonicam , subversionem civitatis Ierusalem per Nabuchodonosor : Uno verbo , ea omnia quæ
308. annorum spatio acta sunt . Scriptus
est anno mundi 3018. & ante Christum
natum 896. continet XXV. capita .

Diviso regni facta est tempore Roboam.
Decem Tribus , juxta Abiæ Prophetiam
abierunt post Ieroboam , qui thronum regni sui in Samaria posuit , ut dictum est,
& propter majorem Israelitarum numerum , Regnum Israel dictum est : tribus
vero Iuda & Benjamin Roboam filio Salomonis adhæserunt , cujus quidem Regnum a Iuda Tribu nobiliori nomine ,
Tribus Iuda celebratum est . Isti duo posteriores libri ab Hebræis vocantur *Ma-
lacbim* , quod latine dicimus . *Reges* ; unde Latini illos sic appellant ; jam sic

CONCLUSIO.

Quatuor libri Regum sunt Canonici.

PROBATUR hac ratione. Illi libri sunt
Canonici , qui inter priores numerantur
Prophetas , hoc est , inter Libros ab auctoribus Canonicis & inspiratis conscriptos ; qui in Hebræorum Proto-canone inscribuntur ; de quorum authenticitate nusquam dubitatum est ; quique in novo Testamento non semel in veritatis testimonium adducuntur : Atqui res sic se habet
pro quatuor Regum libris : Ergo &c. Probatur minor . Primo quidem , Samuel &

Esdras Prophetæ istorum Librorum auctores habentur . II. Iuxta omnia manu-scri-
pta , omnesque tum veteres , tum novas
editiones in Proto-canone Synagogæ ad-
inveniuntur . III. Patres Græci simul &
Latini , ut Origenes , Augustinus , & alii ,
ut Eusebius l. 9. Præp. Evang. cap. 30.
Nicolaus Damascenus apud Iosephum l. 7.
cap. 6. inter Libros canonicos , libros Regum commemorant . Denique Actuum 7.
S. Stephanus historias Regum adducit in
veritatis testimonium ; quinimmo ipse Christus , & post ipsum Apostolus , quasdam
ex istis libris Sententias deprompserunt ,
ut Matth. 12. 3. Rom. 11. 3. 4. 9. & Hebr. 1.
5. Ergo &c.

Confirmatur : Quoniam Libri alicujus
authenticitatem nihil magis demonstrat ,
quam argumentum ex ipsa Scriptura sacra desumptum , non injucundum erit
istud momentum ulterioribus exemplis il-
lustrare .

Liber primus & secundum Regum passim laudantur in multis veteris Testamenti libris , pluresque Christi & ejus Ecclesiæ exhibent figuras .

Libro 1. cap. 2. 6. habetur : *Dominus
mortificat , deducit ad inferos & reducit* .
Eadem sententia Sap. 16. 13. citatur , his
verbis : *Tu enim es Domine qui vitæ &
mortis habes potestatem , & deducis ad portas mortis , & reducis* . Rursus Tobiæ 13.
2. *Quoniam flagellas , & salvas , deducis
ad inferos & reducis* . Ibidem cap. 12. Samuel ad universum Israel dicit : *Loquimini de me coram Domino & coram Christo
ejus , utrum bovem cujuspiam tulerim , aut
asinum* .... *Si de manu cujusquam munus
accepi* . De eodem Eccli. 46. 22. *Ante
tempus finis vitæ suæ & sæculi , testimonium præbuit in conspectu Domini , & Christi : pecunias , & usque ad calceamenta ab
omni carne non accepi , & non accusavit
illum homo* .

Libro 2. Reg. 7. Nathanis ore locutus
est Dominus David dicens : *Suscitabo semen
tuum post te , quod egredietur de utero tuo ;
& firmabo Regnum ejus . Ipse ædificabit domum nomini meo , & stabiliam thronum Regni ejus usque in sempiternum ; Ego ero ei
in patrem & ipse erit mihi in filium* . Similia
leguntur Psal. 88. *In æternum servabo illi
misericordiam meam , & Testamentum meum
fidele ipsi , & ponam in sæculum sæculi semen ejus , & thronum ejus sicut dies sæculi* .
Rursus ibidem cap. 7. vers. 14. *Qui si
inique aliquid gesserit , arguam eum in virga*

vi-

virorum & in plagis filiorum hominum : misericordiam autem meam non auferam ab eo. Quibus conciount illa Ezech. 17. verba : *Nolo mortem impii , sed ut convertatur* . Quæ sententia etiam excerpta videtur ex eodem L 2. Reg. cap. 14. ubi mulier ad David , ait : *Omnes morimur , & quasi aquæ dilabimur in terram , quæ non revertuntur . Nec vult Deus perire animam , sed retractat cogitans ne penitus pereat qui abjectus est* .

Reprobatio Saulis & translatio Regni ad Davidem significat vocationem Gentilium , qui gratia Christi a Davide secundum carnem oriundi , in locum Iudæorum abjectorum suffecti sunt . Anna Samuelis mater quæ prius fuit sterilis , & posteriore secunditate lætata est , typus fuit Christi Ecclesiæ , cujus quidem nomine propheticum Canticum edidit l. 1. Reg. cap. 2. E-*xultavit* , inquit , *cor meum in Domino, & exaltatum est cornu meum in Deo meo* .

Liber tertius & quartus Regum non semel laudantur in novo Testamento .

CHRISTUS Luc. 4. ait : *In veritate dico vobis , multæ viduæ erant in diebus Eliæ in Israel quando clausum est cælum annis tribus & mensibus sex ; cum facta esset fames magna in omni terra , & ad nullam illarum missus est Elias , nisi in Sareptæ Sidoniæ ad mulierem viduam , & multi leprosi erant in Israel sub Eliseo Propheta. Et nemo eorum mundatus est , nisi Naaman Syrus .* Hæc ipsa L 3. Reg. 17. & 4. Reg. 4. enarrantur.

Rursus Rom. 11. habetur : *An nescitis in Elia quid dicit Scriptura? quemadmodum interpellat Deum adversum Israel : Domine Prophetas tuos occiderunt , altaria tua suffoderunt , & ego relictus sum solus , & quærunt animam meam . Sed quid dicit illi divinum responsum? Reliqui mihi septem millia virorum , qui non curvaverunt genua ante Baal .* Ista sententia ex l. 3. Reg. cap. 19. excerpta est . Demum sacra Synodus Tridentina sess. 4. eos quatuor libros ascivit in Canone Librorum sacrorum . Concinunt omnes SS. Patres & Interpretes. Ergo &c.

Solvuntur objectiones ▮▮▮▮ militant contra Libros ▮▮▮ Regum .

OBJICIES : Multa in hoc libro non videntur vera , sed potius contradictoria :

igitur inter sacros non annumeranda . Probatur antecedens : Primo quidem , Elcana dicitur Ephratæus , & tamen erat Levita , ut habetur L 3. Parip. 6. ex quo sequitur Samuelem ejus filium non potuisse voveri Deo , quandoquidem soli filii Levitarum , ut legitur Num. 8. jure hæreditario altari consecrabantur . Secundo , non coheret hujus libri Sententia : namque c. 26. refertur Davidem in aula Saulis notum & familiarem fuisse , cum potius fuisse ignotum ex capite 17. Tertio . Proverbium illud : *Numquid Saul inter Prophetas?* uno scribitur modo cap. 10. altero prorsus diverso cap. 19. Ergo &c.

Respondeo negando antecedens . Ad primam probationem distinguo : Elcana dicitur Hphratæus a civitate Ramathaim in Tribu Ephraim , cujus erat concivis & colonus , concedo : ex prosapia , nego. Originæ quippe erat Levites ; quia vero Levitæ in diversis Tribuum urbibus habitabant , etiam ex civitate nomen accipiebant , in quo sensu Elcana Ephratæus vocatur.

Ad aliam ejusdem probationis difficultatem , dico , Samuelem a matre ex pio voto pro ejus ortu & Nativitate Deo in perpetuum consecratum fuisse , ut serviret Deo , non quidem alternata vice , donec 25. attigisset annum , sicut alii Levitæ , sed etiam ut a pueris illi famularetur , quocirca prope Tabernaculum commorabatur : Debuit igitur specialiter Deo voveri .

Ad secundam probationem distinguo : Et Davidis duplex fuit ad aulam Saulis aditus , concedo : & tantummodo unus , nego. Primo quidem secunus est tres suos fratres qui ad bellum adversus Philisthæos properabant , & tunc in aula Regis ignotus apparuit , sic habetur cap. 17. postea vero absque mora in domum paternam reversus est , ut pro more suum pasceret gregem : Sed ea ratione certior factus de blasphemiis , quas Goliath 40. dierum spatio contra Deum evomuerat , inspiratus petiit iterum aulam , ut religionis & regni hostem infensissimum debellaret , quo quidem interfecto in funda & in nomine Domini , famosus & percelebris nedum in aula , sed in toto Regno factus est , ut legitur cap. 16. Scriptor autem non servavit rerum gestarum & temporum ordinem ac seriem , sed cap. 16. historiam Goliath , & victoriam Davidis individue texit & enarravit .

Ad

Ad tertiam probationem non abs re
erit etiam uti distinctione : Et Proverbium illud, *numquid Saul inter Prophetas?*
propter varia atque diversa prophetiæ oracula dictum est, concedo : Propter unum
solum, nego. Cap. 10. Saul justus prophetat : & cap. 19. Saul peccator etiam,
Deo permittente, iterum prophetat; unde non mirum si proverbium laudatum
in diversis celebretur capitibus.

Respones : Nonnulla etiam adversus Dei
legem in isto commemorantur libro : Igitur non videtur esse sacer. Probatur antecedens multipliciter. Primo, Eli ait c.
2. *Si quis in Dominum peccaverit, quis
orabit pro eo?* sed ex hac sententia sequitur dari peccatum irremissibile, quod certe fidei adversatur : Ergo &c. Secundo,
Magnus ille Pontifex, ut ibidem habetur,
propter peccata a filiis patrata graviter
punitur : & tamen Deus, Ezechiel 18.
non vult innoxium rei noxii portare pœnam. Tertio, Bethsamitæ ferme innumerabiles propter pietatis factum & sacrificium Deo oblatum morte puniuntur : Sed
& hoc inconveniens videtur : Ergo &c.
Quarto, Samuel Ephod induit, offert ho-
locaustum & sacrificium, ungit David in
Regem, accendit lampades, ut ibidem
Cap. 1. habetur; & tamen non satis claret Samuelem fuisse Sacerdotem, quandoquidem non erat ex filiis Aaron oriundus. Quinto, cap. 30. Lex Davidis diebus
facta legitur, cum hoc, tempore dumtaxat Moysi peractum sit : Ergo &c.

Respondeo negando antecedens. Ad primam probationem nego minorem : Nullum enim peccatum in hac vita irremissibile censeri debet, cum teste sancto Cypriano, etiam si aliquis animam ultimate ageret, immo & ipsa veluti in fauci-
bus, aut lingua seu etiam labiis hæreret,
peccator misericordiam efficacia contritio-
nis consequi potest. Sensus igitur Scripturæ ille est, quædam peccata enormem
propter malitiam non nisi difficile remitti; tum quia peccator vix ad cor redire
vult, tum quia etiam ex cordis obduri-
tie, & gratiarum propellit imbres, &
preces ab Ecclesia pro eo fusas inutiles
reddit; quin immo nonnumquam ei de-
negantur quædam specialia auxilia, si loquamur de iis quæ in conventu Ecclesiæ
per publica sacrificia; & fugis orationibus
exhibentur. Et vero pro peccatis ignorantiæ, sicut & pro offensa erga proximum commissis, sacrificia in veteri lege

offerebantur, raro vero admodum pro
peccatis erga divinam Majestatem directe
patratis : & in hoc prorsus sensu beatus
Joannes epist. 1. cap. 5. ait : *Est peccatum
ad mortem : non pro illo dico ut roget quis.*
Eo loci de quibusdam adversus S. Spiritum
peccatis loquitur, quæ vix in hoc remit-
tuntur mundo, quatenus per hujusmodi
peccata quandam excommunicationem incurrit peccator; namque ad terrorem sacrificia in veteri lege non erant pro iis
qui in Deum directe peccabant, in nova
vero quandoque per excommunicationem
latæ sententiæ blasphematores & alii graviter cum scandalo peccantes, fructu sacrificii privantur. Hinc sointdum multa
alia utriusque Testamenti Scripturæ illu-
cidantur & explicantur, sicut cum Deus,
vel ipsius Samuelis pro remissione delicti
Saul fusam precem abjecit.

Ad secundam probationem distinguo :
Et Eli filiorum peccati luit etiam pœnas,
eo quod talis peccati reus esset, concedo :
absque jure punitus est, nego. Filii
populum ab immolando sua avaritia, sicut & gula elongabant, quatenus de adi-
pibus, antequam Deo offerrentur, sume-
bant, quod erat, ait Scriptura, grande
peccatum : cujus tamen peccati non nihil
reus erat pater, quatenus filios & corrigere, & punire neglexerat; hinc ejus incuria filii isti in peccatum alternatis vicibus prolabantur. Samueli sic loquitur Dominus cap. 3. de abjectione domus Eli a
Sacerdotio. *Prædixi enim ei quod judicaturus essem domui ejus in æternum, propter iniquitatem, eo quod noverat indigne
agere filios suos, & non corripuerit eos.*

Ad tertium distinguo : Bethsamitæ pu-
niti sunt propter incongruum, aut sacrificandi, aut orandi modum, concedo :
præcise propter pium opus, nego. Saul
opus in se bonum patrabat, cum Deum
Sacrificio placare voluit, sed certe modum
a Deo determinatum omisit, quandoquidem non ad laicum, sed solummodo ad
Sacerdotem Sacrificium offerre pertinebat :
Israelitæ Regem a Deo expostularunt, & quia eos
de peccato in hoc arguet, cum etiam Deus
illis postulata concessit, sed intempesti-
ve Regem sibi dari petierant; tempore
scilicet Samuelis, qui illos justa legem ju-
dicabat; hinc non placuit Deo eorum pe-
titio, quæ alias pergrata fuisset, in eo
scilicet hypothesi, qua vel tyrannum,
vel inopiam pro judice habuissent : Non
ab-

abfimili modo Bethfimitæ flagellati funt, dubio procul non propter cultum Deo Arca præfente exhibitum, fed potius fuam propter irreverentiam, debitum non fervantes in facrificando modum.

Ad quartum diftinguo : Et juxta Dei ordinationem Sacerdotis munere functus eft pius & devotus Samuel, concedo : feclufa Dei ordinatione, nego. Ad folos quidem Aaron filios jure hæreditario pertinebat Sacerdotium & offerre Sacrificia ; ad Levitas vero quædam alia in Templo gerere munia, ut pararent ad Sacrificium materiam : Samuel ex genere erat Levitico, nam & Levites in Scriptura nominatur : Sed & per privilegium ipfe obtulit Sacrificia ; jubente enim Domino ad Bethlehem pertexit civitatem ut Sacrificium offerret, & hac data & ordinata occafione vocavit Ifai ad victimam, tum recenfitis ejus filiis, illum in Regem unxit quem monftravit ei Dominus, fcilicet David. Samuelem fuiffe Domini Sacerdotem aperte declarat Scriptura Pfal. 98. his verbis : *Moyfes & Aaron in Sacerdotibus ejus, & Samuel inter eos qui invocant nomen ejus*. Ex qua fententia liquet quofdam præter Aaron & filios ejus per privilegium fubiiffe Sacrificium offerendi munus ; quales fuerunt & Moyfes & Samuel.

Ad quintum etiam diftinguo : Lex dicitur facta tempore David, hoc eft permittente Domino, legem interpretando quædam fanxit David, concedo. Lex ipfa condita eft, nego. Joan. 1. habetur : *Lex per Moyfen facta eft*, licut igitur Abraham quædam fpolia omnibus dividi voluit, etiam illis qui ne quidem dimicaverant, fic & quædam ordinavit Rex David.

Inftabis : In eodem libro quædam manifefte contradictoria habentur, & de hoc ifiud accipe exemplum. Cap. ult. Saulem a fe ipfo interfectum, & poftea ejus armigerum, qui Regis infiftens veftigia violentas fibi ipfi intulit manus, Scriptura canonicus commemorat, & tamen l. 2. Reg. cap. 1. idem Saul ab Amalecita occifus dicitur : Ergo &c. Secundo, congregari non potuit univerfus populus ad Mafphæ, ficut habetur l. 1. c. 7. quandoquidem hæc civitas ab Hebræis capta ad Moabitas perduratur. Tertio, non verum eft quod cap. 7. legitur, fcilicet : *Philifthim non apppofuerunt ultra, ut venirent in terram Ifrael* ; cum etiam, adhuc

vivente Samuele, Ifraelitas ita debellaverint, ut etiam Arcam ceperint ; eamque in fuas duxerint civitates. Quid plura? Etiam legitur in eodem libro fpiritum Dei malum Irruiffe fuper Saulem, cui & ipfe Samuel jam mortuus arte magica apparuit, eique erga Deum peccata exprobravit : Sed fpiritus Dei profecto non eft malus, nec abfque impietate & blafphemia hoc dici poteft ; pari & confimili ratione non dicendum eft animas fanctorum arte Pytoniflæ quafi in corpore redivivas alloqui viatores : Ergo &c.

Refpondeo negando antecedens. Ad primam probationem diftinguo : Et Amalecita fplendide mentitus eft Davidi, ut ejus fibi conciliaret gratiam, credens magnum Regi præftitiffe obfequium, dicendo illius adapertum occidiffe hoftem concedo : & revera vilis ille Amalecita Saulem interfecerat, nego. Interfectum quidem adinvenit, ejufque armillam detulit David, quo quidem facto fpeciem habebat veritatis mendacium, fed fpes eum fane fefellit, nam & ipfe criminis ementiti luit pœnas : & fic utraque confociatur Scriptura. Solutio eft Theodoreti, Abulenfis, Lirani, Gerrari, Tornielli, maxime vero Tyrini comment. in cap. ult. l. 1. Regum.

Ad fecundum non abfimili ratione diftinguo : Non potuit congregari populus in Mafphæ Moabitica, concedo ; Ifraelitica, nego. Duplex erat ejufdem nominis civitas, una ad Moabitas pertinens, altera vero ad Hebræos, quæ erat pofita verfus Tribus Benjamin confines : & in ifta congregatus eft populus.

Ad tertium utique diftinguo : Non appofuerunt ultra Philifthim ut Ifrael debellarent toto Samuelis tempore, quique duobus circiter annis fimul cum Saule judicavit populum, concedo : Mortuo Samuele, nego : Gentium Scripturæ fenfus eft Ifrael profperatum fuiffe omni tempore quo eum judicavit fidelis Propheta Domini, unde ifta verba, non appofuerunt Philifthim &c. hunc reddunt fenfum, toto Samuelis tempore Philifthim & devicti & propulfi funt ; quod quidem non impedit, ut poftea populus incircumcifus Ifrael devicerit, nam fub Pontificatu Eli in prælio filii Ifrael, ipfa capta Arca, multis occifis, ceteri a facie Philifthim fugerunt.

Ad quartum, eam diftinctionem adhibemus : Invafit fpiritus Dei malus Saulem,

lem, hoc est, permisit Deus ut Saul ad erroris & malitiæ spiritus attenderet, & iterum atque iterum inobediendo peccaret, concedo : hoc est, proprius Dei Spiritus est malus, nego. Deus, teste divo Jacobo incentator malorum est, ejus spiritus & rectus, & per omnia sanctus est, juxta illud Psal. 142. *Spiritus tuus bonus deducet me in terram rectam.* Rursus Psal. 52. *Spiritum rectum innova in visceribus meis :* Eatenus igitur malus dicitur etiam Dei Spiritus, quatenus non nisi, Deo permittente, dæmon potest tentare homines, & suas per peccatum trahere in partes.

Ad factum Pytonissæ non absque fundamento multi existimant mulierem illam peccatricem arte magica animam Samuelis non advocasse, sed tantummodo per phantasma impio illusisse Regi. Alii vero, Deo permittente, cujus quidem judicia abyssus multa, contendunt Sauli apparuisse Samuelem, qui illi iterum atque iterum ejus exprobraret inobedientiæ & militiæ peccata.

Urgebis : Non desunt alia quæ in eodem libro quamdam contradictionis speciem præ se ferant. Et probatur. Cap. 15. sic loquitur Sauli Samuel : *Scidit Dominus regnum Israel a te ;* & tamen hoc jam jam factum fuisse cap. 13. commemoratur. Item cap. 14. Jonathas innoxius punitur, eo quod paululum mellis pregustasset contra præceptum Regis, & hoc etiam propter factum contritus est a Domino populus : Ergo &c.

Respondeo negando Ant. Ad primam probationem distinguo : Et eo loci pænæ infligendæ propter iteratam Saulis inobedientiam repetita est sententia, concedo ; & absque fundimento lata est hujusmodi sententia, nego. Saul alternata vice Domini transgressus fuerat præceptum, videlicet parcendo Regi Amalec, aliusque optimis, tum de gregibus, tum de divitiis quæ in suos converterat usus contra præceptum Domini : deinde adolendo suis imminente prælio, ut placaret Dominum, & hoc ante adventum Saulis, ad quem solum spectabat offerre Sacrificia, quacirca supplicii sententia, etiam alternata vice adversus inobedientiam lata est . Namque post primam culpam oraverat pro Rege Samuel, & Deus quasi placatus apparebat ; sed iterata eadem inobedientiæ offensa, non adjecit Dominus ut miseretur Saulis, eo quod iste obduratus ma-

· Boucat Theol. Tom. IV.

nebat ; immo cum Samuel effusis lacrimis etiam preces pro Saule Deo funderet, non exaudivit Dominus.

Ad secundam probationem, respondent cummuniter Theologi, Jonathan non peccasse ; quandoquidem ignorabat mandatum Patris, quo cunctis militibus certo tempore ab omni etiam levissimo cibo abstinere jusserat, subduntque ipsum Saulem peccasse votum emittendo de duriori jejunio : quia tamen melius est non vovere, quam vota non adimplere, ideo propter transgressionem Deus contrivit populum ; nec mirum, Lex vetus erat severitatis Lex, ita Josephus.

Dices : Eadem Scriptura dicit Saulem duobus tantummodo annis regnasse : alibi vero multo pluribus rexisse populum scribitur : Ergo &c.

Respondeo distinguendo : Hoc est, duobus tantum annis Samuele scilicet adhuc vivente, Saul sapienter suum rexit populum, concedo : duobus tantum annis arithmetice sumptis regnavit, nego. Quoniam vero sola bona opera in libro vitæ inscribuntur, mala vero ab eo delentur, ideo, Scriptor canonicus prima fronte duos tantum pro Saulis regno commemorat annos, postea tamen de cæteris mentionem facit, a primisque severnit, quasi pro nihilo haberentur, & quorum non esset amplius memoria, juxta illud Psal. 68. effatum de Impiis : *Deleantur de libero viventium, & nomen eorum non memoretur amplius .*

Diluuntur objecta adversus Secundum librum militantia .

VARIA objiciuntur ex isto libro, quæ quidem a veritate peregrina apparent. Primo. Principes latronum vocantur cap. 4. v. 2. qui suo Regi adsunt ; & cap. 21. 2. Gabaonitæ dicuntur Amorrhæorum reliquiæ. Item cap. 24. v. 23. Rex aliquis Jerosolymorum Areuna nominatur. Presertim vero falsum est Isbosetum Regem constitutum fuisse super Gessuri. Sicut cap. 2. v. 19. dicitur, ac duos tantum annos regnasse juxta versum 10. namque 7. anni cum dimidio elapsi sunt antequam David regnaret super Israel. v. 7. item cap. 5. v. 5. *Fuit autem Tholomai semper Gessuri Dominus .* Cap. 13. v. 37. & primo R. 27. 8. &c.

Respondeo ista omnia absque negotio & explicari & concordari : Ad primum ista est responsio : Baana & Rechab vocantur

O   in

In hebræo & græco Principes geminum:
Sed latinus interpres, quia milites præsertim prætoriani deprædandis hostibus vacabant, latrones eos vocat. Porro antiqui omnes incolæ Palæstinæ sicut Chananæorum, sic & Amorrhæorum generaliter sumpto nomine nuncupantur: jam
Arcuna seu Ornan Rex non dicitur in Paralipomenis nisi in Hebræo & Latino, 1.
Reg. 14 nullatenus tamen in Græco, in Syro & Arabico: potuit vero sic vocari, quia
fuit Gebusæorum Rex, cui utpote pio &
proselyto David aliquod prædium in monte Moria concessisse videtur, quando Ge-
busæos ex illo ejicit loco.

Ad secundum, in Hebræo legitur super
Assuri, quam dictionem ut obscuram vertit Græcus Thasiri, Latinus vero Gessuri: Sed potius ista voce significantur As-
surei, seu viri Tribus Aser, sicut sequenti
Jesrael viri Tribus Issachar; ex quibus intelligitur Isboseth obtinuisse sicut Orien-
talem sic & Septemtrionalem totam Terræ sanctæ partem: porro intelligunt aliqui annos duos Isboseth regnasse præfi-
ce, seu usque ad luctum, de quæ v. 14.
sed forte verius est Israelitas diu absque
Rege fuisse antequam Isboseth sibi præ-
ficerent. Neque vero statim, illo mortuo,
se Davidi subjecerunt, ut ex totis septem
cum dimidio annis donec tantum regnasse
Isboseth dicatur. Et sic patet solutio ad
singulas difficultates.

Urgebis: Nonnulla alia veritati adversantia In isto secundo occurrunt libro?
Ergo &c. Probatur Antecedens multis momentis: Primo quidem Arca vocatur Chi-
don, cum Cariathiarim quiescit. Cap. vero 6. Arca Nachor nomine celebratur. Secundo, David eodem capite 6. nudatus
ante Arcam incedere dicitur. Lib. vero 1.
Paralip. v. 27. Ephode byssino vestitus commemoratur. Tertio, Goliath a Deo datus
cap. 21. occisus narratur, cum tamen ex
l. primo 17. Reg. constet a Davide fuisse
interfectum. Quinto, non est verum Mi-
phiboseth in mensa Davidis fuisse semper
nutritum, ut habetur cap. 8. Quinto, neque magis verisimile apparet Absalom non
habuisse filium, Michol vero quinque
perisse filios, ut cap. 18.   ut
Scriptor. Falsum quoque videtur in
quo Absalom cecidit,   fuisse
in saltu Ephraim,   Jordanem   pri-
tus erat seu situs,   in eodem habetur
capite. Nec verum est quod rebelli Davidi Semei & Siba fuerint, ille de domo

Joseph, iste de monte Ephraim, sicut cap.
19. v. 20. scribitur. Mitto quædam alia
contradictoria: unum tantummodo inter
cetera referam, videlicet non esse probabile, Davidem alias mitissimum, exquisitis cruciatibus tormentis Ammonitas, maxime vero cum ea l. 1. Reg. cap. 13. Rex
ille & pius fuerit, & rectum fecerit coram Domino. Ergo &c.

Respondeo negando antecedens; utroque,
ut supra non semel dictum est, juxta diversos respectus facta Scripturæ facile conciliantur, ut attendenti patebit.

Ad primum igitur dico, immutato Chi-
don nomine, Arcam Nachor nomen habuisse ex loco, ubi Oza temerarius percussus est.

Ad secundum distinguo: David ante
Arcam incedens nudatus erat, hoc est,
Regiis vestimentis spoliatus, concedo; &
hac de causa superba mulier illudendo
Regi, eum proclamavit nudum, propter
quod a Deo gravi morbo percussa est:
David erat simpliciter nudus, nego. Nam
ut habetur l. 1. Paralip. Ephode byssino
erat præcinctus.

Ad tertium, frater Goliath interfectus
legitur l. 1. nusquam vero ille quem in
valle Therebinti David percusserat.

Ad quartum dico, revera quidem Mi-
phiboseti filium non semper mensæ David
adfuisse, cum bona Saul pro suo victu &
vestitu a Rege acceperat, sed non idem
dicendum de ejus patre, quem in mensa
David semper nutritum fuisse constat.

Ad quintum, sensus Scripturæ sic ad-
peritur: Abialom, aut non habebat filium, cum triumphalem extruxit Arcam,
aut jam susceptos amiserat filios, quocirca cap. 8. legitur Absalom non habere filium.

Ad factum Michol graves auctores existimant esse in eorum mendum, & loco
Michol, quæ quinque pe-
pererat filios, apponitum fuisse Michol:
Sed & ipsi Michol filii adoptivi eatenus
dici possunt, quatenus de eis curam ege-
rat Michol.

Ad id vero quod dicitur prælium, in
quo Absalom cecidit, non fuisse in saltu
Ephraim commissum, ultro fatemur: attamen propugnamus recte dici posse commissum in saltu Ephraim propter interfe-
ctos ibi a Gephta Ephraimitas.

Ad subsequentem difficultatem dico:
Et Semei 2. Reg. 16. 4. & Siba cap. 20. 1.
Benjaminos, excitisse. Siba itaque dicitur
                                     de

de monte Ephraim suisse habitatione, praesertim, cum istius montis pars aliqua pertineret ad Benjamin Tribum; sed Semei se de domo Ioseph dicit, vel quia sub vexillo Ephraim pugnabant Benjamitae sicut & sub eodem incederant Moysis tempore, Num. 2. v. 22. seu etiam ex eo quod sub nomine Ioseph qui loco Ruben habuit cum Iuda partem primogeniturae illi, si non peccasset, debitae. Caeterum primo Paralip. 5. comprehenduntur aliae omnes a Iuda Tribus, Psal. 76. 16. Psal. 79.

Ad ultimum dico, Ammonitas ab aliqua culpa & in Davide offensa non fuisse immunes: unde crimini luere poenas debuerunt. Quidam tamen existimant Regem in puniendo excessisse; quocirca dum legitur rectum eorum Domino, excepto in Uriam facto, gessisse, intelligitur de iis exequenda quae illi praeceperat Dominus. Quid plura? Sanctissimorum vita ab omni leviori peccati labe pura non fuit, & non in hoc, sed in aliis eorum celebratur sanctitas. Quod autem quaedam alia praeter mortem Uriae & ejusdem Uxoris raptum patraverit David, liquet ex eo quod non nihil elatus populum suum recenseri voluerit, propter quod peste flagellatus est.

Fit satis objectionibus quae adversus Tertium librum proponuntur.

Objicies: Quaedam absona in isto comperiuntur libro: igitur non dicendus est sacer & divinus. Probatur Antecedens: Legitur, quod antequam Templum aedificaretur, dum tenellus adhuc esset puer Salomon, primo Paralip. 29. v. 1. jam filias ejus in uxores duxillent Benabinadab & Achernas. 3. Reg. cap. 4. v. 7. & 15. quod Salomone regnante argentum non putabatur alicujus pretii, quandoquidem pecuniarum tanta erat ierosolymis abundantia, quanta erat & lapidum cap. 10. v. 21. & 27. & quidem primo inducitur Salomon sapientissimus dilectusque Deo, qui tamen in ipso Regni sui principio fratrem suum Adoniam occidi praecepit. Sed esse tenellum & simul habere filias nubiles; sed argentum numerum lapidum adaequare; & Sed esse sapientem simul & fratricidam pugnant intra se: Ergo &c.

. Respondeo sicut prius, diversos Scripturae laudatos textus & sensus secundum distributionem accommodam, intelligi &

recte conciliari; unde nego antecedens.
Ad primam probationem distinguo: Salomon erat tenellus, hoc est, junior seu juvenis, concedo: hoc est puer, nego. Potuit igitur habere filias nubiles ante Templi aedificationem, quae subsequenti tamen tantum tempore matrimonio conjunctae sunt: quia tamen jam tute Templi fabricam erant nitae, potuit dici filias, quas Salomon adhuc junior habuerat, ditas fuisse in uxores, ad cujus veritatis sensum sufficit, ut sequenti tempore de facto nupserint.

Ad secundam probationem distinguo: Argentum tempore Salomonis sicut lapides commune hyperbolice dicitur, ad significandam magnam argenti copiam, concedo: arithmetice loquendo, ita ut tantum fuerit numunorum seu talentorum numerus, quantus erat lapidum, nego.

Ad tertiam probationem etiam distinguo: Et ex justitia Salomon voluit Adoniam interfici, concedo: absque ratione, nego. Adonias in suspicionem venerat Salomoni, ut regni ex desiderio invasor: nam & antequam Salomon in Regem & nominatus & inauguratus fuisset, sibi secerat equites, & praecursores Adonias; atque omnia, ut Regnum haberet, molitus fuerat: electo vero Salomone, deprecatus est Bethsabee quatenus a Rege obtineret Abisag uxorem Davidis sibi in matrimonium copulari, quod quidem argumentum non levius erat, Adoniam novis movere travcedias, ut regnum a Salomone cum sceptro & corona auferret.

Contra: Atqui contradictoria in isto assulgent libro: Ergo &c. Probatur subsumptum multis momentis. I. Cap. 5. dicitur Salomon habuisse requiem omnibus diebus suis; contrarium vero cap. 4. legitur: ibidem scriptum est cap. 5. II. Salomon ad fabricam Templi elegisse operarios de toto Israel numero 30000. & tamen cap. 9. non constituit Rex servire quemquam de filiis Israel. III. Artisex erarius quasi alter Beseleel exquiritur Hiram nomine vir Tyrius qui cap. 7. matrem habuisse dicitur de Tribu Nephtali: Ille tamen 2. Paralip. cap. 2. suit patet Hiram Regis Tyri, habuitque matrem de filiabus Dan. IV. Non est quoque verisimile Salomon tam pium & sapientem Regem ita adhaesisse idolis, ut etiam Templa falsis suarum mulierum alienigenarum numinibus aedificaverit. V. Sed neque veritati

tati confonat, quod de Jeroboam dicitur cap. 12. videlicet, relicto vero Deo, conftitiles coluiffe Deos; nam etfi vitulos in monte Bethel obtulerit, vero tamen facrificavit Deo. Igitur iftius tertii libri fententiæ non fibi cohærent: nam & in eodem fcribitur libro, Salomon quædam in Templo contra legem appofuiffe, videlicet candelabra aurea. 10. falfum quoque eft aut faltem non verifimile viginti oppida in laboris & mercium compenfationem Tyrorum dediffe Regi, iftumque decepiffe.

Refpondeo, cuncta, omnibus perpenfis facile componi & concordari: quotiret ad primum fic diftinguo: Non fuit Satan qui publice diebus Salomonis contriftaret Ifraël; concedo: qui clam & in occulto ipfum exacerbaret Salomonem, nego. Extenus dicitur Rex pacificus Salomon, quatenus toto Regni tempore nullum habuit hoftem qui aperte & exercitu comparato illum debellaret; Ratio tamen & Adad per omnia erant Salomonis adverfarii: quinimmo cap. 4. habentur Deum fufcitaffe adverfus Salomonem Jeroboam In vindictam tranfgreffionis mandatorum, quæ quidem Rex abeundo ad muliercs alienigenas non femel omiferat: attamen quamdiu vixit, juxta promiffionem factam Davidi, fuam Dominus non adimplevit fententiam, & folum, mortuo Salomone, fciffum eft regnum.

Ad fecundum fimiliter diftinguo: Salomon noluit de fillis Ifrael fervire in fabrica Templi tamquam operarii viles, concedo: ut operis Præfides, nego. Erant infiniti prope homines pro fabrica Templi conftituti, multi quidem ex extranei ut cæderent Ligna Libani, alii ut aurigæ & mutæ ad deferenda ligna Jerufalem, multi ex Profelytis hoc munus implebant, alii ut fculptores & artifices: & fuper ftos omnes multa Ifraelitarum millia præfidebant, & fic optime confociantur Scripturæ.

Ad tertium: Ille Hiram de quo fit mentio potuit ratione patris effe ex Tribu Dan, ex Tribu vero Nephtali ratione matris, ut habetur tertio Reg. ----- fatis ex Hebræo claret; ----- dicitur ejus pater, non ----- fed habitatione: porro ifte ----- propter fummam in arte fua peritia ----- pater non folum Hiraami Regis vocatur, fed & Salomonis 2. Paralip. 4. ----- eft magifter, vel artifex ejus; quo fenfu & Gen. 4. 20. 21. item

cap. 45. 8. quarto Reg. 23. 34. & artifices, & ii quibus æraria debentur, vocantur Patres.

Ad quartum nefas foret negare, quod vel ipfa teftatur Scriptura de Salomonis Idololatria; quid enim eft bono nifi figmentum, & fi in Angelis alias in gratia creatis Deus reperit pravitatem, quid de homine corporeo dicendum, cum homines, tefte Apoftolo, fint vafa fictilia quæ fibi ad invicem faciunt anguftias; fed non abfque fundamento multi credunt Salomonem ante mortem egiffe pœnitentiam; nec refert quod de illa fileat Scriptura, cum & ipfa fileat pœnitentiam Adæ & Loth, quos tamen in gratia defunctos extra dubium eft: namque Ecclefiafticus primum a fapientia fanctum commemorat: alterum vero a fanctis Patribus ut nullus habetur; cum ignorans & fua abfque culpa ebrius inceftum alternata vice commiferit. Sed & ipfa innuit non in uno loco Scriptura felicem Salomonis exitum. Primo quidem cum in Pfalmis legatur & maxime, 2. Reg. 7. in gratiam filiorum David, præcipue Salomonis: *Ego ero ei in patrem... Qui fi inique aliquid gefferit, arguam eum in virga virorum, & in plagis filiorum hominum, mifericordiam autem meam non auferam ab eo.* Rurfus 2. Paralip. 4. 17. pii aliqui ex Ifrael dicuntur ambulaffe in viis David & Salomonis. Quid plura? Liber Ecclefiaftis quem Salomon fub finem vitæ confcripfit, manifeftam ejus ad Deum converfionem indigitat: Quandoquidem cap. 1. omnis enarrat vitæ blandimenta & voluptates quibus ipfe fervierat; fubdit poftea omnia effe vana tandem aliquando comperiiffe, & de facto Scriptura non dicit Salomonem in peccato fuiffe defunctum, fed contra modo ad Patres fuiffe appofitum: Revera quidem cum effet iam fenex depravatum eft cor ejus, ut Scriptura refert, fi nihil vetat in eadem fenectute ad meliorem rediiffe fragem, ut de gratia compertum habemus.

----- factum Jeroboam, diftinguo: Idolis non fervivit, tranfeat: Legem Domini non tranfgreffus eft, nego, Non immerito Jeroboam in fufpicionem venit adraffe Idola; faltem extenus anfam et colendi præbuit, quatenus fchifmatis fuit anctor, & noluit fubditos Deum adorare in Templo Jerufalem, ne Ifrælitæ ad Regem Iuda, ut ad fuum legitimum Principem redirent; fed non in hoc folum pravari-

varicatus est ; nam & Sacerdotes non x
Tribu Levi, sed ex alia desumplit, quod
erat manifeste contra legem : hinc Scriptura iterum atque iterum maledicit Ieroboam, eo quod, inquit, peccare fecerit Israel, qui ipso veluti duce, Baal ut
quoddam numen supremum coluit, &
adoravit.

Ad facta Salomonis sic respondeo : Tametsi enim decem candelabra aurea, aliaque multa plura vasa construxerit quam
ipse Moyses ; id tamen, non inconsulto
Domino peregit, cum praecepta Davidis
patris sui a Deo inspirati in hoc ada-
russim pro Dei nominis exaltatione com-
pleverit. Sed neque transgressus est Legem cum 20. oppida Hiran concessit,
namque juxta Rabbinos & sanctos Doctores tributum solummodo & censum
ex his civitatibus recipi pro labore & lignis Libani ad perfectam usque solutionem
accipi permisit.

Neque vero id quidquam falsitatis arguit, quod in eodem libro Templum cap.
6. sexaginta cubitorum altitudinis construi dicatur ; cum in libris Paralipomenon nonnisi triginta commemorentur.
Revera quidem Templum extrinsecus magis eminebat quam intrinsecus, namque
intus usque ad primam contignationem
solum triginta cubitorum altitudinis e-
rat.

Dices : In eodem libro promittitur filio
Salomonis una tantummodo Tribus, &
tamen Tribum Benjamin sibi conjunctam
Roboam habuit : Ergo &c.

Respondeo distinguendo : Promittitur
filio Salomonis una Tribus praeter sibi
connaturalem, & haereditariam, scilicet
Judam, concedo : ita ut unam tantummodo habere debuerit, nego : Tribus Iuda erat ex jure naturali & haereditario Roboam debita, sed una praeter istam illi
concessa est ; quandoquidem Abias Propheta dedit Ieroboam, ordinante Domino,
decem solum Tribus.

*Diluuntur objecta contra librum quartum
Regum.*

Objicies : Nonnulla in isto libro partim falsa, partim etiam incongrua leguntur : Ergo &c. Probatur Antecedens : cap.
6. 23. dicuntur Iatrones Syriae non venisse ultra in terram Israel, cum tamen
V. 24. additur Benadad post haec Samariam obsedisse. Item cap. 18. 5. de Eze-

chia dicitur : *Post eum non fuit*, in pietate, *similis ei de cunctis Regibus Juda* : postea vero cap. 23. Idem de Iosia celebratur : cap. 5. Eliseus remittit Naaman
Syrum in pace, eique idoli adorationem
permittit. Cap. 13. 19. Eliseus Ioaso Regi sic loquitur : *Si percussisset jaculo terram
quinquies aut sexies, sive septies, percussisset
Syriam usque ad consumptionem : nunc autem tribus vicibus percutiet eam* : cum tamen
antea dixisset v. 17. *percuties Syriam donec
consumas eam* : Ergo &c.

Respondeo negando antecedens : Et vero
quod primam spectat objectionem, patet
aliud de latronibus seu paucis excursoribus
4. Reg. 6. 23. dici, aliud de toto Regio
Syriae exercitu : quod enim pauciores
non ausi sunt, audacter postea totus fecit exercitus : Esto igitur quod latrones
Syriae ultra non venerint in terram Israel,
eo quod forsitan exiguum propter numerum a regni finibus facile propellerentur,
sed major militum copia, nedum per
Israel confines cursitavit, sed & postea
Samariam civitatem obsedit.

Ad secundum, non nisi per figuram
Rhetoricae dicitur Ezechiam non habuisse
in pietate secundum.

Ad tertium distinguo : Eliseus permisit
Naaman pro officio suo Syriae Regem
sustentare, sicut extra Templum, sic &
cum Rex in Templo Rhemnon suum ado-
rabat Idolum, concedo : ita ut & ipsi
Naaman deos corporales adorare licitum
foret, nego. Prophetis licentiam quidem
fecit Naaman proselyto, & ad fidem veri Dei converso numia solita Domino suo
praestare, nusquam vero in idololatriae
cultu cum Rege communicare. Ita sancti Doctores & interpretes.

Ad quartum etiam distinguo : Ioas percussit Syriam usque ad consummationem,
hoc est, triplici vice completam in praeli-
io dato & commisso reportavit victoriam, concedo : hoc est, totam Syriam
suo subjecit imperio, nego. Eliseus vero, nonnumquam etiam signis Dei ma-
nifestabat voluntates : hinc ab Ioaso Rege de belli eventu futuro consulens, imperavit Regi terram iteratis vicibus jaculo percutere, quam & ter percussit,
quam si quinquies, aut sexies, vel septies
percussisset juxta Dei ordinationem, totam quoque percussisset & devicisset Syriam ; quia vero solum ter percutieras,
tres tantummodo super Syriae victorias
a Rege reportandas praedixit Propheta.

Quo

Quo quidem figno aperuit Joafo felicem belli exitum futurum , fed non fine limite & termino .

Inflabis : Jehu Rex Ifrael zelo divino accenfus mentitur fe effe Bial cultorem , cum alios inducit ad fanctificandum ei folemnem diem , ut hab. cap. 10. 18. I L Deus Ifraelitas tradit in manus Azaelis Regis Syriae ac filii ejus cunctis diebus . Cap. 13. 3. & tamen v. 10. liberantur . III. Amafias cap. 14. 3. & Azarias cap. 15. 3. fecerunt quod erat coram Deo placitum , Deo tamen Idumaeorum Amafias habuit ut fuos : tum & in vindictam periit , 2. Paralip. cap. 25. 14. 20. Azarias vero cap. 26. 18. officia Sacerdotum temere ufurpans percuffus eft a Deo : Ergo &c.

Refpondeo ad primum : Jehu laudatur quidem in eo quod Domini adimpleverit voluntatem , cum domum Achab & ipfam Jezabel Prophetarum infectatricem perdiderit : in aliis vero quod Zelo prorfus inordinato operatus eft , abjicitur .

Ad fecundum : dicitur cunctis diebus Ifraelitas in manu Regis Syriae traditos fuiffe , fed intelligendum v. 22. quibus Joachas regnavit : ipfe vero poenitens v. 4. *Deprecatus eft autem Joachas faciem Domini , & audivit eum Dominus … & dedit Dominus Salvatorem Ifrael ; & liberatus eft de manu Regis Syriae* ; non tamen quamdiu vixit Joachas , fed eo mortuo , filius ejus Ioafon , v. 10. qui ab Elifeo edoctus ter Syros devicit , ac fuperavit , ut legitur v. 19.

Ad tertium fecit quidem Amafias rectum coram Domino : at primo non ficut David , V. 10. fecundo ibidem juxta omnia quae fecit Ioas & ufque ad foldae morem pius , poftea vero fecundo Paralip. 24. 18. 22. impius & facinorofus : tertio ficut excelfa non abftulit , fic & in ultimis vitae fuae diebus Idumaeorum idola coluit , fimiliter Azarias feu Ozias ejus filius fecit rectum , ut legitur cap. 15. ficut Amfias , nempe in principio . Poftea vero elatus victoriis ac profperis Sacerdotale ufurpavit munus , qua de caufa lepra nefanda percuffus & punitus eft .

Alia mitto , quae aliquam contradictionis fpeciem prae fe ferunt , quae quidem facile conciliari poffunt , fed antecedentia & confequentia cognofce , vel etiam ad diverfa aut tempora , aut actionum circumftantias attendatur : nonnumquam enim in uno libro aliqua recen-

tur circumftantia , quae in altero refertur .

SYNOPSIS PROBATIONUM.

Quatuor libri Regum funt facri .

Primo : In Proto-canone Iudaeorum infcribuntur : tum in decreto Concilii Trid. fefs. 4. ubi Libri facri enumerantur: *Secundo:* Sic habentur a SS. Doctoribus : fic ab Eufebio lib. 9. praep. Evang. cap. 30. fic a Nicolao Damafceno apud Iolephum lib. 7. cap. 6. fic ab omnibus Theologis , quorum multi eos interpretati funt .

Tertio : Vetus & novum Teftamentum non femel illos libros citant , & quafdam ab eis fumpfere fententias . S. Stephanus Act. 7. librum primum perorando laudat . Pfalmo 88. faepius de David & Salomone fit mentio juxta libri fecundi Regum Sententias , quibus regnum firmatur in domo David. Apoftolus Rom. 11. attendit ad librum tertium dicens: *An nefcitis in Elia quid dicit Scriptura … Ego relictus fum folus .* Ad quartum vero ipfe Chriftus refpicit Luc. 3. dicens : *In veritate dico vobis , multae viduae erant in diebus Eliae &c.*

SYNOPSIS OBIECTIONUM, Et Solutionum.

In primo quidem libro quandoque David dicitur familiaris in Saulis aula, quandoque etiam occultus , fed intellige fecundum diverfa tempora : occultus quidem ante Goliath interitum , cclebris vero , ipfo devicto. Nec quemquam movere debet cum cap. 2. legitur : *Si qui in Dominum peccaverit , quis orabit pro eo ?* non enim inde fequitur quaedam peccata effe irremiffibilia . fed tantum difficile remitti , aut propter ingratitudinem , aut etiam propter enormitatem & firmam in offenfa repetita voluntatem . Ne credas fimpliciter Legem tempore Davidis factam , fed folum in Pfalmis de novo explicitam & promulgatam . Caeterum Spiritus malus qui Saulem invafit ea folum ratione dicitur Dei Spiritus , quatenus , Deo permittente , Satan Regem peccatorem exagitavit .

In Secundo habetur Davidem nudum coram Arca Domini faltaffe , fed hoc intelligendum regiis veftimentis fpoliatum , & hoc fuit ejus humilitatis & erga Deum reve-

severentiæ argumentum . Quod autem non esset simpliciter & per omnia nudus , patet ibidem , ubi Ephod præcinctus saltaile laudatur . Quod quidem factum tanti facit Ecclesia , ut in memoriam instituerit cantorem magnum , qui in solemnitatibus tenens in manu baculum deauratum in medio chori , hinc inde aliis astantibus cantoribus , non sine majestate alternatis & repetitis vicibus versus altare deambulet .

In Tertio mentio fit de varia templi supellectili , quam quidem ultra Legem auxit Salomon , sed Deo annuente , & permittente : Alia sunt , tum in isto , tum in quarto libro facta , quæ Lector absque negotio conciliare potest .

ARTICULUS QUINTUS.

Utrum libri Paralipomenon sint genuini & sacri ?

SAncto teste Hieronymo Epistola 108. ad Domnionem unico comprehendebantur volumine quæ in libris Paralipomenon referuntur ; verum decursu temporis æquum duxere sancti Doctores unum istud opus in duos dividere libros , qui Paralipomenon , hoc est , rerum omissarum tum in libris Legis , tum etiam in libris Regum nomine celebrantur. Vocantur etiam verba dierum , eo quod juxta temporum ordinem gesta referant . A sancto Hieronymo aliisque sanctis Doctoribus etiam rerum gestarum in veteri Testamento chronicon omnibus numeris absolutum , seu compendium aut Epitome vocantur . Prior XXIX. capita complectitur : in eis refertur ortus & propagatio gentis Israeliticæ ab Adamo usque ad reditum e captivitate Babylonica: Tum auctor præmissa Saulis historia , scribit inaugurationem Davidis in Regem , ejusdem victorias & insignes dotes , maxime in promovendo Dei cultum pietatem .

Posterior XXXVI. capitibus comprehenditur ; eo loci enarratur progressus & finis Regni Juda usque ad annum reditus e captivitate Babylonica . Hebræi libros istos appellant *Dibre Hajamin* , id est , verba seu gesta dierum , quasi latine dicas , Diarium , vel Annales.

Istorum Librorum incertus est auctor ; non enim est Esdras , aut ipso recentior ,

cum in Esdræ canone referantur : multi non absque fundamento Nehemiæ tribuunt . Jam quæritur num isti libri sint genuini , seu canonici ? Pro cujus resolutione sit

CONCLUSIO.

Libri Paralipomenon sunt sacri .

PRobatur efficaciter : Illi libri sunt genuini & canonici , qui ab omni ævo tales habiti sunt , & quorum sententiæ non semel in veritatis testimonium in novo adducuntur Testamento : Atqui ita est: Ergo &c. Probatur minor . Nullo refragante , annumerati sunt in canone librorum utriusque Testamenti ; quinimmo Christus Matth. 23. 35. & Lucæ 4. 51. occilam Zachariam inter Templum & altare refert e secundo Paralip. 24. 21. ex cujus etiam libro cap. 19. 7. in Paralipomenis accepta videtur illa sententia , quæ 1. Petri 1. 7. legitur : Ergo &c.

Suffragatur S. Hieronymus in Præfatione ad Domnionem & Rogatianum libri Paralipomenon , id est derelictorum , ait : „ Omnis eruditio Scripturarum in hoc „ continetur ; & historiæ quæ vel præter„ missæ sunt in suis locis , vel perstrictæ „ leviter hic per quædam verborum com„ pendia explicantur . „ Rursus epist. ad „ Paulinum: Paralipomenon liber , id est, „ instrumenti veteris *epitome* tantus ac „ talis est ut absque illo si quis scien„ tiam Scripturarum sibi voluerit arro„ gare , seipsum irrideat . Per singula „ quippe nomina juncturasque verborum, „ & prætermissæ in Regum libris histo„ riæ & innumerabiles explicantur Evan„ gelii quæstiones.

Scopus auctoris Paralipomenon fuit gesta Davidis , ejusque tum majorum , cum posterorum ad Cyri usque tempora narrare ; unde libro priore post brevem primorum hominum recensionem cap.1. Davidque majorum & cognatorum cap. 2. nec non ejusdem posterorum cap. 3. occasione vero data & aliorum filiorum Israel ad captivitatem usque sequentibus quinque capitibus , & a captivitate nono capite : & post memoratam paucis verbis mortem Saulis cap. 10. quæ Davidicum regnum spectant , describit reliquis 19. capitibus : posteriori vero libro ubi 9. capitibus de Davidis filio Salomone dixit , Regum dumtaxat Juda qui e stirpe

O 4   Davi-

Davidis fuerunt omnes oriundi, gesta scribit. Per 27. capita reliqua, prætermissis rebus Regum Israel, quæ nisi per bella, fœdera & affinitates cum rebus Regum Juda cohæreant eas non memorat. His porro in fine libri addit Edictum Cyri post captivitatem in gratiam Judæorum emissum.

Solvuntur objectiones.

Oppones : Multa leguntur in utroque libro quæ sibi adinvicem cohærere non videntur : Sed hujusmodi defectus a Libris Canonicis eliminandi sunt ; Igitur non satis claret libros Paralipomenon esse sacros. Probatur minor : Rabbi Salomon in primo Paralipomenon cap. 8. refert auctorem istorum librorum filios Benjamin aliis appellare nominibus , quam vocat Moyses in libro Genefeos. Item civitates Levitarum aliter quam Josue 21. assignantur , commemorat : Ergo &c.

Respondeo I. Auctorem pro scopo habere prætermissa referre, unde non mirum si aliquæ inveniantur a cæteris libris discrepantiæ in opere Paralipomenon , cum jam dicta in aliis libris, & recensita iterato calamo tradere non teneatur.

Respondeo II. quædam ab auctoribus profanis vel etiam fidelibus tametsi fallibilibus ad texendam Regum historiam , attamen vera potuit auctor librorum Paralipomenon assumere, in quibus , protegente Deo, non erravit ; ex quibus etiam potuit oriri quædam variatio vel in vocabulis, vel in phrasibus , seu etiam in sententiis ab aliis libris discrepantibus ; nonnumquam enim mutatio ex Librariorum mendis occurrit , & sic genuinitas librorum Paralipomenon absque negotio defenditur.

Jam ad argumentum respondeo , negando antecedens. Ad primam probationem distinguo : Auctor aliis nominibus filios Benjamin appellat , quæ non referuntur in prioribus Scripturæ libris , eo quod Benjamin decursu temporum novi nati sint filii, quos & nonnumquam nomine particularium, & non capitum familiarium appellat , concedo : ita ut auctor ille aliquid adversus veritatem scribat , nego. Ista solutio colligitur ex capite Num. 26. 38.

Ad secundam probationem patet solutio ; namque auctor Paralipomenon ad majorem attendit expressionem ; hinc quas-

dam nominat Levitarum civitates , quasdam etiam omittit ; quando quidem Lector benevolus certior fieri potest , si aliquod subeat dubium recurrendo ad Librum Josue : Porro in civitatibus filiis Aaron attributis loco duarum *Hain* & *Getba* quæ describuntur Josue 21. 16. una legitur Paralipomenon 6. 59. *Hain* ; at *Hain* est ipsa *Ajan* ut ex prima & tertia in Hebræo litteris colligitur : *Getba* vero ut & Gabaon verf. 60. Incuria Librariorum omissa fuisse ; inde patet , quod ibidem sicut & Josue 21. v. 19. civitates numerentur 13. licet in Paralipomenon distinctæ tantum undecim computentur , &c.

Instabis : Abia dicitur secundo Paralipomenon 13. 20. matrem habuisse Michajam filiam Uriel de Gabaa : at capit. 4. 20. 22. sicut & tertio Reg. 15. 2. mater ejus est Maacha filia Absalom , quæ & v. 10. ideo mater Asæ dicitur , quod esset ejus avia seu mater Abiæ patris ejus . Rursus habetur 2. Paralipomenon 15. 19. *Bellum* vero non fuit usque ad 35. annum *Regni Asa* : At hoc adversatur his quæ referuntur 3. Reg. 15. 16. 32. *Bellum autem erat inter Asa & Baasa Regem Israel cunctis diebus eorum* ; additur autem statim 2. Paralipomenon 16. *primo anno* : attamen 36. regni Asæ ascendit Baasa Rex Israel in Judam : at Baasa qui regnum iniit anno Asæ tertio , 3. Reg. 15. verf. 28. & 24. annos tantum regnavit v. 33. jam 2 decem annis vita functus fuerat anno Asæ 36. ut ex Reg. 16. 8. patet . Iterum Josaphat 2. Paralipomenon 17. 6. excelsa & lucos de Juda abstulit , contrarium tamen legitur cap. 2. & 3. Reg. 22. 44. Rursus Ochozias Rex Juda cap. 22. 20. dicitur 42. annorum fuisse cum regnare cœpit ; quod adversatur non solum 4. Reg. 8. 26. sed & rationi , quando quidem pater ejus Joram erat 32. annorum cum regni clavum suscepit , regnavitque 8. annos , Secundo Paralipomenon 21. 5. atque adeo annis natus 40. obiit; unde sequitur filium ejus non fuisse annorum 42. cum regnare cœpit : Ergo &c.

Respondeo juxta priores solutiones generales , ista omnia facile juxta diversos respectus concordari : Et vero quod fingat Maacham , ipsa est quæ & Michais dicta est , cujus pater bene intelligitur fuisse Uriel , avus attamen Absalom , seu quia ipse Uriel unus fuerit e tribus Absalomi filiis de-quibus secundo Reg. 14. 27. seu quia mater Masse Thamar fuerit ,

quam

quam unam filiam habuisse Absalom ex dicto v. 27. colligitur : hoc enim posito æque Absalomi filia dici potuit Maacha mater Abiæ, ac ipsa secundum aliquos 3. Regum 15. 10. 13. mater Asæ dicitur, & ipse Abias v. 3. filius Davidis. Præterea qui tertio Reg. 15. 20. 10. Absalom vocatur, alius esse ab Abisalom Davidis filio in traditionibus hebraicis apud S. Hieronymum dicitur.

Ad secundum sic respondetur : Bellum inter Asan & Baasan fuit omnibus diebus, non ex quo regnare cœperunt, sed ex quo bellum inter eos esse cœpit : significatur quippe illud non defuisse nisi per Baasæ mortem : Porro cœpit 2. Paralipomenon 15. 19. ann. 35. regni Asæ, Capellus vult legi solum annor. 5.

Ad tertium distinguo : Excelsa & lucos non abstulit Josaphat, in quibus vero Deo immolabant filii Israel, concedo : in quibus falsis numinibus sacrificia offerebant, nego. Nonnunquam Reges Israel ut mixera præpedirent mala, ne scilicet populus in suam perniciem immolaret idolis, permisere Deo vero immolare in excelsis, ut habetur de Rege laudato cap. 33. v. 17. Idem legitur de Asa cap. 14. v. 2. his verbis : *Subvertit altaria peregrini cultus & excelsa*, cui non opponitur hoc capitis 15. 17. *excelsa autem derelicta sunt in Israel* : quippe in hoc non nihil peccarunt, & Asa & Josaphat contra legem Deut. 12. 5. idcirco inter pios Reges non innumerantur Eccli. 45. 9.

Ad istum Ochoziæ facilis est explicatio : Ipse enim cum patre 20. annis regnavit, quando scilicet Joram impium Deus percussit alvi languore insanabili 2. Paralip. 21. 18. atque adeo ipse qui 22. annorum erat cum sic regnum iniit, suisse vero 42. annorum constat, cum cæpit solus regnare. Quia vero non una est circa Scripturæ facti chronologiæ opinio, ad criticos hujusmodi quæstiones pertinent, nec in hoc aliquid a Scripturarum veritate detrahitur.

Urgebis : Azarias 2. Paralipomenon 22. 6. dicitur sovisse Joram Regem Israel : Idem tamen alibi dicitur de Ochozia. Rursus Gehim ibidem v. 9. Ochoziam adductum in Samaria occidit : at quarto Reg. 9. 27. Gehim Ochoziam per secutus occidit in ascensu Gaber. Ochozias vero percussus fugit in Mageddo, ubi & mortuus est. Item Rex Assyriæ dicitur 2. Paralipomenon 28. 20. non tulisse opem Re-

gi Achaz : sed contrarium patet ex quarto Reg. 16. 7. 9. 8. Rursus Jechonias non erat octo tantum annorum cum regnare cœpit, sicut 2. Paralipomenon 36. 9. dicitur ; nec enim dici potuisset secisse malum, sicut pater ipsius, attamen erat annorum 18. ut habetur 4. Regum 24. 8. & tertio Esdræ 1. 43. Ergo &c.

Respondeo ad primum distinguendo : Et ille Azarias idem est ac Ochozias, concedo : & est diversus, nego. Idem duplici allato indignitus est nomine, ut colligi potest ex 2. Paralipomenon 21. 17. item cap. 22. 1. nam v. 6. in Hebræo Ochozias, Azarias nominatur : ipse igitur Azarias 4. Regum 8. 29. est Ochozias.

Ad secundum distinguo : Et Thegradfalazar Rex Assyriorum quandoque auxilium Achaz dedit, quandoque etiam non dedit, concedo : & semper dedit, nego. Adversus quidem Syros auxiliatus est Achaz, sed non potuit ei adversus Idumæos succurrere, quos impius ille Achaz irritaverat, & sic conciliantur Scripturæ.

Ad factum Jehu de quo supra, res potuit sic intelligi, cum Ochozias Joram, quem in lecto ægrotantem inviserat, a Jehu occisum suisse animadvertisset, ipse, ut ubi consuleret, per viam occultam & nemorosam Bethagan seu domus horti sugit versus Mageddo, sed persecutus est eum Jehu, & jussit in curru percuti, qui quidem percussus sed leviter vulneratus in clivo Gaber, manus Jehu evasit ; putans autem se istic posse in civitate Samaria, in eam se recepit, sed perquisitus & ad Jehu adductus, in Mageddo interfectus & mortuus est ; quippe Gaber, Geblaam & Mageddo loca sunt Samariæ, sibique invicem vicina.

Ad ultimum distinguo : Jechonias non erat vir octo tantummodo annorum cum solus regnare cœpit, concedo : & hoc ipsum instantia probat, quando eum patre regnare cœpit, nego. Non unum est exemplum, Reges, etiam suo vitæ tempore, ad gubernandum adsciuisse filios, ut eos in regendo edocerent ; quocirca multi regnasse dicuntur vel ipsis viventibus parentibus ; quæ quidem observatio multis solvit difficultates.

SYNOPSIS PROBATIONUM.

Duo Libri Paralipomenon sunt sacri.

Primo: Vel ipse Christus historiam Zachariæ inter templum & altare occisum, ut habetur 1. Paralip. 24. citat.

Secundo: In canone tum Synagogæ, tum Ecclesiæ uti tales annumerantur libri laudati.

Tertio: Suffragantur SS. Patres: in primis Hieronymus in Præfatione ad Dominionem & Rogatianum libri Paralipomenon; ait idem sanctus Doctor in Prologo: Sunt quasi chronicon, seu Diarium & veluti recapitulatio, seu susa reassumptio plurium rerum quæ brevius in libris Regum recensentur.

SYNOPSIS DIFFICULTATUM,

et Explicationum.

Primo: Non diffitemur quamdam in sensu obvio circa nomina apparere in libris contradictionem, sed attendendo ad avos & alios parentes, vel etiam ad diversa tempora, quæ juxta placita & diversam hominum fortunam, nomina rebus & locis affixerunt, facile componuntur.

Secundo: Familiare est Scripturis sacris numerare regnantium annos vel ab ipso tempore quo filius cum Patre regnare cœpit; hinc nemini mirum videri debet, si una & eadem persona dicatur ab uno Scriptore multis annis regnasse, ab alio vero paucioribus. Sic Ochozias viginti duobus annis natus, simul cum patre Joram regnavit: mortuo vero parente 42. annos jam attigerat, cum solus regnare cœpit.

Tertio: Pari facilitate solvitur ista contradictio apparens 2. Paral. 22. Azarias dicitur invisisse Joram Regem, alibi tamen hoc dicitur de Ochozia: namque Azarias & Ochozias sunt una & eadem persona, quæ isto duplici insigniebatur nomine.

ARTICULUS SEXTUS.

Utrum libri Esdræ sint sacri?

Libri de quibus in titulo, nomine Esdræ celebrantur, eo quod multa de tanto viro commemorent, creditur quidem prioris auctor, namque cap. 7. v. 28.

sic legitur: *In me inclinavit Dominus misericordiam suam coram Rege & consiliariis ejus, & ego confortatus manu Domini Dei mei quæ erat in me, congregavi de Israel Principes qui ascenderunt mecum, regnante Artaxerxe.* Eo loci Eldras de sua propria loquitur persona, eratque Sacerdos: cum igitur sic de se primum loquatur, manifestum est primi libri esse auctorem; posteriorem vero a Nehemia duce populi conscriptum fuisse jure merito autumant multi: Sic enim habetur cap. 1. *Verba Nehemiæ filii Achelaim*. Ita communiter sancti Doctores. In his duobus libris potissimum describitur forma Reipublicæ Judaicæ post captivitatem Babylonicam, Judæorumque veluti servitutem sub Regibus Persarum, Græcorum, quæ quidem crevit usque ad summum sub Romanis Imperatoribus. Verum enim vero Judæi a captivitate soluti sui erant juris, tametsi enim Græcis solverent tributa, habebant tamen tum pro religione, tum pro civilibus rebus & temporalibus peragendis potestatem; sed devicti a Pompejo in æternum captivi facti sunt. Iisdem in libris potissimum referuntur Edicta Imperatorum Persarum & pro ædificatione templi, & pro instauratione urbis Jerusalem.

Liber primus decem continet capita: in his exhibetur numerus vasorum, quæ a Nabuchodonosor Babylonem translata, restituit Cyrus. Ibidem recensentur gravissima incommoda, quæ a Samaritanis passi sunt Judæi in restauratione Templi. Modus & quo pacto Esdras, cum pluribus aliis Hierosolymam jussu Artaxerxis Longimani reversus Matrimonia Israelitarum cum alienigenis contracta dissolverit.

Alter Eldræ liber tredecim habet capita: in eo scribitur. Primo, de concessa Nehemiæ facultate Jerosolyinam ædificandi. Secundo, agitur de regimine populi, & numerantur hi qui primum Ierosolymam ascenderunt. Tertio, coram populo legitur Lex, & ii recensentur qui pro Lege observanda subscribendo fœdus inierunt, tum habentur nomina Sacerdotum, Levitarum & eorum omnium qui e captivitate soluti non solum Ierosolynum, sed & cæteras Judeæ civitates incolebant; insuper & mulieres lecto Deuteronomio, ejectæ. Laus sit

CON-

CONCLUSIO.

Libri duo priores, qui nomine Esdra & Nehemiae insigniuntur, sunt sacri.

PROBATUR : Libri ab hominibus sancto afflatis Spiritu scripti, quique habentur & a Iudaeis & a Christianis, tamquam divini, prorsus & sacri habendi sunt : Atqui libri de quibus in praesentiarum agitur, tales sunt : Ergo &c. Probatur minor. Primo quidem, auctores fuisse sanctos viros, & a Deo inspiratos asserunt sancti Doctores & Rabbini ; & hoc ipsum utriusque Libri textus & historia subindigitat : jam vero in Canone Iudaeorum & Christianorum annumerantur, & de iis tamquam de Scripturis genuinis primorum saeculorum loquuntur Patres. Ergo &c.

Fit satis objectionibus.

OBIICIES : Isti libri inter Propheticos ab Hebraeis non annumerantur, sed rejiciuntur inter Setubin, seu inter Scripta quae rerum Iudaicarum continent historiam : Igitur neque sacri, neque genuini haberi debent. Confirmatur : Ioseph l. 1. contra Apionem libros ab Artaxerxis tempore scriptos, non simili fide ac priores habitos fuisse enarrat : porro uterque liber mortuo Artaxerxe scriptus est. II. Liber Esdrae duo habet capita lingua chaldaica scripta : sed sola hebraica ante Christum natum, ut sola sancta habebatur. Quid plura ? Sanctus Isidorus l. 6. Originum librum Nehemiae velut apocryphon explodit, sic enim loquitur : " Unus ,, Esdrae dicitur Liber quis secundus, ter,, tius, non habentur apud He,, braeos. " Ergo &c.

Respondeo distinguendo : Libri Esdrae inter Propheticos, hoc est, inter eos libros qui a Prophetis scripti sunt, non annumerantur, concedo : hoc est, inter libros qui scripti sunt ab hominibus a Deo inspiratis, nego. Esdras & Nehemias non quidem fuerunt Prophetae, sed ut a Deo inspirati locuti sunt, & hoc sufficit ut eorum libri tamquam Canonici habeantur ; namque de Scriptoribus Canonicis, ait B. Petrus epist. 2. cap. 1. 21. *Spiritu sancto inspirati, locuti sunt sancti Dei homines* . Et de facto ex quatuor Evangelistis, unus tantummodo Ioannes suit Propheta : Ergo ne Evangelium a caeteris scriptum non Canonicum ? Absit vel cogitare .

Ad secundam probationem, distinguo : Revocantur ad Setubin, sed tamquam sacri , concedo : ut non inspirati , nego . Porro multi libri in quibus historia Iudaeorum texitur, etiam ut sacri reputantur , sicut dictum & ostensum est de libris Iosue , Regum , & Paralipomenon : ne miremini autem, si libri a Prophetis scripti propter majorem & splendidam auctoritatem majori veluti fide digni sint ; tum quia historiae quoddam babent admixtum profanum, videlicet hominum facta , quae etiam ab hominibus nonnumquam collegere Auctores sacri, in quibus tamen recedendis , protegente Deo, non erraverunt : At vero quae scripta sunt a Prophetis , a Deo immediate revelante , scripta sunt , quatenus Spiritus sanctus nedum assistebat prophetis , ut non errarent , sed etiam quid scribendum foret , dictabat . Caeterum non levior suspicio est libros Esdrae ante mortem Artaxerxis fuisse scriptos , immo & adhuc vivente Xerxe ; ut colligitur ex L 4. Iosephi cap. 5. ipse vero per modum unius inter viginti duos Libros sacros commemorat ; nam & de facto veluti unus apud Hebraeos quondam habebantur . Ioseph itaque l. 1. contra Apionem 22. Libros sacros computat , 13. a Prophetis scriptos dicit , atque a libris tum Legis , tum hymnorum & praeceptorum secernit . Sunt quatuor prophetici priores, quatuor prophetici posteriores , nec non Esdras , Daniel, Paralipomena , Job , & Esther : eidem igitur Ioseph , caeterorum Iudaeorum inhaeret sententiae , qui libros Esdrae inter sacros annumerant .

Ad tertiam probationem , distinguo : Et lingua Chaldaica utique habetur ut sancta , concedo : & non habetur , nego . Et vero, nemo novit Israelitas a captivitate solutos propriae & innatae linguae vix fuisse memores : quoniam Esdras necessitate compulsus ad intelligentiam Scripturae paraphrasim chaldaicam composuit , eo quod lingua chaldaica, durante captivitate , loqui coactus fuerat Israel : hinc liber Iob aliique Libri sancti nonnihil Syriaci & Chaldaici commixtum habent , ut dictum est ubi de Textibus originalibus .

Ad S. Isidorum , distinguo : Librum Nehemiae rejicit , eo quod illum a libro Esdrae non secerneret , concedo : Librum secundum Esdrae qui & Nehemiae nomine donatur rejicit , nego . Dictum est utrumque

que librum præfatum, tamquam unicum apud Hebræos quondam habitos fuisse, hinc errore facti detentus Isidorus, Nehemiæ librum in eo rejecit fensu, quod ab Esdræ opere completo in duobus voluminibus tamquam librum distinctum putaret.

Instabis : Multa in utroqne libro circa numerum eorum qui cum Esdra ascenderunt, ut iterum rædificeretur Jerusalem, non cohærent ; particulares quippe numeri cum totali, ut legentibus patebit, non concordant : est enim excessus in totali &c.

Respondeo : Ista facile conciliari posse si attendas, benevole Lector, multos Israelitas ex Assyriorum manibus ereptos, apud fratres qui Babylone degebant, consugisse, eo quod per omnia gravati pacem arctum & aquam brevem ad vitam sovendam haberent ; ex his autem qui nec terram, nec civitates habebant, remanserunt Babylone ; quidam vero cum fratribus ascenderunt ut rædificarent Jerusalem, quidam etiam fortitan iterum Babylonem petere potuerunt, ubi commodius vivere existimabant : addo Scriptores Canonicos quandoque populum numerare solummodo ex familiarum Capitibus : quandoque etiam specialius populum qui ascendit recensuerunt ; hinc diversitas in numero non semel in utroque libro comperta est.

SYNOPSIS PROBATIONUM.

Duo priores libri Esdræ sunt sacri.

PRIMO : Quia annumerantur in Canone Judæorum, & Christianorum.

Secundo : Concinit traditio : Josephus, Hieronymus, Isidorus, eos ut sacros commemorant.

SYNOPSIS OBJECTIONUM, ET RESPONSIONUM.

PRIMO : Tametsi Hebræi libros Esdræ a propheticis, non tamen a sacris secernunt.

Secundo : Majoris quidem auctoritatis libri Prophetarum sunt quam historiales, non tamen in eo sensu quod a sacris posteriores eliminentur ; verum potius ex eo quod Prophetales, & quoad sensum, & quoad verba ab ipso Spiritu sancto dicta-

ti sint : alii vero e contra, cum historia multa referat facta, quorum vel ipsi homines testes erant.

Tertio : Isidorus errore facti deceptus putavit librum Nehemiæ esse quid ab opere Esdræ distinctum, idcirco illum abjiciebat ; sed ut primum intellexit, non esse ab opere Esdræ completo distinctum, non potuit propter auctoritatem Ecclesiæ illum abnegare. Cæterum primus & secundus liber Esdræ per modum unius in Canone Judæorum recensetur, & ad hoc non satis attendit Isidorus.

ARTICULUS OCTAVUS.

Utrum liber Tobiæ sit authenticus ?

TOBIAS ex tribu Nephali oriundus, ductus est cum suis fratribus in Niniven captivus ; ipse tamen nec miseriis fractus, nec pravis multorum Israelitarum exemplis cedens, cultui veri Dei semper adhæsit ; hinc Deo adjuvante, gratiam apud Salmanazar Regem invenit. Variis misericordiæ operibus indefesso labore vacabat, fratres miseriis confectos erigebat, legem sic observabat, ut bene multis maxime pietatis affulgeret virtutibus ; quia vero ejus anima erat Deo placita, conveniens fuit ut tentatio probaret eum ; sed miram & constantem in hac afflictione patientiam habuit ; quocirca magnificatus & exaltatus est ; quandoquidem sanctus Raphael Archangelus filium suum ad Gabelum duxit & reduxit incolumem ; eumdem a pisce illum invadente protexit, mulierem habere fecit, dæmonium Asmodæum connubio Saræ insidiantem compescuit ; seniori Tobiæ lumen restituit : hæc & similia in isto referuntur libro, qua de causa nomine Tobiæ inscribitur. Chaldaice scriptus est ab ipso Tobia Patre, qui passim in omnibus editionibus loquitur ut prima, & non ut secunda & tertia persona. Junior Tobias addit mortem Patris, & ejusdem morientis ad ipsum exhortationem : alter vero Scriptor Canonicus ipsius Tobiæ junioris obitum scripsit : liber quatuordecim complectitur capita.

R. P. Graveson Tract. de Scriptura Sacra pag. 160. non absimilia de hoc momento, partitione operis facta fusiori calamo descri-

describi : " *Liber Tobiæ* , inquit , duas
" in partes distribui potest. In prima præ-
" mittuntur genus & Patria Tobiæ , qui
" anno sexto Ezechiæ Regis Juda , & an-
" no nono Osee ultimi Regis Israel , cum
" decem Tribus captivæ a Salmanasare
" Assyriorum Rege in Assyriam deporta-
" rentur , eo quoque una cum uxore &
" filio translatus est. Deinde commendi-
" tur Tobias a vitæ innocentia , a fuga
" consortii malorum , a divinæ Legis ob-
" servatione ; a pietate erga Deum , a mi-
" sericordia erga pauperes & proximum ,
" a cibis vetitis abstinentia , a cura sepe-
" liendi mortuos , ab invicta animi con-
" stantia , quæ enituit tum in rebus ad-
" versis , quas passos est sub Sennacherib
" Assyriorum Rege , a quo fuit bonis
" omnibus expoliatus , rum etiam eo in
" casu extraordinario , quo ipsum quodam
" die fatigatum a populariūm sepultura
" redeuntem , & juxta parietem domus
" obdormientem excæcarunt calida in ejus
" oculos incidentia Hirundinum stercora.
" In secunda parte describuntur iter &
" reditus junioris Tobiæ qui in terram
" Medorum a patre missus est ; Officia
" exhibita ab Angelo Raphaele , qui se in
" peregrinationis junioris Tobiæ comitem
" ac ductorem præbuit , eumque a devo-
" ratione piscis , qui juxta fluvium Ty-
" gris in juniorem Tobiam insilierat , li-
" beravit , & sei ac jecur illius piscis ab
" ipso in terram tracti & exenterati mo-
" dum in medicamentorum usum præpa-
" randi edocuit : atque de Sara Raguelis
" filia in uxorem ducenda instruxit. De-
" nique , narrantur dæmonis Asmodæi ,
" seu luxuriæ principis , jecoris & cordis
" illius piscis suffitu expulsio , invisibilis
" illius dæmonis relegatio in superioris Æ-
" gypti desertum ; Angeli Raphaelis in
" Rages civitatem Medorum ad Gabelum
" professio , a quo decem talenta , quæ
" pater junioris Tobiæ in mutuum aut
" depositum ei dederat , recepit ; Tobiæ
" cum Sara Matrimonium , ejus cum uxo-
" re in civitatem Niniven reditus ; resti-
" tutus Tobiæ senioris visus adhibito fel-
" le piscis ; Angeli Raphaelis manifestatio ;
" preces , gratiarum actiones ,
" vaticinia , & mors utriusque Tobiæ. "
Jam si

CONCLUSIO.

Liber Tobiæ est authenticus.

Probatur multipliciter.

Primo, ex Conciliis.

ILLE liber est authenticus qui in Canonem divinarum Scripturarum tum a
Conciliis , tum a Patribus adscitus est :
Atqui ita est : Ergo &c. Probatur minor .
Primo quidem , a Concilio Hipponensi ann.
393. Can. 38. recipitur tum a Carthaginensi III. Can. 47. ab Innocentio I. epist. 3.
ad Exuperium : a Gelasio summo Pontifice in decreto de Scripturis sacris : ab
August. lib. 2. de Doctrina Christiana cap.
8. a Cassiodoro , ab Isidoro Hispalensi , a
Rabano Mauro ; Ab Eugenio IV. denique
a Trident. sess. 4. Ergo &c.

Secundo , ex Traditione .

ILLE liber est sacer , quem uti talem
habent utriusque Ecclesiæ Patres : Atqui
res sic se habet : Ergo &c. Prob. min. primo ex Patribus Græcis.

S. *Polycarpus* epist. ad Philippenses illum
recipit . Similiter & Clemens Alexandr.
l. 1. Strom. Origenes epist. ad Africanum ;
& ante ipsum Irenæus l. 1. cap. 34. S. Ata-
nasius Apolog. ad Constantium ; S. Basilius in oratione de avaritia . Ergo &c.

Ex Patribus Latinis , Cyprianus l. 3. testimoniorum adversus Judæos , rogatus a
Quirino , sicut in præfatione legitur , de
Scripturis sacris nonnulla excerpere capitula , aliqua de capitibus primo , secundo
& sexto Tobiæ recenset . Tum l. de opere & eleemosyna Tobiæ librum laudat &
sacram vocat Scripturam . Hilarius in Psal.
129. ex libro Tobiæ quoddam ad elendos
pietatis affectus argumentum desumit . Concinunt Ambrosius l. 6. in Examer. cap. 4.
S. Augustinus l. 2. de Doctrina Christiana
cap. 8. suffragatur S. Gregorius l. Pastoralis curæ pag. 3. admonitione secunda ,
& alii multi .

Nec abs re erit aliqua hic Patrum loca
texere. Cyprianus l. de Eleem. ait : " Li-
" quitur in Scripturis divinis Spiritus san-
" ctus , & ait : Eleemosynis & fide deli-
" cta purgantur .... Raphael quoque
" Angelus paria testatur , & ut eleemo-
" synæ libenter ac largiter fiat , hortatur,
" di-

„ dicens : Bona eſt oratio cum jejunio &
„ eleemoſyna . „ Quæ quidem ſementia
deſumitur ex cap. 13. 9. 1. Tob. Ambroſius vero : " Canis viator & comes An-
„ geli eſt , quem Raphael in libro Prophe-
„ tico , *Tobiæ* , non otioſe ſibi & Tobiæ
„ filio adjungendum putavit , quando per-
„ renit ut aſmodæum ſugaret , firmaret
„ copulam conjugalem. Ergo &c.

Tertio , rationibus Theologicis .

Pꜱɪᴍᴀ : Ille liber eſt divinus , cujus
variarum linguarum extant editiones , quas
variæ Eccleſiæ tum in Oriente , tum in
Occidente ad utilitatem fidelium adopta-
runt : atqui variæ extant libri Tobiæ in
variis linguis editiones , quæ apud & Orientales & Occidentales in uſu fuerunt perpetuo ; extat enim Hebraica duplex , altera Hagil , Monſleri altera : item Græca & quidem antiquiſſima , qua uſi ſunt
S. Polycarpus , & S. Clemens Alexand.
Item & Latina Græca multum affinis ,
qua uſus eſt auctor conſtitutionum Apo-
ſtolicarum , & ipſe Hieronymus . Ergo
&c.

Altera : Liber magnam de Chriſto &
vocatione Gentilium complectens prophetiam , uti ſacer haberi debet , cum non
niſi Spiritus ſancti afflatu ſimilia prænun-
tiari non poſſint : Atqui ſic prophetavit
Tobias . Et probatur : Cap. 13. poſt multas effuſas Deo laudes , gratiarum actiones
& benedictiones pro beneficiis acceptis ,
ait de Chriſto ejuſque Eccleſia : *Luce ſplen-*
dida fulgebis : & omnes fines terræ adora-
bunt te . Nationes ex longinquo ad te ve-
nient : & munera deferentes , adorabunt in
te Dominum , & terram tuam in ſanctifica-
tionem habebunt. Nomen enim magnum in-
vocabunt in te . Maledicti erunt qui con-
tempſerint te , & condemnati erunt omnes
qui blaſphemaverint te . Benedictique erunt
qui ædificaverint te : tu autem lætaberis in
filiis tuis , quoniam omnes benedicentur .

Diluuntur objecta .

Oʙᴊɪᴄɪᴇꜱ : Liber Tobiæ in Canone
Synagogæ non invenitur ; Igitur non eſt
Canonicus . Confirmatur : Joſephus in an-
tiquitate Judæorum vetuſtiſſimus ſilet iſtum
Librum : Ergo &c.

Reſpondeo diſtinguendo : Non invenitur in
Proto-canone , concedo : in Deutero-canone , nego . Ante captivitatem tum Ni-

---

nive , tam Babylonicum Canonem Hebræi
condiderunt , in quo juxta traditionem divinam , libros ſacros repoſuerunt : quia
vero in utraque captivitate Libri ſacri
propter acerbitatem temporum diſperſi fuerant , Eſdras inſtinctu Dei ductus , diſper-
ſos collegit , hinc Deutero-canon ſeu poſterior , in quo de novo apponerentur ſa-
cti Libri editus eſt . Deinde vero prævio
maturo examine , nonnulli ad *Seſbubim* ,
pertinentes declarati ſunt Sacri , & in poſteriorem Canonem adicki ſunt , quorum
unus eſt liber Tobias , qui quidem ante
captivitatem Ninive non extabat , cum referat & Tobiæ captivi pietatis facti , & Dei in
ipſum amoris multa Argumenta ; ſed nequo
ante captivitatem Babylonicam conſcrip-
tus videtur , enim chaldaice in textu originali habeatur , & conſequenter poſt utramque captivitatem compoſitus , nonniſi enim
durante captivitate Babylonica Hebræi
Chaldaica utebantur lingua .

Dices : Igitur non lingua Caldaica , ſed
potius Aſſyriorum lingua ſcribi debuit ille
Liber , quandoquidem Tobias fuerat apud
Aſſyrios ſub Salmanazar captivus .

Reſpondeo : Aſſyriis ſucceſſiſſe Chaldæos ,
hinc & lingua Chaldaica in toto illo va-
ſtiſſimo imperio una poſtea florebat : verum quidem eſt gubernatores ſeu Proreges
Ninive Chaldæorum Mediæ demiſſo jugo ,
ſibi audacter impoſuiſſe Diademata , quod
ad eorum imitationem poſtea fecerunt gubernatores Babylonis , & ſic ex Chaldæis tria
conflata ſunt regna videlicet Chaldæorum
imperium , deinde Reges Ninive , tum &
Reges Babylonici , qui & conſequenter habebant pro avita lingua chaldaicam : Igitur Rex Ninive tempore captivitatis Tobiæ loquebatur chaldaice , tametſi non
Chaldæorum ſed Aſſyriorum nomen ex
primis Aſſyriis aſſumeret , & ſic recte conſociantur Scripturæ .

Ad auctoritatem Joſephi dico , omiſiſſe
librum Tobiæ propter tria . Primo quidem ,
ex eo quod quia non hebraice , ſed chaldaice ſcriptus eſſet . Secundo , non totam
gentem ſed perſonam dumtaxat particularem ſpectabat . Tertio , non erat in Proto-
canone . Iiſdem ductis rationibus omiſit librum Jub .

Inſtabis : Ille Liber non eſt ſacer , qui
quædam Angelo ſancto tribuit mendacia :
ſed ita legentibus apparet . Et probatur .
Cap. 5. verſ. 7. Angelus aſſerit ſe eſſe de
filiis Iſrael : veri. 8. ſe manſiſſe apud Gabelum , quaſi vero Angelus haberet pro

ha-

habitatione terram; verſ. 18. ſe eſſe Aza-
riæ Ananiæ magni filium : tum cap. 7.
v. 3. ex Tribu Nephtali Oriundum, quæ
quidem omnia veritati non ſunt conſona;
neque enim Angelus erat hominis filius,
nec etiam potuit cum Tobia ſe proclama-
re de Tribu Nephtali Oriundum, & in
civitate Ninive captivum, quia ipſa Tribus jam jam per Theglathphalaſar, qui
ante Salmanazar regnavit, fuerat devaſta-
ta; omnes quippe contribules captivos ab-
duxerat, ut habetur 4. Reg. 15. Igitur
Tobias nec dicendus eſt Tribu Nephtali,
nec captivus ſub Salmanazar.

Reſpondeo negando minorem. Ad probationem, diſtinguo : Et dicta Angeli debent intelligi ſecundum diſtributionem ac-
commodatam, hoc eſt, juxta ſenſum tum
figuralem, tum ſpiritualem & myſticum,
concedo : ſemper juxta ſenſum litteralem
& obvium, nego. Scriptura ſacra varios
ſubit ſenſus, qui conformiter ad materiam
quam tractat ſumuntur : porro in locis
per modum objectionis allatis de myſterio gratiæ & protectionis Dei, quod abſcondere, ut ibi habetur, bonum eſt, agit;
quocirca Angelus Iſraelitæ nomine Inſignitur, eo quod Iſraelitis præerat : ſe quoque nominat Azariam, cujus præ ſe fere-
bat ſpeciem : dicitur quoque apud Gabelum manſiſſe, cum de facto apud ipſum
diverſarus ſit, ut debitam Tobiæ pecuniam acciperet. Nonnulli ſic verunt : Nominatur Iſrael, hoc eſt, prævalens ac for-
tiſſimus juxta ipſius Iſrael vocabuli Interpretationem : pari & conſimili modo Azarias, quod Interpretatur auxilium Dei.
Nec mirum, Tobiam & contra monſtrum
fluvii, & contra dæmonem Aſmodæum
defendit : Ananiæ nomine utique celebratur, id eſt, gratia Dei, ut ipſa Ananiæ
ſonat vox ; gratia quippe magna, eaque
multiplex tanti Angeli miniſterio, Tobiæ
familiæ, & facta & conceſſa eſt. Cæterum
cum dicitur de Tribu Nephtali Oriundus,
& Ninive civis ſeu incola, hoc totum ratione junioris Tobiæ quem in via comita-
batur, apprime commemoratur. Non igitur nt in errorem induceret homines, ſed
potius ut Dei pandaret myſterium, ſic locutus eſt ſanctus Raphael.

Ad ultimam inſtantiam reſpondeo : The-
glathphalaſarem Aſſyriorum Regem, qui
ante Salmanazarem ſuum imperii tenue-
bat, primum quidem Galaaditidem, Galilæam, & terram Nephtali vaſtaſſe, tum
omnes cives captivos duxiſſe Ninive ut

habetur 4. Reg. 15. 19. & 7. Paralip. 1.
25. 26. ſed non implicat aliquos in iis
provinciis dilapidatis remanſiſſe, ſicut facta meſſe, aliquæ ſuperſunt ſpicæ, inter
quos erat Tobias, qui veniente poſtea
Salmanazare, in altera captivitate, quæ
ſuit omnium decem tribuum univerſalis
clades, e civitate Nephtali ductus eſt captivus : quorſum enim ex primo extermi-
nio non remanſiſſent aliqui, cum ex ſecundo univerſaliori nonnulli reſidui fuerint : habetur enim 2. Paralip. cap. 34.
Joſiam multis annis poſt iſtam generalem
vaſtationem urbes Manaſſis, Simeonis,
Ephraim, Nephtali tametſi ex magna parte dilapidatas ab idololatria repurgaſſe, &
a reliquiis aliarum Tribuum ſacrum tributum exegiſſe : Igitur non recte concluditur falſa annuntiari in libro de quo tra-
ctamus, cum Tobias dicitur captivus ductus a Salmanazar, quamvis jam præceſ-
ſiſſet ejus Tribus ab alio Rege vaſtatio,
quandoquidem & potuit ab iſta eripi, &
poſtea in poſteriorem tradi ; & ſic dici
captivus factus per Salmanazar.

Urgebis : Quædam contradictoria in libro Tobiæ reſperſa leguntur : ſed hæc ſacro non conveniunt libro : Ergo &c. Probatur major : Sara filia Raguelis, quæ
Tobiæ juniori nupſit, civitatem Rages Medorum incoluiſſe dicitur c. 3. v. 2. & 7.
cum vero ad eam venit Tobias c. 9. miſit
Raphaelem ad Rages civitatem Medorum
ut a Gabelo pecuniam reciperet : ſed ſi
Rages Tobias commorabatur, neceſſe non
erat mittere Rages aliquem, qui pecuniam
a Gabelo acciperet : Igitur eſt manifeſta
contradictio. Confirmatur. Lib. 4. Reg. c.
15. 29. Theglathphalaſar Tribum Nephtali captivam duxit, quo poſito inde ſeque-
retur Tobiam captivum fuiſſe in Aſſyriam
ductum per illum Regem, cum tamen conſtet ex Libro de quo nunc agitur, hoc
factum ſub Salmanazare contigiſſe, quod
certe contraditionem ſapit. Ergo &c.

Reſpondeo negando majorem. Ad primam probationem, diſtinguo : Et in Aſſyriorum imperio diverſæ urbes eadem Rages nomine datæ ſunt, concedo : & quæ
in objectione proferuntur, de eadem numero civitate intelligi debent, nego. Concinunt diverſæ hujuſce Scripturæ verſiones. Et vero In Vulgata Rages habetur
in utroque loco, in græca Ecbatana Mediæ ; in Monſteriana habetur, Echatana
Medorum, in Pangiana legitur terra Idim.
Subdit Lyranus fieri potuiſſe Raguelem
ha-

habuiffe villam Rages, civitati magnæ af-
finem, nomine civitatis magnæ infigni-
tam, & ex ifta mififfe aliquem, qui a Gabelo pecuniam Tobiæ debitam reciperet.

Ad confirmationem, diftinguo: Et Theglathphalafar non omnes ex Tribu Nephtali captivos duxit, concedo: & omnes
prorfus, ita ut nullus in propria reman-
ferit patria, nego. Duas tantum Tribus
Theglathphalafar captivas in Aflyriam duxerat, fed poft ipfum Salmanazar cæteras
Tribus Niniven tranftulit, & tunc regnum Ifrael penitus extinctum eft: fic Nabuchodonofor, cum rebellavit Joachim,
obfedit Jerofolymam, fed pace compofi-
ta, aliquos folummodo duxit captivos:
At vero Joachim, feu Sedecias fuis non
ftans promiffis, alternata vice Jerofolyma
a Nabuchodonofor & obfeffa, & vaftata
fuit, ipfe vero Sedecias cum toto Juda
Babylonem translatus eft. Potuit igitur
Tobias remanere in patria, cum Theglathphalafar Tribum Nephtali captivam
duxit, quandoquidem nonnulli ex ejus
manibus forfitan erepti funt, fed veniente Salmanazar, ipfe cum reliquis omnibus captivus ductus eft, ut ejus refert bi-
floria.

Repones: Liber ille quoddam fabulofum, feu potius impoffibile præcontinet:
Ergo &c. Probatur antecedens. In eo legitur quod jecur pifcis poffit expellere dæmones: fed hoc verifimile non apparet,
cum creatura fpiritualis a corporali non
pendeat, & id quod eft materiale agere
in fpiritualem fubftantiam non queat. Ergo &c.

Refpondeo negando antecedens. Ad probationem, diftinguo: Res corporea non
poteft agere ut caufa proprincipalis in rem
fpiritualem, concedo: ut caufa inftrumen-
talis, & a Deo elevata, nego. Sic aqua,
inquit Auguftinus, virtute Dei elevata
dum tangit corpus, etiam & à fordibus
peccati abftergit animam: fic ignis juxta
Sanctorum Doctorum placita virtute ju-
ftitiæ Dei roboratus, cruciat damnatos:
potuit igitur fumus pifcis jecoris affati
expellere dæmones, ficut de facto Afmo-
dæum, qui multos fane viros jam jam oc-
ciderat, procul fecit.

Inftes: Ecclefia nequidem librum Tobiæ uti Canonicum habet: Ergo &c. Probatur antecedens: Concilium Laodicenfe
Can. ultimo, Carthaginenfe III. Can. 47.
illum omittunt librum. Origenes hom. 17.
ait eum quidem a Carecunenfis legi, fed

non effe Canonicum. Idem propugnat Hieronymus in præf. qui tamen tefte Gelafio dift. 15. Can. *Sancta Mater Ecclefia*,
pro fidei regula condenda, ubi agitur de
facris Scripturis, audire necefle eft. Ergo &c.

Refpondeo negando antecedens, quando
quidem Tridentinum feff. 4. in canonem
facrarum Scripturarum adfcivit librum,
quocirca nullus de hoc momento relinquitur ambigendi locus, cum Ecclefia in factis dogmaticis facrorum maxime librorum
infallibilis fit. Non diffiteor aliquando de
libro Tobiæ fuiffe dubitatum num effet
facer, vel non, fed omnibus perpenfis,
ita definivit Ecclefia; hinc auctoritas Conciliorum particularium, & aliquorum doctorum nihil de hac detrahit fide, cum ad
eorum ufque tempora nihil de hoc momento definitum haberetur, tum quia,
ut notat Genebrardus in Chronologia ad
annum 3638. 3910. & 3915. fuerunt diverfi Librorum facrorum canones conditi
ab Hebræis, unus fcilicet ab Efdra & continet Proto-canonicos, alter ab aliis Scriptoribus, & Deutero-canonicos complectitur, ex quo non expungendus eft Tobiæ
liber, cum nonnullorum Patrum etiam an-
tiquiffimorum, & ipfius Tridentini calculo muniatur.

Neque vero magis proficit Inftantia ex
Jeronymi auctoritate deducta: quandoquidem f. 3. Apologiæ contra Rufinum affirmat fe in hoc aliorum expectare fententiam; immo ipfe Gelafius in decreto de
Scripturis librum Tobiæ tamquam genuinum & facrum fufcipit. Cum igitur Hieronymum veluti de Libris facris fidei regulam habet Ecclefia, id unim folummodo vult, ejus auctoritatem pro Libris
Proto-canonicis plurimum ponderare : efto
& pro Deutero-canonicis, fed fecundum
diftributionem accommodam, & modo non
prævaleat plurimorum omni exceptione
majorum auctoritas; & hoc fuppofito quod
accedat Ecclefiæ confenfus, quæ quidem
circa iftud momentum omnem prorfus abftulit dubietatem.

SYNOPSIS PROBATIONUM.

Liber Tobiæ eft facer.

PRIMO: Uti canonicum habent illum
librum Concilia, videlicet Hipponenfe can.
38. Carthaginenfe III. can. 47. Tridentinum, feff. 4

Sc-

Secundo : Suffragantur SS. Patres ; Bafilius Hom. de avaritia , Ambrofius l. 4.
in Exam. c. 4. Augustinus L 2. de doct.
Chrift. c. 8.

Tertio : Concinit Traditio , tum Iudæorum , qui illum recenient in Deutero-canone , tum Christianorum qui ab ipsâ vagiente Ecclesiâ illum recepere : quandoquidem vel ipso Cyprianus, qui tertio Sœ-
rebat sæculo librum ut sacrum celebrat l.
de opere & eleemosynis , & L 3. Testim.
ad Quirinum.

SYNOPSIS DIFFICULTATUM,

et Explicationum.

Primo : Tametsi librum S. Hieronymus non commemoret in Prologo-Galea-
to , non argumentum est illum ex albo
Librorum canonicorum expungere , quia
eo loci numerat folum libros Proto-Cano-
nis Synagogæ ante captivitatem tum Ninive , tum Babilonicam conditi, in quo
dubio-procul collocari non potuit , cum
ea tantommodo repræsentet quæ pius &
devotus Tobias captivus, & æquo passus
est animo, sed non ægis reperiri in Deutero-Canone , cum & ab Hebræis inter
Hagiographa numeratum testetur , Præf. in
Tobiam.

Secundo : Ultro fatemur quasdam in libro Antylogias reperiri , sed attendendo
ad sensum spiritualem absque negotio conciliantur ; quia enim Sacramentum tum
abscondere bonum erat , Angelus Tobiæ
expostulanti quis esset , respondit se esse
Azariam , mystice magnum & ita pœni-
tem principem, ut dæmonem ipsâ relega-
verit in defertum Ægypti : In eodem spirituali sensu se dixit de Tribu Nephtali
oriundum & concupiscivum , quatenus scilicet Israelitarum Ninive captivorum curam gerebat singularem fibi a Deo deman-
datam , præsertim vero Tribus Nephtali
propter Tobiam ad quem fuerat missus
ut consolator & custos.

Tertio : Si aqua virtute Dei elevata tan-
gendo corpus , lavat & animam , quid
prohibet vaporem jecoris piscis assati , ordinante Deo , dæmonem Asmodæum fu-
gasse ?

ARTICULUS NONUS.

Num Liber Judith inter facras Scrip- turas enumerandus fit ?

Liber ille XVI. capitibus conclusus ,
refert istius mulieris fidem , ejus prædicat virtutem , fortitudinem , sicut & in
defendendâ patriâ magnanimitatem , maxime vero infignem truncato capite Holophernis super Assyrios Bethuliam obsi-
dentes reportatam victoriam. Quidam putant librum hunc ab ipso Ioachino in ipso
historiæ contextu nominato elaboratum
fuisse : suspicatur Huetius extractum captivitatis temporibus Babylonicæ ad lenien-
dam exilii ægritudinem , & spe fractos
captivorum erigendos animos, cum hæ Liber, teste S. Hieronymo , Chaldaica lin-
guâ fuerit conscriptus . De isto volumine
duo quæruntur , num scilicet de authenticitate , alterum vero de veritate historiæ . Pro quorum resolutione fit

CONCLUSIO PRIMA.

Liber Judith est genuinus & canonicus.

Probatur : Ille Liber est canonicus, qui uti talis & a Concilio Nicæno ,
& a Tridentino , & a sanctis Doctoribus
habetur : Atqui Liber Iudith ab iis omnibus celebratur : Ergo &c. Probatur minor. Tametsi Nicæna Synodus expressam
non faciat de hoc libro mentionem ; testatur tamen Hieronymus in præfatione
ad hunc librum laudari a Nicæno . Tum
epist. 140. ait , Ruth & Æsther & Iudith
tantæ gloriæ funt , ut facris voluminibus
nomina dederint : item in præf. Iudith ,
sic loquitur : " Quia hanc librum Syno-
" dus Nicæna in numero sanctarum Scrip-
" turarum legitur computasse acquievi
" postulationi vestræ . ,, Quibus verbis
etiam agnoscit Hieronymos authoritatem
Ecclesiæ in definiendâ divinarum Scripturarum sactis ; atque postulantibus , num
ille liber foret canonicus ? Nicæni Conci-
cilii authoritate fretus affirmative respondet : ita quoque de fide definit Tridentin.
Sess. 4. Affirmatur Isidorus , qui l. Ety-
mologiarum cap. 1. afferit Ecclesiam librum Iudith veluti sacrum agnoscere :
Ergo &c.

P Com

Confirmatur : Concilium III. Carthaginense ubi aderat S. Augustinus can. 47. librum Judith, ut facrum recepit ; tum & fpecialiter S. Doctor L. 2. de doctrina Christiana cap. 8. Eumdem ut Canonicum habet Ecclefia Romana ; fic Innocentius I. epift. ad Exuperium Tolofanum Epifcopum ; fic Gelafius I. cum Synodo Romana in indice Librorum facrorum : Ergo &c.

CONCLUSIO SECUNDA.

Hiftoria Judith non eft parabola , fed vera .

PROBATUR auctoritate Patrum, qui uno veluti calamo atque confenfu Judith ut feminam fortiffimam, & omni præcellentem virtute cæteris proponunt . Ita Clemens Romanus circa finem Epiftolæ fuæ ad Corinthios : Clemens. Alexand. L 4. ftrom. Origenes 19. in Jerem. Tertullianus in fine libri de Monogamia : Ambrofius l. 3. de officiis c. 15. tum fufe in libro de Viduis : Hieronymus epift. 9. ad Silvinam, decima ad Furiam, & 14. ad Pipiam, nec non & in Ifaia 14. Auguftinus l. 18. de civ. Dei c. 16. Fulgentius epift. 2. ad Gallam c. 14. aliique veteres, quorum ne unus quidem deeft qui non agnofcat hiftoriam Judith tamquam veraciffimam : Ergo &c.

Juvat hic quofdam textus recenfere : "Multæ mulieres , ait Clemens Romanus "gratia divina corroboratæ multa & vi"rilia gefferunt . Beata Judith , cum urbs "circumfeffa effet . . . . egreffa eft , & "tradidit Deus Holofernem in manus mu"lieris . " Tum Origenes : " Judith fœdera "fanciverat cum Holoferne , ut toe duobus "egreffa ad . . . . . . Deum , poft tot idem "dies fiftens . . . . tipfam cubili Holofer"nis . . . . Ambrofii locus : " Ec"ce . . . . . . ith fe offert mirabilis , quæ "fo . . . . populus viras Holofernem "gens , Affyriorum triumphaffe faperans ca"terva . " Non omittendus Fulgentius : " Habes, inquit , & in veteri & in . . . . "Teftamento fanctarum viduarum . . . . . "bra ædificeris , exempla . la . . . . . . "tur . . . Judith . " C . . . . vel ejus . . . . fabula , a SS. Patr . . . . vidua non proponeret . . . . vis imitanda : Ergo &c.

Confirmatur . . . . . hiftoria intelligenda eft in fenfu . . . . . . & litterali , nufquam ve-

ro in parabolico feu metaphorico , quæ ipfius Judith refert genealogiam , facta particularia , & media quibus ad obtinendam a Deo fuper Ifrael hoftes victoriam ufa eft : Chaldæorum exercitus confternationem , Regis confilium de univerfo orbe , fuo fubjiciendo imperio, Achioris Chaldæi Deum timentis falutem , victoriæ reportatæ annuam feftivitatem , Judith viri mortem ; non enim aliis exquifitioribus picturis delineavi . pateft hiftoriæ veritas : hæc omnia adamuffim in libro Judith recenfentur, ut omni patebit legenti : Igitur biftoria Judith eft veraciffima.

Fit fatis objectionibus adverfus primam conclufionem militantibus .

OBJICIES : Vel in ipfo libri limine graviffima affulget contradictio : Sed Liber facer non nifi veritatem , ut fanctum decet Spiritum ejus auctorem , complecti debet : Igitur liber Judith non eft cnonicus . Probatur major : Cap. 13. factum victoriæ contigit poftquam populus e captivitate babylonica redux fuit : fic enim Achior loquitur ad Holofernem de Judæis cap. 5. *Reverfi ad Dominum Deum fuum ex difperfione qua difperfi fuerant , adunati funt .* Sed contrarium cap. 1. legitur ; ibi enim Auctor facer refert factum eveniffe fub Nabuchodonofor Affyriorum Rege, quando fcilicet debellavit Arphaxad Medorum Regem, qui Ecbatanam ædificaverat ; porro cum populus a captivitate folutus Jerofolymam rediit , jam jam imperium Chaldæorum datum fuerat Medis & Perfis , quocirca tunc temporis non regnabat Nabuchodonofor , feu Cyrus primus Perfarum Rex , qui populum Judaicum a captivitate liberavit : Igitur eft manifefta contradictio in libro Judith.

Refpondeo I. Omiffis variis auctorum fententiis , factum victoriæ Judith eo eveniffe tempore quo Hebræi fuis adhuc vivebant fub Regibus ; legitur enim cap. 13. Uofiam Regem mififfe electam juventutem , quæ Chaldæos ex morte improvifa Holoferni, perterritos inter montium anguftias ad . . . . . . ftam ufque internecionem totius exercitus perfequerentur : Igitur factum victoriæ poft captivitatem Babylonicam contingere non potuit , quandoquidem tunc temporis & vaftatum erat Ifrael regnum : & ipfi Judæi non nifi Duces habebant.

　　　　　　　　　　　　　Ref-

Respondeo II. negando minorem: Ad probationem distinguo: Factum victoriæ contigit postquam populus per captivitatem Manasse dispersus, in locis rediit fines, concedo; post captivitatem Babylonicam, nego. Igitur solummodo post captivitatem Manasse Judith fortitudine desuper immissa devicit Holofernem. Ita Bellarminus hic de verbo Dei cap. 11. ubi propugnat factum Judith tempore Manasse Regis Juda evenisse; tunc enim regnabat Ninive apud Medos Dioclés qui Ecbatanis ædificavit teste Eusebio in chronico Assyriorum, sic colligitur ex L. 4. Reg. 19. & Tobiæ cap. 1. qui autem vocatur Nabuchodonosor in libro Judith, probabile est alio nomine dictum fuisse Merodach Baladam, qui fuit etiam Babylonis Rex; nam post Sennacherib sub finem regni Ezechiæ patris Manassis, Asarhaddon clavum imperii tenuit, ut patet I. 4. Reg. 19. post Asarhaddon vero regnavit Merodach Baladam, de quo fit mentio I. 4. Reg. 10. Isaiæ, Cap. 39. & Jeremiæ 50. qui erat Rex Babylonis: qui quidem transtulit ad se Regnum Assyriorum, cum nulla sit amplius mentio in sacra Scriptura de Regno Assyriorum, sed tantum de Regno Babylonis, suspicamur Baladam regnare Babylone cœpisse ann. 3. Manasse, unde annus decimus tertius quo movit Bellum adversus Judæos, dæce Holoferne, incidit in annum 16. Manasse, quem paulo ante captivum duxerat Babylonem.

Tunc etiam extabat Jerosolyma, cum templo de quo fit mentio 4 Judith. Tunc quoque vivebat Eliacim Sacerdos Magnus, ut pater ex chronico Nicephori Patriarchæ CP. qui enumerans Pontifices Judæorum posuit Eliacim inter Sobnam, qui fuit Pontifex tempore Ezechiæ; & Eliacim, qui tempore Josiæ summum obtinebat Sacerdotium: porro certum est inter Ezechiam & Josiam mediasse Manassen, quod quidem convenit cum I. 4. Reg. cap. 18. ubi Eliacim nominatur inter præcipuos Sacerdotes: hoc ipsum utique magis roborat cum Prophetia Isaiæ 22. ubi præcipitur depositio Sobnam impuri Pontificis, & exaltatio Eliacim qui in ejus locum suffectus est.

Infertis: Atqui factum victoriæ Judith post captivitatem Babylonicam contigit: Ergo &c. Probatur subsumptum ex verbis Achioris cap. 5. ad Holofernem: *Ante hos annos, cum recessissent a via, quam*

dederat illis Deus, ut ambularent in ea, exterminati sunt præliis a multis nationibus; & plurimi eorum captivi abducti sunt in terram non suam. Nuper autem reversi ad Dominum Deum suum, ex dispersione, qua dispersi fuerant, adunati sunt, & ascenderunt montana hæc omnia, & iterum possident Jerusalem, ubi sunt sancta sanctorum. Sed hæc omnia post captivitatem Babylonicam evenisse constat. Ergo &c.

Respondeo negando subsumptum, propter rationes jam jam laudatas, ea potissimum ductus ratione, quod e captivitate Babylonica reduces Judæi, non Reges, sicut tempore Judith, sed Duces habuerint. Ad probationem distinguo minorem: Et relata ab Achiore facta sunt tempore Manassis & ejus post captivitatem, concedo; & his non evenere temporibus, nego. Manasses primum sceleratissimus diversa post prælia, captivus ductus est Babylonem: Sed & Hebræi multis aliis præliis fracti fuerant, cum Theglathfalazar Galilæos & Nephtalitas captivos, deinde cæteros aliorum decem tribuum Judæos Salmanazar Ninivem transtulerat. Igitur non absque fundamento dixit Achior Judæos antea præliis contritos in Jerusalem fuisse reversos, videlicet post captivitatem Manassis Regis Juda. Tametsi autem Achior statum Reipublicæ Judaitæ penitus haud penetraret, multi tamen de hoc momento animadverat, quæ Holoferni recensere potuit, maxime de malis quæ ab æmulis gentilibus perpessi, a quibus Deo auxiliante, liberati fuerant: si quidem Israelitæ propter idololatriæ scelus, in manus inimicorum, modo Ægyptiorum, modo Moabitarum & Amonitarum non semel tradidi, quoties pænitentes, toties & victores evaserunt. His autem minores & non diuturnas Hebræorum captivitates libri Regum non referunt, quod isto potest illustrari exemplo: Captivitas v. & Regis Manasse, in libris Regum siletur, & tamen cum vere contigisse nemo nisi in historia sacra hospitem se probaverit, dicet.

Sed ne circa istud momentum remaneat aliquis ambigendi locus, observandum est, temporum chronologiam pro facto victoriæ Judith geometrice, hoc est secundum distributionem proportionatam, & non arithmetice esse intelligendam; alii igitur summunt captivitatem a primo Joachim anno, vel quarto. Alii a primo Sedeciæ vel secundo, finem vero alii a Cyri secundo, alii

alii 23. alii 27. alii etiam a secundo anno Darii Hystalpis, istius captivitatis Babylonicæ pununt, & sic facile potest cognosci historiæ Judith epocha.

Urgebis: Dicitur quod fuerit pax toto tempore vitæ Judith, & multis sequentibus postea annis: Atqui hoc non nisi post captivitatem Babylonicam intelligi potest: tunc enim Perfarum Reges Judæis favebant: Ergo &c.

Respondeo negando minorem: illud quippe de pace dictum optime conciliatur, post captivitatem Manassis, quando quidem pœnitens dimissus est, ut habetur l. 2. Peralip. cap. 33. ab hac autem Manassis liberatione usque ad Regnum Joachas filii Josiæ summa pax fuit in Juda; tametsi Scriptura quantum duraverit non dicat; colligitur tamen 72. annorum spatio eam perduraffe pacem: Manaffes enim regnavit 55. annis accipiendo 39. post suam captivitatem, quæ initio Regni sui accidit, ut notat Iofephus l. 10. antiq. cap. 3. annus vero 13. Regis Affyriorum & Babyloniorum incidit in annum 16. Manassis; annis vero 39. addendi funt duo anni, quibus post Manaffem regnavit in pace Ammon ejus filius, ut refertur l. 4. Reg. 21. & sic jam funt 41. anni: his adduntur 31. quibus post Ammon regnavit paciice Iofias, ut habetur l. 4. Reg. 21. & hi omnes faciunt 72. annos. Numerus ille 72. annorum incipit a morte Holofernis; vixit autem Judith 105. circiter annos: Probabiliter habebat ea. cum Tyranno prætravit, quippe quæ effet & vidua, & matura: jam vero si ex 105. annis detrahantur 41. superfunt 64. anni perpetuæ & continuæ pacis: his adde 7. namque Scriptura dicit post mortem Iudith multos elapfos fuisse annos antequam aliquis perturbaret Ifrael. Igitur pax 72. annorum facile enecipi potest.

Potest utique isto ulteriori modo explicari pax victoria Iudith pacta, dicendo factum præclarum istius insignis viduæ contigiffe ineunte Regno Manaffis, & ab ejus Regni initio tempus pacis, de qua fit mentio in lib. Iudith, computandum effe: neque vero obstat huic pacti captivitas Manaffus, quippe quæ folam Regis perfonam, nufquam vero Reipublicæ statum fpectat, atque Manaffes non in prælio, fed fraude & dolo captus ab Affyriis, non multo post demiffus est, ut notat Iofephus l. 10. antiq. c. 4. sicque nullum extitit tempore captivitatis adverfus Judæos bellum.

Hæc fuppofito, commemandi funt anni qui fluxerunt a nativitate Iudith ufque ad bellum ab Ægyptiis commotum, quod pacem Ifraelitarum non modicum turbavit, quandoquidem Iofias Rex Iuda a Nicanore Rege Ægypti occifus est. Iudith triginta circiter annos habebat cum fub initio Regni Manaffis devicit Holofernem. Manaffes regnavit ann. 55. Ammon ejus filius 2. Iofias Manaffis nepos 31. Igitur a nativitate Iudith ufque ad obitum Iofiæ, qui in bello Ægyptiaco extinctus est, anni pacis 118. numerantur. Iam vero Iudith vixit annos 105. hinc manifefle fequitur pacem perduraffe in Ifrael non folum toto vitæ Iudith tempore, verum etiam 25. annis post ejus obitum. Sicque adimpletur illud Scripturæ Iudith, Cap. 16. In omni autem spatio vitæ ejus non fuit qui perturbaret Ifrael, & post mortem ejus annis multis.

Infialis: In græco textu habetur templum ad terram fuiffe adæquatum, quod foummodo post captivitatem Babylonicam contigiffe constat: Igitur factum victoriæ Iudith non nisi post captivitatem Babylonicam evenit.

Respondeo I. Verba In objectione laudata effe fuppoficitia; Hieronymus enim, qui ex Chaldæo librum transtulit latine, nullam facit mentionem de Templo terræ adæquato; ista fortaffe additio in græco textu caufa fui, quod graviffimi authores, scilicet, Eufebius, Augustinus, Sulpicius, Beda in hac historia tali tempore collocanda decepti fint: quando quidem Iudith cap. 4. templum dicitur integrum.

Respondeo II. distinguendo: Templum fuit terræ adæquatum, hoc est pollutum, a gentibus, facrificiis exutum, conced: id est destructum, nego.

Urgebis: Atqui aliæ amylogiæ graviores in illo libro experiuntur: Ergo &c. Probatur *Antecedens*. Primo, cap. 6. Iudith dicitur de tribu Ruben. Capite vero 9. fe ipfam appellat filiam Simeonis, his verbis: *Domine Deus Patris mei Simeon*. II. Cap. 11. vocatur puella, quod cert convenit & facto victoriæ, & etati Iudith quæ erat vidua. III. Nulla fit Manaffis mentio, tametfi Regis, qui omnis, tum ad defensionem, tum ad hostium propulsionem parare debebat, fed tantum de Eliacim, qui ad vicinas scripfit civitates, ut robustos vigos & electam juventutem colligerent, qui mon-

tium

tium aditus præcluderent hoftibus . IV.
Cap. 11. vel ipfa Judith Holoferni mentita eft , dicens : *Ego adduxam te per mediam Jerufalem*. Ergo &c.

Refpondeo negando antecedens. Ad primam probationem dico , Ruben eo loci
pro tribu Ruben non fumi , fed potius
pro filio Jacob qui vidit Deum ; Ruben
quippe idem eft ac videntis filium.

Ad fecundam probationem diftinguo :
Judith vocatur puella , hoc eft , fpeciofa
& gratiofa , concedo : folent enim pueri
omnibus blandiri , nec enim quicquam
amaritudinis habent , fed jucunditatis fpeciem præ fe ubique ferunt : in ifto fenfu
& Abraham & David pueri nomine infi-
gniuntur . Vocatur puella ætate , nego .

Ad tertiam probationem fimiliter diftinguo : Nulla fit expreffa de Manaffe
mentio , concedo : Implicita , nego . Expreffa quidem , nam vel pœnitentiæ adhuc incumbebat laboribus , vel propter
hoftium fubitam irruptionem præ temporis anguftia non potuit authentica mittere inftrumenta , quibus modus propellen-
di hoftes civitatum præfcriberet guberna-
turibus , fed implicita & tacita de eo fit
mentio , quatenus Eliacim , qui tempore
Ezechiæ patris Manaffæ , ut minifter Regni multa præclare gefferat , ficut legitur
Lib. 4. Reg. cap. 18. habebat ab ipfo Manaffe cuncta , pro Bethuliæ aliarumque
vicinarum urbium falute & regendi & faciendi , poteftatem ; cum ipfe Ifaias cap.
22. prædixerat Eliacim fummum Pontificem futurum effe habitantium Jerufalem
& a fortiori Bethuliæ veluti Patrem .

Nec refert etiam , quod Bethuliæ nomen , de quo in libro Judith , taceat alibi Scriptura , namque Ephraim , Coro-
zaim , Nazareth , in veteri non commemorantur Teftamento ; conftat tamen ex
novo iftas urbes extitiffe : Scriptura igitur quandoque civitatum præcipuarum folummodo refert nomina . Cæterum periit
exemplar Hebraicum , unde Hieronymus
Bethuliam vertit , interpres Græcus , *Be-
thulonam* , *Servarius Bethuliam* , addidque
eandem effe ac Bethul.

Dices : Tempore Regis Manaffis Bethuliam Ifraelitæ non incolebant , quippequia
a Silmanazar Affyriorum Rege fuerant
tempore Ezechiæ Regis Juda patris Manaffis in captivitatem adducti ; unde Be-
thulis id ætatis incolebatur a Cuthæis &
Babyloniis , qui a Regibus Affyriorum
fuerant huc translati , qui fane Holoferni

a Nabuchodonofor Affyriorum Rege miffo non reftitiffent . Igitur non incidit in
tempora Manaffis factum Judith ; fed folummodo poft reditum Judæorum e captivitate Babylonica .

Refpondet R. P. Graveson tract. de Scriptura facra pag. 191. ad inftantiam hanc
iis verbis : " Dico , Bethuliam fuiffe ur-
„ bem Regni Ifraelitici extra Regnum Ju-
„ da in Tribu Simeon Idumæis finiti-
„ mam , quam Ifraelitæ poffidebant. De-
„ cem fiquidem Tribus non ita fuere a
„ Salmanazare Affyriorum Rege in Ba-
„ byloniam abductæ , quin plurimi Ifrae-
„ litæ in patrio folo remanferint , aut
„ faltem , ad illud non multo poft fue-
„ rint reverfi , qui plurimas , ex illis ci-
„ vitatibus præfertim eas , quæ in mon-
„ tanis fitæ erant , occuparunt . Coloni
„ autem illa Cuthæorum & Babyloniu-
„ rum habitabat dumtaxat in Samaria ,
„ & in aliis vicinis civitatibus , nec ibi
„ fola degebat , fed plurimis Ifraelitis
„ commifta erat , immo cum ipfis Deum
„ Ifrael colebat , ut habetur lib. 4. Reg.
„ cap. 17. Nemini igitur mirum videri
„ debet , quod Ifraelitæ & Cuthæi urbis
„ Bethulæ incolæ veri Dei volentes defen-
„ dere cultum contra Holofernis impe-
„ tus , omnem religionem exterminare
„ molientis , junctis umbonibus . atque
„ conglomerato agmine huic Affyriorum
„ militiæ Principi reftiterint . „

Ad poftremam probationem refpondeo
I. Judith adduxiffe quidem per mediam
Jerufalem Holofernem , non quidem ut
triumphantem , ut falfo ipfe credebat ,
fed victum & capite truncatum : Refp.
II. cum divo Thoma 2. 2. q. 110. art. 3.
ad 3. Judith facta hypothefi quod Holoferni mentita fit laudati in Scriptura facra , non propter mendacium , fed propter affectum , quem habuit ad falutem
populi , pro quo non fine magna , tum
pietate , cum animi fortitudine periculis
fe fe expofuit .

Replicabis : Si Nicænum Concilium librum Judith facram veluti Scripturam
agnoviffet , profecto Laodicenfe illo pofterius in Canonem Scripturarum facrarum
adfciviffet : Sed de facto non adfcivit :
Igitur ex Niceno iftum Librum facrum
effe non recte colligitur .

Refpondeo , nec mirum videri debet , fi
Concilium Laodicenum librum Judith omit-
tat , cum fit Nicæno non refecio . . . fed
potius antiquius , ut propia . . . monius .

Præ-

Præterea jure merito dubitatur, num canon divinarum Scripturarum, de quo in objectione, sit Concilii Laodiceni fœtus; neque enim a Dionysio exiguo refertur, neque inter titulos Isidorus mercator eum commemorat.

Inffer : Josephus nihil dicit de historia Judith : Ergo est fictitia. Confirmatur : Quis cogitare potest pudicam & sanctam feminam simulare voluisse sui copiam facere, ut deciperet incautum, & Ducem terribilem proprio confoderet gladio?

Respondeo distinguendo : Et testatur Josephus lib. 10. cap. 4. se ex solum trastare, quæ in veteri Judæorum canone continebantur, concedo : & reliqua tamquam commentitia rejicit, nego. Quid plura adjiciam? Nemini mirum videri debet, si auctor ille Judith historiam tacuerit, quandoquidem in historia Medorum parum erat versatus, immo alia etiam veracissima silet; regnante enim Manasse, Seytæ, ut testatur Herodotus, irruperunt in Asiam, & per annos 28. Palæstinam occuparunt, sicut & Bethsan urbem Judæ, quæ postea dicta est Scitopolis; de his tamen altum est apud Josephum silentium.

Dices : Josephus ibidem catalogum summorum veteris legis Pontificum texit, nec tamen meminit nominis Eliacim Sacerdotis; sicut nec festivitatis victoriæ Judith, de qua sit mentio; immo nec apud Judæos ita extat festivitas : Ergo &c.

Respondeo I. in catalogo a Joseph edito multa desiderari nomina : desiderantur enim Amatias, qui regnante Josaphat Lib. 2. Paralip. 16. Iojadas qui regnante Ioa; Azarias, qui sub Ozia, Achaz qui sub Ezechia summum habebant Pontificatum.

Respondeo II. Sacerdotem magnum tempore Manasse potuisse esse binomium, ac subinde illum, qui in libro Iudith vocatur Eliacim seu Iozchim, alio nomine in catalogo Sacerdotum, quem texuit Iosephus, designari. Cæterum lib. 4. Reg. cap. 18. Eliacim seu summos Sacerdotes annumeratur : eumdem commemorat Isaias cap. 22. ubi sic loquitur : *Et erit in die illa : vocabo servum meum Eliacim filium Helciæ, & induam illum tunica tua, & cingulo tuo confortabo eum, & potestatem tuam dabo in manu ejus : & erit quasi pater habitantibus Jerusalem, & domus Juda*.

Ad confirmationem distinguo : Et ad omnia neque attendit, neque attendere potuit Iosephus, concedo : & cuncta scripsit, nego. Festum victoriæ Iudith non erat publicum, hoc est, pro tota gente Iudaica; unde non mirum si apud Iudæos amplius non extet; cum enim institutum fuisset pro Bethulia, factum est, quod decursu temporum ingruentibus & bellis, & calamitatibus, fuerit penitus omissum.

Ad confirmationem dico, historiam Iudith esse verissimam, omne quippe verbum apud Deum non est impossibile : Iudith igitur ducente & inspirante Spiritu sancto, non animo quidem irriverenti & infrunito, sed pietatis erga patriam affectu sese Holoferno prodiit, & divino invocato numine, ut ibidem habetur, Holofernis amputavit caput, quo mortuo, irruit super eos terror, & omnes fugerunt, sicque liberavit patriam.

SYNOPSIS PROBATIONUM.

Liber Judith est Sacer.

P R I M O : Concilium Nicænum I. hujus libri saltem implicite meminit, ut subnotat S. Hieronymus præf. ipsius libri. Subscribit Carthaginense III. can. 47. & suum addit calculum Trident. sess. 4.

Secundo : Assipulantur SS. Patres. In primis Augustinus lib. 2. de Doctr. Christ. cap. 8. Isidorus Hispalensis lib. 5. Ethymol. cap. 1.

Tertio : Neque vero cum ullo fundamento dici potest librum continere parabolam, cum Clemens Romanus epist. ad Corinth. Ambrosius lib. 3. de officiis cap. 13. venerabilem Iudith cæteris viduis, ut vitæ in Christo degendæ normam proponant. Tum quia in illo libro genealogia Iudith, victoria, Deo specialiter adjuvante, parta, gaudium populi & in perpetuam rei memoriam instituta Festivitas, canticum heroicæ mulieris in gratiarum actionem effusum referantur, quæ quidem omnia a metaphora longe abscedunt.

SYNOPSIS OBJECTIONUM,

ET RESPONSIONUM.

P R I M O : Non nihil difficultatis in chronologia facti determinanda apparet, sed bene satis intelligitur, si supponamus,   quod

quod verissimum est , victoriam Iodith ante captivitatem Babylonicam contigisse . Caeterum , teste Hieronymo , leviores sunt in chronologia discrepantiae , ut aliquod pro genuitate libri facescant negotium .

Secundo : Neque vero auget in hoc Achio difficultatem , cum ait populum poenitentem a captivitate absolutum ad propria rediisse ; eo quippe loci non est sermo de captivitate Babylonica , sed de alia . Revera quidem Israelicae pluries tradici fuerant in minus gentium , nunc Aegyptiorum , nunc Moabitarum , & Ammon.n.t ruin , multique ex ipsis fuerant his temporibus a patria sua abducti exules , & ad illam deinde reversi .

Tertio : Mirum videri non debet , si Festum in memoriam victoriae Judith , ab universis Judaeis non fuit celebratum , quia non totam gentem , sed personam duntaxat privatam , tunc & urbem unam Bethuliae spectabat .

ARTICULUS DECIMUS.

Utrum liber Esther sit sacer ?

LIBER ille in sexdecim capitibus continet quidquid Esther pro populo suo fecit apud Imperatorem Assuerum ; ejusdem Regis magnificentiam ; suspensionem Aman in patibulo , & Mardochaei exaltationem , quique creditur auctor libri . Jam sit

CONCLUSIO.

Liber Esther secundum omnia capita genuinus est .

Probatio , ex Conciliis .

LIBER quem secundum omnia capita Canonicum declarant Concilia , uti talis habendus est : Atqui Liber ille sic declaratur : Et probatur , Primo quidem , a Laodiceno cap. 59. a tertio Carthaginensi can. 47. denique a Trid. sess. 4. his verbis : Si quis libros istos , intellige , Vulgatae , integros cum omnibus suis partibus prout in Ecclesia legi consueverant , & in veteri vulgata editione habentur , pro Canonicis non receperit , anathema sit . Observet velim , benevole Lector , sacram Synodum anathemate percellere eos , qui libros om-

nes Vulgatae , & secundum omnes quae continent partes , omniaque capita non receperint : Igitur liber Esther secundum omnia quae complectitur capita , Canonicus est , maxime cum in nostra Vulgata sic exhibeatur .

Probatio , ex Patribus utriusque Ecclesiae .

LIBER quem utriusque Ecclesiae Patres tanquam Canonicum habent , nullis exceptis partibus , profecto sacer est & divinus : Atqui Patres Ecclesiae Orientalis & Occidentalis librum Esther integrum suscipiunt : Ergo &c. Probatur minor .

Inter Graecos eminent Origenes , quippe qui in sacris Scripturis sit versatissimus ; libro praefato , nulla dempta parte , suum addit calculum ; videlicet Comment. in primum Psal. apud Eusebium lib. 6. Hist. Eccl. cap. 25. epist. ad Julium Africanum : septem vero capita ultima , quae non habentur in canone Hebraeorum recipit , qui apud septuaginta Interpretes & Theodotionem inveniri testatur : postea subdit insipientiam simul & imprudentiam esse illa non recipere , quandoquidem ex traditione ipsorum Hebraeorum constat totum librum quondam ab iis fuisse receptum : quinimmo gravissimi auctores tenent Lxx. Seniores prae manibus habuisse exemplar in quo cuncta continebantur capita , quod quidem temporum decursu , Romanis totum orbem praeliis & victoriis suo addentibus imperio , amissum est . Et de facto Septuaginta fusiori calamo , ut in exemplari originali legerant , historiam dederunt . Hunc etiam librum quoad omnes partes recipit Eusebius lib. 4. hist. cap. 25. Cyrillus Cathechesi 4. Damascenus lib. 4. cap. 18. Basilius lib. 2. contra Eunomium pag. 57. Sanctus Chrysostomus hom. 3. ad populum Antiochenum .

Sic loquitur Origenes in laudata epistola editionis Rodolphi Vvestenii : " In „ multis aliis sanctis Libris invenimus , „ ut alicubi quidem plura apud nos ea- „ tarent , quam apud Hebraeos ; alicubi „ vero pauciora . Exempli gratia , cum „ non omnia possint simul comprehendi ; „ pauca exponemus : videlicet ex Libro „ Estherae , quae legentem aedificare pos- „ sunt , apud Hebraeos habentur . Sed „ nec Epistolae , vel Ammani de deletio- „ ne Judaicae gentis scripta , vel Mardo- „ chaei sub nomine Artaxerxis , eum- „ dem

„ dem populum a morte abfolvens . Sed
„ Lxx. Interpretes , & Theodotionem ,
„ quorum exemplaribus utebatur , inveniri
„ docet . „
Sic & Chryfoftomus ex cap. 14. Efther
teftimonium exhibet : " Fuit quædam
„ mulier Hebræa , Efther erat ipfi no-
„ men : hæc Efther univerfum Judæo-
„ rum populum internecione delendum
„ fic eripuit . Poftquam enim Perfarum
„ Rex omnes paffim Judæos interimi
„ juffit , & nullus erat qui contra iram
„ illius obfiftere poffet , priorem veftem
„ exuta mulier & facco amifta , & ci-
„ nere fubftrato divinæ clementiæ fup-
„ plicabat ut fecum ad Regem ingrede-
„ retur , & talia orans verba ad ip-
„ fum dabat : *Grata Domine fac verba*
„ *mea* . „
Ex Latinis concinunt Hilarius in primum Pfalmum ; Innocentius I. epift. 3.
Rufinus in Symbolo , fed maxime Auguftinus lib. 2. de doftrina Chriftiana cap.
8. in primis vero lib. 1. contra duas Epiftolas Pelagianorum num. 38. ubi hunc
libri auftoritate & neceffitatem , & efficaciam gratiæ probat , hæcque ex capitibus 13. & 14. excerpta profert : " Quid
„ eft autem quod Efther illa regina orat
„ & dicit , da fermonem concinnum in
„ os meum , & verba clarifica in confpe-
„ ftu leonis , & convertetur cor ejus in
„ odium impugnantium nos ? Ut quid
„ ifta in oratione dicit Deo , fi non ope-
„ ratur Deus in cordibus hominum vo-
„ luntatem ? „ Pergit ex auftoritate capitis 15. Libri Eftheris , & fic ait : " Ec-
„ ce ingreditur ad Regem . Ne multa di-
„ camus : Et quia non in ordine Ingre-
„ diebatur . . . . timuit Regina , & con-
„ verfus eft color ejus per diffolutionem
„ . . . . & convertit Deus , & tranftulit
„ indignationem ejus in lenitatem . Jam
„ fequentia commemorare quid opus eft ,
„ ubi Deum compleviffe quod illa roga-
„ verat , divina Scriptura teftatur , Efthe-
„ ris 16. Audis Scripturam illam Eftheris
vocari divinam : Igitur Liber quoad omnia capita eft facer .

Probatur ex rationibus .

Prima : Ille liber omnes genuitatis
charafteres habet , qui in Ecclefia & veteris & novi Teftamenti celebratur : Atqui fic celebratur liber Eftheris ; & probatur . Primo quidem , in Synagoga Fe-

ftum *Phurim* , de quo cap. 9. v. 21. an-
nuatim diebus 14. & 15. menfis Adar celebrari præcipitur , in memoriam beneficii
quo Efther omnes a morte imminenti li-
beraverat Judæos : hinc 2. Macbab. 15. v.
37. vocantur dies Mardochæi , de quibus
Jofeph lib. 4. cap. 6. fufo traftat calamo , quod quidem Feftum ad Theodofii
ufque tempora a Judæis celebratum eft ,
ut habetur in Codice Theodofiano , titulo
de Judæis & Cœlicolis .

Secunda : In Ecclefia liber Eftheris non
femel laudatur , & eft in ufu ; nam in
Miffa Feriæ quartæ poft Dominicam II.
Quadragefimæ , Leftio fumitur ex cap.
13. Libri Eftheris , fimiliter & Epift. Miffæ contra Paganos : Pati & confimili ufu
& auftoritate in Breviarin Romano fuo
ordine leftiones de Libro Eftheris leguntur : Ergo &c.

Tertia : Ille liber eft genuinus , in quo
hiftoria eum omnibus tum loci , tum perfonarum , tum etiam faftorum circumftantiis texitur : Atqui liber fic fcriptus
omne explodit fiftitium & commentitium :
Igitur non ut quid fabulofum , fed ut vera hiftoria haberi debet : addo & ut facer propter auftoritatem Conciliorum .

Solvuntur objeftiones .

Objicies : Septem ultima capita non
inveniuntur in Canone Hebræorum : Igitur Liber quoad omnes partes non eft
Canonicus .

Refpondeo diftinguendo : Non reperiuntur in Proto-canone Judæorum , concedo : in deutero-canone , nego : namque
ex Traditione liquet & probationibus librum hunc effe quoad omnes partes canonicum , cum eum laudet Iofeph lib. 4.
cap. 7. Cæterum feptuaginta Seniores omnia præ oculis habebant exemplaria , qui
vero tempore pacis fcripferunt , mirum
videri non debet , quod fufiori calamo librum hunc retulerint . Nec quemquam
movere debet quafdam effe in Vulgata ad
hunc librum annotationes ; hoc quippe
unum defignat , videlicet librum non fuiffe in Proto-canone Hebræorum infcri-
ptum ; quocirca iftæ notæ nibil auftorita-
tis ab eo detrahunt .

Inftabis : Nonnulla in ifto libro pugnantia & contradiftoria leguntur : Ergo &c.
Probatur antecedens . Septem ultima capita non cohærent cum primis , nam in
cap. 4. & 12. infidiæ parantur ab Eunu-
chis

Chir adverfus Regem ann. 2. regni Affueri, & tamen cap. 2. infidiæ pandebant,
cum Efther Regi nupfit anno fcilicet ejus
regni feptimo : Ergo &c.

Refpondeo negando anteced. Ad probationem diftinguo : Et caput 7. In Græco
eft primum, concedo : & non eft, nego.
Igitur anno fecundo regni inftructæ funt
infidiæ, anno vero 7. detectæ funt a Mardochæo. Ad iftorum intelligentiam obfervandum eft feptem illa capita non effe
poftrema libri, fed quædam pertinere ad
initium, ut caput 4. & 12. quædam ad
medium ut caput 13. 14. & 15. quædam
etiam ad finem ut caput 16. quod patet
ex codicibus græcis, ubi omnia fuo col-
locantur ordine : Porro S. Hieronymus,
ut ipfe teftatur, ea pofuit in primo ordine, quæ invenit in antiquo Hebræorum
canone, quæque decem priora componunt
capita, ut habentur in Bibliis noftris: quæ
vero non invenit in tali canone, poft
alia pofuit, & complectuntur feptem poftrema capita, additque fefe hæc ad majorem explicationem feciffe.

Refpondet ad hanc difficultatem Duvallius tract. de fido q. 1. art. 2. cap. 4 ubi
habetur : Anno fecundo regnante Artaxerxe ;
non eife extendendum ufque ad caput 13.
cujus initio habetur : Morabatur autem eo
tempore in Aula Regia Mardochæus ; illudque tempus non effe intelligendum de anno fecundo, fed feptimo Artaxerxis, quo
tempore infidiæ detectæ funt a Mardochæo,
& voces eo tempore, non haberi in græco,
licet fint in editione latina, adeoque non
effe referendas, ad annum fecundum, fed
feptimum, quod fane non multum differt
ab anno fecundo, immo in libris Regum
& Judicum multi anni fæpius omittuntur,
ita ut interdum appareant aliqua tempora fibi effe adinvicem proxima, quæ tamen inter fe longe diftant. Tum addit in
græco 7. ultima capita in fuo reperiri ordine, caput vero 4. & 12. Vulgatæ pertinere ad initium, & primum caput apud
Græcos conftituere : Caput denique 13.
14. & 15. fpectare ad caput 3. 4. 5. verfionis feptuaginta Interpretum, caput vero 16. ad finem.

Urgebis : Atqui vera affulgent in ifto
libro antylogiæ : Ergo &c. Probatur fubfumptum. Cap. 6. verf. 3. Mardochæus
pro delatione proditionis Eunuchorum nihil accipit, & tamen cap. 12. verf. 5.
quod pertinet ad initium & eft ante caput 6. dicitur accepiffe a Rege merce-

dem : Sed hæc manifefte contradictoria
funt : Ergo &c.

Refpondeo negando fubfumptum: Ad probationem diftinguo : Mardochæus capite
12. initium libri fpectante, accipit mercedem per promiffionem, concedo ; per
exhibitionem, nego. Cum autem Perfarum edictum erat irrefragabile, ut Reges
fuis fideliter ftarent promiffis, idcirco
promiffio mercedis habetur ut ipfa exhi-
bitio : Sic apud nos ut primum Rex aliquem nominavit ad Epifcopatum, ifte dicitur Epifcopus, tametfi nondum ordinatus & inauguratus.

Repones : Si ifta uarrentur per anticipationem, cur in græcis textibus habetur :
Et factum eft poft hæc in diebus Artaxerxis :
Narratur etiam ibi Affueri convivium anno fui regni tertio factum, & tamen
Scriptura indicat convivium factum effe
poft delationem infidiarum, quæ anno tantum feptimo facta legitur; & fic nova exurgit contradictio : Ergo &c.

Refpondeo diftinguo : Et illud, poft hæc,
non refertur ad ea quæ commemorata
funt per anticipationem, concedo ; fecus,
nego. Hoc quippe refertur ad fomnium
Mardochæi, quod fuo loco fcriptum fuerat.

Replicabis : Cap. 16. verf. 10. Aman dicitur gente Macedo, & tamen cap. 9.
verf. 24. dicitur e ftirpe Agag, hoc eft
Amalecita : Igitur eft manifefta contradictio.

Refpondeo negando confequentiam. Et
vero Aman potuit effe fimul & de genere cujufdam Agag Macedonis, minime
vero de genere Agag, illius qui fuit A-
malecita.

Contra : In Epiftola Regis quæ fiet
cap. 16. v. 14. dicitur quod Aman voluerit regnum & imperium transferre ad
Macedones homines ignoti fane nominis,
quocirca id & impoffibile & confictum videtur : Ergo &c.

Refpondeo diftinguendo : Aman voluit
imperium transferre ad Macedones, hoc
eft, ufurpare, concedo : erat enim ipfe
Macedo, fic apprime conciliatur Scriptura : in alios transferre, nego. Huetius
& Groffius fufpicantur pro voce Macedones, legendum effe Amalecitas, & pro
vocabulo Macedo, legendum effe Amalecita eo quod tunc temporis ignoti effent
Perfis Macedones. Conjecturæ non nihil
favent ; nam cap.9. verf. 24. Aman dicitur
ex ftirpe Agag Amalecita oriundus ; hinc
Jo-

Joſeph in Epiſtola e capite 16. deprompta legit ſicut nos , ſcilicet , *animo & gente* Macedo ; antea tamen dixerat Aman A-malecitam ; ita ut in epiſtolam irrepſiſſe videtur Macedo pro Amalecita , & loco *Macedones* , Amalecitas .

Inflabis : Ibidem verſ. 16. in epiſtola Judæi dicuntur filii maximi ſempiterni-que Dei viventis : Sed hoc laudis genus a Rege idololatra promanare non videtur : Ergo &c.

Reſpondeo , negando minorem propter duo : Primo quidem Aſſuerus inter avos ſuos , & Cyrum , & Darium computabat , a quibus Dei notionem habere potuit ; nam & Cyrus relaxaverat populum a ca-ptivitate , dederatque neceſſaria , & poſt ipſum Darius pro Templi reſtauratione , ut Deus cœli , inquiebant , & ut in Scri-ptura legitur , ipſis eſſet propitius . Secun-do Mardochæus , qui nomine Regis ſcri-bebat , hæc ad nominis Dei exaltationem potuit addere .

Perſiſtes : Artaxerxes nupſit Eſtheri , ſed hoc eſt impoſſibile , nam Mardochæus ibidem cap. 2. verſ. 6. dicitur translatus de Jeruſalem cum Jechonia Babylonem a Nabuchodonoſor : anno autem 11. Ar-taxerxis , quo tempore nupſiſſet Aſſue-rus , Eſther habuiſſet 160. circiter annos , quod verum non apparet , quandoqui-dem tranſacto diluvio , ſtatuente Deo , vita hominis erat ad ſummum 120. Sic enim habetur Gen. 6. *Non permanebit ſpi-ritus meus in homine in æternum , quia ca-ro eſt : eruntque dies illius centum viginti annorum* .

Reſpondeo I. illum Imperatorem non eſ-ſe Darium Medum , neque Cyrum ejus nepotem , neuter quippe regnabat ſuper 257. Provincias , ut legitur de Aſſuero , cui matrimonio Eſther conjuncta eſt : Ta-metſi enim Perſæ haberent Balthaſſar im-perium , neutiquam tamen ab India uſ-que ad Æthiopiam eorum ſeſe extendebat poteſtas .

Reſpondeo II. neque cum Artaxerxe Longimano nupſit Eſther , alias tunc tem-poris Mardochæus habuiſſet 160. annos . Enim vero a Jechonia uſque ad Cyrum qui relaxavit populum a captivitate , in-terſunt 70. anni : Ab anno vero quo Cy-rus ſolvit populum a captivitate uſque ad annum 11. Aſſueri , quo Aman Judæos perdere volebat , ut legitur cap. 8. interce-dunt anni pluſquam 105. Aſt quando Mar-dochæus translatus eſt , 20. circiter annos

& amplius habebat , & ſic anno 11. Ar-taxerxis Longimani habuiſſet ſaltem 160. annos ; ex quo liquet opinionem Joſephi de Artaxerxe Longimano non eſſe proba-bilem .

Reſpondeo III. contra Scaligerum non ſuiſſe Xerxem Artaxerxis Longimani pra-deceſſorem , nam a primo anno regni Cyri qui relaxavit populum uſque ad 11. Xer-xis , quo anno notatur elevatio Mardo-chæi ſecundum Scaligerum , interſunt 76. anni , quibus ſi jungas 70. captivitatis an-nos , & eos quos habebat Mardochæus , ipſe habuiſſet 140. annos , ſecundum vero fidelem ſupputationem ferre 166.

Præterea ſi Eſther nupſit Xerxi , fuit ergo Ametris Noe , ſeu Ameſtris , cujus meminit Herodotus & Cteſias ; non enim aliam habebat Xerxes conjugem , cum bellum in Græciam tranſtulit , videlicet longe poſt annum regni ſui 3. Porro non potuit eſſe Ametris , quandoquidem e-jus pater Potanes vivebat , quum Xerxes in Græciam profectus eſt : Eſther autem ſuum amiſerat patrem multo tempore an-tequam nuberet Regi ; cujus rei argu-mentum eſt , quod Mardochæus ejus avun-culus curam de ea haberet . Quid plura ? Eſther fuit pia & ſancta mulier , Ame-trix vero crudelis ; mulieri enim nobiliſſi-mæ amputari fecit mamillas , aures , na-ſum , labia , & linguam . Cæterum Xerxes maximis bellis & calamitatibus non ſemel fractus eſt , e contra vero Aſſuerus paci-fice regnavit .

Reſpondeo IV. Non eſſe Xiaxaram Me-dorum Regem , ut quidam autumant ; iſte enim non regnavit Suſis , & imperium ejus multo contractius erat Aſſueri Im-perio .

Jam ad argumentum reſpondeo in for-ma , diſtinguendo : Et ille Aſſuerus de quo in libro Eſther , fuit Darius Hiſta-ſpes , qui Cambiſi ſucceſſit in regno Per-ſarum , concedo : & ſuit alter , nego : omnia conveniunt ipſi : Et vero , regna-bat ab India uſque ad Æthyopiam , ut pa-tet l. 3. Eſdræ cap. 32. qui liber tametſi non canonicus , multum tamen pro hiſto-ria ponderat . Secundo ibidem Darius fe-cit cœnam vernaculis & Optimatibus , ut de Aſſuero legitur . Tertio Suſan ejus re-gni fuit initium , ſeu ibi regnare cœpit ; urbem hanc fuiſſe tunc temporis condi-tam , refert Plinius , amplificatam vero ſcribit Chianus . Darius , teſte Herodoto, duas habuit uxores , ſcilicet , Artiſſonam

& Aſ-

& Afforfan, ifta vero eadem eft ac Efther; prius enim vocabatur Chiffa : Quarto Affuerus in epiftola quæ legitur cap.6. dicit fe regnare beneficio Dei cœli, Darius, lib. 3. Efdræ cap. 4 verf. 43. fimilia loquitur : Ergo &c.

Dices : Utraque uxor dicitur Cyri filia : Sed Efther non erat filia Cyri : Igitur noftra opinio, veritati non cohæret.

Refpondeo diftinguendo minorem : Non erat ex ftirpe, concedo : ex conjunctione & per affinitatem, nego. Ratione Regis ejus fponfi, qui Cyrum habebat avum, ejufdem Cyri dicitur filia.

Dices iterum : Affuerus cap. 16. de fanguine Perfarum oriundus proclamatur : Sed Darius Hiftafpes erat de fanguine Medorum : Igitur & nova contradictio.

Refpondeo diftinguendo minorem : Darius erat de fanguine Medorum ratione avorum, concedo : de fanguine Perfarum tantum, nego. Imperium Chaldæorum, ut habetur Daniel 5. *Datum eft Medis & Perfis*, videlicet Dario Medorum Regi, & Cyro ejus nepoti, quo quidem tempore obfidionis Babylonis erat tantum Regulus, regnum quippe Perfarum primus fundavit ; fed mortuo Dario ejus avunculo Imperium Chaldæorum afcivit Perfarum regno, quocirca ejus tum filii, tum nepotes dicti funt de ftirpe & Perfarum & Medorum : Perfarum quidem relative ad Cyrum, Medorum vero relative ad avos. Herodotus concinit ; nam Affuerum de fanguine etiam Perfarum procreatum commemorat.

Dices : Affuerus maritus Efther, Artaxerxes vocatur : Sed folum fuere tres Artaxerxes, videlicet Longimanus & poft ipfum Arfan, deinde vero Ochus ; at cum nullo ex his nupfit Efther : Ergo &c.

Refpondeo diftinguendo : Et nomen Artaxerxes erat commune Regibus Perfarum : fignificat enim bellatorem, & tefte Diodoro poft Memnonem promifcue Regibus datum eft, atque attributum, concedo : & erat nomen particulare uni tantummodo offium perfonæ, nego. Potuit igitur illud nomen Efheris fponfo convenire.

Replicabis : Juxta inconcuffam S. Hieronymi regulam debemus judicare de authenticitate facrorum librorum relative ad fontem primigenium, fcilicet tantum Hebræum : Atqui fex priora libri Efther capita in textu Hebræorum non reperiuntur : Igitur non funt genuina ; adeoque nec ipfe liber : Confirmatur. Sixtus Senenfis etiam poft Concilii Tridentini definitionem l. 1. Bibliot. propter iftas appendicum lacinias, hinc inde quorumdam Scriptorum temeritate incertas, ait librum Efther, quamvis Hebraicum, & ab Hebræis receptum, fero admodum vel apud ipfos Chriftianos canonica donatum effe auctoritate : quinimmo l. 8. fcribit fex poftrema capita ab Ecclefia tamquam afcititia & apocrypha explodi feu negligi.

Refpondeo diftinguendo minorem : Sex priora Efther capita in textu Hebræo non primigenio defiderantur, tranfeat : in primigenio, nego : In antiquioribus quippe exemplaribus Hebraicis, ex quibus illa capita in græcas editiones translata funt, reperiuntur, ut teftatur Origenes epift. ad Julianum Africanum : Neque vero infolens & inufitatum eft eundem auctorem duplex exemplar confcribere ; alterum preffiori, alterum fufiori calamo ; in priori quædam fuccincte dici, vel etiam omitti, quæ nihil a fubftantia hiftoriæ detrahunt ; in pofteriori vero vel minima ufque ad ultimum apicem referri. Quid mirum igitur fi duo Hebræa extent exemplaria libri Efther, unum preffius, alterum auctius, in quo erat fomnium Mardochæi, Efther oratio, nec non Affueri epiftolæ, ficut habentur tum in textu Græco, tum in Vulgata : hoc ipfum poteft illuftrari exemplo quod cap. 9. ejufdem libri Efther affulget : eo enim loci referuntur duæ epiftolæ Mardochæi ad Judæos miffæ, in quarum prima fufius defcripta eft hiftoria Efther, in altera vero idem factum hiftoricum preffiori & modo & ftylo, fervata tamen rei veritate, confcribitur.

Ad confirmationem dico, auctoritatem Concilii Tridentini quod feff. 4. fufcipit omnes Vulgatæ libros cum fuis fingulis partibus præponderare auctoritati Sixti Senenfis in hoc prorfus derelinquendi, quamvis enim aliquo modo excufandi veniant Lyranus, Carthufianus, Hugo Cardinalis, eo quod ante celebrationem Synodi Tridentinæ fcripferint, laudata fex Efther capita effe adulterina, minime tamen Sixtus, qui, non obftante Ecclefiæ decreto, contrarium afferere aufus eft.

S Y-

SYNOPSIS PROBATIONUM.

Liber Esther est sacer.

PRIMO : Sic illum declarat Concilium Laodicenum cap. 59. Sic Carthaginense III. can. 47. Sic Tridentinum seff. 4.

Secundo : Subscribunt Origenes comment; in primum Psal. Chrysostomus homil. 3. ad populum Antioch. August. L 1. contra duis Pelag. epistolas , num. 38. editionis novæ.

Tertio : Suffragatur ratio. Singula facta hiistoriæ cum circumstantiis sic referuntur , ut Scriptor Canonicus omnem dubitandi locum de realitate hiistoriæ exsufflaverit , vel ipsa Ecclesia in suo officio illam ut veram hiistoriam habet ,

SYNOPSIS OBJECTIONUM,

ET RESPONSIONUM.

PRIMO : Quædam antylogiæ appareat, sed facilius eas enodabis , amice Lector , si attendas quædam capita inverso ordine fuisse conscripta.

Secundo : Quædam etiam videntur fusiora quam in quibusdam exemplaribus : Ergo-ne adulterina , aut aliena manu immissa ? Absit , nam cunct in primigenio fonte , maxime apud Septuag. reperiuntur.

Tertio : Non una quidem est omnium opinio de marito Esther, vel etiam de ipsius nomine , sed hæc & similia nihil a substancia & realitate hiistoriæ detrahere , omnes Theologi ultro fatentur.

ARTICULUS UNDECIMUS.

Utrum hiistoria Job sit vera ?

LIBER Ille XLII. capita habet : Job infigniitur nomine , eo quod tanti viri referat hiistoriam, præclara ejus patientiæ documenta , mystica , altissima & profundissima ejus cum amicis de Deo colloquia: creditur ipse libri hujus author , quod non obscure Ipsius ista indicant verba : Quis mihi det ut sermones mei scribantur stylo ferreo ? Nonnulli sed absque fundamento post captivitatem Babylonicam hunc librum scriptum fuisse existimant , ea dusti ratione , quod in eo locutiones Cyriacæ

& Chaldaicæ non semel adinveniantur : Sed hoc vel minimum non facessit negotium ; nemo quippe non novit libros sacros post captivitatem ab Esdra variis explicationibusaatque interpretationibus , illsque Syriacis & Chaldaicis , eo quod Hebræi innatæ obliti fuerant linguæ , fuisse adornatos.

Concinit veritati librum Job ante Moysen fuisse scriptum , cum Job ad legem naturæ pertinuerit. Hieronymus in quæstionibus Hebraicis in Genesim , propugnat Job fuisse ex posteris Nachor , vel ejus filii Hus , namque Gen. cap. 22. verf. 2. Nachor , frater Abrahæ genuit Hus , & huic consonat nomen terræ Hus , ubi Job habitavit . Alii volunt Job esse Esau pronepotem , eo quod in Genealogia Esau Gen. cap. 36. verf. 33. inter Reges Idumæorum numeratur Jobab : Sed adhæremus opinioni S. Hieronymi , ex qua liquet Job perantiquum esse , cum vixerit verius tempora Abrahæ & Esau. Suffragantur Lxx. Interpretes dum scribunt Job 248. annos vixisse : attamen non improbabilis est sententia eorum qui propugnare Moysen illum exarasse librum, cum quia maxima est styli & characteris similitudo , & inter hunc librum & libros a Moyse scriptos similitudo , cum quia etiam Moyses , omnibus ferme consentientibus , fuit primus omnium gentium Scriptor , quod tamen falsum esset, si Job Moyse antiquior hunc librum scripsisset.

Jam superfurt duæ difficultates solvendæ & eliquandæ : una quidem de veritate hiistoriæ Job , altera de ejusdem libri authenticitate : pro quarum resolutione , sit

---

CONCLUSIO PRIMA.

Job vere fuit & extitit , nec est mera parabola .

PROBATUR isto ratiocinio : Hiistoria cui testimonium & Scriptura & Patres perhibent , non est mera allegoria : Atqui res ita se habet : Ergo &c. Minor sic probatur : Ezechiel 14. verf. 14. habetur : Si fuerint tres viri isti in medio ejus , Noe , Daniel & Job : ipsi justitia sua liberabunt animas suas . Quo posito , sequitur istud argumentum . Eodem modo exprimit Ezechiel Job , sicut Noe & Daniel , eumdemque de bis tribus habet
& ser-

& sermonem & sensum : sed de Noe & Daniele sicut de viris veris & non fictis loquitur : Igitur Job quoque fuit vir verus, & non confictus .

Rursus : Tobiae secundo vers. 12. & 15 scriptum est : *Hanc tentationem permisit Dominus evenire illi , ut posteris daretur exemplum patientiae: ejus , sicut & sancti Job .* Ecce Scriptura iterata vice loquitur de Job tamquam de homine qui vere extitit , quandoquidem cum Tobia propter patientiam collaudat : sed Tobias homo verus fuit , ut supra ostensum est : Igitur & Job .

Rursus : Jacobi quinto vers. 11. legitur : *Sufferentiam Job audistis , & finem Domini vidistis .* Atqui primi Christiani credebant verum hominem fuisse Job , & secundum illorum sensum S. Iacobus scribit , immo & fidelis exemplo Iob invitat ad patientiam in adversis , quod dubio-procul incassum fieret , si Iob nonnisi confictus fuisset homo : Ergo &c.

Confirmatur : Aristeus fuse describit Iob historiam , quam ex Polysthone apud Eusebium lib. 9. praepar. Evangelicae cap. 25. habemus : Ergo &c.

Suffragatur SS. eminentes Doctores, qui eum veluti Sanctum praedicant & commendant . In primis Origenes hom. 4. In Evangelia , seu auctor commentarii in librum Iob sub nomine Origenis ; Melito Sardensis epist. ad Onesium , Basilius homil. de gratiarum actione , Chrysostomus homil. 4. ad populum , & in quatuor de beati Iob sermonibus ; Tertullianus lib. de patientia cap. 14. Cyprianus lib. de bono patientiae , Ambrosius lib. de paradiso cap. 2. tum enarratione in Psalm. 37. Hieronymus epist. 103. Augustinus lib. 18. de civitate Dei cap. 47. Gregorius praef. In Iob cap. 3. & sequentibus , & alii qui ex gestis Iob argumenta desumunt . Ergo &c.

Succinit Ecclesia tum Graeca , tum Latina , quae Iob inter Sanctos annumerat , ejusque festum in Martyrologio Romano sexto Idus Majas commemorat . Ergo &c. Astipulatur enim ratio , namque juxta severioris critices regulam , illa historia vera citra dubium censetur , quae hominis , ortum , fortunam & exitum cum omnibus circumstantiis enunciat : Atqui talis est historia Iob. Et probatur . Primo , status prosperitatis Iob , ex quinque potissimum in libro delineatur , videlicet , ex ejus patria quae erat

terra Hus in Idumaea , ex genere & omnium virtutum supellectili , tum ex prolis fecunditate , nec non & famae celebritate . Secundo , status adversitates ex repentina familiae extinctione , bonorum omnium dilapidatione , amicorum male rixantium importunitate , demum ex proprii corporis percussione . Tertio , status prosperitatis ex felicitate restituta , ex omnium congratulatione , ex bonorum in immensum augmento , ac tandem ex gloria qua donatus est , dum in senectute bona & plenus dierum obiit in Domino . Ergo &c.

CONCLUSIO SECUNDA.

Liber Job est Canonicus .

PROBATUR multis momentis : Illum librum veluti Canonicum habere debemus , cui Synagoga & Ecclesia suum addit calculum : Atqui Synagoga , & Christi Ecclesia suum illi addit calculum . Et probatur. Primo quidem , a Iudaeis tamquam genuinus recipitur . Nec mirum , passim laudatur in caeteris veteris Testamenti Scripturis. Quaedam hic exempla proferre juvat . Iob 3. 2. habetur : *Pereat dies in qua natus sum : & nox in qua dictum est : conceptus est homo* ; quam quidem sententiam veluti Dei verbo ad verbum conscripsit Ieremias cap. 20. 14. his verbis : *Maledicta dies in qua natus sum : dies in qua peperit me mater , non sit benedicta .* Rursus Iob. 15. 35. *Concepit dolorem & peperit iniquitatem , & uterus ejus praeparat dolos .* Similia habetur Psal. 7. 14. *Ecce parturiit injustitiam , concepit dolorem , & peperit iniquitatem .* Et iterum Iob. 19. 7. 8. *Ecce clamabo vim patiens , & nemo audiet : vociferabor , & non est qui judicet , semitam meam circumsepsit , & transire non possum , & in calle meo tenebras posuit .* Thr. 3. & 9. Ieremias quasi a Iob edoctus , ita loquitur : *Sed & cum clamavero & rogavero , exclusit orationem meam : conclusit vias meas lapidibus quadris , semitas meas subvertit .* Et adhuc de mari sermonem faciens Iob 38. 10. sic loquitur : *Circumdedi illud terminis meis , & posui vectem & ostia , & dixi : Usque huc venies , & non procedes amplius , & hic confringes tumentes fluctus tuos .* Eadem prorsus post Iob Salomon scripsit Proverb. 8. 10. *Quando circumdabat mari terminum suum , & legem ponebat aquis , ne transirent fines suos.*

fuas . Audis multas fententias in aliis libris ex libro Job excerptas ? Igitur eſt faceſ & canonicus .

Confirmatur : Idem Liber uti talis habetur ab Ecclefia Chriſti , tum quia non nihil ex capite quinto verf. 13. laudat Apoſtolus primæ Corinth. cap. 3. 19. tamquam ex facra excerptum Scriptura : tum quia a Concilio Tridentino ſeſſ. 4. inter libros Canonicos reponitur , tum quia etiam inter alios Theodori Mopueſtenierrores , iſtum perſtringit quinta Synodus Generalis col. 4. quod hæreticus ille librum Job uti profanum & a Pagano conſcriptum haberet . His adde momentis definitionem Concilii Laodiceni Can. ult. in quo expreſſe librum Job inter Scripturas facras annumerat .

Agmen claudet Gregorius Magnus qui præf. in Job cap. 1. mira de libro Illo facro profert : Quis hæc fcripferit valde „ fuperflue quæritur , cum auctor libri „ Spiritus fanctus facile credatur ? Ipſe „ hæc fcripſit , qui hæc fcribenda dicta „ vit : ipfe fcripſit , qui & illius operis „ infpirator extitit , & per fcribentis vo „ cem imitanda ad nos ejus verba tranf „ miſit . „ Iam concludas velim , amice Lector , ex D. Gregorio Spiritum fanctum dictaſſe librum : Igitur eſt facer .

Solvuntur objectiones contra primam concluſionem .

Objicies : In libro Job cuncta veluti fceica apparent : Igitur eſt hiſtoria eſt mere Parabola . Probatur antecedens multis momentis . I. Job gementis & dolentis perfonam gerit . II. Hus ejus patria , idem eſt ac conſilium . III. Sophar ejuſdem amicus idem fonat ac fpeculator & buccina . IV. Eliphas , aurum Dei dictur . V. Denique ficut in fcena confpicitur , Job antea pauperrimus ſub finem diviſſimus evadit . Ergo &c.

Refpondeo negando antecedens , propter rationes in probationibus allatas . Ad probationem , diſtinguo : Cuncta videntur fcenica & parabolica , fed in veritate fundantur , concedo : abſque veritatis fundamento , nego . Non unus eſt , ut diximus fupra , Scripturæ fenfus : Sed apud omnes conſtat fenfum allegoricum & parabolicum fupponere fenfum literalem & verum In quo fundatur : Igitur textus libri Job in fenfu obvio veritatem præ fe fert , & Scripturæ textus hoc ipfum

indigitat : quandoquidem fatan , Deo permittente , virum fanctum graviſſimis modis & omnium probationum , feu tentationum genere exagitavit .

Cæterum , neque ex libri ſtylo , qui partim profa , partim verſibus concinnatus eſt , fequitur Job Hiſtoriam eſſe fabulam , fin minus Canticum Moyſis , Debboræ , Barac , Annæ , Ezechiæ Regis , Judith , & alia quæ in veteri Teſtamento occurrunt verſibus illigata & confperfa , non abſimili modo & Ieremiæ lamentationes ; nec non & Pfalmi Davidis abjicerentur , quod dubio-procul longe eſt a mente Eccleſiæ , apud quam iſta omnia magnam obtinent auctoritatem .

Urgebis : Sed & ecce in eodem libro quædam alia comparent ſcenica , immo & falſiſſima : Ergo &c. Probatur antecedens . Quidam veluti amici ad conſolandum Job veniunt , qui & feptem diebus totidemque noctibus in filentio coram Job permanere dicuntur : fed nemo cordatus dixerit , tres viros tanto temporis fpatio in filentio manere poſſe : Ergo &c.

Refpondeo negando antecedens . Ad probationem , diſtinguo majorem : Amici Job feptem diebus totidemque noctibus coram ipfo manſerunt in filentio , hoc eſt , per feptem dies , totidemque noctes inviſerunt amicum fuum defolatum , & viſitationis tempore per aliquam horam eatenus filuerunt , quatenus filentio exprimitur conſternatio & compaſſio , concedo : & hos compertum quotidie habemus dum ægrotum extrema agentem convenimus : namque magis ſignis quam verbis mœrorem noſtrum & compaſſionem exprimimus , maxime vero cum ægroti in ultimo vitæ gradu poſiti vix aliquem poſſint fuſtinere ſtrepitum , & poſſint loquendo refpondere : & amici Job filuerunt coram ipfo toto feptem dierum completorum fpatio , nego . Ita communiter refpondent Interpretes : „ Dico , inquit R. P. Grevefon Tract. „ de Scriptura facra pag. 214. Amicos Jobi „ fediſſe quidem feptem diebus & totidem „ noctibus , non quidem in eo fenfu , ut „ quaſi clavo trabuli affixi nullatenus pe „ dem moverint , & omnibus momentis „ una cum Jobo federint ; fed hæc verba „ ita funt intelligenda , ut amici Job per „ feptem dies in eadem permanferint ci „ vitate , interdum Jobum adeundo , viſi „ tando & alloquendo . „

Inſtabis : Atqui quædam alia in eodem leguntur libro quæ lenſum mere feenicum im-

Important : Ergo &c. Probatur subsumptum. Satan adest inter filios Dei, quinimmo Deus veluti familiariter illum alloquitur, multaque de virtutibus Job illi commemorat : sed nequiquam probabile est satan, qui in inferno concluditur, in coetu justorum reperiri, nec a sortiori Deum monstrum infernale, veluti familiariter alloqui : Ergo &c.

Respondeo negando antecedens. Ad probationem, distinguo : Et Spiritus sanctus per Scriptorem Canonicum loquens ad humanum se se accommodat captum, utendo modis apud homines domesticis & familiaribus, ut qualis fuerit naturae Jobi tentatio ostendat, concedo : & modus loquendi ad falsitatem inducit, nego. Sicut igitur Deus nunc sub figura Regis in Throno sedentis, nunc etiam sub figura Angeli hominis speciem prae se ferentis veluti sensibilem se praebuit, ut sua hominibus sensibilibus enarraret & manifestaret mirabilia, non absimili ratione Spiritus sanctus satan inter filios Dei prodit, quique ab ipso de virtutibus Job edoctus, virum sanctum iterum, atque iterum probandi suscipit provinciam: & hoc unum significant figurae sermonis & explicant.

Replicabis : Amici Job ex impetu variis se se exprimunt versibus : sed & hoc apparet etiam scenicum : quomodo enim fieri posset, aliquem versus admodum concinnatos multiplices de variis, intricatissimis & profundis quaestionibus extemplo promere & canere? Ergo &c.

Respondeo distinguendo : Amici Job versus loquendo componebant, quoad sententias, concedo : quoad modum Poësis, nego. Quot verba, tot veluti sententias & Job & ejus Amici loquebantur, sed Scriptor Canonicus eas ad Poëseos trutinam retulit. Caeterum non semel contigit aliquos prae animi sagacitate & subtilitate citocitius in conversatione versibus se se explicare.

Diluuntur objecta adversus secundam conclusionem;

Objones : Nonnulla contradictoria immo & aperte falsa in libro Job affulgent : Igitur non est Canonicus. Probatur antecedens. Cap. 3. verf. 2. & 3. habetur : Post haec aperuit os suum Job, & maledixit diei suo, & locutus est : Pereat dies in qua natus sum. Ibid. verf. 11. & 13.

Quare non in vulva mortuus sum ... nunc enim dormiens silerem. Verf. 8. Maledicant ei qui maledicunt diei, qui parati sunt suscitare Leviathan. In his ob nonnihil impatiens & peccans apparet ; in aliis tamen capitibus legitur, neque peccasse neque a sua recessisse innocentia : sed haec omnia manifestam important contradictionem : Ergo &c.

Respondeo negando antecedens. Ad probationem, distinguo : Et in primis capitibus loquitur Job de die saeculari, in quo homo concipitur originali foedatus peccato, vel etiam de passione Christi, cujus acerbitatem praefigurabant sui doloris excessus, concedo : loquitur impatientia abreptus, nego. Tanto Dei sanctus Job flagrabat amore, ut peccatum per omnia abhorreret, quocirca maledixit diei in quo conceptus & natus est cum peccato originali : sed & clamore & gemitu excessus, quos Christus in cruce perferre debebat, voluit exprimere : & hoc ipsum cap. 36. verf. 17. claret : ibi enim de Christo sic legitur : Causa tua quasi impii judicata est, causam judiciumque recipies. Hinc Job habetur a sanctissimis Patribus ut Propheta. Prima solutio est Ambrosii in cap. 4. Lucae, ubi explicans illa verba Job : Pereat dies in qua natus sum ; ait : Pereat dies saecularis, ut dies spiritualis oriatur. Altera solutio est S. Augustini in Psal. 103. ubi de sancto Job, sic loquitur : " Ille autem stabat personam magnam, magnae Prophetiae., Subscribit S. Gregorius Magnus lib. 2. Moral, cap. 4. " Non est, inquit, maledictio ex malitii delinquentis, sed ex restitudine judicii. Non est ira commoti, sed doctrina tranquilli &c. Rursus lib. 4. Mor. cap. 6. " Quid ergo diei nativitatis maledicere, nisi aperte dicere dies mutabilitatis pereat, & dies aeternitatis erumpat,,

Instabis : Qui de vita desperavit, profecto in peccatum prolapsus est : Atqui Job circa vitae momentum in desperationem actus est ; sic enim habetur cap. 7. verf. 15. & 16. Quamobrem elegit suspendium anima mea, & mortem ossa mea. Desperavi, nequaquam ultra jam vivam : parce mihi, nihil enim sunt dies mei. Ergo &c.

Respondeo distinguendo minorem : Job de vita corporali desperavit, tantus quippe erat & morbus, & dolor ut animam ageret, hinc & brevi se moriturum crederet,

deret, concedo : defperavit de divina dif-
fidens bonitate & milericordia , nego .
Primum fenfum effe genuinum , & in eo
folummodo locutum fuiffe Iob , non obfcure indigitant aliorum capitum fententiæ , ut jam oftenfum eft .

Urgebis : Iob vivere tædebat, ut habetur cap. 9. & ibidem verf. 11. Deum de
injuflitia infimulare videtur , his verbis :
*Unum eft quod locutus fum , & innocentem
& impium ipfe confumit* . Sed hoc ipfum
impatientiam atque peccatum redolet :
Ergo &c.

Refpondeo diflinguendo majorem : Iob
vivere tædebat ex innato hominis patientis defiderio , & fecundum partem ani-
malem , quæ quidem morte a malis fe li-
berari auturnat , concedo : per Impatientiam , & Dei adverfus voluntatem obnitentiam , nego . Pari & confimili prope
modo Chriftus , ut hominem fe effe oftenderet de vita longiori anxiabatur in paffione : fic enim de illo fcriptum eft Marc.
14. *Cœpit pavere , & tædere* . Cum igitur fupra modum Iob ulcere peffimo tor-
queretur , ut fuum proderet dolorem acer-
biffimum , dicebat eatenus fe tædere vivere , quatenus vivebat ut cruciaretur :
hinc Deum ipfe fic alloquitur cap. 19.
11. *Quare perfequimini me ficut Deus* . Et
iterum cap. 7. 10. *Quare pofuifti me contrarium tibi , & factus fum mihimetipfi gravis ?*
Hoc eft , quare conceptus fum in peccato , & tanta amaritudine ad peccatum originale confequuntor ?

Ex hoc patet folutio ad fecundam in-
flantiam . Non enim in rebellionem actus
locutus eft Iob , cum dixit juftum ficut
impium variis effe milreriis obnoxium : &
hoc fufo & eloquenti fermone amicis
probat , contendendo contra eorum fententiam , Deum & juftum , & impium,
affligere , & cruciare æquo judicio poffe , propter peccatum originale ; hinc Eliphas & alii errabant , dum hominem folum propter peccata actualia variis fub-
jici miferiis arbitrabantur ; unde fic diflinguo minorem : fic loqui ex paffione ,
eft peccatum , concedo : In fenfu Iob ,
nego minorem & confequentiam.

Infifter : Cap. 41. adeoque 17. poflerio-
re , verf. 3. fic loquitur Iob : *Infipienter
locutus fum , & quæ ultra modum excede-
rant fcientiam meam* . Ibid. verf.6. *Ideirco
me reprehendo & ago pænitentiam in favil-
la & cinere* . Ex quibus verbis liquet Iob
ipfum agnoviffe fe peccaffe , dum in prio-

ribus capitibus mox laudatis locutus eft .

Refpondeo diflinguendo antecedens : Et
Iob fic loquitur motivo humilitatis , concedo : ut in prioribus capitibus erraffe
confiteatur , nego. Unum folummodo lau-
dus vir intendit , videlicet Dei magnalia in immenfum hominis fuperare captum , in quo fenfu ait fe infipienter locutum fuiffe , hoc eft , diminute de Dei
attributis peroraffe . Alterum quoque etiam pro fcopo habet , nimirum oftendere hominem quantumvis juftum & nullius peccati confcium , nufquam tamen in
confpectu Dei juflificari ; fic enim habetur cap. 9. verf. 15. *Si habuero quippiam
juftum , non refpondebo , fed meum judicem
deprecabor* . Tum verf. 10. *Si juftificare me
voluero , os meum condemnabit me : fi innocentem oftendero , pravum me comprobabit* .
In eodem prorfus fenfu David Pfal. 141. 2.
*Deum alloquendo , ait : Non juflificabitur
in confpectu tuo omnis vivens* . Et iterum
Pfal. 74. 3. *Ego juftitias judicabo* .

Audiendus eft de hoc momento S. Aug.
qui dicit , Deum ipfum ab omni impatientiæ peccato excufaffe Iob , cum ejus
adverfus Eliphaz & alios illi improperan-
tes , fufceperit partes defendendas , namque cap. 41. verf. 7. qui eft libri conclufio , habetur : *Poftquam locutus eft Dominus
verba hæc ad Iob , dixit ad Eliphaz Thema-
nitem : Iratus eft furor meus in te , & in
duos amicos tuos , quoniam non eftis locuti
coram me rectum , ficut fervus meus Iob* .
Et fupra cap.17. S. Iob , ait : *Donec defi-
ciam , non recedam ab innocentia mea* .

Quid plura? Dominus compenfavit patientiam S. Iob , pro afflictione pio lu-
bentique animo paffa , tum pro amiffis
bonis reddidit duplicia &c.

Perfifter : Idem poft verba ex cap. 9.
excerpta & fupra in objectione laudata ,
poflquam dixit Deum indifcriminatim juftum & peccatorem percutere , fubdit :
*Si flagellat , occidat femel , & non de pæ-
nis innocentium rideat* . Tum cap. 30. 11.
Deum vifitantem alloquens , ait : *Mutatus es mihi in crudelem* ; quæ quidem verba quamdam defperationem , aut faltem
impatientiam fpirare videntur ; Ergo &c.

Refpondeo II. Hæc & fimilia ab omni
paffionis nævo immunia effe , cum fanctus Iob fuam piam mentem ipfe non femel prodat : namque cap. 1. 21. & 11.
ait : *Dominus dedit , Dominus abftulit : ficut
Domino placuit , ita factum eft : fit nomen
Domini benedictum* . Cap. 1. 10. fuam ip-
                    fam

sam perstringit uxorem , eo quod flagella Dei visitantis impigre ferret : *Quasi una de stultis mulieribus locuta es* . Si *bona suscepimus de manu Dei mala quare non suscipiamus?* Quibus verbis , inquit sanctus Gregorius l. 4. Moral. cap. 5. Job : patefecit „ qua mente hæc quietus dixerit , qui tot „ Dei laudes etiam percussus enarravit. „ Cap. 13. 15. summum patientiæ argumentum ab omni vel levissima desperationis suspicione defæcatum exhibet sanctus Job bis aureis verbis: *Etiamsi occideris me Deus*, in ipso *sperabo* . Rursus cap. 19. vers. 25. & 26. Scio enim *quod Redemptor meus vivit*, *& rursum circumdabor pelle mea , & in carne mea videbo Deum meum* .

Respondeo II. Et quidem ad primum locum pro objectione adductum distinguendo : Et eo loci S. Job desiderium vehemens de redemptione per Christum venturum operanda exhibet , concedo : & impatientiæ stimulis abreptus ita loquitur , nego. Solutio est S. Gregorii , qui L 9. Moral. c. 15. locum Job in illo explanat sensu : " Itaque , ait, vir Sanctus venturi Redem- „ ptoris dona considerans , votorum suo- „ rum dilationem graviter tolerans, dicit : „ *Si flagellat , occidat semel , & non de* „ *pœnis innocentum rideat* ; ac si aperte „ exoret , dicens : quia vita nostra quoti- „ die flagello vindictæ pro culpa atteri- „ tur , ille jam veniat , qui pro nobis se- „ mel sine culpa moriatur , ut de innocen- „ tium pœnis Deus ultra non rideat , si „ ipse carne passibilis apparet , in cujus „ se desiderio mens nostra castigat. „

Ad alteram auctoritatem , distinguo : quoque S. Job ait quandoque Deum esse crudelem , hoc est , punire fortiter peccatum , concedo: esse crudelem passione aliqua simultatum , nego. Absit hoc Job vel cogitasse de Deo : unum tantummodo intendit , videlicet , Deum ut Deum perstringere peccatum , hoc est , vehementissime , cum flagella Dei in immensum excedant ab hominibus inflictas pœnas . Hunc sensum ipse S. Job prodit cap. 19. & 30. *Usquequo non parcis mihi ; nec dimittis me , ut glutiam salivam meam? . . . Quare posuisti me contrarium tibi , & factus sum mihi metipsi gravis?* Tum cap. 19. 21. *Miseremini mei , miseremini mei , saltem vos amici mei , quia manus Domini tetigit me . Quare persequimini me sicut Deus?* In eodem sensu Iliatis cap. 13. 9. vocat diem judicii ultimi crudelem, hoc est amarissimum ; Ecce dies Domini venit crudelis, & indignationis *Boucat Theol. Tom. IV.*

ticnis plenus . Non desunt qui propugnent , illas & similes increpationes nonnumquam in sanctis & summo erga Deum amoris æstu prodire : ita censet S. Cyrillus lib. 3. in Joannem cap. 24. in eo sensu Psal. 12. 21. Propheta dicit : *Usquequo oblivisceris me in finem?* Rursus Psal. 43. 23. *Exurge quare obdormis Domine?* Ergo &c.

SYNOPSIS PROBATIONUM.

I. Job non est confictus homo. II. Liber ejus est sacer .

PRIMA pars ex multis patet . I. Ex Scriptura sacra , quæ non semel Job citat modo tamquam virum sanctum , qui Deum contra peccatores exacerbatum flectere potest , ut Ezech. 14. vers. 14. modo ut patientiæ exemplum omnibus ad imitationem in adversis æquo animo sufferendis propositum , ut Tobiæ 2. vers. 12. II. Ex Patribus : Origenes homil. 4. in Evangel. Melito Sardensis epist. ad Onesium . Chrysost. homil. 4. ad Populum Antioch. Augustinus lib. 18. de civ. cap. 47. & alii Job ut verum hominem agnoscunt . Sic censet Ecclesia quæ in officio Breviarii illum in lectionibus ut hominem sanctum mira de Deo perorantem inducit .

Secunda pars non minus claret ; si quidem liber Job in Canone divinarum Scripturarum tum Synagogæ , tum Ecclesiæ reponitur . Suffragantur Patres, maxime Tertullianus , lib. de patientia cap. 14. bene multi Hagiographi tam veteris , quam novi Testamenti , qui plurimas sententias ex libro Job excerpserunt . Inter omnes eminet Gregorius Magnus qui præf. in Job cap. 1. verbis disertis asserit librum fuisse a sancto Spiritu dictatum .

Synopsis argumentorum quæ in contrarium proponuntur , & solvuntur .

PRIMO : Tametsi quædam nonnihil scenica appareant , quia tamen sensum moralem , tum & mysticum in veritate fundatum subeat Scriptura , nihil a realitate Job detrahitur .

Secundo : Antylogiæ absque negotio utique explicantur ; sine quando sanum cum Deo commiscere colloquia inducitur , hoc solum sit , ut ad captum humanum explicetur qua ratione, Deo permittente , &

Q quo

quo gradu fanctum Iob exagitare potue-
ra.

Tertio: Neque vero expressiones Iob paululum duriores intelligendæ sunt aut de
æstu impatientiæ, aut de desperationis excessu; sic enim vir dolorum nimia afflictio-
num undequaque irruentium pondere op-
prellus se expressit, ut amici ejus sua pœnæ ultimum usque & extremum caperent
gradum; tum quia etiam personam Christi quondam passuri & morituri gerebat;
hinc in ipso ut in figura, qualis futurus
erat Christi calix, demonstratum est.

─────────────

ARTICULUS DUODECIMUS

*Utrum libri Sapientiales sint Canonici &
sacri?*

QUINQUE numerantur libri Sapientiales, videlicet, liber Psalmorum, liber Proverbiorum, liber Ecclesiastis,
Cantica Canticorum, liber Sapientiæ, quibus additur liber Ecclesiastici.

Liber Psalmorum est totius Scripturæ
compendium. Continet CL. Psalmos, quorum auctor, si paucos excipias, est David: de hoc momento ipse Christus reddit testimonium: cum enim Scribæ &
Pharisæi Matth. 22. 43. illum dicerent filium David, & purum hominem, dixit
eis: *Quomodo ergo David in spiritu vocat
eum Dominum dicens: Dixit Dominus Domino meo: sede a dextris meis.* Ad ista
verba Psalmi 109. 1. *Dixit Dominus Domino meo, sede a dextris meis*, attendens
Chrysostomus, Theodoretus, Philastrius,
asserunt Psalmos a Rege David fuisse
compositos. Succinunt Hieronymus præf.
ad Sophronium, Hilarius prolog. In Psal.
Auctor synopsis & alii non pauci: omnium tamen Psalmorum non est auctor
Propheta Regius, videlicet istius: *Super
flumina Babylonis &c.* quippe qui multis,
post obitum David, sæculis perseverarent
scilicet captivitate Babylonica, scriptus
sit: Sed nec illorum David est auctor
Psalmorum, qui in capite aliarum perso-
norum præ se ferunt nomina: sicut nec
& Canticorum ut istius, *Exultavit cor
meum*; quod tribuitur Annæ: *Ego dixi
in dimidio dierum meorum*, quod ab E-
zechia Rege compositum & decantatum
est: hinc cum Tridentinum ait, David

esse Psalterii auctorem, majorem partem
pro toto sumit. Sic ordinari possunt Psalmi; LXV. absque dubio a Davide compositi
sunt, quibus adde XV. qui David victorias
referunt: LI. absque nomine apparent.
Undecim tribuuntur filiis Chore, XII.
Asaphaf. Cæteri tribuuntur etiam Ephrai-
tæ: Multi existimant istos suisse David
cantores.

Liber Proverbiorum continet bene vivendi regulas pro cujuscumque status hominibus. Hujus auctor est Salomon; namque 3. Reg. 32. bibetur, Salomon 3000.
parabolas, carmina vero 1005. locutum
fuisse, & est apud Patres communis sententia: liber triginta capita præ se fert.

Ecclesiastes: idem est ac prædicator;
discurrit de rerum omnium vanitate. Auctor est ipse Salomon, qui se ipsum prodit in primo capite, ubi se dicit Regem
Ierusalem, tum omnium rerum atque
mundanarum delectationum habuisse experientiam: quocirca absque fundamento
hunc librum nonnulli tribuunt Zorobabel:
quidam alii Ezechiæ, quibus quidem, auctoris in primo capite delineati characteres non conveniunt: Volumen XII. capitibus clauditur.

Canticum Canticorum, idem sonat ac
canticum excellentissimum, in quo mira
Dei colloquia cum anima ejus sponsa sub
so calamo referuntur; hujus etiam libri
auctor est Salomon. Sic communiter propugnant sancti Doctores: Volumen octo
præcontinet capita.

Liber Sapientiæ hoc inscribitur titulo,
eo quod veram complectatur sapientiam;
ibi enim divina Sapientia delineatur, &
participatis cum suis miris effectibus describitur. Salomon istius libri etiam creditur auctor: hoc ipsum indigitat liber
tertius Regum, in quo Salomonem sapientia supra omnes homines donatum fuisse asserit auctor Canonicus. Revera quidem nemo præter Salomonem, qui tantæ
Sapientiæ habebat experimentum, ejus &
originem, & fortitudinem, & efficaciam
atque superfluentem sanctis communicationem describere poterat. Opus XIX.
capita habet.

Liber Ecclesiasticus sic dictus, eo quod in
conventu Ecclesiæ quondam in primis legeretur sæculis, multa etiam de divina
refert sapientia: Heroum quoque veteris
Testamenti ut Moysis &c. celebrat en-
comia, lingua hebraica seu Ierosolymi-
tana tunc vulgari scriptum est. Sic cen-

set Epiphanius lib. de mensuris num. 4. Hieronymus epist. 115. Jesus filius Sirach Ptolomæi Philadelphi tempore illum conscripsit. Hoc ipsum indicat auctor cap. 50. vers. 29. his verbis : *Doctrinam sapientiæ, & disciplinæ scripsit in codice isto Jesus filius Sirach Jerosolymita*, Idem ex Prologo colligitur. LI. capita complectitur. Quibus præmissis sit

CONCLUSIO.

Libri mox laudati sunt canonici & sacri.

Probatur ratione generali.

QUOD de fide definitum est, omnis fidelis sic habere debet : Atqui sacra Synodus Trid. sess. 4. de fide definivit libros istos esse canonicos : Igitur ita tenendum est, maxime vero cum quatuor primi in veteri Judæorum Proto-canone reperiantur ; duo vero posteriores in Deutero-canone, cum Judith & Tobiæ libris commemorentur : Ergo &c.
Melito Sardensis Episcopus epist. ad Onesium apud Eusebium Lib. 4. hist. Eccl. cap. 26. inter Libros sacros veteris Testamenti annumerat Proverbia, Ecclesiasten, & Canticum canticorum, quorum auctorem dicit Salomonem : Similia scribit Origenes in expositione primi Psalmi, cujus locum refert Eusebius lib. 4. hist. Eccl. cap. 35. Idem docet sanctus Basilius homil. 13. in principium Proverbiorum. Idem sanctus Gregorius Nyssenus homil. 1. in Canticum cant. Idem sanctus Gregorius Nazianzenus in carmine ad Seleucum. Idem sanctus Hieronymus in prologo Galeato : Idem sanctus Hilarius præf. in Psalmos. Idem Theodoretus præf. in Cantica cant. Idem sanctus Joannes Damascenus lib. 4. de fide Orthodoxa cap. 18. concinit Concilium Laodicenum canone ultimo. Ergo &c.

Probatur specialiter de singulis.

Primo quidem de Psalterio.

ILLUD volumen uti sacrum habendum est, cujus sententiæ non semel laudantur & afferuntur in veritatis testimonium In aliis, tum veteris, tum novi Testamenti libris : Atqui res sic se habet : Igitur li-

ber Psalterii est canonicus. Probatur minor quoad utrumque momentum.

Sententiæ veteris Testamenti.

PRIMO : Psalmus 17. refertur lib. 2. Reg. 22. hic est Psalmus : *Diligam te Domine fortitudo mea, Dominus firmamentum meum, & refugium meum, & liberator meus &c.* Sic autem loquitur David l. 2. Reg. *Dominus petra mea, & robur meum, & Salvator meus, Deus Dominus fortis meus, & sperabo in eum.*
Secundo, Psalmus 18. legitur : *Quoniam si voluisses sacrificium dedissem utique : holocaustis non delectaberis, sacrificium Deo spiritus contribulatus.* Proverbiorum vero 16. 5. Initium viæ bonæ facere justitiam, acceptaque autem apud Deum magis quam immolare hostias.
Tertio : Threnorum 5. 19. scriptum est : *Tu autem Domine in æternum permanebis, solium tuum in generationem & generationem* ; sed hoc excerptum affuleet ex Psal. 101. 13. ubi ait Propheta Regius : *Tu autem Domine, in æternum permanes, & memoriale tuum in generationem & generationem.*
Quarto : Insignis est sententia quæ lib. 2. Paral. 7. habetur, iis verbis : *Sacerdotes autem stabant in officiis suis & Levitæ in organis carminum Domini, quæ fecit David Rex ad laudandum Dominum.* Mitto innumeras alia Psalmorum loca quæ passim in libris veteris Testamenti celebrantur.

Sententiæ novi Testamenti.

PRIMO : Luc. 24. v. 44. Christus Psalmos inter Scripturas sacras recenset ; ibi enim multa de se ipso contineri asserit.
Secundo : Matth. 22. v. 43. idem Dominus hac Psalmi 109. sententia : *Dixit Dominus Domino meo, sede a dextris meis;* ad probandam Judæis suam divinitatem, utitur : *Congregatis autem Pharisæis, interrogavit eos Jesus, dicens : Quid vobis videtur de Christo ? Cujus filius est ? Dicunt ei, David. Ait illis : Quomodo ergo David in spiritu vocat eum Dominum, dicens : Dixit Dominus Domino meo : sede a dextris meis.*
Tertio : Actuum 1. 20. earundem Psalmorum auctoritate utitur beatus Petrus pro electione S. Mathiæ, qui in locum Judæ proditoris suffectus est, faciens, dicens :

Q 2

cera : Scriptum est in libro Psalmorum :
Fiat commoratio eorum deserta , & non sit
qui inhabitet in ea : & Episcopatum ejus
accipiat alter.
Quarto : Joan. 10. v. 35. alternata vice
Christus Dominus Psalmorum assumit auctoritatem , ut Judæis illum calumnian-
tibus & improperantibus quod se dixisset
Deum , suam illis probet divinitatem , nec
quidquam adversus Deum se locutum fuisse , quum se fecit Deum : Scriptum est
in lege vestra (Psal. 81.) quia ego dixi,
dii estis . Si illos dixit Deus , ad quos sermo Dei factus est , & non potest solvi Scriptura : quem Pater sanctificavit , & misit
in mundum , vos dic 8: : Quia blasphemas :
quia dixi, Filius Dei sum . . . si mihi non
vultis credere, operibus credite .
Idem confirmatur ex sanctis Patribus,
qui nedum Psalmos , sed & Psalmorum
titulos uti sacram agnoscunt & prædicant
Scripturam . In primis S. Augustinus in
titulum Psalm. 50. Theodoretus præf. in
Psalmos & alii permulti. His adde titulos
in omnibus Versionibus suisse asservatos ,
maxime vero in textu LXX. Seniorum.
Ergo &c.

Suffragatur ratio . Illi Psalmi sunt sacri , & uti tales habendi sunt , in quibus
multa de Christo prænuntiantur , quæ
multis postea absolutis sæculis in eo adimpleta sunt , solus quippe Spiritus sanctus
mysteria futura pandit & revelat : Atqui
ejusmodi multa in Psalmis de Christo continentur : Ergo &c. Probatur minor .
Psal. 144. Regni Christi duratio & splendor annuntiatur , his verbis v. 13. Regnum
tuum regnum omnium sæculorum : & dominatio tua in omni generatione & generationem . Et supra v. 11. Gloriam regni tui dicent : & potentiam tuam loquentur . Tum
Psal. 109. generatio ejus æterna , Sacerdotium , auctoritas judicis qui venturus
est judicare vivos & mortuos , sessio ad
dexteram Patris sic exhibentur : In splen-
doribus Sanctorum ex utero ante luciferum
genui te . . . Tu es Sacerdos in æternum secundum ordinem Melchisedech —. Dominus a
dextris tuis , confregit in die iræ suæ reges.
Judicabit in nationibus . Ibidem ejus passio,
tum postea exaltatio commemorantur . De
torrente in via bibet , ait David de Christo , propterea exaltabit caput . Expressius
describitur Domini passio toto Psalmo 21.
Deus Deus meus respice in me : quare me
dereliquisti ? . . . Quoniam tribulatio proxima
est : quoniam non est qui adjuvet . . . factum

est cor meum tanquam cera liquescens . . .
foderunt manus meas , & pedes meos : di-
numeraverunt omnia ossa mea. Ipsi vero con-
sideraverunt & inspexerunt me , diviserunt
sibi vestimenta mea , & super vestem meam
miserunt sortem . Ejus vero resurrectio Psal.
3. clare habetur : Ego dormivi , & sopo-
ratus sum : & exurrexi , quia Dominus suscepit me . Quæ quidem verba non nisi
de Christo intelligenda sunt . Non minus
expresse ascensionis triumphus Psal. 46.
delineatur , his vocibus : Ascendit Deus
in jubilo , & Dominus in voce tubæ . Ergo &c.

De Proverbiis nulla est difficultas , in
omni quippe & Hebræorum & Christianorum canone laudantur : quinimmo Concilium quintum generale col. 5. num. 63.
inter damnatas Theodori Mopuesteni propositiones suo perstrinxit stilo censorio
istam , in qua ait : Salomonem Proverbia
& Ecclesiasten ex sua persona ad aliorum
utilitatem composuisse , cum Prophetiæ quidem gratiam non accepisset , prudentiæ vero
gratiam quæ evidenter altera est præter illam secundum beati Pauli vocem . Quibus
verbis insurgunt Patres adversus Theodorum , eo quod libros , tum Proverbiorum , tum Ecclesiasten ut prudentiæ humanæ fœtum haberet , cum e contra veluti sacros & inspiratos habendos esse
contendant . S. Augustinus l. 17. de civ.
cap. 20. multa , tum de Christo , tum de
Ecclesia in libro Proverbiorum prophetice scripta esse docet : " Quod in Prover-
„ biis , inquit , legitur , viros impios di-
„ cere : Abscondamus in terra virum ju-
„ stum injuste , absorbeamus vero eum tam-
„ quam infernus viventem , & auferamus
„ ejus memoriam de terra , possessionem ejus
„ pretiosam apprehendamus , non ita ob-
„ scurum est , ut de Christo & possessio-
„ ne ejus Ecclesia sine laboriosa expositio-
„ ne non possit intelligi . Tale quippe ali-
„ quid etiam Dominus ipse Jesus per E-
„ vangelicam parabolam ostendit dixisse
„ malos colonos : Hic est heres , venite ,
„ occidamus eum , & nostra erit heredi-
„ tas . „ Ergo &c.

Non omittendum testimonium illud 3.
Reg. cap. 4. 29. ubi Salomon ut scriptor
inspiratus a Deo celebratur his verbis :
Dedit quoque Deus sapientiam Salomoni &
prudentiam multam nimis . . . locutus est
quoque Salomon tria millia parabolas ; &
fuerunt carmina ejus quinque millia . Ec-
go &c.

De

De libro Ecclesiastis jam probatio patet, cum ipsi suum addant calculum Innocentius I. Concilium quintum generale, Carthaginense tertium, Gelasius I. in Synodo Romana, Eugenius IV. & alii, quibus omnibus accedit definitio Concili Tridentini sess. 4.

Librum Canticorum etiam & a Judæis & a Christianis recipi constat. Patres quinti Concilii col. 4. num. 68. Illum adversus Theodorum Mopuestenum defendunt.

Non abs re erit aliqua Patrum loca texere ad occludendum os hæreticorum loquentium de hoc libro iniqua.

Origenes : Homil. 1. in cant. ait : " Epithalamium libellus, id est nuptiale carmen, in modam mihi videtur drammatis a Salomone conscriptus, quem cecinit instar nubentis sponsæ, & erga sponsum suum qui est sermo Dei cœlestis amore flagrantis. „

> S. *Gregorius* Nyssenus Homil. 1. in cant. per canticum : " Canticorum, ait, mystice introduxit cogitationem ad divina abdita : In quibus id quidem quod inscribitur est apparatus nuptialis : id autem quod intelligitur, est humanæ animæ cum Deo contemperatio. „

S. *Hieronymus* non absimilia dicit epist. ad Paulinum his verbis : " Salomon pacificus, & amabilis Domini, mores corrigit, naturam docet, Ecclesiam jungit & Christum, sanctorumque nuptiarum dulce canit Epithalamium. „

S. *Augustinus* in eodem prorsus sensu interpretatur illum librum ; lib. 17. de civ. cap. 20. ubi sic loquitur : " Jam vero Canticum canticorum spiritalia quædam sanctorum est voluptas mentium, in conjugio illius Regis & Reginæ civitatis, quod est Christus & Ecclesia. „

Mira de eodem libro prædicant Theodoretus præfat. commentarii in Cant. 2. Beda lib. 2. in Cant. cantic. sanctus Bernardus, & sanctus Thomas Doctor Angelicus in expositione ejusdem libri. Ergo &c.

Pro libro Sapientiæ non unum est testimonium sed multiplex, & quidem omni exceptione dignum.

Primo quidem, multa sunt ex eo excerpta, in Epistolis beati Pauli.

Secundo : Synodus Sardicensis adversus Arianos probat Verbi divinitatem ex cap. 9. I. Sapientiæ, ubi dicitur Deum cuncta

Bossuet Theol. Tom. IV.

creasse per verbum. Synodus Alexandrina apud S. Athanasium librum Sapientiæ, ut sacram habet Scripturam ; similiter & Concilium Toletanum secundum in sua canonum præfatione.

Tertio : Clemens Romanus sententiam ex cap. 4. v. 22. primæ ad Corinthios transtulit, & ut libri Sapientiæ oraculum agnoscit. Citatur a Tertulliano lib. 3. contra Marcionem cap. 21. sub nomine Salomonis. Clemens Alex. l. 1. Pedagogi, Cap. 3. & Strom. 4. Sapientiam divinam illum vocat librum. Subscribit it Eusebius Lib. 6. cap. 6. Irenæus l. 5. cap. 26. Cyprianus l. de disciplina & habitu Virginis, Ambrosius l. de Paradiso cap. 1. sub nomine Salomonis laudat illud Sapientiæ 7. 25. Vapor est enim virtutis Dei, & emanatio quædam est claritatis omnipotentis Dei sincera.

Percelebre est pro hoc momento testimonium S. August. qui l. de præd. SS. cap. 14. num. 27. librum Sapientiæ veluti sacrum adversus Massilienses defendit, & sic loquitur : " Quæ cum ita sint, non debuit repudiari sententia libri Sapientiæ, qui meruit in Ecclesia Christi de gradu lectorum Ecclesiæ Christi, tam longa annositate recitari, & ab omnibus Christianis ab Episcopis usque ad extremos laicos fideles, pœnitentes Catechumenos, cum veneratione divinæ auctoritatis audiri. „ Concinunt alii Patres, ut Epiphanius l. de Pond. & Mens. pag. 162. Hieronymus præf. in libros Salomonis, Isidorus Hispalensis l. 6. Orig. cap. 11. &c.

De libro denique Ecclesiastici non relinquitur de ejus genuinitate ambigendi locus ; traditio enim eum esse Canonicum & sacrum indigitat, cum in eodem reperiatur canone ubi libri & Judith, & Tobiæ continentur. S. Barnabas in Epistola sua illum in veritatis testimonium adducit ; eumdem ut sacrum agnoscunt Clemens Alex. l. 1. Pedagogi cap. 5. & sequentibus. S. Cyprianus l. de immortalitate, & epist. 65. Subscribit Athanasius orat. 1. contra Arianos, quippequi sententiam ex hoc libro excerptam commemoret. Ergo &c.

Confirmatur : Idem liber in canone Concilii III. Carthaginensis suum obtinet locum, eumdem recipit Innocentius I. maxime vero Synodus Ephesina In sua ad Episcopum Pamphiliæ epistola, his verbis : " Cum divinitus inspirata Scriptura di-

Q 3   „ cat,

,, cat , *sive consilio nihil serias* . ,, Quæ quidem verba ex cap. 39. libri Ecclesiastici deprompsit , pergit : " Eos in primis , qui ,, sacro aliquo in munere versari volunt ,, magna diligentia , omnique studio in id ,, incumbere oportet , ut in omnibus re- ,, bus administrandis , agendisque summa ,, adhibeatur consideratio . ,,

Rursus : Illud volumen est sacrum , ex quo & Christus in Evangelio , & Patres in suis vicissim operibus sententias ad veritatem astruendam sumpserunt : atqui ita est . Et probatur quoad utramque partem .

CHRISTUS.

Primo : Dominus Jesus Joan. 14. 23. ait : *Si quis diligit me , sermonem meum servabit* . Ecclesiastici vero cap. 11. *Qui timent Dominum , inquirent quæ beneplacita sunt ei : & qui diligunt eum , replebuntur lege ipsius* .

Secundo : Matth. 29. 17. *Si vis ad vitam ingredi , serva mandata* . Ecclesiastici 15. 16. *Si volueris mandata servare , conservabunt te* .

Tertio : Luc. 12. 19. *Stulte , hac nocte animam tuam repetent a te , quæ autem parasti , cujus erunt ?* Eccl. vero 11. *Nescit quod tempus praeteriet & mors appropinquet , & relinquet omnia aliis , & morietur* .

PATRES.

Primo : Clemens Alexand. L 1. Pedag. cap. 8. sic loquitur : " Hic exoriun- ,, tur aliqui , qui dicunt , non esse bo- ,, num Dominum propter virgam , & mi- ,, nas & timorem , neque Scripturam au- ,, dienter , quæ sic dicit , & qui timet Do- ,, minum convertetur ad cor suum ; quæ ,, ultima verba deprompta sunt ex capi- ,, te 21. l. Eccl.

Secundo : Origenes homil. 9. In Ezech. ait : " Quid enim , ait Scriptura ? Quid ,, superbit terra & cinis ? Et in vita ejus ,, projecit interanea ejus . ,, Eadem legun- tur cap. 10. l. Eccli.

Tertio : S. Athanasius l. de virginita- te , sic loquitur : " Non cœnabis cum fe- ,, minis superbis , neque habebis mulie- ,, rem arrogantem tibi familiarem : Ait ,, enim sacra Scriptura : Qui attingit pi- ,, cem , inquinabitur , & qui communi- ,, cat superbo , similis illi efficietur . ,,

---

Quod quidem *scriptum* est cap. 13. 1. l. Eccli.

Quarto : Ejusdem libri utuntur sentent- tiis ad ciendos pietatis affectus cæteri Pa- tres : in primis Cyrillus Alexandrinus ho- milia Ephesi habita , quæ refertur Act. 6. Concilii Ephesini : Isidorus Pelusiota epist. 106. Basilius in caput 8. Isaiæ . Gregorius Nyssenus homil. 3. in Ecclesiasten. Opta- tus Milevitanus l. 3. contra Parmenianum. S. Ambrosius l. de bono mortis cap. 8. & alii prope innumeri .

Fit satis objectionibus contra librum Psalterii .

Objicies : Psalmorum imprecatio- nes non redolent pietatem & sanctitatem , quæ sunt magnifici Dei attributa : Sed in libro Psalmorum plurimæ leguntur im- precationes : Igitur liber ille non habet Deum auctorem , adeoque e numero Li- brorum sacrorum expungendus est . Pro- batur minor multis momentis : Psalmo 9. legitur : *Convertantur peccatores in in- fernum* . Psal. 34. *Confundantur & reve- reantur quaerentes animam meam . . . . ve- niat illi laqueus , quem ignorat , & captio , quam abscondit , apprehendat eum , & in laqueum cadat in ipsum* . Psal. 38. *Conver- tentur ad Vesperam , & famem patientur* . Psal. 82. *Deus meus pone illos ut rotam , & sicut stipulam ante faciem venti* . Er- go &c.

Resp. distinguendo minorem : Multæ sunt imprecationes in Psalmis per modum pronuntiationis ; hoc est , peccator male- dicitur , nisi convertatur , concedo : per modum optationis , subdistinguo ; ut af- fulgeat justitia divina , vel etiam ut ho- mines a peccatis committendis deterrean- tur , & flagellati poenitentiam agant ac resipiscant , concedo : Ita ut desiderium ad solam poenam hominis referatur . quasi Deus in perditione hominum complaceret , nego . Illæ & similes sententiæ sunt mere comminatoriæ , & referuntur , vel ad e- mendationem peccatoris , qui poenis per- territus ad meliorem frugem saepius redit , nosquam vero ad perditionem hominum , quam Deus ita abhorret , ut proprio filio non pepercerit , sed pro nobis omnibus il- lum morti tradiderit .

Solutio est D. Thomæ 2. 2. q. 25. art. 6. ad 3. ubi sic loquitur : " Dicendum , quod ,, hujusmodi increpationes , quæ in sacra ,, Scriptura inveniuntur , tripliciter pos- ,, sunt

„ sunt intelligi . Uno modo , per modum
„ pronuntiationis , non per modum opta-
„ tionis , ut sit sensus Psal. 9. Convertan-
„ tur peccatores in infernum , id est con-
„ vertentur . Alio modo , per modum op-
„ tationis , ut tamen desiderium optantis
„ non referatur ad pœnam hominum , sed
„ ad justitiam punientis , secundum illud
„ Psal. 57. Lætabitur justus , cum viderit
„ vindictam : quia nec ipse Deus puniens
„ lætatur in perditione impiorum , ut di-
„ citur Sap. 1. sed in sua justitia : quia
„ justus Dominus & justitias dilexit . Ter-
„ tio , ut desiderium referatur ad remo-
„ tionem culpæ , non ad ipsam pœnam ,
„ ut scilicet peccata destruantur , & ho-
„ mines remaneant . „

Instabis : Non est certum Psalmos a Rege David promanasse : Igitur nec certum
est librum Psalmorum Deum habere auctorem .

Respondeo distinguendo Ant. Non est certum omnes Psalmos a Davide conscriptos
fuisse , concedo : plurimos , nego . Duæ
circumferuntur de hoc momento sententiæ , una eorum qui propugnant Davidem non esse omnium Psalmorum auctorem , & est B. Hieronymi , qui epist. ad
Cyprianum ita loquitur : " Scimus , er-
„ rare eos , qui Psalmos omnes David es-
„ se arbitrantur , & non eorum quorum
„ nominibus inscripti sunt . „ Rursus epist.
ad Sophronium : " Psalmos eorum testa-
„ mur auctorum qui ponuntur in titu-
„ lis , David scilicet , Asaph , Idithun,
„ filiorum Core , Eman , Etraitæ , Moy-
„ si , Salomonis , & reliquorum quos Es-
„ dras uno volumine comprehendit . „
Hæc opinio probabilitate non caret . Citra dubium est enim v. g. Psalmum 136.
Super flumina Babylonis illic sedimus & fle-
vimus , cum recordaremur Sion ; tempore
captivitatis Babylonicæ compositum fuisse , adeoque longe post Davidis obitum .
Idem prorsus ultro confitendum est de
Psalmo 125. *In convertendo Dominus capti-*
vitatem Sion. In isto quippe Israelitæ læ-
tantur , quod a captivitate soluti sint .
Altera opinio est S. Joannis Chrysostomi,
Theodoreti , Euthymii , & Cassiodori, qui
omnes Psalmos , uno quidem excepto,
Davidi adjudicant . Philastrius hær. 126.
non solum suffragatur , verum etiam inter Hæreticos annumerat contrarium sen-
tientes .

Quidquid sit , graviter allucinantur A-
nabaptistæ Psalmum tantummodo decimum

septimum Davidis esse contendentes , quia
ei tribultur lib. 2. Reg. cap. 22. Et vero præter Psalmum 109. quem a David factum habetur Matth. 22. & Lucæ
20. præter Psalmos 104. & 95. qui tamquam ab eodem vate conscripti , in unum
conjuncti referuntur lib. 3. Paral. cap. 16.
sunt & alii plurimi psalmi , quorum tituli , qui extant in codicibus Hebraicis ,
Græcis & Latinis , Davidem indicant auctorem .

Instes : Plures Psalmi absque titulis reperiuntur , adeoque incertos habent auctores : Sed ut liber tamquam sacer habeatur , debet constare de auctore , qui
a Deo inspiratus scripserit : Igitur liber
Psalmorum , saltem quoad omnes partes,
non est canonicus .

Respondeo distinguendo majorem : Sunt
alii Psalmi in quibus desiderantur tituli
sed vel ex negligentia Amanuensium , vel
etiam acerbitate temporum omissi & de-
perditi sunt , concedo : & non sunt genuini , nego . Namque ex ipso contextu ,
aut ex rerum actarum historia , a David
conscriptos esse assulget . Cæterum Concilium Tridentinum sess. 4. declaravit omnes canonicos .

Replicabis : In Libro sacro nulla contradictio admittenda est : Sed in libro Psalmorum manifesta occurrit : Et probatur.
Liber ille nomine David celebratur ; &
tamen claret eum non esse omnium Psalmorum auctorem : Ergo &c.

Respondeo negando minorem : Ad probationem distinguo : Et denominatio sit a majori parte , concedo : & non potest fieri ,
nego . Non insolens est librum insigniri
nomine illius qui illum quoad omnes ferme partes composuit : cum igitur David
præcipuam libri Psalmorum partem con-
cinnaverit , non mirum si ejus inscribatur
nomine , non secus ac Ciceronis epistolarum volumen , etsi ex aliorum epistolis
conflatum sit , uni tamen Ciceroni , cujus
major est epistolarum pars , adjudicatur .
His addere juvat , quod in delectu hymnorum , in novorum adjectione , in musico
instrumento , & in cantorum dispositione
primæ David partes fuerunt , & insignis
illius cura enituit . Igitur ejus nomine tota Psalmorum congeries nomenclaturam
jure ac merito accepit .

Perspes : Nullus est ordo in libro Psalmorum : Sed & hoc contradictionem spirat , nec quid divinum sonat : Ergo &c.
Probatur Antecedens ab enumeratione

Q 4 par-

partium. Psalmus qui nunc ordine tertius
est, scriptus suit cum David a facie Absalom fugiebat ; Psalmus vero quinquage-
simus multo ante fuerat factus, nimirum
quando David a Nathan reprehensus pœnitens exclamavit : *Miserere mei Deus*. I-
tem Psalmus 141. præcessit utrumque laudatum Psalmum, quippequi fuerit concinnatus a David quando terrente Saul, in
spelunca delituit : Rursus Psalmus 143.
præcessit vel illos tres Psalmos, quandoquidem devicto Goliath, decantatus est a
David. Demum Psalmus 71. ordine temporis omnium ultimus est, quippequi in
gratiam Salomonis jam regnare incipientis
factus sit, hinc ad calcem illius Psalmi
hæc adjiciuntur verba : *Defecerunt laudes
David filii esse.*

Respondeo distinguendo majorem : Nullus est ordo temporis ratione compositionis, concedo : ratione solemnitatum, nego. Psalmi concinnati sunt a David ad
laudandum Deum juxta l. 1. Paral. 7. *Sacerdotes autem stabant in officiis suis : &
Levitæ in organis carminum Domini, quæ
fecit David Rex ad laudandum Dominum,
quoniam in sæculum misericordia ejus.* Igitur apprime ab Esdra in ordine digesti
sunt, quo in Templo canebantur ; prout
scilicet, vel anniversariæ solemnitates,
vel sacrorum ratio postulabat. Sic censet celeberrimus Huetius Episcopus Abri-
censis.

Repones : Liber in omnibus sacer inspiratus debet haberi pro singulis partibus
auctorr : Sed constat ex Hieronymo omnes Psalmos non esse David fœtum ; neque vero claret cæteros a David Psalmorum quorumdam auctores fuisse Spiritu sancto in scribendo istos : Igitur non
certum est quoque totum Psalterium esse
divinum.

Respondeo negando minorem : Ad probationem nego quoque non constare omnes Psalmorum auctores fuisse a Deo in
componendis illis canticis inspiratos. De
David non est dubium, de aliis habetur
l. 1. Paral. cap. 25. quod fuerint Prophetæ, his verbis : *Igitur David & Magistra-
tus exercitus segregaverunt in ministerium
filios Asaph, & Heman, & Idithum, qui
prophetarent in citharis, & psalteriis, &
cymbalis.* Quid plura ? in novo Testamento indiscriminatim omnes Psalmi, veluti
Spiritus sancti oracula citantur, quod
probat librum Psalmorum secundum omnes suas partes esse divinum.

*Diluuntur objecta contra librum Eccle-
siastis.*

OPPONES : Contra librum Ecclesiastis. Ille liber non est canonicus, qui ad
virtutem inducere non videtur : Atqui ille liber cujusdam mali præ se speciem
fert ; & probatur : Cap. 3. v. 19. immortalitas animæ impugnatur, his verbis :
Unus est interitus hominis & jumentorum.
Rursus ibidem : *Quis novit si spiritus filiorum Adam ascendat sursum, & si spiritus
jumentorum descendat deorsum.* Denique c.
9. v. 5. habetur : *Mortui vero nihil noverunt amplius, nec habent ultra mercedem :*
Ergo &c.

Respondeo I. Rabbinos hæsisse quidem,
ut illum, propter sententias in objectione laudatas, librum in Canone repone-
rent ; quia vero initium fini consociatur,
illum & receperunt, & interpretati sunt.
Si quid enim obscuri in aliquod caput ir-
repserit ; ex antecedentibus & consequen-
tibus genuinus immo & ortodoxus aperitur sensus.

Respondeo II. distinguendo : Et Salomon
in illis locis disputative & quasi inquirendo, seu etiam in aliorum sententia loquitur, concedo : Assertive, nego. Sapiens
veluti Philosophus primum disputat ; &
de facto si soli humanæ attendamus rationi, animæ immortalitas non facile
deprehenditur ; postea vero ut Theologus
& inspiratus concludit pro animæ hominis immortalitate, dum asserit unumquemque, prout gessit sive in corpore, sive
in anima, aut bonum, aut malum, se
in judicio Dei rationem esse redditurum ;
hinc postquam dixit cap. 3. 12. *Cognovi
quod non esset melius nisi lætari*, subdit,
& facere bene in vita sua ; ostendens istis
verbis cuncta quæ fiunt sub sole esse vana. Tum cap. 12. 14. librum concludit
his verbis : *Finem loquendi pariter omnes
audiamus. Deum time, & mandata ejus
observa : hoc est enim omnis homo : & cuncta, quæ fiunt, adducet Deus in judicium pro omni errato, sive bonum, sive malum illud sit.* Cæterum in libro Sapientiæ cap. 3. suam Salomon passim, & ubique circa immortalitatem animæ aperit
mentem, maxime vero ista aurea sententia v. 1. 2. & 3. *Justorum autem animæ in
manu Dei sunt, & non tanget illos tor-
mentum mortis. Visi sunt oculis insipientum
mori : & æstimata est afflictio exitus illorum ;*
& quod

& quod a nobis est iter, exterminium : illi autem sunt in pace.

Solutio est D. Gregorii Magni, qui lib.
4. Dialog. cap. 4. ait : " Hic igitur liber
,, idcirco concionator dicitur, quia Salo-
,, mon in eo quasi tumultuantis turbæ su-
,, scepit sensum, ut eo per inquisitionem
,, dicat, quæ fortasse per tentationem
,, imperita mens sentiat. Nam quot sen-
,, tentias quasi per inquisitionem movet,
,, quasi tot in se personis diversorum su-
,, scipit : Sed concionator verax velut
,, extensa manu omnium tumultus sedat,
,, eosque ad unam sententiam revocat,
,, cum in ejusdem libri termino ait, fi-
,, nem loquendi omnes pariter audia-
,, mus. ,, &c.

Respondeo ad singula. Ad primum distinguendo : Unus est interitus materialis
hominis & jumenti, concedo : unus est
formalis & adæquatus, nego. Si compositum hominis in concreto consideretur,
& secundum partem materialem, profecto ejus interitus belluæ assimilatur morti; sicut enim per interitum solvitur animalis compositum, ita & hominis per
mortem. Sed profecto non idem est formaliter, quandoquidem anima separata
subsistit, & corpori per resurrectionem
iterum conjungendi manet.

Ad secundum distinguo : Nemo scit an
spiritus hominis ascendat sursum, si soli
inhæreat rationi, concedo : si fidei excultus luce cuncta contempletur, nego.

Ad tertium distinguo : Mortui nihil
amplius per scientiam naturalem & ac-
quisitam noverunt, concedo : nihil quippe ulteriori labore & scientia acquirunt;
nihil per scientiam supernaturalem noverunt, nego. Cuncta enim in Verbo Beati intuentur.

Contra : Atqui animæ abnegat Immortalitatem auctor hujusce libri : Ergo &c.
Probatur subsumptum. Ille videtur animæ immortalitatem abnuere, qui non semel suadet hominibus ex propria sententia, ut vitam bellularum more transigant:
Atqui sic suadet auctor laudatus : & probatur, Cap. 2. 24. ait : Nonne melius est
comedere & bibere. Cap. 3. 12. Cognovi
quod non esset melius nisi lætari. Quæ verba esse Ecclesiasticæ nemo non videbit,
si consideret eum hæc ex miseriis quæ
sunt sub sole concludere : suam ipse prodit mentem ibidem cap. 3. vers. 18. 19.
Dixi in corde meo de filiis hominum, ut
probaret eos Deus, & ostenderet similes esse

bestiis, idcirco unus interitus est hominum
& jumentorum, &c.

Respondeo negando subsumptum : Ad
probationem nego minorem : ad ulteriorem probationem distinguo : Suadet lætari Ecclesiastes & bene vivere; hoc est,
uti bonis Dei ad mensuram, non sistendo
& finem in eis reponendo, ut faciunt
Avari, sed æterna inhiare, concedo : sistendo in eis non secus ac bruta animantia, nego. Salomon est sui ipsius interpres, & in hoc, teste Hieronymo, ex
propria loquitur sententia, quod in toto
libro perstringat peccatores, qui, voluptatibus, divitiis & honoribus sæculi ir-
retiti, æterna bona parvi faciunt : quem
quidem errorem duplici modo debellat.
Primo quidem iterum atque iterum dicendo cuncta quæ sub sole fiunt esse va-
nitatum vanitatem. Secundo, homines sicut belluas mori : quod vero in voluptatibus sæculi non sistat, ibidem cap. 3. ait:
Omnis homo qui comedit & bibit, & videt
bonum de labore suo, hoc donum Dei est ;
scilicet uti bonis, sed in his non quiescendo : quod etiam ibidem cap. 3. non ab-
nuat animæ immortalitatem, claret ex
istis verbis : Vidi sub sole in loco judicii
iniquitatem, & dixi in corde meo : Justum
& impium judicabit Dominus, & tempus
omnis rei tunc erit. Rursus c. 12. Memento Creatoris tui in diebus juventutis tuæ
antequam veniat tempus afflictionis . . . &
revertatur pulvis in terram suam, unde
erat, & spiritus redeat ad Deum, qui dedit illum. Sic vel in propria sententia
recte locutum fuisse Salomonem defenditur. Sic explicat sanctus Hieronymus comment. in cap. 2. ista Ecclesiasticis verba :
Cognovi quod non esset melius nisi lætari :
" Propterea, ait sanctus Doctor, colonus
,, & hospes mundi homo datus est, ut
,, brevi vita sua fruatur tempore, & spe
,, prolixioris ætatis abscissa, cuncta quæ
,, possidet, quasi ad alia profecturus aspi-
,, ciat ; & quod potest, bene f="ciat in
,, vita sua, nec frustra ob congregandas
,, opes cogitationibus torqueatur. ,,

Objectiones adversus librum Canticorum.

Dices : Amorem prophanum sapit illud volumen : Igitur inter sacros Libros
non est annumerandum.

Respondeo I. opponendo approbationem
& auctoritatem Ecclesiæ, quæ in canonem
Scripturæ sacræ librum hunc adscivit.

Res-

Respondeo II. diflinguendo : Ille liber homini animali qui non fapit ea quæ fpiritus Dei funt, prophanus apparet, concedo : homini fpiritali qui judicat omnia, quæque omnia, tefte Apoflolo, fcrutatur, etiam profonda Dei, nego. Liber Canticorum eft paraboliticus ; quocircà non fecundum litteram quæ occidit, fed fecundum fpiritum qui vivificat, intelligendus venit : namque capite 7. Salomon infpiratus fub Symbolo Sunamitidis, qua fignificatur anima fponfa Dei, & fub fymbolo fapientis, qui Deum uti fponfum animæ exhibet, myflicum animæ cum Deo conjugium explanat. Solutio eft S. Auguftini qui lib. 17. de civ. cap. 20. de hoc momento fic loquitur : " Jam vero „ Canticum Canticorum fpiritalis quæ„ dam foælarum eft voluptas mentium, „ in conjugio illius Regis & Reginæ civi„ tatis, quod eft Chriftus & Ecclefia. Sed „ hæc voluptas allegoricis tegminibus in„ voluta eft, ut defideretur ardentius, „ nudeturque jucundius, & appareat fpon„ fus, cui dicitur in eodem Cantico : „ *Æquitas dilexit te*, & fponfa quæ ibi „ *audit, Charitas in deliciis tuis*. „

Infians : Atqui liber Canticorum quid prophanum redolet : Ergo &c. Probatur antecedens : Primo, ex Origene, qui Præf. in Cant. dicit Juvenes apud Hebræos ad hujus libri lectione temperare, ne inter legendum hunc librum ad amorem creaturarum allicerentur. Secundo, in illo libro nulla fit mentio de Deo : Ergo &c.

Refpondeo negando fubfumptum propter rationes allatas. His adde S. Hieronymum lib. 1. contra Iovinianum fcribere librum Canticorum divinum fpirare amorem, mira & Ecclefiæ & animæ cum Chrifto complecti colloquia : Subfcribunt SS. Cyprianus, Bafilius, Chryfoftomus. Paraphrafles vero Chaldæus & Moles, Maimonides inter Rabbinos doctiffimi propugnant Canticum Canticorum fpecialem Dei erga populum Ifraeliticum dilectionem, quem uti filium habebat Dominus, explicare. Et vero fi qnid obfcænum præ fe ferret liber ille, nec Efdras poft captivitatem Babylonicam in Deuteron-canone illum pofuiffet, nec Concilium Tridentinum eumdem io numero Librorum facrorum adfcripfiffet.

Ad primam probationem diflinguo : Origenes fcribit Iudæos non permittere juvenibus ad cautelam librum præfatum lege-

re, concedo : cum enim nondum fint virtute maturi, & liber ablcondita ficut & altiffima contineat myfteria, fatius eft lectionem hujus libri nonnifi fapientia & ætate provectis committere : probibent juvenibus lectionem rejiciendo librum uti prophanum, nego. Quod autem non alia ratione quam allata veteres libri Canticorum lectionem defendant, patet ex eo quod, ut obfervat ibidem Origenes, probibeant eodem motivo juvenibus etiam lectionem principii libri Genefeos, initii fimul & finis Prophetiæ Ezechielis, quos tamen Scripturas ut Canonicas celebrant.

Ad alteram probationem diflinguo pariter : Nomen Dei non invenitur explicite & quoad litteras in libro Canticorum, concedo : implicite & æquivalenter, nego : namque pro Domino fe vocat Deus amicum, fratrem & fponfum : loco omnipotentis, pacificum & Paflorem : Neque vero pariter nomen Dei invenitur in libro Efther, eum tamen in Deuterocanone adfciverunt Hebræi.

Objecta contra librum Sapientiæ & Ecclefiaflici.

OPPONES : Cap. 14. verf. 11. & 17. auctor exordium idololatriæ ducit a ftatua quam Belus in honorem Nini filii fibi morte erepti, erigi curaverat, eum tamen jamjam ante Nini exitum Belus Affyriorum Rex haberet fui ipfius flatuam, quam veluti idolum, ejus fubditi venerabantur ; hinc contradictio in libro Sapientiæ apparet, mixime vero cum nonnifi multis poftea elapfis fæculis mos imagines in Heroum memoriam & venerationem confecrandi inoleverat.

Refpondeo, Auctorem facrum idololatriæ exordium in facto flatuæ in honorem Nini erectæ, & annotare & figere ; nec quidquam probibet imagines nonnifi multis poftea elapfis annis in mundo inftitutas fuiffe, namque primum homines, idola ex ligno, deinde ex lapide & metallo exerere ; poftea vero pictura etiam fculpturæ adjuncta eft, ut in prima parte oftendimus : idcirco & imagines filii in honorem parentum ; fubditi & gentes in gratiam Regum & Heroum dedicare facegerunt.

Refpondeo II. diflinguendo : Statua Beli præceffit Nini flatuam in fabrica, concedo : in cultu nego. Beli quidem jamjam extabat flatua, fed cultus publicus juxta

au-

auctorum etiam profanorum opinionem, percelebrem, esse solum cœpit pro statua Nini : hanc quippe primum privatim venerabatur Belus, ut de morte filii amatissimi, quem veluti præsentem illi exhibebat, consolaretur : tum factum est, ut qui in hoc ejus insisterent vestigiis, quacumque expostulata donarentur gratia, mortuum, quem solummodo in statua venerabantur subditi, ipsum in statua veluti idolum & numen habuerint.

Dices : Liber tum Sapientiæ, tum Ecclesiastici in Iudæorum canone non invenitur ; quinimmo uterque etiam a novi Testamenti Doctoribus rejicitur : neque enim Melito Sardensis, Origenes, Cyrillus Hierosol. Gregorius Nazian. Hilarius utrumque inter Libros sacros annumerant. Quid plura ? Expresse rejicitur ab Athanasio in synopsi, ab Epiphanio lib. de Pond. & mens. cap. 4. a Ioanne Damasceno lib. 4. de fide ort. cap. 18. a Hieronymo Præf. in Salomonis libros, a Rufino in Symbolum. Demum, teste S. Athanasio in Epistola Festali non nisi Catechumenis isti libri legebantur : Ergo &c.

Respondes distinguendo : A quibusdam rejiciuntur a canone libri Sapientiæ & Ecclesiastici ad tempus, concedo ; pro semper, & ab omnibus, nego. Ecclesia Christi tantam habet in determinandis Libris sacris auctoritatem, utpote Infallibilis, quantam habebat Synagoga, sed sicut ista non omnes primum declaravit libros veteris Testamenti Canonicos, sed quosdam solum decursu temporum, & prævio maturo examine in Deutero-canone adscivit ; eadem & consimili ratione Ecclesia quosdam nonnisi aliquibus elapsis sæculis, & elucidatis hinc inde difficultatibus, alios declaravit divinos. Porro ex probationibus liquet utrumque librum de quo præsens movetur controversia esse sacrum.

Ad postremam probationem ex auctoritate sancti Athanasii excerptam, nego sanctum Doctorem docere libros Sapientiæ & Ecclesiastici Fidelibus fuisse interdictos, sed tantum pro Catechumenis præ cæteris familiares fuisse censuit ; quippe qui ad mores instituendos sint maxime idonei, & intellectu faciles, cum e contra profundioris doctrinæ lectioni necdum pares erant Catechumeni.

Instabis : Ideo libri præfati tandem aliquando in pretio habiti sunt, quia tamquam genuini Salomonis fœtus ab antiquis citantur : Atqui ista ratio prorsus

deficit, cum nunc constet apud omnes, istos libros non fuisse a Salomone exaratos : Ergo &c.

Respondeo distinguendo majorem : Genuini habiti sunt libri laudati, eo quod a veteribus ut Salomonis inspirati opera, insuper & quia doctrinam cœlitus emissam continent, concedo : præcise ex eo quod ut Salomonis fœtus haberentur, nego. Non ea igitur præcise ratione libri Sapientiæ & Ecclesiastici Canoni Ecclesiæ adscripti sunt, eo quod juxta Antiquos Salomonem haberent auctorem, verum potius quia doctrinam prorsus divinum complecterentur. Sic respondet R. P. Gravefon tract. de Script. sacra pag. 299. " Ab ,, antiquis autem Ecclesiasticis Scriptori- ,, bus duo illi libri tribuebantur Salomo- ,, ni propter affinitatem doctrinæ, ut ob- ,, servat S. Augustinus lib. 2. de Doct. ,, Christi. cap. 8. non affirmarunt tamen ,, illi antiqui Scriptores, hos duos libros ,, fuisse editos a Salomone eo in sensu ,, quod Salomon illos libros, ut nunc ,, sunt, disposuerit, ordinaverit, digesse- ,, rit, sed solum in eo sensu quod alii ,, auctores post Salomonis mortem ex li- ,, bris a Salomone exaratis, & hac illac ,, dispersis, quorum etiam nonnulli loqu- ,, ria temporum perierunt, sententias & ,, verba collegerunt & in præclaro ordi- ,, ne collocarunt : scripsit enim Salomon. ,, tria millia Parabolarum, & quinque ,, millia carminum, ut habetur lib. 3. Reg. ,, cap. 4. 32. ex qua copia ac immensi le- ,, gete alii auctores Spiritu sancto afflati, ,, mortuo Salomone, ipsius doctrinam col- ,, legerunt, eamque pene obliteratam lit- ,, teris mandarunt, ut ipsamet testatur ,, Scriptura sacra cap. 25. libri Prover- ,, biorum : Sic, exempli gratia, Iesus fi- ,, lius Syrac librum Ecclesiastici hebrai- ,, ce ita composuit, ut sententias magna ,, ex parte a Salomone mutuatus fuerit, ,, suas tamen non sine Dei afflatu inter- ,, seruerit. Unde in Prologo illius libri ,, dicitur, quod Iesus filius Syrac sapien- ,, tiam de suo renovavit, id est, pene ,, oblivione sepultam restituit. In hoc ,, sensu libri Sapientiæ & Ecclesiastici a ,, veteribus Scriptoribus Salomoni adjudi- ,, cantur, quamvis concors sit omnium ,, eruditorum sententia, libros Sapientiæ ,, & Ecclesiastici, quales nunc exstant, ,, non fuisse a Salomone exaratos. ,,

SYNOPSIS PROBATIONUM.

Sex libri Sapientiales sunt sacri .

PRIMO : Eos omnes recipit Concilium Carthaginense III. loco sæpius laudato , & Tridentinum seff. 4.

Secundo : Usus sic obtinuit , & posseffio Ecclesiæ , quæ omnes in lectionibus Breviarii per ordinem digeffit , & legit .

Tertio : Res aperta est de Psalterio , cum Psalmos non semel celebret vel ipse Chriftus ; maxime centesimum nonum , tam vigetissimum primum , ubi ejus Paffio cum circumftantiis specialioribus describitur : Si de Proverbiis loquamur , citra dubium ea esse Scripturam conftat : namque & ab Hebræis , & a Chriftianis recipiuntur. Carthaginense III. meminit Ecclefiaftis , fic & Innocentius I. tum Gelafius I. Concinit Concilium Romanum fub ipso adunatum . Canticum Canticorum ut sacrum habent Origenes Homil. 1. in Cant. Gregorius Nyff. Homilia utique prima in Cant. D. Bernardus hunc miris modis explanavit librum ; tum & alternata vice , S. Thomas Doctor Angelicus. Non filent Sapientiæ librum SS. Patres , Clemens Romanus epift. 1. ad Cor. Tertullianus lib. 3. contra Marcion. cap. 22. in primis S. Augustinus lib. de Præd. SS. cap. 14. Neque vero omittitur liber Ecclefiaftici : Eum encomiis effert S. Barnabas in sua epiftola ; eum Athanafius orat. 1. contra Arianos , tum lib. de Virg. eum Cyrillus Alexand. Homilia in Concilio Ephesino habita , & alii bene multi .

SYNOPSIS DIFFICULTATUM,

ET EXPLICATIONUM.

PRIMO : Quædam sunt in Psalmis , ested , imprecationes , feu comminatoriæ , quibus homines a peccatis committendis deterreantur ; defunt quidem nonnulli tituli , sed hoc factum est vel ex inadvertentia Amanuensium , vel ex acerbitate captivitatum , quibus perdurantibus , hinc inde non sine aliqua injuria disperfi sunt Libri sacri . Cæterum tametsi non satis clare conftet de auctore singulorum Psalmorum , extra tamen sufpicionis aleam est genuinitas ; omnes enim , nec uno

quidem excepto , ab Ecclesia ut sacri habentur .

Secundo : Incassum aliquis propugnaret auctorem Ecclefiaftis impugnare animæ immortalitatem , cum in iis quæ dubium aliquod circa iftud momentum spirant , loquatur in aliorum fententia , ut ex iftia verbis cap. 3. liquet : *Mundum tradidit disputationi eorum , ut non inveniat homo opus , quod operatus est Deus ab initio usque in finem ; quasi diceret , vel res ipsas naturales non nisi per fidem quantum ad omnia perfecte cognofci , maxime fi sermo fit de animæ immortalitate , quam quidem Spiritu fancto affiftitus aftruit fub finem operis , dicens : Cuncta , quæ sunt , adducet Deus in judicium. &c.*

Tertio : Ne mereris , amice Lector , fi Patres quandoque juvenibus prohibeant lectionem Cantici Canticorum ; hoc fit non impugnando libri fanctitatem , fed ad cautelam , eo quod , tefte Apoftolo , 1. Cor. 2. *animalis homo non percipiat ea quæ sunt spiritus Dei ;* quia vero liber ille in fensu folum myftico a SS. Patribus explicatur , fatius est doctis & piis atque ætate maturis ejus electionem committere .

Quarto : Nullum faceffit necotium pro genuinitate librorum Sapientiæ & Ecclefiaftici , quod multi SS. Doctores eis primum ut sacros non habuerint , sed difficultatibus hinc inde discuffis & explanatis , Ecclefia vel ipfis Auguftini temporibus ut tales habuit .

ARTICULUS DECIMUS-TERTIUS.

De quatuor Prophetis majoribus , & duodecim minoribus .

QUINQUE circa momentum Prophetarum discutienda fimul & explicanda pro confolatione Fidelium habemus : Primum spectat vitæ inftitutionem , ex quo Religiofi , Eremitæ & Cœnobitæ vivendi , & Deo unice famulandi normam sumpfere : Alterum de eorum voluminibus . Tertium de eorumdem genuinitate . Quartum de 22. Prophetis minoribus . Quintum , de celebrioribus vaticiniis Chriftum spectantibus , quibus perfiringitur perfidia , tum Porphyrii impii in subvertendis facris Scripturis audacia .

SE-

SECTIO PRIMA.

Ratio vivendi angelica Prophetarum, ex qua in varia lege varii & sancti Religiosorum Ordines sumpsere exordium.

UTRIUSQUE sexus Religiosi Carmelitæ inter omnes gloriantur Prophetas, videlicet Eliam & Eliseum habere Patres. Quidam severioris critices sequaces, num zelo secundum scientiam & pietatem? eam gloriam, ne dicam scriptis impugnare, sed ab eis prorsus subripere tentarunt. Non una circa istud momentum facta est responsio, non unus liber optimis rationibus & Historicorum authoritatibus a viginti circiter annis apprime concinnatus appatuit. Pro isto momento hæc adicere non abs re erit; cum unus e doctissimis Sorbonæ Bachalaureis in sua thesi Iuris publici facta gloriam bine Ordini mox laudato attribuam, veluti quid commentitium imputaret, Dominus Romenil insignis Sorbonæ Doctor; fueræ Facultatis emeritus Syndicus, nepos Domini Charton ejusdem sacræ Facultatis quondam Decanus, cujus memoria pro fide & sana defendenda doctrina in benedictione est, ea innata prudentia, sagacitate & sapientia rogavit, prohibuitque ab aliquo inter disputandum debellari thesim, ne in dubium veniret Ordinis Montis Carmeli prærogativa, cui-gatenus etiam cæteri Religiosi aliquo modo communicare non dubitant, quatenus Ordinum celebres Patriarchæ, ut sæpenibus apparebit, vitæ contemplativæ supra modum admirabilis rationem vel in ipsis Prophetarum institutis hausisse videntur.

§. I.

Templum Prophetarum.

DUPLICI regimine gubernabitur Hebræus populus, ordinario Principum & Sacerdotum; extraordinario Prophetarum, quod ministerium a soluta Ægyptiaca servitute ad reditum e captivitate Babylonica perpetuum fuit. Jam ipso Moysis tempore septuaginta viri prophetabant, non invidente Moyse, fiebatur Num. 25. Venit igitur Moyses & narravit populo verba Domini, congregans 70. viros de senibus Israel, quos stare fecit circa Tabernaculum: descendit Dominus per

nubem, & locutus est ad eum, auferens de Spiritu qui erat in Moyse, & dans 70. viris; cumque requievisset in eis spiritus, prophetaverunt, nec ultra cessaverunt. Jesus Nave dicitur successor Moysis in Prophetis Eccli. 46. 1. multa sub Judicibus per Prophetas gesta, Judic. 6. 8. Ipsique Judices genus Prophetarum fuere, spiritu & instinctu Dei plerumque acti. Sub Heli rari erant Prophetæ 1. Reg. 111. 1. Samuelis tempore pridem obtinuerat, ut Prophetæ videntes vocarentur. 1. Reg. 1. 9. Prophetæ plures occurrunt Sauli 1. Reg. 10. Ecce cuneus Prophetarum obvius ei & insiliet super eum Spiritus Domini, & prophetaveris Saul in medio eorum. Ex his affulget Prophetas tunc temporis constituisse collegium, cujus caput & dux erat Samuel, ut postea Elias & Eliseus: civitates proprias, ubi in commune habitarent, habuerunt, qualis videtur fuisse Najoth. ibid. 11X. 19. David autem fugiens, salvatus est, & venit ad Samuelem in Ramatha, & nuntiavit omnia quæ fecerat sibi Saul: & abierunt ipse & Samuel & morati sunt in Najoth.

§. II.

Vestimenta Prophetarum.

PROPHETÆ veste singulari utebantur. Samuelis vestem notam fuisse constat ut patet 1. Reg. 28. 15. Vir senex ascendit, & ipse amictus est pallio. Dicitur quoque Pallium Eliæ nobile; quod ipse Elias impoluit Eliseo, cum eum ad vitam propheticam vocaret 3. Reg. 19. 19. Profectus ergo inde Elias, reperit Eliseum . . . . misit Pallium suum super illum. Qui statim, relictis bobus, cucurrit post Eliam. Memorabilis etiam Eliæ zona & pilosa vestis 4. Reg. 1. 8. hoc est cilicium, vel saccus, qualem & Isaiam tulisse legitur 20. 2. concinit Zachariæ locus 13. 4. tum in Apocalypsi Prophetæ saccis vestiti inducuntur cap. 11. vers. 3.

§. III.

Opera prophetarum & habitatio.

AGRICULTURÆ operam dedisse Prophetas legitur; hoc ipsum innuit Zachariæ locus cap. 13. 3. Non sum Propheta, inquit, homo agricola sum. Atque ab aratro avulsum Eliseum aperte demonstrat lo-

locus mox laudatus; eos autem, qui rebus divinis animum intendebant, ab agricultura abstinuisse Rechabitarum instituta probant, Jerem. 35. 6. 7. *Non bibimus vinum : quia Jonadab filius Rechab, pater noster, praecepit nobis, dicens : Non bibetis vinum vos, & filii vestri, usque in sempiternam : Et domum non edificabitis, & sementem non seretis, & vineas non plantabitis, nec habebitis : sed in tabernaculis habitabitis cunctis diebus vestris.* Et hoc ad exemplum Levitarum, qui ut facilius facris vacarent officiis, nec domos, nec bona & possessiones proprias habebant, sed ex decimis, seu eleemosynis, cum assignatis quibusdam per modum veluti mutui & commodati civitatibus ab eis incolendis, victitabant.

Montana praecipue loca Prophetae incolebant, ut Elias & Eliseus in Carmelo. Porro quod vili supellectili uterentur, habetur 4. Reg. 4. 9. ubi cubiculum Eliseo a Sunamitide aedificatum & instructum describitur : tametsi illa esset mulier magna, id est, opulentissima : *Qua dixit ad virum suum : Animadverto quod vir Dei sanctus est iste, qui transit per nos frequenter. Faciamus ergo ei coenaculum parvum, & ponamus ei . . mensam, & sellam, & candelabrum, ut cum venerit ad nos, maneat ibi.* Identidem apparet, quam secreti a populo viverent Prophetae, cum etiam in hospitali domo familiariter diverterent. Nec ipse Eliseus per se, sed per Giezi, Sunamitidem illam, quamvis de se bene meritam, alloquebatur ; & illa, tametsi vocaret illum, stabat ad ostium, quasi ingredi non ausa : eamdem Prophetae pedes attingere volentem Giezi prohibebat. Ibid. 2. 27. Naamani Syro viro praepotenti exhibere se Propheta dignatus non est : unde ille prophetici moris ignarus, indignabatur cap. 5. 11. Iratus Naaman recedebat, dicens : *Putabam quod egrederetur ad me, & stans invocaret nomen Domini Dei sui, & tangeret manu sua &c.*

§. IV.

Paupertas & frugalitas Prophetarum, tum & manuum labor.

PROPHETARUM etiam paupertatem fuisse magnam ex hoc concludas velim, quod qui eos consulebant, panes afferrent pro eorum alimento, aut quidvis aliud, exiguum sane, & quod facile paratu esset, juxta illud 1. Reg. 11. 7. 8. de Samuele, quem consulere de asinis deperditis voluit Saul. *Ecce vir Dei est in civitate hac, vir nobilis : omne quod loquitur, sine ambiguitate venit ..... Dixitque Saul ad puerum suum : Ecce ilimus, quid feremus ad virum Dei ? Panis defecit in sitarciis nostris : & sportulam non habemus, ut demus homini Dei, nec quidem aliud.* Quanta fuerit illorum frugalitas conjectura est ex leviori prandio quod Habacuc ad Danielem, jacentem in lacu leonum detulit ; sic enim habetur Dan. 14. 12. 33. *Erat autem Habacuc Propheta in Judaea, & ipse coxerat pulmentum, & intriverat panes in alveolo : & ibat in campum ut ferret messoribus. Dixitque Angelus Domini ad Habacuc : Fer prandium, quod habes, in Babylonem Danieli, qui est in lacu leonum.* Hoc ipsum astruitur 4. Reg. 4. 42. ubi Prophetarum frugalitatis argumentum eximium est, quod panibus hordeaceis pro victu pauperum elixis ut plurimum vescerentur : *Vir autem quidam venit de Baalsalisa deferens viro Dei panes primitiarum, viginti panes hordeaceos, &c.* ; scilicet Eliseo. Victui parco assuetos Prophetas bine conjicimus, quod Angelus Eliae longum iter ingressuro panem tantum & aquam attulerit 3. Reg. 19. 6. quamquam ipli panem & carnes mane corvi detulissent. Ibid. cap. 17. 4. item quod pulmentum coquerent ex agrestibus & obviis herbis in pallio relatis 4. Reg. 4. v. 38. & 39. Certe hic communis victus perspicue apparet ; ex una enim olla sociis infundebatur.

§. V.

Coetus Prophetarum, obedientia superiori, Religiosorum ordinum origo.

APPARET & Collegium fuisse centum virorum, quorum dux & pater Eliseus esset ; quem etiam adorant 4. Reg. 14. 15. bic ipsis de habitatione & caeteris necessariis providebat. Nam & ad ipsum referunt aquas amaras esse in Jericho. Ibid. 11. 19. Et angustiam habitationem 6. 1. nec sine ejus venia ad Jordanem se convertunt, ut ligna caederent. v1. 2. Pater etiam eos propriis manibus laborasse, sua domicilia construentes, adeoque fuisse inopes. Ibid. 6. 23. 4. 5. Quin & Eliseum videmus urbes, in quibus rau-

morabantur, inter visitandum eos, peragrasse : *Abiit autem inde in montem Carmeli, & inde reversus est Samariam.* Ibidem 11. 18. 25. & rursus a ripis Jordanis abiit Dothan. Ibidem 6. 33. Ex his claret antiquissimam esse in Ecclesia vitam coenobiticam, & ab institutis propheticis promanasse ; Elisei discipulos in monte Carmelo vitam angelicam degentes saepius invisebat Sanctus Joannes Baptista, perfectionem omnibus numeris absolutam assequi ratus, si ipse cum suis vicissim discipulis, instituta Prophetarum adimpleret : multa sane occurrent legentibus antiquam Religiosorum historiam, quae a Propheticis institutis translata videntur, quale est illud, quos instituebant Prophetae ad vitam monasticam, *pueros* & ministros vocabant, ut Eliseus Giezi, tum Prophetae Eliseum ipsum alloquentes, Eliam ejus *Dominum* vocant. 4. Reg. 2. 3. Theodoretus in Simeone Stylita repraesentatum Isaiam docet. *Relig. Hist. cap. de Simeone.* Praecipua Monachos inter & Prophetas videtur fuisse differentia, quod conjugati Prophetae essent, & uxores eorum prophetissae nuncuparentur, ut illa Isai. 8. 3. *Accessi ad prophetissam, & concepit, & peperit filium ; Et dixit Dominus ad me : Voca nomen ejus, accelera, spolia detrahere.*

Quamquam alio etiam sensu *prophetisse* dicerentur, mulieres Spiritu sancto afflatae, ut Debbora, Jud. 4. 4. Holda 4v. Reg. xxii. 14. & Anna Luc. 11. 36.

Porro filios suos eadem disciplina imbuebant, atque ut sanctimonia vitae prophetico ministerio reliquis aptiores haberentur. Hinc in lib. 4. Reg. cap. 2. celebres filii Prophetarum : hinc Amos se, nec Prophetam, nec filium Prophetae dicebat. 7. 14. Quo demonstrabat se non ex instituto prophetico, sed quasi extra ordinem ad id munus assumptum. Nec Hebraei Prophetis accensuere Danielem ; ut notat Hieronymus praef. in eundem, aut etiam Davidem & Salomonem, quod non prophetici simplicitate, sed regie & satrapice viverent.

Legis meditationi, rebusque divinis, si qui, maxime Prophetae operam dabant die ac nocte. Eoque pertinere videtur candelabrum cum mensa & sella in Elisei cubiculo collocatum 4. Reg. 4. 10.

§. VI.

Praedicatio Vatum & modus prophetandi.

POPULUM etiam docebant Prophetae, mores regebant, judicia divina intentare solebant ac praedicare. Quare cum nutaret Religionis status, cum maxime vociferabantur ; unde in Israel, post schisma, frequentissimum fuit Prophetarum ministerium, ac rejectis inde Sacerdotibus & Levitis, sestis diebus apud Prophetas sacri conventus habebantur. 4. Reg. 4v. 23. Populi delicta plangebant, ait Hieronymus, eorum habitus idem ac lugentium ; pro populo orabant, unde Josaphat, ait : *Est ne hic Propheta Domini, ut deprecemur Dominum per eum ?* 4. Reg. 3. 11.

Ex illo igitur ordine seligebat Deus, qui sua oracula pronuntiarent, & hoc insignibus argumentis, ut homines extra se rapti, divinoque acti instinctu, sic Eldad & Medad Num. 11. 26. sic grex Prophetarum obvius Sauli, 1. Reg. 10. 5. ubi musica instrumenta & saltationem indicare videntur, qualis illa Davidis ante arcam, 2. Reg. 4. 5. 14. Eliseus etiam psaltem poscit ; 4. Reg. 3. 15. Cujus cantu in divinas laudes concitatus prophetat : non tamen mota mente in furorem agebantur Prophetae, ut Ethnicitantes ; sed supra humanum morem, & sentiebant, & loquebantur.

Dei imperio sic erant subjecti, ut ipso jubente, nudi ac discalceati urbes obirent. *Isai.* 20. 2. Catenam collo imponebant. *Jerem.* 27. 2. nullo irrisionis metu fracti, ad designandam urbis obsidionem immobiles permanere, diutissime, paucis & immundis cibis uti, *Ezech.* 4. non dubitabant : saepius vel ipsi nudi, discalceati, jejuniis aridi, cilicio induti & aspersi cinere bis & similibus signis flagella Dei imminentia annuntiabant, ut in hoc statu compositi, eorum praedicatio firmius inhaereret animis populorum, & ad poenitentiam provocati & invitati cito-citius Deum iratum placarent ; sic Isa. 20. habetur : *In anno, quo ingressus est Tharthan in Azotum, cum misisset Sargon Rex Assyriorum, & pugnasset contra Azotum, & cepisset eam : in tempore illo locutus est Dominus in manu Isaiae filii Amos, dicens : Vade & solve saccum de lumbis tuis ... Et fecit sic, vadens nudus, & discalceatus ... servus meus Isaias nudus,*

dur, & difcalceatus, trium annorum fignum
& portentum erit fuper Ægyptum, & fuper
Æthiopiam : fic minabit Rex Affyriorum captivitatem Ægypti, & transmigrationem Æ-
thiopiæ, juvenam & fenum, nudam & di-
fcalceatam, difcopertis natibus ad ignominiam Ægypti. Et timebunt, & confundentur
ab Æthiopia fpe fua, & ab Ægypto gloria
fua.

§. VII.

Veri Propheta a falfis fecernuntur.

UT autem agnofcerentur veri Prophetæ, non aliud fignum à Deo datum erat
quam fi quod prædixiffent, eveniret,
Deuteron. 18. 22. Unde Jeremias Hananiam,
fic alloquitur : *Cum venerit Verbum ejus,
fcietur Propheta, quem mifit Dominus in veritate.* Jerem. 28. 9. rurfus ibidem verf.
13. *Vade & dicis Hananiæ :* Hæc dicit
Dominus .... Et dixit Jeremias Propheta ad Hananiam Prophetam : *Audi Hanania. Non mifit te Dominus, & tu confidere
fecifti populum iftum in mendacio.* Idcirco
hæc dicit Dominus : *Ecce ego mittam te a
facie terræ ; hoc anno morieris.*

Quæ Deo infpirante, Prophetæ acceperant, ea publice coram populo in Templo, & plateis & portis prædicabant. Jeremias de 70. captivitatis annis, ad omnem populum Juda, & ad univerfos ha-
bitatores Jerufalem locutus eft, 25. 2. I-
tem ad Sacerdotes & populum eft locutus. xxvii. 16. Et iterum locutus eft Jeremias ad omnem populum & univerfas
mulieres in Ægypto cap. 44. v. 24. &
ita paffim, manifeftumque eft, prophetias omnes, concionis inftar ad univerfam
plebem dirigi, fæpius fpeciatim ad Reges, ut innumeris exemplis patet : fed
imitari conabantur falfi Prophetæ, unde
Hananias in domo Domini coram Sacerdotibus & omni populo Jeremiam allocutus eft. *Jerem.* 28. 2.

Quæ publice dixerant, fcriptis mandabant Prophetæ affixis temporum notis,
quibus etiamnum diftinctas prophetias habemus. Ad eorum commentaria, velut ad
acta publica Hebræi recurrebant, ut rebus impletis, prophetiarum veritas appareret. Unde Moyfi jubet Deus : *Scribe hoc ob monimentum, &c. Exod.*
xvii. 14. & Ifa. 8. *Nunc ergo ingreffus fcribe ei, &c. &c. in libro
diligenter exara* .... ; & eria. in die. no-

viffimo in teftimonium ufque in æternum
Rurfus cap. 34. 16. Requirite diligenter in
libro Domini, & legite ; unum ex eis non
defuis. Quibus verbis populum admonebat, ut rebus impletis Prophetarum oracula recognofcerent. Neque alia de caufa videmus apud Danielem 12. 4. *Signa
librum ufque ad tempus ftatutum.* Et apud
Joannem Apocalypf. 22. 10. *Ne fignave-
ris verba prophetiæ hujus, tempus enim
prope eft.*

Quæ autem fcribebant, Deo jubente,
immo & interius dictante, fcribebant ;
unde ad Jeremiam : *Scribe virum iftum fte-
rilem* xxii. 30. & cum Baruch, jubente
Jeremia, verba ad Ifrael & Judam dirigen-
da confcripfiffet, eodem jubente, publice
recitavit in domo Domini, audiente populo, Principibus circumftantibus, xxxvi. interrogatus Baruch quonimodo Jeremias illa
dictaffet, refpondit : *Ex ore fuo loquebatur,
quafi legens ad me omnes fermones iftos.*
Ibid. 18. Quem Jeremiæ librum cum Rex
Joachim combuffiffet, eadem iterum totidemque verbis Jeremias dictavit ad Regem
referendi. 27. 28. 32.

Hæc fcripta in manibus vulgi erant ;
nec quifquam ignorabat quid de 70. annis
Jeremias prædixiffet ; immo & Daniel &
Eldras hanc prophetiam & implendam,
& jam impletam, tefte populo, agnofce-
bant ; cumque Jeremias accufatus effet
coram Sacerdotibus, totoque populo, euod
palam adverfus locum fanctum prædicaffet
26. 2. 11. ecce exfurgunt viri de fenio-
bus terræ, & allegant publice vaticinium
Michææ, tamquam reum omnibus notum,
ibid. v. 17. 18. Lis denique verbis citant
quibus etiamnum in ejus libro legitur,
Mich. 111. 12.

Stylus propheticus vehemens & concitatus eft in peccatis populi arguendis ; in
futuris prædicandis nonnulla plane & per-
fpicue pronuntiantur ; pleraque ænigma-
tibus involuta, qnæ folo eventu pate-
fcebant, five ut quæfita fuboblcuri fenfibus memoriæ altius hærerent : five quia
utile erat plebis ftatui multa latere, ne
populis aut etiam Dominis fuis infaufta
anpuntiare viderentur : uti de Babylonia
Rege nomine Sefach Jerem. 25. 26. 11. 41.
de Antiocho apud Danielem & Ezechielem, de Roma. in Apoc. qui omnes va-
ftarunt Jerufalem : Denique omnia Deus
clarius vel occultius dicebat, & prout u-
tile noverat, judicia fua magis minufve
paucis revelabat.

Loc-

Longe tamen aberat illa obscuritas & cæcis illis ambagibus ambiguisque dictis Delphicorum oraculorum. Hic, re peracta, tam liquida erant omnia, ut ad aliud referri nequirent; neque enim vage & incerte de Jerusalem aut Babylone Prophetæ dicebant, sed a quo, quo tempore, quo modo res expedienda esset: Viros etiam designabant, sæpe & nominabant, ut in Cyro, Alexandro, Antiocho, videre est.

§. VIII.

Vaticinia de Christo, & Gentium vocatione.

DE Christo vero ejusque Ecclesia ex Gentibus congreganda, tam clara produnt, ut etiamnum hæreant Judæi, nec nisi vana respondeant. Sed Prophetiæ de Christo, atque Ecclesia varii sunt generis: aliæ liquido a viris Dei, erumpente voce, dictæ & annuntiatæ sunt, qualis est ista, Isa. 52. 13. 14. & 15. *Ecce*, ait Propheta, *intelliget servus meus, exaltabitur, & elevabitur, & sublimis erit valde. Sicut obstupuerunt super te multi, sic inglorius erit inter viros adspectus ejus, & forma ejus inter filios hominum.* Iste asperget gentes multas, super ipsum continebunt Reges os suum: quia quibus non est narratum de eo, viderunt; & qui non audierunt, contemplati sunt. Quæ verba aperte Christum sic indicant, ut illi soli convenire videantur. Aliæ non per se, sed traditione claræ in speciem involutæ figuris, quarum duplex est sensus: verbis tamen ita temperatis, ut in aliis personis ac rebus, Christo apte conveniant; aliæ frequentes intentis in ipsum rerum speciem vaticiniis, quæ nulli unquam alteri, quam Christo, congruerint. Sic extra rei, quam tractant, seriem, repente assurgunt, animosque aptissime ad Christum rapiunt. Tale est istud oraculum Isaiæ 9. 6. *Parvulus enim natus est nobis... Et vocabitur nomen ejus admirabilis, consiliarius, Deus, fortis, Pater futuri saeculi, Princeps pacis.* Id potissimum contingit, cum figuras Christi & Ecclesiæ tractant; cum enim v. g. illustrem illum reditum e captivitate, quo Dei nomen magnificabatur, in Gentibus prædicant, conversione de vocatione Gentium, cujus ea figura erat, sermonem habent. Sic enim figura cum veritate jungebatur, idque secutus est ipse Christus, excidium Jerusalem cum ultimo

Boucat Theol. Tom. IV.

judicio connectens; neque omittendum, quod præclare docet Hieronymus, voluit le Prophetas intentos homines facere, dum non remotissima tantum prænuntiarent, sed ea obvia ac prope eventuris admiscerent, tum, impletis de Judaica Republica oraculis, fiebat, ut promissis de Christo quæ intexebantur, sua constaret fides. Denique mirum non est eos, quod sæpe contigit, Babyloniæ captivitati ac liberationi apertam de Christo & Ecclesia prophetiam, quasi continuata serie Prophetas adjungere: cum revera is ultimus esset Reipublicæ Judaicæ status, unde Christiana exsurgeret Ecclesia.

§. IX.

Majestas & gravitas Prophetarum.

QUANTA autem sit majestas propheticæ orationis, & sanctitas, qua porro auctoritate, qua confidentia, qua reverentia sanctissimi viri Dei nomen interponant, ipsumque jubentem, docentem, minitantem, consolantem indicant, consideranti patebit; nec humanus sermo id enarrare satis assequi potest. Quæ cum ita sint, merito exploduntur, qui supposita esse Prophetarum oracula jactare ausi sunt, ut Porphyrius de Daniele dixit, & quidem illa, quam judicavimus, sermonis prophetici sanctitas, sibi ipsi fidem facit. Neque enim fraudem patitur tanta simplicitas summa cum dignitate conjuncta, tanta religio, tam evectus in Deum Spiritus, tamque copiosa divinæ veritatis ince persusus, nec se omnino per fallaciam tanta vis exerceret. Quis autem, nisi mente captus, sibi persuadet illusores homines, ac Dei nomen impie mentientes, ita loqui, ut nec ipsa, si coram adesset veritas, aut sublimius, aut sanctius, aut denique verius loqueretur?

§. X.

Veritas Prophetiarum contra impugnantes asserta.

MALE rixantium & obstrepentium agmen absque negotio subvertitur; illi quippe divinarum rerum inertes gustu, blasphemant quod ignorant: vel ipse Porphyrius Philosophus Ethnicus tametsi impugnator, vaticinandi tamen artem apud udæos viguisse non uno in loco testatus est.

est. Sane vel inde constat, quod Prophetæ Judæorum non ambiguis oraculis atque ancipiti sensu mentibus hominum credulis non illuserint, cum ex legentes veritatis adversarii, non aliud respondeant, quam rebus admodum perfectis conficta esse vatum oracula : De ea autem fictione quod dicunt, primum nullo argumento firmant : tum falsissimum esse agnoscet, qui ad superiora attenderit.

Nam quærendum ab iis est, an integra Prophetarum scripta supposita esse velint an veris adultera manu injecta quædam ? Quod utrumque a rerum gestarum fide, atque ab illius populi statu & moribus alienissimum est . Prophetarum enim libros omnium fuisse vidimus subjectos oculis, infixalque hominum mentibus temporum notas. Multa quoque gesta ac Vaticinia Prophetarum, Ilaiz puta , & Jeremiæ publicis annalibus inserta fuisse Regum, at Paralipomenon historia testatur . Idem de Aggeo ac Zacharia dixerunt ab eisdem commemoratum . Neque cogitandum paucos fuisse codices , qui Intusi possent , cum scriptorum , librorumque tanta fuerit copia jam inde a Salomonis temporibus , ut id ipsa conquestus sit . *Eccle.* 11. 10. Ara ergo libraria jam tum vulgaris , neque unquam in populo Dei vel sando auditum est occultos ullos fuisse libros : Neque ulli magis publici, quam Prophetarum, quibus Gentes de infidelitate arguendæ & convincendæ essent . Tum non ullam fuisse datam Prophetiæ notam, quam ipsam eventorum fidem ex Moyse constat : Quæ quidem sententia cum Judæis omnibus ab ipsa gentis legisque origine innata fuit, hinc nullus erat falsitati locus.

Nibil sane certius esse videtur quam libros Prophetarum & receptis moribus & ipsa publica fide ab omni falsitate tutos . Neque vero levia quædam aut exigua intexenda fuissent , ut facile irrepsisse in animum quis inducat , sed longa orationis series ; quod quidem sermo de Cyro apud Isaiam , de Alexandro & Macedonibus præsertim de Antiocho apud Danielem , demonstrat : id autem tentare falsatores , hoc erat ipsam falsitatem prodere : cum e contra rerum series , & perpetuum filum , sibique ipsi constans orationis color veritatem affirmet .

Jam qui falsitatem illam suspicantur , dicant , velim , quo tempore putent rem tanti momenti contigisse . Certe ad Christi

tempora pleraque Prophetis apertissime pertinere secuta gentium conversio , ac Judæorum excidium tanto ante prædictum, & innumerabilia rerum verborumque momenta sic plane efficiunt , ut prorsus , si conficta sint prophetiæ , possit res ipsas peractas , confiteri necesse sit eas a Christianis factas, & in gratiam fidei Christianæ a Judæis , quantumvis adversantibus , suis libris insertas. Sin de bis , quæ ad Christi tempora pertinent, tam perspicue in Judæorum manibus Prophetiæ etiam num leguntur , non est quod de aliis amplius litigemus : quæ tamen suas probationes liquidas & proprias habent . Tacemus enim de Christo apertissima vaticinia : in quod tempus conjicient de rebus antecedentibus oracula Prophetarum ? certe ad ea , quibus Hebræus conclusus est canon , Esdræ scilicet . Is autem sæpe una voce cum omnibus Judæis confitetur anteactis temporibus contemptos Prophetas, idque ipsis Judæis culpæ atque exitio fuisse. a. *Esd.* 1x. 30. Historiam quoque suam auspicatur a memorabili Jeremiæ Vaticinio de 70. annis , de quo anno loquitur , ut de re omnibus nota , aut illud vaticinium longe antecesserat , aut ipsum quoque Esdræ librum confictum esse oportet .

Præterea , cum certo certius sit post Esdræ tempora nullum Prophetam extitisse , aut a Judæis in sacrum canonem admissum , jam tum procul dubio falsatum Danielem oportuit , falsatoremque illum omnino fuisse Prophetam, qui res Antiochi, Machabæorumque trecentis post annis futuras , tam plane , immo tam historice edisserat . Idem de Isaia , Ezechiele , Zacharia , aliisque dicendum est , quorum Prophetiæ multæ constat de Machabæorum fratrum , Joannis Hircani , quin & posterius Hircani temporibus , eaque adeo perspicue , ut nihil supra .

Dicendum ergo esset , falsatas etiam esse Prophetias , canone jam confecto , Judæis tota Ægypto , Asia , Græciaque diffusis , quo jam inde ab Antiocho , immo a Ptolemæo Lagi filio pervaserant , Synagogis ubique ædificatis ; Judæorumque libris in Græcum sermonem translatis , tum propter Gentiles curiosos , tum propter Judæos jam hellenizantes & Patrii sermonis oblitos , immo & Chaldaici , quem Babylone didicerant . Dicendum quoque hos libros sub Prophetarum nomine , tot sæculis post eorum mortem , ad libidinem com-

compositos, statim ut antiquos invaluis-
se, neque cuiquam apparuisse fraudem,
aut totam gentem ubique terrarum dispersam in scelus consensisse, factumque omnino ut religiosissimi mortalium, sacrorum-
que librorum studiosissimi, quasi stupore
superati quingentos annos paterentur novum sibi Danielem, novum Isaiam obtrudi : quo quid insanius ?
Rem ex nobis expendamus. Existat repente aliquis, qui Evangelium quintum
alicujus Apostoli nomine, vel quintam
decimam Pauli epistolam in medium afferat : an erit qui vel audire sustineat ? Ne
ipsi quidem Turcae ac Tartari, quantumvis imperiti ac stolidi, novum Alcorani
capitulum, aut versiculum obtrudi patiantur. Neque fieri potest ut libro alicui
tanta divinitatis simul & antiquitatis constet auctoritas, nisi ab ipsa origine per
longam saeculorum seriem confirmata.
Quid quod Psalmos ipsos eadem opera
constitos esse oporteret, cum sint Prophetici & praenuntii futurorum. Quid, quod
& ipse Moyses Propheta in suspicionem
venire posset ? Quo sublato, nec ipsa res-
publica Judaica stare queat.
Quid autem absurdius, quam unum hominem, nescio quem, non enim Esdram,
simul animo complexum ac stylo assecu-
tum & Isaiae magniloquentiam atque elegantiam, & Jeremiae mansuetudinem, af-
flictus severos, fervidosque motus, & Ezechielis gravitatem ac vim, & Danielis
simplicitatem, afflicto etiam peregrinitatis
colore, inter captivos contracto, & Oseae
concisam brevitatem, pendentes sententias, opportunissimis tamen, cum pervi-
deris, & rebus accommodatissimis ; quin
& Davidis suavitatem ac sublimitatem,
Moysis quoque auctoritatem ac majestatem, omnia denique scriptionis genera,
quae signis concoxerit, tum omnia apud
Judaeos consista esse ; Prophetarum oracula mera esse ludibria, ac gentem, antiquitatis praesertim religiose tenacissimam,
nec Legem, nec Annales, nec libros,
nec quicquam habere veri, atque haec
omnia ab uno auctore, eoque novitio,
fabricata praedicet. Eodem stomacho affirmet Homerum, Anacreonta, Pindarum,
Herodotum quoque ac Demosthenem, Platonem & Aristotelem, eodem cerebro natos nisi forte varii ingenii ac litteraturae
homines, miro fallendi studio, opus inter
se diviserint ; aut accepta a majoribus arte fallendi, omni elegantia atque indu-

stria, Judaicae gloriae soliciti, fraudem
adornarint.

Nunc, postquam vana ea & insana
perspeximus, fateamur omnia in Scripturis divino Spiritu tradita, atque uno consilio in unam doctrinae summam redacta,
nempe ut innumera veridica vaticinii
Moysis Prophetarumque fide conciliata,
Christo Redemptori credamus, atque ex
ejus praescriptis vitam instituamus.

Unum caeteris pro genuitate prophetiarum adversus Porphyrium Ethnicum adjicimus omni acceptione dignum argumentum. Oracula quae numero 70. a
Moyse qui anno mundi 2464. florebat
usque ad Christum qui secundum multos
natus est anno mundi 3961. decursu temporum a Prophetis emanarunt, quaeque
spectant Conceptionem, Nativitatem, prae-
dicationem, passionem, in coeli Ascensionem, aliasque, tum missionis, tum
vitae & super mundum & inferos trium-
phi circumstantias, ac caetera Incarnationis momenta omnibus impervia, in Christo tamen ad unum usque jota perfecte
adimpleta, ut ab enumeratione partium
in Prolegomenis ostendimus, argumenta
sunt irrefragabilia, quibus veritas prophetarum astruitur, maxime cum a Judaeis Christi offensissimis hostibus ea Christiani acceperint oracula, quod quidem
sic probat Prophetas esse omnem extra
dubitationis aleam, ut ex hoc Justinus
Martyr aliique sapientissimi Philosophi,
Christi religionem inter caeteras solam veram esse concluserint.

Haec igitur suit Prophetarum sanctitas,
soli Deo vacabant orantes & divina con-
templantes, hinc & videntium nomine
in divinis celebrantur Scripturis. Paupertas eorum tanta erat, ut Zona cincti,
pellibus caprinis vestiti, in speluncis &
cavernis terrae latitantes procul ab omni mundano strepitu, aquam brevem,
panem arctum herbis quibusdam amaris
& aggestibus commixtum habentes viverent. Ad nutum obediebant superiori,
vitae activae non nihil addicti, sed lectione sacri, meditatione & contemplatione
prorsus occupati angelicam ducebant vitam. Diceres Prophetas tot Abraham be-
nedictos, cujus filios veluti arenam mari
& stellas coeli multiplicavit Deus in diversis Ecclesiae ordinibus, qui a Prophetis
edocti votis obedientiae, castitatis, pau-
pertatis, & apud Minimos etiam strictis-
simae Quadragesimalis vitae, in se votum

vi-

vivendi rationem fic exprimunt , ut filii Prophetarum jure merito appellari poffint ; hinc religiofus qui fua in votis adimplendis promiffa tenet , tamquam fanctus , ajebat quondam Magnus Papa , habendus eft .

SECTIO SECUNDA.

Analyfis operum Prophetarum majorum .

QUATUOR ab omnibus recenfentur Prophetæ majores . Baruch Jeremiæ conjungitur , utpote ipfius fcriba . Dicuntur majores eo quod plura & majora præ cæteris Prophetis vaticinati fint . Primus , Ifaias vocatur . Secundus , Jeremias . Tertius , Ezechiel . Quartus , Daniel . *Ifaias* dicitur filius Amos , non quidem Amos Prophetæ , ut contendit Clemens Alex. lib. 1. firom. fed tefte Hieronymo comment. in Ifa. alterius Amos , qui creditur frater Regis Amafiæ : hinc princeps & eloquens elegantiori fcripfit filo . Agit de reprehenfione Judæorum , de adventu filii Dei , cujus effectus maxime Chrifti miracula , ejus paffionem , Evangelii propagationem ita diferte & clare delineat , ut per antonomafiam veluti Chrifti Evangelifta a fanctis celebretur Doctoribus . Volumen Ifaiæ Græce & Latine continet LXVI. capita . Poteft in duas partes dividi . In prima parte minas intentat Judæis , prænuntiat in vindictam fcelerum plures captivitates , unam Ninivem , per Sennacherib , alteram Babylonis , victoriis & fortitudine Nabuchodonofor , poftremam ufque ad confummationem potentia Romanorum operandam . Tum eorum redarguit duritiem cordis & mentis obcæcationem . In altera quædam promit confolationis argumenta , folutionem fcilicet a captivitate , tum temporali , tum fpirituali : illam per Cyrum Perfarum Regem , iftam per Chriftum venturum faciendam . Vaticinatus eft Jerofolymis Ifaias anno a creatione mundi 3219. ante Chriftum natum 785. regnantibus Ozia , Joatban , Achaz & Ezechia regibus Juda . Groffius & alii non ignoti nominis auctores illum vixiffe ufque ad tempora Manaffis Regis , qui quidem reprehenfiores prophetales ægre ferens , ferra lignea virum Dei fecari juffit .

Jeremias Sacerdos ex vico Anathot , tractat de captivitate Judæorum , de deftructione Jerufalem & Templi , cujus ci-

vitatis calamitates in fuis enarrat lamentationibus , quæ in uno comprehenduntur volumine , cui titulus , *Liber Threnorum* , feu lamentationum . Mifcet tamen hinc inde læta de reducendis e captivitate Babylonica Judæis , de Redemptione boninum , & nonnulla de Gentium vocatione ad fidem , ut habetur cap. 23. his verbis : *Ego congregabo reliquias Gregis de omnibus terris . . . . dies veniunt , dicit Dominus : & fufcitabo David germen juftum : & regnabit Rex , & Sapiens erit , & faciet judicium & juftitiam in terra . In diebus illis falvabitur Juda & Ifrael habitabit confidenter : & hoc eft nomen quod vocabunt eum , Dominus juftus nofter .* Nec tacet mirabilem Chrifti ex Virgine illibatam nativitatem ; ait enim cap. 31. 22. *Ufquequo deliciis diffolveris filia vaga ? Quia creavit Dominus novum fuper terram , FEMINA CIRCUMDABIT VIRUM .* Cum eilet adhuc puer vaticinari cœpit , anno fcilicet mundi 3375. ante Chriftum 629. anno 13. Jofiæ Regis , ac deinde in Judæa ufque ad excidium Jerofolymæ , hoc eft , annorum multorum fpatio Baruch fcribente , ut patet cap. 46. & 45. porro cum ejus dilacerafiet & cremafiet Rex Joachim librum , Deo ordinante , eumdem iterum fcripfit , imino & auxit , ut patet cap. 36. Multa deinde paffus eft regnante Sedecia , quippequi in viucula & in lacum luti conjectus fit : Verum a Nabuchodonofor inde liberatus eft , qui & eum Nabufardan militiæ fuæ duci commendavit , poftea vero & Godoliæ anno fuper Judæos præfecerat . Tunc temporis fuas Propheta edidit lamentationes fuper Jerufalem brevi deftruendam : Godolia occifo , Judæi fugerunt in Ægyptum , & cum eis Jeremias , qui & ipforum & Regis Ægypti Cladem , Deo infpirante , prædixit . Poftremo cum Judæos fuo femper perftringeret ftylo cenforio , pravofque eorum infectaretur mores , derifus & contumellis laceffitus tandem ab eifdem lapidatus eft , quod non obfcure indicat Apoftolus in fua ad Hebræos epiftola , his verbis cap. 11. 37. *Alii vera ludibria & verbera experti , infuper & vincula , & carceres , lapidati funt .* Prophetia Jeremiæ definit cap. 52. 64. in cujus fine hæc verba leguntur : *Huc ufque verba Jeremiæ .* Caput 52. magna ex parte excerptum eft ex lib. 4. Reg. Efdras vel alius inter Prophetas Jeremiæ volumini illud adjunxit .

Je-

Jeremias est auctor libri Prophetiae, qui ejus inscribitur nomine : idem & de caeteris Prophetarum libris dicendum est. Iste lamentationes scripsit cum populus captivus ductus est Babylonem. In iis plorat & suspiriis vehementibus describit funestum Jerosolymae exterminium. Cap. 3. calamitates Patriae luget, seque in lacum demersum conqueritur. Post quartum lamentationum caput sequitur oratio Prophetae : eam textu Hebraeus, versio Septuag. & Vulgata retinent, similiter & versio Chaldaica, cum & Syriaca, Judaei & Christiani nusquam dubitavere librum Threnorum a Jeremia fuisse emissum : orationis ibi adjectae meminit Hieronymus, & in omnibus invenitur exemplaribus.

Baruch tametsi vir nobilis, scribam tamen Jeremiae esse non erubuit ; hinc ejus liber sub nomine Jeremiae citatur & circumfertur. Sex complectitur capita; ultimum continet epistolam Jeremiae ad captivos, unde tamquam Propheta a Jeremia indistinctus habetur. Idem praenuntiat reditum populi in Judaeam post septem absolutas generationes. Monet Judaeos ut idola in posterum non colant : cap. 3. 17. insignem emittit de Christo Prophetiam bis verbis expressam : *Hic est Deus noster, & non aestimabitur alius adversus eum ... post haec in terra visus est, & cum hominibus conversatus est.* Jeremiae Liber XXV. habet capita : Liber Threnorum, quinque; Liber Baruch, sex.

Caeterum Jeremias fuit Christi figura. Vaticinatus est ante captivitatem Babylonicam, immo & ipsa durante ; eodem tempore etiam Ezechiel & Daniel prophetabant.

Ezechiel erat Sacerdos, cum Joachin in terram Chaldaeorum ductus est captivus ; multas refert visiones ; enarrat etiam Jerusalem excidium, deinde ejusdem civitatis restaurationem elapsis 5. captivitatis annis. Vaticinari coepit ad oram fluvii Chobar, anno mundi 3409. ante Christum 595. viginti annorum spatio prophetavit. Quo genere mortis obierit incertum est. Ferunt a gentis suae principe quem de idolatria arguebat, occisum fuisse : Ad ripam Euphratis sepultus est in spelunca Sem & Arphaxad, Abrahami progenitores. Ferunt multi illius sepulchrum nedum a Christianis, sed & a Mahumetanis velut quid sacrum & venerabile haberi.

Boucat Theol. Tom. IV.

Ezechielis volumen in duos quondam libros divisum fuit ; nunc unico comprehenditur. Huetius in duas partes istum dividit librum. Prima continet XXXIX. capita, secunda, novem. Alia quaedam tribuuntur Prophetis, quae quandoque non fuerunt scripta; quaeque auctores collegere, vel per traditionem, vel per aliquam Prophetarum Epistolam. Sic Ezechiel praedixit quod Babylonem Sedecias non videret : hoc tamen in ejus non reperitur volumine.

Idem Propheta Judaeorum delineat peccata, quibus iram Dei in se non semel concitaverunt, totiusque comminatae vastationis rationem & modum sub undecim adumbrat metaphoris. Primo, sub metaphora vitis sterilis relectae, & in ignem projectae. II. Sub figura adulterae. III. Sub imagine aquilae grandis. IV. Sub Typo uvae acerbae & sylvestris V. Sub signo Leonae & Leonis. VI. Sub metaphora saltus & nemoris comburendi. VII. Sub figura gladii elimati. VIII. Sub forma scoriae, stanni, ferri & aeris. IX. Sub imagine duorum Meretricum. X. Sub figura Lebetis pleni carnibus ad ignem appositi. XI. Sub metaphora rei desiderabilis sublatae & plangi prohibitae ; demum praenuntiat e captivitate Babylonica liberationem, Messiae Regnum, Gentilium vocationem immediate post Christi passionem venturam : Judaeorum vero sub finem mundi conversionem, Ezechielis liber hebraice, graece & latine habet XLVIII capita. Cap. 36. commemorat Baptismi a Christo instituendi efficaciam, his verbis : *Effundam super vos aquam mundam, & mundabimini ab omnibus inquinamentis vestris ... Et dabo vobis cor novum, & spiritum novum ponam in medio vestri : & auferam cor lapideum de carne vestra, & dabo vobis cor carneum. Et spiritum meum ponam in medio vestri : & faciam ut in praeceptis meis ambuletis.* Expressius c. 16. 9. *Lavi te aqua, & emundavi sanguinem tuum ex te : & unxi te oleo.*

Daniel de Tribu Juda translatus est cum Joachim Babylonem anno 33. vel 4 regni Jechoniae. E Regis sanguine oriundus, ut habetur cap. 1. vers. 3. Adolescens vaticinari coepit anno mundi 3398. ante Christum 608. Scribit de Monarchia mundi, de regno Christi, de historia Susanna, de destructione Bel, de sua in lacum leonum projectione, & de allato sibi a Propheta Habacuc prandio. Circa 13. Vulgatae, primum ponitur apud Grae-

eos . Huetius propugnat opus chaldaice prima vice faiſſe ſcriptum , tum hebraice à Judæis poſt captivitatem Babylonicam . Aquila , Theodotionus , & Symmachus græce reddiderunt , unde propter varias translationes quædam etiam translata ſunt: quidam vero hiſtoriam Suſannæ , draconis , & hymnum 3. Puerorum revocant in dubium.

Scopus Danielis præcipuus , eſt Chriſti regnum ſuper mundana regna celebrare , quippe quod illud ſit æternum , iſta vero admodum fragilia & brevia . Ejus volumen XIV. capita complectitur . In ſex prioribus capitibus oſtendit Monarchias evertuar , ſcilicet Chaldæorum , deinde Medorum , & Perſarum , poſtmodum Alexandri Magni & Græcorum , poſtremo & Romanorum finem habituras ; tum ſolius Chriſti regnum nuſquam extincturum aſſerit : ſic enim loquitur cap. 2. *In diebus autem regnorum illorum , ſuſcitabit Deus cæli regnum , quod in æternum non diſſipabitur , & regnum ejus alteri populo non tradetur : comminuet autem & conſumet univerſa regna hæc : & ipſum ſtabit in æternum* . Rurſus cap. 7. *Ecce cum nubibus cæli quaſi filius hominis veniebat , & uſque ad antiquum dierum pervenit . . . Et dedit ei poteſtatem , & honorem , & regnum : & omnes populi , tribus , & lingua ipſi ſervient : poteſtas ejus , poteſtas æterna , quæ non auferetur , & regnum ejus quod non corrumpetur* . Poſtremo adventum Chriſti , ejus paſſionem & victoriam ſuper inſernorum reportandam cap. 9. elapſis 70. hebdomadibus prædicit .

SECTIO TERTIA.

Quæſitum de genuitate Librorum reſolvitur .

CONCLUSIO.

Libri quatuor majorum Prophetarum, ſunt Canonici.

Probatur pro omnibus communi , ſed efficaci ratiocinio .

LIBRI, quos in Canonem Scripturarum divinarum aſcivit Synagoga , Eccleſia in ſuo Canone recepit , in ſacri habendi ſunt : Sed Synagoga in Proto-canone , Eccleſia vero à Chriſto fundata in Concilio Tridentino ſeſſ. 4. Decr. de Script. vola-

mina Prophetarum recenſitorum in Canone divinarum Scripturarum conſcripſerunt: Ergo &c.

Speciales de ſingulis probationes .

De Iſaiæ volumine .

ILLUD volumen eſt genuinum & Canonicum , quod SS. Patres ut ſacrum & inſpiratum agnoſcunt , & in quo mira tum de Chriſto , tum de Eccleſia vaticinia ab omnibus interpretibus laudata conperiuntur : Atqui hujuſmodi eſt Iſaiæ volumen: Ergo &c. Probatur minor , quoad utramque partem.

Primo quidem : Patres tum Græci & Latini varia in Iſaiam edidere commentaria , & in omnibus veluti ſanctiſſimum Prophetam collaudant . Egregiam uti de auctore Canonico mentionem facit S. Hieronymus in caput primum Iſaiæ ; rurſus in præfatione ad Paulam & Euſtochium : S. Cyrillus præfat. expoſitionis in Amos . S. Auguſtinus lib. 18. de civit. cap. 25.

Secundo : Tot ſunt pro altera parte argumenta quot ferme adſunt in libro paginæ ; hinc S. Cyrillus Alexandrinus in Prologo commentariorum , ait : " Ubique „ redemptionis per Chriſtum mentionem „ injicit , atque ſubſequentibus tempori„ bus à ſocietate & contubernio Dei ex„ terminandum Iſraelem , ſucceſſuram ve„ ro gentium multitudinem , per fidem „ in Chriſtum juſtificatam . Quare mihi „ videtur beatus Propheta Eſaias non ſo„ la prophetiæ gratia plurimum exorna„ tus , ſed & decoribus Apoſtoli . „ Non abſimilia dicit Theodoretus in Prologo commentariorum. Item Hieronymus præfatione ad Paulam & Euſtochium , ſicut & S. Auguſtinus mox laudatus . Jam quædam celebriora loca hic texere non injucundum erit .

De pace per Chriſtum inter homines & Deum componenda cap. 2. 4. habetur : *Non levabit gens contra gentem gladium , nec exercebuntur ultra ad prælium . Domus Jacob venite , & ambulemus in lumine Domini* .

De Redemptione per Chriſtum operanda cap. 4. 2. legitur : *In die illa erit germen Domini in magnificentia , & gloria , & fructus terræ ſublimis , & exultatio his qui ſalvati fuerint de Iſrael . Si abluerit Dominus ſordes filiarum Sion , & ſanguinem Jeruſalem ,*

Item, laveris de medio ejus, in spiritu judicii, & spiritu ardoris &c.

De principatu & divinitate Christi celeberrimum est illud Isaiæ 9. 6. oraculum : Parvulus natus est nobis, & filius datus est nobis, & factus est principatus super humerum ejus : & vocabitur nomen ejus, admirabilis, consiliarius, Deus, fortis, pater futuri seculi, princeps pacis. De Christo hinc sententiam Chaldæus paraphrastes intellexit, his verbis : Dicit Propheta domui David, quoniam parvulus natus est nobis, filius datus est nobis, & suscepit legem super se ut servaret eam : & vocabitur nomen ejus a facie admirabilis consilii Deus, vir permanens in æternum, Christus, cujus pax multiplicatur super nos in diebus ejus. Quid plura referam ? Vocationem gentium cap. 41. prædicationem Evangelii cap. 52. & 53. 60. & 62. annuntiat. Ergo &c.

De libro Jeremiæ.

Quod vel ipsa Scriptura agnoscit ut sacrum, quod Patres, quod Ecclesia, nos quoque ut sacrum habere debemus : Atqui ex illis omnibus monumentis liber Jeremiæ sacer evadit. Et probatur, quoad singulas partes.

Primo quidem : In variis sacræ Scripturæ locis sententiæ Jeremiæ adducuntur in testimonium veritatis ; sic L 2. Paralip. cap. 36. laudatur Ille Propheta, his verbis : Ut compleretur sermo Domini ex ore Jeremiæ, & celebraret terra sabbata sua. Rursus l. 1. Esdræ, maxime vero Eccl. 49. Incenderunt electam sanctitatis civitatem, & desertas fecerunt vias ipsius in manu Jeremiæ. Nam male tractaverunt illum, qui a ventre matris consecratus est Propheta, evertere & eruere, & perdere, & iterum ædificare, & renovare. Rursus Daniel. 9. Ego Daniel intellexi in Libris numerum annorum, de quo factus est sermo Domini ad Jeremiam Prophetam, ut complerentur desolationis Jerusalem septuaginta anni. Tum 2. Macch. 15. Hic est fratrum amator, & populi Israel : hic est qui multum orat pro populo, & universa sancta civitate Jeremias Propheta Dei.

Secundo : Patres suum addunt Libro laudato calculum. Instar omnium sic S. Hieronymus præfatione in Jeremiam. Huic adde Origenem ep. ft. ad Africanum & multos alios sanctos Doctores in suis in volumen Jeremiæ commentariis.

Tertio : Astipulatur Sancta Mater Ecclesia, quæ festum Jeremiæ ut majoris Prophetæ & Martyris celebrat Kalendis Maji in Martyrologiis Bedæ, Rabani, Adonis, Notarii, Vvandelberti, Usuardi, in Romano. Item in Menologio Græco Basilii Porphyrogeniti Imperatoris, & in Typico S. Sabæ . Ad eumdem attendit Prophetam Apostolus Hebræor. 11. cum de sanctis veteris Legis, qui veri Dei fidem adversus Idololatras malignantes ad sanguinis usque effusionem propugnavere, loquens, ait : Lapidati sunt. Ergo &c.

Confirmatur : Volumen multa complectens de Christo & Ecclesia oracula, dubio-procul Canonicum est & sacrum, cum seclusa Dei revelatione, tot mira prænuntiare homo non possit : Atqui Jeremiæ volumen hujusmodi habet vaticinia : Ergo &c. Probatur minor variis exemplis.

Primo : Cap. 3. habetur : Assumam vos unum de civitate, & duos de cognatione, & introducam vos in Sion. Et dabo vobis Pastores juxta cor meum, & pascent vos scientia & doctrina ... In tempore illo vocabunt Jerusalem solium Domini, & congregabuntur ad eam omnes gentes ... Quomodo ponam te in filios, & tribuam ubi terram desiderabilem ; hereditatem præclaram exercituum gentium ? Ecce vocatio gentium expresse annuntiata.

Secundo : Luculenter Propheta sanctorum Innocentium cladem ab Herode Rege impio factam, a sancto Matthæo descriptam prænuntiat cap. 31. his verbis : Hæc dicit Dominus : Vox in excelso audita est lamentationis, luctus, & fletus, Rachel plorantis filios suos, & nolentis consolari super eis, quia non sunt. Matthæi vero 2. Tunc Herodes videns, quoniam illusus esset a Magis, iratus est valde, & mittens occidit omnes pueros qui erant in Bethlehem, & in omnibus finibus ejus, a bimatu & infra, secundum tempus quod exquisierat a Magis. Tunc adimpletum est, quod dictum est per Jeremiam Prophetam dicentem : Vox in Rama audita est, ploratus & ululatus multus : Rachel plorans filios suos, & noluit consolari, quia non sunt.

Tertio : Celeberrimum est Jeremiæ oraculum de passione Christi ; ait enim de Salvatore cap. 11. Tu autem Domine demonstrasti mihi & cognovi : tunc ostendisti mihi studia eorum . Et ego quasi agnus mansuetus, qui portatur ad victimam ; non cognovi, quia cogi-

cogitaverunt super me consilia, dicentes : Mittamus lignum in panem ejus, & eradamus eum de terra viventium, & nomen ejus non memoretur amplius. Quæ verba Tertullianus & SS. Patres de sacrificio tum cruento, tum incruento novæ Legis interpretantur. De Baruch Jeremiæ scriba, non unum est testimonium. Danielis enim 9. & l. 2. Esdræ 9. multæ leguntur ejus sententiæ ; unde S. Irenæus l. 5. cap. 35. & Clemens Alexandrinus l. 2. Pedagogi cap. 3. ut divinam Scripturam agnoscunt Baruch librum.

Oratio Jeremiæ, lamentationum carmina claudunt ejus volumen, & in Vulgata velut authentica, & ut ad eumdem Prophetæ librum spectantia habentur. Neque enim a reliquo Threnorum opere apud S. Hieronymum divelluntur. Adsunt in Hebraico exemplari, in Græco Septuaginta, in paraphrasi Chaldaica, in versione Syriaca, sicut & in Arabica. Ea in Canone reponunt Origenes & Concilium Laodicenum, ac demum Tridentinum. Ut authenticam Scripturam habent SS. Cyprianus l. 2. contra Judæos cap. 5. Hilarius præfat. comment. in Psalmos : quocirca tametsi Theodoretus illa prætermiserit, nihil ab eorum detrahitur veracitate, cum cæterorum Patrum & ipsius Ecclesiæ præponderet auctoritas.

De libro Ezechielis.

Illud volumen tamquam sacrum habendum est, quod ab aliis Scriptoribus Ecclesiasticis laudatur, a Rabbinis ut Canonicum suscipitur, a sanctis Patribus ut inspiratum, & Prophetias de Christo & Ecclesia continens ventilatur, & contra impugnantes tamquam genuina Scriptura ab Ezechiele promanata defenditur : Atqui res sic se habet : Igitur ille liber est sacer. Probatur minor quoad ista omnia momenta.

Primo quidem, Eccli. 49. Ezechiel tamquam Dei Propheta laudatur vers. 10. his verbis : *Ezechiel qui vidit conspectum gloriæ, quam ostendit illi in curru Cherubim. Nam commemoratus est inimicorum in imbre, benefacere illis qui ostenderunt rectas vias.*

Secundo, in Canone Synagogæ reperitur, & Rabbini hoc suscipiunt volumen; istud enim vaticinium cap. 34. *Vos autem greges mei, greges pascuæ meæ, homines estis ! Et ego Dominus Deus vester, dicit*

Dominus Deus, Aben Esra, & David Kimchi ad Messiam referunt.

Tertio S. Hieronymus præfat. in librum 14. comment. Ezechielis volumen vocat Prophetiam, quæ est Scripturarum oceanus & Mysteriorum Dei labyrinthus. Jam vero quod illud opus multa de Christo & Ecclesia præcontineat, ex multis constat; maxime ex capite 34. ubi hoc legitur pro ovibus : *Suscitabo super eas Pastorem unum, qui pascet eas, servus meus David : ipse pascet eas, & ipse erit eis in Pastorem. Ego autem Dominus ero eis in Deum, & servus meus David princeps in medio eorum. Ego Dominus locutus sum : & faciam cum eis pactum pacis..... Neque portabunt ultra opprobrium gentium.* Quæ quidem verba in sensu obvio intelligi non possunt de Davide, cum ipso mortuo & Chaldæi & Græci Israel non modicum exagitaverint : Igitur de solo Christo, qui gentes ad fidem signis & portentis vocavit, & cujus Typum gessit pius David. Hoc ipsum ex Evangelio claret in Christo Domino adimpletum ; namque Joannis 10. ait Jesus : *Ego sum Pastor bonus.* Ad Philipp. 2. dicitur servus, his verbis : *Exinanivit semetipsum formam servi accipiens.* Luc. 1. ex familia David oriundus : *Dabit illi Dominus Deus sedem David patris ejus, & regnabit in domo Jacob in æternum.* Ipse vero etiam attulit pacem sempiternam, juxta illud ad Ephes. 2. *Ipse est pax nostra ; qui fecit utraque unum.* Ezechiel cap. 37. eadem de Christo iterum prænuntiat.

Quarto, Judæi quidem rudiores ista oracula de Zorobabele, qui fuit tantum Christi figura intelligere voluerunt, & post ipsos Grossius, sed Theodoretus l. 13. comment. in Ezechielem ad caput 34. priores luculentissimis rationibus debellat : " Dicant, inquit, Judæi, quis sempiternus " ipsorum Rex sit, qui David appellatur ? " Nequaquam enim Zorobabeli hujuscemo- " di appellationes convenire, ipsi quoque " confitebuntur. Primum enim haud re- " gnavit ille, sed populi ductor fuit : de- " inde etiam illud ipsum imperium morte " finitum est ; quod si de genere Davidi- " co hunc sempiternum intelligunt David, " ostendant David genus regnare. " Et sic confutatus manet Grossius.

De Volumine Danielis.

Primo : Voluminis Danielis Prophetæ quædam laudantur sententiæ lib. 1.

Ma-

Machab. **1. 59.** adducitur in testimonium postremo judicii venturi ab ipso Christo Matth. **24. 15.** his verbis : *Cum ergo videritis abominationem desolationis, quæ dicta est a Daniele Propheta, stantem in loco sancto, qui legit, intelligat : tunc qui in Judæa sunt, fugiant ad montes &c.*

Secundo : Astipulantur pro libri veracitate omnes ferme primorum sæculorum Patres, maxime vero S. Ignatius epist. ad Magnesianos, ubi Susannæ refert historiam : subscribit Tertullianus lib. de corona Militis . Item & S. Cyprianus orat. Dominic. tum serm. de lapsis mentionem facit de hymno trium puerorum , similiter & Basilius lib. de Spiritu sancto , nec non & Chrysostemus homil. in Historiam Susannæ . S. Ambrosius lib. 3. cap. 7. ut Canonicam commemorat. suffragantur Hieronymus epist. 103. Athanasius epist. ad Serapionem , Gregorius Naz. oratio. 28. Augustinus lib. de natura Boni cap. 16. Tum epist. 122. meminit hymni trium puerorum . Cæterum Origenes hom. 1. in I evit. & epist. ad Iulium Africanum , sicut & Athanasius in synopsi desindunt omnes libri Danielis partes ; quinimmo , & historiam Susannæ , hymnum , & draconis factum . Ergo &c.

His omnibus adjungitur Iosephus qui lib. 10. cap. 12. de Danielis volumine , „ sic loquitur : Danielis libri certam fidem „ faciunt , quod Deus cum eo eloquia „ miscuerit ; non solum enim futura præ- „ dixit , ut alii Prophetæ , verum etiam „ tempus quo eventura essent præfinit . „ Similia , immo & specialiora de eodem scribit lib. 4. cap. 8. & lib. 12. cap. 4. Ergo &c.

Hanc probationum seriem juvat claudere aureis S. Hieronymi verbis in Proœmio commentariorum, quæ quidem opera perierunt . Eo loci debellat Porphyrium , volumen præcipue Danielis inse- ctantem. Porphyrianæ calumniæ occasionem dedit , ait S. *Doctor* ; quod nullus Prophetarum , tam aperte de Christo sit vaticinatus : „ Non enim solum scribit „ eum esse venturum , quod est commu- „ ne cum cæteris , sed etiam quo tempo- „ re venturus sit , docet : & Reges per „ ordinem prænuntiat . Quæ quia vidit „ Porphyrius universa completa , & tran- „ sacta negare non poterat , superatus hi- „ storiæ veritate in hanc prorupit calu- „ mniam : ut ea quæ in consummatione

„ mundi de Antichristo futura dicuntur ; „ propter gestorum in quibusdam simili- „ tudinem , sub Antiocho Epiphane im- „ pleta contendat . Cujus impugnatio , „ testimonium veritatis est . Tanta enim „ dictorum fides fuit , ut Propheta incre- „ dulis hominibus non videatur futura „ prædixisse , sed narrasse præterita . „

Dilutuntur objecta circa Isaiæ volumen.

O b j i c i e s : Cap. 6. vers. 8. habetur : *Audivi vocem Domini dicentis : Quem mittam , & quis ibit ex nobis ? Et dixi : Ecce ego , mitte me .* At vero vers. 5. dixerat idem Propheta : *Væ mihi , qui tacui .* Sed in hoc manifesta apparet contradictio , quod sacro certe repugnat libro : Igitur Isaiæ volumen non est Canonicum .

Respondeo I. Locum non eodem modo verti ab auctoribus ; namque Septuaginta legunt : *Non miser ego , quia dolore punctus sum .* Ionathan vertit : *Væ mihi quia peccavi .* Cyrus interpres , dicit : *Væ mihi quia obstupui .* Arabes : *Audax sum .* Vatablus : *Perii .*

Respondeo II. distinguendo : Et Auctores sacri diversis temporibus locuti sunt , concedo : hinc quandoque interrogati non- numquam siluerunt ; quandoque etiam læti missionem ad erudiendos populos susceperunt : Et eodem tempore locuti sunt , eamdemque in diversis morem gesserunt , nego . Ne miremini igitur lectores , si Isaias una vice tacuerit , & de hoc ipso doluerit . Altera vero vice præ- sto fuerit , & suum adversus peccatores acuerit zelum . Demum Propheta non di- cit se ad hunc usque diem obmutuisse , & sibi tum primum vaticinandi munus a Deo fuisse demandatum : sed de hoc tantum , quod viso Domino super solium excelsum sedente , & Seraphim faciem præ Maje- statis divinæ præsentia velante , diutius quam deceret siluerit .

Instabis : Sententiæ Isaiæ videntur non sibi cohærere : Ergo &c.

Respondeo distinguendo antecedens : Hoc est , non sunt juxta critices regulas in or- dinem digestæ , & ad trutinam eloquen- tiæ humanæ compositæ , concedo : hoc est , non sunt genuinæ & veræ , nego . Prout erat impetus Spiritus sancti , sive gradiebantur & animus & lingua Pro- phetæ , quocirca adamussim in dictione non servavit ordinem.

Insistes : Liber sacer nec inter se pugnantia,

tli , nec veritati abfona compleſitur : Atqui tamen nonnulla ſimilia reperiuntur in Iſaiæ volumine. Et probatur. I. Quod legitur cap. 1. 7. 8. de vaſtatione & excidio Jeroſolymæ non convenit Oziæ Regis tempori ; nihil enim de hoc habetur lib. 2. Paralip. ſed potius contraria , cum eo loci omnia fiuſſa pro civitate cap. 26. Oziam feciſſe referat feriptor facer ; nec quidquam mali Jeroſolymæ , ſed ſoli ipſi contigerit , quippe qui in proſperitate elevatus , negiexerit Dominum ; hinc & lepra percuſſus legitur , eo quod contra præceptum Domini munus Sacerdotis , tametſi Laicus obire tentaverit . II. Iſaias fub Manaſſe Rege vaticinatus eſt & tamen in ejus libro nullum extat propheticum oraculum Manaſſæ temporibus editum . Ergo &c.

Reſpondeo negando minorem . Ad primam probationem diſtinguo , ut ſupra : Ex Iſaias non hiſtorice , ſed prophetice feripſit Jeroſolymæ civitatis excidium , concedo : prædictio autem rei futuræ quocumque tempore antequam evenerit ſieut fieri , ſic & collocari poteſt : Et mere hiſtorice illud feripſit , nego . Ad folos Hiſtoriographos ordinem temporum , in texendis factis fpectat .

Ad alteram probationem dico , Oziæ Regis hiſtorieum conferiptam fuiſſe ab Iſaia in libro a volumine prophetiarum diſtincto , quod injuria temporum excidit : vaticinia tamen fub Ozia Rege edita habemus plurima in volumine de quo in præſentiarum agitur , ut legere eſt cap. 1. 2. 3. 4. & 5.

Ad tertiam probationem reſpondeo , incertum eſſe Iſaiam fub Manaſſe prophetaſſe , cum vel ipſe fub quatuor dumtaxat Regibus vaticinia emiſiſſe teſtetur : ſi quæ igitur fub Manaſſe edidit vaticinia , dubio procul non tradidit memoriæ .

Argumenta contra Jeremiæ librum .

OPPONES : In libro Jeremiæ multa conſuſa , & abſque ordine leguntur , ut ipſe teſtatur Hieronymus Præfat. ad iſtud volumen , his verbis : Ordinem viſionum , quæ apud Græcos & Latinos omnino ſunt conſuſæ ad fuam priſtinam correximus . Quin imno & facta correctione , multa adhuc interpolata ſunt ; namque cap. 27. feribit Propheta ea quæ , regnante Sedecia , contigerunt . Cap. vero 22. & ſequentibus de Sellum feu Joachas , tum de

Joachin vaticinatur , quæ tamen cap. 24. prædicta ſunt , translato Joachimo venere . Caput 25. compleſitur prædictiones factis anno ejufdem Regis quarto : cap. vero 26. & 27. e contra continent quæ ſucta funt ann. 1. hæc inordinatio atque conſuſio inſpirato non convenit libro. Ergo &c.

Reſpondeo diſtinguendo : Et hæc inordinatio ac minimum quidem a veritate Jetrahit , concedo : & divinæ opponitur veracitati , nego . Dictum eſt fupra Prophetas , juxta Spiritus ſancti additum loqui ; Spiritus autem , inquit Apoſtolus , pro ut vult, & quando vult ſpirat , imno & ſæpius diverſæ & diſparatæ ſunt ſententiæ , ut non ſemel reperitur in Pſalmis , & quandoque etiam in cæteris Prophetis : Sed præter iſtam generalem rationem , non defunt ſpeciales , quibus ordo viſionum in Jeremia abſque veritatis diſpendio probatur : ejus quippe liber primum ex impietate Regis combuſtus eſt , deinde vero alternata vice , ſed propter anguſtiam & acerbitatem temporum citocitius conferiptus eſt : quocirca Baruch Jeremiæ feriba magis ad ſententias quam ad hiſtoriæ & factorum ordinem attendit .

Inſtabis : In eodem libro nedum conſuſa , ſed & quædam falſa ſubnotantur : Atqui falſitas a libro divino propellenda eſt. Ergo &c. Probatur major . Cap. 22. verſ. 30. habetur : *Scribe virum iſtum ſterilem* ; ſcilicet Jechoniam , *virum qui in diebus ſuis non proſperabitur* ; nec etiam erit *de femine ejus vir, qui ſedeat ſuper ſolium David , & poteſtatem habeat ultra in Juda* . Atqui hoc falſum eſt . Et probatur . Primo quidem ; Jechonias non fuit ſterilis , cum octo habuerit filios , ut legitur 1. Paralip. cap. 3. verſ. 16. II. Poſtea ipſe ſedit ſuper Thronum David ut habetur 4. Reg. 25. & 27. quandoquidem Evilmerodac cum ſedere voluit Babylone ſuper ſolium , ſicut cæteros terræ Reges , III. Salathiel ejus filius , etiam tranſacta captivitate , clavum regni Judaici tamquam dux tenuit . Ergo &c.

Reſpondeo negando majorem . Ad primam probationem , diſtinguo : Eatenus Jechonias ſterilis fuit , quatenus captivus Babylonem ductus eſt , concedo : ſterilis fuit generatione , nego . Vox igitur *ſterilis* apud Prophetam non generationis , ſed poteſtatis indigentiam & privationem ſonat , ut ipſe probavit eventus , & ſic conſociantur Scripturæ : tum quia nullus ex Jechonia filius ſedit poſt ipſum ut Rex.

Ad

Ad secundam probationem, distinguo: Jechonias sedit Babylone super solium specie & honoris causa, concedo: tamquam habens potestatem, nego. Et vero Rex Juda non habebat pro solio Babylonem, quandoquidem erat captivus, & in terra aliena.

Ad tertiam probationem atque distinguo: Et Zorobabel filius Salathiel suum ducebat ortum ex Nathan, cujus pater Salathiel, extinctis in Jechonia successoribus, in eorum locum successerat, concedo: ortum ducebat ex Phadaia, qui lib. 1. Paralip. dicitur filius Jechoniae, nego. Salathiel brevi tempore tenuit Ducatum, longiori sane Zorobabel, sed ipse ortum ducebat ex Nathan, hinc a Jechonia domo excidit totaliter potestas, quod Prophetiae Jeremiae perfectam indigitat adimpletionem.

Urgebis: Non desunt alia loca ejusdem libri quae quamdam prae se ferunt contradictionem: Ergo &c. Probatur antecedens cap. 34. vers. 5. legitur: *Audi Verbum Domini Sedecia Rex Juda: haec dicit Dominus ad te: non morieris in gladio, sed in pace.* Atqui tamen, effossis oculis, Babylonem captivus ductus, ibi obiit: Igitur non iit in pace, sed manu violenta sibi illata.

Respondeo pro more distinguendo: Et propter oculorum plagam, non mortuus est Jechonias, concedo: & vi atque oculorum dolore correptus obiit, nego. Antequam Babylonem usque pervenerit Jechonias, jam jam ex plaga amiserat oculos, postea tamen orbatus oculis vixit captivus annos circiter 38. aut 39. & in pace, immo enim honore ultimum clausit diem, quandoquidem ex ordinatione Evilmerodac, sub finem vitae regiis donabatur honoribus, tum in lectulo defunctus est. Nihil igitur absurdi continet Jeremiae vaticinium.

Perfistes: Cap. 25. Joachin dicitur regnasse annis quatuor, & tamen Daniel cap. 11. captus est an. 3. regni sui: Igitur non eumdem regnavit ut scripsit Jeremias. II. Cap. 36. vers. 30. habetur: *Haec dicit Dominus contra Joachin Regem Juda: Non erit ex eo qui sedeat super solium David;* & tamen lib. 4. Reg. cap. 24. vers. 6. legitur: *Regnavit Joachin filius ejus pro eo:* Ergo &c.

Respondeo ad primum, levissimam esse discrepantiam; unus enim vel alter annus veluti pro nihilo in Chronologia habetur;

maxime vero cum Historiographi inter se dissentiant in circumstantiis temporum & factorum. Dico secundo, Joachin regnasse annos septem, ut habetur lib. 4. Reg. cujus annos Daniel & Jeremias non eodem modo numerant. Jeremias videtur numerasse ab anno primo quo primum regnavit; Daniel vero ab anno quo Joachin constitutus est Rex a Nabuchodonosor cui tribus annis servivit, unde Jeremias cap. 25. vers. 1. annum Joachin quartum conjungit cum primo, quo confirmatus est Rex a Nabuchodonosor, & sic omnia concordant.

Ad secundum distinguo: Et hoc dictum est ratione Joachin filii Joachin in quo cessaverunt Reges Juda, concedo: ratione ipsius Joachin, nego. Hoc ipsum conciliatur ex eo quod Joachin e sede regali propter ejus adversus Nabuchodonosor rebellionem ab isto Imperatore deturbatus sit, & filius ejus Joachin in patris locum suffectus sit.

Replicabis: Quaedam adhuc ita pugnantia sunt in capite 37. & 38. ut a libro Canonico prorsus eliminanda sint: Igitur saltem quoad omnes partes liber Jeremiae non est inspiratus. Probatur subsumptum. In priori loco v. 13. Jeremias comprehensus dicitur, eo quod ad Chaldaeos profugere videretur: sic enim habetur: *Ad Chaldaeos profugit. Et respondit Jeremias: Falsum est, non fugio ad Chaldaeos. Et non audivit eum: sed comprehendit Jerias Jeremiam, & adduxit eum ad Principes: quamobrem irati Principes contra Jeremiam caesum eum miserunt in carcerem, qui erat in domo Jonathan Scribae.* Posteriori vero capite Jeremias ad vestibulum carceris jussu Sedeciae positus, cum populo suaderet, ut, relicta civitate, salutem ad Chaldaeos fugiendo quaererent, detrusus est in lacum luutentum. *Melchiae: Quicumque manserit in civitate hac, morietur gladio, & fame, & peste; qui autem profugerit ad Chaldaeos, vivet .... Et dixerunt Principes Regi: Rogamus ut occidatur homo iste, de industria enim dissolvit manus virorum bellantium qui remanserunt in civitate hac:* Ergo &c.

Confirmatur I. Postremum caput libri Jeremiae non est ejus foetus, quippe quod e duobus ultimis capitibus lib. 4. Regum totum fere depromptum sit; Igitur non sine veritatis dispendio opus Jeremias tribuitur. II. Neque vero etiam satis constat Threnos ad Jeremiam pertinere.

Re-

Refpondeo negando antecedens : Ad probationem diftinguo : Et contenta in laudatis capitibus diverfas circumftantias diverfæ incarcerationis Ieremiæ referunt, concedo : unam & eamdem ejufdem incarcerationis enarrant hiftoriam, nego. Et fic vel umbra quidem contradictionis non eft. Et vero in capite 27. habetur Principes adverfus Ieremiam iratos eum cæfum mififfe in carcerem Ionathan Scribæ, eo quod ad Chaldæos ipfum confugere autumarent : *Itaque ingreffus eft Ieremias in domum Laci, & in ergaftulum ; & fedit ibi Ieremias diebus multis.* Tum Sedecias advocavit eum ad fe, ut in fecreto ei ventura mala Ierufalem apperiet, adduftus rogavit Regem ne in carcerem Ionathan iterum detruderetur ; cujus votis annuens Rex juffit ut in carceris veftibulo commoraretur : *Mittens autem Sedecias Rex tulit eum ; & interrogavit eum in domo fua abfcondite, & dixit : putafne eft fermo a Domino? Et dixit Ieremias : eft ... Nunc ergo audi, obfecro, Domine, mi Rex: valeat deprecatio mea in confpectu tuo, & ne me remittas in domum Ionathæ Scribæ, ne moriar ibi. Præcepit ergo Rex Sedecias ut traderetur Ieremias in veftibulo carceris; & daretur ei torta panis quotidie* ... .

Capite fequenti Ieremias prædicando in Ierufalem fuadet populo, ut, relicta civitate brevi incendenda, ad Chaldæos fe falvandam vitam confugeret, fed de hoc commoti Principes poftulaverunt a Rege ut occideretur Ieremias, qui & mittus eft in lacum Melchiæ a priori diverfum : *Rogamus*, ajunt, *ut occidatur homo ifte* ... .. *Et dixit Rex Sedechias : Ecce ipfe in manibus veftris eft : nec enim fas eft Regem vobis quicquam negare. Tulerunt ergo Ieremiam & projecerunt eum in lacum Melchiæ filii Himelech, qui erat in veftibulo carceris, & fubmiferunt Ieremiam funibus in lacum, in quo non erat aqua fed lutum.* Primum igitur miffus eft Ieremias in lacum Ionathan, eo quod Principes eum ad Chaldæos confugere crederent : tum in lacum luti Melchiæ, quia populo dederat confilium ut de civitate pro vita confervanda ad Chaldæos confugerent. ...

Ad confirmationem dico Ieremiam fpiritu prophetico cuncta prænofcentem potuiffe de hac fcribere poftremo capite quæ in dubium poftremis libri quarti Regum referuntur : fed dato & non conceffo iftud caput non effe Ieremiæ fœtum, a Baru-

co poft ejus obitum addi potuit, vel etiam ab Efdra, ut effet argumentum fequentium lamentationum Ieremiæ, adeoque & quid facrum, cum & contenta, fcripta fint a Prophetis.

Ad alteram confirmationem dico, Threnos juxta fanctorum Doctorum placita, & Ecclefiæ definitionem habere pro auctore Ieremiam. Hoc ipfum fubindigitat ftyli cognatio; hoc annuntiant locutiones fimiles in vaticiniorum libro, & in Lamentationibus ; hoc declarat Præfatio Threni præfixa in LXX. Interpretum editione : hoc demum non levius aperiunt ifta lib. 2. Paral. 35. 26. verba : *Univerfus Iuda & Ierufalem luxerunt cum : Ieremias maxime : cujus omnes cantores atque cantatrices ufque in præfentem diem Lamentationes fuper Iofiam replicant ; & quafi lex eftimatur in Ifrael : Ecce fcriptum fertur in Lamentationibus.* Quæ quidem Iofephus lib. 10. Antiq. cap. 6. & S. Hieronymus in Prœmio Lamentationum, de ipfis, qui fuperfunt Ieremiæ Threnis intellexere. Rabbi Solomoch, aliique ex Hebræis, lugubre carmen in Iofiæ funere a Ieremia editum quarto Lament. capite aliter contineri, atque id maxime demonftrari hoc verfu : *Spiritus oris noftri Chriftus Dominus captus eft in peccatis noftris, cui diximus, in umbra tua vivemus ingentibus.*

Dices contra librum Baruch : Volumen illud non videtur effe canonicum : Et probatur multis momentis. Primo quidem, tempore fancti Hieronymi non extabat codex hebraicus hujufce libri. Secundo, tefte eodem Hieronymo, ille liber non invenitur in Canone Iudæorum, ficut nec Ieremiæ oratio. Tertio, Baruch dicit fe anno quinto veniffe Babylonem, urbe Ierofolyma jam diruta, & tamen poftea inducit Iudæos ad facrificium in Templo offerendum paratos, quod certe implicat, quando quidem 4. Reg. 25. verf. 9. Templum erat combuftum. Ergo &c.

Refpondeo negando antecedens. Ad primam probationem diftinguo, Non extabat tempore D. Hieronymi codex hebraicus textum Baruch complectens, decurfu tamen temporis poffit inventus eft, concedo ; & non inventus eft, nego. Omnes norunt tempore captivitatis Babylonicæ facros Libros hinc inde fuiffe difperfos, qui tametfi per Efdram collecti, ingruentibus iterum atque iterum bellis, & vaftato per Romanos Græcorum Impe-

perio , iterum textus facri ubique diffuſi
etiam propter metum Paganorum , multis occulti & abſconditi erant : hinc Chriſtianorum oculos etiam molitione Judæorum in odium Religionis ex parte fugerunt : at toto orbe in pace Chriſti & com-
poſito , & firmato, in lucem gradatim omnes prodiere . Non unum eſt pro textu
Baruch teſtimonium , & non fine fundamento facra Synodus Trid. In fac arum
Scripturarum canonem illum ficut orationem Jeremiæ adfcivit .

Ad fecundam probationem patet refponfio cur in Proto-canone & liber Baruch
& Jeremiæ oratio non reperiuntur : quia
videlicet Scripturæ facræ multa paſſæ fuerant naufragia , idcirco nonniſi decurſu
temporum inventæ , poſtea fuo in loco &
ordine repoſitæ funt .

Ad tertiam probationem diſtinguo : Et
Judæi tametſi Jeroſolymi diruta , potuerunt aliquem Templi ex dilapidatione fu-
perſtitem locum purgare , & ibi altare e-
rigere , ut Deo Optimo Maximo facrifica-
rent , concedo : & hoc non ita factum
eſt , nego . Jacob erexit lapidem in titulum , ficut & altare in loco ubi viderat
Dominum ; Machabæi vero fugatis & pro-
fligatis inimicis Jeroſolymam ingreſſi , Templum a profanationibus purgarunt , & ibi
ædificato altari , facrificium Domino obtulerunt ; quidni & fecerint altera vice , ſicut enarrat Baruch ?

*Difficultates de Ezechielis volumine
proponuntur .*

Respones : Ezechiel ſuum librum ſic
primum ſcribit : *Et factum eſt in trigeſimo
anno , in quarto , in quinta die menſis ,
cum eſſem in medio captivorum juxta fluvium Chobar .* In iſto initio duo non cohærent : Primo quidem veluti multa alia
ſupponit ; *Et factum eſt* ; namque particula *Et* , hoc ſonat . Sic enim , omiſſis
antecedentibus , Lector ea quæ vult Propheta dicere non capit , quod ſine libro
a Spiritu ſancto dictato , minime convenit .

Secundo : Trigeſimum annum in trigeſimo anno notat , ſed & hoc aut bathalo-
giam , contradictionem & obſcuritatem intellectu difficilem ſpirat : Ergo &c.

Reſpondeo ad primum , particulam *Et* ,
juxta linguæ facræ Doctores ornatus locum obtinere , quod non unum probat

exemplum . Eodem quippe modo incipit
liber Joſue , cum prophetia Jonæ , & liber
primus Machabæorum , vel etiam dici poteſt Propheram de multis aliis in oratione
& raptu edoctum fuiſſe ; quia vero myſteria Regis ſupremi abſcondere bonum erat ,
hinc ea ſupponendo , propter connexionem
rerum revelatarum ſubtexuit ſic loquendo , *& factum eſt* . Sic Paulus aſſerit multa audiviſſe in raptu , quæ non licebat
hominibus loqui : quocirca revelationem
ſibi factam fuiſſe dixit , ſed quæ voluit .
& non omnia manifeſtavit .

Ad fecundum , trigeſimus initio prophetiæ annus laudatus ætatem Prophetæ denotat , ita ut ſeniis ſit , Ezechiel 14 annis natus prophetare cœpit . Sic reſponder
S. Hier. Præf. in Ezechielem 1. cum enim
ſingulis ſubnotent Prophetæ circumſtantiis , non mirum ſi qua ætate vaticinia
protulerint , ſcribant ad majorem prophetiarum certitudinem ; pari & conſimili
modo Jeremias poſuit ſe ab adoleſcentia
prophetaſſe .

Infabis : Ezechiel cap. 17. prænuntiat
Sedeciam Babylonem ducendum , & tamen
Joſephus l. 10. ant. cap. 10. ſcribit Ezechielem prædixiſſe futurum ut Sedecias
Babylonem non videret : quæ duo pugnant adinvicem . Rurſus cap. 18. 20. ait :
Filius non portabit iniquitatem patris ; & tamen Exodi 34. contrarium legitur ; *Dominator Domine Deus … qui reddis iniquitatem patrum filiis ac nepotibus in tertiam &
quartam progeniem ;* Ergo &c.

Reſpondeo ad primum , Sedeciam adductum fuiſſe Babylonem , ſed oculis prius
effoſſis , hinc tametſi commoraretur ibi captivus , non tamen civitatem vidit .

Ad aliud momentum diſtinguo : Filius
non portabit iniquitatem patris quoad pœnam æternam , ſi non fit ſceleris paterni
conſcius , concedo : ſi ſit nego : quia tamen filius eſt aliquid patris , quandoque
Deus flagellis temporalibus viſitat id quartam uſque generationem iniquitatem patris in neporibus : & ſic utraque conciliatur Scriptura .

*Fit ſatis objectionibus quæ militant contra
Danielis volumen .*

Objicies , Tria capita videlicet , de
hiſtoria Suſannæ , draconis , & hymni puerorum a multis non ſine fundamento revocantur in dubium : Igitur liber Danielis ſaltem quoad omnes partes non eſt ſacer .

cer. Probatur antecedens : Sic propugnat Hieronymus in Præf. ad Danielis librum : quinimmo, tria illa capita fabularum nomine vocat . Concinit Julius Africanus apud Eusebium l. 6. Hist. Ecclef. cap. 23. Ergo &c.

Respondeo negando antecedens. Ad primam probationem distinguo : Et S. Hieronymus juxta aliorum placita loquitur , concedo : fecundum propriam fententiam, nego . Namque in Apologia 2. contra Rufinum verfus finem , ait fe non dissentire feu retractare quod in Prologis dixerat , fed folummodo Judæorum referre opinionem : porro In Prologis agnofcit capita laudata veluti Scripturam infpiratam, cui fubscribunt alii Patres , quorum auctoritatem fupra retulimus . Non abs re erit hic referre verba S. Hieronymi : " ,, De Daniele autem breviter refpondeo , ,, me non negisse eum Prophetam , quem ,, statim in fronte Prologi Prophetam es-,, fe confessus fum ; fed quid Hebræi di-,, cerent , & quibus argumentis fuam ni-,, terentur probare fententiam , voluisse ,, monstrare , & docuisse Lectorem , Ec-,, clesias Christi hunc Prophetam juxta ,, Theodotionem legere, & non juxta Se-,, ptuaginta translatores . . . quod autem ,, refero , quid adverfum Sufannæ bisto-,, riam, & hymnum trium puerorum, & ,, Belis draconifque fabulas quæ in volu-,, mine hebraico. non habentur , Hebræi ,, folment dicere : qui ine criminatur stul-,, rem, fe fycophantem probat . Non e-,, mdm quidquid ipfe fentiam , fed quid ,, illi contra nos dicere folent explicavi.,,

Cæterum dato & non concesso , fanctum Hieronymum locutum fuisse in propria fententia , cum nubem testium , quibus applaudentibus Ecclesiæ habeamus pro monumenta laudatis , citra dubium est librum Danielis quoad omnes partes effe canonicum : nec quicquam virium habet objectio ex S. Ifidoro Hifpalensi deprompta dicente : " Ezechiel & Daniel a viris ,, quibufdam fapientibus fcripti effe per-,, hibentur , Hoc unum quippe probat , volumen Danielis a quibufdam hebraice fuisse fcriptum , quod ipfe chaldaice fcripferat . Incassum etiam auctor fynopfis fub S. Athanafii nomine editæ librum Danielis inter libros apocryphos recenfet ; loquitur enim de alio libro , falfo isti Prophetæ attributo , ficut aliæ fcriptiones facris auctoribus veteris & novi Testamenti fuppofitæ funt, quæ ab eodem auctore in

Apocryphorum claffem merito rejiciuntur : hujufmodi fuere fomnialia fcripta , falfo Danielis nomine titulata , de quibus cap. *non obfervetis* apud Gratianum caufa 26. quæst. 7.

Ad confirmationem distinguo : Hieronymus vocat tria capita fabulas, hoc est, factorum enarrationes , concedo : hoc enim nomine non femel celebrantur historiæ : fic Luc. 24. habetur Christum fe junxisse Difcipulis Emmaus *dum fabularentur* , hoc est , cum hiftoriam Passionis Domini enarrarent ; hinc & Clemens Alex. apud Eufebium l. 3. Hist. Eccl. cap. 23. narrationes fabulas vocat . Et Hieronymus per vocem *fabulas* , intelligit quid fictitium, nego : alias fibi ipfi & aliis SS. Doctoribus contradiceret .

Inftes : In hiftoria Sufannæ cap. 13. Daniel veluti puer legitur & judicat ; & tamen cap. 6. altero priore , vocatur unus ex primis Satrapis Darii Medii , adeoque & vir ætate provectus : Sed ista duo opponuntur : Ergo &c.

Respondeo distinguendo anteced. Et capita funt interpofita , atque loco immutata , concedo : & non funt interpofita , nego . Namque caput 13. Vulgatæ est apud Græcos primum : quia vero Latini invenerunt tria capita dubia , illa feparatim posuerunt poft duodecim prima capita , ut Lector intelligeret ea non effe apud Hebræos, faltem publica , hoc est, in Deutero-canone.

Urgebis : Atqui apparet eadem contradictio in aliis textibus : Ergo : &c. Probatur antecedens. Hiftoria Sufannæ contigit initio regni Cyri Regis Perfarum : fic enim concluditur cap. 13. *Et Rex Aftyages appofitus est ad patres fuos , & fufcepit Cyrus Perfes regnum ejus* . Igitur ex illo capite fequitur Danielem tempore Cyri adhuc puerum extitisse : Sed & hoc veritati non confonat , quandoquidem ipfe Daniel a Nabuchodonofor cum Jechonia translatus est . Porro a Nabuchodonofor ufque ad Cyrum decem fluxerunt anni , ut patet ex lib. 1. Efdræ , cap. 1. quocirca Daniel tunc temporis annis circiter 80. vel 90. provectus erat . Ergo &c. Iterum ibidem occurrit alia contradictio : namque Daniel tempore Nabuchodonofor non puer , fed potius fenior confectus etiam e vita migraverat . Et vero Ezechiel prophetavit tempore Nabuchodonofor , anno fcilicet quinto transmigrationis , ut habetur. Ezechiel 14. 20. ubi hæc leguntur :

tur : Si tres viri Isti : Noe , Daniel , &
Job , fuerint in medio ejus : vivo ego , dicit Dominus Deus , quia filium & filiam non
liberabunt ; igitur Daniel tunc habuerat filios & filiam , sicut & Noe & Job : adeoque etiam mortuus, & isti defuncti erant :
Ergo &c.

Respondeo negando subsumptum . Ad
primam probationem distinguo : Et tunc
Daniel erat puer cum translatus est , quocirca & de illo ut puero scribit Ezechiel ,
concedo : secus , nego . Nec requiritur
quod haberet filios , quandoquidem Ezechiel hypothetice loquitur , videlicet , &
supposito quod habuisset filios , ne quidem
de miseriis & calamitatibus propter peccata populi ingruentibus, eos solvere posset , eo quod Deus de peccatis vindictam
sumere ratus non audivisset deprecantium
orationem . Quia vero Daniel percelebris
& admodum illustris in toto haberetur
imperio , ideo Ezechiel illum cum Noe &
Job conjungit , ut intelligerent Judæi
Deum ita esse exacerbatum , ut ipse Daniel quantumvis & pietate & dignitate
præfulgens , sicut Noe & Job eos a pœnis eripere non valerent .

Persistes : Ecce altera in eodem libro
contradictio : Ergo &c. Probatur antecedens : Quæ dicuntur cap. 14 de Daniele
misso in lacum , pugnant cum iis quæ dicuntur cap. 6. namque in isto capite Daniel dicitur suisse una tantum nocte in
lacu : cap. vero 14. ibi sex permansisse diebus & totidem noctibus traditur : immo
cap. 13. legitur Habacuc prandium Danieli in lacu leonum degenti attulisse .
Porro Habacuc regnante Manasse vaticinatus est , ut graves propugnant auctores ; ab illo autem usque ad Cyrum, quo
tempore Daniel missus est in lacum, plusquam 140. anni intercesserunt : quomodo
igitur fieri potuit Habacuc prandium tulisse Danieli .

Respondeo negando antecedens . Ad probationem distinguo : Et Daniel qui missus
fuerat in lacum tempore Cyri , alius est
ab eo qui conjectus fuit in lacum leonum
tempore Darii , concedo : & idem unus
est , nego . Primus erat ex Tribu Juda o-
riundus , qui & a Nabucodonosor translatus fuerat , quique liberavit castam Su-
sannam e senum iniquorum manibus , &
tempore Cyri florebat : Alter vero erat
de Tribu Levi . Sic censet Hieronymus
Præf. in Daniel. & Lxx. Interpretes.

Dices : Tria capita de quibus supra,

non inveniuntur in textu originali Hebræo : Ergo &c.

Respondeo I. neque illam Christi sententiam Matth. 23. 35. quæ Christus expro-
bat Judæis omnes Prophetas occidisse ab
Abel usque ad Zachariam , quem inter
Templum & altare interfecerant : nec
istam quoque Epistolæ Heb. cap. 11. Alii
vero ludibria & verbera experti , insuper &
vincula & carceret : lapidati sunt , secti
sunt &c. Igitur ex eo quod aliqua in Hebræo desiderentur, non ideo abjici debent,
cum aliæ Traditione teneantur . Idem dicendum in facto præsenti.

Respondeo II. Capita laudata hebraice
fuisse conscripta , cum locutiones hebraicas non semel præ se ferant ; factum est
autem propter varias captivitates , ut Libri sacri diversa subirent naufragia : Postea
vero aliqua hebræi textus fragmenta de
tribus laudatis capitibus adinventa sunt ,
& cætero textui fuerunt adjuncta .

Respondet Origenes epist. ad African.
historiam Susannæ primitus suisse in codicibus hebræis , sed Judæos illam expun-
xisse : Quæcumque enim poterant , de iis ,
quæ seniorum & Principum accusationem
aliquam continebant , ea insulerunt a cognitione , ne vel ipsi in suspicionem iniquorum judicum & malorum hominum venirent .

Dices II. Multa in libro Daniel incre-
dibilia narrantur : Ergo &c. Probatur antecedens. Primo quidem , quod Joachimus
esset admodum dives : fieri autem non
potest captivum divitiis affluere . Secundo, quod Judices tunc temporis duo constituti fuissent : sed & hoc implicat , non
enim captivis & exulibus competit potestatem in terra aliena judicandi habere :
Ergo &c.

Respondeo negando antecedens. Ad primum , nego captivos omnes bonis suisse
spoliatos ; neque enim & de Tobia , & de
Nehemia Pincerna Regis , & de Mardochæo Estheris Reginæ avunculo , adeoque
nec de Joachin dici potest ; maxime vero
cum ipse Jechonias regiis honoribus Babylone ab Evilmerodac donatus sit .

Ad secundum dico , Judæos , annuenti-
bus Chaldæis & postea Persis habuisse licentiam exercendi judiciariam potestatem in
his quæ Religionem spectabant . Sic censet
Origines epist. ad Julium Africanum.

Repones : Auctor historiæ Susannæ inducit Danielem cap. 13. ut virum Græcum,
quippe qui ex græcis vocabulis etymolo-
gias

gias dicat . Et vero uni ex ſenibus pu-
dicitiæ Suſannæ inſidiantibus dicenti ſe
vidiſſe Suſannam peccantem ſub ſchino,
Daniel ex illa voce *σχῖνο.* , quæ latine *Lentiſcum* ſignificat, alludens ad verbum
græcum *ex ſxo* , quod ſignibcat *ſcinde-*
re , ſtatim ſubjunxit : *Recte mentitus es*
in caput tuum : ecce enim Angelus Dei,
accepta ſententia ab eo , ſcindet te medium.
Alteri ſeni dicenti ſe vidiſſe Suſannam
peccantem ſub primo , qui latine ſignificat *ilicem* , alluſit Daniel ſtatim ab ar-
bore primi ad actionem ſecandi , nam
πρῖνο , eſt arbor & *πρίνω* , idem eſt ac
ſecate ; quocirca dixit ei Daniel : *Recte*
mentitus & tu in caput tuum : manet enim
Angelus Domini gladium habens , ut ſecet
te medium , & interſiciat vos. Eo loci ex
Græcis arborum nominibus genus prænæ in
reos ſenes derivat Daniel ; quod quidem
veritati parum conſonat , cum Propheta
hebraice ſolum & chaldaice loqueretur.

Reſpondet Origenes , Danielem non niſi
Linguæ Chaldaicæ, cujus, juſſu Nabuchodonoſor fuerat imbutus, etymologiis uſum
fuiſſe , quæ poſtea Interpres Græcus al-
luſionibus ſibi propriis expreſſit , quod
quidem in optimo interpretandi genere
fieri ſolemne eſt .

SECTIO QUARTA.

De minoribus Prophetis .

§. I.

Analyſis hiſtoria .

DUODECIM numerantur Prophetæ
minores, ſcilicet Oſee, Joel, Amos, Abdias, Jonas, Michæas, Nahum, Habacuc,
Aggæus, Zachariaſ, & Malachias .

1. *Oſeas* deſcribit idololatriam populi ,
ipſius punitionem ſub figura meretricis ,
quam ducit Deo jubente in uxorem ; habet XIV. capita .

I. JONAS loquitur de pœnitentia Ninivitarum præfigurante ſalutem gentium:
ſic cæteri cum eo deplorant peccata Iudæorum , minantur iram Dei, prænuntiant
modo punitionem & deſolationem , modo
etiam conſolationem per adventum Chriſti,
tum primum , tum ſecundum adimplen-
dam. *Jonas* in ventre piſcis concluſus, &
poſtea ab eo ſolutus , fuit typus ſepultu-
ræ & reſurrectionis Chriſti . Ejus liber
quatuor conſtat capitibus .

II. *Joel* , non notavit tempus quo vaticinatus eſt : multi volunt Prophetiæ ſuæ
oracula tempore Joram emiſiſſe , eo quod
iſto potiſſimum tempore contigerit fames
de qua apud Joel ſit ſermo . Huetius contendit Joel vaticinatum fuiſſe poſt adductos Iſraelitas captivos in Aſſyriam &
Mediam . Hoc ipſum colligit ex Cap. 3.
v. 2. ubi habetur : *Congregabo omnes gen-*
tes . Ejus volumen III. clauditur capitibus.

III. *Amos* , Paſtor Thecuita vaticinatus
eſt ſub Ozia & Joroboam , biennio ante
terræ motum , cujus meminit Zacharias cap. 14. v. 15. qui quidem motus
contigiſſe dicitur cum Ozias Sacerdotale
munus uſurpavit circa annum 3214. mundi . Auctor ſe prodit cap. 4 & 8. citatur
apud Tobiam cap. 2. v. 5. & l. 1. Machab. cap. 1. v. 41. liber novem habet
capita .

IV. *Abdias* , non notavit tempus vaticinationis ſuæ, ſed antiquus eſt Propheta,
namque citatur apud Jeremiam cap. 49.
quidam credunt ipſum fuiſſe qui Prophetas 100. metu Jezabel in ſpeluncis abſ-
conditos pavit . Hoc ipſum inſertur ex l.
3. Reg. cap. 18. non tamen una eſt circa
hoc factum opinio ; quidam enim contendunt eum , qui hanc erga Prophetas habuit & humanitatem & charitatem , ſe
ipſum non fuiſſe Prophetam . Unico capite liber Abdiæ continetur .

V. *Nemo* Jonæ tempus quo prophetavit , determinat ; ſpectat tamen Oziæ &
Jeroboam ætates . De Jona fit mentio l.
4. Reg. ſicut & de ejus Prophetiis Tobiæ
19. v. 16. Tum in Evangelio Matthæi &
Lucæ . Solus fuit Propheta Domini ad
Gentiles miſſus .

VI. *Michæas* Moraſtites non idem eſt ac
alius ejuſdem nominis Propheta longe antiquior . Vaticinatus eſt Jonathan , Achaz,
& Ezechia regnantibus , anno mundi 3236.
ante Chriſtum 730. auctor ſe prodit cap.
2. v. 3. Extat egregium apud Jeremiam
cap. 26. 18. de Michæi teſtimonium , his
verbis complexum : *Michæas de Moraſthi*
fuit Propheta in diebus Ezechiæ Regis Ju-
da , & ait ad omnem populum Juda , di-
cens : Hæc dicit Dominus Deus exercituum :
Sion quaſi ager arabitur : Et Jeruſalem in
acervum lapidum erit . Michæ ſententias
expreſſit Sophronius L 9. v. 19. hunc citat S. Matthæus , hunc Joannes : Chriſtus
ipſe Matth. 10. 33. utitur ejus verbis :
Opus ſeptem habet capita .

                            VII.

VII. *Nahum* Elcesæus non præfixit suæ vaticinationi tempus . Hieronymus illam refert ad' Ezechiæ tempora circa annum mundi 3162. cum jam decem Tribus translatæ erant . Prophetia tribus capitibus constat .

..VIII. *Habacuc*, nec tempus vaticinationis suæ, nec patriam notavit ; vaticinatus est multo tempore antequam Judæi a Chaldæis & superarentur & subjugarentur : Probabile est scripsisse versus prima Manassis Regis tempora , cujus quidem Regis peccata videtur perstringere cap. 2. v. 11. hoc est, circa annum mundi 3392, antequam Manasses Babylonem captivus abduceretur : iste monita Prophetæ flocci faciens , victus a Chaldæis captivus factus est, sed pœnitentia ductus , Deo adjuvante liberatus est . Auctor se prodit c. 1. v. 2. Nonnullas Habacuc sententias imitati sunt Jeremias & Ezechiel . Citatur a divo Paulo.

IX. *Sophonias* filius Cusi Regis, an alterius ; incertum est : Sed Ezechiæ pronepos erat . Vaticinatus est, regnante Josia , sub initium ejusdem Regni , hoc est tempore Jeremiæ : quædam iste & Ezechiel ex illo deprompserunt . Ejus volumen tria capita præ se fert.

X. *Aggæus* scripsit an. 2. Darii mense 6. hortatur Judæos ad restaurandum Templum , prædicit majorem futuri Templi quam præsentis gloriam , quod quidem de Ecclesia per Christum condenda intelligitur . Duo habet capita ejus volumen.

XI. *Zacharias* filius Barachiæ & nepos Abdo non illius qui ad Jeroboam sacrificantem in Bethel missus , futuram Aræ destructionem prædixit . Ista enim sententia, non est satis probabilis , namque inter avum & nepotem intercedunt plusquam 450. anni. Sit ne ille de quo Christus loquitur Matth. 23. inter auctores controvertitur . Probabilis est opinio S. Hieronymi l. 4. comm. in c. 13. Matth. qui Zachariam occisum inter Templum & altare, non alium esse putat , quam illum qui in atrio Templi jussu Ioas necatus est , ut habetur in libro Paralip. Auctor se ipsum prodit Cap. 2. Illius meminit Esdras : de eodem recordatur c. 1. Matth. Multæ circumferuntur controversiæ de regno , de imperiis & gestis , de quibus Prophetæ scripserunt . Zachariæ l. XIV. capita continet.

XII. *Malachias* Prophetarum ultimus ,

Bossuet Theol. Tom. IV.

instaurato jam Templo scripsit . Cap. 1. v. 7. appellatur Angelus , sed spiritu & moribus intellige . Origines absque fundamento , immo nec sine errore putavit Malachiam verum fuisse Angelum , idem sed absurde de Melchisedech , & de brato Ioanne Baptista opinatus est .

Malachias tot mira prædixit , ut ea paululum delibare juvet . Iam instaurato per Zorobabelem Hierosolymæ Templo , restaurataque Iudæorum republica prophetare cœpit . Perstringit ingratitudinem Iudæorum , qui beneficia Dei cultu & amore debito recolere non studebant , in primis vero Sacerdotum arguit Iocordiam & impietatem , arguit eorum sacrificia pravis cum dispositionibus oblata & flocci facit ; tum cap. 1. v. 10. & 11. sacrificium longe purius, excellentius & efficacius in nova lege offerendum prædicit , quod sancti Patres de sacrificio incruento Eucharistiæ intelligendum esse propugnant . Deus per Prophetam malos veteris legis Sacerdotes sic alloquitur : *Non est mihi voluntas in vobis , dicit Dominus exercituum : & munus non suscipiam de manu vestra . Ab ortu enim solis usque ad occasum magnum est nomen meum in Gentibus : & in omni loco sacrificatur & offertur nomini meo oblatio munda .* Duplicem prænuntiat Malachias Christi adventum , unum quidem ad salvandos homines , alterum vero ad eodem judicandos . Cap. 3. dicit prioris præcursorem sanctum Ioannem Baptistam , posterioris, Eliam implicite indicat . Iam sit

§. II.
Sanctitas Librorum ostenditur .

ILLI libri sunt sacri , qui in canone Synagogæ & Christi Ecclesiæ ne uno quidem excepto reperiuntur ; quorum sententiæ in testimonium veritatis astruendæ in utroque Testamento adducuntur ; quos SS. Patres & Doctores ut sanctos habent & laudant : Atqui res sic se habet pro libris minorum Prophetarum : & probatur ab enumeratione partium.

Oseas : S. Hieronymus commen. cap. 1. divus Augustinus lib. 18. de civ. cap. 28. Oseam prophetasse asserunt . Revera quidem cap. 6. 3. vaticinatur de Christi resurrectione . Cap. 11. de fuga in Ægyptum & reditu , his verbis : *Ex Ægy-*

S *pto*

sto vocavi filium meum . Quam sententiam
laudat S. Matth. c. 2. 15. & Christo applicat .

Joel : S. Hieronymus meminit hujus
Prophetæ Præf. in Joel. Meminit Theodoretus etiam Præf. in Joel. Christum designat ille Propheta cap. 2. 23. his verbis : *Filii Sion exultate , & lætamini in
Domino Deo vestro : quia dedit vobis Doctorem justitiæ.*

Amos : Hieronymus comm. in Amos similiter & Theodoretus comment. in eumdem , Augustinus lib. 18. de civ. cap. 18.
illum agnoscunt ut verum Prophetam :
Auctor l. Tobiæ c. 2. 5. & 6. laudat sententiam Amos his verbis : Cum qui occul-
tasset corpus , manducavit panem cum luctu
& tremore ; memorans illum sermonem quem
dixit Dominus per Amos Prophetam : Dies
Festi vestri convertentur in lamentationem &
luctum . Ille Propheta egregium profert
de Christo vaticinium cap. 9. 11. *In die
illo* , inquit , *suscitabo Tabernaculum David, quod cecidit, & reædificabo aperturas
murorum ejus ;* quod S. Jacobus Act. 15.
14. interpretatur de Christo & vocatione
gentium.

Abdias : Clemens Alex lib. 1. Strom.
& Eusebius in chronico Abdiam ut Prophetam celebrant . Ejus volumen unum
habet caput, ut dictum est . Vers. 17. de
Christo & Ecclesia hæc mira prænunciat :
*Et in monte Sion erit salvatio , & erit san-
ctus : & possidebit domus Jacob eos qui se
possederant.* Ad prima verba attendit Matth. c. 1. 21. Josepho ait Angelus de Christo : *Vocabis nomen ejus Jesum : Ipse enim
salvum faciet populum suum a peccatis eorum :* Ad postrema vero S. Lucas c. 1.
33. *Et regnabit in domo Jacob in æternum,
& regni ejus non erit finis.*

Jonas : Theodoretus Prol. in Jonam uti
Prophetam illum habet ; fuit Christi figura : hoc enim de illo vel ipse Dominus
reddit testimonium Matth. 12. 39. 40. 41.
his verbis : *Generatio mala , & adultera
signum quærit ; & signum non dabitur ei :
nisi signum Jonæ Prophetæ. Sicut enim fuit
Jonas in ventre ceti tribus diebus , & tribus noctibus : sic erit filius hominis in corde
terræ tribus diebus & tribus noctibus.*

Michæas : S. Hieronymus in comm. sicut & alii SS. Doctores non silent istum
Prophetam, qui plenus Spiritu sancto luc-
mirum de Christo & Ecclesia intonuit oraculum : Cap. 4. *Et erit in novissimo dierum , erit mons domus Domini præparatus*

sto vertice montium , & sublimis super colles ; & fluent ad eum populi. Tum & illud
a S. Matth. c. 2. 6. citatum , & ab ipsis
Scribis & Sacerdotibus celebratum pro in-
dicando Magis loco ubi Christus nasceretur . *Audiens autem Herodes Rex turbatus
est & omnis Jerosolyma cum illo . Et congregans omnes Principes Sacerdotum , &
Scribas populi, sciscitabatur ab eis ubi Christus nasceretur . At illi dixerunt ei : in
Bethlehem Judæ : sic enim scriptum est per
Prophetam : Et tu Bethlehem terra Juda ,
nequaquam minima es in principibus Juda :
Ex te enim exiet Dux , qui regat populum
meum Israel . Scriptum est Michææ c. 5.
2. Et tu Bethlehem Ephrata parvulus es in
millibus Juda : Ex te mihi egredietur qui
sit dominator in Israel , & egressus ejus ab
initio , a diebus æternitatis.*

Nahum : Hunc inter Prophetas annumerant Eusebius , Hieronymus , S. Aug.
l. 18. de civ. cap. 31. ante ipsos Iosephus
l. ant. c. 11. & Clemens Alex. l. 1. Strom.
Ad Ecclesiam spectat illud quod dicit c.
1. 15. *Ecce super montes pedes evangeli-
zantis , & annuntiantis pacem : celebra Juda festivitates tuas , & redde vota tua :
quia non adjiciet ultra ut pertranseat in te
Belial : universus interiit.*

Habacuc : A Doctoribus citatis celebratur ut Propheta, maxime ab Aug. l. 18.
de civ. c. 33. quippequi futura absecondi-
ta soli Deo nota, adeoque & solo afflante
eructaverit ; præcipue vero Messiæ adventum , c. 2. 3. *Apparebit in finem , & non
mentietur : si moram fecerit expecta illum :
quia veniens veniet , & non tardabit.* Tum
c. 3. *Domine opus tuum , in medio annorum
vivifica illud.*

Sophonias : Sanctus Hieronymus & alii
suum addunt calculum prophetiis Sophoniæ , cum non nisi afflante Spiritu sancto
hoc præclarum de Christo & Ecclesia potuit prodere vaticinium c. 3. 11. *In die
illa non confunderis super cunctis adinventio-
nibus tuis .... Lauda Sion : Jubila Israel,
lætare & exulta in omni corde filia Jerusalem . Abstulit Dominus judicium tuum , avertit inimicos tuos : Rex Israel Dominus in
medio tui , non timebis malum ultra .*

Aggæus : Vel ipsa Scriptura meminit
Aggæi ; sic enim habetur lib. 1. Esdræ
cap. 5. 1. 2. his verbis : *Prophetaverunt
autem Aggæus Propheta , & Zacharias filius Addo.* S. Augustinus l. 18. de civ. c.
35. tum Cyrillus Alex. comment. in ejus
lib. habent illum ut Prophetam , S. Paulus

lus Heb. 12. 26. hanc ab eo defumpfit fententiam pro Chrifto exaltando : *Cujus vox
movit terram tunc : nunc autem repromittit ,
dicens : Adhuc femel : & ego movebo non
folum terram , fed & cœlum .* In Agæo
habetur c. 7. I Lec *dicit Dominus exercituum : Adhuc unum modicum eft , & ego
commovebo cœlum & terram.*
Zacharias : S. Hieronymus in interpre-
ratione fua ad Hebraicam veritatem edita , illum ut verum Prophetam celebrat :
fic quoque ventilatur l. 1. Efdræ c. 5. modo citato . Bene multa & mira de Chriflo prænuntiat : Primo ejus adventum c.
2. Tum cap. 3. ejus Sacerdotium , his ver-
bis : *Oftendit mihi Dominus Jefum Sacerdotem magnum ftantem coram Angelo Domini . . . Jefus erat indutus veftibus fordidis :
& ftabat ante faciem Angeli , qui refpondit , auferte veftimenta fordida ab eo . . . .
Quia ecce lapis , quem dedi coram Jefu ,*
Tertio , cap. 9. 10. ingreffum ejus triumphalem fuper pullum afinæ , quem commemorat S. Matthæus cap. 21. citans Zachariæ locum .
Malachias : S. Cyrillus Alex. præf. in
Malachiæ volumen , Auguftinus lib. 18.
de civ. cap. 35. Theodoretus præf. in c.
1. Malach. & ante ipfos Juftinus Dial.
cum Triphone , Irenæus lib. 4. cap. 32.
multa egregia de prophetiis Malachiæ
fcribunt . Ecclefia in officio utitur illa
mirabili de Chrifto prænuntiata Malach.
3. 1. 4. fententia : *Statim veniet ad templum fanctum fuum Dominator , quem vos
quæritis , & Angelus Teftamenti quem vos
vultis .* Ergo &c.

SYNOPSIS PROBATIONUM.

*Libri Ifaiæ , Jeremiæ , Ezechielis ,
Danielis , Ofeæ &c. funt
facri .*

PRIMO : Omnes funt in Proto-canone , tum Iudæorum , tum Chriftianorum ,
ut legere eft in decreto Concilii Trid. de
Scripturis facris .
Secundo : Concinit traditio utriufque
Ecclefiæ , Orientalis fcilicet , & Occidentalis . Cyrillus Alex. in Prologo comment. S. Hieronymus præf. in Prophetas.
Auguftinus lib. 18. de civ. cap. 23. Origenes hom. 1. in Lev. Iofephus lib. 10. c.
22. & alii bene multi , nunc unum , nunc
alterum ex his omnibus Prophetis commemorant .

Tertio : Non femel citantur ifti Prophetæ in utroque Teftamento ; hinc Porphyrius & alii qui fanctitatem & infpirationem hujufmodi libris abjudicare tentarunt ,
ab Ecclefia ut homines deteftabiles abje-
fti funt .

SYNOPSIS DIFFICULTATUM,

ET EXPLICATIONUM.

PRIMO : Ultro fatemur nonnullas antylogias in biftoriis quas texunt Prophetæ
quandoque inveniri , fed ut fæpius dictum
eft , attendendo ad antecedentia & conlequentia facile conciliari propugnamus.
Secundo : Similiter & ordo temporum
in factis referendis non femper fervatur ,
fed & hoc ab authenticitate & Prophetiæ
veracitate nihil detrahit , cum vel ipfi
Chronologiftæ in hoc puncto fæpius inter
fe diferepent : tum quia verfio Lxx. nonnumquam inverfo ordine , immo vel ipfa
Vulgata referunt facta , quod contigit propter acerbitatem captivitatem , quo tempore Scripturæ facræ diverfa paffæ funt
naufragia ; illis vero abfolutis , ea , ut
potuit Efdras , collegit ; hinc fragmenta
decurfu ætatum inventa , ad corpus Scripturarum adjuncta funt . Rex claret in Jeremiæ Prophetia ; ejus enim volumine juffu impii Regis combufto , iterum dictari
oracula divina neceffe fuit , quod quidem
in anguftia temporum fic factum eft , ut
ad ordinem factorum arithmeticam fpectare non potuerit Scriptor canonicus.
Tertio : Eadem ratione parique facilitate folvitur difficultas , feu argumentum
contra veracitatem hiftoriæ Sufannæ ,
Hymni puerorum , & Belis ex quibufdam
Patribus & auctoribus petitum , qui de
his momentis filent ; cum enim fragmenta iftorum biftoriam continentia citocitus
non appæruerint , non mirum fi in dubii
fufpicionem venerint : Sed Ecclefia tandem de fingulis certior facta , ea ut facram Scripturam in Concilio Trid. habenda effe definivit . De Minoribus Prophetis in præfentiarum loqui fuperfedeo :
cum eorum volumina univerfim a Syn-
goga & Ecclefia Chrifti , nullo contradicente , recepta fint .

SECTIO QUINTA.

De palmaribus vaticiniis Chriſtum ſpe-
ctantibus .

PROPHETÆ omnes, in hoc potiſſimum incumbebant , ut mores hominum probe inſtituerent , populum a peccatis committendis deterrerent , virtutem excolendam docerent , præcipue vero ut Redemptionem omnium , & ſingulorum hominum , vel etiam Gentilium per Chriſtum operandam annuntiarent . Multa de ejus adventu , vita , morte , aliiſque Incarnationis circumſtantiis , dixerunt : Sed inter omnia eorum oracula , percelebre eſt illud quod de Virgine paritura emiſſum fuit ab Iſaia c. 7. v. 14. & iſtud a Danieſc de 70. hebdomadibus abbreviatis Dan. 9. v. 24. & ſequentibus . Solennis eſt in Scholis de utroque vaticinio diſſertatio : iis præ cæteris utuntur Controverſiſtæ ad confundendum obſtrepentes Judæos , ut depoſito ex oculis mentis velamine , Chriſtum Mediatorem Deum & hominem agnoſcant . Quia vero nonnullæ occurrunt difficultates circa utrumque momentum ſolvendæ , operæ pretium eſt , prævia explicatione cujuslibet vaticinii ad ſingula reſpondere .

PUNCTUM PRIMUM.

Num illud Iſaiæ 7. vaticinium : ECCE
VIRGO CONCIPIET ; ſit in bea-
tiſſima Virgine & Chriſto adimple-
tum ?

CONCLUSIO.

Oraculum de Virgine concipiente adimple-
tum eſt in beatiſſima Virgine & in
Chriſto .

Probatur multis momentis .

Primo , ex explicatione Prophetiæ .

ISTA Prophetia de ea intelligenda eſt perſona , quæ , Virgine permanente , concepit & peperit filium , cui nomen Emmanuel a Deo impoſitum convenit : Atqui ſola beatiſſima Maria , Virgo permanens concepit , & de ea ſola hoc ſtupendum & demirandum miraculum prænuntiatum eſt : Ergo &c. Probatur minor. I. Non eſt uxor Achaz , quæ ſic concepit ,

nec uxor Iſaiæ , neutra enim Virgo permanſit . II. Solus filius MARIÆ vocari debet Emmanuel , quæ quidem vox , interprete Iſaia , ſignificat *Emmanuel , nobiſcum Deus ,* quippequi ab eodem Iſaia vocatur admirabilis , Deus , fortis , conſiliarius , Pater futuri ſæculi , Princeps pacis , quæ dotes numquam dictæ ſunt de aliis , bene vero , de CHRISTO. Ergo &c.

Confirmatur : Cum obſideretur Achaz a duobus Regibus , ſcilicet Raſin Rege Syriæ , & Phacee Rege Iſrael , ut habetur 4. Regum 16. & Iſaiæ 7. dedit Iſaias iſtud miraculum in liberationis argumentum : *Ecce Virgo concipiet , & pariet filium ....* *Quia antequam ſciat puer reprobare malum , & eligere bonum , derelinquetur terra ... a facie duorum Regum ſuorum .* Atqui uxorem Achaz , vel Iſaiæ concipere & parere non eſt quid miraculoſum : Igitur Iſaias loquebatur tantum de ſanctiſſima Virgine Maria.

Confirmatur ſecundo , evertendo fundamentum falſum Rabbinorum , qui dicunt , uxorem Achaz tunc fuiſſe ſterilem , & victa divinitus ſterilitate , Ezechiam filium peperiſſe , quod erat , inquiunt , ſignum liberationis , vel etiam miraculi , de quo Iſaias loquitur : Sed iſtud non cohæret &. Scripturæ , & hiſtoriæ : Ergo &c. Probatur minor : Repugnat quidem Scripturæ , ſecundum quam Ezechias natus eſt antequam Iſaias hoc emitteret vaticinum : enim vero protulit anno ſecundo regni Regis Achaz , jam autem Ezechias attigerat annum ætatis ſuæ undecimum , namque Iſaias hoc vaticinium pronuntiavit , vivente adhuc Phacee , ut conſtat ex libro 4. Regum c. 16. Certum eſt etiam quod poſt annum ſecundum regni Achaz Phacee mortuus erat ; regnavit enim in Samaria viginti tantum annis , ut habetur libro 4. Regum c. 15. Achaz vero regnare cœpit in Juda an. 17. Regni Phacee filii Romeliæ Regis Iſrael . Demum conſtat Achaz regnaſſe ſexdecim annis , ſicut ſcriptum eſt 4. Regum 16. 2. Ezechias autem filius erat annorum 25. cum regno ſui Patris Achaz ſucceſſit , ut patet ex l. 4. Regum c. 18. 2. Igitur jam annum ætatis ſuæ undecimum attigerat anno ſecundo regni Patris ſui quando Iſaias protulit vaticinium , quod evincit ratiocinium Judæorum repugnare & Scripturæ & hiſtoriæ , miraculumque non niſi de ~~~~~~~~~ E ~~~~~~ Deo concipiente eſſe intelligendum .

Secundo, *ex convenientia utriusque Testamenti & ipsius Isaiæ explicatione, qui
summa prodit sensum.*

HABEMUS utrumque pro explicatione Prophetiæ Testamentum, in novo quidem Lucæ l. *Missus est Angelus Gabriel a
Deo in civitatem Galilææ, cui nomen Nazareth, ad Virginem desponsatam viro, cui
nomen erat Joseph, de domo David, & nomen Virginis Maria. Et ingressus Angelus
ad eam dixit : Ave gratia plena : Dominus tecum : benedicta tu in mulieribus. Quæ
cum audisset, turbata est in sermone ejus, &
cogitabat qualis esset ista salutatio. Et ait
Angelus ei : Ne timeas Maria, invenisti
enim gratiam apud Deum, ecce concipies in
utero, & paries filium, & vocabis nomen
ejus Jesum.* Hic erit magnus, & filius Altissimi vocabitur ; & dabit illi Dominus Deus
sedem David patris ejus ; & regnabit in domo Jacob in æternum ; & regni ejus non erit
finis. Dixit autem Maria ad Angelum, quomodo fiet istud, quoniam virum non cognosco ?
Et respondens Angelus dixit ei : Spiritus sanctus superveniet in te, & virtus Altissimi
obumbrabit tibi. Ideoque & quod nascetur ex
te Sanctum, vocabitur filius Dei. Duo potissimum in his verbis subnotanda sunt ,
videlicet beatissimam Mariam suam illibatam servare velle virginitatem : deinde
vero Angelum istud illi astruere promissum, dicendo nihil ipsi de hoc timendum
esse, quippe quæ conceptura & paritura
esset operatione Spiritus sancti hominem
Deum. Concinit in his duobus privilegiis
vetus Testamentum ; Isaias enim primum
prænuntiat his verbis : *Ecce virgo concipiet &c.* Alterum vero Ibis : *Et vocabitur nomen ejus Emmanuel .. Deus, fortis
&c.* Quo quidem oraculo clare prænuntiat Virginem concepturam Emmanuel .
Et vero Christus generatione hominibus
communi procreari non poterat ; alias ,
quod absit dicere, fuisset sicut nos peccato originali fœdatus : Igitur juxta Isaïam,
de Virgine illibata per Spiritus sancti operationem natus est.

Idem Isaias sic prædicat Christi divinitatem, & consequenter beatissimam Mariæ
virginitatem, ut Judæi utrumque negando in meridie cæcutiant . Juvat aliquos
Prophetæ textus hic recensere. Capite secundo sic inconat : *Erit in novissimis diebus præparatus mons domus Domini in vertice montium ... Elevabitur Dominus solus*

*in die illa, & idola penitus conterentur :
Audis, in novissimis diebus præparatum
montem, elevatum Dominum, scilicet
Christum ; audis idola contrita, ecce adventus Messiæ mirabilis effectus.
Capite quarto, v. 2.* ait : *In die illa erit
germen Domini in magnificentia & gloria .*
Capite 8. *Dominum exercituum ipsum san-
ctificate ... erit vobis in sanctificationem ;
in lapidem autem offensionis, & in petram
scandali duabus domibus Israel .* Christus
fuit in sanctificationem Gentilium qui in
illum credidere, in lapidem vero offensionis Judæis , & Samaritanis , propter eorum incredulitatem.
Egregium est quod habetur cap. 9. 6. 7.
*Parvulus enim natus est nobis ... & voca-
bitur nomen ejus admirabilis, consiliarius ,
Deus fortis , Pater futuri sæculi , princeps
pacis . Cap. 11. Egredietur virga de radice
Jesse, & flos de radice ejus ascendet & requiescet super eum Spiritus Domini . Cap.
35. §. Deus ipse veniet, & salvabit vos .
Tunc aperientur oculi cæcorum &c. Capite
40. Vox clamantis in deserto : parate viam
Domini ...... erunt prava in directa
..... Ecce Dominus Deus in fortitudine
veniet .... Sicut Pastor gregem suum pascet. Cap. 45. 8. Aperiatur terra, & germinet Salvatorem . Denique cap. 60. 1.
Surge, illuminare Jerusalem, quia venit
lumen tuum, & gloria Domini super te orta est .* Quæ quidem omnia in uno solo
Christo sic adunantur, ut teste S. Hier.
epist. ad Paulinam cap. 7. & præfat. In
Isaiam, non tam vaticinium, quam Christi Evangelium Propheta texuisse videatur : Ergo &c.

**Tertio, ex SS. PP. & Ecclesiæ Docto-
ribus.**

PATRES Scripturæ sacræ Interpretes ,
ne uno quidem excepto istud oraculum :
Ecce Virgo concipiet &c. DE SANCTIS-
SIMA MARIA, quæ Virgo permanens
peperit CHRISTUM, eodem veluti cons-
pirante calamo scribunt, vel potius intelligunt .

Instar omnium sit Tertullianus , qui in
Apologetico & in libris septem adversus
Marcionem luculentissimis argumentis probat Christum esse Messiam : libro vero 3.
cap. 13. edit. Paris. 1634. Isaïæ oraculum sic explicat : " Et merito ait ,
„ præstruxit enim fidem incredibili rei ,
„ rationem edendo , quod in signo esset
„ fu-

„ futura . Propterea , *inquit* , dabit vo-
„ bis Dominus fignum : *Ecce Virgo conci-*
„ *piet in utero, & pariet filium* . Signum
„ autem a Deo , nifi novitas aliqua mon-
„ ftruofa , tam dignum non fuiffet . De-
„ nique & Judæi , fi quando ad nos de-
„ jiciendos mentiri audent , quæ fi non
„ virginem , fed juvenculam conceperam ,
„ & parituram Scriptura contineat, hinc
„ revincuntur , quod nihil ligni videri pof-
„ fit res quotidiana , juvenculæ fcilicet
„ prægnatus & partus ; in fignum ergo
„ difpolita Virgo & Mater , merito cre-
„ ditur : Infini vero bellator non æque .
„ Huic traditioni accedit ufus Ecclefiæ
quæ eam prophetiam femper fic intellexit , & in una Miffa in die nativitatis
pro introitu habet .
S. *Thomas* egregie eamdem adimplet Provinciam commentario in c. 7. & 8. Ifaiæ;
quia vero de fancti Doctoris auctoritate
multus erit in folutione objectionum fermo , ejus textum brevitatis caufa hic præ-
termittimus .

Solvuntur objectiones quæ ex varia vo-
cis Abblmach fignificatione defu-
muntur .

OBJICIUNT Judæi : In textu Hebrai-
co legitur : *Ecce Abblmach concipiet* : Sed
ifta vox non virginem , fed adolefcentulam juvenculam feu puellam, ut reddunt
Symmacus , Aquila , & Theodotion , quam
contendunt fuiffe Achas uxorem , quæ
primum erat fterilis . Ergo &c.
Refpondeo I. falfitatem minoris ex probationibus patere .
Refpondeo II. diftinguendo majorem : Et
Septuaginta vertunt : *Ecce Virgo concipiet* .
Et ut *aliquid* dicunt : *Intacta & abfcon-*
dita , concedo : fecus , ne-
gat Vulgata . Vox igitur *Ab-*
blmach fignificat adolefcentulam viro abfconditam , adeoque formaliter virginem ;
nufquam vero adolefcentulam ut fic , ab-
ftrahendo a virgine & uxore : unde S.
Hieronymus comm. in caput 7. Ifaiæ dicit non folum vocem prædictam Virginem
non excludere , fed potius fignificare Virginem ; non qualemcumque , fed ita abfconditam , ut ne oculis quidem virorum
patere vellet . Hoc ipfum conftat exemplo
Rebeccæ , Gen. 24. ubi appellatur Puella
decora nimis , Virgoque pulcherrima , &
incognita viro : Igitur cum vox *Abblmach*
fignificet Virginem , & fecundum alios ,

adolefcentulam viris pœnitus abfconditam ,
Prophetia de fola beatiffima Virgine intelligi debet .
Interpretatio eft S. Thomæ hic in circut
7. Ifaiæ lect. 8. ubi primum refert objectionem , deinde vero his verbis fic refpondet , " Dicendum , quod nullum fignum
„ effet , fi juvencula concepiffet , & etiam
„ virgo corrupta . Dominus autem ali-
„ quod magnum voluit fignificare , cum
„ dixit , in profundum inferni , five in
„ excelfum fupra . Ideo autem apud nos
„ ponitur magis Alma , quam juvencula ,
„ quia Alma fignificat Virginem fecun-
„ dum nominis originem , & adhuc plus ,
„ cuftoditam , de qua non poffit ha-
„ beri mali fufpicio . Sed *Bethula* figni-
„ ficat , fecundum ufum loquendi pofte-
„ riorem . „
Refpondeo III. fidem adhibendam effe
verfioni Septuaginta , & cæterorum Orthodoxorum ; minime vero verfioni Symmachi , Aquilæ & Theodotionis , quippe
qui coniperfi effent fuligine errorum Ebio-
niftarum qui Chriftum effe purum hominem autumabant ; unde non mirum fi
per vocem *Abblmach* intellexerint Achæ
uxorem , quod eft a mente Ifaiæ prorfus
alienum .
Inftant : Atqui vox *Abblmach* non fignificat adolefcentulam viro abfconditam :
Ergo &c. Probatur fubfumptum , Rebecca
vocatur etiam *Abblmach* , & tamen non
erat abfcondita , ut pute quæ adæquatio-
nis caufa non folum materno e thalamo ,
non paterno dumtaxat domo , fed ex urbe etiam exiret : Ergo &c.
Refpondeo diftinguendo confequens , cum
illud : Virgines non erant abf-
fconditæ quando vel celebratio facrorum
vel neceffitas , vel Patriæ confuetudo exigebat , concedo : fecus , nego . Quod autem hæc folutio fit bona , patet ex illis
2. Machabæorum cap. 2. 19. his verbis :
Accinctæque mulieres Ciliciis pectus , per Pla-
teas confluebant : *Sed & virgines , quæ con-*
clufæ erant , procurrebant ad Oniam . Igitur
aliquando Virgines foris exibant .
Refpondeo aliter diftinguendo : Vox *Ab-*
blmach non fignificat *abfcondita* , id eft re-
clufa in domo paterna a confortio virorum , tranfeat : non fignificat abfcondita ,
id eft , penes omnes corporis partes , velata , nego . Efto quod *Abblmach* non fignificet femper *inclufa* , attamen hæc eft
ejus interpretatio : Virgines debent habere partes corporis ita velatas , ut nulla
umquam

umquam pars alteri pareſcit, ita debet
eſſe diligenter abſcondita & amiſſa ut nihil iu ea homo videat, unde denudatio
Virginis in Scriptura ſacra ſumitur pro
ejus deflorituone : ſic Levit. 18. 6. *Omnis
homo ad proximam ſanguinis ſui non acce-
det, ut revelet turpitudinem ejus.* Sic Deuteronomii 22. 30. *N·n accipiet homo uxorem
Patris ſui, nec revelabit operimentum ejus.*

Quid plura? Verſiones Syriaca, Arabica, Paraphraſis Chaldaica & quidem magni ponderis apud Judæos, utuntur verbo, quod redditur latine, *Virgo*. Denique
niſi hæc vox *Abbimach*, idem ſonet ac
Virgo, ſenſus loci non modo erit falſus,
ſed & plane abſurdus : ſic enim vertunt
Judæi, Virgo, non quidem manens Virgo. Sed quæ antea Virgo erat, poſtea viro nupta ex eo concipiet, hoc inquam,
abſurdum eſt ; namque, conceptus Virginis proponitur ut ſignum miraculoſum liberationis Regis Achaz : attamen non eſt
mirabile Virginem nuptam parere.

Reponunt : Vox *Abbimach* reperitur ſæpius in Canticis : Atqui tamen ibi ſignificat
adoleſcentulas, non virgines : Ergo &c.

Reſpondeo diſtinguendo : Significat adoleſcentulas, non nuptas, concedo : nuptas, nego. Nemo non novit Scriptorem
canonicum loqui de illis adoleſcentulis,
quæ ſponſam ſequebantur ; illæ autem
erant virgines, nam ſeorſim a Reginis &
concubinis recenſentur, unde Canticorum
cap. 6. 7. babetur : *Sexaginta ſunt Reginæ, & octoginta concubinæ, & adoleſcen-
tularum non eſt numerus.*

Inſtabunt : Vox *Abbimach* celebratur in
Proverbiis cap. 30. 18. Sed ibi ſignificat
puella a viro cognita : *Tria ſunt,* inquit
Salomon, *difficilia mihi, & quartum penitus ignoro : viam aquilæ in cælo, viam co-
lubri ſuper petram, viam navis in medio
mari, & viam viri in adoleſcentia.* *Abbimach,* quod nomen non Judæi ſolum, ſed
Chriſtiani multi pro muliere corrupta poſitum contendunt, unde, inquiunt, Salomon comparans illam cum alia deflorata,
ſic loquitur : *Talis eſt & via mulieris
adulteræ, quæ comedit, & tergens rs ſuum,
dicit : Non ſum operata malum.* Ergo &c.

Reſpondeo, omiſſis variis interpretationibus myſticis, quibus quidam interpretes vox *Abbimach,* referunt ad BB. Virginem & Chriſtum; Primo quidem Para-
phraſi Chaldaica vertit, Virgo, & hic
eſt ſenſus; mirum eſt quot diverſis modis
ſe gerat vir ut virginem fallat, ipſaque

ut oculos parentum fugiat, ad hoc ut
crimen committat ; nam ſi loquatur ibi
de meretrice, non difficile creditur quomodo vir meretricis domum petat. Secundo, impervium, & vix capi poteſt,
quomodo perſonæ quæ ſeſe numquam viderunt, tantopere tamen ſe diligant ; unde via ſumitur in hoc verſu non pro veſtigio, ſed pro modo agendi. Tertio, ſi
ſumatur pro veſtigio, diſtinguo, id eſt
abſcondit hanc actionem vir, concedo :
ſecus, nego. Senſus igitur tunc erit :
Via viri in adoleſcentia, id eſt facit quidquid in ſe eſt, ut nemo agnoſcat id quod
fecit ; unde ſequens verſus hanc confirmat interpretationem, & ſenſus eſt, quod
ſe abſcondat mulier adultera. Quarto, ſi
pro puella deflorata ſumatur, diſtinguo,
hæc vocatur *Abbimach* putative, concedo : realiter, nego. Si quamvis Græci
virginem ſignificent per vocabulum παρθενος,
ſumitur apud Ariſtophanem pro ea quæ
virgo putabatur. Sic utique Virgilius de
Paſiphaen, quæ tres filios habuerat : ſic
loquitur :

*Ah! virgo infidelis, quæ te demen-
tia cepit.*

Hinc ſenſus eſt, quod ita ſe gerat, ut
veſtigium non magis appareat, quam aquilæ in cælo, ſerpentis in petra, navis in
mari. Nec obeſt quod in ſequenti verſu
dicat, mulierem adulteram cognoſci, &
vox *Abbimach* referri ad hunc verſum ;
namque eſt juxta ſecundum exemplum
quod adducit Iſaias de modo quo ſe oc-
cultant mulieres, & dicit quod hæc virgo ita crimen obtegat, ſicut ea quæ in
hac arte perita eſt, unde vox ſic, ſignificat ſimilitudinem, nuſquam vero iden-
titatem : alias ſi *Abbimach* ſignificaret
adulteram, idem ſecum compararet Salomon : Adde quod textus ille totus ſit me-
taphoricus : Porro in Iſaia vix ullam reperies metaphoram.

*Fit ſatis objectionibus ex hiſtoria ſacra
depromptis.*

OPPONUNT Judæi : Propheta in iſto vaticinio dat ſignum liberationis Jeruſalem
ab obſidione & deprædatione proxime futuræ : ſed Incarnatio ad eam nihil conducere videtur : Igitur Prophetia his expreſſa verbis : *Ecce Virgo concipiet & pariet,
&c.* non eſt de Incarnatione intelligenda.

S 4   *Ante*

Ante responsionem prænotandum est, Jerusalem tunc fuisse a Regibus Syriæ & Israel obsessam, quando laudatum emittebat Isaias oraculum. Prædixit Propheta Reges non prævalituros, deditque Achaz in signum liberationis Virginem parituram Filiam, cujus nomen Emmanuel: Rex iste, inquit D. Thomas, comment. in cap. 7. Isaiæ, lect. 8. Deo erat propter suam idololatriam exosus, ut legitur 4. Regum 16. deinde hæc subdit sanctus Doctor: " Et ideo Dominus tradidit eum in ma-
" nu Regis Syriæ & Samariæ, qui pri-
" mo venerunt contra eum, & obsiden-
" tes Jerusalem, tandem devincentes ip-
" sum, magnam partem exercitus sui co-
" perunt, & Principem exercitus ejus.
" Iterum ex illa victoria confisi, vene-
" runt ut omnino privarent eum regno,
" & substituerent alium loco ejus; & in
" hoc secundo adventu consolatur eum
" Isaias. "
Et hoc quidem duobus modis. Primoquidem prædicendo ruinam Rasin Regis Syriæ, & Phacee filii Romeliæ Regis Samariæ: " *Noli*, inquit ad Achaz Propheta, *timere, & cor tuum ne formidet a duabus caudis Titionum fumigantium isto-rum.* Quæ verba sic explanat D. Thomas: " Noli timere quoniam ego tecum sum;
" ab Oriente reducam semen tuum, &
" ab Occidente congregabo te *a duabus*
" *caudis.* Hic ponit consortationis ratio-
" nem. Et primo ostendit proponentium
" vanitatem, quia magna proponunt,
" cum tamen nihil, vel parum possent
" efficere. Duabus caudis quia In eis fi-
" nitum est regnum. Rasin enim inter-
" fectus est a Thegalphalasar. 4. Regum
" 16. & sui in captivitatem ducti: Sed
" Phacee subjugatus fuit, postea interfe-
" ctus ab hoste, qui postmodum captus
" est a Rege Salmanazar, & decem Tri-
" bus captivitate 4. Regum 17. " Quia
vero tam prompta liberatio propter duorum Regum potentiam videbatur impossibilis, Isaias præcipit Achaz, ut petat in probationem signum sive in profundo inferni, sicut cum terra aperta est & deglutivit Dathan & Abiron Num. 16. sive in excelsum supra. Sic Josue jussit Soli stare, ne moveretur contra Gabaon. Verum Rex incredulus noluit petere; & ideo Propheta convertitur ad totam domum David, in qua quidem multi erant Deo devoti & fideles, ut In signum liberationis Jerusalem ab obsidione prænuntiat

Christum ex Virgine Maria nascendum; qui totam naturam humanam a servitute & peccati & diaboli liberaret. His prælibatis,

Respondeo ad argumentum distinguendo: Incarnatio futura non consonat cum liberatione urbis Jerusalem, per modum causæ physicæ & præsentis, concedo: per modum causæ meritoriæ, nego. Incarnatio nondum erat adimpleta, & ideo non erat causa physica liberationis Jerusalem, bene tamen moralis, quatenus Deus intuitu meritorum futurorum Christi in domo David nascituri, hanc voluit isti domui fideli præstare misericordiam; unde Incarnationem posuit in signum & misericordiæ & majoris potentiæ: Enim vero si Deus potest facere ut Virgo manens Virgo, concipiat & pariat Filium qui liberaturus est populum suum a morte æterna, poterat a fortiori idem Dominus liberare & salvare Jerusalem a captivitate temporali. Solutio est D. Thomæ, qui ibidem sic loquitur: " Dicendum, quod
" Incarnatio Christi significat ipsam *libe-*
" *rationem Jerusalem*, per locum a majo-
" ri: quia si Deus dedit filium suum ad
" salutem totius mundi, multo magis po-
" test salvare vos ab istis hostibus, Rom.
" 8. qui proprio filio suo non pepercit,
" sed pro nobis omnibus tradidit illum,
" vel quasi causa motiva. Hoc enim mo-
" vit Dominum, quod multa bona illi
" populo, quamvis injusto concedantur,
" quia de illo providerat filium suum in-
" carnandum. "
Infans : Isaias annuntiat signum ad præsentes : Sed Incarnatio non erat tunc temporis adimpleta : Igitur nec data eis in signum liberationis.
Respondeo distinguendo : Signum datur personis præsentibus vel in se, vel in suis nepotibus, concedo : præsentibus absolute in semetipsis, subdistinguo : aliquando, concedo : semper, nego, Signum datum est domui David de qua natus est Christus : hæc autem domus præsens erat in persona Principum de Tribu Juda, quam quidem Dominus a duobus Regibus liberare dignatus est ; erat utique præsens hæc domus in Christo, in quo perseveravit & sitivit, si quidem, veniente Christo, ablatum est sceptrum a Juda ; sicut autem domus aliqua omnem complectitur cognationem, ita pariter domus Juda comprehendebat, scilicet David, & alios Reges & Duces, ipsumque Christum, qui illum

illam omnes fimul compofuerunt : Sic refpondet D. Thomas ibidem : " Dicen-
„ dum quod Incarnatio quamvis non fue-
„ rit facta præfentibus illis hominibus ,
„ fuit tamen manente domo David : un-
„ de dicit, Audite domus David non au-
„ tem, Audi Achaz. „
Reponunt : Signum debet præcedere fignatum : Sed incarnatio , longo poft liberationem illam elapfo tempore evenit :
Igitur non potuit dari in fignum liberationis Jerufalem .
Refpondeo diftinguendo : Signum naturale debet præcedere fignatum, concedo :
fignum arbitrarium & divinum , fubdiftinguo : aliquando , concedo : femper ,
nego . Signum duplex diftinguitur ; naturale unum , arbitrarium alterum : primum illud eft quod neceffariam habet ex
natura fua connexionem cum re fignifica-
ta ; talem habet fumus cum igne quem
deſignat , quocirca illum eatenus præcedit tempore , quatenus a fummo promanat calore , qui in brevi accenfurus eft
ignem . Alterum non habet neceffariam
ex natura fua connexionem cum fignato ,
quocirca non neceffe eft illud præcedere
nifi prioritate naturæ & intentionis , eo
non abfimili modo quo finis præcedit in
Intentione agentis effectum , cujus eft caufa motiva, juxta illud adagium : *Finis eft
principium in agibilibus .*
Angelus Scholæ ibidem ita folvit difficultatem : " Dicendum , inquit , quod fi-
„ gnum quandoque fequitur fignatum, fi-
„ cut Deuter. 18. Hoc habebis fignum :
„ Quod in nomine Domini Propheta ille
„ prædixerit, & non evenerit : hoc Do-
„ minus non eft locutus. Quandoque eft
„ fimul 2. Reg. 5. Cum audieris fonitum
„ gradientis in cacumine pyrorum , tunc
„ inibis prælium ; quandoque præcedit ,
„ ficut Judicum 7. de Gedeone , ubi da-
„ tum eft fignum , quod vincere debebat
„ in his, qui aquam manibus lambierant .
„ Et oportet de neceffitate quod hoc fi-
„ gnum fequatur, & fecundum quod ipfi
„ exponunt . Si enim præcedit , tunc puer
„ fuit natus ante mortem Phaceæ qui re-
„ gnavit viginti annis , cujus decimo-
„ feptimo anno regnavit Achaz , qui re-
„ gnavit fexdecim annis . Ergo Achaz re-
„ gnavit tredecim annis poft mortem eius .
„ Et Ofee regnavit duodecimo anno A-
„ chaz , cujus nono Samaria capta eft ,
„ qui fuit fextus annus poft mortem A-
„ chaz. Ergo in captivitate Samariæ , ad

minus habebat puer novendecim annos
„ Ergo fallium eft , quod infra dicitur ,
„ quod puer nefciebat vocare patrem &
„ matrem . „
Reponunt : Puer qui promittitur in fignum , eft filius Ifaiæ : Igitur non Chriftus FILIUS BEATISSIMÆ VIRGINIS MARIÆ.
Probatur antecedens : Omnes circumftan-
tiæ & figni prærogativæ priori conveniunt : Primo quidem , tanquam victor
Damafci & Samariæ prædicitur , eum ie-
gitur, nobifcum Deus : fic enim habetur
cap. 7. de Filio Virginis : *Ecce Virgo concipiet , & pariet Filium , & vocabitur nomen ejus Emmanuel ... antequam fciat
puer reprobare malum , & eligere bonum ,
derelinquetur terra quam tu deteſtaris a facie duorum Regum ſuorum .* De filio vero
Ifaiæ cap. 8. legitur eius generatio & idem
officium : *Acceſſi ad Prophetiſſam , & concepit , & peperit Filium . Et dixit Dominus
ad me : Voca nomen ejus accelera , ſpolia
detrahere , feſtina prædari , quia antequam
fciat puer vocare patrem ſuum & matrem
ſuam , auferetur fortitudo Damaſci , & ſpolia Samariæ , coram Rege Aſſyriorum ...
& erit extenfio alarum ejus impleus latitu-
dinem terræ , o Emmanuel !*
Refpondeo negando antecedens propter
tria : Primo quidem fortitudo Damafci &
Samariæ auferenda eft , antequam puer
qui ponitur in fignum fciat reprobare malum & eligere bonum : Porro, in captivitate Samariæ filius Ifaiæ jam erat ætate
provectus , & decimum nonum attigerat
annum . Secundo , Filius Ifaiæ non fuit
Judææ Dominus , cum tamen infra cap. 8.
dicitur terræ Judææ effe & Emmanuel
poffeffive. Tertio demum datur conceptio
miraculofa in fignum , unde D. Thomas
ibidem fic concludit : " Et ideo oportet ,
„ quod intelligitur de filio Dei , fecun-
„ dum hoc ergo tria facit : Primo pro-
„ mittit fignum. Propter hoc , quia vos
„ non vultis petere , ipfe dabit fignum
„ vobis, veftræ liberationis . Hoc etiam
„ fignum datum eft Luc. 2. & hoc vobis
„ fignum : Invenietis infantem pannis in-
„ volutum , &c. Secundo ponitur : *Ecce
„ Virgo* , & I. ponitur miraculofa conce-
„ ptio; *Ecce Virgo*, manens Virgo, *conci-
„ piet*; in partu, *& pariet Filium*. Ter-
„ tio, mirabilis generati vocatio. Et pri-
„ mo quantum ad divinitatem ; *vocabit* ,
„ fcilicet Virgo , *vel vocabis* , tu Juda in
„ periculis, *nomen ejus Emmanuel* , quod
„ eft interpretatum , nobifcum Deus .
„ Mat-

„ Matth. 1. vocabit nomen ejus Emmi-
„ nuel. Et hoc totum nullum fimile ba-
„ bebit in aliis, quia novum eft, Jerem.
„ 31. creavit Deus novum fuper terram,
„ mulier, vel femina circumdabit virum,
„ id eft, perfectum hominem, in ipfa
„ conceptione... unde concordantia alia
„ non poteft haberi de ipfa prophetia,
„ nifi ipfa hiftoria. Luc. 1. Ecce conci-
„ pies & paries Filium: Significatum
„ Ezechielis 44. Porta hæc claufa erit,
„ & non aperietur, & vir non tranfibit
„ per eam, quoniam Dominus Deus If-
„ rael ingreffus eft per eam. „

Ad probat. diftinguo: Aliquæ circum-
ftantiæ conveniunt filio Ifaiæ, & hoc in
fenfu figurativo, concedo: omnes fimul,
nego. Certum eft ea quæ proferuntur
tum de Prophetiffa, tum de ejus partu
& filio, Dominicam fpectare Incarnationem; neutiquam enim intelligi queunt
ad litteram de Prophetiffa; maxime vero
ex eo quod eo loci fermo fit de Virgine
quæ manens Virgo debet parere, alias
ejus partus neque fignum, neque prodi-
gium feu miraculum foret ad prænuntian-
dam futuram, eanque promptam contra
fpem Regis Achaz civitatis ab obfidione
liberationem. Quid plura adjiciam? Filius Ifaiæ fciebat & patrem & matrem
vocare, cum deprædata eft Samaria: quod
tamen manifefte pugnat adverfus vaticinium, in quo quidem prædicitur devafta-
tio Syriæ & Samariæ antequam puer fciret eligere bonum & reprobare malum;
vocare patrem & matrem: hæc autem
omnia in folo Chrifto adimpleta funt; fi
quidem antequam veniret mundum con-
fecraturus, deferta facta eft Samaria,
quam Rex Achaz deteftabatur; quocirca
fignum datum eft, non Achaz propter
ejus incredulitatem, fed domui David,
quæ ad Chriftum ufque perfeveravit; dictum eft enim, inquit D. Thomas, *Audite domus David*, non autem, *Audi Achaz*.

Hæc igitur genuina prophetiæ explicatio. Sicut Ofeas, præcipiente Domino,
accepit in uxorem Gomer filiam Debelaim
fornieariam, & ex ea fufcepit filium,
quem in fignum futuræ vindictæ de domo
Jezrael propter idololatriam fumendæ nominari Jezrael voluit Deus, fimili & mi-
ri ratione fed diverfo prorfus motivo Ifaias accefit ad uxorem, & ab ea fufcepit
filium, cui jubente & affiftente fancto Spiritu, varia Meffiæ, cujus erat figura,
impofuit nomina: hinc & in fignum fu-

turæ liberationis Jerufalem datus eft, ut
etiam a fervitute peccati & diaboli per
Chriftum faciendam præluderet redemptionem. Acceffit igitur Ifaias ad Mariam fu-
perexcellentem Prophetiflam prænotione
mentis per fidem, inquit fanctus Bafilius;
ad proprium vero uxorem jure maritali
ut haberet filium, qui præludendo Redemptorem, vel ipfam fanctæ civitatis eti-
iam annuntiaret liberationem. Hæc folutio folvit omnes difficultates, & fanctø-
rum Doctorum adunat fententias; colligitur ex divo Thoma hic comment. in cap. 8.

Sanctus Doctor fic loquitur: “ Hoc au-
„ tem fignum Judæi ad litteram exponunt
„ de filio Ifaiæ, cujus nomen Dominus
„ fignificare volebat decem Tribuum de-
„ ftructionem; & fecundum hoc, fignum
„ tripliciter confirmat *Propheta*. Primo,
„ fcripto: fecundo, teftimonio; ibi, *Et
„ adhibui*, &c. Tertio, ipfo facto, ibi,
„ *acceffi*, &c. .... Prophetifla autem Bea-
„ ta Virgo eft, quæ prophetavit, dicens:
„ *Magnificat anima mea Dominum*. Luc. 1.
„ ad quam acceffit per propheticam in-
„ telligentiam, & per fidem .... quidam
„ dicunt non effe inconveniens, fic hoc
„ intelligatur ad litteram: Nempe illud
„ *& acceffi ad Prophetiffam, & concepit,
„ & peperit Filium*. Ita tamen quod puer
„ ille fit figura Chrifti, ficut etiam fupra
„ dictum eft in gloffa 7. cap. fuper illud,
„ *Ecce Virgo*. „ Rurfus infra cap. 8. Subdit S. Thomas loquendo de filio Ifaiæ, quatenus Chrifti figura erat: “ Hic ponitur
„ figni expofitio. Et fecundum litteralem
„ expofitionem jam patet., Ergo &c.

Inftans: Filius Ifaiæ non potuit effe
Chrifti figura: Igitur prophetia ex cap. 7.
& 8. ad illum folum reftringitur. Probatur antecedens. Primo, non datur figura
figuræ, partus autem Chrifti miracu-
lus, ex hypothefi quod vaticinium capitis 7. fit de illo, dubitur in figura & figuram liberationis Jerufalem. Secundo,
figura debet concordare cum figurato,
quod ftare nequit in Chrifto prænumtiato
in fignum libertatis fanctæ civitatis; fi
quidem liberata eft ab omni hoftium ter-
rore quando Samaria deprædata eft. Tunc
autem filius Ifaiæ decem & novem annos
habebat, fciebatque vocare patrem &
matrem, Chriftus vero monuit multa poft
fæcula natus eft: Ergo &c.

Refpondeo negando antecedens. Ad probationem diftinguo: Non datur figura figuræ fub eodem refpectu, concedo: fub.

diver-

diverso, nego. Chriſtus prænuntiatus erat
ſignum pro liberatione Jeruſalem, ſed ne
ſignum prognoſticum tam diſtans pareret
aut dubitationem, aut abſolutam incredulitatem, datur filius Iſaiæ qui figuram
Chriſti gerens, illum veluti præſentem
exhiberet, & ideo cum de illo dicitur
cap. 8. *Voca nomen ejus, Accelera, ſpoliare deſrahere, feſtina prædari: quia antequam ſciat puer vocare patrem ſuam & matrem ſuam, auferetur fortitudo Damaſci,
& ſpolia Samariæ coram Rege Aſſyriorum
.... o Emmanuel!* hoc intelligitur de Chriſto cujus perſonam gerebat filius Iſaiæ,
nuſquam vero de tali filio cum jam annum decimum-nonum attigerat, quando
capta & deprædata eſt Samaria.

Ad alteram probationem diſtinguo: Figura debet cum figurato concordare, quoad aliquid, concedo: quoad omnia, nego; alias non eſſet figura, ſed ipſa veritas. Iſaias conſolatur Achaz ſpe promptæ
liberationis: quia vero Rex ille incredulus ſignum petere non audebat, Propheta ad domum David ſe convertens, dat
In teſtimonium liberationis miraculorum
maximum, ſcilicet filii Dei Incarnationem, cujus etiam exhibet figuram & prænotionem in filio Iſaiæ in brevi naſcen-
do, qui de cauſa accedens ad uxorem illum ſuſcepit, qui via natus, jubente
Deo, inſignitur nominibus officii Meſſiæ:
quinimmo ipſo vivente adimpletum eſt de
liberatione civitatis promiſſum, & de inimicorum perditione, Regum ſcilicet Syriæ & Samariæ.

Inſiſtunt: Signum datum eſt in gratiam
Achaz: Ergo convenientius videtur adimpletum in filio ejus, ſcilicet Ezechia.

Reſpondeo negando conſequentiam propter duo. Primo quidem non eſſet miraculum quod mulier nupta pareret: attamen ſermo eſt in prophetia de ſigno miraculoſo, ad confirmandum cor Regis in
anguſtia poſitum. Secundo, quando Samaria capta eſt, jam Ezechias ſciebat vocare patrem & matrem: Igitur neque ſententia capitis ſeptimi: *Ecce Virgo concipiet*, nec iſta capitis 8. *Voca nomen ejus*,
&c. poſſunt ad Ezechiam pertinere. Sic
propugnat divus Thomas in cap. 8. Iſaiæ
his verbis: " Exponunt autem duplici-
" ter. Quidam de Ezechia, quidam de fi-
" lio Iſaiæ, quem fingunt eſſe Emmanuel
" vocatum. Sed quod primum non poſſit
" ſtare, ſic oſtenditur, quia Ezechias erat
" 25. annorum, quando cœpit regnare,

" 2. Reg. 18. & Achaz regnavit ſexdecim
" annis, 4. Reg. 16. Ergo Ezechias erat de-
" cem annorum, quando pater ſuus ince-
" pit regnare; & ſic non promittitur hic
" naſciturus. Præterea quomodo neſciiſſet
" vocare patrem & matrem, cum ſexto
" anno regni ejus capta ſuit Samaria. "

*Fit ſatis objectionibus quæ ex attributis filii
prænuntiati deſumuntur.*

OBJICIUNT: Ut prophetia de Chriſto
intelligatur, ea omnia quæ dicuntur de
filio in ſignum dato debent illi convenire: Atqui hoc ipſum non claret: Ergo
&c. Probatur minor multis momentis.
Primo quidem Iſaiæ 7. de illo filio habetur: *Butyrum & mel comedet, ut ſciat
reprobare malum & eligere bonum.* Secundo, fœderatos Reges perituros eſſe antequam ſciat puer reprobare malum & eligere bonum. Tertio, annuntiatur ut victor armatus auferens ſpolia Damaſci:
Sed hæc omnia a Chriſto prorſus aliena
ſunt: Primum quidem, cum nuſquam
aliquid ignoraverit; quæ igitur relatio inter butyrum, mel & Chriſtum, ut ipſe
his mediis ſicut boni ſic & mali ſcientiam
calleat. Nec utique alterum momentum,
cum plurimis ſæculis ante Chriſtum natum
Samaria deprædata ſit. Denique nec etiam tertium: non enim Chriſtus venit
mundum cum armis debellaturus, ſed re-
ſte ſancto Fulgentio, ut triumpharet occiſus: Ergo &c.

Reſpondeo negando minorem: Ad omnes probationes diſtinguo: Allata Chriſto
non conveniunt in ſenſu obvio, & ad
litteram, concedo: in ſenſu morali &
myſtico, nego. Et hoc ab enumeratione
partium conſtat: ſicut enim ex guſtu bu-
tyri & mellis ſecernitur utriuſque natura, ſic & Chriſtus ut homo per ſcientiam
acquiſitam & experimentalem didicit ea
quæ homini conveniunt, & ea quæ humanæ adverſantur vitæ. Jam vero ut
præliator ac victor tum mundi tum diaboli ubique, ſicut a Prophetis annuntiatum fuerat, armis ſpiritualibus extitit,
juxta illud Oſeæ cap. 13. 14. de Chriſto:
*Ero mors tua, morſus tuus ero, in-
ferne.* Et illud Chriſti Joan. 12. 32. *Nunc
Princeps hujus mundi ejicietur foras: Et
ego ſi exaltatus fuero a terra, omnia tra-
bam ad meipſum.*

Solutio ad primum traditur a D. Thoma
hic in cap. 7. Iſaiæ his verbis: " Quan-
" tum

„ tum ad humanitatem butyrum & mel
„ comedet ; *Christus* , ad litteram cibos
„ viriles , quia ab infantia ad modum
„ aliorum se habuit : Sap. 7. Et ego na-
„ tus accepi communem aerem , & in si-
„ militer factam decidi terram , & pri-
„ mam vocem similem omnibus emisi plo-
„ rans . Vel a parte ad totum , secun-
„ dum regulas Tychonii . Per hoc enim ,
„ omnes humanos cibos intelligit , *ut*
„ *scias*, ut consecutivum est , quia tali-
„ bus vescens adhuc puer, *scias reprobare*
„ *malum* , sine experimento : *& eligere*
„ *bonum* , sine consilio, perfectam habens
„ omnem scientiam , „
Tertullianus ad reliqua respondens lib.
3. adversus Marcionem, in sensu mystico
& spirituali ea explanat cap. 13. his verbis : " In signum ergo disposita Virgo &
„ Mater , merito creditur : infans vero
„ bellator non aeque . Non enim & hic
„ signi ratio vertitur . Sed signo nativi-
„ tatis novae adscripto , exinde post si-
„ gnum , alius ordo jam infantis edici-
„ tur , mel & butyrum manducaturi .
„ Nec hoc utique in signum est, malitiae
„ non assentaturi ; & hoc enim infantia
„ est ; sed accepturi virtutem Damasci
„ & spolia Samariae adversus Regem As-
„ syriorum . . . . Maneant enim Orien-
„ tales illi Magi , in infantia CHRISTUM
„ recentem auro & thure munerantes ;
„ & acceperit infans virtutem Damasci
„ sine praelio & armis . Nam praeter quod
„ omnibus notum est, Orientis virtutem ,
„ id est, vim & vires, auro & odoribus
„ pollere solitam ; certe est Creatoris ,
„ virtutem exterarum quoque Gentium
„ aurum consiliturae ; sicut per Zacha-
„ riam dicit : Et Judas pertendet apud
„ Jerusalem, & congregabit omnem va-
„ lentiam populorum per circuitum, au-
„ rum & argentum . De illo autem tunc
„ auri munere etiam David : Et dabitur
„ illi ex auro Arabiae . Et rursus, Reges
„ Arabum & Saba munera adferent illi .
„ Nam & Magos Reges habuit fere Oriens ,
„ & Damascus Arabiae retro deputaba-
„ tur antequam trascripta esset in Syro-
„ phaenicem , ex distinctione Syriarum ;
„ cujus tunc virtutem CHRISTUS acce-
„ pit , accipiendo insignia ejus , aurum
„ scilicet & odores. Spolia autem Sama-
„ riae , ipsos Magos : qui cum illum co-
„ gnovissent , & muneribus honorassent ,
„ & genu posito adorassent , quasi Deum
„ & Regem sub testimonio indicis & du-

„ eis stellae, spolia sunt facti Samariae , id
„ est, idololatriae , credentes videlicet in
„ Christum . Idololatriam enim Samariae
„ nomine notavit , ut ignominiosae ob ido-
„ lolatriam , qua desciverat tunc a Deo
„ sub Rege Jeroboam . „
Tum ibidem sic pergit : " Hoc itaque
„ usu, Magos quoque , Samaritarum ap-
„ pellatione titulavit, despoliatos , quod
„ habuerant cum Samaritis , ut diximus ,
„ idololatriam . Adversus Regem autem
„ Assyriorum , adversus Herodem intelli-
„ ge , cui utique adversati sunt Magi ,
„ tunc non renuntiando de Christo, quem
„ intercipere quaerebat . Adjuvabitur haec
„ nostra interpretatio, dum & alibi bel-
„ latorem existimam Christum, ob armo-
„ rum quorundam vocabula, & ejusmo-
„ di verba , & reliquorum quoque sen-
„ suum comparatione convinceris . Ac-
„ cingere, inquit David , ensem super fe-
„ mur . Sed quid supra legis de Christo ?
„ Tempestivus decore praeter filios homi-
„ num , effusa est gratia in labiis tuis . „
Postea suso calamo probat Christum &
lege , & sapientia , & suae gratiae energia
omnium etiam Gentilium cordi sibi devincere : tum suam interpretationem concludit cap. 14. " Sic bellipotens & armi-
„ ger Christus Creatoris : Sic & nunc ac-
„ cipiens spolia, non solius Samariae , ve-
„ rum & omnium Gentium . Agnosce &
„ spolia figurata , cujus & arma allegori-
„ ca didicisti . „
Dices : Apostoli ad probandum Christum esse Messiam laudato Isaiae non usi
sunt vaticinio : Igitur ex eo nihil pro
adventu Messiae concludi potest .
Respondeo distinguendo antecedens : Non
usi sunt oeconomiae causa , concedo : ex
eo quod jejunum esset pro hoc momento
vaticinium, nego . Cum Judaei BEATISSI-
MAM VIRGINEM uxoratam videbant , si ab
Apostolis tamquam Virco sicut erat de
facto, celebrata fuisset, ex malitia caecu-
tientes , eam veluti adulteram lapidas-
sent : Igitur non sine causa alia Scripturae loca urgebant , ut patet Actuum 7. &
alibi , ut Christi probarent & missionem
& divinitatem : maxime vero cum idem
signis & miraculis comprobarent .

SYNOPSIS PROBATIONUM.

Istud vaticinium, Ecce Virgo concipiet, *adimpletum est in BB. Virgine, & in Christo.*

Primo : Datur signum miraculosum Regi Achaz in signum liberationis ab obsidione civitatis Jerusalem : Sed non foret miraculum nisi de virgine innupta, & tamen concipiente : Igitur de sola BB. Virgine & Christo prophetia intelligenda est.

Secundo : Ipse Isaias suum ubique prodit sensum prænuntians Christum BB. Virginis Filium ut Mediatorem, nempe cap. 2. 4. maxime cap. 9. vers. 6. & 7. his verbis : *Parvulus enim natus est nobis .... Et vocabitur nomen ejus admirabilis, consiliarius, Deus, fortis, pater futuri sæculi.*

Tertio : Usus sic obtinuit, & Ecclesia hanc Prophetiam in una Missa Nativitatis pro introitu habet. Suffragantur SS. Doctores, in primis sanctus Thomas qui in comment. in cap. 7. Isa. lato calamo sic interpretatur.

SYNOPSIS OBJECTIONUM, et Responsionum.

Primo : Incassum Judæi obcæcati trahunt in adulterinum sensum, vocem hebraicam *Abhlmach*, quæ interpretatur *Virgo*, de uxorata muliere, cum hebræa significet mulierem viro absconditam, adeoque virginem : Coniciunt versiones Syria, Paraphrasis Chaldaica, quæ vocem latine reddunt, *Virgo*.

Secundo : Non negamus signum præsens dari, sed hoc adimpletur dupliciter : Primo quidem dum Propheta ad domum David se convertens annuntiat Christum venturum ; in gratiam enim hujus domus istud emittit oraculum . Secundo, quum filius Isaiæ figura Christi evadit, & ista varia recipit nomina : *Accelera spolia detrahere, cito prædare.* Et de facto Rex Israel, & Rex Syriæ ab obsidione cessarunt, tum aliquibus elapsis annis Salmanazar victoriis contriti sunt.

Tertio : Tametsi aliquæ prophetiæ circumstantiæ filio Isaiæ possint tribui, non tamen ad litteram, sed in sensu solum figurativo. Quod potest isto illustrari exem-

plo. Isa. 8. dicitur : *Antequam sciat puer vocare patrem suum & matrem suam, auferetur fortitudo Damasci.* Quæ verba non possunt, ait D. Thomas, hic intelligi de filio Isaiæ, quippe qui decimum-nonum jam attigerat annum cum Syria & Samariæ contigit devastatio : Igitur de solo Christo vaticinium intelligendum est.

PUNCTUM SECUNDUM.

Utrum ex 70. hebdomadibus Danielis recte colligi possit adventus Messiæ.

Daniel Propheta magnus in Babylonia cum cæteris Judæis captivus existens, finem quidem 70. annorum captivitatis prænuntiatæ Ieremiæ 25. imminere sciebat, absque tamen ulla liberationis assulgente spe, idcirco timens ne propter populi peccata procrastinaretur captivitus, oratione oravit ad Dominum ut populum ab ea solvere dignaretur ; Deus autem in donis magnificentissimus, ejus preces pro liberatione non solum temporali, sed & æterna per peccatum inducta lubentius exaudivit ; hinc & Gabrielem Archangelum, qui utrumque ei annuntiaret beneficium, misit, & Danielem orantem cap. 9. sic allocutum fuisse legitur.

Daniel *nunc egressus sum ut docerem te .... tu ergo animadverte sermonem, & intellige visionem. Septuaginta hebdomades abbreviatæ sunt super populum tuum, & super urbem sanctam tuam, ut consummetur prævaricatio, & finem accipiat peccatum, & deleatur iniquitas, & adducatur justitia sempiterna, & adimpleatur visio & prophetia, & ungatur Sanctus Sanctorum. Scito ergo, & animadverte : ab exitu sermonis, ut iterum ædificetur Jerusalem usque ad Christum ducem, hebdomades septem, & hebdomades sexaginta duæ erunt : Et rursum ædificabitur platea, & murus in angustia temporum. Et post hebdomades sexaginta duas occidetur Christus : Et non erit ejus populus, qui eum negaturus est . Et civitatem, & Sanctuarium dissipabit populus cum duce venturo ; & finis ejus vastitas, & post finem belli statuta desolatio. Confirmabit autem pactum multis hebdomada una ; & in dimidio hebdomadis deficiet hostia & sacrificium : Et erit in Templo abominatio desolationis : & usque ad consummationem & finem perseverabit desolatio.*

Duo circa istud vaticinium enucleanda occurrunt . Primo quidem an hebdomades in-

intelligantur de Meſſia , & ille ſit Ieſus Nazarenus ? Secundo , a quo tempore computandæ ſint hebdomades ?

§. I.

Num hebdomades intelligantur de Meſ- ſia qui ſit Chriſtus, & annuntient illum veniſſe ?

CONCLUSIO PRIMA.

Hebdomades annuntiant Meſſiam veniſſe .

Probatur multipliciter .

Primo quidem hoc ipſum ex contex- tu Prophetiæ liquet : hoc annuntiat Ora- toris Dei ſcopus , quippe qui æternam , hebdomadibus completis , prædicet a ſer- vitute tum peccati , tum diaboli per Meſ- ſiam venturum liberationem .

Secundo : Sic interpretantur omnes ſan- ĉti Patres & Doĉtores , ex profeſſo vero S. Thomas commentario in Danielem . Nec diſſentiuntur antiqui Rabbini ; in primis Moſes filius Nachman Gerundenſis in Da- „ nielem : " Sanĉtuarium , ait , Sanĉtua- „ riorum , ſive Sanĉtus Sanĉtorum , eſt „ Meſſias ſanĉtificatus de filiis David . „ Targum non abſimilia dicit , quandoqui- dem illa verba Pſalmi 44. *Sedes tua, Deus, in ſæculum ſæculi , virga direĉtionis, vir- ga regni tui . Dilexiſti juſtitiam , & odiſti iniquitatem , propterea anxit te Deus, Deus tuus oleo. Lætitia præ conſortibus tuis :* de Meſſia exponit .

Tertio . Idem probatur iſto ratiocinio : Gabriel Archangelus verbis ſupra laudatis Chriſtum ducem, hoc eſt , Meſſiam intra ſeptuaginta hebdomades venturum prædi- cit : Atqui iſtæ jam dudum effluxerunt : Igitur jamjam venit Meſſias . Probatur mi- nor . Illæ hebdomades ſumi ſolum poſ- ſunt duobus modis, ſcilicet vel pro ſepte- nario dierum numero , quo modo ſumun- tur Levitici 23. verſ. 15. in quo quidem ſtatuitur numerandas eſſe a die Paſchatis , uſque ad Pentecoſten excluſive ſeptem hebdomadas plenas , id eſt , 49. dies , vel pro ſeptenario annorum numero , ut Le- vitici 25. verſ. 8. ubi habetur numeran- das eſſe ſeptem hebdomades annorum quæ faciunt 49. annos , & anno immediate ſe- quenti jubilæum eſſe celebrandum : Ne- que vero alibi reperies alios annos apud

Iudæos fuiſſe in uſu . Atqui illæ ſeptua- ginta hebdomades quovis modo accipian- tur , a longo tempore elapſæ ſunt : Si enim in priori ſenſu ſpeĉtentur , reddunt ſolum 490. dies , ſeu annum integrum cum quatuor circiter menſibus : Si poſteriori , conficiunt tantum 490. annos : Porro a tempore quo Daniel protulit vaticinium ad nos uſque , pluſquam bis mille anni elapſi ſunt. Ergo &c.

CONCLUSIO SECUNDA.

Meſſias prædiĉtus a Daniele eſt ipſe Jeſus Nazarenus .

Probatur unico ſed irrefragabili ar- gumento. Meſſias , cujus adventus tempo- ra deſignavit ſanĉtus Gabriel , ille eſt qui ungendus erat Sanĉtus Sanĉtorum , cujus tempore conſummanda erat prævaricatio, cujus virtute finis peccato imponendus erat , & juſtitia ſempiterna adducenda, in quo omnis viſio adimpleri debebat ſeu prophetia ; quem nagiturus erat ejus po- pulus , ille qui morte ſua paĉtum multis erat confirmaturus , poſt cujus mortem diſſipanda civitas cum Sanĉtuario , defe- ĉtura hiſtoria cum ſacrificio , in Templo ſtatuenda deſolationis abominatio , & uſ- que ad finem perſeveranda erat deſolatio : Atqui hæc omnia impleta ſunt in Chriſti adventu : Igitur ipſe eſt qui a Daniele Propheta fuit annuntiatus . Probatur mi- nor quoad ſingulas partes .

Primo quidem , Chriſtus eſt Sanĉtus San- ĉtorum & juxta textum Hebraicum habuit ſanĉtitatem ſanĉtitatum . Et vero unĉtus fuit oleo gratiæ non ſolum ſanĉtificantis , ſed & ſubſtantialis, cum ſit Deus ; quam quidem prærogativam extollit Apoſtolus Hebr. 1. his verbis : *Ad filium autem : Thronus tuus Deus , in ſæculum ſæculi , vir- ga æquitatis , virga regni tui : dilexiſti ju- ſtitiam , & odiſti iniquitatem : propria un- xit te Deus . Deus tuus , oleo exultationis præ participibus tuis .*

Secundo : Finem impoſuit peccato , & adduxit juſtitiam ſempiternam , juxta il- lud Rom. 3. *Juſtificati gratis per gratiam ipſius , per redemptionem quæ eſt in Chriſto Jeſu , quem propoſuit Deus propitiationem per fidem , in ſanguine ipſius , ad oſtenſionem juſtitiæ ſuæ , propter remiſſionem præceden- tium deliĉtorum , in ſuſtentatione Dei , ad oſtenſionem juſtitiæ ejus in hoc tempore : ut*

ſit

fit ipfe juftus , & juftificans eum , qui eft ex fide Jefu Chrifti.

Tertio : Eum populus abnegavit coram Pontio Pilato, ut habetur Actuum 3. his verbis : *Vos autem fanctum & juftum negaftis , & priftis virum homicidam donari vobis.*

Quarto : Conclnit novum cum veteri Teftamento de pacti confirmatione . Sic enim habetur Hebr. 9. 15. Chriftus , *novi Teftamenti Mediator eft ; ut morte intercedente , in redemptionem earum prævaricationum , quæ erant fub priori Teftamento repromiffionem accipiant, qui vocati funt æternæ hereditatis.*

Quinto : Omnem prophetiam & vifionem juxta Danielis effatum adimpletam effe habetur Actum 10. 43. his verbis : *Huic,* fcilicet Chrifto , *omnes Prophetæ teftimonium perhibent.* Hinc Joan. 10. ipfe Chriftus expirans fic loquitur : *Confummatum eft ;* hoc eft juxta omnes Interpretes , cunctæ prophetiæ de me adimpletæ funt. Inftar omnium fit Tertullianus , qui lib. adverfus Judæos cap. 8. ait : " Igitur quoniam ad-,, impleta eft prophetia per adventum e-,, jus, propterea fignari vifionem & pro-,, phetiam dicebat , quoniam ipfe eft figna-,, culum omnium Prophetarum , adimplens ,, omnia quæ retro de eo Prophetæ nun-,, tiaverant . Poft enim adventum Chrifti ,, & paffionem ipfius jam non vifio , ne-,, que Prophetes eft , qui Chriftum nun-,, tiet venturum . ,,

Demum , ultimum prophetiæ momentum de ablatione facrificii , in ipfo Templo diruto luce promeridiana clarius adimpletum apparet , juxta ipfius Chrifti effatum Matth. 24. ubi fic fcribitur : *Et egreffus Jefus de Templo , ibat . Et acceferunt difcipuli ejus , ut oftenderent ei ædificationes Templi . Ipfe autem refpondens dixit illis : Videtis hæc omnia ? Amen dico vobis , non relinquetur hic lapis fuper lapidem , qui non deftruetur … Cum ergo videritis abominationem defolationis , quæ dicta eft a Daniele Propheta , ftantem in loco fancto , qui legit , intelligas .* Lucæ 19. fufius defcribitur civitatis Ierufalem vaftatio his verbis : *Quia venient dies in te ; Et circumdabunt te inimici tui vallo , & circumdabunt te & coangeftabunt te undique ; & ad terram profternent te , & filios tuos qui in te funt . Et non relinquent in te lapidem fuper lapidem : eo quod non cognoveris tempus vifitationis tuæ .*

Hæc primum adimpletum eft per Titum Romanorum Imperatorem juxta Iofephum de bello Iudaico lib. 7. cap. 3. " Deus ,, profecto , *inquit,* Deus ipfe cum Roma-,, nis ignes luftrales ipfi , fcilicet Templo , ,, injecit , & civitatem tot piaculis ple-,, nam excendit . ,, Cap. 10. " Templum ,, invito Tito exuritur . ,, Suffragantur omnes Hiftoriographi Ecclefiaftici , in primis audiatur S. Barnabas in fua epiftola cap. 3. ubi dicit ultima tempora a Daniele prædicta effe adimpleta Hift. Eccl. Fleury tom. 7. pag. 325.

Quia vero mirabilis Templi fundamenta remanebant , ut adimplerentur adamuffim ifta Chrifti verba : *Non relinquetur lapis fuper lapidem ;* cum Iulianus Apoftata adhuc fpirans minarum in ipfum Chriftum , Epiftolam , quæ eft inter Iulianas 25. ad Iudæos direxit ; quos blande confolans fuafit reftaurare Templum , ut Dominum veluti Pfeudo Prophetam ventilarent : cui per omnia volens illudere , juffit ligones & cætera inftrumenta , quibus effoffa terra , Templum reædificaretur , ex argenti materia fabricari . At Chriftus Deus terribilis in confiliis fuper filios hominum , ficut ædificantes turrim Babel, lic & Iudæos & Iulianum confudit . Vix enim detectis priftini Templi fundamentis , quod undequaque flammarum globuli per modum torrentis erumpentes , ex artificibus alios comburere , alios ad terram fubvertere , demum cæteri partim ventorum procella , partim flammarum hinc & inde difcurrentium motibus in fugam dati evanuerunt : quin immo virtute elaftica ignis omnes fundamentorum lapides , ne uno quidem excepto terra evomuit , ut in gloriam Chrifti , illud Prophetæ Regii Pfalm. 136. de infelicitate Ierufalem pronuntiatum adimpleretur : *Exinanite , exinanite , ufque ad fundamentum in ea.*

Hanc biftoriam Auctores omni exceptione majores referunt : inprimis SS. Gregorius Nazianz. oratione 4. Chryfoftomus homil. 4. in Matth. Theodoretus lib. 3. Hift. Ecclefiaft. cap. 20. Sozomenus lib. 5. cap. 22. Ambrofius epift. 29. ad Theodofium : vel ipfi Pagani hæc fcripfere . Inftar omnium fit Ammianus Marcellinus lib. 28. his verbis de Iuliano : " Ambi-,, tiofum quondam apud Ierofolyma Tem-,, plum , quod poft multa & internecina ,, certamina , obfidente Vefpefiano , po-,, fteaque Tito , ægre eft oppugnatum , ,, inftaurare fumptibus cogitat immodi-,, cis ,

„ cis , negotiumque miturandum Alypio
„ dederat .,. Cum itaque rei inflaret A-
„ lypius , juvaretque Provinciæ Reflor,
„ metuendi globi flimmarum prope fun-
„ damenta crebris aflultibus erumpentes,
„ fecere locum , exuflis aliquoties ope-
„ rantibus , inaccelfum : hocque modo
„ elemento obflinatius repellente , cefla-
„ vit inceptum . „

Fit fatis Objectionibus Judæorum.

Objiciunt: Nihil certi concludi poteft pro Meflia ex vaticinio laudato : Ergo &c. Probatur antecedens. Omnibus impervia eft certa annorum computatio :
Ergo &c. Probatur antecedens. Chronologia Septuaginta interpretum addit Chronologiæ textui Hebraici mille & quingentos annos , & tamen non ignoti nominis auflores illam defendunt : Igitur
non habetur certa & determinata annorum computatio, quod tamen necefle foret ad tantum fidei dogma aftruendum ;
fi fit de fide hebdomadas Danielis Meffiam
indicere.
Refcondeo I. Chronologiam Hebræorum
prævalere alteri , ut ex profeflo probavimus : Vulgatam autem noftram , quæ eft
authentica , priori adhærere & fic dogma
manet inconcuffum.
Refpondeo II. Nihil roboris a vaticinio
detrahi per Chronologiarum diverfitatem
propter duo . Primo quidem 1500. anni
refperfi fuper feptem millia & amplius a
mundo condito ad nos ufque , levius fpatium eft , ut adimpletionem prophetiæ
impediant ; illis enim annis adjunflis , femper conflat hebdomades jam jam completas effe, & Iudæos prorfus cætuffire dum
Meffiam expeflant . Secundo , quidquid
fit de Chronologia , feptuaginta hebdomades numeranda funt ab exitu fermonis ut
iterum ædificetur Ierufalem ; eafque nonnifi 470. annos vel circiter ad fummum
500. ellicere : Porro five computentur
juxta Hebræos , five juxta Græcorum calculum majorem non continent numerum :
quis autem jam non videat hebdomadas
verfus Chrifti tempora effe adimpletas ?
Refpondeo III. negando antecedens , primi & fecundi argumenti . Ad ultimam
probationem, diftinguo : Chronologia Lxx.
Interpret. addit 1500. annos, & hoc aliquam inducit incertitudinem arithmeticam in computatione annorum tranfeat :
Vulgata enim noftra eft infallibilis fidei

regula & præponderat verfioni Septuag.
inducit in certitudinem geometricam &
circa rei fubftantiam, nego. Prior attenditur penes ipfos menfes , immo & dies,
poflerior vero fecundum judicium viri
prudentis , & per diftributionem accommodam : nemo autem non videt aliquos
annos pro nihilo reputari pro numero
400. aut 500. annorum : Unum nobis fufficit , non obflante Chronologiarum diverfitate ad perftringendos Iudæos , hebdomadas a longo tempore finitas , & Meffiam veniffe.
Inftant: Atqui etiam accommodata Chronologia , nihil certi habetur pro Meffia ex
vaticinio laudato : Ergo &c. Probatur fubfumptum. Non poteft determinari utrum
hebdomades fint annorum , aut jubilæorum , aut fæculorum , aut olympiadum ,
aut folarium, aut lunarium ; cum non de-
fint auflores qui eas diverfimode intelligant . Namque Origenes Traflatu 29. in
Matth. intelligit hebdomadas decenniorum ,
quarum quælibet annis conflat feptuaginta : Rabbini vero quidam , ut fcribit Ga-
latinus l. 4. de Arcanis Catholicæ veritatis cap. 14. hebdomades , aut jubilæorum,
aut fæculorum effe commentantur : inter
Catholicos vero , alii de lunaribus , alii
vero de folaribus quæ fuperant annos lunares intelligunt. Ergo &c.
Refpondeo negando fubiumptum . Ad
probationem , nego , Hebdomades effe , aut
Decenniorum , aut jubilæorum , aut fæculorum , aut etiam Olympiadum , fed tantum de folaribus , aut lunaribus intelligenda effe : & quidem propter duo . Primo quidem , ex eo quod nulli præter annos lunares , aut folares fuerunt in ufu
apud Iudæos : nemo autem cordatus dixerit Angelum locutum fuifle Iudæis de hebdomadibus illis ignotis . Altera ratio ea
eft , quod cunfta in vaticinio prænuntiata verfus Chrifti tempora coluigerint .
Refpondeo II. Diverfitatem inter annos
folares & lunares pro nihilo haberi , nec
quicquam roboris a prophetia detrahere.
Inftant: Hebdomades 70. non in eum
finem a Deo conflitutæ funt , ut his elapfis expientur peccata per adventum Meffiæ , fed ut his finitis fequatur & templi
& urbis vaflitas in vindiflam . Ergo &c.
Confirmatur , peccatum non eft deletum
per Chriftum, quin immo femper perfeverat : Igitur Chriftus non adduxit juftitiam
fempiternam : & in eo veluti in Meffia non
videtur prophetia adimpleta .

Ref-

Respondeo negando antecedens : Angelus enim missus est ad consolandum Danielem, qui mœrore confectus captivitatis liberationem expostulabat ; quænam autem fuisset consolatio, si solum ei prædixisset novam desolationem ?

Ad confirmationem, distinguo : Non deletum est peccatum secundum se & quoad effectus, nego. In individuo, subdistinguo. Per accidens, concedo : ratione remedii, nego. Christus delevit peccatum originale, immo & actuale quoad reatum culpæ & pœnæ quatenus copiosam dedit pro omnibus peccatis satisfactionem, & gratias promeruit quibus peccata abstergerentur, & etiam præcaveri possiut : quod autem, bis non obstantibus homines in nova ruant peccata, est per accidens, & non defectu remedii, & ex culpa solius hominis, qui ex innata pronitate ad malum sua male utitur libertate, quæ sicut ad bonum ita & ad malum versatilis est.

SYNOPSIS PROBATIONUM.

I. Hebdomades Dan. 9. annuntiant Messiam venisse, II. Intelliguntur de Jesu Nazareno.

PRIMUM patet ex scopo Auctoris, qui a servitute peccati liberationem prædicere vult. Nec ipsi dissentur Rabbi Mosen & Targum. Suffragatur S. Thomas comment. in cap. 9. Dan. Ratio est, quia sive hebdomades intelligantur de annis babentibus menses lunares, vel solares, a longo tempore elapsæ sunt, ut legenti & attendenti assulgebit.

Secundum, non minus claret, cum omnes prophetiæ subnotatæ dotes Iesu Nazareno conveniant. Et vero a populo suo negatus & derelictus est : in medio hebdomadæ occisus est : versus ejus tempora defecit hostia, & sacrificium & abominatio facta est & apparuit in loco sancto ; quando scilicet Aquila apposita est in sanctuario : ac demum desolatio sic subsecuta per Titum Imperatorem, ut ab hoc tempore ad hunc usque diem perseveret.

SYNOPSIS DIFFICULTATUM, ET SOLUTIONUM.

PRIMO : Tametsi aliquæ occurrant in componendis Chronologiæ calculis diffi-

cultates, manet semper Messiam venisse, sive anni constent mensibus solaribus, sive lunaribus, ut magis placet.

Secundo : Absque fundamento Judæi urgerent annos jubilæi, cum in tota veteris Testamenti Scriptura fiat solum mentio pro usu de annis nunc solaribus, nunc lunaribus.

Tertio : Peccant quidem homines, deletum est tamen peccatum, cum Christus satisfecerit superabundanter pro nobis, & copiosa sit apud eum redemptio.

§. II.

A quo sumendum est exordium septuaginta hebdomadum, & in quo finis est constituendus ?

Prænotanda ad quæstionis intelligentiam.

OBSERVANDUM est primo : Captivitatem Babylonicam de qua sermo habetur Jeremiæ 25. quæque fuit 70. annorum incepisse tempore Nabuchodonosor, qui elapso anno uno cum dimidio, postea mortuus est, & perseverasse tempore Evilmerodach & Balthasar ; isto autem mortuo Darius Medus regnavit : primo anno ejus Regni Daniel non sine Dei inspiratione legit Jeremiæ de captivitate prophetiam, ut in suo refertur libro cap. 9. intelligens vero finem imminere, oravit Dominum ne propter peccata populi diutius perseveraret desolatio, & exauditus est. Revera quidem Darius Medus anno 2. sui regni mortuus est : isti successit Cyrus, qui fundavit Persarum imperium, inspiratus autem a Deo, ut refertur lib. 1. Esdræ, relaxavit populum, & hoc in gratiarum actionem quod Deus dederat illi omnia regna terræ. Sed ut res clarius pateat, edita, tum ab eo, tum ab ejus successoribus, in gratiam Judæorum collata, in præsentiarum recensiri non abs re erit.

Primus igitur Rex qui Judæis favit, fuit Cyrus, de quo multum est sermo lib. 1. Esdræ tribus prioribus capitibus. Iste 20. annis regnavit juxta computum Petavii parte 2. Rationarii temporum lib. 3. cap. 10. scilicet annis 21. in Perside, & novem Babylone.

Alter fuit Cambyses filius Cyri, cui successit anno 4. Olympiadis 62. regnavit 7. annis cum 5. mensibus. Quidam existimant eum fuisse Assuerum Estheris maritum, & illum

illum Artaxerxem de quo fit mentio lib.
1. Efdræ cap.4. Fratrem habuit Smerdin,
quem ex invidia interfecit ; qua quidem
nece cognita Patifythes magus , rei do-
mefticæ Cambyfis procurator , fratrem
hasens Smerdin nomen ferentem , & fratri Regis fimillimum , Cambyfe mortuo
fine prole , ille Smerdin Cambyfis fratrem
ementitus fibi impofuit Diadema , & omni
feclufa commotione , feptem menfibus clavum Imperii tenuit.

Tertius itaque numeratur ille Smerdis ,
fed comperta fraude a Principibus e folio
deturbatus eft , ejufque loco fuffectus eft
Darius Hyftafpis .

Ergo , quartus inter Reges Perfarum numeratur ille Darius quem Herodotus lib.
7. annos 36. regnaffe fcribit . Annus primus regni incidit in annum quartum O-
lympiadis 64. anno vero 34. regni fui ,
id eft, anno 2. Olympiadis 73. ad Bellum
contra Ægyptios fulcipiendum intentus
Xerxem filium fuum defignavit regni fuc-
ceſſorem .

Quintus : Eſt Xerxes, qui fuo cum patre duobus annis imperavit , nimirum a
fecundo ad quartum annum Olympiadis
73. quo quidem tempore , mortuo patre,
folus regnare cœpit, & viginti annis præfuit , fcilicet ab anno primo Olympiadis
74. incluſive uſque ad annum quartum
Olympiadis 78.

Sextus : Nominatur Artaxerxes Longimanus dictus, eo quod unam manum altera longiorem haberet . Hic primum
cum patre fuo annis circiter 10. regnavit ,
videlicet ab anno 3. Olympiadis 76. quo
tempore Xerxes caftra movens adverfus
Græcos, eum in regni focium adfcive-
rat, uſque ad annum quartum Olympiadis 78. quo anno Xerxe mortuo , folus
regnare cœpit , & præfuit 80.annis , nempe uſque ad annum quartum Olympiadis 88.

Inter illos principes tres dederunt edicta in gratiam Judæorum ; fcilicet Cyrus , Darius filius Hyftafpis , & Artaxerxes Longimanus . Prior qui & relaxavit
populum a captivitate , juffit ut omnia
neceſſaria tum pro victu , tum pro ædificatione Templi , tum etiam pro facrificiis fubminiftrarentur Judæis a Præfectis
Provinciarum , ut legitur lib. 1. Efdræ
cap. 6. his verbis : *Anno primo Cyri Regis ,
Cyrus Rex decrevit ut domus Dei ædificare-
tur quæ eft in Jerufalem &c.* Darius vero
Cyri veftigiis infiftens , prohibuit quidem

ne Judæi reædificarent urbem , fed permifit confummare Templum , quod adverfante populo terræ, perficere non po-
tuerant . Ita habetur ibidem , his verbis
ad fuos : *Recedite* , inquit , *ab illis* , nimirum Judæis , *& dimittite fieri Templum
Dei*. Juffit etiam omnia pro hoc momento exhiberi . Edictum aliud emanavit ab
Artaxerxe anno 7. fui regni , quo quidem ftatuit oleum , frumentum , pecora ,
argentum fuppeditari pro ornamentis &
facrificiis Templi , ficut fcriptum eft libro 1. Efdræ cap. 7. anno autem 20. fecundum dedit edictum , videlicet , ut iterum reædificaretur Jerufalem : in prioribus nonnifi de reædificatione Templi mentio fit .

Obfervandum eft II. Hebdomades Danielis effe annorum : & in hoc veteres
Judæi cum Græcis confentiunt . Porro
ifti anni alii funt folares qui menfibus folaribus , alii vero lunares qui lunaribus
conftant , ut habetur Exod. 13. Obferves
velim 70. hebdomades incepiffe anno 20.
regni Artaxerxis Longimani , ut fufius
infra probabitur , & perduraverunt tempore Græcorum imperii , quod initium
habuit fub Alexandro Magno , qui regnavit fex annis : morte autem imminente fuum divifit regnum pueris , qui
fuerunt cum illo ab adolefcentia enutri-
ti ; hinc duplex ex divifione conflatum
eft regnum , Ægypti fcilicet Imperium ,
in quo imperavere Ptolemæi , & aliud
Syriæ, feu Afiæ, in quo Antiochi Reges
imperarunt ; ifti multum exagitaverunt
Judæos , ut patet ex libris Machabæorum . Quia vero multus eft fermo in Scriptura facra de Rexibus & Affyriorum &
Chaldæorum , & Medorum , & Ninive,
& Babyloniæ , & Perfarum , & Græcorum , & Romanorum , maxime vero de
Principibus qui clavum Reipublicæ in Judæa tenuerunt , ad majorem intelligentiam , feriem infra texere operæ pretium
eft , ubi de Incarnatione.

Obfervandum eft III. Septuaginta hebdomades diftributæ fuiffe ab Angelo in
tres partes , fcilicet in feptem , in fexaginta duas , & unam , quæ divifio eft juxta ftylum Hebræorum ; nunquae eft ejufmodi divifio mnæ , quæ habetur Ezechielis 45. ubi dicitur continere viginti ficlos,
& viginti quinque , & decem ; item fexaginta ficlos . Hæc autem Angeli diftri-
butio propter tria rerum infignia facta
eft. Et vero prima parte , feptem fcilicet
heb-

hebdomadarum ; feu 4b. annorum fpatio muri civitatis erant ædificandi , & Templum reftaurandum , quam quidem durationem Angelus vocat anguftias temporum , eo quod legatur libro 2. Efdræ cap. 4. Iudæos e captivitate reverfos una manu fecifle opus, dum altera tenerent gladium ad propellendos hoftium adverfantium incurfus . Secunda parte 6a. hebdomades , feu annorum 434. fpatium defignat tempus, quod futurum erat a completo civitatis ædificio , ufque ad Chriftum ducem ; id eft , ufque ad Baptifmum Chrifti , qui toto præcedente tempore privatam & occultam duxit vitam ; tunc autem cœpit fungi munere & officio , primum exemplo , tum verbo & opere ducis feu Meffiæ , id eft ; publice , quandoquidem a prima nativitatis aurora , hoc munus mirum in modum fubiit , juxta illud ad Hebr. 10. 6. Holocauftomata pro peccato non tibi placuerunt : Tunc dixi : ecce venio , &c. In tertia parte & ultima continetur hebdomada , in cujus dimidio , hoc eft , tribus annis cum fex menfibus elapfis immolandus erat Meffias , feu Chriftus propter noftra & populi peccata .

Demum obfervare etiam juvat Nehemiam intra fpatium feptem primarum hebdomadarum duodecim annis permanfiffe in Ierufalem, quo tempore fecit dedicationem Templi cum Efdra & Zorobabele , invenitque facrum ignem in puteo reconditum a Sacerdotibus , cum Nabuchodonofor tranftulit Iudam . In ifto igne tria mira diftinguuntur . I. Nonnifi aqua turbida apparebat , quæ tamen appofita fuper victimam , refulgente fole , ignis fubito accenfus, feu potius explicatus confumpfit victimam . II. Ignis ille vel ipfos altaris lapides combuffit , qui & flammam emittebant . III. Nova inde flamma , & quidem puriffima inftar gloriæ Domini affulgebat in fuperiori parte altaris , quæ cæteras flammas in brevi abfuluit . Elapfis autem duodecim annis Nehemias rediit in aulam Artaxerxis , fed populi prævaricatione exæftuante feptem poft annos iterum petiit Ierufalem , nec amplius reverfus eft ad Regem . Tum confolatus eft populum , & ad pænitentiam peragendam compulit : tum etiam legem per Efdram legi voluit , quæ lectio venerata vocatur Deuteronomium . Auctores non ignoti nominis contendunt Nehemiam , iifdem temporibus confumaffe urbis reædificationem .

Ut præfibatis , variæ circumferuntur fententiæ circa exordium & terminum feptuaginta hebdomadum : & vero alii cum Clemente Alexandrino lib. 1. fromatum , defumunt illud ab anno primo imperii Cyri , qui populum e captivitate folvit : alii cum Origine ab anno 1. Regni Darii Medii qui tunc Chaldæis imperavit : alii cum Eufebio lib. 8. demonft. Evang. ab anno 6. Darii hin Hyftafpis , quo jubente , Templi inftauratio facta eft : alii demum & quidem communiter a 20. anno imperii Artaxerxis Longimani , computando annos decem , quibus cum fuo regnavit Patre . Cum quibus fit

CONCLUSIO PRIMA.

Initium Lxx. *hebdomadarum ducendum eft ab anno vigefimo Artaxerxis , id eft , ab anno fecundo Olympiadis* 81.

PROBATUR hoc ratiocinio. Annus vigefimus regni Artaxerxis erat annus a creatione mundi 3609. annus vero mundi quo Chriftus mortuus eft 4084. & 18. Imperii Cæfaris . Porro 475. anni folares additi 3609. annis conficiunt 4084. annos ; illi autem 475. anni folares computantur a vigefimo anno regni Artaxerxis , decem complectendo annos quibus cum patre imperavit ; computantur , inquam , ufque ad decimum octavum annum imperii Tyberii Cæfaris . Quid plura ? 475. anni folares conficiunt 490. annos lunares , & hoc juxta Danielis effatum , ut infra probabitur ; illi autem anni conftituunt & complent 70. annorum hebdomades . Ita ex profefto fanctus Thomas in Danielem : " Quod autem , inquit fanctus Doctor , hic " 475. anni folares 490. annos lunares " reddant , patet ex collectione crefcen- " tiæ anni folaris fupra lunarem , quæ " eam fuperat undecim diebus , quæ qui- " dem omnes excrefcentiæ collectæ ex " 475. annis folaribus , 15. faciunt an- " nos, qui additi 475. annis reddunt 490. " annos præter 15. menfes , qui fupplen- " tur ex 18. anno imperii Tyberii Cæfa- " ris . Porro 490. anni complent 70. heb- " domades annorum lunarium : & fic pa- tet adimpletio prophetiæ ad litteram . Igitur anni computandi funt ab anno 20. imperii Artaxerxis Longimani.

Confirmatur : Computandi funt anni ab Edicto de reædificanda urbe Ierofolyma : Atqui , ut ex dictis patet , quartum dum-

T 2 ta-

tuxat Edictum emanatum ab Artaxerxe anno 20. fui regni facit mentionem de reædificanda urbe : Igitur &c. Minor pater , tum ex prolatione Edicti tempore prædicto tum quia fecundum Angeli effatum, muri civitatis in anguftia temporum tunc elevati funt , five anguftia fumatur pro afflictione ; quandoquidem adverfante populo terræ , reftaurati funt : five pro brevitate temporis , nam ut legitur lib. 2. Efdræ cap. 6. abfoluti funt muri 50. duobus diebus , quod vel ipfæ gentes agnovere ut miraculum , & fequentibus poftea annis urbs ædificata , & reftaurata eft.

CONCLUSIO SECUNDA.

Finis & exitus LXX. hebdomadum reponendus eft in tempore mortis Chrifti , vel circiter , & ut quidam volunt anno 3. cum dimidio folum poft eam.

Probatur breviter.

TERMINUS menfurandus eft refpective ad initium : Sed qui numerant per annos folares inveniunt 70. hebdomades annorum folarium , ufque ad annum tertium poft Chrifti paffionem ; quia quando Artaxerxes a patre adicitus eft ad imperium , hoc incidit in annum tertium Olympiadis 76. unde vigefimus annus regni ejus incidit in annum fecundum Olympiadis 81. ab ifto autem anno ufque ad annum quartum Olympiadis 202. quo Chriftus paffus eft , occurrunt 111. Olympiades cum duobus annis , quæ omnia compleduntur 486. annos ; quibus fi addiderimus quatuor annos paffionem Chrifti fubfequentes , conficient 490. annos : qui vero intelligunt de annis lunaribus , conficiunt 470. annos ab anno 20. regni Artaxerxis ad mortem Chrifti , quod eft convenientius : namque anni lunares funt folaribus breviores ; porro Olympias compleditur fpatium quatuor annorum , fic nominatum , eo quod ludi Olympici femel in anno inter illud fpatium celebrarentur.

CONCLUSIO TERTIA.

Anni funt lunares.

Probatur multis momentis.

PRIMO quidem ifto ratiocinio : Angelus locutus eft Danieli de annis , qui erant in ufu apud Hebræos , ut melius caperet quod illi dicebat de hoc Myfterio : Atqui illi funt lunares : Ergo &c. Probatur minor ex S. Thoma , qui ex profeffo commentario in cap. 9. Danielis hanc fufe propugnans fententiam , fic docet , his verbis : " Dicuntur hebdomadæ " abbreviatæ , quia annus qui conftat ex " menfibus fuperat lunarem , qui con- " ftat ex credecim lunationibus in unde- " cim diebus , quia tredecim menfes fo- " lares habent trecentos fexaginta quin- " que dies , anni autem lunares non ha- " bent nifi trecentos quinquaginta qua- " tuor , ac per hoc hebdomades annorum " lunarium , in feptuaginta feptem diebus " fuperantur . Item patet ex hoc , quia " Scriptura computat annos lunares , & " menfes , quia primam diem vocat Neo- " meniam , feu lunam primam , & unde- " cimam diem menfis vocat lunam un- " decimam , ficut patet Exod. 13. & in " multis aliis locis Scripturæ , & tamen " nec prima luna prima dies eft , nec un- " decima luna eft undecimus dies men- " fis folaris ; tum quia omnes tabulæ " Hierofolymitanæ fiftæ fecundum He- " bræos currunt per annos lunares & " menfes , ex quibus patet computum " Scripturæ currere per annos lunares . " Ergo &c.

Secundo : In Edicto quod Artaxerxes anno 7. regni fui in gratiam Judæorum conceffit , altum eft filentium de civitate reædificanda , fed tantum in fecundo quod anno fecundo conceffit . Atqui exordium 70. hebdomadum ducendum eft *Ab exitu fermonis ut iterum ædificetur Jerufalem.* Ergo &c.

Tertio : Ante annum vigefimum regni Artaxerxis urbs fancta in ruderibus fepulta jacebat . Igitur anno tantum vigefimo obtinuerunt Judæi Edictum de inftaurandis mœnibus civitatis : & vero fi prius habuiffent licentiam , dubio-procul abfque mora opus executioni demandaffent . Probatur antecedens ex lacrymis Nehemiæ paternæ urbis cladem lugentis cap. 2. 3. 4. lib. 2. Efdræ : *Et dixi Regi . . . quare non marceat vultus meus , quia civitas domus fepulchrorum patris mei deferta eft , & portæ ejus combuftæ funt igni ?* Hinc idem Nehemias , afpirante Deo has preces Artaxerxi fecit verf. 5. *Si videtur Regi bonum , & fi placet fervus ante faciem tuam , ut mittas me Judæam ad civitatem fepulchri patris mei , & ædificabo eam.*

eam. Precibus ille annuens, anno secundo sui regni profectus est Nehemias Jerosolymam ad populum quem sic allocutus est vers. 17. *Vos nostis afflictionem, in qua sumus; quia Jerusalem deserta est, & portæ ejus consumptæ sunt igni, venite, & ædificemus muros Jerusalem, & non simus ultra opprobrium.* Ergo &c.

Quarto : Demum 70. Danielis hebdomades completæ solum fuerunt tempore excidii Jerosolymitani : Igitur initium 70. Danielis hebdomadum affigi nequit anno 7. Artaxerxis. Conlequentia est evidens, nam ab anno 7. Artaxerxis, usque ad excidium Jerosolymitanum, quod contigit sub Tito Imperatore interfluxerunt anni plusquam 490. quo annorum spatio 70. Danielis continentur hebdomades. Probatur antecedens ex verbis Angeli Danielem alloquentis : *Septuaginta hebdomades abbreviatæ sunt super populum tuum, & super urbem sanctam tuam.... & erit in templo abominatio desolationis, &c.* Quibus verbis Angelus in 70. hebdomadum spatio excidium Jerosolymitanum includit, adeo ut sensus sit, semel finita septuagesima hebdomada, Templum Jerosolymitanum excisum iri : Igitur 70. Danielis hebdomades fuerunt tantummodo completæ in excidio Jerosolymitano &c.

Solvuntur objectiones contra primam conclusionem.

OBJICIES : Prophetiæ initium desumendum est ab Edicto permittente urbis reædificationem : Atqui tale a Cyro emanatum est, quandoquidem hostes Judæorum conantes impedire ne Judæi, juxta licentiam a Cyro factam, Templum restaurarent, convenerunt de bis apud Artaxerxem Cyri filium, sic ei scripserunt, ut habetur lib. 1. Esdræ c. 4. 11. & 12. *Notum sit Regi, quia Judæi, qui ascenderunt a te ad nos ; venerunt in Jerusalem civitatem rebellem, & pessimam, quam ædificant, extruentes muros ejus, & parietes componentes.* Igitur signum est Cyrum tunc dedisse Edictum pro urbe ædificanda.

Respondeo negando antecedens. Ad probationem, distinguo : Et calumniam imponebant Judæis, ut illos exosos redderent Regi, dicentes urbem ædificare cum Templo, concedo : secus, nego. Cyrus enim Edictum dederat tantum pro Templo : sed dato & non concesso, quod dedisset pro reædificatione urbis, certe exe-

Boucat Theol. Tom. IV.

cutioni mandatum minime fuit. Prophetia autem currit de edicto quod habuit effectum.

Respondeo II. distinguendo : Dedit Edictum Cyrus ut domos aliquas ædificarent Judæi, tum pro operariis, tum pro Sacerdotibus, transeat ; hoc enim non est expressum, sed solum aliquid consectaneum ad promissionem de reædificando Templo : permisit muros ædificari, & urbem, propugnacula, & alia ejusmodi civitatem componentia, nego. Hæc solutione conciliantur auctores asserentes Edictum a Cyro promanatum de urbe reædificanda ; loquuntur enim solum de urbe imperfecta, & de quibusdam habitaculis.

Instabis : Ilaiæ 45. habetur, & ex Iosepho lib. 11. cap. 2. colligitur Cyrum licentiam concessisse de urbe reædificanda : sic enim Deus ipse de Cyro loquitur loco citato, Ila. vers. 13. *Ipse ædificabit civitatem meam, & captivitatem meam dimittet, dicit Dominus Deus exercituum.* Ergo &c.

Respondeo I. Ecclesiastici 49. haberi urbem fuisse reædificatam solum tempore Nehemiæ, juxta illa verba vers. 15. *Nehemias in memoriam multi temporis, qui erexit nobis muros eversos, & stare fecit portas & seras, qui erexit domos nostras.*

Respondeo II. distinguendo : Cyrus ædificabit civitatem civilem, quæ consistebat in adunatione populi, concedo : convenere enim tunc Judæi liberati circa Ierusalem ad ædificandum Templum, & etiam in patria commorandum : civitatem physicam, quæ constaret muris ædificium circumeuntibus & claudentibus, nego. Jerusalem enim erat tunc pagus.

Instabis : Artaxerxes anno 7. regni sui concessit Esdræ omne quod petiit, ut habetur lib. 1. cap. 7. sed petierat non solum Templi, verum etiam urbis restaurationem : Igitur saltem initium hebdomadarum repetendum est ab anno illo 7.

Respondeo negando minorem : Et vero non petiit Templi reædificationem Esdras; jam enim erat reædificatum & dedicatum sub alio Rege, ut patet lib. 1. Esdræ cap. 6. his verbis : *Compleverunt domum Dei istam, usque ad diem tertium mensis Adar, qui est annus sextus regni Darii Regis : Fecerunt autem filii Israel, Sacerdotes & Levitæ, & reliqui populorum transmigrationis dedicationem Dei in gaudio.* Igitur & a fortiori Eldras civitatis restaurationem non expostulaverat, sed solum quædam necessaria, ut Templi utensilia,

T 3 sup-

suppeditarentur , & hoc patet ex ipso Electio.

Respondeo II. Esdram non petiisse restaurationem urbis , quandoquidem anno 26. regni ejusdem Artaxerxis adhuc deferti erat Jerusalem , & portæ ejus igne combustæ , ut lib. 2. Esdræ cap. 1. habetur : Igitur solum requisita ad ornatum Templi , ut dictum est.

Infoles : Atqui initium hebdomadarum repetendum est ab anno 7. laudato : Ergo &c. Probatur sumptum . Ab anno 20. Artaxerxis , usque ad mortem Christi non numerantur septuaginta hebdomades annorum : Igitur hic numerus desumendus est ab anno 7. Probatur antecedens : Annus vigesimus regni Artaxerxis incidit in annum Olympiadis 83. teste Julio Africano in Chronologia per Olympiades versatissimo , apud sanctum Hieronymum in cap. 9. Danielis ; annus autem mortis Christi incidit in annum quartum Olympiadis 202. ut probat Eusebius : Atqui ab anno 4 Olympiadis 83. ad annum 4 Olympiadis 202. inveniuntur tantum 476. anni , quibus si adjicias quatuor annos Passionem Christi subsequentes , conficiuntur tantum 480. annos . Ergo &c.

Respondeo negando subsumptum. Ad probationem ; nego antecedens . Ad aliam probationem , nego . Vigesimum annum regni Artaxerxis incidere in annum quartum Olympiadis 83. sed bene in annum secundum Olympiadis 81. & sic invenitur numerus adamussim completus . Julianus autem deceptus est , quia non numeravit decem annos quibus primum regnavit Artaxerxes cum patre suo .

Persistes : Isti decem anni non debent numerari , quia ut observat Pererius in hunc Danielis locum , Xerxes plures habuit filios , quorum Darius fuit natu major , Artaxerses vero isto junior : non est autem probabile , inquit , quod Collegam imperii instituerit Xerxes filium natu minorem : Ergo &c.

Respondeo negando Xerxem non reliquisse collegam Artaxerxem ; nostra enim de hac opinio funditur in consuetudine Persarum ; Herodotus namque , referente Petavio lib. 20. cap. 15. de doctrina temporum , scribit Persas legem quamdam habuisse , qua Reges in expeditionem profecturi , aliquem ex filiis suis successorem eligere tenebantur , secundum quod statutum Darius Hystaspis in Ægyptios & Athenienses bellum gesturus , Xerxem

ad imperium evexit . Quidni & ipse Xerxes pro more & Artaxerxem collegam suum nominasset , natu equidem Dario minorem ; sed ne mireris , istum adhuc privatus , alterum vero purpuratus genuerat , & sic patet solutio ad probationem.

Replicabis : Angelus locutus est Danieli anno 1. Darii Medi , qui , devicto Balthasar , cœpit regnare super omnem Chaldæam . Igitur ab hoc anno & non vigesimo Artaxerxis computandæ sunt hebdomades : maxime vero cum fausta prædicaret Angelus , & absque mora adimplenda , quod certe non contigisset , si procrastinata fuisset hebdomadarum computatio usque ad Artaxerxem , cum inter Darium & istum medient quatuor Reges , videlicet Cyrus , Cambyses , Darius Hystaspis , & Xerxes .

Respondeo distinguendo : Angelus locutus est Danieli anno 1. Darii Medi , teste Divo Thoma hic in Danielem , sed ex eodem Angelus prænuntiabat hebdomadas solummodo computandas esse ab Edicto de restauratione urbis , quod latum est anno vigesimo Artaxerxis , concedo : Darius enim nullum edictum dedit in gratiam Judæorum . Et non determinavit Angelus tempus in quo suum ducerent initium hebdomades , nego antecedens , & consequentiam. Duo prædixit pro consolatione judæorum Angelus , nimirum a captivitate temporali , deinde ab æterna liberationem ; prior quidem in brevi adimplenda per Cyrum , altera vero per Christum ; unde non mirum si speraret Artaxerxis Edictum , & in eo determinet initium hebdomadum computandarum , gratiam per Christum conferendam in Edicto veluti in figura prænotando.

Solutio est divi Thomæ hic , qui comm. in cap. 9. Daniel sibi proponit objectionem , & sic solvit : " Dicendum secundum Hieronymum & Bedam quod sunt computandæ hebdomades a 20. anno Artaxerxis , quando , Nehemias impetravit licentiam a Rege reparandi muros Jerusalem , sicut habetur Nehemiæ 3. quod patet ex hoc quod hic dicitur : Animadverte ab exitu sermonis ut rædificetur Jerusalem , &c. Ergo a licentia rædificandi Jerusalem est numerus inchoandus hebdomadarum . Item patet per Chronicas Regni Persarum , Græcorum & Romanorum , usque ad nativitatem Christi , quibus non oportet credere in computatione temporum ut-
" que

„ que ad Chriſtum , cum ex Scriptura
„ clare non habeatur ; regni enim Perſa-
„ rum ſupputentur anni ducenti triginta
„ a 1. anno Cyri Perſarum Regis , qui
„ regnavit poſt dictum Darium ; poſt il-
„ los vero Macedonum ſupputantur tre-
„ centi : poſtea vero uſque ad nativita-
„ tem Chriſti triginta . Ergo ab initio
„ Cyri Regis Perſarum uſque ad nativi-
„ tatem Chriſti ſunt anni quingenti ſexa-
„ ginta , ex quibus quadringenti nonagin-
„ ta novem faciunt ſeptuaginta hebdoma-
„ das lunares completas , ut patet nume-
„ ranti ; ergo ſuperſunt uſque ad nati-
„ vitatem Chriſti anni ſeptuaginta , qui
„ faciunt hebdomadas decem , & ſic ſiſta
„ eſt præfata Judæorum computatio ; ſup-
„ poſito autem quod computatio incipiat
„ a 20. anno Artaxerxis , ut dictum eſt ,
„ probatur de neceſſitate ſeptuaginta heb-
„ domadas completas eſſe : Nam a 20.
„ anno Artaxerxis uſque ad decimum
„ octavum Thyberii Cæſaris , quando paſ-
„ ſus eſt Chriſtus , computantur quadri-
„ geni & ſeptuaginta quinque anni ſola-
„ res , ut patet per prædictas Chronicas :
„ quadrigeni autem & ſeptuaginta quin-
„ que anni ſolares faciunt quadrigenos
„ & nonaginta annos lunares , hi au-
„ tem faciunt hebdomadas ſeptuaginta :
„ Ergo vere ſunt completæ prædictæ
„ hebdomadæ decimo octavo anno Tybe-
„ rii Cæſaris , ac per hoc in morte Chri-
„ ſti . „

Dices : Quocumque modo fiat computatio , vaticinium in Chriſto non completur : Ergo &c. Probatur antecedens .
In termino hebdomadarum abominatio ad
conſummationem uſque futura eſt : Sed
iſta nonniſi ultimi judicii tempore adve-
niet , juxta illud Chriſti Matthæi 24. *Cum
ergo videritis abominationem deſolationis ,
quæ dicta eſt a Daniele Propheta .... ſtatim autem poſt tribulationem dierum illorum
ſol obſcurabitur .* Ergo &c.

Reſpondeo negando antecedens . Ad probationem diſtinguo : Et eo loci ſancti
Matthæi 24. Duplex ab Apoſtolis quæſtio
fit Chriſto , altera de vaſtatione & templi
& urbis , , altera vero de mundi deſtru-
ctione in judicio univerſali , his verbis :
*Dic nobis quando hæc erunt , & quod ſi-
gnum adventus tui ?* concedo . Et ſolum
fit mentio de abominatione per Antichri-
ſtum adimplenda in conſummatione ſæculi , nego . Abominatio igitur duplex ſecernitur , una ſcilicet relative ad Judæos

pro deicidio puniendos , altera vero reſpe-
ctive ad mundum univerſum . Prior annuntiat primum Chriſti adventum & quidem nunc factum ; abominatio enim contigit quando Ælius Adrianus Romanorum
Imperator idolum in templo collocari voluit , tum tempore Titi qui Jeruſalem
cum Templo non ſine Dei vindicta ſub-
vertit : abominatio poſtrema prænuntiat
ſecundum Chriſti adventum , quæque fuit
prælata priore juxta Danielem ad finem
uſque ſæculorum perduratura : igitur illa
non excludit iſtam .

Solutio colligitur ex ipſa Prophetiæ terminis ; ſic enim habetur : *Et poſt hebdomades 62. occidetur Chriſtus : & non erit
ejus populus , qui cum negaturus eſt : &
civitatem , & ſanctuarium diſſipabit populus
cum Duce venturo .... & erit in Templo abominatio deſolationis , & uſque ad conſummationem & finem perſeverabit deſolatio .* Audiendus eſt de hoc momento ſanctus Thomas , qui hic ſic & ſolvit difficultatem : " Qua propter dicendum eſt ,
„ quod intelligatur de abominatione de-
„ ſolationis , quæ fuit tempore Ælii Adria-
„ ni , cui nullus aptius accommodari po-
„ teſt , nam ad litteram hoc tum imple-
„ tum eſt . Ælius enim Adrianus dedit
„ licentiam Judæis , qui erant Romæ ca-
„ ptivi per Titum quod irent Jeruſalem ,
„ quod & fecerunt , & tunc mandavit
„ eis . quod ponerent idolum in templo ,
„ & ipſi noluerunt ; tunc ipſe iratus ivit
„ Jeruſalem , & ſunditus eam deſtruxit
„ .... poſtquam in allegato loco Mar-
„ thæi Chriſtus diſcipulis ſuis deſignaverat
„ Templi Jeroſolymitani futuram vaſtatio-
„ nem & eventionem , duas ipſi propoſue-
„ runt diſcipuli quæſtiones : alteram ſci-
„ licet de tempore deſtructionis dictæ Tem-
„ pli , alteram vero de tempore adventus
„ ipſius , & conſummationis ſæculi , qua-
„ rum prima ſolvit prædicens , prius tam-
„ quam ſignum in minentis deſtructionis
„ Templi calamitates plurimas , famem
„ ſcilicet , peſtem &c. Poſtmodum decla-
„ rat ipſam Templi vaſtationem ſubſecu-
„ turam , tunc quando hoc Danielis va-
„ ticinium de abominatione deſolationis
„ Templi impletur , & in hoc terminat
„ prælaræ primæ quæſtionis ſolutionem :
„ quæ autem de perſecutionibus & ſignis
„ tempore Antichriſti inferius deſignat ,
„ pertinent ad ſecundæ quæſtionis ſolu-
„ tionem . „

Oppones contra 3. concluſionem : De his
an-

T 4

annis loquitur Propheta, qui apud Judæos
erant in usu; Atqui non lunaribus, sed
solaribus Chronologia Judæorum innititur:
& probatur : Auctor librorum Machabæorum istos solum commemorat : Ergo &c.

Respondeo negando minorem : Ad probationem distinguo : Cum rerum civilium
texit historiam auctor solaribus innititur
annis, concedo : cum de rebus Ecclesiasticis scribit, nego. Utrumque peragit negotium, primum quidem referendo bella
& prælia cum Græcis Paganis, & tunc
loquitur de annis solaribus etiam apud
exteras nationes pro more & in usu positis : alterum vero cum Paschatis celebrationem & similia memoriæ tradit, & tunc
utitur Judaico Kalendario, quod quidem,
ut probatum est, currit per menses &
annos lunares.

Instabis : Atqui Kalendarium mensibus
lunaribus inniti non potest : Ergo &c.
Probatur subsumptum. Hac facta hypothesi
Judæi festum Paschatis post Æquinoctium
verni, vel ipsum juxta Kalendarium ut
plurimum non celebrassent, quando scilicet
occurrunt tredecim lunationes : Ergo &c.

Respondeo negando subsumptum : Ad
probationem distinguo : Occurrente lunatione 13. non potuissent Judæi juxta Kalendarium celebrare Pascha, omissa inter-
calatione, concedo : admissa, nego. Sicut igitur pro more apud nos positum est
uti anno bisextili ad componendam eamdem festivitatem Dominica immediate sequenti lunam 14. Martii post Æquinoctium
vernum, quando tredecim lunationes incumbunt, sic & Judæi per intercalationem fecissent, ut servaretur Festi Paschatis ordinatus dies. Sanctus Thomas hic ad
difficultatem ita respondet : " Dicit au-
„ tem, *Propheta*, abbreviatæ sunt, quia
„ hebdomadæ illæ annorum, secundum
„ annos lunares, qui sunt minores solari-
„ bus, debent sumi ; quia annus solaris
„ habet plus undecim dies quam lunaris,
„ & hi undecim dies dicuntur *Epactæ*, id
„ est adjuncta pars ad annum lunarem,
„ unde quando annus solaris habet ex col-
„ lectione illarum Epactarum unam lunam,
„ tunc habet tredecim lunationes, & illa
„ lunatio tertiadecima dicitur embolisma-
„ lis, & annus ille dicitur embolismalis,
„ id est, prægnans una lunatione. „ Igitur lunatio decima tertia inter cæteras
per intercalationem seu interjectionem locum habet, & tunc duæ lunationes sunt
pro uno & eodem mense.

SYNOPSIS PROBATIONUM.

I. *Initium annorum ducendum est ab anno*
II. *Regni Artaxerxis Longimani*. II. *Fi-*
nis reponendus circiter tempora mortis Chri-
sti. III. *Anni sunt lunares*.

PRIMUM liquet, namque hebdomadum
initium repetendum est ab Edicto dato
pro civitatis restauratione ; jam vero si
decem anni quibus Artaxerxes regnavit
cum Patre addantur prioribus, quibus solus, mortuo Patre, regnavit, occurret
annus vigesimus quo Edictum de urbe re-
stauranda ab Imperatore promanavit,
cum priora Edicta sint solum de ædificatione Templi, & suppeditandis pro
Templo utensilibus.

Secundum : Utique verissimum est, cum
circa mortis Christi tempora Judæi fuerint sine Ephod, sine sacrificio, sine thy-
miamate.

Tertium : Quandoquidem anni lunares
in materia religionis erant solum in usu ;
hinc prima cujuslibet mensis dies vocabatur Nizan, hoc est luna prima.

SYNOPSIS OBJECTIONUM,

ET RESPONSIONUM.

PRIMO : Verum est Cyrum licentiam
fecisse ædificandi aliquas domos pro iis
qui Templum restaurabant, quæ simul
quamdam villæ speciem habebant, sed
non urbem mœniis, turribus & propu-
gnaculis circumseptam.

Secundo : Quædam occurrunt, & fatemur, circa Chronologiam difficultates,
sed hoc nihil detrahit ab adventu Messiæ,
& modo attendatur ad annos quibus Artaxerxes regnavit cum patre, absque negotio Chronologia conciliatur.

Tertio : Tametsi abominatio omnibus
numeris absoluta, sit solummodo pro fine sæculorum tempore Antichristi, altera
tamen contigit versus Christi tempora,
quando scilicet Ælius Adrianus idolum
in sanctuario Templi Jerusalem collocari
voluit ; de utraque loquitur Propheta :
Prior prælusit posteriorem, & fuit ejus
figura.

AR-

ARTICULUS DECIMUS-QUARTUS.

De duobus Machabæorum Libris.

QUATUOR recensentur Machabæorum Libri, quorum duo posteriores nondum ab Ecclesia recepti sunt, quocirca de duobus prioribus impræsentiarum agimus, & de his quærimus num sint sacri?

Libri Machabæorum referunt statum Reipublicæ Judæorum sub monarchia Græcorum, & ducibus Michabæis, seu Asamonæis, videlicet Mathatiæ, Judæ, Jonathæ, & Simonis, qui victoriis suis Rempublicam multis cladibus fractam restaurarunt. Porro dicti sunt Machabæi, eo quod in eorum vexillis scriptæ erant tres illæ syllabæ Ma, cha, be, quæ sunt initiales trium vocum hebraicarum, quæ sic habent : Quis similis tui in diis Domine? Liber primus XVI. capita, secundus vero XV. habet.

Ergo quatuor famosi laudati duces bella Domini, & pro patriis legibus, & pro religione conservanda feliciter gesserunt tempore tertiæ Monarchiæ, scilicet Græcorum ; fortiter enim restiterunt Regibus Ægypti & Syriæ, iisque non semel devictis populum sui juris fecerunt. In priori libro describitur constantia Mathatiæ, qui multa prælia sustinuit adversus Antiochum Epiphanem Syriæ Regem, qui, capta & diruta Jerosolyma, populum Judaicum magna ex parte ad ritum gentilem adduxit. Secundo loco refertur fortitudo Judæ Mathatiæ filii, qui pro religione simul & libertate præclare se gessit in præliis adversus eumdem Antiochum, rum contra Antiochum Eupatorem, istius filium, & Demetrium Seleuci filium. Tertio, commemorantur ducatus, gesta, & victoriæ Jonathæ tempore Alexandri, Demetrii secundi & Antiochi adolescentis, Syriæ Regum. Postremo commemorantur gesta Simonis ducis, sive sub Antiocho adolescente, & Demetrio simul de Regno cum eo decertante, sive sub Antiocho ultimo Demetrii filio.

In 2. libro tractatur de gestis Judæ Machabæi, ejusque fratrum Jonathæ & Simonis, de Templi purificatione & Aræ ædificatione, de gestis Antiochi Eupatoris, & Seleuci Regum Syriæ : ex quo sequitur istud volumen esse præcedentis re-

petitionem, seu eorum quæ vel omissa, vel brevius enarrata sunt, fusiorem expositionem.

Quidam propugnant Ioannem Hircanum Simonis filium, qui diu Imperio & Pontificatu potitus est, esse primi Libri auctorem : magis incertus est secundi scriptor ; nonnulli putant esse Iosephum, vel Philonem : nec desunt qui illum tribuant Judæ Essæo pietate conspicuo. Calvinus l. 3. instit. cap. 5. omnes Machabæorum rejicit libros, eo potissimum scopo, ut purgatorium exsufflet : contra quem sit

CONCLUSIO.

Duo priores Machabæorum Libri sunt Canonici.

PROBATUR hoc ratiocinio. Illi libri veluti canonici haberi debent, quos authenticos esse indicat Patrum traditio, Ecclesiæ usus, & Concilii Oecumenici definitio : Atqui ex his omnibus momentis duos priores Michabæorum libros liquet esse authenticos : Et probatur auctoritate Clementis Alexand. qui l. 1. strom. sicut Esther sic & duos priores Machab. libros ut canonicos habet : Subscribit Origenes l. 2. Periarchon cap. 1. his verbis : " Ut " autem ex Scripturarum auctoritate hæc " ita se habere doceamus, audi quomodo " in Machabæorum libris ubi mater se- " ptem martyrum unum ex filiis suis co- " hortatur ad toleranda tormenta ; ait " enim : Rogo te fili, respice cœlum & " terram. Et videns hoc scito, quia Deus " hæc omnia, cum non essent fecit. , Suffragantur Tertullianus l. contra Judæos cap. 4. Cyprianus l. de exhortatione Mart. cap. 11. his verbis, " Quid vero " in Machabæis septem fratres, & nata- " lium pariter & virtutum sorte consimi- " les, septenarium numerum Sacramento " perfectæ consummationis implentes &c., Ibidem multa alia ex libro 2. Mach. c. 6. & 7. assumit testimonia, quibus fideles ad Martyrium generose subeundum invitat : sicut igitur alios V. T. libros, sic & istos ut canonicos habebat.

S. Hieronymus in cap. 23. Isa. eosdem suscipit, ut Scripturam sacram : Suscipit Gregorius Naz. orat. 22. de Machabæis. Tum Ambrosius lib. 2. de Iacob & vita beata cap. 10, 11. & 12. Isidorus lib. 6. ethimologiarum c. 1. inter omnes S. Au-gu-

guftinus lib. 18. de civitate Dei cap. 36.
iis verbis : " Ecclefia pro Canonicis hi-
„ bet , libros *Machab.* propter quorum-
„ dam Martyrum paffiones vehementes
„ atque mirabiles. „ tum lib. de cura ge-
renda pro mortuis , ubi probat cap. 1. ex
libris illis ficrificium oblatum prodeffe mortuis. Vel ipfa Ecclefia ex his operibus de-
fumit epiftolam Millæ quotidianæ pro de-
fundis , & ex eifdem varias affumit pro
officio lectiones.

Denique Concilium Carthaginenfe tertium can. 47. Innocentius I. epift. ad E-
xuperium Epifcopum Tolofanum , facra
Synodus Trid. feff. 4 inter Libros canonicos duos Machab. priores annumerant.
Ergo &c.

Solvuntur objectiones Proteftantiam.

OBJICIUNT : Multa in duobus prioribus Machab. libris falfa & veritati pugnantia apparent : Igitur non funt libri a
Deo infpirati. Probatur Antecedens variis momentis : Libro primo, cap. 1. legitur Alexandrum I. in Græcia regnaffe ;
attamen ex omnibus auctoribus liquet,
multos Reges, vel ante ipfam Alexandri
nativitatem in Græcia floruiffe , maxime
vero cum ipfe Philippos Macedo Alexandri pater Rex effet. Ergo &c. Secundo,
ibidem lib. 1. cap. 1. habetur Alexandrum
pueris cum ipfo ab adolefcentia enutritis
fuum diviffe imperium , quod tamen filent Plutarchus , Immo & Quintus Curtius lib. 2. hift. Alexandri num. 10. immo hanc divifionem, non nifi mortuo A-
lexandro, factam memoriæ tradunt Juftinus lib 12. Diodorus Siculus lib. 17. &
alii permulti. Ergo &c.

Refpondeo negando antecedens: Ad probationem diftinguo : Alexander I. in Græcia regnavit tamquam Imperator , concedo : tamquam Rex, nego. Et fic diftin-
cta minore , nego confequentiam. Non
negat Scriptor facer alios Alexandro priores regnaffe in Græcia ; fed unum breviter fubnotat , illum fuiffe primum Græcorum Imperatorem. Devicto quippe Dario, Perfidis, Chaldææ & Mediæ Monar-
cha factus, has omnes regiones fuo adfcivit Imperio , & nedum Provinciis , fed
& Imperatoris dignitati Alexander Dario
fucceffit.

Ad fecundum, diftinguo : Plutarchus &
alii filent de divifione allata imperii explicite, concedo : & ne unum quidem de

hoc momento verbum dixere , nego .
Namque Curtius lib. 10. fcribit optima-
tes conveniffe Alexandrum animam agentem , ipfum Alexandrum Perdiccæ fui cordis fecreta & imperii difpofitionem aperuiffe , fuumque ipfi in teftimonium dediffe annulum , ut poft ejus mortem imperii Proceribus aperiret factum ab ipfo
Teftamentum : unde fi ipfe : " Non vo-
„ ce nuncupatus hæres , judicio tamen
„ electus effe videbatur . „ Ait Juftinus
lib. 12. cap. 4 Concinit Diodorus Siculus
lib. 18. 9. Curtius lib 10. cap. 13. Ipfa
quoque facta pro eodem momento leguntur ; conftat enim poft Alexandri mortem
e Græcis proceribus alios regnaffe in Syria , alios vero in Ægypto , de quo non
femel fermo fit in libris Machabæorum .
Porro Scriptor canonicus tamen incertus,
eunẟa tamen fideliter confcripfit ; quia
vero ad res Judaicas potiffimum atten-
debat , unum tantummodo , aut alterum
verbum de divifione Græcorum dixit , videlicet Alexandrum pueris fuum diviliffe
regnum.

R. P. *Gravefon* ad hanc difficultatem
tract. de Scriptura facra pag. 236. & 237.
„ fic refpondet : Dico , non ita apud
„ Scriptores profanos conftare Alexandrum
„ Magnum , Regnum fuum ante obitum
„ fuum non diviliffe ; nam Quintus Cur-
„ tius fcribit lib. 10. cap. 13. plures effe
„ auctores , qui hanc Regni divifionem
„ ab Alexandro Magno , dum adhuc in
„ vivis effet , factam fuiffe perhibent , &
„ Diodorus Siculus lib. 18. Biblioth. re-
„ fert , teftamentum de toto fuo Regno
„ Rhodi depofitum fuiffe ab Alexandro.
Juftinus etiam ait , Alexandrum Magnum
„ paulo antequam moreretur , exeruiffe
„ e digito annulum , quo fcripta fua obfi-
„ gnabat , quippe fummæ poteftatis in-
„ dex erat , & illum Perdiccæ tradidif-
„ fe , ei fupremam fuam de Regni divi-
„ fione voluntatem declarando , quam *Per-*
„ *diccas*, mortuo Alexandro Magno , exe-
„ cutioni mandavit , ita ut *Aridæus* fra-
„ ter Alexandri Magni habueret fummam
„ imperii : *Perdiccas*, copiorum Regia-
„ rum præfecturam : *Ptolomæus*, *Ægy-*
„ ptum & Africam : *Laomedon* Syriam
„ cum Phœnice : *Philotas*, Ciliciam : *An-*
„ *tipater*, Macedoniam : *Antigonus*, Ly-
„ ciam, Pamphiliam , & Phrygiam majo-
„ rem : *Caffander*, Cariam ; *Meleager*,
„ Lydiam : *Leonatus*, Phrygiam minorem ,
„ Hellefponto adjunctam : *Eumenes*, Cap-

n pa-

„ padociam & Paphlagoniam : *Pithon* ,
„ Mediam : *Lyfimacbus* , Thracia. &c.
„ Quapropter facer Auctor nihil hac in
„ parte narrat biftoriis profanis contra-
„ rium .
Inftans : Ibidem cap. 8. 7. auctor narrat
Antiochum ductum fuifse captivum apud
Romanos : Sed de hoc momento nullam
faciunt alii auctores mentionem : Ergo
&c. Ibidem additur Romanos dedifse Eumeni Regi Indiam & Mediam : Atqui
Romani nufquam fuerunt Indiarum & Mediæ Domini : Ergo &c. Ibidem fubdit auctor Romanos fui imperii uni homini per
fingulos annos committere præfecturam ,
& tamen apud omnes conftat Romanos
tunc temporis duos habuifse Confules ,
penes quos Reipublicæ regimen erat , quique illum gubernandi habebant Provinciam : Ergo &c.
Refpondeo omnibus æqua lance ponderatis , nullam reperiri contradictionem.
Unde ad primum , diftinguo : Antiochus
ductus eft captivus ad *Lyfimachiam* pro
Romanis prælidem & præfectum , feu ducem , concedo : ad ipfos Romanos , ita ut
Antiochus Romanæ fifteretur curiæ , nego : cum autem Lyfimachias in hoc momento Romanorum effet Vicarius , & eorum nomine cuncta faceret , recte dicitur
Antiochus ad Romanos fuifse miffus : ita
Polybius lib. 17. quia vero etiam Antiochi Regnum Romano aiicium fuit Imperio , in ifto quoque fenfu Antiochus dici
poteft vivus ad Romanos ductus captivus .
Ad fecundum nego minorem ; cum e-
nim Græcorum imperium ad Romanos
tranfierit , Indis quoque & Medis quibus
Græci dominabantur , Romanorum fub-
ditæ fuerunt poteftati , quod auctor eodem expice indigitat , his verbis : *Loca-
que quæ longe erant valde ab eis , & Reges qui fupervenerant eis ab extremis terræ , contriverunt , & percufferunt eos plaga magna ; cæteri autem dant eis tributum
omnibus annis. Et Philippum & Perfen Cæ-
teorum Regem , & cæteros qui adverfum
eos arma tulerant , contriverunt in bello , &
obtinuerunt eos : & Antiochum Magnum
Regem Afiæ ..... Et quia ceperunt eum vi-
vum & ftatuerunt ei ut daret ipfe , & qui
regnarent roft ipfum , tributum magnum , &
daret obfides , & conftitutum ; & regionem
Indorum & Medos & Lydos , de optimis
Regionibus eorum & acceptas eas ab eis dederunt Eumeni Regi .*

Ad tertium diftinguo minorem : Romani duos conftituebant Confules qui alternata vice quibufdam hebdomadis , aut
menfibus Reipublicæ pertractarent nego-
tia , concedo : qui fimul gubernarent , nego . Ita refert Polybius , cujus hanc reddit rationem Livius L 2. „ Si duo fimul
„ imperaffent , Regibus exactis , non re-
„ motus , fed duplicatus terror videre-
„ tur . „ Hoc ipfum innuit aliud factum
Romanorum qui tempore belli unum Di-
ctatorem ad cuncta regenda eligebant. Cujus Rei argumentum irrefragabile eft Infelix pugnæ Cannenfis eventus non aliunde
repetendus , quam ex temeritate illius Con-
fulis , penes quem eo die erat fumma rerum Imperii Romani. His adde unum
Confulem fuæ ditionis Provinciis præfuif-
fe : quocirca l. 1. Mach. cap. 15. unus folus Conful Romanorum ad Ptolemæum Regem in gratiam Judæorum fcribit epiftolam , quæ fic incipit : *Lucius Conful Romanorum Ptolemæo Regi falutem* &c.
Urgent : Cap. 1. 17. abominatio defolationis de qua Daniel. 9. fit mentio de ftatua Antiochi in Templo Jerofolymitano
pofita intelligit auctor: Atqui tamen Chriftus Dominus Matth. 24. hanc ad Antichriftum refert abominationem : Ergo
&c.
Refpondeo diftinguendo : Et eo loci non
loquitur auctor de abominatione , quam
commemorat Daniel , concedo : & de eadem loquitur , nego . Non una fuit in
Templo abominatio ; prima contigit quando ftatua Antiochi in eo collocata eft ,
altera cum Aquila aurea per Herodem in
eodem fuit appofita loco . Tertia futura
eft pro feculorum confummatione , eo
fcilicet tempore quo Antichriftus veluti
Deus fedebit in loco fancto . De priore
loquitur auctor lib . 1. Machab. de aliis
Propheta Daniel.

*Solvuntur objecta adverfus fecundum Librum
Machabæorum .*

OPPONUNT : Cap. 2. 5. Jeremias arcam
Domini cum altari & tabernaculo in monte Neboth abfcondifse dicitur , & quod locus plebi ignotus erit , donec Deo per pœnitentiam Judæi faciant fatis : In ejus
quidem narratione tria apparent falfa . I.
Non potuit Jeremias Arcam ibi abfcone-
re , cum tunc temporis effet in carcere
detentus . II. Chaldæi ipfum everterant
Templum . III. Tametfi populus e capti-
vita-

vitate Babylonica folutus effet, Arca tamen non comparuit : Ergo &c.

Refpondeo diftinguendo Jeremias Arcam
abfcondit antequam in vincula conjicere-
tur : vel etiam tempore quo a vinculis &
e carcere, jubente Nabuchodonofor folutus eft, concedo : eo temporis fpatio quo
erat in carcere detentus, nego. Potuit
igitur in bis temporum durationibus & Arcam, & tabernaculum abfcondere.

Ad fecundum diftinguo : Chaldæi dila-
pidaverant Templum, falva Arca, concedo : non falva, nego. Namque Jeremiæ
52. ea omnia quæ in terram fuam afpor-
taverunt Chaldæi, enumerantur: Sed altum eft de Arca & tabernaculo filentium.

Ad tertium diftinguo : Et Auctor canonicus eo loci loquitur de congregatione
populi fub finem fæculorum facienda, concedo : Tunc etiam Judæi tefte Hieronymo, agnofcent Chriftum velut ex Ægypto
redeuntem, & tunc, inquit Epiphanius
in vita Jeremiæ, Arca & tabernaculum
ante abfcondita in fignum & argumentum
miffionis Chrifti, qui omnes adimplevit
veteris Teftamenti figuras, & detegen-
tur & apparebunt : Et loquitur auctor
de congregatione populi, quæ immediate
poft captivitatem Babylonicam contigit,
nego.

Cæterum potuit Jeremias alicubi transferre Arcam & Tabernaculum, vel ante
urbis Jerofolymitanæ obfidionem, videlicet tempore Joachim Regis Juda, maxime cum cuncta eventura præfciret, liber-
ginus foret, & magna, tum apud Sacerdotes, tum apud populum auctoritate pol-
leret, vel etiam In ipfa urbis dilapidatione, quæ, regnante Sedecia facta eft a Na-
buzardam exercitus Nabuchodonofor Præ-
fecto, qui quidem ut habetur l. 4 Regum
cap. 25. Domum Domini, domum Regis &
cæteras domos urbis igne fuccenfit ; namque Jeremias gratiam invenerat apud Nabuchodonofor qui præceperat Nabuzar-
dam nihil mali Prophetæ inferre ; quin-
imno, ipfe Rex eum fic alloquitur Jere-
rem. cap. 40. 4. *Nunc ergo ecce folvi te
bodie de catenis, quæ funt in manibus tuis :
fi placet tibi ut venias mecum in Babylonem,
veni ; & ponam oculos meos fuper te : fi
autem difplicet tibi venire mecum in Babylonem : refide : Ecce omnis terra in confpectu
tuo eft : quod elegeris, & quo placuerit tibi
ut vadas, illuc perge.*

Urgent : Cap. 12. Judas Machabæus præcipit orare pro iis qui in bello ceciderant,

quorum non pauci Idola fub veftibus deferebant : Sed abfurdum eft orare pro impiis, qui idololatræ obierunt : Igitur liber
ille non eft facer, & manifeftas implicat
contradictiones. Confirmatur : Ibidem cap.
14. celebratur Rafias eo quod manus fibi
intuliffet violentas : Ergo &c.

Refpondeo I. diftinguendo : Et auctor facta biftorice recenfet, concedo : & intendit illa ab omnibus purgare nævis, nego.
Hiftorici facri ficut bona, ita & mala referunt hominum facta : quandoquidem etiam nonnulla generofe acta juxta hominum placita quandam virtutis fpeciem
præ fe ferunt, hinc auctor celebrat eos
qui pro patria in bello ceciderant : Sed
nufquam intendit coram Deo hujufmodi
juftificare facinora : Igitur facta in objectionibus allata, nihil ab auctoritate Scripturæ detrahunt, cum ficut evenerunt,
& ut veritati confona referantur.

Refpondeo II. in particulari ad primum,
licere pro defunctis orare : fic propugnat
S. Auguftinus epift.6. ad Dulcitium & lib.
1. de moribus Ecclefiæ cap. 23. item &
lib. de cura pro mortuis cap. 1.

Rurfus refpondeo ad idem factum diftinguendo : Judas præcepit orare pro iis qui
cum pietate ceciderant, ut expreffe ibidem habetur, concedo : pro iis qui in
peccato pertinaces fuerunt defuncti, nego. Cæterum qui idola fub veftibus ob-
tecta ferebant, potuerunt ante obitum illa deponere, & de peccatis condolere :
cum autem Ecclefia non judicet de internis, ab omni ævo voluit univerfim pro
defunctis fundi preces in refrigerium, his
folummodo exceptis, qui in peccato pertinaces denuntiati funt, & publice omni
excepta tergiverfatione obdurati & præfenti migrarunt vita. Non defunt qui propugnent illos milites non Idololatriæ fuper-
ftitione, fed predæ tantum aviditate do-
naria illa ex Templo Idolorum abftuliffe,
ac fubinde non nifi venialiter peccaffe,
aut eos ante mortem de peccato fuo do-
luiffe : quo fit, ut pro illis preces & facrificia abfque pietatis violata regula of-
ferri potuerint.

Refpondeo ad factum Raziæ diftinguendo : Et ex motu Spiritus fancti pro patriis
legibus potuit femetipfum interficere, ne
in manus incircumciforum, ut eo loci
fcriptum eft, prolaberetur, concedo : &
in defperationem actus vim fibi ipfi intulit, nego. Primum innuere videtur Scriptura, quæ refert Raziam immediate ante

te mortem invocasse Dominum. Sic enim
habetur lib. 2. Mach. de eo cap. 14. sub
finem : *Et cum adhuc spiraret , accensus
animo surrexit : & cum sanguis ejus magno fluxu deflueret , & gravissimis vulneri-
bus esset saucius , curso turbam permansit ;
& stans supra quamdam petram præruptam,
& jam exanguis effectus , complexus inte-
stina sua , utrisque manibus projecit super
turbas , invocans dominatorem vitæ ac Spiritus , ut hæc illi iterum redderet : atque
ita vita defunctus est .* S. Augustinus lib.
1. de civ. Dei , cap. 21. ait quandoque licitum esse mortem sibi inferre , modo
hoc fiat Deo movente , inspirante & permittente : qua ratione eo loci excusat &
Jephte , qui propriam Domino immolavit
filiam , & Samson qui concussis templi
Philistinorum columnis , sub ædificii rui-
nis conclusus , obiit . Pari igitur & consimili ratione multi auctores Raziam ex-
cusant . Ita Tyrinus , & alii non pauci
interpretes .

Persistunt : Ibidem Judæi dicuntur a Nabuchodonosor translati in Persidem : Atqui tamen constat Babylonem translatos
fuisse : Ergo &c.

Respondeo distinguendo : Et auctor attendit ad Persarum Reges , quos Alexander
contriverat , quorum regiones suo addi-
derat Imperio : concedo : & excludit Babylonem , nego : Bella Machabæorum
tempore Græcorum contigerunt , hinc
in libris Machab. susius est sermo de Regibus Syriæ qui in Perside regnabant ; quocirca nomen regno commune scilicet Per-
sidis commemorat : porro Antiochus cuncta loca , cunctasque regiones trans Eu-
phratem , adeoque & Babylonem pro suo
habebat funiculo ; hoc Ipsum putet ex lib.
1. Machab. cap. 6. ubi dicitur quod nun-
tius qui venit Babylonem ad Antiochum,
venerit in Persidem.

*Solvuntur objectiones ex contradictionibus
utriusque libri ad invicem.*

ANTEQUAM ista Calvini argumenta
proferamus , unum est solvendum , cum
ait utrumque librum neque reperiri In
Judæorum Canone , neque a multis Patribus recipi : Ergo &c.

Respondeo ut supra ad similes difficultates , Ecclesiam decursu temporum , maturo prævio examine , quosdam de novo in
Canonem adscivisse libros : cum autem
hoc cito-citius non contigerit , non mirum

si quidem Doctores libros Machabæorum
priores , uti sacram Scripturam non habuerint , maxime vero cum solam spectet
ad Ecclesiam determinare credenda .

Objicit Calvinus , varias esse inter utrumque librum contradictiones & discrepan-
tias : Igitur uti sacri non admittendi sunt .
Probatur Antecedens : Lib. 1. cap. 6. v.
16. Antiochus Epiphanes seu illustris anno Græcorum 149. dicitur mortuus ;
lib. vero 2. cap. 11. vers. 34. Antiochus
Eupater patre mortuo Judæis litteras dedit , quas & misit anno 148. quocirca eadem litteræ recensentur diversis annis missæ & ante mortem Antiochi illustris , quod
manifestam implicat contradictionem . II.
lib. 1. cap. 6. Demetrius Seleuci filius
anno 151. discedens e Roma primum regnavit , & lib. 2. cap. 14. v. 4. jam regnabat anno 150. III. Lib. 1. cap. 6. 20.
& sequentibus Eupater Judæam cum multis copiis invasit anno 150. & lib. 2. cap.
13. 1. hoc factum dicitur anno 149. Ergo &c.

Respondeo negando Antecedens . Ad probationem multiplicem distinguo : Et Scriptor libri primi Machabæorum uno modo , altero vero Scriptor secundi compu-
tavit annos , concedo : eodem modo am-
bo numerarunt , nego . Duplex apud Judæos erat annus , Sacer scilicet & civi-
lis : Primus incipiebat a mense Nisan ,
hoc est ab æquinoctio verno ; posterior
a mense Tisri , hoc est , ab Æquinoctio
autumnali ; sicque sex de priori anno menses habebat , quatenus sese usque ad Pascha extendebat , ut suum duodecimum
compleret mensem . Scriptor prioris libri
usus est anno sacro , alter vero civili . Cæterum levissima est inter utramque Chronologiam discrepantia , de qua non una
est vel inter ipsos auctores opinio .

Respondet R. P. Graveson tract. de Scriptura sacra pag. 231. & 232. illas appa-
rentes in Chronologia dissonantias absque
negotio conciliari posse : " Nam , *inquit,*
" Historici Græci annos Regni Græco-
" rum computant ab initio Regni Ale-
" xandri Magni , qui , ad Arbellam de-
" victo Dario Codomano ultimo Persa-
" rum Rege , tamquam supremus Monar-
" cha per sex annos regnavit . Ast auctor
" librorum Machabæorum , ut & Judæi
" annos Regni Græcorum numerant ab ini-
" tio Regni Seleuci Nicanoris qui , dum-
" taxat annis post obitum Alexandri Ma-
" gni undecim Regnum obtinuit in Sy-
" ria,

„ ria , cujus pars eft Judæa ; hinc citra
„ ullum Chronologiæ errorem oritur il-
„ lis in annis Regni Græcorum diverfi-
„ tas , nam verum eft , Antiochum Epi-
„ phanem anno 137. Regni Græcorum
„ regnare cœpiſſe , juxta Epocham il-
„ lius Regni Græcorum fumptam a Se-
„ leuco Nicanore , qui primus in Syria
„ undecim annis poft obitum Alexandri
„ Magni Regnum obtinuit . Et verum
„ itidem eft , eumdem Antiochum Epi-
„ phanem Regnum fuum iniiſſe anno 133.
„ Regni Græcorum , juxta illius Regni
„ Epocham , quæ fuum habet exordium
„ a Regno Alexandri Magni . „

Judæi annum aufpicabantur a menfe
Nifan verno tempore , fed Græci annum
incipiebant a menfe Septembri : Porro
auctor lib. 1. Machabæorum primam fequitur fupputationem anni a menfe Nifan ,
auctor vero lib. 2. Machab. pofteriorem
fectatur fupputationem anni a menfe Septembri , quo fit ut auctor lib. 1. Machab. dicat Antiochum Epiphanem mortuum eſſe anno 149. Regni Græcorum ,
auctor vero lib. 2. feribat , filium Antiochi Epiphanis regnare cœpiſſe anno 148.
Regni Græcorum : hæc igitur in confi-
gnandis temporibus diverfitas non officit
auctoritati librorum Machabæorum , fed
eam potius commendat , & eorum antiquitatem demonftrat .

Urges : Pax oblata eft Judæis ab Eupatore lib. 2. cap. 4. 31. anno 148. menfis
Xanti die 15. qui vel fuit Nifan , vel
non procul ab eo : pax vero facta eft
mortuo Epiphane , feu Antiocho illuftri ,
qui quidem obiit lib. 1. cap. 6. 16. anno
149. qui quidem ante Nifan Menfem non
incepit : Igitur annum quem primus feriptor ann. 148. numeravit , fecundus vero
149. qui in eodem Nifan menfe , vel paucis elapfis menfibus a morte Antiochi in-
cidebat , non potuit eſſe : & hoc propter multa . 1. Quia plurima , mortuo Epiphane , ab Eupatore & Juda Machabæo
facta enarrantur , quæ certe intra tam
anguftum tempus fieri non potuerunt ;
namque cap. 10. varia oppugnavit oppida
Judas , qui & tres exercitus Gordias contrivit . 11. lib. 1. cap. 6. pax facta dicitur
anno fabbatico qui non fuit alius quam 150.
attamen . lib. 2. dicitur facta ann. 148.
qui in neutius contingere potuit , five anni exordium fumas a menfe Nifan , five
a menfe Tifry : Igitur hujufce pacis Chronologia non confociatur .

Refpondeo diftinguendo : Et fuit pax
multiplex eaque diverfa , cóncedo : & una
fuit , nego : alternata vice ab Eupatore
& Lyfia cum Judæis inita pax eft . Primo quidem anno 148. deinde 150. primus
feriptor loquitur de fecunda per Antiochum facta , hortante Lyfia , ut in fine
capitis fexti legitur ; alter vero cap. primam quam Antiochus abfens poftea fecerat , commemorat : abfentem autem Antiochum tota feries capitis indicat , maxime vero quod legitur lib. 2. cap. 11. *Ilis
factis pacticnibus , Lyfias pergebat ad Regem .*
Inftat : Lib. 1. cap. 1. Antiochus Epiphanes regnare cœpit anno 137. apud
Eufebium vero 156. 11. lib. 1. cap. 9. Judas occubuit anno 152. & lib. 2. cap. 1.
10. litteras dedit Ariftobulo anno 188.
Ergo &c.

Refpondeo adhærendum eſſe potius Scri-
ptori canonico quam Eufebio, qui regnum
Epiphanis computat ab occifo Dario ,
quod contigit ann. ab urbe Roma condita 434. feptem annis ante Alexandri
mortem . Scriptor vero facer & alii Regnum Epiphanis numerant ab Æra Seleucidarum : quæ incipit anno 12. poft
mortem Alexandri . Jam de annis 156.
detrahe 19. reftant 137.

Refpondeo ad fecundam diftinguendo :
Et ibi mentio fit de duplici Juda , quorum unus non erat Machabæus , concedo : de uno & eodem , nego . Qui eumdem eſſe contendunt , referunt ad fupe-
riorem epiftolam . R. P. Gravefon Tract.
de Scriptura facra pag. 233. & 234. fic refpondet ad difficultatem propofitam .

Huic objectioni triplex poteft adhiberi
„ refponfio : In primis dici poteft contra
„ hæreticos , incuria Librariorum incidiſſe
„ mendam in notas numerales & feri-
„ ptum fuiſſe annum 188. loco anni 148.
„ quo anno fcripta omnino videtur hæc
„ epiftola : tum quia hoc anno 148. Re-
„ gni Græcorum in vivis erat Judas Ma-
„ chabæus, quippequin vita folum functus
„ eft anno expleto regni Græcorum 152.
„ juxta Æram Seleucidarum , vel mor-
„ tuus eft anno 169. Regni Græcorum
„ juxta Æram Lagidarum : tum quia
„ etiam in hac epiftola duo narrantur
„ recens facta , quæ revera anno 148.
„ Regni Græcorum juxta Æram Seleuci-
„ darum contigerunt , nempe , expoliatio
„ templi Naneæ facta ab Antiocho Epi-
„ phane , ejufque in hoc templo clades , &
„ Templi Jerofolymitani a Gentilibus pro-
                                    „ fana-

„ fanati purificatio propediem faciendа :
„ Quocirca hæc epiſtola ſcripta videtur
„ anno 148. Regni Græcorum, & miſſa a
„ Juda Machabæo & a populo Jeroſoly-
„ mitano ad Ariſtobulum magiſtrum Pto-
„ lomæi Regis, & ad Judæos Helleniſtas
„ in Ægypto commorantes, quos ea in
„ Epiſtola monent & certiores faciunt de
„ Antiochi clade; eoſque adhortantur ad
„ celebrandam diem Scenopegiæ. Secun-
„ do, reſponderi poteſt, hæc verba anno
„ 188. non eſſe principium epiſtolæ ſe-
„ quentis, quam Judas Machabæus ſcri-
„ pſit, ſed eſſe finem præcedentis epiſto-
„ læ, quam totus Judæorum populus,
„ duce Joanne Hyrcano, ſcripſit, & quæ
„ eodem capite 1. l. 2. Machab. præcedit
„ ordine Epiſtolam Judæ Machabæi, ſed
„ ea tempore poſterior eſt, utpote ſcripta
„ anno Regni Græcorum 188. Unde vero
„ quam ſimillimum videtur, poſteriorem
„ hanc epiſtolam, quæ in codicibus Græ-
„ cis teſte Bellarmino, non incipit ab iſtis
„ verbis: *Anno centeſimo octogeſimo octavo,*
„ ſed ab iſto: *Populus qui eſt in Judæa &*
„ *Jeroſolymis,* ſcriptam quidem fuiſſe a Ju-
„ da Machabæo, eam tamen non niſi poſt
„ ejus obitum, & tempore Joannis Hyr-
„ cani, quo Judæi alta pace potiebantur,
„ directam fuiſſe ad Judæos in Ægypto
„ commorantes, cui Judæi Jeroſolymita-
„ ni brevem illam epiſtolam priorem ad-
„ junxerunt, & annum, quo ſcribebant,
„ nimirum 188. præfixerunt. Denique
„ reſponderi poteſt, hanc poſteriorem epi-
„ ſtolam, facta hypotheſi, quod incipiat
„ ab ipſis verbis: *Anno centeſimo octogeſi-*
„ *mo octavo,* non fuiſſe ſcriptam a Juda
„ Machabæo, ſed ab altero Juda, qui an
„ fuerit Judas Eſſenus, qui tum tempo-
„ ris, teſte Joſepho, ob prophetiæ donum
„ magna apud Judæos pollebat auctorita-
„ te, vel alius nobis incognitus? plane
„ incertum eſt, ſicut incertum eſt quis
„ fuerit ille Ariſtobulus, qui Magiſter
„ Ptolomæi hac in epiſtola appellatur, an
„ Ariſtobulus Peripateticus? an aliquis
„ alius ejuſdem ætatis? „

Inſiſtit : Lib. 1. cap. 4. 52. Judas Templum purgavit anno 148. antequam obiret
Epiphanes, & tamen lib. 2. cap. 10. purgavit biennio poſtquam obierat, hoc eſt
anno 151. Ergo &c.

Reſpondeo diſtinguendo : Et purgatio
Templi, & hiſtoria purgationis non referuntur in eodem loco, concedo : & referuntur, nego. Purgatio Templi facta eſt

anno 148. ante Epiphanis obitum, ſicut
primus enarrat ſcriptor : at vero alter
primum omnia quæ de Antiocho erant,
ſcribit, deinde ad res Machab. pergit, ne
eſſet confuſio. Quod vero de ſacrificiis
poſt biennium oblatis dicit, intelligendum
eſt a violatione & pollutione Templi ; id
enim conſtat ex cap. 1. l. 1. & cap. 3. v.
21. namque ex Ioſepho Templum anno
135. violatum eſt, purgatum vero biennio exacto & completo, ſive tertio, adeoque anno circiter 148.

Reponis : Lib. 1. cap. 6. Epiphanes cum
Templum Elimaidis expoliare vellet, re-
pulſus fugit Babylonem, auditaque ſuorum, Lyſiæ ſcilicet clade, triſtitia & languore confectus, obiit ; l. vero 2. cap. 9.
habetur quod cum templum Perſepolis di-
lapidare tentaret, victus fugerit verſus
Ecbatanam, tum certior factus de Nicanoris & Timothei clade, dum furens in
Judæam abire conatur, dolore viſcerum
exagitatus fit, tum ac demum e curru
deturbatus iterato vulnere percuſſus fit,
ex quo fœtor intolerabilis & inſilientes
vermes ipſum corrodentes, tandem morte miſerrima defunctus fit : quæ quidem
res diverſo prorſus modo narratur in eodem libro Cap. 1. 13. in Epiſtola Ieroſo-
lymitanorum : Igitur inter utrumque librum perpetua exſurgit contradictio.

Reſpondeo diſtinguendo conſequens : Et
contradictio eſt mere materialis & penes
terminos, concedo : & eſt formalis, nego. Tres illæ narrationes ſeu deſcriptiones
nullo modo ad invicem pugnant : in prima quidem Templum Elimaidis, in ſecunda Templum Perſepolis, in tertia Templum Naneæ vocatur. Elimaidis nomen
eſt regionis, Perſepolis nomen urbis, Naneæ nomen deæ matris, quam alii Dia-
nam Perſicam, alii Venerem Elimæam,
alii terram fuiſſe volunt : cum igitur in
prima dicitur Epiphanes fugere, in pugna
dicitur, tum 14. fugiſſe Babylonem : in
ſecunda Ecbatanam ; in tertia cecidiſſe in
templo Naneæ, ubi poſtea cum ſuis co-
mitibus a Sacerdotibus pereniſſus, ab iſ-
dem & membratim diſcerptus eſt, locorum & perſonarum, ſeu etiam nominum
facta diſtinctione, cuncta abſque negotio
conciliantur.

Quid plura referam ? Scriptores diverſi
diverſas ſcripſerunt circumſtantias. Iero-
ſolymitani Epiphanem in Templum intro-
ductum enarrant, ubi, & lapidibus ob-
rutus, una cum ſuo comitatu, aiunt, periit ;

riit ; quem dicunt illum in Templo Naneæ cecidiſſe , id eſt , victum fuiſſe : ſic
Gen. cap. 14. Rex Sodomorum cecidit in
prælio , cui tamen Abraham poſtea occurrit , id eſt victus fuit , pari & conſimili modo cecidit Antiochus , hoc eſt ita
victus , & ſuperatus ut vix præ fugæ tur-
pitudine ſuæ propriæ conſuleric vitæ. Porro ſecundi Machab. Scriptor locum in quo
mortuus eſt Antiochus notat : alter vero
locum ad quem pergere tentabat . Similiter cladem Lyſiæ prior reſert , poſterior
vero cladem Nicanoris & Timothei, quas
quidem clades , ut pote proximus revera
eas omnes audivit Epiphanes . Denique ,
primus ſcriptor cauſam morbi Regis enarrat , ſecundus vero morbum ipſum quo
obiit ; audita enim ſuorum Clade , incidit
in triſtitiam magnam , deinde & in ægritudinem , ex qua natus viſcerum dolor
acutiſſimus , mortuus & ſepultus eſt in
inferno , & hoc propter varia ſcelera,
quippequi ſanguinem Sanctorum non ſemel effuderat . Hinc de illo ſcribitur ,
Mich. 2. 9. Orabat autem hic ſceleſtus Dominum , à quo non eſſet miſericordiam con-
ſecuturus .

Mitto alias objectiones , quæ ex Chronologia petuntur ; tametſi enim diſcre-
pent auctores in determinando rerum geſtarum tempore , manet tamen facta eſſe
veriſſima , quod quidem ſufficit ad authenticitatem librorum .

SYNOPSIS PROBATIONUM.

Libri duo priores Machabæorum ſunt ſacri .

PRIMO : Sic docet Patrum Traditio ;
eos quippe recipiunt , Clemens Alex. l. 1.
ſtrom. Origenes l. 2. Periar. cap. 2. Am-

broſius l. 2. de Jacob & vita beata cap.
12. Auguſtinus l. 18. de civ. cap. 36. Innocentius I. Epiſt. ad Exuper .

Secundo : Concinunt Concilia : Carthaginenſe III. Can. 47. inprimis Tridentinum
ſeſſ. 4.

Tertio : Uſus ſic obtinuit ; Ecclesia
Romana quippe , & lectiones pro ſuo
Breviario , & epiſtolam pro miſſa quotidiana de defunctis ex libris Mach. excer-
pſit.

SYNOPSIS OBIECTIONUM,

ET SOLUTIONUM.

PRIMO : Antylogiæ apparent quidem
ſi cuncta juxta litteram & in ſenſu obvio
ſumantur , ſecus vero ſi omnes circum-
ſtantiæ adamuſſim ponderentur . Sic v. g.
Alexander Magnus dicitur primus regnaſſe in Græcia , ſed dubio-procul hoc ſic
intelligitur , primus fuit Græcorum Imperator , quippequi inter Græcorum Reges
extiterit ſolus , qui Orientem totum ſuo
ſubjecerit Imperio.

Secundo : Facile quoque Chronologiæ diverſæ conciliantur , cum ſcriptor unius libri Chronologia civili utatur , alter vero
Eccleſiaſtica , non nihil a priore diverſa ,
& excreſcenti , propter menſes lunares breviores , quam Synagoga pro rebus Religionis ſequi æquum ducebat .

Tertio : Tametſi oppoſitio quædam aſ-
fulgeat juxta hiſtoriam mortis Antiochi,
quem defunctum unus ſcriptor dicit Ele-
maide , alter in templo Naneæ , vel Perſepolis , abſque negotio ſolvitur , cum hæc
in eumdem reincidant locum : Namque
Elemaides nomen eſt regionis ; Perſepolis,
nomen urbis ; Nanea , nomen Templi quod
Dianæ veluti matri erexerant Pagani .

DISSERTATIO TERTIA.

DE

LIBRIS

NOVI TESTAMENTI.

Ovum Testamentum in quatuor dividitur partes, videlicet in quatuor Evangelia, Acta Apostolorum, Epistolas, & Apocalypsim. Revera tamen unicum est Evangelium, praeclara Christi facta referens; sed quatuor numerantur Evangelistae, nimirum Matthaeus, Marcus, Lucas & Ioannes. Primo, apponitur hominis figura, eo quod a generatione Christi secundum carnem suum incipiat Evangelium: Marcus habet pro signo Leonem, quippequi vitam Christi & historiam a praedicatione S. Ioannis Baptistae in deserto incipiat delineare: nam & rugitus leonis vocem in deserto pro poenitentia facienda clamantem optime indigitat: ponitur ad latus S. Lucae bos, ea potissimum ratione quod Evangelii sumit exordium a Sacerdotio Zachariae, cui mactare victimas conveniebat: Ioannes vero habet pro signo aquilam, eo quod primum quidem a divinitate Verbi sic intonet: *In principio erat Verbum, & Deus erat Verbum &c.* Sicut enim aquila altissima transcendit, sic & prae caeteris Evangelista sublimius, & profundius de divinitate Christi locutus est. Caeterum Evangelista idem est ac praedicator, juxta illud Angeli ad Pastores cap. 2. 10. *Evangelizo vobis gaudium magnum*; & Actum 21. in eodem prorsus sensu Philippus dicitur Evangelista: Tum S. Paulus 2. ad Tim. 4. 5. Discipulum sic alloquitur: *Opus fac Evangelistae, ministerium tuum imple*. Quodlibet Evangelii volumen sui auctoris prae se fert nomen; dicitur enim de primo Evangelium secundum Matthaeum &c.

Acta Apostolorum, nemine contradicente, scripta sunt a sancto Luca: Apostolorum, sed maxime S. Pauli referunt

Boueti Theol. Tom. IV.

gesta. In primis capite egregius fit sermo de Ascensione Domini in coelos, & descensu Spiritus S. in Apostolos.

Epistolae multa de mysteriis, praesertim vero Incarnationis & gratiae mediatoris referunt argumenta, exhibentque recte vivendi normam. Quaedam fuerunt ad particulares alicujus urbis cives conscriptae, quaedam vero ad universalem directae sunt Ecclesiam, & ideo vocantur Catholicae, hoc est universales. Prioris generis sunt epistolae beati Pauli 14. numero; una scilicet ad Romanos, duae ad Corinthios, una ad Galatas; una ad Ephesios, una ad Philippenses, una ad Colossenses, duae ad Thessalonicenses, duae ad Timotheum, una ad Titum, una ad Philemonem, una ad Hebraeos. Posterioris vero generis 7. numerantur; videlicet una Iacobi, duae Petri, tres Ioannis, & una Iudae. *Apocalypsis*, id est, visio seu Prophetia, Auctorem habet Ioannem, qui futura mala futurasque & nascentis & finientis Ecclesiae calamitates praenuntiat.

S. *Matthaeus* scripsit 8. Christi anno. Ita Eusebius lib. 3. cap. 24. & lib. 5. c. 10. S. Bartholomaeus ad Indiam pergens fidem Christi praedicaturus, tulit secum B. Matthaei Evangelium, seu Evangelium secundum Matthaeum, qui scripsit hebraice seu Syro-chaldaice, quae quidem lingua tunc erat in usu; sic censet Irenaeus lib. 3. sic quoque Hieronymus Praef. ad Evangelia. Ex illo volumine claret S. Matthaeum alias nomine Levi insignitum, telonio relicto secutum fuisse Christum Dominum. Papias, Irenaeus, & Origenes Codicem Evangelii juxta Matthaeum graece conscriptum viderunt, quocirca Cajetanus & alii nonnulli posuerunt S. Matthaeum scripsisse graece, sed & in hoc sunt allucinati. Nec mirum, cum lingua Graeca 1. 2. & sequentibus saeculis plurimum floreret, textus Originales hebraici ad il-

allo-

ciliorem afum græcæ redditi funt linguæ.
5. Marcus duplex diftinguitur , alter comes Barnabæ , alter vero beati Petri fimiliter Comes , qui & Evangelifta ; primus vocatur & Ioannes , ut habetur AA.
15. fed nufquam Evangelifta ; alter vero
ficut acceperat a Petro , fic & græce
fcripfit Evangelium . Sic propugnat Clemens Alexand. apud Eufebium lib. 6. c.
4 Multi Codices Græci. a 500. circiter
annis confcripti fub finem cujuslibet E-
vangelii referunt annum quo quilibet
fcripfit Evangelifta ; Matthæus fcilicet
anno Chrifti 8. Marcus anno ejufdem
Chrifti 10. Lucas anno 15. Ioannes anno 30.
S. Lucas individuus fuit beati Pauli Comes , ut patet 2. Corinth. 2. v. 10. Quia
vero plura præ aliis duobus prioribus
acceperat , plura quoque confcripfit .
Ioannes Zebedæi pifcatoris filius eum fratre fuo Iacobo , a Chrifto vocatus ad pif-
cationem hominum , annumeratus eft inter Apoftolos . Hieronymus lib. contra
Iovinianum ait fuiffe Apoftolum , Evangeliftam , & Prophetam : Apoftolum quidem , eo quod ad Ecclefias ut Magifter
fcripferit ; Evangeliftam , eo quod Chrifti
facta ejufque divinitatem & hiftorice &
theologice retulerit ; Prophetam vero ,
quia multa prænuntiavit myfteria . Idem
fundavit Afiæ Ecclefias . Hieronymus illum mortuum exiftimat ; alii vero e contra , cum Elia & Enoch ad debellandum
Antichriftum autumant in fine fæculorum
venturum .
Acta in uno fere verfantur Paulo ; cujus Actus & peregrinationes fufo calamo
ufque ad ejus adventum Romæ defcribuntur , id eft , ufque ad quartum Ne-
ronis annum , Chrifti vero 58. ex quo in-
fert Hieronymus Horum Actuum ibi fuiffe
compofitum . Cur reliqua, quæ contigerunt , non fcripferit , ignoratur . Chryfoftomus homil. 1. in Acta , teftatur S. Lucam ea folum fcripfiffe quæ erant neceffaria . Iam fit

ARTICULUS PRIMUS.

*Utrum quatuor Evangelia & Acta
Apoftolorum fint Libri
facri ?*

CONCLUSIO.

*Quatuor Evangeliftarum volumina ,
ficut & Actuum Liber funt
canonica.*

PRobatur I. ex Concilio Tridentino , quod ea omnia feff. 4 de fide
declaravit & facra & divina . II. Ex traditione ; utriufque enim Ecclefiæ Græcæ
fcilicet & Latinæ Patres unanimi confenfu illa receperunt . Clemens Romanus ,
Barnabas, Polycarpus & Ignatius non femel faciunt de Evangelio a Matthæo fcripto mentionem . Subfcribit lib. 5. hift.
Eccl. cap. 10. de volumine B. Marci Papiæ , Clemens Alexandr. Eufebius , & alii
fæpius loquuntur. In primis Hieronymus
epift. 133. ad Damafum , & S. Auguftinus lib. 1. de confenfu Evang. cap. 1.
Tertullianus lib. 4. contra Marcion., Hieronymus & alii celebrant Evangelium fecundum Lucam. Hieronymus & Chryfoftomus multa de Actibus differunt tamquam de volumine gemino a fancto Luca
confcripto. Irenæus lib. 3. cap. 1. Hieronymus Præf. in Matthæum de Evangelio
B. Ioannis differunt . Addit Hieronymus
illud adverfus Ebioniftas Chrifti divinitatem abnegantes Apoftolum confcripfiffe :
Non abs re erit hic texere verba Irenæi,
qui eo loci quatuor Evangeliftis fuum
addit calculum, his verbis: " Matthæus
„ in Hebræis ipforum lingua fcripturam
„ edidit Evangelii cum Petrus & Paulus
„ Romæ evangelizarent . . . . . Poft ve-
„ ro eorum difceffum , Marcus . . . .
„ quæ a Petro annuntiata erant , per
„ fcripta nobis tradidit. Et Lucas autem
„ fectator Pauli , quod ab illo prædica-
„ batur Evangelium , in libro condi-
„ dit . Poftea & Ioannes . . . Ipfe
„ edidit Evangelium Ephefi Afiæ , com-
„ morans. „

FIT

FIT SATIS OBJECTIONIBUS.

I. De Evangelio secundum Matthæum.

OBJICIES : I. Multæ sententiæ ex aliis Libris canonicis veluti depromptæ laudantur, quæ tamen in illis voluminibus non reperiuntur : Igitur Evangelium Matth. non est authenticum. Probatur Antecedens : Cap. 2. v. 23. ista refertur sententia : *Et veniens habitavit in civitate quæ vocatur Nazareth*; id est Christus : *Ut impleretur quod dictum est per Prophetas ; quoniam Nazaræus vocabitur* . Porro Christus Nazareth non natus est. Confirmatur : Cap. 27. Ieremiam pro Zacharia laudat, his verbis : *Tunc impletum est quod dictum est per Ieremiam Prophetam : & acceperunt triginta argenteos &c.* Quæ quidem verba apud Zachariam cap. 4. v. 13. eadem ferme leguntur : Ergo &c.

Respondeo I. Multas urbes tempore Christi alia accepisse nomina, quocirca mirum videri non debet, si quandoque occurrat diversitas .

Respondeo II. Negando consequentiam . Ad primum probationem distinguo : Christus Nazaræus vocatus est, hoc est, sanctus & Deo mancipatus, concedo : & sic reddunt Septuaginta : in isto sensu Simson Iudicum 13. v. 5. Nazaræus dictus est a Scriptore Canon. præcise a civitate Nazareth in qua habitavit, illo domatus est nomine, nego. Potuit etiam isto ulteriori titulo Nazaræi ex habitatione scilicet & commoratione in illa civitate celebrari .

Ad confirmationem dico. I. Ignorantia Librariorum nomen Ieremiæ loco Zachariæ potuisse in exemplaria irrepere . II. Syriacam interpretationem & Persicam, immo & nonnullos codices nomen tum Ieremiæ, tum Zachariæ omittere . Sic refert S. Augustinus lib. de consensu Evangelistarum cap. 5.

Respondeo in forma distinguendo : Et ex traditione sciebat Matthæus hoc a Ieremia dictum fuisse, concedo : & ignorabat, nego . Non semel evenit Prophetas minores, majores ut pote ipsis priores quandoque in testimonium adducere . Hieronymus testatur se apud Nazaræos librum Hebraicum vidisse sub Ieremiæ nomine, in quo locus a Matthæo citatus invenitur : sic Zachariæ multa ex Ieremia deprompsit ,

quocirca ab antiquis Spiritus Ieremiæ dictus & vocatus est .

Instabis : Matth. 2. v. 15. habetur de Ioseph : *Qui consurgens accepit Puerum & matrem ejus nocte, & secessit in Ægyptum, & erat ibi usque ad obitum Herodis ; ut adimpleretur quod dictum est a Domino per Prophetam dicentem*, EX ÆGYPTO VOCAVI FILIUM MEUM : Sed Lxx. legunt, *ex Ægypto vocavi filium meum Israel*, hoc est, filios seu Iacob, igitur incassum Matthæus istam sententiam, *vocavi filium meum*, de Christo interpretatur.

Respondet S. Hieronymus sententiam apprime a sancto Matthæo applicari Christo, quandoquidem ita de isto Dei vaticinatus fuerat Oseas cap. 11. 1. sic loquitur Hieronymus lib. 1. comment. in cap. 2. Matth. his verbis : " Ut adimpleretur
,, quod dictum est a Domino per Prophe-
,, tam dicentem : *ex Ægypto vocavi filium*
,, *meum* . Respondeant, qui hebræorum
,, voluminum denegant veritatem, ubi hoc
,, in septuaginta legatur Interpretibus ?
,, quod cum non invenerint, non eis di-
,, cemus in Osee Propheta scriptum, sicut
,, & exemplaria probare possunt, quæ
,, nuper edidimus. ,, Quibus verbis solvit S. Doctor difficultatem ex septuaginta Seniorum authoritate propositam ; namque in dubiis semper recursus sit ad textum originalem primigenium, videlicet hebraicum, in quo quidem habetur, *vocavi filium meum*, & non filios. Hunc Hieronymi interpretationem sequitur Glossa ordinaria . Quidam gravissimi Auctores autumant septuaginta Seniores œconomiæ causa vocabulum filios posuisse, ne si scripsissent filium, Ptolemæus Philadelphus alias idololatra, cui sacras interpretabantur Scripturas, non unum Deum visibilium & invisibilium Creatorem, sed plures esse Deos, videlicet Creatorem, & Iesum Christum uti ab isto sublanitialiter distinctum esse, credidisset ; quocirca ad filios Israel ex Ægypto eductos Prophetæ sententiam absque negotio retulerunt ; maxime vero cum lex vetus Christum præfiguraret, illumque in suis repræsentaret filiis .

Non desunt qui autument septuaginta Interpretes sententiam vidisse in textu hebræo, sed legisse in codice quem præ manibus habebant, *Benau*, quod interpretati sunt *filios ejus* : unde sic vertisse : *ex Ægypto vocavi filios ejus* : Cunctum vero Evangelistam litteram *Vau* rejiciam esse censuit, legisseque *Beni*, id est, *filium meum*;

quo-

quocirca habemus in Vulgata : *Ex Egypto
vocavi filium meum* .

Ad iftam vocem vocavi filium meum
Ifrael ; feu *Jacob* , diftinguo : Et eo loci
Propheta Chriftum in figura , fcilicet in
Jacob , qui ejus Typus fuit per excellen-
tiam , expreffit , concedo : & Chriftum
ipfum excludit , nego . Cum autem veniente veritate , ceffet figura , & umbræ procul fugeretur , ideo Matthæus juxta rei
veritatem , hanc , *ex Ægypto vocavi filium
meum* , fententiam , ficut de Chriflo prænuntiatam ; ita & illi applicat , & de eo
interpretatur .

Urgebis : Ibidem Matth. c. 23. Zachariam vocat filium Barachiæ ; qui tamen
fuit Jojadæ : Igitur eo loci eft manifefta
contradictio .

Refpondeo diftinguendo : Et Hebræi fæpius nomina mutabant , concedo : & ea
nufquam mutabant , nego : Hieronymus
teftatur in Nazaræorum codice pro filio
Barachiæ , legi filium Jojadæ . Sic in eadem Scriptura facra Eliacim quandoque
vocatur Joachin , & Ozias quandoque A-
mafias , quod contigit cum diverfa nomina idem fignificant .

Non abs re erit obfervare , aliquando
Scriptores Canonicos quafdam laudare fententias veluti divinas , quæ tamen non
extant in facris voluminibus , fed abfque
veritatis difpendio ; namque ex libris in
ipfa Scriptura laudatis , fed amiffis de-
prompferunt : fic fæpius laudatur liber
dierum & fermonum Regum , ficut &
quoddam Canticum verfibus comprehen-
fum circa Moyfis tempora , quæ tamen
volumina propter acerbitatem temporum
exciderunt ; quoniam vero laudantur in
ipfa Scriptura facra , eorum eft authentica auctoritas .

Oppones U. Matthæus cap. 9. non recte
Chrifti Genealogiam contexuit : Igitur ejus
volumen non eft authenticum & facrum .
Probatur antecedens . Ibi tres omittit Reges , videlicet Ochoziam , Joam , & Amafiam ; Joram enim genuit Ochoziam ,
Ochozias Joam Joas Amafiam Amafias ,
Oziam : ut habetur 4. Reg. 8. 24. & 1.
Paralip. 3. 11. Matthæus vero Joram primum ponit : his verbis *Joram autem genuit Oziam* .

Refpondeo negando antecedens . Ad probationem , diftinguo : Matthæus laudatus
omittit Reges œconomiæ caufa , & quia
etiam hoc ad propofitum inutile erat ,
eo ncedo : omittit aliquid a veritate de-

trahendo , nego . Primo quidem , non opus
erat tres illos commemorare Reges , cum
Matthæus illos folum recenfere debuit ,
ut generationem Chrifti a David texeret ;
hinc potuit fucceffionem legitimam a David ufque ad Chriftum determinare , illuftriores nominando & Reges & Duces .
II. Tacuit tres prædictos principes utpote impios ; cum igitur Joram ex filia impii Achab fufceperat Ochoziam , & Joas
atque Amafias effent pofteri Achab , illos
omnes omittere æquum duxit .

Dices : Cur ob eamdem maledictionem
reliqui ab Achab mediate progeniti , fcilicet Ozias & alii admittuntur ? Ref. quia
Exod. 20. maledictio non extenditur ultra
quartam generationem , hinc Ozias & alii
potuerunt nominari .

Inftabis : Matthæus etiam tacuit Joachim , fed fine eo non poteft intelligi Genealogia Chrifti , quandoquidem terminat
fecundam Teftarecadem ad captivitatem
ufque Babylonicam , ut fcribit Epiphanius
L 1. hæref1 8. Ergo &c.

Refpondeo diftinguendo : Et illa omiffio
culpa Librariorum contigit , concedo : fecus , nego . Non femel evenit ex ignorantia Librariorum imperitorum quafdam
in textum facrum irrepfiffe mendas , fed
leviores ; Matthæus igitur fcripferat : *Jofias genuit Jeconiam & fratres ejus in tranfmigratione Babylonis , & poft tranfmigrationem Babylonis Jeconias genuit Salathiel* ;
Scriba imperitus vitiofam putavit repeti-
tionem , hinc totum primum comma omifit . Epiphanius lib. 1. hæref. 8. contendit Joachim non potuiffe omitti , ea flu-
ftus ratione , quod fecundam Teftarecadem impleat . Jam vero cum Patres illud
momentum agnofcant , tanquam Scripturam facram , eamque ut a Matthæo dictatam , fequitur nullum effe ex parte
Evangeliftæ errorem .

Replicabis : Non defunt in eodem Libro alia facta hiftorica in Genealogia Chrifti commemorata , quæ veritati Scripturarum cohærere non poffunt : Ergo &c.
Probatur antecedens multis momentis. 1.
Matth. 1. Salathiel genitus dicitur poft
tranfmigrationem captivitatis , cum tamen lib. 1. Paralip. cap. 3. 16. de hoc
non fiat mentio , fed potius infinuetur
ante tranfmigrationem natum fuiffe ; fic
enim fcriptum eft : *De Joachim natus eft
Jeconias , & Sedecias . Filii Jeconiæ fuerunt Afir , Salathiel , Melchiram , Phadaia ,
Sennefer , & Jeremia , Sama , & Nada-
lia* .

bia. II. Matth. 1. legitur : *Salathiel genuit Zorobabel* ; & tamen 1. Paralip. 3. 18. 19. Zorobabel non Salathielis , fed Phadajæ dicitur filius . III. rurfus Matth. 1. habetur : *Zorobabel autem genuit Abiud* ; at 1. Paralip. 3. 19. duo folum recenfentur Zorobabelis filii , fcilicet , Mofolla & Hanania , una vero filia , fcilicet , Salomith . Ergo &c.

Refpondeo negando antecedens . Ad primum dico , nullam fieri mentionem lib. 1. Paralip. 3. de tempore quo nati funt filii Jeconiæ : quidquid fit , tranfmigratio poteft fumi dupliciter . Primo quidem , pro actu tranfmigrationis . Secundo , pro omni captivitatis duratione . Si pofteriori modo fumatur , recte dicitur Salathiel in tranfmigratione genitus ; fi priori , dicendus eft poft tranfmigrationem natus , & in ifto fenfu fanctus Matthæus ait , Salathiel poft tranfmigrationem natum : auctor vero Paralipomenon fumendo tranfmigrationem in pofteriori fenfu , illum dicit in captivitate Babylonica ortum.

Ad alterum hiftoriæ factum : Refpondetur cum R. P. Alexand. differtat. 19. veteris Teftamenti p. 194. col. 1. cum Toftato & Caietano , Zorobabelem , de quo in Paralipomenis , alium effe ab eo qui filius Salathielis a S. Matthæo dicitur . Quippe qui ille Phadajæ filius non Salathielis nominatur , hic vero & apud Efdram , Nehemiam & Aggæum numquam Phadajæ , fed femper Salathielis filius , ut habetur in Evangeliftis Matthæo & Luca , dicatur .

Ad tertium objectionis caput refpondeo , Zorobabelem præter filios , de quibus l. 1. c. 3. Paralipomenon , alios habuiffe , fcilicet Abiud . Cur autem generatio Hafubah , aut Ohel prætermiffa fit ab auctore Paralipomenon , ea forfan ratio eft , quod familia David in ea declinare cœperit ; quia vero S. Matthæus ortum Chrifti a Davidis progenie pro fcopo texendum habebat , Abiud tametfi obfcuri jam jam patris oriundum commemorare æquum duxit .

Inftes : Atqui in Matthæo circa Chrifti Genealogiam eft manifefta contradictio : Ergo &c. Probatur fubfumptum . Eam diverfo prorfus a Luca modo contexit . Ergo &c.

Refpondeo negando fubfumptum . Ad probationem , diftinguo : Matthæus diverfo modo a Luca non impugnante veritatem , delineat Chrifti Genealogiam , concedo : modo veritatem excludente , nego . S. Lu-

Boucat Theol. Tom. IV.

ca Chrifti Genealogiam a Jofeph , ufque ad Adam fcripfit , hoc eft , juxta naturalem propaginem ; hinc omnes avos Chrifti , tam obfcuros quam illuftriores refert ; Matthæus vero eamdem fexit , fed folum attendendo ad jus innatum fuccefforum Abrabæ & Davidis ufque ad Chriftum , quocirca illuftriores & nobiliores tantummodo nominavit ; hinc Salathiel e Jechonia fterili natum dicit , Lucas vero e contra cap. 3. illum ex Neri oriundum proclamat : Matthæus Salathielem fucceffiffe juri Jechoniæ dicit , Lucas vero primogenitum Neri afferit , mediate vero & Zorobabelis , illius fcilicet qui principatum poft captivitatem Babylonicam adeptus eft ; non alterius qui 1. Paralip. c. 3. v. 19. ex Phadaja natus & dicitur , is enim qui & Narcha fuit , a Nebemia , Jofepho , & Aggæo , Salathielis filius & non Phadajæ nominatur .

Dices : Matthæus utitur verbo *genuit* , Lucas vero voce *fuit* , fed ifta vocabula funt diverfa . Ergo &c.

Refpondeo diftinguendo minorem : Ifta verba funt diverfa materialiter , concedo : formaliter , nego : namque idem fignificant . Obferves velim vocem *genuit* apud Matthæum non femper importare generationem , fed tantummodo fucceffionem , quandoquidem dicit Joram genuiffe Oziam , quem tamen genitum fuiffe ab Amafia conftat : fic Salathielem ex Jechonia fterili procreatum afferit : igitur in his duobus jus fucceffionum & non naturalis propagationis ordo attenditur .

De fenfu Marci.

OPPONES : Duodecimus verfus altimi capitis Marci , & ver . . . tefte Hieronymo , epift. ad Hedibiam , non inveniuntur In pluribus exemplaribus , immo & defiderantur in duobus Miffalibus Regiæ Bibliothecæ , tametfi unum fit vetuftiffimum : Igitur fuerunt ab aliquo addita .

Refpondeo I. Dato & non conceffo , hujufmodi verfus non effe Canonicos , non inde fequitur totum Marci volumen non effe facrum .

Refpondeo II. Opponendo Miffale Cantabrigenfe & Alexandrinum utrumque antiquiffimum , in quibus prædicti verfus reperiuntur , ficut & in noftris . Præterea nullus interpres negat eos effe genuinum divi Marci fœtum , quandoquidem non eft credibile B. Evangeliftam muti- lam

V 3

lam Chrifti fcripfiffe hiftoriam , nihil de
Refurrectione Domini dicendo . Et vero
Irenæus L. 3. cap. 1. fic loquitur : " Mat-
„ thæus in Hebræis ipforum lingua Scri-
„ pturam edidit Evangelii , cum Petrus
„ & Paulus Romæ Evangelizarent & fun-
„ darent Ecclefiam . Poft vero horum dif-
„ ceffum, Marcus &c. Difcipulus & In-
„ terpres Petri , & ipfe quæ a Petro an-
„ nuntiata erant , per fcripta nobis tra-
„ didit . „ Nullam eo loci facit exceptio-
nem . Idem fentit Tertullianus lib. de
Præfcript. cap. 13. Idem auctor fynopfis . Idem Greg. Nyff. & alii bene
multi .

Inftabis : Atqui alia funt loca in Evangelio juxta S. Marcum , in quibus occurrunt contradictiones : Ergo &c. Probatur
antecedens . Ait Chriftum furrexiffe mane Sabbati , Matthæus e contra fcribit
vefpere Sabbati . II. Marcus dicit Chriftum hora tertia crucifixum fuiffe , Joannes vero teftis oculatus afferit hoc factum hora folum fexta contigiffe . III.
Marcus cap. 2. Ifaiam pro Malachia citat , & cap. 2. Abyathar nominat pro A-
bymelech , fi enim cap. 2. 26. habetur :
*Numquid legitis quid fecerit David ... Quo-
modo introivit in domum Dei fub Abytha-
re principe Sacerdotum, & panes propofitionis manducavit.* Ergo &c.

Refpondeo negando fubfumptum . Ad primam probationem , diftinguo : Et Marcus attendit ad diem naturalem qui ortum habet a crepufculo , Matthæus vero
ad diem legalem qui a vefperis computa-
tur , concedo : & uterque de die in eadem fignificatione fumpto loquitur , nego .
Et fic diverfi refpectus facras conciliant
Scripturas .

Ad fecundam fimiliter , diftinguo : Et
Marcus fcribit juxta horam judicii adverfus Chriftum Dominum lati , Joannes vero
juxta horam facti , concedo : & loquuntur Evangeliftæ de eadem hora , nego .
Chriftus hora tertia , quæ refpondet noftræ
nonæ morti per fententiam latam addictus eft , folebant quippe Romani hora
tertia judicare reorios , juxta illud cujufdam auctoris latini axioma : *Excreti Reu-
os tertia Confidicor.* Porro ut primum fententia lata eft , jam homo judicialiter cenfetur tali vel tali morte occifus atque defcriptus , hinc tres horæ elapfæ funt ufque
ad ictum & occifionem Chrifti , quo tempore paraverunt tortores crucem & cla-
vos , & congregaverunt cohortem ; hora

vero fexta , quæ refpondet noftræ duode-
cimæ , revera & effective Chriftus Dominus , ficut enarrat Joannes , in ara crucis
pro noftra omniumque falute fuit oblatus , & ut victima noftræ falutis omnium
pretiofiffima mactatus .

Ad tertium , dico nomen Ifaias in omnibus reperiri exemplaribus , & in Græco :
præterea qui prius fcripferat , citat Ifaiam
loquendo de prædicatione S. Joannis Bap-
tiftæ , poftea vero velut in parenchefi adjecit Malachiam ; numque Prophetæ minores ut plurimum majores adducunt in teftimonium . Marcus attendit ad Ifaiam .
Irenæus legit in Marco , *Prophetas* , & fic
cuncta concordantur .

Refpondeo , ad fecundum exemplum , diftinguendo : Et Marcus œconomiæ caufa
nominavit potius Abyathar quam Abimelech , concedo : & hoc abfque ratione
fcripfit , nego . Groffius obfervat Abyathar
filium Abimelech maximi Pontificis Vica-
rium , & poftea fummum Sacerdotem fuiffe , quocirca Marcus filium illuftrem potius,
quam patrem obfcurum nominare voluit .
Poteft etiam dici Abimelech fuiffe binomium , & Abyathar nomine donatum ,
quod apud Hebræos vulgatum fatis & folemne erat .

De fancto Luca .

Objicies I. Evangelium juxta S. Lucam aliquid veritati abfonum complectitur : Igitur ille Liber non eft Canonicus .
Probatur antecedens : Chainam reponit inter Arphaxad , quem ejus conftituit patrem , & inter Salem quem ut ejufdem filium habet : fed alicum eft de hoc momento
filentium Genef. 11. quamvis eo loci bi-
floria Patriarcharum , poft diluvianorum
accurato calamo fcribatur . Ergo &c.

Refpondeo negando antecedens . Ad probationem , diftinguo minorem : Siluit eo
quod fufficeret nominare avum , concedo : eo quod de facto Moyfes haberet
Chainam , ut hominem commentitum ,
nego . S. Moyfes quædam inutilia & fub-
tiliora aut intricata omifit , ne mentem
populi craffi deprimeret : fufficiebat igitur
celebriores Parriarchas nominare , qualis
erat Arphaxad . Non defunt critici , qui
Chainam manu aliena interpolatice in E-
vangelium S. Lucæ intrufum afferant .
cum in antiquioribus Evangeliftæ exemplaribus defiit . Defideratur utique in textu Hebræo & Samaritano , non ferus ac

in

in verſione. Chaldaica & Syriaca, qui tamen repetitur in Vulgata à Tridentino approbata, tum à Clemente VIII. & Sixto V. à mendis purgata, ſtandum eſt ſolutioni datæ.

Oppones II. Adverſos Act. Apoſt. volumen : Liber ille quædam primigeniæ Scripturæ contraria habet : Ergo &c. Probatur antecedens : Cap. 7. ſcribit Joſephum omnem ſuam cognationem ex animabus ſeptuaginta quinque conflatam in Ægyptum accerciviſſe, Moyſes vero Gen. 46. & Exod. 1. numerat ſolum ſeptuaginta perſonas. II. S. Lucas aſſerit quoque Jacob & alios Patriarchas eſſe ſepultos in Sichem, in ſepulchro quod emit Abraham, & Gen. 23. dicitur, illud ſepulchrum poſitum in Hebron. Concinit Joſeph qui lib. 20. Antiq. cap. 8. ait fratres Joſephi ſepultos fuiſſe in Hebron. III. Ibidem dicit Abraham emiſſe ſepulchrum à filiis Hemor filii Sichem, ubi non unus ſed geminatus error apparet. Primo quidem, Abraham non emit ſepulchrum à filiis Hemor, ſed ab Ephrone Hethæo filio Seor duplicem emit ſpeluncam, ut habetur Gen. 23. 20. Hemor non fuit filius Sichem, ſed potius Sichem fuit filius Hemor. Dicitur enim Gen. 33. 19. *Emitque Jacob, partem agri in qua fixerat tabernacula, à filiis Hemor patris Sichem, centum agnis.* Ergo &c.

Reſpondeo I. Solutionem patere ex dictis de libris Legalibus.

Reſpondeo II. negando antecedens. Ad probationem, diſtinguo : Et S. Lucas ſecutus eſt Verſionem Lxx. quæ Inter cognationem Joſeph numerat etiam quinque ejus nepotes, ſeu filios quinque Manaſſes & Ephraim, ſcilicet *Machir, Galad, Sutolaam, Team, & Edem,* concedo ; & aliquid falſi emerat, nego. Moyſes quidem filuit, tametſi numeret inter animas in Ægyptum ingreſſas Ephraim & Manaſſem : ſed ne mixeris, erant filii Joſeph, non opus autem erat, abſolute loquendo, nepotes commemorare.

Ad ſecundum, ſic reſpondet R. P. Graveſon Tract. de Scriptura ſacra parag. 4. pag. 81. " Patriarcham Joſephum fuiſſe
" ſepultum in Sichem, ſicut legitur cap.
" 24. 32. lib. Joſue, Patriarcham vero
" Jacob ſepultum fuiſſe in Hebron, ut
" colligitur ex capite 50. 13. lib. Gene-
" ſis. De loco autem, in quo fratres Jo-
" ſephi ſepulti ſunt, ſilet omnino Scrip-
" tura, eos tamen una cum Patriarcha,

" Joſepho fuiſſe ſepultos in Sichem teſta-
" tur ſanctus Hieronymus in Epitaphio
" Paulæ. "
Ad tertium reſpondet his verbis Beda comment. in cap. 7. Act. Ap. " Et poſiti
" ſunt in ſepulchro, quod emit Abraham
" pretio argenti à filiis Emor filii Sichem.
" Docet etenim Geneſis Abraham ab E-
" phron filio Seor Ethei in Cariatharbe lo-
" cum ſepulchri quadringentis argenteis
" ſiclis emiſſe, in quo Ipſe Abraham ;
" Iſaac & Jacob, & Adam protoplaſtus
" ſepulti. Itemque Jacob de Meſopota-
" mia revertum juxta urbem Sichem
" partem agri, quo tabernacula tende-
" ret, ab Emor patre Sichem dala eccle-
" tum agnis accepiſſe. Non emit ergo A-
" braham ſepulchrum ab Emor Sichemi-
" ta, ſed ab Ephron Hethæo, in quo duo-
" decim Patriarchæ non ſunt ſepulti, ſed
" in Sichem, ut diximus. Verum B. Step-
" hanus vulgo loquens, vulgi magis in
" dicendo ſequitur opinionem. Duas enim
" pariter narrationes conjungens, non tam
" ordinem circumſtantis Hiſtoriæ, quam
" cauſam de qua agebatur, intendit,
" Qui enim inſimulabatur adverſus locum
" ſanctum & legem docuiſſe, pergit oſten-
" dere, quomodo Jeſus Chriſtus ex lege
" monſtretur eſſe promiſſus, & quod Ipſi,
" nec tunc Moyſi, nec Domino nunc
" ſervire miluerint. Hæc ut potui, dixi
" non præjudicans ſententiæ meliori, ſi
" adſit. Porro, quod dicitur a filiis Emor
" filii Sichem, in Græco exemplari ſcrip-
" tum eſt. A filiis Emor, qui fuit in Si-
" chem, quod Geneſis Hiſtoriæ magis con-
" cordare videtur, tametſi fieri potuerit,
" ut idem Emor & partem filium Sichem
" nomine haberet. "

De ſancto Joanne.

Oppones : Evangelium ſecundum Joannem quaſdam in ſenſu obvia implicat contradictiones : Igitur inter libros Canonicos non debet annumerari. Probatur Antec. Hiſtoria mulieris in adulterio deprehenſæ, quæ refertur c. 7. in multis exemplaribus Græcis, in codice Vaticano vetuſtiſſimo, & in antiquiſſimo Bibliothecæ Regis deſideratur : Ergo &c.

Reſpondeo I. negando antecedens : Ad probationem, dico Librarium in codice regio locum reliquiſſe vacuum, & hoc quia in quibuſdam codicibus exſtabat, in

V 4   aliis

aliis vero omittebatur. Unde Respondeo
II. In multo pluribus inveniri, videlicet
in codice Patrum Oratorii Parisiensium
non quidem suo loco, sed hoc ne minimum quidem sbecessit negotium. In vetustissimis codicibus etiam reperitur; nimirum in Cantabrigiensi, in omnibus Missalibus quæ legit Theodorus Beza, si unum
excipias. Hieronymus lib. 2. contra Pelagianos cap. 6. dicit quod factum legebatur suo tempore in multis exempluri-
bus, tum Græcis, tum Latinis. Ammo-
nius auctor tertii sæculi in sua harmonia,
historiam veluti sacram commemorat: Ambrosius epist. 25. num. 4. Aug. Tract. 33.
In Joannem, versio Syriaca, Arabica,
Persica, Æthyopica, & tota Ecclesia Orientalis illam recipiunt historiam, sed maxime Synodus Trid. Igitur major auctoritas
minori præponderat.

Inzalis: Eidem historia reperitur in E-
vangelio Nazaræorum, sed istud Evangelium non est sacrum: Igitur a pari nec historia laudata veluti Canonica habenda est.

Respondeo I. Quædam esse in Evangelio
Nazaræorum vera, quæ auctores Canonici, protegente Spiritu sancto, ne in errorem prolaberentur: veluti verissima enarrare potuerunt.

Respondeo II. Cum aliis permultis historiam mulieris in adulterio deprehensæ, de
qua B. Joannes, diversam esse a muliere
de qua mentionem faciunt Nazaræi : ista
quippe non semel adulterium commiserat,
illa vero semel & unica vice; quocirca
Christus peccati concessit veniam, eo quod
Illa mulier magis ex fragilitate, quam ex
malitia peccaverat.

Dices: Conclusio Evangelii secundum
Joan. videtur ab alio facta & conscripta :
igitur istud Evangelium, non est quoad
omnes partes Canonicum. Probatur ante-
dens. Cap. ult. v. 24. auctor, sic loquitur : *Scimus quia verum est testimonium
ejus*. Si ipse Joannes scripsisset, debuisset
ponere, scio quia verum dico.

Respondeo negando antecedens. Ad pro-
baticuem, distinguo : Et Joannes præ hu-
militate, & personam historici gerens adeoque quasi alienam, sic locutus est, concedo : & se ipsum excludit, nego. Porro, in verbis immediate antecedentibus
sufficienter se prodit, his verbis : *Hic est
discipulus ille, qui testimonium perhibet de
his, & scripsit hæc*.

SYNOPSIS PROBATIONUM.

*Volumina quatuor Evangelistarum, &
Apostolorum Acta, sunt Libri
sacri*.

Primo : Hoc constat ex traditione
Patrum.

Secundo : Et commentariis SS. Doctorum
in Evangelia & Acta.

Tertio : Ex usu perpetuo Ecclesiæ, &
definitione Concilii Tridentini sess. 4.

SYNOPSIS DIFFICULTATUM,

Et Solutionum.

Primo : Quandoque S. Matthæus quasdam citat Scripturas quæ tunc amplius
non extabant, sed ex traditione Canonicas esse prænoverat : quandoque etiam
laudat unam sententiam alicujus Prophetæ, quæ alteri tamen tribuitur ; sed ne
mireris, Prophetæ minores non semel
Prophetarum majorum placitis ad veritatis confirmationem utuntur, unde nullum
sequitur inconveniens. Cæterum Matthæus quoidam in Genealogia Christi re-
xenda omittit Reges impios, quippequi ex
aliis capitibus sufficientia haberet ad osten-
dendum Christum esse ex stirpe David
oriundum.

Secundo : S. Marcus ait quidem Christum
fuisse crucifixum hora tertia, sed intelligendus venit de sententia mortis, quæ pro
more illa hora, quæ est apud nos nona
matutina, lata est ; porro ut primum pronuntiatum est mortis judicium, reus jam
civiliter mortuus evadit.

Tertio : Historia mulieris in adulterio
deprehensæ a S. Joanne commemorata, verissima est ; tametsi enim in quibusdam
exemplaribus desideretur, in plurimis tamen optimæ notæ invenitur, nimirum In
Cantabrigensi, in omnibus Missalibus quæ
legit Theodorus Beza. SS. Hieronymus
lib. 2. contra Pelag. capit. 6. Ambrosius
epist. 23. num. 4. Augustinus Tract. 33.
in Joannem & alii illam ut Canonicam
habent.

ARTICULUS SECUNDUS.

Num Epistolæ B. Pauli sint Canonicæ?

SAULUS qui & postea Pauli nomen a Paulo Proconsule traxit, Judæus genere fuit; Tribu, Benjamita; patria, Tarsensis; nobilitate, Romanus; secta, Pharisæus; primum nominis Christiani adapertus hostis, deinde vero vas electionis, & fidei Christianæ defensor acerrimus, Ecclesiæ columna & decus. Insigni miraculo conversus est anno Christi circiter 34. Tum voce, factis & scriptis Christi fidem defendit & propagavit; ac demum ann. 64. Romæ pro Christo passus & decollatus est.

S. Paulus: Quatuordecim scripsit Epistolas, ut supra dictum est, sed quo anno, quove tempore, incertum est. Quidam tenent primam ad Thessalonicenses conscriptam fuisse, & datam ann. 49. & paulo post secundam: ad Galatas ann. 53. eodem anno primam ad Corinthios Ephesi scripsit, deinde alteram. Eam, quæ est ad Romanos, scripsit Corinthi anno 54. & postea anno 59. Epistolam ad Ephesios. Romæ vero ut primum a captivitate solutus est, scripsit ad Philippenses, ad Hebræos, ad Philemonem & ad Colossenses. Anno 65. scripsit ad Titum, & primam ad Timotheum: anno vero 64. secundam ad eumdem: jam sit

CONCLUSIO.

Epistolæ B. Pauli sunt sacræ & divinæ.

Probatur multipliciter.

PRIMO QUIDEM EX SS. Patribus, qui universim eas veluti Canonicas habent. His accedit definitio Concilii Tridentini, quod sess. 4. eas omnes in Canonem divinarum Scripturarum adscivit.

Secundo: S. Thomas in catena aurea auctoritate Patrum eas explicat, & uti sacras interpretatur.

Tertio: Idem specialiter de epistola ad Hebræos probatur. B. Petrus epist. 2. 3. illam, his verbis laudat & celebrat: *Hanc ecce vobis charissimi, secundam scribo epistolam ...... Sicut & charissimus frater noster Paulus secundum datam sibi sapientiam scripsit vobis.* Sed ad eosdem scribit B. Petrus ad quos scripserat S. Paulus, adeoque ad Hebræos, namque S. Petri Epistola, ut pote catholica, ad universam Ecclesiam directa fuit. Igitur Princeps Apostolorum, his verbis: *Sicut & charissimus frater noster Paulus .... scripsit vobis.* De Epistola B. Pauli ad Hebræos mentionem facit.

Confirmatur: Concilium Laodicense epistolam ad Hebræos veluti genuinam Can. 59. recipit. Item Carthagin. III. Can. 47. Nicænum primum, teste divo Thoma, comment. in hanc epistolam, Ephesinum, Chalcedonense & Tridentinum sess. 4. suum ipsi addunt calculum. Ergo &c.

Concinunt Patres Græci. Clemens Alexandr. comment. in epist. ad Corinthios apud Eusebium l. 3. capit. 38. Origenes apud Eusebium l. 3. capit. 18. Gregorius Nazianz. in carmine de Canone Scripturæ sacræ, Athanasius in synopsi. Epiphanius hæres. 76. Damascenus l. 4. cap. 18. & alii illam ut sacram habent.

Suffragantur Patres Latini, maxime Hilarius l. 12. de Trinit. Ambrosius l. 2. de Cain capit. 2. Hieronymus epist. ad Dardanum, & alii plurimi. Ergo &c.

Probatur, denique hoc ratiocinio. Illa epistola juxta variorum auctorum sententiam, vel est S. Pauli, vel S. Lucæ, vel S. Barnabæ, vel Clementis Romani, vel saltem Tertulliani: sed suppofito quod esset vel Lucæ, vel Barnabæ, esset semper Canonica: constat autem ex dictis non esse illorum; neque est Tertulliani, quandoquidem Clemens Alexandr. Tertulliano paulo antiquior asserit esse D. Pauli; sic legitur apud Eusebium l. 6. capit. 4. nec consequenter Clementis Romani, namque illam ut sancti Pauli citat: superest igitur illam Epistolam esse D. Pauli, & consequenter sacram.

Diluuntur objecta.

OBJICIES: Multi Patres etiam antiquissimi, ut Cyprianus, Lactantius, Arnobius, de epistola ad Hebræos videntur dubitare: quinimmo Hieronymus l. de viris illustribus asserit Cajum propugnasse istam epistolam ab Ecclesia Romana veluti divinam non recipi. Ergo &c.

Confirmatur: Nomen B. Pauli sicut aliæ non præ se fert: Igitur neque est epistola B. Pauli, neque consequenter & canonica.

Respondeo I. Plures Patres, & post ipsos Concilium Tridentinum epistolam ad Hebræos veluti Canonicam recipere, quocirca

ca de ejus authenticitate dubitare nemini licitum est.

Respondeo II. Patres in objectione commemoratos, illam epistolam non absolute rejicere. Ad Hieronymi auctoritatem, dico non evacuare epistolae veritatem; maxime vero cum errore facti S. Doctor detentus, quasi dubitanter de authenticitate epistolae ad Hebraeos locutus sit, quippequi transcripserit verba Eusebii ex cap. 16. l. 16. deprompta. Quid plura? Ipse Eusebius solummodo dicit epistolam laudatam ab aliquibus Romanis non recipi; sed constat a multo pluribus approbati, & praesertim vero a Clemente Romano, ut ipse refert Eusebius l. 3. cap. 32. Evaristus quoque epistola 2. & Hyginus epistol. 1. illam recipiunt. Ad confirmationem, Hieronymus praef. in primam B. Joannis epistolam, ait Apostoli nomen prae se non ferre, & tamen esse Canonicam neminem dubitare. Idem prorsus dicendum de epistola ad Hebraeos. Quod autem Paulus eo loci suum tacuerit nomen, non una est ratio. Primo quidem, ita se gessit Apostolus eo quod vix ipsius conversionem scirent Judaei. II. Ne eisdem exosus fieret, eo quod caeremonias Judaicas per fidem in Christum cessare contenderet, cum tamen e contra Judaei etiam ad fidem conversi legalia retinere vellent: denique Paulus non Judaeorum, sed Gentilium Apostolus erat, quocirca tametsi quandoque etiam ad confirmandum Judaeos ad fidem Christi conversos elaboraret, aequum tamen non duxit in suo, ut ita dicam, nomine ad illos conscribere.

Infabis: Stylus epistolae ad Hebraeos est omnino a stylo caeterarum Epistolarum diversus. Igitur illa Epistola non est divo Paulo tribuenda, adeoque non est Canonica. Confirmatur: Non eodem modo & Prophetae & aliae Scripturae, in illa sicut in caeteris citantur & laudantur. Ergo &c.

Respondeo, styli diversitatem ex multis promanare. Primo quidem, Apostolus innata lingua in qua eloquentissimus erat, illam conscripsit; neque vero in aliis Epistolis eloquentia deest, tametsi enim ad Graecos, qui vanae eloquentiae studebant, simpliciori stylo scripserit; non desunt tamen phrases disertae, quae passim sparse annotari possunt, quandoquidem S. Paulus erat ex innato genio eloquentissimus. II. Gravissimi auctores contendunt

hanc Epistolam Graecae linguae redditam fuisse vel a S. Luca, vel a Clemente Alexandr. ut refert Eusebius l. 3. capit. 38. porro lingua Graeca disertissima est. Ad confirmationem patet solutio: Graeci quippe Lxx. sequuntur Interpretes, qui diversis a lingua Hebraica utuntur phrasibus, unde non mirum si diversis quoque modis & Prophetas, & alias Scripturas in hac Epistola, & referant & vertant, nusquam tamen aliquid de sententiis immutando.

Urgebis: Quaedam veritati absona in ea assurgent Epistola: Ergo &c. Probatur antecedens. Apostolus capit. 2. inter eos qui ab Apostolis ad fidem conversi sunt se annumerat, cum tamen ab ipso Christo id factum esse in alia Epistola commemoret. II. Ibidem ait suum cum Barnaba & Tito contulisse Evangelium; nemo tamen novit Apostolum illum fuisse Evangelistam.

Respondeo negando antecedens. Ad primum probationem, distinguo: Se dicit per alios Apostolos ad fidem conversum, hoc est, in fide confirmatum, concedo: namque eo loci ait vidisse Petrum & Jacobum fratrem Domini: dicit se per Apostolos absolute ad fidem conversum, nego. Quidam ita interpretantur Paulum, cum per Apostolos se se ad fidem conversum asserit, hoc est, suae aetatis homines; Scriptor enim saepius in plurali loquitur, & hoc in prima persona, quod majorem sapit elegantiam & historici stylum; sic Isaiae 64. 6. Propheta, loquitur: *Facti sumus ut immundi omnes.* Hoc est, omnes ferme homines ad terrena deflexerunt; non enim Isaias de se loquitur.

Ad confirmationem: D. Paulus, suum contulit cum Tito & Barnaba Evangelium, hoc est, sua scripta, concedo: ita ut fuerit Evangelista, nego. Dictum est supra omne bonum nuntium Evangelium appellari, quocirca qui vitam annuntiant aeternam Evangelistarum nomine donantur. In isto sensu Paulus quatenus veritatis praedicator, dicitur Evangelista.

Insistes: Auctor epistolae ad Hebraeos probat Christum, esse filium Dei, per illa verba ex cap. 7. lib. 2. Reg. deprompta: *Ego ero illi in patrem.* Sed hoc male; namque illa sententia de Salomone intelligitur.

Respondeo negando minorem. Ad probationem, distinguo: Et Salomon erat Chri-

Chrisli Typus, concedo : & non erar, nego. Multa de Salomone in sensu obvio leguntur apud Psalmislam, quæ tamen non nisi de Messia intelligi possunt, ut in Psalmo 71. *Deus judicium tuum Regi da.* Quem Tertullianus de Chrislo per omnia Interpretatur, maxime vero de regni æternitate: conslat enim regnum Salomonis non fuisse perpetuum & immensum, ait ille Doflor.

Inslabis : Idem auflor cap. 9. loquens de Teflamento proprie diflo, quod morte teflatoris confirmatur, allegat verba isla Exod. 24. *Hic sanguis Teflamenti, quod mandavit ad vos Deus.* Sed in Hebræo nulla fit mentio de Teflamento, sed de paflo : paflum autem est contraflus faflus secreto & in particulari, Teflamentum vero quid publicum ; Paulus vero qui Hebraicam callebat linguam, hoc ignorare non potuit. Ergo &c.

Respondeo, si de nomine agatur, vocem hebræam *Berith*, a Lxx. verti *Diaticon*, id est, Teflamentum : Si de ipsa re, est simul paflum & Teflamentum ; Teflamentum quidem quatenus teflatoris significat dispositionem, paflum vero quatenus promittit sub conditione fidei & pœnitentiæ hereditatem æternam: utrumque explicat Paulus veluti per figuram Teflamento veteris legis, quod multi faciebant Hebræi, ad quos suam direxerat epislolam. Jam ad aliud, distinguo : Et Moyses Exod. 24. vocat paflum solemne habens dispositionem de danda hereditate post mortem teflatoris, propter quod aspergebat populum sanguine vitulæ, qui erat figura sanguinis Chrisli pro nobis effundendi, concedo : paflum ut sic, nego. De primo loquitur Paulus, & idem est ac Teflamentum.

Persisles : In eadem epislola multa sunt quæ fidei dogmatibus adversari videntur : Igitur prorsus excidit a veritate, quam liber Canonicus præ se fert. Probatur antecedens multipliciter. Primo quidem : Cap. 6. hæc habentur : *Impossibile enim est eos qui semel sunt illuminati, gustaverunt etiam donum cæleste, & participes fafti sunt Spiritus sanfti, gustaverunt nihilominus bonum Dei verbum, virtutesque saeculi venturi, & prolapsi sunt, rursus renovari ad pœnitentiam.* Item cap. 10. *Voluntarie enim peccantibus nobis post acceptam notitiam veritatis, jam non relinquitur pro peccatis hostia :* Hoc ipsum confirmat cap. 11. exemplo Esau, qui cum vendidisset pro-

pter unam escam primitiva sua, post ea cupiens habere benediflionem, reprobatus est, nec locum pœnitentiæ invenit. *Ne quis fornicator, aut profanus ut Esau, qui propter unam escam vendidit primitiva sua : Scitote enim quoniam & postea cupiens hereditare benediflionem, reprobatus est. Non enim invenit pœnitentiæ locum, quamquam cum lacrymis inquisisset eam.* Quæ quidem & similia erroribus & Novatianorum, qui negabant dari remedium pro peccatis post Baptismum patratis, & Prædeflinatianorum, qui propugnabant impios necessitari ad mortem æternam incurrendam, non nihil favere videntur. Rursus cap. 2. Filius Dei dicitur *Splendor gloriæ, & figura substantiæ ejus,* scilicet Patris, qua sententia utebantur Ariani ad probandam suam hæresim; subdit enim infra Apostolus de filio Dei : *Tanto melior Angelis effeflus, quanto differentius præ illis nomen hereditavit ;* quasi non a Deo Patre genitus, sed faflus, leu creatus esset solum ut beatis spiritibus superior, ut garriebant iniqui homines.

Respondeo negando antecedens : Ad 1. probationem, distinguo : Impossibile est renovari lapsos post pœnitentiam ad innocentiam baptismalem, concedo : quod enim fœdatum est semel, inquit S. Thomas, fieri non potest non fuisse corruptum. Ad pœnitentiam, quæ teste Tertulliano est secunda post naufragium tabula, subdistinguo : impossibile, hoc est, difficile, concedo : absolute, nego. Sic locum Apostoli interpretatur S. Thomas comment. in epist. ad Heb. & hoc unum probat exemplum Esau, qui ideo pœnitentiæ locum non invenit, quia aut desperatione auflus, aut socordia irretitus veram non habebat de peccatis contritionem ; hinc abjeflus legitur : ait enim S. Augustinus l. 1. ad Simpl. q. 2. " Deus ,, non odit Esau hominem, sed Esau peccatorem. "

Observes velim, Apostolum in eodem sensu loqui ac S. Matthæum, qui cap. 12. 4. ait peccata in Spiritum sanflum non remitti in hac vita, hoc est, summa cum difficultate propter cordis ut plurimum impœnitentis duritiem, & propter militiam, ut ipse sanflus Paulus Rom. 2. explicat his verbis : *Ignoras quoniam benignitas Dei ad pœnitentiam te adducit ? Secundum autem duritiem tuam & impœnitens cor thesaurizas tibi iram in die iræ &*
reve-

revelationis justi judicii Dei. Igitur ficut E-
vangelium fecundum Matthæum propter
laudatam de difficultate pœnitentiæ hominis ex præconcepta malitia fententiam non
expungitur e canone Librorum facrorum, ita nec ab eodem excludi debet propter allata fancti Pauli ad Hebræos epift.

Ad confirmationem, nego oracula Apoftoli fivere Arianis, quin potius eorum
validiffimis argumentis & præmaturis fententiis debellat errorem, probando Verbi
divinitatem, ejufque cum Patre & confubftantialitatem, & cœternitatem : Atque fupra Angelos omnipotentem domi-
nationem, & infinitam difparitatem his
verbis cap. 1. 3. *Cui enim dixit aliquando
Angelorum : Filius meus es tu, ego hodie
genui te. Et rurfum : Ego ero illi in Patrem,
& ipfe erit mihi in Filium.* Apoftolum
loqui de filiatione naturali, claret, non
enim filiationem adoptivam excludit ab
Angelis, quippe qui per gratiam fancti-
ficantem veri effent Filii Dei adoptivi.
Pergit v. 6. 7. *Et cum iterum introducit
primogenitum in orbem terræ, dicit : Et adorent eum omnes Angeli Dei ... & tu in principio Domine terram fundafti ; Et opera manuum tuarum funt cœli. Ipfi peribunt, tu
autem permanebis, & omnes ut veftimen-
tum veterafcent.*

Repones : Auctor laudatæ epiftolæ cap.
9. refert in Arca fuiffe urnam, Manna,
virgam Aaronis quæ fronduerat, & Teftamenti tabulas præcontinentem ; attamen L. 3. Reg. cap. 8. dicitur nihil aliud
fuiffe in Arca præter duas tabulas lapi-
deas : fed liber Canonicus nullam debet
implicare contradictionem : Igitur cum
manifeftam includat epiftola ad Hebræos,
e canone divinarum Scripturarum removenda eft.

Refpondeo diftinguendo : Et juxta Arcam
erat urna habens manna, & virgam, quod
fufficit ut in latiori fenfu hæc dicantur
fuiffe in Arca, concedo : & nullo modo
erant verius Arcam, nego. Non difficeor
tamen tempore Salomonis manna & virgam non fuiffe in Arca, bene vero tempore Moyfis, quod Apoftolus a traditione
refcire potuit.

Pro 4to : Si epiftola, de qua controverfia vertitur, foret canonica, maxime
quia S. Paulum haberet auctorem : Atqui
eum non habet. Et probatur : Auctor
fub unens epiftolæ afferit fe ad Judæos
refcrifturum : quod dubio procul in linguam Paulum non cadit, quippe qui eos

tamquam Infenfiffimos Chrifti hoftes fuge-
ret : Ergo &c.

Refpondeo negando minorem. Ad probationem, diftinguo : Scripfit auctor fe ad
Judæos Afiæ reverfurum, concedo : ad
Judæos Jerofolymæ, nego. Cum S. Paulus Romæ commoraretur, potuit fcribere, non quidem ad Judæos Jerofolymæ,
quorum furorem ut evitaret, appellave-
rat Cæfarem, fed ad Judæos in Afia difperfos, fi voluntas Dei effet ad eos rever-
furus.

SYNOPSIS PROBATIONUM.

Epiftolæ S. Pauli funt facræ.

P R I M O : Eas omnes Patres recipiunt
Et habentur in decreto Concilii Tridentini feff. 4. de Scripturis facris.

Secundo : S. Thomas in Catena aurea
variis Patrum auctoritatibus omnes explicat, & ut facras interpretatur.

Tertio : Fpiftolam ad Hebr. citat S. Petrus epift. 1. c.1.a.3. eam fufcipit Concilium
Laodicenfe, eam Carthaginenfe III. can.
47. eam Clemens Alex. comment. in epift.
ad Corinth. apud Eufebium lib. 3. cap. 38.
eam Athanafius in fynop. &c.

SYNOPSIS OBJECTIONUM,

ET SOLUTIONUM.

P R I M O : Ultro fatemur aliquos e veteribus Patribus non nihil dubitaffe de
epiftola ad Hebr. fed non abfolute abjeci-
fe; tum, inventis manufcriptis, accedente Ecclefiæ definitione, uno confenfu fu-
fcepta eft.

Secundo : Neque vero quidquam ab ejus
detrahitur authenticitate, quod Pauli nomine in quibufdam exemplaribus non donetur, cum Apoftolus ab hoc abftinuerit,
ne fi nomine ejus titularetur, exofus Judæis Romæ degentibus fieret, quippe qui
ab ipfo nomine Pauli deterrerentur, eo
quod fcient, eum legalia, quibus inhærere volebant, prorfus abjicere.

Tertio : Abfque ratione nonnulli in dubium revocare voluerunt epiftolam, propter ftyli elegantiam, quandoquidem S.
Paulus erat difertiffimus Orator. Quidam
fufpicantur a fancto Luca græce fuiffe
redditam, omnes autem norunt linguam
græcam fermonis lepore & venuftate cla-
refcere.

AR-

ARTICULUS TERTIUS.

De Epistolis Catholicis.

Dictum est Epistolas Catholicas eas esse quæ ad universalem directæ sunt Ecclesiam, quæque numero sunt septem: quonuam vero speciales sunt difficultates pro epistolis B. Joannis, claritatis causâ hunc articulum in duas dividimus sessiones. Unde sit

SECTIO PRIMA.

Num Epistolæ beatorum Jacobi, Petri, & Judæ, sint canonicæ?

CONCLUSIO.

Epistolæ prædictæ sunt Canonicæ.

Probatur ex Conciliis, I. ex Conciliis Laodic. Carthag. II. Ex Florentino. III. Ex Tridentino sess. 4. quæ illas omnes ut canonicas recipiunt. Item ex Innocentio I. epist. 3. ad Exuperium, ex Gelasio in Concil. Roman. 70. Episcoporum, ex Origene homil. 7. in Iosue, ex Athanasio in synopsi; ex Hieronymo in epistola ad Paulinam de studio Scripturarum, & ex August. l. 2. de doctrina Christiana ; qui quidem omnes , nulla excepta veluti canonicas celebrant.

Confirmatur : Concilium Millevitanum citat epistolam sancti Jacobi, sicut & Dionysius lib. de divinis nominibus c. 4. Cyprianus lib. ad Novatianum , Augustinus epist. 29. ad Hieronymum . Prima S. Petri ab omnibus semper fuit recepta : non semel laudatur & citatur ab Apostolorum discipulis apud Eusebium lib. 3. cap. ult. Secunda citatur nomine Petri a S. Hygino , epistola 2. a S. Gregorio hom. 18. in Ezechielem. De ea quoque in Ecclesia die Transfigurationis in primis lectionibus fit mentio . Epistola S. Iudæ citatur a Dionysio lib. de divinis Nominibus cap. 4. & a Tertulliano lib. de habitu muliebri , a Cypriano epist. ad Novatianum , ab Origene lib. 5. in cap. 5. ad Romanos : ab Epiphanio hæref. 76. a sancto Hieronymo in cap. 1. ad Titum. Quibus positis sic argumentamur . Illæ epistolæ nullo absque dubio sunt sacræ , quas tales esse perpetua probat Ecclesiæ traditio : Atqui a Christo nato traditio Patrum il-

las epistolas tamquam sacras & laudat & accipit : Ergo &c.

Fit satis objectionibus.

Objicit Erasmus adversùs epistolam S. Iacobi. Si epistola illa foret canonica , maxime eo quod Iacobum Apostolum auctorem haberet , illumque Ierosolymæ Episcopum , qui & frater Domini in Evangelio dicitur : Sed iste non fuit Apostolus . Et probatur : Hieronymus in commentariis capitis primi ad Gal. dicit graviter errare eos qui dicunt illum Iacobum esse unum ex duodecim Apostolis.

Respondeo negando minorem , namque ipsum Evangelium testatur illum Iacobum unum ex duodecim Apostolis fuisse , & hoc ipsum asserit Hieronymus in loco pro objectione allato , cum & lib. adversùs Elvidium . Cæterum sanctus Doctor , non eos dicit errore teneri qui talem Iacobum asserunt Apostolum , sed qui dicunt fuisse Ioanais fratrem cum potius fuerit non Zebedæi , sed Alphæi filius , quippe qui esset Iacobus minor.

Opponunt Magdeburgenses centuria 1. l. 2. c. 4. Eusebius l. 2. cap. 23. epistolam S. Jacobi adulterinam vocat . II. Auctor profert testimonia ex Epistolis Petri & Pauli : Igitur non est Apostolus , sed Apostolorum discipulus.

Respondeo ista omnia non probare epistolam sancti Jacobi non esse canonicam : Ad primum dico , Eusebium non bene citari , nam ibidem sic scribens de epistolis SS. Jacobi & Judæ : " Verumtamen has " quoque cum cæteris in plurimis Eccle- " siis publice lectitari cognovimus . " Quibus verbis clarissime indicat Eusebius epistolas omnes canonicas eodem calculo cum epistolis B. Pauli ab Ecclesia recipi . Ad secundum dico , ne minimum quidem de veritate epistolæ primæ detrahere ; dictum est enim minores Prophetas quandoque citare majores , quinimo ipse B Petrus laudat D. Pauli sententias , & de ejus scribendi modo pro mysteriis mentionem facit , & approbat ; quidni igitur & auctor primæ epistolæ canonicæ in testimonium veritatis aliorum Apostolorum sententias adducere potuerit ?

Instas : Atqui illa epistola inter canonicas non recensenda est : Et probatur multis momentis . I. Auctor illius epistolæ non se Apostolum vocat , sicut se nominat sanctus Paulus . II. Neque talis epi-

stola

ſtola præ ſe fert initio titulum de pace, de gratia, de Chriſto, & de Deo : quiniumo more laicorum tuminum loco gratiæ & pacis, auctor ponit ſalutem. III. Euſebius l. Hiſt. Eccl. c. 23. de ſancto illo Iacobo loquens, ait : " Ei etiam adſcribi ,, ſolet epiſt. 1. earum quæ catholicæ di- ,, cuntur, quam quidem nonnulli ſpuriam ,, & ſuppoſititiam exiſtimant, ſane pauci ,, admodum ex vetuſtioribus, hujus epi- ,, ſtolæ mentionem fecere, &c. ,, Suffragatur ſanctus Hieronymus l. de Scriptoribus Eccleſiaſticis, ubi de Apoſtolo ſermonem inſtituens, ait : " Unam tantum ,, ſcripſit epiſtolam, quæ de ſeptem ca- ,, tholicis eſt, quæ ipſa ab alio quodam ,, ſub nomine ejus edita aſſeritur ; licet ,, paulatim tempore procedente obtinue- ,, rit auctoritatem. ,, Ex quibus liquet & S. Hieronymum, & Euſebium in ea fuiſſe ſententia, epiſtolam non fuiſſe genuinum ſancti Iacobi fœtum.

Reſpondeo negando ſubſumptum : Ad primam probationem dico, ſanctum Iacobum humilitatis motivo non ſe nominaſſe Apoſtolum, ſed Dei & Domini Ieſu Chriſti ſervum, quod etiam B. Paulo ſimiliare erat, ut cum ad Philippenſes ſcribit : tum quia Iudæis ad fidem converſis ut Apoſtolus Chriſti ſufficienter notus erat: addo nomen Iacobi excidiſſe ſive caſu, ſive malorum hominum molitione in quibuſdam Græcis exemplaribus, ſed extare in vetuſtiſſimis latinis codicibus, & in compluribus etiam græcis tam editis quam manuſcriptis codicibus Biblioth. Reg. & Colbert.

Ad ſecundum reſpondeo, nullum eſſe inconveniens, Apoſtolos quandoque uti modo loquendi apud omnes familiari, maxime cum humanitate & benevolentia, apprime per vocem illam *ſalutem* expreſſa. Sic vel ipſi Apoſtoli in Concilio Hieroſolymitano Act. 15. in ea epiſtola quam ſcripſerunt ad Gentiles factos Chriſtianos, ajunt : *Apoſtoli & ſeniores his qui ſunt Antiochiæ, & Syriæ & Ciliciæ fratribus ex gentibus ſalutem.*

Ad tertiam jam data eſt ſolutio ; conſtat enim ex ipſis tum Hieronymi, tum Euſebii terminis eos in aliorum loqui ſententia, cum expreſſe uterque dicat B. Iacobi epiſtolam inter canonicas annumerari. Cæterum, cum S. Hieronymus dicit non niſi decurſu temporum uti canonicam habitam fuiſſe, unum tantummodo vult, ſcilicet quoſdam dubitaſſe de ejus authen-

ticitate, ſed accedentibus poſtea Eccleſiæ definitionibus, eam ut divinam ſuſcepiſſe. Quod autem ſit vel ab ipſa vagiente Eccleſia genuina, aſſerunt Tertullianus, S. Cyprianus, in primis vero Origenes homil. 7. in l. Ioſue, & alii quos ſupra laudavimus.

Replicant : Prædicta epiſtola contradictoria, & adverſus ſancti Pauli doctrinam pugnantia continet : Ergo &c. Probatur antecedens : S. Paulus hom. 9. docet hominem non juſtificari ex operibus, ſed ſolum ex fide : e contra vero S. Iacobus pronuntiat fidem ſine operibus mortuam eſſe : Ergo &c.

Reſpondeo negando antecedens. Ad probationem diſtinguo : S. Paulus dicit hominem non juſtificari ex operibus legis, concedo : Et eo loci excludit bona opera ex fide & charitate facta, nego. Iudæi volebant hominem juſtificari Legis Moſaicæ operibus, eos propterea in illo toto capite debellat. Et rurſus ad Galat. 5. dicit ; *Si circumcidamini Chriſtus nihil vobis proderit* : ſed dubio-procul non excludit bona opera in fide facta, cum ea ubique prædicet, & de ſeipſo dicat Col. 1. 24. *Adimpleo ea quæ deſunt paſſionum Chriſti in carne mea.* Simon Magus, iſta excludebat opera, hinc S. Iacobus illum perſtringit ; & ſic conciliantur Scripturæ. Utraque interpretatio eſt ſancti Auguſtini ſermone 13. de verbis Apoſtoli, qui explicat ſanctum Paulum, & de Iudæis ita loquitur : " De lege gloriabantur, & li- ,, bero arbitrio ſuo legem ſufficere arbi- ,, trabantur, ignorantes Dei juſtitiam, id ,, eſt, ex fide juſtitiam datam a Domino, ,, & ſuam volentes ſtatuere, quaſi ſuis ,, viribus impletam, non dante fide im- ,, petratam, juſtitiæ Dei, ſicut dicit Apo- ,, ſtolus, non ſubjecti. ,, Tum lib. de fide & operibus capit. 14. idem ſanctus Doctor Simonem & ſuos ita confutat : ,, Quoniam ergo hæc opinio fuerat exor- ,, ta, aliæ epiſtolæ Petri, Ioannis, Iaco- ,, bi, Iudæ, contra eam maxime dirigunt ,, intentionem, ut vehementer adſtruant, ,, fidem ſine operibus nihil prodeſſe, ſicut ,, ipſe Paulus non quamlibet fidem, qua ,, in Deum creditur, ſed eam ſalubrem, ,, planeque Evangelicam definivit, cujus ,, opera ex dilectione procedunt. ,,

Objiciunt multa Heterodoxi contra epiſtolam Iudæ, ut illam a canone divinarum Scripturarum reſcindant : Primo quidem, inquiunt, Iudas aſſerit ſe poſt Apoſtolos

ftolos vixiffe : Igitur nec fuit Apoftolus, nec Scriptor Canonicus. Secundo non in Græcia, fed in Perfide prædicavit : Igitur Lingua Perfica & non Græca fcribere debuit. Tertio, altercationem B. Michaelis cum diabolo de Moyfis corpore commemorat', & tamen de hoc aliæ Scripturæ filent. Quarto, Librum Enoch non ut apocryphum, fed uti facrum laudat & citat, quæ quidem omnia indigitant epiftolam Judæ non effe ab Auctore facro, adeoque nec ut divinam habendam effe.

Refpondeo hæc in contrarium argumenta leviora effe, ut epiftolæ Judæ authenticitatem fubvertant : Et vero ut faciamus fatis, dicimus ad primum Judam aliis Apoftolis coævum ; potuiffe etiam diutius præ cæteris vivere ; non enim uno & eodem anno omnes mortui funt. Ad fecundum : Tametfi Judas in Perfide fcripferit, uti tamen Lingua Græca debuit, quippe quæ effet apud eos ad quos fcribebat familiaris ; fic Gallus in America degens, dum ad Gallos fcribit, etiam Gallico utitur idiomate, ut ab amicis & fratribus auditur & intelligatur. Ad tertium: Libri apocryphi, tefte Hieronymo, in cap. ad Titum, tefte quoque Auguft. lib. 15. de civit. capit. 23. multa vera præcontinent, quæ Auctores facri in teftimonium veritatis fidei potuerint ufumere, cum & ipfe Apoftolus Actuum 17. utatur auctoritate Poetarum, ad probandam Athenienfibus unius Dei exiftentiam : Pari & confimili modo Judas acceptam hiftoriam ab auctoribus non canonicis referre potuit ; dicam & fortaffis illi fuiffe immediate revelatam ; hinc ficut a Spiritu fancto acceperat, tradidit ; eam tamen in libro Henoch accepiffe contendit Tertullianus lib. de habitu muliebri, & Beda in epiftolam Judæ. Ad quartum pari folutio ; namque graver auctores propugnant lib. Henoch tempore Judæ habitum fuiffe ut canonicum ; hinc fanctus Hieronymus lib. de Scriptoribus Ecclef. de illa epiftola fermonem inftituens, ait : " Auctoritatem „ tamen vetuftate jam & ufu meruit, & „ inter facras Scripturas computari, & fa-„ cro-fanctam auctoritatem habere. „

De Epiftola B. Petri.

OPPONES : Quod canonicum eft debet univerfim a Catholicis fufcipi : Atqui res non ita fe habet de epiftola fecunda D. Petri : Et probatur : Eufebius l. 3. Hift. Eccl.

c. 3. ait : " Quod vero attinet ad Petrum, „ una ejus epiftola, quæ prior dici folet, „ tanquam germana ab omnibus fine con-„ troverfia admittitur, cujus teftimonio „ veteres religionis noftræ Antiftites, ut-„ pote extra omnem dubitationem pofi-„ tæ, in fcriptis fuis frequentiffime ufi „ funt. Quæ vero fecunda appellatur, „ eam quidem inter facros novi Teftamen-„ ti libros recenfitam non effe a majori-„ bus accepimus. „ Ergo &c.

Refpondeo I. opponendo præpollentes adverfus Eufebii teftimonium auctoritates ; namque Juftinus Martyr, Origenes, Gregorius Naz. Chryfoftomus, Ambrofius, Auguftinus, Hieronymus, fanctus Gregorius Papa eam uti canonicam habent, nec femel ab ea ut a germano B. Petri fonte ad fidem aftruendam hauriunt teftimonia. His adde definitiones Concilii Laodiceni, Carthaginenfis, Florentini & Tridentini, quibus declaratur illam epiftolam effe authenticam.

Refpondeo II. negando minorem. Ad probationem diftinguo : Et ex auctoritate Eufebii unum tantummodo fequitur, videlicet primævis fæculis illam epiftolam non fuiffe æqualis cum priore ponderis, concedo : non fuiffe D. Petri opus, nego. Non femel fubnotavimus in Libris facris indagandis Ecclefiam prævio & maturo examine proceffiffe, ut filia a veris, & Scripturas facras a profanis fecerneret ; quia igitur cunctis adamuffim eliquatis, fecundam B. Petri epiftolam declaravit authenticam, nemini licitum eft hoc in dubium revocare : immo ipfe Eufebius in loco pro objectione laudato illam recipit his verbis : " Sed tamen cum utilis effe vi-„ deretur quamplurimis, una cum reli-„ quis facræ Scripturæ libris ftudiofe le-„ ctitara eft. „

Inftabis : Atqui illa epiftola non eft D. Petri fœtus : Ergo &c. Probatur fubfumptum. Prior velut genuina Apoftoli doctrina, genuinumque opus habetur : fed non pofterior, quippe quæ non ejufdem fit ftyli ; Ergo &c.

Refpondeo negando fubfumptum. Ad probationem, nego minorem : Ad ulteriorem probationem diftinguo : Et illa ftyli diverfitas ex interpretum diverfitate promanat ; concedo : & aráqit opus adulterinum effe, nego. S. Petrus dictabat Hebraice feu Syriace, interpretes vero fcribebant Græce ; fieri igitur potuit quofdam eloquentius, quofdam minus eloquenter, epi-

ftolam

ftolam græce reddidisse . Solutio eſt D.
Hieron. epiſt. ad Hedib. q. 11. Quid plura
adjiciam ? S. Petrus hanc poſteriorem Epiſtolam annis circiter 34. poſt priorem ſcripſit , quando ſcilicet jam in diebus ſuis
proceſſerat : ſenilem autem ætatem non
nihil immutare ſtylum , quotidiana comprobat experientia ; tunc enim mentis acies
deficit : Nec mirum : corpus enim quod
corrumpitur , aggravat animam , & depri-
mit ſenſum multa cogitantem .

Dices : Non deſunt qui propugnent cum
Hugone Groſſio hujus ſecundæ epiſtolæ
auctorem eſſe Simeonem vel Simnem ,
qui , mortuo ſancto Jacobo , Hieroſolymorum Epiſcopus inauguratus eſt . Igitur non
eſt canonica , cum ille Simeon quantumvis ſanctus , nullum ſacrum librum con-
ſcripſerit .

Reſpondeo hoc eſſe merum commentum ,
maxime propter duo : Primo quidem auctor in primo capite Petrum ſe nominat
his verbis : *Simon Petrus* . Nullibi autem
reperies S. Simeonem Hieroſolymorum An-
tiſtitem nomine Petri donatum eſſe . Secundo , idem epiſtolæ Scriptor aſſerit ſe
teſtem fuiſſe transfigurationis ; ſic enim habetur cap. 1. v. 17. & 18. *Accipiens enim*
a Deo Patre honorem & gloriam , voce de-
lata ad eum hujuſcemodi a magnifica gloria:
Hic eſt Filius meus dilectus , in quo mihi com-
placui , ipſum audite : & hanc vocem nos
audivimus de cælo allatam , cum eſſemus cum
ipſo in monte ſancto . Porro nullus dixerit
ſanctum Simeonem aſſumptum fuiſſe a Chriſto Domino ut transfigurationis teſtem .

SYNOPSIS PROBATIONUM.

Epiſtolæ BB. Jacobi , Petri & Judæ ſunt
Canonicæ .

Primo : Illas recipiunt Innocentius I.
epiſt. 3. ad Exuperium , Gelaſius Papa in
Concilio Romano . Concinunt Concilia
videlicet Laodicenſe & Carthaginenſe III.
iam ſæpius laudata : Florentinum & Trid.
ſeſſ. 4.

Secundo : SS. Patres ſuum addunt calculum ; videlicet Athanaſius in ſynopſi ,
Hieron. epiſt. ad Paulinam , &c.

Tertio : His accedit Eccleſiæ uſus : Tum
quia ſi quis eas negaret , extra Eccleſiam
ſeret .

SYNOPSIS DIFFICULTATUM,

ET EXPLICATIONUM.

Primo : Jacobus non Apoſtolum , ſed
ſervum Dei humilitatis cauſa ſe nominat ,
neque vero adverſatur Paulo , cum opera
vult fidei conjungi : ſi enim Gentium Doctor quandoque excludit opera , dubio-procul loquitur de operibus legis , quæ erant
abrogata .

Secundo : Tametſi Euſebius videatur dubitare de epiſtola ſecunda B. Petri , non
tamen eam abjicit , ſed vult ſolum non
eſſe ejuſdem cum prima ponderis ; eam
quippe lib. 3. hiſt. c. 3. recipit tamquam
utiliſſimam .

Tertio : Judas potuit poſt Apoſtolos vivere , & Perfide commorans ſcribere græca lingua ad Fideles Aſiæ , ſicut Gallus qui
habitat Conſtantinopoli , gallico idiomate
ſcribit ad parentes . Incaſſum igitur aliquis
propugnaret epiſtolam ſancti Judæ eſſe aſ-
ſutain , eo quod ſcripſerit græce ex Perfide , & non eſſe Apoſtolum , quia citra
Apoſtolorum ætatem vixit .

SECTIO SECUNDA.

De epiſtolis ſancti Joannis Apoſtoli .

Tria in præſentiarum diſcutienda habemus : unum de epiſtolis ſecundum ſe
ſpectatis : alterum de verſiculo ſeptimo ,
tum & de octavo capitis 5. primæ epiſtolæ , de quibus ſpeciales ad elucidationem
& genuinitatem controverſiæ ſunt inſti-
tuendæ . Unde ſit

PUNCTUM PRIMUM.

Utrum tres epiſtolæ B. Joannis ſint
ſacræ ?

CONCLUSIO AFFIRMATIVA.

Probatur iſto ratiocinio .

Illæ epiſtolæ ſunt ſacræ , quas & Patres primorum ſæculorum , & ipſa Concilia ſacras eſſe aſſerunt : Atqui Patres
primorum ſæculorum , & Concilia tres
epiſtolas B. Joannis uti ſacras habent :
Ergo &c. Probatur minor : Teſte Euſebio
lib. 3. Hiſt. Eccl. cap. 24. & lib. 7. cap.
25. tres illæ epiſtolæ a SS. Patr. inter ca-
noni-

nonicas ponuntur, citantur a Papia, Polycarpo, & Iustino.

Quidam, secundam & tertiam veluti dubiam, sed absque ullo fundamento habuerunt; namque apud Eusebium loco citato, ut canonicæ recensentur, sed de auctore tantum ipse dubitare videtur: aliqui enim duplicem distinguunt Ioannem, alterum scilicet Evangelistam & Scriptorem Canonicum, alterum vero discipulum Domini: Sed hoc contra & Theologorum & Historiographorum pene omnium sententiam.

Secunda citatur ab Irenæo nomine Ioannis Evangelistæ lib, 1. cap. 12. & 3. cap. 18. quem enim vocat discipulum Domini, non alius fuit quam Evangelista, ut ex eodem loco intelligitur. Clemens Alexandr. teste Eusebio, lib. 6. cap. 14. omnes 7. epistolas canonicas agnoscit. Tertullianus lib. de præscript. cap. 3. Secundam tribuit Ioanni, sicut & Aurelius Carthag. in Concilio sub sancto Cypriano habito. In canone Apostolorum tres numerantur, sicut in civone Laodiceno, & in aliis omnibus sequentibus. Auctor synopsis & epistolæ Festivæ illas omnes recipit, & in hic re utraque consentit Ecclesia, Græca scilicet & Latina.

Denique, stylus auctorem prodit; multæ sententiæ sibi adinvicem affines in prima & secunda occurrunt; hinc & Hieronymus qui aliquando de eis dubitavit, postea veluti genuinas suscepit, & uti tales defendit epist. ad Evagrium, tum & in aliis ad Paulinum. His omnibus adjicimus definitionem Concilii Trid. sess. 4. ubi authenticæ & sacræ declarantur.

Solvuntur objectiones.

Objicies adversus secundam & tertiam epistolam sancti Ioannis: Utraque non Apostolo, sed cuidam Presbytero tribuuntur a sancto Hieronymo, qui lib. de Scriptoribus Ecclesiasticis sic loquitur de hoc momento: " Scripsit Ioannes unam epistolam, reliquæ duæ Ioannis Presbyteri asseruntur. " Confirmatur: Auctor in istis duabus epistolis non Apostolum, sed seniorem seu Presbyterum se appellat, ait enim epist. 2. Senior electæ, tum 3. Senior Caio : Ergo &c.

Respondeo distinguendo: Et sanctus Hieronymus loquitur In aliorum sententia, concedo : & loquitur in propria, nego. Sed dato & non concesso sanctum Doctorem

Boucat Theol. Tom. IV.

rem obscurius eo loci locutum fuisse de secunda & tertia B. Ioannis epistola, seipsum clarius epist. 83. ad Evagrium explicat his verbis: " Clausit tuba filii tonitrui, quem Iesus amavit plurimum, qui de pectore Salvatoris doctrinarum fluenta potavit; Presbyter electæ Dominæ, & filiis ejus quos diligo in veritate. " Revera quidem sanctum esse duarum epistolarum auctorem indicat stylus, indicat & sententiarum cum prima consensus.

Ad confirmationem distinguo: Et vox senior eo loci maturam significat ætatem, concedo : importat ordinis gradum, nego. Nonagenarius erat sanctus Evangelista, cum secundam & tertiam scripsit epistolam; hinc ex ejus sermone nihil absurdi sequitur.

SYNOPSIS PROBATIONUM.

Tres Epistolæ S. Joannis sunt canonicæ.

Primo : In canone Apostolorum tres numerantur ; Sic & in Canone Laodiceno; tum in Tridentino sess. 4.

Secundo : Hoc ipsum Traditione habetur : Tertullianus lib. de præser. cap. 3. secundam epistolam tribuit S. Ioanni ; tum & Aurelius Carthaginensis ; Auctor Synopsis & Epistolæ Festivæ, omnes recipit. Concinit utraque Ecclesia, Græca nimirum & Latina.

Tertio : Stylus auctoris arguit tres esse Apostoli fœtum, sic & Sententiarum cohærentia & affinitas; hinc Hieronymus, qui non nihil primum de eis dubitabat, ad hæc attendens, cito-citius ista recepit. Nec aliquod facessit negotium quod humilitatis causa S. Ioannes silet Apostoli nomen, & se Presbyterum seu seniorem nominare satis habeat, cum vox senior significet Sacerdotem ætate maturum, immo & sæpius magnum, adeoque Episcopum.

PUNCTUM SECUNDUM.

Num versiculus ille : Tres sunt qui testimonium dant in cœlo : Pater, Verbum, & Spiritus sanctus : & hi tres unum sunt : sit genuinus? 1. Ioan. 5. 7.

Richardus Simonius Congregationis Oratorii quondam Presbyter, historia critica novi Testamenti 1. parte cap. 18.

X   pro-

propugnat verficulum illum effe affutum.
Contra quem fit

CONCLUSIO AFFIRMATIVA.

Probatur rationibus Theologicis.

Prima fic exponimur : Ille verficulus
eft genuinus S.Ioannis fœtus , quo præter-
miffo, non cohærent capitis quinti fententiæ, non habetur Scriptoris fcopus ; immo & quid abfurdi , quod abfit dicere ,
inde fequitur : Atqui res ita fe habet fi
verficulus ille fit affutus : Ergo &c. Probatur minor referendo textum : *Quoniam
tres funt qui teftimonium dant in cœlo : Pater , Verbum , & Spiritus fanctus : & hi tres
unum funt : Et tres funt qui teftimonium dant
in terra : fpiritus , & aqua , & fanguis : &
hi tres unum funt*. Si teftimonium hominum
accipimus , teftimonium Dei majus eft : quoniam hoc eft teftimonium Dei , quod majus eft,
quoniam teftificatus eft de filio fuo .... Et hoc eft
teftimonium , quoniam vitam æternam dedit
nobis Deus .
Obfervari velim , primo , particulam & ,
feptimum verficulum cum octavo conne-
ctere : Igitur verficulus octavus ; Et tres
funt , qui teftimonium dant in terra : fpiritus,
& aqua , & fanguis , & hi tres unum funt ;
fupponit abfolute feptimum . Secundo ,
fcopus B. Ioannis eft eo loci Chrifti divinitatem adverfus Ebionitas probare ; hinc
attendit ad illa fui Evangelii verba capit.
10. *Ego & Pater unum fumus*. Ex quo manifefte fequitur textus cohærentiam exigere verficulum illum ; alias nihil probaret fanctus Evangelifta , cum fpiritus , &
fanguis , & aqua , de quibus in verfu fequenti mentionem facit , non fint inter
fe unum , fed tria effentialiter diverfa ;
idcirco non nifi fymbolice ea dicit unum ,
& relative ad feptimum verficulum , quem
exemplo & parabola fpiritus , fanguinis ,
& aquæ explicat . Quid plura ? Aliquid
abfonum diceret Apoftolus de Chrifti divinitate , fi verficulum octavum , feclufo
feptimo , fcripfiffet : quandoquidem inde
fequeretur Spiritum fanctum effe primam
fanctiffimæ Trinitatis perfonam : namque
in verficulo octavo primus nominatur his
verbis : *Et tres funt qui teftimonium dant in
terra : fpiritus , & aqua , & fanguis* . Sequeretur etiam eumdem Spiritum effe folum fymbolice confubftantialem cum aliis
duabus perfonis , quæ vocibus fanguinis ,
& aquæ defignantur : Ergo &c.

Secundo : Quod de fide definitum eft ,
ubique erroris nævo abnegari non poteft ;
Atqui facra Synodus Tridentina feff. 4.
decreto de Canonicis Scripturis pronuntiat omnes Vulgatæ Libros cum fuis omnibus viciffim partibus effe canonicos , &
negantes anathemate percellit : Sic enim
recenfitis prioribus tum veteris , tum novi Teftamenti Libris , ait de Epiftolis Catholicis : *Petri Apoftoli duæ , Joannis Apoftoli tres ; Jacobi Apoftoli una ; Judæ Apoftoli una ; & Apocalypfis Joannis Apoftoli* .
*Si quis autem libros ipfos integros , cum om-
nibus fuis partibus , prout in Ecclefia Catholica legi confueverunt , & in veteri Vulgata , latina editione habentur , pro facris &
canonicis non fufceperit ; & Traditiones prædictas fciens & prudens contempferit : anaf-
thema fit* .
Rurfus ibidem decreto de editione &
ufu facrorum Librorum , fic definivit :
*Infuper eadem facrofancta Synodus confiderans
non parum utilitatis accedere poffe Ecclefiæ
Dei , fi ex omnibus Latinis editionibus quæ
circumferuntur , facrorum Librorum , quænam
pro authentica habenda fit , innotefcat , ftatuit & declarat , ut hæc ipfa vetus & Vulgata editio , quæ longo tot fæculorum ufu in
ipfa Ecclefia probata eft , in publicis lectionibus,
difputationibus , prædicationibus & expofitio-
nibus pro authentica habeatur , & ut nemo illam reficere quovis prætextu audeat , vel præ-
fumat* . Ex his definitionibus quifque fub
interminatione anathematis tenetur omnes Libros facros cum fuis partibus , ne
una quidem dempta , fufcipere : Item Vulgatam non effe authenticam ; & ipfi refragari nefandum eft crimen . Neque vero minus certum eft & compertum Vulgatam retinere verficulum feptimum , de
quo hic movetur controverfia . Ergo &c.
Tertia ifto proponitur fyllogifmo : ipfa
Traditio Patrum fufcipit verficulum &
docet ; illa vero eft fidei regula : Igitur &
ea quæ par eft reverentia eumdem fufcipere debemus verficulum . Probatur Antecedens .
Primus occurrit Tertullianus , qui III.
florebat fæculo. Lib. contra Praxeam cap.
25. fic loquitur : " Ita connexus Patris
„ in filio , & filii in Paracleto , tres ef-
„ ficit cohærentes , alterum ex altero qui
„ tres unum fint , non unus , quomodo
„ dictum eft : Ego & pater unum fumus :
„ ad fubftantiæ unitatem , non ad nume-
„ ri fingularitatem . „ Mabilonius afferit
Tertullianum eo loci ad verficulum S.
Jo-

Joannis refpicere; & hoc ipfum indigitat
hujufce doctoris fententia, quæ certe in
fententiam Evangeliftæ mirum in modum
collimat.

S. *Cyprianus* epiftol. ad Jubajanum utitur verficulo illo ad probandam fuam de
reiterando Baptifmo ab hæreticis collato
opinionem; & fic ait; " Si Baptizari
" quis apud Hæreticos potuit, utique &
" remiffim precatorum confequi potuit:
" fi peccatorum remiffam confequutus
" eft, & fanctificatus eft, & Templum
" Dei factus eft: Quæro cujus Dei ? Si
" Creatoris, non potuit qui in eum non
" credidit: Si Chrifti, nec hujus fieri
" poteft Templum, qui negat Deum Chri-
" ftum: Si Spiritus fancti cum tres unum
" fint, quomodo Spiritus fanctus placatus
" effe ei poteft, qui aut Patris, aut filii
" inimicus eft?
Incaffum refpondet Simonius Cyprianum
loqui in fenfu metaphorico; namque non
probaret S. Doctor perfonarum fanctiffimæ Trinitatis confubftantialitatem? deinde vero, fi parabolice loquutus fuiffet,
fuam mentem aliis verbis, & quidem fu-
fioribus explicare debuiffet: Sed contrarium affulget, cum ubique Cyprianus fibi conftet, & fententiæ verficuli adhæreat; namque lib. de unitate Ecclefiæ
cap. 4. clariori fefe explicat modo, his
verbis: " Dicit Dominus, *ego & Pater*
" *unum fumus*, & iterum de Patre & f-
" lio & Spiritu fancto fcriptum eft, *& &*
" *bi tres unum funt.* Quem quidem locum nullibi reperies quam in epiftola prima S. Joannis cap. 5. v. 7. Sed obfervet
velim benevole Lector, Cyprianum co loci Ecclefiæ unitatem oftendere ex illo Joannis oraculo: *De Patre, & Filio, & Spi-*
ritu fancto fcriptum eft, & bi tres unum
funt. Quocirca nihil prorfus probaret, fi
verficulus foret afiutus.

S. *Hieronymus* verficulum illam retinet
in Prologo: Immo perftringit eos qui illum abnegant: " Illo, *inquit*, præcipue
" loco, ubi de unitate Trinitatis in pri-
" ma Joannis epiftola pofitum legimus,
" in qua etiam ab infidelibus tranflatori-
" bus multum erratum effe & fidei veri-
" tate comperimus: trium tantum voca-
" bula, hoc eft, aquæ, fanguinis, & fpi-
" ritus in fua editione ponentes, & Pa-
" tris, Verbique, ac Spiritus teftimonium
" omittentes: in quo maxime & fides
" catholica roboratur; & Patris, & Fi-
" lii, & Spiritus fancti una divinitatis

" fubftantia comprobatur. " Non diffitemur aliquos negare Prologum effe Hieronymi foetum: omnes tamen conveniunt
promanatle ab auctore antiquiffimo, qui
feptimo faltem fcripfit faeculo, ex quo li-
quitur auctoritatem effe magni ponderis.
Idem verficulus citatur ab auctore difputationis cum Ario apud Athanafium;
qui tertio. vivebat faeculo: laudatur que-
que & affertur in teftimonium conlub-
ftantialitatis Perfonarum divinarum, ab
auctore Libri de unitate deitatis apud
eumdem, qui quidem eft Vigilius Tapten-
lis; namque lib. 1. contra Varimundum
cap. 5. ad affumendam Chrifti divinitatem,
fic loquitur: " Et Joannes Evangelifta
" ait, in principio erat Verbum, & Ver-
" bum erat apud Deum, & Deus erat
" Verbum. Item ipfe ad Parthos : *Tres*
" *funt, inquit, qui teftimonium perhibent*
in terra, aqua, fanguis, & caro, & tres
in nobis funt; & tres funt qui teftimonium
perhibent in caelo, Pater, Verbum, & Spi-
ritus, & ii tres unum funt. Quidam autem hunc librum effe Idaci Hifpani
Epifcopi foetum, fed hoc dato, teftimonium erit auctoris quarti, & non quinti
faeculi, quod magis ponderat.
S. *Fulgentius* qui fexto florebat faeculo
eo verficulo variis in operibus utitur ad
perftringendos Arianos; maxime lib. de
Trinitate cap. 4. his verbis: " Ego, in-
" quit, & Pater unum fumus: Unum ad
" naturam referre non decet: fumma, ad
" perfonas. Similiter & illud: *Tres funt,*
" *inquit, qui teftimonium dicunt in caelo,*
Pater, Verbum, & Spiritus, & hi tres
unum funt. Rurfus: Refponfione ad obiectionem
decimam Arianorum, ait : " In Patre er-
" go, & Filio, & Spiritu fancto unita-
" tem fubftantiæ accipimus, perfonas con-
" fundere non audemus; beatus enim
" Joannes Apoftolus teftatur dicens, *Tres*
" *funt qui teftimonium perhibent in caelo :*
" *Pater, Verbum, & Spiritur, & hi tres*
" *unum funt;* quod etiam beatiffimus Cy-
" prianus Martyr in epiftola de unitate
" Ecclefiæ confitetur, dicens de Patre &
" Filio &c. Ex his S. Fulgentii verbis
duo habemus, & verficulum effe genuinum, & a fancto Cypriano laudari atque
fufcipi. Rurfus idem Fulgentius in opere
contra quemdam Epifcopum Arianum,
Pinctam ductum, titulis diftincto, quorum unus infcribitur, teftimonia de Trinitate, ait : In epiftola Joannis *Tres*
X 2   *funt*

sunt qui testimonium dicunt, *Pater*, *Verbum*, & *Spiritus*, & *hi tres unum sunt*. Inter omnia testimonia pro versiculo affulget confessio fidei totius Ecclesiæ Africanæ a 400. circiter Episcopis subsignata, quorum Primas erat Eugenius Episcopus Carthaginensis, quæque anno 484. oblata fuit Hunerico Vvandalorum Regi Ariano, & a Victore Uticensi lib. 3. de persecutione Vvandalica refertur: in ea autem hæc leguntur: " Et ut adhuc luce „ clarius unius divinitatis esse cum Patre „ & Filio, & Spiritu sancto doceamus, ait nunque: *Tres sunt qui testimonium perhibent in cœlo: Pater, Verbum, & Spiritus sanctus, & hi tres unum sunt*. Observes velim istam confessionem ab Arianis Episcopis adamussim fuisse & discussam & ponderatam; nusquam tamen testimonium Joannis impugnatum. Notat illustr. Dominus Bossuet Episcopus quondam Meldensium in censura novi Testamenti gallice a Simonio conscripti, manuscripta non esse tantæ auctoritatis, quam scripta sanctorum Patrum, quandoquidem ista magis cohærent principiis; hinc propter principiorum connexionem inconcussa haberent: Igitur tametsi quidam codices non referant versiculum, standum est Patrum auctoritati.

Quarta ratio, quæque fucatum Simonii systema funditus evertit, hæc est. Juxta severioris critices regulas argumentum negativum nihil probat, cum contrarium auctoritate, & Patrum & aliorum auctorum affulget: Atqui argumentum Simonii ad rejiciendum versiculum est tantummodo negativum, hoc quippe rimatus est, ex eo quod versiculus in aliquibus deesset codicibus manuscriptis; illum vero retinent Patres primorum sæculorum, eumdem referunt innumeri prope alii codices: & hæc est nova ratio.

Quinta: Versiculus qui reperitur in vetustis optimæ notæ codicibus non est asfuturus: Atqui versiculus ille habetur in codicibus omni exceptione majoribus: & probatur.

Testimonia vetustorum codicum.

Primo quidem extat versiculus in quodam manuscripto codice Corbejensi, qui asservatur in Bibliotheca Abbatiæ sancti Germani a pratis.

Secundo: In codicibus quibus usi sunt auctores editionis Polyglottæ Complutensis anno 1510. qui tamen, teste Eminen-

tissimo Cardinali Ximenes in præfatione, omnem impenderunt curam in conquirendis antiquissimis & emendatissimis exemplaribus.

Tertio: In codicibus prope innumeris quos evolverunt Theologi Lovanienses, qui testantur quinque dumtaxat reperisse in quibus desideraretur.

Quarto: In multis aliis quæ referunt PP. Benedictini In suis annotationibus editionis novæ ad Prologum sancti Hieronymi in epistolas canonicas, & hoc in fine primi tomi operum S. Hieronymi.

Quinto: Eum retinet codex manuscriptus anno 1185. conscriptus, qui asservatur in Bibliotheca Minimorum Parisiensium.

Sexto: Eumdem habet unus ex sexdecim exemplaribus quos Robertus Stephanus ex Italia, Hispania & Gallia recepit. Estius propugnat versiculum deesse solum in quinque exemplaribus Lovaniensibus. Marcisnus testatur in multis quidem vetustissimis desiderari, sed in multo pluribus æque antiquis ad marginem reperiri; in recentioribus vero semper extare, sublato licet paululum ordine. Namque in Vulgata est septimus, in quibusdam octavus vel vicissim, quod sine parum interest ad veritatem. Equidem multi veteres illum omiserunt, vel quia codices mutilos haberent: vel quia videndo locum dubium, hunc omittere maluerunt.

Septimo: Eum retinet codex Britannicus antiquissimus, quem Erasmus citat; & licet nunc non inveniatur, creditur tamen Cambrigensis, qui quidem tantæ auctoritatis Erasmo visus est, ut omisso versiculo, in prima sua editione Græca novi Testamenti, illum in secunda, facta Basilææ anno 1522. restituerit.

Octavo: Fragmentum novi Testamenti Græcum citatum in Concilio Lateranensi sub Innocentio tertio, versiculum illum complectitur; item in Florentino laudatus est, nec Græci illum rejecere. Erasmus meminit adhuc codicis quem acceperat ex publica Bibliotheca Scholæ Basileensis, in quo legitur. Refertur etiam in exemplari Constantiensi quod Erasmus laudat. Eumdem & retinet Calvinus in suis commentariis.

Nono: Codex manuscriptus sancti Andreæ a Luca Brugensi citatus eum retinet: Item & antiquus Bibliorum Codex. Eum quoque retinent quatuor manuscri-

pta

pta in folio majori , quasi ex Scriptura Gothica , Bibliothecæ Dominicanorum Parisiensium viæ S. Iacobi : Habet & vetus correctorium in Bibliotheca Sorbonica asservatum , cujus auctor videtur esse decimi sæculi .

Decimo : Lucas Brugensis peritissimus in Scripturis sacris indagandis , qui , decreto Doctorum Lovaniensium Vulgatam contulit cum optimis & antiquissimis manuscriptis triginta tribus ex Italia , Germania , & Gallia collectis , observat versiculum solummodo in quinque codicibus deesse .

Undecimo : In multis antiquis codicibus sancti Hieronymi , & in exemplaribus Latinis Regiæ & Colbertinæ Bibliothecæ ad marginem versiculos refertur : Partim autem interest num in margine , vel alibi referatur. Cæterum omnes recentiores codices sententiam illam habent .

Duodecimo : Tempore Urbani octavi facta est conquisitio codicum Græcorum Bibliothecæ , tum Vaticanæ , tum Barberinæ , inter quos , octo versiculum illum complectuntur . In codice regio numero 35. & 84. legitur : *Tres sunt qui testimonium dant.* Additur scriptura coæva ad marginem ; *in cælo Pater , Verbum , & Spiritus sanctus . Tres sunt qui testimonium dant in terra , & hi tres unum sunt .* Observes istam in ordine sententiarum variationem, versiculi , de quo est controversia , indigitare veritatem.

Decimo-tertio : Iacobus Lopez natione Hispanus ab Erasmo interpellatus de versiculi momento , respondit sanctum Hieronymum in Præfatione ad Epistolas canonicas , eum ut genuinum habere ; Marcianus vero propugnat saltem esse ab auctore antiquissimo , probitque inveniri in codicibus noni sæculi . Quidquid sit , Hieronymus multos habebat codices ; cum igitur sententiam in prologo admittat , manifestum est ex traditione constare versiculum esse sacrum.

De manu-scripto Cassiodori .

REVERENDUS Pater Franciscus Soucier Bituricus Theologiæ professor Parisiis Societatis Iesu emeritus , in re literaria non ignoti nominis vir , & in lingua Hebraica versatissimus , ut liber in quarto de flemmaribus Hebraicis , juris publici nuperrimis diebus factus subindigitat , propter veterem quæ intercedit inter nos : *Boucat Theol. Tom. IV.*

amicitiam , celeberrimum , evolvendo Massæi opera , Cassiodori testimonium pro astruenda versiculi auctoritate adinventum mihi communicavit . Quæ quidem auctoritas non est levioris ponderis , ut ex observationibus Massæi mox constabit ; maxime cum Cassiodorus citra dubium præ oculis haberet primorum sæculorum manuscriptos de scriptura codices .

Textus epistolæ primæ B. Ioannis a primo versiculo , usque ad octavum inclusive juxta Cassiodori codicem qui sexto florebat sæculo .

QUI Deum Jesum credit , ex Deo Patre natus est , iste sine dubitatione fidelis est ; & qui diligit genitorem , amat & eum , qui ex eo natus est , Christus . Sic autem diligimus eum , cum mandata ejus facimus , quæ justis mentibus gravia non videntur : Sed potius vincunt sæculum , quando in illum credunt qui condidit mundum , cui rei testificantur in terra tria mysteria ; aqua sanguis , & spiritus : quæ in passione Domini leguntur impleta : in cælo autem Pater , & Filius , & Spiritus sanctus ; & hi tres unus est Deus . Cassiod. complex. §. 1.

Massæi observationes .

REPERITUR In Cassiodori complexionibus . Unde in præfatione sic habet Massæus : ,, Nunquam vero frustra laborare qui sacris veterum lucubrationi,, bus eruendis operam navat , vel unus ,, harum complexionum de Trinitate lo,, cus satis testatur : nondum enim ad ho,, diernos expugnandos Unitarios , vel pro,, fligandos tam invidum , tamque inc,, luctabile testimonium emerserat . Cla,, mant illi , scripturæ versificulum , quo ,, sanctissima Trias perspicue docetur , S. ,, Ioannis epist. L cap.3. in priscis codici,, bus ut plurimum non reperiri , & ab ,, antiquis Patribus lectum non esse , Afri,, canis quibusdam exceptis . At docet nos ,, Cassiodorus interpretatio lectum ab ipso ,, fuisse ; quo constat & in Romanis exem,, plaribus extitisse : quibusnam autem ? ,, nimirum selectissimis , & qui tam tum ,, haberentur antiqui : sin enim priscos , & ,, emendatos codices ad sac. Script. lectio,, nem maxima cura deligendos in divinis ,, lectionibus admonebat : quid putabimus ,, ab ipso præstitum quum non legendos ,, tantum , sed & interpretandos susciperet? ,, Vix autem puto Cassiodori ætate vp-

X 3 ,, te-

„ tuſtatis laude celebrari codicem potuiſſe,
„ qui ad Apoſtolica ſere tempora ſive ab
„ iis haud ita longo intervallo diſſita non
„ pertingeret. Quam emendatis etiam
„ uteretur, intelligi poteſt ex præfatio-
„ ne divinarum inſtitutionum, qua li-
„ bros cæteros Librariis emendandos tra-
„ didiſſe diſcimus, ſacra vero minu ſua
„ emendaſſe. Quin de orthographia ſuſe
„ differere, non alia de cauſa profitetur
„ aggreſſum eſſe ſe, quam ut ſacra Biblia
„ inculpatim exſcriberetur : *Maſſæjus*
„ *Præſat. Caſſiodori complexiones* p.xxxxii.
„ *& ſequentibus.*
„ Pergit Maſſæjus, decantatiſſimum il-
„ lum S. Joannis de Trinitate locum, de
„ quo contentione maxima certatum eſt
„ ad hanc diem volumen conficerem, ex-
„ colligens quæ in hanc quæſtionem ab
„ eruditis viris plurimis congeſta ſunt.
„ Cæleſtia, ut loquuatur teſtimonia pro-
„ pugnantibus validiſſimum ſane ſubſidium
„ ex Caſſiodoriano hoc opere accedit ;
„ quo demum conſtat, non in Africanæ
„ tantum, quod patet ex Eugenio, Fal-
„ gentio, Vigilio, Victore, Facundo,
„ Cypriano quoque, ut videatur, ſed &
„ in antiquiſſimis ac emendatioribus Ec-
„ cleliæ Romanæ codicibus verſiculum
„ illum ſcriptum fuiſſe : cum enim tan-
„ to ſtudio Monachis ſuis in dir. left. id
„ præceperit ut præſtantiſſimis, & Græ-
„ ci etiam textus collatione repurgatis co-
„ dicibus uterentur, utque in ambiguis
„ locis duorum, vel trium Priſcorum, emen-
„ datiorumque codicum auctoritas inquirere-
„ tur, ipſum in primis idem præſtitiſſe,
„ quis ambigat ? Qui vero Vulgatæ, ſeu
„ Hieronymianæ verſioni eam repreſſiv
„ olim intruſam putant, deditionem tan-
„ dem faciant, atque armi ſubmittant,
„ neceſſe eſt ; evidenter enim patet ex
„ quam pluribus harum complexionum
„ locis, Caſſiodorum alia verſione a Hie-
„ ronymiana uſum eſſe, & nihilominus
„ eam repreſſiv legit. Solemus commu-
„ niter, cum Scripturæ locus a Vulgata
„ deflectens occurrit, ex Italica decuſum
„ aſſerere, nimis audenter ut plurimum :
„ nam quam multæ antiquitus transla-
„ tiones circumferrentur. D. Auguſtinus
„ præcipue docet de doctr. Chriſt. lib.ii.
Qui ſcripturas ex hebræa lingua in græcam
verterunt, numerari poſſunt, latini autem
Interpretes nullo modo : ut enim cuique pri-
mis fidei temporibus in manus venit codex
græcus, & aliquantulum facultatis ſibi utri-

uſque linguæ habere videbatur, auſus eſt in-
„ terpretari. In veteri ſic & in novo Teſta-
„ mento idem præſtitum fuiſſe nemo in
„ dubium revocaverit. Verumtamen quæ
„ in hac explanatione, vel affert Caſſio-
„ dorus hemiſtichia, vel deſignat Vulga-
„ ta antiqua, ſive ab Italica vere deprom-
„ pta eſſe, id apud me ſerme evincit ;
„ quod illa verſio probatiſſima inter cæ-
„ teras a doctiſſimis veterum haberetur :
„ qua propter adhibitam procul-dubio ar-
„ bitror ab erudito Scriptore, ſacrorum-
„ que librorum ſcrutatore nimio ; eoque
„ magis, quo vetuſtiores Scripturæ codi-
„ ces perquirere ſolitus erat, & collatos
„ cum græco textu, quem cæleſtia teſti-
„ monia præ ſe tuliſſe cum Scriptorum
„ auctoritas, cum optimi qui ſuperſint
„ MM. SS. Libri teſtuntur. Cur autem in
„ multis ex vetuſtioribus hodie Latinis
„ codicibus ea perioche minime appareat,
„ cur illam plures ex Patribus in exem-
„ plaribus ſuis non habuerint, nec legerit
„ Auguſtinus ipſe, quamvis legiſſe affir-
„ met Cornelius a lapide, in promptu ra-
„ tio eſt : Non illa tantummodo quæ ex
„ D. Hieronymo erui poteſt, Præſ. in
„ Joſue, fuiſſe iis temporibus apud Lati-
„ nos tot exemplaria, quot codices, ſed ul-
„ terior : Oſtendam ſcilicet ubi de vetuſtis
„ agam lapidibus, eorum exſcriptores ſo-
„ lidum verſum, duos etiam non infre-
„ quenter præteriiſſe, cum eædem dictio-
„ nes exiguo ſorte intervallo iterantur :
„ facilime enim accidit, ut prioribus ex-
„ ſcriptis, cum oculos ad lapidem refe-
„ runt, incidant in poſteriores, & quæ
„ conſequuntur eripiant. Idem prorſus
„ antiquo cuipiam Librario contigit, S.
„ Joannis epiſtolam tranſcribenti : cum
„ enim ea verba, *& hi tres unum ſunt*,
„ bis ibidem haberentur, interjecta oculo
„ aberrante tranſiliit : exemplar autem
„ unum innumera præterea, & unius er-
„ ror infinite diffunditur. Quorum ver-
„ borum, *& hi tres unum ſunt*, obſervan-
„ da etiam eſt Paraphraſis ab interprete
„ noſtro exhibita, nimirum : *& hi tres unus*
„ *eſt Deus* : qua ſuſpicio omnis evertitur
„ aſtutemantium contra communem ſenten-
„ tiam, ea verba Arianis ſivere ; perinde
„ ac ſi unitatem non in eſſentia ſtatue-
„ rent, ſed in ratione teſtificandi, qua
„ unum pariter dicuntur aqua, ſanguis, &
„ ſpiritus. Cæterum in Caſſiodori textu
„ correſtrium teſtimonium verſus præcede-
„ bat, quod & in quibuſdam M.SS. viri do-
                         Ri

,, Ri animadverterunt. ,, *Maffejus ad not.* 19.
Cassiod. complex. pag. 251. *& sequentibus .*

His omnibus adjiciam censores Romanos, qui sub Urbano VIII. in emendandis sacris Bibliis insudarunt, versiculum retinere, tametsi omissum in multis exemplaribus conspicerent. Ergo &c.

Solvuntur objectiones Simonii .

OBJICIT Lib. hist. crit. part. 1. cap. 18. Iste versiculus : *Tres sunt qui testimonium dant in caelo, Pater, Verbum & Spiritus sanctus, & hi tres unum sunt ;* est apocryphus, & e margine irrepsit in textum: Ergo &c. Probatur antecedens . In omnibus fere Missalibus Graecis non invenitur ille versus : desideratur in sex Regiis codicibus, & in quinque Colbertinis, quorum aliqui recentiores videntur . Item in codice Vaticano, in Lectionario quo Ecclesia Gallicana ante annos mille utebatur . Item in codicibus ante annos 400. aut 600. & in aliis ante 80. exaratis : Item in versione Syriaca, Arabica & Aethiopica. Ergo &c.

Rursus : In uno solum repetitur exemplari ex sexdecim quibus usus est Robertus Stephanus in editione Graeca novi Testamenti anno 1550. namque sexdecim tantummodo habebat exemplaria, quorum octo dumtaxat erant pro epistolis, unum autem ex bis, ut Complutense, refert versiculum. Deest quoque in codice Alexandrino, qui paulo post Concilium Nicaenum primum conscriptus apparet, quemque Cyrillus Lucaris ad Regem Angliae misit. Deest etiam in antiquo Bibliorum correctorio a Luca Brugensi facto. Illum omittit Amelotus, quippe qui non reperiatur in tribus manuscriptis Graecis Anglicanis; neque etiam in Graeco primigenio, in praefatione a Joanne Matthaeo Cariofilos adornata, quam ad Calcem Catenae Graecae in Marcum Petrus Possinus anno 1673. Romae vulgavit. Desideratur etiam in codice quem Erasmus lib. suppeditatam fuisse testatur e Bibliotheca Minoritarum Antverpiensium : addit ista verba, *de Patre, Filio & Spiritu sancto testibus,* ad marginem fuisse scripta : Ergo &c.

Respondeo primo, fidem non esse adhibendam Simonio pro Scriptura sacra, quippe qui nedum versiculum laudatum in suo critices opere impugnet, sed & ipsum Pentateucum, cujus auctorem negat esse Moysen ; quocirca ejus in Scripturam

Elucubrationi censurae notam inussit Dominus de Harlay Archiepiscopus Parisiensis . Eam impugnavit Illustr. D. Bossuet Episcopus Meld. & post ipsum Dupinus in suis ad sacram Scripturam Prolegomenis, in quibus omni argumentorum genere probat Pentateucum esse Moysis scriptum : D. Abbas Renaudantius tomo quinto perpetuitatis fidei dissertatione nona, capite nono, suum vehementissime contra eumdem Simonium acuit stylum, & non levioribus argumentis ostendit illum esse in scientia Scripturarum hospitem .

Respondeo secundo, argumentum praesertim, & quaecumque alia adversus versiculum illum proponuntur, esse tantum negativa ; dictum est autem supra, ea parum in controversia praesenti urgere, eo quod auctores antiquissimi, immo & celeberrimi alii codices versiculum illum retineant,

Respondeo tertio, negando antecedens. Ad probationem distinguo : Versiculus ille deest in multis exemplaribus a Judaeis, vel etiam ab Arianis, aliisque Haereticis defloratis, concedo : secus, nego. Solutio patet ex eo, quod multo plures codices versiculum illum habeant . Neminem etiam latet Judaeos secundo & tertio saeculo in odium fidei fueras deflorasse Scripturas : de hoc ipso non semel a sanctis Patribus arguuntur haeretici : Sic Ambrosius lib. 3. de Spiritu sancto cap. 10. Arianis exprobrat, quod hunc locum, *Deus spiritus est,* e sacris Paginis expunxissent : Similis culpae alios Haereticos insimulat Socrates lib. 7. hist. cap. 32. videlicet quod ex eadem Joannis epistola cap. 4. haec abstraxissent verba : *Omnis spiritus qui confitetur Jesum Christum in carnem venisse, ex Deo est.*

Respondeo denique, aliter distinguendo : Versiculus ille in multis desideratur codicibus, & versionibus ex ignorantia, seu inadvertentia Librariorum, concedo : In aliis correctioribus, nego . Nec miram irrepsit quippe defectus propter similitudinem initii & finis septimi, & octavi versiculi. Et vero uterque sic incipit : *Tres sunt qui testimonium dant.* Uterque etiam sic desinit : *Et hi tres unum sunt.* Quidam igitur ex inadvertentia inchoando scribere septimum versiculum, transacto medio, non, *Pater, Verbum, & Spiritus sanctus,* sed ista ex sequenti versiculo verba, *spiritus & aqua & sanguis,* scripserunt. Nec unum est hujusce erroris in Scripturis sacris exemplum ; namque Hieronymus lib. 6. comment. in caput tertium Jeremiae

X 4   ob-

obfervat feptuaginta Interpretes quædam
omififfe cap. 30. v. 14. & 15. quia fecundo
dicebantur. Sic legitur fcriptum : *Plaga
enim inimici percuffi te caftigatione crudeli :
propter multitudinem iniquitatis tuæ dura
facta funt peccata tua. Quid clamas fuper
contritione tua? Infanabilis eft dolor iuus,
propter multitudinem iniquitatis tuæ, & propter dura peccata tua, feci hæc tibi.* S.
Hieronymus, ait : Quid clamas fuper contritione tua? Infanabilis eft dolor tuus
„ propter multitudinem iniquitatis tuæ ;
„ In Septuaginta non habetur , videlicet
„ quia fecundo dicitur : & dura peccata
„ tua feci, & qui fcribebant a principio,
„ additum putaverunt. „ Hinc quatuor
commata omiffa funt in exemplaribus Græcis Lxx. Interpretum.

Simile quidquam accidiffe in libro Jofue
obfervat Marcianæus : Namque totus verfus 36. capitis 21. omittitur, quem tamen
omnino neceffarium effe conftat ad confi-
ciendum fummam urbium duodecim, quæ
verfu 41. Merarii filiis conceffæ dicuntur.

Infaei : Ubi agitur de dogmate, id traditione firmari debet : Hinc argumentis
negativis et prorfus tollitur, nifi adfint
teftimonia omni exceptione majora, quibus argumentum negativum diluatur : Atqui codices laudati pro verficulo illo non
ponderant. Et probatur : Codices qui variationem ubique fpirant, fufpectæ funt
fidei : Atqui hujufmodi codices pro illo
verficulo tales funt, nec inter fe confentiunt ; Lucas enim Brugenfis in codice
manufcripto S. Andreæ verficulum feptimum, ibi octavum effe afferit ; Erafmus
refert de utroque exemplari Conftantien-
fi, poft teftimonium fanguinis, aquæ, &
Spiritus, hæc haberi verba : *Sicut in cælo
tres funt, Pater, Verbum, & Spiritus fenfus, & tres unum funt.* Nec defunt exemplaria græca, in quibus ad marginem verficuli octavi legitur fcholium, interpretans
fpiritum, aquam & fanguinem de tribus
perfonis. Quod ifto ulteriori comprobatur
exemplo cujufdam codicis qui extat in
Bibliotheca Regia, in qua quidem e regione illius verfus, *Tres funt qui teftimonium dant in terra, fpiritus, aqua, &
fanguis,* legitur ad marginem, *Spiritus
fanctus, & Pater, & Filius :* Quod fane
non levius eft argumentum Scholium manu aliena e margine in textum irrepfiffe :
Ergo &c.

Refpondeo negando minorem. Ad probationem diftinguo : Et codicum varietas

arguit ipfam verficuli veritatem, immo
& antiquitatem, concedo : Arguit verficulum non effe genuinum, nego. Solutio non una fulcitur ratione. Primo quidem apud fanctos primorum fæculorum
Patres, qui codices ab omni labe puros
præ oculis habebant, verficulus adinvenitur. Secundo, ex hac fequitur auctoritate, Notarios aliquos ex inadvertentia
variationem induxiffe : quod erratum fua
perluftrando fcripta reflaurare cupientes,
verficulum, quem ex inadvertentia in
textu omiferant, in margine cum fcholiis
pofuerunt ; quod fane probabiliffimum eft,
propter fimilitudinem initii & finis verficuli feptimi & octavi ; variato autem
uno exemplari, pofteriores codices, qui
fuper iftud exemplar exarati funt, utique & mendas non abfimiles habuere :
ex quo factum eft quædam exemplaria,
vel mutilata, vel deflorata & interpolata fuiffe. Sed unum maxime obfervandum venit, codices aut variantes, aut
verficulum omittentes non majorem habere antiquitatem quam 800. annorum ;
quocirca auctoritas SS. Cypriani & Fulgentii in immenfum eorum auctoritatem
excedunt. Quin immo codex Regius in
objectione allatus non nifi a 500. annis
defcriptus eft, ut ipfe fatetur Simonius.
Sed alium codicem manufcriptum fub Lo-
thario fecundo factum, qui verfum non
in margine, fed in textu habet, ut quidem exaratum a 800. annis ipfe vidit, ut
teftatur.

Urges : Atqui traditio pro verficulo non
fatis cohæret, nifi accedat unanimis Patrum confenfus, qui tamen deeft pro verficulo : Ergo &c. Probatur fequela quoad
fecundam partem : Inter Patres Græcos
qui vel ipfam adverfus Arianos & Macedonianos Filii & Spiritus fancti cum
Patre confubftantialitatem probandam habebant, filent verficulum. Omittunt Irenæus, Clemens Alex. Athanafius, Gregorius Nazian. in primis Bafilius lib. de
Spiritu fancto. Ex Patribus vero latinis
eum tacent Ambrofius lib. 2. de Spiritu
fancto, ubi minora adhibet pro divinitate
Perfonarum divinarum teftimonia. Silet
Auguftinus in tribus libris contra Maximinum Arianum : Silet Beda comment.
in primam Joannis, & fic Ecclefia Me-
diolanenfis tempore Ambrofii, Africana
tempore Auguftini, Anglicana tempore
Bedæ verficulum non habebant. Tandem
vel ipfi Patres Concilii qui difputarunt,
vel

vel calumum ſtrinxerunt adverſus Arianos, verſiculo illo ad hoc aptiſſimo non
uſi ſunt. Ergo &c.

Reſpondeo negando ſequelam. Ad probationem diſtinguo: Aliqui Patres verſiculum
illum omiſerunt eo quod codices, aut defloratos, aut variationem præ ſe ferentes
haberent, concedo: ne enim allata auſto-
ritas in dubium veniret, adeoque apud
Hæreticos quos debellabant, non ponderaret, potius omittere quam citare æquum
duxerunt: ſiluere quia inanem, & aſſutum exiſtimarent, nego. Præterea.

Dico ad Traditionem non requiri abſolute unanimem Patrum conſenſum; ſufficit
ut major pars conſentiat, aut ſaltem non
contradicat: porro pro verſiculo 7. habemus primorum ſæculorum Patres. Tametſi autem ante Tertullianum, non habeamus ex traditione teſtimonium expreſſum,
tacitum tamen fuiſſe Patrum conſenſum
pro verſiculi authenticitate, ex manuſcriptis Caſſiodori liquet, quippe qui ab A-
poſtolorum tempore ortum haberent, quod
dubio-procul ſufficit. Quid plura? Patres
tum Nicæni, tum alii multas alias ſententias præ oculis habebant, quibus con-
ſubſtantialitatem perſonarum pluſquam
ſufficienter demonſtrabant, ut iſta Joannis 10. *Ego & Pater unum ſumus*. Et Iſta
apud Matthæum cap. 18. *Baptizantes eos
in nomine Patris &c.* Cæterum Tertullianus, Cyprianus, & antiquiores præponderant cæteris qui verſiculum ſiluerunt,
quia argumentum poſitivum ait Illuſt. D.
Boſſuet, in Immenſum ſuperat argumentum negativum.

Inſiſtis: S. Auguſtinus lib. 3. contra Maximinum capite 22. octavo tantum utitur
verſiculo, & quidem non omiſſa explicatione; ſic enim alloquitur Maximinum:
" Ne forte dicas ſpiritum, aquam, &
„ ſanguinem diverſas eſſe ſubſtantias, &
„ tunc dictum eſſe, tres unum ſunt, pro-
„ pter hoc admonui te ne fallaris; hæc
„ enim ſacramenta ſunt, in quibus non
„ quod ſint, ſed quod oſtendant ſemper,
„ attenditur..... ut nomine ſpiritus ſan-
„ ctificatum accipiamus Deum Patrem...
„ Nomine ſanguinis, Filium, quia Ver-
„ bum caro factum eſt; & nomine aquæ
„ Spiritum ſanctum. „ Facundus Hermianenſis lib. 1. capit. 3. cum eadem explicatione eodem utitur verſiculo ad probandam Chriſti divinitatem: Sed ſi iſti
Patres, qui quinto florebant ſæculo habuiſſent ſeptimum verſiculum, abſque ne-

gotio probaſſent Verbi conſubſtantialita-
tem adverſus Arianos, quod tamen non
fecere: Ergo &c.

Reſpondeo diſtinguendo, ut ſupra, Ex
eo quod codices defloratos, aut dubios
haberent, Auguſtinus & Facundus non
uſi ſunt verſiculo ſeptimo, concedo: ex
eo quod aſſutum autumarent, nego. Ad
id vero quod objicitur, multos Patres, in
primis S. Auguſtinum debellando Arianos
ſiluiſſe verſiculum; dicimus non una com-
pulſos ratione illum prætermiſiſſe. Primo
quidem ex eo quod præ oculis ſorte haberent codices, aut dubios, aut defloratos, quocirca maluerunt eo non uti verſiculo. Secundo, plura alia habebant teſtimonia; hinc non neceſſe duxerunt ſeptimum verſiculum in medium adducere.
Inſtar omnium ſit S. Cyrillus Alexand. qui
lib. 12. Theſauri capit. 6. probat divinitatem Chriſti teſtimoniis ab epiſtola ad Philippenſes excerptis; & tamen inter omnia
omittit celeberrimum: *Qui cum in forma
Dei &c.* Tertio, quia Heterodoxi nullam
movebant controverſiam de ſeptimo verſiculo, ſed de octavo, quo quidem utebantur, ut probarent unitatem inter Patrem
& Filium non niſi moralem eſſe, qua de
cauſa ſanctus Auguſtinus lib. 3. contra
Maximinum probat verſiculum octavum
ſymbolice importare unionem naturalem
inter Patrem & Filium, & Spiritum ſanctum: Tametſi enim, ait, ſpiritus, aqua
& ſanguis tres ſint ſubſtantiæ, eſſe tamen
quid unum ratione ſignificationis conſtat,
ſic loquitur cap. 22. " Sane fili te nolo
„ in epiſtola Joannis Apoſtoli, ubi ait,
„ tres ſunt teſtes, ſpiritus, aqua, & ſan-
„ guis, & tres unum ſunt. Propter hoc
„ admonui te, ne fallaris; hæc enim ſa-
„ cramenta ſunt, in quibus non quod
„ ſint, ſed quod oſtendant ſemper atten-
„ ditur, quoniam ſigna ſunt rerum, aliud
„ exiſtentia, aliud ſignificantia. „
S. *Auguſtinus* ibidem non obſcure attendit ad verſiculum ſeptimum; ait enim tres
in cœlo perhibere teſtimonium, & tamen
unum eſſe. De octavo verſiculo dubio-
procul non inſtituit ſermonem; cum teſte
S. Joanne, ſpiritus, ſanguis, & aqua,
teſtimonium dent in terra; ſed ipſa ſancti Auguſtini verba omnem tollunt dubitationem, quippe qui verbis expreſſis dicat, eo loci, Patrem, Verbum, & Spiritum, teſtimonium perhibere, & tunc ſic
concludit, *& hi tres unum ſunt.* Igitur
ad ſeptimum verſiculum dirigit orationem:

sem : ecce Verba : " Non absurde oc-
curris ipsa Trinitas quæ unus , solus,
verus , summus Deus est , Pater , & Filius, & Spiritus sanctus , de quibus verissime dici potuit , tres sunt testes, &
tres unum sunt , ut nomine Spiritus significatum accipiamus Deum Patrem,
de isto quippe adorando loquebatur Dominus , Joan. 4. ubi ait ; spiritus est,
Deus : nomine autem sanguinis , Filium;
quia Verbum caro factum est : & nomine aquæ Spiritum sanctum . Cum enim
de aqua loqueretur Jesus , quam daturus
erat sitientibus, ait Evangelista Joannes
8. hoc autem dixit de spiritu quem accepturi erant credentes In eum .... hi
sunt tres testes , & tres unum sunt, quia
unius substantiæ sunt . „ Ergo &c.
Observes : S. Augustinum eo loci manifeste ad septimum versiculum attendere,
in quo Pater , Verbum, & Spiritus sanctus
dicuntur tres testes , & tamen unum ;
namque ibi ait per Symbola sanguinis ,
aquæ , & Spiritus designari Trinitatem :
*Quæ unus solus summus Deus Pater , & Fi-
lius , & Spiritus sanctus* . Tum subjungit,
*de quibus verissime dici potuit : tres sunt
testes, & tres unum sunt* . Audi S. Doctorem vocare personas divinas testes , &
istos testes unum esse , quæ quidem sententia in solo septimo versiculo legitur;
non enim dicitur in octavo de sanguine
& aqua quod sint testes . Addo ex S. Cyrillo lib. 14. Thesau. cap. 5. Spiritus , sanguis, & aqua *unum sunt designatione* , quia
unum Christum designant mediatorem : ex
Ambrosio lib. 1. de Spiritu sancto , *unum
mysterio* : ex Augustino mox laudato, *unum
significatione* .
Replices : Non constat vel ipsum Cyprianum habuisse versiculum : nam epist. de
unitate Ecclesiæ, ait tantum : *Ego & pater unum sumus* . Et postea subdit : *De Patre , & Filio , & de Spiritu sancto scriptum
est , & bi tres unum sunt* . igitur attende-
bat solum cum hæc protulit ad octavum
versiculum . Sic propugnat Facundus ibidem : " Quod testimonium , inquit , B.
„ Joannis Apostoli, B. Cyprianus Cartha-
„ ginensis Antistes & Martyr in epistola
„ sive libro quem de Trinitate scripsit,
„ de Patre , & Filio , & Spiritu sancto,
„ dictum intelligit . „ Ergo &c.
Respondeo negando antecedens : Et dico
fidem non esse adhibendam Facundo , qui
aut codices depravatos habebat , aut fatis non attendit ad Cypriani verba, quæ

omnem tollunt ambiguitatem ; namque
ait : " De Patre , & Filio , & Spiritu
„ sancto scriptum est : *Et bi tres unum
sunt* . Quæ quidem sententia in septimo,
& non in octavo versiculo continetur .
Quid plura adjiciam ? Aliud est omittere
aliud improbare : qui omisere septimum
versiculum , ne minimum quidem dixere,
ad illum rejiciendum . Facundus ait Cyprianum quidem usum fuisse octavo versiculo , sed non negat præ oculis habuisse
septimum .

SYNOPSIS PROBATIONUM.

*Versiculus septimus 1. Joan. 5. tres sunt qui
testimonium &c. non est assutus .*

PRIMO : Cohæret cum octavo cui con-
nectitur per particulam *Et : Et tres sunt
qui testimonium dant in terra &c.* Hinc Romanus Interpres eum in Vulgata retinet.
Concinit Synodus Tridentina.

Secundo : Eum traditione firmari constat . Tertullianus lib. contra Praxeam cap.
25. Cyprianus lib. de unitate Eccles. cap.
4. Hieronymus in Prologo . Cassiodorus
in suis complexionibus , & alii versiculum
laudant .

Tertio : Eumdem retinent optimæ notæ
manu scripti codices , videlicet antiquissimus qui asservatur in Biblioth. Abbatiæ
S. Germ. a pratis Parif. Permulti quibus
usi sunt Doctores Lovanienses, codex Britannicus pervetustus , item nonnulli Regii , & Colbertini.

SYNOPSIS OBJECTIONUM,

ET RESPONSIONUM.

PRIMO : Esto quod desit versiculus in
multis codicibus ; sed hoc vel ex defloratione , vel ex Scriptorum inadvertentia
contigisse citra dubium est .

Secundo : Ne miremini , si vel ipsi codices illum retinentes varient . Hoc ipsum
astruit versiculi genuinitatem : adverrens
quippe Scriptor versiculum omissum , in
margine nonnumquam exaravit .

Tertio : Neque etiam desunt Patres qui
eumdem sileant , sed qua de causa intelli-
gite , quia præ oculis habebant , aut nu-
tantes , aut defloratos codices ; hinc silere
maluerunt , quam ansam dubitandi de mysteriis in controversia motis præbere . Ergo ne aliquod facescit negotium , ex eo
quod

quod S. Augustinus lib. 3. contra Maximin. c. 22. illo prætermisso, utatur octavo, absit ? Quandoquidem disputatio erat solum de isto, ex quo Arianus concludebat Patrem, Filium, & Spiritum sanctum esse tres substantias, adeoque Verbum esse creaturam.

PUNCTUM QUARTUM.

Num octavus versiculus sit Symbolicus, & sanctissimam indigitet Trinitatem?

CONCLUSIO.

Versus iste : *ET TRES sunt qui testimonium dant in terra, spiritus, sanguis, & aqua : & hi TRES unum sunt :* designat sanctissima Trinitatem.

PROBATUR *unico sed efficacissimo argumento:* Ille versiculus subindigitat SS. Trinitatem, qui eo adducitur scopo a Scriptore Canonico, ut illam designet per connexionem cum septimo; quo passim utuntur SS. Patres ad perstringendos, tum Arianos, tum Macedonianos; cujus auctoritate innixus S. Cyrillus Alexandrinus manifeste demonstrat Spiritus sancti Divinitatem; cujus denique sensus & morales, & parabolytici in hoc colliminet, ut sanctissimam indicent Trinitatem : Atqui res sic se habet. Igitur versiculus octavus mirum in modum sanctissimæ Trinitatis astruit mysterium. Probatur minor quoad singulas partes.

Primo quidem, S. Joannes vestigiis hærens Christi, qui parabolis & similitudinibus profunda Dei mysteria pandebat discipulis, seipsum modo agnum, modo etiam petram, & vitem nominando, ut suam erga homines mansuetudinem, fortitudinem & gratiæ ubertatem Indicaret, spiritus, sanguinis, & aquæ utitur Symbolo, ut legentibus ostendat illud non repugnare mysterium, quod vel ipsa naturæ adumbrabatur effectibus: spiritus quippe, sanguis, & aqua unum sunt in homine, hoc est unam hominis constituunt vitam, tametsi inter se substantialiter discrepent : quidni igitur tres hypostaticæ & personaliter ad invicem distinctæ unicum Deum constituerent ?

Secundo : Adstruet necessaria connexio inter versiculum septimum & octavum, tum ratione particulæ copulativæ ; absoluto enim septimo versiculo, subdit san-

ctus Joannes : *Et tres sunt qui testimonium dant in terra &c.* Tum ratione finis, eo quippe loci intendit Scriptor canonicus probare, & explicare mysterium sanctissimæ Trinitatis, maximæ Verbi incarnati cum Patre consubstantialitatem. Hæc connexio infra fusius ex S. Augustino patebit.

Tertio : Sancti Patres vel ipso utuntur versiculo ad perstringendos hæreticos, qui SS. Trinitatis mysterium inficiati sunt. Inprimis Ambrosius, qui libro primo de Spiritu sancto cap. 6. sic loquitur : Sunt
,, tamen plerique, qui in eo quod in aqua
,, baptizamur & Spiritu, non putant a-
,, quæ & spiritus distare munera, & id-
,, eo non putant distare naturam . Nec
,, advertunt quia in illo aquarum sepe-
,, limur elemento, ut renovati per spiri-
,, tum resurgamus . In aqua enim imago
,, mortis, in spiritu pignus est vitæ, ut
,, per aquam moriatur corpus peccati,
,, quæ, quasi quoddam tumulo corpus in-
,, cludit, & per virtutem spiritus reno-
,, vemur a morte peccati . Et ideo hi tres
,, testes unum sunt, sicut Joannes dixit,
,, aqua, sanguis, & spiritus . Unum in
,, mysterio, non in natura . ,, Audis ex
divo Ambrosio spiritum, aquam & sanguinem in natura tametsi discrepantes, designare tamen tres in beatissima Trinitate personas inter se realiter distinctas : audis eadem ratione unius regenerationis effectus ejusdem individuæ Trinitatis, in cujus nomine & virtute renovamur, unicam in tribus personis annuntire naturam : *Unum in Mysterio* sunt, inquit ille Pater.

Sanctus Augustinus suam pro eodem momento addit calculum lib. 3. adversus Maximinum Arianum cap. 22. vet. edit. ubi etiam connexionem 7. ver. cum 8. annuntiat & sic loquitur : " Tria itaque novi-
,, mus de corpore Domini exiisse cum pen-
,, deret in ligno . Primo spiritum ; unde
,, scriptum est, Et inclinato capite tradi-
,, dit spiritum : deinde quando latus ejus
,, lancea perforatum est, sanguinem & a-
,, quam . Quæ tria si per se ipsa intuea-
,, mur, diversas habent singula quæque
,, substantias, ac per hoc non sunt unum .
,, Si vero ea, quæ bis significata sunt ve-
,, limus inquirere, non absurde occurrit
,, ipsa Trinitas, quæ unus, solus, ve-
,, rus, summus Deus est, Pater, & Fi-
,, lius, & Spiritus sanctus; de quibus ve-
,, rissime dici potuit, Tres sunt testes, &
,, tres

„ tres unum sunt : ut nomine spiritus si-
„ gnificatum accipimus Deum Patrem :
„ de ipso quippe adorando loquebatur Do-
„ minus, ubi ait, *Spiritus est Deus*. No-
„ mine autem sanguinis , Filium , quia
„ *Verbum caro factum est*. Et nomine aquæ,
„ Spiritum sanctum : cum enim de aqua
„ loqueretur Jesus, quam daturus erat si-
„ tientibus , ait Evangelista : *Hoc autem
„ dixit de spiritu , quem accepturi erant cre-
„ dentes in eum*. Testes vero esse patrem ,
„ & Filium , & Spiritum sanctum , quis
„ Evangelio credit , & dubitat , dicente
„ Filio , *Ego sum qui testimonium perhibeo
„ de me , & testimonium perhibet de me qui
„ misit me Pater*. Ubi & si non est com-
„ memoratus Spiritus sanctus , non tamen
„ intelligitur separatus . Sed nec de ipso
„ alibi tacuit , eumque testem satis aperte-
„ que monstravit . Namque cum illum pro-
„ mitteret , ait ipse, testimonium perhibebit
„ de me . Hi sunt tres testes , & tres unum
„ sunt , quia unius substantiæ sunt . Quibus
ultimis verbis attendit quoque S. Doctor ad
septimum versiculum . Subjicit : " Hi e-
„ nim tres unum sunt : & hi tres unus est
Deus . „ Igitur spiritus , sanguis , & aqua,
tametsi in se diversa , unum tamen sunt
significatione, teste S. Augustino , quatenus unam & eamdem sacrosanctam Trinitatem designant : Ergo &c.
Tertius in veritatis testimonium accedit
S. Cyrillus Alexandrinus lib. 14. Thesau-
ri, Cap. 3. vet. edit. " Quis est , inquit ,
„ qui vincit mundum , nisi qui credit
„ quia Jesus est filius Dei? Hic venit per
„ aquam , & sanguinem , & spiritum Je-
„ sus Christus : non in aqua solum , sed
„ in spiritu & sanguine : & Spiritus est
„ qui testimonium perhibet . . . . Spiritus
„ enim veritas est : quia tres sunt qui te-
„ stimonium perhibent , spiritus , & aqua,
„ & sanguis , & hi tres unum sunt . Si
„ testimonium hominum accipimus , testi-
„ monium Dei majus est . Adverte rursus
„ diligenter , quia hic etiam veritatis præ-
„ dicator Deum verum de Deo vero Spi-
„ ritum sanctum naturaliter esse docet .
„ Nam cum dixisset Spiritum esse qui te-
„ stimonium perhibet , post pauca statim
„ addidit , quod testimonium Dei majus
„ est . „ Ex B. Cyrillo tam aperte versiculus octavus sanctissimæ Trinitatis indicat Mysterium , ut ipsum testimonium Dei
cum sancto Joanne illum appellet , & ex
eo concludat Spiritum sanctum naturaliter
esse Deum .

Quarto : Omnes sensus quos sancti Patres & Doctores huic affixerunt versiculo,
sacrosanctam Trinitatem subindigitant . Revera quidem aliquid unum ultimate significant , idcirco tria esse unum in Trinita-
re , nullam implicare contradictionem manifestant .

Sensus Mysticus .

Mystice spiritus , sanguis , & aqua , peccatoris justificationem annuntiant : Tria
quippe ad hoc concurrunt , videlicet sanguis Christi , cujus meritis reformamur ,
aqua pœnitentiæ , & lacrymarum pro peccatis præteritis effusio, cujus virtute ablui-
mur , Spiritus sanctus , cujus potestate &
efficacia absolvimur : Et hi tres unum
sunt , hoc est unam operantur in nobis
justificationem ; unde S. Ambrosius lib. de
Spiritu sancto cap. 11. ait : " Spiritu men-
„ tem renovari , aqua nos lavari , sangui-
„ nem esse pretium .

Sensus symbolicus .

Symbolicum quoque sensum habent
illa verba , spiritus , sanguis , & aqua .
His enim tribus tres sanctissimæ Trinitatis
in una natura subsistentes personæ designantur ; sic loquitur S. Augustinus lib. 3.
contra Maximinum cap. 22. " Tres sunt
„ testes , & tres unum sunt : ut nomine
„ spiritu significatum accipiamus Deum
„ Patrem . De ipso quippe adorando lo-
„ quebatur Dominus, ubi ait , *Spiritus est
„ Deus :* nomine autem sanguinis Filium ,
„ quia *Verbum caro factum est* : & nomine
„ aquæ , Spiritum sanctum . Cum enim de
„ aqua loqueretur Jesus , quam daturus
„ erat sitientibus , ait Evangelista : *Hoc
„ autem dixit de Spiritu , quem accepturi
„ erant credentes in eum* . „

Sensus tropologicus .

Si verba laudata tropologice accipiamus , testimonium sunt justitiæ , scilicet
quod aliquis renatus sit per Christum , &
sic hi tres unum sunt ratione significa-
tionis , cum sacram subnotent regenerationem . D. Bernardus serm. 2. in octava
Paschæ hunc subjicit sensum , ait , te :
„ Sanguine & aqua & spiritu habere te-
„ stimonium justitiæ quod renatus sis per
„ Christum , et , si continens a peccatis ,
„ si dignos facis pœnitentiæ fructus , si

„ fa-

„ facta opera vitæ. „ Quæ quidem rege-
neratio ex aqua abluente, fanguine Chrifti operante, Spiritu vivificante non obfcure fubnotat fanctiſſimæ Trinitatis myſterium.

FIT SATIS OBJECTIONIBUS.

Oʙɪɪᴄɪᴇs : Ille verſus non indigitat
fanctiſſimam Trinitatem, qui defignat tantummodo quod Pater, Filius, & Spiritus
fanctus funt quid unum, fed non unus
Deus : Atqui hoc folum fignificat : Et
probatur. Symbola in eo allata, videlicet
ſpiritus, fanguis, & aqua in fubftantia
differunt, nec unum funt, nifi ratione effectus defignati, ut ex fenfu myſtico, fymbolico, & tropologico claret: nemo quippe cordatus dixerit quod tres in fubftantia
diſcrepantes, ſint unus Deus : Ergo &c.
Reſpondeo negando minorem: Ad probationem diftinguo: Symbola in fenfu obvio
fumpta tres in natura diſtinctos important, concedo : in fenfu fymbolico, nego. Similitudo feu parabola duplicem fubit fenfum, videlicet naturalem unum,
& ille eſt qnem littera præ fe fert : Symbolicum alterum, & ille eſt qui fundatur
in litterali ad aliud fignificandum ; namque
de ratione parabolæ eſt quod in alterum
a fenfu naturali transferatur fenfum ; qui
tamen fenfus radicem habet a fenfu obvio. Quia igitur fpiritus, fanguis, & a-
qua, tametſi entitative diverfa, unum tamen & eumdem regenerationis effectum
producunt, figna funt fanctiſſimæ Trinitatis & figuræ : Ne mireris, quod fignifi-
catum ſit aliud a fignificante ; alias fimilitudo eſſet ipfa res quam defignat. Cæterum Scriptor canonicus hunc fubjecit
verficulum ad explicandum feptimum, ubi
fanctiſſim Trinitas aperte declaratur.
S. *Auguſtinus* L. a. cap. 22. adverfus Maximinum hanc folvit objectionem ab iſto
Heterodoxo propofitam, his verbis : "*U-*
„ *num funt*, inquit, *Pater, & Filius,*
„ *non tamen unus : continuoque fubjun-*
„ *gis, unum ad concordiam pertinet, unus*
„ *ad numerorum fingularitatis.* Sed te a con-
„ fideratione verborum tuorum impetus
„ difputationis avertit. Nam & unum &
„ unus utique ad numerum pertinet fin-
„ gularem.—. de Patre & Filio, & unum
„ funt dicimus, quia unius fubftantiæ duo
„ funt, & unus eſt, dicimus, fed addi-
„ mus quid unus ; id eſt, unus Deus, u-
„ nus Dominus, unus Omnipotens, & fi

quid hujufmodi . . . . . Sane falli te no-
„ lo in epiftola Joannis Apoftoli ubi ait:
„ *Tres funt teſtes, fpiritus, & aqua, &*
„ *fanguis, & tres unum funt .* Ne forte di-
„ cas fpiritum, & aquam, & fanguinem
„ diverfas eſſe fubftantias, & tamen di-
„ ctum eſſe, tres unum funt . Propter
„ hoc admonui te ne fallaris . Hæc enim
„ facramenta funt, in quibus non quid ſint,
„ fed quid oftendant femper adtenditur :
„ quoniam figna funt rerum, aliud exiſten-
„ tia, & aliud fignificantia . Si ergo illa
„ quæ his lignificantur, intelligantur, ipfa
„ inveniuntur unius ſubſtantiæ ; tamquam
„ fi dicimus Petra & aqua unum funt,
„ volentes per petram fignificare Chriftum,
„ per aquam Spiritum fanctum. Quis du-
„ bitae petram & aquam diverfas eſſe na-
„ turas ? Sed quis Chriftum & Spiritus fan-
„ ctus unius funt ejufdemque naturæ ; id-
„ eo cum dicitur, petra & aqua unum
„ funt, ex ea parte recte accipi poteſt,
„ qua iftæ duæ res, quarum eſt diverfa
„ natura, aliarum quoque figna funt re-
„ rum, quarum eſt una natura. „
Inſtabis : Atqui ille verficulus non nifi
unionem moralem inter perfonas fubindigitat : Ergo &c. Probatur fublumptum :
Symbola quæ nihil præter unionem moralem adinvicem habent, nihil quoque nifi
morale in re, cujus funt figna, indagant :
Sed fpiritus, fanguis, & aqua non nifi moraliter inter fe connectuntur. Ergo &c.
Reſpondeo negando fubfumptum. Ad probationem diftinguo : Symbola inter fe folum moraliter unita in fenfu obvio nihil
nifi morale fignificant, concedo : in fenfu parabolytico, nego. Invifibilis Dei per
ea quæ facta funt, teſte Apoftolo, intellecta confpiciuntur ; quocirca de ratione
parabolæ eſt aliquid excellentius verbis
quibus componitur fignificare, ut ex omnibus a Chriſto aſſumptis parabolis liquet.
Sic granum finapis, regnum cœlorum fignificat ; petra, ipfum Chriftum repræ-
fentat : Quid ni & iſta fymbola, Spiritus,
fanguis, & aqua, quæ funt quid unum
in baptifmo ratione regenerationis quam
operantur, realem & fubftantialem inter
perfonas fanctiſſimæ Trinitatis annuntiarent unionem?
Urgebis : Quæ habent fenfum obfcurum,
& indeterminatum, ne quidem fymbolice
facrofanctam fubnotant Trinitatem : Atqui talia funt octavi verficuli verba : Et
probatur. Tot diverfos variofque fubeunt
fenfus, ut vix poſſit determinari quinam
ſit

fit genuinus : Ergo &c. Probatur Antecedens. Myftice juxta D. Bernardum ferm. 2. de octava Pafchæ, defignant juftos, qui teftimonium in cœlis habent a Patre, & Filio, & Spiritu fancto, quibus famulati funt. Anagogice Chriftum, qui emiffo in cruce fpiritu, latus habuit perforatum, ex quo fanguis, & aqua profluxerunt. Allegorice, tria indicant facramenta ; nimirum Baptifma per aquam, Pœnitentiam, per fpiritum ; Euchariftiam demum per fanguine.n, quipperqui in ea contineatur ; Symbolice juxta Bernardum ibidem : " In aquam Baptifmum intelli-
„ ge, in fanguine Martyrium, in fpiritu
„ charitatem diffufam in cordibus noftris.„
Tropologice adhuc juxta eumdem ferm. 2. de octava Pafchæ, juftitiam quam veri pœnitentes lacrymis, tum aliis bonis operibus fibi comparant. Denique S. Auguftinus l.3. adverfus Max. cap. 22. ait fpiritum, fanguinem, & aquam fignificare Ecclefiam, quæ eft corpus Chrifti : Ergo &c.

Refpondeo negando minorem ; habent enim verba verficuli octavi fenfum determinatum, vel ab ipfo Spiritu fancto, cum eo afflante, per fymbola fpiritus, fanguinis, & aquæ S. Joannes facrolanctum explicet SS. Trinitatis myfterium. Unde ad probationem diftinguo : Tot varios ab hominibus habet fenfus, ut vix poffit unus determinari, tranfeat. A Scriptore canonico, nego. Scriptura varios morales fubit fenfus, fed quum unus determinatur, alii primigenium non inficiantur : fupponunt igitur fancti Doctores, fenfum a beato Joanne verficulo affixum fuiffe ad fanctiffimam defignandam Trinitatem : hoc vero fuppofito alios pro regula & directione morum afferunt.

Audiendus eft de hoc momento S. Auguftinus, qui ibidem l. 2. adverfus Maximinum, Cap. 22. fub finem, propofitæ facit fatis difficultati : " Hi funt tres te-
„ ftes, inquit, & tres unum funt, quia
„ unius fubftantiæ funt. Quod autem figna
„ quibus fignificati funt, de corpore Do-
„ mini exierunt, figuraverunt Ecclefiam
„ prædicantem Trinitatis unam eamdem-
„ que naturam : quoniam hi tres qui tri-
„ no modo fignificati funt, unum funt :
„ Ecclefia vero eos prædicans, corpus eft
„ Chrifti. Sic ergo tres rei quibus figni-
„ cati funt, ex corpore Domini exierunt,
„ ficut ex corpore Domini fonuit, ut ba-
„ ptizarentur gentes in nomine Patris,
„ & Filii, & Spiritus fancti : in nomine,

non in nominibus. Hic enim tres unum
„ funt, & hi tres unus eft Deus. Si quo
„ autem alio modo tanti Sacramenti ifta
„ profunditas, quæ in epiftola Joannis
„ legitur, exponi, & intelligi poteft fe-
„ cundum catholicam fidem, quæ nec
„ confundit, nec feparat Trinitatem, nec
„ abnuit tres perfonas nec diverfas credit
„ effe fubftantiæ, nulla ratione refpuen-
„ dum eft. Quod enim ad exercendas
„ mentes fidelium in Scripturis fanctis ob-
„ fcure ponitur, gratulandum eft, fi mul-
„ tis modis, non tamen infipienter expo-
„ natur. „

SYNOPSIS PROBATIONUM.

Optime probatur Myfterium SS. Trinitatis verficulo 8. 1. Joan. 5.

PRIMO : Quia vel ipfe Chriftus pro more myfterii Dei parabolis explicabat : Quid ni igitur & S. Joannes tres in Deo explicaret perfonas per fimilitudinem fanguinis, aquæ, & fpiritus, cu... tefte Auguftino l. 3. contra Max. cap. 22. fignificatione fint quid unum.?

Secundo : Illum verficulum non femel ad perftringendos Hæreticos ufurparunt Patres, ut Ambrofius L 1. de Spiritu fancto. Cyrill. Alex. l. 14. Thefau. cap. 5.

Tertio : Senfus myfticus & morales verficuli in hoc collimant, quod SS. Trinitatem ut totius fanctificationis caufam defignent.

SYNOPSIS DIFFICULTATUM, ET EXPLICATIONUM.

PRIMO : Tametfi fymbola in verficulo complexa diftinguantur realiter fubftantialiter ad invicem, non tamen ratione fignificationis. Nec mirum, fimilitudo, ait S. Chryfoftomus, in omnibus cum fignificato non coincidit ; fin minus non fignificatio, fed res ipfa defignata foret.

Secundo : Similitudo fymboli folam unionem moralem inter perfonas SS. Trinitatis non importat, cum fcopus Evangeliftæ fit probare Verbi incarnati cum Patre confubftantialitatem.

Tertio : Nec adjicias, fymbolum quamdam obfcuritatem præ fe ferre ; figuræ enim non ipfa veritas, fed veritatis umbra, ad noftrum captum proportionata affertur, ut per vifibilia invifibilia intelligamus.

I   AR-

ARTICULUS TERTIUS.

De Apocalypsi.

Q**UIDAM** hæretici , inter quos eminet Lutherus, illam rejiciunt. Contra quos sit

CONCLUSIO.

Apocalypsis est Liber canonicus.

Probatur multipliciter.

Primo , ex Conciliis .

CONCILIUM Ancyranum ante Nicænum primum adunatum can. ult. Apocalypsim inter Libros sacros annumerat : Cartag. III. can. 47. Romanum sub Gelasio I. Toletanum IV. can. 16. volumen illud, ut canonicum recipiunt , maxime vero Trid. sess. 4. quod quidem hoc tanquam de fide definit : Sed liber a Conciliis in canone Scripturarum positus ut sacer haberi debet . Ergo &c.

Secundo , ex Patribus Græcis .

PATRES Græci, qui inter omnes pro sacris indagandis Scripturis eminebant , quandoquidem Scripturæ novi Testamenti , si Evangelium secundum Matthæum excipias , græco idiomate ab Auctoribus canonicis ditæ sunt , suum addunt Apocalypsi calculum : Ergo &c. Probatur antecedens . Dionysius Ecclef. hier. cap. 3. vocat Apocalypsim visionem dilecti discipuli : Justinus in dialogo cum Triphone ultra medium Apocalypsim dicit Joannis, eamque commentariis illustravit . Irenæus lib. 5. Theophilus Antiochenus , Melito Sardicensis , Dionysius Alex. teste Eusebio . Lib. 4. capit. 24. & 26. Clemens Alexand. lib. 2. Pedag. cap. 12. Origenes homil. 7. in Josue & in Psal. 1. Athanasius in synopsi , Epiphanius hær. 51. n. 6. & 7. Chrysostomus homil. in Psal. & similes ut canonicam suscipiunt . Eusebius lib. 7. Hist. Ecclef. cap. 25. de libro Apocalypsin ait : " Arcanam planeque admirabilem singularum rerum intelligentiam latere existimo .. Nam etsi ipsa non intelligo , suspicor tamen altiorem quemdam sensum verbis subesse , eaque non meo ipsius judicio metior , atque

æstimo , sed plus fidei tribuens , sublimiora esse censeo , quam ut a me percipiantur , nec ea condemno quæ intelligere non potui : verum inde admiror magis , quod capere non possum . His accedit Damascenus lib. 4. cap. 14. qui Apocalypsim , ut Scripturam sacram habet : Ergo &c.

Tertio , ex PP. Latinis .

SUFFRAGANTUR Patres Latini , Tertullianus , lib. 4. contra Marcionem , Cyprianus de exhortatione , ad Martyrium cap. 3. Hilarius Præf. in Psal. Hieronymus in lib. de viris illustribus , & epistola ad Paulinum , Ambrosius in Psalmo 40. Augustinus tract. 36. in Joannem , Innocentius I. epist. 3. ad Exuperium , Isidorus , Sulpicius , & alii Apocalypsim , ut canonicam habent : & cum eis tota Ecclesia , quæ ex hoc volumine & epistolis pro Missis , & lectiones pro Breviario inde sumit : Ergo &c.

Juvat unum locum S. Hieronymi , alterum vero S. Augustini hic texere . Prior epist. ad Paulinum , sic loquitur : " Apocalypsis Joannis tot habet sacramenta , quot verba . Parum dixi , pro merito voluminis laus omnis inferior est . In verbis singulis multiplices latent intelligentiæ . ,, Posterior vero lib. 20 de civ. cap. 8. pag. 1367. ex professo explicat Mysteria Apocalypseos , ut Libri sacri de alligatione & solutione diaboli in consummatione sæculi ad exercendos electos : " Non itaque per totum hoc tempus , quod liber iste complectitur , a primo scilicet adventu Christi usque in sæculi finem , quo erit secundus ejus adventus , ita diabolus alligatur , ut ejus hæc ipsa sit alligatio : per hoc intervallum , quod mille annorum numero appellat , non seducere Ecclesiam , quandoquidem illam nec solutus utique seducturus est . ,, Pergit cap. 9. eadem Apocalypsis momenta de regno cum Agno explanare . Pag. 1371. vet. edit. " Ubi sine boste regnabitur , & de hac prima resurrectione quæ nunc est , liber iste Apocalypsis , sic loquitur . Cum enim dixisset , alligari diabolum mille annis . Et jam multa de eodem libro cap. 7. dixeret . ,, Ergo &c.

Sol-

Solvuntur objectiones Heterodoxorum.

OBJICIT Lutherus : Multi graviſſimi auctores non recipiunt Apocalypſim , ut Cajus apud Euſebium lib. 3. cap. 28. Auctor tertii ſæculi tribuit illam Cerintho. Item non eſt in canone Laodiceno. Gregorius Naz. tacet de illa ; & Hieronymus epiſtola 129. ad Dardanum dicit Eccleſias Græcorum illud volumen non recipere. Ergo &c.

Reſpondeo diſtinguendo : Et hoc ſolum probat aliquo tempore Eccleſiam dubitaſſe de authenticitate Apocalypſis , concedo : quocirca non mirum videri debet, ſi aliqui Patres illam rejecerint. Et hoc probat non eſſe nunc Canonicam , nego. Namque & Concilia, & Patres omni exceptione majores , ut ex probationibus liquet, illam veluti ſacram ſuſcipiunt .

Ad probationem diſtinuo : Quidam Apocalypſim diverſam a B. Joannis Apoc. Cerintho tribuunt , concedo : eamdem, nego. Duplex Apocalypſis apparuit , una quæ ſancto Joanni tribuitur , eaque ſacra ; altera Cerintho & ſabulis plena . De iſta loquitur Cajus & alii , nuſquam vero de priori , quæ certe non eſt ſœtus Cerinthi, quippequi negaverit Chriſti divinitatem , quæ non in uno loco prædicatur in Apocalypſi S. Joannis .

Inſtans : Stylus diſcrepat a ſtylo ceterorum B. Joannis operum , & auctor ubique ſe nominat , quod certe Chriſtianam & Apoſtolicam non ſapit humilitatem : Igitur a B. Joanne , alias humili & ſanctiſſimo prominere non potuit .

Reſpondeo diſtinguendo : Stylus diſcrepat propter materiam quæ eo loci tractatur , concedo : ita ut diverſum indigitet auctorem , nego . Stylus pro diverſitate rerum diverſus evadit , tametſi ab uno & eodem auctore promanet ; namque alius eſt ſtylus hiſtoriæ , alius Epiſtolarum ; alius etiam orationum , ut legenti Ciceronem patebit . Stylus Apocalypſis eſt propheticus , & varia ac multa indigat myſteria, hinc & diverſus a ſtylo & hiſtorico Evangelii Joannis , & Epiſtolarum familiarium eſſe debet .

Ad confirmationem dico , ex Intentione auctorem ſe nominare , ut ſe ipſum prodit , & ab hæretici Cerinthi opere ſecernat ſuum. Cæterum , Daniel obſes ſe nominat in ſuo libro, ter vero Joannes tantum in Apocalypſi . Obſervandum eſt in codicibus græcis nomen Joannis ſolitarie non inveniri ; Sed Joannis Theologi , & merito , cum Joannes velut aquila & ſupremus Theologiæ vertex de Chriſti divinitate locutus ſit.

Urget : Auctor Apocalypſeos cap. 1. 3. ſic loquitur : *Beatus , qui legit & audit verba prophetiæ hujus* : Sed nemo in hac vita Beatus eſt : Igitur ille liber non eſt ſacer , quippequi falſa reſerat .

Confirmatur : Auctor nominat ſeptem Angelos habentes modo phialas ira Dei plenas , modo etiam habentes tubas , quæ quidem omnia puris non conveniunt Spiritibus , ſicut & quando ait , quatuor Angelos eſſe ligatos. II. Vivente Joanne non erat urbs Thyatiræ : Igitur Joannes non potuit ſcribere Angelo ſeu Epiſcopo Thyatiræ : Ergo &c.

Reſpondeo diſting. Joannes vocat beatos diſpoſitive eos qui credunt Myſteriis quæ exponit , concedo : beatos formaliter & actu , nego . *Credere enim oportet accedentem ad Deum* , inquit Paulus , Heb. 11. & iterum *ſine fide autem impoſſibile eſt placere Deo* . Igitur qui credit Myſteriis , jam habet beatitudinem in ſemine , maxime vero cum fides eadem exponat Myſteria , quorum viſio beatificat hominem : In eo igitur & eodem ſenſu Joannes vocat beatos illos , qui credunt Myſteriis quæ in Apocalypſi exponit , quo ipſe Chriſtus beatum dixit Petrum propter ſuæ divinitatis confeſſionem . Sic enim eum allocutus eſt , poſtquam dixerat illi cap. 16. 17. *Tu es Chriſtus filius Dei vivi* : *Beatus eſt Simon Barjona , quia caro & ſanguis non revelavit tibi , ſed Pater meus , qui in cœlis eſt.*

Ad primam probationem diſtinguo : Et loquitur ſymbolice Joannes , cum Angelos dicit habere phialas, & tubas , concedo : namque phialæ denotant vindictam peccatorum , tubæ vero ultimum judicium in quo Chriſtus utetur Angelis ad convocandos mortuos & congregandos , ut judicaturi coram ſe appareant ; ita cenſet Epiphanius in cap. 15. primæ Corinth. v. 37.

Idem Epiphanius reſpondet ad alteriorem probationem de quatuor Angelis ligatis , dicens deſignari per eos multas nationes , videlicet , Aſſyrios , Babylonios , Medos , & Perſas , qui ab Angelo ſoluti bella cum finitimis nationibus geſſerunt . Groſſius exiſtimat ſignificari cuſtodes & duces Veſpaſiani , Titi , Mutii & Tiberii ,

Ale-

Alexandri, quorum amplissimi exercitus usque ad captivitatem pertingebant; qui cum statuissent Jerosolymam obsidere, res delata est in aliud tempus, donec, cres- cente discordia, cives seipsos destruerent, vel etiam expectando rerum Romanarum exitum.

Respondri quoque Epiphanius, Joannem loqui de urbe Thyatiræ, sed futura; mos enim apud Prophetas inoleverat futura quasi præsentia annuntiare. Cæterum, quæ de Jezabel leguntur in Apocalypsi, re- fert Joannes ad Maximillam, Priscillam, & Quintillam. Certum est enim Joannem scripsisse Christianis, qui tunc in ea urbe versabantur, vult autem eos monere de hæresi Cataphrigum, quæ oppidum lau- datum postea lædivit, sicut & de falsis Prophetissis & Prophetis, qui in eadem urbe hæresim, adhærentes Montano, po- stea disseminarunt. Non desunt qui affir- ment urbem Thyatiræ tempore S. Joan- nis jam fuisse saltem ex parte fundatam, quandoquidem Act. 16. de ea, vivente Paulo, sit mentio his verbis: *Mulier qua- dem nomine Lydia, purpuraria civitatis Thyatirenorum colens Deum, audivit, cujus Dominus aperuit cor intendere iis quæ dice- bantur a Paulo.*

Instat: Liber qui continet absona, non debet admitti ut canonicus: Atqui liber Apocalypsis multa complectitur absona: Et probatur. Regnum v. 3. mille anno- rum in terris cum Agno deliciis affluens prædicat: Sed istud regnum & fictitium & indecorum est: Ergo &c.

Respondeo negando minorem. Ad proba- tionem distinguo: Et regnum illud est fi- gura Beatitudinis æternæ, concedo: ut- mensis enim mille annorum indefinitam & perpetuam durationem; sicut cum dicitur de Deo ad designandam Dei æternitatem Psal. 89. 2. *A sæculo & usque in sæculum tu es Deus.* Et intelligit de regno deli- ciis cœlestibus affluente, sicut intellexit Cerinthus, nego. Joannes utitur parabo- lis ut absondita Dei explicet: hinc Gre- gorius hom. 11. in Evangelia, ait: " lorum regnum idcirco terrenis rebus si- " mile dicitur, ut ex his quæ animis no- " vit, surgat ad incognita quæ non no- " vit." Cæterum, non desunt Patres & eruditissimi Theologi, qui abstrusa Apo- calypsis mysteria explicaverint, alii de persecutionibus nascentis Ecclesiæ, ut Il- lust. D. Bossuet Meldensium Episcopus; alii de sævitia in Christianos, Antichristi.

Bossuet Theol. Tom. IV.

Hæc quippe Joannes scripsit & ad conso- lationem fidelium, & ad eos in fide robo- randos, quocirca creditur hujusce libri auctor.

SYNOPSIS PROBATIONUM.

Apocalypsis est Liber sacer.

PRIMO: Hoc ipsum Traditio concla- mat. Concilium Ancyranum antiquissi- mum, Carthaginense III. can. 47. Toleta- num IV. can. 16. tum Tridentinum sess. 4. volumen illud ut sacrum habent.

Secundo: Suffragantur Patres, ut Dio- nysius Eccl. hier. cap. 3. Justinus Dial. cum Triph. in primis S. Augustinus lib. 20. de civ. c. 7. 8. & 9. ubi ex professo Apocalypsim, ut Librum sacrum inter- pretatur.

Tertio: Usus sic obtinuit, quandoqui- dem Eccl. Rom. ex illo volumine sumpsit Epistolam pro Missa quotidiana defunct. & varias Breviarii sui lectiones.

SYNOPSIS OBIECTIONUM,

ET SOLUTIONUM.

PRIMO: Ultro fatemur quosdam Pa- tres & viros eruditos non nihil dubitasse de germinitate Libri, sed hoc unum pro- bat, videlicet non citocitius, sed solum prævio maturo examine volumen in ca- none fuisse inscriptum.

Secundo: Non desunt qui absolute Apo- calypsim abjiciant, sed eam quæ fuit am- pli Cerinthi, & non Joannis, intelli- gunt.

Tertio: Illud opus multas continet fi- guras & similitudines, unde mystice, & non in sensu obvio saltem semper sumi debet; sin minus, quædam implicare vi- deretur.

ARTICULUS QUARTUS

De libris amissis, apocryphis, & suppositiis.

CERTUM est, ait Duvallius hic q. 1. art. 7. de objecto fidei editos fuisse a Prophetis, Apostolis, & aliis Scriptori- bus sacris, libros, qui tamen injuria tem- porum, vel negligentia hominum perie- runt.

Y   *Divi-*

Dividuntur in tres claſſes : Prima continet omiſſos, qui Scripturam vere ſacram
habent : Secunda, apocryphos, nihil contra
fidem & probos mores continentes : Tertia,
ſuppoſititios, & ab hæreticis fœdatos.

Ex veteri Teſtamento.

Omiſſus eſt primo quidem Liber Verborum dierum Salomonis, in quo ejus geſta referuntur, de quo fit ſermo L. 3. Reg.
c. 11. item alia multa omiſſa ſunt quæ
ſcripſit Salomon : refertur enim ibidem c.
4. 32. quod locutus ſit, *tria millia parabolas*; quod, fuerint carmina ejus quinque & mille : quod de omnibus differue-
rit erudite : Ibidem v. 33. & 34. Diſputa-
vit ſuper lignis, a cedro quæ eſt in Liba-
no, uſque ad hyſopum quæ egreditur de pa-
riete : & differuit de jumentis, & volucri-
bus, & piſcibus. Quæ quidem opera perierunt. Omiſſus eſt quoque liber, cujus
titulus : *Deſcriptiones Jeremiæ*; de quibus
fit mentio lib. I. 2. Machab. c. 2. de iis
etiam videtur meminiſſe Matth. c. 27. cum
ait : *Ut adimpleretur quod dictum eſt per
Jeremiam Prophetam*; eo loci loquitur E-
vangeliſta de agro figuli empto pro ſepul-
tura peregrinorum. Liber dierum citatur
etiam in Libris Paralip.

In eodem ponuntur ordine alia quædam
opera, videlicet liber Juſtorum, & carmen de quo in libris Moyſis. Tum prima
David geſta; quæ Nathan & Gad Propheta ſcripſerunt, & ex eorum libris excerpta
leguntur, quæ quidem ſcripta habemus I.
2. Reg.

Apocryphi ſeu occulti, ſunt tertius &
quartus liber Eſdræ, tertius & quartus
Machab. & oratio Manaſſis. Tertius Machab. nihil habet niſi nomen commune.
In eo deſcribitur Ptolemæi, & Philometri
ingreſſus in Judæam, reſiſtentibus Judæis,
& divina in Regem animadverſio. In quarto, præmiſſa hiſtoria Heliodori, ſubjicitur
hiſtoria LXX. Interpretum, referunturque
omnia Machabæorum geſta uſque ad Hero-
dii tempora. Ad hunc ordinem reducuntur liber Enoch, & liber de duobus
piſcibus & Leviathan.

Suppoſititii ſunt liber inſcriptus, *aſcen-
ſio Moyſi*. Genealogia Adami, quam, teſte S. Auguſtino, ventilabant Manichæi,
Apocalypſis Iſiæ, liber omnibus Joannis
& Mambre, qui fuerunt apud Ægyptios
magi, quique iaſto Apoſtolo reſtiterunt
Moyſi.

In prima claſſe, ſcilicet omiſſorum,
epiſtola S. Pauli ad Laodicenſes, de qua
fit mentio in epiſtola ad Coloſſ. 4. Chryſoſtomus in illud Matth. 2. v. 23. dicit librum excidiſſe, in quo iſta ſententia reperitur, *Veniet habitavit in civitate, quæ
vocatur Nazareth : ut adimpleretur quod dictum eſt per Prophetas : quoniam Nazaræus
vocabitur*. Item liber Paſtoris, cujus auctor Hermas diſcipulus B. Pauli cenſetur,
ut habetur in Bibliotheca Patrum, & citatur ab Irenæo, & Clemente Alex. ut
Scriptura ſacra; excidit Græcum exemplar : ſupereſt Latinum. Item epiſtola Barnabæ, de qua meminit Clemens Alex. &
Origenes. Item duæ Clementis Romani;
& citantur a Hieronymo : prima ab Euſebio ut quid omnibus numeris abſolutum
laudatur.

In ſecunda claſſe, ſcilicet apocryphorum ponuntur epiſtola Chriſti ad Agab-
rum Regem Edeſſæ, quam Euſebius ex
publicis Edeſſæ tabulis una cum epiſtola
Agabari ad Chriſtum depromptam dedit
lib. I. cap. 13. Agabarus concludit ex
miraculis Chriſtum eſſe filium Dei, ipſum-
que rogat, ut veniat ad illum ſanandum :
Chriſtus in ſua ſcribit, quod poſt Aſcen-
ſionem ſuam mittet unum ex diſcipulis
ſuis ad illum curandum. Item Evangelium
ſecundum Ægyptios quo utebantur Va-
lentiniſti hæretici. Citatur a Clemente
Romano in ſecunda ſua epiſtola. Celebrius
eſt Evangelium Nazaræorum, id eſt, virorum piorum, & ſecundum Hebræos citatur ab Ignatio epiſtola ad Smirnenſes.
Ex hebræo, græce & latine redditum eſt.
Item Evangelia Jacobi & Nicodemi, ſed
tabulis referta : item Apocalypſis Petri,
quam a Clemente Alexandr. teſte Euſebio,
L. 6. c. 14. habebatur aliqualiter ut Scriptura ſacra. Item epiſtola B. Mariæ ad
S. Ignatium; altera ad Florentinos, 3. ad
Meſſinenſes, de quarum falſitate nemo
dubitat : ſicut & de 080 Epiſtolæ Senecæ
ad Paulum y. & de ſex B. Pauli viciſſim
ad Senecam. Rurſus multæ liturgiæ Apoſtolorum : omnium antiquior tribuitur Jacobo : Citatur in Concilio Trullano. Sup-
poſititiam eſſe quidem ſic probatur. Primo, multa habet ex epiſtolis Pauli, quas
conſtat mortuo Jacobo fuiſſe ſcriptas.
B. Virgo dicitur Theotocos, & Verbum
Omoouſion, quæ voces ignotæ erant ante
quar-

quartum fæculum l Secundo , fit mentio
de Monachis , mortalibus , & cæremoniis , quæ tamen non extabant tempore A-
poftolorum ; eft tamen multum veneranda
ifta liturgia , & apud Patres magni ponderis . Alia eft Petri , quæ videtur recentior . In ea fit mentio Sixti Papæ Martyris , Cornelii , & Cypriani . Rurfus mentio fit de Patriarchis , quæ vox exeunte
quarto tantum fæculo ufurpata fuit . Sunt
quoque liturgiæ SS. Bafilii & Chryfofto-
mi , in eis multa deprompta funt ex Sa-
cramentario divi Gregorii . In Æthiopica
liturgia quæ a Matthæo fcripta falfo dicitur , fit mentio Athanafii , Gregorii &
Bafilii . His ratiociniis non intendimus probare iftas liturgias non effe magna ex parte Apoftolorum difcipulis coævas , fed concludimus non effe Scripturas facras .

In tertia claffe , numerantur opera ab
hæreticis foedata , ut Evangellum Matthæi
ab Ebionis corruptum , cujus initium refert Epiphanius . Idem meminit etiam E-
vangelii Encraticarum , Evangelii Petri
& Pauli , Thomæ , Philippi , quo utebantur Gnollici , ficut & Evangelii Judæ ,
quod a Cajanis ufurpabatur : circumferebantur olim actus Petri , Andreæ , Joannis , Pauli & aliorum , quos omnes libros ,
inquit Eufebius l. 8. bift. Eccl. c. 25. Ecclefia femper rejecit .

Denique numerantur etiam conftitutio-
nes feu canones Apoftolorum . Omnes non
effe ab Apoftolis emanatos luce clarius affulget , quandoquidem non pauci quædam
referunt , multis poft Apoftolos fæculis facta . Et vero primus canon prohibet ne
Pafcha juxta Judæorum ritum & diem celebretur 45. 46. & 67. Baptifma ab hæreticis collatum rejiciunt : quocirca Apoftolorum foetum effe non poffunt ; namque fi hoc effet , non tanta fuiffet commota controverfia ; fola enim Apoftolorum
definitio in teftimonium adducta , prorfus
fedaffet animos . Idem dicimus de controverfia circa Baptifmum ab hæreticis collatum fufcipiendum , vel rejiciendum : &
de facto Cyprianus , & Firmillanus nufquam canones Apoftolorum pro fua opinione defendenda laudaverunt , ex quo
patet hujufmodi canones ex variis Conciliis , tum ante Nicænum primum , tum
poft fuiffe collectos .

Joannes Antiochenus fæculo 5. canones
in fua collatione pofuit . Juftinianus in
fua Novella illos laudat : Trullans Synodus illos recepit : A Gelafio citantur ut

apocryphi : 10. Priores referuntur in caufa Prætextati , tefte Gregorio Turonenfi ,
poftea rejectis cæteris , ifti 50. in his canonicum afciti , vim legis habuerunt : Licet igitur non fint Scriptura facra , multum tamen ponderant .

Ibi præmiffis quæritur in præfentiarum
quid credendum fit de illis omnibus libris .
Sola difficultas eft de omiffis , cæteri quippe utpote vel apocryphi , vel fuppofitii ,
vel etiam fabulis referti inter regulas fidei
annumerari non poffunt . Sit igitur

CONCLUSIO.

Libri omiffi , de quibus Scriptura facra
mentionem facit , funt cano-
nici .

PROBATUR hoc ratiocinio : Illi libri
funt facri adeoque & canonici , quos Auctores canonici & infpirati laudant , quorum fententias ad veritatem confirmandam
adducunt , quorum etiam Auctores fuerunt Prophetæ & homines , qui divina il-
luftrati revelatione locuti funt : aequi libri omiffi tales funt , & ifta omnia habent teftimonia , ut ex dictis patet : Igitur funt facri .

Solvuntur objectiones.

OBJICIES : Illi libri non funt canonici , qui non funt de fide : Atqui Libri
omiffi non funt de fide : Ergo &c. Probatur minor : Fides , tefte Apoftolo , ex
auditu & vifu eft : Sed neque legimus ,
neque vidimus hujufmodi libros , & igno-
ramus quid præcontineant : Ergo &c.

Refpondeo diftinguendo : Libri omiffi non
funt de fide credendi quoad fententias
quæ in ipfa facra Scriptura referuntur ,
nego . Quoad fe , fubdiftinguo : non funt
de fide credendi quoad alias fententias nobis ignotas , concedo : quoad fe , feu quoad
fui exiftentiam , nego . Duo funt fecernen-
da in libris omiffis , unum circa fententias , alterum vero circa hujufmodi librorum exiftentiam : quoad primum profecto debemus explicite credere fententias
quæ in ipfa facra Scriptura leguntur ; cæteras vero implicite , ita ut fidelis paratus
fit iftis credere , fi Ecclefia eafdem inveniret & credendas proponeret . Debemus
quoque credere explicite tales fuiffe libros , cum Scriptores canonici hoc ipfum
dicant & afferant .

Y 2 In-

Instabis : Si isti libri forent sacri, providentia Dei eos excidisse non permisisset; & hoc propter Ecclesiæ utilitatem, maxime vero ad fidelium consolationem, quandoquidem Scriptura sacra est Instrumentum fœderis inter Deum & homines initi : Ergo &c.

Confirmatur : Opera Dei in æternum permanent : Igitur non est probabile aliquos Libros sacros excidisse.

Respondeo distinguendo : Si libri de quibus est caput controversiæ essent Religioni essentiales, Deus non permisisset illos acerbitate temporum periisse, concedo : sic Deo ipso duce, Esdras post captivitatem Babylonicam recuperavit & restauravit Libros sacros : si non sint Religioni essentiales, nego ; Duo igitur in Libris sacris distinguntur, quædam ipsi Religioni essentialia, qualia sunt ea quæ in Pentateuco, in Prophetis & in Evangelio leguntur ; quædam vero non sunt absolute necessaria, ut temporum historiæ, cum præclara gestorum exempla sufficientia habeamus in libris Reg. Judith, Job, & Machab. Igitur absque Religionis dispendio Verba dierum, & Salomonis de rebus naturalibus dissertationes, pastoris visiones ad explicanda mysteria, omitti potuerunt ; maxime vero cum æquivalentia in aliis libris, & in visionibus, tum Prophetarum, tum beati Joannis habeamus. Ulterior confirmatio probat tantum libros Religioni essentiales permanere in æternum.

SYNOPSIS ARTICULI.

LIBRI omissi qui in veteri & novo Testamento citantur, sunt sacri, cum sint de corpore Scripturæ sacræ : hoc est sententiæ ex eis excerptæ, & in Libris canonicis allatæ sunt explicite de fide, cæteræ vero solum implicite. Igitur credere debemus illos libros laudatos quondam extitisse, sententias ex eis desumptas, & in utroque Testamento laudatas esse a Deo inspiratas : quibus sic distinctis absque negotio solvuntur argumenta in contrarium.

DISSERTATIO UNICA,
DE
TRADITIONE DIVINA
SECUNDA FIDEI REGULA,
Qua Ecclesia Roboratur.

 BSERVANDUM est
I. Traditionem signi-
ficare doctrinam ab
alio acceptam, sive
per voces, sive per
scripta; abstrahit enim
ab hoc quod sit scrip-
ta vel non; nomen
tamen Traditionis vul-
go accipitur a Theologis ad significandam
doctrinam non scriptam; quæ ab uno ad
alium, & ab isto ad alterum sine fine
traditur: sic illam sumit Irenæus, Tertullianus lib. de corona Milit. Porro vocatur doctrina non scripta, non quod nusquam scripta sit; sed quia non fuit scripta ab Auctore canonico: sic Traditione
habemus illibatam B. Mariæ virginitatem,
descensum Christi ad inferos, transubstan-
tiationem, & Baptismum verbis Evangelicis collatum ut bonum.

Observandum II. Traditionem esse in
triplici differentia; unam scilicet divinam,
quæ est immediate a Deo vel Christo: alteram Apostolicam, quæ descendit ab A-
postolis, ut Jejunium quadragesimale, &
continentia Sacerdotum: tertiam mere Ecclesiasticam, quæ constitutione Procerum
Ecclesiæ, vel etiam consuetudine confirmatur, qualis est Canonizatio B. Rochi,
quæ, consuetudines decursu temporum
habent vim legis, ex eo quod nulli contradicant. Traditio adhuc duplex est: alia
universalis, quæ viget in tota Ecclesia,
ut jejunium quadragesimale: alia particularis, quæ solum in aliqua Diœcesi: Porro ut Traditio sit regula fidei, debet esse
& divina, & universalis.

Observandum III. Triplicem esse regulam ad discernendas Traditiones Divinas,
Apostolicas, & Ecclesiasticas: prima est

Boucat Theol. Tom. IV.

quando Traditionis initium non invenitur, nisi fiat regressu ad ipsum Christum,
& tunc sunt divinæ; vel ad Apostolos,
& tunc sunt Apostolicæ: sic docet S. August. in omnibus ferme libris contra Donatistas, quos Traditione urget & confutat. Secunda est, si primorum sæculorum
Patres in aliquo asserendo conspirent, &
oppositum tamquam hæreticum damnent.
Tertia, quando Episcopi in Spiritu sancto
congregati in aliquo Concilio aliquid unanimiter tamquam ab Apostolis derivatum
recipiunt: argumentum enim & signum
est Traditionem esse a Christo, vel ab
Apostolis. Hic autem non agimus de Traditionibus scriptis (aliis Judæorum, quas
ipse Christus & damnat, & rejecit; sed de
genuinis.

Valentiniani, Donatistæ, & post ipsos,
Protestantes rejiciunt Traditionem pro regula fidei; sed contra quod dicit Apostolus 1. Cor. 11. *Ego enim accepi a Domino,
quod & tradidi vobis.*

*Hoc fidei dogma quatuor momentis
probatur.*

PRIMO: Quia Traditiones fuerunt semper in usu, tum in veteri, tum etiam in
novo Testamento.

Secundo: Quia Traditio divina in Scriptura, in Conciliis, & Patribus fundatur,
& ipsa Theologica ratione firmatur.

Tertio: Quia quisque debet credere quod
proponit Ecclesia tamquam de fide tenendum.

Quarto: Quia vel ipsæ Traditiones Ecclesiasticæ obligant in conscientia. Unde
sit

Y 3   AR-

ARTICULUS PRIMUS.

Utrum dentur Traditiones?

CONCLUSIO AFFIRMATIVA.

Probatur multis momentis.

Primo, ex veteri Testamento.

ILLUD datur ut Traditio, quod homines pro regula, tum vitæ, tum morum, tum etiam Religionis semper habuerunt : Atqui res itise habet ex veteri Testamento : Ergo &c. Probatur minor. Primo quidem, constat Adam suos docuisse filios, & regulis eorum instituisse vitam, ipse a Deo edoctus, juxta illud Ecclesias. de primis Parentibus : *Disciplina intellectus replevit illas ; creavit illis scientiam spiritus* ; formare debuit ad pie & sancte vivendum nepotes; nec legitur in Scriptura Cainum, Abel, Enoch, Noe cæteroique Patriarchas, alio modo quam Traditione accepisse ritus colendi Deum, & ipsi sacrificandi. De hominibus post legem a Moyse datam, constat eos habuisse pro regula & fidei & morum Traditiones ut habetur, Exod. 12. & 13. tum Eccl. 8. ubi habetur : *Non te prætereat narratio seniorum, ipsi enim didicerunt a Patribus suis*. David in Psalmis non semel laudat Patrum traditionem, ab quam iterum atque iterum remittit Psalm. 77. *Quanta audivimus, & cognovimus ea : & patres nostri narraverunt nobis .... Quanta mandavit patribus nostris nota facere ea filiis suis* : Ergo &c.

Secundo, ex novo Testamento.

APOSTOLUS I. Cor. 11. ait : *Ego enim accepi a Domino quod tradidi vobis, quoniam Dominus Jesus in qua nocte tradebatur, accepit panem, & gratias agens fregit & dixit : accipite & manducate, hoc est corpus meum &c.* Rursus 2. Thess. 2. *Itaque fratres, State & tenete Traditiones quas didicistis, sive per sermonem, sive per epistolam nostram.* Rursus ibidem c. 3. *Denuntiamus autem vobis ..... ut subtrahatis vos ab omni fratre ambulante inordinate ; & non secundum Traditionem quam acceperunt a nobis*. Quibus sententiis Apostolus Traditionem ut irrefragabilem fidei regulam habet, cum mirabile de realitate corporis in Eucharistia dogma Traditione probet.

Tertio, ex sanctis Patribus.

S. IRENÆUS lib. 3. adversus hæreses c. 2. ait : " Cum enim ex Scripturis arguuntur, in accusationem convertuntur ipsa-

rum Scripturarum, quasi non recte habeant, neque sint ex auctoritate, & quia varie sint dictæ, & quia non possit ex his inveniri veritas ab his qui nesciant Traditionem. Non enim per litteras traditam illam, sed per vivam vocem : ob quam causam, & Paulum dixisse, sapientiam autem loquimur inter perfectos : sapientiam autem non mundi hujus. " Suffragantur, Clemens Alexand. in libris strom. Tertulianus l. 4. contra Marcionem c. 6. & toto lib. de Præscrip. aliique omnium sæculorum Patres in articulo sequenti citandi. Ergo &c. His accedunt Conciliorum definitiones ; namque Concilium quintum generale anathemate percutit contemnentes Traditiones : Item & Septimum generale : Tum & Trid. sess. 4. Ergo &c.

Quarto, rationibus Theologicis.

PRIMA : Synagogæ Doctores non nisi Traditione seu *Cabala* Scripturarum sensum aperiebant, eadem quoque utitur Ecclesia ad denotandos scripturæ novi Testam. sensus obscuros : eadem etiam tenemus jejunium, tum quadragesimale, tum quatuor temporum, aliaque permulta quæ ad fidei conservationem, & ad mores componendos inserviunt : Igitur Traditiones sunt necessariæ.

Secunda : Quindiu Christus vixit, nihil scripsit ; ipso vero mortuo, non nisi octo ab ejus morte elapsis annis B. Matthæus primus scripsit Evangelium. Igitur quamdiu Christus vixit, & ipso mortuo usque ad Mattheum, opus erat Traditione ad fidei & legis Evangelicæ, tum observationem, tum etiam conservationem.

Tertia : Multa sunt quæ fidem & mores spectant atque disciplinam, quæ non nisi Traditione tenere possumus : Igitur Traditio est absolute necessaria. Probatur Antecedens : Virginitas illibata & perpetua Augustissimæ Mariæ est de fide, sic & necessitas Baptismi, quam ratam adversus Anabaptistam propugnamus, cui dogmati astipulantur Lutherani : item testum Paschatis die Dominica immediate æquinoctium verum celebrandum esse astirmamus ; suscipimus Baptisma etiam ab hæreticis, verbis Evangelicis collatum. Sed hæc omnia momenta Traditione innixi & detendimus & servamus : Ergo &c.

Quarta : Ecclesia distinxit Libros sacros a cæteris non sacris, & de eorum authenticitate certum tulit de fide tenendum judicium. Sed Traditione potissimum suffulta sic definivit : Ergo &c.

Di-

Dices : Scriptura sacra sufficit ; quippe quæ cuncta & pro Mysteriis credendis, & pro moribus recte instituendis complectatur : Igitur Traditio est inutilis.

Respondeo distinguendo Antecedens : Scriptura exposita & explicata sufficit ad salutem, concedo : secundum se & nude sumpta, nego. Et vero multos, variosque subiit sensus, quos etiam homines perversi in suas pravas detorquent opiniones ; quocirca per Traditionem exquirendum est, quænam sit genuina mens Spiritus sancti cum sacras dictavit, aut inspiravit Scripturas : Quid plura ? Nonnulla sunt nedum disciplinam & mores, sed & fidem spectantia, ut B. Mariæ illibata & perpetua virginitas, & validitas Baptismi ab hæreticis verbis Evangelicis collati, quæ non sunt in Scripturis saltem explicite, sed ex eis per Traditionem concluduntur. Erro &c.

Dices II. Traditio in ore hominum fundatur : Sed unusquisque cogitat, sapit & judicat prout vult, immo & quilque, in quibus Calvinistæ, Scripturæ sacræ investigare sensus & Mysteria potest, juxta illud Apostoli 1. Cor. 3. 15. *Spiritualis autem judicat omnia.* Ergo &c.

Respondeo distinguendo : Traditio fundatur in ore hominum habentium in Ecclesia potestatem, concedo : in ore omnium hominum indiscriminatim, nego. Scriptum est, quoniam omnis potestas est a Deo ; qui igitur supremam in Ecclesia eam habent, possunt Traditione suffulti & adjuvante Spiritu sancto, sacras explicare Scripturas, & fidei dogmata, tum proponere, tum etiam definire; quod quidem solis summis Pontificibus, & Conciliis Oecumenicis competit. Cæterum Apostolus scribens ad Corinthios eo loci non loquitur de hominum judicio respective ad Scripturam sacram, sed de cujuslibet conscientia ; unde sensus est, qui devotus & spiritualis est ad præsentiam Dei attendens, intelligit quid ab eo expostulet Deus, quidve facere debeat, ut ipsi faciat satis, tum in exequendis mandatis, & expiandis peccatis, tum etiam in adimplendis votis & promissionibus.

SYNOPSIS PROBATIONUM.

Dantur Traditiones.

Primo : Sic habetur Psalm. 77. *Quanta audivimus, & cognovimus ea : & patres* nostri annuntiaverunt nobis. Tum 1. Cor. 11. *Ego enim accepi a Domino,* ait Apostolus, *quod & tradidi vobis.* Eo loci Apostolus docet Fideles realitatem corporis Christi in Eucharistia. Rursus 2. Thess. 2. *State & tenete Traditiones quas didicistis.* Secundo : Hoc ipsum uno veluti eadem docent Patres, Irenæus lib. 3. adversus hær. capit. 2. Augustinus in libris septem de Baptismo. His accedunt Concilia, quæ hæreticos a judicio comparativo Traditione suffulto perstrinxerunt.

Tertio : Omnia quæ fecit & dixit Christus, scripta non potuerunt capere, ait S. Joannes cap. ult. & tamen erant divina & sacra : Igitur memoriæ per Traditionem mandata sunt.

SYNOPSIS OBJECTIONUM ET RESPONSIONUM.

Primo : Scriptura ex se quidem sufficit ad salutem, sed Traditione explicanda est.

Secundo ? Traditio fundatur etiam in hominum judicio, sed per Ecclesiam quæ est infallibilis, probato ; hinc Traditioni divinæ non subest falsum.

Tertio : Spiritualis, esto, judicet omnia pro conscientia, sed non fert legem pro aliis : ad solam quippe Ecclesiam spectat proponere credenda.

ARTICULUS SECUNDUS.

Utrum Traditio divina sit in in Scripturis & Patribus fundata, ut etiam fidei regula infallibilis evadat?

CONCLUSIO.

Traditio divina est regula infallibilis fidei.

Probatio prima, ex Scriptura sacra.

QUod ipsi Scriptura pro fidei regula præscribit, illud ipsum est regula infallibilis, in his quæ fidem spectant : Atqui ipsa Scriptura sacra præscribit Traditionem divinam pro regula fidei infallibili : Igitur Traditio divina debet haberi tanquam fidei regula, eaque infallibilis : dico Infallibilis, namque eo ipso quo Spiritus sanctus qui est veritas essentialis, & lumen indeficiens pro regula fidei statuit Traditionem, eo ipso Traditio est regula infallibilis in his quæ spectant fidem, A quæ religionem. Probatur minor multiplici

Primo , ex veteri Testamento.

Exod. 14. habetur : *Narrabis filio tuo
illo die dicens , hoc est , quod fecit Dominus
&c.* Deut. 32. *Interroga patrem tuum &
annuntiabit tibi , majores tuos & dicent tibi .* Job. 8. *Interroga generationem pristi-
nam & diligenter investiga Patrum memoriam .* Judicum 6. *Ubi sunt mirabilia quæ
narraverunt nobis patres nostri ?* Psal. 43.
*Deus , auribus nostris audivimus , patres
nostri annuntiaverunt nobis , opus quod operatus es &c.* Psal. 77. *Quanta mandavit
patribus nostris nota facere ea filiis suis , ut
cognoscat generatio altera : Filii qui nascen-
tur , & exurgent , & narrabant filiis suis .*
In his & similibus locis Prophetæ Traditionem perfecte delineant & stabiliunt ;
videlicet pro his quæ populus Judaicus ,
cum de unitate Dei , tum de ejus mirabilibus & lege credere debeat , ut isti adhærens regulæ , & ab idololatria deterretur ,
& ad mores in sanctitate componendos
edoceretur : Igitur Traditio est regula fidei infallibilis , utpote a Deo ipso proposita & præscripta in his quæ spectant revelata credenda .

Secundo , ex novo Testamento.

Christus Joan. 16. ait discipulis suis :
*Multa habeo vobis dicere , sed non potestis
portare modo .* Hinc Joannes cap. ult. sic
concludit suum Evangelii volumen : *Sunt
autem & alia multa , quæ fecit Jesus , quæ
si scribantur per singula , nec ipsum arbitror
mundum capere posse eos , qui scribendi sunt ,
libros .* Apostolus 2. Thessal. cap. 2. dicit :
*Itaque fratres , state & tenete Traditiones
quas didicistis , sive per sermonem , sive per
Epistolam nostram .* Quibus positis sic argumentari sas est : Christus ipse multa ad
instructionem Apostolorum , & eorum in
Sacerdotio atque Episcopatu successorum
memoriæ mandavit , adeoque & Traditione tenenda : vel ipse Joannes asserit omnia
a Christo & dicta & facta non potuisse
scribi , & consequenter sola Traditione
observanda : Jam cum Apostolo concludamus : *Itaque fratres state , & tenete Traditiones quas didicistis , sive per sermonem ,
sive per Epistolam nostram .* Igitur absque
fidei discrimine Traditiones non possunt
abjici .

*Probatio secunda , ex omnium sæculorum
Patribus .*

Traditio ex ipsa Scriptura laudata
a Patribus nostris fide , virtute , & scientia præpollentibus repeti opus est ; hinc
qui hoc negat , ipsas abjicit Scripturas ,
quas in utroque Testamento esse divinas
ex ipsa Traditione habemus , & certe
juxta inconcussam & Tertulliani & divi
Augustini regulam , nullus nisi Heterodoxus non dicam absque fidei , sed etiam
rationis ipsius dispendio negare potest ,
quod ab omnibus perpetua successione veluti divinum & inspiratum habetur : Revera quidem si in iis non credimus Doctoribus omni exceptione majoribus , a
fortiori nec ipsis Heterodoxis fides adhibenda est : Et sic nihil certi habetur pro
Religione , dicam & pro componendis moribus : Atqui ex Patribus omnium sæculorum Traditio divina est regula infallibilis fidei ; & probatur per singula discurrendo sæcula .

Ex primo sæculo occurrit S. Ignatius ,
qui teste Eusebio lib. 3. Hist. Eccles. cap.
36. ait : " Cum per Asiam sub acutissimi
„ satellitum custodia ductaretur , singula-
„ rum nihilominus civitatum quas ingre-
„ deretur , Ecclesias sermonibus & cohor-
„ tationibus suis confirmans , monebat in
„ primis , ut sibi a pravis hæreticorum
„ opinionibus caverent , quæ tunc primum
„ in lucem emergere cum cœpissent , co-
„ piosius pullulabant , hortaturque est ut
„ Apostolorum Traditionibus tenaciter in-
„ hærerent , &c.
Tum Dionysius lib. de Eccles. Hierarch.
cap. 3. ubi sic loquitur : " Necessario pri-
„ mi illi nostri Sacerdotalis muneris du-
„ ces , *Apostoli* , cum ex summa super sub-
„ stantialique deitate ipsi laudi muneris
„ plenitudinem percepissent , & idipsum
„ deinceps preferre & propagare a divi-
„ na bonitate missi essent , ipsique posse-
„ ros ad divina provehere affatim cupe-
„ rent , visibilibus signis cælestia sacramen-
„ ta texuerunt , atque in iis quæ nobis
„ sunt familiaria summa illa & super sub-
„ stantialia , partim scriptis , partim non
„ scriptis institutionibus suis , juxta quod
„ sacræ definiunt leges nobis tradide-
„ runt .
Papias B. Joannis auditor suffragatur ,
qui lib. 4. sui operis , ait : " Non pige-
„ bit ea quæ quondam a senioribus didi-
„ ci ,

,, ci, ac memoriæ mandavi, cum Inter-
,, pretationibus nostris adscribere, ut ve-
,, ritas eorum nostra quoque assertione fir-
,, metur. ,, Ecce quomodo Patres Mysteria, tum divinitatis, tum gratiæ Traditione teneri docent.

Ex secundo sæculo, instar omnium hujus sæculi Patrum sit Irenæus, qui lib. 3.
adversus hæreses cap. 3. recensita duodecim
Romanorum Pontificum successione a san-
ćto Petro scilicet ad Eleutherium usque,
sic essatur : " Hic ordinatione & succes-
,, sione, ea quæ est ab Apostolis in Ec-
,, clesia traditio & veritatis præconizatio
,, pervenit usque ad nos, & est plenissima
,, hæc ostensio, unam & eamdem vivifi-
,, catricem fidem esse, quæ in Ecclesia
,, ab Apostolis uique nunc sit conservata
,, & traditæ in veritate. ,, Rursus lib. 4.
cap. 43. eamdem prorsus de Traditione
propugnat doctrinam : Ergo &c.

Ex tertio sæculo, pro eadem veritate
nubes testium se prodit. In primis Clemens Alexand. qui in octo hypotypóseon
libris qui perierunt, Pantænum suum
magistrum nominatim appellavit : " Que-
,, cumque ille a majoribus accepisset, &
,, Traditiones quas posteris reliquisset,
,, exponens. ,, Apud Eusebium lib.6.cap.
13. Rursus lib. primo stromatum ait, quædam scripta haberi, quædam vero non
scripta, & hæc Traditione : " Arcana,
,, ait, sicut Deus, verbo credi, non scri-
,, pto ; sed enim traduntur mystice My-
,, steria, ut sit etiam in ore loquentis id
,, quod loquitur, potius autem non in
,, voce, sed in intelligentia. ,,

Origenes, suum addit calculum Lib. 5.
In epist. ad Romanos : " Ecclesia, inquit,
,, ab Apostolis Traditionem suscepit, et-
,, iam parvulis Baptismum dare. ,, Rursus præf. in lib. 1. Periarchon. Tum tract.
29. in Matth.

Ejusdem est sententiæ Seraphim in libro
de Evangelio Petri apud Eusebium, Lib.
6. hist. Ecclef. cap. 18. Subscribit S. Cyprianus epist. 63.

Tertullianus inter omnes Traditionis est
tenacissimus, eamque in multis operibus
ex professo defendit, lib. de corona Militis .... Cap. 3. & 4. l. 4. contra Marcionem : cap. 6. in primis vero in toto libro
de præscript. cap. 19. ad dignoscendam
ex Scripturis veritatem pro regula proponit adversus hæreticos Traditionem, his
verbis : " Ergo non ad Scripturas provo-
,, candum est. Nec in his constituendum

certamen in quibus aut nulla aut incer-
,, ta victoria est, aut par incertæ. Nam
,, & si non ita evaderet collatio Scriptu-
,, rarum, ut utramque partem parem si-
,, sterit, ordo rerum desiderabat illud
,, prius proponi quod nunc solum dispu-
,, tandum est : quibus competat fides Ip-
,, sa ? Cujus sint Scripturæ? A quo est,
,, per quos & quando, quibus sit tradita
,, disciplina qua fiunt Christiani ? Ubi enim
,, apparuerit esse veritatem, & discipli-
,, næ, & fidei Christianæ, illic erit veri-
,, tas Scripturarum, & expositionum, &
,, omnium Traditionum Christianorum.,,
Videas velim, benevole Lector, quomodo
Patres pro veritate '& Scripturarum, &
Mysteriorum, & Religionis astruenda ad
Traditionem recurrant. Ergo &c.

Ex quarto sæculo in testimonium venit
S. Athanasius, tum & Eusebius Cæsa-
riensis. Prior sic loquitur epistol. ad A-
fros : " Episcopi, inquit, non sibimetipsis
,, adinvententes verba, sed habentes ea a
,, Patribus, testimonia conscripserunt. ..
Rursus lib. de Synodi Nycænæ decretis
idem docet, tum & epistol. de Synodis
Arimini & Seleuciæ.

Posterior lib. 1. demonst. Evang. cap. 8.
sic satur : " Ejus vero discipuli, Christi
,, scilicet ad Magistri sui nutum, auri-
,, bus multorum doctrinæm suam accom-
,, modantes, quæcumque quidem veluti
,, ultra habitum progressu, a perfecto
,, ipsorum magistro præcepta fuerant, ex
,, iis qui capere poterant, tradiderunt. ,,
Idem propugnat lib. 1. contra Marcellum
cap. 1.

Ex quinto sæculo, quot Patres tot Traditionis Præcones. Agmen ducet S. Basilius, qui lib. de Spiritu sancto capit. 27.
Traditionem divinam sic propugnat : "
,, Dogmata & instituta, ait, quæ in Ec-
,, clesia prædicantur, quædam habemus e
,, Doctrina scripto prodita, quædam rur-
,, sus ex Apostolorum Traditione &c. ,,
Eo loci probat & Scriptura & Traditione
Spiritus sancti divinitatem. Idem docet
cap. 29. & hom. 27. contra Sabellianos,
Arium & Anomæos ; ac demum epist.61.
ad Occidentales Episcopos. Isti accedit E-
piphanius hæres. 75. num. 8.

Atque vero S. Hieronymus dialog. adversus Luciferanos capit. 4. ait : " Etiam
,, si Scripturæ auctoritas non subesset,
,, totius orbis in hanc partem consensus,
,, instar præcepti obtineret. Nam & alia
,, multa, quæ per Traditionem in Eccle-
,, sia

„ Gis obfervantur , auctoritatem fibi fcri-
„ ptæ legis ufurpaverunt.

S. Auguftinus in libris de Baptifmo per
omnia Traditione debellat Donatiftas ; hac
quippe regula eis oftendit neque veram
Ecclefiam effe apud eos, neque veram de
Religione fidem. Lib. 2. cap. 7. fic loquitur : " Quam confuetudinem credo ex
„ Apoftolica Traditione venientem, ficut
„ multa quæ non inveniuntur in litteris
„ eorum neque in Conciliis pofteriorum:
„ tamen quia per univerfam cuftodiun-
„ tur Ecclefiam , non nifi ab ipfis credi-
„ ta & commendata creduntur . „ Rurfus
lib. 5. capit. 23. Apoftoli autem nihil qui-
„ dem exinde præceperunt , fed confue-
„ tudo illa quæ opponebatur Cypriano ,
„ ab eorum Traditione exordium fumpfif-
„ fe credenda eft . „
Concinit S. Cyrillus Alex. in Apologetico pro 2. capitulis contra Neftorium A-
nath. 8. " Omnes enim , inquis , quibus
„ integrum cor eft , illorum fententiis fe-
„ qui contendunt : quia & impleviffent ,
„ & ex facris Scripturis fermonem fidei
„ recte & citra reprehenfionem tractaf-
„ fent , mundi fuere luminaria , fermonem
„ vitæ continentes, prout fcriptum eft . „
Idem propugnat Vincentius Lirinenfis in
comment. cap. 3. fic de Patribus fubfe-
quentium fæculorum.

Probatio tertia , ex Conciliis.

Illud pro regula infallibili fidei recipi debet , quo definitiones infallibiles Conciliorum Oecumenicorum innituntur : Sed
definitiones hujufmodi Conciliorum ipfa
Traditione innituntur : Igitur ipfa Traditio eft regula fidei infallibilis ; fin minus
evacuarentur Conciliorum de fide decreta, ædificium quippe, fublato fundamento, ruit , nec ufquam ftare poteft . Jam
probatur minor multis momentis : Primo
quidem , ex Concilio Chalcedonenfi , ubi
fides Petri S. Leoni tradita prædicatur,
his verbis Act. 2. Hæc Patrum fides . Omnes ita credimus : anathema qui ita non credit ; Petrus per Leonem locutus eft : Apoftoli ita docuerunt : Nec mirum , S. Leo
epift. 68. ad Pafchafium fuum in Concilio
Legatum capit. 3. monet eum traditionem
Patrum pro definiendo contra Euthyche-
tem duas in Chrifto naturas tenere. Eam
docet Traditionis doctrinam epift. 61. ad
Marcianum Auguftum .

Concilium V. generale anathemate ferit
eum qui , Ex duabus naturis deitatis &
humanitatis confiftens unitatem factam effe,
vel unam naturam Dei Verbi incarnatam
dicens , non fic ea excipit ficut Patres docuerunt ; Hoc eft , tradiderunt . Tum can.
9. anathemate percellit eum , qui non una
adoratione Deum Verbum incarnatum cum
propria ipfius carne adorat , ficut ab initio
Dei , Ecclefia traditum eft . Concilium VI.
Oecum. action. 10. fuum addit calculum
in definitione fidei : Item & VII. Generale , his verbis in defin. fid. Fatemur autem unanimiter nos Ecclefiafticas Traditiones , five fcripto , five confuetudine valen-
tes & decretas , retinere velle , quarum de
numero eft imaginum effiguratio. Non omittendum octavum Oecum. act. 10. can. 1.
Denum Tridentinum fuo perftringit ftylo
cenforio peffundantes Traditionem , his
verbis : Si quis Traditiones prædictas fciens
& prudens contempferit ; anathema fit.

Quid plura adjiciam ? Concilium Ephef.
judicavit a judicio comparativo , hoc eft
Traditione , doctrinam Neftorii ; Chalcedonenfe , doctrinam Eurychetis ; fextum
generale , doctrinam Monothelitarum ; feptimum Oecumenicum , errores Iconomachorum , & illos omnes Ecclefia Traditione innixa declaravit hæreticos ; e contra
vero de fide definit uninnem Verbi cum
humanitate effe fubftantialem , illam abfque confufione naturarum fictam fuiffe,
duas effe in Chrifto operationes , & cultu religiofo venerandas effe fanctas imagines . Ergo &c.

Probatio quarta , ex placitis Ecclefiæ Orien-
talis eruitur.

Quod Ecclefia Orientalis ad noftra ufque tempora pro regula fidei cum Ecclefia Occidentali habuit ; hoc ipfum abfque
temeritate & errore rejici non poteft :
Atqui res fic fe habet : Ergo &c. Hinc
effe Ecclefiæ Occidentalis fidem & fententiam ex Patribus Latinis fupra laudatis &
perpetuo ufu liquet : de Ecclefia Orientali antiqua , non eft relictus ambigendi
locus , ut fupra oftenfum eft ex Patrum
Græcorum cujufcumque fæculi teftimonio . Superest igitur probandum effe minorem pro Ecclefia Orientali moderna .
Ejus fenfus abfque negotio agnofcitur ex
his omnibus quæ dixit & fecit adverfus
Cyrillum Lucarem Patriarcham CP. qui
anno circiter 1636. confeffionem Geneven-
fem

fem non fine magno Apoftafiæ fcandalo
adoptavit, & inter Catholica dogmata
etiam Traditionem divinam verbis tametfi
fubobfcuris exfufflavit.

Simeon Theffalonicenfis tract. adverfus hærefes pagin. 37. agnofcit fummi Pontificis
dignitatem cæteris fupereminere. Subdit
vero Græcos ab ejus communione ideo
divulfos effe, eo quod prædecefforum
fuorum Traditionem abnegaffet. Igitur ille
græcus tametfi fchifmaticus & fummi Pontificis calumniator, Traditionem divinam
veluti Inconcaffam fidei regulam habet.

Jeremias refp.1.contra Theologos Vvit-
tembergenfes pagin. 133. exquifitis Scripturarum locis demonftrat Traditionem
divinam effe tenendam, hæreticos vero non
nifi traditiones falfas & Judaicas habere.

Prima Synodus adunata fub Cyrillo Be-
roenfi hanc profcribit propofitionem pag.
611. *Ecclefiam in hac vita errare poffe, &*
mendacium pro veritate habere .... quia ea
in fequeretur unamquamque de Evangelio
quod præ manibus habemus, poffe dubitare
num a Spiritu fancto promanavit, ficut Eccle-
fia illud nobis tradidit. Quibus verbis Traditione innixa de authenticitate Evangelii
fuum profert Synodus de Evangelio judicium.

Secunda Synodus adverfus Cyrillum Lucarem congregata fub Paternio Seniore.
2. p. 118. Secundum Cyrilli articulum
Traditioni adverfantem proflligat : *In quo*,
Inquiunt PP. *Cyrillus fufcipiens fanctam Scri-*
pturam Patrum Ecclefiæ explicationibus de-
nudatam, flocci facit, quod in Conciliis Oecu-
menicis, infpirante Deo, condemnatum eft, &
abjicit Traditiones ab omni antiquitate fucceffi-
one perpetua, in toto univerfa recepta, fi-
ne quibus, inquit Bafilius, omnis noftra præ-
dicatio in meris fifteret verbis.

Confeffio Orthodoxa contra eumdem Cyrillum facta, hanc Symboli fententiam :
Sanctam Ecclefiam Catholicam, auctoritatem
Ecclefiæ, fic prædicet & explicet : Hic
articulus nos docet quemlibet Orthodoxum te-
neri obedire Ecclefiæ, & illi fubditum effe
juxta Chrifti doctrinam, qui dixit, fi quis
Ecclefiam non audit, fit tibi ficut Ethnicus
& Publicanus. Ortho. qu.86. p.140.

Melefius Syrugos ad art.2. Conf. Cyrilli editione Græca Vulgata fol. 4. & fequentibus fufo calamo omni argumentorum
genere probat adverfus illum Apoftatam,
& neceffitatem Traditionis divinæ, &
ejus infallibilitatem. Perftringit ibidem
Calviniftas eo quod dicant quemlibet fuf-

ficienter per Scripturas edoceri à Spiritu
fancto : *Patriarchæ*, inquit, *qui ante Scri-*
pturam vixerunt; probaverunt a nobis con-
fervandas effe Traditiones non fcriptas, ab
omni Ævo Ecclefiæ receptas ; eo prope modo
ac ea quæ in Scriptura edocentur, quia a fe
invicem Traditione rerum Dei cultum fufce-
perunt, quocirca fcriptum eft : Interroga Pa-
tres & dicent tibi, & alio in loco : quanta
audivimus & Patres narraverunt nobis :
Ergo &c.

His omnibus accedit definitio Synodi
Jerofolymitanæ Dofitæi pag.30. damnantis
omnes hæreticos, ea potiffimum ratione,
quod non ferant Traditioni pro genuinis
Scripturarum inveftigandis fenfibus, fed
unufquifque fecundum phantafiam Scripturas divinas interpretetur : eo loci maxime perftringit Calviniftas, afferitque
ad folam fpectare Ecclefiam Traditionibus divinis irrefragabiliter divinos explanare textus.

Ifta genuina recentiorum Græcorum de
Traditione placita fato calamo exponit
Renaudotius tom. 5. Perpetuitatis fidei
lib. 7. cap.2.

Ex his fequitur Proteftantes effe ab omni & fenfu, & ratione, immo & religione alienos, dum divinam expludunt Traditionem, quam vel ipfi Græci, timentfi
& fchifmate, & hæreti ab Ecclefia Romana divulfi, tamquam irrefragabilem fidei
regulam habent : Ergo &c.

Quinta probatio, ex rationibus Theologicis.

PRIMA, fic exponitur. Scriptura facra, etiam non difficentibus hæreticis, eft
regula infallibilis fidei : Igitur & Traditio
divina. Probatur confequentia multis momentis. Primo quidem, ideo Scriptura eft
regula infallibilis fidei, quia eft Verbum
Dei : Sed pari & confimili ratione Traditio eft Verbum Dei, quippe quæ ab ore
Chrifti promanaverit, juxta illud Apoftoli, 1. Cor. 11. *Ego enim accepi a Domi-*
no, quod & tradidi vobis &c. Secundo,
in tantum Scripturæ funt regula fidei,
in quantum ex Traditione, tum veteris, tum novi Teftamenti declaratæ funt
facræ & genuinæ : hinc Traditio divina
eft ejufdem cum Scriptura auctoritatis.
Et vero Apoftoli Chriftus non dictavit
Evangelium, fed aliquibus elapfis annis,
ut fupra notavimus, Apoftoli illud, ficut
audierant, & Traditione tenebant, fic &
fcripferunt. Tertio, quod Verbum Dei fit

fcri-

scriptum vel non, est semper Verbum Dei : Sed sicut scriptis, sic & Traditione habemus Verbum Dei : Igitur Traditio eadem auctoritate cum Scriptura potitur, modo sit divina, & uti talis ab Ecclesia declarata ; Hoc est definitione data & scripta : namque Traditio, quandoque scriptis, quandoque etiam vivo vocis oraculo per successionem tenetur : Ergo &c. Tertio ipsam traditionem Christus a Deo Patre, Apostoli a Christo, Ecclesiæ particulares ab Apostolis acceperunt : quocirca ex interrupta successione habemus Traditionem nobis propalare veritates a Deo Patre, & Christo ejus filio revelatas : Ergo &c. *Tertullianus* lib. de præscript. hoc ex variis rationibus complexuin argumentum tradit. pag. 236. edit. Parif. ubi perstringit Hethcrodoxos & infestatur, dicendo sidem & veritatem non esse apud eos, cum sint extranei, & nondum veritatem possidere, quippe qui illam quærant. Pag. 237. ait non esse cum eis contendendum via & medio Scripturarum, quippe qui eas deflorent, & in varios perverfosque sensus detorqueant, sed Scripturas explicandas esse per Traditionem, qua manu ducimur, usque ad veritatis originem, nempe Deum : " Omne „ genus, ait, ad originem suam censea- „ tur, necesse est. Itaque tot ac tantæ „ Ecclesiæ, una est illa ab Apostolis pri- „ ma, ex qua omnes. Sic omnes primæ, „ & omnes Apostolicæ, dum una omnes „ probant unitatem : dum est illis com- „ municatio pacis, & appellatio frater- „ nitatis, & contestatio hospitalitatis, „ quæ jura non alia ratio regit, quam „ ejusdem sacramenti una Traditio. Hinc „ igitur dirigimus præscriptionem : Si „ Dominus Jesus Christus Apostolos misit „ ad prædicandum, alios non esse recipien- „ dos prædicatores, quam quos Christus „ instituit ; quia nec alius patrem novit nisi „ filius, & cui filius revelavit, nec aliis vi- „ detur revelasse filius, quam Apostolis „ quos misit ad prædicandum, utique quod „ illis revelavit : Quid autem prædicarint, „ id est, quid illis Christus revelaverit, hi „ præscribant non aliter probari debere, „ nisi per easdem Ecclesias, quas ipsi Apo- „ stoli condiderunt, ipsi eis prædicando, „ tam viva, quod ajunt, voce, quam per „ epistolas postea. Si hæc ita sunt, con- „ stat proinde omnem doctrinam, quæ „ cum illis Ecclesiis Apostolicis matrici-

„ bus & originalibus fidei confpiret, ve- „ ritati deputandam ; id sine dubio te- „ nentem quod Ecclesiæ ab Apostolis, „ Apostoli a Christo, Christus a Deo ac- „ cepit : omnem vero doctrinam de men- „ dacio præjudicandam, quæ sapiat con- „ tra veritatem Ecclesiarum & Apostolo- „ rum, & Christi, & Dei. „
Secunda : Quod successione irrefragabili firmatur, illud profecto est regula infallibilis fidei, hac quippe successione unitas veritatis a Christi ore emanata servatur : Atqui Traditio de qua est caput controversiæ, tali firmatur successione : & prob. Petrus & cæteri Apostoli veritatem religionis a Christo loquente didicerunt : Clemens a Petro accepit : Victor a Clemente ; Stephanus, a Victore ; Melchiades a Stephano ; & sic per singula discurrendo sæcula.
Hæc ratio est Tertulliani ibidem pagin. 243. his verbis : " Cæterum si quæ au- „ dent interserere se ætati Apostolicæ, „ ut ideo videantur ab Apostolis tradi- „ tæ, quia sub Apostolis fuerunt, pollu- „ mus dicere : Edant ergo origenes Ec- „ clesiarum suarum : evolvant ordinem „ Episcoporum suorum, ita per succef- „ siones ab initio decurrentem, ut pri- „ mus ille Episcopus aliquem ex Apofto- „ lis, vel Apostolicis viris, qui tamen „ cum Apostolis perseveraverit, habuerit „ & auctorem & antecessorem. Hoc „ enim modo Ecclesiæ Apostolicæ sensus „ suos referunt : sicut Smyrnæorum Ec- „ clesia habens Polycarpum ab Joanne con- „ locatum refert ; sicut Romanorum, „ Clementem a Petro ordinatum edit. „ Perinde utique & cæteræ exhibent, „ quos ab Apostolis in Episcopatum con- „ stitutos Apostolici seminis traduces ha- „ beant. Confingant tale aliquid hære- „ tici. „
Tertia : Non sine Dei speciali assistentia unitas & fidei & veritatis in Ecclesiis particularibus servari potest, quocirca vinculum talis unitatis est a Deo inspirante & gubernante Ecclesiam : Sed tale vinculum est Traditio divina ; si enim quæratur veritas apud Ephesios, Corinthios, Thessalonicenses, Colloffenfes, Galatas, Titum, Timotheum, Philemonem, & Hebræos, immo & Romanos, a Paulo per Christum, & etiam Paulus per Petrum, quem adiit, ut in fide firmaretur, promanavit ; Traditio est regula inconcussa fidei, namque Ecclesias particulares in

uni-

unitate dogmatum convenientes erraſſe, neque probabile, neque ipſi rationi conſentaneum eſt.

Quarta : Præſcriptio habet vim tituli, ut habetur in corpore juris, & ita cenſuit ipſe Juſtinianus : Sed quod major eſt, ſic cenſet Tertullianus in toto præſcriptionis libro : ſic Sanctus Thomas, ſic Alenſis, ſic S. Bonavent. ſic Concil. Lateranenſ. IV. Sed Traditio divina præſcribit, teſte Tertull. adverſus hæreticos, & probatur. Sicut nova excogitant Heterodoxi, ita & nova docent ; Eccleſia vero ſoli inhæret veritati traditæ a Chriſto, tum & ab Apoſtolis, qui in omnem terram miſſi ſunt, ut docerent Gentes, & particulares Eccleſias : porro teſte iterum Tertull. veritas eſt mendacio antiquior, & omne novum falſitatem ſapit : Ergo &c.

Quinta : Iſta regula eſt infallibilis, qua omnes fidei controverſiæ ſolutæ ſunt, & adverſus quam Eccleſiæ hoſtes inſenſiſſimi recrudeſcere non auſi ſunt : Atqui Traditione divina omnes fidei controverſiæ ad metam pervenerunt, & rebellantes ut plurimum contradicere erubuerunt : Ergo &c. Probatur minor quoad utramque partem. Primo quidem, controverſia de feſto Paſchatis die Dominica poſt æquinoctium vernum celebrando, de Baptiſmo verbis Evangelicis ab hæreticis collato ſuſcipiendo, ſicut & ſequentium ſæculorum controverſiæ Traditione divina finitæ ſunt ; namque Stephanus I. nihil aliud adverſus tria Concilia Cypriani, & duo Firmiliani, quibus Baptiſma ab hæreticis collatum abjiciebant, oppoſuit, præter iſtam ſententiam : *Nihil innovetur, niſi quod traditum eſt.* Quam quidem definitionem, Eccleſiæ omnes particulares, & totus orbis, veluti a Spiritu ſancto dictatam ſuſceperunt. Secunda pars probatur. Nec ipſe Arius, & ſul in variis proſcripti Conciliis, nec Neſtoriani damnati in Epheſino, nec Eutichiani, Monotheliæ & Iconomachi, nec ipſe Photius tametſi Romanæ Eccleſiæ hoſtis adapertus, quidquam adverſus Traditionem obmurmurare auſi ſunt ; ſed ad unum confugerunt, Eccleſiam Latinam divinæ non adhærere Traditioni, quod certe falſiſſimum erat, debacchati ſunt. Quid plura, vel Ipſi Græci ſchiſmatici, ut refert Renaudotius ſupra laudatus, dum inter ſe dividuntur opinionibus, unus alterum propellere conantur, aſſerendo adverſarium non ſtare Traditioni : Ergo &c.

Sexta : Ultro conveniunt Proteſtantes vinum fuiſſe in Calice, quem Chriſtus potandum dedit diſcipulis ſacram inſtituendo Euchariſtiam : Atqui tamen hoc ſolum Traditione tenetur, cum non ſit in Scriptura niſi illative vinum fuiſſe in Calice : Ergo &c.

Iſta ratio colligitur ex Concilio Tridentino ſeſ. 4. ibi enim explicans Traditionem dicit : *Omnem veritatem fidei & morum diſciplinæ, contineri in Libris ſcriptis, & ſine ſcripto, Traditionibus, quæ ex ipſius Chriſti ore ab Apoſtolis acceptæ, aut ab ipſis Apoſtolis, Spiritu ſancto dictante, quaſi per manus traditæ, ad nos uſque pervenerunt ; ſeque Orthodoxorum Patrum exempla ſecutum, omnes libros tam veteris, quam novi Teſtamenti cum utriuſque unus Deus ſit auctor, nec non Traditiones ipſas, tum ad fidem, tum ad mores pertinentes, tamquam vel ore tenus a Chriſto, vel a Spiritu ſancto dictatas, & continua ſucceſſione in Eccleſia Catholica conſervatas pari pietatis affectu ac reverentia ſuſcipere ac venerari.* Audis Concilium Traditionem cum Scriptura conjungere, & illius auctoritatem ab iſta individuam aſſerere.

Solvuntur objectiones Heterodoxorum, ex Scriptura depromptæ.

Objiciunt : Scriptum eſt Matth. 7. 7. *Quærite & invenietis :* Igitur non ſtandum eſt Traditioni, ſed unuſquiſque quid credendum, quidve agendum in Scripturis inveſtigare debet ; hinc Chriſtus ajebat Judæis Joan. 5. 39. *Scrutamini Scripturas.*

Reſpondeo diſtinguendo : Et hoc dictum eſt pro Judæis & Catechumenis, concedo : pro iis qui fidem receperant, nego. Omnia, teſte Apoſtolo, in figuris contingebant in veteri Teſtamento ; quocirca quid lex & Prophetæ de Chriſto dicerent, quærere debebant, cum nondum Chriſtus ut Meſſias agnitus eſſet : Idem dicendum de Catechumenis & infidelibus qui nihil de Chriſto audierant : addo eos per Scripturas Traditione explicatas debere Chriſtum quærere.

Solutio eſt Tertulliani lib. de præſcriptione cap. 8. pag. 233. ubi ſic reſpondet ad argumentum : " Nobis curioſitate opus ,, non eſt poſt Chriſtum Jeſum, nec in-,, quiſitione poſt Evangelium. Cum credi-,, mus, nihil deſideramus ultra credere. ,, Eo loci pro fidelibus loquitur : deinde pergit ut reſpondeat pro Judæis & infidelibus :

bus : " Venio itaque ad illum articulum
" quem & noſtri prætendunt ad ineun-
" dam curioſitatem, & hæretici inculcint
" ad importandam ſcrupuloſitatem. Scri-
" ptum eſt, inquiunt : Quærite & inve-
" nietis. Quando hanc vocem Dominus
" emiſit, recordemur. Puto in primitiis
" ipſis doctrinæ ſuæ cum adhuc dubita-
" retur apud omnes, an Chriſtus eſſet.
" Et cum adhuc nec Petrus illum Dei
" filium pronuntiaſſet : cum etiam Joan-
" nes de illo certus eſſe deſiſſet. Merito
" ergo tunc dictum eſt : Quærite & in-
" venietis, quando quærendus adhuc erat,
" qui adhuc agnitus non erat : & hoc
" quantum ad Judæos. Ad illos enim per-
" tinet totus ſermo ſuggillationis iſtius,
" qui habebant ubi quærerent Chriſtum.
" Habent, inquit, Moyſen & Eliam, id
" eſt legem & Propheras Chriſtum præ-
" dicantes : Secundum quod & alibi aper-
" te : Scrutamini, inquit, Scripturas, in
" quibus ſalutem ſperatis. Illæ enim de
" me loquuntur; hoc erit, quærite & in-
" venietis. Nam & ſequentia in Judæos
" competere manifeſtum eſt, Pulſate &
" aperietur vobis…"
Inſtant : Traditio ab Apoſtolis deducitur : Sed iſta non eſt infallibilis : Et probitur. Cuncta non cognoſcebant, utpote
puri homines : Ergo &c.
Reſpondeo negando minorem. Ad probationem diſtinguo : Ante adventum Spiritus ſancti Apoſtoli cuncta non cognoſcebant, vel ſi cognoſcerent, ex parte oblivi-
ſcebantur, vel etiam non capiebant, propter quod non ſemel eos in Evangelio increpat Chriſtus, concedo : poſt adventum
ſpiritus ſancti, nego. Eos quippe omnem
docuit veritatem : hinc non a ſe ipſis,
Sed pro ut & a Chriſto, & Spiritu ſancto acceperant, loquebantur.
Sic reſpondet Tertullianus ibidem pag.
232. cap. 6. " Nobis vero nihil ex noſtro
" arbitrio inducere licet, ſed nec eligere
" quod aliquis de arbitrio ſuo induxe-
" rit. Apoſtolos Domini habemus aucto-
" res, qui nec ipſi quicquam & ſuo ar-
" bitrio, quod inducerent, elegerunt,
" ſed acceptam a Chriſto diſciplinam fi-
" deliter Nationibus adſignaverunt."
Tum cap. 21. pag. 238. " Multa habeo
" adhuc vobis loqui, inquiebat Chriſtus
" Apoſtolis, ſed non poteſtis modo ea ſu-
" ſtinere, tamen adjiciens : cum venerit
" ille Spiritus veritatis, ipſe vos deducet
" in omnem veritatem : oſtendit illos

" nihil ignoraſſe; quos omnem veritatem
" conſecuturos per Spiritum veritatis re-
" promiſerat ; & utique implevit repro-
" miſſum, probantibus Actis Apoſtolo-
" rum deſcenſum Spiritus ſancti."
Urgent : Atqui Apoſtoli etiam poſt deſcenſum Spiritus ſancti multa ignorabant :
Ergo &c. Probitur ſubſumptum. Petrus
reprehenſus eſt a Paulo : Ergo &c.
Reſpondeo I. negando ſubſumptum. Ad
probationem diſtinguo : Petrus reprehenſus eſt a Paulo eo quod quædam ignoraret Myſteria, nego. Reprehenſus eſt
œconomiæ cauſa, & propter aliquod diſciplinæ punctum, ſubdiſtinguo : per modum repræſentationis, quatenus cum Gentilibus ad fidem converſis edebat, tum ab
eis ſe propter Judæos legis adhuc æmu-
latores, ſeparari ſimulabat, concedo.: au-
ſtoritative, nego.
Sic ſolvit Tertullianus argumentum Heterodoxorum pag. 239. his verbis : " Cæ-
" terum ſi reprehenſus eſt Petrus, quod
" cum convixiſſet Ethnicus, poſtea ſe a
" conviictu eorum ſeparabat perſonrum
" reſpectu : utique converſationis fuit vi-
" tium, non prædicationis : Non enim
" ex hoc alius Deus, quam Creator, &
" alius Chriſtus, quam ex Maria, & alia
" ſpes, quam reſurrectio annuntiabatur.
" Non mihi tam bene eſt, immo non,
" mihi tam male eſt, ut Apoſtolos com-
" mittam. Sed quoniam perverſiſſimi illi
" illam reprehenſionem ad hoc obtendunt,
" ut ſuſpectam faciant doctrinam ſuperio-
" rem, reſpondeo quaſi pro Petro : ipſum
" Paulum dixiſſe, factum ſe eſſe omni-
" bus omnia, Judæis Judæum, non Ju-
" dæis non Judæum, ut omnes lucrifacе-
" ret ; Adeo pro temporibus & perſonis
" & cauſis quædam reprehendebant, in
" quæ & ipſi æque pro temporibus &
" perſonis, & cauſis committebant, quem-
" admodum ſi & Petrus reprehenderet
" Paulum, quod prohibens circumci-
" ſionem, circumcideret ipſe Timothe-
" um."
Reſpondeo II. argumentum nihil probi-
re, quandoquidem non Petrus, ſed Ce-
phas unus ex 70. diſcipulis a Paulo reprehenſus eſt.
Perfiſtunt : Eſto quod Apoſtoli cuncta
noverint poſt Spiritus ſancti ſuper eos deſcenſum, non tamen cuncta manifeſtave-
runt, juxta illud Apoſtoli 1. Tim. 6. 10.
O Timothee, depoſitum cuſtodi. Et rurſum :
Bonum depoſitum ſerva : Ergo &c.

Reſpon-

Respondeo negando antecedens : ideo enim, ut habetur in Evangelio, a Christo edocti sunt Apostoli. ut omnes docerent populos, juxta illud Matth. 28. *Euntes docete omnes gentes* . Ad probationem distinguo : Et eo loci unum tantummodo inculcat Apostolus Timotheo , ut nullam aliam praeter Evangelii doctrinam doceat, concedo : & prohibet mysteria ad fidem necessaria revelari & manifestari, nego . Hanc haereticorum objectionem sibi proponit Tertullianus ibidem cap. 25. pag. 240. & solvit his verbis : " Porro conse-
" quens erat , ut cui demandabat Evan-
" gelii administrationem, non passim nec
" inconsiderate administrandam adjiceret ,
" secundum dominicam vocem , ne mar-
" garitam porcis, & sanctum canibus ja-
" ctaret . Dominus palam edixit, sine ul-
" la significatione alicujus taciti Sacra-
" menti, Ipse praeceperat si quid in te-
" nebris & in abscondito audissent , in
" luce & in tectis praedicarent. " Igitur ex Tertulliano Apostoli omnia docuere quae ad fidem & salutem spectant.

Obstrepunt : Christus & Apostoli saepius rejiciunt Traditionem : Ergo &c. Probatur antecedens. Matth. 15. habetur : *Irritum fecistis mandatum Dei propter Traditionem vestram*. Item ad Galatas primo : *Aemulator existens paternarum mearum traditionum*. Quibus verbis Apostolus se accusat quod zelo abreptus per fas & nefas Traditionem tenuisset : Tom Colos. 2. *Videte ne quis vos decipiat per Philosophiam & inanem fallaciam secundum Traditionem hominum*. Denique 1. Petri 1. 18. *Redempti estis de vana vestra conversatione paternae Traditionis vestrae* . Igitur Scriptura sufficit , & de facto Patres permittunt cuilibet , saltem docto, illam explicare & applicare .

Respondeo distinguendo : Et in his omnibus reprehenduntur solum falsae Judaeorum Traditiones Scripturae contrariae, quaeque initium bibuerunt a Rabbinis , & Sammaei Chillel , Achiba & quibusdam aliis , qui paulo ante Christi nativitatem, legem non tam exposuere , quam corrupere , concedo : Ita censet Hieronymus in cap. 8. Isaiae, & in capit. 3. Epistolae ad Titum . Reprehenduntur Traditiones divinae , nego . Immo ita erant necessariae , ut sine eis germanus Scripturarum sensus vix posset haberi . Ad confirmationem distinguo : Patres permittunt doctoribus pie explicare Scripturas, ut faciunt

Theologi interpretes , concedo : auctoritative, nego . Hoc solum pertinet ad Ecclesiam & SS. Patres . Caeterum cum legitur Deut. 4. *Non addetis ad Verbum quod vobis loquor*; significatur solum nihil substantiale addendum esse verbo Dei : Porro traditio nihil ipsa addit, sed potius prodit & explicat .

Diluuntur objecta, ex SS. Patribus excerpta .

OPPONUNT I. Cyprianum , qui Epistol. ad Pompejum dicit credendum esse soli Scripturae : Sed ibi loquitur de dogmate fidei, (scilicet de Baptismo ab haereticis verbis Evangelicis collato, quem rejiciebat : Ergo &c. Confirmatur . Eo loci loquitur per oppositum sensum Stephano qui sola innixus Traditione Baptismum illum recipiebat , ut habetur in suo scripto ad Cyprianum , his verbis : *Nihil innovetur , nisi quod traditum est* . Sed hanc Traditionem divinam rejecit Cyprianus cum tribus Conciliis suis Carthagine habitis, sicut & ante Agrippinus in duobus ibidem celebratis , etiam in duobus aliis Iconii & Lystris a Firmiliano Caesareae Cappadociae Episcopo , & Cypriano convocatis. Ergo &c.

Respondeo I. Cyprianum haec scripsisse errore in hoc deceptum , sicut & Firmilianum , unde omnes cum suis Conciliis Provincialibus rejecit Stephanus solis his verbis : *Nihil innovetur , nisi quod traditum est* . Et praevaluit oraculum summi Pontificis , quod ab universali Ecclesia susceptum est , cui etiam suum addidit calculum Synodus prima Nicaena . Caeterum tempore Cypriani & Firmiliani quaestio erat solum de disciplina : cum enim Ecclesia circa hoc nihil adhuc definivisset , quaelibet Ecclesia particularis suo utens jure , vel recipiebat baptizatos ab haereticis verbis Evangelicis , vel rejiciebat ; sed ut primum Cyprianus & Firmilianus ita rejicerent, ut crederent Baptismum ab haereticis collatum esse nullum , tum S. Stephanus ex Traditione Baptismum illum esse bonum declaravit , & ab hac definitione quaestio non mere disciplinae , sed fidei dogma evasit .

Respondeo II. S. Augustinum praedictam Lib. 1. contra Donatistas cap. 23. Epistolam Cypriani ex professo , tamquam in hoc abjiciendam refellere .

Respondeo III. distinguendo : Et ibi S. Cy-

Cyprianus rejicit folum Traditionem quam putabat mere Ecclefiafticam, concedo: quam divinam effe autumnabat, nego. Sic enim fe explicat Epift. 74. ad Pompejum, ubi loquens de Traditione a Stephano citata, ait: " Unde eft ifta Traditio ? " ea facienda effe quæ fcripta funt. ,, Tum fubdit : " Si ad divinæ ,, Traditionis caput & originem reverta-,, mur, ceflat error humanus. ,,
Inftans : Irenæus lib. 3. adverfus hærefes cap. 3. ait : " Non enim per alios dif-,, pofitionem falutis noftræ cognovimus, ,, quam per quos Evangelium pervenit ,, ad nos. ,, Tum cap. 3. reprehendit hæreticos quod ad Traditionem femper provocarent : Igitur ad Traditionem non eft recurrendum.
Refpondeo diftinguendo confequens : Ad Traditionem faltem non recurrendum eft, concedo : ad divinam, fubdiftinguo : pro iis clare in Scriptura explicatis, concedo : pro aliis non fatis explicatis, nego : Quando igitur SS. Patres dicunt Scripturam fufficere, vel nomine Scripturæ intelligunt Verbum Dei fcriptum, & non fcriptum; vel ea intelligunt & quæ funt in Scriptura, & quæ præcipit tenenda ut Traditiones; vel etiam dicendum quod tunc agant contra Traditiones inanes, ficut Irenæus agens contra hæreticos qui nova condebant Evangelia, & falfas inducebant Traditiones; vel denique quia fortaffis agunt contra hæreticos, ad quos refellendos fæpiffime fufficit Scriptura.
Jam ullo abfque negotio folvuntur argumenta quæ Heterodoxi ex Patrum auctoritate adverfus Traditionem congerunt: cum enim fancti Doctores Traditioni adverfari videntur, eam folum explodunt, quæ eft mere humana, & ut plurimum ad falfitatem Inducens, vel etiam quæ eft de facto falfa, aut Inutilis.
Quando igitur Tertullianus lib. contra Hermogenem cap. 22. dicit timendum effe quum aliquid non eft fcriptum, hoc unum intendit contra adverfarium, videlicet fufficienter patere ex illa Genefeos fententia : *In principio creavit Deus cœlum & terram*; materiam non effe æternam, ut contendebat Hermogenes, & pro ifto momento non effe hominum Traditionibus adhærendum, fed potius Scripturæ. In eodem prorfus fenfu loquitur lib. de carne Chrifti adverfus Marcionem dicens: " Non recipio quod extra Scripturam de ,, tuo infers. ,,

Nos abfimili modo folvuntur objecta deducta ex auctoritate Origenis dicentis, Scripturam fufficere ; loquitur enim de his quæ ita funt clara, ut nullus relinquatur ambigendi locus.
Cum igitur S. Athanafius libr. contra gentes five contra idola ad Macarium probat ; idola non effe deos, & dicit foli Scripturæ effe adhærendum pro ifta veritate probanda, vult tantum vana hominum commenta abjicere ; namque ipfa idola juri naturæ adverfantur, & Scripturæ facræ rationes plufquam fufficiunt ad inanem idolorum cultum perftringendum. Nonnumquam etiam S. Doctor eamdem Scripturam fufficere oftendit ad probandam Verbi divinitatem, quippe quæ clariffime In divinis exprimatur Scripturis : hinc ifta objectio ejufdem Patris folvitur cum epiftola de Synodis Arimini & Seleuciæ, ubi pag. 673. de Arianis, fic loquitur : " Fruftra Igitur circumcurfitan-,, tes, prætexunt ob fidem Synodos fefe ,, poftulare, cum fit divina Scriptura om-,, nibus potentior . ,, Synodis Provincialibus ubi prævalebant Ariani contra quos fcribit, potentior fane, non per exclufionem Traditionis, fed potius Traditione explicata.
Eadem methodo, eademque ratione refpondemus ad loca S. Bafilii in quibus afferit Scripturam divinam fufficere, ita ut magnum fit infidelitatis argumentum ad alia capita provocare : fic enim loquitur in afceticis capit. 2. de vera & pia fide : " Manifeftiffimum hoc infidelitatis argu-,, mentum fuerit, & fignum fuperbiæ ,, certiffimum, fi quis eorum quæ fcripta ,, funt aliquid velit rejicere, aut eorum ,, quæ non fcripta introducere. ,, Eo loco traditiones falfas rejecit. Cæterum opus de afceticis eft dubii auctoris, nec fatis conftat effe Bafilii.
Chryfoftomus hom. 13. in 2. ad Corinthios dicit Scripturam effe exactam rerum omnium lancem ac normam. Rurfus homil. 49. in Matth. ait : " Neque refugium poteft ,, effe Chriftianorum aliud, volentium ,, cognofcere fidei veritatem, nifi Scriptu-,, ræ divinæ, ,, Quibus verbis S. ille Doctor videtur innuere, nihil pro Myfteriis abfque Scriptura, aut definiendum, aut determinandum, aut etiam credendum, cum res in eadem continentur Scriptura : Sed profecto pro multis aliis non fcriptis, ut de formis Sacramentorum, fi formas Baptifmi & Euchriftiæ excipimus, ad Traditionem recurrendum eft.

In-

Instans : Theophilus Alexand. epist. 2. Paschali, ait : " Diabolici spiritus est, „ aliquid extra Scripturarum auctorita- „ tem putare divinum. „ Item Hierony- „ mus in capit. 1. Aggæi sic loquitur : " „ Sed & alia quæ absque auctoritate, & „ testimoniis Scripturarum quasi Traditio- „ ne apostolica sponte reperiunt , atque „ confingunt, percutit gladius Dei . „ Er- go &c.

Respondeo ad Theophilum distinguendo : Diabolici spiritus est aliquid apocryphum quærere , concedo : aliquid Traditione firmatum , nego . Loquitur in primo sen- su Theophilus : ille enim agit contra com- menta Origenis : sic enim epistolam suam concludit : " Abjectis itaque Origenis ma- lis & Scripturarum , quæ vocantur apo- crypha, id est, abscondita , discipulis præ- termisit, iterum atque iterum Dominicæ passionis festa celebremus . „

Ad auctoritatem S. Hieronymi distin- guo : Et ibi S. Doctor rejicit Traditiones falsas quas hæretici ut apostolicas venti- labant , concedo : Traditiones divinas , nego . Hoc ipsum patet ex verbis Hiero- nymi .

Replicant : S. Augustinus lib. de Doctrina Christiana cap. 9. ait : " In iis quæ aperte „ in Scriptura posita sunt , inveniuntur „ illa omnia quæ continent fidem mores- „ que vivendi . „ Ibidem de aliis quæ ob- scura sunt , sic loquitur : " Tum vero fa- „ cta quadam familiaritate cum ipsa lin- „ gua divinarum Scripturarum , in ea quæ „ obscura sunt aperienda , & discutienda „ pergendum est , ut ad obscuriores locu- „ tiones illustrandas , de manifestioribus „ sumantur exempla , & quædam certa- „ rum sententiarum testimonia dubitatio- „ nem de incertis auferant . „ Rursus lib. 2. de peccatorum meritis cap. 36. " Ubi „ de re obscurissima disputatur , non ad- „ juvantibus divinarum Scripturarum cer- „ tis clarisque documentis, cohibere se de- „ bet humana præsumptio . „ Quibus sen- tentiis sanctus Præsul divinam Scripturam pro sola fidei Regula admittere videtur .

Respondeo L opponendo Augustinum Au- gustino, cujus testimonia in probationibus allata sunt : unde ad primam auctorita- tem sic distinguo : Et loquitur S. Augu- stinus de iis quæ ita clara sunt in Scri- ptura , ut vel ipsi termini veritatem ex- plicent & demonstrent, concedo : secus nego . Non injucundum erit unum ex multis locis S. Doctoris hic texere . Sic . *Boucat Theol. Tom. IV.*

loquitur lib. 5. de Bapt. cap. 23. & 24. " Quod traditum tenet universitas Eccle- „ siæ , cum parvuli infantes baptizan- „ tur . . . nullus Christianorum dixerit eos inaniter baptizari .

Ad secundam distinguo : Quandoque quod obscurum est in uno loco , non est in altero, concedo : secus, nego . Si ve- ro contingat , rem ubique obscuram repe- riri, tunc non ad Traditionem humanam, sed divinam ad investigandum Scripturæ verum sensum recurrendum est . Hoc unum intendit S. Præsul , eo quippe loci assi- gnat regulas quibus sacræ Scripturæ ad metam fidei explicentur . Quocirca locus S. Doctoris juxta distributionem accom- modam intelligendus est .

Ad tertiam etiam distinguo : Cum ali- quid non est in Scriptura, non recurren- dum est ad Traditiones humanas , conce- do : ad divinas , nego . Et hoc ipsum est ad divinam recurrere Scripturam ; quæ Traditionem divinam tenere præcipit : Augustinus loquitur solum de aliis Tradi- tionibus .

Fit satis objectionibus , ex ratione pro- deuntibus .

OPPONUNT : Traditio nihil certi con- tinet : Igitur non est inter fidei regulas reponenda . Probatur Ant. Si de veteri Testamento loquamur , Traditiones ad- modum incertæ & dubiæ erant , quando- quidem non una erat Doctorum sententia circa ipsam Scripturæ interpretationem : neque vero Judæi ut plurimum suæ sta- bant Religioni : si de Novo agamus , res prorsus incerta apparet , namque diversa fuerunt pro diversis temporibus , & Pa- trum, & etiam Conciliorum placita , quod quidem multiplici comprobatur exemplo . I. Victor I. voluit festum Paschatis cele- brari Dominica immediate sequente æqui- noctium vernum ; e contra vero Asiatici Præsules , qui duces habebant S. Polycar- pum & Polycratem, luna 14. mensis Mar- tii quacumque die occurreret , Festum ce- lebrari debere contendebant . II. Magna quoque orta est controversia inter S. Ste- phanum, & SS. Cyprianum & Firmilia- num de Baptismo ab hæreticis collato verbis Evangelicis , Stephano illum reci- piente, cæteris vero illum ipsum rejicien- tibus . III. Concilium Ariminense formu- læ subscripsit Arianæ, immo quidam PP. primorum sæculorum perillustres in erro- rem

Z

rem Millenariorum impegerunt. Quid plura ? Concilium Antiochen. I. a Verbo
confubstantialitatis, sanctus vero Basilius
a Verbo divinitatis, saltem ad tempus pro
Spiritu sancto abstinuerunt, neque tamen
propter hoc PP. Concilii & ipse Basil. reprehensi sunt : Ergo &c.

Respondeo I. Traditiones mere humanas,
immo & Ecclesiasticas quæ spectant disciplinam, non esse fidei regulas.

Respondeo II. Traditionem divinam multiplici inniti fundamento, universali scilicet Ecclesiæ consensu ; deinde explicatione data, vel per Prophetas & SS. Doctores ; & hoc pro veteri Testamento: in
novo vero decretis summorum Pontificum, definitione Conciliorum ; & communi Patrum sententia : his signis hisque
characteribus vera dignoscitur Traditio.
Quibus prælibatis.

Respondeo negando antecedens primi &
secundi argumenti. Ad primum exemplum, dico, Traditionem divinam in veteri Testamento habitam fuisse ex consensu Synagogæ, & ex Prophetarum ore,
quocirca, si quid aut variationis, aut difficultatis in sacras emerserit Scripturas,
leviores fuere in interpretatione immuta-
tiones : si vero graviores, tamquam Traditiones humanæ erroribus obnoxiæ pro-
pullæ sunt; hinc ipse Christus non semel
Scribas & Pharisæos arguit, quod Traditionibus humanis magis adhærerent, quam
ipsis Dei mandatis.

Ad alia exempla pro novo Testam. proposita ; facilis est responsio : tametsi enim
quidam Patres & aliqua Concilia in errorem impegerint, hoc ipsum neque ab Ecclesia, neque a summis Pont. ex Cathedra loquentibus, neque etiam a Conciliis
Oecumenicis approbatis usquam receptum
est : non enim constabat talia placita divina inniti Traditione.

Verum ad singularia descendere juvat.
Quæstio de celebrando S. Paschatis festo,
sicut & punctum de rebaptizandis bapti-
zatis ab hæreticis, solam spectabant disciplinam, quæ quidem non una erat in diversis Ecclesiis : quia tamen decursu temporum Asiatici, Judaismum restituere conabantur, rebaptizantes vero de necessitate salutis esse baptizatos ab hæreticis
rebaptizandos autumarent, Romani Pontificis sententia pro utroque momento prævaluit, & accedente consensu Ecclesiæ,
utrumque controversiæ caput de fide ca-
tenus evasit, videlicet non esse judaizan-

dum, & Baptisma verbis Evangelicis ter-
tum, ad salutem sufficere.

Ad tertium & quartum exemplum, dico, Patres Antiochenos, & S. Basilium,
œconomiæ causa sic fuisse locutos, nimirum ut Macedonianos ad meliorem per-
ducerent frugem, sed nusquam Spiritui
sancto abnegasse divinitatem, cum potius
illam passim astruant. Cæterum Patres
Ariminenses incaute subscripserunt formulæ Arianæ ; sed Ecclesia eorum non adhæsit errori.

Replicant : Traditionem nonnumquam in
errorem inducunt etiam fideles & Christianos : Igitur pro regula fidei nusquam
habendæ sunt. Probatur Ant. Non pauci Patres falsa innixi Traditione adhæserunt Papiæ, qui capit. 18. Apocalyps. in
pravum deducens sensum, erroris regni
mille annorum cum Agno ante introitum
in regnum cœlorum, auctor fuit. II Ba-
silides ad suum confirmandum errorem quo
Christum purum hominem proclamabat,
dicebat hoc ipsum a Petro didicisse per
Glauciam S. Petri interpretem : Valenti-
nus quoque asserebat se fuisse auditorem
Theodadi S. Pauli familiaris, a quo multos didicerat errores, quos veluti tot fidei articulos non sine animarum pernicie
disseminabat. III. Vel ipse Irenæus lib.
2. cap. 39. & 40. falsa Traditione innixus docet Christum mortuum fuisse anno
suæ ætatis 50. & hoc contra Tertullianum, qui lib. contra Judæos cap. 4. &
Clementem Alexand. qui lib. 1. stromatum tenent mortuum fuisse suæ ætatis
anno 30. & tamen communis sententia
est mortuum fuisse anno 36. & secundum
alios 33. Ergo &c.

Respondeo I. solutionem patere ex dictis ; namque ut Traditio evadat certa
fidei Regula debet accedere universalis
Ecclesiæ consensus, quo quidem excluso,
omnis Traditio mere humana censetur,
adeoque & fallibilis & incerta : Igitur
non est credendum Patribus qui errore
detenti adhæserunt Papiæ ; nusquam enim
Ecclesia suum addidit calculum millenariorum errori ; a fortiori non est credendum hæreticis, qui ut fucum faciant legentibus, Traditionem quandoque sequi
mentissam gloriantur, quippequi eamem
fallibilem esse autumant; nunc vero Protestantes illam prorsus abjiciunt, ne ea
superati, errores adhæreant tenentur.

Respondeo II. in forma, & distinguendo : Traditiones humanæ nonnumquam

in errorem inducunt, concedo : divinæ, nego : Ut primum enim universalis Ecclesiæ accedit consensus, jam Traditio Spiritum sanctum habet auctorem, adeoque est infallibilis.

Urgens : Impossibile est servare Traditiones etiam in fidei Dogmatibus : Ergo &c. Probatur Ant. Non una est Patrum sententia circa talia momenta ; quorum illud accipe exemplum : Patres Latini & Græci non eodem modo loquuntur de processione Spiritus sancti : Græci quippe contendunt Spiritum sanctum a Patre per Filium procedere, Latini vero asserunt procedere a Patre & Filio. Ergo &c.

Respondeo negando Antecedens. Ad probationem distinguo : Et in dubiis Ecclesia in Conciliis Oecumenicis adunata declarat quid sit de fide & Traditione divina tenendum, concedo : & non declarat, nego. Tribus primis sæculis summi Pontifices ex Cathedra loquentes adversus Ebionitas, Valentinianos & Sabellianos declararunt contra priores Christum esse Deum, adversus posteriores tres esse in sanctissima Trinitate personas ; quando vero opportunum fuit tempus, alia dubia circa fidei dogmata Ecclesia definiit : sic Concilium Constantinopolit. adversus Macedonianos Traditione imoitum declaravit Spiritum sanctum esse Deum : sexta Synodus Generalis contra Monothelitas pronuntiavit duas esse in Christo operationes : Florentinum dixit regnum Millenariorum esse fictitium : unde ad exemplum in objectione allatarum distinguo : Et Patres, tum Græci, tum Latini idem in substantia dicunt, concedo : & fidei contraria atque adversa docent, nego. Idem quippe in re est Spiritum sanctum procedere a Patre per Filium, ac procedere a Filio ; unde diversitas pene terminos, & locutionis est.

Persistum : Si Traditio foret infallibilis fidei regula, quod nunc est de fide, ab omni ævo fuisset, semper de fide : Atqui res non sic se habet : Et probatur. Tempore Victoris primi, festum Paschatis Dominica immediate sequente æquinoctium vernum celebrandum, erat tantummodo de disciplina, sicut & tempore Stephani primi non rebaptizare eos qui fuerant verbis Evangelicis ab hæreticis tincti ; nunc vero utraque quæstio evasit de fide, Ergo &c.

Respondeo distinguendo : Quod nunc est de fide, ab omni ævo fuit de fide quoad substantiam, concedo : quoad credendi obligationem, nego. Et sic distincta minore, nego consequentiam : In genere quidem credere debemus ea quæ Christus dixit sive scripta sint, sive non sint ; in particulari vero non nisi accedente Ecclesiæ propositione & determinatione. Ecclesia igitur suis definitionibus non facit aliquid de fide, sed tantummodo declarat esse de fide, qua posita definitione, omnes tenentur credere in particulari quidquid Ecclesia credendum proponit. Dictum est supra quæstionem de celebrando Paschate die Dominica immediate sequente æquinoctium, vernum, & de non rebaptizandis ab hæreticis tinctis juxta Ecclesiæ ritum evasisse quæstiones de fide quoad aliquid, in eo scilicet sensu quod nullus teneatur observare legalia, & quod salute non cadat si ab hæreticis verbis Evangelicis cum intentione faciendi quod facit Ecclesia baptizetur.

Persistum : Traditio est quid humanum, habetur enim ab hominibus : Igitur non est regula infallibilis fidei. Confirmatur : Divus Thomas I. p. q. I. art. 8. ad 2. dicit solum ex Scriptura sacra argumentum ex necessitate concludere ; & nonnisi probabiliter illud quod ex auctoritate Doctorum & Patrum eruitur : " Sacri doctrini, inquit, utitur auctoritate canonicæ " Scripturæ proprie ex necessitate argu- " mentando : auctoritatibus vero alio- " rum Doctorum Ecclesiæ, quasi argu- " mentando ex propriis, sed probabili- " ter. "

Respondeo distinguendo : Traditio quoad propositionem credendorum est quid humanum & simul inspiratum, concedo : mere humanum, nego. Ut primum enim Traditioni accedit consensus universalis Ecclesiæ, jam censetur fidei regula infallibilis, cum Ecclesia in rebus dogmaticis, quæ spectant fidem & religionem, non possit errare.

Est aliquid in Traditione humanum, & simul aliquid etiam divinum ; humanum quidem quatenus veritas a Christo prolata Apostolis, ipsorum Apostolorum ore per discipulos ad nos usque transmissa fuit : divinum vero quoad sensum, namque completur veritatis ab ipso Christi ore promanatæ. Ad S. Thomam dico sanctum Doctorem eo loci non excludere verbum Dei non scriptum, ita ut Scriptura in Traditione non fundetur ; quocirca veritas in Traditione fundata uti-

Z 2   que

que in ipsa Scriptura fundatur, non quidem immediate cum sit verbum non scriptum, sed mediate, quatenus ex Scripturis Traditio est regula infallibilis fidei.

SYNOPSIS PROBATIONUM.

Traditio est regula infallibilis fidei.

Primo : Hoc constat ex Scriptura sacra, 1. Cor. 11. 2. Thess. 2. & 3. In isto
cap. sic loquitur Apostolus : *Denuntiamus
autem vobis, fratres, in nomine Domini nostri Jesu Christi, ut subtrahatis vos ab omni
fratre ambulante inordinate; & non secundum Traditionem, quam acceperunt a nobis.*
Secundo : Sic docent Patres, in primis
Irenæus lib. 3, adversus hær. cap. 3. Tertullianus toto libro de præscript. maxime
cap. 27. Augustinus in libris de Baptismo, Eusebius lib. 1. demonst. Evang.
cap. 8. Basilius lib. de Spiritu sancto cap.
27. his accedunt Concilia, quartum scilicet, quintum, sextum, septimum &
octavum generale, ac decimum Tridentinum, sess. 4. dicens : *Omnem veritatem
Fidei & morum disciplinæ, contineri in
Libris scriptis, & sine scripto Traditionibus.*
Tertio : Scripturæ sacræ canonicæ uti
tales à Traditione habentur : Igitur licet
Scriptura est regula infallibilis fidei, ita
& Traditio.

SYNOPSIS DIFFICULTATUM,
et Responsionum.

Primo : Scriptura præcipit quidem,
ne aliquis quidquam ipsi addere audeat :
Sed intelligas velim, quod substantiale,
nunc enim haberet quid assutum, & ex-
traneum, quod non esset verbum Dei.
Secundo : Patres asserunt Scripturam ad
salutem sufficere, sed modo vel ipsa Traditione firmetur & explicetur.
Tertio : Neque vero negamus Patres non
semel abjicere Traditiones, sed hominum
& fallaces, quales erant Pharisæorum,
quas vel ipse Christus perstringit, quandoquidem falsis & adulterinis Traditionibus irritum faciebant mandatum Dei, ut
habetur Matth. 9.

ARTICULUS TERTIUS.

Num quisque teneatur obedire Traditioni?

Duo occurrunt hic explananda, unum
de obedientia Ecclesiæ exhibenda pro
fidei dogmate : Alterum de obedientia eidem præstanda pro aliquo Religionis puncto v. g. pro cultu Conceptionis beatissimæ Virginis, vel etiam pro disciplina,
quæ Ecclesiæ bonum non mediocriter secundum judicium viri prudentis spectat.
Rursus duplicis generis sunt ea quæ sunt
de disciplina : quædam universam spectant Ecclesiam, ut jejunium quadragesimale, & quatuor temporum ; quædam
vero speciales tantum diœceses : quibus
sic distinctis & subnotatis sit

CONCLUSIO PRIMA.

Quilibet fidelis obedire debet Ecclesiæ in
iis quæ proponit colenda v. g. Conceptionem immaculatam beatæ Virginis,
canonizationem Sanctorum & similia.

Probatur ex multis.

Primo : ex Scriptura : namque in libris legalibus præcipit Deus, ut omnes
obediant summo Sacerdoti in iis nun solum quæ fidem, sed etiam quæ cultum Dei
spectant, & cæremonias, sub interpina-
tione mortis. Sic habetur Deut. 17. 12.
eos perire de populo, eosque excommunicatos manere, seu à Synagoga procul
fieri : quocirca, Core, Dathan & Abiron
deglutivit terra, eo quod igne extraneo
pro sacrificiis usi fuissent : pati & simili
ratione abjectus est Saul, ut habetur lib.
1. Reg. cap. 13. qui contra præceptum Domini officium Sacerdotis usurpando, thus
adoleverat coram Domino : Ergo &c.
Concinunt Sacræ novi Testamenti paginæ. Matth. habetur cap. 18. 17. *Si autem
Ecclesiam non audierit, sit tibi sicut Ethnicus & Publicanus.* Rursus & Paulus
Rom. 13. ait : *Omnis anima potestatibus
sublimioribus subdita sit : Non est enim potestas nisi à Deo : quæ autem sunt, a Deo
ordinatæ sunt. Itaque qui resistit potestati,
Dei ordinationi resistit.* Igitur quique tenetur obedire Traditionibus; eo ipso quo
ab Ecclesia promanant.
Secundo : Idem probatur ex usu perpetuo Ecclesiæ. Apostoli, ut legitur Act. 15.
dis-

dispensaverunt Gentiles ad fidem conversos a Circumcisione & cæremoniis legalibus, suumque misere decretum per Sylam & Barnabam ad Antiochenos, qui ulla absque mora & restrictione obedientes receperunt : quæ quidem lex Traditione successiva ad posteros immunis & immaculata pervenit : consimili Traditione decreto Victoris Papæ Ecclesia celebrat festum Paschæ Dominica proxime sequente vernum æquinoctium : Tum lex non rebaptizandi eos qui verbis Evangelicis ab hæreticis tincti fuerant, eodem modo propagata est & perseveravit ad nostra usque tempora. Ex Traditione quoque Ecclesiastica alia pervulta tenemus, ut non dissimulare fidem coram tyrannis & judicibus; proditores vero in Concilio Romano paulo post S. Cornelii mortem seu Martyrium, tum in Carthaginensi sub sancto Cypriano adunato pœnitentia publica multatos esse novimus. Etiam abhorret & punit, immo & semper punivit sancta Mater Ecclesia, ut videre est in statutis Concilii Bituricensis, Burdigalensis, Rothomagensis, Lemovicensis & Trid. quæ quidem omnes Synodi pœnitentiam publicam imponunt pro crimine publico, qualis est fidei confessio. Ergo &c.

Tertio : Ex sanctis Patribus & Doctoribus qui docent unanimiter, omnes nulla facta exceptione tenere obedire Ecclesiæ in iis quæ Religionem spectant.

Quarta : Ratione multiplici : prima sic proponitur. Christus ait Petro Matth. 16. *Tu es Petrus & super hanc petram ædificabo Ecclesiam meam, & portæ inferi non prævalebunt adversus eam :* Sed inquiunt Bellarminus, Suarez & communiter nostri Thomistæ, portæ inferi prævalerent, si Ecclesia proponeret aliquid novi colendum & religiosa observantia tenendum, si in iis vel erraret, vel fidelibus relinqueret ad nutum & phantasiam faciendum, tunc enim & Pagani & hæretici ejus irriderent cæremonias. Igitur omnis fidelis sub pœnis gravissimi peccati tenetur obedire traditionibus Ecclesiæ, maxime illis quæ implicite ad fidem spectant.

Secunda : Ex Summistis & sanctis Doctoribus, maxime vero ex S. Thoma, legem Superiorum promulgatæ & acceptatæ ligant in conscientia, immo & ipsæ Principum leges si sint justæ, a fortiori leges Ecclesiasticæ circa dogmata ; hinc grande scelus foret recrudescere adversus leges Ecclesiæ universalis circa dogmata. Igitur

Boucat Theol. Tom. IV.

---

quisque debet obedire legi Ecclesiæ universalis, maxime vero si sit in Traditione fundata.

Tertia : Leges civiles in Traditione fundatæ quæ vocantur consuetudines Regionum, habent vim obligandi cives : Igitur a fortiori leges Ecclesiasticæ in Traditione fundatæ ; alias unicuique licitum esset contra bonum Ecclesiæ publicum se gerere, quod vel ipsi Barbari pro civilibus abhorrent.

CONCLUSIO SECUNDA.

Omnis fidelis tenetur obedire Traditioni pro iis quæ universalem spectant Ecclesiam.

PROBATUR unico, sed efficaci ratiocinio. Quilibet tenetur obedire legi justæ, promulgatæ, acceptatæ, & usu perpetuo confirmatæ, quandoquidem omnis potestas est a Deo, & illi resistere, est ipsi Deo resistere, ait Apostolus Rom. 13. quod non sine gravissimo peccato fieret : Sed Traditiones Ecclesiæ in bonum universalis Ecclesiæ cedentes hujusmodi sunt, & sex Ecclesiæ mandatis concluduntur. Ergo &c. ——

CONCLUSIO TERTIA.

Diœcesanus tenetur obedire Traditionibus Diœcesis, quæ vim legis habent v. g. jejunare in vigilia Patrona, ut in quibusdam Diœcesibus præcipitur.

PROBATUR I. Eadem ratione quæ pro secunda conclusione allata est. II. Quia non sine scandalo aliquis Legi non obediret. III. Ad Episcopos spectat regere Ecclesiam Dei, ut habetur AA. 20. 28. Igitur Diœcesanus tenetur obedire Legi ab Episcopo, vel Concilio Provinciali factæ, cum sit Præsulis subditus, & inferior tenetur obedire superiori. IV. Peccat qui ordinem Hierarchicum tentare & temerare audet : Sed qui non obediret Legi Diœcesis Traditione firmatæ regimen Hierarchicum subverteret. Igitur tenetur obedire.

Diluuntur objecta quæ passim militant contra conclusiones.

OBJICIES : Nullus tenetur servare Traditiones quæ fidem non spectant : Sed ta-

tales sunt Traditiones Ecclesiasticæ. Ergo &c.

Respondeo negando majorem : cum enim omnis potestas sit a Deo, tametsi lex tradita fidem non spectet, eo ipso tamen quo cedit in bonum & salutem, debet observari. Hinc Christus universim dicit, etiam in moralibus, ut de correctione, quemque teneri obedire, sin minus eum ut Publicanum & Ethnicum haberi præcipit.

Instabit : Atqui saltem sub peccato mortali nemo tenetur obedire Traditionibus mere Ecclesiasticis : Ergo &c. Probatur subsumptum : Nullus tenetur credere quod est errori obnoxium, & quod falsum & superstitiosum quandoque probatur, ut contigit in Diœcesi Turonensi tempore S. Martini Archipræsulis, qui ut ejus vitæ acta referunt, a Deo inspiratus comperit, populos veluti sanctum quemdam Latronem qui in patibulo extinctum, in erecta ipsi capella colere : Sed Traditiones Ecclesiasticæ ut liquet errori subjiciuntur, quippe quæ ab hominibus nondum inspiratis promanent. Ergo &c.

Respondeo negando subsumptum. Ad probationem nego absolute majorem : Tametsi enim leges traditæ non semper a superiore infallibili procedant, eu tamen ipso quo I. a potestate legitima emanant. II. Cedunt in bonum subditi. III. Sunt promulgatæ & acceptatæ, obligant in conscientia. Quid plura ? Aliud est credere fidei dogma, aliud obedire legi. Equidem nemo tenetur fide tenere dogma nisi sit ab Ecclesia, quæ est infallibilis, definitum, cum ad eam solam spectet proponere credenda : Sed servare legem traditam omnes tenentur, eo ipso quo conditionibus a jure requisitis lex donatur.

Respondeo II. in forma distinguendo minorem : Traditiones Ecclesiasticæ errori subjiciuntur si ab Ecclesia universali promanent, nego : si a persona particulari subdistinguo, errori sunt subditæ ex parte subditorum, concedo : objective, & ex parte legis, nego. Plura sunt observanda in Traditione & lege tradita : Primo, ipsum objectum. Secundo, Legislator. Tertio, subditus obediens legi. Traditio Ecclesiastica est semper bona ; supponimus enim cedere in bonum fidelium : si quoque ratione superioris legitima, Episcopi consensus tacitus vel expressus accedit : quandoque etiam universalis Ecclesiæ sta-

tuto firmatur & roboratur, ut lex jejunii quadragesimalis, canonizationis Sanctorum : Demum nonnumquam quidem ex parte subditorum accedit error in modo observationis, ut contigit in Phariseis, qui Traditiones humanas pro vitiis fovendis commiscebant Traditionibus divinis, qua de causa non semel a Christo reprehensi & correpti sunt : sic & error quandoque potest in cultum Sanctorum obrepere, ut compertum habuit S. Martinus a Deo edoctus. Ut enim aliquis habeatur & colatur ut Sanctus, requiritur quod Traditionis cultui summ addat Ecclesia universalis calculum, ut perspectum habemus de sancto Rocho. Igitur omnis utriusque sexus fidelis debet tenere Traditiones Ecclesiæ, quippe quæ sint legitimæ : si vero agatur de cultu Sanctorum, non tenetur servare donec accedat consensus expressus, vel tacitus Ecclesiæ universalis : hoc enim ad religionem & fidem saltem implicito spectat : Quæcirca dicimus Ecclesiam esse in moribus instituendi & cultu determinando infallibilem.

Contra Atqui vel ipsæ Traditiones Ecclesiæ non semper in conscientia ligant : Ergo &c. Probatur subsumptum : Sæpius Ecclesia æquo fert animo eas violari, quod non uno potest illustrari exemplo. I. Si de jejunio & abstinentia agatur, exercitus in castris positus non servat. II. Non semel contigit in una Diœcesi licitum esse ova comedere, dum in altera prohibentur. III. Jejunium ex Traditione præcipitur in vigilia Pentecostes, & tamen non servatur in aliquibus Diœcesibus. Ergo &c.

Respondeo negando subsumptum. Ad probationem distinguo : Et accedente Ecclesiæ dispensatione omissio legis traditæ non est peccatum, concedo : & citra dispensationem non esset, nego. Ad illam potestatem spectat dispensare de lege tradita, ad quam pertinet illam condere, vel firmare ; cum igitur ibi sermo sit de Traditionibus mere humanis & Ecclesiasticis, dubio-procul Ecclesia potest dispensare, ut in casibus allatis.

SYNOPSIS PROBATIONUM.

Quisque tenetur servare Traditiones Ecclesiasticas.

PRIMO : Quia præcipit Christus Matth. 18. audire Ecclesiam, & ei obedire.

Se-

Secundo : Habent vim legis. Lex autem ligat, cum omnis potestas sit a Deo, hinc qui legi traditæ obnititur, ipsi Deo resistit, ait Apostolus Rom, 13.

Tertio : Ad superiores & prælatos spectat regere Ecclesiam Dei : Sed Traditiones ad hoc inserviunt. Ergo &c.

SYNOPSIS OBJECTIONUM,

Et Solutionum.

Primo Tametsi, Traditiones mere Ecclesiasticæ fidem non spectent, secus vero probos mores & Dei cultum, quem instituere & regulare sola potest Ecclesia, hinc rebelles pœna digni sunt.

Secundo : Traditiones Ecclesiasticæ possunt errori subjici defectu eorum qui quandoque eas male observant, modum superstitiosum adhibendo, sed objective & ex parte Ecclesiæ sunt semper optimæ.

Tertio : Ecclesia potest in lege dispensare, unde non mirum si Traditiones de jejunio quadragesimali servando nonnumquam eodem modo & ab aliquibus non serventur.

 ON injucundum erit primum hic exponere velut in speculo Ecclesiæ dotes, ejusdem objectum, caput, membra, hostes, & de eis triumphos, ut prævia ista generali idea, Lector ad singula discutienda lætabundus & exultans gradum faciat.

Analysis Ecclesiæ prærogativarum & triumphorum.

ECCLESIA, quæ variis celebratur nominibus, modo Religio veri Dei dicitur, modo Congregatio omnium Fidelium sub uno invisibili in cœlis capite Christo, & visibili in terris Summo Pontifice ejus Vicario, ac legitimis Pastoribus, modo etiam Sponsa Agni. Militans est in terris, Patiens in purgatorio, Triumphans in cœlo. Lege interiori primum successit, tum Mosaica, demum Christiana. Incepit in primis Parentibus; refulsit in Abele: crevit in Seth; apparuit in Enoch cum cultu solemniori: servata ad diluvium usque, postea per Noe transmissa est ad Abraham, in quo nova & de perpetuitate, & de secunditate promissa recepit: Typum habuit sacrificii nostri incruenti in Melchisedech; illustrata est patientia Job; floruit in Moyse, & in Concilio Seniorum: deficiente Aaron, non defecit; Idololatrantibus Prophetis Baal, non abiit post deos alienos; non concidit errante Synagoga quæ Christum crucifigi voluit; vel ipsis fugientibus Apostolis non extincta est: elapso denique super eam in die Pentecostes Spiritu sancto, vicit furentes contra se omnis generis hostes: vicit Philosophos paganos, sapientia; Tyrannos, constantia; Hæreticos, fide; Schismaticos unitate; Impios vero, morum suavitate & sanctitate. In persecutionibus infracta permansit; inter errorum scopulos & hæresum tempestates indefectibilis, in veritate, vel declaranda, vel explicanda, vel propugnanda infallibilis; in vitiis expugnandis indefessa; obscurioribus temporibus semper visibilis; denique Una, Sancta, Catholica & Apostolica. Non annumerat inter sua membra Ethnicos, nondum sunt Catechumeni, non definunt esse imperfecti & peccatores, secus vero Apostatæ, Hæretici, & Schismatici. In sola Ecclesia Romana vera fides, & veræ Ecclesiæ notæ reperiuntur. Sola habuit veros Martyres; sola, vera miracula; sola, legitimam Pastorum successionem; sola, per totum orbem diffusa conspicitur. Ejus objectum, Deus ut auctor naturæ & gratiæ colendus; subjectum, creatura rationalis; principii, articuli fidei, lex & gratia; præcepta, ea quæ in Decalogo continentur, consilia, paupertas evangelica, obedientia promissa, castitas consecrata: ejus denique finis, Deus intuitive visus & possessus.

Ecclesia, Deum esse profitetur adversus Atheos, unum adversus Idololatras, providum adversus Epicureos, incorporeum adversus Antropomorphitas, inter quos non annumeratur Tertullianus; ens a se formaliter, simplicem sine distinctione, saltem reali; solidum absque quantitate; omnipotentem, immensum, æternum, ubique præsentem, cuncta cognoscentem, omnibus cumulatum perfectionibus, invisibilem quidem nobis viribus naturæ, visibilem vero virtute gratiæ, seu luminis gloriæ; immo & nunc a Sanctis e mundo ereptis quibus nihil purgandum remanet, visum, etiam non refragante sancto Bernardo. Denique Trinum in personis agnoscit; Patrem a nullo; Filium non factum, sed a Patre genitum; Spiritum sanctum non factum, non genitum, sed a Patre simul & a Filio procedentem. Multiplici argumentorum genere, personarum SS. Trinitatis in una natura subsistentium veritatem contra malignantes probat, maxime illo 1. Joan. c. 5. oraculo: *Tres sunt qui testimonium dant in cœlo, Pater, Verbum, & Spiritus sanctus, & hi tres unum sunt._

Mul-

Multiplicatis peccatis, etiam multiplicatæ sunt religiones: quatuor potissimum recensentur, duæ falsæ, immo abominabiles, videlicet Ethnica idolorum cultui addicta; & Mahumetana, sicut sordibus, sic & superstitionibus conspersa: duæ vero aliæ meliores, Mosaica & Christiana: Priores, nusquam bonæ; certe ad Christum usque tantum salutaris; quarta, sola nunc vera; nulla est ab illa quæ certis nitatur principiis; sola sancta, nulla quæ verum ac Deo dignum exhibeat cultum, & ab omni superstitione alienum; sola perfecta, nulla quæ prænis peccatum infectatur ardentius, quæque magis promoveat ad virtutem; cæterarum enim nunc in terra grassantium, aut absurda doctrina, aut impura moralis, aut indigna homini proposita præmia, aut superstitiosus cultus, aut Magistri omni fide indigni. Miracula tum a Christo, tum ab Apostolis patrata annuntiant Ecclesiæ Christianæ veritatem: Sed quod stupendum magis, fides Ecclesiæ tametsi obscura rationi, aspera sensibus, antiquitati omnino adversa opinionibus, Ethnicos, Magos & ipsos Dæmones ita domuit, ut singula Martyrum factus sit semen Christianorum.

Ecclesia, ut Religio christiana, gentilem & prophanam rejecit, immo & Mosaicam: Gentilibus ostendit Incarnationem esse sicut possibilem, sic & credibilem; Judæis vero venisse Messiam, & esse Jesum Nazarenum ex illibata Virgine natum. Legem veterem ipsius adventu propugnat ablatam; figuras in Christo terminatas esse probat; item & vaticinia in eodem adimpleta, quorum alia subindigitant Incarnationis existentiam, ut illud Jacob morientis vaticinium Gen. 49. *Non auferetur sceptrum de Juda, &c.* Alia, Conceptionem, operante Spiritu sancto ex B. Maria; alia, Præsentationem in Templo, Prædicationem, Miracula, Passionem: alia denique Resurrectionem, & in cœlos Ascensionem: hinc supra modum mira est Verbi divini ad nos declinantis misericordia, cujus quidem unio cum humanitate ita divini est, ut sit hypostatica; ita intima, ut sit immediata; ita universalis ut se extendat ad animam & ad corpus; ita realis, ut Christus vere fuerit passibilis, etiam non dissentiente S. Hilario. Tot & tanta probavit argumentis suam Resurrectionem Dominus Jesus, tot secura sunt signa, sermonem Apostolorum de

Incarnatione confirmantia, ut, postquam Ecclesia in omnes mundi plagas fuit diffusa, per omnes ætates propagata, ex omni hominum genere collecta, in hac tanta & temporum & regionum varietate, ubique & semper ejusdem fidei, ejusdem moralis, ejusdem saltem in substantia regiminis, ejusdem & cultus vinculo conjuncto permanserit. Denum divina nutritur gratia: actualem ad omne opus salutis necessariam dicit: nihil quidem circa ejus energiam definivit; sed hoc momentum in Congregatione *de Auxiliis*, Clemens VIII. tradidit disputationi Theologorum. Quidam a congruitate, quidam a consensu voluntatis illam reperunt; nos vero & probabilius, tum a propria gratiæ virtute, tum a præmotione morali simul & physica; & consequenter per se efficacem defendimus.

Ecclesia, quatenus omnium Fidelium unam sidem profitentium Congregatio, caput invisibile Christum In cœlis regnantem habet, cujus Vicarius beatus Petrus, isti vero succedit omnis summus Pontifex canonice electus; hinc inter exteros Ecclesiæ Præsules, nedum ordine, sed & jurisdictione Primus. Ipsi ex jure avito incumbit adunare Concilia, eisdem præesse, eaque approbare. Infallibilitatem in definiendis fidei dogmatibus convenire Ecclesiæ fides docet: hac fortium armatura stipata, suos omni tempore debellavit hostes. Primo sæculo errorem Judæorum legalia cum Evangelio commiscentium in Concilio Apostolorum correxit. Secundo sæculo insurrexit adversus Quarto-decimanos in Synodo Palæstinæ, in qua quidem sanctum Paschatis sellum ce'ebrandum esse Dominica proxime sequente æquinoctium vernum sancivit. Tertio sæculo suo perstrinxit stylo censorio Praxeam, & Noetum qui unicam in Deo admittebant personam, tum Sabellium qui eamdem perversam acrius post istos propugnabat doctrinam. Eadem tertio sæculo magna exarsit controversia pro Baptismo Hæreticorum inter Cyprianum, Firmilianum, & Stephanum primum Romanum Pontificem: prior, tria Carthaginense, alter duo in Oriente, Iconii & Synnadis, Concilia adunarunt, in quibus Baptismum ab Hæreticis etiam verbis Evangelicis collatum irritum definuere: bis restitit fortiter simul & suaviter Stephanus; fidem enim ita defendit, ut nec pacem ruperit, nec in contrarium errorem pro-
saplius

lapsus sit. Illorum quarto seculo Donatistæ secuti sunt errorem, sed non imitati
sunt charitatem: primum enim in apertum schisma, deinde in hæresim prolapsi
sunt; damnati in Concilio Romano sub
sancto Melchiade provocaverunt ad Constantinum Imperatorem: Ecclesia cedens
protervitati eorum, dedit aliud, non ex
necessitate, sed ex indulgentia Arelaten-
se judicium; quo iterum atque iterum victi,o furiosa rabies! pro more Paganorum adhuc Constantinum appellarunt, qui tantam
exilio, aliisque pœnis compescuit audaciam.

Ecclesia, eodem quarto sæculo, gravissimam aliam subiit tempestatem occasione
Arii, qui Verbum meiam, tametsi omnium excellentissimam creaturam dixit;
Aetianos, & Acacianos sectarios habuit,
nusquam vero Liberium Papam, non secundum Petrum Ariminensium Niceæ in
Thracia adunatorum cœtum. Urinam isti
sicut corde, sic & subscriptionibus vocem homousion semper servassent; sed non
ideo eorum lapsu excidit illa versus tempora Ecclesiæ Universalitas. Innumera
prope ad hæresim suam stabiliendam Ariani adunavere Conciliabula, sed his alias
& fide & virtute meliores Synodos numero circiter 22. opposuit Sancta Mater
Ecclesia, ab anno scilicet 315. usque ad
annum 389. Quibus in tanta temporum
acerbitate ejus universalitas roborata,
veluti fluvius paradisi voluptatis, perenni fidei fluxu & refluxu totum irrigavit
orbem. Sanctus Hilarius formulas Arianorum & Semi-Arianorum non sine fundamento fidem temporum appellavit;
nam etsi Verbum Deum esse quandoque
in eis faterentur, utamen fraudem ut
plurimum paratam habebant. Intra viginti circiter annos quindecim finxere &
refinxere: sex Antiochiæ, tres Sirmii
concinnaverunt; reliquarum sex, una
Philippopoli, altera Ancyræ, tertia Seleuciæ; quarta Niceæ in Thracia edita fuit;
ista Ariminensium nomen retinet, eo quod
subsignata fuerit ab aliquibus Concilii primi Ariminensis Præsulibus fraude Arianorum irretitis; quinta Constantinopoli conflata fuit; sexta demum ex collectionibus
formulæ Antiochenæ adversus Paulum Samosatenum & primæ Sirmiensis facta est
in Thracia: ex Antiochenis sexta pessima
est, quandoquidem nedum homousion, sed
& homousion tollit; secunda ex Sirmiensi-
bus prorsus blasphematoria; tertia vix
toleranda, cum substantiæ vocem remo-

veat: prima, a Basilio Ancyrano edita,
sensum fidei consonum præ se fert, namque Verbum in ea Patri per omnia simile conclamatur: tum illi omnes qui Verbum aut ex nihilo, aut ex præjacente
materia factum asserebant, alieni ab Ecclesia declarantur: Liberius isti, & non
secundæ, immo nec tertiæ subscripsit.

Ecclesia, iteratas quarto sæculo, non
sine magno animi S. Damasi summi Pontificis mœrore experta est tragœdias opera Macedonii, qui Spiritui sancto, ne-
fando scelere abnegavit divinitatem; hinc
qui ipsi adhæserunt a Græcis Pneumato-
machi dicti sunt, id est, Spiritus sancti
impugnatores. Hæc nefaria hæresis orta
est anno Christi circiter 360. juxta Epi-
phanium hær. 74. postea veluti cancer
serpsit in mundum. Et vero magna populi multitudo, tum Constantinopoli,
tum in Bithynia, Thracia, Hellesponto,
tum & aliis in regionibus Macedonio adhærebat; inter cæteros eminebat Mara-
thonius; qui errorem partim studio, partim pecunia adeo auxit, ut Macedoniani, teste Sozomeno, a multis Maratho-
niani vocarentur. Fidem Ecclesiæ, dam-
nato in Synodo Constantinopolitana Ar-
chitecto, primum sic explicavit in Symbolo, Credo in unum Deum ... Et in Spiritum sanctum Dominum, & vivificantem;
qui cum Patre & filio simul adoratur & conglorificatur. Tum in Florentina addidit: Qui
ex Patre Filioque procedit. Pelagius quinto
sæculo novæ hæreseos stimulus turbavit
Ecclesiam, ita enim humanam extollebat
naturam ut Christi prorsus evacuaret gratiam; damnatus in Conciliis Africanis, illusit Patribus Diospolitanis; sic enim gratiam prædicavit, ut a lege numquam reces-
serit: illusit & Zosimo Papæ ejus discipulus
Cœlestius, sed fraude detecta, uterque damnatus est in Concilio Romano, deinde
in generali Ephesino; sed abscisso hydræ
capite perstrinctione Pelagii, remansit in
cauda venenum, scilicet in Massiliensibus,
qui initium fidei a voluntate humana in
se relicta ducebant.

Ecclesia novos in Oriente, eodem quinto sæculo ingemiscens, habuit adversus
proprios filios congressus. Namque anno
circiter 439. graviter erravit Nestorius
circa Incarnationis substantiam, in Filium
enim & Matrem æqualiter iniquus, fili divinitatem, huic Deiparæ abrogavit
dignitatem: damnatus in Synodo Alexandrina; duodecim B. Cyrilli Capitulis,
velut

velut totidem Anathematismis , alia opposuit erronea ; anathemate iterum percussus in Synodo generali Ephesina , non
resipuit ; hinc vel ab ipso Imperatore proscriptus, Deo & hominibus exosus , exul
& errans obiit . Nestorii blasphemiis successit , elapsis 18. circiter annis , Euty-
chietis Archimandritæ stupidus error, quo
voce quidem dissimili , sed impietate pari
Ecclesiam dilaceravit , unicam in Christo
prædicans naturam . Contra eum exarsit
sanctus Leo, tum Concilium Chalcedonense, in quo proscriptus est . Sexto sæculo ,
adunatum est quintum Concilium generale ad discutienda tria Capitula ; an legitime ab ipso proscripta sint ? Placet admodum affirmatio . Pacem Ecclesiæ septimo
sæculo turbaverunt Monothelitæ , unicam
in Christo pro duabus naturis propugnantes voluntatem & operationem : Sextum
Concilium œcumenicum eos anathemate
percussit . Num Honorius fuerit Monothelita , vel solum hæreseos fautor, an
etiam de facto in ista Synodo damnatus ?
Partem negativam quoad ista tria momenta tenent viri omni exceptione majores ,
& nos cum eis. Sepultum jam diu Nesto-
rianismum octavo sæculo exsuscitaverunt
Felix & Elipandus, qui Christum in sensu
Nestorii dixere merum Filium Dei adop-
tivum : damnatus Felix In Concilio Foro-
juliensi , & postea in Ratisbonensi , resipuit ad tempus ; sed relapsus , habita est
celebris Francofurti Synodus , in qua error cum duobus fautoribus proscriptus est .
Bellum eodem adhuc ævo indixit sanctis
imaginibus Leo Isaurus Imperator , & quidam alii : post varias ex utraque parte
disceptationes , quæstio tandem eliquata
est in septima Synodo generali , in qua
quidem definitum est , cultu relativo &
Christiano colendas esse sanctas imagines.

Ecclesia nono sæculo agitari cœpit per
Photium, qui gravissimam stupendo schismate commovit tempestatem : a Nicolao
I. exauctoratus, sucum fecit Joanni VIII.
qui illusus in pristinum gradum prodito-
rem restituit, sed detecta fraude , iterum
proscriptus legitur , Impœnitens pestifera
in Oriente ad huc usque diem reliquit sui
schismatis semina . Realitatem Corporis
Christi in Eucharistia undecimo sæculo impugnavit Berengarius ; in variis Conciliis
proscriptus, resipuit , relapsus, iterum errorem reprobavit : tandem catholicam fidem in Concilio Romano anno 1079. confessus, pœnitens, ut pie creditur, obiit .

Duodecimo sæculo, adunatum est Concilium Lateranense primum ad componenda
ex Investituris subnata jurgia ; Lateranense secundum , contra schisma Petri Leonis , & Petrobrussianorum hæresim ; Lateranense tertium , ad perstringendos Schismaticos & Hæreticos Vvaldenses ; Decimo
tertio sæculo , Lateranense quartum, pro
recuperatione Terræ sanctæ , & adversus
Albigenses ; Deinde Lugdunense primum ,
iterum agitatum est de expeditione Terræ sanctæ ; & Lugdunense secundum pro
Græcorum reunione . Viennense decimo
quarto sæculo exagitavit Beguardos . Decimo quinto Florentinum ad metam feliciter perduxit Græcorum schisma , Decimo sexto , Lateranense V. congregatum
est, ubi de subsidio Christianis præstando adversus Mahumetanorum potestatem actum
est . Denique Tridentinum anno 1545. in-
choatum, mirabilia fecit, dixit & definivit contra veteres & novas hæreses, præcipue vero adversus Lutheranos & Calvinistas per totam Europam non sine magna animarum pernicie divagantes .

Ecclesia suas habet regulas , scilicet Conciliorum Canones : iis disciplinam ordi-
nat , mores instruit , dogmata fidei proponit & definit. Inter omnes primus & celeberrimus est Apostolicus , quo , abroga-
tis in Synodo Jerosolymitana legalibus ,
sancitum est ut Gentiles ad Christum conversi abstinerent solum a sanguine , a suffocato, & a fornicatione . Primum Concilium Nicænum multos edidit , sed Arianorum molitione, multa passi sunt cum in
Oriente, tum in Africa , & Ægypto naufragia . Theodoretus viginti solum refert ;
Julius I. Summus Pontifex in sua Secunda epistola , a S. Athanasio laudata , a
Concilio Sardicensi celebrata , viginti quatuor ; Pisanus juxta Codices Arabicos ,
octoginta commemorat . Sextus vulgatus
in gratiam Episcopi Alexandrini factus ,
nihil detrahit a primatu Papæ in universam Ecclesiam , quidquid in contrarium
insulse garriant Magdeburgenses . Secundus inter Trullanos jus provocandi ad Sedem Apostolicam Traditione firmatum dicit . Eidem adstipulantur juri tertius ,
quartus & septimus Sardicensis : hujus
prærogativæ , quæ primatus S. Petri appendix merito dicitur , etiam ante hanc
Synodum extant exempla : unde appella-
tionem ad Romanum Pontificem in Ecclesia Orientali ante Concilii Trullani tempora, usum non obtinuisse, in Occidentali

tali vero ante octavum saeculum, ab omni veritate alienum est. Diversis temporibus ad Sedem Apostolicam appellarunt Caecilianus, S. Athanasius, Eustachius Sebasthenus, Maximus Constantinopolitanus, Ianus Chrysostomus, Flavianus, Theodoretus, Eutyches, Joannes Talaja Episcopus Alexandrinus, Celidonius, &c. Neque vero isti juri refragatur Concilium Carthaginense in causa Apiarii. Sicce civitatis in Numidia Presbyteri. Frustra quidam in dubium revocant statuta a Concilio Arelatensi tertio adversus haeresim Praedestinatianam, quam nonnulli absque fundamento commentitiam habent, cum ab ipso Augustino ex professo impugnata sit, in libro de Correctione & Gratia contra quosdam Monachos Adrumetinos obstrepentes. Decursu temporum non absimili-

bus statutis & canonibus impugnavit haereses Ecclesia, maxime Protestantium, contra quos multa dogmata in primis de septem Sacramentis astruxit.

Diversa Ecclesiae acceptatio.

ECCLESIA sumitur dupliciter: Primo quidem pro congregatione multorum unam fidem & religionem profitentium; sub quo respectu nonnumquam dicitur Religio, quae definitur virtus, qua Deum cultu debito veneramur: Secundo, pro congregatione sub uno capite invisibili Christo in coelis, & visibili in terris Summo Pontifice ejus Vicario cum legitima Pastorum successione. De ea sub utroque respectu spectata agendum incumbit. Unde sit

DISSERTATIO PRIMA.

DE ECCLESIA

UT EST RELIGIO MULTORUM

Unam fidem profitentium.

M ULTOS habet Eccle-
fia, ut eft vera reli-
gio, hoftes infenfiffi-
mos, Atheos fcilicet,
Idololatras, & Paga-
nos. Priores nullum
agnofcunt Deum: I-
dololatræ falfa colunt
numina: Pagani, ut
Mahumetani Deum quidem effe fatentur,
nufquam vero Chriftum ut Meffiam; tum
variis incumbunt fuperftitionibus. Hæretici cæteris adjunguntur, quippe qui in
fuas abeant adinventiones, & cultum prorfus indebitum, vel Sacramentorum aliquorum ablatione, vel ipfius facrificii contemptu, a rectis regulis aberrantes Deo
reddant: Sed contra quos ipfe Chriftus
Matth. 18. 17. Si autem Ecclefiam non audierit, fit tibi ficut Ethnicus & Publicanus.

Dogma de Ecclefia ut eft Religio vera, qua-
tuor potiffimum argumentis probatur
& explicatur.

PRIMO, quia ab Adam ad Moyfen
ufque extitit.
Secundo, quia a Moyfe ufque ad Chriftum floruit.
Tertio, quia per Chriftum perfectionem
habuit.
Quarto, quia cæteræ Religiones a Romana feparatæ, funt falfæ.

ARTICULUS PRIMUS.

Utrum fuerit Ecclefia in lege naturæ, in
qua fola reperitur falus.

L EX naturalis poteft in duplici fenfu
fpectari: Primo quidem ut eft dictamen rationis cuilibet innatum homini ad
faciendum bonum ordinis naturalis, puta
ad colendos parentes: Secundo, ut dicit
ftatum in quo homines moti a Spiritu fan-

Bo, feclufa lege fcripta, bonum falutis
operari poffunt, & de facto operantur.
De lege naturæ in prima confideratione
fpectata in præfentiarum non agimus; de-
monftratum eft quippe in tractatu de Attributis ineffe hominibus ideam Dei innatam, & lumen quo non folum exiftentiam
Dei cognofcunt, verum etiam aliquod bonum patrare queunt, juxta illud Apoft.
Rom. 2. 14. Gentes, quæ legem non habent
naturaliter ea, quæ legis funt, faciunt: Sed
de lege ufurpata in fecundo fenfu, quatenus & Sacramenta & Sacrificia, fola
exclufa lege fcripta, complectitur.

CONCLUSIO PRIMA.

Fuit Ecclefia in Lege naturæ.

PROBATUR ifto ratiocinio. Nomine
Ecclefiæ intelligimus religionem, qua homines unam fidem profitentur, & unum
agnofcunt Deum: Atqui talis fuit in Lege naturæ: Et probatur multipliciter.
Primo quidem, Religio concreata eft cum
primis parentibus, juxta illud Eccli. 17. 6.
Difciplina intellectus replevit illos, creavit
illis fcientiam fpiritus. Et illud S. Auguftini: " Erat condens naturam, & largiens
„ gratiam. R. P. Maffouillet Dominicanus
lato calamo tomo 2. de motione Dei cap.
10. 11. 12. 13. & 14. probat Protoparentes,
quandiu duravit innocentiæ ftatus, ficut
amore Dei, fic & continua divinorum
contemplatione fuiffe occupatos.
Secundo, certum eft Adamum egiffe de
peccato pænitentiam, & bonis operibus
promeruiffe falutem, adeoque & Deum
perpetuo coluiffe, tum & filios ad illum
colendum inftituiffe. Quod falvus factus
fit non obfcure indicat Scriptura Sap. 9.
10. his verbis: *Per Sapientiam fanati funt*
quicumque placuerunt tibi Domine a principio.
Hæc illum, qui primus formatus eft a Deo
Pater orbis terrarum, cum folus effet creatus,
cuftodivit, & eduxit illum a delicto fuo, &
de-

dedit illi *virtutem continendi omnia* . S. I-
renæus lib. 3. adv. hæref. cap. 34. & feq.
ait Adamum juftificatum , & ex hoc al-
fulgere mentem Chrifti paffione abforptam
fuiffe : Idem propugnat Tertullianus lib.
3. contra Marcionem : Idem Epiphanius
hæref. 46. Idem Ambrofius lib. 10. in Luc.
cap. 23. Idem Auguftinus epift. 99.

Tertio , crevit in Abel jufto qui ; *obtulit de primogenitis gregis fui , & de adipi-
bus eorum : Et refpexit Dominus ad Abel
& ad munera ejus .* Gen. 4.

Quarto : Eamdem illuftravit Enos ; de
illo quippe habetur Gen. 4. *Ifte cæpit invocare nomen Domini ;* & quidem ritu fo-
lemniori . Rurfus & Henoch , *Ambulavit-
que cum Deo, & non apparuit* . Ibid. Gen.
5. ad vitam enim & ftatum meliorem
translatus eft , donec Antichriftum debellaturus veniat , & illum gladio verbi oris
fui confodiat .

Quinto : Refloruit in Noe , qui , tranfacto diluvio , obtulit Deo holocauftum ,
quod ita illi placuit , ut inierit cum hominibus perpetuum pacis fœdus ; fie enim
habetur cap. 8. 21. *Odoratufque eft Dominus odorem fuavitatis , & ait : Nequaquam
ultra maledicam terræ* .

Sexto : Emicuit in Abraham , in Ifaac
& Jacob , qui quidem fic erant grati &
accepti Domino , ut nominari Deus eo-
rum dignatus fit , juxta illud Exod. 3. 6.
*Ego fum Deus Abraham , Deus Ifaac, &
Deus Jacob* .

Septimo : Ecclefia vera ea eft , quæ Deum
tum *Sacrificiis* , tum Sacramentis venera-
tur : Atqui Lex naturæ & Sacrificia &
Sacramenta habuit ; Sacrificia quidem ut
patet ex dictis , nec mirum , etiamfi A-
dam non peccaffet , femper tamen fuiffent
Sacrificia , inquit S. Thomas , quandoquidem creatura in quocumque ftatu Deum
debet agnofcere ut fupremum bonorum
auctorem , quod fit Sacrificiis : Sacramenta utique ; fic propugnat S. Auguftinus
lib. 5. contra Julian. cap. 1. his verbis :
" Nec ideo tamen credendum eft , & an-
,, te datam circumcifionem famulos Dei ,
,, quandoquidem eis inerat Mediatoris fi-
,, dei in carne venturi , nullo Sacramen-
,, to ejus opitulatos fuiffe. ,,

Octavo : Omnes homines a mundo condito concludit Ecclefia , quippe quæ fit
omnium credentium aggregatio : Igitur Ecclefia extitit in lege naturæ. Ifta ratio eft
D. Gregorii , qui homil. 19. in Evangelia
fic loquitur : " Quis Patrisfamilias fimili-

,, tudinem rectius tenet , quam conditor
,, nofter . . . . qui habet vineam , uni-
,, verfalem fcilicet Ecclefiam , quæ ab
,, Abel jufto ufque ad ultimum electum ,
,, qui in fine mundi nafciturus eft , quot
,, fanctos pertulit , quafi tot palmites e-
,, mifit . ,,

Nono : Omnes per fidem Chrifti falutem
confequi debent , Deus vero vult omnem
hominem falvum fieri : Igitur vel in ipfa
Lege naturæ erat Ecclefia , hoc eft , erant
homines , qui fidem in Chriftum , tum Sacrificiis , tum Sacramentis proderent . Hæc
ratio affertur a S. Aug. qui concione 3.
in Pfal.36. fic loquitur : " Omnes qui ab
,, initio fæculi fuerunt jufti , caput Chri-
,, ftum habent . Illum enim venturum ef-
,, fe crediderunt , quem nos veniffe jam
,, credimus ; & in ejus fide & ipfi fancti
,, funt , in cujus & nos : ut effet & ipfe
,, totius caput civitatis Jerufalem. ,, Idem
docet epift. 102. alias 49. & ante ipfum
Eufebius lib. 1. hift. cap. 4.

CONCLUSIO SECUNDA.

Extra Ecclefiam , non erat falus .

PROBATUR unico , fed efficaci ratiocinio . Sine fide , tefte Apoftolo Heb. 11.
impoffibile eft placere Deo , quia vero homo ex anima & corpore conftat , fidem &
religionem fignis fenfibilibus debet profe-
re : Sed in fola Ecclefia cultus Deo debitus redditur , cum precibus , tum Sacrificiis : Igitur ab omni ævo extra Ecclefiam
non fuit falus.

Solvuntur objectiones .

OBJICIES : Ecclefia non eft fine capite : Sed non conftat aliquod fuiffe in
lege naturæ : Igitur nec pro ea admittenda eft Ecclefia .

Refpondeo diftinguendo : Ecclefia perfecte formata non eft fine capite , concedo : Ecclefia nafcens & adhuc imperfecta ,
fubdiftinguo : non eft fine capite particulari , concedo : fine capite univerfali , nego . Incepit Ecclefia ab Adam & Eva qui
fuerunt Creatoris cultores , & adoratores , deinde crevit paulatim crefcente hominum numero : porro cum homines
rempublicam non nifi multiplicata maxime humana fobole , conftituerent ; & per
familias regimen humanum haberetur , Paterfamilias ficut in civilibus fic & in mo-

rali-

ralibus erat caput, a quo filii & normam
bene vivendi , & modum rite colendi ,
Deum accipiebant : quæ quidem consuetudo
ad diluvium usque perseveravit :
immo & post diluvium usque ad Abraham
, dicamus & usque ad Moysen . Ergo
Paterfamilias accepta Traditione ab Adamo
per nepotes de modo Deum colendi,
Filios ipsum Dei cultum edocebat : Movebantur
interius homines ad assumendum
aliquod signum sensibile quo fidem suam
profiterentur, ait D. Thomas 3. p. q. 60.
art. 5. ad 3. his verbis : " Sicut in statu
„ legis naturæ homines nulla lege ex-
„ terius data , sed solo interiori instin-
„ ctu movebantur ad Deum colendum ,
„ ita etiam ex interiori instinctu , deter-
„ minabatur eis , quibus rebus sensibili-
„ bus ad Dei cultum uterentur . „ Denique
usus invaluerat ut cujuslibet familiæ
primogenitus ex quadam deputatione more
perantiquo firmata esset veluti Sacerdos
, qui primitias fructuum terræ Deo
offerret : hinc Esau evasit contemptibilis,
eo quod jus primogenituræ pro leviori cibo
fratri suo Jacob vendidisset , ut habetur
Heb. 13.

Instabis : Ecclesia est visibilis : Sed in lege
naturæ eam non habebat dotem : Igitur
tunc temporis nondum erat Ecclesia .

Respondeo distinguendo minorem : Ecclesia
in lege naturæ, non erat visibilis, hoc
est , nondum erat corpus perfecte formatum
& omnibus numeris absolutum , concedo
: non erat visibilis quoad cultum ,
nego. Abel obtulit sacrificium , tum Noe
transacto diluvio . Obtulit Job & sæpius
Abraham , maxime cum arietem loco filii
, ordinante Deo, mactavit . Obtulit &
Jacob qui & aram, seu lapidem, fundens
oleum desuper , erexit , ut legitur Gen.
28. decursu vero temporum Ecclesia crevit
in magnam arborem, primum in lege
Mosaica , tum & multo magis in Nova,
ut dicemus modo .

SYNOPSIS PROBATIONUM.

Ecclesia extitit in tota Lege naturæ .

PRIMO : Quia Adam conditus est in
gratia, & in statu innocentiæ erat verus
Dei cultor, quippe qui, testibus Hugone
a S. Victore & aliis multis Patribus contemplationi
divinarum vacaret ; post lapsum
vero, ut habetur Sap. 9. justificatus
est , quod non sine precibus & cultu sacrum
fuisse rectius suspicamur .

Secundo : Ecclesia est cœtus fidelium
unam fidem profitentium ; habemus autem
ex Genesi veteres Patriarchas non semel
Sacrificiis & Sacramentis coluisse Deum .
Tertio : Sic propugnant Eusebius , Augustinus,
Gregorius, S. Thomas, quorum
omnium ratio hæc est , quod nullus debeat
salvari nisi per fidem Christi debito
cultu celebratam : Sed hujusmodi cultus
Ecclesiam habet auctorem , & institutricem.
Ergo &c.

SYNOPSIS DIFFICULTATUM,

ET EXPLICATIONUM.

PRIMO : Ecclesiæ legis naturæ non deficiebat
caput , cum in domibus Paterfamilias
Traditione excultus quomodo Deus
recte collendus esset, filios edocebat .
Secundo : Neque vero illi Ecclesiæ derat
visibilitas , quandoquidem fideles sacrificiis
modo ex frugibus terræ , modo
etiam ex animalibus & victimis suum exhibebant
cultum.

ARTICULUS SECUNDUS.

Utrum fuerit Ecclesia in lege scripta?

Conclusio affirmativa .

Probatur rationibus Theologicis .

PRIMA : Ecclesia est congregatio multorum
vero & unico Deo servientium
& famulantium : Atqui talis erat in lege
scripta. Et probatur . Deus dedit Abraham
, & ejus posteris Circumcisionem,
qua a Paganis & Idololatris separati, ipsi
cultu perpetuo & religioso conjungerentur
; sic enim habetur Gen. 17. 9. *Dixit
iterum Deus Abraham : Et tu ergo custodies
pactum meum , & semen tuum post te in generationibus
suis . Hoc est , pactum meum
quod observabitis inter me & vos , & semen
tuum post te : circumcidetur ex vobis
omne masculinum : & circumcidetis carnem
præputii vestri, ut sit in signum fœderis
inter me & vos .* Ergo &c. Ipse Apostolus
Rom. 3. *Signaculum justitiæ fidei ,* vocat
Circumcisionem, hinc Col. 11. 11. ait Christi
gratiam præfigurasse ; idem sentit Chrysostomus
hom. 39. in Gen. Idem Theodoretus
quæst. 67. in Gen. & communiter
Patres.

Al-

Altera : Ecclefia eft cœtus multorum fub uno vifibili capite magno Sacerdote cum fucceffione Paftorum, atqui in lege fcripta fuit Aaron, qui habuit in Sacerdotio fucceffores, ut legitur in libris Leyalibus & Regum, tum & in epiftola ad Hebr. fuerunt & Levitæ qui cultui Deo reddendo incumberent : tum omnes fideles in iis quæ cultum divinum fpectabant, fub mortis interminatione obedire tenebantur. Ergo &c. Multus eft fermo in Scripturâ facra de his momentis. Levit. 8. deícribitur confecratio Aaron magni Sacerdotis & Levitarum, Deut. vero 17. ait Deus : *Veniefque ad Sacerdotes Levitici generis .... Facies quodcumque dixerint qui præfunt loco quem elegerit Dominus . Et docuerint te juxta legem ejus, fequerifque fententiam de eorum . Nec declinabis ad dexteram, neque ad finiftram . Qui autem fuperbierit, nolens obedire Sacerdotis imperio, qui eo tempore miniftrat Domino Deo tuo, & decreto judicis, morietur homo ille .*

Tertia : Ecclefia tota occupatur in facrificiis Deo offerendis, tum in recognitionem fupremi ejus Dominii, tum ad gratias pro beneficiis acceptis rependendas, tum ad nova ab ejus bonitate impetranda, tum demum ad obtinendam peccatorum veniam : Atqui ejufmodi facrificia perpetuo & fempiterno cultu offerebat Synagoga : Igitur erat vera Ecclefia. Probatur minor, ex libro Lev. Cap. 1. ritus & modus offerendi holocaufta dilineatur. Cap. 2. ritus oblationis facrificiorum fimilæ oleo confperfæ. Cap. 3. ritus hoftiæ pacificæ litandæ. Cap. 4. ritus offerendi hoftias Sacerdotis, Principis & multitudinis per ignorantiam peccantis. Cap. 5. ritus hoftiarum pro peccatis ex filentio veritatis, immunditia, errore, juramento, facrorum abufu atque ignorantia, & fic de cæteris.

Quarta : Ecclefia eft corpus in quo multi facris quibufdam fignis fenfibilibus ad colendum Deum, conjunguntur, ait S. Auguftinus, qualia funt Sacramenta : Atqui erant in Lege fcripta vera Sacramenta . Et probatur : Innocentius III. cap. *Majores*, agnofcit Circumcifionem ut Sacramentum. D. Thomas 1. 2. quæft. 102. art. 5. hoc probat ratiocinio, veterem Legem habuiffe Sacramenta . Nomine Sacramentorum intelligimus figna gratiæ quibus homo præparatur ad colendum Deum, vel per modum miniftri, vel per modum fufcipientis : Atqui talia erant in Lege Moyfis figna, namque confecrabantur Sacerdotes

& Levitæ, ut minifterio altaris vacarent : populus vero per Circumcifionem ad colendum Deum inftituebatur . Ergo &c. De hoc momento, ait S. Auguftin. l. 19. contra Fauftum cap. 11. " In nullum nomen „ religionis, feu verum, feu fallum coa- „ dunari homines poffe nifi aliquo figna- „ culorum, vel Sacramentorum vifibilium „ confortio colligentur. „

Quinta : Ecclefia ea cenfetur, quæ divina celebrat variis feftivitatibus myfteria : Atqui Synagoga ea debito, & facro cultu celebrabat : Igitur erat vera Ecclefia. Probatur minor : variæ erant apud Judæos feftivitates, nempe Pentecoftes in memoriam fimul & recognitionem legis datæ, & acceptæ : Pafchatis, ad recolenda beneficia liberationis a captivitate Ægypti, & fic de aliis bene multis. Ergo &c.

Sexta : Ecclefiæ nomine intelliguntur multi Chrifto Mediatori ad colendum Deum adunati : Atqui Judæi Chrifto conjungebantur. Primo quidem, illum in facrificiis repræfentabant, maxime cum fanguine vitulæ Sacerdos afpergebat populum, ut fciret fe per Chrifti fanguinem redemptum : Secundo, illum in facrificiis invocabant, eumdem ore Prophetarum in adjutorium & auctorem falutis appellabant, juxta illud Ifaiæ 45. 8. *Rorate cœli defuper, & nubes pluant juftum, aperiatur terra, & germinet Salvatorem.*

Fit fatis objectionibus.

OPPONES : Ubi nec fides nec gratia, ibi nulla agnofcitur Ecclefia : Atqui nec fides nec gratia erant in Synagoga : Igitur nec erat Ecclefia . Probatur minor. Primo quidem, non erat fides, fed folum inftructio & præparatio ad fidem, juxta illud Apoftoli Gal. 3. 23. *Lex Pedagogus nofter fuit in Chrifto* . Neque vero etiam gratia erat, dicente Joan. capit. 1. *Lex per Moyfen data eft : gratia & veritas per Jefum Chriftum facta eft.*

Refpondeo negando minorem, quandoquidem fides Patrum, maxime Abrahæ tanta erat, ut, tefte Apoftolo, imputata fit illi ad juftitiam & meruerit multarum Gentium effe Patrem, quæ in ipfo benedictæ funt : fed & fanctitas in eifdem fic affulgebat, ut Deus per complacentiam Deus Abraham, Ifaic & Jacob voluerit fe nuncupari . Jam quid memorem fanctitatem Prophetarum, quorum gratia fpecta-
lis

lis hæc erat, ut scrutarentur etiam profunda Dei, hinc & videntur in Scripturis non semel appellantur : quod est argumentum magnæ Dei erga ipsos charitimatum diffusionis.

Ad primam probationem, distinguo : Lex Pedagogus erat ad instructionem de Mysteriis, & promissionum Abrahæ factarum cophirmationem, concedo : ad ipsam fidem suscipiendam, subdistinguo, fidem perfectiorem, concedo : fidem ipsam, ita ut ipsa carerent Judæi, nego. Solutio est ipsius Apostoli, qui *Rom.* 4. ait de fide Abrahæ : *Credidit Abraham, & reputatum est illi ad justitiam.* Igitur lex eatenus erat pro Judæis Pedagogus, quatenus eos edocebat justificari per fidem in Christum venturum, a quo & promissam æternitatem erant accepturi. Sic interpretatur locum Apostoli S. Thomas comm. in cap. 3. epist. ad Galatas : " Per „ legem, inquit, Judæi tamquam imbe- „ cilles pueri, per timorem pœnæ retra- „ hebantur a malo, & promovebantur „ amore & promissione temporalium, ad „ bonum ; Judæis autem promissa erat „ benedictio futuri seminis de hæreditate „ obtinenda, sed nondum advenerat tem- „ pus ipsius hæreditatis consequendæ, & „ ideo necessarium erat, quod conserva- „ rentur usque ad tempus futuri seminis, „ & cohiberentur ab illicitis, quod fa- „ ctum est per legem. „

Ad secundam probationem, distinguo : Gratia per Jesum Christum facta est, id est. I. Gratia & substantialis omnis gratiæ fons & principium venit . II. Gratia empta & pretio solutia est . III. Gratia perfectissima imperfectæ successit . IV. Lex nova exhibet gratiam, & ex opere operato justificat, gratia vero legis non justificat per se, sed solum ex opere operantis, concedo : gratia per Christum facta est, excludendo gratiam pro veteri lege, nego. Solutio est D. Thomæ comm. in cap.r. 1. Joan. qui in quadruplici tantum allato sensu Evangelii explicat sententiam.

Primum, exhibet sensum, his verbis : " Hinc etiam perpendimus ex plenitudi- „ ne ejus accipimus, Legem quidem per „ Moysen sore datam, gratiam autem & „ veritatem per Iesum Christum nedum „ sore datam, sed factam : patre quidem „ legem dante per Moysen, gratiam & „ veritatem faciente per Jesum. Sed si Je- „ sus est qui dicit, ego sum veritas, quo-

Boucat Theol. Tom. IV.

„ modo veritas sit per Jesum ? Sed inte l- „ ligendum est, quod ipse est veritas sub- „ stantialis, ex qua prima veritate, & „ ejus imagine sculptæ sunt multæ veri- „ tates in his qui veritatem tractant. „ *Secundum*, subindigitat sensum ibidem : " Omnis plenitudo fidelium, & quinam „ sunt, & futurorum, de plenitudine „ ejus accipimus. „ Dicente Aposto- lo 1. Cor. 6. *Empti enim estis pretio magno : glorificate, & portate Deum in corpore vestro.*

Tertium, prodit auctoritate S. Joan. Chrysostomi homil. 23. in Joan. suffultus : " Chrysostomus ; vel accepimus gra- „ tiam pro gratia, id est, pro veteri no- „ vam. Sicut enim est justitia & justitia, „ adoptio & adoptio, circumcisio & cir- „ cumcisio, ita gratia & gratia : Sed illa „ quidem ut typus, hæc vero ut veri- „ tas. Hoc autem induxit ostendens, quo- „ niam & Judæi gratia salvabantur, sed „ & nos omnes gratia salvi sumus, mise- „ ricordiæ autem & gratiæ suit legem „ suscipere. „

Quartum demum ex auctoritate S. Augustini Tract.3. in Joan. dat : " Augusti- „ nus quid autem accepisti ? Et gratiam „ pro gratia .... Quam gratiam primo „ accepimus ? fidem. Vocatur enim gra- „ tia, quia gratis datur : haec ergo acce- „ pit gratiam primam peccator, ut ejus „ peccata dimitterentur, & iterum gra- „ tiam pro gratia, id est, pro hac gratia, „ in qua ex fide vivimus recepturi sumus „ aliam, id est, vitam æternam.... Non „ erat ista gratia in veteri Testamento ; „ quia lex minabatur, non opitulabatur, „ jubebat, non sanabat. Languorem osten- „ debat, non auferebat, sed præparabat „ medico venturo cum gratia & verita- „ te, unde sequitur : quia lex per Moy- „ sen data est &c. mortem enim tempo- „ ralem & æternam occidit mors Domi- „ ni tui, ipsa est gratia quæ promissa & „ non exhibita erat in lege. „

Instabis : Atqui nec fide, nec gratia erant in Synagoga, Ergo &c. Probatur subsumptum : Fides & gratia habetur per Christum : Atqui Judæi utrumque per Christum habere non poterant. Et probatur : Duplex istud donum profluit a Christo, tum per novæ legis Sacramenta, cum per unionem membrorum cum capite : Atqui Judæi, nec Christi habebant Sacramenta, nec ipsi consociari poterant, cum nondum venerat & esset.

A 3 Ergo

Ergo &c. Confirmatur: Ecclesia solum per Christum fundata est, juxta illud ipsius Christi oraculum Matth. 1f. 18. *Tu es Petrus, & super hanc petram ædificabo Ecclesiam meam.* Ergo &c.

Respondeo negando subsumptum; Fides quippe & gratia veteris Testamenti, eadem erat cum fide & gratia novi. Primo quidem, relative ad auctorem, cum eamdem haberet causam, scilicet Christi passionem. Secundo penes effectum; Judæi enim justificabantur per fidem & gratiam Mediatoris, hinc solummodo quoad modum diversa erant a fide & gratia novæ legis, hoc est, nec fides abundans, nec tam perfecta gratia erat, sicut præsente Christo fuit. Sic propugnat S. August. Tract. 4f. in Joan. ,, Ante adventum ,, Domini nostri Jesu Christi, *ait*, quo hu-,, millis venit in carne, præcesserunt ju-,, sti, sic in eum credentes venturum, ,, quomodo nos credimus in eum qui ve-,, nit. Tempora variata sunt, non fi-,, des .... Muratus est sonus, venturus ,, est, & venit: eadem tamen fides utros-,, que conjungit, & eos qui venturum ,, esse, & eos qui eum venisse credide-,, runt. ,,

Ad primam probationem, distinguo minorem: judæi non poterant habere fidem & gratiam per Christum præsentem, concedo: promissus quidem erat, sed nondum venerat. Per Christum prævisum, nego. Ipsi fide eatenus conjungebantur Judæi, quatenus illum ut Redemptorem apprehendebant, Deus vero intuitu meritorum dilecti filii sui eis gratiam conferebat, quia tamen nondum erat præsens, gratia tunc temporis non dabat actu, sicut gratia novæ Legis, hæreditatem; hinc ista priori & abundantior & efficacior est. Solutio colligitur ex S. Augustino qui epist. 140. alias 110. cap. 1. num. f. de hoc gratiæ novæ legis beneficio, sic loquitur: ,, Quando felicitatem temporalem ,, arebant, æternam veram & præseren-,, dam intelligebant; & istam ministra-,, bant in mysterio, ut illam consæque-,, rentur in præmio. ,, Scilicet passionis Christi.

Ad ulteriorem probationem, dico Sacramenta veteris Legis, fuisse quidem diversa a Sacramentis novæ Legis penes materiam & gratiam producendi modum, cum eam solum ex opere operantis causarent, sed non penes significationem, & principalem effectum, cum virtute passionis

Christi prævisæ justificarent peccatorem & jus ad hereditatem darent, quandoquidem justi & sancti veteris Legis erant filii Dei adoptivi: si filius & heres per Christum, ait Apostolus, sic solvit difficultatem Sanctus Augustinus tract. 26. in Joan. num. 22. his verbis: " Sacramenta illa in ,, signis diversa sunt; sed in re quæ si-,, gnificatur, paria sunt. ,, Idem repetit tract. 4f. in Joan. Ad aliam de conjunctione membrorum cum capite difficultatem respondeo, membra corporis naturalis, non conjungi capiti, nisi caput sit vivens & præsens, secus vero membra corporis mystici: nec alio modo quam mystice per fidem, gratiam & Sacramenta justi utriusque Legis Christo capiti consociantur, si excipias unionem quæ habetur per Eucharistiam, qua eatenus Christo substantialiter unimur, quatenus illum realiter & substantialiter præsentem in hoc Augustissimo Sacramento suscipimus.

De hoc momento audiendus est S. Augustinus, qui lib. de Catechizandis rudibus cap. 19. hæc verba profert: " Omnes san-,, cti qui ante Domini nostri Jesu Christi ,, Nativitatem in terris fuerunt, quamvis ,, ante nati sunt, tamen universo corpori ,, cujus ille caput est, sub capite cohæ-,, serunt.

Ad confirmationem, distinguo: Ecclesia novæ Legis fundata est a Christo supra Petri fidem, concedo: Ecclesia veteris Legis, nego. Fundata quippe fuit super fidem Patriarcharum, & potissimum Abrahæ, qui fides est promissio posteritatis longævæ: utraque Ecclesia fuit quidem quoad aliquid diversa, sed una ratione finis, & consummatoris fidei, qui teste Apostolo, non alius est præter Christum; sicut enim Christianus, sic Judæi Christum & laudabant & invocabant, juxta illud Matth. 21.9. *Turbæ quæ præcedebant, & quæ sequebantur, clamabant, dicentes: Hosanna filio David, benedictus qui venit in nomine Domini.* Hinc S. Hieronymus tom. 4. Part. 1. p. 9f. ait: ,, ostendit utrumque populum, & qui ante Evangelium, & qui post ,, Evangelium, Domino crediderunt, con-,, sona Jesum Confessionis voce laudare. ,,

Dices: Ex his sequeretur Judæos fuisse Christianos: Sed hoc dici non potest, cum ipsi odio haberent Christum. Ergo &c.

Respondeo distinguendo: Sequeretur Judæos veteres fuisse Christianos imperfecte, concedo: perfecte, nego. Cum ad

nihil perfectum, teste Apostolo, adduceret
Lex, & denominatio a perfectiori desuma-
tur, nonnisi inchoative veteres Judæi erant
Christiani, vere tamen, quia ad Christum
lex terminabitur, & fides viva in Christum justificabat impios. Sic docet Eusebius l. 1. Hist. c. 4. " Cum Christiani no-
„ mine, inquit, nihil aliud significetur,
„ quam vir qui per Christi cognitionem
„ atque doctrinam, modestia, justitia, co-
„ lerantia, fortitudine, & pietatis, cultus-
„ que unius qui super omnia est, Dei pro-
„ fessione ornatus est; hæc omnia veteres
„ illi non minus studiose, quam nos ex-
„ coluerunt. „ Concinit S. Augustinus l.
3. contra duas ep. Pel. c. 4. cæterum re-
probi Judæi, sed non justi Christum odio
habent, cum & vivente Christo ex eis
quamplurimi ipsi adhærerent.

SYNOPSIS PROBATIONUM.

Erat Ecclesia in veteri Lege.

Primo : Idipsum innuit circumcisio :
ea quippe ad cultum verum Deo exhibendum adunabantur populi.

Secundo : Idem colligitur ex Sacerdotibus qui ritu speciali consecrabantur ad
peragenda ea quæ erant, tum pro cæremoniis cultus divini, tum alia quæ populi sanctificationem spectabant.

Tertio : Clarius hanc indigitant Ecclesiam sacrificia, quæ quidem in loco a Deo
prælecto, scilicet Templo, offerebantur,
tum ad recognitionem supremi dominii
Dei, & ejus beneficiorum memoriam re-
colendam, tum ad nova impetranda, maxime peccatorum remissionem.

SYNOPSIS OBJECTIONUM,

ET RESPONSIONUM.

Primo : Gratia quidem per Jesum
Christum facta est, sed non per exclusionem donorum pro veteri Lege, cum &
Patriarchas, & Prophetas, & Martyres,
& alios prope infinitos justos Synagoga
habuerit : igitur gratia abundantior facta
est, & ideo aliam minorem datam in Lege supponebat.

Secundo : Ecclesia nova & Christi, equidem fundata est supra fidem Petri, ergo
ne non erat alia pro Lege ? Absit, Cum
super fidem Abrahæ altera pro Synagoga
ædificata extiterit.

Tertio : Neque vero negamus veteris
Legis justos utique fuisse Christianos, ut
contendit Eusebius lib. 1. Hist. cap. 4. sed
inchoative, secundum quid & imperfecte.

ARTICULUS TERTIUS.

Utrum detur Ecclesia in nova Lege.

AD istam quæstionem perfecte solven-
dam duo sunt explananda, unum scilicet de existentia, alterum vero de perfectione; concesso enim semel dari in nova Lege Ecclesiam a Christo fundatam,
debet cæteris præcellere; unde sit

SECTIO PRIMA.

Num Christus novam fundaverit Ecclesiam ?

CONCLUSIO AFFIRMATIVA.

Prima probatio ex figuris.

FIGURÆ annuntiant veritatem : Sed
multæ figuræ veteris Testamenti prælu-
serunt Christi Ecclesiam, eamdem vero multæ similitudines Novi manifestant : Igitur
datur in novo Testamento Ecclesia a Christo fundata. Probatur minor, a figurarum
enumeratione.

Prima, est ipsa Synagoga Ecclesia, quæ
Sacrificiis, Sacramentis & Sacerdotibus
suis Christi repræsentabat Ecclesiam; cum
circumcisio, teste Apostolo, ad Col. 2.
esset imago circumcisionis spiritualis per
sacram regenerationem lavacrum ad remissionem peccati originalis operandæ, sic
enim habetur Col. 2. 11. In quo & cir-
cumcisi estis circumcisione non manu facta in
expoliatione corporis carnis, sed in circumcisione Christi : consepulti ei in Baptismo,
in quo & resurrexistis per fidem. Similiter
Aaron Magnus Sacerdos, erat Christi typus ; expressius Melchisedech legis naturalis Sacerdos. Idem dicendum de Sacrificiis ; eo enim ipso quo pro diversis peccatis expiandis erant instituta, sacramentum Pœnitentiæ designabant. Agnus Paschalis juxta Patrum placita erat figura
Christi, qui in ara crucis tamquam victima pro omnibus & singulis hominibus oblatus est : & sic de cæteris veteris Legis
ritibus, in quibus veluti in speculo Eccle-

A a 2   sia

fia Chriſti videbitur . Non omittendum
Legem, templum Salomonis ad quod Judæi ad Paſcha celebrandum conveniе-
bant , Eccleſiam multitudine & cærem-
niarum , & ſacrificiorum quæ in illo offerebantur ſplendide adumbraſſe .

Altera Eccleſiæ Chriſti imago eſt Para-
diſus terreſtris , qui locus omnium bonorum aggregatione perfeſtus deſignabat Eccleſiam , ex qua perenni fluxu & reſtuxu
gratiæ , animæ adveniunt , ut æſtu paſſionum temperata & irrorata fruſtum meritorum aſſerat in patientia , dicente Chriſto Apoſtolis Joan. 15, 16. *Poſui vos ut
eatis , & fructum aſferatis & fructus ve-
ſter maneat.* S. Auguſtinus lib. 4. de Baptiſmo capit. 1. iſtam figuram celebrat ,
his verbis : " Eccleſia paradiſo compara-
„ ta , indicat nobis , poſſe quidem ejus
„ Baptiſmum homines etiam foris accipe-
„ re , ſed ſalutem beatitudinis extra eam
„ neminem vel percipere , vel tenere .
„ Nam & flumini de fonte paradiſi , ſic-
„ ut Scriptura teſtatur , etiam foris lar-
„ giter manaverunt .... Ira iit , ut cum
„ paradiſi aqua ſit extra paradiſum , bea-
„ titudo tamen ſon ſit niſi intra paradi-
„ ſum ; ſi ergo Baptiſmum Eccleſiæ poteſt
„ eſſe extra Eccleſiam , munus autem
„ Leatæ vitæ , nonniſi intra Eccleſiam re-
„ peritur . „

Tertia : Eccleſiæ figura eſt Eva , quæ
ſicut e latere Adami deducta eſt , ut ini-
tiaret cum viro Eccleſiam , & primam colentium verum Deum ſocietatem , ſic e
Chriſti latere fluxerunt Sacramenta , &
per Sacramenta novæ legis Eccleſia . Iſtius
figuræ meminit idem Auguſtinus Tract. 9.
in Joan. his verbis : " Dormivit Adam ut
„ fiat Eva : moritur Chriſtus ut fiat Ec-
„ cleſia. Dormienti Adæ , fit Eva de la-
„ tere : mortuo Chriſto lancea percutitur
„ latus, ut profluant Sacramenta quibus
„ formetur Eccleſia . Cui non appareat
„ quia in illis tunc factis futura figurata
„ ſunt .

Quarta : Eccleſiæ præluſæ imago , eſt
arca Noe , in qua omnis generis creaturæ
corporeæ viventes erant , & ſalvatæ ſunt ,
extra vero exiſtenti viventia perierunt :
qua ſimilitudine deſignatur Eccleſia , quæ
eſt omnium nationum cujuſcumque ætа-
tis & ſexus congregatio , quæ quindim
intra ſinum Eccleſiæ remanent vita gratiæ vivunt & ſalvabuntur . S. Hieronymus iſtam commemorat figuram epiſt. ad
Damaſum Papam epiſt. 14. alias 57. in

qua , ſic loquitur : " Cathedræ Petri com-
„ munione conſocior .... Si quis in ar-
„ ca Noe non fuerit, peribit .... Qui-
„ cumque tecum non colligit , ſpargit . „

Cʜʀɪsᴛᴜs , loquebatur in parabolis ,
ut myſteria regni cæleſtis ad captum auditorum explicaret : Sed ſæpius ejuſmodi
ſimilitudinibus ſuam manifeſtari Eccleſiam .
Et probatur . Prima parabola habetur
Matth. 13. 24. & eſt agri , in quo paterfamilias Zizania & immundas ſegetes cum
tritico inſceri voluit , & ea uſque ad
Meſſem creſcere , ne ſi eradicarentur , ſimul & evelleretur triticum , qua ſimilitudine ſubindigitat Eccleſiam complecti
bonos & malos , juſtos quidem ut juſtifi-
centur adhuc , peccatores vero ut corri-
gantur , & correpti ad meliorem redeant
frugem. S. Auguſtinus ſerm. 88. alias 18.
hoc ipſum de Eccleſia interpretatur . Non
abſimili figura ſagenæ uidlæ in mare ex
omni genere piſces congregauti . Matth.
13. 47. juxta eumdem Auguſtinum Tract.
122. in Joannem , Eccleſia repræſentatur .
His accedit parabola convivii nuptialis
Matth. 22. ad quod omnes promiſcue , &
nullo excepto invitati ſint ; omnes quippe ad vitam vocat Chriſtus , omnes vero
credentes benigne ſuſcipit & complectitur
Eccleſia .

Præter iſtas parabolas quatuor ſunt in-
ſignes in Scriptura ſimilitudines , quibus
deſignatur Eccleſia .

Prima eſt linteum continens omnis generis animalia , videlicet & munda , &
etiam immunda quod in terras ſubmitti ,
tum poſtea elevari & in cœlo recipi vidit in extaſi ſanctus Petrus , quæ vido
juxta Patres vocationem Gentium & Eccleſiam ex eis aggregatam ſignificabat ; ſic
eum habetur Act. 10. *Aſcendit Petrus in
ſuperiora ut oraret circa horam ſextam ....
Cedit ſuper eum mentis exceſſus : & vidit
cælum apertum , & deſcendens vas quoddam , velut linteum magnum , quatuor ini-
tiis ſubmitti de cælo in terram , in quo
erant omnia quadrupedia terræ , & volati-
lia cæli . Et facta eſt vox ad eum : ſurge
Petre , occide , & manduca . Ait autem
Petrus : abſit Domine , quia nunquam man-
ducavi omne commune & immundum . Et
vox iterum ſecundo ad eum : quod Deus
purificavit , tu commune ne dixeris .*

Se-

Secunda, est duplex piscatio Petri jussu Christi facta, altera ante Christi mortem, Luc. 5. altera post ejus resurrectionem, Joan. 21. utraque multitudine piscium designat Ecclesiam. Sic propugnat S. Augustinus serm. 248. alias 148. sic S. Gregorius homil. 24. in Evang.

Tertia, & quidem insignis fuit vestis Christi inconsutilis, quæ ex omni parte unita Ecclesiam, cujus centrum est Christus; & una in Ipsum fides, significat. Ut docent SS. Patres, in primis Cyprianus lib. de unitate Eccles. Hieronymus in Psal. 21. de hoc momento, & sic loquitur S. Augustinus Tract. 118. in Joan. ubi explicans, ista Psal. 21. 19. *Diviserunt sibi vestimenta mea, & super vestem meam miserunt sortem;* ait : " Quadripartita vestis " Domini nostri Jesu Christi quadriparti-" tam figuravit ejus Ecclesiam, toto sci-" licet, quatuor partibus constat, terra-" rum orbe diffusam . . . . Tunica vero " illa sortita, omnium partium significat " unitatem, quæ charitatis vinculo con-" tinetur . . . Merito ergo vestis qua *cha-*" *ritas* significatur, desuper contenta per-" bibetur. Inconsutilis autem, ne aliquan-" do dissuatur : & ad unum pervenit, " qua in unum omnes colligit. "

Quarta, non minus splendida est lignum vitæ Apoc. 22. fluvio aquæ vivæ irrigatam, singulis mensibus reddens fructum suum, nec maledictum, nec ulla nox est in civitate, quibus coloribus perfecte delineatur Ecclesia : lignum enim vitæ est divina Eucharistia, qua suos pascit filios : fluvius totam civitatis irrigans superficiem est Christus, e cujus passione seu etiam aperto latere fluunt, ut ex primigenio fonte charismatum dona & omnium gratiarum imbres. Fructus vero quod prodit lignum, sunt infiniti prope Martyres, Confessores, Virgines. Demum sic fide summa rutilat Ecclesia, ut omnis hæresis umbram eliminet ; sol quippe Ecclesiæ Christus nescit occasum, nec ipsa cum eo. Ecce S. Joannis verba. *Et ostendit mihi fluvium aquæ vitæ, splendidum tanquam crystallum, procedentem de sede Dei & Agni. In medio plateæ ejus, & ex utraque parte fluminis lignum vitæ, afferens fructus duodecim, per menses reddens fructum suum, & folia ligni ad sanitatem gentium.*

Probatur ex Scriptura.

Qua dependent ex voluntate Dei, nobis per Scripturas manifestantur : Atqui in novo Testamento passim & ubique Ecclesia demonstratur : Primo quidem Matth. 16. *Tu es Petrus,* ait Christus Simoni *& super hanc petram ædificabo Ecclesiam meam, & portæ inferi non prævalebunt adversus eam.* Rursus cap. 18. 16. *Si te non audierit . . . dic Ecclesiæ : si autem Ecclesiam non audierit, sit tibi sicut Ethnicus & Publicanus.* Act. cap. 5. 11. cap. 38. cap. 8. 1. cap. 9. 30. cap. 11. 12. cap. 21. 1. cap. 14. 23. cap. 15. 3. cap. 16. 5. cap. 18. 22. cap. 19. 32. fit mentio expressa de Ecclesia. Cap. 20. 28. hæc habentur : *Attendite vobis & universo gregi in quo vos Spiritus sanctus posuit Episcopos regere Ecclesiam Dei.* Multus est quoque in Epistolis S. Pauli de Ecclesia sermo. Rom. 16. 16. *Salutant vos omnes Ecclesiæ.* 1. Cor. 11. *Si quis autem videtur contentiosus esse : nos talem consuetudinem non habemus, neque Ecclesia Dei.* Rursus : *Convenientibus vobis in Ecclesiam audio scissuras esse . . . . Numquid domos non habetis, aut Ecclesiam Dei contemnitis?* Tum cap. 12. 27. & 28. *vos autem estis corpus Christi, & membra de membro. Et ejusdem quidem posuit Deus in Ecclesia primum Apostolos, secundo Prophetas, tertio Doctores, deinde virtutes.* Eo loci membra Ecclesiæ enumeravit, Ephes. vero 5. 21. Christum a Patre Ecclesiæ caput constitutum dicit. *Ipsum dedit caput supra omnem Ecclesiam quæ est corpus ipsius.* Rursus ibidem v. 23. & seq. *Christus est caput Ecclesiæ . . . . Christus dilexit Ecclesiam, & seipsum tradidit pro ea, ut illam sanctificaret, mundans lavacro aquæ in Verbo vitæ, ut exhiberet ipse sibi gloriosam Ecclesiam.* De eadem fit mentio in Apoc. 1. 4. *Joannes septem Ecclesiis.* Rursus cap. 3. 1. &c.

Probatio ex Patribus.

Quot Patres, tot Ecclesiæ præcones, cum Patres vocentur, eo quod illam ore excoluerint, scriptis vero contra impugnantes defenderint : sic Athanasius contra Arianos elucubravit opera, sic Cyprianus contra Donatistas librum de unitate Ecclesiæ : sic post ipsum in libris contra eosdem, adversus Manichæos &

A a 3   Pe-

Pelagianos S. Auguftinus, & alii, quos hic referre fuperfedeo.

Irenæus lib. 3. adverfus Hær. cap. 3. mira de Ecclefia nova eloquitur, offendendo Traditionem eam ab ipfo Chrifto fundatore perenni Paftorum fucceffione ad nos ufque perveniffe, & ad confummationem ufque fæculorum perfeveraturam : " Quoniam, *inquit*, valde longum ,, eft omnium Ecclefiarum enumerare fuc-,, ceffiones, maximæ & antiquiffimæ, & ,, omnibus cognitæ, a gloriofiffimis duo-,, bus Apoftolis Petro & Paulo Romæ ,, fundatæ & conftitutæ Ecclefiæ, eam ,, quam habet ab Apoftolis Traditionem, ,, & annuntiatam hominibus fidem, per ,, fucceffionem Epifcoporum pervenientem ,, ufque ad nos indicantes, confundimus ,, omnes cos, qui quoquomodo, vel per ,, fibi placentia, vel vanam gloriam, vel ,, per cæcitatem, & malam fententiam, ,, præterquam oportet, colligunt. ,,

Probatio ex rationibus Theologicis.

Prima : Ecclefia eft veluti acies in Miniftrorum diftributione ordinata ad colendum Deum : Sed talis eft Ecclefia Chrifti. Igitur datur in nova lege Ecclefia. Hinc a primo ad ultimum delineat Dionyfius lib. de Ecclef. Hier. ubi oftendit diverfos effe in Ecclefia ordines ficut in Hierarchiis Angelorum ; Sacerdotes fcilicet qui Epifcopi nominantur, inferiores Miniftros puta Diaconos & Subdiaconos, medios vero Presbyteros. Priores præfunt, & executioni Myfteriorum invigilant : fimplices Sacerdotes adminiftrationi Sacramentorum incumbunt : ab inferioribus vero Miniftri adjuvantur. Cap. 1. pag. 197. refert Hierarchiæ cæleftis ordinationem, tum Ecclefiafticam, quare ei affimilari afferta his verbis : " Illud ta-,, men dicere neceffe eft, quomodo tum ,, ille, tum omnis qui modo a nobis de-,, prædicatur facer Ordo, unam habeat, ,, eamdemque in omni facra fua functione ,, virtutem, ut & ipfemet facri Ordinis ,, Antiftes pro fui ftatus, dignitatis atque ,, ordinis ratione divinis initietur ac Deo ,, unitur.

Altera : Ecclefia eft corpus, in quo fides ftatuitur fimul & defenditur contra impugnantes : Atqui a Chrifto fic fuit : Et probatur ex omnibus Conciliis in quibus adunata Ecclefia utriufque muneris Provinciam perfecte adimplevit : Namque

in Concilio Jerofolymitano definiere Apoftoli in Spiritu. fancto congregati legalia non amplius & ultra obligare : In Nicæno Patres dixerunt Verbum effe Patri confubftantiale, & Arianos obftrepentes abjecerunt : & fic de aliis fidei controverfiis ad noftra ufque tempora : Ergo &c.

Tertia : Ecclefia inftituta legitur pro cultu vero Deo exhibendo : Atqui talis eft in novo Teftamento : habet enim Feftivitates fuas pro Myfteriorum celebratione : habet leges quibus, tum jejunii & abftinentiæ virtute, tum Verbi divini continuo difteminati efficacia mores probos inftituit : habet & cenfuras, ut fideles a peccato committendo deterreat, & fic eft Societas Sanctorum, omnibus abfoluta numeris, quæ Deum colendum, & poffidendum pro fine habet. Ergo &c.

Refponfa ad objectiones Heterodoxorum.

Objiciunt : Non fatis claret ubi fit Ecclefia novi Teftamenti : Igitur non eft admittenda. Probatur antecedens. Ecclefia definitur congregatio Fidelium : Sed non conftat ubi fint Fideles, nemo quippe fcit an odio vel amore dignus fit : multi funt charitate, innuo & fide deftituti : Ergo &c.

Refpondeo negando antecedens. Ad probationem diftinguo : Nemo fcit phyfice an fit odio vel amore dignus, concedo : nemo fcit moraliter, nego. Proteftantes exigunt certitudinem Phyficam de gratia & fide tenenda ad juftificationem, fed in hoc etiam eos anathemate ferit Concilium Tridentinum feff. 1. can. 11. 13. 14. 15. 16. fufficit ergo certitudo moralis juftificationis, ut fiduciam in Chrifto pro vita æterna affequenda habeamus : fimiliter & ut quis fit Ecclefiæ membrum fatis eft ut credat interius, & cæremoniis Domini quibus probatur fides, cuftodiat. Quis autem nifi cæcutire velit, non videat Fideles hæc obfervare.

Inftant : Multi funt hypocritæ, qui ore quidem fidem Dei confitentur, factis autem & corde abnegant ; hinc cum pauci fint electi, & non cognofcantur quinam fint, incertum eft utique ubi fit Ecclefia, quæ modo in multis, modo in paucioribus, fed præsfus incognitis fita eft. Ergo &c.

Refpondeo diftinguendo : Et remanent femper aliqui fideles, peccatores vero modo fidem fervent, ab Ecclefia non excidunt,

duar; concedo: secus, nego. Elias se solum credebat fidelem, cæteros vero putabat idololatras, & tamen multo plures erant: sic enim eum 3. Reg. 19. 18. alloquitur Dominus: *Dereliquam mihi in Israel septem millia virorum, quorum genua non sunt incurvata ante Baal.* Ecclesia, ut fert axioma, non judicat de internis: Quia vero Pastores non semper adsunt, & funguntur officio, ministri Sacramenta administrant, & mysteria eodem observantiæ tenore celebrantur, dubio-procul non extincta Ecclesia, sed vivens tametsi militans perieverit.

Respondent: Non una est pro Ecclesiæ existentis opinio. Domtistæ tempore Augustini eam in sola Africa repositam autumabant: Lutherani eodem modo de sua ratiocinantur: & ubique sunt schismata, cum illæ omnes Ecclesiæ diversæ anathematis gladio sese mutuo confodere non dubitent: Romana vero cæteras, ne una quidem excepta, anathematizat. Igitur nihil certi habetur pro Ecclesia.

Respondeo distinguendo: Et sola Romana est vera, quia sola Apostolica est, concedo, secus, nego. Equidem multæ circumferuntur sectæ, sed abnuuntur, cum eorum sint aut falsa dogmata, aut flagitiosi testes, aut impura moralis, aut scelerati & fidei Apostatæ auctores. Sola Romana, ut infra dicetur, est vera & visibilis Ecclesia, quippe quæ legitima Pastorum a Christo per Petrum & Apostolorum successione innititur. Sic solvit argumentum S. Augustinus epistol. 93. alias 165. " In hoc ordine, *inquit*, successionis
" nullus Donatista Episcopus invenitur:
" sed ex transverso ex Africa ordinatum
" miserunt, qui paucis præsidens Afris in
" urbe Romana Morensium vocabulum
" propugnavit. "

Urgent: Orientales servaverunt legitimam Pastorum successionem: Atqui tamen vera Ecclesia non est apud eos: Igitur Ecclesia est commentum.

Respondeo distinguendo: Orientales habent legitimam Pastorum successionem quoad aliquid, transeat; licitam, nego. Ut primum Orientales schismate tum & hæresi divulsi sunt ab Ecclesia Romana, cessavit vera successio, cum non habeant amplius relationem ad Petrum, & ad sedem Romanam quæ est unitatis centrum ac totius successionis vinculum: secundum quid tamen habent, quatenus in eis remansit character Ordinis; & sicut Episco-

por creare, sic & Presbyteros consecrare valent. Ita colligitur ex Irenæo lib. 3. adversus hos cap. 3. " Ad hanc enim Eccle-
" siam Romanam, propter potiorem prin-
" cipalitatem necesse est omnem conveni-
" re Ecclesiam, hoc est, eos qui sunt
" undique fideles, in qua semper ab his,
" qui sunt undique, conservata est ea
" quæ est ab Apostolis Traditio.... Hæc
" ordinatione & successione, ea quæ est
" ab Apostolis in Ecclesia Traditio & ve-
" ritatis præconatio pervenit usque ad
" nos. Et est plenissima hæc ostensio;
" unam & eamdem vivificatricem fidem
" esse, quæ in Ecclesia ab Apostolis us-
" que aune sit conservata & tradita in
" veritate. "

Reponunt: Vel ipsos Inter Romanos non semper cohæret unitas ad veram Ecclesiam requisita: Ergo &c. Probatur multipliciter. I. Defuncto summo Pontefice, deest Ecclesiæ caput. II. Et tempore schismatis, cum plures sint Papæ; Papa autem dubius, Papa nullus, ne fert juris adagium. III. Non omnes obediunt summo Pontifici, ut non semel in Novatoribus compertum est; & infelici exitu etiam in isto ævo comperitur. Quæ & similia argumenta probant Ecclesiam esse invisibilem & incertam.

Respondeo, Ecclesiam mortuo summo Pontifice, perseverare in sede Apostolica, quæ ex jure avito vim habet novum eligere Pontificem, & aliis Ecclesiis, cum opus est, invigilare. Sic eodem jure tempore schismatis providet & satagit ut emendata in unitatis centro consocientur: immo & adunare Concilium pro bono pacis assequendo potest: mortuo S. Cornelio, congregavit Synodum sancta Sedes ad debellandas Libellaticos, quam universa Ecclesia ratam habuit. Hoc ipsam quotidiana comprobat experientia: extincto enim Episcopo, Vicarii generales diœcesim statutis suis regunt, & fidelibus suæ jurisdictionis imperant. Cæterum absque causa rebellant Novatores, maxime cum condemnationi quinque Propositionum non semel accesserit totius Ecclesiæ consensus. Quidquid sit, quilibet fidelis tenetur ea qua par est obedientia & reverentia summorum Pontificum leges & placita venerari: ut universim propugnant Theologi, & inter recentiores Tournely art. 3. de summo Pontifice.

Persistunt: Si quid repræsentaret Ecclesiam, maxime Concilia: Atqui illam sæpius

A a 4 plus

piu non repræfentant. Et probatur: Sæpius quod unam approbat, aliud id ipfum
abjicit, ut patet de conventu Arminenfi
a Liberio fummo Pontifice, & aliis fubfequentibus Conciliis reprobato. Quid plura? Quod Concilium etiam Oecumenicum
fancivit, fummus Pontifex quandoque abnegat: fic Damafus Papa non feptem canones Concilii fecundi generalis, fed folum
primum contra Macedonianos probavit.
Sic S. Leo non omnes actiones Concilii
Chalcedonenfis, fed tantum fex fuo munivit calculo: Ergo &c.
Refpondeo hæc & fimilia ipfam Ecclefiæ
exiftentiam probare. Hinc unum arguunt
inftantiæ, videlicet fidei controverfias ad
metam non perduci, donec accedat fummi Pontificis confenfus. Unde ad hæc
omnia diftinguo: quandoque in Ecclefia
quidam non concordant, fed controverfia
terminatur, quando Concilio accedit fummi Pontificis confenfus, concedo: & numquam ad metam perveniunt, nego. Deo
enim providente fidei controverfiæ fic ter-
minatæ funt, & major faltem pars Ecclefiæ fummo adhæfit Pontifici. Hinc Patres
Chalcedonenfes anathema interminati funt
decem circiter Ægypti Epifcopis qui epiftolæ S. Leonis pro fide incarnationis obedire nutabant.
Contra: Ecclefia eft Fidelium in cultu
Dei adunatorum coetus: Sed hoc in præfentiarum compertum non habemus. Et
probatur. Non idem funt ritus Ecclefiæ
Orientalis, & Occidentalis: Ergo &c.
Refpondeo negando minorem. Ad probationem diftinguo: Non idem funt ritus
quoad modum & circumftantias quafdam
accidentales, concedo: quoad fubftantiam, nego. Servatur in utraque ordo
Hierarchiæ tum confecrando Epifcopos,
tum inter ordinandum Sacerdotes: idem
peragitur facrificium, eadem conficiuntur
Sacramenta: quod vero quædam fufiores
preces fundantur pro Sacramentorum con-
fectione in una Ecclefia, & novi addantur ritus qui non funt idem in altera, parum aut nihil abfolute refert, cum ubique Intacta maneat confectio myfterii.

SYNOPSIS PROBATIONUM.

Datur Ecclefia Chrifti.

PRIMO: Hoc annuntiant figuræ in veteri Teftamento, videlicet arca Noe, in
qua omne animal erat: hoc pifcatio Pe-

tri & fagena miffa in mare, ex omni genere pifces congregans: hoc verba Chrifti ad Petrum Matth. 16. *Tu es Petrus,
& fuper hanc petram ædificabo Ecclefiam
meam*.
Secundo: Idem patet ex fucceffione Paftorum, & Hierarchia Ecclefiaftica: item
ex Sacrificio perpetuo, & Sacramentorum
adminiftratione.
Tertio: Quot Concilia tot Ecclefiæ præcones; affulget Ecclefia in Patribus, qui
pro ea adverfus hæreticos decertaverunt;
in Martyribus, quorum fanguis fuit femen Chriftianorum; in Paftoribus, qui
gregi fibi concredito invigilant, qui pa-
bulo doctrinæ illum pafcunt, & ab eodem mira & paterna folicitudine arcent
lupos.

SYNOPSIS OBJECTIONUM, ET SOLUTIONUM.

PRIMO: Gratis Proteftantes Ecclefiam
prædicant invifibilem ut illam evacuent;
adeft enim in fummo Pontifice & Paftoribus illis conjunctis: "Scire debes, ait Cyprianus epiftol. 69. Epifcopum in Ecclefia effe, & Ecclefiam in Epifcopo."
Secundo: Aliæ fectæ a vera Ecclefia do-
ficiunt, fecus vero Ecclefia Romana, quæ
legitima & interrupta a Petro ad nos ufque Paftorum fucceffione innititur.
Tertio: Nec mors fummi Pontificis, nec
fchifma Ecclefiam fubvertit; perfeverat in
Sede Apoftolica, ut regens & gubernans,
tum in cæteris fidelibus Paftoribus, qui
illi conjuncti manent: dictum eft enim
Matth. 16, *Et portæ inferi non prævalebunt
adverfus eam*. Igitur fola Romana Ecclefia manet infallibilis & indefectibilis, fola
vera, fola fancta, & hoc ex profefto probare aggredimur.

SECTIO SECUNDA.

*Utrum Ecclefia novi Teftamenti fit Ecclefiæ
Legis fcriptæ perfectior? Et poffit effe extra Ecclefiam Romanam in aliis fectis falus?*

CONCLUSIO PRIMA.

*Ecclefia novi Teftamenti eft cæteris per-
fectior.*

PROBATUR unico, fed efficaci argumento: Illa Ecclefia eft præcedentibus perfectior,

section. I. Quæ gratiam & veritatem attulit. II. Quæ Mediatorem præsentem & hominibus loquentem exhibet. III. Cujus sacrificium in immensum excedit sacrificia Legis naturæ & scriptæ. IV. Quæ habet Sacramenta virtute majora. V. Ex cujus plenitudine quoquot fuerunt ab initio mundi ad nos usque fideles sunt & futuri sunt, acceperunt, accipiunt & ad consummationem usque sæculi accipient. VI. Quæ instituta & formata est sanctissima. VII. Quæ mandatis purissimis sic instituit mores, ut paret Deo populum acceptabilem. VIII. Demum quæ consiliis Evangelicis filios suos ad supremum perfectionis apicem conducit : Atqui talis est Ecclesia novi Testamenti : Igitur Ecclesia Legis naturæ & Legis scriptæ perfectior est. Minor de se patet, cum promissa in aliis Legibus admissa leta in Christo exhibeat novi Testamenti Ecclesia : cæteræ vero Ecclesiæ umbris erant circumseptæ, veritas vero prælusa, votis petita, sacrificiis advocata, nunc in Ecclesia præsens apparet, rutilat, & fulget : attamen probatur quoad singulas partes.

Primo quidem : Gratiam & veritatem attulit Christus Ecclesiæ caput, dicente Joanne capit. 1. *Lex per Moysen data est : gratia & veritas per Jesum Christum facta est.*

Secundo : Redemptorem præsentem exhibet Ecclesia ; sic enim habetur Heb. 1. *Multifariam multisque modis olim Deus loquens patribus in Prophetis : novissime diebus istis locutus est nobis in Filio.*

Tertio : Sacrificium Christi in ara crucis oblatum, & in Missa quotidie renovatum, est infiniti valoris. Hinc præcedentia omnia sacrificia virtute & merito superat, juxta illud Apostoli Heb. 10. 14. de Christo : *Una enim oblatione consummavit in sempiternum sanctificatos.*

Quarto : Ecclesia Sacramenta præ cæteris habet eminentiora, quandoquidem ex Concilio Florentino & Tridentino gratiam ex opere operato producunt ; primum in decreto Eugenii IV. sic loquitur : *Septem sunt Sacramenta novæ Legis, scilicet Baptismus ... Quæ multum differunt a Sacramentis antiquæ Legis : illa enim non causabant gratiam, sed eam solum per passionem Christi dandam esse figurabant : hæc vero nostra & continent gratiam, & ipsam digne suscipientibus conferunt.* Alterum vero seff. 7. can. 8. sic pronuntiat : *Si quis dixerit, per ipsa novæ Legis Sacramenta ex opere operato non conferri gratiam . . . anathema sit.* Quid plura

adjiciam ? Eucharistia unum de septem Sacramentis continet realiter, substantialiter corpus & sanguinem Christi. Ergo &c.

Quinto : Omnes a mundo condito homines ex plenitudine Ecclesiæ novæ Legis, videlicet ex plenitudine Christi ejus capitis accipiunt : Scriptum est enim Joan. 1. *De plenitudine ejus nos omnes accepimus.* De hoc momento loquitur S. Augustinus epist. 190. alias 157. " Profecto quod scriptum est, non esse aliud nomen sub cœlo in quo oporteat nos salvos fieri, ex
illo tempore valet ad salvandum genus
humanum, ex quo in Adam vitiatum
est genus humanum. Sicut enim in A-
dam omnes moriuntur, ita in Christo
omnes vivificabuntur. Quia sicut in regno mortis, nemo sine Adam : ita &
in regno vitæ nemo sine Christo.

Sexto : Ecclesia novi Testamenti vi institutionis suæ est sanctissima, quippe quæ e Christi fluxerit latere : eam emit Dominus Jesus sanguine suo : super Apostolos & Prophetas veluti super solidum fundamenta ædificata est, juxta illud S. Pauli Eph. 2. *Jam non estis hospites & advenæ : sed estis cives sanctorum & domestici Dei : superædificati super fundamentum Apostolorum & Prophetarum ipso summo angulari lapide Christo Jesu.* Expressius Eph. 5. 25. & 26. *Christus dilexit Ecclesiam, & seipsum tradidit pro ea, ut illam sanctificaret, mundans lavacro aquæ in verbo vitæ, ut exhiberet ipse sibi gloriosam Ecclesiam, non habentem maculam, aut rugam, aut aliquid hujusmodi, sed ut sit sancta & immaculata.*

Septimo : Mandatis suis Ecclesia instituit mores, ut infinite prope Martyres, Confessores & Virgines quos formavit, probant : nec non levius indicat Apostolus ad Tit. 2. 14. *Dedit semetipsum pro nobis ut nos redimeret ab omni iniquitate, & mundaret sibi populum acceptabilem sectatorem bonorum operum.* Mira de hoc momento proferT Tertul. Apolog. c. 45. p. 39. ubi sic loquitur : " Nos ergo soli innocentes ? Quid
mirum, si necesse est ? Enim vero ne-
cesse est innocentiam a Deo nosti, &
perfecte eam novimus, ut a perfecto
magistro revelatam, & fideliter custo-
dimus, ut ab incontemptibili disprecto-
re mandatam. Vobis autem humana æ-
stimatio innocentiam tradidit, humana
item dominatio imperavit ; Inde nec
plenæ, nec adeo timendæ estis disciplinæ ad innocentiæ veritatem. Tanta est
prudentia hominis ad demonstrandum
,, quid

„ quid vere bonum , quanta auctoritas
„ ad exigendam ? Tam illa falli facilis ,
„ quam illa contemni . Atque adeo , quid
„ plenius dictum est : Non occides , an
„ etiam docere , ne irascaris quidem ?
„ Quid perfectius prohibere adulterium ,
„ an etiam ab oculorum solitaria concu-
„ piscentia arcere ? Quid eruditius de ma-
„ leficio , an & de maliloquio interdice-
„ re ? . . . Enim vero nos qui sub Deo
„ omnium speculatore dispungimur , qui-
„ que æternam ab eo pœnam provide-
„ mus , merito soli innocentiæ occurri-
„ mus . „
Octavo : Ecclesia votis consecrat Virgines , ita ut quo altius evehatur anima ,
non habeat . Hinc virginitatis dicatæ virtutem suadet Christus Matth. 19. ubi ait
quosdam se propter regnum Dei castrare .
Hinc sub symbolo prudentum Virginum
ibidem c. 25. exaltat . Demum vitæ perfectæ & Angelicæ ipse assignat regulas
Luc. 14. *Si quis venit ad me , & non odit
patrem suum , & matrem , & uxorem , &
filios , & fratres , & sorores , adhuc autem
& animam suam , non potest meus esse discipulus* . Rursus Matth. 19. 29. & 30. *Omnis
qui reliqueris domum , vel fratres , aut so-
rori , aut patrem , aut matrem , aut uxorem , aut filios , aut agros , propter nomen
meum , centuplum accipiet & vitam æternam
possidebit* . Cæterum omnia paucis concludit Apostolus Heb. 7. 19. dicens : *Nihil
enim ad perfectum adduxit lex* ; e contra
vero Ecclesia Christi .

CONCLUSIO SECUNDA.

*Extra Ecclesiam Romanam non est salus , &
in aliis sectis* .

Sociniani contendunt non esse ad salutem necessarium omnes fidei articulos
credere . Concinit Minister Jurius , qui in
suo de Ecclesiæ systemate illam definit congregationem multorum quibusdam fidei articulis fundamentalibus convenientium ;
quos quidem omnes ad unum veluti sco-
pum & finem deducit , ut scilicet unusquisque credat Deum esse : hinc & Lithera-
nos & Calvinistas & Nestorianos aliosque
hujus furfuris homines salvari posse autu-
rat : quod quidem systema veluti turrim
Babel construxit , ut suos vinculis plusquam
ferreis vinciret , ne quis a falsa sua relio-
ne deterreretur : hoc systema doctissime
confutavit D. Nicol. ann. circiter 1680.

Probatur conclusio multis momentis.

Primo , ex Scriptura sacra .

MATTH. 12. 30. ait Christus e *Qui non
est mecum , contra me est* . Capit. 16. 19. sic
Petrum alloquitur : *Quodcumque ligaveris
super terram , erit ligatum & in cælis : Et
quodcumque solveris super terram , erit so-
lutum & in cælis* : Sed Hæretici sunt contra Ecclesiam , & 1. Joan. 2. vocantur
Antichristi : Sed Schismatici non audiunt
Ecclesiam : Sed in sola Ecclesia Romana est
potestas ligandi atque solvendi ; constat
enim ex Traditione solam esse Christi spon-
sam , fidem enim a Christo per Petrum acceptam perpetua Pastorum successione in-
contaminatam servavit : Ergo &c.
Rursus : Apostolus ad Titum III. præcipit Hæreticum post unam ut alteram
correptionem vitandum esse , eo quod sit
proprio condemnatus judicio . Tum ad
Galat. 5. *Si circumcidamini , Christus nihil
vobis proderit* . Demum Apoc. 2. facta Ni-
colaitarum reprobantur , ut quisque intelligat solam Romanam Ecclesiam esse veram Ecclesiam .

Secundo , ex sanctis Patribus .

Ecclesia , una est , ut dicitur in Symbolo Niceno his verbis : *Et unam sanctam
Catholicam & Apostolicam Ecclesiam* . Sed
illa una Ecclesia ex SS. Patribus est Romana : Ergo &c. Probatur minor ex sententiis Patrum .
S. *Cyprianus* epist. 40. ad plebem : „
„ Deus unus est , & Christus unus , &
„ una Ecclesia , & cathedra una super
„ Petrum Domini voce fundata . Aliud
„ altare constitui , aut Sacerdotium no-
„ vum fieri præter unum altare , & unum
„ Sacerdotium , non potest . Quisquis ali-
„ bi colligit , spergit . „
Optatus Milevitanus l. 2. contra Parmenianum n. 2. „ Igitur negare non potes
„ scire te in urbe Roma Petro primo Ca-
„ thedram Episcopalem esse collatam . . . .
„ in qua una cathedra unitas ab omnibus
„ servaretur . . . ut jam Schismaticus &
„ peccator esset , qui contra singularem
„ cathedram alteram collocaret . „
Hieronymus subscribit epist. 14. alias 57.
ad Damasum Papam : " *Cathedræ Petri
„ communione consocior . . . Non novi
„ Vitalem , Meletium respuo , ignoro Pau-
„ linum* ,

„ linum, quicunque tecum non colligit,
„ fpargit. „
Gregorius IX. epift. 398. l. 13. ait : "
„ Licet plures populi in cultum catho-
„ licæ fidei congregati, omnes tamen, una
„ cenfeatur Ecclefia, dum uni capiti Chri-
„ fti Vicario & B. Petri fucceffori cervice
„ reverentiam exhibent. Reliqui vero qui
„ ejufdem capitis fe non membra confti-
„ tuunt, quafi monftra fine capite in
„ viam perditionis abfcedunt. „

*Tertio, ab exemplis Patrum & Imperatorum
qui noluerunt communicare cum iis qui non
erant Ecclefiæ Romanæ membra.*

VELUT Chrifti adverfarii Schifmatici &
Hæretici propulfi funt : Igitur fola Romana Ecclefia eft vera Ecclefia, extra
quam non eft falus : Probatur antecedens,
I. ex S. Joan. qui tefte Irenæo L. 3. c. 3.
videns Cerinthum in balneo publico, ftatim receffit, & a balneo abftinuit, ne cum
Hæretico quodammodo communicare videretur : II. S. Polycarp. ut fcribit Hieronymus, Marcionem fibi obvium animadvertens, non folum falutationem datam
illi reddere noluit, fed Marcioni illum interroganti, num illum dignofceret, refpondit, Agnofco primo-genitum diaboli.
Neque vero ipfe Irenæus voluit communicare cum Hæreticis : Juftinus eos veluti
impios & Atheos haberi vult. Lactantius
L. 4. c. 30. dicit : cum Marcionitæ aut
Ariani nominantur, Chriftiani effe defie-
runt; Tertullian. vero lib. de præfc. fic
loquitur : „ Si Hæretici funt, Chriftiani
„ effe non poffunt. „ Idem docet S. Cyprianus l. de unitate Eccl. Quid plura ?
Conftantinus Magnus Sectatores Arii non
permifit nominari Chriftianos : Theodofius
& Valentinianus Imperatores lege ftatuerunt, ne Hæretici Chriftiani nomine donarentur. Ex his duo fequuntur. I. Solam Ecclefiam Catholicam Romanam effe
veram Ecclefiam : II. Cæteras Ecclefias
effe Satanæ Synagogas, hoc eft, Hæreticos effe extra Chrifti Ecclefiam.
Idem probatur rationibus Tertulliani ex
L. de præfcript. contra Hæreticos dedu-
ctis, editionis Parifienfis ann. 1634. prima
fic proponitur : illa fola Ecclefia eft vera, quæ habetur ab ipfis Apoftolis eman-
data Ecclefia : Atqui hoc fic eft &c.

Quarto, ex aliis rationibus Tertulliani.

PRIMA eaque valida : Illa fola Ecclefia eft vera, extra quam non eft falus,
quæ fola veras habet Scripturas : Atqui
fola Romana Ecclefia habet; e contra vero Hæretici. Sic loquitur Tertullianus l.
de præfcript. c. 37. p. 24. ubi de Hæreticis fic loquitur : " Tenent correptas ab
„ Apoftolo Ecclefias, o infenfati Galatæ !
„ Quis vos fafcinavit ? E tam bene cur-
„ rebatis, quis vos impediit ? Ipfumque
„ principium ? Miror quod fic tam cito
„ transferimini ab eo qui vos vocavit in
„ gratiam, ad aliud Evangelium. Item ad
„ Corinth. fcriptum, quod effent adhuc
„ carnales, qui lacte educarentur nondum
„ idonei ad pabulum; qui putarent fe fcire
„ aliquid quando nondum fcirent, quema-
„ dmodum fcire oporteret. Cum correptæ
„ Ecclefias opponunt, credant emendatas:
„ fed & illas recognofcant, de quarum fide
„ & fcientia & converfatione Apoftolus gau-
„ det, & Deo gratias agit; quæ tamen
„ hodie cum illis correptis unius inftitutio-
„ nis jura commifcent. „
Quibus verbis propellit Heterodoxorum
objectionem, qua contendebant Ecclefias
fuas effe genuinas, tametfi In aliquibus
punctis fallibiles, cum & Ipfæ ab Apoftolis fundatæ Ecclefiæ in aliquo defecif-
fent, & fuiffent correptæ : Refpondet
enim Tertullianus emendatas quidem fuiffe iftas Ecclefias, fed ab Apoftolis, & jura fidei cum Ecclefia univerfali unitate
catholica fervaffe, quod nufquam fecere
Hæretici, qui ab unitate Ecclefiæ Chrifti
& Petri divulfi manferunt : Ex quo in-
fert Hæreticos non effe de Ecclefia.
Altera momentofa ratio hæc eft : Non
potuit errare Ecclefia Chrifti Petro concredita, alias inutiliter & Apoftoli, & infiniti prope Martyres fuum pro fide Petri
tenenda ludiffent fanguinem : Sed fi Hæretici effent de vera Ecclefia, jam veritas
Myfteriorum foret ante fidem, cum illa
fidem quæ eft a Petro & ab Apoftolis non
habeant, fed novam prorfus induxerint;
jam homines effent Chriftiani ante ipfum
Chriftum, cum fidem fide Chrifti antiquiorem hyberent, namque jactitant Hæretici fe habere fidem, & tamen illa eft prorfus a fide Petri diverfa : Igitur ipfa fide
Chrifti antiquior : Si vero pofterior & nova, jam eft mendacium : Ergo &c.
Sic Tertullianus revincit Heterodoxos
ibidem cap. 28. pag. 241. his verbis : A-
ge

„ ge nunc. Omnes erraverint ; deceptus
„ sit & Apostolus de testimonio redden-
„ do quibusdam ; nullam respexerit Spi-
„ ritus sanctus, uti eam in veritatem de-
„ duceret ; ad hoc missus a Chrillo , ad
„ hoc postulatus de patre , ut eilet Do-
„ ctor veritatis : neglexerit officium Dei
„ Villicus , Christi Vicarius , sinens Ec-
„ clesias aliter interim intelligere , aliter
„ credere quod ipse per Apostolos prae-
„ dicabat : Ecquid verisimile est , ut tot
„ ac tantae in unam fidem erraverint ?
„ Nullus inter multos eventus est unus
„ exitus ; variasse debuerat error doctri-
„ nae Ecclesiarum . Caeterum quod apud
„ multos unum invenitur , non est erra-
„ tum , sed traditum . Audeat ergo ali-
„ quis dicere illos errasse qui tradide-
„ runt ? Quoquo modo sit erratum , tam-
„ diu utique regnavit error , quandiu hae-
„ reses non errant . Aliquot Marcionitas
„ & Valentinianos liberanda veritas ex-
„ pectabat : interea perperam evangeliza-
„ batur , perperam credebatur , tot mil-
„ lia millium perperam tincta , tot opera
„ fidei perperam administrata , tot virtu-
„ tes , tot charismata perperam operata :
„ tot sacerdotia , tot ministeria perperam
„ suncta : tot denique Martyria perpe-
„ ram coronata . Aut si nec perperam ,
„ nec in vacuum , quale est ut ante res
„ Dei currerent, quam cujus Dei notum
„ esset ?, ante Christiani , quam Christus
„ inveniri ? Ante haeresis , quam vera
„ doctrina ? Sed enim in omnibus veritas
„ imaginem antecedit : posteremo similitu-
„ do succedit . Caeterum , satis ineptum ,
„ ut prior in doctrina haeresis habeatur ;
„ vel quoniam ipsa est quae futurae hae-
„ reses cavendas praenuntiabat . Ad ejus
„ doctrinae Ecclesiam scriptum est , im-
„ mo ipsa doctrina ad Ecclesiam suam
„ scribit : Etsi Angelus de coelo aliter
„ evangelizaverit citra quam nos ; ana-
„ thema sit . „

Ex his verbis sequitur illam Ecclesiam
esse solam veram Ecclesiam , eamque infallibilem, in qua caeterae Ecclesiae particulares in fide adunantur ; impossibile
enim est , teste Tertulliano, aliquod esse
erratum circa fidem in quo universus
convenit orbis : Atqui talis est Ecclesia
Romana : Igitur extra Ecclesiam Romanam non est salus.

Tertia : Illa sola est vera Ecclesia , extra quam non est salus , quae suam probat doctrinam & fidem miraculis : Atqui

nullae Ecclesiae praeter Romanam suam missionem & doctrinam miraculis probaverunt : Ergo &c. Ista ratio est Tertulliani
ibidem cap. 30. pag. 242. his verbis : " Vo-
„ lo igitur & virtutes eorum , *de Hereti-*
„ *cis loquitur* , proferre , nisi quod igno-
„ sco maximam virtutem eorum , qua
„ Apostolos in perversum aemulantur . Il-
„ li enim de mortuis vivos faciebant , isti
„ de vivis mortuos faciunt . „

Quarta : Nulla Ecclesia censetur Catholica & Christiana , quae suam non ducit
a Christo originem : Atqui sola Romana , caeteraeque particulares quae cum ea
consociantur & in unitate.n fidei conspirant , suam ducunt a Christo originem :
Ergo &c. Ista ratio traditur a Tertulli-
no ibid. cap. 32. pag. 243. ubi Haereticos
sic alloquitur : " Edant ergo origines Ec-
„ clesiarum suarum ; evolvant ordinem
„ Episcoporum suorum , ita per succes-
„ siones ab initio decurrentem , ut pri-
„ mus ille Episcopus aliquem ex Apo-
„ stolis , vel Apostolicis viris , qui tamen
„ cum Apostolis perseveraverint , habue-
„ rit auctorem & antecessorem. Hoc enim
„ modo Ecclesiae Apostolicae census suos
„ deferunt : sicut Smyrnaeorum Eccle-
„ sia habens Polycarpum a Joanne con-
„ locatum refert : Sicut Romanorum
„ Clementem a Petro ordinatum edit :
„ proinde utique & caetera exhibent
„ quos ab Apostolis in Episcopatum con-
„ stitutos Apostolici seminis traduces ha-
„ beant : coniingant tale aliquid Haere-
„ tici . Quid enim illis post blasphemiam
„ inlicitum est ? Sed etsi confinxerint ,
„ nihil promovebunt . Ipsa enim doctri-
„ na eorum cum Apostolica comparata ,
„ ex diversitate & contrarietate sua pro-
„ nuntiabit , neque Apostoli alicujus au-
„ ctoris esse , neque Apostolici : quia sic-
„ ut Apostoli non diversa inter se do-
„ cuissent , ita & Apostolici non con-
„ traria Apostolis edidissent , nisi illi qui
„ ab Apostolis desciverunt , & aliter
„ praedicaverunt . Ad hinc itaque for-
„ mam provocabuntur ab illis Ecclesiis
„ quae licet nullum ex Apostolis , vel
„ Apostolicis, auctorem suum proferant ,
„ ut multo posteriores , quae denique
„ quotidie instituuntur : tamen in eadem
„ fide conspirantes , non minus Apostoli-
„ cae deputantur pro consanguinitate do-
„ ctrinae . „

Quinta : Illa sola Ecclesia est vera ,
quae sanguine Apostolorum propagata est,
que-

quæque est fidei & unitatis centrum, quæ Scripturas immaculatas servavit, & cujus Ministrorum ordinationes sapiunt Christi sanctitatem : Atqui sola Ecclesia Romana est unitatis fidei centrum : Sola Scripturas sacras non interpolatas habet & servat : sola ordinationes legitimas possidet : Igitur extra eam neque vera ulla Ecclesia, neque salus : Probatur minor quoad singulas partes.

Primam sic defendit Tertullianus ibidem cap. 36. pag. 245. " Age jam qui voles „ curiositatem melius exercere in negotio „ salutis tuæ, percurre Ecclesias Apostolo- „ licas, apud quas ipsæ adhuc cathedræ „ Apostolorum suis locis præsidentur, a- „ pud quas ipsæ authenticæ litteræ eo- „ rum recitantur, sonantes vocem, & re- „ præsentantes faciem uniuscujusque. Pro- „ xime est tibi Achaja, habes Corinthum : „ si non longe es a Macedonia habes Phi- „ lippos, habes Thessalonicenses. Si potes „ in Asiam tendere, habes Ephesum. Si „ autem Italiæ adjaces, habes Romam. „ unde nobis quoque auctoritas præsto „ est. Illa quam felix Ecclesia cui totam „ doctrinam Apostoli cum sanguine suo „ profuderunt : ubi Petrus Passioni Do- „ minicæ adæquatur. Ergo &c. „

Secundam minoris partem probat Tertullianus ibid. 37. cap. pag. 246. Eo loci sic infrigit adversus Heterodoxos : " Vos „ certe exheredaverunt semper, & abdi- „ caverunt, ut extraneos, ut inimicos. „ Unde autem extranei & inimici Aposto- „ lis Hæretici, nisi ex diversitate doctri- „ næ, quam unusquisque de suo arbitrio, „ adversus Apostolos aut protulit, aut „ recepit ? Illic igitur & Scripturarum & „ expositionum adulteratio deputanda est, „ ubi diversitas doctrinæ invenitur : Er- „ go &c. „

Tertiam denique partem minoris Tertullianus cap. 41. pag. 247. probat illudendo & ordinationibus Hæreticorum, & Ipsis Ministris ab eis consecratis : " Om- „ nes, inquit, tument, omnes scientiam „ pollicentur. Ante sunt perfecti Cate- „ chumeni quam edocti. Ipsæ mulieres „ Hæreticæ, quam procaces ! quæ au- „ deant docere, contendere, exorcismos „ agere, curationes repromittere, forsi- „ tan & tingere. Ordinationes eorum te- „ merariæ, leves, inconstantes, nunc „ Neophitos conlocant, nunc sæculo ob- „ strictos, nunc Apostatas nostros, ut glo- „ ria eos obligent .

Dices : In aliis sectis sunt Christiani ; Ariani enim, Nestoriani, Protestantes habent Christum ut suæ vicissim Ecclesiæ caput, & uti talem agnoscunt . Igitur tametsi ab Ecclesia Romana divulsi, possunt tamen salvari .

Respondeo I. non sufficere ad salutem, Christum habere suæ sectæ caput, sed eodem ipso tessante Matth. 18. 17. quisque tenetur audire Ecclesiam, sin minus habendus est ut Ethnicus & Publicanus : hinc Jacob 2. 10. habetur : *Quicumque autem totam legem servaverit, offendat autem in uno, factus est omnium reus .*

Respondeo II. distinguendo : In aliis sectis sunt Christiani voce-tenus & nomine, concedo ; vere & reipliter, nego . Non habent fidem, unde juxta Patrum definitionem, non sunt Christiani .

His omnibus Tertulliani rationibus accedit definitio Conciliorum omnium adversus Hæreticos adunatorum, quæ illos extra Ecclesiam esse declaravere, immo anathematis gladio velut membra putrida ab ejus sancto corpore resecaverunt .

Diluuntur Socinianorum objecta.

Objiciunt : Omnes fidei articuli non sunt fundamentales : Igitur aliæ Ecclesiæ tametsi a fide Ecclesiæ Romanæ quantum ad aliqua dogmata divinæ, possunt salutem alicqui : Probatur antecedens . Non opus est ad salutem credere v. g. historias, quarum multus est sermo in Scripturis : Ergo &c.

Respondeo negando antecedens : eo enim ipso quo omnes fidei articuli eodem Dei verbo innituntur, omnes utique cadunt sub præceptum : non negamus tamen quoidam præ cæteris esse eminentiores ques explicite credere necesse est, quale est mysterium sanctissimæ Trinitatis, qualis Dominica Incarnatio, & quædam alia momenta .

Ad probationem distinguo : Unusquisque sub pœna salutis incurrenda non tenetur credere historias, si sit Doctor & pater Ecclesiæ, nego ; si sit homo privatus & laicus, subdistinguo ; non tenetur credere explicite, concedo ; implicite, nego . Proceres Ecclesiæ, utpote a Spiritu sancto constituti pro ipsa Dei Ecclesia regenda, cuncta fidem spectantia apprime debent scire & credere ; scriptum est enim Malach. 2. 7. *Labia Sacerdotis custodient scientiam, & legem requirent ex ore ejus :*

ejus : eo quippe fine, ut habetur. Act. 20.
28. *Vos Spiritus sanctus posuit* ... *regere*
Ecclesiam Dei , ne populi circumferantur
omni vento doctrinæ humanæ in suam
proram perniciem . Ipsi vero populi prin-
cipalia Mysteria explicite , cæteras vero
articulos saltem implicite credere debent ,
hoc est, omne quod in divinis continetur
Scripturis .

Instat : Si Ecclesia Romana sola foret
vera Ecclesia , utixime quia ei inest potestas ligandi atque solvendi , propter illa
verba Christi Petro dicta : *Quæcumque al-*
ligaveritis &c. Sed non constat summos
Pontifices & Episcopos bene ligare & solvere ab Ecclesia Romana extraneos : Et
probatur : ipsi omnes in Conciliis & in
fidei controversiis sunt extraneorum partes : Igitur non constat eos ligare vel solvere alios qui sunt extra Ecclesiam Romanam .

Respondeo negando minorem , auctoritas
quippe legandi atque solvendi data a Christo Ecclesiæ ipsa Christi auctoritate initi-
tur , quocirca est infallibilis , & sicut recte ligat, sic & rite solvit . Ad probationem distinguo : Summi Pontifices & Episcopi sunt partes in Conciliis , sed ab ipso
Christo institutæ , & pro bono Ecclesiæ
publico , concedo : partes pro bono particulari , & illa absque auctoritate , nego :
omnis potestas est a Deo , & qui resistit
potestati, Deo ipsi resistit , inquit Apost.
quocirca Judices a Regibus constituti pro
dirimendis civilibus controversiis , a fortiori Judices Ecclesiastici pro rebus religionis stabiliti in definiendis litibus non
dicuntur litixantium partes , sed Judices :
hinc Rex per suos Ministros , Christus
vero per summum Pontificem & Concilia
Oecumenica dirimunt controversias , ille
civiles , iste Ecclesiasticas : Igitur si judices partes quandoque nominentur pro bono publico , partes sunt seu potius boni
publici patroni.

Urgent : Atqui Ecclesia etiam Romana non semper audienda est in judiciis
suis : Ergo &c. Probatur subsumptum .
Audienda est solum in iis quæ sunt ad
salutem necessaria : Sed aliæ sectæ in iis
illam audiunt : Primo quidem quoad pri-
maria Mysteria , Trinitatis scilicet , Incarnationis , gratiæ necessitatis , Sacramentorum ; Protestantes quippe hæc omnia credunt : Igitur possunt salvari in sua
vicissim religione , cum essentialia ad salutem retineant .

Respondeo negando subsumptum : Ad
probationem nego minorem : Cæcutit Jurius dum hoc propugnat ; neque enim ipse & sectæ suæ contrariæ in necessariis
ad salutem audiunt Ecclesiam , I. ab ea
divisi sunt , nec capiti Ecclesiæ Summo
Pontifici obediunt : II. Realitatem corporis Christi in Eucharistia abnuunt , justificationem imputativam, & gratiam necessitantem propugnant , tum & alios habent nævos , quos hic texere non opus
est . Cæterum non credunt sicut oportet ,
hinc ab ipsa fide excidunt . Ad probationem ulteriorem ejusdem minoris respondeo distinguendo : Protestantes retinent
momenta essentialia aliqua , concedo :
omnia , nego : immo vel ipsa capitalia
Mysteria non credunt fide divina , sed solum humana .

SYNOPSIS PROBATIONUM.

Ecclesia novi Testamenti I. est perfectior Ec-
clesia Legis naturæ & scripta. II. Extra
eam non est salus.

PRIMUM patet juxta illud Joan. 1. *Lex*
per Moysen data est , gratia & veritas per
Jesum Christum facta est . Hoc ipsum satis
definivisse videntur Concilium Florentinum & Tridentinum : Primum quidem in
decreto unionis , ubi ait cæterarum legum
Sacramenta gratiam in se non habuisse,
quippe quæ illam solum per Christum
dandam significarent , nostra vero illam
continere ; addit Tridentinum illam ex
opere operato producere . Cæterum ait
Apostolus Heb. 7. 19. *Nihil enim ad per-*
fectum adducis lex : E contra vero Ecclesia novi Testamenti .

Secundum utique claret , nempe in aliis
sectis non esse salutem : Sic ipse definit
Christus Matth. 18. 17. *Si autem Ecclesiam*
non audierit , sit tibi sicut Ethnicus & Pu-
blicanus : Sic omnium Patrum cœtus declaravit , Cyprianus epist. 40. Hieronymus ex professo epist. 14. ad Damasum ,
&c. Sic omnia Concilia contra Hæreticos
adunata , quæ ab Ecclesia vera illos eje-
cerunt .

SYNOPSIS OBJECTIONUM,

ET RESPONSIONUM.

PRIMO : Tametsi omnes fidei articuli
non sint æquales ad salutem necessitatis ,

ort.-

omnis tamen fidelis eos credere tenetur, eminentiores quidem explicite, cæteros vero implicite.

Secundo: Allucinantur Hæretici rebelles, dum in controversiis fidei Ecclesiæ Proceres ut partes habent : sunt enim a Christo constituti Judices ; hinc incassum eorum judicium declinare tentant.

neria vilitatem pervenire non posset, qualita religionis specie, & nomine Prophetæ grassandum sibi esse decrevit, unde volumen, quod *Alcoranum* vocavit, impuris & infelicibus, Bayræ & Sergii, ut dictum est, præceptionibus effinxit, quod e cœlo ad se delatum memitus, observandum suis sectatoribus tradidit.

ARTICULUS QUARTUS.

De falsis Religionibus.

NON est animus hic texere falsarum omnium, immo & stupidarum Religionum historiam, maxime vero cum in prima parte ubi de existentia & unitate Dei, de auctoribus, tum idololatriæ, tum duorum primorum principiorum admittentium tractaverimus.

Unum in præsentiarum sufficit ad propositum, aliquid dicere de origine, & progressu Religionis Mahumetanæ, quæ crevit in pejus in totis fere mundi partibus.

ORTUS.

REVERENDUS Pater Antonius le Grand Duacensis Fratrum Minorum Recollectorum Anglorum quondam Minister Provincialis, in suo opusculo de historia Hæresiarcharum pag. 185. 186. 187. 188. Sic delineat Mahumetanæ Religionis historiam: "Mahometes, seu Mahometus, novus Hæresiarcha, Turcarum Pseudo-propheta exoritur apud Homeritas, sive in Arabia felice, sub Heraclio Imperatore, & Honorio I. Romano Pontifice, Dagoberto item Francorum Rege, & Hilebo Hispaniarum Rege, circa annum Domini 630. ex infima sorte primum servus, & cameli pascendis addictus, proFusque litterarum inscius, locupletis beræ suæ effectus conjux, deinde Pseudo-propheta, postremo Princeps atque Legislator. Opera Sergii Monachi exitialem ex Judaismo, Arianismo, & Ethnicismo sectam conflavit cum dæmone, morboque comitiali correptus frequens corrueret, uxori cæterisque persuasit se Angeli Michaelis conspectu & colloquio sic consternari. Formidabilem se exhibuit familiarium cæde, ac præsertim consanguineorum. Et cum regnum affectaret ad quod ob ge-

Dogmata Alcorani.

MAHUMETES varia insulsaque, immo & ridicula, credenda & tenenda in Alcorano suis proponit. Si quidem docet.

Primo: Deum in essentia, & personis unum esse, ac proinde eum non esse Patrem, Filium, & Spiritum sanctum, nec Deum habere aliam sibi æqualem personam.

Secundo: Christum Jesum esse vere unigenitum Dei Filium, Patri similem, ante mundum creatum : Spiritum, seu flatum Dei, animam Dei, virtutem Dei, sapientiam, verum Dei verbum, Messiam maximum, & beatissimum, Angelis & Prophetis supereminere.

Tertio: Christum quidem esse Dei verbum, sed creatum, atque servum, quem fassus est ex Maria Virgine sine semine generatum : aiebat enim verbum ac spiritum Dei, cum in Mariam intromisset, Filium generasse, qui Dei Propheta & servus esset. In Alcorano sic habetur ut legenti patebit.

Quarto: Contendit Judæos voluisse quidem Christum contra legem in crucem agere, sed cum eum apprehendissent & tenuissent, ejus tantum umbram cruci affixisse ; ipsum vero nec in crucem actum esse, nec mortuum. *Damascen. de hæres.*

Quinto: Impossibile esse asseruit, ut Deus Filium haberet, hac ratione motus, quoniam nemo absque femina fieri potest pater, ac proinde nec filium habere, Deum autem nec genitum, nec generatum esse. *Petrus Cluniac. in Summula.*

Sexto: Diabolum non ex nihilo, sed a Deo, ex igne pestifero creatum, non aliquindo tamen salvandum. *Azcara.*

Septimo: Cuncta Ecclesiæ Catholicæ Mysteri abnegabat, quæ vim & efficaciam suam, a Christi passione obtinent. *Prateolus.*

Octavo: Esse putabat Jesum Christum nondum mortuum, moriturum nihilominus tandem, postea vero excitatum iri a mortuis, & venturum, non autem ante

te adventum antichrifti. *Petrus Clun.* in *Summa*.

Nota : Summum bonum, vel ultimam hominis felicitatem in corporeis voluptatibus conflituit, fibi paradifum fingendo, in quo fibi & fectatoribus fuis præftantes forma feminæ, cibum & potum miniftrabunt, ad coitum femper paratæ, iis autem potiffimum potituros, qui hoftes interficerent, aut ab hoftibus interficerentur. *Baronius* ann. 630.

Decimo : Circumcifionem cum Ebionitis inftauravit, iis autem præputium tantum abfcindi volebat, qui ad ætatem pevenifient, ac ratione uterentur. *Azoara.*

Undecimo : Abftinentiam a mulieribus impoffibilem efle propugnat, unde permiffim a Deo luxuriam dicebat, etiam cum ancillis, aliifve mulieribus domi fubjeftis. *Azoara.*

Duodecimo : Polygamiam viris permifit, hoc eft, fas viris elle exiftimavit tot uxores ducere, quot ex facultatibus fuis alere ac tueri pollent. *Protcolus.*

Decimo-tertio : Divortium approbat Mahometes, hoc eft, matrimonii folutionem, atque uxoris mutationem, præfertim ex tribus caulis. 1. Si mulier infecunda fuerit. 2. Si moribus perverfus fit. 3. Si viro non placeat. *Azoara.*

Decimo-quarto : Credebat omnes orbis Chriftianos & Legem & Evangelium amififfe, ac proinde Alcoranum non alia de caufa exlcribendum fufcepifle, quam ut hominibus fuis contrariem exponeret, & virtu rectam, atque mifericordiam credentibus patefaceret. *In Alcorano.*

Decimo-quinto : Propugnabat & Chriftianum, & Judæum, & quemvis alium in æternum falvari polfe, fi Deum veneretur, eumque timeat, ac bona opera exequatur. *Azoara.*

Decimo-fexto : Jubet in fuo Alcorano fumi & interficl nolentes converti ubicumque repertos, menfibus Haram peraftis, omnibufque viis illis infidiandum.

Decimo-feptimo : Fatum afferuit, hominefque, five ad bonum, five ad malum deftinari : unde Mahumetifmi decretum eft latronibus, maleficis, peccatoribufque aliis ex Dei prædeftinatione, in eo ftatu efle moriendum. Neque precandum ut Deus malos viam rectam doceat, nihil enim profefturum, nifi cui Deus voluerit. *Sanderus hæref.* 225.

Decimo-octavo : Vult Mahumetes non modo credi, obtemperarique fuo Alcora-

no, propofita belli ac maledictorum multorum pœna; verum caveri ne quicquam ex eo immutetur. *Damafcenus.*

Progreffus.

STUPENDUM prorfus eft quantum creverit in pejus & in animarum pene infimarum perniciem illa carnalis religio. Primum enim Arabes, deinde Ægyptios, poftea Afiam & Africam, immo & magnam Europæ partem occupavit, finque necavit veneno, & hoc juxta victoriarum Imperatorum Mahumetanorum menfuram; infiniti quippe populi inmani tyrannorum fubditi imperio, alii enim fuppliciis, tormentis, alii etiam blanditiis vitæ profus animalis & fenfualis cedentes, vel priftinam bonam abnegarunt religionem, vel Chriftianam tametfi hærefi fœdatam abicerunt, vel nullam habentes oblatam Mahumetanam, ut fuis indulgerent paffionibus, fufcepere, quod quidem exitialis comprobat experientia.

Profcriptio.

CUNCTA Concilia quæ novas fectas anathemate pecufferunt, Mahumetanam confequenter damnavere. Advertus eam fcripferunt Ricardus Dominicanus in confutatione legis Mahumetinæ. S. Pius Papa epift. ad Mahometem Turcarum imperatorem. Bartholomæus Hungarus, & alii. Maxime vero bene multi Martyres qui Mahumetanorum non cefiere fuppliciis, fed potius ip!is cefiere tormenta. Concilium Lateranenfe quartum & quintum adunatum eft contra Mahumetanos.

CONCLUSIO.

Secta Mahumetis eft falfa & merum religionis commentum.

Probatur ratiomilus Theologicis.

PRIMA : Illa Religio eft falfiffima, quæ adverfatur juri naturali : Atqui talis eft Religio Mahumetis. Ergo &c. Probatur minor. Mahumetes permittit multiplicitatem uxorum indiscriminatim, tum ex ancillis, tum ex propinquis : Sed & licentiam eas ad nutum dimittendi facit ; ita carnalis ut nec aliam ferme admittat beatitudinem, vult enim elle in paradifo quem promittit, mulieres forma fpecio-

ciofas quæ viris miniftrent. Sed eft contra jus naturale uxorum multiplicatus , cum Gen. 2. 27. habeatur : *Maſculum & feminam creavit eos*. Prohibuit quoque Chriftus , excepta fornicationis causa dimitti uxorem, juxta illud Matth. 19. 6. *Quod ergo Deus conjunxit , homo non ſeparet*. Ceterum ibid. 22. 30. Chriftus de Regno Patris loquens ait , quod in illo loco : *Neque nubent , neque nubentur*. Ergo &c.

Secunda : Religio quæ manifeftas implicat contradictiones eft falſiſſima . Atqui religio Mahumetana contradictoria complectitur , ut ex dogmatibus fupra laudatis liquet . Ergo &c.

Tertia : Ubi perpetuum adeft mendacium, ibi nihil certi pro Religione habetur : atqui Alcoranum non niſi fabulofa continet ; nec mirum , nullis alia Religio confignata eſt miraculis : nullam habuit miſſionem Mahumetes ; nullos teſtes fide dignos : hinc non una eft in Mahumetiſmo pro Religione ſecta & opinio . Ergo &c.

Quarta : Secta quæ omnia abjicit Myſteria, eſt Religionis commentum : Atqui Mahumetes Trinitatem , Incarnationem , & Sacramenta abnuit . Ergo &c.

Quinta : Religio Mahumetana ut primum ſe prodit , ſeipſam apud viros cordatos ſolvit : Igitur nedum eſt abjicienda ; ſed abhorrenda : Et ne quis putet hoc eſſe phantaſma , operæ pretium eſt argumenta ex ipſius Legis textibus proferre.

I. *De Paradiſi ſpurcitiis* ait Azoara II. *Dulciſſimas aquas , pomaque multimoda , fructus varias , & decentiſſimas , ac mundiſſimas mulieres , omneque bonum ſui in æternum poſſidebunt* .

II. *Miracula* rejicit , & pro eis arma exhibet . Azoara 13. Deum ſic ad ſe loquentem inducit : *Tu quidem nequaquam ad eos , cum Dei miraculis manifeſtis venies , quoniam ea velut odioſa atque contraria rejiciunt , & veritati adſe venienti contradixerunt .... prædatores , & expugnatores eſtote* .

III. *Contradictio* multiplex in Alcorano: Azoara 11. Judæos , Chriſtianos & cæteros omnes Deum adorantes & bene viventes ſalvari propugnat : *Sciendum autem generaliter , quoniam omnis recte vivens , Judæus ſeu Chriſtianus , ſeu Lege ſua relicta , in aliam tendens , omnis ſcilicet Deum adorans , bonique geſtor , indubitanter divinum amorem aſſequitur* . Tum ſui mox oblitus Azoara 5. Mahumetanos a ſua Lege deficientes damnari contendit : *Tuam Legem propter aliam mutans , & in ea manens , hic & in alio ſæculo reus , igne indeficiente peribis* .

IV. *Innumera* in Alcorano adſunt mendacia : Azoara 13. ait Chriſtianos BB. Mariam ſemper Virginem ut Deum coli. Azoara 17. Scribit Deum præcepiſſe Angelis Adamum adorare. Azoara 47. Chriſtianis inconcinne quod Deo non ſit iram dumtaxat, lei & filios tribuant. BB. Virginem ſorores ſecit Moyſis.

V. *Mira* de Chriſto ejuſque Evangelio enarrat & agnoſcit vera , nec tamen ſequitur . Azoara 16. dicit Chriſtum poſt Patriarchas & Prophetas miſſum dediſſe optimum Evangelium. Azoara 67. Deum ſic loquentem inducit : *Nos Evangelium dedimus , nec ob aliud , niſi ut per ipſum Dei dilectionem atque gratiam aſſequeretur* . Azoara 5. Commemorat ſituationem ab Angelo Maria ſactam , & magnis cum filio Jeſu Chriſto eam effert encomiis. Rurſus Azoara 11. 29. 33. 71.

VI. *Facit* Deum peccati auctorem in Alcorano capit. 25. quatenus ait diabolum ex igne peſtifero a Deo creatum ex neceſſitate peccare , conſequenter in hac hypoteſi Deus eſſet auctor peccati .

Solvuntur objectiones Mahumetanorum.

OBJICIUNT : Illa religio ſaltem eſt bona, quæ multitudine , cum colentium , tum Regnorum, tum Provinciarum, tum etiam Victoriis in immenſum ſuperat Romanam : Sed religio Mahumetana ceteras colentium numero excedit : Ergo &c. Probatur major . Ex ipſorum Catholicorum placitis , major pars minori præponderat , hinc ut primum maior Præſulum numerus adhæret diplomati dogmatico , res in omni Orthodoxorum opinione de fide tenenda evadit , & obſtrepente cauſa cadunt . Minor vero de ſe patet . Ergo &c.

Reſpondeo I. negando majorem : Omnis terra prioribus a creatione ſæculis corruperat viam ſuam : Ergo ne vera religio non in ſolo Noe ejuſque ex octo dumtaxat perſonis ſimilis , non apud ſanctum Patriarcham , ſed carnalis diluvio exterminandos homines exiſtebat ? Abſit vel cogitare, Aſſuerus Paganus ſupra centum viginti ſeptem Provincias imperab : poſt ipſum vero Alexander Magnus : Tum & Romani in quorum ditione cunctus ſere erat terrarum orbis poſitus . Judæi vero

in Palæstinæ veluti terræ angulo concludebantur, quis tamen fanæ mentis dixerit, veram religionem cum idololatris,
minime vero cum Judæis floruisse. Unum
scimus, multos quidem ex Evangelio vo-
catos, paucos vero electos: Et Psal. 147.
habetur: *Non fecit taliter omni nationi, &*
judicia sua non manifestavit eis. Non igitur ex multitudine colentium concludendum est, religionem Mahumetis esse bonam: maxime cum ejus creverit imperium ex multitudine, furore & crudelitate acta; hinc nullum in Victoriis miraculum, sed non semel apparuit in Victoriis
Chriſtianorum, qui cum exigua Militum
manu formidandas Mahumetanorum acies
sæpius devicerunt.

Respondeo II. distinguendo majorem: Si
multitudo fide & pietate prævaleat, ipli
adhærendum est, concedo: secus, nego.
Crevit quidem adhærentium Mahumeti numerus, sed ex effrænata omnium ferme
vitiorum licentia, & vi armorum, quocirca ejus religionem non bonam, sed pessimam ex ipli adhærentium numero esse
concluditur. Laudabat quidem Athanasius
contra Arianos sibi adversantes majorem
numerum Præsulum, sed in fide Nicæna
sibi adunatorum: opponebat utique Do-
natistis majorem Episcoporum numerum
Augustinus, sed fidem Petri custodientium
& servantium.

Infans: Antiquitas argumentum est optimæ religionis: Sed religio Mahumetis septimo quali incohante sæculo vigere cæpit;
& eam omnis generis, ætatis, sexus, lit-
teraturæ, dignitatis homines amplexi sunt.
Ergo &c.

Respondeo distinguendo: Antiquitas A-
postolica, concedo: mere humana & partim nova, nego. Ex Augustino sola Traditio quæ non habet initium, sed ex Christo per Apostolos suam ducit originem, est
fidei regula: Religio vero Mahumetana
ab impostore impio & fidei Apoltata ortum ducit: idcirco detestanda est, & fu-
gienda.

SYNOPSIS PROBATIONUM.

Religio Mahumetana falsa est.

PRIMO: Quia nova & a falso Propheta sine missione & miraculis, sed solum vi
armorum & vitiorum licentia stabilita est.

Secundo: Non nisi oblectans spirat, &
sicut in terris sic & in conflicto paradiso
spurcitias carnis indiscriminatim admittit.

Tertio: Implicat contradictionem; modo enim Mahumetes omnes promiscue &
Judæos & Chriſtianos salvari posse asserit,
modo suis etiam ignem comminatur æternum, si a suo Alcorano defecerint.

SYNOPSIS DIFFICULTATUM,
ET EXPLICATIONUM.

PRIMO: frustra opponunt Chriſtianis
Mahumetani, suam multitudinem, cum
lata sit via quæ ducit ad perditionem,
& secta non nisi ex licentia vitiorum creverit.

Secundo: Tametsi religio Mahumetana
non nihil antiqua sit, neque tamen Apostolica, neque Chriſtiana, sed prorsus ex
multis abominabilis existit.

DISSERTATIO SECUNDA
DE
ECCLESIA,

Ut est supremus fidei controversiarum judex, ejusque notis.

Utherani & Calvinistæ propugnant Ecclesiam non esse supremum controversiarum judicem, quatenus unicuique tribuunt de dogmatibus in in Scriptura sacra contentis secundum spiritum particularem judicare : contendunt quoque Ecclesiam non esse visibilem, suam tamen omnibus pollere dotibus, quæ conveniunt veræ Ecclesiæ : Sed contra quod ipse Christus Luc. 11. 23. dicit : *Qui non est mecum, contra me est : & qui non colligit mecum, dispergit.*

Dogma de veritate Ecclesiæ, quæ controversiarum fidei supremas judex multis momentis ostenditur.

Primo : Quia præter regulas fidei mortuas, Scripturam scilicet & Traditionem, animata ad rem fidei determinandas & finiendas præerequiritur.

Secundo : Quia illa regula in judicando de fidei dogmaticis, immo & de factis dogmaticis est infallibilis.

Tertio : Quia Ecclesia quæ est illa regula animata est visibilis, Catholica, Apostolica, una, sancta, aliasque veræ Ecclesiæ dotes sibi vindicat.

Quarto : Istæ omnes dotes soli Ecclesiæ Romanæ conveniunt.

ARTICULUS PRIMUS.

Utrum præter regulas mortuas requiratur animata, seu Ecclesia quæ sit supremus controversiarum fidei judex?

CONCLUSIO CATHOLICA.

Ecclesia est fidei controversiarum judex supremus necessarius.

HÆc conclusio jam patet ex supradictis de fide, ubi probavimus ad solam Ecclesiam spectare proponere credenda, nunc vero ex professo probatur auctoritate & ratione.

Primum argumentum ex Scriptura sacra depromitur.

Quod utrumque Testamentum docet, sic tenendum est : Atqui ex utroque habetur præter regulas mortuas fidei, animatam requiri, scilicet Ecclesiam : Igitur Ecclesia est regula fidei animata.

Probatio ex veteri Testamento.

Legitur, Exodi 18. 13. & seq. de Ecclesia ad fidei controversias dirimendas : *Altera autem die sedit Moyses, ut judicaret populum qui assidebat Moysi a mane usque ad vesperam, quod cum vidisset cognatus ejus, omnia scilicet quæ agebat in populo, ait : Quid est hoc quod facis in plebe ? Cur solus sedes & omnis populus præstolatur de mane usque ad vesperam ? Cui respondit : venit ad me populus quærens sententiam Dei. Cumque acciderit eis aliqua disceptatio, veniunt ad me ut judicem inter eos, & ostendam præcepta Dei & Leges ejus. At ille, non bonam, inquit, rem facis, stulto labore consumeris, &*

Bb 2

tu & populus iste qui tecum est : ultra vires
tuas est negotium, solus illud non poteris suf-
tinere. Sed audi verba atque consilia : & erit
Dominus tecum. Esto tu populo in his quae ad
Deum pertinent ut referas quae dicuntur ad
eum : ostendasque populo caeremonias & ritum
colendi, viamque per quam ingredi debeant,
& opus quod facere debeant. Provide autem
de omni plebe viros sapientes & timentes
Deum, in quibus sit veritas, & qui oderint
avaritiam, & constitue ex eis tribunos &
centuriones & quinquagenarios & decanos,
qui judicent populum omni tempore.

Eo loci Moyses praedicatur ut supremus
controversiarum fidei judex, quippequi esset
Sacerdos magnus, ante ipsum Aaron a
Deo ipso constitutus, juxta illud Psal 98.
Moyses & Aaron in Sacerdotibus ejus. Quod
quidem colligitur ex c. 28. & 29. Exod.
ubi habetur Moysen sacrificasse, tum &
consecrasse vestes Aaron, atque eundem
unxisse : pro rebus vero civilibus erant
alii judices, ut Scriptura laudata refert.
Igitur praeter regulas mortuas necessaria
est animam, quae fidei dogmata & explicet, & definiat.

Celebris est pro eodem momento locus
Deut. c. 17. 8. & seq. Si difficile & ambiguum apud te judicium esse perspexeris inter
sanguinem & sanguinem, causam & causam,
lepram & lepram : & judicum intra portas
tuas videris verba variari : surge & ascende
ad locum quem elegerit Dominus Deus tuus.
Venisque ad Sacerdotem Levitici generis, &
ad judicem qui fuerit illo tempore : quaeresque
ab eis, qui indicabunt tibi judicii veritatem;
& facies quodcumque dixerint qui praesunt loco eum elegerit Dominus, & docuerint te
juxta legem ejus, sequerisque sententiam eorum. Nec declinabis ad dexteram neque ad
sinistram. Qui autem superbierit nolens obedire Sacerdotis imperio qui eo tempore mini-
strat Domino Deo tuo : decreto judicis, morietur homo ille, & auferes malum de Israel.
Deus ipse constituit Sacerdotem ut supremum controversiarum judicem, praecepit-
que populo sub interminatione mortis obedire sententiae Sacerdotis : quinam autem
ille Sacerdos sit, alibi declaratur Exod.
24. 14. Moyses enim ascendens in montem, Deum allocuturus, dixit Senioribus:
Expectate hic donec revertar ad vos. Habetis
Aaron & Hur vobiscum : & si quid natum
fuerit quaestionis, referetis ad eos.

Eadem veritas passim declaratur in eodem Testamento. Lib. 2. Paralip. capit.
10. legitur Josaphat Regem Judae consti-

tuisse in Jerusalem Sacerdotes qui judicarent cautius religionis, & hi erant distin-
cti a judicibus causarum civilium.
Aggaei 2. 12. habetur : Haec dicit Dominus exercituum : Interroga Sacerdotes legem.
Tum Malach. 2. 7. Labia enim Sacerdotis
custodient scientiam, & legem requirent ex
ore ejus : quia Angelus Domini exercituum
est. Igitur requiritur supremus judex, qui
fidei controversias dirimat, & est Ecclesia.

Probatio, ex novo Testamento.

MATTHAEI 18. 17. Si autem Ecclesiam
non audierit, sit tibi sicut Ethnicus & Publicanus. Gal. 1. 9. Si quis evangelizaverit
praeter id quod accepistis : anathema sit. Eo
loci loquitur de Scripturis, quas de Christo fidelibus interpretatus fuerat. Rursus
ibidem c. 2. 1. & sequent. Ascendi Jerosolymam cum Barnaba assumpto & Tito.
Ascendi autem secundum revelationem : &
contuli cum illis Evangelium quod praedico
in Gentibus, seorsum autem iis, qui videbantur aliquid esse : ne forte in vacuum currerem, aut cucurrissem. Audis Apostolum
exigere ab Ecclesia sui Evangelii confirmationem, scilicet a Petro, Jacobo, & Joanne, illam repraesentantibus, ne istius defectu approbationis in vanum cucurrisset,
ut ipse fatetur. Hinc Tertullianus lib. 4.
contra Marcion. Hieronymus epistol. ad
Augustin. quae est inter Augustinianas 14.
explicantes Apostoli verba, ajunt, Ecclesiam ex conditione credidisse Pauli Evangelio.

Insignis est pro eodem momento locus
ejusdem Apostoli, qui Ephes. 4. 11. sic
loquitur : Christus, Dedit quosdam quidem
Apostolos, quosdam autem Prophetas, alios
vero Evangelistas, alios autem Pastores &
Doctores, ad consummationem Sanctorum in
opus ministerii, in aedificationem corporis
Christi .... Ut jam non simus parvuli fluctuantes, & circumferamur omni vento doctrinae in nequitia hominum, in astutia ad
circumventionem erroris. Quibus verbis A-
postolus pronuntiat regula animata opus
esse, & ideo Ecclesiam habere Apostolos,
Prophetas & Doctores, qui genuinum
Scripturarum sensum aperiant : hanc autem egregiam affert rationem ; ne si juxta
spiritum privatum Scripturam intelligere-
mus, circumferremur omni vento doctrinae ad circumventionem erroris.

SE-

SECUNDUM ARGUMENTUM.

Ex SS. Patribus truitur.

SS. PATRES, ab ipsa vagiente Ecclesia locuti sunt pro fide & religione tum explicanda, cum contra impugnantes defendenda : Sed præter Scripturam & Traditionem propugnant Ecclesiam in omnibus esse audiendam, maxime pro fidei & moral'tatis dogmatibus, ipsi vero eam pro isto fungendo munere simul cum Conciliis velut e'us organa, quibus circa credenda se explicaret, adjuvarunt. Ergo &c. Probatur minor exquisitis SS. Patrum textibus.

Irenæus lib. 3. capit. 2. insurgit adversus hæreticos, eo quod Traditionem Patrum abjicientes, in Scripturæ indagandis sensibus & explicandis mysteriis independenter ab Ecclesia, scientiam se habere jactitarent : " Sapientiam, *ait*, loquimur ,, inter perfectos ...... Hanc sapientiam ,, unusquisque eorum esse dicit, quam a ,, semetipso adinvenit, fictionem videli- ,, cet, ut digne secundum eos sit veri- ,, tas, aliquando quidem in Valentino, ,, aliquando autem in Marrione, aliquan- ,, do in Cerintho .... Se vero indubi- ,, tate, & incontaminate, & sincere abs- ,, conditum scire mysterium ; quod qui- ,, dem impudentissime est blasphemare ,, suum sactorem .... Quapropter undi- ,, que resistendum est illis. ,, Rursus lib. 3. cap. 4. " Non oportet adhuc quærere ,, apud alios veritatem, quam facile est ,, ab Ecclesia sumere. ,,

Astipulatur S. Cyprianus epistol. 55. ad Cornelium Papam, his verbis : " Neque ,, enim, *inquit*, aliunde hæreses obortæ ,, sunt, aut nata sunt schismata, quam ,, Inde, quod Sacerdoti Dei non obtem- ,, peratur .... Cui si secundum magiste- ,, ria divina obtemperaret fraternitas uni- ,, versa ; nemo adversum Sacerdotum Col- ,, legium quidquam moveret. ,, Loquitur contra obstrepentes hæreticos, qui Scripturas in proprium trahentes sensum, adversus Ecclesiam rebellant.

S. *Augustinus*, inter omnes eminet pro veritate conclusionis astruenda. Libr. 2. contra Crescenium cap. 33. tum libr. de utilitate credendi capit. 7. increpat hæreticum, qui juxta sensum privatum in explicandis Scripturis non audit Ecclesiam : ,, Tu, *ait*, in eos Libros qui sancti &

,, divinorum Mysteriorum pleni sunt, & ,, prope totius humani generis confessio- ,, ne dissentantur, fine duce irruis, & ,, fine duce & præceptore audes profer- ,, re sententiam. ,, Tum lib. contra epist. Fundamenti cap. 5. hanc auream emittit confessionem : *Ego vero Evangelio non crederem, nisi me catholicæ Ecclesiæ commoveret auctoritas*.

TERTIUM ARGUMENTUM.

Ex possessione Ecclesiæ idem affulget, & ipsorum Imperatorum testimonio.

POSSESSIO Ecclesiæ habet pro veritate defendenda rationem tituli, potestatis vero supremæ obedientia mirum in modum illam roborat ; hinc fidei protectorum nomine celebrantur Principes : atqui ex utroque capite liquet Ecclesiam esse animatam fidei regulam, quæ Scripturarum & Mysteriorum sensus manifestantur. Et probatur.

Prima pars ostenditur, ex omnibus fidei controversiis a Christo nato susortis, quas Ecclesia sola supremæ judicavit. Primo sæculo orta est de legalibus controversia, ut habetur Act. 15. hanc in Concilio Jerosolymitano discussam definivit Ecclesia : altera secundo sæculo circa celebrationem Paschatis emersit, & hæc Victore I. divum Ecclesiæ renente, in Concilio Palæstinæ habito judicata est : & sic de aliis in Conciliis, tum Generalibus, tum Nationalibus, & provincialibus adversus hæreticam pravitatem.

Secunda pars, quæ Imperatorum testimoniis innititur ab exemplis facile probatur.

Aurelianus, Imperator Paganus certior factus de schismate, inter Paulum Samosatenum & Catholicos suborto pro domo Ecclesiæ, jussit domum redi illis, quibus hanc assignarent Ecclesiæ Sacerdotes.

Constantinus Magnus, noluit sedere ut judex fidei controversiarum in Concilio magno Nicæno, sed inferius, & velut ad Patrum pedes consistens audivit fidei definitionem contra Arium, & Filii cum Patre consubstantialitatem declaratam pro virili contra rebelles defendit. Rursus videns Donatistas a Concilio Arelatensi ad ipsum provocantes in religionis materia, eos, inquit Optatus Milevitanus l. 3. adversus Parmenianum pag. 44. sic alloquitur : " O Rabida furoris audacia ! sicut

„ in caufa Gentilium fieri folet, appella-
„ tionem interpofuerunt, ad Imperatorem
„ provocatis. „ Tum exilii pœna eos ab-
ferit. Eufebius lib. 3. de vita Conſt. cap.
10. celebrat ejus Concilio humile obfequium; ipfe vero epiſt. ad Concilium Patres fic alloquitur : " Quæ cum ita fint,
„ cæleſtem gratiam & plane divinum man-
„ datum libenter fuſcipite. Quicquid enim
„ in fanctis Epiſcoporum Conciliis geri-
„ tur ; ideo omne ad divinam referen-
„ dum eſt voluntatem. „ Et hoc eſt
ejus obedientiæ erga Ecclefiam argumentum.

Theodofius junior epiſtol. ad Concilium
Ephef. fic feribit : " Candidianum præ-
„ clariffimorum facrorum domefticorum co-
„ mitem ad facram veſtram Synodum abi-
„ re juſſimus : fed ea lege & conditione,
„ ut cum quæſtionibus & controverfiis
„ quæ circa fidei dogmata incidunt, ni-
„ hil quidquam commune habeat. Nefas
„ eſt enim qui Sanctiſſimorum Epiſcopo-
„ rum Cathalogo adfcriptus non eſt, il-
„ lum Ecclefiaſticis negotiis & confulta-
„ tionibus fe fe immifcere. „

Martianus Imperator, eadem profequitur reverentia Ecclefiæ de dogmatibus li-
tium judicium. L. *Nem.* cap. de fumma
Trinitate & fide catholica, his verbis :
" Injuriam facit judicio Reverendiſſimæ
„ Synodi, qui femel judicata revolvere,
„ & difputare contendit. „

Non omittendus Bafilius Imperator, qui
in oratione, quam habuit in octava Synodo Aſt. 10. ultra fatetur non ad laicos,
etiam principes, fed ad folam Ecclefiam
fpectare controverfias fidei & religionis
dirimere : " De vobis autem laicis, tam
„ qui in dignitatibus, quam qui abfolute
„ converfamini, quid amplius dicam non
„ habeo, quam quia nullo modo vobis
„ licet de Ecclefiaſticis caufis fermonem
„ movere, neque penitus refiſtere inte-
„ gritati Ecclefiæ, & univerfali Synodo
„ adverfari. Hoc enim inveſtigare & quæ-
„ rere, Patriarcharum, Pontificum & Sa-
„ cerdotum eſt, qui regiminis Officium
„ fortiti funt, qui fanctificandi, qui li-
„ gandi & folvendi poteſtatem habent ;
„ qui Ecclefiaſticas & cæleſtes adepti cla-
„ ves : non noſtrum qui pafci debemus,
„ qui fanctificari, qui ligari, vel a liga-
„ mento folvi eremus. „

Ex his claret ad laicos non pertinere
judicare de fidei & religionis controverfiis : hinc non femel contigit pios & chri-

ſtianos Principes, ut primum hæretico,
movere tragœdias in fuæ ditionis regionibus animadverterint, confugiffe ad fummos Pontifices, ut abfque mora aduna-
rent Synodos, quæ hæterodoxorum proterviam frangerent.

QUARTUM ARGUMENTUM.

Ex rationibus Theologicis coalefcit.

Prima : Ubi vel in ipfa lege obfcuritas & difficultas adeſt, requiritur judex
qui illam explicet ; fic Deus fieri ſtatuit
Exod. 17. & Deut. 18. ut fupra oſtenfum
eſt, & hoc ex eodem ſtatuto folam fpectat Ecclefiam : Atqui multa latent in
Scripturis facris myſteria, multæ circumferuntur difficultatum umbræ, quibus tot
involucris obteguntur : Igitur requiritur
regula animata quæ eſt Ecclefia, qua
cuncta ad intelligentiæ metam perducan-
tur. Probatur minor, de qua folum eſt
apud Hæreticos dubium. S. Petrus epiſt.
2. cap. 3. 16. ait : Quædam effe Intellectu difficilia, in B. Pauli Epiſtolis : *In
quibus funt quædam difficilia intellectu, quæ
indocti & inſtabiles depravant, ficut & cæteras Scripturas, ad fuam ipforum perditionem.*

Secunda : Ufus obtinuit, tum in veteri,
tum in novo Teſtamento Ecclefiam controverfias fidei, & difficultates explanare.
Ergo &c. Probatur antecedens. Primo
quidem, ex veteri Teſtamento : Magi
Chriſtum adorandum in urbe Jerofolyma
quærentes, adiere Regem, qui turbatus
adunavit Synagogam, quæ juxta legem,
ubi Meffias nafceretur, declararet ; fic
enim habetur Matth. 2. 3. & feq. *Audiens
autem Herodes Rex, turbatus eſt, & omnis
Jerofolyma cum illo. Et congregans omnes
Principes Sacerdotum, & Scribas populi,
fcifcitabatur ab eis ubi Chriſtus nafceretur.
At illi dixerunt ei : in Bethlehem Judæ.
Sic enim fcriptum eſt per Prophetam : Et tu
Bethlehem terra Juda, nequaquam minima
es in Principibus Juda, ex te enim exiet
Dux, qui regat populum meum Ifrael.*

De Novo vero non unum eſt exemplum ;
Chriſtus ipfe parabolis explicabat difcipulis. Celeberrimum eſt colloquium quod de
hoc momento, cum difcipulis Emmaus habuit ; fic enim fcriptum eſt Luc. 24. *Nonne oportuit pati Chriſtum, & ita intrare in
gloriam fuam? Et incipiens a Moyfe & omnibus Prophetis, interpretabatur illis in omnibus*

bus Scripturis *quæ de illo erant .* Insignis est etiam sermo Philippi Diaconi ad Eunuchum Reginæ Candacis , cui Scripturam Isaiæ, cujus sensum ignorabat , de Christo explicavit ; sic habetur Act. 8. 27. & seq. *Ecce vir Æthiops .... veneras adorare in Jerusalem & revertebatur sedens super currum suum : legensque Isaïam Prophetam .... Accurrens autem Philippus , ... dixit putas ne intelligis quæ legis? qui ait : Et quomodo possum , si non aliquis ostenderit mihi .... Aperiens autem Philippus os suum , & incipiens a Scriptura ista , Evangelizavit illi Jesum.*

Tertia : Scriptura multos subit sensus : hinc modo unum , modo alterum adoptat , sed hæterodoxi semper in malam & sinistram partem sumunt , ut scribit Tertullianus lib. de Præscript. capit. 17. ita ut quasdam etiam ad nutum abjiciant Scripturas : " Ista hæresis, *inquit* , non recipit quasdam Scripturas ; & si quas recipit , non recipit integras ..... Et si aliquatenus integras præstat , nihilominus diversas expositiones commentata convertit . Tantum veritati obstrepit adulter sensus , quantum & corruptor stylus . " Igitur requiritur supremus controversiarum judex , qui Scripturas explanet ; sic concludit Tertullianus ibidem cap. 19. " Ergo non ad Scripturas provocandum est , nec in his constituendam certamen , in quibus aut nulla , aut incerta victoria est , aut par par Incertæ . " Idem dicendum de Traditione , alia mortua regula , quippe quæ varios etiam subeat sensus : quandoquidem & Quatuordecimani , & Rebaptizantes contendebant , se morem ab Apostolis acceptum gerere .

Quarta : Deus prohibet juxta spiritum privatum sacras Scripturas explicare . Synodus vero Tridentina propter hoc etiam censura animadvertit in Protestantes ; ergo ad Ecclesiam pro isto momento confugiendum est ; sin minus præcluderetur via conversioni Hæterodoxorum , quippe qui firmarentur in errore , & in tenebris sicut in luce ambulare possent , cum unusquisque suum sequens privatum spiritum foret in tuto . Probatur antecedens : Deus increpat eos omnes qui in rebus divinis & religionis proprium sequuntur spiritum : Igitur non licitum est alium de Scripturis præter Ecclesiam judicem quærere & audire . Probatur istud ulterius antecedens , ex veteri & novo Testamento : ex veteri quidem Ezech. 13. 3. ait : *Væ Prophetis*

insipientibus , *qui sequuntur Spiritum suum, & nihil vident .... Vident vana & divinationem mendacium .... cum ego non sim locutus , ait Dominus .* Rursus Jeremiæ 23. 16. *Nolite audire verba Prophetarum qui prophetizant vobis & decipiunt vos , visionem cordis sui loquuntur , non de ore Domini .* Ex novo vero Christus , non absimilia effatur Matth. 7. 14. aitque : *Attendite a falsis Prophetis qui veniunt ad vos in vestimentis ovium , intrinsecus autem sunt lupi rapaces .* Jam vero Synodus Trid. prohibet ne quis Scripturas explicet contra Ecclesiæ sensum , ab ipsa determinatum , decreto de edit. & usu sacrorum Librorum .

Quinta : Habemus in hac controversia , hæreticos confitentes reos , cum ipsi dictis & factis propugnent , quoties aliquod circa religionem dubium contingit , recurrendum esse ad Ecclesiam , quæ in Synodo adunata quid fide tenendum , vel abjiciendum definiat : sic eo motivo suam congregaverunt spuriam Ecclesiam Donatistæ in Synodo Bijacensi , ubi aderant trecenti circiter Episcopi , ubi suum errorem publicaverunt : sic Nestoriani in Pseudo-Concilio Ephesino , ubi quadraginta ferme aderant Præsules , quibus præsidebat Joannes Antiochenus , Nestorianum defenderunt . Sic Eutychiani in Latrocinio Ephesino , in quo Dioscorus VI , armis & erga catholicos Immani crudelitate errorem Eutycheus defendit . Sic a Protestantibus Synodus Dordracena eo solum motivo ex omnibus Europæ Calvinistis adunata est ut , discussa controversia , inter Gomarum & Arminium , prioris sententia de prædestinatione necessitante , vel posterioris Semipelagiani adoptaretur , & omnibus hinc inde auditis Theologis , statuerunt esse a Regnorum Ministris sub pœna depositionis prædestinationem necessitantem , ut quid fidei essentiale esse tenendum : sic in Synodo Carentonica versus ann. 1636. proscripti sunt ii omnes qui , spretis Colloquiorum , Synodorum Provincialium , & Nationalium conventibus , secundum proprium spiritum sacras explanarent Scripturas , & de rebus in materia Religionis , juxta phantasiam judicarent , quo circa Independentes appellati sunt . Ratio damnationis & censuræ ea a Ministris d' All==, Bochardo , & Derlincour Synodi Præsidibus affertur , quod in hypothesi quod unicuique licitum foret in rebus divinis proprium sequi spiritum , tot essent religiones quot existerent capita . Igitur sola Ec-

Bb 4

Ecclesia, ipsis non differentibus hæreticis, est supremus controversiarum fidei judex: quia vero sola Romana, ut supra ostendimus est vera Ecclesia, ad eam solam utique spectat definire credenda.

Fit satis objectionibus Heterodoxorum.

OBJICIUNT : Christus, ait Joan. 5. 34 *Ego non ab homine testimonium accipio.* Rursus Match. 23. 8. *Vos autem nolite vocari Rabbi : unus est enim Magister vester Christus.* Igitur non Ecclesiæ id muneris est explicare & definire credenda, sed solius justi prærogativa; sin minus Spiritus sanctus, qui loquitur in sacris Scripturis acciperet ab hominibus testimonium ; non unus Christus, sed plures existerent Magistri, quod dubio-procul improbat Dominus, qui ut confundat Pharisæorum superbiam, qui Magistri appellari congaudebant, præcepit Apostolis ut neminem inter homines Magistrum vocarent.

Confirmatur : Christus Dominus ad sensum mysteriorum habendum non ad Ecclesiam seu ad homines, sed ad Scripturas recurri vult ; sic enim habetur Joan. 5. 39. *Scrutamini Scripturas.... Illæ sunt quæ testimonium perhibent de me*. Tum Act. 17. 11. de Beroenibus S. Lucas, scribit : *Susceperunt verbum cum omni aviditate, quotidie scrutantes Scripturas, si hæc ita se haberent*. Ergo &c.

Respondeo I. Opponendo Scripturam Scripturæ. Ipse Christus Match. ult. in omnem terrarum orbem suos misit discipulos, qui Gentes docerent, hoc est, sensum Scripturarum de sua missione & divinitate explanarent; cum testes sibi de his omnibus essent, juxta illud Act. 1. 8. *Eritis mihi testes in Jerusalem, & in omni Judæa, & Samaria, & usque ad ultimum terræ*.

Respondeo II. distinguendo : Christus non accipit testimonium ab hominibus qui Scripturas temerando incarnationis suæ mysteria tentabant, concedo : a justis & fidelibus, subdistinguo ; testimonium palmare & absolute necessarium, concedo : suam enim signis & miraculis omni exceptione majoribus probaverat missionem, hinc Joan. 10. Judæis incredulis, in ipsum blasphemantibus, ait : *Si mihi non vultis credere, operibus credite*. Aliquod ad sui nominis exaltationem, nego. Ex locis in prima responsione adductis voluit ministerio discipulorum suam propagari religio-

nem, adeoque summam credendorum per illos proponi, & explicari.

Ad confirmationem similiter, distinguo: Scrutamini Scripturas, & illis credito juxta Ecclesiæ sensum, concedo: excluso ejus sensu & definitione, nego. Varii varie sacras scrutantur Scripturas, sed multi eas in suum perversum detorquent sensum, ut Ebionistæ, qui ex eis concludebant Christum esse purum hominem ; Ariani ex eisdem Verbi consubstantialitatem, sed incasso nisu exsufflare volebant. Requiritur igitur præter regulas mortuas animata, quæ credenda proponat & definiat : Et est Ecclesia.

Instas : Atqui non opus est Ecclesia ad veritates Religionis edicendas, sed Scriptura sufficit. Ergo &c. Probatur subsumptum : Antequam Ecclesia loquatur, veritas Mysteriorum continetur in Scripturis, ita ut nihil eis aut addere, aut immutari, vel Ipsi Ecclesiæ non liceat; unde juxta inconcussam Theologorum & Patrum Doctrinam, Ecclesiæ definitio quæcumque sit, non facit fidei articulum, sed supponit. Ergo &c.

Respondeo negando subsumptum : Ad probationem distinguo : Veritas mysteriorum in Scripturis antequam Ecclesia loquatur, secundum se continetur, concedo : clare & explicite, ita ut plures non possit subire sensus, nego. Capitalia mysteria, ut sanctissima Trinitas, & Dominica Incarnatione explicite habentur in Scripturis : quia vero textus sacer plures subit sensus, non semel contigit clariores de mysteriis Scripturis ab Ebionitis & Arianis sic fuisse defloratas, ut illi ex iis concluderent Christum esse purum hominem, isti vero Verbum esse creaturam : quocirca opus fuit sensum genuinum in Concilio primo & secundo Antiocheno contra priores explicari de Christi divinitate; in Concilio vero primo Nicæno de Verbi consubstantialitate contra posteriores. Jam vero quædam alia Mysteria, ut gratiæ efficacia, & ejus cum libertate hominis consociatio non satis se patent, & ex hac parte major exurgit necessitas regulæ animatæ, quæ obscuriora per clariora definiat & proponat : *Ne circumferamur omni vento doctrinæ in nequitia hominum, in astutia ad circumventionem erroris*, inquit, Apost. Eph. 4. 14. Demum quædam etiam dogmata, talibus implicantur involucris in Scripturis, qualis est celebratio Paschatis 14. luna post æquino-

ctium

 filium vernum, validitas Baptismatis verbis evangelicis ab Hæreticis collati, ut necesse fuerit Ecclesiam traditione innixam ea momenta declarare.

Contra : Inde sequeretur Scripturas ab hominibus pendere, cum ab Ecclesia robur acciperent : absurdum consequens : Ergo & antecedens.

Respondeo distinguendo : Sequeretur Scripturam pendere ab hominibus, quoad se, & veritates quas complectitur, nego : Independenter enim, & antequam homines in Ecclesia loquantur, Scripturæ a Spiritu sancto inspirante, docente & revelante sunt : quoad explicationem, subdistinguo : pendere secundum quid & improprie, concedo : proprie, nego. In explicatione alicujus sacri textus duo sunt spectanda, mysterium scilicet & veritas revelata, tum expositio sensus genuini ; primum non pendet ab Ecclesia, secundum vero eatenus ab ea dependet, quatenus id muneris ei incumbit figere & determinare sensum divinum, quod quidem non facit nisi ut inspirata & a Deo adjuta ; hinc tota dependentia se tenet & ex parte Ecclesiæ, quæ a Spiritu sancto habet infallibiliter recte proponere credenda, & ex parte audientium, qui vicissim opus habent Ecclesia, ut legitimum Scripturæ sensum discant.

Urgens : Atqui Fideles non ab Ecclesia, sed a Spiritu sancto unicuique interius loquente habent Scripturæ sensum : Ergo &c. Probatur subsumptum dupliciter. Primo quidem ex ipsa Scriptura 1. Joan. 2. 27. dicente : *Non necesse habetis ut aliquis doceat vos ; sed sicut unctio ejus docet vos de omnibus.* II. Nihil certi habetur pro isto momento confugiendo ad Ecclesiam, quandoquidem inter Theologos quidam tenent ad sensum Scripturarum indagandum sufficere sonorum Pontificem ex cathedra loquentem ; alii ulterius consensum Episcoporum tacitum vel expressum exigunt, nec desunt qui absolute Concilium Œcumenicum approbatum & omnium Præsulum suffragiis munitum esse ad hoc necessarium autumant : Sic Novatores propugnant.

Respondeo, nos huic difficultati jam fecisse satis, ubi egimus de proponendis fidei articulis. Ad abundantiam tamen juris nego subsumptum. Ad primam probationem distinguo : Unctio concomitante verbo prædicatoris docet, concedo : exclusa fidei propositione, nego : fides enim,

ait Apostolus Rom. 10. est ex auditu, auditus autem per verbum Dei : Sed parum est sermonem foris proferre, nisi Spiritus sanctus per gratiæ unctionem interius insonet. Solutio est D. Augustini, qui tract. 3. in epist. S. Joan. n. 13. ait : " Videte fratres magnum Sacramentum ; " sonus verborum nostrorum aures per- " cutit, magister intus est. Nolite puta- " re quemquam aliquid discere ab homi- " ne. Admonere possumus per strepitum " vocis nostræ, si non sit intus qui do- " ceat, inanis sit strepitus noster . . . ca- " thedram in cœlo habet qui corda do- " cet. Propterea ait & ipse in Evange- " lio : Nolite vobis dicere magistrum in " terra, unus est Magister vester Chri- " stus. „

Ad ulteriorem probationem distinguo : Disputatur in Scholis de modo quo Ecclesia proponere potest credenda, concedo : de necessitate propositionis credendorum, nego. Ultro conveniunt Orthodoxi Theologi ad solam Ecclesiam spectare proponere & determinare credenda ; quia vero semper accedit consensus tacitus vel expressus Episcoporum, non relinquitur circa fidei dogmata proposita credenda ambigendi locus.

SYNOPSIS PROBATIONUM.

Præter regulas fidei moritus requiritur animata, quæ sit supremus controversiarum Judex, & est Ecclesia.

Primo : Hoc ipsum declaratur Exod. 18. & Deut. 17. ubi Sacerdotes ab ipso Deo rerum religionis Judices proponuntur . Tum Matth. 18. *Si autem Ecclesiam non audierit, sit tibi sicut Ethnicus & Publicanus .*

Secundo : Sic docent Patres ; in primis Irenæus lib. 3. cap. 2. Cyprianus epist. 55. Aug. l. contra Epistolam Fund. cap. 5. his verbis : *Ego vero Evangelio non crederem, nisi me Catholicæ Ecclesiæ commoveret auctoritas .* Ita definit Synodus Tridentina decreto de usu sacrarum Scripturarum.

Tertio : Sic etiam usus perpetuus obtinuit ; quotiescumque enim aliqua contigit fidei controversia, toties Ecclesia eam diffusit ; dissolvitque vero modo per Concilia, modo per Summum Pontificem & Pastores definivit.

SYNOPSIS DIFFICULTATUM,

et Explicationum.

Primo quidem : Nec Christus , nec Scriptura accipiunt ab hominibus testimonium , quoad se , bene vero quoad fidei explicationem & propagationem.

Secundo : Verum est Fideles Spiritus sancti unctione intus edoceri , sed non excludendo Ecclesiam proponentem credenda , juxta illud Rom. 10. *Quomodo audient sine prædicante*. Hinc ipse Christus Scripturas, quæ erant de seipso , explicavit Discipulis Emmaus adeuntibus , Matth. ult.

Tertio : Nullus aliquo mentis scrupulo moveri debet propter diversas circumstantias , de modo quo Ecclesia utitur ad fidei dogmata proponenda & definienda ; omnes quippe conveniunt de veritatis substantia , videlicet ad Ecclesiam spectare proponere & definire credenda ; quod autem fiat per Ecclesiam dispersam , vel in Concilio adunatam , vel etiam per Summum Pontificem ex cathedra loquentem , cui accedit semper consensus expressus , vel tacitus majoris & sanioris saltem Pastorum partis , quod a Christo nato sic contigisse compertum habemus ; quid refert , ad sedandos animos , jungas velim hujusmodi consensum si vis , nusquam enim defuit nec ad consummationem usque sæculi , ne angaris , deficiet .

ARTICULUS SECUNDUS.

Utrum Ecclesia sit infallibilis in quæstionibus juris & facti dogmatici religionem spectantibus ?

UTRUMQUE conjungimus momentum , cum quæstio facti dogmatici implicet jus , & Ecclesia eatenus de illo judicet , quatenus inest ei potestas circa jus seu quæstionem juris pronunciandi . Equidem jam momentosa de judicio Ecclesiæ circa factum dogmaticum in tractatu de gratia diximus , sed non injucundum erit agendo hic ex professo de Ecclesiæ infallibilitate circa juris quæstionem , etiam de eodem circa factum dogmaticum operosius tractare .

Prænotandum est ad statum controversiæ stabiliendum , quæstionem juris eam esse quæ dogma fide respicit , puta num tres sint in Deo personæ ? Verbum sit Patri consubstantiale ? Quocirca petitur utrum Ecclesia infallibiliter judicet , tum de veritate , tum de falsitate veritati opposita ; sicque ad eam spectet judicare simul de dogmate fidei consono , & de dogmate erroneo : De priori quidem ad illud firmandum , de posteriori vero ad illud vi censuræ eliminandum.

Observandum est etiam quæstionem facti eam dici , quæ factum aliquod spectat , quod quidem duplex distinguitur , seu quæstio facti duplex est , altera scilicet facti particularis ad fidem non pertinentis , ut ista , an sint antipodes ? Altera facti universalis implicantis dogma pertinens ad fidem catholicam , qualis est ista , an textus Scripturæ iteræ sit genuinus ? An sit textus Augustini , Damasceni , & aliorum auctorum qui de rebus fidei tractant : certum est Ecclesiam non esse infallibilem in decisione facti particularis , nisi sit expresse & secundum se revelatum , quale est illud : *Abraham duos filios habuit* . Tota igitur controversia est de factis in se , & immediate non revelatis , attamen dogma fidei continentibus . Negant Protestantes Ecclesiam esse infallibilem in decisione juris : Novatores vero Ecclesiæ abjudicant infallibilitatem pro definiendis cujuscumque generis factis , etiam dogmaticis : Sed contrarium tenent omnes Academiæ , quod quidem momentum sex argumentis probatur . Primo auctoritate Scripturæ sacræ : Secundo auctoritate Patrum . Tertio ex possessione quam habuit semper Ecclesia judicandi jus & factum , ut textus : quarto ex Theologorum sententia : quinto ex Decretalibus summorum Pontificum , quæ circa religionem receptæ sunt : Sexto , rationibus Theologicis.

§. I.

Utrum ex Scriptura sacra constet Ecclesiam esse infallibilem circa decisionem juris & textus ad fidem & religionem spectantis.

CONCLUSIO.

Constat ex Scriptura sacra Ecclesiam esse infallibilem circa jus & textus spectantes Religionem.

Probatio ex veteri Testamento.

Primo ex Libris legalibus.

Hoc ubique inculcat Deus; primo quidem in Libro Exodi cap. 11. ubi præcepta judicialia dat, & Moysen constituit judicem proponentem & explicantem legem : *Hæc sunt judicia*, inquit servo suo Moysi, *quæ propones eis*. Postea leges statuit, quibus uti debeat populus ut declinet a malo & faciat bonum. Capite 22. novas dictat leges. Cap. 23. alias præfigit judicibus ut recte & infallibiliter judicent. Cap. 24. alia præcepta quæ spectant religionem tum pro sacrificiis offerendis, tum pro cæremoniis servandis tradit, & omnia scripto mandantur per Moysen : Sic enim habetur : *Assumensque*, scilicet Moyses *volumen fœderis*, *legit audiente populo: qui dixerunt : Omnia quæ locutus est Dominus, faciemus & erimus obedientes*. Postea subjungitur : *Ascendensque Moyses in montem Dei Senioribus ait : Expectate hic donec revertamur ad vos*. Habetis Aaron & Hur vobiscum, si quid ustum fuerit quæstionis, referetis ad eos. Profecto agitur de quæstionibus Religionis, ut ex toto capitis contextu & ex aliis præcedentibus liquet : Sacerdotes autem constituuntur in iis Judices, & quidem circa legem, qualis in textu Moysi habebatur : Sed habebat infallibilitatem Ecclesia pro quæstione juris & facti; juris quidem, alias nulla fuisset firma fides; facti vero, ut judicaret de textu legis; sin minus nihil certi pro fide conpertum habuisset : Igitur est infallibilis circa quæstionem juris & facti.

Rursus : In Libro Levitici multa sunt argumenta quibus eadem veritas probatur; ibi enim fuse describuntur cæremoniæ, ibi præcepta Religionem specialiter spectantia reperiuntur : ecce juris momenta : Cap. 17. sermo habetur de lege & legis

cæcibus, de Moyse textum legis proponente & exhibente : Sic enim habetur : *Locutus est Dominus ad Moysen, dicens : Loquere Aaron & filiis ejus, & cunctis filiis Israel, dicens ad eos ; iste est sermo quem mandavit Dominus dicens, &c.* mandavit vivæ voce & scripto ; Moyses quippe jussu & ordinatione Dei in volumine scripsit atque complevit legem : Igitur Ecclesia debuit & quidem infallibiliter judicare de jure, scilicet de lege, tum de textu a Moyse transmisso ad posteros, siquidem & Lex, & textus erant fidei motivum; nemo autem inficiari audet fidei infallibilitatem & certitudinem : Igitur nec debet Ecclesiæ, dum judicat de credendis & de textibus fidei articulos continentibus abnuere infallibilitatem.

Tum repetitur lex in Deuteronomio ; iterum volumen Legis a Sacerdotibus exhibetur : iterum textus & pro peccato tuigendo, & pro colendo Deo leguntur & explicantur a Sacerdotibus : Igitur Ecclesia est infallibilis circa legem, quæ tot dogmatibus constat quot habet mandata, & circa textus in quibus continetur.

Secundo, ex Libris Regum, Esdræ, & Macchabæorum.

I. Regum historiæ comprehenduntur in quatuor libris, tum passim ibi apparent Prophetæ legem contra populum Idololatram propugnantes, & ubique citant Legem. Lib. 1. c. 13. Samuel graviter increpat Saul, quod contra Dei mandatum, ipse quamvis laicus, fungens fuisset offerendo sacrificium, officio Sacerdotis. Stulte egisti, inquit, nec custodisti mandata Dei tui, quæ præcepit tibi : quod si non fecisses, jam nunc præparasset Dominus regnum tuum super Israel, in sempiternum, sed nequaquam regnum tuum ultra consurget, Qua ratione Samuel tam dura prænuntiasset Sauli, si Ecclesia infallibilitatem ad exponendam Legem & explicandum textum eos, quam Rex infelix prævaricatus fuerat, non habuisset ?

II. Vix Israel e captivitate solvitur, & ad Jerusalem reversus est, affectuatur interim coram populo libri legis, ut legitur in libris Esdræ ; audiunt Prophetam legentem mandata scripta in volumine Legis ; textum tamquam genuinum habent, sicut & quod Esdras explicat de Lege, demonstrans tot ac tanta adventisse mali in vindictam prævaricationis Patrum.

III.

III. *Idem* factum fuisse pluries tempore Assomonæorum refertur in libris Machabæorum : Doctores & Prophetæ explicabant textum Legis : nemo revocabat in dubium, sed tamquam verbum Dei habebat, immo una voce dicebant : *Habentes solatio sanctos Libros, &c.* Sed quæ consolatio, si defuisse Ecclesiæ infallibilitas, tum ad aperiendum Scripturæ germanum sensum, qui cabala seu Traditione tenebatur, tum ad declarandum quinam textus erant genuini, cum sæpe in captivitatibus Judæorum, disperli, sæpe etiam recuperati fuerint Libri sancti : quomodo secernere potuisset Synagoga legitimum a spurio textum ; namque alii libros reddebant in lingua qua pollere præ ceteris existimabant : alii etiam aut fibulis immiscebant, aut detrahebant quæ illis importuna videbantur : hinc Gymnasia constituta ad conservationem & legitimationem tum dogmatum, tum textuum : hinc Doctores varii ad habendam verum & germinum sensum, ita ut infallibilitate circa Textus sacros omni tempore donata sit Ecclesia : sin minus ruisset ab ævo, & nunc in præceps abiret Religio. Sed observes velim ubique & semper quæstionem juris exponi, scilicet Legem, tum & textum Legem exhibentem, utrumque enim velut a se individulsum busquam separatur.

Tertio, ex Libris Prophetalibus.

Quot Prophetæ, tot testes infallibilitatis Ecclesiæ pro quæstionibus juris & facti ad religionem pertinentibus, habemus ; cum hæc commissa potissimum eis erat Provincia judicandi de textibus aut fidem vel reparandam, vel conservandam, vel etiam de die in diem augendam. Unam aut alteram seligo sententiam ad confirmationem tantæ veritatis.

Habetur Jerem. 1. *Misit Dominus manum suam, & tetigit os meum & dixit Dominus ad me : Ecce dedi verba mea in ore tuo : Ecce constitui te hodie super Gentes, & super regna, ut evellas, & destruas, & disperdas, & dissipes, & ædifices, & plantes ... Bellabunt adversum te, & non prævalebunt.* Ecce promissio infallibilitatis pro omnibus quæ religionem spectant, etiam pro textibus : Enim vero quid eradicavit Jeremias ? non ne idololatriam & impietatem ? Quid ædificavit ? non ne pietatem. Quomodo utrumque peregit ? non ne per Legem. Unde habe-

bat ? non ne ex textibus ; sed quomodo restituere fidem nisi adsit infallibilitas pro mandato & textu Legem complectente explicando ; sin minus impudentissimi homines potuissent replicare Jeremiæ, Non admittimus quæ dicis, quia nescimus an legitima Dei dicas ; nemo tamen ne impius Acab, ne Jezabel sacrilega, ausi sunt revocare in dubium Legem & Libros sanctos Legem continentes. Unde hoc ? nisi quia apud omnes etiam perditissimos compertum erat, Prophetas infallibiles esse ad Legis sensum, & textus Legis propalandos.

Celebris est pro hoc momento Malachiæ locus Cap. 2. in quo sic habetur : *Labia enim Sacerdotis custodient scientiam, & Legem requirent ex ore ejus.* Tam apertum est illud oraculum pro infallibilitate Ecclesiæ circa quæstionem juris & facti, ut explicatione non indigeat. Enim vero si a Deo constituuntur Ecclesiæ Ministri, ut de Lege reddant rationem, profecto debent illam scire : Igitur & textus qui illam continent : Ergo Ecclesia est infallibilis ad judicandum de dogmate & textibus ; de dogmate quidem, cum Lex de ore ejus exquiratur ; de facto vero, quandoquidem ad eam definire spectat num talis textus contineat fidem vel non.

Ex novo Testamento.

Primo, ex Evangelistis.

I. Christus ipse docet infallibilitatem Ecclesiæ circa jus & fictum dogmaticum, Joan. 5. 39. Nam cum Judæi in malo & infidelitate obstinati pertinaciter ejus inficiarentur divinitatem, eos remittit ad textus Scripturarum, ut testimonia inde sumerent pro fidei confessione, quam expostulabat ab eis : *Scrutamini*, inquiebat, *Scripturas, quia vos putatis in ipsis vitam æternam habere, & illæ sunt quæ testimonium perhibent de me.* Quibus verbis infallibilitas circa textus Scripturæ in Synagoga affulget, cum ad textus Scripturæ remitteret Judæos, ut argumentum inde sumerent irrefragabile pro divinitate sua, & utramque quæstionem sic dirimi vult ; juris quidem credendo ejus divinitatem, facti vero fidem Scripturis abhibendo.

II. *Non* minoris est ponderis sententia quæ Matth. 2. legitur, quæque exhibet Doctores Legis ab Herode interrogatos de loco nativitatis Christi, qui evolutis

Pro-

Prophetarum textibus, responderunt esse Bethlehem Judæ; sic enim habetur: *Audiens autem Rex, turbatus est & omnis Jerosolyma cum illo, & congregans omnes principes Sacerdotum, & Scribas populi sciscitabatur ab eis ubi Christus nasceretur, at illi dixerunt ei, in Bethlehem Judæ: scriptum, enim est per Prophetam, & tu Bethlehem terra Juda, nequaquam minima est in principibus Juda: ex te enim exiet Dux qui regat populum meum Israel.* Igitur Rex agnoscebat infallibilitatem circa Legem & textus inesse Synagogæ: alias quorsum Doctores & Sacerdotes consuluisset, ut ab ipsis certo-certus per oracula Prophetarum sciret ubi, & quo loco Christus novus Judæorum Rex natus esset? Scriptum est per Prophetam &c. Ecce qua illio ficti dogmatici soluta: *& tu Bethlehem terra Juda, nequaquam minima &c.* Ecce quæstio juris de Messia pro Christo definita.

III. *Matth.* 28. 20. habetur: *Euntes ergo docete omnes Gentes .... & ego vobiscum sum omnibus diebus usque ad consu. mationem sæculi.* In his verbis duo sunt observanda, ex quibus concluditur infallibilitas Ecclesiæ de quæstione juris & facti dogmatici; unum præcipit Christus Apostolis: *Docete*, inquit, *omnes gentes.* Quid quæso? nisi Legem suam: Quomodo vero illam docere, nisi textus veteris Testamenti habuissent, ut ex iis eruerent argumenta contra Judæos fidem in Christum impugnantes: Igitur debebant judicare sicut de Lege, ita & de Legis textibus. Alterum promittit his verbis: *Ecce ego vobiscum sum omnibus diebus usque ad consummationem sæculi.* Nempe infallibilitatem pro Lege Evangelica tradenda & explicanda, & consequenter pro textibus in quibus exprimitur.

Secundo, ex Epistolis.

I. A postolus hanc ut ita dicam ex professo infallibilitatem Ecclesiæ, de qua in præsentiarum loquimur, explicat & defendit Ephes. 4. Loquens enim de Christo ait: *Ipse dedit, quosdam quidem Apostolos, quosdam autem Prophetas, alios vero Evangelistas, alios autem Pastores, & Doctores ad consummationem Sanctorum ...... jam non simus parvuli fluctuantes, & circumferamur omni vento doctrinæ, in nequitia hominum, in astutia ad circumventionem erroris.* Omnia requisita eo loci

prænotantur ad veram & indubitatam infallibilitatem. I. Quidem Pastores tamquam Ecclesiæ Doctores ab ipso Christo constituuntur, quibus & promittit se præsentem futurum esse per assistentiam specialem cum eis. II. Constituuntur ad consummationem Sanctorum: quomodo autem Ecclesia Mater suos filios ad supremos sanctitatis apices perducet, nisi sciat quænam bona & mala pascua sunt? nisi secernere & judicare possit de bonis & veneno infectis textibus? Additur: *Ut jam non simus parvuli fluctuantes, & circumferamur omni vento Doctrinæ, in nequitia hominum, in astutia ad circumventionem erroris.* Ne igitur circumferamur omni vento Doctrinæ ad circumventionem erroris, debemus ab Ecclesia edoceri de fidei dogmatibus, de sana doctrina, quæ quidem continetur in textibus non solum Scripturæ, sed omnium qui tractant de iis quæ spectant ad religionem? Igitur Ecclesia est infallibilis, primo quidem errons circa dogma, tum & circa textus: alias circumferremur omni vento doctrinæ ad circumventionem erroris; tot quippe forent religiones, quot capita, sicuti non semel visum est in Protestantibus, quorum quilibet Scripturam ad captum suum explicare non semel pervertit. Hinc infinitæ prope, & variæ omnino, fidei professiones, ut notat Illustr. Bossuetius in lib. Var.

II. *Idem* Paulus discipulum suum Timotheum edocet eamdem veritatem 2. ad Timoth. 1. his verbis: *Formam habe sanorum verborum, quæ a me audisti: bonum depositum custodi per Spiritum sanctum.* Ecce primum fidei pastoris munus & dogma. Alterum exprimitur, his verbis: *Deposium custodi, devitans profanas vocum novitates.* Eadem alibi explanat Paulus, & hinc reddit rationem: *Ut potens sit exhortari in doctrina sana, & eos qui contradicunt arguere.* Igitur Ecclesia per Ministros debet judicare infallibiliter de doctrina sana, & dogmate; tum eos qui contradicunt sive scriptis, sive sonuelis redarguere; sic ipse doctor Gentium judicavit, ut habetur 2. Tim. 2. *Profana autem*, inquit, *& vaniloquia devita, multum enim proficiunt ad impietatem, & sermo eorum ut cancer serpit: ex quibus est Hymenæus, & Philetus qui a veritate exciderunt, dicentes resurrectionem esse jam factam.*

III. Ex his omnibus sequitur ista ratio: Ecclesia a Deo sic constituta est judex con-

398   *Differtatio fecunda*

controverfiarum fidei , ut Ipfo teftante
Chrifto : *Portæ inferi non prævalebunt adverfus eam* : Sed prævalerent profecto fi
non judicaret infallibiliter de dogmate &
de textibus , quia eo deveniret nequitia
bonorum, ut unufquifque explicaret ad
nutum paffionis fuæ omnes textus Religionem fpectantes : fic Ariani, fic Neftoriani, & cæteri Hæretici fecerunt : Igitur dicendum eft Ecclefiam effe infallibilem in qualificatione textus, quia doctrinam fanam infallibiliter docere ei incumbit ; alias portæ inferi adverfus eam prævalerent : hoc autem fieri non poteft, nifi
judicet utique infallibiliter de textibus.

Solvuntur objectiones Novatorum.

OBJICIUNT: Ecclefia neque in Conciliis congregata, neque alio modo quidquam definivit de infallibilitate quæ illi
a fcribitur : Igitur cum in negotio tanti
momenti nihil debeamus tenere, nifi prævia ipfius definitione , dicendum eft Ecclefiam non effe faltem in facti quæftionibus infallibilem : quod autem nihil definitum fit circa iftud momentum, liquet,
quia nullus extat canon pro tali infallibilitate.

Refpondeo diftinguendo antecedens : Ecclefia nihil definivit de infallibilitate fua
circa jus & textus dogmaticos directe &
immediate, concedo : nihil abfolute definivit, ne quidem mediate, nego. Definitio duplex eft, altera quæ immediate cadit in aliquod controverfiæ caput , v. gr.
definitio realitatis corporis Chrifti in Euchariftia, quam quidem expreffe & dire-
ecte atque immediate definivit Ecclefia contra Calvinum : altera vero mediata & in
ufu fundata, & eft cum Ecclefia de omnibus controverfiarum capitibus cogno-
fcit : Enim vero , eo ipfo quo ufum &
morem in promiffione Chrifti fundatum
gerit in dirimendis omnibus controverfiis,
nonne fufficienter proclamat fuam in iis
infallibilitatem ? quis umquam audivit judicem a Rege conftitutum & receptum ,
ejus habere fuam probare auctoritatem ?
Ecclefia autem a Chrifto fundata eft , ut
omnia ad fidem pertinentia dijudicet , ab
eodem infallibilitatis promiffionem babet
in judicando ; fic enim de ea fcripeum
eft : *Et portæ inferi non prævalebunt adverfus eam*. Jam vero definitio neceffaria
folum eft quando eft aliquod dubium ; aft
luce clarius apparet , ex iftis verbis Ec-

clefiam effe infallibilem in iis omnibus
quæ Religionem fpectant ; fin minus portæ inferi prævalerent adverfus eam , &
quidem maxime , fi non effet infallibilis
circa jus & textus dogma aliquod impli-
cantes : nec ullus foret proiciptus hæreticorum liber , quia vel ipfi tametfi in
fcriptis fuis damnati, poffent femper alterum a condemnatione fenfum attingere ,
ut declinarent Ecclefiæ vibrata contra nefandam fuam doctrinam anathemata.

Jam veniamus ad poffeffionem: Ecclefia
damnavit in Concilio Ephefino , & quidem judicio comparativo textus & fcripta Neftorii : Concilium Chalcedonenfe
eamdem quæftionem iterato judicio definivit : item Eutychen & ejus fcripta ve-
fanam exhibentia doctrinam anathemate
percuffit.

Quintum Concilium generale eo folum
fcopo adunatum eft, ut de tribus Capitulis judicaret , quæ profcripfit , cujus in
fententia infallibilitatem fic agnofcit S.
Gregorius Magnus , ut pari veneratione
illud cum quatuor primis Conciliis Generalibus habeat . Conftantienfe nedum Vvi-
clefum, Joannem Hus & Hieronymum a
Praga profcripfit , fed & eodem anathemate eorum fcripta conclufit . Tridentinum eodem modo Lutheranos & Calviniftas cum eorum fcriptis in'eftatum eft .
Pari zelo & non abfimili poteftate Ecclefia delatum ab Epifcopis Galliæ librum
Janfenii Iprenfis ad fummos Pontifices
Innocentium X. & Alexandrum VII.
ann. 1653. & alternata vice ann. 1656.
judicavit , & judicando profcripfit : quorum decreta ab univerfis ordinibus fufce-
pta funt . Tum Innocentius XII. & Clemens XI. iterato anathemate in fcripta
Novatorum , qui fubtili molitione Con-
ftitutiones Apoftolicas contra librum Janfenii factas tentare volebant , animadverterunt ; quibus decretis Ecclefia Gallicana fic annuit , ut veluti fidei regulas
ea infpexerit.

Inftant : Ecclefia licet infallibilis ad
qualificandum textum, non tamen eft ad
illum interpretandum : Ergo &c. Probatur : Quia I. Quandoque non attingitur
mens auctoris . II. Senfus propofitionum
eft vagus, & cum aliquis unum adhibet
fenfum, cito apparet alter , inquit auctor
Litterarum Provincialium - III. Ecclefia
committit Doctoribus textus examinan-
dos , qui quidem Doctores non funt infallibiles . IV. Ipfa Ecclefia componitur

ex.

ex fidelibus Laicis, qui utique non funt infallibiles: Igitur non videtur Ecclesiam effe infallibilem, faltem in explicandis & definiendis textibus.

Refpondeo negando Antecedens, quia qualificatio propofitionum fundatur in textibus : Et vero quomodo Ecclefia determinaffet quænam fint Scripturæ canonicæ, quænam vero non , nifi judicium tuliffet de textibus ? immo ex textibus Evangelii ejus in definiendo dogmate quoad quæftionem juris , concludimus infallibilitatem , quia Matth. 16. fcriptum legitur : *Portæ inferi non prævalebunt adverfus eam.* Hinc dicerca , ideo Ecclefiam effe infallibilem circa jus definiendum, eo quod fit in judicandis textibus indefectibilis.

Ad primam probationem diflinguo: Non poteft cognofci quænam fit mentis interior auctoris , concedo : quænam expreffa in textu , nego . Sic folvit difficultatem Cardinalis Rofpigliofus , dicendo Ecclefiam non judicare quidem de propofitionibus quoad fignificationem in mente auctoris retentam ; bene vero quoad fignificationem, quam propofitiones exhibent & præfe ferunt.

Ad II. probationem dift. Et Ecclefia eft infallibilis ad judicandum de fenfu , qualifcumque fit , concedo : fecus, nego . Si propofitio nullum habeat fenfum, hoc declarat ; fi ambiguum exhibet , aut obfcurum ; explicat ad quod terminantur ipfe fenfus , & hoc ultro concedunt Novatores tum pro Scripturæ facræ textibus, qui ut plurimum alti funt & obfcuri , tum pro Auguftini libris, qui etiam in multis fenfus non modicum abfconditos exhibent..

Ad III. prob. fimiliter diflinguo : Et ipfa Ecclefia pronuntiat poft examen Doctorum , & judicio comparativo procedit , concedo : fecus, nego : Sic in Concilio Ephefino comparavit textus Neftorii cum textibus Patrum , & declaravit non convenire : eodem modo fe geffit in quinto œcumenico pro tribus Capitulis : Primo enim lecti funt longi textus . Theodori Mopfuefleni , & Symbolum ab ipfo compofitum ; tum dixerunt Patres , Satan hæc fcripfiffe . II. In quinta collatione lecti funt longi textus Cyrilli Alex. & fcripta Theodoreti ; ifti vero flatim rejecti funt tanquam a Catholica Cyrilli doctrina aliena . III. in 6. factione lecta eft epiftola Ibæ , comparata vero cum fcriptis antiquorum Patrum & Symbolis , rejecta eft ut diffimilis , & fidei prorfus contraria .

Ita factum eft , proportione fervata , pro textibus quinque Propofitionum Janfenii : Non igitur Doctores , fed Ecclefia , auditis Doctoribus & Theologis , judicium profert , tum de quæftione juris , tum de quæftione facti dogmatici .

Ad IV. utique diflinguo : Laici funt de Ecclefia , ut illam audiant pro fide fervanda & probis moribus inflituendis, concedo : ut ipfi de controverfiis Religionis judicent, nego . Solutio patet ex iis quæ de Catholicis Imperatoribus in articulo præcedenti diximus : Ad folos fpectat fummos Pontifices & Epifcopos ca:ufa fidei difcutere , & dirimere ; ad Principes vero Laicos Ecclefiæ decreta executioni mandare , & ut fubditi ea obediant invigilare.

Urgent : Cardinalis Rofpigliofus nepos Clementis IX. & ipfius minifler , declarat Clementem credidiffe fe poffe diffimulare infallibilitatem circa textum , ut primum audivit quatuor Epifcopos refiflentes Conftitutionibus Innocentii X. & Alexandri VII. paratos effe obedire : Igitur Clemens IX. non tenebat infallibilitatem Ecclefiæ faltem pro textibus.

Refpondeo diflinguendo : Clemens judicium de facto dogmatico alternata vice ad confirmandum Alexandri VIII. decretum œconomiæ caufa fufpendere æquum duxit , concedo : diffimulavit , dubitando de Ecclefiæ auctoritate infallibili pro judicandis factis dogmaticis , nego . Immo hoc ipfum implicat contradictionem , cum quatuor Epifcopis exauctorationem feu excommunicationem, nifi abfque mora obedirent Conftitutionibus Innocentii X. Alexandri VII. pro quæftione juris & facti, interminatus fit ; quia vero illis fubfcribere teftati funt , Clemens ulterius progredi noluit : Sed dato non conceffo iftum Pontificem fuam mentem de hoc momento non fatis aperuiffe , hoc ipfum Innocentius XII. & Clemens XI. clare admodum in fuis diplomatibus a Gallizrum Præfulibus ea qua par eft reverentia fufceptis , dixere omnes teneri obedire Conftitutionibus Innocentii X. & Alexandri VII.

Inffant : Atqui Ecclefia non eft infallibilis faltem pro facto dogmatico : Ergo &c. Probatur fubfumptum multis momentis . I. Ecclefia non judicat de internis . II. Procedit tofummodo natur ali & Theologico modo in quæftione textuum . III. Eadem quæftio non pot eft effe juris & facti

facti simul: esset autem in quæstione quam movemus. IV. Non potest certo sciri, an liber & textus sit Jansenii, siquidem est factum particulare . V. Quomodo Ecclesia esset infallibilis in textibus & pro quibus interpretatione eget ? ut in primis Conciliis, in quibus textus Græci Arii, Nestorii &c. sicut & in Florentino reddebantur linguæ latinæ : Pariter epistola Istina B. Leonis , in qua decisiones fidei contra Eutychietem continebantur , reddita est græcæ linguæ in Concilio Chalced. jam vero interpretes & fallere , immo & falli possunt . Ergo &c.

Respondeo negando subsumptum . Ad primam probationem distinguo : Ecclesia non judicat de internis , id est , de iis quæ in mente resonentur , concedo : si interna propofitionibus & textibus explanentur , nego. Quis enim sanæ mentis dixerit Ecclesiam non posse capere quinam sit alicujus propositionis sensus , cum & hoc litteratis concedatur : Sed insuper ex promissione Christi habet quod possit judicare de bonitate & veritate , sicut & de falsitate ac hæreticitate alicujus propositionis , tum & declarare textum librorum & rerum sensuum esse conformem Scripturæ sacræ & Traditioni , vel difformem & contrarium .

Ad II. distinguo : Ex præterea habet ex promissione quod infallibiliter judicet , concedo : secus , nego . Nec mirum , sicut enim Spiritus sanctus præfuit Scriptoribus canonicis , ut in referendo historiis & rebus naturalibus non errarent , ita præest Ecclesiæ , ut non erret in decisione textuum qui implicant dogma & jus .

Ad tertium similiter , distinguo : sub eodem respectu quæstio non est simul de jure & de facto , concedo : sub diverso , nego . Textus potest sumi grammaticaliter & ut dicit talia , vel talia verba talis Personæ ; sub hac consideratione est factum purum ; hinc ultro fatemur Ecclesiam non esse infallibilem in decisione hujusmodi textus , quia non potest dici an talis , vel talis persona hoc scripserit , se se expresserit talibus , vel talibus verbis , siquidem a Librariis possum verba æquivalentia apponi . Intercedit tamen discrimen , inter textum Scripturæ sacræ & alios textus , quod Scripturæ textus revelatus sit , & revelatio habeatur per Traditionem , unde Ecclesia est infallibilis etiam declarando quod talis numero textus sit genuinus , & per hoc distinxit Scripturas canonicas ab apocryphis ; at vero non est infallibi-

lis ad judicandum an textus sit talis auctoris , vel alterius pro rebus quæ non spectant Scripturam sacram & Traditionem , nisi auctor ipse , ut jam dictum est , suum agnoscat textum , juxta illud Luc. 19. 22. De ore tuo te judico serve nequam . Porro textus potest considerari alio modo , scilicet formaliter , & secundum sensum obvium legenti , & Ecclesia habet infallibilitatem ad illum sub isto respectu judicandum .

Ad quartum pro more , distinguimus : Ecclesia non potuit judicare de libro Jansenii , quia est factum particulare , sed dissumtum ; concedo : sed absconditum , nego . Liber duplici modo se prodit . Primo quidem ex nomine auctoris , & ad hoc attendit Innocentius X. in suo diplomate , dicens : *Cum occasione impressionis Libri , cui titulus* , A u g u s t i n u s C o r n e l i i J a n s e n i i *Episcopi Iprensis , inter alias ejus opiniones orta fuerit , præsertim in Galliis , controversia* &c. Secundo , ex asseclis , qui partes libri uni Iprensis fœti , tum Parisiis , tum Romæ egerunt , & hoc pro judicio facti personalis sufficit . Tum ad factum textus se convertit Ecclesia : quia vero duo ad declinandum pro libro Jansenii anathema opponebant , videlicet propositiones non reperiri in dicto libro , & juxta alios saltem non esse damnatas in sensu Jansenii , Ecclesia novo prævio maturo examine infallibiliter judicavit de textu , nimirum propositiones reperiri in textibus libri qui inscribitur , *Augustinus Cornelii Jansenii* ; tum & propositiones in sensu obvio auctoris fuisse damnatas asserit , quali vero Ecclesia non posset intelligere textuum : quocirca sic definit Alexander VII. *Cum autem sicut accepimus nonnulli iniquitatis filii prædictas quinque Propositiones , vel in libro prædicto ejusdem Cornelii Jansenii non reperiri , sed fi.te , & pro arbitrio compositas esse , vel non in sensu ab eodem intento damnatas fuisse asserere , magno cum Christifidelium scandalo non reformident . Nos qui omnia quæ hoc in re gesta sunt sufficienter & attente perspeximus . . . . . Ex debito nostri Pastoralis officii , ac matura deliberatione præinsertam Innocentii , prædecessoris nostri constitutionem , declarationem & definitionem harum serie confirmamus , approbamus & innovamus ; & quinque illas Propositiones , ex libro prænemorati Cornelii Jansenii Episcopi Iprensis , cui titulus* A u - g u s t i n u s *, excerptas , ac in sensu ab eodem*

eodem Concilio intento. damnatas fuisse de-
claratas & definitas ; & nisi tales, inu-
sta scilicet eadem signtis nota, qua in pra-
dicta declaratione & definitiva unicuique
illarum figillatim inuritur, iterum damna-
mus.

Ad quintum distinguo, eo prope modo
quo supra : Ecclesia eget interpretatione
pro intelligentia textus materialiter &
grammaticaliter sumpti, concedo : formaliter (spectati, nego. Textus potest considerari duplici modo, videlicet, grammaticaliter & idiomate debito propositus ;
deinde vero formaliter, & juxta sensum
obvium : Ecclesia adunata quandoquidem
eget interpretatione pro idiomate, nusquam vero pro sensu ; ex promissione e-
nim Christi habet de illo infallibiliter judicare. Uno verbo, ut plura paucis ab-
vam, Ecclesia judicat de textu qui illi debito modo proponitur, unde si erraret,
hoc contingeret solum defectu debitæ præ-
sentationis. Igitur error in hypothesi foret
solum materialis, & textus non diceretur
formaliter definitus.

Repones : Ecclesia non est infallibilis
nisi ad summum circa res revelatas : Sed
non est revelatum quod textus quinque
propositionum v. g. sit in libro Jansenii :
Igitur Ecclesia non est infallibilis circa
textus definitionem. Confirmatur. I.
Quia D. Thomas dicit, Ecclesiam non esse infallibilem circa textus. II. Patres
non agnoverunt istam infallibilitatem.
III. Sequeretur eum, qui negaret propositiones esse in Jansenio, negare aliquid
contra fidem & esse hæreticum, sicut ille qui negaret textum aliquem Evangelii : Sed absurdum consequens, ergo &
antecedens.

- *Respondeo* distinguendo : Ecclesia non
est infallibilis immediate circa res non revelatas, & infallibilitate objecti, concedo : mediate & infallibilitate promissionis
& assistentiæ, nego. Multiplex est infallibilitas, alia activa, & primario residet in
Christo summo Sacerdote, mediate vero
& per ipsum in Ecclesia, cui assistit, &
in qua præsens est, juxta illud Matth. 28.
20. Ecce vobiscum sum, usque ad consummationem saeculi. Alia passiva & objecti-
va, quando scilicet objectum est revelatum, quando & ipse textus veritatem continens, ut textus Scripturæ sacræ, revelatus est ; utraque infallibilitas inest Ecclesiæ per Christum pro revelatis : unde
qui negat Scripturæ textum, est hæreti-
Bancel Theol. Tom. IV.

cus. Infallibilitas vero promissionis & assistentiæ inest Ecclesiæ pro aliis textibus,
unde qui negat definitionem Ecclesiæ, in
his non est absolute hæreticus, sed tamen
æquivalenter, quippe qui, ipso pronun-
tiante Christo Matth. 18. Sicut Ethnicus
& Publicanus habendus sit.

Ad primam confirmationem, distinguo :
Sanctus Thomas agnoscit Ecclesiam non
esse infallibilem circa textum res civiles
continentem, concedo : fidei articulum
complectentem, nego. Eo enim ipso
quo Ecclesia est infallibilis in quæstione
juris definienda, utique est in judicando
quæstionem facti dogmatici, quandoquidem id quod definiendum est in ista, est
jus & dogma in textu vel contentum,
vel debellatum.

Ad secundum : nego Patres non agno-
visse Ecclesiæ in definiendis textibus infallibilitatem, cum non semel adunati sint
in Conciliis Oecumenicis ad judicandos
erroneos Heterodoxorum textus, maxime Quintum generale ; cum enim alii salvare vellent tria Capitula, alii vero ea
proscribere ; sic se infallibile putavit pro
hoc controversiæ momento ad metam per-
ducendo, ut eo solum fine congregatum
sit ; adunatum vero illa damnavit, eu-
rus definiendo formulariam ab omnibus
Christi fidelibus postea receptum & subji-
gnatum est.

Ad tertium respondeo ut supra, distinguendo : Qui negaret textum propositionum esse in libro Jansenii foret hæreticus illative, concedo : nullo modo ef-
set, nego. Non esset quidem in tanto rigore, quam ille qui negaret textum Scripturæ, quia iste est revelatus immediate,
& a Spiritu sancto dictatus ; hinc Concilium Tridentinum de fide definivit Vulgatæ textum esse autenticum ; illative tamen foret propter duo. Primo quidem,
quia qui negat factum dogmaticum, negat quoque consequenter ipsum dogma,
quatenus quæstio juris, & quæstio facti
sunt inseparabiles. Secundo, quia versa-
retur in errore, & foret Ecclesiæ rebellis, adeoque ut Ethnicus & Publicanus
habendus.

§. II.

Utrum confiet, ex decretis SS. Pontificum Ecclefiam effe infallibilem circa quæftionem juris & facti dogmatici?

CONCLUSIO AFFIRMATIVA.

Probatur unico, fed efficaci argumento.

NOMINE Ecclefiæ Intelligimus Congregationem omnium fidelium, fub uno capite invifibili Chrifto in cœlis regnante, & vifibili in terris fummo Pontifice ejus Vicario cum fucceffione Paflorum; quæque loquitur modo difperfa, modo in Conciliis adunata, modo etiam per Caput, cui ut primum cæteri Paflores per confenfum expreffum, vel tacitum conjunguntur, jam non dicitur folum, Papa loquutus eft, fed Ecclefia per fummum Pontificem pronuntiavit. Atqui ex decretis fummorum Pontificum conflat Ecclefiam per Caput loquentem, effe infallibilem, pronuntiando circa quæftionem juris & facti dogmatici, fin minus portæ inferi prævalerent adverfus eam, quod effe contra Chrifti promiffionem faflam Matth. 16. Igitur Ecclefia eft infallibilis pronuntiando circa jus & faflum dogmaticum. Probatur minor: Ad hoc, ut fic citra dubium loquatur per fummum Pontificem, duo potiffimum requiruntur. I. Ut Papa ad judicandum interpellatus loquatur ut Judex. II. Ut ejus judicio accedat confenfus tacitus, vel expreffus cæterorum Paflorum, quibus ex officio incumbit regere Ecclefiam Dei; tunc enim eft Ecclefia quæ dicitur loqui: vel ipfi novatores ultro concedunt effe infallibilem circa jus, fed & hoc fatendum eft de quæflione facti dogmatici, iifdem argumentis utraque probatur infallibilitas. I. Quia portæ inferi non poffunt prævalere adverfus Ecclefiam, prævalerent autem fi erraret circa faflum dogmaticum. II. Quia vel ipfi hærerodoxi ejus fatentur infallibilitatem circa textum Scripturæ, quidni & judicare de cæteris textibus, num fint conformes. vel difformes Scripturæ facræ? III. Jam diflum eft quæflionem facti jus implicare & effe ab eo indivulfum. Supereft igitur ad iflius argumenti efficaciam & pondus hic fuo præflare. Primo quidem, fummorum Pontificum decreta dogmatica recenfere. Secundo, oflendere confenfum Paflorum tacitum, vel expreffum femper eis acceffiffe, quod quidem multi requirunt.

Decreta fummorum Pontificum circa quæftionem juris & facti dogmatici.

S. HYGINIUS Martyr, ut refert Irenæus lib. 3. cap. 4. damnavit nefandam hærefim Cerdonis, qui non fine horrenda blafphemia Chriftum effe purum hominem effutire audebat. Mortuus eft pro Chrifto ille Pontifex, anno 158.

S. *Eleutherius*, etiam generofus Chrifti Athleta Marcionem, tum Valentinum, eorumque impia fcripta damnavit: De hoc monimento loquitur Tertullianus Lib. de Præfcript. cap. 7. his verbis: *Sub epifcopatu Eleutherii benediɑi ob inquietam curiofitatem, quia fratres vitiabant, femel, & iterum funt ejecti.*

Victor I. nobilis fidei teftis excommunicavit Theodotum Coriarium, propter novam hærefim, quam difleminare attentabat. Eufebius lib. 5. Hift. Eccl. cap. ultimo mentionem facit de hoc fiɑo.

Zephirinus, in fede, & Martyr infignis, fucceffor, anathemate percuffit Praxeam propter ejus errores, fimiliter & Tertullianum, de quo ipfe graviter conqueritur in libro de jejunio. Hieronymus refert eumdem Papam ejeciffe ab Ecclefia Cataphrigas.

Stephanus I. reflitit Rebaptizantibus, eorumque fcripta & Conciliarum definitiones abjecit.

Anaftafius I. qui ann. 398. fummus erat Pontifex, orta inter Rufinum & S. Hieronymum de libr. & teflibus controverfia, altero fenfum catholicum eos habere propugnante, altero vero e contra, judicavit & definivit illos effe nævis refertos, & uti tales abjiciendos effe : fic teflatur Hieronymus epifl. 16. fic Theodoretus lib. 5. cap. 23.

Cæleftinus in fua Decretali epiflola ad Concilium Ephefinum direɑa, errores Neflorii, ejufque fcripta contra Dominicam Incarnationem profcribit.

S. *Leo Magnus* in fua quoque ad Synodum Calcedonenfem nævos & textus Eutychetis anathemate ferit.

Vigilius in fuo fecundo refcripto, relatis & difcuffis tribus Capitulis, hærefeos & profcriptionis notam inurit.

S. Mar-

S. *Martinus* I. anathemate animadvertit
in scripta & hæreses Monothelitarum; post
ipsum vero Agatho in sua ad sextum Concilium epistola.

Adrianus I. non absimili modo profli-
gat, primum errores, tum scripta Iconomachorum, ut videre est in suo ad Concilium VII. generale rescripto.

Leo X. perstrinxit errores Lutheri, ejusque nefandos libros.

S. *Pius* V. in diplomate *Ex omnibus afflictionibus*. ann. 1567. dato, errores, varias & propositiones Baji cum textibus, e
quibus fuerant excerptæ ; perstrinxit, &
post ipsum Gregorius XIII. in sua vicissim
Bulla *Provisionis nostræ* anno 1579. iterato
anathemate percussit.

Urbanus VIII. in suo decreto dogmatico
In eminenti Ecclesiæ militantis fede ann.
1641. librum Jansenii Iprensis, cui titulus
est, *Augustinus* proscripsit & probibuit. I-
dem solemniori ritu, & ex professo fecit
Innocentius X. in Bulla *Cum occasione* ann.
1653. dato, tum alternata vice post ipsum
Alexander VII. ann. 1656. textum quinque
propo'tionum, in diplomate *Ad facrum
Petri fidem* anathematis gladio ferire non
dubitat. Mitto alia diplomata, tum Innocentii XII. tum Clementis XI. nunc contra casium consentire & t Novatoribus
subterjectum, nunc contra 101. Propositiones ex libro Reflexionum Moralium Ques-
nelli deductas, quæ quidem omnia dicta
& scripta ab Ecclesia repulsa, sunt. Quorum omnium Pontificum decretis accessit
corporis Ecclesiæ consensus tacitus, vel
etiam, pro re necessitu expostulavit, expressus, ita ut nihil nisi post omnia aliquid pro Infallibilitate Ecclesiæ, & circa
quæstionem juris, & circa quæstionem facti sit requirendum : jam operæ pretium
est hujusmodi peroratquum a multis consensum hic texere.

*Consensus Ecclesiæ universalis accedens,
dum per summos Pontifices ipsa
loquitur.*

Primo quidem, ex omnibus Historicis
liquet Ecclesias particulares, eorumque
Præsules suum tacite addidisse calculum
definitionibus fidei SS. Pontificum adverfus hæreses ad Nicænum usque proscriptas ;
Ecclesia quippe Cerdonem, Cerinthum,
Ebionem, Theodotum Coriarium, & hujus furfuris homines ut hæreticos abominabiles fugiendos, detestandosque habuit.

Nec minore odio Marcionistas, & Mon-
tanistas, Cataphrigas prosecuta est.

Secundo, primæ Nicænæ Synodi sic accessit consensus judicio Victoris I. contra
Quatuordecimanos, & Stephani I. adversus Rebaptizantes, ut speciali decreto eos
infestata sit.

Tertio, eodem applausu definitio Ana-
stasii, qui textus & doctrinam Origenis
abjecit, suscepta est, ut constat ex S.
Chrysostomo, qui ut referunt Ecclesiæ
Annales, abstinuit a duobus Monachis
Scytiæ, eo quod post condemnationem &
auctorem & libros, tamquam ab omni
nævo immunes habere volebant ; hoc ipsum magis resilsit in Concilio quinto generali, quod libros Origenis suo perstrinxit stylo censorio.

Quarto, Concilium Ephesinum per omnia se conformare voluit definitioni Cœle-
stini Papæ, & sicut Nestorium ejulque
scripta abjecerat summus Pontifex, sic &
non absimilem a judicio comparativo contra eadem momenta damnationis sententiam tulit.

Quinto, in Chalcedonensi lecta est epistola sancti Leonis de fide Incarnationis
contra Eutychianos; absoluta vero lectione, tanto animi cum jubilo ei consensæ-
runt Patres, ut erumpente omnium sere voce clamaverunt, *Petrus per Leonem
locutus est*.

Sexto, pari & simili honore Patres sex-
ti Concilii generalis suscepere epistolam
decretalem Agathonis Papæ, adversus errores & textus Monothelitarum, neque
vero asserere dubitavit Concilium se damnare Monotheliças, quia nominatim jam
jam fuerant per illum summum Pontificem abjecti.

Septimo, sequitur Concilium secundum
Nicænum, & septimum generale, quod
per omnia consensit epistolæ Adriani ad
Patres directæ, in qua Iconomachorum
nævos & textus erroneos anathematiza-
bar; sic loquuntur.lect. 6. pag. 330. Conc.
edit. Reg. *Commentarium enim illud rejici-
mus, beatum autem Patrem catholicæ Ecclesiæ Doctorem agnoscimus*, scilicet Adria-
num.

Octavo, Eo honore & applausu grada
diploma dogmaticum Leonis X. contra Lutherum susceptum est, ut Sacra Facultas
Parisiensis in virtute ejus, præmaturis censuris non exspectando Concilii Tridentini
adunationem, diversas Hæresiarchæ propositiones perstrinxerit.

Cc 2   No-

Nono, non absimili modo diplomata Pii V. & Gregorii XIII. adversus propositiones ex scriptis Bají desumptis, tum Urbani VIII. Innocentii X. Alexandri VII. Clementis IX. Innocentii XII. & Clementis XI. contra quinque Janſenii propositiones, adhibita omni juris & consuetudinis solemnitate Gallicarum Ecclesiæ suscepcrunt, ita ut litteris patentibus regiis, & cujuscumque regni Senatus decreta pro eorum executione accesserint: sicque ab omni ævo accessit semper consensus omne tacitus, nunc etiam expressus definitionibus Ecclesiæ per summum Pontificem loquentis: & confidimus Deo uniquam in posterum deficiet: Igitur ex decretis SS. Pontificum liquet Ecclesiam esse infallibilem definiendo quæstionem juris & facti dogmaticî.

Diluuntur objecta Heterodoxorum.

MULTA objiciunt momenta contra conclusionem. I. Synagoga, inquiunt, loquens per Caipham summum Sacerdotem graviter erravit in fide, Chriſtum morti crucis addicendo. II. Vel ipſe Petrus Apoſtolorum Princeps Chriſtum negavit, cæteri vero qui Ecclesiam componebant, relicto Chriſto a Judæis comprehenso, fugerunt. III. Victori I. tametsi pro Ecclesia loquenti restiterunt Epiſcopi Aliatici; similiter Cyprianus & Firmilianus restitere Stephano I. qui volebat morem Romanum pro admittendo baptiſmate ab hæreticis verbis Evangelicis collato, servari. IV. Liberius nomine Ecclesiæ loquens subscripsit formulæ Arianæ. V. Fuit in ipſo Ecclesiæ premio diffidium occasione trium Capitulorum, quæ uti erronea sextum Concilium generale damnaverat, vel ipſo renitente Vigilio. VI. Honorius Papa in suis ad Sergium Patriarcham CP. epiſtolis, nonnihil retinendo duplicis in Chriſto operationis vocabulum, ut quidam autumant, Monothelitis favit, & tamen neque ab Orientalibus, neque etiam ab Occidentalibus reprehensus eſt. Igitur Ecclesia loquens per summos Pontifices, non eſt circa quæstionem juris & facti dogmatici infallibilis; sin minus restitisset Honorio.

Respondeo negando consequentiam, & ad singula facimus instã.

Ad primum dico Synagogam Chriſtum morti tradendo in sommniam erraſſe; nec mirum, præsente Chriſto totius Ecclesiæ capite; in ipſo ſolo residet infallibilitas;

non enim tam promisit; & permiſſam Ecclesiæ dedit, niſi pro sua absentiæ tempore: ipſo vero mortuo, & in cœlos virtute sua transmiſſo, ne portæ inferi suam adversus Ecclesiam prævalerent, ex misericordia voluit ratione donorum, maxime vero ratione assistentiæ & infallibilitatis Ecclesiæ ad consummationem usque sæculi adesse.

Ad secundum eadem eſt responsio, cum quia Apoſtoli, nondum tempore paſſionis erant in gratia confirmati: cæterum Apoſtoli timore cadente in virum conſtantem adsi fugerunt, sed nihil contra fidem, de qua præsens controversia movetur, egerunt: hinc vel ipſe Petrus fidem interius non amisit, quandoquidem immediate poſt flevit amare, & culpam negationis sicut retractavit, sic & lacrymis pœnitentiæ delevit.

Ad tertium, dicimus incaſſum objici contra Ecclesiæ infallibilitatem, tum Asiaticorum, tum Africanorum obnitentiam, cum utraque quæstio mota, tum de celebratione Paſchatis, tum de Rebaptizandis iis qui ab hæreticis tincti fuerint, tum temporis eſſet solum de diſciplina; controversia vero de inſallibilitate Ecclesiæ solum nunc dogma, nunc factum dogmaticum specta t.

Ad quartum, Liberius non scripsit nomine Ecclesiæ, sed ut persona particularis, unde vel minimum quidem non urget objectio. Oſtendium eſt tamen traſl. de Trinit. vel ipſum a fide non excidiſſe, quippe qui non secundæ formulæ Firmienſi blaſphemavit, immo nec rectæ subſcripſerit, sed solummodo primæ, quam quidem ſanctus Hilarius & alii ab omni erroris nævo immunem eſſe putant.

Ad quintum momentum facilis eſt responsio, & hæc eſt: Vigilius timebat ne condemnando trium Capitulorum aliquid auctoritatis & energiæ detraheret a Concilio Chalcedonensi, quod mira pro aſtruenda contra Monophyſitas Incarnationis veritate ſtatuerat, & tamen intacta reliquerat Capitula, idciroo silentium de his servandum eſſe sentiebat Papa, sed re maturius ponderata, ne iſti textus fidem temererent, loquendo ex Cathedra, & ut Ecclesiæ caput, illa læso calamo sommerrim, & ex professo sic perſtrinxit, ut hæreticitatem in subulter textu latentem subnotaverit, tum Concilio ſuam abſque mora addidit calculum; ex quibus liquet Ecclesiam in hoc suam oſtendiſſe in judicandis vel ipſis textibus infallibilitatem.

Ad

Ad fextum luce promeridiana clarius apparet I. Honorium in hoc ut doctorem particularem fe geffiffe, ut propugnat Thomaffinus diff. in 6. Synodum, cum pro more hujus ætatis nec Concilium Romæ prius adunaverit ad difcutiendum dogma definiendum, nec fuas epiftolas ad univerfalem direxerit Ecclefiam, fed ad folum Sergium dubia folvenda proponentem ; hinc ex fcriniis Ecclefiæ CP. ipfæ fuerunt excerptæ. II. Silentium Occidentalium argumentum eft irrefragabile, Honorium nihil contra fidem docuiffe, & Ecclefiam, ipfum femper ut caput & fupremum omnium Paftorem habendo, fidem ne indirecte quidem per Illum tentaffe.

§. III.

Utrum Ecclefia in Conciliis Oecumenicis loquens fit infallibilis circa quæftionem juris & facti dogmatici ?

CONCLUSIO.

Ecclefia, fic loquens eft infallibilis, & ex ipfis Conciliis clarefcit infallibilitas.

Probatur hoc argumento.

Ecclesia in Conciliis generalibus adumata loquitur : fed Concilia Oecumenica funt circa fidem & religionem infallibilia : Igitur & Ecclefia. Major patet, cum Concilium Oecumenicum fit ipfa Ecclefia in Spiritu fancto congregata. Probatur minor multis momentis.

Primo ex *Scriptura facra* initio articuli jam laudata. maxime ex Ifa. 59. 20. ubi habetur, *Cum venerit Sion Redemptor ... hoc fœdus meum cum eis dicit Dominus : Spiritus meus qui eft in te, & verba mea, quæ pofui in ore tuo, non recedent de ore tuo, & de ore feminis tui amodo & ufque in fempiternum.* Tum Matth. 18. *Ubi enim funt duo vel tres congregati in nomine meo, ibi fum in medio eorum.* Ibidem paulo ante : *Amen dico vobis, quæcumque alligaveritis fuper terram, erunt ligata & in cœlo.* Rurfus 1. Tim. 3. *Ecclefia Dei vivi columna & firmamentum veritatis*, appellatur. Tum Act. 15. *Vifum eft Spiritui fancto & nobis.* En his fequitur iftud argumentum : Ubi Deus adeft, & loquitur, ibi non poteft effe error : Sed Deus loquitur per Concilia Oecumenica, namque ex Ifaia hoc fœdus iniit cum Ecclefia, ut fit in fempiternum cum Paftori-

Boucat Theol. Tom. IV.

bus illam repræfentantibus : adeft ut priufquam in nomine ejus adunantur Præfules cum fummo Pontifice, & ipfius Chrifti auctoritate fuffulti ligant & folvunt, proque judicaverint : Ecclefia fic ad unata eft columna & veritatis firmamentum : innixa fuper dilectum fuum ait dum emittit judicium : *Vifum eft fpiritui fancto, & nobis.* Igitur conftat ex Conciliis Ecclefiam effe infallibilem circa ea quæ fidem & religionem fpectant, cum ipfa Concilia Oecumenica approbata, fint infallibilia.

Secundo, ex *fummis Pontificibus*, qui declarant Concilia generalia approbata infallibilitatis prærogrativa donari.

Sic declarat fanctus Petrus Apoftolus Act. 15. quum ait : *Vifum eft Spiritui fancto & nobis nihil ultra vobis imponere, &c.*

Sic Cœleftinus epift. ad Patres Concilii Ephefini : " Non poteft, ait veritas men-
,, tiri, cujus in Evangelio ifta fententia
,, eft : ubi duo vel tres congregati fuerint
,, in nomine meo, ibi & ego fum in me-
,, dio eorum. Quod cum ira fit, fi nec
,, huic tam brevi numero Spiritus fanctus
,, deeft, quanto magis eum intereffe cre-
,, dimus, quando in unum convenit tan-
,, ta turba Sanctorum. ,,

Sic S. Leo epift. 93. alias 63. ad Theodoretum capit. 1. " Quæ Dominus noftro
,, prius minifterio definierat, univerfæ fra-
,, ternitatis irretractabili firmavit affenfu.
,, Tum epift. ad Leonem Auguftum 115.
,, alias 73. " Nulla permittatis retracta-
,, tione pulfari ; quæ in illo Concilio per
,, Spiritum fanctum congregatum. tam ple-
,, nis atque perfectis definitionibus cuncta
,, firmata funt, ut nihil ei regulæ, quæ
,, ex divina infpiratione prolata eft, addi
,, poffit aut minui. ,,

Sic Vigilius epiftol. ad Epifcopos Galliarum : " Neceffe eft quoties in nomine Do-
,, mini ejus famuli ad tractanda ea quæ
,, funt ipfi placita colliguntur, fancti Spi-
,, ritus non deeffe præfentiam. ,, Rurfus in fuo refcripto ubi tria damnat Capitula, ait fe recipere quatuor priora Concilia generalia : expreffius Gregorius Magnus epift. 25. alias 24. l. 1. ad Joannem Epifcopum CP. bis verbis : " Sicut fancti Evangelii
,, quatuor libros, fic quatuor Concilia fu-
,, fcipere & venerari me fateor ... quia
,, dum univerfali funt confenfu conftitu-
,, ta, fe & non illa deftruit, quifquis præ-
,, fumit aut folvere quos religant, aut li-
,, gare quos folvunt. Quifquis ergo aliud
,, fapit, anathema fit. ,,

Cc 3 *Ter-*

Tertio, ex SS. Patribus, qui eumdem in
Conciliis Oecumenicis agnoscunt dotem.
Tertullianus primus accedit nobis ut veritatis Orator . Ita loquitur lib. de Jejuniis capit. 13. " Aguntur , *ait* , præterea
„ per Græcias illa certis in locis Conci-
„ lia ex universis Ecclesiis , per quæ &
„ altiora quæque in commune tractan-
„ tur, & ipsa repræsentatio totius nomi-
„ nis Christiani magna veneratione cele-
„ bratur . „
  Tum S. Athanasius epist. ad Episcopos
Africanos : " Verbum , *inquit* , Domini
„ per Oecumenicam Nicææ Synodum ma-
„ net in æternum . „ Audis indefectibi-
le, teste Athanasio , primi Concilii generalis judicium. Concinit Ambrosius epist.
31. his verbis : " Sequor tractatum Nicæ-
„ ni Concilii , a quo me , nec mors , nec
gladius poterit separare . „ Hinc lib. 3. de
fide c. 15. alias 7. vocat decreta Nicæna:
*Hæreditaria signacula nullius temeritate vio-
landa* .
  S. *Hieronymus* dial. contra Luciferianos
loquens de Athanasio , Hilario , aliisque
sanctis Confessoribus , ait : " Quomodo
„ poterant adversum Synodum Nicænam
„ facere , propter quam exilia sustinue-
„ rint ? „
  Non prætereundus sanctus Augustinus ,
qui lib. 1. de Baptismo cap. 7. exigit præter Concilia Provincialia & Nationalia ,
generale , ut controversiam de rebaptizatione adversus obstrepentes Donatistas ad
metam irrevocabiliter perducat , & ita
loquitur : " Quæstionis hujus obscuritas
„ prioribus Ecclesiæ temporibus ante schis-
„ ma Donati magnos viros , & magna
„ charitate præditos Patres Episcopos in-
„ ter se compulit , salva pace disceptare
„ atque fluctuare , ut diu Conciliorum
„ in suis quibusque regionibus diversa sta-
„ tuta nutaverint , donec plenario totius
„ orbis Concilio , quod saluberrime senti-
„ batur , etiam remotis dubitationibus fir-
„ maretur . „
  His omnibus accedit definitio Concilii
Senonensis ann. 1525. adunato , quod quidem decreto 3. sic habet : " Proinde cum
„ certa sit & infallibilis Ecclesiæ regula ,
„ nec aliquando visibilitatis prætextu tan-
„ dem eludi queat : ex professo sacris Ge-
„ neralibus Conciliis auctoritas denegari
„ non potest , quæ proxime universalem
„ repræsentant Ecclesiam . „
  Quarto : Hoc ipsum ratio demonstrat ,
quæque sic deducitur : Christus Matth.

---

16. promittit infallibilitatem Ecclesiæ his
verbis iterum atque iterum laudatis : *Et
super hanc petram ædificabo Ecclesiam meam,
& portæ inferi non prævalebunt adversus
eam* : Sed Ecclesia perficilissimæ est in Concilio Oecumenico approbato adunata , cum
ibi adsint membra cum capite : Igitur
Concilium Oecumenicum est infallibile circa id omne quod spectat Religionem , videlicet circa quæstionem juris & facti
dogmatici , & Ecclesia in eo & per illud.

Diluuntur objecta .

  OPPONES : Nihil certi sæpius ex Conciliis habetur : Igitur non satis constat ex
Conciliis Ecclesiam esse infallibilem . Probatur multis momentis .
  Primo in Concilio Apostolorum Jeroso-
lymis habito definitum est legalia non im-
plius obligare , & tamen statuunt Apostoli Gentiles abstinendos esse a sanguine &
suffocato , quod est præceptum Mosaicum:
Paulus circumcidit Thimotheum , quæ quidem & similia sunt legalia ; hinc & Concilio non nihil implicantia adesse videntur.
  Secundo : Concilium I. Nicænum definit
fidem consubstantialitatis secundæ sanctissimæ Trinitatis personæ verbo *Homousion*
exprimi & determinari , ita ut illam rej-
icientes voccio habeantur ut Hæretici ,
& tamen vix elapso Concilio *Homousion*
permittitur , hoc est , similis substantiæ .
Id ipsum tolerat Athanasius lib. de Synodis ; cum Hilarius de Synod. & sic nova
exurgit contradictio.
  Tertio : Concilium I. CP. & secundum
Generale septem edidit canones , & tamen primum dumtaxat approbavit Da-
masius Papa , hinc cæteri prorsus vacui
habiti sunt .
  Quarto : Synodus Ariminensis ex 400.
circiter Episcopis Occidentalibus constata
Seleuciæ vero ex 150. Orientalibus , abjecta est.
  Quinto : Concilium tertium generale ,
seu Ephesinum eo ipso tempore quo adunabantur , impugnatum est a Joanne Antiocheno , qui in eadem urbe alteram
quadraginta circiter Episcoporum opposuit Synodum , in qua Nestorius in priori
proscriptus , absolutus , & ut optimus , ne
dicam ut sanctus Episcopus habitus est .
  Sexto : In ipso Concilio Calcedonensi
dissensio non modica fuit , cum Episcopi
Ægy-

Ægypti nollent S. Leonis epiftolæ, quam reliqui fufcipiebant, fubfcribere: Tum Diofcorus alterum Ephefi adunavit, in quo quidem cum magno Epifcoporum numero actu refcidit, & Flavianum Patriarcham flagellis cæfum abjecit. Immo vel ipfe S. Leo non nifi fex priores Synodi Chalcedonenfis feffiones probavit de cæteris vero in pofterioribus actitatis in utramque partem difputare permifit.

Septimo: Norunt omnes Vigilium Papam primum reftitifte quintæ Synodo Oecumenicæ, quæ vel ipfo invito, tria damnaverat Capitula, fed etfi a fummo Pontifice poftea approbata, plurimæ tamen Ecclefiæ, videlicet Galliarum, Hifpaniæ, & Siciliæ, non nifi elapfis multis annis illam fufcepere.

Octavo: Non una contradictio in fexto Concilio generali comperitur. Ibi enim quinta Synodus Oecumenica in tribus quaternionibus deflorata dicitur: Honorii ad Sergium epiftolæ tametfi Catholicæ igni datur: Ipfe vero, omifta omnis juris folemnitate, eodem cum Monothelitis anathemate percutitur, & tamen Patres feil. 17. & in epiftola Synodica ad Agathonem teftantur eos folium profcribere, quia ipfe fpecialiter & nominatim per fententiam latam abjecerat: ubi Gentium repenetur Agathonem per fententiam latam damnatfe Honorium, cum potius in fua ad Concilium epiftola affirmet, omnes prædecefiores fuos ad lucum ufque parvit item fuifte ab omni erroris nævo immunes?

Nono: Concilium fecundum Nicænum, quod fuit feptimum generale ann. 781. definivit colendas effe fanctas imagines; hinc tamen cultum prius rejecerant duo Concilia ann. 730. & 755. Conftantinopoli habita, cum & poftea in Concilio Francofurtenfi anno 794. reprobatus eft.

Decimo: Ann. 692. Conftantinopoli in Palatio Imperatoris quod Trullanum dicebatur, adunatum eft ex magna Epifcoporum multitudine Concilium, vulgo dictum Quini-fextum, quippe quod fuerit in fupplementum quinti & fexti Concilii generalis, cujus tamen canones abjecit Ecclefia Romana.

Undecimo: Multa funt alia Concilia generalia partim approbata, partim etiam non approbata, ut Sardicenfe, Francofurtenfe, immo Conftantienfe, & Bafileenfe apud Gallias tamen magni ponderis.

Duodecimo: Vel ipfum Concilium Tridentinum, univerfim non eft receptum,

non dicam folum pro difciplina, verum etiam & in iis quæ Religionem fpectant, videlicet circa matrimonium clandeftinum, quod vacuum & nullum effe declaravit, cum tamen in quibufdam regionibus habeatur femper, fi non ut licitum, faltem tamen ut validum.

Ex his omnibus fic objicitur: Ecclefia loquens per Concilia generalia non eft infallibilis, fi error in jure & in textibus non femel in definitionibus compertus fit: fi canones tametfi optimi & ad finem bonum tendentes fæpius tamen abjecti fint: Atqui ex allatis conftat hæc & fimilia contigiffe in definitionibus quas Ecclefia in Conciliis Oecumenicis edidit: Ergo &c.

Refpondeo I. in genere nullam in puncto fidei compertam fuiffe implicantiam, ita ut, qui canoni de quæftione juris aut facti dogmatici reftiterunt, non abjecti fint: fic profcripti & damnati funt in Concilio primo Nicæno feptem circiter Epifcopi, qui nec Ario, nec ejus Thaliæ anathema dicere nolebant; nec ad pacem & Ecclefiæ recepti funt, donec pœnitentes utriufque momenti fubfcriberent damnationi.

Refpondeo II. negando antecedens primi argumenti, cum ex iteratis probationibus conftet omnia Conciliorum Oecumenicorum decreta circa fidem & Religionem fuum obtinuiffe robur, & ad hæc ufque tempora fint fidei regulæ. Et vero nonne Cerdoniftæ, Ariani, Macedoniani, Neftoriani, Eutychiani, Prædeftinatiani, Monothelitæ, Iconomachi, Proteftantes, Sociniani, & hujus furfuris homines ab Ecclefia profcripti, femper hibernar ut Hæretici, & a corpore Ecclefiæ, ut membra putrida, divulfi & refciffi? Jam ad fingula fciendum eft fatis.

Ad primum refpondemus cum S. Thoma, Synagogam, non fine Spiritus fancti affticu debuiffe cum honore fepeliri, unde non mirum fi Apoftoli, ad quos fpectabat difpenfare in difciplinæ puncto aliquas cæremonias celebraverint, quod quidem egerunt duabus fub conditionibus: Primo quidem quod hoc folum ad tempus & per tranfennam fieret, ne fi ibique mori omnis ritus legalis refcinderetur, aliquis crederet Legem Mofaicam fuiffe malam: Secunda, ut fi levius aliqua celebraretur cæremonia, fides Chrifti in Concilio Jerofolymitano explicata & propofita, eatenus retineretur, quatenus nullus in lege fpem reponeret, credendo

Cc 4   per

per eam justificari posse ; quam quidem conditionem explanat Apostolus ad Gal. 5. ubi sic alloquitur Judæos ad finem conversos : *Si circumcidamini , Christus vobis nihil proderit .*

Ad secundum : Nihil roboris detractum suit per verbum *homoousion* a vocabulo *homoousion* a Patribus Nicænis pro significanda & exprimenda verbi consubstantialitate consecrato ; permansit semper fidei regula , ita ut qui ab ejus significatione declinarent , alieni ab Ecclesia censerentur ; quia tamen a pluribus Catholicis œconomiæ causa *homoousion* usurparetur , hoc ipsum Athanasius passus est , modo illa utentes voce , Verbum in substantia , & semota omni in entitate differentia Patri simile · dicerent : passus est & cum ipso sanctus Hilarius , toleravit & in eodem sensu Basilius , ut ex professo in tractatu de Trinitate probavimus .

Ad tertium : Solus primus secundi Concilii generalis Canon fidem de Spiritus sancti divinitate recipicit , de qua solum hic quæstionem movemus : Igitur reliqui Canones disciplinam spectantes potuerunt a summo Pontifice propter causas sibi notas ablque Religionis dispendio abjici .

Ad quartum : Evacuatum Concilium Ariminense , tum & Seleucianum Ecclesiæ infallibilitatis argumenta sunt : neque enim illud , neque illud subscribendo fraudulosis Arianorum fidei formulis , erat suscipiendum . Hinc S. Damasus Papa in sua ad Præsules Hystriæ epistola ait , nullius esse ponderis Concilium Ariminense , quandoquidem nec Liberius Ecclesiæ Caput , nec Vincentius Capuanus ejus in Concilio Orator & Legatus , ejus consenserant subscriptioni .

Ad quintum : Ne minimum quidem facessit contra infallibilitatem Ecclesiæ negotium Synodus Spuria Joannis Antiocheni sine auctoritate legitima congregata ; hinc ipse cum suis ad meliorem rediens frugem , damnatis scriptis & persona Nestorii , suum addidit Concilio Ephesino calculum .

Ad sextum : Dissensio penes decem circiter Ægypti Episcopos suit , quos cæteri Patres sub interminatione anathematis epistolæ S. Leoni subscribere compulerunt : ut videre est in Actibus , & de facto ei consenserunt . Cæterum Synodus Ephesina Dioscori molitione habita est , & ad nos usque , habetur ut latrocinium : quasi vero excidereut Concilii de fide canones , eo

quod ipsis resistant Heterodoxi , cum potius eo conditi sint sine ut Hæretici ab Ecclesia eiiciantur .

Ad septimum : Vitio non vertendum est Vigilio ; quod non nisi matura deliberatione prævia , Concilium quintum probaverit , eventus enim probavit id prudenter existe , cum omnes ferme Occidentis Ecclesiæ primum illam Synodum rejecerint , certiores tamen per Pelagium factæ , quod fides Dominicæ incarnationis in periculum veniret , & prorsus in Oriente nutaret , donec abiicerentur tria Capitula , Synodi canonibus consenserunt .

Ad octavum : Non deficiunt inter doctos & eruditos qui propugnent nonnullas irrepsisse in sextum Concilium Oecumenicum deflorationes , & Theodorum Patriarcham CP. Monothelitam in exemplaribus Concilii manu-scriptis loco sui nominis in canone proscribente Monothelitas , nomen Honorii apposuisse , quam fraudem aperiant hujce non sine fundamento putant , maxime ex duobus : Primo quidem ex eo quod sit manifesta contradictio inter epistolam Agathonis & definitionem Concilii ; nam in illa Anatho asserit omnes prædecessores suos fuisse in fide sanos , e contra vero Patres in suo contra Monothelitas canone dicere non dubitant anathemi Honorio , eo quod fuisset primum ab Agathone anathemate animadversum , quæ duo prorsus disparata & contraria sunt : Secundo , quia Theodorus nullibi legitur damnatus , cum tamen , teste Mimburgio , ejus in errore pertinacia fuerit Concilii adunandi ratio .

Ad nonum : Duo Concilia Orientis Constantinopoli habita a Catholicis velut Pseudo Synodi Iconomachorum repulsa sunt , nec quidquam roboris in Ecclesia Romana usquam habuere , sed & falsum est , ut suo loco tractando de cultu SS. probavimus , Synodum Franco-furtensem damnasse venerationem relativam sanctis imaginibus debitam , sed solum cultum latriæ absolutum soli vivificæ Trinitati exhibendum , quem tamen errore detenti Patres vel ipsis Sanctorum imaginibus canone Niceno reddendum esse putabant . Neque vero iidem Patres usquam dixere inesse majorem vim sanctis imaginibus , quam Evangelii prædicationi ad ciendos pietatis affectus ; hoc unum dubio-procul Act. 5. Joannes Presbyter dixisse refertur ,

vide-

Utrum ex Traditione Patrum conſtet Eccleſiam eſſe infallibilem circa quæſtionem juris & facti?

CONCLUSIO AFFIRMATIVA.

DUPLICIS generis Patrum habemus ad
concluſionem probandam teſtimonia : In
multis paſſim aſſerunt Eccleſiam eſſe infallibilem , nec poſſe errare exponendo
credenda : In aliis extendunt ad textus
judicandos ejus infallibilitatem.

Teſtimonia Patrum de infallibilitate Eccleſiæ
pro Dogmate.

S. IRENÆUS agmen ducet lib. 3. adverſus hær. cap. 2. pag. 350. ubi revincit
Hæ-

Hæreticos, qui superbia elati confidebant per se ipsos sensum infallibilem Scripturarum invenire : " Quod quidem , *ais* , ,, impudentissime est blasphemire.,, Tum Traditione eos infestitur , subditque : " ,, Quapropter undique relistendum est il-,, lis , si quos ex his retulione confunden-,, tes , ad conversionem veritatis adducere ,, possimus . ,,

Tum cap. 3. pag. 232. & 233. eis ostendit solam Ecclesiam habere circa dogmata definienda infallibilitatem , quia fidei veritatem a Christo per Petrum habet , qui fidei suæ a Christo acceptæ & dignitatis successores sine intermissione habuit & semper habet : " Traditionem , *inquit* , ,, itaque Apostolorum in toto mundo ma-,, nifestatam , in omni Ecclesia adest re-,, spicere omnibus qui vera velint audi-,, re ; & habemus annumerare eos qui ,, ab Apostolis instituti sunt Episcopi in ,, Ecclesiis , & successores eorum usque ,, ad nos , qui nihil tale docuerunt , ne-,, que cognoverunt quale ab his delira-,, tur . ,, Tum ait , Petro Linum succes-sisse ; Lino , Clementem ; Clementi , Eva-ristum. Quibus perastis , sic concludit : ,, Hic ordinatione & successione , ea quæ ,, est ab Apostolis in Ecclesia Traditio , ,, & veritatis præconatio pervenit usque ,, ad nos. Et est plenissima hæc ostensio, ,, unam & eamdem vivificatricem fidem ,, esse , quæ in Ecclesia ab Apostolis us-,, que nunc sit conservata , & tradita in ,, veritate . ,, Audis ex Irenæo inesse Ec-clesiæ Romanæ plenissimam veritatis osten-sionem, adeoque infallibilitatem, cum ex eodem , extra ejus plicita dogmatica lo-qui & sentire sit blasphemare.

Tertullianus ex professo in toto libro de præscr. eodem medio ostendit infallibi-litatem circa fidei dogmata in sola Eccle-fia Romana reperiri , quia contra vana bæreticorum obstrepentium commenta in hoc eatenus præscripsit , quatenus conti-nua successione fidem ab Apostolis acce-ptam , illibatam servavit . Sic loquitur cap. 20. pag. 237. edit. Parif. 1534. " Apo-,, stoli . . . . assumpto per sortem duo-,, decimo Mathia in locum Judæ ex au-,, storitate Prophetiæ, quæ est in Psalmo ,, David , consecuti promissam vim Spiri-,, tus sancti ad virtutes & eloquium , pri-,, mo per Judæam contestata fide in Je-,, sum Christum , & Ecclesiis institutis ; ,, dehinc in orbem profecti , eamdem do-,, strinam ejusdem fidei Nationibus pro-

,, mulgaverunt , & proinde Ecclesias apud ,, unamquamque civitatem condiderunt , ,, a quibus traducem fidei , & semina do-,, strinæ , cæteræ exinde Ecclesiæ mutua-,, tæ funt , & quotidie mutuantur , ut ,, Ecclesiæ sint, ac per hoc & ipsæ A-,, postolicæ deputantur , ut soboles Apo-,, stolicarum Ecclesiarum . Omne genus ,, ad originem suam censeatur , necesse ,, est . ,,

Pergit cap. 21. pag. 238. & sic conclu-dit : " Hinc igitur dirigimus præscriptio-,, nem . . . Si hæc ita sunt , constat pro-,, inde omnem doctrinam , quæ cum illis ,, Ecclesiis Apostolicis matricibus & ori-,, ginalibus fidei conspiret , veritati depu-,, tandam, id sine dubio tenentem quod ,, Ecclesiæ ab Apostolis, Apostoli a Chri-,, sto , Christus a Deo suscepit : reliquam ,, vero omnem doctrinam de mendacio ,, præjudicandam, quæ sapiat contra ve-,, ritatem Ecclesiarum & Apostolorum , ,, & Christi , & Dei . ,,

S. Cyrillus Alex. alius est ejusdem veri-tatis assertor & vindex : Nestorium hæ-reticum sic alloquitur in epist. Synod. ad ipsum directa : " Propter hoc addendum ,, illud est , ut scripto ac jure jurando ,, affirmes te præterea anathematizare quæ ,, sceleste & profane hactenus sensisti : & ,, ea rursum posthac te sensurum & do-,, sturum polliceare quæ & nos , & cæ-,, teri omnes quotquot vel in Occidente , ,, vel in Oriente vivunt Episcopi, Docto-,, res ac Duces populorum . . . . Hæc ,, enim est Catholicæ Apostolicæque Ec-,, clefiæ fides , in qua universi Occidentis ,, & Orientis orthodoxi Episcopi consen-tiunt . ,,

S. Augustinus facto , viva voce & scri-ptis ubique contra Donatistas & Pelagia-nos Ecclesiæ rebelles infallibilitatem Ec-clesiæ pro fidei dogmatibus celebrat , & contra hæreticam pravitatem urget : ubum aut alterum locum ne sufior sim, hic re-xere satis erit . Lib. de Hæref. tom. 8. pag. 28. sic loquitur : " Quid contra illa ,, sentiat Ecclesia Catholica , superfluo ,, quæritur : cum propter hoc scire suffi-,, ciat eam contra ista sentire . ,, Tum illud contra epist. Fundamenti cap. 5. ora-culum oblivioni nusquam tradendum : *Ego Evangelio non crederem, nisi me Catholicæ Ecclesiæ commoveret auctoritas.*

Tr

Testimonia Patrum pro infallibilitate circa Textus dogmaticos.

S. *Athanasius* Traditionis tenacissimus, etiam tenaciter illi veritati inhæret, præsertim vero in lib. de Synod. pag. 9. & 28. Sermonem quippe faciens de verbo *Homousion* a Synodo Nicæna adornato ad defendendam & exprimendam Verbi consubstantialitatem, non aliam affert rationem, nisi istam, quia æquum duxit Concilium ea voce uti ad revincendos Arianos, & dirimendas sucatæ fidei dolosas professiones. Igitur ex Athanasio Ecclesia judicat infallibiliter de vocum significatione, quandoquidem per eam suam aperit fidem atque defendit contra Negantes : " Cæterum, ait, Episcopi, considerata, *Arianorum*, hypocrisi & vasritie, ipsi quoque necessitate coacti sunt.... scribere filium consubstantialem esse Patri. ,, *Basilius* tanta eruditione disfamatus, ut unus ille centum aliis præponderet, ejusdem est labii cum Athanasio in hac quæstione propugnanda. Enim vero epist. 30. sic loquitur & scribit : " Quia ex non ente ad esse productum fuisse filium et-iam tunc nonnulli asseverabant : banc ut abscinderent impietatem illi Patres, nomen *Homousion* usurpaverunt.

S. *Hilarius* adversus Arianam perfidiam divinitatis Verbi generosus defensor simili modo cum aliis loquitur lib. de Synod. num. 83. " Displicet, inquit, cuiquam in Synodo Nicæna *Homousion* esse susceptum ? Hoc si cui displiceat, necesse est placeat, quod ab Arianis est negatum. ,, Igitur ex Hilario non suscipere verbum *Homousion*, est esse Arianum. Igitur ex ipso Ecclesia judicat infallibiliter de textibus, & de vocum in his contentarum significatione.

S. *Ambrosius* in eadem prorsus sententia versatur lib. 3. de fide cap. 7. pag. 311. " Non igitur, ait, Verbum, sed vim Verbi fugiunt, quia nolunt verum esse Dei filium, nam licet humano verbo non possit divinæ generationis series comprehendi, tamen judicarunt Patres fidem suam tali sermone... signandam... Hoc verbum in *Homousion* tractatu fidei posuerunt Patres, quod viderunt adversariis esse formidini, ut tamquam evaginato ab ipsis gladio, ipsorum nefandæ caput hæresis amputarent.

S. *Augustinus* hæreticorum & Novato-rum malleus cum cæteris venit in veritatis defensionem libro contra epist. Fundam. cap. 5. ubi his verbis se explicat : " Ego Evangelio non crederem, nisi me Catholicæ Ecclesiæ commoveret auctoritas., ,, Digna sane Doctoris sancti sententia, & ideo sancti, quia Spiritus sancti afflatu edoctus, docet infallibilitatem Ecclesiæ circa textus Evangelii & aliorum librorum. Idem fusiori calamo tractat in serm. de nat. Dom.

Post illos Patres Magnus Leo Pontifex egregius occurrit quæstionem explicans, defendens, & tamquam Christi Vicarius definiens epist. 86. in qua Spiritu sancto plenus intonat contra hæreticos semper dolosos & mendaces : " Damnent apertis professionibus suis superbi erroris auctores, & quidquid in doctrina eorum universalis Ecclesia exhorruit, detestentur ; omniaque decreta Synodalia quæ ad excisionem hujus hæresios Apostolicæ sedis confirmavit auctoritas amplecti se, & in omnibus approbare plenis & apertis, ac propria manu subscriptis protestationibus eloquantur, nihil in verbis eorum obscurum, nihil invenia-tur ambiguum. ,, Ecce clara & sine ambiguitate summi Pontificis sententia de infallibilitate Ecclesiæ circa textus, siquidem vult hæreticos reconciliandos. I. Damnare perversa dogmata. II. Damnare ipsos auctores superbi erroris. III. Amplecti omnia decreta Synodalia ab Ecclesia contra perversam doctrinam eminata. IV. Apertis fidei professionibus manu propria subscriptis fidem suam declarare : porro doctrina hæreticorum exprimitur in eorum libris : decreta Synodalia judicant de ejusmodi textibus : Sanctus vero Leo hæreticos ad Ecclesiæ sinum redeuntes obligat ad damnandum dogmata perversa in libris suis contenta, ad approbandum vero & amplectendum decretum Synodale, & hoc professionibus fidei manu propria subsignatis. Igitur censet magnus ille Pontifex Ecclesiam nedum esse infallibilem circa dogmaticum textum, & circa factum dogmaticum ; immo & sincera fide subscribendum esse hæreticorum & eorum operum condemnationi.

Ex his sequitur istud in conclusionis probationem argumentum. Quod constanti & firma Traditione tenetur, illud est verum, nec fas est de eo dubitare : Atqui ex Traditione claret, Ecclesiam esse infallibilem circa jus & textus ad fidem & re-

& religionem pertinentes : Igitur nullus est ambigendi locus de infallibilitate Ecclefiæ pro ifto momento. Probatur minor multipliciter , & quidem fpecialiter de facto dogmatico; nam de quæftione juris fufficienter ex modo dictis claret , præterquam quod Novatores , ultra conveniunt de prima minoris parte , videlicet de infallibilitate Ecclefiæ circa quæftionem juris.

Primo præter Patres laudatos hanc veritatem palam profitetur Clerus Gallicanus, qui Parifiis ann. 1656. contra librum Janfenii adunatus , afferit factum a jure in tali negotio feparantes, manifefte fubvertere Traditionem, quæ nibil aliud eft quam feries factorum dogmaticorum , quibus a Chrifto & Apoftolis ad nos pervenit fides, & veritas, quæ quidem Traditio & fummorum Pontificum decretis , & Conciliorum Oecumenicorum definitionibus fovetur, & oraculis ac fententiis Patrum explicatur & defenditur , ut homo Dei evadat fanctus atque perfectus.

Secundo : Ipfe Arnaldus non aliter quam factorum ferie dogmaticorum & Traditione contra Calviniftas, de realitate corporis Chrifti in Euchariftia perpetuam comprobat fidem , inculcans Chrifti ejuratis hoftibus, factum a jure infeparabile femper effe : qua ratione igitur , quo fcopo ab hac declinavit fententia , diftinguendo & feparando jus a facto in negotio Janfenii, ut fummorum Pontificum illuderet definitionibus ab univerfa Ecclefia acceptatis?

Tertio : Janfenius fuis fapientior & æquior agnofcit infallibilitatem Ecclefiæ circa textus. Enim vero initio fui libri teftatur fe omnia quæ in hoc opere dicturus eft & dixit , judicio fanctæ Matris Ecclefiæ fubmittere : Tum in fuo Teftamento idem repetit afferendo judicium de omnibus religionem fpectantibus, ad fanctam pertinere fedem. Denique ipfo defuncto , comperta eft epiftola ad Urbanum VIII. fummum Pontificem directa , qua enixe illum deprecatur, quatenus e libro fuo, aut addere , aut detrahere , prout ipfi placuerit , dignaretur. Cur igitur difcipuli fidem & obedientiam magiftri non imitantur ? quorfum infallibilitatem Ecclefiæ circa textus, quam ipfe confitetur, & agnofcit Janfenius, negant?

Quarto : Ut primum Dominus Cornet Regiæ Navarræ Præfectus, quinque e libro Janfenii excerpfiffet propofitiones , quas facræ Facultati Parifienfi & Clero Gallicano qualificandas obtulit, ecce protinus advolant Novatores propugnantes eos qui Librum Iprenfis Auguftini abjicere volunt , ipfius fancti Auguftini in fuis Libris contentam doctrinam , a fummis Pontificibus non femel celebratam damnare . Ecce infallibilitatem Ecclefiæ agnofcunt pro fancti Auguftini textibus, quorum alii funt longiffimi , & non pauci præ auctoris profunditate atque fubtilitate obfcuri ; omnes vulgo altiffimi : quidni Ecclefia infallibilis erit judicando de aliis textibus? Aut primum negent , aut utrumque concedant , nifi manifeftam profiteri contradictionem glorientur . Abbas quidem Sancyranus , inter Janfenii affeclas famofus dicere folebat , fe duodecim primorum fæculorum demirari Ecclefiam ; aft heu , ducentis ab hinc annis ita defloratam confpicere , ut vix ac ne vix quidem dignofci valeret . Sic loquebatur Lutherus, fic Calvinus , fic ille Abbas : Quinimmo uno e noftris patribus tefte auditore, Ecclefiam ex integro egregia Janfenii doctrina , & moralitate fe reformaturum afferere non erubuit : attamen audiant fi placet ipfum Janfenium ducem , qui bonæ & humili confeffione, ut pie credimus, talis Ecclefiæ fecundum Sancyranum corruptæ obedivit fententiæ, nifi judicium ab ipfo Janfenio expoftulatum claufum & datum eft ; utinam & fideli erga Ecclefiam obedientia claudantur jurgia & ceffent lites, quæ nihil profunt nifi ad fubverfionem audientium & legentium.

Solvuntur objectiones Novatorum circa infallibilitatem Ecclefiæ pro textibus.

Objiciunt : Tertullianus lib. de Veland. Virg. hæc habet : *Regula fidei eft fola totaliter una , immobilis & reformationis incapax* . Sed hic loquitur de Scriptura facra , quia loquitur explicando Apoftolum, qui præcipit Virgines, velata facie in Ecclefia adeffe : Igitur ex Tertulliano , fola excepta Scriptura , cæteræ fidei regulæ funt reformabiles & mutationis capaces. Igitur Ecclefia faltem circa textus non eft infallibilis.

Refpondeo I. Argumentum nimis probare ; fequeretur enim quod nec Traditio , nec Concilia Oecumenica forent infallibilia , etiam in quæftionibus juris fidem fpectan-

ftaatibus : quod fane Janfenii difcipuli
numquam admittent.

Respondeo II. diftinguendo confequens :
In rebus difciplinæ fola Scriptura eft fidei
regula mutationis incapax , concedo : in
rebus ad religionem & fidem pertinentibus , nego. Luce clarius apparet Tertullianum loqui de difciplina , quandoquidem loquitur de virginum velatione : fenfus igitur ejus eft omnem difciplinæ regulam nifi ex Scriptura vel Traditione ortum habeat , effe ad nutum & fecundum
temporum exigentiam reformabilem : quia
vero ex Scriptura conftabat Virginem ,
velata facie , in Ecclefiam introire debere , nemini licere contendebat Tertullianus , hinc pium confuetudinem levius &
abfque fundamento immutare , textus vero pofitionum numquam , quia fpectant
fidei dogmata. Cæterum velatio virginum
eft quidem de fide , fed ut confilium in
Scriptura funditum , eo prope modo quo
eft ipfa virginitas , quam fervare perfectius quidem eft , fed non ut quid ad falutem abfolute requifitum ; fecus vero
credere præcepta Dei effe poffibilia , hominem poffe gratiæ refiftere , credere Ecclefiæ loquenti & definienti aliquod fidei
dogma. . . .

Opponunt II. Bafilius Ancyranus , & alii
bene multi Semi-Ariani omnia credebant
fidei dogmata , & de uno dumtaxat verbo [grammaticali , fcilicet , *Homoufion* , difputabant , eos tamen nec Athanafius , nec
S. Hilarius , conturbare æquum duxerunt , quamvis Concilium Nicænum propter vocabulum illud , eos abnuiffet , quæ
quidem mutatio non levior effe videtur :
Igitur Ecclefia non eft infallibilis circa
textus.

Respondeo diftinguendo antecedens : Et
plures Semi-Ariani rejiciendo vocem *Homoufion* ; a fide deficiebant , concedo : fecus , nego : Ita cenfet Hilarius , qui ideo
profeffiones fidei Semi-Arianorum in variis Antiochiæ adunatis Synodis vocat fidem temporum . Sic enim primum judicavit de iis omnibus qui abftinebant a
verbo *Homoufion* , quia argumentum erat
folum fuum facere terminis alias Catholicis , eo ipfo quo iftud abjiciebant : hinc
Athanafius non credidit Bafilii & aliorum
fidem ab omni nævo immunem : quia tamen Ecclefia non judicat de internis , bona fide credidit , abfoluto Concilio Nicæno , Semi-Arianos approximare ad dogma
Apoftolicum de divinitate Verbi : Nec

defunt valida argumenta pro vera Bafilii
& quorumdam aliorum Semi-Arianorum
fide , quocirca fub certis conditionibus
SS. Athanafius , Hilarius & Bafilius eos
ut confratres habere confenferunt !

Inftant : Ecclefia abftinet a voce *Homoufion* in Concilio Antiocheno ; in Nicæno
vero ftat firmiter pro ea . Igitur eft mu-
tabilis circa textus & verborum fignifica-
tiones.

Respondeo I. Concilio particulari quale
erat Antiochenum , non competere infallibilitatem , nifi accedat univerfalis Ecclefiæ , maxime vero fummi Pontificis confenfus , unde potuit reformari ab Oecumenico , quale fuit Nicænum.

Respondeo II. diftinguendo : Concilium
Antiochenum abftinet a voce *Homoufion*
œconomiæ caufa , ac pro ipfius fidei de-
fenfione & propagatione , concedo : fecus , nego. Unde nego paritatem. Concilium Antiochenum adunatum fuit contra
Paulum Samofatenum , qui ex Trinitate
perfonarum , inferebat tres effe in Deo
fubftantias , & fecundam atque tertiam a
prima tamquam ab antiquiore procedere ,
adeoque effe creatas : Nicænum vero congregatum eft contra Arium negantem Verbi divinitatem ; merito igitur ad revin-
cendum Paulum Ecclefia permifit ad tempus abftinere a verbo *Homoufion* , quo manifefte abutebatur hærefiarcha ; e contra
vero eadem uti habuit ad refellendos A-
rianos , quandoquidem fignificat veram
Verbi divini fidem , quam quifque fub
pœna damnationis tenere debet.

Objiciunt III. S. Bafilius epift. 52. conqueritur , quod Marcellus Ancyranus de
gradu & Ecclefia non fit ejectus , & quod
fuerit in Ecclefia abfque matura deliberatione receptus : *Libri ejus* , inquit , *funt
demonftrativæ probationes ejus iniquitatis* .
Quæ quidem objurgatio fpectare folum
poteft , aut Julium fummum Pontificem ,
aut Concilium Sardicenfe , quod favit
Marcello contra Eufebianos ejus accufa-
tores , quos & abjecit . Sed in hac non
levis appret fententiæ Ecclefiæ mutatio :
Igitur non eft infallibilis circa textus.

Respondeo diftinguendo : Bafilius conqueritur errore facti deceptus , & nondum caufa Marcelli perfecte fibi cognita ,
concedo : vere & plene inftructus , nego . Profeffio fidei Marcelli oblata Julio
fummo Pontifici erat Orthodoxa ; Ita A-
thanafius in fua ad Imperatorem Apologia , in qua refert verba Julii de re &

Mar-

Marcello dicentis : *Se fervore cum eis communicationem absque justitia* ; subditque Julii judicium fuisse canonicum . Ita etiam censet Epiphanius & alii permulti, ut suo loco ex professo probavimus . Cæterum Concilium Sardicense in epistola Synodica ad summum Pontificem, testatur scripta Marcelli lecta fuisse & examinata, & ab omni erroris labe fuisse reperta. In his quidem Marcellus quasdam proposuit difficultates, sed solum per modum quæstionis elucidandæ & claritatis causa. Sic refert & censet S. Hilarius.

Urget : S. Basilius manifeste dicit & Julium, & Concilii Patres in hoc errasse, & fuisse deceptos : Igitur Ecclesia de facto fallitur judicando de textibus.

Respondeo S. Basilium forte habuisse exemplar libri Marcelli diversum ab eo quod oblatum est Concilio & summo Pontifici, Ipsum Marcellum potuisse librum suum, antequam illum Julio & Synodo Sardicensi præsentari curaret, a nævis purgare : Quidquid sit, fidei testimonium habet ab Athanasio, & ab Hilario zelo fidei nulli secundis, qui certe ipsius Marcelli condemnationem, si librum erroris scatentem comperissent, profecuti fuissent. Ex his liquet quæstionem libri esse statum purum & personale, circa quod Ecclesia non est infallibilis : neque enim circa revelationem certo scire potest, num liber ipsi oblatus sit ante oblationem a mendis purgatus vel non, si sit talis vel talis personæ, sed dubio procul infallibilis est inter judicandum de textibus præsentibus & sibi oblatis; num sint Orthodoxi vel non ; & sic inconcussa manet ejus circa factum dogmaticum infallibilitas.

Replicans : S. Hilarius lib. 11. de Trin. num. 3. asserit hæresim sitam esse in sensu, non in scripto : Igitur textus ad fidem non pertinet, adeoque nulla infallibilitas pro facto dogmatico agnoscenda est in Ecclesia.

Respondeo distinguendo : Et scripta exhibent sensum, concedo : secus , nego . Sensus & textus sunt correlativa , unde eo ipso quo hæresis principaliter in sensu consistit, Ecclesia debet judicare de textu, quia sensus & textus sunt inseparabiles ; judicat ergo Ecclesia an verba aliquid significent ; judicat , supposito quod significent , an illud sit bonum vel malum , conforme , vel difforme fidei . Unde ibidem num. 5. Hilarius dicit : *Nonne veritas corrumpi potest* . Quomodo corrumpi

nisi in textu ? Jam vero si Ecclesia posset errare de professionibus fidei judicando , textus formulæ approbatæ , rursus examinandi traderentur , sicut causa Episcoporum de aliquo crimine accusatorum examini longo subjicitur : quod tamen fieri non debere ibidem propugnat Hilarius .

Instant : SS. Athanasius , & Basilius conveniebant de fide sanctissimæ Trinitatis , & tamen disputabant de sensu quem possent habere multa loca ex Dionysii Alexandrini operibus excerpta circa illud Mysterium : signum est igitur & argumentum Ecclesiam non gaudere infallibilitate circa textus.

Respondeo distinguendo : Athanasius & Basilius disputabant de sensu textus Dionysii , quia Ecclesia nihil adhuc de hoc momento definierat , concedo : secus , nego. Igitur de hoc disputare sas erat : sic S. Leo licentiam fecit de tribus Capitulis disputandi , unde Concilium Chalcedonense nihil de his textibus statuerat : at vero Ecclesia in V. Synodo generali definivit textus Capitulorum esse erroneos , declaravit etiam sensum libri Jansenii esse hæreticum , qualificavit textus & eis notam hæreseos inussit : igitur manet judicium certum , nec ulli de hoc dubitare licitum est : Igitur eos defendere prorsus nefas .

Reponunt : Hieronymus dicit doctrinam Origenis de Trinitate hæreticam , e contra vero Didymus eam proclamat orthodoxam .

Respondeo duo ut supra ; Primo quidem , exemplaria quandoque esse diversa , unum scilicet mendis refertum ab una persona videri , alterum vero in textu sanum ab alia persona conspici . Secundo , Doctores particulares non esse infallibiles , quis dubitat ? Unde Aug. lib. de utilitate credendi c. 4. dicit hominem privatum falli : quandoque etiam Ecclesiam in secretis cordium judicandis , idcirco tritum illud emanavit axioma : *Ecclesia non judicat de internis* .

Dices : S. Augustinus epist. 74. ait non esse disputandum de nomine, quando convenimus de re : Igitur parum refert quod Ecclesia judicet de textibus.

Respondeo S. Augustinum inculcare Comiti Præcentio Ariano , qui divinitatem Verbi abnuebat , eo quod vocem *homousion* in Scripturis non reperietur , inculcare inquam non ideo Verbi divinitatem esse negandam , quia licet vox *secundum*

syl-

syllabis haud invenitur in Scripturis, reperiri rarum iterum atque iterum secundum rem. Denique idem S. Doctor lib. 3. contra Maximinum cap. 14. asserit vocem *Homousion* a Patribus Nicænis esse consecratam ad significandam Verbi divinitatem, adeoque firmiter ab omnibus esse tenendam : " Pariter ergo & Filius unius „ sunt ejusdemque substantiæ. Hoc est il- „ lud, *Homousion* quod in Concilio Nicæ- „ no adversus hæreticos Arianos a Catho- „ licis Patribus veritatis auctoritate, & „ auctoritatis veritate firmitum est.. „

Instant : Augustinus dicit Episcopos de aliquibus dogmatibus scribentes, ab aliis, si forte a veritate recedant, posse corrigi, sic & Concilia Provincialia a plenariis, immo & plenaria a subsequentibus donec factum sit plene elucidatum : sic Lib. 2. contra Donatistas cap. 5. ait : *Concilia priora posterioribus emendari posse.*

Respondeo Episcopos & Concilia Provincialia infallibilitate non donari : ad Plenaria distinguo; a subsequentibus corrigi possunt in factis puris, in quibus judicandis non sunt irrefragabilia, concedo : in factis dogmaticis, nego . S Doctor loquitur in primo sensu. Sic Concilium sextum generale correxit quintum, & quædam ejus acta declaravit corrupta & supposititia esse; sed nihil inde concludi potest contra Ecclesiæ infallibilitatem : quod autem S. August. loquitur de factis puris, liquet ex istis verbis ibidem prolatis.: " „ Concilia priora posterioribus emendari „ possunt; cum nempe aliquo experimen- „ to rerum aperitur quod clausum erat , „ & cognoscitur quod latebat . „

§. V.

Utrum ex usu & possessione constet Ecclesiam esse infallibilem circa quæstionem juris : & facti Dogmatici ?

CONCLUSIO AFFIRMATIVA.

PROBATUR unico, sed efficacissimo argumento. Illa judicavit semper infallibiliter de jure & facto dogmatico, cujus definitione roboratur, nutritur & fovetur fides, cujus judicium ita firmum semper extitit, ut numquam fuerit accepta appellatio ab ejus sententia, cujus denique decisio tamquam fidei regula habita est : Atqui ab omni ævo tale fuit judicium Ecclesiæ circa utrumque momentum , talis,

fuit possessio atque usus perpetuus : Igitur infallibilitas Ecclesiæ possessione & usu prævalet contra impugnantes . Minor patet de quæstione juris ex canonibus Conciliorum Oecumenicorum de fide condita : Probatur altera pars de factis dogmaticis, & quidem multis momentis & exemplis .

Primo ex veteri Testamento : Synagoga judicavit textus Scripturæ sacræ : enim vero canon Proto-canonicus Judæorum continet solum viginti duos libros , nempe quinque Moysis , Prophetarum tredecim , & quatuor alios , nempe Cantica , & morum præcepta referentes : cæteros matura deliberatione præviis sequenti tempore Canoni adjecti sunt : Præterea Libros sacros hinc inde durante captivitate, dispersos , collegit Esdras : Sed hæc omnia fieri non potuerunt nisi adfuisset Ecclesiæ infallibilitas ad judicandum textus , ut veri & genuini a falsis & spuriis secernerentur : hoc judicio tota innitetur fides , quia in eo funditur Scripturarum certitudo , qua subacta , funditus ruit fides , siquidem credenda continentur in Scripturis , veritatem Messiæ ex eis habemus , scilicet a Prophetis : Igitur Ecclesia ab omni ævo judicavit infallibiliter de textibus .

Secundo ex novo Testamento : Multa opera sub Christi & Apostolorum nomine olim circumferebantur , ut epistola Christi ad Agabum Regem Edessæ , Evangelium secundum Ægyptios , Evangelium Nazaræorum , Evangelia Jacobi & Nicodemi , & similia quæ Ecclesia : tamquam apocrypha judicavit & rejecit , immo suo nondum adicivit Canoni librum tertium & quartum Macbabæorum , Tertium & quartum Esdræ : Igitur judicat infallibiliter de textibus : alias libri novi Testamenti non sunt certi ; adeoque fide indigni . Jam vero non est major difficultas de aliis auctorum textibus ; unde si Ecclesia est infallibilis ad judicandum de Scripturarum textibus, dum nondum constat de eorum genuinitate, pari ratione & de cæteris .

Tertio : Ecclesia judicavit de textibus Patrum : v. g. de textibus Athanasii . Et vero Julius non semel adversariis Arianis declaravit eum in se & in suis scriptis Orthodoxum . Judicavit Ecclesia textus anathematismorum S. Cyrilli Alexandrini contra Nestorii proterviam , & Cælestinus agnovit eos scientia salutis & fide refertos ; Judicavit textus S. Aug. contra Pelagium , & tamquam fidei regulam , pro
necti-

necessitate gratiæ vult ab omnibus haberi. Quidni igitur erit Ecclesia infallibilis in judicio textus Janfenii, cum ullo concedant adversarii, Ecclesiam esse infallibilem pronuntiando de Patrum & præsertim Augustini textibus?

Quarto : Ex condemnatione omnium hæretum in libris vulgo expressarum. Aliqua facti exempla juvat recensere. Proscripsit judicio comparativo Concilium Nicænum Thaliam Arii : numque facta illius cum Scripturis sacris iterum atque iterum collatione, judicavit impiam esse, voluitque hinc ita ab omnibus ratam haberi decisionem, ut reluctantem Eusebium Nicomedienfem cum aliis sex Episcopis ex auctoritate decreverit, nisi & Arii, & ejus textui anathema omnes pronuntiarent. Proscripsit Concilium Ephesinum judicio utique comparativo scripta Nestorii : ea Synodus comparavit cum Symbolis, cum textibus Patrum primorum fæculorum, quo facto, una voce Patres dixerunt, illa esse impia, hæretica & blasphemiis plena. Eodem modo judicavit sacrilegum Theodori Mopsuesleni Symbolum, iterato fulmine omnes istos textus percussit Chalcedorenfe Concilium, sed maxime & quintum Oecumenicum ea tantum de causa congregatum, ut judicaret de tribus Capitulis : etenim processit, sicut præcedentes Synodi judicio comparativo. Lecti, sunt multoties ejusmodi textus; iterum atque iterum collati sunt, & cum Scriptura sacra, & cum SS. Patrum textibus; Patres tanta solemnitate proscribunt istos textus, ut ne ullum supersit de infallibilitate Ecclesiæ pro isto momento dubium. Primo enim ex Scripturis probant in hoc non posse errare Concilium, tum pleni Spiritu sancto sic intonant coll. pag. 586. & 587. *In memoria tenentes promissiones de S. Ecclesia saltus, & qui dixit quod porta inferi non prævalebunt adversus eam, id est, hæreticorum mortifere linguas, recordantes autem & quæ per Oseam de ea prophetista sunt, in quibus dicit, & sponsabo te mihi in æternum, & cognosces Dominum. : Hæreticorum quidem effrenatas linguas, & eorum impiissima conscripta, & eosdem ipsos hæreticos .... patri mendacii diabolo connumeremus ... Nos autem mandata habentes per doctrinam rectam exhortari populum ... Necessarium esse putavimus capitulis comprehendere & prædicationem veritatis, & hæreticorum, nec non eorum impietatis com-*

demnationem .... Si quis igitur defendit prædictum impium Theodorum, & impia ejus conscripta .... Anathema sit. Ecce Ecclesia declarans suam in judicando textibus infallibilitatem : ecce proscribens tria Capitula : Igitur infallibiliter judicavit quæstionem facti dogmatici; sic censens S. Gregorius Magnus lib. 3. cap. 24. ubi ait venerari quatuor prima Concilia generalia ut quatuor Evangelia, & pari honore prosequi quintum Concilium Generale.

Concilium Lateranense, sub Martino I. eidem veritati suffragatur. Can. 18. pag. 117. *Si quis*, ait, *secundum sanctos Patres consonanter nobis pariterque fide non respuit; & anathematizat animo & ore omnes quos respuit, & anathematizat nefandissimos hæreticos, cum omnibus impiis eorum conscriptis, usque ad unum apicem, sancta Dei Ecclesia Catholica & Apostolica, hoc est, sanctæ & universales quinque Synodi, & consonanter omnes probabiles Ecclesiæ Patres, id est, Sabellium, Arium .... condemnatus sit.* Vides pie Lector, quomodo Ecclesia judicat textus, quomodo anathematizat eos qui textus hæreticorum aut approbare, aut defendere audent. Nota Concilium, eadem religione prosequi quintam Synodum, sicut quatuor primas Synodos Oecumenicas, his verbis : *Sancta Dei Ecclesia Catholica & Apostolica, hoc est, Sanctæ & universales quinque Synodi.*

Sextum Concilium Oecumenicum sequitur. Videamus quonam modo procedat, tum contra Monothelitas, tum contra eorum impia & fraudulenta scripta, sess. 3. declarat sermonem Mennæ ad Vigilium Papam, & illius libros, alterum ad Justinianum, alterum ad Imperatricem directum, suppositicios; sess. 4. leguntur duæ epistolæ Agathonis in quibus sanctus Pontifex nominatim damnat Theodorum, Philaretæum, Syrum, Sergium, Pyrrhum cæteræque Monothelitarum Duces, & a Concilio universali applausu & consensu; tamquam infragabiles fidei regulæ recipiuntur; sess. 10. Macharius pertinax Monothelita suam agit partem, & concinna factorum textuum cum textibus SS. Patrum habita comparatione refutatur; & ejusdem proscribuntur textus. In eadem sess. perfecta sunt scripta Anthimi, epistola Theodori ad Paulum hæreticum, & ipsius Pauli opera, & omnes illos textus prævio judicio comparativo Concilium damnat, hæreticos esse declarat, & uti tales abjicit. Denique sess. 18. anathe-

themate percutit Monothelitas, tamquam ab Agathone jam jam nominatim proscriptos : Igitur Ecclesia est infallibilis judicando de scriptis : alias textus boni, immo & ipsorum Patrum non magis ponderarent, quam hæreticorum textus, quos esse erroneos dubia semper fide constaret, siquidem bonum & optimum sensum ipsi Hæresiarchæ contra damnationem latam affingere non difficile foret.

Concilium Constantiense pari zelo & fide procedit contra Vviclesum, contra Joannem Hus & Hieronymum a Praga, eosque & quidquid contra Religionem Catholicam scripserunt, condemnat. Vix Martinus V. S. Pontifex creatus est, ut sine mora eorum confirmaverit damnationem : *Omnes*, inquit, *& singulos, qui articulos, seu libros & doctrinas præfatorum Heresiarcharum, Joannis Vviclef, & Joannis Hus, & Hieronymi, per eamdem Constantiensem Synodum, cum suis auctoribus damnatos, & damnatos tenere, credere & dogmatizare, ac vita finem ipsorum Heresiarcharum, publice, vel occulte pertinaciter quomodolibet laudare, vel approbare præsumpserunt. . . . Nec non credentes, & adhærentes eisdem tamquam hæreticos judicetis.*

Concilium Basileense perpetua Traditione edoctum judicat sicut præcedentia Concilia de textibus. Tum vero sess. 33. notam inurit libello Augustini de Roma, Archiepiscopi Nazaræi.

Tridentinum cæterorum Conciliorum appendix, & eis etiam se irrefragabile censet in judicando Hæreticorum textus. Longo examine discntit volumina Lutheri & Calvini tum de gratia, & justificatione, tum de Sacramentis, maxime de Eucharistia, eaque velut impia & hæretica explodit, ipso;que Hæresiarchas rebelles anathemate percutit ; insuper sess. 33. Can. 6. textum Canonis Missæ, quamvis ab Ecclesia solum compositum, declarat pium, catholicum ac sanctum : quinimmo Ipsum, aut abjicientes, aut tamquam erroneum habentes proscribit, his verbis : *Si quis dixerit Canonem Missæ errores continere, ideoque abrogandum esse, anathema sit.* Apage ergo omnes qui auctoritatem quinti Concilii Oecumenici circa textus abjiciunt, cum hanc infallibilem de textibus judicandi potestatem, non hac tantum vice & in uno isto Concilio, verum etiam in cæteris, & quotiescumque aut necessitas, aut fidelium utilitas exegit, promissionibus Christi innixa & firmata Ecclesia.

Boncai Theol. Tom. IV.

fia merito sibi vindicaverit ; hinc qui in hoc puncto ei resistunt, Dei ordinationi profecto resistunt.

Quinto : Ipsis non dissentibus Novatoribus, Ecclesia est infallibilis pronuntiando super quæstionem juris : Igitur & consequenter pronuntiando super textus, alias Patres Ariminenses bene judicassent reticendo verbum *Homoousion* subscribendo Formulæ Semi-Arianæ, quia sensum catholicum non solum in se retinebant, sed & verbis æquivalentibus exprimebant. Quis autem catholicus hæc umquam admittet ?

Sexto : Denique Ecclesia judicavit quindecim Arianorum & Semi-Arianorum formulas : Item & viginti circiter Lutheranorum & Calvinistarum quæ apparuerunt in Confessione Vvitembergensi & Synodo Dordeacena : porro omnes judicavit scriptis mandatas, & ipsis adhærentes, nisi ad meliorem frugem redirent, ut hæreticos abjecit. Igitur est infallibilis circa quæstionem facti dogmatici : sin minus non haberentur ut hæretici auctores, cujus tamen contrarium quotidiana probat experientia.

Solvuntur objectiones Adversariorum.

OPPONUNT : Patres Ephesini disputabant de jure non de facto, neque exegerunt Formularii obligationem, qualem nunc exigit Ecclesia : Igitur ex Illo Concilio nihil concludi potest pro infallibilitate circa textus.

Respondeo negando antecedens : Joannes enim Antiochenus & sui conveniebant de jure, sed Nestorio Patrocinantes, & scripta & personam defendebant in suo Conciliabulo, unde a Patribus Ephesinis, in Spiritu sancto congregatis, proscripti sunt.

Respondeo II. Ecclesiam exegisse in Concilio Niceno, ut Eusebius & alii Arium defenderent, ipsi & ejus scriptis anathema dicerent ; hoc ipsum præstari voluit a Theodoreto respectu Nestorii & ejusdem Scriptorum, & cum anceps & titubans hæsitaret, clamaverunt Patres : *Clare dic anathema Nestorio & scriptis ejus ; quibus humiliter parens dixit : Anathema Nestorio & scriptis ejus. Subscribo episl. Leonis & sic sero.* Quo facto admissus est, & sedit judicaturus cum Patribus Synodicis, ex quo liquet Ecclesiam exigere aliquid supra silentium respectuosum, neque esse novum exigere ut fideles manu propria hæreticorum, eorumque librorum subscribant condemnationi.

D d   *Obji-*

Objiciunt II. In Concilio Chalcedonensi Asclepiades Diaconus Act. 5. protulit perversam fidei professionem, quæ quidem adjuvante Anatolio Episcopo CP. tamquam catholica conclamata est. Igitur Ecc. alia non est infallibilis saltem circa textus. Ecce verba pag. 87. " Asclepia-
" des Diaconus, magni nominis sanctissi-
" mæ Ecclesiæ Constantinopolis, recitavit
" definitionem, quam non placuit his ge-
" stis inserere. Et post lectionem dubita-
" tionibus aliquibus, Joannes Reveren-
" dissimus Episcopus Germaniciæ, tran-
" siens in medio dixit, Non bene habet
" definitio... Anatolius Deo amantissi-
" mus, Archiepiscopus nominatissimæ CP.
" ad sanctam Synodum dixit : Placet vo-
" bis definitio? Omnes ... clamaverunt,
" Definitio omnibus placet. "
Respondeo distinguendo antecedens : Illa professio fidei catholica conclamata est, invitis Sedis Apostolicæ Oratoribus, concedo : secus, nego. Sic enim habetur pag. 8. _Omnes Reverendissimi Episcopi Romanus & aliquot Orientales, clamaverunt, definitio omnibus placet, hæc fidei Patrum, qui præter ista sapit, hæreticus est._ Certe Concilium Acophalum nisi est infallibile; cum igitur Legati summi Pontificis & alii multi Orientales non solum restiterunt, verum etiam a cœtu Patrum magna ex parte discesserint, manifestum est Concilium tunc temporis fuisse Acephalum, adeoque nullius auctoritatis & infallibilitatis. Loquimur autem de Concilio omnibus numeris absoluto; cui adest præcipuorum Præsulum consensus, alias non repræsentaret Ecclesiam.
Instant : In eodem Concilio Act. 4. Tredecim Episcopi Ægypti noluerunt subscribere epistolæ decretali S. Leonis : Igitur non apparet infallibilitas in isto Concilio circa textus, quandoquidem Patres hinc inde in diversas partes scissi manebant.
Respondeo, Episcopos Ægypti non denegasse absolute subscriptionem; petebant solum ut antequam subscriberent epistolæ S. Leonis, novus loco Dioscori exauctorati. Patriarcha eligeretur, qui prior subscriberet, & ipsi postea calculo suo & obsignatione rescriptum B. Pontificis comprobarent. Sed neque in hoc exauditi sunt, quin immo habetur : _Omnes Episcopi clamaverunt, manifeste anathematizat dogma Eutychetis, qui non subscribit epistolæ Leonis, cui sancta Synodus consentit,_

hæreticus. Et infra Reverendissimi Episcopi clamaverunt, & dixerunt, subscribant epistolæ Leonis.
Objicium III. Quintum Concilium generale, non potuit damnare tria Capitula : Igitur cum ex illo præcipuum deducatur argumentum pro infallibilitate Ecclesiæ circa textus, diruto fundamento, non stat infallibilitas. Probatur antecedens : I. Ita censet Facundius Hermanensis. II. Synodus hoc fecit, & adunata est, reclamante Vigilio & prohibente, unde quando Concilium damnavit Capitula, erat Acephalum, & Vigilius neque præsentia, neque sententia aderat cum Patribus Synodicis. III. Quia nec statim, sed aliquo elapso tempore, confirmatum est Concilium. IV. Cardinalis Aquirinus tom. 2. Conciliorum Hispaniæ, dicit quasdam Hispaniarum Synodos, inter Concilia Oecumenica non numerare quintum, quia in eo non adstatum est de aliquo fidei dogmate, sed dumtaxat de facto non revelato, nempe de textibus Theodori, Theodoreti & Ibæ, additque Ecclesiam ejusmodi facta ultimato & completo non definire judicio : cui sententiæ concinit Cardinalis de Laurea. V. Quia Epistola Ibæ approbata fuit a sacro Concilio Chalcedonensi, quod autem approbatur ab uno Concilio Oecumenico, non debet ab altero proscribi, immo nec potest; quia par non habet potestatem in parem. VI. Denique ipse Vigilius in constitutione sua, qua tandem tria Capitula damnat, silet Concilium quintum : profecto si credidisset judicium Synodi irrefragabile, citasset istud Concilium ad roborandum, & firmandum suum contra tria Capitula decretum : Igitur ex his omnibus constat Ecclesiam non habere infallibilitatem ad judicandum de auctorum textibus.
Respondeo I. Solutionem patere ex dictis; ostensum est enim sufficere consensum capitis & membrorum gradatim, & matura deliberatione prævia, dari.
Respondeo II. negando antecedens. Ad primum probationem, dico auctoritatem B. Gregorii præponderare auctoritati Facundii Hermanensis; tum quia quintum Concilium fuit ab universali Ecclesia receptum; tum quia quæstio non solum facti sed & juris erat : siquidem quæstio movebatur, an textus trium Capitulorum forent Catholici, an non? Unde textus se habebant ut materia juris.
_Ad_ secundum distinguo : Et postea Con-

Concilium fuit Oecumenicum, scilicet per consensum Episcoporum Latinorum, & maxime Vigilii, qui omnes tunc in magno numero Constantinopoli aderant, concedo : & non fuit approbatum, nego. Initio quidem Concilium quintum erat Episcoporum conventus, qui jubente Justiniano adunati erant, sed non invito Vigilio, qui rogatus a multis Orientalibus Episcopis, quatenus praesidere Concilio dignaretur, renuit quidem & se excusatus haberi voluit, sed non se opposuit. Quorsum vero non adsuerit ? duae sunt rationes. Prima, quia timebat ne Orientales propter majorem numerum aliquid in detrimentum jurium Ecclesiae Romanae concluderent. Secunda, quia etiam verebatur ne condemnando tria Capitula, infirmaretur auctoritas Synodi Oecumenicae Chalcedonensis, quae eadem intacta reliquerat : unde propter istas & alias oeconomiae rationes, nec voluit praesidere Concilio, nec illud protinus confirmare, immo nec mentionem in sua constitutione de eo facere, ne major Concilii erumpens auctoritas animos exacerbaret multorum, qui errore facti decepti, credebant tria Capitula a Concilio Chalcedonensi approbata : tum successu temporis accesserunt Vigilii confirmatio & Latinorum consensus, qui tunc Constantinopoli demorabantur ; Concilium igitur habuit completam Oecumenicitatem & consequenter infallibilitatem.

Ex his solutio patet ad tertium ; prius enim ponderare debuit Vigilius, utrum ratio fidei postularet damnare tria Capitula ? Et utrum hoc fieri posset, salvo Concilio Chalcedonensi, ad quod examinandum certe requirebatur tempus?

Ad quartum, Hispani Episcopi errore facti detinebantur, credentes quaestionem trium Capitulorum in Chalcedonensi finitam ; unde tamquam purum factum illud habebant momentum, quod in eo situm dumtaxat putabant, an Concilium Chalcedonense intacta reliquisset tria Capitula vel non ? Praeterea Synodi Hispaniarum loquuntur de Concilio, quae novas proscripserunt haereses. Quintum autem generale non novam, sed veterem Nestorii haeresim in tribus Capitulis anathematizat. Denique potest etiam dici Synodos Hispaniae vel scripsisse, quando Concilium quintum generale nondum erat approbatum, vel non attendisse ad ejus legitimationem.

Ad quintam probationem, nego Epistolam Ibae fuisse approbatam, immo sanctus Leo qui confirmavit Concilium Chalcedonense expresse permisit de ea disputare, ut praevio & longo examine, Ecclesia decursu temporum definiret quid de ea absolute sentiendum foret. Ad ultimam probationem, eadem est solutio quae ad primam data est.

Instam : Condemnatio aeque appellat supra personas, ac super textus : Sed nec quintum Concilium, nec aliud est infallibile circa facta personalia : Igitur nec circa textus.

Respondeo I. Falsum esse definitiones quinitae Synodi Oecumenicae aequaliter appellare supra personas ac supra textus, quandoquidem nullo modo cadebant super Theodoretum & Ibam, qui condemnantes Nestorium & eius scripta, absoluti, immo & admissi fuerant in Concilio Chalcedonensi.

Respondeo II. distinguendo : Definitiones atque decreta Conciliorum aequaliter respiciunt personas & textus, si personae praesentes sint, & suum pertinaciter defendant errorem, concedo : scriptum est enim Lucae 22. 19. De ore tuo te judico serve nequam : secus, nego. Igitur tunc Ecclesia est infallibilis circa facta personalia, quando haeretici eorum illa sistentes suum errorem defendunt, quia voces Haeresiarchorum & verba pro defensione sui erroris se habent ut textus : si vero absentes sint, non habet certitudinem infallibilem, quod textus reprobandi, sint talis vel talis personae, attamen de textu sibi oblato judicat infallibiliter, ut conflat ex probationibus.

Urgens : Concilium quintum non dicit : Anathematizamus Theodorum & scripta ; Igitur non absolute damnat tria Capitula.

Respondeo Concilium haec aequivalenter dicere, quatenus declarat textus trium Capitulorum esse erroneos : Igitur damnat factum : tum quia damnat jus quod a textu non separat : tum quia damnat etiam eos qui blasphemias Nestorii propugnant, immo tamquam Ethnicos & Publicanos haberi vult, atque declarat.

Replicant : Multi Episcopi Africae & Illyrii noluerunt recipere definitionem quinti Concilii generalis contra tria Capitula : Igitur non credebant Concilium infallibile circa textus.

Respondeo distinguendo antecedens : Et illi Episcopi errore facti detinebantur :

Dd 2　　con-

concedo : secus , nego. Credebant Concilium Chalcedonense judicasse tria Capitula , cum tamen facta personalia Theodoreti & Ibæ solum absolvislet ; hinc adhærentes supositiriæ definitioni Concilii Chalcedonensis, abnuebant quintum Oecumenicum.

Instant : Pelagius I. scripsit ad Episcopos Illyriæ , ut reciperent quintum Concilium generale : Igitur isti dubitabant de ejus infallibilitate.

Respondeo distinguendo : Scripsit ut certos eos faceret Concilium Chalcedonense tria Capitula non absolvisse, & hoc , ut definitionem quintæ Synodi reciperent, concedo : scripsit ut illis probaret Concilii infallibilitatem , nego. De hoc non dubitabant , sed de legitima condemnatione trium Capitulorum. Et vero si ab uno Concilio Oecumenico absoluta fuissent , non appiret quod alterum potuisset eadem proscribere. Et dato quod Episcopi Illyriæ dubitassent de legitima trium Capitulorum condemnatione , nihil inde concluderetur contra Concilii infallibilitatem , præsertim vero cum S. Leo sex dumtaxat primas Concilii Chalcedonensis actiones approbasset , permittendo de cæteris disputare : Igitur & de tribus Capitulis.

Reponens : Pelagius I. scribens ad Chilpericum Francorum Regem , nullam facit mentionem de quinto Concilio generali. Igitur &c.

Respondeo distinguendo : Pelagius œconomiæ causa silet & omittit quintum Concilium , ne commoveret animos multorum qui errore facti detenti , credebant tria Capitula a Concilio Chalcedonensi fuisse absoluta , concedo : omittit , quia dubitabat de Synodi potestate , nego. Nonne scripsit ad Episcopos Illyriæ pro illo Concilio suscipiendo ? Igitur paulatim & successive procedendum erat pro ejusmodi negotio, ne zelus acrior excitaret incendia , & novos moveret tumultus, & altercationes prioribus pejores.

Instant : Idem Pelagius dicit fidem esse causam specialem definitionis Conciliorum : sed facta trium Capitulorum non pertinebant ad fidem, utpote non revelata : Igitur Concilium non judicavit , saltem infallibiliter de eis. Confirmatur : Addit Pelagius : *Licitum esse examinare illam epistolam* , scilicet Ibæ , *licet verum esset Episcopos congregatos in Concilio Chalcedonensi eam suis approbasse subscriptionibus* .

Sed si approbata fuit , igitur non debuit damnari.

Respondeo distinguendo majorem: Et Pelagius ibi solum distinguere intendit facta personalia & textus a rebus immediate revelatis in Scripturis sacris, concedo : & vult textus nulla modo pertinere ad fidem , nego. Loquitur summus Pontifex de factis personalibus , nempe de Theodoro Mopsuesteno , de Theodoreto & Iba , sicut & de factis textuum trium Capitulorum probare intendit Episcopis Illyriæ , quod demirari haud debeant , tria Capitula in Concilio Chalcedonensi non fuisse absoluta , sed de his disputandi B. Leonem fecisse licentiam , ut ejusmodi facta , utpote immediate non revelata , elucidarentur : alia vero specialiter ad fidem pertinentia , nempe naturæ divinæ & humanæ in Christo veritatem atque distinctionem de fide definivisse contra Eutychetem Patres Chalcedonenses , asserit. Unde distinguo minorem : facta trium Capitulorum non pertinent ad fidem specialiter & immediate , concedo : mediate , nego. Pertinent mediate , & quidem dupliciter . I. Eo ipso quo duæ naturæ Christi, humana scilicet & divina revelantur & notantur in Scriptura , consequenter opposita sententia est contra revelationem & Scripturam statuentes duas naturas : unde rejicitur sententia quæ eisdem confundit. II. Pertinet textus ad revelationem alio modo , in quantum Scriptura dicit , Ecclesiam esse infallibilem , Christum cum ea esse usque ad consummationem sæculi , portas inferi adversus eam nunquam prævalituras : Igitur Pelagius in dubium non revocat Concilii infallibilitatem in judicio trium Capitulorum , nisi quod facta pura eaque personalia ; quod ultro concedimus .

Ad confirmationem : Dico verba integra ab adversariis non afferri , & præcipua reticeri : Sic igitur habet Pelagius : *Scripto concesserat Leo I. illud examinari* . Dato igitur & non concesso , quosdam Patres Concilii Chalcedonensis approbasse epistolam Ibæ , non inde sequitur illam examini & decreto subjici non posse , cum ea solum quæ afflictati fuerant in sex primis actionibus , approbaverat S. Leo .

Insistunt : Pelagius I. ait : *Beato Leoni scribente jus retractandi & dijudicandi concedituro* , etiam si qua esse poterat eorum qui interfuerant in privatis negotiis auctoritas evacuatur. Censet igitur Patres in Concilio
cilio

cilio congregatos, quamvis judicandi textus poteſtate pollentes, nihilominus eſſe fallibiles, quæſtionem iterum poſſe in novo judicio agitari & definiri : Ergo &c. ...

Reſpondeo diſtinguendo : Et Pelagius ſermonem habet ſolum de faſtis perſonalibus, quæ Concilium Chalcedonenſe judicaverat, concedo : de textibus trium Capitulorum, nego : de his quippe non egit, ſed tantummodo de perſonis Theodoreti & Ibæ. Immo & pertranſivit Theodorum Mopſueſtenum, quamobrem de ipſius perſona aſtitatum eſt in quinto Concilio generali ; quod autem Pelagius non loquatur de textibus, eſt ſui ipſius interpres : ibidem enim ſic loquitur : *Unde ſi Concilium Chalcedonenſe approbavit epiſtolam Ib.e, ſibi contradicit*. Denique ad idem principium redit ſemper Pelagius, ſcilicet aſtitata a Patribus Concilii Chalcedonenſis in aſtione ſeptima & aliis, quamvis ab eis definita, non eſſe infallibilia, quia nec a beato Leone approbata fuerant, quippe qui permiſerit in utramque partem diſputare ; nec ab univerſa Eccleſia recepta eſſe conſtabat.

Perſiſtunt : Pelagius exprobrat Epiſcopis Illyriæ quod ad ſchiſma propter quæſtiones ſuperfluas declinare vellent : Igitur non credit Eccleſiam infallibilem circa textum definitionem, cum hanc quæſtionem exiſtimet inutilem : de ea quippe movebant tragœdias Epiſcopi Illyriæ.

Reſpondeo diſtinguendo : Propter quæſtiones inutiles puri faſti, concedo : juris & faſti, qualis eſt quæſtio textus, nego. Erat in controverſia faſtum purum, an ſcilicet Concilium Chalcedonenſe abſolvendo perſonas Theodoreti & Ibæ abſolviſſet & textus ? Utrumque credebant Epiſcopi Illyriæ, & hoc errore detenti ; hinc & quintum Concilium generale rejicere volebant : probat illis Pelagius Chalcedonenſe nihil moviſſe circa textus, & dato quod aliquid pro textu Ibæ definiviſſet, judicium eſſe reformabile, quia beatus Leo licentiam fecerat diſputandi de tribus Capitulis, donec Eccleſia, in pleniori judicio terminaret quæſtionem : hanc adimpleviſſe Provinciam quintum Concilium a Vigilio approbatum aſſerit Pelagius ; ſane penitus ſuperfluum erat amplius diſputare de hoc momento, & declinare ad ſchiſma rejiciendo quintæ Synodi definitionem auſtoritate ſummi Pontificis obſignatam.

Boucat Theol. Tom. IV.

Contra : S. Gregorius, inquium, epiſt. ſua ad Conſtantium Epiſcopum Mediolanenſem eum collaudat quod non reddidiſſet Reginæ Longobardorum epiſtolam ſuam, in qua quidem de quinto Concilio generali mentionem faciebat. U. Alteram in qua ſolum de quatuor primis Conciliis generalibus loquitur, ad eamdem Reginam direxit. Igitur S. Gregorius non credebat infallibilitatem quinti Concilii circa textus, alias non debuiſſet illud Concilium reticere.

Reſpondeo diſtinguendo : Sic egit D. Gregorius œconomiæ cauſa, concedo : quia dubitabat de infallibilitate Eccleſiæ & Concilii, nego. Sciebat prudens ille & ſapientiſſimus Pontifex animum Reginæ ſucatis Schiſmaticorum ideis & rationibus contra Concilium quintum exaſperatum ; hinc maluit diſſimulare, quam contriſtare Reginam, ne pertinacem & aperte reluſtantem adinvenieat, ſchiſma exardeſceret. Revera quidem, pro ut prævideiat, evenit ſchiſma, de quo dolens ac gemens, ait : *Talis ſciſſura pro re nulla faſta eſt*. Sed pace feliciter poſtea compoſita, ſua approbatione, ſuoque applauſu munivit Concilium, aſſerens pari honore cum quatuor primis Concilii Oecumenicis illud habere. Cæterum conſtat Concilium a Vigilio & S. Gregorio celebratum & approbatum eſſe, conſtat ab Eccleſia univerſali receptum. Utinam & conſtet Novatores approbare definitiones contra textum Janſenii : Utinam illum, ſicut decet Sanſtos & Eccleſiæ filios amantiſſimos, vere & ſincere condemnare ſatagant.

§. VI.

Utrum conſtet ex Theologis Eccleſiam eſſe infallibilem circa juris & faſti quæſtionem ?

CONCLUSIO AFFIRMATIVA.

PROBATUR iſto ratiocinio : Eccleſia dicenda eſt circa utramque quæſtionem Infallibilis, ſi hanc prærogativam ſemper illi tribuerint Theologi omni exceptione majores : Atqui hujuſmodi Theologi hanc Eccleſiæ tribuerunt, & quotidie in ea agnoſcunt & defendunt prærogativam : Igitur Eccleſia eſt infallibilis ſecundum Theologos. Probatur minor variis multiſque in medium adducendis auſtoritatibus.

D d 3   Pri-

Primo : Omnes Europæ, nulla excepta, Universitates Orthodoxæ propugnant Ecclesiam esse infallibilem in decretis contra libros erroneos, tum in canonizatione Sanctorum : Sed librorum examen est circa dogma & textus : sed canonizatio fit in scripto, & præviis processibus verbalibus, post longam & exquisitam tum morum tum miraculorum ab ipsis patratorum inquisitionem : Igitur Ecclesia, ipsis consentientibus ac propugnantibus Theologis, est infallibilis circa juris & facti quæstionem.

Secundo : Ab actu ad posse valet consequentia : Atqui Theologi omni exceptione majores, defenderunt in Conciliis Ecclesiæ infallibilitatem circa dogma & textus : defenderunt in Concilio Florentino Patres Dominicani, qui pro professione Spiritus sancti a Patre & Filio, decreta & scripta summorum Pontificum, scripta & textus Patrum, scripta & textus D. Thomæ pro hoc momento apertos & manifestos esse tam feliciter Græcis demonstrarunt, ut parta victoria, Schismaticos Græcos utraque applaudente Orientali & Occidentali Ecclesia, Christo & Matri Ecclesiæ Romanæ pepererint & defenderint. Defenderunt in Tridentino idem Theologi, alii e Societate Jesu percelebres Hispani, hanc Ecclesiæ infallibilitatem cum in variis disputationibus Lutheri & Calvini errores debellantes, & concluserunt sanctam Ecclesiam textus eorum erroribus variis & nefandis scatentes, fulmine anathematis & decreto proscribere debere. Defenderunt Imperii Romani Theologi infallibilitatem Ecclesiæ circa textus in Concilio Constantiensi & Basileensi, eorum quippe opera & concilio Vuiclefi textus Ecclesia declaravit impios, hæreticos, & uti tales in perpetuum habendos. Quid plura referam ? Quot Concilia tot Theologorum testimonia pro infallibilitate Ecclesiæ circa utrumque momentum, quandoquidem in eis agitatum est & de jure & de factis dogmaticis. Hanc denique Ecclesiæ dotem defenderunt Theologi omnium Ordinum spectatissimi contra dogmata & textus Jansenii : Hanc defenderunt sacræ & eminentissimæ Domus Sorbonæ inclinati Doctores. Hanc ex regia Navarræ sapientissimi Doctores & Consultores : hanc ex Episcopatus fulgenti ordine in doctrina & zelo fidei nulli secundi Præsules : hanc ex purpureo cœtu multi Galli, plures Itali. Denique ex variis præclarisque ordinibus occulatissimi Romani Consultores, qui facto serio & diligenter examine, textus Jansenii esse erroneos asseruerunt, summum Pontificem insuper deprecantes, ut hanc fidei controversiam decreto dirimeret atque definiret, quod & applaudente universa Ecclesia fecit : Igitur Theologi agnoverunt & agnoscunt infallibilitatem Ecclesiæ circa jus & factum, alias nihil certum foret in Religione, nulla definitio ponderaret, & veritas inutilibus, scandalosis & perpetuis disputationibus nutaret, ac tandem triumpharet error, quod quidem fieri nequit, dicente Christo in gratiam Ecclesiæ, Matth. 16. *Et portæ inferi non prævalebunt adversus eam.*

Tertio : Theologi non solum in Conciliis & Congregationibus fleterunt pro infallibilitate Ecclesiæ circa jus & factum, verum etiam doctissimis scriptis hoc propugnarunt. Juvat ex singulis Ordinibus aliquos afferre, ut intelligant Fideles omnes Scholas esse quasi unius labii pro hac veritate tuenda contra impugnantes.

Ex ordine Eminentissimorum Cardinalium purpureo.

CARDINALIS Rospigliosus in sua relat. art. 52. 53. 54. 55. mirum in modum enodat quæstionem, & probat Ecclesiæ judicium circa propositiones & textus Jansenii, esse irrefragabile ; sic igitur loquitur, maxime cum huic accesserit Pastorum consensus, saltem tacitus, & ut plurimum expressus : *Ut probe animadverterunt Theologi qui a Sede Apostolica stabant, tres omnino quæstiones de Jansenii in quinque propositionibus sensu incidere poterant : Primo quarum illius occulta mens & cogitatio fuisset, quilibusque signata verbis quinque propositiones illas expressisset .... Hæc quæstio intra facti se limites tenet quam doctiores propterea negant definitionibus fidei divinæ subjectam .... Secunda quæstio esse posset, quid tandem nativa & sua vi & proprietate significarent verba Jansenii in suo Augustino, quæ licet ex infra dicendis, neque ipsa ad nostrum institutum pertineat, contineat tamen controversiam, non de mero facto, at de jure, subjectamque ideo Ecclesiæ judicio : ad dignoscendum quippe utrum aliqua doctrina, sacris Litteris congruat, an pugnet, plenam utriusque partis notitiam Judex obtineat, necesse est, utrumque tum sa-*

*sacrarum Litterarum, tum doctrinæ proposi-
tæ sensum percipiat, alioquin nulla esset hæresis, quæ defendi, nulla in fidei divinæ articulis veritas, quæ oppugnari non posset; li-
ceret enim jactare Pontificem, quamvis quod
ad sacras Litteras pertinet, contra omnem
falsi errorisque aliam consistat, posse decipi
tamen in earum doctrinarum intellectu —.
Tertia quæstio est in qua cum de Janseniana
doctrina sensu conveniat, discrepatur solum,
hæretica ne illa, an catholica sit?* quam
*quæstionem certo-certius constat non in fa-
cto, sed in jure versari.*

Cardinalis Norisius eodem prope modo
loquitur in defensione Apologiæ Mona-
chorum Scythiæ contra Anonymum cap.
3. asserit enim : *Ecclesiam in damnandis
propositionibus in sensu ab auctore intento
non errare, neque latum ab ea semel judicium posse retractari : siquidem oppositum
affirmantes Apostolica Sedes damnavit, ut patet ex Epistolis Romanorum Pontificum, qui
proxime Synodum quintam consecuti sunt.*

Cardinalis de Lauræa ex professo omnia distinguit & probat, ac perfecte hanc
dirimit controversiam in art. 2. sextæ
disputationis, ubi explicat quid sit quæstio juris, quid quæstio facti. Art. 3.
docet canonizationem Sanctorum quæ non
sit sine pluribus textibus, ad fidem pertinere. Art. vero 6. sic habet : *An propositiones doctrinales, includentes aliquid facti, possint esse objecta fidei ? Dico I.* dum
*Ecclesia in Concilio, vel Romanus Ponti-
fex extra Concilium damnat aliquam doctrinam cum expressione auctoris, v. g. doctrinam Sabelli de unitate Personarum in Deo
... licet totum complexum includat aliquid
facti, damnatio illa est objectum fidei,
ideo absolute & sine distinctione facti a jure
est recipienda ut fidei objectum.* Scilicet an-
ti autem ubi sit facti revelatio ? respondet implicite esse in Scriptura sacra &
colligi ex Matthæi 5. 24. cum Christus
dicit : *Multi venient in nomine meo, dicentes ego sum Christus, & seducent multos.* Ex 2. Petri 2. *Erunt in vobis magistri mendaces qui introducent sectas perditionis.* His accedit Cardinalis Bellarminus, qui passim in suis controversiarum
libris idem, ut infra dicetur, docet.

Sed inter omnes fulget iste Cardinalis,
qui multis in locis eamdem profitetur
doctrinam, ast de eo infra agemus. Sufficit impræsentiarum dicere Ecclesiam
secundum opinionem eminentissimorum
Theologorum judicare infallibiliter & de

textibus, & de sensu ab auctore expresso
in textibus, immo facta dogmatica esse
facti simul & juris, & quodam modo
pertinere ad fidem : Igitur Ecclesia infallibiliter judicare potuit, & de facto
judicavit de falsis dogmatibus & textibus
erroneis Hæreticorum.

Ex Schola sacra Facultatis Parisiensis.

Sacra hæc Facultas novum Janseni-
mi commentum etiam egregie & primo
non semel debellavit : Ita refert Illustris-
simus Episcopus Tullensis Carolus du
Plessis d'Argentre Soc. Sorb. in Appen-
dice posteriori ad Elementa Theologica
pag. 86. *Anno, inquit, 1656. a sacra Facultate Parisiensi contra Antonium Arnaldum
gestam fuit, & postremum a tribus annis
contra famosam de aliquibus conscientia dubiis consultationem a 40. Doctoribus Facultatis Parisiensis subscriptam, deinde ab iisdem fere omnibus retractatam, id sententia
nostra prorsus favet.*

Idem in eodem opere pag. 36. dicit :
*Anno 1656. censura Facultatis Parisiensis
inusta est cuidam epistolæ Antonii Arnaldi
gallice scriptæ, cujus doctrinam in duobus
capitibus damnavit. Quorum unum ad quæstionem facti circa Jansenii sensum spectabat, nempe affirmaverat Arnaldus hæreticum sensum verbis Jansenii immerito tribui,
aut certe uni-cuique fas esse asebat, in dubium revocare, utrum talis sensus in libro
Jansenii reperiretur ? Nec aliam præter reli-
gios silentii observantiam, Conciliorum etiam Oecumenicorum judicio in privatis hujusmodi factis, deberi. Alterum caput ad
peculiarem juris quæstionem de mandatis bo-
mini justo possibilibus pertinebat. Censura :
Decrevit sacra Facultas priorem illam quæstionem, sive propositionem quæ est facti
esse temerariam, injuriosam summo Pontifici, ac Episcopis Galliæ, atque etiam præbere occasionem renovandi ex integro post
damnationem Jansenii doctrinam.*

*Rursus in censura contra Lutherum ann.
1542. art. 18. sacra Facultas sic insurgit
adversus illum, dicens : Tenetur quilibet
Christianus firmiter credere unam esse in terris universalem Ecclesiam visibilem quæ in
fide & moribus errare non potest, cui omnes
Fideles in his quæ sunt fidei & morum obedire astringuntur. Rursus art. 19. Quod si
quid in Scripturis sacris controversiæ aut
dubii oriatur, ad præfatam Ecclesiam definire & determinare spectat.*

Dd 4   *Mitto*

Mitto Nauclerum , Baii , Duvallium , qui idem docent : poftremis tom. 2. de fummo Pontifice q. 7. totam quæftionem paucis fed efficaciffimis verbis dirimit , & probat : Neque enim , inquit , probabile eft Spiritum fanctum , qui jugiter adeft Ecclefiæ , finere Pontificem labi in errorem qui in totam Ecclefiam redundaret , quod certe contingeret , fi damnatos in inferis , omni dedecore notandos , honore afficeret , quamobrem merito docet nofter Almainus cap. 1. de auctoritate Ecclefiæ fub finem , Pontificem a Spiritu fancto illuftrari , in his quæ ad generalem Ecclefiæ ftatum fpectant , non autem in quæftionibus facti particularibus , fed finere interdum eum , fi non culpabiliter , faltem ignoranter propter falfam teftium relationem , in errorem labi . Quibus verbis tria ifti duo Doctores infinuant & propugnant ; nempe , I. Ecclefiam effe infallibilem in canonizatione Sanctorum , II. Etiam in factis dogmaticis quæ religionem fpectant , quia non poteft errare in his quæ pertinent ad bonum univerfale Fidelium. III. Secus vero in factis puris ; poteft enim decipi aut propter falfam teftium depofitionem , aut propter textuum deflorationem .

Ex Schola Angelica Thomiftarum .

DIVUS THOMAS egregie cum fuæ Scholæ Alumnis fortiter propugnat Ecclefiæ infallibilitatem & pro quæftione juris & pro quæftione facti dogmatici ; multus & perpetuus eft pro hac veritate comprobanda , fed præcipue Quodlib. 9. art. 16. In Ecclefia , inquit , non poteft effe error damnabilis , fed hic effet error damnabilis , fi veneraretur tanquam fanctum qui fuit peccator , ergo Ecclefia canonizando Sanctos non poteft errare . Idem in 4. dift. 13. q. 2. art. 5. ait : Dicendum quod fides principaliter confiftit in corde , & primo , fed fecundario in ore : quia corde creditur ad juftitiam , ore confeffio fit ad falutem ... unde Hieronymus dicit quod ex verbis inordinate prolatis incurritur hærefis : non quia hærefis per fe in his confiftat , fed quia fumit occafio & caufa erroris .

Iterum ibidem clarius fe explicat pro textibus : Ad fidem pertinet ad quam aliquid pertinet dupliciter ... Uno modo directe & principaliter ficut articuli fidei : Alio modo indirecte & fecundario , ficut ea , ex quibus fequitur corruptio alicujus articuli , & circa utraque poteft effe hærefis eo modo quo & fides . Denique totum concludit &

absolvit 2. 2. q. 11. art. 2. ad 3. his verbis : Si ego alicui Doctores viderentur diffenfiffe vel circa quorum nihil intereft ad fidem pertinentibus quæ nondum erant per Ecclefiam determinata , poftquam autem effent auctoritate univerfalis Ecclefiæ determinata , fi quis tali ordinationi pertinaciter repugnaret , hæreticus cenferetur .

Divus Thomas in primo loco dicit Ecclefiam non poffe errare circa canonizationem Sanctorum , quæ tamen non fit fine examine multorum Scriptorum . In fecundo loco docet fidem non folum in corde , fed etiam in ore confiftere , ita ut ex verbis inordinate prolatis vel fcriptis fequatur corruptio fidei . Igitur ex ipfo verba & textus erronei fpectant fidem , non quidem primario & directe , fed indirecte & fecundario ut loquitur . In tertio loco , in quantum funt caufa & occafio erroris , ex quo fequitur hærefis . Jam vero fi pertinent ad fidem , poteft Ecclefia de his infallibiliter judicare , unde poftquam funt ab Ecclefia univerfali determinata , fi quis refifteret , Hæreticus , inquit fanctus Doctor , cenferetur . Profecto non foret hæreticus , nifi ineffet Ecclefiæ rem de fide vel contra fidem determinandi auctoritas .

Bannez fubfcribit D. Th. comment. in 2. 2. q. 11. art. 2. & fic effatur : Ecclefia eft infallibilis ad definiendum modum loquendi in rebus fidei , quia neceffarium eft quod habeat auctoritatem ad determinandum verba , ad hoc quod proponant recte verba fidei , Ecclefia debet fcire quomodo oporteat nos loqui ; ad hoc enim dona linguarum data funt Apoftolis . Aperta mens eft iftius Theologi , qui fummopere & quafi mire attendit ad textus , dicens : Pertinere ad Ecclefiam determinare verba in rebus fidei . Rurfus q. 1. art. 10.

Joannes a S. Thoma iifdem veftigiis inhærens difp. 19. in fecundam 2. pag. 147. hinc fibi proponit difficultatem : Quomodo Ecclefia poteft effe certa de Scriptura facra , cum neque in lingua primigenia habeat , nec qui verfionem fecit , infallibilitatem donabatur . Cui argumento his verbis fatisfacit : Refpondetur Ecclefiam ex auctoritate quam habet circa determinandas res fidei , & proponendas eas fidelibus , habere quoque auctoritatem determinandi in quo libro , & editione & tractatu inveniatur veritas fidei , & revelatio divina : & ita ex auctoritate illa deficiente certificatur Ecclefia ficut circa alias res fidei controverfas certificatur per auctoritatem fuæ definitionis .

In

In eadem sententia versantur Melchior Cano, Gonetus, & alii complures ejusdem Scholæ Theologi. ut Dominicus à S. Trinitate Carmelita Discalceatus in sua Bibliotheca Theologica Romæ typis edita anno 1668. cap. 18. tom. 3. pag. 360. D. Thomas omnium Princeps Quodlib. 9. art. 16. hinc addit rationem pro infallibilitate etiam circa textus : *Si vero consideretur divina Providentia quæ Ecclesiam suam Spiritu sancto dirigit, ut non erret, sicut ipse promisit Joan. 14. quod spiritus adveniens docebit omnem veritatem, de necessariis scilicet ad salutem, certum est quod judicium Ecclesiæ universalis errare in his quæ ad fidem pertinent, impossibile est.*

Ex Schola doctissima Societatis Jesu.

THEOLOGI hujus Scholæ certatim conspirant ad defendendam Ecclesiæ infallibilitatem circa jus & factum. Hanc propugnat Azorius in libris Moralium. Hanc Gregorius de Valentia, disp. 9. de fide sect. 9. cap. 3. Hanc de Rhodes disp. 2. de fide q. 1. sect. 5. 54. Hanc Suarez, Petavius, & alii non pauci, sed inter omnes Cardinalis Bellarminus l. 2. de Sacramentis in genere c. 25. Si *tollamus*, inquit, *auctoritatem præsentis Ecclesiæ, & præsentis Concilii, in dubium revocari poterunt omnium aliorum Conciliorum decreta, & tota fides christiana.* Rursus lib. 3. de Ecclesia militante cap. 14. sic loquitur : *Nostra igitur sententia est Ecclesiam absolute errare non posse, nec in rebus absolute necessariis, nec in aliis quæ credenda vel facienda nobis proponit, sive habeantur expresse in Scripturis, sive non.* Quibus verbis ostendit se versari in ea opinione, quæ Ecclesiæ infallibilitatem extendit ad omnia quæ spectant Religionem, etiamsi scripta non sint. Tum in libris de verbo Dei, non semel dicit ad Ecclesiam pertinere judicare de textibus Scripturæ sacræ, & determinare quinam sint libri genuini, quinam vero apocryphi.

Ex Juris peritis.

QUID plura commemorem pro infallibilitate Ecclesiæ circa jus & textus? ubique habet Patronos & defensores, maxime apud eos qui scientia juris præpollent. Hanc enim defendit S. Antoninus 3. p. tit. 11. c. 8. & 9. sect. 2. hanc Soto & alii permulti. Unum omni exce-

ptione majorem referam, nempe Joannem Turrecremata lib. 2. Summæ c. 112. qui affirmat Ecclesiam esse infallibilem judicando de textibus : *Alias*, inquit, *posset quis eadem facilitate dicere quod erratum sit in electione quatuor Evangeliorum & Epistolarum canonis, & in approbatione universalium Conciliorum, & aliorum librorum Doctorum approbando aliquos, & aliquos reprobando.*

Fit satis objectionibus Heterodoxorum circa Textus.

OBJICIUNT I. D. Thomas & sui, hanc negant infallibilitatem. II. Episcopi, Doctores, Baccalaurei, alii in scriptis, alii in thesibus ; III. Licitam esse ei non subscribere : Igitur incassum admittitur illa infallibilitas Ecclesiæ circa textus.

Respondeo distinguendo : D. Thomas & sui negant infallibilitatem Ecclesiæ pro fallis personalibus, concedo : aliquis enim potest injuste accusari, & consequenter injuste damnari : in factis dogmaticis, nego. Ejusmodi facta sunt etiam juris. In propositionibus Jansenii v. g. duo distinguuntur ; aliud in abstracto, utrum scilicet præcepta quædam sint impossibilia : Aliud in concreto & in textu complexum, an scilicet sensus prius propositionis obvius hoc significet. Tertium potest addi, utrum scilicet auctor hunc & alium meliorem in mente retinuerit sensum : profecto Ecclesia utpote S. Spiritu edocta & gubernata, jus dicendi habet circa primum jus ; & in secundum declarando hunc esse sensum libri auctoris, quippe qui sic verbis externis expressus. Utrum vero intus saniorem servaverit & habuerit? non judicat de internis.

Ad secundum oppono illis Theologis perexcellentiores : oppono Concilia, oppono Stephanum. Cyprianus v. g. volebat Hæreticos ad Ecclesiam redeuntes verbis evangelicis jam baptizatos iterum baptizari : Sed restitit ei Stephanus I. & prævaluit. Unde quando Vincentius Lirinensis dicit : *Quod est traditum, et illud quod ubique, quod ab omnibus, quod semper nobis non opponitur* : Sensus est, quod ab omnibus ordine, scientia, sanctitate conspicuis traditur. Hæc autem infallibilitas a Conciliis, hæc a Patribus, hæc ab usu & possessione perpetua comprobatur. Cyprianus & tria Concilia Africana, Firmilia-

lianus & duæ Synodi Orientales tenebant pro rebaptizatione Hæreticorum : & tamen unus Stephanus unico verbo fubvertit omnia ab illis Conciliis decreta, dicendo : *Nihil innovetur nifi quod traditum eft*. Habebat igitur, licet tot ac tantis viris adverfantibus, pro fe Traditionem & Ecclefiæ confenfum & ufum : unde Vincentius feipfum explicat 3. commonit. his verbis : *Si quis fit particularis qui contrarium teneat, licet doctus, licet fanctus Epifcopus, Confeffor, Martyr, relinqui debet*. Et D. Th. *Si quis tali ordinationi, fcilicet Ecclefiæ, pertinaciter repugnaret, hæreticus cenferetur*.

Ad tertium, nego licitum effe refragari infallibilitati Ecclefiæ circa textus, cum quæftio fit juris & facti; Ecclefia non femel fuam declaravit infallibilitatem : & fuis definitionibus rebelles habuit ut Ethnicos & Publicanos. Quid plura ? Novatores ante Janfenii condemnationem neque difputabant de infallibilitate Ecclefiæ circa textus, neque de ea dubitabant; immo & ultro eam agnofcunt pro textibus D. Auguftini, non in uno, fed in duodecim librorum tomis & voluminibus contentis. Qua de caufa igitur, quave factilitate pro uno volumine Janfenii illam agnofcere abnuunt ?

Reponunt : Cardinalis Turrecremata afferit fextum Concilium damnaffe Honorium, non intellectis ejufdem Pontificis epiftolis : Igitur credit Concilium erraffe circa illos textus.

Quidam refpondent iftum Cardinalem folum hoc unum intendere, Concilium erraffe circa epiftolarum textus non in fe fpectatos, fed refpective ad Honorium, cujus mentem non fatis attigiffe Patres Synodicos volunt, maxime cum non damnatus fit ut Hæreticus, fed folum ut Hæreticorum fautor; eo quod fortiter non fe geffiffet reticendo vocem duarum in Chrifto operationum. Sed fruftra ad iftam confugiunt folutionem, cum luce clarius conftet legenti, & fine præoccupatione omnia ponderanti, acta Concilii fuiffe deborata, tum in feffione 23. In qua p æcipitur epiftolarum combuftio, tum in feffione 28. in qua manifeftam oftendimus contradictionem : & fic uno verbo abfque labore diluuntur Novatorum fophifmata ex illo momento inaniter deducta.

Inftant : Baronius tomo 8. hift. dicit I. Ecclefiam non tanto rigore procedere cir-

ca perfonas & fcripta, ficut contra res fidei. II. Eam effe fallibilem circa perfonas & fcripta : Ergo &c.

Refpondeo Baronium remittere Lectorem ad Bellarminum, quem docte & folide difcuffiffe quæftionem affirmat : Igitur non eft conclufioni contrarius.

Ad primum diftinguo : Non tanto rigore Ecclefia infectatur perfonas ac fcripta ficut res fidei, fi fcripta confiderentur refpective ad perfonam, concedo : fieri enim poteft, quod fcripta alias erronea, tribuantur alicui cujus non funt fœtus. Unde in caufa accufati poffunt falli judices : fi confiderentur refpective ad fidem cujus continent vel probationem & confirmationem, ut fcripta Patrum, vel ad errorem, aliquod fidei punctum deftruentem, nego. Quia ut jam dictum eft, quæftio textus eo modo fpectati, eft quæftio juris fimul & fidei : vult igitur dumtaxat Baronius Ecclefiam cum eodem rigore non procedere circa facta perfonalia, & circa textus comparative ad perfonas.

Ad fecundum, eadem eft folutio : Ecclefia non eft infallibilis circa facta pura & perfonalia, bene vero circa textus reduplicative ut dogmaticos. Ecclefia ifta duo fecernit, & numquam confundit, nempe textum & talem auctorem.

Dices : Alexander VII. non feparat textum ab auctore, & damnat propofitiones in fenfu Janfenii.

Refpondeo ifta duo, textus auctoris & textus talis auctoris diftingui a fummis Pontificibus. Enim vero qualifcant propofitiones in fenfu ab affertore intento, ficut exprimitur in textu, & in hoc Ecclefia eft infallibilis, quia habet textus præfentes, unde & de doctrina in eis contenta judicare poteft. Sed an auctor habuerit & retinuerit in mente alium fenfum præter obvium, an talis minoris perfona fit auctor textus, de hoc non judicat infallibiliter, nifi auctor fit præfens & loquatur agnofcendo librum ut fuum: quia vero Novatores defenderunt textum Janfenii ut Janfenii, Ecclefia judicando textum nominat Janfenium, fed cum claufula procedit Innocentius X. Sic enim loquitur : *Cum occafione impreffionis libri, cui titulus, Auguftinus Cornelii Janfenii Epifcopi Iprenfis*. Procul hinc igitur omnes iftæ vanæ fubtilitates, & fpeciofa, fed fucata effugia.

Inftant : Cardinalis Palavicinus negat quin-

quintum Concilium hanc infallibilitatem habuisse pro negotio trium Capitulorum, & merito ; quia sermonis congruitas & pura locutio , non est objectum satis grave , neque fidei , neque Concilii aliquid pro fide definiendis .

Respondeo distinguendo : Et Ille Cardinalis loquitur historice , & secundum quorumdam Occidentalium mentem , qui errore facti decepti , existimabant tria Capitula fuisse a Concilio Chalcedonensi absoluta , concedo : & loquitur mente propria , nego : nam lib. D. Hist. cap. 17. pag. 397. agnoscit infallibilitatem in Ecclesia pro textibus , dicitque quintum Concilium Spiritum sancto ductum & inspiratum tria condemnasse Capitula .

Ad confirmationem distinguo : Congruitas sermonis grammaticalis & quoad verbi atque Idioma non est fidei decisionis materia , concedo : quoad sensum verbis & terminis expressum , nego . Propositio ista v. e. *Præcepta Dei sunt impossibilia justis , etiam conantibus* , potest exprimi gallice vel græce . II. Aliis terminis æquivalentibus , ut si quis diceret , jussi quantumvis satagant , non possunt adimplere Dei præcepta . III. Potest spectari secundum sensum quem præ se fert : Porro non est fidei & decisionis objectum primo & secundo modo spectata , bene vero formaliter & secundum sensum obvium ponderata , quia sic exprimit errorem contra fidem pugnantem , & prorsus condemnandum .

Persistunt : Doctissimus Petavius in doctrina Patrum & scientia versatissimus asserit : I. Quintum Concilium generale ad fidem non pertinere , Vigilium contra propriam sententiam , & solum ne schisma oriretur , illud suo calculo muniviisse : II. Asserit utique Marcellum Ancyranum , relicto ejus sensu , absolutum fuisse , quæ quidem omnia & similia infallibilitatem circa textus minime sapiunt .

Respondeo I. Opponendo Petavium Petavio ; ipse siquidem lib. 6. Theolog. dogm. cap. 17. dicit Ecclesiam anathemate percussisse erronea Theodoreti dogmata , utpote sanæ & catholicæ Cyrilli Alexandrini doctrinæ de Verbo incarnato , opposita . Item stat pro infallibilitate Ecclesiæ circa textus tom. 2. lib. 1. de Trin. cap. 4. II. Dato & non concesso Petavium impugnare auctoritatem quinti Concilii generalis , magis adhærendum est sententiæ D. Gregorii illud tamquam qua-

tuor prima Concilia venerantis , præsertim vero quia ad Theologum particularem non spectat pronuntiare circa morem quem gerit Ecclesia tum adunando Concilia , tum definiendo circa materiam agitatam .

Ad Vigilium dico , prima quidem fronte hæsitasse approbare Concilium , sed discussione facta , postea libenter approbasse , cujus rei argumentum est , quod Pelagius I. ejus successor fategerit , ut ab omnibus reciperetur .

Ad aliud momentum dico , Petavium non satis ponderasse Marcelli fictum , omnes , paucis exceptis , nunc ab Arianismo immunem agnoscunt & defendunt : quis enim rerum indagator æquus non sciat , ideo Marcellum absolutum fuisse , quia sanam & omnibus numeris absolutam fidei professionem summo Pontifici exhibuerat ?

Replicant : Illust. D. Bossuetius Meldensium Præsul tenet revelationem non esse necessariam , ut Ecclesia definiat & qualificet textus , sed sufficere unum illud scire , numquam eam errasse in hoc , ut credamus numquam circa illud momentum in errorem fore lapsuram : Ergo si revelatio nullum hic habeat locum , nullus tenetur credere textus proscriptos erroneos esse , sed sufficit silentium , & nihil contra Ecclesiam moliri , quia quisque ex obedientia tenetur ejus venerari decreta .

Respondeo distinguendo : Bossuetius numquam credidit infallibilitatem Ecclesiæ circa textus esse quid immediate revelatum , concedo : non enim legitur in Scriptura textum Jansenii esse hæreticum , si quidem ante Jansenium extabat Scriptura : non esse mediate revelatum , in quantum Christus suæ promisit Ecclesiæ quod foret eum ipsa usque ad consummationem sæculi , nego .

§. VII.

Utrum ex ratione constet Ecclesiam esse infallibilem circa juris & facti dogmatica quæstionem.

CONCLUSIO AFFIRMATIVA.

Probatur rationibus Theologicis.

PRIMA hæc est : quod Scriptura , Traditio , usus , & omnes , tum Theologi , tum

cum Summiste docent, non licet revocari in dubium; non enim aliqui præter hæterodoxos insanientes dicent omnes viros pietate, scientia & sanctitate per illustres, se solis exceptis, excutire: Atqui ex momentis supra laudatis liquet Ecclesiam infallibilitare circa jus & factum gaudere. Ergo &c.

Altera : Citra dubium est definitiones Conciliorum generalium approbatorum esse recta judicia : Sed si hujusmodi Concilia sorent circa dogma & factum fallibilia, nihil certi in judiciis haberetur pro Religione, quia teste Bellarmino lib. 2. de Concil. auctoritate cap. 4. *Nihil est majus generali Concilio, legitimo & approbato.* Ergo &c.

Tertia : Ecclesia est essentialiter una, ut habetur in Symbolo, & teste Apostolo una est fides, unum Baptisma, unum Caput Christus in coelis, & summus Pontifex ejus in terris Vicarius : Sed si Ecclesia non esset circa utrumque momentum jimjam sæpius laudatum, infallibilis, tot essent religiones, quot sorent capita, ut liquet in variis sectis ; eo enim ipso quo Ecclesia infallibilis non existeret in jure & facto, nullus finis controversiarum daretur : quod & compertum habemus in Novatoribus, qui hac de causa semper disputant, & disputando ac mile rixando in veritate non stant. Ergo &c.

Quarta : Ut primum infallibilitas laudata Ecclesiæ denegatur, jam omnis vera religio exsufflatur : Sed horrendum consequens : Ergo & Antecedens. Probatur sequela majoris. Vera Religio habetur ex sacris Scripturis : Sed si Ecclesia non est infallibilis, nutant omnes Scripturæ, cum sacrorum textuum genuitatem & mysteriorum dogmata in eis conclusa habeamus & proposita, & determinata ab Ecclesia in Conciliis adunata : Ergo &c.

Quinta : Si Ecclesia in decretis suis circa dogmata & textus illa continentes posset errare, nulla ei reverentia, nullumque obsequium eis deberetur, cum honor & observantia erga Conciliorum & Ecclesiæ canones in ejus infallibilitate potissimum fundetur : Sed impium esset dicere hujusmodi canones cum contemptu abjiciendos esse : Ergo &c. Ista ratio est doctissimi Bellarmini ibidem pag. 73. col. 1. his verbis : " Si omnia Concilia, ais, " possent errare, illud certe sequitur, " ut omnia intolerabilem errorem admi-

---

" serint , ac proinde nullo honore digna " sint; nam error intolerabilis est , pro- " ponere aliquid credendum , tamquam " articulum fidei , de quo non constet, " an sit verum, vel salsum ; at Concilia " præcipua , ut Nicænum , Constantino- " politanum , Ephesinum , Chalcedonense " ediderunt nova Symbola fidei , aut cer- " te novas sententias quas voluerunt ha- " beri tamquam articulos fidei. Quis au- " tem dicere audebit , illa Concilia qua- " tuor intolerabilem errorem continere , " nulloque honore digna esse, cum ea vi- " deamus etiam ab adversariis cum hono- " re suscipi , & non raro in testimonium " veræ doctrinæ adduci ? Restat igitur ut " firma , & infallibilia esse credamus eo- " rum judicia. "

Ex his sequitur Concilia particularia approbata & ab Ecclesia recepta circa fidel dogmata esse irrefragabilia , ut Concilium secundum Arausicanum , quod viginti quinque canonibus doctrinam de gratiæ necessitate , de libero arbitrio sub dominio gratiæ, de merito & fortitudine Christiana , de dilectione Dei , & perseverantia finali expressit dixit & statuit . Hanc sequelam ex professo propugnit & docet Bellarminus lib. 2. de auctoritate Concil. cap. 5. quia eo ipso quo approbata & recepta sunt, jam est ipsa Ecclesia loquens : Sed Ecclesia, ut nunc probatum est , infallibilis est circa juris & facti dogmatici quæstionem Igitur & Concilia particularia .

Diluuntur Heterodoxorum objecta.

Opponunt : Si Concilia oecumenica essent In decretis dogmaticis irrefragabilia , eorum canones inter fidel articulos annumerarentur , & ut Scripturæ sacra se haberent , maxime cum eorum statuta a Spiritu sancto nedum assistente , sed & assante procederent ; sicut enim Petrus in Concilio Jerosolymitano Act. 15. dicit : *Visum est nobis & Spiritui sancto &c.* Sic & quædam Conciliorum Oecumenicorum Patres locuti sunt : vel ipsum Concilium Chalcedonense audita Theodoreti fidei confessione , in pristinum gradum Illum restituit , dicens Christum illum restituere, quia orthodoxus est. Sed nemo diserit Concilii generalis approbati canones esse Scripturam sacram , & ejusdem cum illo auctoritatis & divinitatis : Igitur ex hac ratione liquet Ecclesiam non esse in-

fal-

fallibilem circa juris & facti dogmatici quæstionem.

Respondeo I. negando sequelam majoris. Canones Conciliorum sunt quidem articulorum fidei propositiones & explicationes, sed non ipsum Dei verbum immediate revelatum. Neque vero solum illud intercedit inter Scripturam & Conciliorum decreta discrimen; specialiori siquidem modo Spiritus sanctus assistebat Scriptoribus canonicis quam Conciliis, cum eis, ut multi contendunt, & verba, & sensum mysteriorum in Scripturis contentorum nedum revelaret, sed & dictaret: At vero assistit Conciliis tantummodo, ut verbum Dei in Scripturis expressum proponant, & contra obstrepentes defendant.

Ad id vero quod dicitur Concilia quandoque eodem modo loqui ac S. Petrus, dicendo: *Visum est nobis*, dico comparationem non esse adæquatam, quandoquidem S. Petrus erat Scriptor canonicus, e contra vero Concilium: quia tamen ipsi inest Spiritus sancti assistentia ne erret, potuit uti eadem phrasi & loquendi formula, dicens, *visum est &c.* Quod autem hæc juxta eamdem efficaciam a Conciliis non dicantur, patet ex sermone Concilii Chalcedonensis dicentis Christum Theodoretum Catholicum in pristinum gradum restituere, cum quia ad potestatem humanam Ecclesiasticam spectat exauctoratos Episcopos pœnitentes absolvere: tum quia dubio procul non erat certum certitudine fidei Theodoretum esse Catholicum & perfecte conversum, ut liquet ex ejus capitulo in quinta Synodo generali proscripto.

Solutio objectionis colligitur ex Bellarmino, qui lib. 2. de Concil. auct. cap. 12. ait quintuplex esse inter Scripturam & canones discrimen: " Primum est, ait „ pag. 108. & 109. quod Scriptura est ver„ bum Dei immediate revelatum, & scri„ tum quodam modo Deo dictante, jux„ ta illud 2. Petr. 1. *Spiritu sancto inspi„ rante locuti sunt sancti Dei homines* . . . „ . At vero Concilia non habent, neque „ scribunt immediatas revelationes, aut „ verba Dei, sed tantum declarant, quod „ sit verbum Dei scriptum vel traditum, „ & quomodo intelligi debeat, & præ„ terea ex eo per ratiocinationem dedu„ cunt conclusiones. „ Sicque definitio Concilii se habet ut conclusio Theologica, quæ revelatione solum virtuali eate-

nus innititur, quatenus ex verbo Dei scripto, vel tradito suos deducit & efformat canones.

Pergit Bellarminus: " Alterum discri„ men ex hoc primo oritur, & est quod „ Scriptores sacri non debuerunt multum „ laborare in suis libris edendis; satis „ enim erat, si laborarent scribendo, vel „ dictando, si edebant vaticinia: vel ad „ summum revocando ad memoriam, quæ „ viderant, vel audierant, & cogitarent „ verba quibus ea scriberent, si scribe„ bant historias, vel epistolas, vel ali„ quid simile. At Patres in Conciliis de„ bent rem ipsam quærere, id est, con„ clusiones investigare, disputando, le„ gendo, cogitando. Unde Act. 15. legi„ mus in primo Concilio magnam conqui„ sitionem fuisse factam. Idem testatur „ de Niceno Concilio Ruffinus lib. 10. „ Hist. cap. 5. „ Hinc graves Theologi propugnant hanc sententiam Concilii Apost. *Visum est nobis*, historicæ quidem esse D. Lucæ immediate revelatam, sed initium canonis non esse ipsam Scripturam sacram.

Prosequitur pag. 113. dicens : " Ter„ tium est, quod in Scriptura nullus po„ test esse error, sive agatur de fide, si„ ve de moribus, & sive aliquid affirme„ tur generale, & toti Ecclesiæ commu„ ne, sive aliquid particulare, & ad u„ num tantum hominem pertinens . . . At „ Concilia in particularibus judiciis erra„ re possunt. „

Rursus ibidem : Quartum est, quod in „ Scriptura non solum sententiæ, sed „ etiam verba omnia, & singuli ad fi„ dem pertinent . . . In ipsis *Conciliorum* „ decretis de fide, non verba, sed sensus „ tantum ad fidem pertinet; non enim est „ hæreticum dicere, in canonibus Conci„ liorum aliquod verbum esse supervaca„ neum. „

Rursus ibidem : " Quintum est, quod „ Scriptura non eget approbatione Ponti„ ficis, ut sit authentica, sed tantum ut „ innotescat ejus auctoritas: at Concilia „ etiam legitima & generalia non sunt ra„ ta, nisi a Pontifice confirmentur. „

Infant : Atqui posita infallibilitate Ecclesiæ, canones Conciliorum æque Scriptura sacra forent saltem ac libri historiales Bibliæ : Ergo &c. Probatur subsumptum : Scriptores Canonici non nisi assistentiam meram Spiritus sancti, ne falsa referendo errarent, habebant, non enim

v. g. prælia Machabæorum erant revelata, cum omnibus Judæis innotescerent: Sed in hypothesi infallibilitatis Ecclesiæ Concilia hujusmodi assistentia donantur: Igitur par ut robique ratio.

Respondeo negando subsumptum: Ad probationem distinguo minorem: Concilia habent utique Spiritus sancti assistentiam, sed ab assistentia Scriptorum canonicorum diversam, concedo: prorsus eamdem, nego. Equidem secundum quid assistentia Spiritus sancti in Conciliis convenit cum priori, in eo quod sicut Spiritus sanctus impedivit ne Scriptores sacri in texendis historiis errarent, sic & protegit Patres Synodicos ne falsa pro veris, & mala pro bonis credenda proponant; sed assistentia specialissima est pro prioribus, & vocatur assistentia non meræ protectionis, sed & revelationis, quod quidem multa probant momenta. I. Quia Scriptores sacri præterita quidem quandoque antenuntiabant, sed iis pro quibus scribebant incognita, ut Moyses qui scripsit historiam creationis; hinc & in hoc vere fuit Propheta: vel etiam quædam præsentia pandebant, sed utique incognita iis quibus loquebantur: Sic S. Joannes Baptista digito discipulis Christum præsentem, sed quem ipsi ignorabant, monstrabat, & in hoc utique prophetavit. Pari & non absimili modo viri Dei scripserunt historias temporum; sed vel præteritas, quas ipsi ignorabant, vel etiam præsentes, sed in multis abstrusas, quocirca ipsis omnia a Deo revelata sunt; hinc sine studio & factorum inquisitione & discussione, ait Bellarminus modo citatus, cuncta vel referebant, vel ammanuensibus dictabant, ut Jeremiis qui Baruch Scribæ cuncta narrabat & dicebat: hinc omnes Scriptores sacri a Synagoga Prophetæ nominabantur. Cæterum non desunt doctissimi Theologi qui teneant omnes Scripturas nedum quoad sensum, verum etiam & quoad verba a Spiritu sancto fuisse dictatas.

Insistunt: Magis præponderat canon dogmaticus Concilii Oecumenici, quam conclusio a simplici Theologo deducta: Sed si laudata assistentia Spiritus sancti solum tribuatur Concilio oecumenico, canon ejus pro fide & religione emissus, non erit majoris efficaciæ & ponderis, quam Conclusio Theologica, cum non nisi revelatione virtuali sicut conclusio ista, innitetur, maxime cum Theologus in sua

demonstratione explicet, & proponat fidem sicut Concilium in sua definitione; sicque talis definitio non erit infallibilis,sicut de facto non est Conclusio Theologica: Ergo &c.

Respondeo negando minorem & paritatem: Ratio discriminis est, quod ex promissione a Christo facta Ecclesiæ Concilium Oecumenicum canonem pro fidei expositione vel defensione irrefragabilem condat; quia vero talis promissio non est Theologo particulari facta, nec ipse habet eamdem assistentiam, nec ita certo concludit, tametsi ex una vel duabus præmissis de fide sui syllogismi eruat conclusionem; hinc & in hoc falli potest, quod quidem eventus non semel probavit: nam & Ariani ex Scriptura in pravum sensum detorta concludebant Verbum esse meram creaturam, similiter & alii Hæretici ex Scriptura & ipsa Traditione male Intellectis pro suis per fas & nefas erroribus concludere non erubuerunt.

Repenunt: Atqui non est absoluta certitudo Concilia Oecumenica certius concludere pro fide in suis canonibus, quam Theologi in sui vicissim conclusionibus: Ergo &c. Probitur antecedens multis momentis. I. Episcopi sunt puri homines qui falli possunt, nec compertum habemus ipsos esse vere ordinatos, aut habere intentionem Ecclesiæ inter condendos fidei canones, vel etiam materiam motam & propositam sufficienter discussisse antequam pronuntient, sicque ignotum est num Concilium sit legitimum: II. Canon ex pluralitate suffragiorum coalescit, & tamen fieri potest majorem Episcoporum numerum male sentire, immo & definire, ut in Concilio Ariminensi & in secundo Ephesino videre est. III. Ecclesia non videtur infallibilis in multis quæ Religionem & mores spectant; nemo quippe tenetur credere istum hominem canonizatum esse sanctum, & visione Dei in coelis donari; necessarium esse ad salutem jejunium quadragesimale observare IV. Neque satis constat infallibilitatem Ecclesiæ in Scripturis sufficienter esse fundatam, cum genuinitatem Scripturarum ab ipsa Ecclesia habeamus, ex quo sequitur circulus vitiosus a Theologis universim abjectus. Talis enim esset: " Ecclesia est infallibilis quia Scriptura hoc annuntiat, ipsa vero Scriptura alternata vice infallibilis est & genuina, hoc quippe Ecclesia definivit. „ Ergo &c.

Res-

Respondeo negando subsumptum : Ad primam probationem respondeo distinguendo : Patres Synodici sunt homines fallibiles ex se, concedo : adunati legitime in Concilio, nego. Assistit quippe Spiritus sanctus ne errent, & licet quidam interius forent a fide alieni, non ordinati, & absque manuum impositione, immo & sola externa professione Catholici : " Tamen certi sumus, ait *Bellarminus lib.* 2. *de Conc.* *anct. cap.* 9. *pag.* 100. & 101. Deum nunquam permissurum ut ejusmodi Concilium in decretis suis formandis erraret ; assistit enim Concilio spiritus sanctus non tam propter ipsum Concilium, quam propter Ecclesiam universam, quae divino praecepto tenetur, Episcoporum sententiam non discutere, sed venerari. „ Eodem modo respondet ad difficultatem Melchior Cano lib. 5. de locis Theol. cap. 5. q. 3.

Ad alteram probationem distinguo : Et In hypothesi quod major numerus Praesulum pro falsitate staret, Deus non permittet Concilium ab Ecclesia suscipi, concedo : secus, nego. Sic solvit istam instantiam Bellarminus ibidem his verbis : " Non est, quod tale aliquid timeatur ; nam etsi major pars resistat meliori, ut factum est in Concilio Ariminensi, & Ephesino II. tamen numquam vincit ; mox enim irritantur ejusmodi Conciliorum acta. „

Ad ulteriorem probationem similiter distinguo : Ecclesia non est infallibilis, circa disciplinam, concedo : circa ea quae absolute sunt ad salutem necessaria, nego : sin minus praevalerent adversus eam portae inferi, quod quidem fieri non potest propter Christi promissionem : Quia vero canonizatio Sanctorum spectat mores & cultum Dei, qui in Sanctis suis mirabilis est, idem praeviis magnis inquisitionibus & ad Deum fusis precibus & suffragiis, juxta Theologos omni exceptione majores, In decreto canonizationis Sanctorum evadit infallibilis ; grande quippe foret scandalum, si hominem nequam uti sanctum colendum proponere contingeret. Caeterum momentum de jejunio disciplinam spectat, & in eo justis de causis Ecclesia dispensat.

Ad quartum nego dari circulum vitiosum inter istas fidei regulas, Ecclesiam scilicet & Scripturam, eo enim ipso quo veritas Scripturarum, & miraculis, & Patrum Traditione consignata est, semel ad-

missa Scriptura ut vera, spectat ad Ecclesiam credenda proponere ; unde vera est ista propositio : Christus Matth. 16. ait : *Tu es Petrus, & super hanc petram aedificabo Ecclesiam meam, & portae inferi non praevalebunt adversus eam :* quia Ecclesia sic credere jubet : nec ultra progrediendum est. Ista utique altera certa est, Ecclesia est infallibilis circa juris & facti dogmatici quaestionem, quia de Ecclesia Christus ait : *Et portae inferi non praevalebunt adversus eam.*

Dices : Ecclesia est libera : Igitur errare potest.

Respondeo distinguendo : Est libera libertate contradictionis, quatenus aliquod bonum facere, vel ad aliud tempus differre potest, concedo : libertate contrarietatis, ita ut errare queat, nego.

SYNOPSIS TOTIUS ARTICULI.

Ecclesia est infallibilis pronuntiando circa juris & facti dogmatici quaestionem.

PRIMO : Hoc annuntiat Scriptura Matth. 16. *Et portae inferi non praevalebunt adversus eam.* Hoc Patrum Traditio : Irenaeus lib. 3. adversus haer. cap. 2. Tertullianus lib. de praesc. cap. 10. & 21. Augustinus lib. contra epist. Fund. cap. 5. hoc conclamaverunt summi Pontifices quoties approbavere Concilia, quae circa jus & factum pronuntiaverant.

Secundo : Usus sic obtinuit ; Ecclesia quippe judicavit in Concilio I. Niceno Arii, in Ephesino Nestorii, in Quinto generali impia dogmata & erronea in textibus conclusa.

Tertio : Ut primum sic judicavit Ecclesia, tanquam Haeretici habiti sunt contradicentes : Et vero nisi Ecclesia in his momentis foret infallibilis, nihil certi pro Religione haberemus, & unusquisque in suum abiret sensum, nullae profligatae manerent haereses, cum sensum aliquem bonum possent Haeretici suis libris tribuere & applicare.

SYNOPSIS OBJECTIONUM,

ET SOLUTIONUM.

PRIMO : Esto quod quaedam Concilia sint partim approbata, partim etiam reprobata, nullum tamen Oecumenicum est, quod pro fide non sit receptum ; neque ve-

ro

ro difficultas quæ pro acceptatione Quinti apparuit, aliquod faceſſit negotium, cum hoc contigerit ex errore quo multi erant detenti, videlicet credendo Concilium Chalcedonenſe abſolviſſe tria Capitula; re enim maturius diſcuſſa, ubique ea qua par erat obſervantia agnita & recepta fuit illa Synodus.

Secundo : Neque vero mirandum, ſi S. Gregorius Naz. dicat exitum Conciliorum Læpius infelicem eſſe, quippe qui loquatur de Conciliis Arianorum, qui fidem Nicænam temerabant : Non feliciores illi, qui ut pro mala in libris contenta doctrina declinent anathemata, reponunt Eccleſiam non habere revelationem; textus eſſe erroribus refertos : tametſi enim non judicet de internis ſenſibus quos Hæretici in mente retinere potuerunt, bene tamen de ſenſu obvio quem textus, ut ſonant, exhibent.

Tertio : Allucinantur Heterodoxi Conciliis generalibus abnegando infallibilitatem, eo quod homines illa componant; tametſi in ſe ſint fallibiles, Deus tamen non permittet quod adunati in ſpiritu ſuo, errent ; cum Chriſtus juxta promiſſionem ſit in medio eorum, juxta Matth. ult. *Ecce ego vobiſcum ſum uſque ad conſummationem ſæculi .* Et ante cap. 18. *Ubi ſunt duo vel tres congregati in nomine meo, illuc ſum in medio eorum .*

ARTICULUS TERTIUS.

Num Eccleſia militans ſit viſibilis, & quænam ſint ejus membra?

ECcleſia triplex diſtinguitur, alia patiens & continet animas in purgatorio detentas ; alia triumphans, & eſt cœtus Angelorum & Sanctorum qui e vita migrarunt : Tertia militans, quæ in terris Deo famulatur oblatione cum ſacrificiorum, tum precum, tum etiam Sacerdotum uſu & miniſterio : de iſta quæſtio procedit. Proteſtantes negant eſſe viſibilem, adduntque ſolis conſtare Electis : quocirca duo diſcutienda occurrunt : alterum de viſibilitate Eccleſiæ ; alterum vero de ejus membris, hoc eſt, quinam Inter homines eam componant; quinam vero ab eadem excludantur. Unde ſit

§. I.

Num ſit de fide Eccleſiam militantem eſſe viſibilem?

CONCLUSIO AFFIRMATIVA.

PROBATUR iſto argumento Theologico : Eccleſia militans eſt cœtus Fidelium Deo in terris famulantium ſub uno inviſibili in cœlis Chriſto capite, viſibili in terris, ejus Vicario ſummo Pontifice canonice electo cum ſucceſſione Paſtorum : Atqui Eccleſia ſic delineata eſt viſibilis : Igitur eſt de fide Eccleſiam militantem eſſe viſibilem ; Major patet, nec ipſi Proteſtantes eam negare audent : Tota igitur difficultas in minore continetur : Et probatur omni argumentorum genere.

Primo , ex veteri Teſtamento.

LEGITUR Num. 20. *Cur eduxiſtis Eccleſiam Domini in ſolitudinem .* Rurſus 3. Reg. 8. *Convertiſque Rex faciem ſuam & benedixit omni Eccleſiæ Iſrael :* Omnis enim Eccleſia Iſrael ſtabat : In his & ſimilibus ſententiis ſermo dirigitur ad Eccleſiam viſibilem, videlicet ad cætum Hebræorum præſentium : In toto Libro Levitico ſe prodit, tum unctione Aaron ſummi Sacerdotis & conſecratione Levitarum, tum in ſacrificiis quæ & Principes, & utriuſque ſexus Laici pro cujuſcumque generis peccatis, & etiam ad laudandum Deum miniſterio Sacerdotum offerebant. Inſignia ſunt pro iſto momento multa loca. Hanc viſibilitatem non modicum indigitat Pſalmiſta Regius Pſal. 18. bis verbis : *In ſole poſuit Tabernaculum ſuum ;* quæ verba exponit Auguſtinus de Eccleſia, quæ omnium patet oculis : Ita tract. 2. in epiſt. Joann. Iſa. 2. Daniel. 2. & Michæ 4. comparatur Eccleſia monti magno, qui nullo modo poteſt latere; ſic exponit S. Hieronymus comm. in eo loco, cui concinit illud Matth. 5. *Non poteſt civitas abſcondi , ſupra montem poſita.*

Non omittendum ſplendidum teſtimonium quod habetur Iſa. 2. Paralip. cap. 7. *Nec poterant Sacerdotes ingredi Templum Domini , eo quod impleſſet majeſtas Domini Templum Domini . Sed & omnes filii Iſra. : videbant deſcendentem ignem , & corruentes proni in terram ſupra pavimentum ſtratum lapide adoraverunt & laudaverunt Domi-*

De Ecclesia , &c.   **433**

minum quoniam bonus , quoniam in saeculum misericordia ejus . Rex autem & omnis populus immolabant victimas coram Domino ... Fecit ergo Salomon solemnitatem in tempore illo septem diebus , & omnis Israel cum eo , Ecclesia magna valde , ab introitu Emath usque ad torrentem Ægypti .

Secundo , ex novo Testamento.

H a b e t u r Matth. 16. *Supra hanc petram aedificabo Ecclesiam meam* . Rursus ibid. c. 18. Christus praecipit , eum qui correptionem a fratre factam audire renuit , ad Ecclesiae judicium tamquam contumacem remitti , his verbis : *Si autem te non audierit , dic Ecclesiae* . Rursus Act. 15. *Illi quidem deducti ab Ecclesia , pertransibant Phoeniceam.* Et ibidem : *Cum venissent Hierosolymam suscepti sunt ab Ecclesia* ; hoc est , ab omnibus Fidelibus in unum congregatis . Rursus Act. 20. *Attendite vobis & universo gregi , in quo vos Spiritus sanctus posuit Episcopos regere Ecclesiam Dei* . Quibus positis sic argumentamur . Illa Ecclesia est visibilis quae prae oculis est , quae honore praevenit filios suos , quin ipsi Episcopi regunt & gubernant , non enim aliquod invisibile regunt : Atqui ex Scriptura Ecclesia objicitur oculis , suos variis prosequitur honoribus & bonis officiis filios , & ipsa ab Episcopis regitur : Igitur est visibilis . Hinc veritatem non uno loco praedicat Apostolus , videlicet 1. Corinth. 15. ad Gal. 1. & Phil. 3. ubi Paulus dicit se pati persecutionem propter Ecclesiam Dei : Ultro etiam fatetur se zelo Legis non secundum scientiam abreptum , Ecclesiam Christi exagitasse . Denique 1. Timoth. 3. ait : *Haec tibi scribo , fili Timothee , ut scias quomodo te oporteat conversari in domo Dei , quae est Ecclesia Dei vivi* : Ergo &c.

Tertio , ex Traditione Patrum.

O r i g e n e s homil. 30. in Matth. ait: " Ecclesia plena est fulgore ab Oriente „ usque ad Occidentem , &c. „ S. Cyprianus suum addit calculum L. de unitate Eccl. pag. 281. his verbis : " Ec-„ clesia Domini , luce perfusa , radios suos „ per orbem terrarum spargit . „ *Chrysostomus* homil. 4. in cap. 6. Isaiae : „ Facilius est , inquit , edit. Paris. 1611. „ deleri , & solem extingui , quam Eccle-„ siam obscurari . „ S. *Augustinus* l. 3. contra epistolam Parmeniani c. 5. nulla est securitas unitatis ,

Boucat Theol. Tom. IV.

nisi ex promissis Dei Ecclesiae declarata , quae supra montem , ut dictum est , constituta absconditi non potest . Tum tract. 1. in epistolam Joannis : " Numquid di-„ cito ostendimus Ecclesiam fratres mei ? „ Nonne aperta est ? „ Et iterum tract. 1. " Quid amplius dicturus sim , quam ce-„ cos , qui tam magnum montem non vi-„ dent ? Qui contra lucernam , in cande-„ labris positam , oculos claudunt . „ *Et* Origene Ecclesia est ab Oriente usque ad Occidentem plena fulgoribus ; ex Cypriano , per omnem locum suos emittit radios ; ex Chrysostomo , nullis est objecta involucris ; ex Augustino , est supra montem posita , & ita omnium patet oculis , ut ipso digito ostendatur : Igitur Ecclesia est visibilis .

Quarto , ex ratione , eaque multiplici .

P r i m a : Talis est Ecclesia , qualis fuit a Christo instituta : Atqui instituta est a Christo visibilis , quandoquidem in prima sui institutione ipso Christo presente tamquam capite , Beata Virgine , Apostolis & Discipulis , constabat : Igitur essentialiter est visibilis , essentiae quippe rerum sunt immutabiles ; hinc & ipse Christus quem aliquam de Ecclesia instituit comparationem , toties recurrit ad res sensibiles : Modo enim illam comparat terrae Regno , modo Virginibus fatuis , & sapientibus , modo sagenae missae in mare ex omni genere piscium congregante : Ergo &c.

Altera : Quod ipsa perpetua astruit Traditio , tale esse citra errorem negari non potest : Atqui Traditio perpetua docet Ecclesiam esse visibilem , & uti talem a Christo fuisse institutam ; ita Tertullianus lib. de praescript. & Augustinus in libris 6. contra Donatistas : isti quippe Patres perstringunt Haereticos , ostendendo Ecclesiam Romanam solam esse veram Ecclesiam , eo quod a Christo Domino perpetuam habuerit legitimorum Pastorum successionem : eodem sane argumento subvertimus fundamenta Protestantium , ostendendo omnes Ecclesias particulares , puta Lugdunensem , Bituricensem , Senonensem , Rothomagensem , &c. cum Romana perpetuam servasse unitatem , & perpetuam illa mediante habuisse Pastorum successionem sensibilem & visibilem : Romana vero a Petro per omnes Pontifices canonice electos ad nostra usque tempo-

E e   ra :

ra : quæ quidem fanâa Mater Ecclefia a
Chriflo nato fe prodiit infinitis prope Martyribus , Confefforibus , Virginibus quos
Chriflo peperit , & ufque ad confummationem læculorum Indefeffa , & indefefti-
bilis pariet : Ergo &c.

Tertia : Ecclefia fic efl a Chriflo infli-
tute , ut in ea perpetuum offeratur facrificium , conficiantur abfque interruptione
Sacramenta , quæ quidem ficut noftrum
factificium , rebus conflant fenfibilibus ,
& in eadem Deus perpetuo interiori , tum
exteriori coleretur cultu ab hominibus :
Sed hæc omnia manifefte declarant Ecclefiam vifibilem : Ergo &c.

Quarta : Apoflolus vult Verbum Dei in
Ecclefia prædicari , Inquietos corrigi , rebelles puniri , pertinaces ab Ecclefia dejici , & hoc per excommunicationem , ficut ipfe contra Corinthum inceftuofum pro-
nuntiaverat ; mandata Dei manifeflari ,
prohibitiones malæ perpetuo fieri ; ordinem Hierarchicum Epifcoporum , Presbyterorum , Diaconorum & cæterorum miniftrorum fervari : de hoc momento ex
profeffo traftat Dionyfius in toto libro
Hierarch. Ecclef. Sed hæc & fimilia in Ecclefia invifibili fieri non valent : Igitur
Ecclefia efl vifibilis , & hoc ipfum infuper
probant veteri Canones , qui pænitentia
publica famofos puniebant peccatores ; immo iniquitas mentitur fibi ; ficut enim Judæi conrumaces e Synagoga ejiciebant , fic
& fcandalofos pertinaces a communione
Cœnæ refcindere gloriantur & Lutherani
& Calviniflæ. Ergo &c.

Quinta : Ecclefia effentialiter efl vifibilis , cui uniri & adjungi omnis homo tenetur ; namque fi efl invifibilis , ceffat ob-
ligatio ; ubi enim foret Ecclefia , nulli pa-
teret : Sed omnis homo tenetur fe fe uni-
ti & adjungi Ecclefiæ , illam audire , eique obedire , juxta illud Chrifli : *Si audit*
Ecclefiam , &c. Quinetiam Clerus Gallicanus
tom. I. tit. I. novæ Edit. de rebus Relig.
declarat novos converfos teneri ea qua
par efl reverentia Ecclefiæ obedire , &
debitum fummo Pontifici in iis quæ religionem fpeftant obfequium præflare.

Objefliones Proteftantium folvuntur.

OPPONUNT Iflud Chrifli Joann. 4. ubi
loquendo de veris adoratoribus , aît : *Spiri-*
tus efl Deus : & vos , qui adoratis eum , in
Spiritu & veritate oportet adorare. Igitur
Inquiunt , Ecclefia efl vera Interior ; quod

confirmant iflo cap. 11. 22. ad Hebr. loco :
Accefiftis ad Sion montem & civitatem Dei
viventis , Jerufalem cæleflem . Ergo &c.

Refpondeo conceffo antecedente diflinguo
confequens : Ecclefia efl tota interior , fi
confideretur penes fidem & gratiarum cha-
rifmata , concedo : fi fecundum fuas partes & membra , nego. Ecclefia efl omnium
fidelium congregatio fub uno capite vifibili in terris , qui quidem in eadem fide ,
in eodem facrificio , in iifdem Sacramentis , & in eodem cultu ficut communi-
cant , ita ad invicem conjunguntur. Non
movetur igitur quæflio de pulchritudine
& fanftitate Ecclefiæ , quæ quidem in
exteriori fimul & interiori cultu fita efl ,
feu de virtutibus interioribus fidelium ,
fed de congregatione eorum , quatenus
extrinfece unam profitentur fidem ; & fub
hoc refpeftu Ecclefia efl effentialiter vifibilis , honor vero ejus ab intus maxime
defumitur . Igitur allucinantur hæretici ,
dum ab aftibus interioribus totam defumunt Ecclefiæ effentiam & naturam .
Chriflus Joan. 4 non evacuat Ecclefiæ vi-
fibilitatem , fed oflendit mulieri Judæos &
Samaritanos , qui cultui exteriori potiffimum incumbebant , quod ad interiorem ,
qui præcipuus efl , debeant vacare . Sic
explicat locum D. Thomas comm. in cap.
4 Joan. 1. locus vero Apoftoli , ut ipfa
indicant verba , de Ecclefia triumphante
procedit : fic proougnat idem fanftus Do-
ftor comm. in epifl. ad Hebr.

Reponunt : Ecclefia non erat vifibilis
tempore Chrifli ante ejus paffionem , neque poft ejufdem Refurreftionem , faltem
ufque ad Afcenfionem . Ergo &c.

Refpondeo negando utramque propofitionem . Primam quidem , Ecclefia enim vivente Chriflo , ipfo conflabat , beata Virgine , & S. Jofeph , aliifque juflis , qui
Chriflum & ut puerum , & ut ætate pro-
veftum adoraverunt : immo ipfe habebat
difcipulos , ut Nicodemum & Turbas ; fi
de tempore paffionis agamus , quo quidem
momento ceffavit Synagoga : a fortiori
poft refurreftionem , cum prædicatione
Apoflolorum totus ferme terrarum orbis
Chriflianus evaferit .

Infunt : Sunt quidem hodie multi jufli : Sed uti tales non cognofcuntur : Igitur Ecclefia efl invifibilis .

Refpondeo diflinguendo minorem : Jufli
non cognofcuntur fecundum Interiores
virtutum aftus quos eliciunt , concedo :
fecundum fidei profeffionem , nego. Namque

que Sacramentorum & Sacrificii participatione fuam fidem, & cum Ecclefia confociationem manifeftant.

Urgent : Si Ecclefia eft vifibilis utique Caput vifibile habere debet, quud fit fummus Pontifex : Sed multi etiam inter Chriftianos illum non ignofcunt, quanduquidem ejus non obediunt decretis circa Religionem, ait Minifter Bilinage Calvinifta : Ergo &c.

Refpondeo negando minorem ; Ad probationem, diftinguo : Multi fed pauciores non obediunt diplomatibus Pontificis dogmaticis, & male faciunt, ac peccant, concedo : major pars, nego. Acceffit femper confenfus & applaufus Ecclefiarum particularium ejufmodi decretis : hinc Miniftri argumentum in objectione propofitum vacuum & prorfus inane evadit.

SYNOPSIS PROBATIONUM.

Ecclefia eft vifibilis.

PRIMO : Sic fuit ab initio, ut liquet ex libro Levit. & 2. Paralip. cap. 7. ubi fit fplendida de Ecclefia mentio.

Secundo : Idem probat pro novo Teftamento Hierarchia Ecclefiaftica, maxime illud Chrifti oraculum, Matth. 18. Si autem Ecclefiam non audierit, fi tibi ficut Ethnicus & Publicanus.

Tertio : Ecclefiam vifibilem annuntiant Martyres, Confeffores, & confecratæ Virgines, eamdem proclamant omnis populus Chriftianus, qui in cultu exteriori fimul & interiori Deo exhibendo in templis quotidie adunatur.

SYNOPSIS DIFFICULTATUM, ET EXPLICATIONUM.

PRIMO : Tametfi Deus Joann. 4. dicat mulieri Samaritanæ veros adoratores Deum in fpiritu adorare, non tamen excludit cultum externum & publicam fidei profeffionem, cum, ipfo Deo ordinante, populus in templo Jerufalem congregaretur ad offerendum illi facrificium ; fed vult cultum externum, feclufo interiori parum prodeffe. Eo enim loci corrigit errorem Samaritanorum, & Judæorum, qui magis litteræ, quam fpiritui ferviebant.

Secundo : Citra fundamentum dicitur Ecclefiam tempore paffionis Chrifti, fuiffe invifibilem, cum effet in Chrifto, Bea-

tiffima Virgine & Apoftolis præfens ; tametfi enim difcipuli timore perterriti, relicto Chrifto, fugerint ; non tamen fidem amiferunt. Quid plura ? S. Joannes & piæ mulieres aderant prope crucem, & Chriftum patientem fequentes lamentabantur : apparuit ibi Jofeph ab Arimathæa nobilis decurio, qui audacter petiit a Pilato corpus Jefu, quod, adjuvante Nicodemo, fepelivit : multo plures alii qui non contenferant morti Chrifti, ipfi & ejus Ecclefiæ adhærebant.

Tertio : Nufquam a fummo Pontifice legitimo pro rebus Religionis & fidei verè Fideles difcefferunt, fed foli Heterodoxi.

§. II.

Quinam fint Ecclefiæ membra?

QUÆRIS I. An foli prædeftinati fint Ecclefiæ membra?

Refpondeo I. Prædeftinatos non effe femper actu de Ecclefia, & hoc patet ex Gentilibus, qui ante ad fuam ad Chriftum converfionem erant lupi rapaces ; tum vero converfi, fidem fuam proprii fanguinis effufione contignantes, vicerunt regos, & adepti funt Dei repromiffiones. Nec mirum, prædeftinatio non eft formalis ratio aliquem in Ecclefia conftituens cum magis in gratia & actibus virtutum interioribus, quibus ad Deum acceditur, fita fit ; eft enim, tefte Auguftino lib. de prædeft. SS. cap. 1. præparatio mediorum quibus certiffime liberantur, quicumque liberantur, fed in adunitione fidelium unum verum Deum colentium. Ifta refolutio eft ejufdem Aug. Tract. 45. in Joan. ubi ait : " Secundum præfcientiam Dei & " prædeftinationem, quam multæ oves " foris, quam multi lupi intus : & quam " multæ oves intus, & quam multi lupi " foris. „

Refpondeo II. Non folos prædeftinatos effe de Ecclefia, fed alios bene multos inter ejus membra annumerari ; & hoc fequitur ex prima refponfione, quod vel ipfe Chriftus inculcat. Modo enim, ait Matth. 3. fe paleas a tritico quondam feparaturum, hoc eft, impios a juftis : Permundabit aream fuam, & congregabit triticum in horreum fuum ; paleas autem comburet igni inextinguibili. Modo ibid. 25. dicit : Multi funt vocati, pauci vero electi.

Refpondeo III. Contra Pelagianos & Anabaptiftas, imperfectos Chriftianos effe mem-

membra Ecclesiæ , fin minus vix foret in
terris Ecclesia, cum vel ipsi justi ferven-
tiores in multa venialia peccata prolabantur, juxta illud Proverb. 24. *Septies in die
cadet justus*, & *resurget*. Sic propugnat
S. Cyprianus serm. de eleemos. dicens :
" Quisquis se inculpatum dixerit, aut su-
,, perbus , aut stultus est . ,, Ratio est :
illi Ecclesiæ membra censentur, qui Christo
fide & charitate ac cultu publico adunantur : Atqui tales sunt justi imperfecti ,
quandoquidem peccatum veniale , nec fidem , nec charitatem extinguit. Ergo &c.
    Respondeo IV. Impios Christianos etiam
esse de Ecclesia , quod Parabolæ non levius subindigitant ; Ecclesia quippe comparatur arcæ Noë , in qua animalia &
munda , & immunda concludebantur :
Virginibus , quarum aliæ prudentes , aliæ
etiam fatuæ erant . Hoc ipsum definivit
Christus Matth 18. ubi loquens de corri-
gendo contumaci , ait : *Si autem te non
audierit —. dic Ecclesiæ .— Si autem Ecclesiam non audierit , sit tibi sicut Ethnicus
& Publicanus*. Hoc Apostolus innuit 1.
Cor. 5. dicem : *Auditur inter vos fornicatio, & talis fornicatio, qualis nec inter Gentes , ita ut uxorem patris sui aliquis habeat.*
Quia vero ad Ecclesiam pessimus ille pertinebat , traditus est, jubente Paulo, satanæ, ut castigatus in corpore, salvus fieret in mente , *ut Spiritus* ait, *salvus sit in
die Domini* . Hoc omnes Canones pœniten-
tiales dicunt : nec mirum, si homicidæ ,
adulteri, libellatici , idolis immolantes , &
alii magni peccatores non fuissent de Ecclesia , Præsules eos ante excommunicare ,
aut pœnitentiam publicam eis imponere
non potuissent , cum Ecclesia nullam habuisset in eos jurisdictionem : nec scanda-
losos etiam in præsentiarum censuris , ut
ad meliorem redeant frugem infectari licitum ei foret .
    S. *Hieronymus* Dial. contra Luciferianos
hoc paucis concludit, his verbis : " Arca
,, Noë , Ecclesiæ Typus fuit ; ut in illa
,, omnium animalium genera , ita & in
,, hac universarum, & Gentium, & mo-
,, rum homines sunt : ut ibi pardus , hæ-
,, di , lupus & agni , ita & hic justi , &
,, peccatores, id est , vasa aurea & argen-
,, tea cum ligneis & fictilibus commoren-
,, tur . ,,
    Non diffitemur tamen impios & a Scri-
ptura, & a sanctis Patribus , quandoque
extraneos ab Ecclesia dici , sed hoc intelligitur vel de Ecclesia triumphante , vel

de militante immaculata ; hoc est , non
sunt membra viva , sed putrida. Equidem
S. Cyprianus epist. 6. ad Magnum , ait :
" In Ecclesia Dei nonnisi concordes atque
,, unanimes habitabant . ,, Sed eum loqui
de concordia quæ opponitur schismati &
hæresi liquet; cum ibi agat contra Novatianos schismaticos . Quam responsionem
confirmat S. Augustinus Tract. 3. in epistolam Joannis , dicens , malos esse quidem
in Ecclesiæ corpore , sed ut humores cor-
ruptos .
    Quæres II. Utrum Catechumeni , Hære-
tici , Apostatæ , Schismatici , & excom-
municati sint de Ecclesia ?
    Respondeo I. Catechumenos non esse actu
de Ecclesia , quippe qui nondum sint bap-
tizati ; nam Baptismus est janua omnium
Sacramentorum , & per ipsum homo Christo incorporatur , ut definivit Concilium
Florentinum in decreto unionis . Hanc
responsionem indicat Apostolus 1. Cor. 5.
dicens : *Quid enim mihi de iis , qui foris
sunt , judicare?* Hoc ipsum asserit S. Gregorius Naz. orat. in S. Lavacrum, ubi ait
Catechumenum esse in vestibulo pietatis ,
nec adhuc posse vocari fidelem : hoc &
Chrysostomus hom. 24. in Joan.
    Respondeo II. Hæreticos , & a fide Apo-
statas non esse de Ecclesia , juxta illud
Christi 1. Joann. 2. *Ex nobis exierunt , sed
non erant ex nobis* . Si exierunt , jam non
sunt amplius de Ecclesia : quare vero exierunt ? assignat rationem Dominus , quia
vi electionis & prædestinationis non erant ,
ut interpretatur S. Augustinus lib. de bono perf. capit. 8. Apostolus ad Tit. 3. vult
hæreticos vitari : Igitur non sunt de Ecclesia , quæ est malorum in fide & cultu
Deo exhibendo congregatio & adunatio .
Sic docent communiter S. Doctores , inprimis vero Patres Nicæni , qui Can. 8.
& 9. statuunt & præscribunt quonodo Hæretici sint Ecclesiæ reconciliandi .
    Respondeo II. Schismaticos non esse mem-
bra Ecclesiæ ; & hoc priet ex eo quod
Christus Matth. 18. velit, rebellem Ecclesiæ , ut Ethnicum & Publicanum haberi .
Tum ex ejusdem verbis Joan. 10. ubi ait :
Unum ovile, & unus Pastor . Apostolus vero Rom. 12. *Unum corpus vocat Ecclesiam* .
Cant. 6. e dem sic celebratur : *Pulchra es
amica mea : Una est columba mea*. Sic docet : " S. Irenæus lib. 4. cap. 62. judica-
,, bit, *inquit*, omnes eos , qui sunt extra
,, veritatem, id est , extra Ecclesiam . ,,
Sic S. Cyprianus l. 4. epist. 9. his verbis .
      " Ec-

De Ecclesia, &c. 437

" Ecclesia est plebs Sacerdoti adunata. „
Sic S. Chrysostomus hom. 3. in epist. 1. ad
Cor. " Schismati significantia satis eos ar-
„ guit , vel potius satis ejus appellatio ,
„ quæ vehementer eos tangat. Non enim
„ plures integræ partes factæ sunt , sed
„ una perit. Si quidem integris Ecclesia
„ multas eos constituerunt. „ Sic Hieronymus in cap. 3. Amos : " Schismatici se-
„ parant quidem deceptam multitudinem
„ ab Ecclesia Dei : tamen hoc non fa-
„ ciunt crudelitate qua hæretici . „ Sic
S. Augustinus lib. de fide & Symb. " Cre-
„ dimus & sanctam Ecclesiam, utique Ca-
„ tholicam : nam & haretici, & schisma-
„ tici congregationes suas Ecclesias vocant :
„ Sed hæretici de Deo falsa sentiendo ipsam
„ fidem violant, schismatici autem discis-
„ sionibus iniquis a fraterna charitate dis-
„ siliunt, quamvis ea credant , quæ cre-
„ dimus. Quapropter , nec hæreticus per-
„ tinet ad Ecclesiam Catholicam , quo-
„ niam diligat Deum ; nec Schismaticus
„ omniam diligat proximum. „
Respondeo III. Ex Scripturis & Patribus
laudatis claret excommunicatos non esse
de corpore Ecclesiæ , cum excommunica-
tio major in eo potissimum sita sit , ut
contumacem peccatorem rescindat a corpore Ecclesiæ , illum omnibus ejus bonis
privando, videlicet , participatione Sacramentorum , suffragiis Fidelium , & ipsorum societate , ita ut nec *Ave* excom-
municato denuntiato liceat alicui dicere.
Sic statuunt jura , & habetur 11. quæst.
3. Can. Canonica , his verbis : *Canonica
instituta & Sanctorum Patrum exempla sequentes , Ecclesiarum Dei violatores auctoritate Dei & judicio sancti Spiritus , a gremio
sanctæ matris Ecclesiæ , & consortio totius
christianitatis eliminamus .*

Synopsis contentorum.

Primo : Catechumeni non sunt de Ecclesia , cum per Baptismum quisque in-
corporetur.
Secundo : Peccatores impii , sunt Ecclesiæ membra , & manent illi per fidem, &
cultum publicum adunati , quippe qui non
contradicant : hoc indicat , teste Hieronymo , arca Noe , quæ fuit Ecclesiæ Typus,
quatenus omne animal cujuscumque generis continebat .
Tertio : Nec hæretici , nec Schismatici
sunt de corpore Ecclesiæ ; cum enim illi
non obediant , sed potius resistant , juxta

Christi sententiam Matth. 18. habendi sunt
ut Ethnici & Publicani . Idem eadem ratione dicendum de excommunicatis . Observes tamen Christianum interius posse in
hæresim vel schisma, vel etiam excommunicationem prolabi, & tamen nec Ecclesiæ extrinsecus resistere , nec abstinere a
cultu Dei & societate fidelium ; hunc autem nondum a corpore Ecclesiæ rescindi
docent Theologi ; inter recentiores D. Tournely art. 3. de Ecclef. membr. quia Ecclesia non judicat de internis , hinc dicit
hæreticum occultum esse imperfecte de Ecclesiæ corpore .

ARTICULUS QUARTUS.

*De notis Ecclesiæ , & utrum conveniant soli
Ecclesiæ Romanæ ?*

NOMINE notæ , seu notionis intelligunt Theologi quamdam proprietatem alicui ita propriam , ut per eam &
ipsa cognoscatur , & a quolibet alio distin-
guatur : sic Paternitas in divinis prima
Personæ & soli convenit ; hinc illam designat , & ab aliis Personis secernit .
Duplex distinguitur hujusmodi nota. Altera nimirum phylica , quæ necessariam
habet & evidentem cum ea significata
connexionem : sic fumus est ignis nota :
altera vero quæ moralem tantum , & juxta viri prudentis judicium , necessitudinem
habet cum significato ; talis sunt credibilitatis motiva ; si enim , ait Bellarminus hic
lib. 4. de notis Ecclesiæ cap. 3. habe ent
Mathematicam seu Arithmeticam evidentiam a nullo rejicerentur , cum tamen
contrarium non semel apparuerit . Subdit
vero notam Ecclesiæ , non aliam præter
moralem habere evidentiam . Ibidem quindecim annumerat a capite primo usque ad
decimum octavum inclusive Ecclesiæ veræ
notas ; quia vero quam plures ad credibilitatis motiva reducuntur , quæ jam jam
in tractatu de attributis , ubi de existentia Dei, commemoravimus , sufficit evi-
dentiores sic breviter percurrere .
Quatuor sunt potissimum Ecclesiæ notæ , videlicet Unitas , Sanctitas , Catholicitas, & Apostolicitas ; sic habetur in professione fidei , seu in Symbolo Nicæno ,
ubi legitur : *Credo . . . . . Et unam sanctam Catholicam & Apostolicam Ecclesiam.*

§. I.

§. I.

De prima Ecclefiæ nota, quæ eft Unitas.

PRIMO : Ecclefia eft una, juxta illud 1. Cor. 12. 20. *Nunc autem multa quidem membra, unum autem corpus.* Illa autem unitas attenditur penes unitatem capitis, Sacrificii, Sacramentorum & fidei, ut habetur Act. 4. 32. *Multitudinis credentium erat cor unum, & anima mea.* Rurfus Ephef. 4. 11. *Alios dedit . . . . . Paftores & Doctores ad confummationem Sanctorum in opus minifterii, donec occurramus omnes in unitatem fidei.* Ibidem 5. *Unus Dominus, una fides, unum Baptifma, unus Deus & Pater omnium.*

Secundo : Ifta unitas reperitur in Ecclefia Romana : Non alium habet caput invifibile præter Chriftum in cœlis, & vifibile in terris fummum Pontificem, qui a beato Petro per fucceffionem non interruptam, ut fupra ex Irenæo & Tertulliano probavimus, velut a primo duce emanavit : habet eadem & entitate, & efficacia, & numero Sacramenta, idem incruentum facrificium, ut fuo loco, etiam non difcentientibus Ecclefiis Orientalibus, oftendimus : Ineft ei pro his omnibus numentis eadem fides, & quidem fic eminens, ut a fuo refciderit corpore omnes promifcue hæreticos, qui Myfteria Trinitatis, Incarnationis, Sacrificii, Sacramentorum, tentare aufi funt : Quid plura? Schifmaticos, juxta Chrifti præceptum ut Ethnicos & Publicanos habet. Hanc Ecclefiam Romanæ unitatem prædicant ubique Patres: in primis Irenæus l. 3. c. 3. Cyprianus l. 1. Epift. 3. Hieronymus epift. ad Damafum de hypoftafi nomine, Auguftinus epift. 162. & in Pfalm. contra partem Donati, ubi fic alloquitur hæreticos: " Venite fra-
" tres, fi vultis, ut inferamini in vite :
" dolor eft, cum vos videamus præcifis
" ita jacere. Numerate Sacerdotes, vel ab
" Ipfa Petri fede, in ordine illo Patrum
" quis, cui fucefferit, videte: ipfa eft pe-
" tra, quam non vincunt inferorum por-
" tæ. "
Tertio : Hæc unitas in nullis reperitur fectis, cum nulla fit Paftorum fucceffio, alii Arium, alii Neftorium, alii Diofcorum, & fic de cæteris, duces habent. Pauca aut temerata Sacramenta inter Proteftantes, nullum verum facrificium, omnes ferme nunc Sociniani, & lege Tolerantiæ, cæteras in anes, excepta vera Ecclefia, in

fuam admittunt communionem Religiones. Cæterum quod illi in veritate non fteterint, liquet ex infinitis prope eorum vel in dogmate variationibus, ut eleganter & lato calamo oftendit Illuftr. Boffuetius in libris Variat. Unam aut alteram in probationem afferam : Calvinus pofuit ut fidet articulum Chriftum effe folum figurative in Euchariftia, Synodus vero Carentonica contrarium propugnavit, & in fuam fufcepit communionem Lutheranos confeffionis Auguftanæ : Tum in Synodo Dordeacena prædeftinationem neceffitantem juxta Goniarem effe fundamentalem fidei articulum, definitum eft. Poftea vero licitum fuit adhærere Ariminio partim Semi-Pelagiano.

§. II.

Sanctitas, altera Ecclefiæ nota.

PRIMO : Religionem Chriftianam præ cæteris impuris fectis hac dote donari oftendimus Tract. de attrib. diff. 1. de exiftentia Dei : & hæc prærogitiva ex ejus auctore Chrifto, ex efficacia Sacramentorum ad delenda omnia peccata inftituorum, ex mandatu quibus præcipitur declinare a nullo & facere bonum, maxime ex confiliis quibus ad fupremum fanctitatis apicem invitat filios, deducitur. Hoc ipfum declarat Apoftolus Eph. 5. 26. *Pro ea enim, Ecclefia feipfum tradidit Chriftus, ut illam fanctificaret.* Rurfus 1. Petr. 2. 9. Fideles Chriftianos vocat Apoftolus *genus electum, gentem fanctam, populum acquifitionis.*

Secundo : Mirum in modum affulget ifta nota in Ecclefia Romana, quæ habuit infinitos prope Martyres, innumeros Confefłores, & a primis temporibus ad noftram ufque ætatem utriufque fexus confecratas Virgines.

Tertio : Hæc fanctitas in aliis fectis non invenitur, ut modo & diximus in Analyfi Ecclefiæ triumphorum, vel teftes habent mendaces, vel flagitiofos auctores, & mortem aut prorfus impuram, qualis eft Gnofticorum, Mahumetanorum, aut molem, quæ viam omnibus vitiis prodit, qualis annotatur in Proteftantibus, qui de medio abftulerunt abftinentiam, jejunium & Sacramentum pœnitentiæ, quibus ergo adverfus Spirituum obftrepens caftigatur, ufura propellitur, elatio compefcitur, & omnia veteris hominis defideria nunc extinguntur, nunc faltem ad juftam virtutis metam adducuntur.

§. III.

§. III.

Catholicitas seu universalitas est tertia vera Ecclesiæ nota.

Primo : Ecclesia a Christo instituta vera Catholica est, cum Deus velit omnes homines salvos fieri, Christus suum pro omnibus & singulis hominibus fuderit sanguinem, & miserit Discipulos in omnem terram ad prædicandam captivis indulgentiam; sic enim habetur Matth. ult. *Euntes ergo docete omnes Gentes, baptizantes eas in nomine Patris &c.* Quod & Propheta Regius jam jam ex prænotione Spiritus Psal. 8. annuntiaverat, dicens : *In omnem terram exivit sonus eorum, & in fines orbis terræ verba eorum.* Quæ quidem oraculum S. Paulus Rom. 18. de prædicatione Apostolorum interpretatur. Hanc universalitatem non levius indicat homo, qui Luc. 14. fecit cœnam magnam, ad quam omnes sic invitavit, ut voluerit per vias pauperes, claudos & omne personarum genus compelli intrare in convivii dormum.

Secundo : Ecclesia Romana est vere Catholica, sua ubique extendit tentoria. Et vero habet Missionariorum opera templa In vastissimo Turcarum imperio : habet vel Intra palatii Sinarum Imperatoris mœnia : habet in Germania & Batavia etiam in civitatibus Protestantium principum ditioni addictis : hinc ait Cyrillus Hierosolymitanus Cath. 18. " Catholica vocatur ,, Ecclesia, quia per universum sit orbem ,, terrarum diffusa, a finibus terræ usque ,, ad extrema. ,, Idem expresse dicit S. Augustinus l. 2. contra litteras Petiliani c. 38. Rursus epist. 52. alias 170.

Tertio : Hoc privilegium non competit aliis sectis ; neque enim in Oriente invenies Calvinistarum & Lutheranorum Ecclesias ; nec vicissim in Gallia, Germania, Anglia, Polonia, Italia, Hispania, Belgio, Arianorum, & Nestorianorum templa.

§. IV.

Quarta Ecclesiæ nota, est Apostolicitas.

Primo : Hoc ipsum innuit Apostolus Eph. 2. dicens : *Fratres jam non estis hospites & advenæ, sed estis cives sanctorum & domestici Dei, superædificati supra fundamentum Apostolorum & Prophetarum ipso summo angulari lapide Christo Jesu.* Vel ipsi Protestantes de hoc conveniunt ; de hoc , omnes schismatici Orientales ; de hoc, Sabelliani, Ariani, & omnes sectæ , si Paganos, & Judæorum Synagogam excipias.

Secundo : Inesse Ecclesiæ Romanæ hanc dotem probat ex professo Irenæus l. 3. adversus hæreses jam sæpius laudato : probat ex professo Tertullianus in toto libro de Præsc. tum & Cyprianus epist. 27. in qua quidem sic loquitur de Ecclesia Romana : " Inde per temporum & successio- ,, num dies, Episcoporum ordinatio, & Ec- ,, clesiæ ratio decurrit. ,,

Tertio : Aliæ sectæ ista dote privantur, cum eis deficiat antiquitas, & sint novæ. Et vero Sabellianorum secta a Sabellio ; Arianorum, ab Ario ; Nestorianorum, a Nestorio ; Eutychianorum seu Monophysitarum, ab Eutychete ; Iconomachorum, a Leone Isaurio ; Lutheranorum, a Luthero ; Calvinistarum, a Calvino ; Socinianorum, a Socino ortum ducit : Porro juxta Augusti regulam sæpius celebratam, illud solum Apostolicum censetur, quod initium non habet donec ad Apostolos usque gressus sit.

His Notis allatis additur Antiquitas ; cum enim, teste Tertulliano, mendacium sit quid novum & veritate posterius, citra dubium est inter Religiones illam esse veraciorem, quæ est omnium antiquior. Ultro fatemur Ecclesiam Christi esse novam, hoc est, ab Ecclesia Synagogæ diversam, sed ut primum a Christo stabilita est, nihil novi reperies in sex punctis essentialibus, videlicet . I. In auctore, solum Christum Caput & Apostolos in Ecclesia fundanda Magistros habet . II. In dogmate : eadem quippe numero Sacramenta, idem sacrificium, eadem mysteria, eamdem moralitatem, eumdem Ducem & Pastorem supremum, qui non solum nihil in his immutavit, quin potius hæreticos addentes, vel detrahentes, & nova docentes absque misericordia, vel ab ipso Ecclesiæ aditu, districtio anathematis gladio propulit. III. In tempore, a Christo nato, idem est Ecclesiæ status, idem quoad substantiam regiminis modus, ubique Ecclesia ætati & ævo Apostolorum suppar est. IV. In loco : Romæ primum stabilita a Petro, eadem perseverat. V. Impugnata quidem primum a Judæis, deinde a Gentilibus, postremo ab hæreticis fuit, sed indefessa permansit. Demum initio quidem

dem parvula, & in folis Apoftolis & difcipulis fubfiftens, cum prædicatione Apoftolorum crevit in magnam arborem.
Non fic in aliis fectis , ut ab enumeratione partium conftat.

Primo : Ebionitæ habent pro auctore non
Chriftum, fed Ebionem ; Manichæi , Ma-
nem & Marcionem ; Sabelliani , Sibellium;
Ariani , Arium ; Nefloriani , Neftorium ;
Eutychiani , Eutychetem ; Monothelitæ ,
Sergium Patriarcham CP. & fic cæteris ,
ut fupra oftenfum eft.

Secundo : Nova utique in aliis fectis dogmata : Alii Chriftum ut purum hominem
habent , ficut Cerdoniftæ ; quidam confun-
dunt in Deo perfonas, ut Sabelliani ; nonnulli divinitatem nunc a Filio , ut Ari-
ni, nunc a Spiritu fancto, ut Macedoniani , fubripiunt. Lutherani tentant facrificium ; Calviniftæ numerum Sacramentorum temerant &c.

Tertio : Scimus fectarum tempora. Cœpit Arianifmus ann. 324. Neftorianifmus
431. Lutheranifmus 1517.

Quarto : Neque vero ignotus eft locus ubi
ortum cœperunt hæreles. Ariana hærefis
primum in Ægypto graffata eft ; peftifera
Neftorianifmi lues in Thracia &c.

Quinto : Arianos ut Novatores abfque
mora infectatus eft S. Sylvefter in Concilio I. Nicæno : tum Athanafius fcriptis &
dictis : deinde Hilarius , Hieronymus , &
alii bene multi.

Sexto : Pauciores femper Heterodoxi fuerunt , quam Catholici, ut diximus de Ca-
tholicitate Ecclefiæ.

Iftud Egregium & Irrefragabile argumentum omnes ferme primorum fæculorum
Patres urgent contra Hæreticos. Tertullianus l. de Præf. ait : " Qui eftis vos, un-

de, & quando veniftis ? Ubi tamdiu la-
tuiftis ? " Concinit Optatus l. 2. contra
Parmen. " Veftræ Cathedræ originem often-
" dite , qui vobis vultis fanctam Ecclefiam
" vindicare . " Suffragatur Hilarius l 6.
de Trin. ante medium : " Tarde mihi ,
" hos piiffimos Doctores ætas nunc hujus
" læculi protulit , fero hos babuit fides
" mea, quam tu erudifti , Magiftros , in-
" auditis ego his omnibus in te credidi. "
Tum Hieronymus epiftola ad Pammachium
& Oceanum : " Quifquis affertor es no-
" vorum dogmatum, quæfo te, ut parcas
" Romanis auribus , parcas fidei , quæ A-
" poftolico ore laudata eft. Cur poft qua-
" dringentos annos docere nos nuteris ,
" quod ante nefcivimus. Ufque in hanc
" diem fine veftra ifta doctrina Chriftianus
" mundus fuit . " Quid plura adjiciam ?
S. Auguft. lib. contra epift. Fund. cap. 4.
inter certiffimas veræ Ecclefiæ notas antiquitatem annumerat.

SYNOPSIS ARTICULI.

QUATUOR Notis Ecclefia defignatur :
Primo eft Una , quippe quæ babeat unum
caput , in quo cætera adunantur membra ,
aut ex his unum conlefcat corpus ; ut dicit Apoft. 1. Cor. 12. II. Eft Sancta , tum
ratione auctoris , qui eft Chriftus , tum ratione Sacrificii & Sacramentorum , quia
per ea peccata delentur. III. Eft Catholica , in omnem quippe terram exivit fo-
nus , & prædicatio Apoftolorum. IV. Eft
Apoftolica, quatenus a Chrifto per Apoftolos fidem habemus. Quæ Notæ dubio-
procul foli Ecclefiæ Romanæ competunt ,
ut confideranti patebit.

www.ingramcontent.com/pod-product-compliance
Lightning Source LLC
Chambersburg PA
CBHW030042130726
47901CB00007BA/1706